杜诗学与重庆文化

重庆市出版专项资金资助项目

刘明华/主编

西南师范大学出版社
国家一级出版社 全国百佳图书出版单位

图书在版编目(CIP)数据

杜诗学与重庆文化 / 刘明华主编. — 重庆 ：西南师范大学出版社，2017.9
ISBN 978-7-5621-8975-6

Ⅰ. ①杜… Ⅱ. ①刘… Ⅲ. ①杜诗—诗歌研究 Ⅳ. ①I207.227.423

中国版本图书馆 CIP 数据核字(2017)第 220267 号

杜诗学与重庆文化

DUSHIXUE YU CHONGQING WENHUA

刘明华　主编

责任编辑：杜珍辉
装帧设计：杨　涵
排　　版：重庆大雅数码印刷有限公司・夏　洁
出版发行：西南师范大学出版社
地址：重庆市北碚区天生路 2 号
市场营销部电话：023-68868624
邮编：400715
印　　刷：重庆荟文印务有限公司
开　　本：787mm×1092mm　1/16
印　　张：33.75
字　　数：870 千字
版　　次：2018 年 5 月　第 1 版
印　　次：2018 年 5 月　第 1 次印刷
书　　号：ISBN 978-7-5621-8975-6

定　　价：128.00 元

代序

中国杜甫研究会
第七届年会暨杜甫与重庆学术讨论会致辞

张忠纲　中国杜甫研究会会长

各位领导、各位专家、女士们、先生们:

上午好! 今天，我们欢聚一堂，隆重举行“中国杜甫研究会第七届年会暨杜甫与重庆学术研讨会”，我代表中国杜甫研究会对大会的召开表示热烈的祝贺，对大家的光临表示衷心的感谢!

这次盛会，是由中国杜甫研究会、重庆市文化委员会、西南大学共同主办，并由重庆国学院、西南大学文学院具体承办的，他们积极筹备，周到安排，为大会的顺利召开付出了辛勤的劳动，在此向他们表示诚挚的感谢!

这次研讨会为什么在重庆召开? 因为伟大诗人杜甫在重庆度过了不平凡的岁月，取得了最辉煌的成就。

唐代宗永泰元年(765)初秋，杜甫从成都来到渝州(今重庆)，写有《渝州候严六侍御不到先下峡》诗。继至忠州(今重庆忠县)，严武老母护送严武灵柩归葬故里，船过忠州，杜甫登舟慰问，写下了《哭严仆射归榇》诗，深致悲悼。九月，至云安县(今重庆云阳)。因病，遂留居云安，馆于县令严明府之水阁。永泰二年(766)(十一月改元大历)暮春，移居夔州(今重庆奉节)，有《移居夔州郭》云:“伏枕云安县，迁居白帝城。春知催柳别，江与放船清。”初寓山中客堂。秋，移寓西阁。大历二年(767)春，移居赤甲。暮春，迁居瀼西。秋，移居东屯。大历三年(768)正月中旬，离夔州出峡东下，经巫山县(今属重庆)、峡州(今湖北宜昌)，三月至江陵(今湖北荆州)。在重庆地区寓居了两年半的时间，留下了480首诗。流寓重庆的两年半，是杜甫诗歌艺术达到顶峰的时期。朱东润先生称寓居夔州时期，杜诗达到了第二次高峰，取得了超前绝后的成就，完成了集大成的光辉业绩。裴斐先生也认为“杜甫的夔州诗集杜诗之大成”，“杜诗风格的最后完成在夔州”。夔州诗数量最多，体裁最全，题材最广，可谓包罗万象，浑涵汪茫，具有总结的性质。杜甫到夔州后写的一些长篇排律和联章诗，如《秋日夔府咏怀一百韵》《诸将五首》《咏怀古迹五首》《秋兴八首》等，以它独特的风貌，标志着他对这些诗体的创造、运用已达到全新境界。可以说，夔州时期，杜甫的诗艺已达到炉火纯青、出神入化的境地。

而杜甫此时的思想，随着颠沛流离生活的磨炼，忧国忧民的思想依然，己饥己溺的仁者情怀更炽。艰难困苦的生活更增强了他对穷苦人民的同情心，他总是尽其所能，乐于助人："拾穗许村童"（《暂往白帝复还东屯》），"枣熟从人打"（《秋野五首》），他对"无食无儿"的老妇人更是体贴入微，关怀备至。贫苦的劳动妇女在旧社会是地位最低的，被人瞧不起，但杜甫却对她们寄予深厚的同情。像《负薪行》，是专咏夔州劳动妇女的，老大未嫁，命运已很悲惨，又要承担繁重的体力劳动，如砍柴卖薪，负盐出井。繁重的劳动和悲惨的遭遇，使这些妇女变得"粗丑"，但她们本是美丽的，"若道巫山女粗丑，何得此有昭君村？"杜甫对他的仆人也很关爱，对动物、小生命，对环境也十分爱惜，充满恻隐之心："筑场怜穴蚁"（《暂往白帝复还东屯》），"盘飧老夫食，分减及溪鱼"（《秋野五首》）。"分减"，是佛教用语，出自《华严经》。菩萨行十种施，"分减施"为其一，"何为菩萨分减施？此菩萨禀性仁慈，好行惠施，若得美味，不专自受，要与众生，然后方食。凡所受物，悉亦如是。"杜甫宽厚仁慈的博大精神感动了后世的无数人，所以人们把他比作孔子、孟子。

重庆地区的杜甫研究者也取得了辉煌的成就。已故四川省文史馆馆长刘孟伉（重庆云阳人）先生主编的《杜甫年谱》，已故成善楷（重庆忠县人）先生的《杜诗笺记》，已故刘健辉（重庆奉节人）与其妻子、儿女合著的《杜甫在夔州》，已故谭芝萍（重庆江津人）女士的《仇注杜诗引文补正》，陶道恕（重庆市人）教授主编的《杜甫诗歌赏析集》，胡焕章先生的《杜甫夔州吟》，李谊（重庆潼南人）先生的《杜甫草堂诗注》，胡嗣坤（笔名胡问涛，重庆市人）教授的《杜甫评传》，刘明华教授的《杜甫研究论集》，谭文兴教授的《杜甫夔州诗研究》，鲜于煌教授的《诗圣杜甫三峡诗新论》，蒋先伟（重庆开县人）教授的《杜甫夔州诗论稿》，成都杜甫草堂博物馆副馆长王飞（重庆酉阳人）的《杜甫草堂馆藏书画选》及作为基本陈列主创人员筹办的"建国五十周年成都杜甫草堂博物馆成就展""诗圣著千秋"等，1999 年 6 月 12 日奉节县成立了"夔州杜甫研究会"，并创办会刊《秋兴》，刘明华教授主持的将由中华书局出版的《古典文学研究资料汇编·杜甫卷全编》，还获得了国家社科基金，教育部社科项目和全国高校古委会的立项支持，这都证明重庆人对诗圣杜甫情有独钟，对弘扬杜甫精神是成就卓著的。

习近平主席在视察孔子故里曲阜时，号召"要大力弘扬中国传统文化"，强调传统文化研究要起到引领风尚、服务社会，推动发展的作用。而杜甫及其作品正是中国传统文化的一个重要组成部分，我们应该继承、学习、发扬光大。我们今天研究杜甫，纪念杜甫，就要学习杜甫忧国忧民的爱国精神，民胞物与的仁者情怀，对艺术精益求精的执着追求，将杜甫研究推向一个新的高度。

祝大会圆满成功！

谢谢大家！

目 录

杜诗文献研究

《杜甫全集校注》编纂琐记 …… 张忠纲/003

What's New with Du Fu? …… 车淑珊/037

吴广霈手批《杜诗集评》及其文学批评史价值 …… 曾绍皇/041

蔡梦弼《草堂诗笺》整理刍议 …… 曾祥波/055

杜诗注解辨误五题 …… 王朝华/063

注杜殊非易事:翁方纲《杜诗附记》的成书过程 …… 郝润华 柳湘瑜/070

郑善夫《批点杜诗》评析 …… 綦维 王秀丽/079

半世生涯东坡酒,百年心事杜陵诗 …… 杨理论/091

清代诗文集涉杜资料分类研究 …… 杨海龙/099

杜甫思想研究

杜甫精神追求之现代启示举隅 …… 张志烈/113

论杜甫是文以载道的典范 …… 莫砺锋/114

盛世经历对杜甫"致君尧舜"政治理想的影响 …… 胡永杰/129

论杜甫巴蜀时期诗歌的闲适意趣 …… 毛妍君/138

试论杜甫诗对于《史记》的接受研究 …… 苏宗元 康清莲/144

杜诗融六经,千载一诗圣 …… 李小成/151

杜诗接受研究

中国现代学制文学教育中的杜甫形象…………………………… 刘明华　罗　晨/167
抗战时期的杜甫形象及杜诗评论…………………………………………… 吴中胜/185
从杜诗看初盛唐诗人的诗歌传播情况……………………………………… 吴淑玲/192
杜诗在西夏的传播与影响…………………………………………………… 徐希平/198
杜诗在东南亚的传播概论…………………………………………………… 张洁弘/204
简论李调元对杜甫的接受…………………………………………………… 张　海/217
韦庄在杜诗接收史上的位置………………………………………………… 王　伟/223
民国时期之选杜与罗振玉《杜诗授读》……………………………………… 孙浩宇/230

杜诗与地域文化

杜甫"三峡诗"在中国诗歌史上的重要贡献及影响……… 鲜于煌　鲜京宸　刘　庆/241
杜诗蕴含的河洛地区民俗述论……………………………………………… 韩成武/248
杜甫关中诗的家国情怀………………………………………… 党天正　王锋锋/254
杜甫陇上行吟与陇山文化…………………………………………………… 聂大受/261
李一氓与成都杜甫草堂……………………………………………………… 刘晓凤/268
宋代巴蜀杜诗学在杜诗学史上的意义………………………… 彭　燕　彭　超/283
翠微宫舍为佛寺考…………………………………………………………… 宋开玉/288
杜甫歌咏"八阵图"具有强烈政治期待……………………………………… 刘厚政/293
梓州《牛头山工部草堂记》与章彝之死……………………………………… 赵长松/297

比较研究

李杜齐名之形成……………………………………………………………… 陈尚君/315
李杜战争观的异同及原因…………………………………………………… 葛景春/328
两宋各期学杜最有成就的诗人论略………………………………………… 左汉林/336
临川公主与杜甫……………………………………………………………… 郭海文/342
陶渊明、杜甫田园诗比较研究 ……………………………………………… 吴增辉/350

杜诗艺术研究

转益多师:杜甫与汉魏六朝文士 …… 徐公持/363

黄生论杜诗句法 …… 刘重喜/369

查慎行诗歌学杜论析 …… 王新芳/386

王夫之非杜批评析辨 …… 张东艳/395

明末清初杜诗学的演进三形态 …… 张家壮/407

论朱鹤龄《杜诗辑注》对杜诗典故的研究 …… 周金标/418

南社诗人学杜论 …… 邱 睿/430

《诗人玉屑》的杜诗观研究 …… 周 静/440

宋代"诗史"说举隅 …… 潘 玥/452

名岂文章著:论杜甫生前诗名为赋名所掩 …… 孙 微/460

"当时体"影响下的杜甫草堂律诗 …… 王艳军/473

杜甫白话七律的变革与发展 …… 魏耕原/481

王得臣论杜、注杜考论 …… 吴怀东/489

写实、象征与抒情 …… 赵 化/499

从杜诗研究谈强制阐释 …… 陈梦熊/511

杜诗语典的审美效果 …… 郑 玲/518

读杜甫《四松》:兼论诗圣的存在意识 …… 张仲裁/525

会议综述

中国杜甫研究会第七届年会暨杜甫与重庆学术研讨会综述 …… 赵天一/533

杜诗文献研究

《杜甫全集校注》编纂琐记

张忠纲
（山东大学儒学高等研究院　济南　250100）

1976年底，粉碎“四人帮”不久，全国出版工作座谈会制定了整理出版“中国古代大作家集”的长远规划，确定的大作家集共有15种，杜甫为其中之一。1978年初，人民文学出版社约请萧涤非先生主编《杜甫全集校注》，萧先生点名让我参加校注工作，并在山东大学成立了《杜甫全集》校注组。开始工作很顺利。不料“天有不测风云”。1991年4月15日，萧先生溘然长逝。后因种种原因，校注工作进展迟缓，一度停滞。2009年初，由于学校领导的重视和外界对杜集校注出版的关切，又重新启动校注工作，并让我担任全书终审统稿人。又经过5个寒暑，这部三代师生接力，历经36年而完成的680万字的巨著，终于2014年1月由人民文学出版社出版，引起强烈反响。我作为自始至终参与这项工作的亲历者，愿将编纂过程中的一些琐事逸闻撮录如下，以供读者参考。

一、实地考察

杜甫生于河南，青年时代曾漫游过三晋、吴越和齐赵等地，又困守长安十年，“安史之乱”后，“漂泊西南天地间”，历经陇蜀、巴渝和湖湘，足迹几遍大半个中国。杜甫自幼聪慧，饱读诗书，所谓“读书破万卷，下笔如有神”，遂成就了一部博大精深的杜诗。所以宋人云：不读万卷书，不行万里路，不可看杜诗。校注伊始，萧先生就异常重视对杜甫行踪遗迹的实地考察，把它作为《杜甫全集校注》最重要的基础工作之一。

1979年5月，萧先生率领《杜甫全集》校注组一行7人开始了杜甫行踪遗迹考察之旅。18日早晨，我们赶到济南火车站，原以为青岛到宝鸡的快车是6:09开的，可这次列车却是5:45开。我们进站时仅剩2分钟就开车了，还要过天桥，甚是紧张，刚登上车列车就开了。年逾古稀的萧先生也和我们年轻人一样，经历了这一次的惊险之旅。晚8点车到洛阳，洛阳地区文化局派车来接我们到地委第一招待所住宿。第二天下午，参观龙门石窟。龙门为我国四大石窟之一，在今洛阳市南约25里处，开凿于北魏孝文帝太和十八年（494）迁都洛阳前后。龙门石窟有大大小小的洞穴1352个，佛龛750个，佛舍40余座，造像10万余尊（为作者当时记录数据），而最大者为卢舍那大佛。据《奉先寺像龛记》载：“唐高宗咸亨三年（672）

四月，武后助脂粉钱二万贯，敕建卢舍那大佛像，上元二年（675）十二月建成。调露元年（679）八月，敕于大像南置大奉先寺，二年，高宗书额。”（《金石萃编》卷七十三）卢舍那大佛高17.14米，至今巍然犹存，寺则不知毁于何年。杜甫有《龙门》和《游龙门奉先寺》诗。

20日上午，乘车去北邙山，沿途观看了正在发掘的唐明堂遗迹、唐宫城城墙遗址。到北邙山时，特地参观了上清宫。上清宫，即杜诗《冬日洛城北谒玄元皇帝庙》所咏之玄元皇帝庙。据《佛祖统纪》载：“（仪凤）三年，老君降于北邙山之清庙。”（《大藏经》卷四十九）是高宗时北邙山已有老君庙矣。唐康骈《剧谈录》亦云：“东都北邙山，有玄元观，南有老君庙，台殿高敞，下瞰伊洛。”我们与住庙道士师维新交谈许久，他热情地给我们介绍了上清宫的情况，指着眼前这一片残垣断壁的废墟，如数家珍似地告诉我们，那里原来是玉皇大帝像，那里是灵官殿，那里有戏楼，而原来庙中的道藏经卷多在十年浩劫中焚毁。今山上有一残碑云：“邙山最高处，世传为老子修炼之所”，“唐祀老子于此玄元皇帝庙”。另一明万历己卯年（1579）所立残碑云：“杜拾（遗）谒庙诗有‘山河扶绣户，日月近雕梁’之句。”可证杜诗所咏之玄元皇帝庙在北邙山无疑。21日乘车去巩县瑶湾参观杜甫故里，然后乘车去康店公社康店大队拜谒杜甫墓，墓前有杜淡所撰《巩县杜少陵先生墓碑记》，东侧为宗文、宗武墓。之后又去偃师县杜楼村拜谒杜甫墓及其十三世祖杜预墓。这座杜甫墓在前杜楼村之北杜预墓南面，墓前有石碑一通，为清乾隆年间所立，碑额是乾隆御笔的“荩臣诗史”四个篆文，正文书“唐工部拾遗杜文贞公之墓”。在巩县，我们还特地到寺沟村探望了杜甫的第三十八代孙杜思智。杜思智虽已年逾古稀，但身体和记忆力都非常好。家里还奉祀着一块“诗是吾家事”的木主，可见其对诗圣杜甫家训的尊崇。尽管他终身务农，但其言谈举止，却颇有一些文质彬彬的风度。尤令我们吃惊的是，这位身居偏僻小山村的老人，不仅对杜甫生平事迹、对巩县有关杜甫的遗迹与传说了若指掌，就是对学术界杜甫研究的现状也很熟悉。他还郑重地拿出珍藏的家谱给我们看。这是清雍正年间的抄本，封面上写着“晋当阳成侯、唐工部诗圣世系谱”，谱前有洛阳知府张汉的序。老人告诉我们：巩县杜姓原有一部黄绫面家谱，封面上盖有皇帝阅览过的印记，后因家族纠纷，那部古本家谱被人藏匿，至今下落不明。杜思智还拿出许多他收集的杜甫资料，都是工楷手抄，装订也很整齐。

22日上午10点半，地委马书记特来看望萧先生，中午设宴招待我们。饭菜颇为丰盛，喝到了杜康酒，尝到了伏牛山出的猴头蘑和黄河大鲤鱼。下午，由地委的同志陪同乘车去三门峡，路经铁门，参观了张伯英的千唐志斋。沿途所见，有异于巩县、偃师，越往西，山越多，两侧夹山而立，公路盘桓山间，极为壮观。晚8点方到三门峡宾馆。第二天乘车参观三门峡水电站。下午即乘火车去西安。

5点车到西安，市委文教部派车来接，安排我们住第三招待所。三所原为杨虎城将军的公馆，所谓止园，取“止戈为武”之意。1936年12月“西安事变”时，中共代表周恩来曾在此与杨虎城将军商讨和平解决西安事变事宜。中华人民共和国成立后，西北军政委员会曾在此办公。我和萧先生住的那套房间，听说就是中共中央西北局第一书记刘澜涛同志住过的。我们在招待所吃小灶，每天伙食费1.8元，萧先生还觉得贵。25日下午，参观钟楼、鼓楼和大雁塔，萧先生让同行的人去登钟楼、鼓楼，而自己则留着体力准备去登杜甫曾经登过的大雁塔。大雁塔就是杜甫在《同诸公登慈恩寺塔》诗中写的慈恩寺塔，是西安有名的古迹名胜。

塔共7层，高64米左右，磴道纡曲，我们沿着曲折的木制磴道盘旋而上，情景恰如杜诗所说“仰穿龙蛇窟，始出枝撑幽”。登上最高层，四面都有拱门，非常强的过堂风不住地穿过塔内，确如老杜所云：“高标跨苍穹，烈风无时休。”我们年轻人攀登都颇为吃力，但74岁高龄的萧先生却一直登到最高层，俯瞰西安全城，尽收眼底，亲身领略了杜甫在诗中所描写的动人情景。他不但不感到疲惫，而且情绪高涨，兴致勃勃，同登者无不为之感动。

26日早8点半，我们去骊山参观，由华清池管理处杨主任导游参观了杨妃池、五间房（为“西安事变”时蒋介石的住处）等，然后招待我们洗温泉浴。在临潼县城吃罢午饭，我们即去参观秦始皇兵马俑博物馆，当时博物馆正在筹建，一号坑正在发掘，尚未对外正式开放。博物馆馆长给我们介绍了秦俑坑的发掘情况，并领我们参观了出土文物（有将军俑、武官俑、驭手俑、车士俑、马俑、弓箭、剑与饰物等），观看了一号坑发掘现场。一号坑是1974年当地农民打井时发现的，现以拱形钢架为主体的卷棚式结构建筑覆盖着，东西长230米，南北宽62米，面积为14260平方米，估计已发掘出6000多个陶俑，30多辆战车，规模极为宏伟，为世所罕见。

27日参观乾陵和昭陵，品尝了乾县特产豆腐脑和锅盔。乾县豆腐脑细腻鲜嫩，好像奶豆腐，但又气味纯正，芳香袭人。雪白的豆腐脑浇上一些鲜红光亮的辣椒油，红白相间，煞是好看，色味俱佳，很是开胃。锅盔类似山东的锅饼，是用发酵的面团，糊在烧得灼热的鹅卵石上烤熟，因形似头盔，故名锅盔。它质地坚硬而水分较少，便于存放和携带，所以很受来往于“丝绸之路”的西域客商的欢迎，而乾县正是“丝绸之路”的所经之地。28日参观唐大明宫麟德殿、含元殿和兴庆宫遗址。29日上午，参观位于长安县双竹村的杜公祠，祠中有杜甫塑像，杜甫在长安的行迹图及大批有关资料。之后又去参观昆明池遗址，但未看到杜诗《秋兴八首》所云“织女机丝虚夜月，石鲸鳞甲动秋风”的石鲸与织女。30日下午参观半坡博物馆后，就去省博物馆打听昆明池石鲸和织女的下落，文管会的同志答称石鲸就在博物馆保存，但未展出，现放在后院里，遂领我们去参观。石鲸甚大，长约五米，实际上就是一根中间粗两头细的青灰色大石条，因年代久远，风化剥蚀，除鲸的嘴和眼还有雕刻痕迹外，表面光滑，连点鳞甲的影子也看不出来了，尾巴也没了。我们又问：“那织女呢？不是听说在斗门镇吗？”他们说不必去找了，那“石公”（即“牛郎”）原在斗门镇，那“石婆”（即“织女”）原在常家庄，但因为来烧香许愿的人太多，我们就把它们搬到博物馆来，不料善男信女们又跟踪追至，烧衣服的、烧纸的，每天应接不暇，弄得博物馆只好采取一劳永逸的办法，把它们埋到地下，这才平静了下来。这对牛郎织女石像，是我们迄今所知的最早的大型石雕遗物，是汉武帝元狩三年（前120）“发谪吏穿昆明池”时雕制的，比茂陵霍去病墓前的石雕还要早三年。现常家庄已修起“石婆庙”，斗门镇修起“石爷庙”，恐非昔日景象了。31日，乘车去兴平县参观汉武帝的陵墓茂陵。茂陵东距西安约40公里，茂陵西北500米处为李夫人墓，陵东偏北900米处为卫青墓，卫青墓东侧为霍去病墓，霍去病墓东侧为金日磾墓，茂陵东二公里处为霍光墓。离茂陵西去约20公里为马嵬坡，有杨贵妃墓，“文化大革命”中曾被平毁，现已重修，墓园四周砖墙围绕，墓呈圆馒状，砌之以砖，其侧有碑数幢，新刻了王士禛等人凭吊杨贵妃的诗。由马嵬坡返回，经咸阳，参观咸阳市博物馆。

因杜甫被贬华州司功参军时写有吟咏西岳华山的《望岳》诗，从咸阳回到西安，稍事休息，我们五个年轻人即于晚 7 点乘火车去华山，10 点多到华山站，宿西北第二合成药厂招待所。第二天凌晨 3 点半，即起床登华山。天尚黑，仅能辨路，沿铁路线东行约 4 里，即入华山谷口，沿谷蜿蜒而行，两侧峭壁陡立，灌木丛生，谷间流水潺潺，树上鸟声啾啾，经王猛台，过五里关，穿焦仙洞，上莎萝坪，东侧石壁上刻有“罗立诸峰”“明星玉女”斗大之字，至毛女洞，稍事休息，听路人讲“毛女”的故事。传说秦朝宫女玉姜，不甘为秦始皇殉葬，在骊山役夫的帮助下逃到华山隐居。她食柏叶，饮清泉，时间长了，身上长出了长长的绿毛，遂被称为“毛女”。毛女洞西有座小山，叫作毛女峰。小山亭亭玉立，一身绿装，秀丽间透出一股凛然不屈的豪气，犹似那玉姜的化身。从毛女洞经郜力子题写的“通仙观”，至青柯坪，行不远，路边石壁上镌刻“回心石”三个大字，距谷口约 20 里。一过回心石，即陡岩峭立，千尺幢、通天门扼太华咽喉，百尺峡、天仙洞控华岳要道，群仙观上有顾祝同题“老君犁沟”，旁又有“离垢”二字，盖离此而上即脱尽尘垢矣。在青柯坪，天已降雨。我们冒雨而行，登聚仙台，上齐天洞，即可去北峰。由北峰折回，登上天梯，至日月岩，即到苍龙岭，苍龙岭是从北峰上其他四峰唯一的路，岭上窄得像鱼脊背，坡很陡，两侧是望不见底的悬崖，走在上面，令人胆战心惊。传说唐代大文豪韩愈爬到苍龙岭，欲上不能，欲下不得，只好投信请求华阴县令派人救他下来。至今岭西头刻有“韩退之投书处”，旁书“晋武乡赵文备先生百岁笑韩处”。在此俯视群峰，翠绿欲滴，云雾蒸腾，雄奇险峻，蔚为壮观。冒雨直上西峰。西峰亦名莲花峰，有吴大澂篆书“莲峰”二字，传说沉香劈山救母处即在此，上有气象站，巨石高耸，俯视守身崖下，峭壁万仞，极为险峻。由西峰去中峰，杜甫所谓“玉女洗头盆”即在中峰。由中峰去南峰，至南天门，观“悬崖勒马”处，令人不寒而栗，当地人说这是华山第一险。直立顶峰，浮云飞掠而过，势如奔马，凉风飕飕，颇有些寒意。由南峰寻路去东峰，观“鹞子翻身”处，其险不亚于“悬崖勒马”。我们在东峰寻路，羊肠小道，崎岖蜿蜒，无路可下，临悬崖，其下盖房子的当地人大呼：“你们不想活啦！”我们只好由原路而回，所谓“自古华山一条路”者，殆此之谓也。由东峰下来，云海茫茫，几步之外即不辨人形，但为纪念计，我们还是照了相，由原路回到日月岩，已是下午 3 点半钟。拾级而下，至毛女洞稍事休息，即下山去。此时雨过天晴，夕阳返照，层峦叠嶂，如笼轻纱，格外娇艳，所谓“夕阳无限好”者，殆此时之谓也。谷中流水哗哗响，鸟声啁哳鸣，两岸一片翠绿，令人心旷神怡。出谷口，已是晚 7 点钟，雨中登华岳，历时 15 个小时，而我们下山时，几乎是一路小跑下来的，可谓壮举矣。急赶到孟塬车站，乘上 9 点半去乌鲁木齐的 71 次快车，回到西安，已是午夜 12 点钟了。

6 月 4 日晚 9 点乘 83 次列车去成都，沿途多山，火车时而钻隧洞，时而绕山而行。第二天下午两点到达成都，有文联派车来接，安排住锦江宾馆。萧先生在抗日战争初期曾在四川大学任教，40 年后旧地重游，看到成都高楼矗立，街道宽阔，熙熙攘攘的人群，疾如穿梭的车辆，自然是感慨万端，不禁大为赞叹：“成都和以前大不一样了，大有江山不可复识之感。”作为专门考察杜甫行迹的专家，到成都自然先去杜甫草堂。7 日我们即去杜甫草堂参观。出成都通惠门，经城西南隅，过青羊宫，沿成温公路西行不远，即到草堂。沿着一条青砖铺地、两面是青瓦红墙的“花径”夹道，进入工部草堂，向南转进，即是“诗史堂”，这是杜甫草堂原来所在的位置。堂外挂着朱德总司令写的对联：“草堂留后世，诗圣著千秋。”从“诗史堂”往南，即是“大廨”，里面挂着清顾复初的一副长联：“异代不同时，问如此江山，龙蜷虎卧几诗客？

先生亦流寓，有长留天地，月白风清一草堂。”据说毛主席来草堂时，曾称赞过这副对联，但原联木质已经腐朽，郭沫若就嘱其夫人于立群于1963年9月5日重写，郭老又在旁边题跋，称赞顾联“句丽词清，格高调永，脍炙人口，翱翔艺林，曾为名祠平添史料”。另一逸闻是陈毅元帅两次为草堂题写杜甫的名句：“新松恨不高千尺，恶竹应须斩万竿。”他1959年11月8日初题时曾附言道：“此杜诗佳句，最富现实意义，余以千古诗人、诗人千古赞之。”1966年，当林彪、“四人帮”猖獗之时，他又再次题这两句诗送给草堂，表现了他疾恶如仇、前后一贯的凛然正气。

8日，萧先生决定去重庆看望外甥，然后乘飞机去北京参加全国政协会议，我遂为先生购买软卧车票。晚，送萧先生去车站，并分别拍电报给吴校长、黄师母，告之萧先生将由渝赴京。

在成都几天，除参观望江楼公园（有薛涛井、浣笺亭等）、青羊宫、王建墓等古迹外，主要是在杜甫草堂和四川省文史馆查阅资料，并复制有关杜集版本，共计查阅了38部杜集，复制了10部。12日，读完吴鼎南所著《工部浣花草堂考》（油印本），13日去文史馆，适遇吴鼎南，与之交谈两小时余，收获颇大。

17日，去新都参观宝光寺和桂湖杨升庵纪念馆。18日，去灌县参观都江堰，在离堆观宝瓶口，水声澎湃，浪花飞溅，俯视岷江，由都江堰分为内、外江，颇为壮观。漫步江滩，经鱼嘴，过索桥，谒二王庙，前殿祀李冰，后殿祀二郎，可谓“长幼有序”。他们的塑像都是新塑的，因而显得格外新鲜悦目。新塑像与伏龙观所陈列的东汉时代的李冰石刻像风格各异。石刻像是1974年修建都江堰水利枢纽工程时，民工在堰首鱼嘴处发现的，距今已有1800年了，但保存完好，风化不严重，它是用灰白的砂岩雕琢成的，面部丰满，微带笑容，身着长袍，腰束玉带，双手袖在胸前，宽大的衣袖自然下垂。这极其自然的神态，令人想象这位两千多年前的官吏在水患面前表现出的从容镇定的风度。杜甫曾经热情赞扬过这位“秦时蜀太守”，他相当彻底地摒弃了迷信的传说，正确地指出：“修筑堤防出众力，高拥木石当清秋。先王作法皆正道，诡怪何得参人谋。”（《石犀行》）人民也一直在纪念李冰。“二王庙”中的对联诗句，比比皆是，如“六字（指“深淘滩，低作堰”的六字诀）炳千秋，十四县民命食天尽是此公赐予；万流归一汇，八百里青城沃野都从太守得来”等，深感历代人民对“秦时蜀太守”李冰的热爱。

19日早7点半乘长途汽车去射洪，下午3点抵达县城，受到县领导的热情欢迎和接待。射洪是初唐诗人陈子昂的故乡，杜甫于宝应元年（762）11月，曾到射洪凭吊他所敬仰的陈子昂。我们到的第二天上午，在县文化馆召开座谈会，参加座谈的同志对故乡的历史和文化都非常熟悉，向我们滔滔不绝地谈着陈子昂、郭元振、李白和杜甫。当我们问起所谓杜甫手书“金华山诗碑”的问题时，一位同志说：“《文物》杂志上曾刊登了此碑拓片，拓片原藏在西安的碑林，我们曾把拓片与金华山诗碑印证了一下，是相符的。但诗文下面所署的‘杜甫书’三字，笔意却与正文不同，显然是后人所补。但从此碑的风化程度和书法风格来看，是唐碑则没有问题。”他们又介绍说，现在的射洪县治所在是太和镇，唐代的射洪县治所却在金华镇，那里才是杜甫去过的地方。于是我们又乘车去金华镇。金华镇已无昔日的繁华景象，但仍可见往昔繁华的遗迹。区委的房子就是原来的县衙门。靠西墙的一个院子，据说即是原县大牢。该县政协的彭老先生说，陈子昂被县令段简诬陷，就关死在这里。对着衙门的街上有块发黑的巨石，传说此石即为段简所变，人们敲击一下，便发出一股臭气。由此可见人们的爱憎态度，冤案的制造者将永为人们所唾弃。而陈子昂正如杜甫所颂扬的："位下曷足伤，所贵者圣贤。有才继骚雅，哲匠不比肩。公生扬马后，名与日月悬。"（《陈拾遗故宅》）

金华镇北半里许，就是被当地人誉为"天下无双景，人间第一山"的金华山。山高约百米，东临涪江，故杜甫诗云："涪右众山内，金华紫崔嵬。"山南麓有一小桥，名曰"百尺桥"，相传原为唐时所建。陈子昂在《春日登金华观》诗中，有"鹤舞千年树，虹飞百尺桥"之句，可见修建年代很早，桥是因陈子昂的诗句而得名。过百尺桥，攀登 337 级石阶，即到金华山山门。山门西侧石壁上有相传为宋代黄庭坚所书"蔚蓝洞天"四个大字。其实黄一生没有到过射洪，恐怕是后人假托。词是从杜诗"上有蔚蓝天"化来的。据陪同我们的彭老先生讲，山门前两侧原矗立着两个华表，一为唐建，一为宋建，"文化大革命"中被毁，现仅存遗址依稀可辨。额题"金华山"三字也已不存。进山门，拾级而上，便到关帝庙和玉京观。玉京观原名金华山观，是有名的道教庙，南朝梁天监年间（502—519）建，唐玄宗时重修，宋英宗治平二年（1065），方改名玉京观，故杜甫诗题有《冬到金华山观因得故拾遗陈公学堂遗迹》。观内现仅有一石碑，上刻"蔚蓝胜景"回文诗一首。玉京观后为纯阳阁，即陈子昂原读书台遗址，现已成为射洪县中医学校教工宿舍。由纯阳阁沿林荫石径下行约百步，即到梧冈山。清道光十年（1830），府尹汪霁南兼掾射洪，遂移陈子昂读书台旧址于梧冈山。现读书台大门上刻有"古读书台"四个大字，大门两侧为该县清末举人马墅（天衢）题写的对联："亭台不落匡山后，杖策曾经工部来。"对联作者引陈子昂、李白、杜甫的遗迹为骄傲的态度，在文物大破坏后的今天看来，也是感人的。进门为"拾遗亭"，亭内原有陈子昂塑像，现已被"砸烂"了。但亭内板壁上尚有马天衢书写的陈子昂的《感遇诗三十八首》，板壁背后，还刻有清代济南人罗钟潞书写的《陈伯玉先生别传》。

21 日晨，由金华镇乘车去三台。三台距射洪约百里，原是唐代梓州州治所在。杜甫在川北的诗作，以梓州为最多，可是杜诗所提到的梓州名胜，却几乎难寻其踪迹。牛头山在县城西门外半里许，杜甫有三首诗写到它，即《上牛头寺》《望牛头寺》《登牛头山亭子》。我们登上牛头山，但牛头寺已不存。站立其上，俯视全城，倒还可以印证杜诗所描写的"路出双林外，亭窥万井中"的景象。牛头山北为凤凰山，西北为三台山，从牛头山下来行二里许，即是大佛寺，现只有一大佛，原址已改为榨油厂址。下午，由县文教局毛局长和文化馆杨馆长召集了解杜甫在三台情况的几位老先生来招待所座谈，得知兜率寺在城南二里城郊公社一大队，现为县榨油厂；杜甫三台草堂在今三台中学；香积山在今三台县安宁公社，距城约 70 里；唐惠义寺在城北三里的长平山上，现名琴泉寺。座谈后，即去琴泉寺参观，已无啥遗物，只见崖壁上有"琴泉"二字，而庙已改作中医学校。晚饭后，去三台中学参观，传说杜甫草堂遗址现已盖起两层的宿舍楼。抗战期间，东北大学曾迁移至此，我的老师冯沅君和陆侃如当时就在此任教。

22 日上午，我们由三台乘汽车去绵阳，参观了位于城东芙蓉溪畔的李杜祠，据传即杜甫流寓绵州时居住的治平院旧址。之后乘火车回成都。23 日，乘火车离成都去夹江，又由夹江乘汽车去乐山。乐山即唐时的嘉州。杜甫当年离蜀东下，正是取道嘉州。他的《宿青溪驿奉怀张员外十五兄之绪》就是在嘉州写的。青溪驿就在乐山县的板桥溪附近。杜甫从成都由浣花溪乘船至锦江，经双流，到彭山，入岷江，才来到板桥溪。我们到乐山住白塔街招待所。此处面山临水，环境幽美，凭栏眺望，从脚下流过的浩瀚的岷江，滚滚向东流去，一望无际。西面远处矗立的峨眉山淡远似画，近处的凌云山山红林绿，色彩绚丽，容姿秀美。著名的乐山大佛隔江相望，如在眼前。于是我们即搭船过江去凌云山。著名的大佛寺、乌尤寺，一在凌云山上，一在乌尤山上，两山都在岷江西岸，又紧紧靠在一起，所以有人误认为它们在一座山上。我们船过了凌云山，再一拐就到了乌尤。乌尤古称乌牛，黄庭坚贬赴黔州时，爱其秀丽，认为“乌牛”不雅，在题涪翁亭时改为乌尤。出了乌尤寺，过一铁索吊桥到凌云山，山上最负盛名的是大佛像。这座乐山大佛，唐开元初（713）由海通和尚动议兴造，完成于贞元年间，历时约九十年。杜甫经嘉州时，大佛尚未建成。现大佛高 71 米，佛头额宽 10 米，肩宽 24 米，佛足背上即可容 100 多人，一小足趾就有一辆卡车大小。整个佛像呈赭红色，姿态端庄肃穆，造型大方匀称。大佛像初建时，曾建有楼阁覆盖石像，称“大佛阁”，南宋的范成大犹及见之。明末战乱，楼阁烧毁，但大佛安然无恙，得以保留至今。据说在“横扫一切”之时，大佛当然在横扫之列，由于佛大质坚，“铁扫帚”无济于事，于是有人打算在佛顶上装置炸药，一举炸掉。周总理得知此事，及时制止了，大佛至今完好无损。

24 日至 26 日，登览峨眉山。27 日早 7 点，我们乘乐山至宜宾的客轮东下，下午 4 点到宜宾。宜宾唐时称戎州。杜甫经过戎州时，写有《宴戎州杨使君东楼》诗。东楼面临岷江，是当地胜景。诗中有“重碧拈春酒，轻红擘荔枝”的句子，可知他是阴历六七月份到这里的。戎州是出荔枝的地方。黄庭坚被贬戎州时，就有“六月连山柘枝红”的诗句。晚饭后，我们即去江北公园寻访黄山谷的流杯池。流杯池极为别致，池位于两石壁间，引水流贯其间，旁有石墩可坐，环境幽静，柳荫披拂，可以想见山谷当年曲水流觞之乐的情景。据《宜宾县志》记载：“黄山谷谪居时，凿石引水为流觞之乐。”即开创今流杯池。昔名“曲水流杯”，元末渐废，明景泰年间又重建。黄山谷在此住了五六年，留下许多笔迹。流杯池石壁现存石刻“南极老人无量寿佛”及“涪溪”，据记载为黄山谷真迹。流杯池西有涪翁楼，曾被毁，现整修一新，匾额“涪翁楼”三字为周建人 1979 年春所书。流杯池附近几乎全是黄山谷的遗迹，什么“涪翁岭”“涪翁壑”“涪翁岩”“山谷祠”等，可见人们对这位仕途坎坷文人的同情和怀念。

28 日早 6 点，由宜宾乘车去重庆，下午 6 点抵达。杜甫乘船东下时曾在渝州（即今重庆）停留，等待一位姓严的侍御史同行，因久候不至，他只好先走了。我们在重庆逗留两天，7 月 1 日晨乘船沿江东下，经长寿、涪陵、丰都、忠县，晚 7 点抵万县，船不行，遂下船去游览万县市容。次日晨 4 点半开船了，经云阳，9 点到奉节。奉节，即唐夔州，杜甫在此居住了近两年，写诗四百多首。我们到奉节后即住县招待所。下午去县外办了解有关杜甫的情况，借阅《奉节县志》。第二天，游览市容，寻访杜甫遗迹，已大都不存。4 日晨，外办李同志陪我们乘船去白帝城，白帝城文管所袁所长早在码头等我们了。袁所长领我们登高而上，穿观音洞，至中山堂，鸟瞰白帝城形势，为我们指画山河。据袁所长考证，中山堂附近即杜诗所说的西阁。对面望去，鱼复（也作腹）浦八阵图（所谓“水八阵”）处尚可见，惜已为水所没。杜甫《八阵图》所咏即此。鱼复浦东为唐夔州城遗址，在今关庙沱上。由中山堂下来，就是白帝庙，庙内正殿叫明良殿，此殿从东汉到明代曾经多次修葺易名，现明良殿则是从明代的义正祠更名而来。殿内有塑像，正中为先主刘备，右为诸葛亮，左为关羽、张飞。明良殿右，又有武侯祠，亦为明嘉靖时重修，正中为诸葛亮像，左右陪祀的是诸葛瞻、诸葛尚。殿内楹联匾额均系杜句，如“伯仲伊吕”“诸葛大名垂宇宙，宗臣遗像肃清高”等。临江有一观星亭，亭内有石桌，桌座呈八棱，上刻《秋兴八首》。庙内尚有碑林和文物展览室。传说此白帝庙兴建于汉光武帝刘秀消灭公孙述之后，起始是供奉公孙述，后来士大夫认为奉祀割据的叛逆于理未安，于是改祀刘备和诸葛亮了。

唐代夔州城，实际上就是以白帝城为基础，向西北面山坡扩展而成的。所以唐人往往把夔州城直称为白帝城。杜甫《移居夔州作（或为郭）》开头就说“伏枕云安县，迁居白帝城”。自北宋初夔州州治从白帝城迁至瀼西（今奉节县城）。瀼西，即指瀼溪以西，有东、西瀼溪。西瀼溪在奉节县城东注入长江，正对诸葛亮水八阵。宋代王十朋（号梅溪）曾任夔州太守，后人为了纪念他，将西瀼溪改称梅溪河。大历二年（767）暮春，杜甫由赤甲迁居瀼西草堂。他在诗作中多次提到瀼溪，皆指西瀼溪。明万历间，四川督学陈文烛倡议重修瀼西草堂及少陵祠，并作《重修瀼西草堂记》以记其事。清王士禛《蜀道驿程记》卷下：“（奉节）卧龙山有少陵祠，有石碣题‘唐杜工部子美游寓处’。堂三楹，祠中有沔阳陈文烛修祠旧碑。……此地在宋为漕司，即少陵瀼西宅址。”即指此。东瀼溪自白帝城东瞿塘峡口注入长江，因杜甫曾在东瀼溪边东屯草堂居住，所以后人改东瀼溪为草堂河，又因杜甫在成都故居有浣花溪，故也称浣花溪。大历二年（767）秋，杜甫由瀼西草堂迁居东屯。于是下午袁所长又陪我们去参观东屯杜甫草堂。东屯草堂故址，即是现在的草堂区委所在地，工部祠旧址在今小学与供销社的地方。我们站在杜甫住过的东屯草堂旧址，这里地势较高，向北望去，草堂河分为两叉，左为草堂河，右为石马河。再往北二十里处就是麝香山，即杜诗所谓的“云暖麝香山”。草堂河在村前流过，峡谷越往南越宽阔，平地渐多。正如宋人所说：“稻田水畦，延袤百顷，前带清溪，后枕崇冈，树林葱蒨，气象深秀。”下午5点多，我们由白帝城乘船回奉节县城。

7月5日上午9点半，我们乘东方红121轮离奉节赴宜昌。船在三峡中航行，情景极为壮观。入瞿塘峡口，江窄而水深，最窄处不过百米，右白盐，左赤甲，岩壁陡立，青翠欲滴，谷风习习，令人心旷神怡。夔峡雄伟险峻，巫峡幽深秀丽，远望神女峰巍然屹立，峰巅云雾缭绕，经巴东、秭归、屈原沱、香溪而入巴峡（即西陵峡）。秭归是屈原的故乡，所以杜甫说：“若道士无英俊才，何得山有屈原宅？”香溪是王昭君的故乡，所以杜甫说：“群山万壑赴荆门，生长明妃尚有村。”“若道巫山女粗丑，何得北有昭君村。”巴峡两岸山势较缓，而滩险水急。整个三峡两岸峭壁悬崖，崖间云雾飘忽，岸上时有人家，房屋错落，有开垦的一片片土地，山上小路有人行走，崖边不乏小船，尚有开山取石者，山坡上时见山羊数只，船顺流而下，真可谓“一日千里行，双目百景收”。下午6时许，船到宜昌，市里派车接我们住市一所。次日上午，市委宣传部的同志陪我们去参观“三三〇工程”。“三三〇工程”即葛洲坝水利枢纽工程，是毛主席1970年12月26日亲自批准修建的全国重点工程。“三三〇工程”是为纪念毛主席1958年3月30日视察三峡而命名的。它1970年开始动工，现在整个宜昌可说是一个大工地，施工人数多达三四万人。为此，宜昌市今年开始改为省辖市。下午3点，宣传部派车送我们到码头，乘宜昌至汉口的东方红62轮赴城陵矶。

7月7日早6点半，船抵城陵矶，然后乘汽车去岳阳楼参观。岳阳楼相传为三国时吴国鲁肃在洞庭湖操练水军的阅兵台。唐玄宗开元四年（716），中书令张说守岳时，遂在阅兵台旧址建楼，常邀集文人学士登楼赋诗，名始流传海内。但张说诗中仍名为“西楼”，尚无岳阳楼之名，至李白、杜甫始以岳阳楼为题，而杜甫的《登岳阳楼》尤为世所传诵。元人方回说，宋时岳阳楼上左右两壁，一边大书杜甫诗，另一边大书孟浩然的《临洞庭湖》。范仲淹的《岳阳楼记》更使它驰名天下。岳阳楼为三层三檐纯木结构，三楼楼额上悬挂着郭沫若1961年手书的“岳阳楼”三个金色大字匾额。大门口有“洞庭天下水，岳阳天下楼”的联语。正门有副楹联曰：“四面湖山归眼底，万家忧乐到心头。”大厅正中的屏风上刻有范仲淹《岳阳楼记》全文，记文两侧有一副何绍基书写、窦垿撰文的颇为别致的长联，上联是：“一楼何奇？杜少陵五言绝唱，范希文两字关情，滕子京百废俱兴，吕纯阳三过必醉。诗耶？儒耶？吏耶？仙耶？前不见古人，使我怆然涕下。”下联是：“诸君试看：洞庭湖南极潇湘，扬子江北通巫峡，巴陵山西来爽气，岳州城东道岩疆。潴者，流者，峙者，镇者，此中有真意，问谁领会得来？”楼左侧为仙梅亭，右侧为三醉亭，中有吕纯阳醉卧像。岳阳楼西南湖边有怀甫亭，这是1962年为纪念世界文化名人杜甫诞生1250周年而建的，“怀甫亭”三字为朱德委员长手书，亭内有一碑，正面刻《登岳阳楼》诗和杜甫凭轩远眺的画像，背面刻的是方荒撰《怀甫亭序》，亭柱上悬着一副对联：“舟系洞庭，世上疮痍空有泪；魂归洛水，人间改换已无诗。”

7月8日上午，乘船游君山。君山在岳阳城西洞庭湖中，山上有传说中舜妃娥皇、女英的“二妃墓”和唐传奇《柳毅传书》的“柳毅井”。据说还有三十八亭、四十八庙，可惜今已不存。当时君山正在赶建宾馆，赶修二妃墓、柳毅井等古迹。下午3点半，我们乘火车离岳阳去长沙，住长岛饭店。第二天，我们从东郊的长岛饭店横穿长沙市，越过湘江大桥到了位于西郊的岳麓山。杜甫于大历四年(769)二月由岳阳乘船飘泊到潭州(即今长沙)，作有《岳麓山道林二寺行》《清明二首》等诗，已是“此身飘泊苦西东，右臂偏枯半耳聋。寂寂系舟双下泪，悠悠伏枕左书空”的垂暮老人了。大历五年(770)四月，湖南兵马使臧玠杀观察使崔瓘，据潭为乱。杜甫携家出潭州避乱，打算由衡州(今湖南衡阳)往赴郴州(今属湖南)依舅氏崔伟，阻水耒阳(今属湖南)方田驿，耒阳县令聂某闻讯致书，并馈遗酒肉，杜甫有《聂耒阳以仆阻水书致酒肉疗饥荒江诗得代怀兴尽本韵至县呈聂令陆路去方田驿四十里舟行一日时属江涨泊于方田》诗。后来就有杜甫饫死耒阳的传说。于是我们9日晚11点半，即乘北京至广州的快车离长沙去耒阳。次日凌晨4点至灶市，稍事休息，即乘汽车去耒阳县城。下午，县文化局的同志即领我们去参观杜甫墓。此墓在县北二里的耒阳一中校内，墓周砌以石块，前面断石上刻有“唐工部杜公之墓”，是南宋理宗景定癸亥(1263)县令王禾立石。还有中华民国二十九年(1940)的一块碑石，已被打断躺在地下。墓前原有杜公祠，“文革”中被毁，现已盖成教学楼。一中校门墙上原有“杜陵书院”四字，今已不存。在县城东门外，即由南向北流的耒水，水中有一个长约半里的小岛，上面竹树苍郁，有人居住，岛名叫“靴洲”。传说当年杜甫被淹死于耒水后，有一只靴子漂流到这个沙洲上，故名靴洲。这个杜甫被淹死之说，又与被牛肉白酒饫死之说不同，尤不足信。方田驿见于杜诗的标题，我们询问县里的干部和群众，已没有人知道这个地名了。很多人都知道杜甫死于耒阳，却不知方田驿。借来光绪十一年(1885)所修的《耒阳县志》，上面说：“方田驿在县东北四十里许，即杜工部阻水泊舟处，在昔有亭沼可憩。按唐以前梅岭大路未开，赴岭南者皆经此，故置驿以通往来。今驿久废，无考。以地度之，当在新城市上下间。”我们很有兴趣地去“方田驿”考察了一下。车从县城出发，在起伏不平的丘陵地上奔驰，到新市镇已下午6点多。耒水到此弯曲如弓形，四五十米宽。我们问陪同的蔡同志："这条河道，在夏秋天往南行船有什么阻碍吗？"他说："夏秋水大流急，再遇上南风，要逆水南行是很困难的。即使用现在的机动帆船，如果满载货物，遇到风大水急，也南走不了。更不用说唐朝时候全凭人力的小船了。"所以杜甫在方田驿阻水不能南行，故有《回棹》诗云："顺浪翻堪倚，回帆又省牵。"11日，我们又参观了蔡伦祠和蔡伦墓，县图书馆就设在祠内，遂借阅《耒阳县志》和《衡阳府志》，阅后归还。我们这次考察活动亦暂告结束，各自返回工作单位。

嗣后，1980年，我和冯建国又去鲁西、鲁南，郑庆笃和冯建国又去陕北、陇右，廖仲安又去湖南平江，进行了补充考察。最后写成了13万字的《访古学诗万里行》，由人民文学出版社于1982年出版。

二、搜集资料

校注工作伊始，除了前述实地考察杜甫行踪遗迹之外，萧先生强调的另一项更重要的基础工作，就是搜集资料。深知注杜艰难的钱谦益就说："颜之推言：'观天下书未遍，不得妄下雌黄。'何况注诗？何况注杜？"（《草堂诗笺元本序》）注杜之所以难，原因有二：一是杜诗本身博大精深，难窥其奥。宋人即云："诗自风雅而下，惟工部为宗，其渊深浩博，后人莫窥涯涘，有谓工部胸中凡几国子监。"（《黄氏补千家集注杜工部诗史·董居谊序》）加之唐五代以后，有关杜诗评述及研究文献资料汗牛充栋，难以计数。一是杜诗注释版本太多，不少善本孤本星散各地，尚在秘藏，不易获见。所以我们在深入研读杜诗的同时，从两个方面进行了有关杜甫资料的搜集工作。

一是各人根据编写任务的分工，广泛阅览杜甫及其以后的诗文别集、总集、诗话、笔记、史书、地志、类书、丛谈、杂著等书，辑录其中有关杜甫生平事迹及其作品的研究资料，力求其全，分门别类予以整理，做成卡片，以备检索。由于《古典文学研究资料汇编·杜甫卷》上编《唐宋之部》已于1964年由中华书局出版，故唐宋时期的资料主要依据该书。但该书只是辑录"有关杜甫生平事迹及其作品思想、艺术总的评论的资料"，而对杜甫某一作品、某一诗句的具体评论，尚须我们再事检索。至于宋代以后的资料，则须我们广事搜求。凡涉及杜甫的只言片语，不管有用与否，都搜录整理，做成卡片。像《四部丛刊》和《四部备要》这样重要的丛书，都要通读。这两部书都没有句读（逗），萧先生让都加上句读，再认真抄写，不能出错。另外，书中涉及前人引用的有不准确或错误的地方也要指出来改正。这项工作是贯穿校注全过程的，一直到定稿为止。像我承担校注的卷一、二、十七、十八这四卷，都是将关于杜甫某诗某句的注释、评介文字，抄成卡片，或记录在稿纸上，按作年先后将这一卷的诗作排列起来，再据此写出初稿，修订后，再用工整的繁体字誊清在500字的专用稿纸上。

一是对杜集版本、评注本，于海内外广事搜求，披阅摘录，翻拍复印。如1979年6月，我们借在成都进行实地考察的机会，承蒙杜甫草堂纪念馆（1985年更名为成都杜甫草堂博物馆）的大力支持，查阅了38部杜诗，复制了10部，其中最珍贵的是宋刻本阙名编《草堂先生杜工部诗集》，此为海内孤本，但系残本，只残存六卷。该书为李一氓1964年在北京购得而赠送给杜甫草堂纪念馆的。李氏跋云："《草堂先生杜工部诗集》，宋本，半叶十行，行二十字，白文无注。书名不载公私纪录，为极罕见之本。或传清内库所藏，曾有人收得零页云。现残存第十四卷（一至十三叶）、第十六卷（一至五叶；十七至二十一叶）、第十七卷（全）、第十八卷（全）、第十九卷（一至二十二叶）、第二十卷（十一至十三叶），共六卷八十七叶而已。……书中匡字缺笔（十六卷十九叶；十九卷一叶）……依缺笔，约可断为淳熙刊本；依纸质字体，约可断为建阳刊本。……成都杜甫纪念馆所藏杜诗，仅一宋本《草堂诗笺》。忽见此本于北京中国书店，急代收之。事为北京图书馆所悉，惊为异本，曾谋迫让。书原有错简，特为重装。"该书编辑体例与今存所见之杜集版本迥异，颇显杂乱，而正文下有少量校语，诗题下大多标注作年。计有诗 381 首，另有残诗 3 首，附录他人唱和诗 7 首。李一氓重装本封面有"南宋草堂杜集残本　陈毅署签"十二大字，并盖有"陈毅之印"。扉页有朱德、何香凝、陈毅、康生、陈叔通、郭沫若、齐燕铭、阿英、李初梨、徐平羽等题词。首页"草堂先生杜工部诗集卷之十四"一行下有两方钤记，一曰"郎园秘籍"，为叶德辉印；一曰"罗继祖读书记"，继祖乃罗振玉之孙。罗继祖《枫窗脞语・文物（下）》（中华书局 1984 年版）载"《草堂先生杜工部诗集》"条云："吾家旧藏杜诗残本二册，题曰《草堂先生杜工部诗集》。存卷十四（不全）至二十（仅三页），中多蠹蚀，损字处极多。每页十行，行二十字，白口双阑，中缝下阑记字数（或在左或在右）。'匡''慎'两字缺笔，黄纸，字体类南宋建本，无注，惟注异同字作某某。末页左下角有'孙氏家藏'白文方印。考杜集最古为北宋王洙编二十卷本，凡诗十八卷，文二卷，附补遗，……1957 年已作《续古逸丛书》影印出版，取校此本，编排分卷皆异，同者惟无注及注异同字耳。此本不知共若干卷。据现存残本，卷十四为五律，十六为七律七绝，十八为七古，十九二十为五七古，惟五七古中又分歌行引，则与王本亦不同。且书名《草堂先生杜工部诗集》，遍检古今簿录，从无此名。北京图书馆拟编杜集目录，亦云未见。近人有选注杜诗者，有编杜年谱者，独杜集版本尚无人作专考。此本后经专家鉴定，断为南宋淳熙时刻本，今归成都杜甫草堂文管处矣。"《杜甫全集校注》是以商务印书馆影印之《续古逸丛书》第四十七种《宋本杜工部集》为底本，而以宋元刻本参校。校注开始，人民文学出版社就为我们提供了由王利器、舒芜诸先生于 20 世纪 60 年代据杜工部集十一种宋、元刊本和明抄本所作之校勘记，给全书的校勘工作打下了极好的基础。由于《草堂先生杜工部诗集》对杜集校勘极具价值，故我们将其与 1981 年江苏广陵古籍刻印社翻刻刘世珩 1913 年影宋本《王状元集百家注编年杜陵诗史》、1982 年中华书局影印出版的宋刻本郭知达编《新刊校定集注杜诗》列入参校版本，这样就使杜集的校勘更加完备。1986 年 4 月，我借去成都杜甫草堂参加"杜甫两川诗学术讨论会"的机会，又请杜甫草堂博物馆拍摄复制了若干杜集序跋。

此后杜集的搜求复制则"兵分两路"：我主要去北京，郑庆笃和冯建国则去东北、江南等地。当时我的大学同学晁继周的夫人陈杏珍女士在北京图书馆（即今国家图书馆）古籍部工作，并参加《中国古籍善本书目》的编撰工作，编有一份《藏书单位代码表》，标明某书藏于某单位，于是我们就可以按图索骥了。承担杜集出版任务的人民文学出版社古编室主任杜维沫的夫人王丽娜也在北图工作，还有许多北大中文系的校友都在北图，他们都曾给予我许多帮助。北图善本室收藏的善本书大都在 20 世纪 60 年代已拍制成显微胶卷，原书不能借阅，只能通过显微阅读器阅览。如复制，最多只能复制 30 页，不能复制全书。当时我拿着国务院古籍整理出版规划小组以及有关单位的介绍信去北图联系，曾亲自找过北图的负责人刘季平和刘岐云，刘岐云副馆长60年代初曾任我们山东大学党委副书记，承他们关照，答应可为复制全书。当时收费很低，1米显微胶卷才2元，1米胶卷大约有28～30页。我们从显微胶卷翻拍下来，但当时北图没有放大的设备。后来打听到新华社有从日本进口的放大设备，于是我找到在新华社《瞭望》杂志任副主编的北大同学徐民和，承他热情帮助，介绍我到新华社缩微室，碰巧缩微室的负责人高同志是山东老乡，于是全室动员，热情周到地为我们放大复印了许多珍贵稀有的杜诗版本，如参校的宋刻本《门类增广十注杜工部诗》、明抄本赵次公注《新定杜工部古诗近体诗先后并解》等。我计算过，赵次公注本连北图的显微胶卷翻拍，总共才花了四百多元，要拿到现在，恐怕几万元都不止。赵次公注本，原本五十九卷，今只残存二十六卷，诗以编年为序，自《宴戎州杨使君东楼》始，至《聂耒阳书致酒肉疗饥荒江》止。此书为今存最早之杜集编年注本。杜诗旧注号称千家，就其详切而论，无逾此者，诸多宋人注本及后世注杜者，亦无不援引此书。宋本《王状元集百家注编年杜陵诗史》与蔡梦弼《杜工部草堂诗笺》，其编次皆渊源于赵本。该书残本今存有二：一为北图所存明抄本，该本有1916年沈曾植跋云："赵次公《杜诗注》五十九卷，独著录于晁氏《郡斋读书志》中，《直斋书录》无之，《宋史志》亦无之。虽其说散见于蔡梦弼、黄鹤、郭知达书中，而本书则明以来罕有见者。……要就全书论之，自当位蔡、黄两家之上。埋沉七百年，复见于世，沅叔(傅增湘)其亟图鼎镌，毋令黎氏《草堂》(指黎庶昌刻蔡梦弼《杜工部草堂诗笺》)专美也。"一为清康熙抄本，乃重抄明抄本，今藏成都杜甫草堂博物馆。此本有许承尧题跋云："赵解采入《千家注》为多。钱牧斋言：'《千家注》不可尽见，略具诸集注本中，大抵芜秽舛陋中，彼善于此者三家：赵次公、蔡梦弼、黄鹤也。'又言：'次公注以笺释文句为事，然少所发明。'是牧翁虽不满赵解，仍推为较善，且固未见赵解也。《四库提要》言：'宋以来注杜诸家，鲜有专本传世，遗文绪论，赖《千家注》以存。'是亦未见赵解全书也。今无意得此，虽残存仍可贵。""次公蜀人，于蜀中地理最详，分析杜诗先后自可信。且为注杜最古之书，惜神龙但见尾耳。"后萧先生的研究生林继中撰写博士论文《杜诗赵次公先后解辑校》，其后半部分就全赖我们复制的赵次公注明抄本。我还不止一次地到北图柏林寺善本特藏阅览室查阅、抄录、复制过杜集。由于我们经常到新华社缩微室去放大复印杜集资料，关系很密切，所以当他们1987年改为"环球缩微公司"时，特致函给我："张忠纲同志您好：我们新华社缩微室，为了更好地开展缩微业务，为社会服务，已于今年改为'环球缩微公司'。……目前，我们正在安排今年的生产计划，由于您单位与我公司的业务联系较多，为了更好地继续为您服务，您单位今年若有缩微翻拍、缩微复印还原、缩微设备的安装、维修等缩微服务项目，请您见信后，速通知我公司，以便我们提前安排，使您满意。谢谢！环球缩微公司营业部87.2.13。"

除了北京图书馆外，我还去过北京大学图书馆、清华大学图书馆、中国科学院图书馆、首都图书馆、中央民族学院图书馆、中华书局资料室等单位访求、复印杜集资料。北大图书馆我去过多次，印象深刻的有两件事。一是复印明周甸的《杜释会通》七卷。该本传世极罕，为海内孤本。明、清两代仅《(康熙)海宁县志》与钱泰吉《海昌备志》予以著录，其他公私书目均未见著录。此书撰成于嘉靖四十一年(1562)，初刻于隆庆五年(1571)。周甸虽是博采众家，但征引并不繁杂；时附己意，且不乏新见，故其注释尚称简明切当，仇兆鳌《杜诗详注》、杨伦

《杜诗镜铨》均予征引。但北大图书馆只准复印 30 页，我就去找郭松年副馆长，说明来意和复制该本的重要性和必要性，他批准复印全书，图书馆的同志非常认真负责，精心复印并特加包装邮寄山大，我们收到后很是感动。一是抄录宋方深道辑《诸家老杜诗评》。《诸家老杜诗评》是最早一部专论杜甫的诗话汇编。方深道序云："先兄史君尝类集《老杜诗史》，仍取唐宋以来名士评公诗者，悉摭其语，另为卷帙，号曰《老杜诗评》，以附《诗史》之后，俾览者有所考证。深道须次之暇，又于后来诸小说中，择其未经纂录者，自《洪驹父诗话》以下，凡八家，从而益之，因集成五卷。书之卷首，镂版以传于世云。"序中所谓"先兄史君"，即指方醇道。据方深道署衔"知泉州晋江县事"，可知该书初刻于绍兴年间。观书中只字未提阮阅《诗话总龟》和胡仔《苕溪渔隐丛话》，则很可能刻印于绍兴初年。是书甚为罕见，刻本不传，仅抄本两种行世。一为北京图书馆藏明抄本，我到北图曾查阅过。该本一册，但只残存前三卷。卷三颇多缺文。文字讹误甚多，至有颠倒错乱者。一即北大图书馆藏清初抄本，二册，封面题："诸家老杜诗评，宋方深道辑，五卷，抄本，茮微臧。"此本为近代著名藏书家李盛铎木犀轩藏书。"茮(椒)微"为李盛铎字。该抄本首为方深道序，文字与北图藏本稍异。卷一下有"木犀轩藏书""李盛铎印"两方钤记。北大藏本，虽于 1956 年已经被《北京大学图书馆藏李氏书目》著录，但鲜为人知，华文轩等编《古典文学研究资料汇编 · 杜甫卷》上编《唐宋之部》收录的是北图本，未及北大本。该书虽被《四库全书总目》讥为"皆汇集诸家评论杜诗之语，别无新义"，且引文偶有重复，但其成书较早。在专论杜甫的诗话中，流传至今的，当以方氏此本为最早，它比蔡梦弼《杜工部草堂诗话》还要早六七十年，保留了许多重要资料。全书辑录诸家评杜诗话二百余条，其中六十余条，不见于今存宋人著作，或与他书引文有较大出入。这部分资料，弥足珍贵。我曾将两本抄录并反复核对，详加校注，收入拙著《杜甫诗话校注五种》，由书目文献出版社 1994 年出版，后又收入《杜甫诗话六种校注》中。

清华大学图书馆藏有明赵大纲撰《杜律测旨》。该本为嘉靖三十四年(1555)重刻本，分上、下两卷，无目录，只收杜甫七言律诗，计 150 首。是书对后世影响颇大，邵傅《杜律集解》多采赵说，仇兆鳌《杜诗详注》、浦起龙《读杜心解》亦多征引，但传世极罕。我第一次到清华图书馆借阅此书，联系复印，但图书馆只许阅览，不能复印。我只好将七八个序跋抄录下来，对个别诗篇做了摘录。第二次又去清华，还想复印，图书馆的同志似欲同意，但须请示上级，还是不同意。后来廖仲安利用校友关系想复印此书，也是无果而终。

郑庆笃和冯建国去东北各省搜阅杜集，在吉林省图书馆复印了明薛益撰《杜工部七言律诗分类集注》。该本系崇祯十四年(1641)刻本，传世极罕，国内仅吉图有藏本。他们又到江南各省寻访，去过南京图书馆、上海图书馆、浙江图书馆等。在南京图书馆找到清赵星海撰《杜解传薪摘抄》。是书为清同治四年(1865)刻本，一卷一册。虽为期甚近，但传世极少，未为世人所知。是书原藏江苏省立国学图书馆，《江苏省立国学图书馆现存书目》第二册别集类著录。今藏南京图书馆，有藏书钤记，实为海内孤本。但按该馆规定只能复印一半，他们又央托南京一位同好再去复印另一半，始成全璧。后来我们又在山东师范大学图书馆发现了《杜解传薪》的原稿抄本。马同俨、姜炳炘所编《杜诗版本目录》(见《杜甫研究论文集》三辑)载："《杜诗传薪》一卷，(清)赵星海编，清同治年刻本，一册。"并列为"待访书目"。其所指实为《杜解传薪摘抄》之一卷本。因未见原书，故将书名误为《杜诗传薪》。《杜解传薪》系行书抄写之稿本，毛订五册，未刊行，亦不见公私著录，原藏齐鲁大学图书馆，有“齐鲁大学图书馆藏书”钤记，现藏山东师范大学图书馆，实为海内孤本，弥足珍贵。观作者所撰“凡例”，可知原稿系按诗体分为六卷：卷一，五古；卷二，七古；卷三，五律；卷四，七律；卷五，排律；卷六，绝句。而赋、赞、表、传各体杂文，则别为一卷，列于集后。作者又将杜诗分为甲、乙两集，“择其中之尤精者，订为甲集；余悉列乙集之中”。而今存稿本《杜解传薪》，只是甲集的三、四两卷，其中卷三五律，又分为八小卷；卷四七律，又分为二小卷。殆仿浦起龙《读杜心解》体例。卷三前总列卷三之一至卷三之八所收五律目录，共计 498 首；卷四之一至卷四之二，则于各卷前分列所收七律目录，共计 128 首。赵星海于杜诗可谓竭尽毕生心力，注释参辨颇为精详，态度亦很审慎。其自序云：“吾不以吾心解杜诗，而以杜诗证吾心焉。于是乎吾心出，于是乎少陵之心亦出。少陵之心出，而少陵之诗解矣。然则非吾解杜诗，乃杜诗自为其解耳。”这种注杜解杜的方法，较之那些主观臆测、牵强附会的解释，自然是翔实精到的。观其注评，虽多采仇注、浦注，但不乏己见，分析可谓深细。我曾特撰《独具一格的杜诗评注本——介绍赵星海的〈杜解传薪〉》一文，载《草堂》1986 年第 1 期。

1985 年前后，美国耶鲁大学的博士生车淑珊女士来山东大学从萧涤非先生进修。车淑珊女士的博士论文是写杜甫的，为此她特地到中国访学，开始是到四川大学，原以为那里到杜甫草堂查阅资料方便些。但那时控制较严，外籍人士到杜甫草堂查阅资料还须经过公安机关审核，很不方便。她到北京大学访问陈贻焮先生，说起这事，陈先生对她说，进修杜甫还是到山东大学，那里有萧涤非先生。于是车女士就来山大跟萧先生进修。车女士很活跃，1986 年 4 月，她还到洛阳参加了中国唐代文学学会第三次学术讨论会。我们请她从耶鲁大学图书馆复制有关杜甫资料，她写信去，图书馆很快就把复印资料邮寄过来，大多是港台和海外研究杜甫的著作。她到日本访学时，又为我们复制了元代董养性所撰《杜工部诗选注》，此书国内早已不见原本，实为海外孤本，弥足珍贵。

在有关单位以及诸多专家同好的大力支持下，我们群策群力，历经 6 载，于公私书录所载及未载，而今尚存之杜集版本，几搜罗殆尽。计得清季辛亥以前著述二百余种，近人著述、海外译本数百种。我们又分工查阅各地方志和古今书目，编成《杜集书目提要》，由齐鲁书社于 1986 年 9 月出版，尚早于周采泉所著《杜集书录》。该书收录有关杜诗书目凡 890 种，起自稍后于杜甫的樊晃《杜工部小集》，止于 1984 年的今人著述，内容丰富翔实，颇具参考价值，也为我们的校注工作打下了良好的基础。

其实查阅和复制杜甫资料的工作是贯穿注杜全过程的。梁运昌的《杜园说杜》一直是我们访求的杜集注本。1980 年我在北图柏林寺查阅到《艺文杂志》1936 年一卷二、三期转载此书卷一时，其玄孙梁鸿志记云：“《杜园说杜》二十四卷，先曾伯祖曼云公遗著也。”“全稿首尾二十余万言，皆公手书而自加点勘者，故无一字讹误。老辈著书之苦，用力之勤，可为师法。至于讲解详明，考证精确，有迥非钱牧斋、仇沧柱所能及者，公自谓老杜功臣，殆非夸语矣。”又载《杜园说杜 · 凡例》叙成书过程。梁氏酷嗜杜诗，枕藉其中数十年，穷一生精力而成此书，惜未刊行，但发现有秋竹斋稿本传世。我的同学冯惠民当时任《文献》杂志主编，告我书目文献出版社欲影印此稿本，我大喜过望，遂急急赴京披阅，并复印全稿而归。他又嘱我写一评介文字，我遂撰《梁运昌和〈杜园说杜〉》一文，在《文献》1994 年第 3 期发表。1995 年书目文献出版社影印《杜园说杜》稿本出版。据我考证，影印稿本实为梁氏未定稿，并非定稿本。今定稿本不知流落何处。梁氏《杜园说杜》在注杜诸本中可谓佼佼者。陈衍《石遗室书录》誉为"读杜者不可不读之书"。郭曾炘《读杜札记》一书，多采梁说，给予很高的评价。

2008 年，我和我的研究生们又编撰完成了《杜集叙录》（齐鲁书社 2008 年 10 月出版）。该书共收录杜集文献 1261 种，其中唐五代杜诗学文献 14 种，宋代 124 种，金元 28 种，明代 171 种，清代 416 种，现当代 350 种，国外杜诗学文献 158 种，是目前收录杜集文献最多最全的。在本书的撰写过程中，我们对现存杜诗学文献坚持尽量亲见原书的原则，从而最大限度地避免仅从前人的书目和著述出发，致使谬误流传，错讹辗转因袭之弊。如湖南省图书馆所藏元刻本《重雕老杜诗史押韵》，今存韵编杜诗者，当以此本为最古。虽系八卷残本，但实为罕见之孤本，亲睹者极少。我曾两赴长沙，但因湘图搬迁等原因，未获亲睹，深以为憾。而《草堂》1983 年第 2 期刊载《关于〈重雕老杜诗史押韵〉》一文，作者自称"我因在湖南工作，曾有机会获观半日，愿举所知，以告同好。"又云："本书有题跋三处，为一人笔迹。书前题记署'嘉靖岁在己巳十月二十有八日复翁识'，下钤阴文'黄丕烈印'，阳文'荛圃'二方印。"作者断定黄丕烈题跋为书贾伪造。因作者亲睹该书，言之凿凿，他人获观不易，故《杜集书目提要》照抄此文，亦云"书前题记署'嘉靖岁在己巳十月二十有八日复翁识'"。我对此一直存疑。2002 年 11 月，我借到长沙参加杜甫国际学术研讨会的机会，特地去湖南图书馆亲阅此书，发现书前题记署的却是"嘉庆岁在己巳十月二十有八日复翁识"。会后查核，嘉靖（1522－1566）共 45 年，但没有"己巳"年。而嘉庆十四年（1809）正是"己巳"年。黄丕烈（1763－1825），清江苏吴县人，字绍武，号荛圃，又号复翁。黄为当时著名的藏书家和校勘学家，喜藏书，尤嗜宋本，尝构专室，藏所得宋本，名之为"百宋一廛"。黄精校勘之学，所刊《士礼居丛书》，为学者所重。故黄丕烈题跋与钤印是真的，而非书贾伪造。一字之差，相差二百多年，又关乎真伪之别。除了坚持亲见文献的原则之外，我们同时又注意广泛参考吸收前人已有的研究成果，特别是前人书目对杜集文献的著录，并对各家著述中存在的重大疏误予以辨析和驳正。因此本书所著录杜诗学文献的丰富翔实程度以及对文献著者生平情况的考证研究深度，都较以往有很大进步。

三、集思广益

为保证《杜甫全集校注》的编撰质量，集思广益，更好地做好杜集校注工作，我们于 1979 年 5 月印发《〈杜甫全集校注〉例言》（征求意见稿），在征求了一些单位和个人的意见之后，7 月又修订为《〈杜甫全集校注〉体例》（征求意见稿），确定了杜集校注的宗旨："以严肃的科学态度，批判地吸收前人评注的成果，特别是利用近代及建国以来研究杜甫的成果，争取整理出一部编录谨严、校勘审慎、注释详明、评论切当的带有集注、集评性质的新校注本，为我国古典文学的教学和研究者提供一个比较完善的定本。"校注体例则采用编年和诗文分编，先诗后文。具体作品校注则包括题解、注释、集评、备考、校记五项。8 月，由人民文学出版社古典文学编辑室将修订稿印发全国有关单位和专家征求意见，并特别指出以下几个问题以供参考：

1.《杜甫全集》以《宋本杜工部集》为底本是否合适？

2.除列举的十种宋元刊本和一种明抄本外，还有哪些重要的杜集善本可参校？

3.您知道有哪些重要的杜甫集的校注本和杜甫的研究著作？现藏何单位或个人？国外有哪些国内所无的杜甫集善本？有哪些重要的杜甫集的校注本和研究成果？

4.整理《杜甫全集》，采用编年和诗文分编的体例是否合适？不能编年的诗，如何编录为好？

5.杜甫诗文校注分为题解、注释、集评、备考、校记五项是否合适？您认为哪些项目应删？哪些项目应补充？

6.拟定的校勘体例是否严谨？校勘中还需要注意哪些重要问题？

7.有关杜甫集整理工作的其他设想和建议。

在征求意见稿发出之前，还在成都进行实地考察时，6 月 9 日下午，廖仲安、焦裕银和我即去四川大学中文系召开座谈会，征求对《校注例言》的意见。

征求意见函发出后，先后收到意见及建议信函百余件。中国社会科学院文学研究所吴世昌 8 月 22 日复函云："3.注意收集解放前各大学学报中有关杜甫杜诗的论文，包括国外的大学(尤其日本方面，美国在战后出版的各东方学报也可注意，不妨发信给外国大学中文系教师，征询意见，请寄已出版的抽印本论文等等)。"北京师范大学聂石樵、邓魁英亦于 8 月 22 日复函云："(三)对本事、典故，务求引证最先出处，当然很好！但杜诗的文辞有时不是根据最早的典故出处而来的，因此其含义与最早的典故出处略有出入，建议对其辞义之不同也应该注明。"南京大学程千帆 8 月 23 日复函云："1.宋本杜工部集，当即王洙编无注本(洙注系伪作)，此本为今传各本最早者，用作底本，合适。2.供校勘之底本，以宋元为主，甚是。3.洪煨莲在檀香山大学所出杜甫研究二册(英文本)，未细阅，但觉地图甚精。或其参考书目中有善本，研究成果可资摄取。又杭州大学周采泉著杜诗书目，已将竣事。关于此类材料，不妨询之海内外学人。抗战前《艺文》(夏映庵编)连载《杜园说杜》，未完，不知今能得其全否。4.用编年和诗文分编，是合适的。5.历代传抄或刊行的批、点(主要是批)，是研杜重要资料。校注分五项，似无批语地位，此事如何处理？6.校勘体例，"一作"要慎重。底本上的"一作"要和它本上的"一作"分开，要标明何本。凡有数本相同者，可以最早出现之本为据，但标明此本即可。7.年谱，似可与诗目合并。8.散见于历代笔记、文集及近代论文中可采之见解，希望能广泛搜集。9.索引，如有人力，应有（1）分类索引。（2）诗题索引。（3）首句索引。（4）地名索引。（5）人名索引。10.要有一幅或多幅地图，包括作者游踪、安史战乱等等。11.《杜诗论文》《杜臆》《杜诗言志》及《杜园说杜》这一类分析评论一首全诗的著作，如何收入全集？或取其精要入注(如仇之于王)，或附集评中(如钱仲联之注韩)，或全都不要(可惜)。以上说法，恐多谬误，请鉴谅。"苏州大学吴企明 8 月 26 日复函："(七)《体例》对校勘方面，订得比较严谨，我特别赞同'一般以底本为据，不轻改底本'中的'不轻改'三字。……校勘，一定要以版本为据，不能以意测之，即使有疑问，而且这个疑问又有其他文史资料为证，然无版本为据，就不能轻改，只得存疑。"人民文学出版社王利器 9 月 5 日复函："山大整理杜集计划，略诵一过，体大思精，宜若无间然。唯杜集自传世以来，钻研者代不乏人，不徒有专著或笔记而已，即唐以后文集中论说、序跋、书札之论杜者，所在多有，其中论说、序跋有明白标题，尚可按图索骥；唯书札往往不出内容为何等，而实则为讨论杜诗者，如朱彝尊《曝书亭集》卷三十三《寄查德尹编修书》，即其一例。这项工程浩大，但极为重要，须组织专人，通读唐以后文集，刻意搜罗，则其贡献现尚未易估计也。希望在这次整理中注意及此，则这项工作将更深入更全面了。”山西大学姚奠中 9 月 24 日复函：“(3)注音用‘拼音和同音汉字’，对的，但不知对旧反切作何处理？旧注中往往有反切不同、意义亦异的，不注反切，说不明问题。似宜对难音或异音择优径注于原文字下用拼音和同音字，而旧反切与意义有关的，则一律并入注释内。”中山大学王起、杭州大学姜亮夫、北京师范大学启功、上海人民出版社朱金城等也都来函提出宝贵意见。这些意见和建议，对于我们完善校注体例和搞好校注工作都大有裨益，有的建议已被吸收到我们的体例和校注工作中。

根据校注体例，我们每人按自己的分工开始具体的校注工作，并选出若干样稿送人民文学出版社古编室，并请他们印发征求意见。1983 年 5 月 27 日人民文学出版社古编室复函云：“杜诗样稿经编辑室几位同志传阅后，曾就校注体例等问题座谈了一次，认为校注组掌握较完备的资料，有些校注，既吸收有价值的旧注，又融汇了校注者的研究成果；有关地理的注文，结合实地考察，较为翔实准确。但校注样稿体例不一，校注质量也参差不齐，有的样稿像是旧注集解，或是资料长编，需要进一步做些去伪存真、弃粗取精的工作。”并对样稿的题解、注释、集评、备考、校记各项一一提出了具体意见。又云：“关于样稿的排印问题，因繁体字排版北京仅有新华二厂一家，该厂任务紧，零件无法安排。今拟由我社打印室采取‘誊影’法复制。……关于样稿的印数，我们根据以前征求体例的范围，并考虑留些必要的机动数，拟印 300 份。”“除书面征求意见外，你们曾提出邀请一部分专家研究者开座谈会。座谈会的时间、地点、方式和规模，请你们与有关方面研究联系。座谈会的地点和时间确定后，请通知我室，我们将派有关的同志参加。”经与各方面联系协商后，我们决定于 1984 年 5 月在杜甫故里召开《杜甫全集校注》样稿讨论会。4 月上旬发出会议邀请函：“兹定于一九八四年五月三日至十日在河南省巩县宋陵宾馆召开《杜甫全集校注》征求意见会。敬请光临！”并根据当时的情况，特附“注意事项”：“一、请携带请柬到宋陵宾馆报到。二、请自带粮票。往返路费由所在单位报销。……”邀请函发出后，很快收到许多老先生因各种原因不能与会的回函。苏州大学钱仲联 4 月 11 日回函：“九日大函敬悉。辱承宠招，至为惭感。联因坐骨神经痛久治不愈，出门困难。除在大城市的会议，尚能勉强参加外，路远周折的，往往力不从心。因此未能出席尊处召开的会议，十分抱歉，谅邀鉴谅。”西北大学傅庚生 4 月 13 日回函：“赐笺敬悉，辱承盛情相邀，幸甚、幸甚！生抱病沉疾已六载有余，现病情虽较稳定，然步履维艰，行动殊感不便，巩县之行，愧难从命，敬希鉴谅！”四川财经学院（即今西南财经大学）刘开扬 4 月 16 日回函：“四月七日来示收读，杜甫全集校注样稿座谈会本应遵命前来参加、学习，因足疾行走不便，特此奉函说明，请予原谅。”南京师范大学金启华 4 月 16 日复函：“四月七日来函敬悉，启华本拟赴巩县杜甫故里观光，并向诸同志就教，惟近以事忙，兼有接待外宾任务，不克前来，谨致歉意，并表谢忱。”华东师范大学施蛰存 4 月 16 日复函：“惠函敬悉。我卧病已久，至今尚在医院，五月杜甫故里之会，无法躬逢其盛，甚为遗憾。谢谢你们见邀的好意。此致敬礼！华东师大施蛰存 84.4.16。”中山大学黄天骥 4 月 27 日回函：“请柬收到，并拟就道，但接我校通知，五月上旬要参加整党，这一来，无法离开，特此函告，请谅。”邓绍基、田间、冯至等人都是因为这一原因不能与会。说到田间与会而不能,还有一番曲折。王利器4月15日给古编室主任杜维沫写信:“我想推荐田间同志参加巩县之会。理由:一、听一听现代诗人对古诗人的意见;二、五十年代,有故家打算把一批《杜甫集》出让给我,大约有十几二十种,中有不少明刻本,田间同志知道了,他说他要,我就转让他去买了,这其中可能有罕见之本;三、五七年以后,我和他失去联系了,听说,田间同志现是河北省文联主席,信寄石家庄,当可收到。”既然王利器推荐,怎能不让田间与会? 于是责任编辑陈建根4月16日写信给我们说:“兹有二事转告如下:一、王利器同志来信推荐诗人田间可参加巩县之会。理由信中已详述,现将原信附上。杜维沫同志同意王利器同志的意见,认为应请田间出席。请你们转告萧先生,由他决定。如同意,请你们直接发信邀请。田间的住址是:北京市后海北沿38号。”萧先生当然同意,于是我们发出邀请,想不到4月24日田间回函:“山东大学文史哲研究所:谢谢你们的邀约。五月份我要赴石家庄,参加整党学习,请原谅我不能赴约。”此事如此作罢。最令人感动的还是冯至先生。陈建根4月23日来信:“冯至先生的请柬,我已亲自送交他本人,经当面和电话多次恳请,冯先生已同意参加,并由我社设法代买车票。”并转来冯至给他的信:“陈建根同志:方才给您打电话,您不在,接电话人说您今天不一定到社里来。我只好给您写这封信。我本来有两件比较繁重的工作,必须在五月上旬完成。我答应去巩县时,曾想加把劲儿,提前把那两件工作搞完。但是这些天整党学习,没有时间去搞,自已的精力也来不及。经过反复考虑,只好放弃巩县之行了。为了约我去巩县开会,您两次来舍下洽谈,费神费力,我殊觉不安。我为了以上缘故,违背诺言,仍希鉴谅。您到巩县后,请代我向萧涤非先生表示谢意和歉意,是所至感。此致敬礼! 冯至四月二十五日。”真是长者风范,令人肃然起敬。

有的先生不能与会,但寄来了建议和意见。如程千帆4月23日来函云:“1.整理内容分五项,甚好。全书以详备为好。这可使读者得此一书,即备众书。目前许多杜集、杜注已罕见,不能过略。这部书应注意提高,不必顾及普及。2.撷取旧注,应采异说。是者入‘注释’,可商者,入‘备考’。其甚荒谬者,亦不妨在‘备考’提一二句,提供读者以进一步考查之线索。3.径引比概述好,尽量保留原文。加按语以见编注者之意见,很好。4.镜铨编法可取。对不能编年之作,另附于后的办法,不一定好。似可,(1)据某一旧本酌附。(2)据编注者意见酌附而加说明。5.请查一下日本旧注旧刊本。吉川幸次郎注有所征引,惜不全。十三种今日有代表性,以王洙本(续古逸本)作底本,好。但后人注释、诗话中及涉及校勘之材料,也应当用。6.如能将所有材料汇为长编,然后加工成校注,先出校注,将来条件许可时,连长编一齐印出,则更大有功于杜学。此事,贵组现在进行,并不困难。其次,将罕见而质量高之旧注,选一二十种,编以杜集(旧注)丛刊,略加标点,交出版社发行,也是功德无量。如黄白山《杜诗说》,今日已很难得了。五十年前,尚颇易购也。”而山东师范大学庄维石5月16日来函云:“杜甫全集校注组同志:大著《杜甫全集校注》征求意见稿粗读一过,征引宏富,注释详明,评论精当,使读者手此一编,即可知古今研杜诸家之意见。佩服,佩服! 甚望全集早日出版,以饱眼福。我学殖不丰,识解多僻,且对杜诗只有欣赏,并无研究,岂敢妄发议论,致贻班门弄斧之讥? 既承下问,只好写出数点意见(见别纸);权当刍言,非敢望采。”庄先生言过自谦,但极认真地提出许多意见,竟长达九页之多。今摘其要者如下:“一、繁简问题,我看,顾炎武

《日知录》中论‘文章繁简’说，‘辞主乎达，不论其繁与简也’，给文章作者及评论者提出了很好的意见。鉴于顾氏之说，则大著《杜甫全集校注》，无论其注释、集评或备考，都应以明确为主。明确，则繁亦可，简亦可；不明确，则繁亦不可，简亦不可。来稿显明的优点是详细，但于明确，似仍有可议处。二、来稿《例言》说：‘凡本事、典故，务求引证最先出处。’意思很好，但不易做到。《寄岳州贾司马六丈巴州严八使君两阁老五十韵》注【三一】，释‘弟子贫原宪’引《史记·仲尼弟子列传》原宪故事，而此故事早见《庄子·让王》、《韩诗外传》卷一。《例言》又说：‘凡原诗用古语精当灵活，推陈出新之处，当力探其用语之出处，以明诗人遣词之匠心。’意思也很好，但亦不易作到。《寄岳州贾司马六丈巴州严八使君两阁老五十韵》：‘师资谦未达’，如以《法言·问神》：‘颜渊亦潜心于仲尼矣，未达一间耳。’注释之，易见‘诗人遣词之匠心’，而注【三二】未加注释。”“四、‘以前杜集的编排，大体分三类：（一）编年；（二）分类（按诗的内容分类）；（三）分体（按诗体分类）。’（来稿《例言》二页）我看，还是按体编排好：诗文分编。诗，按诗体编；文，按文体编。这样编，也可使读者‘知人论世’，因为杜诗的写作年代，来稿已在《题解》中说明，还可参照杨伦《杜诗镜铨》作一杜甫《年谱》，参照浦起龙《读杜心解》，作一《编年诗目谱》。”

在一切准备就绪后，由山东大学、人民文学出版社和巩县杜甫故里纪念馆联合召开的《杜甫全集校注》样稿讨论会，于 1984 年 5 月 3 日至 10 日在河南省巩县杜甫故里举行。出席讨论会的，有山东大学党委副书记戈平，人民文学出版社总编辑屠岸，河南省委宣传部副部长林英海，巩县县委书记牛甲辰，巩县杜甫研究学会会长杨立柱，知名学者殷孟伦、蒋维崧、王利器、周振甫、舒芜、冯钟芸、陈贻焮、成善楷、安旗、聂文郁、耿元瑞等。还有成都杜甫草堂负责人杨铭庆，杜甫后裔杜思智，加拿大不列颠哥伦比亚大学亚洲学系教授叶嘉莹女士以及有关高等院校、科研单位、出版社和《杜甫全集》校注组的同志，共七十余人。《杜甫全集校注》主编、山东大学教授萧涤非主持了会议。在开幕式上，戈平副书记代表山东大学向支持和协助召开这次会议的有关单位的领导和同志们，表示衷心的感谢，向光临大会的专家学者表示热烈的欢迎。他说：“山大党委和校行政，对杜甫全集校注工作非常重视，把它列为全校文科的重点研究项目，吴富恒校长亲自过问这项工作，在人力配备和经费开支等方面，都给予了最大的支持和优先的照顾。几年来，校注组的同志们，在全国有关单位和同志们的大力支持下，实地考察了杜甫的行踪遗迹，搜集了大量的有关资料，为全集校注工作做了充分的准备，在此基础上，写出了部分初稿。为了校注工作的顺利进行，特地召开这次样稿讨论会，广泛深入地征求与会专家学者们的宝贵意见。参加讨论会的同志们，都是学术界和出版界的专家，许多同志还是研究杜甫的专家，其中不少同志都有研究杜甫的专著，在学术界有着广泛的影响，有的是杜甫研究方面的权威，在国内外享有很高的声誉。希望各位专家、学者，在讨论中，畅所欲言，各抒己见，多多提出宝贵意见。”萧先生在讲话中表示：“人民文学出版社把《杜甫全集》的校注工作交给了山东大学，决定由我主持。考虑到整理《杜甫全集》是一项很有意义的工作，虽然感到担子很重，困难很多，我当时还是欣然接受了。古人说：不行万里途，不读万卷书，不可读杜诗。明人陈继儒说：‘兔脱如飞神鹘见，珠沈无底老龙知。少年莫漫轻吟咏，五十方能读杜诗。’可见读杜不易，真正读懂更不易。我可以说读了一辈子杜诗，现年近八十，还不敢说真正读懂了杜诗。”“为了尽可能好地完成杜集校注工作，早在 1979

年，我们就编拟了《杜甫全集》校注体例，曾印发全国有关单位和专家征求意见，许多同志，包括在座的一些专家，都寄来了详细的书面意见，对校注体例提出了许多宝贵的建议，对杜集整理工作给予了大力支持，使我们的校注工作得以顺利进行。在此，我谨表示衷心的感谢。”“今天大家看到的这个《杜甫全集校注》(征求意见稿)，是从初稿中选取了一部分由人民文学出版社印发的，共计十一题十六首诗，包括各种诗体，算是作为样稿，供大家讨论研究，广泛征求大家的意见。希望各位专家学者，在阅读样稿后，对征求意见信中所开列的几个方面的具体内容，当然不止于这几个方面，凡是有关杜集校注的体例和细目，提出宝贵的意见。我们的样稿还不成熟，算是‘抛砖引玉’，希望大家各抒高见，予以指正，我们竭诚欢迎。杜甫诗云：‘文章千古事，得失寸心知。’各位对杜诗都是深有研究的，个中甘苦，自然深知；诗中真意，自当神会。希望大家知无不言，言无不尽，畅所欲言，各抒己见，真正把我们的讨论会开好，达到预期的目的。大家对讨论会有什么要求，可以随时提出来。许多年事已高的老同志，可以量力而行，不要搞得太紧张，要劳逸适度，有的会可以随便参加，也可以‘运筹于帷幄之中’，让我们校注组的同志去当面征求意见。总之，我们要把讨论会开好，开得大家心情舒畅，身心健康！”

与会同志对杜集之体例、要求、规模、繁简、文风诸方面进行了周悉审慎的讨论，广泛地发表了意见，并在小组讨论的基础上作了大会发言。大家对《杜甫全集》校注组所取得的初步成果，一致表示肯定和赞扬，而对其不足之处也提出了不少宝贵意见。大家对校注本的体例和规模基本上予以肯定，对《杜甫全集校注·例言》中提到的要“编写出一部编录谨严、校勘审慎，注释详明、评论切当的带有集注集评性质的新校注本”这样一个编辑指导方针，表示赞同。许多同志要求这部书既要集大成，又要成为一家言，应该把集众说与树己见很好地统一起来；许多同志指出，虽然是带有集注集评性质的，但不要成为资料的堆砌，而是要有选择，有鉴别，有判断，有主见，应该是“全而精，详而明”；有的同志满怀激情地说，整理杜甫的文学遗产，整理和总结前人研究杜甫的成果，编出一个《杜甫全集》的新校注本，体现出中华人民共和国的学术水平，这是时代赋予我们的任务。用这样的精神编出其他各个大作家全集的新校注本，也是时代赋予我们的任务。完成这项任务，不仅是对当代读者负责，也是对子孙后代负责；不仅是对中国人民负责，也是对世界人民负责。早在中华人民共和国成立初期，邵荃麟同志就提出了这项任务，但工作进展不快，“文化大革命”更耽误了十多年时间，粉碎“四人帮”以后，重新制订了规划，到今天又已经过去了七八年。因此，我们应该有一种紧迫感，加快步伐，完成这项“千秋大业”。大家认为，这次讨论会，不仅推动《杜甫全集》校注工作的加快进行，而且将推动其他各个大作家全集校注工作的加快进行。

会议期间，人民文学出版社还约请中华书局、上海古籍出版社、齐鲁书社、中州古籍出版社和其他大作家全集校注组的同志，座谈讨论了各个大作家全集的校注工作，交流了情况，总结了经验。巩县杜甫故里纪念馆，还专门召开座谈会，就纪念馆的改建和文物保护工作，征询了有关专家学者的意见。与会同志还参观了杜甫故里、巩县杜墓、偃师杜墓和洛阳龙门石窟。

会议期间，巩县杜甫故里纪念馆还特地举行了书法表演，萧涤非、殷孟伦、蒋维崧、王利器、陈贻焮等都乘兴挥毫为纪念馆题词赋诗。叶嘉莹教授还用英文书写了杜甫《秋兴八首》

第二首，并吟唱了《秋兴八首》第一首。七十八岁的萧先生怀着激动的心情即席赋《重谒杜甫诞生窑》诗一首：

笔架山前暗揣量，的应窑洞出诗王。
少陵若是庄园主，那得光芒万丈长！

会后，我以《〈杜甫全集校注〉讨论会在巩县召开》作了报道，载《古籍整理出版情况简报》第123期(1984.6.1)。

集思广益，同样体现在“前言”的撰写上。萧先生指定“前言”由郑庆笃执笔，集体讨论修改。于是郑庆笃博览群籍，殚精竭虑，损益众说，以一年之功精撰而成数万字之“前言”。在撰写过程中，曾经多次集体讨论。大家以认真负责的态度，从整篇结构、立意论述，到征引史实、字句斟酌，畅所欲言，各抒己见。如关于杜甫生平的分期，萧先生的《杜甫研究》将杜甫生平分为四个时期：读书与漫游时期(35岁以前)、困守长安十年时期(35—44岁)、陷贼与为官时期(45—48岁)、漂泊西南时期(49—59岁)。后在萧先生和游国恩等主编的《中国文学史》中，采纳了萧先生的分期法。由于《中国文学史》是当时高校的通用教材，萧先生的分期法遂为学界所公认。但在此前后，仍有不同的分期法。如郑振铎著《插图本中国文学史》就分为三期：第一期是安史之乱(755)以前；第二期是安史乱后至入蜀以前(755—759)；第三期是从乾元二年冬到成都起，直到他死为止(759—770)。陆侃如、冯沅君所著《中国诗史》则将杜甫生平分为五期：一、712—735年，即24岁以前；二、735—755年，即24岁到44岁；三、755—759年，即44岁到48岁；四、759—765年，即48岁到54岁；五、765—770年，即54岁到59岁。因为第一期没有作品流传，而将其创作分为四期。后出之聂石樵、邓魁英所撰《杜甫选集》亦将杜甫生平分为五期：一、712—745年，即西归长安之前；二、746—755年，即困守长安十年；三、756—759年，实为陷贼、为官与流离秦州、同谷时期；四、759—765年，实即两川时期；五、765—770年，即流离夔州和荆湘时期。以上诸家之说实大同而小异。因为萧先生的四分期说最为流行，而漂泊西南时期亦有细化的必要，而以上诸家实多将这一时期细分，为与诸家稍有不同，故我提出了六分期说，特别突出了夔州时期，大家讨论后表示同意，于是在“前言”中确定下来：一、读书漫游时期；二、长安困顿十年；三、战乱初起，颠沛流离时期；四、流寓两川时期；五、寓居夔州时期；六、漂泊荆湘时期。1989年底将“前言”和前六卷誊清稿交出版社之前，廖仲安又在“前言”中加了一长段论述近百年来杜甫影响和研究的情况，后来他加工成《近百年中国文化艺术中杜甫的潜在影响》一文，在《杜甫研究学刊》1992年第4期发表。郑庆笃亦将“前言”中一部分写成《杜诗诗史之誉》一文，在《杜甫研究学刊》1990年第4期发表。萧先生逝世后，校注工作一度停滞，2009年重新启动后，我又根据情况的变化，对“前言”做了必要的修改补充，并特别声明：“前言曾经先师手定，因二十年来杜诗研究有了新的进展，校注工作亦有变化，故在最大限度保留原来面目的前提下，对其稍做必要的修改。”

实际上，征集意见、集思广益的工作是贯穿杜集校注始终的，这只要将最初的设想与最后出版的定本比较一下，就不难发现它们渐趋完备的演进过程。

四、天夺我师

1978 年初，人民文学出版社约请萧先生主持《杜甫全集》的校注工作，而要完成这项艰巨而浩大的工程，当务之急是组班子，物色人选。当时在中文系古典文学教研室承担唐代文学教学和研究的年轻教师只有焦裕银。我是 1964 年北京大学中文系毕业后，考取了冯沅君先生的研究生，从事宋元文学的研究。1967 年毕业留校任教。1974 年冯先生不幸病逝。所以萧先生点名让我参加校注工作。北京师范学院的廖仲安是萧先生在西南联大时的学生，又协助先生编写《中国文学史》，是其得力助手，故先生特邀他参加。其他校外人选，萧先生提到郑庆笃和冯建国。郑庆笃是 1955 年考入山大中文系的，1959 年毕业后分配到山东师范学院（即今山东师范大学）工作，1964 年又随萧先生进修唐代文学两年，深得先生器重，于是把他调来。冯建国是 1973 年入山东大学中文系学习的，曾从萧先生一起搞过刘禹锡诗注，先生印象不错。他当时在山东省总工会工作，萧先生让我去考查后调进来。说到调人，还有一个小插曲。当时先生属意的人选还有他的学生钭东星。钭东星是 1955 年从浙江考入山大中文系的，在读期间，他省吃俭用买了一部《全唐诗》，深得萧先生赞赏，1959 年毕业时，被萧先生留作助教，1965 年下放到博兴一中。杜集校注急需人才，于是萧先生向省里提出要调钭东星，并亲自找了当时分管文教工作的副省长王众音，得到同意后，萧先生让我去博兴办理钭东星的调动事宜。于是我就赶去博兴，先到县教育局联系，恰巧负责接待我的是山大中文系毕业的工农兵学员，她告诉我："张老师，县里清查三种人，钭老师刚被逮进去。"原来钭在"文化大革命"时是一个群众组织的头头，"文革"结束后，他受牵连而被捕入狱。我回来对萧先生说："老钭刚进去，恐怕不行了。"于是作罢。

萧先生是著名的杜甫研究专家，他的《杜甫研究》代表了我国 20 世纪 80 年代以前杜甫研究的水平，奠定了他在我国杜甫研究领域的地位。就在 1980 年齐鲁书社即将出版《杜甫研究》（修订本）之际，山东人民出版社的孔令新（他是山大中文系毕业的，也是萧先生的学生）来找我，说许多读者读《杜甫研究》，很想知道萧先生"治杜"的经验和甘苦，他们正要创刊一份名为《文苑纵横谈》的刊物，想在创刊号上刊登一篇采访萧先生的文章，并让我来写。我知道萧先生是不喜欢人家采访的，但出版社既然如此恳切，我就硬着头皮去见先生，说明缘由，先生最后勉强答应了。于是我们便登门采访，萧先生热情地接待了我们，并带歉意地说："我的老师黄节先生有句诗：'壮士怕题生日诗。'他为什么'怕题'呢？大概是感到自己没有什么值得一'题'的。这自然是老先生的谦词，实际上他是不愿题，不愿为人所知。他自号'晦闻'也正是这个意思。我是学我老师的，他尚且如此，所以我更是不愿提自己的事。几个刊物约我写什么自传，谈什么治学经验，我最怕这个，至今没有动笔，还欠着账，人家可能会有意见的。你们几次要访问我，坚持要我谈谈，实在推不掉，只好谈一谈。可是说真的，有什么好谈的呢？"先生开了话头，我们很高兴。想到先生曾在《〈杜甫研究〉再版漫题》一诗中写道："我于古文学，特爱少陵诗。"于是我就说："请先生谈谈您为何'特爱少陵诗'？"萧先生深有所感地说："是生活使我接近了杜甫，产生了研究杜甫的念头。在当时那种恶劣的环境下，读杜甫的诗确是一种安慰。就像文天祥在狱中说的那样，你想说的，老杜已先代你说了，读他的诗，就像自己的诗一样，而忘其为老杜诗了。我总觉得，在我国文学史上，杜甫是欠劳动人民的血汗债最少，而又为劳动人民说话最多的诗人。因此对杨亿之流骂杜甫为‘村夫子’特别反感。宋人戴昺就曾不服气地说：‘少陵甘作村夫子，不害光芒万丈长！’这驳斥得很痛快。总之，我的生活实践和个人经历，使我逐步爱上了杜甫，爱上了杜诗，所以当抗战胜利后，1947 年我又回到山东大学的第二年，便开了杜诗这门课。但这也只是一个开端。”我们请先生谈谈他几十年来治杜诗的甘苦，想不到先生微笑着说：“对于治杜诗的人来说，是无所谓甘苦的，都是甘，不以为苦。研究杜甫是一种乐趣。尽管工作很艰苦，但苦中有乐，苦尽甘来，苦也就是甘了。研究杜诗就是要有一股寝食俱废的傻劲。说来也有点怪，世上就是有那么一些人心甘情愿为杜甫卖命。如王嗣奭、仇兆鳌等就都是倾注了几十年的心血于杜诗的。王嗣奭说他 20 岁读《新安吏》，到 80 岁还在读，一天夜里忽于枕上得一新解，即视为莫大的快事。他在诗中也说‘忆昔攻诗梦少陵’，可见其用力之勤，用功之深。我个人也有这么一点体会。常常是因为思考杜诗中的某个问题而寝食不安，如偶有所得，就是半夜三更也要起来把它记录下来。”在“文化大革命”中，萧先生曾被郭沫若点名批判，他曾说过“发誓不再谈杜诗”的话，但随着“十年浩劫”的消逝，他研究杜甫的热情又迸发出来。所以当人民文学出版社约请他主持《杜甫全集》校注工作时，先生不顾年事已高，欣然承担了这一艰巨的任务。他在 1978 年春节贺词《满江红・心声》中就表示了自己的决心：“莫道书生无壮志，从来老骥羞伏枥。誓都将心血付‘村夫’，杜陵集。”山东大学党委和校领导，从人员到经费，都给予了极大的支持。在萧先生主持下，成立了《杜甫全集》校注组，编写了校注体例，积累了不少研究资料，已经做了许多工作，取得了相当的进展。为了更好地校注杜诗，1979 年夏天，年逾古稀的萧先生不顾长途跋涉之苦，亲自率领校注组的同志，先后到洛阳、西安、成都等地考察杜甫行踪遗迹，其精神也是令人钦佩的。当我们问到如何做好《杜甫全集》校注工作时，萧先生严肃而认真地说：“我们现在搞的是一个新的集大成的工作，实非易事。我们要战战兢兢，如履薄冰，如临深渊，丝毫马虎不得，懈怠不得。要做好全集校注工作，我看至少要有两条：一是物力，要尽可能广泛地收集和占有资料，这是物质基础，是做好校注工作的第一步。资料不全，还谈得上什么集大成？这方面我们已经做了不少工作，花了不少精力。现在看来。重要的资料基本上都有了，但还要继续做下去，不断补充新的资料。二是人力，也就是工作水平问题，这是一个更为重要的问题。事在人为嘛！”为此，萧先生经常提醒参加校注的同志要下苦功夫，要打牢基础，要熟读杜诗，博览与杜诗有关的书籍，尽快地提高自己的业务水平。只有工作水平提高了，校注的质量才能提高，才能超过前人。不然的话，要超过仇兆鳌那真是谈何容易！尽管我们现在的条件，要比仇兆鳌那时好得多。这里绝对需要的是谦虚和勤奋！访问结束时，萧先生郑重地对我们说：“杜甫晚年写过一首《南征》诗，其中有这样两句：‘百年歌自苦，未见有知音！’我们能不能成为杜甫的‘知音’？这就要看我们的努力了。这里又用得上杜甫早年的两句诗：‘会当凌绝顶，一览众山小。’我们应当有这个气魄。我已经 75 岁了，不能不把更大的希望寄托在年轻的同志们身上。同时，也切盼在较好地完成《杜甫全集》校注工作的过程中，能得到各有关方面的大力支持。”萧先生在百忙之中，抽出宝贵时间，和我们谈了他几十年来研究杜甫的经验和体会。在访谈中，考虑到先生的身体状况，我们几次劝他休息，先生都不肯，长谈数小时，不仅毫无倦意，而且谈锋甚健。我们发现，只要谈起杜甫，先生的兴致就来了。他与杜甫之间似乎有着一种特殊的感情。这种感情，是学者对自己事业的热爱，也是对自己所研究对象的倾慕。这也许正是一个学者取得成就的原因所在吧。访问后，我整理成《萧涤非与杜甫研究》一文，刊登在《文苑纵横谈》第 1 辑（山东人民出版社 1981.9）。

校注组开始是在中文系，在文史楼二层一间约二十平方米的房间里集体办公。因系里有教学任务，萧先生怕影响校注工作，就将校注组的关系移到刚成立的文史哲研究所，这样就可以集中精力和时间进行杜集校注了。文史哲研究所是吴富恒校长为加强文科科研和方便一些老先生的研究工作而建议成立的，它 1978 年开始筹备，1980 年经教育部正式批准，是"文革"后山东大学成立最早的研究机构，吴校长兼任所长，吕慧鹃为常务副所长，萧涤非、王仲荦、蒋维崧等老先生都是副所长。我们校注组就从文史楼搬到了数学楼，占据了相连的两个房间，又从图书馆调集了所需的各种杜集版本和专业书籍，办公条件大为改善。这一切都是萧先生通过学校解决的。吴校长对萧先生极为尊重，对杜集校注大力支持，凡办公用品、差旅费用、购置图书等，学校都是实报实销。1979 年 5 月至 7 月萧先生率领校注组一行七人沿着杜甫行踪遗迹进行实地考察，所花差旅费才三千多元，复制杜集资料也很便宜，所以萧先生后来大发感慨："老杜有知，我们幸运。若在现在，那花钱可就大多了！"

1984 年 5 月 3 日至 10 日，由山东大学、人民文学出版社和巩县杜甫故里纪念馆联合召开的《杜甫全集校注》样稿讨论会，在河南杜甫故里举行，萧先生自始至终主持了会议。1985 年扩建杜甫故里纪念馆，山东大学捐助贰仟元，在"敬慕诗圣奉修故里"第一批赞助名单中，山东大学排在第一名，是唯一捐助贰仟元的单位。在杜甫陵园竖立着两通纪念碑，一通由萧先生题写碑名"唐杜甫陵园纪念碑"；另一通刻有萧先生的《重谒巩县少陵墓》诗和天津大学王学仲的《谒杜甫故里》诗。成都杜甫草堂 1985 年编辑出版《杜甫纪念馆三十年（1955—1985）》，特请萧先生题签，书内刊登萧先生题词："草堂胜处在花溪，今日惟残水一隅。安得清江如往昔，从教并蒂出芙蕖。"1985 年 5 月 13 日，成都杜甫纪念馆复函我文史哲研究所："今年五月四日为我馆建馆卅周年，同时正式成立杜甫草堂博物馆。……兹寄上我馆为纪念建馆卅周年编辑的纪念册五本。其中馈赠贵所及萧涤非教授各两本，另一本请烦交现正在贵所研究杜诗的美籍学者车淑珊女士为感。《纪念册》限于我们的水平，恐有讹误或不妥之处，请不吝指导。萧老多次对本馆工作大力支持，谨再致谢忱！并望今后多赐教。封面题词是我们根据萧老手迹摄成。事前未经同意，请谅。"

萧先生在抓紧杜集校注工作的同时，就是这样尽其所能地积极促进杜甫研究事业的发展。1985 年 3 月 28 日，他利用在京参加全国政协会议的间隙，为徐放的《杜甫诗今译》写了序言。同年，萧先生又在《文史哲》第 5 期发表了《〈耒阳溪夜行〉的作者是张九龄》一文。而以往都认为《耒阳溪夜行》是戎昱"为伤杜甫作"，并作为杜甫"卒于耒阳"的证据。萧先生对此文甚为重视，他在 1989 年 7 月 11 日写给故乡临川市文联主席徐恒堂的信中说："从个人说来，我觉得最有关系的是两篇文章：一是《关于〈李白与杜甫〉》，与郭老争鸣，经《新华月报》全文转载，影响很大；另一是《〈耒阳溪夜行〉的作者是张九龄》，解决了三百年来的错案。"我 1990 年由山东大学出版社出版的《杜诗纵横探》，萧先生亲为题写书名，并郑重地签名钤章。萧先生始终关心杜集校注的经费问题。1990 年 1 月 23 日，山东省委常委、宣传部长苗枫林和副省长宋法棠在春节前去看望萧先生，先生顺便提到《杜甫全集校注》的经费问题。随后省里要省教委解决四万元，我去找省教委副主任王秀明，他是从山大数学系出去的，因当时经费困难，最后只拨给两万元。

1989 年底，我们给出版社送去六卷校注誊清稿。因萧先生年事已高，为使先生早日看到杜集出版，我们特地与人民文学出版社协商，能否争取在 1991 年底先出版《杜甫全集校注》第一册(包括“前言”和我所撰写的第一、二卷诗)，出版社基本同意了我们的意见。1990 年 11 月 30 日下午，责任编辑陈建根到北京师范学院对廖仲安说：“1.陈早春社长说杜诗校注一定善始善终，不计较经济问题。2.虽交稿已拖延，但 1991 年底见第一本之计划，仍尽力争取完成，准备多付排印费。3.陈阅定一、二卷后，拟请冯至、舒芜、王利器等谈一些意见。”据先生季子光前《在父亲最后的日子里》(《联合周报》副刊版 1991.5.25)记载：“3 月底，他仔细审阅了《杜甫全集校注》的稿子，认真提出修改的意见。尽管组内同志一再请他慢慢看，不要太劳累，他还是一丝不苟、抓紧时间。”4 月 5 日因病住院。我们都非常关切他的病情。所里倾尽全力，派人前去昼夜护理。病情恶化，几经抢救，遂几次转危为安，但我们都忧心如焚，惴惴不安。先生逝世前几天，病情稳定，情绪比较安定，神志依然清醒，我们以为先生会逐渐康复，不久会出院静养的。但先生似有预感，在我服侍他的时候，他曾对我说：“老张，这次进来恐怕出不去了。”想不到 15 日下午 5 时 10 分，先生竟溘然长逝。天夺我师，悲痛莫名。先生极重家庭亲情，逝世前更是念念不忘他的小孙子毛毛。光前《舐犊之爱——记父亲萧涤非与他的小孙子毛毛》(《联合周报》1993.11.13)曾记下感人的一幕：“后来病情好转，父亲曾破例下楼等毛毛一小时。那天，他打来电话，叫带毛毛去。当我臂上挂满大包小包，怀里抱着毛毛转过门诊楼时，一眼望见父亲正坐在病房大楼门外石栏上张望，手里还握着一瓶饮料，不禁心头一热，快步迎上。‘怎么才来?’他问。我说：‘坐电车来的。’本以为他会高兴，不料他却有点不快了，说：‘我不是让你要个车吗? 等了快一小时，还怕你们出什么事呢。’病房在顶层 11 楼，这么大年纪，又有病，他的话与其说是责备，不如说是有些难过了。我竟一时语塞，后喃喃地说：‘没想到您这么着急，还以为您在病房里，所以没要车。’又连忙举起毛毛：‘快叫爷爷，爷爷等你好久了。’父亲遂开颜一笑，递给毛毛饮料。”文章发表后，光前于 1993 年 11 月 18 日赠我留念，并写：“敬赠张忠纲教授并杜甫组。”

萧先生逝世后，全国政协、国家教委、中国社会科学院、全国高校古委会、人民出版社、人民文学出版社、上海古籍出版社、北京大学中文系、复旦大学中文系、南京大学中文系、中国人民大学中文系、江西省临川县(今临川区)人民政府、临川县湖南乡人民政府、成都杜甫草堂博物馆、河南巩县杜甫故里纪念馆等单位及王淦昌、夏征农、臧克家、杨向奎、罗竹风、余冠英、王季思、钱仲联、程千帆、周勋初、吴组缃、林庚、陈贻焮、袁行霈、季镇淮、费振刚、王运熙、霍松林、王达津、安旗等发来了唁电和唁函。《光明日报》在第一版显著位置刊登了消息，对他在中国文学史研究和杜甫研究方面所取得的成就，给予了很高的评价。臧克家唁电云：“惊悉萧涤非先生逝世，不禁老泪滂沱，痛惜当世学者如先生者亦无多，半世纪教我益我之尊师好友舍我而去，痛哉！痛哉!”北京大学中文系唁电：“惊悉萧涤非先生仙逝，不胜震悼。先生以其深厚之学力，睿智之识见，竭尽毕生精力，从事中国古典文学研究，鸿篇巨制，垂范后世。执教六十年来，桃李满天下。先生之逝世，是我国学术界教育界一大损失，谨向先生家属表示深切慰问。”河南省巩县(今巩义市)政协、杜甫故里纪念馆唁电:“惊悉萧涤非教授逝世,不胜悲痛。萧教授多次临巩指导工作。他的逝世,对我县杜甫研究工作是莫大的损失。”季镇淮、孙玉石、费振刚、沈天佑、孙静、张菊玲的唁电:“惊闻萧涤非先生逝世,不胜哀悼,我们曾与先生共同编写《中国文学史》,得以朝夕相处,疑义与析,深受启迪。先生高风亮节,博学深识,令人敬仰。先生顿逝,我们失去一位益友良师。谨向家属致亲切慰问。”程千帆、周勋初唁电:“涤非先生不幸仙逝,高才博学,于学术上卓有建树,夙为学界景仰,遽尔奄化,震悼莫名,尚盼家人节哀。”钱仲联唁电:“惊闻涤非先生逝世,山颓木坏,我将安仰,哀演之情,非可言宣。敬电致唁。”先生的博士研究生林继中唁电:“天丧我师,文星遽陨,一恸无缘。先生扶轮大雅,抉杜诗之精髓,得天地之正气,孔铎忽喑,我心如捣,挥泪驰唁,不尽余哀。”杜甫组的同志写了挽诗。廖仲安《悼涤非师》四首云:“受学昆明始甲申,先生飘泊走风尘。学诗为我端祈向,五百咏怀与北征。读杜情亲得共鸣,偶言民瘼话抓丁。先生朗诵新安吏,眼枯天地终无情。别裁伪体转多师,纪念少陵共论诗。共识良工心独苦,文章千载寸心知。全集校注共艰辛,十年冷凳未辞贫。熔今铸古谈何易,誓完遗业答师恩。”焦裕银《菩萨蛮·悼恩师萧涤非教授》:“潇潇春雨如洒泪,学林痛悼巨星坠。执教六十年,门生逾三千。治杜终生业,呕尽心底血。遗志誓继承,告慰九泉灵。”张忠纲《痛悼萧涤非师》:“呜呼苍天丧我师,无言泣血诀离时。文星遽殒风云惨,孔铎恩喑雨露悲。博学才高词苑杰,阐幽微显杜陵诗。芬芳桃李恋春色,绍继宏规发绿枝。”

萧先生逝世后,学校成立了“萧涤非教授治丧委员会”,由潘承洞校长任主任委员。4月20日下午,各界人士数百人,怀着沉痛的心情,齐集济南英雄山烈士陵园,深切悼念这位久负盛名的卓越学者。追悼会下午3时隆重举行。追悼会由潘承洞校长主持,副省长张瑞凤致悼词,梁步庭、陆懋曾、丁方明、孙汉卿、吴富恒、孔令仁等参加了追悼会。悼念大厅里摆满了花圈,挂满了挽联。杨向奎撰写的挽联云:“六十年身教门下士多成硕学,百万言著作杜甫诗独擅权威。”我们撰写的挽联:“踵武尼父授业解惑育后学桃李满天下,钦崇少陵阐幽发微笺杜诗声名盈域中。”郑庆笃集杜句挽联:“先生艺绝伦,念昔挥毫端,述作等身以是文传天下口;斯人已寂寥,到今有遗恨,注杜未捷且待寄语北来人。”

由我起草,以郑庆笃、焦裕银、张忠纲、冯建国署名的《继承遗志答师恩——悼萧涤非先生》表达了我们的心声:“萧先生是我们的良师益友,几十年来,耳提面命,谆谆教诲,言犹在耳。他的逝世,是我国教育界和学术界的重大损失,也是我们《杜甫全集校注》工作不可弥补的重大损失。我们要化悲痛为力量,学习先生忠于社会主义教育事业的崇高精神,兢兢业业、认真负责的工作作风,严于律己、谦虚谨慎的高贵品质,精勤严谨、一丝不苟的治学态度,努力完成先生的未竟之业,以慰先生在天之灵。先生九泉有知,亦当含笑首肯矣!”(载《大众日报》1991.5.9第3版)

萧先生生于清光绪三十二年(1906)11月27日,他在履历表中大多直填十一月二十七日,所以人们以为是公历1906年11月27日。我在写他的悼词时,查阅了他的档案材料,发现是“光绪三十二年11月27日”,对应公历就是1907年1月11日,而不是1906年。遵循习惯,山东大学决定于2006年举行“萧涤非先生百年诞辰系列纪念活动”。11月25日上午9:00,萧涤非先生百年诞辰纪念大会在山东大学隆重举行,校长展涛主持了大会,党委书记朱正昌代表山东大学讲话，高度评价了萧先生的一生。朱书记说，萧涤非先生热爱祖国，热爱党，热爱人民，热爱社会主义；他治学细致严谨，求真求实，敢于创新；萧先生品格深得杜甫之风骨，其爱国为民的拳拳赤子心更让人感动、钦佩。萧涤非先生既是中国优秀知识分子的杰出代表，更是山东大学的骄傲。朱书记强调，我们举办萧涤非先生百年诞辰系列纪念活动的主要目的是缅怀前贤，激励后人。通过回顾萧涤非先生的传奇人生和非凡业绩，宣传、展示先生的人格魅力和学术成就，总结、回顾山大的优秀办学传统，传播山大文化理念，加强师德师风建设，进一步提升山大社会影响力，激励广大师生学习先贤，团结进取，为把山大建设成为国内外知名的高水平研究型大学而奋斗。省委宣传部副部长徐向红受中宣部副部长李从军（萧先生的博士生）委托在会上宣读了贺信。纪念大会结束后，与会领导与嘉宾合影并赴东校区新校图书馆参观了"纪念萧涤非先生诞辰100周年"图片展览。展览以"都将心血付'村夫'"为主题，共63块展板，展出萧先生各种珍贵资料图片280多幅，分游学清华、执教青岛、颠沛西南、奉献山大、当代杜甫、桃李芬芳、老友新朋、翰墨情缘、家庭亲情、生命永存十部分，全面系统地介绍了萧先生从20世纪20年代到90年代的生活经历和非凡业绩。

我当时正在美国，不能参加纪念活动，遂于11月20日给纪念大会发来贺电："先师百年诞辰纪念盛会，我因在美国，不能与会，深以为憾。萧先生为我国著名文学史家，他的杜甫研究，尤蜚声海内外，为学界所钦仰。潘承洞校长生前曾亲自对我说：'山东大学不能没有萧涤非！'萧先生在山大执教近半个世纪，辛勤耕耘，成就卓著，实为山大之功臣。我们应该继承先生遗志，将他的学术事业发扬光大！谨献小诗，以表心志：

临川自古哲人乡，成就先师亦焜煌。
遗愿难忘传巨著，心怀杜甫莽穹苍。"

五、重新启动

如前所述，萧涤非先生逝世前，我们已于1989年底交出版社杜集校注誊清稿六卷，包括我做的第一、二卷，郑庆笃做的第三、四卷，廖仲安、李华、朱宝清做的第五、六卷，还有"前言"。并商定于1991年底出版第一册（包括"前言"和第一、二卷），后因萧先生去世而作罢。萧先生逝世后，我们照常进行校注工作。1994年7月21日，承担第十三、十四卷校注任务的王佩增去世。他生前将所作两卷初稿交给我审阅，我审改后又交廖仲安终审。首都师范大学所承担的第十五、十六卷，因李华去世，就由廖仲安的另一个学生继作。2000年10月23日至27日，我主持筹办的"世纪之交杜甫国际学术研讨会"在济南召开，我特地邀请廖仲安等三人与会，询问他们何时完成校注任务，廖先生答复是"明年底"。2006年8月21日至26日，首都师范大学承办的"中国唐代文学学会第十三届年会暨唐代文学国际学术研讨会"在北京召开，我乘出席会议之机，特地去拜访廖先生，又询问杜集校注进行情况，回答是李华的继任者已退出，另一卷只做了十来首。而到2009年重新启动杜集校注，校院领导去首都师大询问时，他们亦未交稿。

萧先生逝世后，编纂工作虽一度停滞，但郑庆笃、焦裕银和我都完成了各自承担的四卷校注书稿。而我一直没有放松对杜甫的研究，一直在做相关的准备工作。我的博士生，有八个人的博士论文都是关于杜甫的。我和我的研究生先后出版了《杜甫诗话校注五种》（书目文献出版社 1994.7）、《杜甫与六朝诗歌关系研究》（安徽教育出版社 2002.5）、《杜甫诗话六种校注》（齐鲁书社 2002.9）、《山东杜诗学文献研究》（齐鲁书社 2004.5）、《清代杜诗学史》（齐鲁书社 2004.10）、《杜甫诗选》（中华书局 2005.1）、《杜甫与先秦文化》（泰山出版社 2006.6）、《杜甫集》（凤凰出版社 2006.11）、《杜诗语言艺术研究》（齐鲁书社 2007.5）、《杜甫与儒家文化传统研究》（齐鲁书社 2007.8）、《清代杜诗学文献考》（凤凰出版社 2007.9）、《杜诗学研究论稿》（齐鲁书社 2008.6）、《新译杜甫诗选》（台北三民书局 2009.2）、《杜甫与宋代文化》（重庆大学出版社 2011.6）、《百年杜甫研究之平议与反思》（人民出版社 2014.7）等著作。其中最有代表性的，是《杜集叙录》（齐鲁书社 2008.10）和《杜甫大辞典》（山东教育出版社 2009.3）。《杜集叙录》收录了古今中外有关杜甫著作 1261 种，是目前收录最多最全的；《杜甫大辞典》包括作品提要、名句解析、语词成语、家世交游、地名名胜、版本著作、研究学者等七大类，所收词目共 7680 余条，250 万字，是对自唐迄今杜甫研究的一个总结。我还主编了两辑《杜甫研究论集》（香港天马图书有限公司 2002.12 和西安出版社 2013.12），参编了《杜甫选集》（人民文学出版社 1998.10），我和郑庆笃、焦裕银、王佩增还参编了《全唐诗广选新注集评》（辽宁人民出版社 1994.8）、《中华大典・文学典・隋唐五代文学分典》（江苏古籍出版社 2000.12）、《全唐五代诗》（陕西人民出版社 2014.10）的杜甫部分。

2003 年，学校曾设法重启校注工作，因种种原因，无果而终。2009 年初，鉴于《杜甫全集校注》是山东大学承担的国家重点科研项目，须有始有终地完成，在时任校长徐显明推动下，又决定重新启动“校注”工作，成立了由副校长陈炎、文史哲研究院院长傅永军、副院长宋开玉组成的“山东大学《杜甫全集校注》工作协调领导小组”，由文史哲研究院具体组织实施，并制订了“山东大学关于完成《杜甫全集校注》的意见”，要求《杜甫全集校注》的参编者于 2009 年 3 月 31 日前将个人负责的校注稿交给协调组。我当时在美国，傅永军院长发函给我，我即于 3 月 10 日回函云：“永军院长并转呈徐校长、陈炎副校长：永军院长大函及学校关于完成《杜甫全集校注》的意见，已收悉。我完全同意学校的意见及所采取的措施。作为国家古籍整理重点项目，《杜甫全集校注》历经 31 年而未能全部交稿并出版，正如傅院长指出的，实是‘山东大学之痛’，更是编撰者之耻，尤其不能容忍的是使先师蒙羞，萧先生如果地下有知，亦当死不瞑目。记得先师生前说过最遗憾的就是‘读杜不得足’，何谓‘不得足’，就是《杜甫全集校注》没有完成，他至死没有看到全集的出版。学校这次‘雪耻之举’，可谓英明！早有此举，皇皇巨著早已出版面世矣。徐校长莅任伊始，即强调大学要提高质量，突出特色，明确指出‘特色就是优势’，‘形成特色刻不容缓’。山大向以‘文史见长’著称，而先师萧涤非先生开创的杜甫研究，就是山大文科的显著特色之一。保持和发扬这一特色，是我们义不容辞的责任和义务。而丢掉这一特色，就是对山大的失职和犯罪。作为《杜甫全集校注》的主要撰稿人和负责人之一，我有责任和义务向学校和研究院的领导介绍一下有关《杜甫全集校注》的情况，以便你们了解校注工作的全过程，有利于杜集的最后和最好的完成。……《杜甫全集校注》的编撰和出版，已经引起海内外的关注，许多学界人士或当面、或信函、或打电话向我询问杜集出版之事，甚至询问如何订购《杜甫全集校注》，我都无言以对，他们也深感遗憾，这已经直接影响到山大的学术声誉。萧先生生前对《杜甫全集校注》的编撰要求很高很严，他说《杜甫全集校注》要集大成，要高质量。但这并非易事，而是一项极其复杂而艰巨的事业。……特别是这部书稿大多完成于二十年前，近二十年来，杜甫研究深入发展，有许多新发现，原来杜诗中未考出的人和事多已考出；行政区划变化很大，杜诗中的地名需要重新注释；有的杜诗编年需要改正……诸如此类，不一而足。这都需要统稿人通审全稿，统一体例，消除前后矛盾，杜绝常识错误。这个统稿人，必须是一个具有真才实学、视学术为生命、一丝不苟、埋头苦干的人，而不是徒有虚名、玩权术胜于学术的人。因此，我很同意学校意见中提出的'聘请国内外公认的杜甫研究权威专家担任《杜甫全集校注》的统稿人。统稿人应注重吸收近二十年来杜甫研究的最新成果，广泛征求国内外杜甫研究专家的宝贵意见，保质保量地完成统稿工作'。或设执行主编，公开招聘，给予优惠待遇。为保证编撰质量，我建议每卷下都署上校注者的名字，以体现文责自负，我国古人就是这样做的。如果全书不统一，前后矛盾，错误百出，那还不如不出。下面我逐一回答傅院长提出的几个具体问题：

(1)我于4月22日乘机离美到香港，在我女儿那里住两天，将于25日左右乘机抵济。因机票早已预定，故不好改变。

(2)我承担的杜集校注任务已全部完成，包括杜集第一、二、十七、十八共四卷，以及附录《杜甫年谱简编》《诸家论杜》《诸家咏杜》。其中一、二卷，已于1989年交出版社；余则等我返校后面交协调组。

(3)我现保存的他人书稿有郑庆笃的一卷(第二十卷)、王佩增的两卷。王的两卷已经我和廖仲安审阅，做得较简，需要补充，因王于1994年去世，故留在我处。

(4)有关杜集的保存情况：前六卷，已于1989年交出版社责任编辑陈建根同志，他退休后，嘱编辑室妥为保存，不知现在情况如何？此事可询问人民文学出版社总编辑管士光同志，他曾任古编室主任。焦裕银完成的杜诗四卷，都已经副主编审阅，只是未交出版社。现在《杜甫全集校注》的全部书稿，包括杜诗二十卷、杜文二卷、附录三种，没有交出的只有冯建国的四卷和首都师大的两卷。

顺便提及，送交协调组的杜集书稿，应有严格的手续和保管措施，千万不能丢失，因为这批书稿，都是手写，数量巨大，只有一份，万一丢失，无法补救。

傅永军院长后又来函询问一些事情，我即于3月25日回函云："永军院长并转呈徐校长、陈炎副校长：永军院长大函收悉。《杜甫全集校注》的完成情况，据我所知，郑庆笃、焦裕银和我各自分担的四卷都已完成，并经副主编分审；我负责编撰的附录三种也已完成：《杜甫年谱简编》有电脑打印稿，《诸家论杜》和《诸家咏杜》为原文复印件。我编撰的书稿，除两卷已交出版社外，余则待我回校后面交协调组，不宜让他人代交。王佩增分担的两卷也已完稿，并经副主编分审，只是较简，需要补充；冯建国分担的两卷诗，已经副主编分审，改动甚多，不知誊清没有？而他分担的两卷文，至今未交稿，不知完成没有？首都师范大学分担的四卷，至今只交了两卷，其他两卷不知完成没有？

据我所知，原国家规划的中国十五个古代大作家集，现已出版的，只有曹植、陶渊明、李白、韩愈四家，而前二家因作品少，又由一人单独承担，故进行比较顺利。李白集由河北大学詹锳先生主编，他曾来杜甫研究室参观过，萧先生逝世后，他曾对我说，听到先生逝世的噩耗，他彻夜难眠，于是抓紧校注工作，并把校外 2 人承担的编撰任务收回来，交由他的研究生来做，督促他们加紧工作，由于他的编撰人员都是他的研究生，完全听他的，终于在他生前出版了 8 巨册 350 万字的李白全集校注，而出版不久，詹锳先生就去世了。……苏轼全集听说即将出版。其他大作家集则都不了了之，如我校殷孟伦先生主编的《柳宗元全集》，殷先生去世后，也是无果而终。《杜甫全集校注》原是进行最快的，1984 年我们召开《杜甫全集校注》讨论会时，其他大作家集的负责人大都参加了，并召开了座谈会，那时，他们大都还未正式开始。想不到，萧先生死后，《杜甫全集校注》拖到今天还未完成，令人痛心。《杜甫全集校注》之所以拖延至今未能完稿，原因很多，情况复杂，应该认真对待，审慎处理，即使不去追究责任，也应分清责任，吸取教训，以免重蹈覆辙。要最终完成《杜甫全集校注》工作，不能单靠行政命令和强制性措施，应该审慎处理各方面的工作，如同出版社、首都师大及原校注组成员的关系，实事求是地分析原因，公平合理地对待人和事，不能不分青红皂白地一锅煮，把校注拖延的'罪过'扣在所有成员头上。……《杜甫全集校注》既然是学校的项目，它的重新启动，就应该完全由学校主管、文史哲研究院负责具体实施，而不应该由不是山大的人来操纵和主宰一切。……因此，学校在招聘统稿人时，应公开公正，严格标准，明确责任，并接受校、院领导和校注组成员的质询。统稿人必须遵照萧先生生前所制定的校注体例和实施细则审核书稿，统一体例，改正讹误，消除前后矛盾，并充分吸收近二十年最新研究成果，以使《杜甫全集校注》成为萧先生生前所要求的集注集评的高水平的集大成之作。统稿人应该确如学校意见所说的是'国内外公认的杜甫研究权威专家'，而且认真负责，一丝不苟，不挟私念。若统稿人选择不当，或统稿人处理书稿不当，我们保留追回所交书稿的权利。《杜甫全集校注》拖了三十年没有完成，若所请统稿人处理全稿又存在严重失误，出版后招来非议，岂不说明'山大无人'！若全书出版后，出现不应有的错误而造成恶劣影响，有损于山大的学术声誉，我们将追究责任，并进行公开批评。学校关于完成《杜甫全集校注》的意见、协调组的组成、重新启动的经费投入和使用、校注书稿的收缴和保存、统稿人的招聘和职责、参编者的权益(包括署名次序)，甚至稿酬的分配原则，都应有明文规定，具有法律效力，并印发所有有关人员，以便监督执行，以免出版后引起不必要的纠纷。公开透明，唯真是求。山大名誉，至高无上。前车之鉴，不可不慎。"

四月底，我回国后，即将我完成和保存的校注稿全部交给协调组，并特做了"说明"："我分担的《杜甫全集校注》第一、二、十七、十八四卷及附录三种《杜甫年谱简编》《诸家论杜》和《诸家咏杜》，早已完稿。今将以上誊清书稿全部交协调组，特作以下说明：

(1)《杜甫年谱简编》为电脑打印稿，是在吸收了最新研究成果后编定的。它是全书的"纲"，统稿人应据此修正书稿中的有关部分，以求全书的统一。统稿人若改动原稿文字，须提出确实的证据。

(2)其余书稿均为 1994 年以前的旧稿，须据最新研究成果加以补正。……

我保存的王佩增编撰的两卷和郑庆笃编撰的一卷书稿，一并交协调组，请查收。"

重新启动之初，学校原已考虑让校外人员担任全书统稿人。但我们认为山大向以文史见长著称，假手外人，有损山大的学术声誉，我们作为编写者也难以面对学术界。古人云：注诗难，注杜尤难。然杜集校注之难，实非亲历者不能知。我们作为亲历者，深知其难。杜集资料浩如烟海，体例完备，要求严格，光是我们制定的体例细则就有一厚册，熟悉它亦非易事。郑庆笃老师力主让我担任全书终审统稿人。我考虑再三，最后答应下来。经过充分讨论，6 月 4 日通过了"山东大学《杜甫全集校注》终审统稿工作方案"，确定《杜甫全集校注》后期工作，由"山东大学《杜甫全集校注》工作协调领导小组"统一组织，由山东大学《杜甫全集校注》组成员承担，我任全书终审统稿人。由于我和郑庆笃、焦裕银都将自己所承担的校注稿交给协调组，而冯建国所承担的诗集卷七、卷八、文赋卷二十一、卷二十二尚未交稿，故该方案特别指出："冯建国教授须于 2009 年 12 月 31 日前将所承担的卷七、卷八修订、誊清稿交终审统稿人；须于 2010 年 6 月 30 日前将所承担的文赋卷二十一、卷二十二誊清稿交终审统稿人。"但冯建国到规定时间仍未交稿，首都师范大学廖仲安等承担的第十五、十六两卷亦未交稿，以及王佩增承担的第十三、十四两卷需要增补、修订，故又聘请山东大学宋开玉、赵睿才、綦维及河北大学孙微四位博士完成校注工作。

重新启动之初，原以为校注稿都完成了，只要把各人的稿子交上来，再找一个人统稿就行了，所以把全书完成的目标定为向 2011 年山大校庆 110 周年献礼。徐显明校长在 2010 年新山大合校十周年纪念大会上的讲话，特别把《杜甫全集校注》和《两汉全书》《百年易学菁华集成》称作山大人文社会科学方面的"三大学术产品"，并指出"这些成果均为传世之作，只有敢于坐冷板凳才能做出如此大的成果来。这是山大深厚文史功力的一次集中展示"。所以我在给徐校长的信中特别指出："您在合校十周年大会的讲话中，特别提到《杜甫全集校注》，使参加校注的同志深受鼓舞，更使我感到责任重大，任务艰巨。杜集校注的重新启动，可谓英明之举。若按学校的原意，参加者都按时交稿，明年校庆 110 周年献礼绝无问题。到时《杜甫全集校注》的出版，使'山大特色，中国一流，世界水平'的山大学术得以彰显，必将引起学术界的极大关注。"但由于现在"有六卷稿子不得不重做，两卷稿子须大加补充；又因为原校记意外丢失，有几种参校本不能复制，极大地增加了校注工作的难度，致使校注进度迟缓。若按目前进度，恐怕明年年底很难完成任务，后年出版都成问题"。事实证明，我当时的估计是实事求是的。

重新启动后的这几年，我脑子里想的就是杜甫一件事，往往是早晨 6 点钟就起来审校书稿，一直工作到深夜，有时想起问题，夜里 3 点又爬起来工作。因我常住美国，每年回国不能超过半年，常常是乘坐十二三个小时的飞机，来往于大洋两岸。为便于审稿，我让我的研究生将许多杜集重要注本输入电脑，需要查核未输入注本的文字时，则让我的研究生查核后传给我。数不清的手稿、修改意见的信件和电子邮件，在北京、济南、威海、美国等地，往返寄发数十次。所以当 110 周年校庆有的记者采访我时，我的回答就是一句话："专心致志做好一件事——完成《杜甫全集校注》!"

作为全书终审统稿人，我主要做了以下几项工作：

(1)通审全稿，统一审订全书体例，修正讹误。

因全书成于多人之手，所涉典籍浩繁，撰写时间又长，故在书稿的体例和细则方面，多有不一致处，甚至同一人所引同一种书的格式，前后亦有不同。我虽尽了最大努力，但因卷帙繁多，所涉甚广，恐仍有不尽如人意处。

(2)全书所涉地名，须注释者，一律括注最新行政区划。

因全书有十四卷成于1994年前，近二十年来，行政区划屡有变动，地名演变频繁，故须一一改注最新行政归属。

(3)负责重做八卷的组稿、审稿工作。

(4)负责"附录"各项的编撰工作。

因时间长久，原分工的承担者，或退休，或去世，故"附录"之《杜甫年谱简编》《传记序跋选录》《诸家咏杜》《诸家论杜》《重要杜集评注本简介》等，全由我重新编撰。

(5)吸收最新研杜成果，对杜甫诗文编年予以重新调整和编次。

近二十年来，杜甫研究取得了长足的进展，可谓硕果累累，新见纷呈，特别是对杜甫诗文所涉人名、史实的考辨，更是杜集校注所应汲取的。本书主要依据我所主编的《杜甫大辞典》及新近重要发现，最大限度地吸取最新研究成果，并依此对杜甫诗文的编年做了重新调整和编次。这类调整的篇目，约占全集的五分之一。

(6)审校全书清样。

因全书有十六卷是手写稿，附录《传记序跋选录》《诸家咏杜》《诸家论杜》是复印件，

需要重新输入电脑，这就给编者、校者增加了许多困难，由此形成的电子版错讹甚多，形近而误的字更多，繁简字如"云"与"雲"、"范"与"範"等的转换容易出错，校对颇为费力。《杜甫全集校注》虽历经36年，但对全书清样的校对却只有一年多的时间，这对一个年逾古稀的老翁来说，稍嫌仓促。因而错讹疏误之处在所难免。

美国旧金山时间2013年12月29日下午5点多，我最终校完杜集清样，如释重负，激动不已，遂赋《满江红·杜集校竣感赋》：

卅六年华，为杜甫、呕心沥血。承遗志、斩荆披棘，壮怀激烈。何计俗尘名与利，岂能虚度风和月。争朝夕、纵寝食俱忘，心头热。"村夫子"，诗界杰。工部老，寰中哲。集前贤精粹，取今新说。八百万言成巨著，一千亿载供评阅。喜全球、茅屋苦寒人，同欢乐！

这首词表达了我的心声，是真情流露，是我三十多年研究杜甫的真实写照。我用《满江红》，是因为萧先生在接受《杜甫全集校注》主编的任务后，写了一首《满江红》词，最后几句是："莫道书生无壮志，从来老骥羞伏枥。誓都将心血付'村夫'，杜陵集。"萧先生说："研究杜诗就是要有一股寝食俱废的傻劲。"我用"寝食俱忘"，是因平仄的要求。用"村夫子"，是因为宋初杨亿骂杜甫为"村夫子"，萧先生诗云："少陵若是庄园主，那得光芒万丈长。"词云"喜全球、茅屋苦寒人，同欢乐！"是因为杜甫有《茅屋为秋风所破歌》，先师诗云："庐破甘冻死，无家念蒸黎。"按虚岁，萧先生接受《杜甫全集校注》任务时是74岁，我完成《杜甫全集校注》时，也是74岁，仇兆鳌最后完成《杜诗详注》时，也是74岁，这难道是研杜者的巧合吗？

旧金山12月29日下午5点，正是中国大陆30日上午9点，恰是2014年前夕，兴奋之余，我就把这首词传给学界诸位师友，借以祝贺新年，汇报注杜进展情况。想不到当天就收到几位友人热情洋溢的回复，有的还赋诗祝贺。如天津崔际银教授《欣闻〈杜甫全集校注〉文稿告竣，敬贺张忠纲先生》诗云：

诗圣遗作千余首，华夏流播逾千年。
古今注杜过千家，超越前辈千万难。
久闻齐鲁张夫子，一生与杜结善缘。
执掌杜会研诗事，搜求遗稿成新编。
集粹前贤后哲意，细辨淳正虚伪言。
三十六载付心血，八百万语呈人间。
学界同仁齐感佩，工部有知亦欢颜。
为人作嫁最高尚，功伴汗青永世传！

南通大学文学院院长王志清教授赋诗云：

三十六年搜断肠，痴情子美竟忠纲。
聚沙目短兆鳌垒，集腋气劘嗣奭墙。
八百万言成巨著，一千亿载任评赏。
杜公有幸逢知己，漫卷诗书歌且狂。

河北大学韩成武教授亦赠诗云：

三十余年磨砺功，轩然一著立苍穹。
张公皓首麾精锐，心血斑斑卷帙中。

所谓“八百万言”，是因为当时申报出版基金补助时，出版社报的是“八百万字”，正式出版后是680万字，故我后来改为“七百万言”。

由于校注工作重新启动后，校、院（2012年文史哲研究院改组成儒学高等研究院）两级领导极为重视，委派专人负责，调拨专项经费，解决所遇困难；参撰人员刻苦努力，殚精竭虑，精益求精；人民文学出版社大力支持，集中人力编校书稿。大家同心同德，群策群力，知难而进，排除万难，终成全功。自1978年注杜伊始，到全书出版，整整经历了36年，当年尚为年轻学子者，今多已成耄耋老翁矣。尤令人痛彻心扉者，原先参与校注者十一人，除一人中途退出外，竟有五人先逝。老杜诗云：“访旧半为鬼，惊呼热中肠。”身历此境，情何以堪！诗有谶乎？注杜之艰难曲折，犹似老杜艰苦备尝之经历。注杜是炼狱，可以磨炼人的意志，可以提升人的道德情操，可以检验人对学术的赤诚。

历经36年漫长岁月，三代学人接力完成的《杜甫全集校注》，终于2014年1月由人民文学出版社出版了。共12册，680万字。4月20日，在北京召开了《杜甫全集校注》新书发布暨出版座谈会，与会专家都给予了很高的评价，先后有几十家媒体做了报道。

这里要特别提到美国学者车淑珊（Wei Susan）女士，她是耶鲁大学博士，她的博士论文是专写杜甫的，为撰写论文，1985年前后来山东大学从萧涤非先生进修一年多，对《杜甫全集校注》编写工作给予支持，为我们复印了大量有关杜甫的资料。此后近 30 年与杜甫组失去联系。她曾任哈佛大学客座教授、史密斯女子学院东亚文学系主任、普渡大学中文系主任、科罗拉多州立大学教授，还参与“国际学位组织”(IBO)的领导工作，致力于推广全球教育改革。去年 8 月中下旬，郑庆笃教授赴美国，通过他人与车淑珊女士取得联系。她当即从科罗拉多州丹佛飞至纽约和郑庆笃教授会见。当看到煌煌 12 巨册的《杜甫全集校注》时，兴奋不已，爱不释手，激动地说：“山大杜甫组了不起，了不起，这是一部伟大的著作，大大超越了前人，而一百年也不会有人再超越。”今年 5 月 25 日至 6 月 2 日，车淑珊博士又特地到山大访问，并与参加杜集校注的人员进行座谈。因我不在国内，车淑珊博士于 6 月 17 日特来旧金山湾区看我，久别重逢，倾情畅谈，感慨良多。在交谈中，得知她在 2003 年至 2014 年得过两次大病，甚至不能行走，但在 2014 年 1 月却神奇地康复，而那正是《杜甫全集校注》出版的日子，真是不可思议的巧合！她已经退休，但决心将《杜甫全集校注》翻译成英文，并作一些评介工作，真是“老骥伏枥，壮心不已”，令人感佩。我特地邀请她参加十月中旬在重庆召开的杜甫学术研讨会，她欣然应允。6 月 30 日，车淑珊博士来信说：“经过这么长的时间最近再次见到您，我怎么能描述自己的感受。几乎整个儿一个生命的周期已经过去了。令我特别感动是，很难得有这样的机会，能够亲自向您表示我衷心祝贺，《杜甫全集校注》的巨大项目完成了。多亏您的无惧无畏精神，凭着决心与毅力，您达到了目标，使船舶到港。我看《杜注》(即《杜甫全集校注》)可以证明山东大学的老师们做学问实事求是，为做学问而做学问，是天下无敌。我最近访问山东大学去拜访郑庆笃老师，受到儒学高等研究院的巴书记和其他教授们的盛情款待，我感到很荣幸。30 年以前我到山大去做留学生，山大的老师们对我那么好，杜甫组的老师们怎么做人给我留下很深的印象。环境变了，但是山大的人没有变。”

早在 2012 年 5 月 8 日，我在旧金山审改完杜集全稿后，曾给国家图书馆詹福瑞馆长去函请示：“《杜甫全集校注》现已全部完稿，我已审改结束，回国后即可全部交出版社(已交出版社 17 卷)。因杜集大部稿件系 20 年前手写稿，且有先师萧涤非先生的少量亲笔批改意见。我想待杜集出版后，将全部底稿送国家图书馆保存，或许有点文献价值。不知行否？请予明示。待我回国后，去京拜访您，再详谈此事。”詹馆长回函表示欢迎。2014 年 10 月 15 日，《杜甫全集校注》手稿入藏国家图书馆，我特地回国参加了捐赠仪式。至此，我已圆满完成先师遗愿，维护了山东大学的学术声誉，对学术界做出了满意的交代。可以毫无愧疚地说，对得起伟大诗人杜甫，对得起先师，对得起我所从事的学术事业！在此，特向 30 多年来一直关心和支持《杜甫全集校注》工作的单位和个人致以衷心的感谢！

(2015.6.30 于旧金山)

What's New with Du Fu? 西方的杜甫研究，2001年至2015年

车淑珊

2014 年

De Blasi, Anthony 安东尼·德布拉西。"*Review: Confucian Prophet: Political Thought in Du Fu's Poetry* (752—757), By David K. Schneider"书评:〈儒家先知:杜甫诗歌的政治思想(752—757 年)〉,Schneider,David K.著。*The Journal of Asian Studies*《亚洲学志》第 73 卷,第 2 期(2014 年 5 月),537—538 页。见下文,2012 年。

Hsieh,Daniel 谢立义。*Meeting through Poetry: Du Fu's* 杜甫(712 – 770)"*Written in accord with Prefect Yuan's 'Ballad of Chongling'*"《吟诗结识:读杜甫〈同元使君春陵行〉》。*T'ang Studies*《唐代研究》第 32 卷,第 1 期(2014 年 12 月):1—20 页。杜甫写这首和诗不但是赞美元结的性格和诗歌,而且是申辩自己作为诗人的生活选择。杜甫的结构技术包括使用自己和元结之间的对比当作本诗的框架,利用模糊性的、模棱两可的语言来说"作诗歌"的一些大主题。

2012 年

Hao Ji 郝稷。"*Poetics of Transparency: Hermeneutics of Du Fu* (712—770) *during the Late Ming* (1368—1644) *and Early Qing* (1644—1911) *Periods*"《透明的诗学:杜甫的晚明清初期间的诠释学》。博士论文,University of Minnesota,2012 年。中国传统诗歌与诗学中有很坚强的"透明度"的理念信念。按照中国的传统思想,诗歌通常被认为是一个透明的媒介,因为它似乎可以让读者直接进入历史的脉络以及诗人的心灵,得到非中介的经验。现代学者往往不是驳回"透明度"的理念用于诠释谬误,而是接受它作为中国传统诗歌的历史本色。本文着眼于明末清初时期对杜甫诗歌在解释学来讨论这种透明度的"厚度"。本文分成两部分:"文本解释学"和"生命解释学"。探讨的题目包括:(文本解释学部分)明末清初时期的评论家把宋代的解释贬低了,他们发展了新的阅读策略,大多数也接受了"以意逆志"的原则、以金圣叹的《杜诗解》为例。(生命解释学部分)跟着评论家的生活情况的改变,他们对杜甫的解释学也改了,以钱谦益为例;逸民的杜诗解释学;康熙康乾隆时期的官方意识形

态对杜诗解释学的影响。

Schneider, David K. 大卫 · K. 施奈德。"*Confucian Prophet: Political Thought in Du Fu's Poetry* (752－757)"《儒家先知:杜甫诗歌的政治思想(752—757 年)》。*Cambria Press*, 2012。作为一个政治思想家,杜甫是很重要的。中唐的主流政治思想和晚唐古文改革运动的思想潮流,早在杜甫的诗歌中已经具有连贯形式的显示。宋代文人辩论文学和政治之间的关系也着眼于杜诗。杜甫的大多数研究都植根于一个具有限制性的基本假设:杜甫的诗代表了他的实际体验,真实意见,诗人真正的性情。杜甫的诗歌不是直接经验的纪录而是文学和哲学的建构。杜甫从事与过去的文学和哲学传统的对话。作者采用(从西方政治学来的)乌托邦式研究和(从西方宗教学来的)先知文学研究方法讨论杜甫的诗。

2011 年

Hao Ji 郝稷。"*Confronting the Past: Jin Shengtan's Commentaries on Du Fu's Poems*"《以面对过去:金圣叹的〈杜诗解〉》。*Ming Studies*《明代研究》2011 年,第 64 卷(2011 年 9 月 1 日),63－95 页。金圣叹采用了创新的阅读方法攻击"杜甫的诗是无法解释"的传统解释学的想法。他的阅读方法是自相矛盾的。他遵守传统读诗的规则,但是这种服从的结果使他读诗更有创意。金圣叹的"解诗"法是一个庆祝自我矛盾的存在的读法。这样,他可以连接到过去,同时也与过去决裂。

Rouzer, Paul F. 罗吉伟。"*Du Fu and the Failure of Lyric*"《杜甫及抒情诗的失败》。*Chinese Literature: Essays, Articles, Reviews* (*CLEAR*)《中国文学》第 33 卷(2011 年),27－53页。作者以杜甫为例探讨了当代抒情诗理论对阅读中国诗歌可能产生的影响。他一方面倾向于将杜甫作为一个充满矛盾和复杂性的诗人来阅读,另一方面也指出这一阅读中存在的后现代之假设,而杜甫在这一阅读中也具有了当代的声音。

2010 年

Chan, Timothy Wai Keung 陈伟强。"*Wall Carvings, Elixirs, and the Celestial King: An Exegetic Exercise on Du Fu's Poems on Two Palaces*"《彫墙、丹药、天王:杜甫两首关于宫殿的诗歌的诠释》。*Journal of the American Oriental Society*《美国东亚学会学报》第 127 卷,第 4 期,471－489 页。《九成宫》和《玉华宫》两首诗表明杜甫为把宫体诗的主题从颂词移到抒情的第一个诗人。杜甫的怀古思想中有选择性的记忆。

Hartman, Charles 蔡涵墨。"*Du Fu in the*" *Poetry Standards*(Shige 诗格)*and the Origins of the Earliest Du Fu Commentary*《〈诗格〉中的杜甫和最早的杜诗注解的起源》。*T'ang Studies*《唐学研究》第 28 卷(2010 年),61－76 页。11 世纪的文人把杜甫诗歌中的自然意象看作政治思想的表示。因此,杜甫似乎全心全意期待了宋代文人的政治理想,尤其是庆历和元祐时期的文人思想,不符合这个看法的相当重要的诗被忽略。清代文人有蔑视宋代评论的情况,但是他们无法逃脱宋朝构造的杜甫形象。

2009 年

Owen, Stephen 宇文所安。"*A Poetic Narrative of Change: Du Fu's Poetic Sequence 'Going out the Passes: First Series.'*"《变化的诗歌叙事:杜甫组诗〈前出塞九首〉》。*Text, Performance, and Gender in Chinese Literature and Music: Essays in Honor of Wilt Idema*. Maghiel van Crevel, Tian Yuan Tan 陈靝沅,及 Michel Hockx 编,荷兰 Brill Academic Pub.出版社,2009 年,7—21 页。杜甫对组诗的创新贡献一直被忽视。从《前出塞九首》可以看出杜甫创造的"逐次性的处境"技术。

2008 年

Hartman, Charles 蔡涵墨。"*The Tang Poet Du Fu and the Song Dynasty Literati*"《唐代诗人杜甫和宋代文人》。*Chinese Literature: Essays, Articles, Reviews (CLEAR)*《中国文学》30 卷(2008 年),43－74 页。宋代评论杜诗的演变可以分成三个阶段。这些阶段跟当时的思想发展和政治变化有密切关系。本文也提供宋代杜甫版本提要的图表。

2007 年

Owen, Stephen 宇文所安。"*A Tang Version of Du Fu: The Tangshi Leixuan*"《唐人眼中的杜甫:以〈唐诗类选〉为例》。*T'ang Studies*《唐代研究》第 27 卷(2007 年),57—90 页。卞东波译,北京大学国际汉学家研修基地编《国际汉学研究通讯》第 3 期,2011 年。对任何后代的杜甫读者来说,唐代顾陶《唐诗类选》对杜诗的特殊选择,似乎都无法解释。原因是顾陶选择反映的价值观与 11 世纪确定杜甫为最杰出的诗人的价值观完全不同,而宋代确立的价值观一直传到今天。11 世纪的杜甫形象是一位典型的"儒家"诗人,他"一饭未尝忘君"。其实,"儒"这个字的意义,在 8 世纪与 11 世纪间,有其延续性。宋人寻求的是一种信仰上的一致性(引用卞东波的翻译)。

2006 年

Rea, Christopher G. 雷勤风。"*I Envy You Your New Teeth and Hair": Humor, Self-Awareness and Du Fu's Poetic Self-Image*.《〈羡君齿发新〉:幽默,自我意识和杜诗的自我形象》。*T'ang Studies*《唐代研究》23－24 卷(2005—2006 年),47－89 页。杜甫在他诗中作为一个永远被困在个人、社会和国家危机中的诗人。他通过不同的自我陈述,反复问两个相互关联的问题:如何应对困难的情况;怎么形容自己。杜甫的解决方案往往是幽默的。

2005 年

Schneider, David K. 大卫 · K.施奈德。"*Hero of Sympathy: Du Fu's Political* —

Philosophical Poetics(752—756)《同情的英雄：杜甫政治哲学诗(752—756年)》。博士论文，University of California, Berkeley，2005年。从752年秋季开始，杜甫开发出新的技术来表达他的政治思想。作者探讨杜诗中的"比喻现实主义"、诗歌流派的混合、复古的怀念以及道德行为与大自然之间的对应等题目。本文2012年修订后被作者选入自己的图书中，见上文。

2002年

Tillman，Hoyt Cleveland 田浩。"*Reassessing Du Fu's Line on Zhuge Liang*"《重考杜甫有关诸葛亮的诗文，从〈诸葛大名垂宇宙〉一句谈起》。*Monumenta Serica—Journal of Oriental Studies*《华裔学志》第50卷(2002年)，295—313页。诸葛亮在唐朝很出名，但是宋朝以来的学者用杜诗的诗句来证明诸葛亮为唐代全国的英雄不太确实。

Yang，Michael V. 迈克尔·杨。"*Man and Nature：A Study of Du Fu's Poetry*"《从人与自然之间的关系的角度审视杜诗》。*Monumenta Serica—Journal of Oriental Studies*《华裔学志》第50卷(2002年)，315—336页。杜甫继承了人与自然之间有冲突的传统儒家观点。除了探索大自然的正面(积极的)形象，杜甫充分呈示大自然的负面(消极的)形象。

2001年

McMullen，David L. 麦大维。"*Recollection without Tranquility：Du Fu，the Imperial Gardens，and the State*"《不平静的回忆：杜甫、皇园、国家》。*Asia Major*，3rd *series*，*Essays Contributed in Honor of the Birthday of Michael Lowe*，第14卷，第2部分(2001年)，189—252页。本文研究杜甫所利用的植物图像，经过详细的考察，作者表明杜甫的忠君感情比我们想像的更为复杂。

杜诗翻译

Watson，Burton 华岑。*The Selected Poems of Du Fu*《杜诗选译》。Columbia University Press，2002年。学术性的翻译。

Young，David P. 杨大伟。*Du Fu：A Life in Poetry*《杜甫诗歌中的生命》。Alfred A. Knopf，2008年。大致翻译。

吴广霈手批《杜诗集评》及其文学批评史价值*

曾绍皇

（湖南师范大学文学院　湖南长沙　410081）

清代是继宋代杜诗学兴盛以后再度繁盛的重要时期。这一时期，不仅出现了像钱谦益《钱注杜诗》、朱鹤龄《杜工部诗集》、仇兆鳌《杜诗详注》、浦起龙《读杜心解》、杨伦《杜诗镜铨》等数量繁夥的杜诗注评本，而且也涌现出了刘濬《杜诗集评》、卢坤辑五色评《杜工部集》等专录评点而不及笺注的杜诗汇评本，共同构筑了清代杜诗学的繁盛局面。更为难得的是，在全国各大公立图书馆和高校图书馆还珍藏了数以百计的名家杜诗未刊评本，这些珍稀的杜诗未刊评本或有明确署名，或为佚名批点，绝大多数是文学批评与书法艺术的完美结合体，学界至今关注较少，具有重要的文献和理论价值。

在这些数量繁夥的杜诗未刊评本中，大部分杜诗未刊评本的内容都是针对杜诗具体文本进行评论和阐释，甚至具有构建批评理论体系的潜在意识，如国图藏方拱乾批《杜诗论文》以"绪"论诗，杭州图书馆藏李以峙批《杜诗详注》以"响"为用字之妙，俞玚批杜专注于诗法等等。但另有一些杜诗未刊评本，其主要不是针对杜诗文本内容而评，而是针对他人对杜诗内容的评点与笺注进行批评，在整个杜诗评点史上别具一格，具有鲜明的文学批评史学意义。湖北省图书馆藏吴广霈手批《杜诗集评》即是后一类评本的典型，其批点主要针对刘濬《杜诗集评》诸家评点而作，因而具有异于一般杜诗评点的独特价值。今略述其杜诗学与文学批评史学价值，以就正于方家。

一、刘濬《杜诗集评》与吴广霈手批《杜诗集评》

清代诗歌评点中，"杜甫、李商隐二家诗歌，似乎特别引起诗家的注意，评点的家数也较一般诗人为多"①，在杜诗评点本不断繁夥之后，关于杜诗评点的汇评、集评之作便应运而生，清代嘉庆时期刘濬编撰的《杜诗集评》就是其中的代表性成果之一。

刘濬辑录《杜诗集评》共十五卷，是清代杜诗集评方面专录评点而不及笺注的重要之作。

*本文系湖南省社科基金一般项目"湖南杜诗学史研究"(16YBA292)阶段性成果。

①孙琴安：《中国评点文学史》，上海：上海社会科学院出版社，1999年，第304页。

该本收录杜甫诗歌1457首，有嘉庆九年(1804)海宁刘氏藜照堂刻本。从其集评的情况来看，该书仅辑录诸家评语，而“未敢妄参一语”，共辑录评点有姓氏可考者十五家。据刘氏自序，其集评是在许灿已经辑录王士禄、王士禛、朱彝尊、李因笃、吴农祥、查慎行等诸家评语的基础上，增列陆嘉淑、钱灿(钱陆灿)、宋荦、潘耒、申涵光、俞玚、何焯、许昂霄诸家评语，又附载许灿评语，“荟萃一编”，编成《杜诗集评》。除了标明姓氏的诸家外，“无名氏评则以‘或云’别之”[①]。刘氏所辑录的评语“几乎都是从他们各自的杜诗评本辑录而来”[②]，关于其辑录的情况和功效，孙琴安在《中国评点文学史》中进行了较高的评价：

……刘濬对评点者原来的评语不是引得很长，而是截取其中最能说明杜诗艺术风格的片断或三言二语，有时甚至仅有两三字，附录在杜甫每首诗篇的后面。只有在必要时，才引用上百字的评语。这些评语或评起句，或评尾句，或就意境言，或就风格论，由这些简评再加汇合，的确可把一首杜诗的好处较全面、系统地揭示出来。这些评语不但目光尖锐，深中要处，而且精炼有力，富有文采，堪称清代杜诗评点中的精品和杰作。[③]

由此段评述可见孙琴安对刘濬《杜诗集评》的推崇和肯定。固然，刘濬《杜诗集评》所体现出来的辑选标准是刘濬文学批评观念的真实反映，尤其是其辑存文献之功，实乃功不可没。但是，对于刘濬所辑录的诸家论杜之语，则不一定被后世学者全部认同。有不少学者存有不同意见，如吴广霈批点《杜诗集评》中就对《杜诗集评》及其所录诸家评点提出了颇多异议。

吴广霈(1855—1919)[④]，字瀚寿、翰涛，号剑华道人，安徽泾县人。江苏候补道。著有《劫后吟》。金天翮《吴广霈传》记载其生平事迹称：

吴广霈字翰涛，自号剑华道人，泾县人也。光绪乙未(1895)王师既败绩于辽东，含垢忍辱，结马关之约，薄海痛心。广霈亦慷慨流涕，闭户撰万言书，陈自强策。熱[热]血梗胸，书未成而病。病已，作辍者数，及成而有母之丧，不果上。其书分安内、驭外、筹财、经武、用人、变法都六纲，纲各附以十目，大半皆当时所宜施行者。广霈虽布衣，好谈富强术，屡代人疏防海军略，及筹策山西铁路、煤矿、屯田、练兵事。其论域中今日兵争之害，尤蔼然仁者言。……[⑤]

金天翮《吴广霈传》概述了吴广霈“虽布衣”，却心系国事时局，见“王师既败绩于辽东”“结马关之约”“慷慨流涕，闭户撰万言书，陈自强策”，充分体现了吴广霈热心国事、关注时局

① 刘濬：《杜诗集评·例言》，台北：台湾大通书局，《杜诗丛刊》影印清嘉庆九年刻本。

② 孙琴安：《中国评点文学史》，上海：上海社会科学院出版社，1999年，第305页。

③ 孙琴安：《中国评点文学史》，上海：上海社会科学院出版社，1999年，第305—306页。

④ 江庆柏：《清代人物生卒年表》，北京：人民文学出版社，2005年，第309页。

⑤ 钱仲联：《广清碑传集》卷十八《陈澹然吴广霈传》，苏州：苏州大学出版社，1999年，第1233—1234页。

的经世精神。徐世昌《晚晴簃诗汇》卷一百七十九亦录有其诗《投赠王湘绮先生》二首①，王闿运为晚清经学家、文学家，吴广霈年龄小王闿运20多岁。从吴广霈向王闿运所写"投赠"诗来看，似有希望王闿运援引之意。

吴广霈为近代评点大家之一。除了批点《杜诗集评》之外，他还批点过《说文解字》两种（北京大学图书馆和国家图书馆藏）、《分类补注李太白诗》两种（郑州大学图书馆、哈佛大学燕京图书馆）、《战国策》（中国社会科学院文学研究所）等多种古籍，现分藏国内外图书馆，均未刻印出版，亦未见有人整理。吴广霈批点《杜诗集评》十五卷，共一函六册，藏湖北省图书馆。该批本为深黄色封皮，首册封面墨笔题"杜诗集评，凡六册"。在《杜诗集评》卷之一下墨笔题"古安吴剑华道人吴广霈加批"，《杜诗集评》卷之七处墨笔旁批"古吴剑华吴广霈加批"等，明确指出该书批点乃吴广霈批点，并在题识下面加钤"吴广霈印""剑华""剑叟"等印鉴多枚，再次印证该书系吴广霈批点的事实。

吴广霈批点《杜诗集评》一书书长24.3cm，宽15.2cm，版框左右双线（外粗内细），半页高17.1cm，宽13.2cm，10行20字，白口，单黑鱼尾，版心上镌书名、中镌卷次、下镌页码。天头宽5.8cm，地脚宽1.9cm，为海宁藜照堂藏版。该书扉页题"两浙阮大中丞鉴之杜诗集评海宁藜照堂藏版"，前有清代学者阮元序［嘉庆七年夏五月］、陈鸿寿序［嘉庆八年闰二月］、查初揆序［嘉庆九年六月既望日］、郭麐序、钱沃臣序［嘉庆八年］、刘濬自序［嘉庆九年七月］，同时录有王士禄、王士禛、钱陆灿、朱彝尊、李因笃、潘耒、查慎行、何焯、宋荦、陆嘉淑、申涵光、俞玚、吴农祥、许昂霄、许灿等评点家姓氏，以及例言、《旧唐书》文苑本传、《新唐书》本传等相关内容。

吴广霈喜好杜诗，且乐于批杜，其在第二册《杜诗集评》卷一处有墨笔题写五律一首：

夜窗校读《工部集》，敬题一律以识神往：舞句解吟咏，神驰工部诗。古人留妙笔，夜我振才思。遗冢从何吊，心香幸未迟。一编常在手，风雨夜镫知。剑华吴广霈敬题。

此题识清楚交代，吴广霈"夜窗校读"杜诗之时，"敬题一律以识神往"，流露出对杜诗的尊崇。而从吴广霈所作五律诗来看，其津津于批杜之情亦溢于言表。"舞句解吟咏，神驰工部诗""古人留妙笔，夜我振才思""一编常在手，风雨夜镫知"，句句表达了对杜诗的神往和推崇。

吴广霈批点《杜诗集评》乃是中年之事。据《杜诗集评》卷之一处题识"戊申新正人日剑叟书"，考吴广霈的生卒年（1855－1919）可知，吴广霈批点《杜诗集评》的时间在1908年正月初七，此时吴广霈53岁，正值中年饱学之时，又有丰富的人生阅历，故其对杜诗的理解应有更为深切的体验。批本主要有朱、墨二色，以墨笔批点为主。后面三册有少量朱笔批点。批点形式有眉批、旁批、尾批等各种形式，字体以行草为主。该本钤印较夥，在书册的不同位置共钤有"吴广霈印"白文方印、"剑华"朱文方印、"剑华"白文长方形印、"剑叟"朱文方印、"剑华道人"朱文方印、"剑华藏书印章"白文方印、"湖北省图书馆所藏善本"朱文方印等印章多

---

①徐世昌《晚晴簃诗汇》收录吴广霈《投赠王湘绮先生》二首。其一为："到处青山好杖藜，沧洲小住即关西。非因赋鹏思辞楚，宁感蜚鸿佐霸齐。风息神鹏图海运，春归杜宇背花啼。愿从五斗乡闾醉，付与龙门传滑稽。"其二为："海角欢迎李郭舟，同袍何地咏同仇。大言自昔轻刘季，好勇奚妨哂仲由。偶聚耆英闻风吹，敢贪富贵羡羊头。吴儿拟作《无家别》，一剑题名天地留。"见徐世昌编、闻石点校：《晚晴簃诗汇》，北京：中华书局，1990年，第7832页。

枚。从钤印看，该本的流传较为简单，自吴广霈批点之后，就被湖北省图书馆所珍藏。

二、吴广霈对《杜诗集评》的定位及其对各体杜诗的非议

集注集评是杜诗学发展到一定阶段的产物。杜诗集注集评之作的繁盛，也逐渐形成了杜诗学史上一种重要的评注现象。洪业在探讨杜诗集注产生的原因时称："夫《杜诗》只是一书，乃有注释散在多家，检阅不便，而求集注，乃自然之势也。"[①]虽然洪业主要谈论集注，但于集评，道理亦是相同的。由于杜诗单种评注的不断增多、出版技术（尤其是套印技术）的不断更新，明清时期，杜诗集评集注之作不断涌现。如江浩然《杜诗集说》、仇兆鳌《杜诗详注》、杨伦《杜诗镜铨》、许宝善《杜诗注释》、张甄陶《杜诗详注集成》、强溱《杜诗集评》、马桐芳《杜诗集评》等，甚至还出现了众多专录评点而不及笺注的杜诗集评之作，如刘濬《杜诗集评》、卢坤辑五色评《杜工部集》等作。如果纯从集评的角度来看，周采泉在《杜集书录》中对清代杜诗集评之作有过一个评价："清代之集评，以张甄陶、强溱、马桐芳、卢坤，较为著名，目前通行本仅刘、卢两家，但卢不如刘，盖刘氏以查初白（慎行）及许蒿菴（昂霄）批为底本，有所承袭也。"[②]强溱之《杜诗集评》与马桐芳之《杜诗集评》，皆已佚不存；张甄陶《杜诗详注集成》多系仇注本增删而成，价值有限。因此，从这个角度来审视杜诗集评之作，我们不难发现刘濬《杜诗集评》在杜诗学史上值得肯定的价值。

1.吴广霈对刘濬《杜诗集评》的价值重估

刘濬《杜诗集评》编撰出版后，学界对其功绩亦多有肯定。阮元认为刘濬《杜诗集评》"罗列诸先辈评语凡若干家，不参已见，可谓善述而不徒作。读杜者其视为五侯之鲭，可乎？"[③]看到了刘濬"善述不徒作"的编撰原则，肯定了《杜诗集评》荟萃诸家评点、可视为"五侯之鲭"的资料价值。陈鸿寿则认为"杜诗浑涵汪茫，千汇万状，得此（注：指刘濬《杜诗集评》）庶足以导示源流，寻求奥窔，不可继蔡梦弼《千家注》卓然成一家言乎？"[④]肯定刘濬《杜诗集评》可成一家之言的杜诗学价值。钱沃臣认为刘濬《杜诗集评》"补前人所未道于理，体多所发明，读之豁人心目，开人识见""大有功于诗教矣"。[⑤] 当然，这些评论，多出自为《杜诗集评》作序者，固然含有溢美的成分，但客观来说，刘濬《杜诗集评》在保持杜诗评点文献、丰富杜诗批评史料方面，还是颇具价值的。

但是，吴广霈手批刘濬《杜诗集评》时，对其批点所用之底本——《杜诗集评》却评价不高。在《杜诗集评》卷之一前有"戊申新正人日剑叟书"题跋一则，表达了自己对《杜诗集评》的态度和总体观点：

> 此本刊者实无聊赖，然以之作剑叟批读本，省令抄胥费手，亦一快也。戊申新正人日剑叟书。

---

①洪业，聂崇岐，李书春，等：《杜诗引得序》，上海：上海古籍出版社，1985年，第9页。

②周采泉：《杜集书录》，上海：上海古籍出版社，1986年，第598页。

③刘濬：《杜诗集评》，台北：台湾大通书局，《杜诗丛刊》影印清嘉庆九年刻本，第1页。

④刘濬：《杜诗集评》，台北：台湾大通书局，《杜诗丛刊》影印清嘉庆九年刻本，第5页。

⑤刘濬：《杜诗集评》，台北：台湾大通书局，《杜诗丛刊》影印清嘉庆九年刻本，第18—19页。

在简短的批语中，吴广霈将刘濬《杜诗集评》仅仅定位于“省令抄胥费手”的基础层面，而总评此书刊者“实无聊赖”，可见其评价之低。当然，其之所以如此贬毁刘濬《杜诗集评》之功效，或许是为了提高自己批点杜诗的价值，或许《杜诗集评》中所录诸家评点确实存在一些问题。不过，不管从哪个层面来说，认为《杜诗集评》“实无聊赖”，均是过激或不当之评。因此，《杜诗集评》的学术价值在吴广霈心中打上了极大的问号，加之其在批点中对《杜诗集评》所辑录之诸家评语多有非议，这也就形成了吴广霈对《杜诗集评》价值认定偏低的总体评价。当然，吴广霈对《杜诗集评》诸家评点的非议，正体现了吴广霈有别于其他杜诗评点的独特之处，不乏真知灼见，有效地丰富了杜诗批评之批评的理论，具有深远的文学批评史学价值，下文将详述之。

2.吴广霈对杜甫各体诗歌的指摘非议

杜甫各体诗歌兼善，一直被诗评家视为“集大成”。元稹为杜甫所撰墓系铭中早就明确指出：“至于子美，盖所谓上薄风骚，下该沈宋，古傍苏李，气夺曹刘，掩颜谢之孤高，杂徐庾之流丽，尽得古今之体势，而兼人人之所独专矣。”①应该说，杜甫五古、七古、律诗等各体诗歌方面都达到了非常高的艺术水准。但是，杜甫各体诗歌是否就无可挑剔？吴广霈在批点《杜诗集评》时，就利用《杜诗集评》分体编排的特征，对杜甫五古、五律七律、绝句等各体诗歌进行了一些批评和指摘。

五言古诗是杜甫的重要体裁之一。湖北省图藏吴广霈批点《杜诗集评》之卷之三和卷之五处的题识就对杜甫五古提出了非议：

工部五古最擅长，然微嫌贪多，不肯割爱，故不免稍有费词累句，似此乱头粗服者，大家自不妨尔尔，后贤学之者，则不可不知其弊而切戒之也。否则佳处未能神肖，业已疵累满纸矣。（第二册末页卷之三终处旁批题识）

工部五古短篇犹时有齐梁六朝余韵，鸿篇巨制则多杰作，自出手眼，前无古人，间亦有琐碎艰涩不可诵者，若七古则脱尽恒蹊，目空今古，“提笔四顾天地窄”，“语不惊人死不休”矣。故吾于杜诗七言，尤瓣香永佩云。（第三册《杜诗集评》卷之五处眉批题识）

吴广霈认为，杜甫虽最擅长五言古诗，但亦存在“微嫌贪多，不肯割爱”“费词累句”“间亦有琐碎艰涩不可诵”的客观缺陷，诚为的评。因此谆谆告诫后学者“不可不知其弊而切戒之”。五言古诗号称杜甫最为擅长的诗体，也存在可以指摘的地方，这正是吴广霈更倾心于杜诗七言的主要原因。

近体诗是杜甫涉猎较多的诗体，也是杜甫成就最高的诗体之一。尤其是杜甫五七言律诗，虽已达到了声律皆备的高度，但也尚有可供指瑕之处。吴广霈批点《杜诗集评》的几则题识中就颇有对杜甫五律、七律的微词：

---

①华文轩：《古典文学研究资料汇编·杜甫卷》上编《唐宋之部》（元稹撰《唐检校工部员外郎杜君墓系铭并序》），北京：中华书局，1964年，第14页。

杜诗五律精整合法者居多，惟应酬遣兴之率笔，亦时有不免，倘芟其三四则，皆可歌咏矣。（第四册末页杜诗集评卷之九终处墨笔题识）

老杜七律，格调高寒，音律入细，多可谱之管弦。唯其中率意酬酢之作，亦不能免。若汰去十分之三，便可首首歌诵矣。（第四册《杜诗集评》卷之十一终处墨笔题识）

吴广霈针对杜甫律诗中"应酬遣兴之率笔""率意酬酢之作"颇有微词，认为只有删去其中部分诗歌，"芟其三四则"或"汰去十分之三"，才"皆可歌咏"，才"可首首歌颂"。应该说，吴广霈对于杜甫律诗缺陷的把握还是独具慧眼，至少可备一说。有时，更是联系李白古体诗歌的创作来比较分析，如对于李白古诗多而五七律诗少的情况，吴广霈也将其和杜诗做了较为客观的对比：

李诗古多而五七律独少，因李之天才超逸，不耐低徊宛转，而老杜则情深心苦，悱恻缠绵，此根于性格不同，故摛藻属辞有异，究之，均为大家，不可以随俗见而妄分轩轻也。（第五册《杜诗集评》卷之十一终处墨旁题识）

吴广霈从李杜二人文学创作的实际情况出发，认为二人诗歌体裁运用之不同，乃在于二人"性格不同，故摛藻属辞有异"，李白"天才超逸，不耐低徊宛转"；杜甫则"情深心苦，悱恻缠绵"，故而造成李白诗歌古多而律少的现实。吴广霈也并未因此有所褒贬，而是李杜并尊，称二人"均为大家，不可以随俗见而妄分轩轾"，亦足为一家之说。

绝句是杜甫最不擅长之作品。故批点者对其多有指摘。即使是肯定之评论，也带上了批评的尾巴。吴广霈在批点《杜诗集评》中则更是毫不留情地批评了杜甫绝句，他认为"杜老七绝绝少可诵之作，是其所短，故所传亦不多也"，一针见血地指出杜甫绝句之不足。

三、吴广霈对《杜诗集评》所录诸家评点的称颂、批驳与完善

吴广霈手批《杜诗集评》中，其批评的主要对象并不是杜甫诗歌艺术高下、刘濬《杜诗集评》的价值认定等，而是针对刘濬《杜诗集评》所辑录的诸家评点的批评，这是吴广霈批点《杜诗集评》中内容最多，最富于价值的部分。吴广霈对《杜诗集评》所录诸家评点的内容或赞赏，或批评，或辨析，具有鲜明的批评主体意识。概言之，其针对《杜诗集评》所录评点的批语类型大体有三：

1.以"××批得之"为固定批评形式的肯定型批语

吴广霈在批评《杜诗集评》中所引录诸家评语之时，往往对其中肯的评语直接加以肯定。这类批语较为简单，且多以"××批得之"的固定批评形式加以立场鲜明的赞赏。如对于《洗兵马》一诗中所引李因笃之评论："此篇颇存初唐之法，然亦未为杜之绝调，诸家毁誉皆过。"吴广霈即以"李批得之"四字加以批点；另如《忆昔二首》之"忆昔开元全盛日，小邑犹藏万家室"一首，刘濬所引吴农祥之评语："沉着顿挫，实胜首篇，然首篇胡震亨诋为伪作，亦非也。"

吴广霈虽认同吴农祥之评论，却亦仅以“吴批得之”四字批点之。又如，在《杜诗集评》中，刘濬对于《夔府书怀四十韵》一诗的集评中引录了李因笃评语 5 则，其中夹批 4 条，尾批 1 条，面对大量引述的李因笃评语，吴广霈在肯定李因笃对杜诗的详尽剖析时也仅以“李批尽得之矣”一语概括之，未对其如何评论得当发表任何具体的意见。又如《乾元中寓居同谷县作歌七首》一诗中，刘濬共引录李因笃、吴农祥等人批语 13 条，吴广霈亦是尽为赞赏之，称：“数批各得其妙，唯此诗一片神行，浑化无迹可寻，虽仙才如太白，见此亦当气沮，况常人哉？”高度肯定诸家之论恰到好处，各得其妙的同时，还对其妙处略作申诉，体现出了很好的批评意识。此评语与李因笃尾批“妙在悠然不尽。一片空灵，无复声色臭味之可寻矣。然非其人不知”以及吴农祥尾批“七歌血腥，注射声息，都非不可以句摘，不可以章裂也”如出一辙，强调其气韵雄浑，浑化无迹之妙。

吴广霈在高度肯定诸家评点之时，往往又能针对同一诗歌的不同诸家评论加以区别对待，评骘高下，鉴别优劣，体现出良好的批评意识。关于杜甫《秋风二首》之“秋风淅淅吹我衣，东流之外西日微”一首，李因笃和吴农祥两人都对其进行了评点。李因笃批曰“调自高”；吴农祥批称“似一笔随兴而成，却百思不能到也。此谓神动天地”。关于此两人的批点，吴广霈没有提出异议，但对两人的批点内容作了肯定程度绝然不同的评价：“李批未能深入，吴批得之。”既称赞了二人评点，又对李因笃批点过于简略，“未能深入”，提出了自己的见解，进而高度肯定吴农祥之批。而从李因笃、吴农祥二人评点的具体内容看，吴广霈之评切中肯綮，可谓善于对批评进行批评了。

对他人评点作具体剖析最典型的是吴广霈对于《杜诗集评》中《八哀诗·故右仆射相国张公九龄》一诗的再批评。在《杜诗集评》中，刘濬共引录有朱鹤龄、李因笃、吴农祥、王士禛等人批语多条，在这些人的众多批评中，吴广霈独欣赏王士禛对该诗的批评：

王云：《八哀诗》本非集中高作，世多称之，不敢议者，皆揣骨听声者耳。其中累句须痛刊之方善。石林叶氏之言，其识胜崔德符多矣。余《居易录》中详之。《八哀诗》最冗杂不成章，亦多唪呓语，而古今称之，不可解也。

对于王士禛的这则评语，吴广霈称“王批允为笃论”，高度肯定了王士禛对此诗“最冗杂不成章，亦多唪呓语”“累句须痛刊”之批评。其实，王士禛之论在刘克庄《后村诗话》中所引叶石林之语中已有类似论断①，他亦在《带经堂诗话》中坦陈“《后村诗话》先已言之”，其中所论“皆确论，与予意吻合”②。王士禛认为，之所以造成“世多称之”“古今称之”的局面，主要缘于“不敢议者，皆揣骨听声者耳”。人云亦云，没有自己对于杜诗的独立见解。而从实际情况

---

①刘克庄《后村诗话》后集卷二称：“杜《八哀诗》，崔德符谓可以表里《雅》《颂》，中古作者莫及。韩子苍谓其笔力变化当与太史公诸赞方驾。惟叶石林谓长篇最难，晋魏以前无过十韵，常使人以意逆志，初不以叙事倾倒为工。此八篇本非集中高作，而世多尊称，不敢议其病。盖伤于多，如李邕、苏源明篇中多累句，刮去其半方尽善。余谓崔、韩比此诗于太史公纪传，固不易之语，至于石林之评累句之病，为长篇者不可不知。”（刘克庄：《后村诗话》，北京：中华书局，1983 年版）

②王士禛：《带经堂诗话》卷二，北京：人民文学出版社，1963 年，第 54 页。

来看,《八哀诗》自诞生之日起,便充满了争议。褒之者如崔德符认为《八哀诗》"可以表里《雅》《颂》",韩子苍认为《八哀诗》"笔力变化,当与太史公诸赞方驾"[①],魏庆之认为"《八哀诗》在古风中最为大笔"[②],郝敬认为"《八哀诗》雄富"[③],李因笃认为《八哀诗》"叙述八公生平,称而不夸,老笔深情,得司马子长之神"[④],张溍认为《八哀诗》"随人即事,笔法种种,故是大家"[⑤],《唐宋诗醇》则谓"子美《八哀》,自是钜[巨]篇",如此等等,都是高度肯定《八哀诗》的成就。贬之者亦不少,如叶石林认为《八哀诗》"本非集中高作,……盖伤于多,如李邕、苏源明篇中多累句"[⑥],唐元竑认为《八哀诗》"累累满纸,摘其佳句,不可多得"[⑦],王士禛认为《八哀诗》"最冗长不成章,亦多啽呓语""钝滞冗长,绝少剪裁"[⑧],等等,大多认为《八哀诗》不是杜甫得意之作,且也未能代表杜甫诗歌艺术创作的最高水平,多累句,冗长钝滞,缺少剪裁,但是却被后人多加称颂。王士禛之评点也是基于这些点而立论的。总之,"论此诗者,誉之者或过其实,毁之者或损其真",[⑨]王士禛的这种观点是否正确,自然见仁见智。清代学者翁方纲在分析王士禛批评《八哀诗》的原因时称:"其所摘累句,则渔洋于诗,以妙悟超逸为至,与杜之阴阳雷帅、利钝并用者,本不可同语也。"[⑩]翁方纲认为,导致王士禛批评的主要原因在于王士禛与杜甫诗学观念的不同,王士禛倡导神韵说,强调清逸淡远,这或许能部分解释王士禛强烈批评《八哀诗》的原因。因此,学界一般认为"王士禛论杜《八哀》,不为无见,然亦有失中肯"[⑪]。为了辅助说明王士禛此种观点的成立,吴广霈在继后的批评中也阐述了《八哀诗》"拉拉杂杂,纷乘庞集"的缺陷:

(墨尾)《八哀》篇自是煌煌钜制,惟每篇必详载其人一生事实并才能等等,自不免拉拉杂杂,纷乘庞集。且每篇一韵到底,又不换韵,虽广以通叶,仍难免凑趁之病,大家名作,固不必吹瑕索班[斑]也。

(墨尾批集评后)斯为平心笃论,工诃古人者,其集中宁能有此钜制哉?

吴广霈此批,是在王士禛的基础上,进一步指摘《八哀诗》的具体缺陷和不足之处,但是,吴广霈在批评《八哀诗》不足之处的同时,认为当以宽阔的胸襟去理解此诗,不必苛责古人。抛出"大家名作,固不必吹瑕索班[斑]"的观点,甚至认为"工诃古人者,其集中宁能有此钜制

---

①刘克庄:《后村诗话》后集卷二所引。

②魏庆之:《诗人玉屑》卷十四引《少陵诗总目》,北京:中华书局,1959年。

③仇兆鳌:《杜诗详注》引郝敬评语,北京:中华书局,1979年,第1420页。

④刘濬:《杜诗集评》卷三,台北:台湾大通书局,《杜诗丛刊》影印清嘉庆九年刻本,第367页。

⑤张溍:《读书堂杜诗注解》卷十三,台北:台湾大通书局影印本,第1241页。

⑥刘克庄:《后村诗话》后集卷二所引。

⑦唐元竑:《杜诗攟》卷三,台北:台湾大通书局影印旧抄本,第161页。

⑧王士禛:《带经堂诗话》卷二,北京:人民文学出版社,1963年,第53页。

⑨《唐宋诗醇》卷十二,沈阳:春风文艺出版社,1995年。

⑩翁方纲:《石洲诗话》卷六,见郭绍虞编选、富寿荪点校:《清诗话续编》,上海:上海古籍出版社,1983年,第1487页。

⑪萧涤非:《杜甫全集校注》卷十四,北京:人民文学出版社,2014年,第4063页。

哉?”,可能一般人还达不到杜甫《八哀诗》的境地,可谓较王士禛专摘其缺陷又多一重客观批评在其中矣。而对于《八哀诗》的毁誉情况,吴农祥在其批点中进行了简略的概括,可以看出吴广霈观点来源于吴农祥批语的蛛丝马迹:

吴云:《八哀诗》,崔德符谓:“其表里《雅》《颂》,中古作者莫及。”韩子苍则谓:“笔力变化,当与太史公诸赞方驾。”二者皆具法眼,至叶石林遂病其太多,累句欲删其半方尽善,而郑继之攻摘尤苛,皆不善读公诗者也。

此处,吴农祥一方面对历史上对《八哀诗》的评价进行了概括,另一方面对攻摘《八哀诗》过于苛刻的情况进行了批判,认为其“皆不善读公诗者也”。因此,吴农祥“不善读公诗”这一观点与吴广霈提出的要对《八哀诗》进行“平心笃论”的观点异曲同工,可见吴广霈观点的渊源。

2.非议诸家评点之否定型评语

吴广霈批点《杜诗集评》的主要目的不在于肯定、称赏诸家评语,更重要的是借评点杜诗指出诸家所论的不当,表明自己对相关问题的观点。因此,非议诸家评点之否定型评语在吴广霈手批《杜诗集评》中占有较大篇幅。

总体而言,吴广霈对《杜诗集评》所引录的诸家批语中,对李因笃、吴农祥二人批语的非议最多。从其非议的用语看,吴广霈对诸家评语之批评,多直接用“谬”字加以否定。如《石龛》一诗李因笃批评称“竟似两截诗”,吴广霈不同意此观点,复加批点到“此批亦谬”;《楠树为风雨所拔叹》一诗李因笃认为“结太煞,便索然”,对此,吴广霈亦辩驳称“李批大谬”;《后出塞五首》之“朝进东门营,暮上河阳桥”一诗,许灿认为“此首途中作,归美主将之严”,而吴广霈则不同意此种说法,称“‘借问’二句有轻视厌薄之意。非归美之词也。许评大谬”。诸如此类,不一而足。可见,吴广霈好以“谬”字直接非议诸家之评语。

除直接指出诸家评语之“谬”外,有时还对诸家评语的谬误之处加以剖析,让人明白其所批评的理据。如关于《奉和贾至舍人早朝大明宫》一诗,李因笃曾认为“朝罢香烟携满袖,诗成珠玉在挥毫”一联不甚妥当,并将“朝罢”二字批抹掉,称“摩诘诗用‘朝罢’于第七句则可,公作竟是前半早朝,后半朝罢矣”,针对李因笃的这种批评,吴广霈亦提出非议,“早朝诗岂竟不能预计其退朝时事耶?李批缪妄,是以八股之戒犯下律诗歌也。”既不同意李因笃之评论,也指出了其所以不同意的原因在于李因笃之论“以八股之戒犯下律诗歌也”,颇有说服力。故吴广霈在该诗题首批曰“此唐人应制诗之正轨也。浅人不解,或任意批抹,陋哉!寒乞子相乌可与之论盛唐哉?”正是道出了对李因笃等人任意批抹的不屑与非议。陆嘉淑也对后人妄删之举表达了自己的看法:

陆云:七言近体,竟为世人应酬捷径,一事一物,即有八句在其笔端,以其排比声律,易于就范也。然而虚响易工,沉实难至。唐人倡为此体,本为升平之奏,气象高华。少陵身遭丧乱,气亦一往悲壮,曾无衰飒之色,后人不循元始,妄姗[删]应制,忽逃禅寂,近复变为柔曼,师乙所云“靡靡之音”也。

陆嘉淑从七言近体的体制角度分析了成为应制诗的客观优势，提出不可妄删的原则，故吴广霈剖析此诗总体氛围为“斋丽堂皇，一片承平雅诵声”，看到了该诗深厚的应制气息。

评点最重要的原则就是公正客观，既不过于谀颂，也不刻意护短。吴广霈在批点《杜诗集评》中，针对刘濬辑录的诸家评语中过分拔高杜诗艺术的情况，也曾提出毫无情面的驳斥。《题衡山县文宣王庙新学堂，呈陆宰》一诗，《杜诗集评》中引录有李因笃评语5条，吴农祥批语1条，但多为称颂此诗之评。如李因笃评此诗谓“极冠冕，极风雅，真大手笔，不负斯题”，称“何必三千徒，始压戎马气”一段处“中有至理，咀之始出，先正谓公见道过昌黎，信然”，无不极尽称颂之意。吴广霈对此空洞的称赞颇为不满，认为李因笃之论乃是“盲称瞎赞，那得知诗？”可见其坚持语必有据的批点风格。同样，吴农祥关于此诗亦是高度赞扬，认为该诗“大题目，大作用，句句精警”，对此，吴广霈亦觉得吴农祥之论“未必”如此。而考其实际，吴广霈批评李、吴二人之称颂评语，显然是出于反对过分拔高杜诗的目的，亦不无道理。

杜诗号称“诗史”，很多诗歌都与当时历史背景和社会政治紧密相关。因此，揭示诗歌背后所蕴含的历史事件是诸多评点家批评杜诗时的主要任务之一。对诗歌反映史实的不同见解，也是吴广霈非议他人批点的对象之一。如对《前出塞九首》组诗到底反映的是唐代哪段史实的问题，不同的批点者作出了不同的解释。查慎行认为“《前出塞》为天宝中用兵南蛮而作”，吴广霈对于查慎行的解释表示怀疑，称“此未必然。当是哥舒翰征吐蕃时事”，二者因对《前出塞九首》所针对的历史史实不同而产生了非议。关于此条评语孰是孰非的问题，实际上涉及关于《前出塞》和《后出塞》是否为同一时期所作的问题。王嗣奭《杜臆》中称：“《前出塞》云赴交河，《后出塞》云赴蓟门，明是两路出兵。考唐之交河，在伊川西七百里。当是天宝间，哥舒翰征吐蕃时事。诗亦当作于此时，非追作也。”钱谦益在王嗣奭的基础上，根据地名不同而具体阐释了前后《出塞》的不同：“《前出塞》为征秦陇之兵赴交河而作，《后出塞》为征东都之兵赴蓟门而作也。”而胡夏客从诗题命意的角度亦表达了同样的观点：“前后《出塞》诗题，不言出师而言出塞，师出无名，为国讳也。可为诗家命题之法。当时初作九首，单名《出塞》，及后来再作五首，故加前后字以别之。旧注见题中前后字，遂疑同时之作，误矣。”可见，吴广霈此种怀疑，当亦符合历史史实。同样是对于历史史实的记载问题，历来论诗者皆称杜诗为“诗史”，可补正史之缺。因此，很多评点者自觉不自觉地将诗歌中反映的历史史实过度夸大，认为诗歌能详历史事实之本末。如《入衡州》一诗，刘濬在《杜诗集评》中引录有吴农祥评语三则，并称“崔瓘以贤能见害于臧玠，本末于此诗颇详，故存之”，对于吴农祥的此种评论，吴广霈认为“此诗实亦未详其见害之本末也”，应该说还是比较客观的评价。钱谦益对此诗中反映的崔瓘被臧玠所杀之事笺注甚详，通过此笺注，方可谓“本末颇详”也。

非议他人评点的另一个方面的原因是诸家艺术标准和价值取向不同。如关于是否凑句、是否佳妙等涉及主观评判的艺术问题，往往也导致了吴广霈的批评。《新安吏》一诗，李因笃认为该诗在结构方面不够紧凑，故批称该诗“乐府遗音，遂欲节数语，使之紧凑”。对于此评，吴广霈也发表不同的看法：“此等诗并无凑句，何可节也？”强调该诗没有凑句可节，可见，二人对于同一诗歌的不同评判标准，也是导致其非议的原因，这就没有评判的高下之分了。同样的情况，在《送孔巢父谢病归游江东，兼呈李白》（又一首见王洙本）中也同样存在，吴农祥认为"此作亦佳,当并存之",称此诗可以和前一首并存。而吴广霈则认为"前作甚佳妙,此可删也,并存何为?"指出此作没有存在的意义,其批评的原因亦是艺术取向的不同所致。

3.不以非议他人观点为目的之补充完善型评语

吴广霈对《杜诗集评》中诸家评点的批评中,也有不少是进一步深化诸家评点内容的批评,其目的不在于批评批点者的观点,而在于补充、完善诸家评点的观点。如《发同谷县》一诗,吴农祥称该诗"一气读,一笔写,相见寻常事却说得骇异不同,此人人胸臆所有,人不道耳"。对于吴农祥此评,吴广霈加以补充说明:"非人不道,实人人道不出耳。"吴广霈批语由"人不道"向"人道不出"的转变,更加肯定了杜诗的超妙和难以企及,比吴农祥之评更加有力度,有感情。另如《发同谷县》一诗,吴农祥有一段评论称:

吴云:《发同谷》章法止而复起,有两山连合之势。以同谷之有佳主人也。故别而泪再滴,先生之于交情,深念旧恩也至矣。近人有以《七歌》中"蝮蛇"喻同谷主人者,吾不信也。

针对吴农祥不信近人"以《七歌》中'蝮蛇'喻同谷主人"的论断,吴广霈亦加以补充否定:

何至此喻者,过也。"蝮蛇"等语皆比一切乱贼也,胡可以拟同谷主人?作此说者,皆喜乱贼而恨善良者也。

由吴农祥之"不信"的笼统批评,到吴广霈对"蝮蛇"一语具体比喻对象的揭露,甚至点出"作此说者"的真实用心所在,可见吴广霈之补充颇有说服力。

另外,如《前出塞九首》一诗,李因笃认为"九首凡涉议论者皆舍之",强调舍弃其中的议论之作。而吴农祥对近人单取其中一首为重的做法也发表过评论:

吴云:前后《出塞》,皆自出机杼,非古今常出之语,常用之格。然一篇作一解,九首一章也。五首又一章也。近王凤洲乐府之变乎?乃选者或单取一首以为重,大是不解事者。《出塞》《从军》,唐人作者多矣,至公自开一径。

吴农祥认为这种割裂组诗的做法,"大是不解事者",针对这样同时出现的不同评点,吴广霈为了能够正确理解杜诗,就着吴农祥的观点加以引申,以简略而明确的批语表明自己的态度:"此等诗当玩全章,决不能单取一二首。"使人能于众说纷纭的批点中寻找到正确理解杜诗的途径。

可见,吴广霈对《杜诗集评》中诸家评点的批评不一定均是以非议其观点为目的,有时还着意于补充、完善其观点而言。体现出吴广霈在批评过程以客观事实为基础,不以个人好恶为中心的良好批评意识。

吴广霈对诸家批点之批评的意义还表现在,吴广霈在批评诸家评点的同时,能够指出诸家评语的内容来源,为读者提供清晰的杜诗批评发展脉络。如查慎行批点《房兵曹胡马诗》称：

查云：壮心如见，老杜许多马诗，此为最警。前半只说骨相，后半并及性情，何等章法。

针对查慎行的这段批语，吴广霈敏锐地看到了查慎行批语的来源，其用简练的语言称"'前半云'是沈归愚评"，看到了查慎行评语与沈德潜《杜诗偶评》中内容的渊源关系。查《杜诗偶评》，沈德潜的评语为：

前半论骨相，后半并及性情，"万里横行"指房兵曹，不然，句句说马，有何意味？

于此可见，查慎行之批语来源于沈德潜评语无疑。但考查慎行和沈德潜的生卒年，沈德潜生于1673年，卒于1769年，查慎行生于1650年，卒于1727年，查慎行比沈德潜早出生23年，且又早去世42年，要查慎行采录沈德潜之评语的可能性极小。且查慎行《初白庵诗评》中未见此条评语，此或为刘濬所见查慎行其他本子的批语。因此，是沈德潜截取查慎行评语的可能性更大。另外，关于《房兵曹胡马诗》一诗，元代赵汸也发表过类似的评语：

前辈言咏物诗戒粘皮着骨。公此诗，前言胡马骨相之异，后言其骁腾无比，而词语矫健豪纵，飞行万里之势，如在目中，所谓索之于骊黄牝牡之外者。区区模写体贴以为咏物者，何足语此？

因此，从赵汸批语可见，查慎行与沈德潜二人之批点内容亦与其批语略有相似之处，或许二人皆受赵汸之评而来，非互相之间借鉴也。不过，吴广霈对查慎行评语的批评，尽管其所谓来源与沈德潜评的观点值得商榷，但为我们搞清楚杜诗评语的来源提供了线索，且多有启发和助益。

四、吴广霈手批《杜诗集评》的文学批评史价值及其典范意义

清代数量繁夥的杜诗未刊评本中，绝大多数的杜诗批本都是针对杜诗内容的批评，如方拱乾批《杜诗论文》、奚禄诒批《杜诗详注》、钱陆灿批《杜工部集》、陈治批《杜工部集》、吴锡麒批《杜诗偶评》、严复批《杜工部集》、孙承泽批《杜诗胥钞》、方贞观批《杜工部诗集》，等等，都是立足于杜诗文本内容而进行的。而吴广霈手批《杜诗集评》则主要立足于杜诗批评之批评，几乎没有对杜诗具体内容的评点，这一独特的批评形式，使其成为杜诗学史上独具匠心的杜诗未刊评本之一。对杜诗批评著作的批评，这实际上涉及有关文学批评之批评的文学批评史学的理论问题，这也正是吴广霈手批《杜诗集评》在文学批评史上最重要的价值所在。

文学批评史学是在中国文学批评史作为一门独立学科的基础上，对中国古代文学批评史上存在的以"诗文评"为主要批评、研究对象的文学批评史的分支学科之一。黄霖先生在《中国古代文学批评史学论略》一文中对整个文学批评史学学科的具体内涵和发展流变进行

了论纲式梳理：

> 上世纪二十年代起，在中国的文学界出现了“中国文学批评”及“中国文学批评史”的概念，明确而自觉地将中国古代的文论著作作为科学研究的对象，逐步建立起了一门“中国文学批评史”的学科。时至今日，我们溯流探源，不能不觉得大致从东汉王逸《楚辞章句序》针对班固《离骚序》的批评起，到刘勰对于‘魏文述典、陈思序书、应玚《文论》、陆机《文赋》、仲治《流别》、弘范《翰林》’等一一作出评判(《文心雕龙·序志》)，再到本世纪初刘师培、黄侃等对于《文心雕龙》作专门的研究，实际上也存在着一个以“诗文评”为主要批评、研究对象的历史过程。①

黄霖先生从传统目录学对诗文评的著录和提要、传统注释、校勘、辨伪、编辑等方面表现出来的对古代文学批评的研究以及诗话、文话、序跋、杂著、专论、评点等理论性批评著作中涉及的文学批评之批评现象出发，对古代文学批评史学学科体系的具体内涵和研究对象进行了提纲挈领的梳理，为进一步拓展文学批评史研究范畴、深化文学批评研究提出了新目标，开拓了新领域。

从传统目录学角度看，“古代文学批评著作在古代书目集部的分类中从‘总集’—‘总集文史’—‘诗文评’的渐进，标志着人们对于这门学科的逐步认可和认识的深化。它说明了文学批评这门学科尽管与文学创作、历史批评等有着千丝万缕的关系，但它毕竟具有自己独特的个性。”②因此，当代学者曾将文学批评史学纳入文学批评的研究范围。如蔡镇楚在《中国古代文学批评史》中称：“文学批评史以文学批评为研究对象，是对文学批评作系统的历史的考察。研究范围涉及‘文学批评的历史’与‘历史上的文学批评’，故其以‘史’为纲，以文学批评为目。主要任务在于通过文学批评史料的调查、考证、分析、比较、综合、归纳，从纵的方面去探讨文学批评的发生、发展、演变的历史全过程及其规律性，并适当从横的方面进行批评家、批评流派、批评理论以及中西文学批评实践的比较研究，以寻求各自之间的异同及各自不同的文化性格。”③此处，虽然提出了要将“历史上的文学批评”来作为研究对象，但在具体操作中并未能够很好地对文学批评之批评进行较好的梳理，未能完整地梳理文学批评史学的发展脉络。文学批评之批评研究的文学批评史学研究还有待于我们进一步地去发掘文献资料、完善理论体系，以更全面地凸显文学批评史学的学科意识和理论构架。

清代作为杜诗研究高度发展的时期，此阶段出现的杜诗研究著作以朱鹤龄《杜工部诗辑注》、钱谦益《钱注杜诗》、仇兆鳌《杜诗详注》、浦起龙《读杜心解》、杨伦《杜诗镜铨》等杜诗评注作为主要代表，而集评类的杜诗著作则以刘濬辑《杜诗集评》、卢坤辑五色评《杜工部集》为盛行。针对这些杜诗研究和评点著作，人们的观点并非一致，从而出现了许多针对这些著作观点的批评性评点，其中包括了大量的杜诗未刊评点，如上海图书馆藏陈(讦)批点《杜诗详

①黄霖：《文心雕龙汇评》(《中国古代文学批评史学论略》(代前言))，上海：上海古籍出版社，2005年，第1页。

②黄霖：《文心雕龙汇评》(《中国古代文学批评史学论略》(代前言))，上海：上海古籍出版社，2005年，第3页。

③蔡镇楚：《中国古代文学批评史》，长沙：岳麓书社，1999年，第37页。

注》专揭仇兆鳌评杜之讹异，湖北省图书馆藏吴广霈批点《杜诗集评》多有非议刘濬《杜诗集评》中诸家评论之言，北京师范大学图书馆藏李念慈对《钱注杜诗》中钱谦益的笺注毁誉参半的客观评点，南京图书馆藏方贞观对朱鹤龄《杜工部诗辑注》中朱鹤龄注释的评点，湖北省图书馆藏秦应逵对浦起龙《读杜心解》的辩驳等，无不反映出杜诗未刊评点中所涉及的关于杜诗批评之批评的问题。如果从这个层面来审视吴广霈批点《杜诗集评》的价值，那么吴广霈批点《杜诗集评》具有了异于一般杜诗评点的典范意义。因此，对这些散佚的杜诗批评之批评的文献资料进行整理与研究，将极大地丰富杜诗批评的文献宝库，有助于杜诗研究的深入、细化，甚至为文学批评史学的构建提供难得的稀见资料。

蔡梦弼《草堂诗笺》整理刍议
——兼议现存最早两种宋人杜诗编年集注本之优劣

曾祥波
（中国人民大学文学院　北京　100872）

一、《草堂诗笺》与《杜陵诗史》之优劣？

杜诗之号“诗史”，一方面指杜诗真实反映了安史之乱前后唐帝国由盛及衰的历史进程；另一方面也指杜诗完整、细致地表现了杜甫个人一生的出处行实。故前人有读杜诗“编年本第一，分体本次之，分类本最下”之说，如浦起龙《读杜心解·发凡》称：“编杜者，编年为上，古近分体次之，分门为类者乃最劣。盖杜诗非循年贯串，以地系年，以事系地，其解不的也。”[①] 王国维《宋刊〈分类集注杜工部诗〉跋》亦言：“杜诗须读编年本，分类本最可恨。”[②]洪业《杜甫：中国最伟大的诗人》也有类似说法：“杜诗应该尽可能以正确的编年顺序阅读，这一点极其重要。”[③]另外，杜诗自宋以降，研习者夥矣，注杜号称千家，而各有利钝。因是之故，读杜应以荟萃众说、便于参互之集注本为优。旧题王十朋撰《王状元集百家注编年杜陵诗史》与蔡梦弼《草堂诗笺》，是现存宋人杜注中最早的两种编年集注本。按，郭知达《九家集注杜诗》虽为质量颇佳的现存最早集注本，然属分体本，不易阅读；今人林继中辑校《杜诗赵次公先后解辑校》虽为最早编年本，然为宋人赵彦材一家之注，并非集注形式；元、明两代流传最广、影响最大的高崇兰编、刘辰翁评点的编年集注本《集千家注杜工部诗集》，出现于宋元之际，时间上远远落后于二书。故《杜陵诗史》与《草堂诗笺》二书在杜诗学中占据了极为重要的位置。

就集注性质而言，两本皆系采集诸家之集注性质，然蔡梦弼将注家主名统统删去，虽为集注，却不明注文出自孰家，难以了解诸家注释之承袭演变及优长。《杜陵诗史》则将诸注家主名一一标明，虽或有虚造之妄，然剔除伪注后，犹可见诸家注释之承袭演变及各自优长也。故就集注性质而言，《杜陵诗史》优于《草堂诗笺》。就编年性质而言，二书皆称以鲁訔年谱为

①浦起龙：《读杜心解·发凡》，北京：中华书局，1961年，第8页。

②王国维：《观堂集林·观堂别集》卷三，石家庄：河北教育出版社，2003年，第679页。

③洪业撰、曾祥波译：《杜甫：中国最伟大的诗人》，上海：上海古籍出版社，2011年，第8页。

系年依据，据笔者《杜诗会笺》所选杜诗近四百篇比对，两书篇目之编次基本一致。不一致者有三种情况，其中前两种是可予合理解释的小概率事件（第三种差异属于意外情况，另见下文解释[①]），列举如下：

第一，少数同题诗混淆。如《遣兴》"骥子好男儿"、《遣兴三首》与《遣兴五首》。又如《即事》。又如《野望》。又如《得舍弟消息》"乱后谁归得"，《草堂诗笺》系于"乾元元年夏六月出为华州司功，冬末以事之东都，至乾元二年七月立秋后欲弃官以来所作"，置于《忆弟二首》与《赠卫八处士》之间。《杜陵诗史》相同位置乃是《得舍弟消息》"风吹紫荆树"一首，而《得舍弟消息》"乱后谁归得"一首则系于"至德二载丁酉在贼中所作"。又如《杜鹃行》，《草堂诗笺》系于"上元元年庚子在成都所作"，置于《石笋行》与《三绝句》"前年渝州杀刺史"之间。《杜陵诗史》将"上元元年"误作"上元二年"，置于《石笋行》《石犀行》《杜鹃行》"西川有杜鹃"（《目录》云："此诗系到云安所作，当见二十一卷，误入此。"）与《杜鹃行》"古时杜宇称望帝"、《三绝句》之间。又如《草堂》，《草堂诗笺》系于"广德二年甲辰春末再至成都所作"，置于《归来》与《除草》《四松》之间。《杜陵诗史》置于此处者为《草堂即事》"荒村建子月"，《草堂》一诗系于"上元二年辛丑在成都公年五十岁"。又如《喜雨》"南国旱无雨"，《杜陵诗史》系于"广德二年甲辰自梓州挈家再往阆州所作"，置于《百舌》与《送梓州李使君之任》之间。《草堂诗笺》置于此处者为《喜雨》"春旱天地昏"。

第二，《草堂诗笺》收录而《杜陵诗史》失次，这种情况极少。如《塞芦子》，《草堂诗笺》系于"至德二载夏自贼中达行在所授拾遗以后所作"，置于《彭衙行》与《送长孙九侍御赴武威判官》之间。《杜陵诗史》失载。如《湖城东遇孟云卿复归刘颢宅宿宴饮散因为醉歌》，《草堂诗笺》系于"乾元元年夏六月出为华州司功，冬末以事之东都，至乾元二年七月立秋后欲弃官以来所作"，置于《至日遣兴奉寄北省旧阁老两院故人二首》与《阌乡姜七少府设鲙戏赠长歌》之间。《杜陵诗史》置于最末三十二卷"拾遗"部分。

总的来说，二书篇目编次大致相同，互有优劣。如果算上《杜陵诗史》在集注性质上注明注家主名的优势，那么《杜陵诗史》一书在价值上似乎应该高过《草堂诗笺》。

二、《草堂诗笺》与《杜陵诗史》编撰之先后？

就目前的研究状况来看，学界一般都视《杜陵诗史》的撰述时间在《草堂诗笺》之前。代表性的说法有两家，第一是洪业《杜诗引得序》称："疑其（《草堂诗笺》）多所取于伪王集注以成书者也。"[②]第二是周采泉《杜集书录》通过推断郭知达《九家集注杜诗》成书情况的间接暗示。《杜集书录》卷二"（郭知达）《新刊校正集注杜诗》三十六卷"称："郭知达虽无籍籍名，但决非一般书贾，其辑此书全为针对东坡《老杜事实》以及《王状元集百家注》等伪书而作。"[③]按，郭知达此书的撰述时间，其序明言为淳熙八年（1181）。《四库全书总目》论黄希、黄鹤父

---

①此种情况实乃"古逸丛书"《草堂诗笺》本的特殊情况，出于黎庶昌拼合淆乱《草堂诗笺》造成成批诗篇的编次明显失常，下文专门说明。

②洪业：《杜诗引得序》，《杜甫：中国最伟大的诗人》附录二，第278页。

③周采泉：《杜集书录》，上海：上海古籍出版社，1986年，第55页。

子《补注杜诗》，对杜集诸注本成书时间加以比较称："至嘉定丙子，(《补注杜诗》)始克成编……郭知达《九家注》、蔡梦弼《草堂诗笺》视鹤本成书稍前(案，知达本成于淳熙辛丑，在鹤本前三十余年；梦弼成于嘉泰甲子，在鹤本前十有二)。"[①]按四库馆臣的意见，三书的成书次序为：郭知达《九家集注杜诗》(淳熙八年，1181)——蔡梦弼《草堂诗笺》(嘉泰四年，1204)——黄氏《补注杜诗》(嘉定九年，1216)。余嘉锡《四库提要辨证》、李裕民《四库提要订误》、杨武泉《四库全书总目辨误》，以及洪业《杜诗引得序》、万曼《唐集叙录·杜工部集》对此说皆无异议。胡玉缙《四库全书总目辨提要补正》引陆氏《仪顾堂续跋·元椠二十五卷本跋》云："建安蔡氏梦弼亦在姓氏中，集注曾采及，惟郭知达注不及一字耳。"胡玉缙作案语云："二十五卷，为徐居仁就黄本为之分门编类，乃别一本。"[②]指出陆心源所说采及蔡梦弼《草堂诗笺》之黄氏《补注杜诗》本实为徐居仁据黄氏《补注杜诗》所编之分类本，而非黄氏原本，进一步加强了《四库全书总目》的说法。回过头来看，周采泉既然认为郭知达《九家集注杜诗》带有纠正《杜陵诗史》伪托撰人之讹谬的意图，而《草堂诗笺》成书又在《九家集注杜诗》之后，那么《杜陵诗史》自然成书于《草堂诗笺》之前了，即：《杜陵诗史》——郭知达《九家集注杜诗》(淳熙八年，1181)——蔡梦弼《草堂诗笺》(嘉泰四年，1204)。《杜陵诗史》不但在篇目编次上与《草堂诗笺》基本一致，又有标明注家主名、可供复核来源的文献线索，并且学界又普遍认为其纂述年代早于《草堂诗笺》，所以尽管"王状元(十朋)"之名显系伪托，此书仍获得了杜诗研究者的重视。如洪业稽考杜集各本，所撰之《杜诗引得序》亦是杜集版本流传之第一篇全面专史，对杜集版本极为熟悉，其撰写《杜甫：中国最伟大的诗人》一书，胪列所用版本，毅然将《杜陵诗史》置于《草堂诗笺》之上[③]。又如，今人林继中先生整理恢复《杜诗赵次公先后解辑校》，前三卷因无钞本传世，他考证赵彦材所用蔡兴宗年谱，实则为鲁訔年谱之源头，故即用鲁訔年谱系统的《杜陵诗史》之编次为前三卷篇目之次序，而未取同属鲁訔年谱系统的《草堂诗笺》，可见对《杜陵诗史》的重视超过《草堂诗笺》。

论者虽普遍认为《杜陵诗史》成书于《草堂诗笺》之前，但皆未举出确凿证据，洪、周二说皆如此。欲解决二书撰述次序之先后，核其引用之迹为最佳方法。如果不同意传统说法，则须找出《杜陵诗史》引用《草堂诗笺》的证据。然蔡书向掩注家主名，而《杜陵诗史》中亦未见引及蔡注之迹。并且，《草堂诗笺》所谓"梦弼谓""梦弼案""梦弼考"之类，往往为蔡氏攫取他人注释为之。[④] 即使《杜陵诗史》引之，亦难以判明《杜陵诗史》是从《草堂诗笺》所引，或是引自原注者之书。故退而求其次，当寻绎二书引用他书之迹，以他书为坐标，衡量二书撰述之先后。所谓他书者，经笔者浏览爬梳，则以黄希、黄鹤《补注杜诗》为合适。黄氏《补注杜诗·集注杜诗姓氏》载有："永嘉王氏，名十朋，字龟龄，《集注编年诗史》三十二卷。"其书名卷数悉与《杜陵诗史》合。则《杜陵诗史》成书早于《补注杜诗》。然而寻绎《杜陵诗史》，其《哀王孙》"夜飞延秋门上呼"一句，注引黄氏《补注杜诗》黄希注(题作"希曰")云："《通鉴》云：上御勤政

---

①《四库全书总目》卷一四九，北京：中华书局，1965年，第1281页。

②胡玉缙撰、王欣夫辑：《四库全书总目辨提要补正》卷四十三，上海：上海书店出版社，1998年，第1187页。

③洪业：《杜甫：中国最伟大的诗人》"引论"，页55注2。

④洪业：《杜诗引得序》即指出："蔡氏著书，实亦以剽窃为法者也。观其书中曰'案'、曰'考'、曰'梦弼谓'者甚多，似是考证之新得，实皆盗自他人。"(洪业：《杜甫：中国最伟大的诗人》附录二，第288页。)

楼，下制云欲亲征，皆莫之信。移仗北内，命陈玄礼整比六军，上独与贵妃姊妹、皇子、妃、王、皇孙及亲近宦官宫人出延秋门。妃、王、皇孙之在外者皆委之而去。是日百官犹有入朝者，至宫门犹闻漏声，三卫立仗俨然，门既启，则宫人乱出，中外扰攘，王公士民四出逃窜。”又，同诗“朔方健儿好身手”一句，注引黄希注（题作“希曰”）云：“诗云：好人服之。注云：好人，好女［汝］手之人。”据此二注，则《补注杜诗》成书又应在《杜陵诗史》之前。对这一矛盾，洪业《杜诗引得序》推测说：“唯诗注中或冠‘希曰’二字，皆是黄希之言；希书成于嘉定（1208—1224），其子鹤补注成书，序于宝庆二年（1226）；故疑刘氏旧藏之本乃宝庆后伪王之本又经翻刻，偶有阙叶，遂盗取黄鹤补注本，删减其注，以为补足者也。”[1]洪业之说有理。然而这样一来，我们至少要说：今存《杜陵诗史》唯一刊本（贵池刘世珩玉海堂藏宋刻本[2]）其刊刻时间应在黄氏《补注杜诗》成书之后。按，黄氏《补注杜诗》之成书时间，黄鹤《补注杜诗工部年谱辨疑后序》有“嘉定丙子（1216）三月望日”的识语。《草堂诗笺》之成书于嘉泰四年（甲子，1204），因其书有“大宋嘉泰天开甲子正月穀旦建安三峰东塾蔡梦弼傅卿谨识”的序言，皆无可疑。既然今存《杜陵诗史》引用了黄氏书，那么三者的顺序则应该是：蔡梦弼《草堂诗笺》（1204）——黄氏《补注杜诗》（1216）——今存《杜陵诗史》刘世珩玉海堂藏宋刻本。

另外，我们还可以从今存《杜陵诗史》与《草堂诗笺》二书的进一步比对中找到若干旁证。如《收京三首》“仙仗离丹极”，《草堂诗笺》系于“八月还鄜州及扈从还京所作”，置于《喜闻官军已临贼境二十韵》与《洗兵马》之间。今存《杜陵诗史》所载为《收京四首》（编次基本一致，在《喜闻官军已临贼境二十韵》《九日杨奉先会白水崔明府》与《洗兵马》之间），前三首与《草堂诗笺》同，增加的第四首为“复道收京邑”，题下注“新添”二字，此点正可视为今存《杜陵诗史》唯一刊本（贵池刘世珩玉海堂藏宋刻本）刊刻时间晚于《草堂诗笺》的旁证。试想，只有今存《杜陵诗史》成书于《草堂诗笺》之后，才可能有“新添”之迹。

三、对新本《草堂诗笺》的构想

既然有确凿的证据表明《草堂诗笺》成书早于今存《杜陵诗史》本，那么有没有必要将《草堂诗笺》的重要性置于今存《杜陵诗史》之上呢？就流行于世的黎庶昌翻刻《草堂诗笺》本（收入“古逸丛书”）看来，答案是否定的。原因在于此本编次极为混乱，几不可为用。此点前人多有指出。如缪荃孙《艺风堂文续集·草堂诗笺跋》云：“《草堂诗笺》以编年得名……黎本卷二十为广德元年，卷二十一为广德二年，卷二十二、二十三，不纪年，卷二十四为永泰元年，已到云安，不应卷二十五又载上元元年在成都所作，后半卷又载云安所作，未免难揉。”[3]又如傅

---

①洪业：《杜诗引得序》，《杜甫：中国最伟大的诗人》附录二，第270页。按，论文外审评议专家指出，上举《哀王孙》二句“黄希注”，或即洪业此处推断之证据。此说有理，可从。

②按，《王状元集百家注编年杜陵诗史》流传至今的唯一宋刻本为贵池刘世珩玉海堂藏本。此本后来归程毅中祖上所藏，又辗转流入苏州图书馆（参见《苏州市新发现的宋刻〈杜陵诗史〉》，《文物》1975年8期；张国瀛《〈杜陵诗史〉传奇》，《杜甫研究学刊》2004年2期；程毅中《〈杜陵诗史〉百年传奇的最后一页》，《世纪》2007年5期等文）。不过，1913年刘世珩曾将此书影刻流布，此后江苏广陵古籍刻印社又于1981年影印刘氏影刻本1500部，线装书局于2001年又再次影印。近来“中华再造善本”亦影刊此书。

③洪业：《杜诗引得序》，《杜甫：中国最伟大的诗人》附录二，第283页。

增湘《藏园群书题跋》亦称："黎氏翻本……卷第凌乱，注文脱失，不可胜记。……宋刻与黎刻自卷一至十九，次第相符，下此，则颠倒混淆。……忆昔年遇杨惺吾（守敬）于海上，语及"古逸丛书"，谓其中惟《草堂诗笺》原本最劣，当时力阻星使，竟不见纳，异日必为通人所诟。余叩其故，笑而不言。由今观之，乃知其谬至于此极也。"[①]洪业《杜诗引得序》推考《草堂诗笺》刊刻源流，总结说："推求其故，殆由刻丁本（黎氏旧藏十二行本姑称丁本）者所用之乙本（光绪中巴陵方功惠旧藏之本姑称乙本）已非完帙，遂坦然偷工减料，缩五十卷本为四十卷，以欺读者。后又恐其计不售，遂更寻全本，补刻十卷，然已次序颠倒，且又有阙略矣。……蔡氏之书一翻于乙，而注文有偷换顶替者矣；再翻于丁，而卷第错乱，诗篇以缺矣。"[②]笔者全面对比了两书目次，恰如所言，紊乱不可收拾。仅就笔者所译洪业《杜甫》所选近四百首杜诗来看，《杜陵诗史》收录而《草堂诗笺》失载的情况就不胜枚举，先后有《酬高使君相赠》《堂成》《琴台》《百忧集行》《茅屋为秋风所破歌》《奉简高三十五使君》《客至》"舍南舍北皆春水"《戏作花卿歌》《赠花卿》《遭田父泥饮美严中丞》《奉送严公入朝十韵》《相从行赠严二别驾》《闻官军收河南河北》《甘园》《警急》《送陵州路使君赴任》《忆昔》《倦夜》《十二月一日》《客居》《引水》《古柏行》《见王监兵马使说近山有白黑二鹰》《阁夜》《醉为马所坠》《喜闻盗贼蕃寇总退口号》《短歌行赠王郎司直》《久客》《宗武生日》《北风》《水宿遣兴奉呈群公》《蚕谷行》《风疾舟中伏枕抒怀三十六韵奉呈湖南亲友》等篇章。

《草堂诗笺》的成书时间虽在今存《杜陵诗史》唯一刊本（贵池刘世珩玉海堂藏宋刻本）刊刻之前，而由于使用价值的不足，其重要性不得不居于显系伪托撰人的今存《杜陵诗史》之后，这不得不说是一个遗憾（其实，《杜陵诗史》自身亦有刊刻之讹误，如老杜初至成都诗系年"上元元年庚子在成都所作"，《杜陵诗史》将"元年"皆误作"二年"）。然而，《草堂诗笺》自有其不可替代之价值，故有必要予以恢复。具体而言，理由有二：

第一，《草堂诗笺》注文基本可以涵盖《杜陵诗史》注文内容，且多有《杜陵诗史》乃至其他宋人杜注所不及者。洪业所谓《草堂诗笺》"其注皆显然删削伪王之注而成"之说，恐未确。试举数例，如《游龙门奉先寺》，诗题下《杜陵诗史》注："鲁訔曰：龙门在西京河南县。地志曰：阙塞山一名伊阙，而俗名龙门。"而《草堂诗笺》注："龙门，山名。《禹贡》：在河东之西界。韦述《东都记》：龙门号双阙，以与大内对峙，若天阙焉。鲁訔谓：龙门在西京河南县。《地志》曰：阙塞山一名伊阙，而俗名龙门。《释氏要览》引《释名》：寺，嗣也。谓治事相嗣续。故天子有九寺焉。后汉孝明帝永平十年丁卯，佛法初至，有印土二僧摩腾、法兰以白马驮经、像届洛阳，敕于鸿胪寺安置。二十一年戊辰，敕于雍门外别置寺，以白马为名。谓僧居为寺，自此始也。隋大业中，改天下寺为道场。"注文之详略相去甚远。如《示从孙济》"萱草秋已死，竹枝霜不蕃"，《草堂诗笺》注："竹以喻父，萱以喻母。男正位乎外，故堂前父之所居，女正位乎内，故堂后母之所居。萱草已死，言杜济之母已丧矣。竹枝不蕃，兄弟譬则连枝，言杜济之父所存者独甫，兄弟无人，此序济已丧父母，惟叔父甫在为至亲也。无以数来为嫌，盖讥同姓之恩刻薄，于至亲者尚然，况疏者乎？"《杜陵诗史》无此。按，浦起龙《读杜心解》称："济或年少孤

①洪业：《杜诗引得序》，《杜甫：中国最伟大的诗人》附录二，第284—285页。

②洪业：《杜诗引得序》，《杜甫：中国最伟大的诗人》附录二，第288页。

子。”或受蔡梦弼此注启发。如《悲陈陶》“孟冬十郡良家子”,《草堂诗笺》注:“良家子谓陕西民户团结精于驰射者,非召募之兵也。”此以宋代情况揆之唐时而论,带有鲜明的宋注特点。《杜陵诗史》无此。如《徒步归行》“白头拾遗徒步归”,《草堂诗笺》注:“甫贫甚,官卑只衣绿袍,是时马贵不能办,是以徒步归家也。”《杜陵诗史》无此。朱鹤龄《杜工部诗集辑注》引钱谦益笺云:“《旧书》:至德二载二月,上幸凤翔,议大举收复两京,尽括公私马以助军。时当括马之后,故云‘不复能轻肥’也。”或受此启发。如《观兵》“元帅待彤戈”,《杜陵诗史》引师尹曰:“元帅,代宗也。时九节度兵围贼将庆绪于相州,欲诛其渠魁,故云。”《草堂诗笺》注:“元帅谓代宗也,待天子赐以彤戈而征吐蕃也。”二说理解不同。有时蔡梦弼注较之诸家而最为优胜,如《寄岳州贾司马六丈、巴州严八使君两阁老五十韵》“苍茫城七十,流落剑三千”一句,《草堂诗笺》注:“苍茫城七十,谓禄山反,河北十余郡皆弃城而走也。剑指蜀之剑阁,言玄宗幸蜀流落,有三千里之远也。或引《庄子》赵孝文王有剑客三千余人,误矣。”此说与诸家皆引《庄子》“剑客三千”为注颇异,而最为有理。另外,蔡梦弼《草堂诗笺》所引虽掩去注家主名,然有时其注文较之其他集注本更为齐备。如《佳人》,蔡梦弼《草堂诗笺》注:“《诗·邶风·简兮》刺不用贤,云:‘彼美人兮,西方之人兮。’盖言贤者有佳美之德。甫之此诗亦以佳人喻贤者,君之于臣,亦犹夫之于妇也。君用新进少年,必至于踈弃旧臣。夫淫于新婚,必至于离绝旧室,此必然之理也。甫寓意于君臣而有此作,非独为佳人之什,读者可以意会也。”按,此注实为师尹注,《草堂诗笺》未标明。然而师尹此注《杜陵诗史》、黄氏《补注杜诗》所引皆节略,不如《草堂诗笺》之语义完整。还需要指出,蔡梦弼删注家名并非全出于剽窃之意。首先,《草堂诗笺》中编次靠前的早期诗篇尚有注家名,渐往后而渐无,似应属于偷工减料的书肆习气。其次,前人指出的蔡梦弼剽窃他人注解确实存在,[①]然而某些标明“梦弼谓(案、考)”之注,确属蔡梦弼创见。如《同诸公登慈恩寺塔》“回首叫虞舜,苍梧云正愁。惜哉瑶池饮,日晏昆仑丘”四句有注云:“梦弼谓昔虞舜南巡,死于苍梧之野;周穆王与西王母会于昆仑之瑶池。是时玄宗避贼幸蜀,故甫比之虞舜南巡。杨贵妃见宠于玄宗,为霓裳羽衣,效西王母之所为,尝与玄宗会温泉宫,故甫比之穆王会王母于昆仑。今玄宗晏驾,甫托意感伤之,有叫虞舜、惜瑶池之句也。”其说虽误,但确属蔡梦弼一己之见。

第二,《草堂诗笺》在流行的黎庶昌“古逸丛书”刻本之外,犹有目次无牉合孱乱之佳本存世,可资整理利用。张忠纲等编《杜集叙录》已指出,《草堂诗笺》有五十卷系统、光绪元年(1875)巴陵方功惠碧琳琅馆刻印本二十二卷系统以及黎庶昌翻刻之“古逸丛书”四十卷加补遗十卷本系统。[②] 其中,黎庶昌本淆乱难用自不待言,而方功惠本亦残缺过多。据《中国古籍善本书目》所载,五十卷系统中虽皆无全帙,然其中有宋刻本存四十三卷(卷1—20【1—3为配清影宋抄本】,22—35,39—44,48—50),仅阙卷21、36、37、38、45、46、47共七卷而已,今藏国家图书馆。[③] 此本可作《草堂诗笺》之整理底本。而宋刻本四十三卷之阙卷21可用存卷

①试举一新例,如《诸将五首》其三“稍喜临边王相国”句,邓忠臣注:“王缙也。”《杜诗赵次公先后解辑校》:“若以公此句为指王缙,则缙自广德二年同平章事之后,于大历二年前岂尝出而临边乎?《新书》既脱略,则无所考也。”按,蔡梦弼《草堂诗笺》全用赵次公注,而竟谎称“余考之”。

②张忠纲等编著:《杜集叙录》,济南:齐鲁书社,2008年,第89页。

③《中国古籍善本书目·集部》,编号第八二八种,上海:上海古籍出版社,1996年,第67页。

1—22的一种宋刻本补（此本卷 14 至卷 22 配另一宋刻本，今藏成都杜甫草堂），[①]阙卷 36、37、38、45、46、47 可用存卷 26—50 的一种宋刻本补（今藏成都杜甫草堂）。[②] 如此可配成《草堂诗笺》五十卷系统本之完璧。按，今"中华再造善本"有据国家图书馆、北京大学图书馆藏宋刻本影印之《杜工部草堂诗笺》五十卷（17 册 2 函），由北京图书馆出版社于 2006 年 10 月出版。笔者将此书与刘世珩玉海堂本《杜陵诗史》全部比对一过，编次基本相符。兹将极少数细微不同列出如下：

（1）《草堂诗笺》在《自京赴奉先县咏怀五百字》后有《奉先刘少府新画山水障歌》。《杜陵诗史》无此。（2）《草堂诗笺》之《遣兴五首》，《杜陵诗史》为《遣兴三首》。（3）《杜陵诗史》在《故武卫将军挽歌》后有《存殁口号》，《草堂诗笺》无此，其《存殁口号》在《怀灞上游》之后。（4）《草堂诗笺》在《九日曲江》后有《九日杨奉先会白水崔明府》，《杜陵诗史》无此。（5）《草堂诗笺》在《彭衙行》后有《塞芦子》，《杜陵诗史》无此。（6）《草堂诗笺》之《曲江值[对]雨》后为《曲江对酒》，《杜陵诗史》两诗互异。（7）《草堂诗笺》在《端午赐衣》后为《奉陪郑驸马韦曲二首》《奉答岑参补阙见赠》，注明为错页。《杜陵诗史》无此。（8）《草堂诗笺》在《至日遣兴奉寄北省旧阁老两院故人》后有《湖城东遇孟云卿》，《杜陵诗史》无此。（9）《草堂诗笺》之《石犀行》后为《石笋行》，《杜陵诗史》两诗互异。（10）《草堂诗笺》在《石笋行》后为《杜鹃行》《三绝句》，《杜陵诗史》于此分别羼入《杜鹃》两首。（11）《草堂诗笺》在《行次古城店泛江》后有《乘雨入行军六弟宅》，《杜陵诗史》无此。（12）《草堂诗笺》在《移居公安山馆》后有《夜》"露下天高秋水清"，《杜陵诗史》无此。（13）《杜陵诗史》在《宿白沙驿》后有《上水遣怀》，《草堂诗笺》无此，其《上水遣怀》在《燕子来舟中作》之后。（14）《草堂诗笺》卷五十"逸诗拾遗"部分在《逃难》"五十白头翁"之后有《寄高适》，《杜陵诗史》无此。（15）《草堂诗笺》卷五十"逸诗拾遗"部分之《巴西驿亭观江涨呈窦使君二首》《遣忧》《早花》《巴山》《收京》《杜陵诗史》次序不同。（16）《草堂诗笺》卷五十"逸诗拾遗"部分在《哭台州郑司户苏少监》后为《送王侍御往东川》《军中醉歌寄沈八刘叟》，《杜陵诗史》无此。（17）《草堂诗笺》卷五十"逸诗拾遗"最末五首与《杜陵诗史》不同。

以杜诗一千四百余首论，这些不同可谓微乎其微。然此本最大之遗憾，在阙卷 20、卷 21（其中卷 20 按照《中国古籍善本书目》的记载应不阙，未明所以）。卷 20、卷 21 可用成都杜甫草堂存卷 1—22 之宋刻本补配。以"中华再造善本"2006 年版《草堂诗笺》衲配成都杜甫草堂藏本为底本，《草堂诗笺》之编次可望恢复旧貌。而《草堂诗笺》之注文，亦可以"中华再造善本"已出版之《王状元集百家注编年杜陵诗史》，郭知达《九家集注杜诗》，黄希、黄鹤《补注杜诗》，四部丛刊影宋本《分门集注杜工部诗》，四库全书本刘辰翁评点《集千家注杜工部诗集》，上海古籍出版社排印林继中辑校《杜诗赵次公先后解辑校》等标明注家主名的宋人（集）注本为参照，复核其来源，一一注明。所谓"蔡梦弼谓（案、考）"而实则剽窃他注者，为之标明真正出处；确属蔡梦弼新说者，为之保留。

总之，作为现存最早的两种宋人编年集注杜诗，《杜陵诗史》《草堂诗笺》在杜诗学中的重

---

①《中国古籍善本书目·集部》，编号第八二八种，上海：上海古籍出版社，1996 年，第 67 页。

②《中国古籍善本书目·集部》，编号第八二八种，上海：上海古籍出版社，1996 年，第 67 页。

要性不言而喻。传统上对两书相互关系的认识尚有待厘清，所谓“《草堂诗笺》乃承袭《杜陵诗史》而来”“《草堂诗笺》其注皆显然删削伪王之注而成”等说法，不但就今存《王状元集百家注编年杜陵诗史》唯一刊本（刘世珩玉海堂藏本）的刊刻时间来说不够准确，而且就《草堂诗笺》注文与《杜陵诗史》注文的比对来看也不公允，皆应予以说明。然而，由于蔡梦弼本人集注杜诗时掩去注家主名，以及流传最广的清人黎庶昌“古逸丛书”翻刻本《草堂诗笺》在编次上人为造成的混乱，都使得成书在前的《草堂诗笺》在使用价值上远远低于成书于后，且伪托王十朋撰的今存《杜陵诗史》。《草堂诗笺》经过厘清编次与还原注家两项研究与整理工作，可望成为全新的现存宋人最早编年集注杜诗善本，焕发出新的价值。

杜诗注解辨误五题

王朝华
（闽南师范大学文学院　漳州　363000）

登兖州城楼

东郡趋庭日，南楼纵目初。浮云连海岱，平野入青徐。孤嶂秦碑在，荒城鲁殿余。从来多古意，临眺独踌躇。

诗中第七句“从来”一词，是一个很平常的词，旧注多未有注解。今人徐仁甫《杜诗注解商榷》有一则专说此“从来”一词云：

赵汸云：曰“从来”，则平昔怀抱可知；曰“独”，则登楼者未必皆知。

按：赵解“从来”为“平昔”，非也。平昔是早年的意思。这里的“从来”，犹“自来”，谓自有兖州城以来。多古意，是承上文“孤嶂秦碑在，荒城鲁殿余”而言。秦碑、鲁殿都是先城楼而有的古迹，故曰“从来多古意”。为此，作者登临眺望，自然产生了踌躇的感慨，徘徊不忍离去的感情。①

徐文所引明人赵汸解释诗中“从来”一词为“平昔”，确实是错误的。但是徐文的解释也是错误的。说“‘从来’犹‘自来’”没什么不对，但是接着说“自来”是“自有兖州城以来”却错得有些离奇。说“秦碑、鲁殿都是先城楼而有的古迹”，所以诗意是“自有兖州城以来”便“多古意”，语近无谓，于理不通。诗写登楼远眺引发了思古之幽情，而登临怀古是人之常情，所以说“从来多古意”。“从来多古意，临眺独踌躇”二句，意思是说人们从来多有怀古之意，而自己在临眺之际更不免发思古之幽情而独自踌躇。此处“从来”大意略近于杜甫《江汉》一诗中“古来存老马”的“古来”。“从来”一词，义近于“历来”“向来”“由来”，因上下文语境不同，

① 徐仁甫：《杜诗注解商榷》，北京：中华书局，1979，第10页。

其所指时间有久暂之别。若泛言“从来”，没有具体时间的限制，则其意近于“古来”“历来”。在这个意义上用“从来”一词，乃唐人诗中所常见，如王绩《山夜调琴》“从来山水韵，不使俗人闻”，王昌龄《塞下曲四首》其一“从来幽并客，皆共尘沙老”，李端《妾薄命三首》其一“从来闭在长门者，必是宫中第一人”。诸句中“从来”一词，其义皆与杜诗句中“从来”相同。“从来”一词本无“平昔”之义，但有时所指与具体人事相关，就大意而言略近于“平昔”（“平昔”是“平时”“往时”之意，非必如徐文所谓“是早年的意思”），如储光羲《陇头水送别》“从来心胆盛，今日为君愁”，裴迪《与卢员外象过崔处士兴宗林亭》“逍遥且喜从吾事，荣宠从来非我心”，但是这个含义与“从来多古意”的“从来”无关。

“从来”是一个十分平常的词，“从来多古意”实际上也是一句十分平常、明白的话，然而仍不免有理解上的错误（赵汸说末句“独”的意思，指的是“登楼者未必皆知”，也是十分错误的。“独”只是说“独自”，但无涉于他人或其他“登楼者”之知与不知）。可见有些十分平常、古人注解多未加注的词语，也并非不存在理解的问题，这个问题在今人所作的注解中尤为突出。

聂石樵、邓魁英《杜甫选集》注“从来”一词云：“犹自来，谓自有兖州城楼以来……秦殿（按，当作鲁殿）、秦碑都是先兖州城而有的古迹，故云‘从来多古意’。”[①]（按，引文原文作“秦殿”，据杜诗原文，当作“鲁殿”）其说显然是承徐文而误，但注中也引了徐文所批评的赵汸的那两句话，却又不作任何说明。又如韩成武、张志民《杜甫诗全译》译诗末二句云：“我素来多有怀古之意，当此登临之际，独自生出万千感慨”，[②]其误则与赵说同。

《送孔巢父谢病归游江东，兼呈李白》（节录）：

巢父掉头不肯住，东将入海随烟雾。诗卷长留天地间，钓竿欲拂珊瑚树。

旧注多引《庄子·在宥》：“鸿蒙拊髀雀跃掉头曰：‘吾弗知！吾弗知！’”一语以注“掉头”一词，而对于具体词义则一般不作解释，黄氏《补注杜诗》及王氏《王状元集百家注编年杜陵诗史》在引了《庄子》文句之后，又引赵次公之语云：“掉头者，于事不可之状。”[③]照赵次公的解释，“掉头”是摇头表示否定的意思。今人注此诗，于“掉头”一词，或注或不注，注之者或亦引《庄子》之文，或仅注明“掉头”即“摇头”。萧涤非《杜甫诗选注》云：“掉头，犹摇头。”又云：“朋友们要他待在长安，他总是摇头。”[④]萧注的意思也认为“掉头”是“摇头表示否定”。韩成武、张志民《杜甫诗全译》译首句云：“巢父频频摇头，决计不在长安居留。[⑤]”说“频频摇头”，显然也是把“掉头”理解为“摇头表示否定”。

新版《词源》解释“掉头”一词，第一义是“摇头，表示否定”，举《庄子·在宥》之文为例；第二义是“转头，表示不顾而去”，举杜甫此诗为例。古今注杜甫此诗中“掉头”一词，多引《庄

---

①聂石樵，邓魁英：《杜甫选集》，上海：上海古籍出版社，1983，第1—2页。

②韩成武，张志民：《杜甫诗全译》，石家庄：河北人民出版社，1997，第3页。

③林继中：《杜诗赵次公先后解辑校》，上海：上海古籍出版社，1994，第35页

④萧涤非：《杜甫诗选注》，北京：人民文学出版社，1979，第17页

⑤韩成武，张志民：《杜甫诗全译》，石家庄：河北人民出版社，1997，第24页

子》之文为说，可是《词源》却引《庄子》之文与杜诗为例而分属二义，也可见人们对于“掉头”一词的理解是有些含混和不同的。实际上，“掉头”一词并没有“摇头表示否定”的意思。“巢父掉头不肯住”的“掉头”，正如《词源》所云，是“表示不顾而去”。“掉头”“表示不顾而去”，在古代诗文中通常用来表现人物的风度和意态，而且多用于描写隐逸之士。既然是“表示不顾而去”（又多用于写隐逸之士），词意中便往往含有“不屑”或“洒脱”的意思。这是“掉头”一词最常见的含义，唐宋诗文中最为多见。“巢父掉头不肯住”的“掉头”正是此意，写孔巢父“掉头”不顾而去，见出他决意归隐的洒脱与对世俗利禄的不屑。“掉”有“摇摆”之意，“掉头”一词又是表示“不屑”“不顾”的意思，而且有时还直接与“不顾”“不肯”之类含有否定意义的词语联系在一起，这就容易使人产生错误的认识，以为“掉头”就是“摇头表示否定”的意思。实际上，“掉头”一词只是在表示“不屑”“不顾”的态度中含有某种否定的意味，而它本身并没有以“摇头”“表示否定”的意义。“巢父掉头”与“不肯住”连在一起，鸿蒙“掉头曰”与“吾弗知”连在一起，使人凭直觉误以为“掉头”是“摇头”表示否定的意思，实际上鸿蒙“掉头”与巢父“掉头”一样，都是“掉头不顾”，表示不屑的意思（鸿蒙不屑于回答云将的问话）。下面试举若干例子以见其义：

李白《答王十二寒夜独酌有怀》云：“世人闻此皆掉头，有如东风射马耳。”（王琦《李太白文集注》卷十九）

韩翃《送齐山人归长白山》云：“旧事仙人白兔公，掉头归去又乘风。”（陆时雍《唐诗镜》卷三十二）

白居易《感所见》云：“谁人会我心中事，冷笑时时一掉头。”（《白氏长庆集》卷三十七）

陆龟蒙《崦里》云：“笑我掉头去，芦中闻刺船。”（《甫里集》卷二）

苏轼《和孔君亮郎中见赠》云：“优游共我聊卒岁，肮脏如君合倚门。只恐掉头难久住，应须倾盖便深论。”（《东坡全集》卷八）

黄庭坚《送醇父归蔡》云：“此时陈子乃弃我，归将索绹亟乘屋……掉头去不顾，明发解征骖。”（《山谷集·外集》卷十二）

在这些例子中“掉头”一词都是表示“不顾”或“不屑”的意思，其中韩翃、陆龟蒙、苏轼、黄庭坚的诗句都是写隐逸的，“掉头”一词又都有表示“洒脱”的意思。苏轼的诗句“只恐掉头难久住”与杜诗“巢父掉头不肯住”句意相近，大约正是借用了杜诗，只是“难久住”不像“不肯住”那样有明显的否定之意，苏诗中“掉头”一词便不易使人产生是“摇头表示否定”的误解。

一般辞书解释“掉”这个词，都是把“摇摆”或“摇动”作为第一义的。《说文·手部》云：“掉，摇也。”段玉裁注云：“掉者，摇之过也；摇者，掉之不及也，许浑言之。”段注认为许慎对于“掉”字的释义不够准确，认为“掉”比“摇”更“过”。应该说“掉”所表示的动作强度确实是比“摇”更大，其义近于现代汉语中的“甩”字。《国语·楚语上》云：“譬之如牛马，处暑之既至，蝱䖟之既多，而不能掉其尾。”这里的“掉”就是“甩”的意思。成语“尾大不掉”（语出《左传·昭公十一年》）之“掉”字，亦同此义。杜诗“巢父掉头不肯住”，以及上面所举的这些例子中的

“掉头”，解释为“摇头”或“转头”实际上也都不够准确，而应该解释为“甩头”（只是现代汉语中并没有这个词）。“掉头不顾而去”，就是头一甩就走了。“头一甩”才足以表现出“不顾”“不屑”的神气——虽然“头”未必能“甩”，但非如此“一甩”不足以传神写意。“掉头”表示“不顾”“不屑”“洒脱”的意思，在文言中其意最近于“掉臂”一词，意思和用法几乎相同。如《史记·孟尝君列传》：“日暮之后，过市朝者，掉臂而不顾。”“掉臂”犹言“拂袖”，“掉”也是“甩”的意思。“掉臂而去”就是“甩手就走”。陆龟蒙《新秋月夕，客有自远相寻者，作吴体二首以谢》其一云“世间羽檄日夜急，掉臂欲归岩下行”（《甫里集》卷八），林逋《杂兴四首》其四云“掉臂何妨入隐沦”（《林和靖诗集》卷二），句中“掉臂”一词，写隐逸之洒脱，大意皆略近于上文所举诸例中的“掉头”。

杜诗中“掉头”一词凡三见，除见于“巢父掉头不肯住”句中外，又见于《秋野五首》其三之“掉头纱帽侧（纱帽是野服，非后世所指之官帽），曝背竹书光”，《奉送王信州崟北归》之“林热鸟开口，江浑鱼掉头”。这两处“掉头”与“巢父掉头”用意都有不同，“掉头纱帽侧”的“掉头”，是摇头晃脑表示潇洒自得的意思（没有“不顾”或“不屑”的意思），“江浑鱼掉头”，则是说鱼因为水浑而“甩头”，别无言外之意。

另外，萧注本注释“诗卷长留天地间”一句云：“这句有两层意思：一方面表明巢父不仅不恋富贵，连自己的诗集也留在人间不要了；另一方面也说明巢父的诗可以长留不朽。”①

按，此句写巢父文采风流，是说他的诗可以传世，也可以说是“说明巢父的诗可以长留不朽”，但诗意绝无“连自己的诗集”也“不要”的意思，萧注显然是不对的。姑且附说于此。

《同诸公登慈恩寺塔》（节录）

自非旷士怀，登兹翻百忧。

徐仁甫《杜诗注解商榷》云：

“自非”无注。“自”犹“若”，假设连词。《左传》成公十六年：“自非圣人，外宁必有内忧。”古辞《西门行》：“自非仙人王子乔，计会寿命难与期。”左思《咏史》：“自非攀龙客，何为欻来游？”鲍照《酒后》：“自非羽酌欢，何用慰秋旅？”萧纶《入茅山寻桓清远题壁》：“自非栖遁情，谁堪霜露湿？”“自非”皆犹“若非”。又《代秋胡妇闺怨》：“若非新有悦，何事久西东？”正作“若非”，可证“自”犹“若”也。杜甫用“自非”者不少，可知本于六朝。②

按，“自非”一词，六朝人最爱用，唐宋上承六朝，诗文中也不少见。诚如徐氏所言，“自非”一词，可以解作“若非”。但是“自非”一词，还有“本非”的意思，如韦应物《答故人见谕》云：“素寡名利心，自非周圆器。徒以岁月资，屡蒙藩条寄。”（《韦苏州集》卷五）又如王谠《唐

①萧涤非：《杜甫诗选注》，北京：人民文学出版社，1979，第16页。

②徐仁甫：《杜诗注解商榷》，北京：中华书局，1979，第15页。

语林·德行》云:“姚崇每与儿孙会集,曰:‘外甥自非疏,但别姓耳。’”(《唐语林》卷一)实际上徐氏所举诸例中,古辞《西门行》及左思《咏史》诗中“自非”也是“本非”之意,而不是“若非”之意。杜诗此句中“自非”也应解作“本非”,与所举韦应物诗中“自非”一词词义与用法皆无不同。“自非”解作“本非”,亦犹“自是”解作“本是”,如杜诗《送孔巢父谢病归游江东,兼呈李白》云:“自是君身有仙骨,世人那得知其故。”句中“自是”正是“本是”的意思,与“自非”词义相反而语法相同。又,徐氏引萧纶“若非新有悦”之句以证明“‘自’犹‘若’也”而“自非”即是“若非”,则不免引据失当,完全是无的放矢。同一作者,诗中既用了“自非”一词,又用了“若非”一词,显然不能据以说明这两个词的含义相同。

张忠纲《杜甫诗选》注此诗“自非”一词云:“倘若不是。”①大约是误从了徐氏的说法。

《羌村三首》其二

晚岁迫偷生,还家少欢趣。娇儿不离膝,畏我复却去。
忆昔好追凉,故绕池边树。萧萧北风劲,抚事煎百虑。
赖知禾黍收,已觉糟床注。如今足斟酌,且用慰迟暮。

此诗开头两句,萧涤非《杜甫诗选注》云:“晚岁,老年。迫偷生,指这次奉诏回家。杜甫心在国家,故直以诏许回家为偷生苟活”;又云:“正因为杜甫认为当此万方多难的时候却待在家里是一种可耻的偷生,所以感到‘少欢趣’。”②聂石樵、邓魁英《杜甫选集》对“迫偷生”未加注解,而注“少欢趣”云:“杜甫这次奉诏回家,实系肃宗有意对他疏远,故杜甫情怀不佳。”③韩成武、张志民《杜甫诗全译》注译全出于萧注,注“迫偷生”为“为情势所迫而苟且偷生”,而译“迫偷生”一句云:“晚年的我可算是被迫苟且偷生。”④

按,“迫偷生”即“为偷生所迫”,非如韩注所言是“为情势所迫而苟且偷生”。“偷生”谓生事艰难,求生非易,与一般作为贬义词用的“偷生”有别。一般说“苟且偷生”“偷生苟安”多为贬义。此处“偷生”一词略无贬义,是指在艰难困苦的处境中勉强求生。求生如此艰难,故曰“迫偷生”,意思是说为生事艰难所迫。杜诗中用“偷生”一词皆是此意,如《南征》“偷生长避地,适远更沾襟”;《归梦》“偷生惟一老,伐叛已三朝”。其中“偷生”一词,都是指自己在艰难困苦中求生。

杜甫自安史之乱发生以来,流离奔窜,备尝辛苦,《羌村三首》其一云:“世乱遭飘荡,生还偶然遂”,《自京窜至凤翔喜达行在所三首》其二云:“生还今日事,间道暂时人”,正可为“偷生”二字作注脚。此诗谓“晚岁迫偷生,还家少欢趣”,只是说以衰老之年(杜甫时年四十六,古人年过四十往往自视为“晚岁”),遭时丧乱,迫于生事艰难,虽得以还家与亲人相聚而仍不免生活在忧患中,所以说“少欢趣”。此诗下文即云“抚事煎百虑”,正是写忧思之深,《羌村三

①张忠纲:《杜甫诗选》,北京:中华书局,2009,第35页。
②萧涤非:《杜甫诗选注》,北京:人民文学出版社,1979,第83页。
③聂石樵,邓魁英:《杜甫选集》,上海:上海古籍出版社,1983,第103页。
④韩成武,张志民:《杜甫诗全译》,石家庄:河北人民出版社,1997,第175页。

首》写回家的情景,多悲喜交集之辞。

萧注以“迫偷生”为被迫回家,专指“奉诏回家”一事,而解释诗意为:诗人因不能报效国家而感到“少欢趣”,并以回家为“可耻的偷生”。所说既大失诗意,亦有悖于人情。聂注把“少欢趣”直接与诗人被肃宗疏远连在一起,不免过于坐实,这样的解释实际上可能也包含了对“迫偷生”一语的曲解。

此诗开头两句语意明白,旧注多无注解。唯仇注于“抚事煎百虑”句下注云:“此章叙还家后事,承上‘妻孥’(按,前一首有“妻孥怪我在”之句)来。急于回家而仍少欢趣者,一为父子久疏,一为生计艰难也。”[①]仇注说“少欢趣”是因为“生计艰难”,正是诗句的本意,说是因为“父子久疏”,却是由于误解了“娇儿不离膝,畏我复却去”二句的意思——仇注理解为幼子怕生所以过来亲近一下,便又“畏我”而退去(按,“畏我复却去”,是“怕我又要离去”的意思,写儿子对父亲的依恋,故上句云“不离膝”。今人注本,已知仇注错误,多未信从)。仇注以“生计艰难”解释“迫偷生”,无疑是正确的,今人作注却往往视而不见,未能择善而从。

《北征》(节录):

至尊尚蒙尘,几日休练卒?仰观天色改,坐觉妖氛豁。

“至尊”一词,旧注未加注解,今人注本多谓指肃宗。萧涤非《杜甫诗选注》云:“封建时代称皇帝为‘至尊’,此指肃宗。皇帝流落在外,叫作‘蒙尘’。”[②]聂石樵、邓魁英《杜甫选集》云:“至尊,指肃宗。蒙尘:皇帝流亡在外,蒙受风尘之苦。”[③]韩成武、南思雁《杜甫诗歌精选》同于萧注。只有张忠纲《杜甫诗选》有所不同,注“至尊”一词云“此指玄宗奔蜀,肃宗在凤翔,都未回长安。”[④]

按,“至尊”似应指玄宗,时玄宗尚在蜀中。此时肃宗是皇帝,固可称为“至尊”,但地位之“尊”,毕竟次于“太上皇”玄宗。杜甫笃于人伦,而且对两个父子皇帝的关系也很敏感,对于擅自登基称帝的肃宗也不无腹诽,似不应置玄宗于不顾而称肃宗为“至尊”。“至尊”本来只是皇帝的“代号”,但词义毕竟有“至尊无上”之意,一篇之中同时写到父子两个皇帝,似应以指玄宗为宜。再则,玄宗奔蜀是真正的流亡,称为“蒙尘”也最合适。肃宗坐镇凤翔,指挥各路兵马平定叛乱,与一般的流亡不同,称为“蒙尘”也不是很合适——至少比称玄宗奔蜀为“蒙尘”更不合适。

此诗下文云:“桓桓陈将军,仗钺奋忠烈。微尔人尽非,于今国犹活。凄凉大同殿,寂寞白兽闼。都人望翠华,佳气向金阙。”“都人望翠华”实与“至尊尚蒙尘”相呼应,指都人盼望流亡在外的玄宗早日回京[杜甫此诗大约作于至德二载(757)八、九月间,九月长安收复,诗作于收京前]。但是萧注云:“翠华,天子之旗。望翠华,盼望肃宗克复京师。”聂注云:“望翠华,

①仇兆鳌:《杜诗详注》,北京:中华书局,1979,第392页。

②萧涤非:《杜甫诗选注》,北京:人民文学出版社,1979,第90页

③聂石樵,邓魁英:《杜甫选集》,上海:上海古籍出版社,1983,第98页。

④张忠纲:《杜甫诗选》,北京:中华书局,2009,第91页。

盼望皇帝平叛回京。"聂注虽未明言指肃宗,但说"平叛回京",意思大约还是指肃宗。萧注、聂注既置玄宗于不顾,以"至尊尚蒙尘"指肃宗,则自然想不到"都人望翠华"应该说的是玄宗。张注认为"至尊"应包括玄宗和肃宗,解释"都人望翠华"二句大意为"人民渴盼皇帝回来,光复长安",其说含糊,而近于聂注(张注多折中于萧聂二注之间)。

"桓桓陈将军"一段,从马嵬事变说起,写的都是与玄宗相关的事。大同殿在长安兴庆宫内,为玄宗游息及接见朝臣的所在,白兽闼即白兽门,是宫内禁苑的南门。"凄凉大同殿"两句写宫苑冷落,正是从玄宗的角度来写的。下接"都人望翠华"一句,所望者自当指玄宗,而与前文"至尊尚蒙尘"相呼应,也可以为"至尊"所指应为玄宗之佐证。

注杜殊非易事：翁方纲《杜诗附记》的成书过程

郝润华[1]　柳湘瑜[2]

（1.西北大学文学院　西安　710127；2.山东大学儒学高等研究院　济南　250100）

清代学者翁方纲（1733—1818）所著的《杜诗附记》（即《翁批杜诗》）为其一生读杜诗之心得所在，具有极高的杜诗学价值。一方面，《杜诗附记》作为清代著名诗论家和考据家的注杜著作，其本身具有的诗论家评杜的性质与浓厚的考据特色，在清代多达近150种的注杜著作中，显得颇为独特，它的产生，丰富了清代杜诗学的面貌。另一方面，杜诗固有的诗歌特质又与翁方纲所创的"肌理说"颇多暗合之处，因此，"翁方纲不仅借杜诗构建了'肌理说'的基本理论范畴，而且将杜诗作为'肌理说'的最高审美典范"①。这样两相结合，既丰富了清代杜诗学的研究成果，为以后的治杜注杜者提供了有益借鉴，又充实了清代文学理论的内涵，故而该文献具有不可忽视的价值。研究《杜诗附记》的成书过程，则可以通过梳理考证翁方纲撰作此书的种种过程细节，从而为研究其杜诗学思想的形成、发展与变化提供支持与帮助。然而，目前学界对《杜诗附记》的成书鲜有关注，因此，本文拟对其成书过程略作探究。

研究《杜诗附记》成书的资料除了翁方纲的《杜诗附记・自序》以及其自撰年谱《翁氏家事略记》外，台湾师范大学图书馆所藏《杜诗附记》的未定稿本《翁批杜诗》是一个非常重要的材料。《翁批杜诗》中留存有很多翁方纲所记录的标有确切时间的题记，这些题记为我们了解翁方纲注杜进程及杜诗学观点的发展变化提供了坚实的证据基础。

一、动笔前的积累与准备

翁方纲《翁氏家事略记》记载乾隆十三年戊辰（1748），当其十六岁时，"秋，始得读杜诗，李义山诗，与胡世绎相讲论，而未敢学作也"②。可知，翁方纲最初接触杜甫诗歌是在其十六岁时。但是，此时翁方纲尚年幼，仅仅是开始阅读杜诗，其能力与经历尚不足以对杜诗进行评点注释。

①孙微：《清代杜诗学史》，济南：齐鲁书社，2004年，第333页。

②（清）翁方纲：《翁氏家事略记》，《乾嘉名儒年谱》第八册影印清道光刻本，北京：北京图书馆出版社，2006年，第35页。

《杜诗附记·自序》说：

余幼而从事焉，始涉鲁訔、黄鹤以来诸家所谓注释者，味之无所得也。继而读所谓千家注、九家注，益不省其所以然。

这段夫子自道说明了他阅读杜诗时使用的宋人注本并不能令他满意。因为读宋人注释无所得，且集注本由于令他目迷五色而导致不省其所以然，所以他改变策略：

于是，求近时诸前辈手评本，又自以小字钞入；诸家注语，又自为诠释，盖三十余遍矣。

据翁氏自述，他废弃了宋人旧注，开始寻求同时代前辈的评注。

目前能见到翁方纲进行注杜甚至注杜准备活动的记载中，能明确考订的最早时间是《杜诗附记·自序》中所提到其在蠡县的时候，《杜诗附记·自序》云：

乾隆丁丑、戊寅，馆于蠡县，搁笔不为诗者三年，始于诸家评语慎择之，惟新城王渔洋之语，最发深秘。乃遍摭其三十六种书，手钞一编，题曰《杜诗话》，自以为有得矣。①

所谓"馆于蠡县"，据翁方纲《家事略记》记载，乾隆二十一年丙子(1756)翁方纲二十四岁时，其母张太夫人卒于是年七月十二日，翁方纲丁忧在家，故而举家搬迁至保定府蠡县刘村彭氏家，作为彭家西席，为彭克智、彭景宣、徐友贤、徐友生、徐友庾授课。至乾隆二十三年戊寅(1758)翁方纲二十六岁时，服阕回到京城，恰为三年。这三年间，翁方纲"每夕诵课之暇，偕诸生步村野间，与老农话耕稼事"②，此时翁方纲丁忧在家，自然不宜吟诵。到了乾隆二十三年戊寅，其丁忧期满，这才在临别之时与蠡县诸生饮食赋诗。

在这段时间里，翁方纲的注杜工作主要是对前人评杜的辑录。这些辑录成果，反映在《翁批杜诗》暨《杜诗附记》中，即为其中称引的前人观点。如《玉华宫》附记云：

《沧溟录》："唐五古极少，而独取此，反不取《九成》篇，乃大言唐无五古，亦舛矣。"

此后，翁方纲一直在关注近时前辈评注，比如，在乾隆二十四年己卯(1759)秋，他在恩县见到钱维城手录的《诸家评杜》抄本，并向钱维城借抄，可惜没有抄完。③ 这次借抄行为，明显是翁方纲为增补自己的钞本而进行的。

这一系列辑录摘抄近时前辈评注的行为，使得他逐渐摆脱宋人旧注带来的困扰，甚至还

---

①(清)翁方纲：《杜诗附记·自序》，《杜诗附记》卷首，影印清宣统元年夏勤邦钞本，《续修四库全书·集部》第1704册，上海：上海古籍出版社，2002年，第225—226页。

②(清)翁方纲：《翁氏家事略记》，第47—48页。

③(清)翁方纲：《恩县道中读杜诗》，《复初斋集外诗》卷1，《清代诗文集汇编》第382册影印民国六年刘承幹嘉业堂刻本，上海：上海古籍出版社，2010年，第357页。

有了新的发现。他说：

惟新城王渔洋之语，最发深秘。乃遍摭其三十六种书，手抄一编，题曰《杜诗话》，自以为有得矣。

王渔洋即王士禛，是清康熙朝著名诗人，“神韵说”的创立者，号称一代诗宗。此时，翁方纲似乎在王士禛的注释中寻得真味。其实，翁方纲留意王士禛的杜诗注本极易理解。翁方纲自述“方纲幼及昆圃之门”，而“黄昆圃先生受学于渔洋”。黄昆圃即北平黄叔琳，为清代《文心雕龙》研究名家，故而翁方纲实为王士禛再传弟子，祖述其师祖学说也在情理之中。

然而，随着翁方纲自身学问修养与人生经历的增长，他慢慢对王士禛的杜诗学思想产生了偏离，疑惑随之而来：

然而，渔洋之言诗，得诗味矣，深绎而熟思之，此特渔洋之诗耳，非尽可以概杜诗也。

经过长久的困扰，翁方纲终于在黄庭坚的文章中，找到了疑惑的筋节所在：

一日，读山谷《大雅堂记》，而有会焉，曰：“诸先生之论说，皆剩语耳。”

此时，翁方纲才恍然大悟：

杜诗继《三百篇》而兴者也，毛传、郑笺尚不能划一，况杜诗乎？

他能发现这一点，正是因为他早年大量阅读杜诗的宋人注释及近时前辈的评注。在大量的阅读与互相比较之后，他发现依傍前人注释，并不能得杜诗之真，前人言诗再过精妙，也不能取代杜诗本身。而且他发现前人言杜莫衷一是，都是借杜诗的酒杯，浇注者的块垒。因此，翁方纲认定，阅读杜诗必须抛却前人注释，以诗歌本身为根基。这直接促使他推倒此前各家注释，以杜诗白文为凭借，开始了自己的注杜事业：

于是，手写《杜诗》全本而咀咏之，束诸家评注不观，乃渐有所得。

“乃渐有所得”，是他批注杜诗的开始。

二、初稿的形成

如上所述，翁方纲在大量阅读前人注杜成果之后，发现前人注杜皆不能完全发掘杜诗精义，便决定抛却前人注释成果，独自咀咏，故而“渐有所得”。这是他评注杜诗工作的开端。此后一段时间的进展可以在《杜诗附记・自序》找到蛛丝马迹：

如此又岁余，而后徐徐附以手记，此所手记者，又涂乙删改，由散碎纸条，积渐写于一处。

可见，翁方纲用了一年多的时间，注杜即已经有了进展。

据翁方纲《翁氏家事略记》自述，到了乾隆二十九年甲申(1764)七月十二日，翁方纲三十二岁时，他奉命提督广东学政，并于当月二十六日携家出都赴任。在《杜诗附记・自序》中，翁方纲提到“甲申、乙酉以后，按试粤江，舟中稍暇，录成一帙”，即为此时之事。可见其三十二三岁时注杜已经小有成就。同样，从这个时间逆推“年余”，他开始注杜的时间也就是三十岁上下，这与其二十六岁开始辑录王士禛《杜诗话》并延续了一段时间才开始领悟前人注杜不可尽信，并由此萌发注杜想法的时间相吻合。

乾隆三十九年甲午(1774)十二月，翁方纲在《翁批杜诗》批点原稿的目录卷九卷十前批“分体读《杜诗》”。次年即乾隆四十年乙未(1775)，他在相同位置批写“乙未正月三日，自《发秦州》起兼即随手记起所以然”。

据《翁氏家事略记》，乾隆三十八年癸巳(1773)已经由学士降调候补的翁方纲因大学士刘统勋等奏荐，于三月十八日入翰林院修书，九月十五日授翰林院编修。此时翁方纲否极泰来，迎来了仕途的回升。翰林院编修的差事使得翁方纲有了读书的时间，于是开始继续他的注杜历程。

《翁批杜诗》批点原稿卷十五《寄杜位》有一则写成后被删去，并且未被《杜诗附记》收录：

此可参褚河南《雁塔圣教序记》笔法也。乙未十月廿日。

由于甲午十二月批语说明是“分体”读《杜诗》，且本年正月三日开始所读《发秦州》为五言古诗，而这首《寄杜位》是首五言律诗。由此可推知，翁方纲此时已经读完五言古诗，正在批读五言律诗。当然这期间是否有其他诗体已经读完，由于资料有限，不得而知。

一年半以后，翁方纲在相同的位置写下了如下的题记：

丙申六月十五日，始读一遍迄；是日，送蘀石出都。

由此可知，翁方纲已经在一年半的时间里完成了一遍杜诗的评读。但是这条题记题在卷九目录之前，这是否一定表示其读完了全书？本年十月翁方纲撰写《赠杨彤三序》，文中云：

予近注杜，已得千五百余条，皆向时注家所未及。[①]

由于杜诗传世者共有一千四百余首，且《翁批杜诗》暨《杜诗附记》并没有对全部杜诗作批注，而现在已经有了一千五百余条注释，可知此时翁方纲应该至少完成了一次批点注释。

---

①(清)翁方纲：《赠杨彤三序》，《复初斋文集》卷12，第125页。

至此可以说明，翁方纲对杜诗的第一次批注已经完成，其年四十四岁。

三、从看定、覆看到成稿

在翁方纲完成初次批注、形成初稿后的五六年时间内，其批注杜诗的进展尚无确切资料可以佐证。但到了乾隆四十七年壬寅(1782)翁方纲五十岁时，他对自己注杜进程则有了自我要求。《翁批杜诗》批点原稿册十即卷十七、十八开头，有题记一则：

自注及一作，有可定者，即先定之。渐次以就其成，则亦或可庶几矣。壬寅十月十九日，灯下识。每夕灯下，能看定一二首，则亦已妙矣。十月廿日。

在这条题记中，翁方纲一方面要求自己不必追求全书一律，渐次定稿。一方面要求自己不必一味求快，而是要降低速度，每夕一二首。以此进度衡量，一千四百余首杜诗大约需要两三年时间才能注完写定，这与乾隆甲辰末至乾隆丙申年中一年半时间便看完一遍的耗时相比，几乎慢了一倍。翁方纲放慢注杜速度必然有其原因。据翁方纲《翁氏家事略记》记载，是年十月四日，翁方纲奉旨暂时代理日讲起居注官。这就比他任翰林院编修时更加忙碌，故而注杜事业仅能在晚上灯下锱铢进行。

次年冬，翁方纲在《翁批杜诗》批点原稿第七册册首题记云：

每日只可读一首，至短者二三首而已，不可多也。江左字原之功，竟每日不可荒。此皆必不可暂忘者，至要至要。癸卯冬十一月十日，灯下识。

翁方纲于去年兼署日讲起居注官，公事本已忙碌。乾隆四十八年癸卯(1783)八月六日翁方纲又奉旨充顺天乡试副考官，与正考官刘墉、副考官尹壮图共事。而翁方纲顺天大兴人的身份，使得他为避嫌，命下即入闱，至九月十日发榜方才出闱。可见，这段时间他的公事负担尤其沉重，故有此感慨与自我督促。

到了乾隆四十九年甲辰(1784)五月廿四日，翁方纲又看完《翁批杜诗》批点原稿第八册，并有题记在该册。

《翁批杜诗》批点原稿册十有《从驿次草堂复至东屯茅屋二首》，翁批原稿也有一则不仅写成后被删去，而且未被《杜诗附记》收录的附记，其所署的时间为“甲辰十一月十二日”。同月廿三日，翁方纲在《翁批杜诗》批点原稿第十册记下“此册初看定一遍。甲辰十一月廿三日，灯下记”的题记。

之后，在本月二十六日第七女出生当日，“漏尽五鼓”，翁方纲初看定第五册，并在该册记下这两件事。本年十二月五日，翁方纲又在第七册首记录下看定的题记。除去第十册不算，在短短的十二天内看完两册杜诗，其速度之快，绝非前一时期可比。

但此后翁方纲的速度似乎慢了下来。到了乾隆五十年乙巳(1785)三月九日，《翁批杜诗》批点原稿第六册首才出现“此本看定。乙巳三月九日雨中”的题记，但翁方纲的注杜速度之后又得以恢复：

乾隆五十年乙巳(1785)五月初一，翁方纲在《翁批杜诗》批点原稿第二册首题：

此册看定。乙巳五月朔，雨中。

乾隆五十年乙巳(1785)五月四日，翁方纲在《翁批杜诗》批点原稿第九册首题：

此册看定。乙巳端午前一日，搜索书帖，托宋芝山卖之，至此刻无信来，待之甚急。

乾隆五十年乙巳(1785)六月五日，《翁批杜诗》批点原稿第三册首题：

乙巳六月五日看定，是午热甚。

乾隆五十年乙巳(1785)六月十日，《翁批杜诗》批点原稿第四册首题：

乙巳六月十日，雨窗，看定此册。

乾隆五十年乙巳(1785)七月四日，《翁批杜诗》批点原稿第十一册首题：

乙巳七月四日，看定此册。

至此，《翁批杜诗》批点原稿共计十二册，除去第一册目录和第十二册文以外，第二至十一，共计十册均已集中看完。自乾隆乙巳三月九日至同年七月四日共计一百二十余天翁方纲至少看完六册，速度不可谓不快。

值得注意的是，翁方纲此次看定书稿并非按照正常分册顺序，而是按照八、十、五、七、六、二、九、三、四、十一的顺序进行。我们知道，开始于乾隆三十九年甲午(1774)十二月的那次批注是分体进行的，这次没有按照编次顺序也不难理解，很有可能是有意为之。之所以如此，应该是和这一次批注同样不是定稿有关。

此后，翁方纲分别于乾隆乙巳(1785)八月十二日、同年十一月十五日，在《翁批杜诗》批点原稿第二册册首写下下面两则题记：

要将必须考证之题记出，此则温理一遍之功夫也。乙巳八月十二日申刻记。
《杜诗》成书后，乃能专力《春秋》。乙巳冬十一月十五日灯下记。

这两则题记写在一起。说明翁方纲不仅有温习注杜文字的计划，而且准备在《杜诗附记》完成后，致力于《春秋》的研究。不知这条题记与《春秋附记》的成书是否有关。

此后，翁方纲进入了对《杜诗附记》的覆看工作，《翁批杜诗》批点原稿的各册题记完整记录了覆看历程：

自昨日雨，至今日未止。乙巳十一月二十三日，灯下覆看记。（第二册题记）

人自各有境地与神气，岂必皆学杜哉？然却须于《杜诗》参透其所以然，笔笔中锋，笔笔浑圆者，惟右军之书足以当之耳。乙巳十二月七日，灯下，覆看记。（第三册题记）

丙午二月三十日，灯下，覆看记。（第四册题记）

丙午五月十四日，覆看一遍。（第五册题记）

丙午六月廿三日，覆看记。夜来大雨，至午犹甚。（第六册题记）

丙午七月十一日，雨中覆看定一遍。（第七册题记）

丙午闰七月廿日，覆看定一遍。（第八册题记）

丙午十一月四日，阻风九江北岸之清江镇，读《北风》一首，因读此册内《别苏徯》一首，荒废两月余矣。是日，篝灯书时，于旅店磨墨，风犹未定。丙午冬十二月廿五日，南昌使院覆看一遍记。（第九册题记）

丁未二月八日，瑞州舟中，覆看定此册一遍记。（第十册题记）

丁未二月望日，覆看定此册，瑞州使院东轩记。（第十一册题记）

二十卷钞完一过。丁未十月十三日，广信试院校讫记。（第一册题记）

这一次覆看完全按照分册顺序，自乾隆五十年乙巳（1785）十一月二十三日至乾隆五十二年丁未（1787）二月十五日止，完成册二至册十一的覆看，并于同年十月十三日钞（抄）完校讫。中间自乾隆丙午（1786）闰七月二十日开始，荒废两月有余，至同年十二月二十五日方才完成下一册即第九册的覆看。

四、晚年的修订

翁方纲覆看之后的注杜历程在《翁批杜诗》批点原稿中并没有明确记载，但其《杜诗附记・自序》云：

庚戌以后，内阁听事每于待票签未下时每当午无事，则以此本覆核，如此者又十年。

庚戌为乾隆五十五年（1790），可见自覆看完成三年之后，翁方纲又进行了十年复核。

但是，翁方纲的注杜历程并非如此便告一段落。其弟子梁章钜所撰《〈杜诗附记〉跋》云：

先生则阐发肌理，研精覃思，前后凡三十年，始成此册。嗣后，意有所得，随时点定，又三十余年。[①]

①（清）梁章钜：《跋》，《杜诗附记》，第663页。

据前文所引文献，乾隆五十年乙巳(1785)，翁方纲校讫全稿，是年翁方纲五十三岁，上推三十年，则为二十三岁，与其乾隆二十二年丁丑(1757)至乾隆二十三年戊寅(1758)即翁方纲二十五至二十六岁开始辑录前人评杜的时间大致吻合。后推三十年，则为嘉庆二十年乙亥(1815)，是年翁方纲八十三岁，三年后，即嘉庆二十三年戊寅(1818)，翁方纲以八十六岁高龄谢世。

因此，翁方纲《杜诗附记》暨《翁批杜诗》自二十五岁上下开始属稿，至四十四岁时全稿略有雏形，到了五十三岁成稿写出。然后又经历了三十年的修改，终于在晚年形成《杜诗附记》的文稿。

结语

从《杜诗附记》漫长的完稿过程，首先可以看出翁方纲对注杜诗事业的重视程度。在翁方纲注释杜诗之前的清初已经有大量高质量的杜诗注本产生，诸如王嗣奭《杜臆》、钱谦益《钱注杜诗》、朱鹤龄《杜工部诗辑注》、仇兆鳌《杜诗详注》以及各种杜诗评点本等，使清代的杜诗学达到了一个无法企及的高度。因此，以翁方纲的学术功力及学术影响，他评注杜诗必然要超过前人，至少具有一定特色，能达到前贤的水平，决不能逊于前贤①。翁方纲一生博通经史与诗文，对杜诗情有独钟，“方纲自束发诵诗，所见杜诗古今注本，已三十余种，手录前人诸家之评，及自附评语，丹黄涂乙，亦三十三遍矣。大约注家对事实或有资以备考，于诗理则概未之有闻……若夫读杜之法，愚自有《附记》二十卷，非可以评语尽之也”②。翁方纲对杜诗的用功勤谨，由此可见一二。而其“闻见之博，考订之精，用心之勤，持论之正”③，也于此《杜诗附记》中体现得淋漓尽致。因此，就此书的质量来说已经达到翁方纲预期的目的。

另外，翁方纲处于考据学始兴的乾嘉时代，他又是以学问见长，并参与了《四库全书总目》的编纂，因此，《杜诗附记》具有将考据与评点相结合阐释杜诗的特点。翁方纲曾说：“士生今日经学昌明之际，皆知以通经学古为本务。而考订诂训之事，与词章之事，未可判为二途。”④在他看来训诂考据与词章殊途而同归，因此，他评注杜诗具有与前人不同之处：

> 愚则有二义焉：一则古本之编次，如宋椠某本下，略有次第可见者；如句字以诸本参合者，更宜精其剖择也。再则，篇中情境虚实之乘承，笋缝上下之消纳，是乃杜公所以超出中、晚唐、宋后诸千百家独至之诣。凡有足以窥见下笔之深秘者，苟可以意言传之，则岂有灭尽线迹者哉？

可见，翁方纲认为只有将考订编次异文与疏解情景笋缝起来才是必要。前者是文本的

---

①虽然乾隆时期钱谦益的著作被禁毁，但作为四库馆臣之一，翁方纲似应能看到包括《钱注杜诗》在内的诸家杜诗注本。

②(清)翁方纲著、陈迩冬校点：《石洲诗话》，北京：人民文学出版社，1998年，第229—230页。

③(清)张维屏：《石洲诗话·跋》，《石洲诗话》，第251页。

④(清)翁方纲《蛾术集序》，《复初斋文集》卷4，第48页。

考订，后者是诗法的阐发[①]。在注释杜诗的时候，翁方纲在充分吸收前人成果的同时，运用考据学的方法训释字词，校订文字；在分析杜诗艺术特色的时候，翁方纲又充分将其“肌理说”理论应用到杜诗评论实践中，使得《杜诗附记》成为一部具有鲜明特色的杜诗评注本，从而丰富了清代杜诗学的面貌。因此，可以说《杜诗附记》是乾嘉考据学时代的杜诗学产物。从这个意义上来讲，此书的完成过程，从侧面反映出清代乾嘉时期杜诗学发展的高度。

①有关翁方纲《杜诗附记》的评注特点及价值，参看柳湘瑜硕士论文《翁批杜诗研究》(2015年)。

郑善夫《批点杜诗》评析

綦　维　王秀丽

（山东大学儒学高等研究院　济南　250100）

郑善夫（1485－1523），字继之，号少谷，明闽县高湖乡（今福建福州市郊盖山镇高湖村）人。少有才名，长诗文，精于数易、历法。弘治十七年（1504）举人，翌年即中进士。正德元年（1506），于京候补期间与何景明交善。旋因父母相继去世，返乡守孝六年。正德六年（1511）始任户部主事，榷税苏州浒墅关，以清廉闻。八年初，任满返京，以嬖幸用事，以病辞归。于家乡金鳌峰下筑少谷草堂，闭门读书。十三年起为礼部主事，次年春武宗将南巡，与同列切谏，遭廷杖，罚跪午门，幸不死。九月循例进员外郎。十五年上疏请改历法，谓现行历法已不准确，当以测量南北两地日食时差之法推算岁差准确时间，并以此修订历法。未获准，两度上疏乞病归，年末返乡，自此转而崇尚王守仁心学。嘉靖改元（1522），都御史周季凤等荐其为南京刑部郎中，未上，改吏部。二年于赴任途中便道游武夷，风雪绝粮，得病卒，年三十九。其友汪文盛等人为其料理丧事，并将其诗文编定刊印。郑善夫遗著凡九刻，现存较早的版本是清朝乾隆年间刻印的《郑少谷全集》，共二十五卷。《明史》本传称其"敦行谊，婚嫁七弟妹，赀悉推予之，葬母党二十二人。所交尽名士，与孙一元、殷云霄、方豪尤友善。作诗，力摹少陵。"郑善夫不仅品行甚高，而且多才多艺，除对数学、历法有较深的研究，著有《奏改历元疏》《日宿例》《时宿例》《序数》《田制论》《九章乘除法》《九归法》等对明代数学、历法的发展产生重要影响的著作外，还能书善画，其作品多为历代名士所珍藏。然生平以诗文成就最高，郑善夫是明弘治、正德年间文学复古运动的代表人物，与李梦阳、何景明等人声气相投，既在政治上共同反对宦官乱政，又在文学上共同提倡复古，主张"文必秦汉""诗必盛唐"，因与李梦阳、何景明、徐祯卿、边贡、朱应登、顾璘、陈沂、康海、王九思并称"十才子"[①]。在明代福建文坛上郑善夫更是居于承上启下的关键地位，《明史·文苑传》称："闽中诗文，自林鸿、高棅后，阅百余年，郑善夫继之。迨万历中年，曹学佺、徐𤊹辈继起……风雅复振焉。"

郑善夫英年早逝，其仕途全在正德一朝，正德混乱黑暗的朝政令为人刚正、秉性沉郁的郑善夫自然对杜甫其人其诗十分认可，况其时前七子的文学复古运动方兴未艾，郑善夫便成

---

①（清）张廷玉等：《明史》，北京：中华书局，1974年，第7348页。

为其中的重要人物。他在诗文中多次表达对杜甫的崇敬和对杜诗的赞美之意，如《读李质庵稿》言："大哉杜少陵，苦心良在斯。远游四十载，而况经险巇。放之黄钟鸣，敛之珠玉辉。幽之鬼神泣，明之雷雨垂。变幻时百出，与古乃同归"，《〈叶古厓集〉序》亦谓："杜诗浑涵渊澄，千汇万状，兼古今而有之，他人不足，彼乃有余，又善陈时事，精深至千言不少衰"，高度赞扬了杜诗风格多样、众体兼备的成就，继承了元稹以来对杜诗集大成的特点，得到无可企及的诗坛地位的认可。郑善夫自己的诗歌创作，正如《明史》本传所言"力摹少陵"，他写下了大量忧时感事，反映现实的诗作，如《百忧行》《贫女吟》《送周方伯入楚》《寇至》《闻西江乱》等，雄健悲壮，颇得杜诗之神貌，王世贞评曰："如冰凌石骨，质劲不华，又如天宝父老谈丧乱，事皆实际，时时感慨。"并谓："国初习杜者凡数家。华容孙宜得杜肉，东郡谢榛得杜貌，华州王维祯得杜一支，闽州郑善夫得杜骨。"（《艺苑卮言》卷五）清王士禛亦谓："宋、明以来，诗人学杜子美者多矣。予谓退之得杜神，子瞻得杜气，鲁直得杜意，献吉得杜体，郑继之得杜骨。"（《池北偶谈》卷十六）可以说，郑善夫以尊杜学杜著称，其师法杜甫的成就深为当时后世诗坛所认可。

但是，倾二十余年精力，广搜博取，撰写出集前人之大成的杜诗注本的仇兆鳌，却将郑善夫称作"杜陵蟊贼"，他在其《杜诗详注・凡例》"杜诗褒贬"条中云："至嘉隆间，突有王慎中、郑继之、郭子章诸人，严驳杜诗，几令身无完肤，真少陵蟊贼也。"蟊贼之评，至为刻毒，而且是出自在杜诗学史上占有极高地位的仇兆鳌之口，不由让人对郑善夫心生疑窦，作为以学杜著称的复古派诗人，他又是如何"严驳杜诗"的呢？在传世的《郑少谷全集》中，几乎没有对杜诗的批驳之语，仇氏所见，当指郑善夫的《批点杜诗》。明万历十七年(1589)状元，著名学者、藏书家焦竑，在其《焦氏笔乘》卷三"评杜诗"条中云："余家有郑善夫《批点杜诗》，其指摘疵颣，不遗余力，然实子美之知己。余子议论虽多，直观场之见耳。尝记其数则：一云：'诗之妙处，正在不必说到尽，不必写到真，而其欲说欲写者，自宛然可想；虽可想而又不可道，斯得风人之义。杜公往往要到真处尽处，所以失之。'一云：'长篇沉著顿挫，指事陈情，有根节骨格，此杜老独擅之能，唐人皆出其下。然诗正不以此为贵，但可以为难而已。宋人学之，往往以文为诗，雅道大坏，由杜老起之也。'一云：'杜陵只欲脱去唐人工丽之体，而独占高古，盖意在自成一家，不肯随场作剧也。如孟诗云"当杯已入手，歌伎莫停声"，便自风度，视"玉佩仍当歌"，不啻霄壤矣。此诗终以兴致为宗，而气格反为病也。'善夫之诗，本出子美，而其持论如此，正子瞻所谓'知其所长而又知其弊'者也。"《批点杜诗》，顾名思义，当是郑善夫研读杜诗时的批点，此本既未见于诸家书目著录，更未有刻本传世，据焦竑"尝记其数则"之语，此本在焦氏手中时间亦未必太长，按其传本之罕推想，其所见或即郑善夫手稿。焦竑博览全书，识见超迈，见郑善夫《批点杜诗》颇有新见卓识，便录其语于己之笔记《焦氏笔乘》中，并给予"子美知己"的高度评价。后来此本传入晚明著名文学家、藏书家、唐诗研究巨擘胡震亨手中。胡震亨对《批点杜诗》非常重视，他不仅将焦竑所引的郑善夫三条评语收入其《唐音癸签》卷六中，还在同书卷三十二中称："吾尝谓近代谈诗集大成者，无如胡元瑞。其别出胜解者，惟郑继之老杜诗评，可与刘辰翁诸家诗评并参，吟人从此入，庶不误岐向尔。"因此，他在其所编撰的《杜诗通》中大量征引《批点杜诗》，共计 290 条，远远超过其余所引评点的总和①。明代流传至今的杜诗全注本只有单复的《读杜诗愚得》、托名邵宝的《分类集注杜诗》和胡震亨的这部《杜诗通》，周采泉《杜集书录》则推胡著为明人注杜之首选②，而郑善夫的《批点杜诗》实是《杜诗通》的重要组成部分。但《杜诗通》成书于崇祯十五年（1642），其时正值明、清易代之际，胡震亨亦已七十四岁高龄，书未及刻印，震亨已卒于兵燹。直至书成后八年，即顺治七年（1650）方刊行，然流传不广，至今只有少数几家图书馆有藏本。《批点杜诗》也因《杜诗通》的罕传而更加不为人了解。近年来，郑善夫研究得到学界空前的关注，但谈及其对杜诗的态度，尤其是对杜诗的批驳，大多只就焦竑所引《批点杜诗》的三条评点立论，实难免片面。本文在辑录整理《杜诗通》所引 290 条《批点杜诗》的基础上，拟从对杜诗的赏析和评点，杜诗的渊源和影响两个方面来详细分析《批点杜诗》具体内容，以便同好了解其概貌。

一、对杜诗的赏析和评点

字句是诗歌最基本的构成单位，杜诗高度的艺术成就也充分表现在炼字造句上，郑善夫在评点过程中注重从字句入手来评鉴杜甫诗歌创作的高妙或不足之处，以此评判杜诗的优劣得失。《杜诗通》征引了数条《批点杜诗》赞赏杜诗字句的评点。如郑善夫评《万丈潭》："无字不经锻琢，雄峻峭深，令人神夺。"（《杜诗通》卷四引）此诗作于杜甫寓居同谷之时，诗人将万丈潭幽奇的风光表现得淋漓尽致，"令人神夺"，这样的艺术效果来源于每字每句的精雕细琢，老杜不凡功力，于此尽现。郑善夫亦予以充分肯定。《重过何氏五首》（其一）"问讯东桥竹"句郑善夫评曰："五字岂容易下得，细思之当见其妙。"（《杜诗通》卷二十四引）此为组诗第一句，仇注引洪仲注："去夏之笋，隔年成竹，故云问竹。"（《杜诗详注》卷三）杜甫于天宝十二载（753）初夏与十三载（754）春两度游览何氏庄园，初游诗中有"绿垂风折笋"（《陪郑广文游何将军山林十首》其五）的诗句，重游时便先问竹，且所问之竹是在东桥之畔，可见对何氏庄园之熟悉。"东桥竹"三字不动声色地将庄园春水漫流、绿竹掩映的美景一并托出，诗人对此的欣赏、喜悦之情洋溢于字里行间。同时此句又暗用王子猷吴中赏竹的典故，《世说新语·简傲》载："王子猷尝行过吴中，见一士大夫家极有好竹，主已知子猷当往，乃洒扫施设，在听事坐相待。王肩舆径造竹下，讽啸良久，主已失望，犹冀还当通。遂直欲出门，主人大不堪，便令左右闭门，不听出。王更以此赏主人，乃留坐，尽欢而去。"杜甫却先向主人问竹，其风雅不逊王子猷，却无王之简傲，更见宾主相得之欢。这五字看似平易自然，然而却意蕴深厚，实是苦心经营的精妙之句。郑善夫慧眼识出，而"细思"之语则反映出他对杜诗沉潜玩味，甚为用心。《批点杜诗》中也有对一些杜诗佳句的鉴赏，如《落日》"啅雀争枝坠，飞虫满院游"句郑善夫评曰："小点缀，自是佳句。"（《杜诗通》卷二十引）诗句以啅、争、坠、飞、满、游六个动感十

①杜伟强：《明代杜诗全集注本研究》，2011 年西北师范大学硕士学位论文，第 42 页，统计胡震亨引用元明时人评点："郑善夫注，287 条；方采山注，21 条；钟惺注，19 条；张性注，4 条；杨慎注，4 条；谭元春注，4 条；谢杰（汉甫）注，1 条；于慎行注，1 条；唐瑾注，1 条；谭元礼注，1 条。共 10 人，343 条。"所引郑善夫注数目虽与笔者统计稍异，但其引用他人评点之概貌基本如是。

②周采泉：《杜集书录》，上海：上海古籍出版社，1986 年，第 141 页。

足的字刻画出春日傍晚小小雀虫的无限生机，足见浣花溪畔的大好春光令万物适性，唯有诗人还怀着忧国思家的一腔愁绪，只欲“一酌散千忧”。两句以乐景衬末句之哀情，正有加倍动人的效果，且雀虫之姿栩栩如生，情味盎然，如此点缀，允为佳句。

除对杜诗中的一些字句表示激赏外，郑善夫更提出了不少尖锐的批评意见。如《杜诗通》卷八《赠苏四徯》“将老委所穷”句下引郑云：“老杜好用‘所’字，而用多不恰。”卷九《苦雨奉寄陇西公兼呈王征士》“今秋乃淫雨”句下引郑云：“‘乃’字不伦。”卷九《送从弟亚赴河西判官》“所以子奉使”句下引郑云：“‘所以’二字无当。”卷二十四《重过何氏五首》其五“到此应尝宿”句下引郑云：“‘应尝’二字不大可通，杜公多此病。”《李监宅二首》其一“尚觉王孙贵”句下引郑云：“‘尚’字全无当。”其二“虚怀只爱才”句下引郑云：“‘只’字无当。”卷三十五《秋尽》“秋尽东行且未回”句下引郑云：“杜公有许多‘且’字，用的不惬好。”这些字多是副词、连词，其作用是表示语词间的逻辑关系，而在以跳跃性思维著称的诗歌创作中，情韵、意境的营造是首要目标，逻辑的表述不是十分必要，郑善夫对杜诗中这些副词、连词的运用很不认可，每以“不恰”“不伦”“不大可通”“无当”“不惬好”来表示自己的不满。他评《游龙门奉先寺》首句“已从招提游，更宿招提境”更明白地说道：“起句无味，‘已’‘更’二字更无味。”（《杜诗通》卷三引）鲜明地表达了自己认为诸如此类副词的运用使诗歌丧失韵味的态度。《寄杜位》“干戈况复尘随眼，鬓发还应雪满头”两句，郑善夫更批评道：“‘况复’‘还应’二字全无关系，徒填满七字耳，杜老亦有此蹋趿处。”（《杜诗通》卷三十七引）蹋趿，同“塌趿”，指目闭失神的样子。此评直接指出诗中使用不必要副词、连词的作法会令诗句大减声色，毫无神采。评《曲江值雨》“龙武新军深驻辇，芙蓉别殿谩焚香”两句则云：“‘深’‘谩’二字皆无谓。”（《杜诗通》卷三十五引）可以说是完全否定了副词的作用。

另外，《杜诗通》还征引了多条郑善夫《批点杜诗》“不成语”“败语”“不成句”的评点。如：

《送韦十六评事充同谷郡防御判官》“论兵远壑净”句下引郑云：“不成语。”（卷九）

《发阆中》“女病妻忧归意速，秋花锦石谁复数”句下引郑云：“败语。”（卷十五）

《苏端、薛复筵简薛华醉歌》引郑云：“篇中‘端复得之名誉早’‘开筵上日思芳草’，及‘移远梅’‘插’‘晴昊’‘如渑之酒’等句，皆杜撰不成语。”（卷十六）

《寄柏学士林居》“自胡之反持干戈”句下引郑云：“不成语。”（卷十七）

《王命》“血埋诸将甲”句下引郑云：“何语？”（卷十九）

《覆舟二首》引郑云：“二首大不成语。”（卷十九）

《重题郑氏东亭》“向晚寻征路，残云傍马飞”句下引郑云：“不成语。”（卷二十五）

《秋笛》“相逢恐恨过，故作发声微”句下引郑云：“全不成语。”（卷二十九）

《小寒食舟中作》“云白山青万余里”句下引郑云：“不成语。”（卷三十五）

《解闷十二首》其八：“最传秀句寰区满，未绝风流相国能”句下引郑云：“不成句。”（卷四十）

有的学者认为，“‘不成语’，指诗中硬凑字词为诗句的现象，有时碍于格律，有时拘于声韵，或将数意写于一句之中而以减省颠倒字句为句，意虽通而词不达，抑或不见于前人如此运用，因此皆沦为不成语”[①]。情形大略如此，再如《留花门》“中原有驱除，隐忍用此物”句下，《杜诗通》引郑云：“几于押韵。”（卷一）《铁堂峡》“修纤无垠竹，嵌空太始雪”句下引郑云：“造语处。”（卷四）《禹庙》“早知乘四载，疏凿控三巴”句下引郑云：“二句不甚可解。”（卷二十五）《与李十二白同寻范十隐居》“向来吟橘颂，谁欲讨莼羹”句下引郑云：“不可晓。”（卷三十二）《别苏徯》篇末引郑云：“每句中多有不甚通之字。”（卷三十四）等基本上也是批评杜诗拼凑字词、杜撰造语，致使诗意艰涩难懂的现象。但是更深层的原因，还是源于郑善夫对诗歌含蓄蕴藉的审美要求，如《送樊二十三侍御赴汉中判官》“天子从北来”句下《杜诗通》引郑云：“不成语。”（卷九）仇兆鳌言：“此言肃宗兴复之势。灵武在凤翔之北，故曰北来。”（《杜诗详注》卷五）这句是对时事的描写，格律声韵亦无牵强之处，“不成语”的批评纯粹是因其太过直白，毫无诗意可言。评《破船》曰：“‘破船’亦不伦。”（《杜诗通》卷六引）则是嫌其浅俗。又如评《洗兵马》：“此篇多陋语可怪。”（《杜诗通》卷十三引）陋者，平直浅陋也，亦是大悖于含蓄之美。而《热三首》其一“乞为寒水玉，愿作冷秋菰”句郑善夫评曰：“虽戏亦自成语。”（《杜诗通》卷二十）两句写酷热难当之际，诗人盼望能化作寒水之玉，冷秋之菰，虽是想入非非的戏谑之言，然兴象玲珑，深蕴诗情，故郑善夫以“亦自成语”评之。

以上对杜诗字句的批评体现出郑善夫对诗歌艺术的基本观念，首先，郑善夫大力追求诗歌的含蓄之美。杜诗中直白浅俗的用字和缺乏情味的副词、连词都令郑善夫不满。综观整个杜诗研究史，甚而是诗歌研究史，对于直白浅俗的批评一直不绝于耳，而对副词、连词的运用如此集中地提出尖锐批评的，大概只有郑善夫。大多数研究者对此并未关注，少数则从肯定的角度着眼。如宋叶梦得《石林诗话》云：“《滕王亭子》‘粉（按：当做“古”）墙犹竹色，虚阁自松声’，若不用‘犹’与‘自’两字，则余八言凡亭子皆可用，不必滕王也。此皆工妙至到人力不可及，而此老独雍容闲肆出于自然，略不见其用力处。”又如宋范晞文《对床夜语》卷二云：“虚活字极难下，虚死字尤不易，盖虽是死字，欲使之活，此所以为难。老杜‘古墙犹竹色，虚阁自松声’……‘诗书遂墙壁，奴仆且旌旄’，皆用力于一字。”《杜诗通》卷二十一则在《避地》“诗书遂墙壁”句下引郑云：“‘遂’字不可晓。”范晞文虽有一番虚字死活之论，但单就此“遂”字而言，其确切意思及具体佳处并未让人了然。其实“遂”一作“逐”，顾宸注此诗曰：“此公避地白水、鄜州间，窜归凤翔时也。”“乱离之世，诗书无所用，逐之墙壁之间。逐，犹驱逐之义。”（《辟疆园杜诗注解》五律卷一）下句的“且”字与驱逐之“逐”词性不对，显然不妥。卢元昌注曰：“禄山之乱，犹始皇坑焚，诗书墙壁，即藏书屋壁之意。”（《杜诗阐》卷三）则“遂”字当是“即”“于是”之意。然“诗书”与“墙壁”两个名词之间，只有一连词，而省略关键性的动词，不免让人费解。郑善夫谓之“不可晓”，实是真诚之语。

当然，诗歌的含蓄之美更多地不是从具体字词，而是从整体风格上体现出来，对此郑善夫也多有论述。《杜诗通》征引的290条《批点杜诗》的评语中“味”出现了20次，而且多以与其他字组合的形式出现，如“风味”“趣味”“意味”“情味”等语。另外，还有“风致”4次，“情韵”4次，“情致”3次。这些评语都强调了诗歌应具有令人回味的艺术效果，即含蓄的审美要

①王伟：《攻杜：杜甫及杜诗接受的另面向及其诗学意义》，《陕西理工学院学报（社会科学版）》，2011年第1期，第51—55页。

求。如评杜诗名篇《春夜喜雨》末联“晓看红湿处，花重锦官城”云：“挽得风味。”（《杜诗通》卷二十引）评《水槛遣兴二首》其一“澄江平少岸，幽树晚多花”句：“风韵可人。”（《杜诗通》卷二十一引）评“吹花随水去，翻却钓鱼船”句：“有情致。”（《杜诗通》卷三十九引）《杜诗通》卷二十七《巴西闻收京阙送班司马入京》诗后，征引了郑善夫的一则较长的评语：“诗之妙处，不必写到真，不必说到尽，而其欲写欲说者，自宛然可想，而又不可道，斯得风人之义。杜公往往要到真处尽处，反不为妙。如‘念君经世乱’二句，则有不真不尽之兴矣，杜公如此尚多，偶著其凡于此。”此则与《焦氏笔乘》所引第一条前半几同，而多“如‘念君’”以下诸语。这是《批点杜诗》中少见的长评语，郑善夫在此指出诗歌的精妙不在于逼真的模写刻画和详尽的叙述阐释，而在于以精切的语言表现出无尽的审美空间，引发出文字背后“自宛然可想”的无限意韵。清石闾居士解“念君经世乱，匹马向王畿”两句云：“是说念君经此世乱，独不避险远，匹马以向王畿，殊属可危而又可羡。”（《藏云山房杜律详解》五律卷四）两句实蕴含无数乱离感慨，却又不明言，只以画面感极强的形象和隽永的语词来表现，更易引人深思玩味。

其次郑善夫强调诗歌技巧，主张精心锻炼，反对浅陋直白，同时也反对生造晦涩。郑善夫认为不露雕琢痕迹，浑然天成是诗歌艺术的最高境界。如《杜诗通》卷三十五《暮归》篇末引郑云：“雕苦之过，反合自然，此为最佳者。”这首作于杜甫晚年的七律拗体诗，矫劲苍秀，却又通畅妥帖，正如清申涵光所言：“作拗体诗，须有疏斜之致，不衫不履，如‘客子入门月皎皎’，及‘落日更见渔樵人’，语出天然，欲不拗不可得，而此一首律中带古，倾欹错落，尤为入化。”又评首句“‘霜黄碧梧白鹤栖’，一句中用三个颜色字，见安插顿放之妙。李空同云‘野寺霜黄锁碧梧’，此偷用杜句，黄碧之中，隔一‘锁’字，而文义却难通矣”（《杜诗详注》卷二十二引）。郑善夫所言远不如申涵光细致，但其意旨却一致。在中国古代的诗歌创作中，清新自然一直备受推崇，无论是李白宣扬的“清水出芙蓉，天然去雕饰”（《经乱离后天恩流夜郎忆旧游书怀赠江夏韦太守良宰》），还是元好问赞美陶渊明诗“一语天然万古新，豪华落尽见真淳”（《论诗三十首》其四），都是此意。但诗歌的创作不可能完全不雕饰，平直的白话往往难以写出诗意，细细推敲后的畅达自然方是化境，郑善夫和申涵光认为《暮归》一诗正是如此。而清李因笃更盛赞此诗“古色彪炳，余音铿鍧，使人穆然，如对商周遗器”（《杜诗集评》卷十一引），以通畅顺达的语句营造出如此悠悠古韵和肃穆诗境，确让人叹为观止。另如郑善夫评《壮游》：“豪宕奇伟，无一句一字不稳贴，此等乃见老杜之神力。”（《杜诗通》卷二引）评《送从弟亚赴河西判官》：“雄心锐气，奋发飞骞，而造语雕字之力，妙出笔墨之外。”（《杜诗通》卷九引）评《投简成、华两县诸子》：“全篇悲壮，绝无字句之恨矣。”（《杜诗通》卷十六引）几则都是充分肯定杜甫善于炼字造句，达到了既恰切妥当、洒脱通畅，又富于艺术感染力的至高境界。另如评《反照》“已低鱼复暗，不尽白盐孤”两句“语若无难者，而妙处非人可及”（《杜诗通》卷二十引），则是言其炼句极精。日暮之际，“反照开巫峡，寒空半有无”，低处的江浦鱼复已然昏暗，孤立的白盐山却还被落日反光照射着一部分，没有完全隐入暗影中。写来似乎毫不费力，而一般人万难在十字之内，以工稳而自然的对仗将广阔山水间日暮时半明半暗的景色描写得如此细致入微、如在目前。

值得注意的是，郑善夫之评虽然表面上并没有严谨的论证，但本质上还是很讲究辩证思维的，对于直拙与雕琢这一对相悖的创作手法与含蓄之间的关系，郑善夫多有阐述。

上文已经提到，郑善夫主张锻炼字句，但要求最终达到浑然无迹的效果，如果流于刻意造作，自然难具含蓄之美。如评《雨晴》“雨时山不改，晴罢峡如新”句：“刻意之句，然不成诗。”（《杜诗通》卷二十引）评《秦州杂诗二十首》其二“月明垂叶露，云逐渡溪风”句：“岂不巧，然不足贵，此类是也。”（《杜诗通》卷二十三引）评《重过何氏五首》其三“石栏斜点笔”句：“五字极无味。”（《杜诗通》卷二十四引）评《巳上人茅斋》“枕簟入林僻，茶瓜留客迟”句：“大无情味。”（《杜诗通》卷二十五引）郑善夫认为这些诗句雕镂之迹太过明显，自然影响了诗的韵味。另如《杜诗通》卷十二引其评《夜听许十一诵诗爱而有作》：“苦刻而伤于情韵，都不可讽矣。”卷十八引其评：“《凤凰台》《石笋行》《杜鹃行》皆不是诗家本宗，虽刻苦出奇，难以为训。”卷五引其评《南池》更称：“故为奇刻，而实肤陋。为诗绝不可学！”苦、刻、奇之作，难以含蓄蕴藉、韵味十足，郑善夫认为如若学诗本此道，一定难成气候，其情绪颇为激烈。同时，对一些所谓的巧对他也极为反感，如评《晓望白帝城盐山》“翠深开断壁，红远结飞楼”句：“近丑。”（《杜诗通》卷二十三）评《独坐二首》（其二）“白狗斜临北，黄牛更在东”句：“二峡名取对，有何情趣？”（《杜诗通》卷二十一引）评《与任城许主簿游南池》“晨朝降白露，遥忆旧青毡”句：“无味。”（《杜诗通》卷二十四引）诸如此类借颜色或固定名称中含颜色的词语来取对，虽然奇巧，但难有韵致，所以郑善夫认为绝不是好的诗句。而对《九日登梓州城》“伊昔黄花酒，如今白头翁”句，郑善夫则赞道：“淡中极巧，无缘无由，偏似着得。”（《杜诗通》卷二十三引）“黄花酒”“白头翁”亦同“白狗”“黄牛”“白露”“青毡”，但黄花酒是重阳节日风物，白头翁是自我写照，此联似就眼前景物信手写来，但无穷今昔之感，并乱离之痛皆蕴其中，如此“极巧”恰能充分表达诗情，可谓意韵天成，自是佳句。总之，巧而能无迹，巧而含蓄有情韵方是诗之高境，此境委实不易达到，故郑善夫评《城上》“风吹花片片，春动水茫茫”句云：“此语不可易作。”（《杜诗通》卷二十二引）对仗工稳已难，叠词对仗，且自然含情，其难度非同一般，所以郑善夫认为不要轻易作此尝试。

直拙之作，一般难富韵味，如《杜诗通》卷十四引郑善夫评《百忧集行》：“此诗只以拙朴胜，情韵终不为工。”卷十二引其评“《病橘》《枯棕》二首皆枯槁浅涩，如击土缶，绝无意味。”《百忧集行》重在抒写穷厄不平之气，浦起龙认为《病橘》《枯棕》两首皆用“比而赋”的手法，《病橘》“口腹疲民，用告尚方也”；《枯棕》“军兴赋繁，为民请命焉”（《读杜心解》卷一之三）。三首或伤己或慨时，皆直抒胸臆，风格朴拙劲切，郑善夫认为这样的诗作在情韵意味上有所欠缺。但朴直并非完全不可取，如郑善夫评《晚晴》“书乱谁能帙，杯干可自添”句即云：“朴得好。”（《杜诗通》卷二十引）清石闾居士解此二句：“又从晚晴后写幽居独处之情趣，有懒于收书，勤于饮酒之意。”（《藏云山房杜律详解》五律卷三）直写己之懒散之状，却正透出真情雅趣，故为好诗。与《晚晴》同作于上元二年杜甫寓居草堂时的《可惜》一诗，更为直白，诗云：“花飞有底急，老去愿春迟。可惜欢娱地，都非少壮时。宽心应是酒，遣兴莫过诗。此意陶潜解，吾生后汝期。”明范濂曰：“此诗句句是老人家实录。”（《杜律选注》卷六）明邵傅曰：“诗语虽极浅明，然八句每起下承上，意若贯珠，自起语直赶到结句，更有意在。”“愚谓公人品才思，远媲陶潜，潜值晋祚之陵替，公当唐运之中微，萧条异代，固旷百世而相感，岂特悲老愁春已哉！题曰‘可惜’，其旨深矣！”（《杜律集解》五律卷二）清石闾居士亦称末二句“一收有古今同慨之感。正题为‘可惜’二字之意，然语气又浑而不露，可谓蕴藉之至也”（《藏云山房杜律详解》五律卷三）。《杜诗通》卷二十一亦在此诗末引郑善夫之评："朴得妙。"在真实直露的描写中寄寓纵横古今的悲慨，貌朴而能意旨深远，含蓄蕴藉，实是精妙绝伦。郑善夫以简短的评语对这种"朴"的手法予以充分肯定。他评《彭衙行》云："杜诗雅与朴俱妙，叙实事不嫌于朴，此类是也。"（《杜诗通》卷三）更明确地表明了主张以朴直叙写实事的态度。郑善夫甚至称赞《奉先刘少府新画山水障歌》"好手不可遇"句"粗粗拙拙，乃成大家口气"，而在"野亭春还杂花远"句下他又赞道："媚婉处又诣极幽巧。"（《杜诗通》卷十八）粗拙中现气象，精巧处避靡俗，可见，不论是何种手法，只要运用得好，郑善夫都是接受的。

虽然本着辩证的态度，郑善夫对杜诗提出了许多精到的见解，但对于含蓄之美的过于看重，使他的看法不免偏狭，尤其是对《百忧集行》《病橘》一类直抒胸臆或感慨时事的诗作的否定，更有因噎废食之嫌。最突出的表现是其评《同诸公登慈恩寺塔》："后段于游览间寓感慨时事，苦刻，徒然无味。"（《杜诗通》卷三引）关于这组同题共作的登塔诗，仇兆鳌的评价可谓全面，其云："同时诸公登塔，各有题咏。薛据诗已失传；岑、储两作，风秀熨帖，不愧名家；高达夫出之简净，品格亦自清坚。少陵则格法严整，气象峥嵘，音节悲壮，而俯仰高深之景，盱衡今古之识，感慨身世之怀，莫不曲尽篇中，真足压倒群贤，雄视千古矣。三家结语，未免拘束，致鲜后劲。杜于末幅，另开眼界，独辟思议，力量百倍于人。"（《杜诗详注》卷二）杜诗之所于高出众家，正在于在这首登佛塔的诗中，将自己对于时事的感怀有机交融在景色的描绘中，如此含蕴丰富，怎能说"徒然无味"？此篇苦心结撰之意，昭然在目，虽不似《暮归》一样达到"雕苦之过，反合自然"的程度，但其境界阔大，气韵高迈，又怎能仅仅因未能达到自然无迹而冠以"苦刻"之名？《杜诗通》征引郑善夫此类苛评尚多，如：

《上水遣怀》引郑云："观篙工触类推之，求古来经济之才，如操舟之妙者，何独罕有？屈曲用比，诗何得如是耶？此皆老杜逗滞处，篇篇有之。"（卷五）

《暇日小园散病，将种秋菜，督勒耕牛兼书触目》"飞来双白鹤，暮啄泥中芹"句下引郑云："老杜最有此病。"（卷六）

《八哀诗·故著作郎贬台州司户荥阳郑公虔》末"他日访江楼，含凄述飘荡"后引郑云：此等处终不纯，杜往往有此病，死人诗中，忽着生人，无粘带，无次第，如武功及荥阳诗中，则不妨耳。（《杜诗通》卷十一）

《朝雨》"黄绮终辞汉"句下引郑云："忽入此妥否？"（卷二十）

《又雪》"愁边有江水，焉得北之朝"句下引郑云："雪中着此不伦。"（卷二十）

《九日登梓州城》"弟妹悲歌里，朝廷醉眼中"句下引郑云："此类独老杜好之，甚非佳语也。"（卷二十三）

以上诸条都指向杜诗欲发议论处，这本是诗圣超越风花雪月的小小诗情，表现出的对社会人生的深沉感怀，此类自不能简单地以是否自然而有情韵，是否具有含蓄之美判定其优劣。民胞物与、忧国忧民，于他人而言也许是需要竭力而为方能达到的境界，于杜甫而言却是自然而然的心性，虽然杜诗的一些议论稍显生硬，但是出自一腔诚笃之情，依然具有感动人心的力量。好在郑善夫尽管对杜诗之议论颇有非议，但对杜诗之"真"却充分肯定，且极为称赏，如评《过南邻朱山人水亭》“看君多道气，从此数追随”句：“真率尔雅。”（《杜诗通》卷二十四）评《曲江二首》（其二）“酒债寻常行处有，人生七十古来稀”句：“真率有情。”（《杜诗通》卷三十五引）评《春日梓州登楼二首》（其二）诗：“直率说话，自是情感，而风致亦具，诗正合如此。”（《杜诗通》卷二十三引）真诚率直而能近于雅正，饱含情感，甚而具有风致，此种自然是好诗。而“真”字于诗实是第一要义，郑善夫对此的认识可谓十分深刻，他评《述怀》“柴门虽得去，未忍即开口”句：“固善造语，亦由忠怛有本性，言不可以强为也。”（《杜诗通》卷三引）评《锦树行》则云：“信是杂乱，但次第无端由处，见一种感叹！”（《杜诗通》卷十三引）不论是精心构思，还是信笔而行，诗之动人首在于“真”。唯有真性情能牢笼一切，即使善于造语也不能伪装本性，即使意绪纷乱也难以掩盖真情。郑善夫的此类评语还是充满真知灼见。

二、杜诗的渊源及影响

杜诗向被目为集大成，而郑善夫尤其注重其对《诗经》、汉魏古诗优秀传统的继承，《批点杜诗》对杜甫古体诗的评价就以《诗经》、汉魏古诗为标准。从评点数量上看，《杜诗通》五言古诗十二卷，七言古诗六卷，共计十八卷，其中征引《批点杜诗》涉及诗歌 90 首，相关评点 105 条，而明确提出标榜《诗三百》有 3 处，标榜汉魏乐府古诗有 9 处。评点亦多用“似魏人”“学魏人”“有乐府之致”“学乐府”等语来说明杜甫对汉魏古诗的继承，如《前出塞九首》（其五）“军中异苦乐，主将宁尽闻”句下引郑云：“似魏人。”（《杜诗通》卷一）《后出塞五首》（其一），“少年别有赠，含笑看吴钩”句下引郑云：“纯用魏人体格口气。”（《杜诗通》卷一）《石龛》“熊罴咆我东，虎豹号我西”句下引郑云：“此类起语虽学乐府，都无甚意致在。”（《杜诗通》卷四）有的评点中则直接指出师承的具体方面，如《遣兴三首》（其二）篇末引郑云：“二诗皆有魏人风格，以其不造一种苦怪语也。”（《杜诗通》卷二）赞扬了杜诗对汉魏古诗气势雄浑而又语出自然优秀传统的继承。再如对《石龛》的评点，则指出杜诗在起结句上学习汉魏古诗。郑善夫对杜甫得乐府精神的诗作，往往给予毫不吝啬的赞美，如评《石壕吏》云：“目前实事写的就是乐府。”（《杜诗通》卷一引）评《秋雨叹三首》云：“三首有乐府之意，悲咽感慨，语短意长，真堪屡讽也。”（《杜诗通》卷十四）此外郑善夫还认为一些诗作可与《诗三百》相媲美，如《自京赴奉先县咏怀五百字》“所愧为人父，无食致夭折”句下引郑云：“置之三百篇中亦不愧。”（《杜诗通》卷三）评价非常高。

郑善夫在《批点杜诗》中重点阐述杜甫古诗与《诗经》，特别是汉魏古诗的渊源，一方面说明了杜诗集大成吸取众家之长的表现，另一方与其“古体宗汉魏”诗学取向有莫大关联。郑善夫通过《读李质庵稿》叙述古诗发展源流，突出《诗经》、汉魏古诗的正宗地位，而《批点杜诗》中又进一步用汉魏古诗的标准来评价杜诗，更进一步突出了他“古体宗尚汉魏”的诗学主张。这正反映了郑善夫在诗歌创作实践中以汉魏古诗为宗尚的诗学取向，“邺城魏七子，文藻亦吾师”（郑善夫《送人游邺下》）。

杜诗集大成不仅表现在对前人诗学精华的兼收并蓄上，更表现在对诗歌的创新和发展上，杜甫近体诗的创作充分体现了后一点。郑善夫在评点中就多次流露出对其近体诗作的赞美，如《遣兴》“地卑荒野大，天远暮江迟”句下引郑云：“唐人无此律，惟杜有之。”（《杜诗通》

卷二十一)《客亭》"日出寒山外，江流宿雾中"句下引郑云："咏景之语，超出唐人之外。"(《杜诗通》卷二十二)《三绝句》(楸树馨香倚钓矶)篇末引郑云："如此绝句，格调既高，风致又妙，真可空唐人矣。"(《杜诗通》卷四十)上述评点都表达了杜诗在律诗以及绝句创作上超出众多盛唐诗人之上的成就，突出了其崇高的诗坛地位。

杜甫因自身的人格魅力以及卓越的诗歌创作成就，被宋人推尊，成为诗坛垂范后世的典范，影响深远。明代前七子掀起诗歌复古运动，杜诗再次成为人们学古师古的典范，然而随着复古运动的发展，诗歌抄袭流弊逐渐出现，郑善夫在《〈叶古厓集〉序》中针对学杜提出自己的见解："世之学者，劬情毕生，往往只得其一肢半体，杜亦难哉！山谷最近而较少恩(按：疑为"思")，后山散文过山谷远而气力弗逮，简斋蠲而少春融，宋诗人学杜无过三子者乃尔，其他可论耶？吾闽诗病在萎腇多陈言，陈言犯声，萎腇犯气，其去杜也，犹臣地里至京师，声息最远，故学之比中国为最难焉。"郑善夫认为黄庭坚、陈师道、陈与义三人学杜终其一生用尽气力也仅仅学得杜诗部分，未得风神全貌，而宋代其他人学杜就更不值得一提，足见学杜之难。同时他又指出闽地诗人学杜存在的弊端，闽地诗歌创作有"萎腇多陈言"的诗病，因而去杜风格精髓较远，学杜更加艰难。郑善夫在《批点杜诗》中更加具体地论述了学杜难的原因。

首先一些诗歌唯有杜甫才能创作。如郑善夫谓《义鹘行》"此亦杜公之能，人亦不必能也"(《杜诗通》卷十二引)。此诗是杜甫自拟新题乐府，用传记的形式谋篇布局，所叙故事完整，刻画形象生动饱满，是杜甫浑厚艺术功力的展现，仇兆鳌引王嗣奭之评曰："此明是太史公一篇义侠传，笔力相敌，而叙鸟尤难。斗上一段，摹神写照，千载犹生。"(《杜诗详注》卷六)杨伦亦言："记异之作，愤世之篇，便是聂政、荆轲诸传一样笔墨，故足与太史公争雄千古。得之韵言，尤为空前绝后。"(《杜诗镜铨》卷四》)此等奇异笔法，自是常人难以驾驭。再如《春日江村五首》："乾坤万里眼，时序百年心"句下引郑云："此等语，今不可复作矣。"(其四)"郊扉存晚计，幕府愧群材"句下引郑云："此等语，便不可及，不必在苦作翻硬也[语?]。"(其五)"异时怀二子，春日复含情"句下引郑云："此诗体惟杜老有之，他人学之，不成说话矣。"(《杜诗通》卷二十一)上述评点，都说明了杜诗一些诗歌创作带有鲜明的个性特征，杜甫以超凡的才力写就一些诗作，全篇浑融一体，叙事、抒情、议论结合天衣无缝。诗歌创作极富于变化，不拘常格，唯杜甫才能熟练驾驭，而后人才力不足，学识有限，学杜难有所成。

其次学杜者不辨杜诗之优劣，而学杜之所短。这首先是针对杜诗"变体"之作而言。郑善夫诗学主张中非常注重古律"辨体"，古体诗创作以汉魏为宗，主张"伸正诎变"，以体调之"正"为第一义，讲求诗体的纯正，诗法的严谨，因此对杜诗中独树一帜的创新之作持批评态度，称之为"变体"，如其评《郑驸马宅宴洞中》云："变体至此，都不是诗，用意可谓过矣。"(《杜诗通》卷三十五引)此诗是杜诗七律拗体诗代表作，全篇四联皆拗，此外还引古体诗中隔句用韵之法入律，仇兆鳌言："《毛诗》如《兔罝》《鱼丽》等篇，皆隔句用韵。韩昌黎作《张彻墓铭》，上下韵脚仄平迭用，亦效此体。如此诗三五七句末，叠用薄、麓、谷三字，古韵屋陌相通，岂亦效隔句韵耶？但律诗从无此格。"(《杜诗详注》卷一)郑善夫同时指出杜诗中的"变体"之作，对宋诗产生重大影响。如《杜诗通》卷十五《石犀行》篇末引郑云："何大复谓诗法亡于杜，虽不可谓亡，然如《石笋》《石犀》等篇，体亦已大变矣，宜其起宋人一种村恶诗派也。"再如卷三十三《秋日夔府咏怀奉寄郑监李宾客一百韵》篇末引郑云："长篇沉着顿挫，指事陈情，有根节，有骨格，此老杜独擅之能，唐人皆出其下，然诗亦不以此为贵，但可以为难而已。宋人往往学之，遂以诗当文，滥觞不已，诗道大坏，由老杜启之也，漫发凡于此云。”在这里郑善夫批评了杜甫长篇顿挫铺排，开启宋代以文为诗的诗歌创作风气，借杜诗“变体”表达对宋诗的不满。从诗歌发展史的角度来看，宋诗为唐诗之“变”，宋人论诗推崇唐诗之“变体”，如员兴宗言：“韩退之《陆浑山火》诗，变体奇涩之尤者，千古之绝唱也。”（《九华集》卷二《永嘉水并引》）郑善夫对这种宋人所称赏的唐诗“变体”之作持否定批评态度，如其评杜甫《火》诗云：“韩文公《陆浑》诗已自不成诗，然犹以学问胜，此何为者？”（《杜诗通》卷三引）郑善夫对杜诗“变体”的批评指摘较为保守苛刻，对诗歌发展创新的认识比较偏颇狭隘。但对时人不辨妍媸（蚩），学习杜诗不足之处的一些评点则能切中肯綮。如《杜诗通》卷六《除草》篇末引郑云：“比《送菜》《伐木》稍成文理，然亦不必作，作亦不必传，今人一概诵之，可笑也。”表达了对时人不辨杜诗优劣，全部接纳的批评。郑善夫在《批点杜诗》中有大量对杜诗的批评，指出其用语险怪无味，用字重复等弊端，如此不厌其烦地指摘杜诗的一个目的，就是为警醒学杜者要学杜之所长，为诗学创作提供一种正确的引导。如《杜诗通》卷十二《病橘》“百马死山谷，到今耆旧悲”句下引郑云：“苦恼勉强，只欲摆脱一时工声韵之习气，然已非诗法矣，亦作俑之弊也，此类甚多，聊著于此。”

学杜之难，历来文人都深有体悟，如苏轼在诗中言“天下几人学杜甫，谁得其皮与其骨”（《次韵孔毅父集古人句见赠五首（其三）》），指出学杜者多，能有所得者少。胡应麟亦言：“然其（杜甫）材力异常，学问渊博，述情陈事，错综变化，转自不穷。中唐无杜材力学问，欲以一二致语撑拄其间，庸讵可乎！”（《诗薮·内编》卷四）虽然是针对中唐诗人学杜难而言，但放之整个学杜历史同样适用。后世学杜诗者没有杜甫才胆学识，渊博的知识，丰富的人生经历，只从外在形式上模拟杜诗，不学其精神内蕴，最终画虎不成反类犬，沦为抄袭末流。方东树言：“然欲学杜、韩而不得其气脉作用，则又徒为陈腐学究皮毛，及儿童强作解事，令人呕哕而已。”（《昭昧詹言》卷八）郑善夫是众多学杜诗人中颇有成就者，明王世贞和清代王士禛都称其“得杜骨”，可以说正是因其善于学杜，才能在《批点杜诗》中提出一系列对杜诗新警之见。

结论

综观《杜诗通》所引290条郑善夫对杜诗的批点，其中不乏苛刻之评，如评《遣兴二首》“二首艰晦无神气”（《杜诗通》卷二引），评《牵牛织女》“拗郁多事反不成篇”（《杜诗通》卷三引），评《可叹》“杂乱钝拙，都不可读”（《杜诗通》卷十三引）等等。但更有对杜诗的极力赞美，如评《铁堂峡》：“悲苦感慨，尽行旅之况。”（《杜诗通》卷四）评《将适吴楚，留别章使君留后兼幕府诸公，得柳字韵》“相逢半新故，取别随薄厚”句：“世情行迹，时久事变之感，峥嵘飞动，无不极其工。”（《杜诗通》卷十引）评《赠高式颜》“昔别是何处，相逢皆老夫”句：“无限情话，在十字中。”（《杜诗通》卷二十五引）郑善夫对杜诗的苛评源于其对诗歌含蓄之美的追求，这样的诗歌理念当然不能说是错误的，只是过犹不及，在评点杜诗时，郑善夫有时过于偏狭。但是，即便不是源于对特定诗歌理念的过分追求，郑善夫依然本着实事求是的态度，对杜诗提出了具体的意见。如《送王十五判官扶侍还黔中得开字》“大家东征逐子回”句，郑善夫便提出疑问："'逐'字妥否？"（《杜诗通》卷三十八引）此句用班昭之典，《后汉书·列女传》载，班昭博学高才，"帝数召入宫，令皇后诸贵人师事焉，号曰大家。"班昭子穀为陈留长垣县长，昭随至官，并作《东征赋》，云："惟永初之有七兮，余随子乎东征。"故此句用"随子回"或"从子回"皆可，而"逐"字多用追逐、驱逐之意，自不如随从之意妥帖。另如杜诗之用典历来受人称道，但并非每一典故都用得恰如其分，其不当处却罕有人提及，郑善夫则明白指出两处，一是《八哀诗·赠左仆射郑国公严公武》"颜回竟短折"句，郑善夫谓："虽欲明其短折，然人事大不相类。"（《杜诗通》卷十一引）认为用颜回早逝典故来说明严武英年早逝，但人物生平经历没有必然的联系，用得不妥当。一是《别房太尉墓》"对棋陪谢傅，把剑觅徐君"句，郑善夫谓："如此用事入联，依稀可通，终不合。"（《杜诗通》卷二十八）谢傅，指谢安，字安石，死赠太傅。谢安侄谢玄等淝水之战大败苻坚，"有驿书至，安方对客围棋，看书既竟，便摄放床上，了无喜色，棋如故。客问之，徐答云：'小儿辈遂已破贼。'"（《晋书·谢安传》）谢安弈棋而接侄子谢玄淝水之战的捷报，却镇定自若，不于客人面前露出半点狂喜之意，这种风度为后人称道不已。杜甫此句之意却只是说他与和谢安一样同为宰相的房琯曾经一起下棋，相与欢洽。而此典的核心思想，对谢安风度的赞颂则被弃置一旁，可谓遗神取貌。下句徐君典故出自《史记·吴太伯世家》载春秋时吴国季札出使，"北过徐君，徐君好季札剑，口弗敢言。季札心知之，为使上国，未献。还至徐，徐君已死，于是乃解其宝剑，系之徐君冢树而去。从者曰：'徐君已死，尚谁予乎？'季子曰：'不然。始吾心已许之，岂以死倍（背）吾心哉！'"季札系剑徐君墓旁，只为"心已许之"，对一个未出口的诺言，他仍依照一诺千金的行为准则，不以生死之变而违背。然季札之心，徐君生前并不知晓，二人也谈不上有什么交情，这句杜诗的本意当是表明作者自己在房琯死后仍会珍视彼此间的情谊，显然这里选用季札的典故并不合适。叶梦得《石林诗话》云："诗之用事，不可牵强，必至于不得不用而后用之，则事辞为一，莫见其安排斗凑之迹。"显然，杜诗的这两处用典远达不到"事辞为一"的程度，和杜诗中大量如着盐水中，无迹可寻的典故相比不可同日而语。

据笔者统计，《杜诗通》所引290条《批点杜诗》中，赞赏与贬责的批评几乎各占一半，在历代对杜诗的批评中，像郑善夫这样对杜诗如此指摘的的确少而又少，故仇兆鳌称其"严驳杜诗，几令身无完肤，真少陵蟊贼也"，但以学杜著称的郑善夫在真诚赞赏杜诗的同时，以不为尊者讳的态度来指出杜诗的不足，就这种态度本身来说，他绝对不是少陵蟊贼，而正是焦竑所谓的"子美之知己"！

半世生涯东坡酒，百年心事杜陵诗
——论张志烈先生的治杜、治苏及其他

杨理论

（西南大学文学院　重庆国学院，重庆北碚，400715）

1981年，张志烈先生于《草堂》（即今《杜甫研究学刊》）第2期发表了一篇题为《简牍仪刑在——谈苏轼的评杜和学杜》的文章，这是学界第一篇系统阐述东坡论杜学杜的专题论文。是文即为张先生治杜治苏学术旨趣的发端。从此，先生数十年如一日，于杜甫研究和苏轼研究两大领域深耕细作，成就斐然。据笔者统计，迄今为止，先生发表的治杜论文共计29篇，治苏论文共计32篇。文章数量还是次要方面，更重要的是，这些文章考证精、解读细、视角新、视域广，赢得了学界同行的一致认可。1996年，先生担任四川杜甫学会会长和《杜甫研究学刊》主编；2005年，先生又被推举为中国苏轼研究学会会长。身兼两会会长，是学界对先生治杜治苏学术实绩的肯定。因此，推先生为享誉海内外的治杜治苏名家，绝非过誉。

一、杜甫研究

先生杜甫研究的文章涉及杜甫生平、思想和杜诗内容、艺术等各个方面，真知灼见，闪烁其间。愚意以为，先生杜甫和杜诗研究的亮点有三。

1.思想研究：关怀当下

先生的杜甫思想研究，最能体现与时俱进，注重当下的特色。高屋建瓴，先生对杜甫精神作了精妙的时代诠释："杜甫精神的中心就是以忧患意识、民本思想为基础而融汇中国优秀传统文化中各种美德的仁民爱物、民胞物与精神。"基于此，先生从杜甫的作品中概括出三个思想特点：重民爱民思想、修己精神和纳谏主张，并将三特点回溯到传统文化中。在重民爱民思想方面，从杜诗文本追溯到了《尚书》《孟子》等儒家经典所重视的民本思想；在修己精神方面，从杜诗文本追溯到《论语》《礼记》等儒家经典的修己安人；在纳谏主张方面，从杜诗文本追溯到了《论语》《左传》等儒家经典的和同观念。溯洄从之，杜甫诗文中常常提到的"奉儒守官""稷契之志""穷年忧黎元"等思想内容，确实深深植根于传统文化之中。顺流而下，先生又阐释了杜甫精神于今天中国社会的现实意义："代表最广大人民群众的利益是我们今天高扬的时代精神。在这些方面，传统文化中重民爱民的思想是我们应该加以大力弘扬和

继承、借鉴的。”“每个人都应通过实践、学习，提高认识，端正和改造自己的主观世界，进而改造客观世界，促进整个社会人生的安定和谐。”“从‘纳谏’的观点来思考，启迪我们体会到一言堂、一种声音是不可能有和谐的，只有不同意见充分发表，不同观点碰撞交融，才能够较完全地认识事理、统筹兼顾各种关系、化解各种矛盾，达到建构和谐社会的目的。”①

本世纪初，先生撰文——《杜甫在二十一世纪——从王安石、黄庭坚题杜甫画像诗说起》②——阐释了杜甫和杜诗对于二十一世纪的意义所在。站在新旧世纪的交替路口，先生回眸了二十世纪杜甫精神所产生的文化影响；又从哲学思辨的角度，展望二十一世纪杜甫的文化价值所在。在辨析杜甫未来文化价值之时，先生由宏观进入微观，慧眼独具地选取了王安石的《杜甫画像》和黄庭坚的《老杜浣花溪图引》两首诗歌，然后又由微观而宏观，归结了杜诗价值伦理观念追求最突出的六个方面，以此考察这些价值观念与二十一世纪人民生活的“认同”关系，时代气息扑面而来。六个方面的论述，旁征博引，纵横捭阖。整体而言，文章构思奇崛，所选角度让人耳目一新。

整体而言，先生的杜甫思想研究的最大特点，是能把握时代脉搏，关怀当下，有着极强的现实意义。正如张忠纲先生所云：“学术乃社会之公器，它本不应该是象牙塔里的珍藏，而应该是与现实社会和人生密切相关的。学术之活生生的生命乃植根于现实之中。那种搞玄而又玄、言不及义的‘纯学术’，甚至视学术为少数人的专利，把学术弄得莫测高深，写的论文有意让人看不懂，实际上是扼杀了学术的生命力。志烈兄与此相反，他的杜甫研究是贴近现实的，特别注意发掘、研究、宣传、推广杜甫和杜诗在社会主义两个文明建设中的现实价值和作用。他主编的《杜甫研究学刊》《杜诗全集今注本》和《杜甫草堂历史文化丛书》等，都贯穿了这一深刻而卓越的思想。一句话，注重阐发杜甫和杜诗的当代意义，是志烈兄杜甫研究的最显著特色之一。”③

2.杜诗研究：视角新颖

先生的杜诗研究，咏物诗是一大亮点。先生曾连续发表三篇论文专论杜甫的咏物诗：《审美情趣历史进化一例——杜甫咏物诗与汉魏六朝咏物赋之比较》④《谈杜甫咏物诗与南宋人咏物词》⑤《杜诗咏物范式补议——兼谈〈古柏行〉的意旨》⑥。这一组文章，清晰地展示了先生以杜甫咏物诗为中心而“上下求索”的研究视野。

第一篇文章中，先生从题材重合层面的大小和构思导向的远近关系，将杜甫咏物诗与汉魏六朝咏物赋之间的关系概括为三种：第一种是构成一首诗的基本意象出自同一篇赋；第二种是诗赋间意象不完全对应，但诗中关键构思和框架来自赋文；第三种诗中主要意象，摄取

---

①以上均见张志烈：《杜甫精神与传统和谐理念》，《杜甫研究学刊》，2008年第1期。

②张志烈：《杜甫在二十一世纪——从王安石、黄庭坚题杜甫画像诗说起》，《杜甫研究学刊》，2000年第4期。

③张忠纲：《志存少陵壮怀烈——兼论张志烈教授的杜甫研究》//李寅生主编：《行止同探集——张志烈教授古稀纪念》，成都：四川辞书出版社，2007年，第172页。

④张志烈：《审美情趣历史进化一例——杜甫咏物诗与汉魏六朝咏物赋之比较》，《杜甫研究学刊》，1989年第3期。

⑤张志烈：《谈杜甫咏物诗与南宋人咏物词》，《杜甫研究学刊》，1991年第1期。

⑥张志烈：《杜诗咏物范式补议——兼谈〈古柏行〉的意旨》，《杜甫研究学刊》，1992年第2期。

自相关题材的若干篇赋，融萃为新的意境。三种类型，先生都作了非常细致的文本对比分析。在此基础上，先生指出，杜甫的咏物诗相对于魏晋南北朝的咏物赋有了三个方面的突破与超越：第一，洗削纤密的形容，构建精深的意境；第二，深入开拓，寄寓广博的社会内容；第三，精炼、浓缩、净化。更进一步，先生从主客观两个方面，从时代审美观念的扩展、近体诗成为热线体裁和杜甫个人审美追求三个方面，阐释杜甫咏物诗取得卓越成就的原因所在。

第二篇文章，先生对杜甫的咏物诗对南宋的咏物词产生的影响进行比较研究，切入选取了三个视角：咏物诗的宗旨——寄托、根本的表现原则——客观物象的情意化和主观精神的物态化、特殊的表现手段——用事。此三视角抓住了咏物诗的本质特征，并以此对南宋咏物词展开了深入的影响研究。这篇文章中，先生还从寄托的角度对杜甫近60首咏物诗进行创作范式的探索：其一明显有寓托而寓托指向明显；其二是明显有寓托，而寓托指向未直接表露，需要读者反复体味思考才能领会；其三是看得出应有寓托，然而寓托指向极不明显，很难确指。每一类别，先生都有详细的阐释发明。

第三篇文章中，先生对上言杜诗咏物类型进行了补充说明，明确提出杜诗咏物范式。其云："就考察杜甫咏物范式的角度说，这第一类应是'正格'，而第二、第三类是其'变格'。"在对《古柏行》进行细密的文本解读之后，先生又说："在杜甫咏物诗的三种类型中，以《古柏行》为代表的一类是正格，是杜诗咏物范式的典型体现。"杜甫咏物诗的范式提出和范式分析，先生当推为第一人。

这组文章，选点准，用力深，纵横上下，对杜甫咏物诗进行了深入系统的研究。第一篇文章发表于1989年，后两文发表于1991年和1992年。此前，杜甫咏物诗研究成果寥寥，仅有程千帆、张宏生二先生合作发表的《英雄主义与人道主义——读杜甫咏物诗札记》[①]。继程、张二先生之后，先生连续发文关注杜甫咏物诗，厘清了杜甫咏物诗的诸多理论问题，使得学界高度关注杜甫咏物诗研究并形成了一个研究热潮。据笔者粗略统计，1994年有张浩逊先生《杜甫咏物诗的情感世界》[②]、胡可先先生《杜甫咏荔枝诗探幽——兼论古代咏物诗的政治内涵》[③]，等等；1997年有聂大受先生《杜甫秦州咏物诗的个性化特色》[④]《试论杜甫"秦州咏物诗"的艺术创新》[⑤]、马建东先生《抵抗不住的生存压迫——杜甫陇右诗中的咏物诗思想风格》[⑥]，等等。持续到现在，每年均有1～2篇杜甫咏物诗的专题论文见诸学术刊物。筚路蓝缕，先生开创之功不可泯没。

3.杜苏并治：视野宏阔

先生有两篇文章《简牍仪刑在——谈苏轼的评杜和学杜》[⑦]《文化巨人精神特质的契

---

①程千帆，张宏生：《英雄主义与人道主义——读杜甫咏物诗札记》，《文学遗产》，1988年第5期。

②张浩逊：《杜甫咏物诗的情感世界》，《吴中学刊》，1994年第2期。

③胡可先：《杜甫咏荔枝诗探幽——兼论古代咏物诗的政治内涵》，《杜甫研究学刊》，1994年第4期。

④聂大受：《杜甫秦州咏物诗的个性化特色》，《西北师大学报》，1997年第3期。

⑤聂大受：《试论杜甫"秦州咏物诗"的艺术创新》，《社科纵横》，1997年第3期。

⑥马建东：《抵抗不住的生存压迫——杜甫陇右诗中的咏物诗思想风格》，《天水师专学报》，1997年第2期。

⑦张志烈：《简牍仪刑在——谈苏轼的评杜和学杜》，《草堂》，1981年第2期。

合——简谈杜甫与苏东坡》[①]探讨苏东坡与子美的关系。

上文已谈及,《简牍仪刑在——谈苏轼的评杜和学杜》为学界第一篇系统探讨杜苏传承关系的学术论文。此文中,先生首先细密梳理了苏集中有关杜甫的评论,然后对苏轼所提"天下几人学杜甫,谁得其皮与其骨"和"一饭未尝忘君"两个影响深远的重要杜诗学命题展开辨析。学皮即是学表相,学骨才是得神髓。联系东坡自己的言论,而杜甫之神髓,在于"似司马迁"。这不仅仅是《史记》和杜诗在风格特色上的"苍莽雄实之气"的相通,更在于二人写实精神的气韵相通。而苏轼评杜甫"一饭未尝忘君",应当放到当时的文本和语境去解读,而不能断章取义。苏轼"讲杜'一饭不忘君',除了上述受时代的制约之外,更多地还是从'致君尧舜'、实现稷契伊周之志着眼,仍然包藏着对国家,对现实、对人民的关心"。最后,先生又由外而内,从苏轼的诗歌创作入手,以《荆州十首》《倦夜》《荔枝叹》为重点,评析东坡诗思想和艺术两个方面对杜诗的传承与创新。自先生此文发表之后,杜苏关系研究论文渐多。举起要者,如棘园《东坡论杜述评》[②]、周本淳《杜甫与苏轼论书诗之比较》[③]、张浩逊《苏轼与杜甫》[④]、刘朝谦《杜甫、苏轼绘画美学的分歧——"骨"与"肉"的价值评定》[⑤]、杨胜宽《苏轼论杜甫韩愈平议》[⑥],等等。杜苏关系受到了杜诗学界前所未有的重视,得到了广泛深入的探讨,从而彻底改变先生所忧心的"论杜之影响后贤而不及于苏,谈苏之继承前修而不及于杜"的现象。

2011 年,先生再度撰文《文化巨人精神特质的契合——简谈杜甫与苏东坡》,从宏观上阐述唐宋两代文化巨人的精神特质。他认为,"东坡与少陵这两位文化巨人的精神特质中有很重要的两点是相通的、契合的"。文章从价值观和超强的审美感悟能力两个方面,阐述了二人精神特质的契合。价值观方面,先生将苏轼爱国爱民、奋励当世的崇高理想;求实求真、探索创新的认识追求;信道直前、独立不惧的处世原则;坚守节操、潇洒自适的生活态度四个方面与杜甫的仁民爱物、民胞物与精神作了对比。从而得出二人"在重民爱民的民本思想、担当天下国家的社会良知、求实求真的浩然正气、不屈不挠的奋斗精神诸方面几乎完全一致"。审美感悟能力方面,先生认为:"少陵和东坡具有超强的审美感悟能力,也就是指其超强的节律感应能力。"之后引证大量例证,分别论证了杜甫与苏轼超强的审美感悟力。宏观性的论证,最后落脚于详密的个案分析,这是先生此类论文的一大特点。

除了以上二文之外,先生还经常以同一视角分别审视杜甫和苏轼。如以音乐为切入角度,有《杜甫诗文中的音乐世界》和《苏轼作品中的音乐世界》[⑦];以酒文化为视角,有《浊醪有

---

①张志烈:《文化巨人精神特质的契合——简谈杜甫与苏东坡》,《杜甫研究学刊》,2011 年第 1 期。

②棘园:《东坡论杜述评》,《贵州社会科学》,1984 年第 6 期。

③周本淳:《杜甫与苏轼论书诗之比较》,《淮阴师专学报》,1988 年第 2 期。

④张浩逊:《苏轼与杜甫》,《吴中学刊》,1997 年第 2 期。

⑤刘朝谦:《杜甫、苏轼绘画美学的分歧——"骨"与"肉"的价值评定》,《杜甫研究学刊》,2001 年第 3 期。

⑥张志烈:《文化巨人精神特质的契合——简谈杜甫与苏东坡》,《杜甫研究学刊》,2008 年第 2 期。

⑦前文见张志烈:《杜甫诗文中的音乐世界》,《杜甫研究学刊》,1998 年第 4 期;后文见张志烈:《苏轼作品中的音乐世界》,《乐山师范学院学报》,2000 年第 4 期。

妙理——论杜甫与中国酒文化》和《东坡词与中国酒文化》[①]。此类文章，亦可视为杜苏并治的学术成果。兹不赘述。

二、苏轼研究

2011年，20册《苏轼全集校注》由河北人民出版社出版。这是先生与马德富先生、周裕锴先生等四川大学几代学者凝聚近三十年心血的丰硕成果。此书一出，《中华读书报》《中国新闻出版报》等竞相报道，宋代文学研究泰斗王水照先生亦于《文学遗产》撰文推荐，誉之为"这一领域的集成性著作"[②]。先生治苏，由来已久。先生的苏轼研究，涉及面广，苏轼生平、思想及苏轼诗词文均有涉及，而尤其在两个方面用力甚深：

1.书简研究：考辨精详

先生的苏轼书简研究，有《东坡书简人物辨》[③]《东坡书简人物辨（之二）》[④]《东坡文〈贺时宰启〉受主考》[⑤]《东坡贺启受主考二则》[⑥]《东坡书简散文的艺术美》[⑦]《从海南书简看东坡居儋心态》[⑧]6篇文章。

前四篇都是考辨类文章，清晰展现了先生治学"长于考辨"之特色。先生认为："东坡书简是东坡散文的重要组成部分。从传播学角度看，一个人的书简就是他平生经历的一张联系图。"[⑨]但由于文献流传的错讹，东坡书简中涉及的一些人和事，已模糊不清。厘清此类模糊错讹，对完善东坡生平经历以及深入理解东坡书简散文，具有重要意义。基于此，先生发挥自己治学之长，发表多篇文章，考辨东坡受主不清的书简，对东坡书简中模糊不清的人事加以详细辨正。

其中，《东坡书简人物辨》《东坡书简人物辨（之二）》为姊妹篇，前文考辨东坡《与陈大夫八首》中的陈大夫即陈君式；《与李通叔四首》中，书一、书二、书三都是写给李康年的，只有书四是写给李通叔的，二李非一人；《与康公操都管三首》中的康公操应是王公操，"都管"为"都官"之误。后文考辨《与张君子五首》中的张君子应是张君予；《与江惇子秀才》中的江惇子为江端礼；《与孙志同三首》中的受主当是孙志举。

《东坡文〈贺时宰启〉受主考》《东坡贺启受主考二则》二文，亦是书简的受主考辨。前文考辨东坡《贺时宰启》中的"时宰"不是孔凡礼先生《苏轼年谱》所云的蔡権与韩缜，而应该为元丰八年（1085）七月六日拜官尚书右丞的吕公著，作年亦非孔云在元丰八年五月，而应该是

---

①前文见张志烈：《浊醪有妙理——论杜甫与中国酒文化》，《杜甫研究学刊》，1995年第1期；后文见张志烈：《东坡词与中国酒文化》，《西南大学学报》，2008年第5期。

②王水照：《王水照推荐：〈苏轼全集校注〉》，《文学遗产》，2011年第4期。

③张志烈：《东坡书简人物辨》，《社会科学研究》，1998年第6期。

④张志烈：《东坡书简人物辨（之二）》，《黄冈师专学报》，1999年第2期。

⑤张志烈：《东坡文〈贺时宰启〉受主考》，《新国学》（第一卷），成都：巴蜀书社，1999年。

⑥张志烈：《东坡贺启受主考二则》，《乐山师范学院学报》，2004年第11期。

⑦张志烈：《东坡书简散文的艺术美》，《四川省经济管理干部学院学报》，1994年第2期、第3期。

⑧张志烈：《从海南书简看东坡居儋心态》，《天府新论》，1989年第2期。

⑨张志烈：《东坡书简人物辨》，《社会科学研究》，1998年第6期。

元丰八年的七月。后文考辨《贺韩丞相再入启》《贺吕副枢启》之受主。《贺韩丞相再入启》的韩丞相是谁？前人及时贤有认为是韩琦者，有认为是韩绛者，还有人认为是韩缜。先生通过细密的考证，提出："本篇贺启中'轼登门最旧，荷顾亦深'之用语，包含着苏轼与韩绛间门生座主关系的信息，在这里只能是对韩绛而言，与韩琦、韩缜则没有这层关系。"《贺吕副枢启》中，"吕副枢"为谁，学界亦有争议，有学者认为指吕公弼，有学者认为指吕公著。而先生考证后认为："《贺吕副枢启》的受主，可以肯定只能是吕公著，而时间也必当在元丰元年(1078)九月。"

先生此类考辨文章，之所以最后都能非常自信地得出断语结论，与先生严谨求实、扎实考辨、逻辑严密的学风紧密相关。以上诸篇书简受主考辨之文，先生非常重视内证，从书简文本的细密解读中发现蛛丝马迹，并与苏轼其他作品以及当世相关文献资料相互参证，故结论坚挺，令人信服。

《东坡书简散文的艺术美》《从海南书简看东坡居儋心态》二文，则是东坡书简的专题研究，其间体现了先生文本解读的细腻敏锐。前文起笔先探讨了东坡书简的艺术渊源。东坡文章妙天下，与东坡善于继承优秀的文学传统紧密相关，但更重要的是，东坡在融会化成的基础上的因势导变、开拓创新。所以，先生精准地拈出东坡书简"真""精""妙""达"的四个特征，深入探讨了东坡书简散文的创新之处。后文则聚焦于东坡谪居海南时期的书简，分析东坡居儋心态的四个方面：自我强固身心的"保健意识"和"自遣意识"，避免处境进一步恶化的"防备意识"和寄希望于青年后进的"传代意识"。确实，谪居海南，苏轼已是风烛残年。乌台诗案、黄州之贬、惠州之贬，朝廷党争风云变幻，苏轼小心翼翼，如履薄冰。而书简"较之其他文字，相对来说，具有传导目的的明确性、对象确定的保密性，内容集中的单纯性等特点。所以，较易于称心而言，自由宣达。从而能使人于短章片语中洞见肺腑。"饱经沧桑之后的这位老人，与至交好友的书简往来，是探究苏轼隐秘精神世界的一扇窗户。先生选择书简切入东坡晚年心态研究，眼光犀利。

2.苏词研究：解读细腻

苏词亦是先生倾注心力颇多的研究领域。先生有 7 篇苏词研究的文章：《苏词三首系年考辨》[①]《苏词二首系年略考》[②]《东坡词与中国酒文化》《谈苏轼常州所作词》[③]《苏轼元祐杭州词的情感意向》[④]《论东坡惠州词》[⑤]《苏轼词〈南乡子〉解读辨析》[⑥]《〈苏轼诗词写意〉序》[⑦]。

前两文亦是先生擅长的考辨研究。两篇文章对苏轼《水龙吟·赠赵晦之吹笛侍儿》、《水龙吟》(小沟东接长江)、《临江仙》(诗句端来磨我钝)、《渔家傲》(临水纵横回晚鞚)、《蝶恋花》(花褪残红青杏小)等 5 首词作了颇为准确的系年，修订了前贤时修的失误。同样，先生考辨

---

①张志烈：《苏词三首系年考辨》，《中华文史论丛》，1983 年第 3 辑。

②张志烈：《苏词二首系年略考》，《黄冈师范学院学报》，2002 年第 1 期。

③张志烈：《东坡词与中国酒文化》《谈苏轼常州所作词》，《西华大学学报》，2011 年第 6 期。

④张志烈：《苏轼元祐杭州词的情感意向》，《四川大学学报》，1989 年第 3 期。

⑤张志烈：《论东坡惠州词》，《苏轼岭南诗及其他》，广州：广东人民出版社，1986 年。

⑥张志烈：《苏轼词〈南乡子〉解读辨析》，《乐山师范学院学报》，2003 年第 5 期。

⑦张志烈：《〈苏轼诗词写意〉序》，《乐山师院学报》，2014 年第 1 期。

严谨，重内证而旁征博引外证，不仅仅是词作系年，还广泛地考辨了词作相关的人和事。

后6篇中，除了《苏轼词〈南乡子〉解读辨析》是赏析、《〈苏轼诗词写意〉序》是序言之外，其余皆是苏词的专题研究。其中3篇以地系词，对苏轼常州、杭州、惠州三地词作展开专题研究，值得注意。苏轼曾于元丰七年（1084）常州宜兴买田，曾于宜兴小住，离开之后，有怀念宜兴之词作。这部分词作共6首，先生在《谈苏轼常州所作词》一文中详加系年和分析。在《苏轼元祐杭州词的情感意向》中，先生指出，东坡居杭心态是："在坚持独立人格的前提下，一方面是竭心殚力地工作，为老百姓做好事，使自己的理想'对象化'，在实际事业的成就中，求得自我实现的满足，维持心理平衡。另一方面，自觉实行心理自助，在湖光山色的游赏中以佛老思想自遣，疏导心中郁结。"故而，"苏轼元祐年间在杭州所作词，属于其词风发展的第三阶段，内容关涉出仕与隐退的矛盾，风格则豪雄气少，清旷情多，在整个苏轼词中并不算最昂扬的部分"。而在惠州，苏轼词作较少[①]，但亦自具特色。与当地官员游宴的3首词作，"在自然平淡的语言中，轻盈圆润的气度中，贯穿着浓情蜜意，愈读愈感隽味无穷"。写朝云的4首词作，"是凝聚着人生真理的高尚爱情的颂歌，其中蕴含了东坡的政治见解、生活追求和美学情味"。

三、其他

先生治学追求鸿博，视域自然不会局限于一隅。除了杜甫、苏轼两大领域之外，先生的研究还广泛涉及古代文学的各个方面。其中既有高屋建瓴的宏观分析，如《宋代散文简论》[②]《〈文心雕龙〉与唐代文学》[③]《秋花灼铄艳岷峨——简说前后蜀诗歌》[④]等；亦有作家作品的考辨分析，如《王勃杂考》[⑤]《杨炯孔庙碑文系年质疑》[⑥]《王安石〈桂枝香·金陵怀古〉作年考》[⑦]《杨升庵〈谢华启秀〉的学术价值》[⑧]等；还有诗词文的精彩解读，如《宋诗赏解一例——读王安石的〈示长安君〉》[⑨]《北宋人的一篇"报告文学"》[⑩]《谈赵藩撰诸葛亮殿联语》[⑪]，等等。这些文章，主要是唐宋文学方面的研究，但间或涉及唐宋之后，包容面广。本文不拟详细展开，姑举一例，再度申述前文所云先生治学擅长考辨、敢于质疑的特色，以补前文未尽之意。

《杨炯孔庙碑文系年质疑》一文，在考辨杨炯两篇关于蜀地的孔庙碑文的创作年代时，先生敢于质疑学界定论。学界认为，二文写作年代为杨炯任职梓州司法参军之后的垂拱三年

---

①《论东坡惠州词》第一部分为考辨，在龙榆生先生《东坡乐府笺》列出的4首之外，先生又考辨出3首当系年于惠州时期的词作。

②张志烈：《宋代散文简论》，《四川大学学报》，1979年第1期。

③张志烈：《文心同雕集》，成都：成都出版社，1990年。

④张志烈：《前后蜀的历史与文化》，成都：巴蜀书社，1994年。

⑤张志烈：《王勃杂考》，《四川大学学报》，1983年，第2期。

⑥张志烈：《杨炯孔庙碑文系年质疑》，《四川大学学报》，1982年，第2期。

⑦张志烈：《王安石〈桂枝香·金陵怀古〉作年考》，四川大学学报丛刊第二十一辑《唐宋文学论丛》，1983年。

⑧张志烈：《杨升庵〈谢华启秀〉的学术价值》，《西华大学学报》，2010年第3期。

⑨张志烈：《宋诗赏解一例——读王安石的〈示长安君〉》，《成都大学学报》，1986年第1期。

⑩张志烈：《北宋人的一篇"报告文学"》，《新闻界》，1985年第1期。

⑪张志烈：《谈赵藩撰诸葛亮殿联语》，《光明日报》第七版《文荟》，1999年3月4日。

(687)。先生对此大胆质疑:“我认为系在这里不太妥当。不仅与本文抵触甚多,且与理解杨炯整个创作活动造成不应有的疑窦。”然后,细密解读文本,并广泛征引外证,征引了唐宋的诸多史料,认为《大唐益州大都督府新都县学先圣庙堂碑文》作于上元二年(675),而《遂州长江县先圣孔子庙堂碑》,“亦当与《新都碑》作于同时或稍后”。其中逻辑推理严谨,征引史料允当,的为不刊之论。最后,先生还就远在京城的杨炯,何以写出关于蜀地的碑文,作了详细的分析解释,更令人心悦诚服。

先生从20世纪80年代初开始,一直持续关注研究初唐四杰,颇多新见,不时见诸学术刊物。后于1993年,在潜心十数年的基础上,出版《初唐四杰年谱》(巴蜀书社)。此书后出转精,修订前贤诸多失误,廓清四杰诸多迷雾。故甫一出版,即以考辨精详又体例允当,赢得了学界的一致认可,被赞为“融考据辞章义理于一炉”①“‘江河万古’见源头”②“建构宜、考辨精、系年详”③的年谱著作典范。同时,先生“长于史事,精于故实”的严谨务实学风,也成为学界之高标,并在后继学人中持续产生影响。

2012年,先生将三十多年来散见于各类刊物的学术成果汰择、编选,以习学丛稿、杜甫研究和苏轼研究三大版块结集,题名为《张志烈文录》(香港新天出版社)付梓,此书不仅仅是先生对自己数十年来笔耕的一次总结,更为后学树立了治学的楷模,实为嘉惠学林、垂范久远之一大幸事。

---

①王兆鹏:《融考据辞章义理于一炉——评〈初唐四杰年谱〉》,《社会科学研究》,1994年第2期。

②王文龙:《“江河万古”见源头——简评张志烈的〈初唐四杰年谱〉》,《成都师专学报》,1994年第3期。

③力之:《建构宜　考辨精　系年详——读张志烈氏〈初唐四杰年谱〉》,《齐齐哈尔大学学报》,1999年第5期。

清代诗文集涉杜资料分类研究

杨海龙
（中山大学中文系　广州　510275）

历代对于杜甫及其诗歌的研究，可谓既深且广，宋代就出现了千家注杜的盛况。就清代而言，杜诗研究更是盛况空前，就杜诗注本来说就有《钱注杜诗》《杜诗镜铨》《读杜心解》《杜诗详注》等经典著作；就诗文评类的著作来看，有大量的诗话涉及杜甫及其诗歌，如《昭昧詹言》中就将杜甫诗歌单独列为两卷。集中为杜诗作注，或者是在诗话中集中论杜，对杜甫及其诗歌的研究无疑是深入的，但是就其载体而言，却未必就是最广泛的。而文人们日常的诗文的创作，却是他们内心深处最直接的表达。而诗文里面涉及的杜甫资料，应该是他们在日常生活中对杜甫的认知与接受。这种认知与接受是潜意识的，是融化在文化基因里面的。因此，考察清人诗文集里面的杜甫及其诗歌，是我们研究清人接受杜甫的比较直观的途径。

清代诗文集中涉及大量的杜甫研究资料，对这些资料进行分类研究，对于更加全面地了解清代文人进行诗歌创作时的心态、研究清人眼中的杜甫以及杜甫对清人的影响有一定的意义。

这些资料在总体上可以分为两类：用杜和论杜。

一、用杜

所谓的用杜，是指清代文人在进行诗文创作时对于杜甫诗歌的用韵、典故的模仿和使用。这一类的材料又可以细分为用杜韵、仿杜、集杜和使用杜诗典故等。

1.用杜韵

用杜韵指的是作者在进行诗歌创作的时候采用杜甫近体诗中的某一首诗或者一组诗的韵律。如：

小住南村小园，留别程文荣，用少陵《重过何氏山林》韵[①]

张文虎

十亩南村地，幽栖好著书。精心搜卷轴，旷志托蘧庐。树古宜巢鹤，池宽始育鱼。乾坤本高厚，清福岂难居。

老屋同居隘，乔柯昔岁移。好音莺唤侣，学舞燕将儿。列架花为壁，通波水满陂。卜邻应郑重，余事及藩篱。

微茫求古意，癖嗜孰同时。定武兰亭帖，昌黎石鼓诗。残书珍妙墨，伪迹辨游丝。独有覃溪老，心香是所期。

十日黄梅雨，昏昏昼更长。提壶倦杯杓，瀹茗试旗枪。户牖多荆棘，江湖自稻粱。西窗聊坐话，暂得傲羲（义）皇。

著述期千古，成书尚少年。储藏拟清闭，结构效平泉。俗眼憎金穴，人情作圣田。感君能好客，此别意惘然。

诗题中提到的《重过何氏山林》即杜甫集中的《重过何氏五首》。在这组诗歌中，张文虎全部用了杜诗的韵脚：第一首的“书”“庐”“鱼”“居”；第二首的“移”“儿”“陂”“篱”；第三首的“时”“诗”“丝”“期”；第四首的“长”“枪”“粱”“皇”；第五首的“年”“泉”“田”“然”。张文虎还有一组诗也是采用杜甫的《重过何氏五首》的韵，兹不赘述。

又如：

南楼夜坐，同东门韫山、渔山追怀大父，用杜工部《阁夜》韵[②]

郑性

空楼十载无人扫，泪洒杯盘此一宵。秋雨淫时花气湿，先灵栖处烛光摇。当年心事悲桑海，没世光阴涸牧樵。旧友追谈新友问，音容俨若已寥寥。

这首诗采用杜甫《阁夜》一诗的韵脚：“宵”“摇”“樵”“寥”。除此之外，《南溪偶刊》中还有数首采用杜韵的诗歌，兹不赘述。

这种采用杜甫诗歌的韵律进行的诗歌创作，一方面是诗人自己心灵的具体外现，是诗人们当时心境的具体表现；另一方面他们在创作时采用杜诗韵律，说明他们对杜甫诗歌的熟悉程度达到了一个十分高的境界，换句话说，仅仅从韵律方面来讲，杜甫诗歌就对清代诗人产生了深刻的影响。

2.仿杜

所谓仿杜，指的是诗人在诗歌创作的过程中，或是因为在题材上和杜甫诗歌相似，或是因为在情感上与杜甫相近，从而对杜甫诗歌的一种模仿。和用杜韵不同，在音韵方面，仿杜不会严格地遵照杜甫的诗韵；在内容上，仿杜的内容与杜诗的内容的相关性要强于用杜韵。

---

①（清）张文虎：《舒艺室诗存》卷三，清光绪刻本。

②（清）郑性：《南溪偶刊》，清乾隆七年刻本。

如：

仿杜为六绝句[①]

卢世漼

弇州历下文章好，别出临川灯一枝。犹有人焉徐渭在，逼真史汉又工诗。

苦爱虞山钱受之，两场墨义冠当时。间观古作尤冲雅，安得执鞭一问奇。

云杜文宗李本宁，大官厨内五侯鲭。平铺直叙能条贯，传记题辞墓志铭。

干辣尖酸钟伯敬，依稀出土凤凰钗。其人既往书行世，我所躭兮在史怀。

洺水诗人白砺甫，吟成山鬼哭秋坟。一生任性真穷死，此语得之我友云。

遐想高人潘雪松，天然清水出芙蓉。几回细把遗编读，雪气松心夏亦冬。

卢世漼为明末清初的人，这一组诗歌便是模仿了杜甫的《戏为六绝句》。《戏为六绝句》包括了杜甫对前人的评价以及其论诗的宗旨。卢世漼的这组诗歌和杜甫的《戏为六绝句》相似，也是对前人的一种评价。第一首评价了王世贞（弇州）、汤显祖（临川）和徐渭三人，高度肯定了他们三人的文学创作。第二首评价了钱谦益（受之）的文章冠绝当时。第三首评价了李维桢（本宁）的文学创作就像是精致的料理一般，特别是传记、墓志铭之类的文章。第四首评价的是钟惺（伯敬）干辣尖酸的风格。第五首评价的是白南金（砺甫）。白南金因不喜八股文，遂弃学。所以诗中说"一生任性"。第六首评价的是潘士藻（雪松），他的文学创作自然天成。

清代人的仿杜不限于论诗，在其他方面也有一些作品。如宝廷的《雨甚壁颓，无钱修葺，戏仿杜子美〈茅屋为秋风所破叹〉作〈老屋为夏雨所破叹〉》[②]即是仿杜甫《茅屋为秋风所破歌》所作的一篇诗歌。又如曹尔堪的《金鱼池歌仿杜〈乐游园〉体》[③]，是仿照杜甫的《乐游园歌》所作。

清代对杜甫的诗歌进行模仿的，最出名的要算钱谦益的《后秋兴》组诗了。《后秋兴》共104首，不仅仅是在体裁上模仿了杜甫的《秋兴八首》，而且在韵律上也是和杜甫的《秋兴八首》相同，亦属于用杜韵一类。同时也属于和诗。兹举一组为例：

后秋兴八首[④]

其一

负戴相携守故林，缁经问织意萧森。疏疏竹叶晴窗雨，落落梧桐小院阴。白露园林中夜泪，青灯梵呗六时心。怜君应是齐梁女，乐府偏能赋藁砧。

其二

丹黄狼藉鬓丝斜，廿载间关历岁华。取次铁围同血道，几层银浦共仙槎。吹残别鹤三声

①（清）卢世漼：《尊水园集略》卷四，清顺治刻、十七年卢孝余增修本。

②（清）宝廷：《偶斋诗草》内集卷三，清光绪二十一年方家澍刻本。

③（清）沈德潜编：《清诗别裁集》卷三，上海：上海古籍出版社，1984年。

④（清）钱谦益著、（清）钱曾笺注、钱仲联标校：《牧斋有学集》，上海：上海古籍出版社，1996年，第517—518页。

角，迸散栖乌半夜笳。错忆穷秋是春尽，漫天离恨搅杨花。

其三

北斗垣墙暗赤晖，谁占鹑鸟一星微。破除服珥装罗汉，减损齑盐饷佽飞。娘子绣旗营垒倒，将军铁稍鼓音违。须眉男子皆臣子，秦越何人视瘠肥。

其四

闺阁心县海宇旗，每于方罫系欢悲。乍传南国车攻日，正是西窗对局时。漏点传稀更鼓急，灯花驳落子声迟。还期一着神头谱，姑妇何人慰我思。

其五

水击风抟山外山，前期语尽一杯间。五更噩梦飞金镜，千叠愁心锁玉关。人以苍蝇污白璧，天将市虎试朱颜。衣珠曳绮留都女，羞杀当年翟茀班。

其六

归心共折大刀头，别泪阑干誓九秋。皮骨久拌犹贯死，容颜减尽但余愁。摩天肯悔双黄鹄，帖水翻输两白鸥。更有闲情搅肠肚，为余轮指算神州。

其七

全躯乱世若为功，架海梯山抵掌中。漫许挥戈回晚日，几时把酒贺春风。墙头梅蕊疏窗白，甕（瓮）面葡萄玉盏红。一割忍忘归隐约，少阳元是钓鱼翁。

其八

临分执手语逶迤，白水旌心视此陂。一别正思红豆子，双棲终向碧梧枝。盘周曲角言难罄，局定中心誓不移。归院金莲应慰劳，纱灯影里泪先垂。

3.集杜

集杜是指将杜甫诗中的句子摘录出来，然后按照近体诗的要求将其重新排列组合，形成新的诗歌。重组后的杜诗句子便有了其他的表达含义。

集杜诗在宋代出现，历经元、明两朝的发展，在清代达到了一个顶峰，除了难以计数的单篇的集杜诗之外，还出现了大量的集杜的集子，如邓铚的《闲居集杜》①，孙毓汶的《迟盦集杜诗》②，刘凤诰的《存悔斋集》有卷二十一至二十三为专门集杜作品，③等等。这些集杜诗歌表明，杜甫对清人的影响是不可估量的。

如：

历下感怀集杜④

蒋士铨

回首载酒地，通林带女萝。人生不再好，吾道竟如何。亲故行稀少，寰区望匪他。灯花

①（清）陈僖：《燕山草堂集》卷二，清康熙刻本。

②（清）丁仁：《八千卷楼书目》卷十八，民国本。

③（清）刘凤诰：《存悔斋集》卷二十一至卷二十三，清道光十七年刻本。

④（清）蒋士铨：《忠雅堂文集》卷四，清嘉庆刻本。

何太喜，月傍九霄多。

这首诗是蒋士铨在历下（今济南）的时候，心怀感慨，因此用杜诗中的句子来抒发自己内心的情感。这是《历下感怀集杜二十四首》中的一首，分别用了杜甫的《遣兴三首（其三）》《佐还山后寄三首（其三）》《薄暮》《征夫》《寄岳州贾司马六丈、巴州严八使君两阁老五十韵》《散愁二首（其一）》《独酌成诗》《春宿左省》中的句子。这些诗句散布在杜甫诗集中的不同篇章里，作者将他们重新排列组合，形成新的诗歌，一方面显示了作者的才华横溢，另一方面也突出了杜诗在清代文人的日常生活中是不可或缺的。

又如：

集杜句[①]

秋瑾

行酒赋诗殊未央，诗成吟咏转凄凉。王侯第宅皆新主，金谷铜驼非故乡。仍唱夷歌饮都市，初闻涕泪满衣裳。焉知饿死填沟壑，自觉狂夫老更狂。

忽惊屋里琴书冷，不见江湖行路难。海内风尘诸弟隔，百年粗粝腐儒餐。当时得意况深眷，老去悲秋强自宽。回首可怜歌舞地，愁看北直是长安。

正思戎马泪沾巾，莫厌伤多酒入唇。万里悲秋常作客，一官羁绊实藏身。指挥能事回天地，但觉高歌有鬼神。纵饮久拚人共弃，柴门深闭锁松筠。

第一首诗的诗句分别出自杜甫的《章梓州橘亭饯成都窦少尹得凉字》《至后》《秋兴八首（其四）》《至后》《悲陈陶》《闻官军收河南河北》《醉时歌》《狂夫》。其中第四句“仍唱夷歌饮都市”，杜诗原文是“仍唱胡歌饮都市”；最后一句，杜诗原文是“自笑狂夫老更狂”，这应当属于秋瑾的误记。

第二首诗的诗句分别出自杜甫的《见萤火》《夜闻觱篥》《野望》《宾至》《病后过王倚饮赠歌》《九日蓝田崔氏庄》《秋兴八首（其六）》《小寒食舟中作》。

第三首诗的诗句分别出自杜甫的《又呈吴郎》《曲江二首（其一）》《登高》《寄常征君》《奉寄章十侍御》《醉时歌》《曲江对酒》《崔氏东山草堂》。其中最后一句，杜诗原文是“柴门空闭锁松筠”，此处系秋瑾误记。

秋瑾生于风雨飘摇的晚清时期，一生追求自由、平权与民主，其对忧国忧民的杜甫及其诗歌应是相当熟悉，并将杜甫作为一位精神榜样的。这一组《集杜句》，正是杜甫忧国忧民精神在晚清时期传承的一个缩影。

4.使用杜诗典故

杜甫在诗歌创作方面，认为“诗是吾家事”，追求极高。“为人性僻耽佳句，语不惊人死不休”正是这种追求的极佳写照。他的诗歌“上薄风骚，下该沈宋；古傍苏李，气夺曹刘；掩颜谢

①（清）秋瑾著，郭长海、郭君兮辑校：《秋瑾诗文集》，杭州：浙江古籍出版社，2012年，第53页。

之孤高，杂徐庾之流丽。尽得古今之体势，而兼人人之所独专矣。"①杜诗的成就如此之高，使得后人仰之弥高。因此，杜诗中所用的典故、杜诗本身以及由杜甫事迹及其诗歌衍变而来的故事，成为了后人津津乐道的话题。在清人的诗文创作中，往往将这些诗歌和故事作为典故来运用。

被誉为"骈体三家"之一的章藻功在行文的时候，就经常用到杜诗的典故，如他在《服伯大兄传》中写道：

四龄就学，九岁属文。既六艺之俱通，亦五行而并下。书痴则几忘马足，传癖则细录蝇头。轩轾风骚，颉颃雅颂。足陵颜而轹谢，更傍李以吞曹。……读破方将万卷，物有氊(毡)青；问安亦复三朝，冠无纯素。……笑问荆花，应称夜合。人分强瘦，刚成杜老之三；我有朋俦，较倍子由之一。……而且舟移桃岸，则以画为诗；刀剪松江，则以诗入画。苍茫点染，闲暇标题，盖辋川之绝句皆工；而方壶之真迹并妙者也。②

在这篇文章中，章藻功不但使用了杜诗本身的句子如"读书破万卷，下笔如有神""三人各瘦何人强"等，而且用了后人对杜甫的评价("上薄风骚"句)。以之为典，以说明章藻功的文学素养之高。

像这样的例子在《思绮堂文集》中比比皆是，兹不赘举。

朱彝尊在其词作中也经常用到杜诗典故。如：

忆王孙·夜泛鉴湖

天边新月两头纤，镜里晴山万点尖。小棹乌篷不用帘。夜厌厌，渐觉微风衣上添。③

所谓的"镜里晴山万点尖"即化用杜诗"蜀山万点尖"之句。在《曝书亭集词注》里，附了一首姜启的词作，这篇词作也运用了杜诗的典故：

秦楼月

天下李，一般柯叶分仙李。分仙李，东西南祖，故家苗裔。汉时有个延年李，唐时有个龟年李。龟年李，崔九堂前，岐王宅里。④

词中所谓"龟年李，崔九堂前，岐王宅里"即化用杜甫《江南逢李龟年》中"岐王宅里寻常见，崔九堂前几度闻"之句。

又如赵翼《浃旬》诗：

---

①(唐)元稹撰、冀勤点校：《元稹集》，北京：中华书局，1982 年，第 601 页。

②(清)章藻功：《思绮堂文集》卷一，清康熙六十一年刻本。

③(清)朱彝尊著、(清)李富孙注：《曝书亭集词注》卷一，清嘉庆十九年校经庼刻本。

④(清)朱彝尊著、(清)李富孙注：《曝书亭集词注》卷一，清嘉庆十九年校经庼刻本。

“浃旬不用整冠巾，静领村居气味真。移土树欣经岁活，早春花自来年娠。杜陵旧雨无今雨，摩诘前身又现身。他日若教青史写，始知盛世有闲人。”①

所谓的“杜陵旧雨无今雨”，即化用杜甫《秋述》：“秋，杜子卧病长安旅次，多雨生鱼，青苔及榻。寻常车马之客，旧雨来，今雨不来。”②

清代文人对于杜甫诗歌典故的运用，达到了一个前所未有的高度。这说明了杜诗在社会上的流传程度是相当高的。但是，这并不是说这种情况就是完美的。在这种情况下，有些前人注诗文，极有可能牵强附会于杜甫及其诗歌。

如李富孙在注朱彝尊的词作的时候，有些注释则显得没有必要：

迈陂塘·题其年填词图

擅词场，飞扬跋扈【杜甫诗：“词场愧服膺。”又“飞扬跋扈为谁雄。”】，前身可是青兕。风烟一壑家阳羡，最好竹山乡里。携砚几，坐罨画溪阴，袅袅珠藤翠。人生快意，但紫笋烹泉，银筝侑酒，此外总闲事。空中语，想出空中姝丽，图来菱角双髻。乐章琴趣三千调，作者古今能几。团扇底，也直得樽前记曲，呼娘子，旗亭药市。听江北江南，歌尘到处，柳下井华水。③

词中的“擅词场，飞扬跋扈”只不过是朱彝尊自况，将这两句用杜诗注出则显得没有必要。从语源的角度来讲，“飞扬跋扈”最早可能出自李百药的《北齐书》，这条注释则是有问题的。再加上后一句“前身可是青兕”指的是辛弃疾的典故，朱彝尊以辛弃疾自比，突出的是其在词学领域的成就，而与杜诗没有什么关系。

当然，这种情况的出现和清代的学术风气有关。也从反面说明杜甫及其诗歌在清代文坛诗坛上，有着不可替代的影响。

综上所述，不论是用杜韵、仿杜、集杜还是运用杜诗典故，都表明了杜诗在清代文人之间有着深刻的影响。这种影响使他们在进行日常文学创作的时候，自然而然地就把杜诗的一切融入自己的创作思维里面，再经过他们的艺术创造，最终形成一篇篇脍炙人口的诗篇流传下来。

二、论杜

“李杜文章在，光焰万丈长。”④李白与杜甫作为中国古典诗歌的双子星座，必然成为后人讨论、评说的对象。关于杜甫及其诗歌的讨论、评说与研究成为了一门专门的“杜诗学”。

清代的“杜诗学”博大精深，杜诗注本、诗文评乃至日常的诗文创作都有大量的杜诗学资料。在清代的诗文集中，涉及杜甫的资料除了清人在创作中广泛用杜之外，还有大量的论杜

①（清）赵翼著，李学颖、曹光甫校点：《瓯北集》，上海：上海古籍出版社，1997 年，第 493 页。

②（唐）杜甫著、（清）杨伦笺注：《杜诗镜铨》，上海：上海古籍出版社，1981 年，第 1078 页。

③（清）朱彝尊著、（清）李富孙注：《曝书亭集词注》卷二，清嘉庆十九年校经庼刻本。

④（唐）韩愈著、钱仲联释：《韩昌黎诗系年集释》，上海：上海古籍出版社，1984 年，第 989 页。

资料。所谓的论杜,就是讨论杜甫其人、其诗,同时用杜诗的标准来评价他人。

1.论杜甫其人

清代诗文集中讨论杜甫其人的资料有很多,大多集中在杜甫的生平经历和思想感情方面。生平经历的有年谱或是个别事件的评论。如朱骏声的《杜少陵年谱》[①](下简称《年谱》),在这篇《年谱》中,朱骏声不但详细梳理了杜甫的生平,而且对于杜甫的传说做了一些考辨。如认为李白诗"饭颗山头逢杜甫,头戴笠子日卓午。借问别来太瘦生,总为从前作诗苦"不存在于李白集中,杜甫也未曾担任过考功,来论定此事之非等。

为杜甫作年谱的还有仇兆鳌的《杜工部年谱》[②]、杨伦的《杜工部年谱》[③]等。

对于杜甫一生中个别事件的讨论,是指针对杜甫生平中的某一事件或某一时段进行讨论。如朱孝纯的《杜里坝有工部游春台遗址》:

我闻杜少陵,流寓常止此。里人思少陵,因以杜名里。念昔避乱时,剑外苦迁徙。落日下夔门,浮云哀玉垒。即此醉嬉春,筑舍宕渠水。行吟荒泽滨,往往动神鬼。可怜抑郁才,竟踏饥寒死。世途荆棘中,行殿悲歌里。每饭不忘君,忠爱孰如子。魂来枫树青,白头老梁梓。[④]

这首诗是作者经过杜甫旧迹时,将心中对杜甫的敬仰之情形诸文字。这首诗描写了杜甫流落蜀中的生活状态,"可怜抑郁才,竟踏饥寒死"是对杜甫最后几年的论定。

上面所引一诗,除了对杜甫流落蜀中进行论定之外,还有对杜甫思想感情的讨论:"每饭不忘君,忠爱孰如子"则是对杜甫忠君忧民思想的解读。

讨论杜甫思想感情的除了上引之诗外,其他诸如张琦的《杂诗七首(其五)》:

李白不羁人,草茅识奇杰。杜陵尽忠荩,许身在稷契。使之立庙堂,寍不烂勋烈。遭时有迍邅,零落归草泽。飘遥蜀山云,凄凉夜郎月。文章存浩气,啸歌激白日。空名垂千秋,焉救身颠蹶。英贤何时无,穷老卧蓬室。[⑤]

将李杜并举,把杜甫许身社稷,最后却不得用的感情抒发得淋漓尽致。

张澍的《草堂修禊日为少陵先生寿,征诸同人诗启》:

天上京兆李矩风马而来,地下闹编子休轩眉而笑。精英不沫,贤喆为昭。然仲宁造醪酒,人酉日以致醊;侯冈制字墨,客丙月以明禋。要皆蠹怛,化于灵修啸,摧残于逝者。未有邀小弁之怨子,钟鼓我辰;覥《哀郢》之放臣,舞歌初度。况乎中原虎斗,益部蛇惊。冻雀依

①(清)朱骏声:《传经室文集》卷八,民国刘氏刻求恕斋丛书本。

②(唐)杜甫著、(清)仇兆鳌注:《杜诗详注》前言,北京:中华书局,1979年。

③(唐)杜甫著、(清)杨伦笺注:《杜诗镜铨》附录,上海:上海古籍出版社,1981年。

④(清)朱孝纯:《海愚诗钞》卷一,清乾隆刻本。

⑤(清)张琦:《宛邻集》卷二,清光绪盛氏刻常州先哲遗书本。

人，痛西山之寇盗；拜鹃念主，恋北极之朝廷。吾知寂寞残生，伤干戈之满眼；飞腾莫景，顾霜雪之盈头。破帽疲驴，荒山奔走，残杯冷炙，到处酸辛。妻待助于飞蝉，纸画棊局；儿啼饥于剩橡，背炙晴轩。牢落百年，愁生江景；歌哭万古，书断云鸿。侧身天地，蟪蛄春秋；回首风尘，泥涂甲子。则今日之荐觥，罚颂旗幢，诚为多事哉。不知栾公社立，烹只鸡者如云；介绥山焚，禁寒食者累月。飨然温于水上，波泛桃花；追仲御于航头，歌残绛树。弭忘不敢，结想益深。此四海无家，百年仅饱粗粝；而三月修禊，诸君藉祝桑弧。与夫天宝末年，时已虹溃；严武节度，人非驯良。侥不免于帘钩，何久狎夫鸥鸟。卒乃耒阳谢世，偃师安窀。万丈留其文章，五釜弃其鱼米。大雅不作，拟掘孤坟；麻鞋何存，仅官工部。吁可悲已，彼尸佼老巴蜀，堌冢久迷；接舆隐峨眉，清泪谁洒。而文贞之谥，翁孺能知，乾坤之间草堂，不改非寓。公之徼幸，实野老之轶，超乎可知。衣短镵长，虽多惆怅；人老律细，咸服波澜。三百青铜，诗以史箸；数茎白发，名因穷高。蚍蜉群儿，瓦石余子，其不虚矣。黄牛白酒，千秋旅客之魂；青竹碧沙，万里锦江之宅。椒浆肃奠，笠影犹存，各献藻华，窃坿觇鈲。利斧断擘，无令宗武笑人；巨刃摩天，庶几昌黎知我。①

这篇文章不但概括了杜甫的一生，还充分肯定了杜甫的诗歌成就和思想高度。

此类诗文甚多，兹不赘举。

2.论杜诗

杜甫诗歌取得了巨大的成就，成为后世文人学习的楷模，如何进行学习？首先要明白杜诗的特色才能够进行学习，因此，后世的文人对于杜诗的讨论也是相当热烈的。

仅就清代而言，对杜诗的讨论就相当的深入了。如：

弟平日功夫无可言者，读书亦无定准。惟见善不敢不迁，有过不敢不改，一念发乎中心之诚然。然而往往不勇，则气质之弱故也。当此惟有求助于良友，与夫先民之遗书，维持鼓励，去其太甚耳。仁兄其何以教正之？至如迁、固叙事，甫、白诗歌，兼治摈绝，俱不能无弊。先正有云：心无所系，一有所系，遂失其正。吾人读书，只以维持身心，研究事理。专用其心于此，则有玩物丧志之患；若一概捐弃，则心之为体，又非遗物而自全者也。文者，所以载道；诗者，所以理性情。诚辨于此，则治可也，不治亦可也。②

这是将司马迁、班固的文章和杜甫、李白的诗歌作为“文以载道，诗理性情”的典范。

少陵推诗圣，变化无端倪。篇中具微旨，隐跃使人思。我读香山集，爽若哀家梨。所惜意太尽，不使少留遗。观其与老元，曾序和答诗。辞繁而言激，公非不自知。要论品与学，唐代如公稀。高尚陶彭泽，冲和韦左司。熟精内外典，善为苦乐词。谈理必晰奥，言情每入微。岂惟细碎作，妙处堪解颐。后生作浅语，云以公为师。腹笥寡书帙，怀抱无襟期。匹如东家

①（清）张澍：《养素堂文集》卷十五，清光绪刻本。

②（清）张履祥：《杨园先生全集》卷三，清同治十年刻重订杨园先生全集本。

媄，强效西家施。根柢失所据，弇鄙徒贻讥。寄语学白者，善学乃无疵。广大教化主，吾闻诸张为。①

这是以杜甫和白居易作对比，谓杜甫诗具微旨，需要思量才能体会；白居易的诗歌直白晓畅。同时也批评了当时学白居易的一些不正之风。

李白思复雅乐，杜陵自比稷契，元、白、张、王、韩、孟各出其说言正论，以扶翼诗教，实与《三百》之义相通。其间遇有隆替，才有大小，其升之庙廊而恢其才，则为乐府、为雅颂。非然，即一室啸歌，忧思独吟，亦各得性情之正。②

这是认为杜诗与《诗经》的内涵一致，是匡扶辅佐诗教的伟大诗篇。

窈窕参差声自然，为绨为绤叠双连。谁知永明秘密藏，都在葩经《三百篇》。
饭颗山头太瘦生，诗成自改惨经营。桃花细逐杨花落，一字吟安字字平。
十字之文颠倒配，天衣无缝锦机新。鸳鸯绣出分明在，漫说金针不度人。③

这三首是讨论杜诗的用韵的。这三首诗之后，附录了一篇《杜律双声叠韵表引》，在这篇文章中对于杜甫律诗的双声叠韵做了细致的讨论，文长不录。

凡作画，须有书卷气方佳。文人作画，虽非专家，而一种高雅超逸之韵，流露于纸上者，书之气味也。至画梅，当涂本、行干、出枝、句花，随笔点染，自有生趣。不到处乃是佳处。如刻意求工，则笔墨转滞矣。少陵云："读书破万卷，下笔如有神。"谓属文也。然移之作书画，亦未有不佳者。④

这是将杜甫的写作心得移用于作画，成为画论。

除此之外，还有大量的诗文是讨论杜甫的单篇诗歌的，材料量大，兹不赘举。

3.以杜论人

所谓的以杜论人，指的是用杜甫的诗歌来评价别人的诗文。杜甫的诗歌在清代早已成为文人诗文创作的一个标杆，因此，在讨论别人的诗文的时候，往往会用杜诗的标准去衡量这些文学作品。

如黄叔威评价陈梦雷的《寄答李厚庵百韵》一诗时说：

---

①(清)张世进:《著老书堂集》卷八，清乾隆刻本。

②(清)朱琦:《怡志堂文初编》卷三，清同治四年运甓轩刻本。

③(清)朱休度:《小木子诗三刻・壶山自吟稿》卷下，清嘉庆刻汇印本。

④(清)查礼:《铜鼓书堂遗稿》卷三十，清乾隆查淳刻本。

一起矫健，叙乱后相聚情绪如见。此处得少陵神髓，过接处有变化，“君”字、“我”字随处穿插，极错综之妙，忽入时事，则绝大本领。[①]

又评论说：

长篇古风最忌平铺直叙，尤多为累。似此错综变化、转侧流宕千言犹少矣。人但知其脱胎少陵，经济蕴借，不知其寝食于汉魏者深，故极开豁莽苍之气。拈出以正于具法眼者。[②]

又如朱滋年在《南州诗略》中评价谢泳的《野望》一诗为“似杜少陵”。其原诗为：

江尽乱山横，苍苍莫霭平。寒风下高鸟，落日荡荒城。天地正萧瑟，故人方远征。孤怀吟望久，徙倚不胜情。[③]

这首诗描写日暮时分，远眺荒城，四周一片萧瑟荒凉，而导致这荒凉的是故人远征，自己独立无朋的心绪，全是慷慨悲凉，有杜甫沉郁顿挫之感。故朱滋年评价说“似杜少陵”。

再如张廷枢在《赠宋牧仲开府(其二)》中所说：

独坐威名重保厘【书命毕公保厘东郊】，上公清白帝心知【赐有怀抱清朗扁额，悬深净轩】。闾阎遍是讴歌地，钟鼓亲承宴飨时【谓往岁及今岁南巡并赐宴】。深净轩中开府赋【深净轩漫堂文晏处，宋广平作《梅花赋》，曾为御史中丞，唐时称为宋开府】，沧浪亭畔少陵诗【美其诗似少陵也】。通门早切高山仰，幸接龙光已较迟。[④]

从诗中的注释可以看到，宋牧仲的诗和杜诗相似，这是一种美称、一种荣誉。

又如张佩纶在《致左恪靖师相》中说：

呜呼！生有自来，死有所为。其先生之谓耶？先生之才之学，以纶等视之，内而卿贰，外而疆吏。殆罕其伦比，若显若不显，若用若不用。卒赍志以殁，值时事艰难之日。君相求才，常如不及，而竟不能大昌其名，以泽天下。岂独先生一人之不幸哉。先生诗忠爱似杜，其佐公似韩。其两疏则举贾长沙、董江都兼而有之。核其生平，宜可上之史氏，特垂一传，以信今而传后然。本朝史例谨严，一二品大臣外，惟有《儒林》《文苑》《循吏》三目耳。纶等虽兼馆职，无能阐幽而发潜然，则所以千秋先生者，非我公莫属。[⑤]

---

①(清)陈梦雷:《松鹤山房诗文集》诗集卷一，清康熙铜活字印本。

②(清)陈梦雷:《松鹤山房诗文集》诗集卷一，清康熙铜活字印本。

③(清)朱滋年:《南州诗略》卷十二，清乾隆刻本。

④(清)张廷枢:《崇素堂诗稿》卷四，清乾隆三十九年吉大泰等刻本。

⑤(清)张佩纶:《涧于集》书牍卷一，民国十五年涧于草堂刻本。

在这封书札中，张佩纶不仅仅是将左恪靖的诗比为杜诗，更是将其人与杜甫并论，对左恪靖的性格为人做了极高的评价。

三、小结

把清代诗文集里面的涉及杜甫及其诗歌的材料进行上述的分类，可以从中看出，清代文人对于杜甫的接受是多层次的，也是深入的，更是普遍的，在他们日常的文学创作中，几乎是随处可见杜甫及其诗歌的影子。

但是，清代诗文集里面涉及杜甫及其诗歌的材料数量众多，并不是上述简单的分类就能够概括的。如朱鹤龄在《嶓冢汉源辨》中所说：

> 晋县有别江出晋寿县，此即潜水。余按今保宁府广元县，汉广汉地也。蜀汉曰汉寿，晋改晋寿，隋改绵谷，石穴水当是经绵谷出宕渠今渠县，杜少陵诗："绵谷元通汉"，此一证也。①

这一条涉及杜诗的材料将杜诗作为作者考证的一项证据，虽属用杜，却又和杜诗的"诗史"性分不开，却也无法将其归入到论杜里面。

举出上一例，旨在说明，本文对于清代诗文集里面的分类只是一个初步的、基本的分类。还有很多其他的工作要做，如将分类的类别再进行细分，对分类进行统计、得出数据，将这些分类放在整个清代的文学史中进行考察，等等。这也是笔者接下来要努力的方向。

---

①（清）朱鹤龄：《愚庵小集》卷十二，文渊阁四库全书本。

杜甫思想研究

杜甫精神追求之现代启示举隅

张志烈
（四川大学　成都　610065）

杜甫是中国最伟大的诗人之一，是中华民族的诗圣。闻一多说杜甫“是中国有史以来第一个大诗人”，是“四千年文化中最庄严、最瑰丽、最永久的一道光彩”。杜甫是中华民族文化的第一小提琴手。一部杜诗，既是思想宝库，又是艺术宝库。杜诗是杜甫思想精神的艺术化表现，是对中华文化的最生动最丰富的阐释，在一定意义上可说是中华优秀传统文化思想精华的浓缩和凝聚。

中华优秀传统文化是历代中国人的知识、智慧和创造力的升华和结晶。源远流长，博大精深。其中积淀着中华民族最深层的精神追求，包含着中华民族最根本的精神基因，是中华民族生生不息、发展壮大的精神滋养。在今天，这是我们建设中国特色社会主义文化、涵养社会主义核心价值观的重要源泉。

杜甫精神，就是以忧患意识、民本思想为基础，而融汇中华传统文化中各种美德的仁民爱物、民胞物与的精神。其中有三个密切关联的要点：

(1)忧国忧民、爱国爱民的高尚道德情操。

(2)以天下为己任的自觉的社会良知和社会责任感。

(3)对宇宙万物都怀有深挚的仁爱胸襟人文关怀精神。

在杜甫的全部著作和立身行事中鲜明地展现出他的思想文化意识，其中积淀着中华民族深厚的精神追求。这些精神追求，对于我们今天的现实生活，有着重要的启示：

(1)呼唤什么样的国家、社会？

(2)最高公权力应该由什么样的人执掌？

(3)关注民生应是政府一切工作的根本出发点。

(4)各级官员应当是怎样的人？

(5)文化人应有何种社会责任？

(6)作者应该怎样写作？

论杜甫是文以载道的典范

莫砺锋
（南京大学文学院　南京　20093）

与儒家有关的传统观念，在现代都曾被弃若敝屣，“文以载道”当然也不例外。司马长风说：“新文学运动是在批判‘文以载道’旧传统的凯歌声中启幕的。”①

诚哉斯言！其实“文以载道”一语中“道”的内涵非常复杂，现代的论者却往往认定那是特指孔孟之道，陈独秀说：“余常谓唐宋八家文之所谓‘文以载道’，直与八股家之所谓‘代圣贤立言’同一鼻孔出气。”②就是“五四”时代最具代表性的言论。虽然广义的“文以载道”后来又以各种形式借尸还魂，正如朱光潜所言：“中国所旧有的‘文以载道’一个传统观念很奇怪地在一般自命为‘前进’作家的手里，换些新奇的花样而安然复活着，文艺据说是‘为大众’‘为革命’‘为阶级意识’。”③但是如陈独秀所云有特定内涵的“文以载道”从此成为纯属负面意义的观念，不但治新文学者认定它是文学的大敌，而且治古代文学者也认为它对文学有害无益，例如张少康、刘三富在《中国文学理论批评发展史》中就这样评价北宋理学家周敦颐的“文以载道”之说：“总之，不把文章写作作为一种独立的事业，而只把它看作是理学的一个附属品，实际也就否定了文学独立存在的价值。”④然而，“文以载道”果真对文学有害无益吗？“文以载道”的作品必定缺乏文学价值吗？当然不是，杜甫就是一个典型的例证。

一

“文以载道”一语首见于北宋周敦颐的言论：“文所以载道也，轮辕饰而人弗庸，徒饰也，况虚车乎？文辞，艺也。道德，实也。笃其实而艺者书之，美则爱，爱则传焉。”⑤但是这种观

①司马长风：《中国新文学史》上卷，香港：昭明出版社，1980年，第5页。

②陈独秀：《文学革命论》，《陈独秀著作选编》第1卷，上海：上海人民出版社，2009年，第290页。

③朱光潜：《理想的文学刊物》，《朱光潜全集》第3卷，合肥：安徽教育出版社，1987年，第432页。

④张少康，刘三富：《中国文学理论批评发展史》第15章，北京：北京大学出版社1995年，下册第34页。

⑤（宋）周敦颐：《通书·文辞第二十八》，《周敦颐集》卷二，北京：中华书局，1990年，第34页。

念早已见于唐代古文家的论述，例如柳宗元说："文者以明道。"①李汉则说："文者，贯道之器也。"②再往前推，则南朝刘勰所云"道沿圣以垂文，圣因文而明道"③也表达了相似的意思。虽然朱熹对"文以贯道"说大为不满："这文皆是从道中流出，岂有文反能贯道之理？文是文，道是道，文只如吃饭时下饭耳。若以文贯道，却是把本为末，以末为本，可乎？"④但这只是为了维护理学权威的门户之见，其实李汉明明说"文"只是"贯道之器"，何尝有以文为本的意思？平心而论，"文以贯道""文以明道"与"文以载道"的基本内涵是相当接近的，都是把"文"视作手段，"道"才是目的。在古代的语境中，许多概念、术语都不具备清晰的内涵，"道"与"文"都是如此。即使在把"道"与"文"相提并论的时候，它们也会具有不同的内涵。以朱熹的相关论述为例，他说："道只是有废兴，却丧不得。文如三代礼乐制度，若丧，便扫地。"⑤这里的"道"指永世长存的天道，"文"则指典章制度。朱熹又说："小子之学，洒扫应对进退之节，诗、书、礼、射、御、书、数之文是也。大人之学，穷理、修身、齐家、治国、平天下之道是也。"⑥这里的"道"是指儒家的学说，"文"则指包括礼仪、技能在内的一切文化学术。朱熹又说："道之在天下，其实原于天命之性，而行于君臣、父子、兄弟、夫妇、朋友之间。其文则出于圣人之手，而存于《易》《书》《诗》《礼》《乐》《春秋》、孔孟之籍。"⑦这里的"道"指儒家重视的人伦秩序，"文"则指用文字写成的典籍文本。显然，上述三组"文""道"相对的概念中，只有第三组才比较接近周敦颐所说的"文以载道"，也比较接近后来受到陈独秀大张挞伐的"文以载道"。为免辞费，本文在论及"文以载道"的观念时，只把"道"理解为儒家之道，"文"则指一切文学作品，不再进行概念的辨析。

那么，杜甫心目中有没有类似"文以贯道"或"文以载道"的观念呢？杜诗有句云："文章一小技，于道未为尊。"（《贻华阳柳少府》）⑧这是杜诗中唯一将"道"与"文"相提并论的例子，其意思是重道轻文，与"文以载道"的观念比较接近。除此之外，在杜甫的现存作品中不见类似"文以载道"的论述。但如果不拘于字面而察其思想，则杜甫对"文以载道"的观念是完全认同的。首先，杜甫重"道"，杜诗中反复提及。虽说杜甫所说的"道"有时指道家或佛家之"道"，例如"胡为客关塞，道意久衰薄"（《昔游》）⑨，又如"思量入道苦，自哂同婴孩"（《山寺》）⑩。但多数情况下专指儒家之道，例如"舜举十六相，身尊道何高"（《述古》）⑪，"府中韦使君，道足示怀柔"（《送韦十六评事充同谷郡防御判官》）⑫，这里的"道"是指儒家崇扬的政治

---

①（唐）刘禹锡：《答韦中立论师道书》，《柳河东集》卷三四，上海：上海古籍出版社，2008年，第542页。

②（唐）李汉：《唐吏部侍郎昌黎先生讳愈文集序》，《全唐文》卷七四四，北京：中华书局，1983年，第7697页。

③（南朝）刘勰：《文心雕龙·原道》，《文心雕龙注》卷一，北京：人民文学出版社，1958年，第3页。

④（宋）朱熹，（宋）黎靖德：《朱子语类》，北京：中华书局，1994年，第3305页，第958页，第3273页。

⑤（宋）朱熹，（宋）黎靖德：《朱子语类》，北京：中华书局，1994年，第3305页，第958页，第3273页。

⑥（宋）朱熹：《朱文公文集》，北京：商务印书馆，1919年《四部丛刊》本，第1页。

⑦（宋）朱熹：《朱文公文集》，北京：商务印书馆，1919年《四部丛刊》本，第8页。

⑧（唐）杜甫著、（清）杨伦笺注：《杜诗镜铨》，上海：上海古籍出版社，1998年，第613页。

⑨（唐）杜甫著、（清）杨伦笺注：《杜诗镜铨》，上海：上海古籍出版社，1998年，第860页。

⑩（唐）杜甫著、（清）杨伦笺注：《杜诗镜铨》，上海：上海古籍出版社，1998年，第479页。

⑪（唐）杜甫著、（清）杨伦笺注：《杜诗镜铨》，上海：上海古籍出版社，1998年，第455页。

⑫（唐）杜甫著、（清）杨伦笺注：《杜诗镜铨》，上海：上海古籍出版社，1998年，第147页。

教化。又如“冀公柱石姿，论道邦国活”（《鹿头山》）[①]，“吾贤富才术，此道未磷缁”（《暮春江陵送马大卿公恩命追赴阙下》）[②]，这里的“道”是指儒家的政治理念。再如“道大容无能，永怀侍芳茵”（《八哀诗·赠太子太师汝阳郡王琎》）[③]，“不但时人惜，只应吾道穷”（《奉汉中王手札报韦侍御萧尊师亡》）[④]。这里的“道”基本上是指儒家的圣贤之道。更重要的是，杜甫对儒家学说是拳拳服膺的，而他心目中的儒家学说的核心内容就是孔孟之道。在杜甫看来，孔孟之道的重要精神有以下四端：一是以“仁政爱民”为核心的政治思想；二是以夷夏之辨为基础的爱国思想；三是弘毅的人格精神；四是以“兴、观、群、怨”为核心的文学思想。其中第四点与“文以载道”的观念相当接近，因为它们都是强调文学的政治功能和社会意义，都是强调作品的内容比形式更加重要。试看杜甫的《同元使君春陵行·序》：“览道州元使君结《春陵行》兼《贼退后示官吏作》二首，志之曰：当天子分忧之地，效汉朝良吏之目。今盗贼未息，知民疾苦，得结辈十数公，落落然参错天下为邦伯，万物吐气，天下少安可待矣。不意复见比兴体制，微婉顿挫之词，感而有诗，增诸卷轴，简知我者，不必寄元。”[⑤]所谓“比兴体制”，即儒家诗论中的“兴、观、群、怨”之说。[⑥] 所谓“微婉顿挫之词”，即指儒家诗教中的“温柔敦厚”之说。[⑦]正因如此，杜甫对元结反映民生疾苦、呼唤实行仁政的诗篇给予高度的评价。元结《春陵行》的结尾说：“何人采国风？吾欲献此辞！”[⑧]杜甫自述其诗歌思想说：“未及前贤更勿疑，递相祖述复先谁？别裁伪体亲风雅，转益多师是汝师。”（《戏为六绝句》之六）[⑨]可见杜甫与元结正是在继承《诗经》的优良传统这一点上达成了默契，而他们所认可的《诗经》传统，正是儒家的诗教精神，也就是运用诗歌来进行美刺，进而干预社会，实现儒家主张的仁政理想。

二

杜甫是在政治上具有远大理想的人，他对自己期许很高，自述其人生理想是：“致君尧舜上，再使风俗淳。”（《奉赠韦左丞丈二十二韵》）[⑩]意即希望君主成为尧、舜那样的明君，整个社会则达到风俗淳良的境界。显然，这正是儒家思想中的理想社会。

杜甫怎么会有这样的人生理想？首先，杜甫生在一个以儒学为传统的家庭里，他在《进雕赋表》中自述其家世说：“自先君恕、预以降，奉儒守官，未坠素业矣。”[⑪]杜恕是杜甫的十四代祖先，杜预则是其十三代祖先，杜家世世代代都遵守儒学的传统，杜甫为这样的家庭传统

①（唐）杜甫著、（清）杨伦笺注：《杜诗镜铨》，上海：上海古籍出版社，1998 年，第 310 页。
②（唐）杜甫著、（清）杨伦笺注：《杜诗镜铨》，上海：上海古籍出版社，1998 年，第 913 页。
③（唐）杜甫著、（清）杨伦笺注：《杜诗镜铨》，上海：上海古籍出版社，1998 年，第 682 页。
④（唐）杜甫著、（清）杨伦笺注：《杜诗镜铨》，上海：上海古籍出版社，1998 年，第 661 页。
⑤（唐）杜甫著、（清）杨伦笺注：《杜诗镜铨》，上海：上海古籍出版社，1998 年，第 602 页。
⑥（魏）何晏注、（宋）邢昺疏：《论语注疏》，北京：北京大学出版社，1999 年，第 237 页。
⑦（唐）杜甫著、（清）杨伦笺注：《杜诗镜铨》，上海：上海古籍出版社，1998 年，第 399 页。
⑧《全唐诗》卷二四一，上海：中华书局，1960 年，第 2704 页。
⑨（唐）杜甫著、（清）杨伦笺注：《杜诗镜铨》，上海：上海古籍出版社，1998 年，第 399 页。
⑩（唐）杜甫著、（清）杨伦笺注：《杜诗镜铨》，上海：上海古籍出版社，1998 年，第 25 页。
⑪（唐）杜甫著、（清）杨伦笺注：《杜诗镜铨》，上海：上海古籍出版社，1998 年，第 1040 页。

感到自豪。其次，杜甫生逢大唐盛世，早在唐初，便出现了太宗的贞观之治。及至盛唐，又出现了玄宗的开元之治。贞观之治在政治路线上的特征，便是魏徵所说的“君为尧舜，臣为稷契”①，也就是儒家政治理想的具体表现。杜甫信奉儒学，具有家庭与时代的双重背景。如此家国，禀性忠厚诚笃，又胸怀大志的杜甫如何能离开儒学的传统？

杜甫始终以儒者自许，杜诗中共有44次用到“儒”字，其中有20次是他的自称。杜甫有时自称“儒生”：“儒生老无成，臣子忧四藩”，(《客居》)②有时自称“老儒”：“干戈送老儒”，(《舟出江陵南浦奉寄郑少尹》)③甚至是“腐儒”：“乾坤一腐儒”(《江汉》)④。字面上或有自谦自抑之意，其实含有深深的自豪感，体现了诗人对自己儒者身份的珍视。从表面上看，杜甫并没有为儒家思想做出明显的贡献。他既没有皓首穷经，也没有排斥佛老，在儒学史上似乎没有他的位置。然而如果我们注意到儒学在本质上是一种实践哲学，那就应该重新思考这个问题。儒家是极其重视实践的。孔子、孟子虽然没有像墨子那样摩顶放踵的苦行，但他们与古希腊的哲人不同，他们从未沉溺于苏格拉底式的空谈，更未幻想进入柏拉图式的理想国。孔、孟所奉行的是以实际行为来实现其政治理想。他们的哲学是属于人间的，是脚踏实地的，是不离开日用人伦的。细察孔、孟一生的行事，著书立说只是在劳攘奔走后终于明白道之不行的晚年才进行的，即使是他们决定以立言来实现人生的不朽后，其理论表述仍然以“我欲载之空言，不如见之于行事之深切著明也”⑤为显著特点。可以说，实践是儒学的灵魂。而杜甫对儒学的伏膺、遵循正是体现在这个方面。杜甫“一生却只在儒家界内”⑥，造次必于是，颠沛必于是，始终以儒家思想为安身立命之本。儒家主张行仁政，杜甫则为这个理想的政治模式大声疾呼：“致君尧舜上，再使风俗淳！”(《奉赠韦左丞丈二十二韵》)儒家谴责暴政，杜甫则用诗笔对暴政进行口诛笔伐：“朱门酒肉臭，路有冻死骨！”(《自京赴奉先县咏怀五百字》)⑦当杜甫在朝廷里参政时，他不避危险，面折廷争，展示了儒家政治家的可贵风节。当他远离朝政漂泊江湖时，也时时处处以儒家的道德标准要求自己。安史之乱起，有多少高官贵人在叛军凶焰所笼罩的长安屈节或苟活，而刚得到一个从八品下的微职的杜甫却独自冒着“死去凭谁报”(《喜达行在所》)⑧的危险逃归凤翔。这既是他对儒家夷夏之辨的思想的实践，也是慎独的道德修养模式的实施。

杜甫对儒学的一大贡献在于他以整个的生命为儒家的人格理想提供了典范。儒家极其重视修身，认为这是实现其政治理想的必要条件。曾参说“士不可以不弘毅”⑨，孟子倡导“富贵不能淫，贫贱不能移，威武不能屈”的“大丈夫”精神⑩，杜甫对此身体力行。他不但在早年

---

①(唐)吴兢：《君臣鉴诫》，《贞观政要》卷三，上海：上海古籍出版社，1978年，第85页。

②(唐)杜甫著、(清)杨伦笺注：《杜诗镜铨》，上海：上海古籍出版社，1998年，第585页。

③(唐)杜甫著、(清)杨伦笺注：《杜诗镜铨》，上海：上海古籍出版社，1998年，第939页。

④(唐)杜甫著、(清)杨伦笺注：《杜诗镜铨》，上海：上海古籍出版社，1998年，第935页。

⑤(汉)司马迁：《史记》，北京：中华书局，1982年，第3297页。

⑥(清)刘熙载语，见袁津琥：《艺概注稿》卷二，北京：中华书局，2009年，第290页。

⑦(唐)杜甫著、(清)杨伦笺注：《杜诗镜铨》，上海：上海古籍出版社，1998年，第110页。

⑧(唐)杜甫著、(清)杨伦笺注：《杜诗镜铨》，上海：上海古籍出版社，1998年，第139页。

⑨(魏)何晏注，(宋)邢昺疏《论语注疏》，北京：北京大学出版社，1999年，第168页。

⑩(汉)赵岐注、(宋)孙奭疏：《孟子注疏》，北京：北京大学出版社，1999年，第162页。

身处长安时怀有儒家的政治理想，而且在晚年贫病交加、漂泊西南时仍对之念念不忘。他不但在忧国忧民这种大事上体现出儒家的人格风范，而且在待人接物等日常琐事上也同样体现出儒家气象。更重要的是，历代儒家的代表人物大多是位居卿相的重要政治人物，比如朱熹曾以诸葛亮、杜甫、颜真卿、韩愈、范仲淹为历史上的“五君子”①，这五位人物中，除杜甫一人之外，都是朝廷重臣。由于仕途显达的人只能是极少数，所以如果以他们为楷模，让一般人去仿效的可操作性是不大的。杜甫则异于是。杜甫在仕途上是一个不折不扣的失败者，在人生道路上也是一个命运多舛者。杜甫的命运正是一般人所容易遭遇的，既然杜甫能够在如此平凡的人生中完成儒家理想人格的建树，那么当然会使人产生“有为者，亦若是”②的联想，从而增加修行进德的信心。因为对于常人而言，一个高不可攀的楷模其实是没有意义的，建立丰功伟业的机会也是可遇而不可期的。只有当他们觉得楷模就是他们中的普通一员时，只有当他们觉得在平凡的人生中也能实现理想时，才可能产生仿效的冲动。如果说先秦的儒者已经提出了“人皆可以为尧舜”③的可贵命题，而宋明理学家的一大成就就是在理论上阐明了“满街都是圣人”④的可能性，那么杜甫正是以他的人生实践证明了这种可能性。对于一向以“有教无类”为宗旨的儒家来说，“诗圣”杜甫的出现具有极其重要的意义。

正由于杜甫具有上述特征，他才被后人选择为人格的典范。例如对于封建社会中的人来说，忠君当然是一种崇高的美德。然而，历史上的忠义之士不计其数，有许多人的行为比杜甫更引人注目，甚至不乏达到惊天地、泣鬼神的程度的，为什么后人还要选择并无惊人之举的杜甫作为典范呢？请看宋人苏轼的著名评论：“古今诗人众矣，而杜子美为首，岂非以其流落饥寒，终身不用，而一饭未尝忘君也欤！”⑤的确，杜甫在平时常常心系君主，当他流落夔州偶食异味时，还想到“君王纳凉晚，此味亦时须”（《槐叶冷淘》）⑥。苏轼的话并不是无中生有。而且杜甫的忠君其实有一个特定的内涵，那就是希望通过贤明的君主来实现仁政，即“致君尧舜上，再使风俗淳”。萧涤非先生说：“与其说杜甫是‘一饭未尝忘君’，不如说他‘一饭未尝忘致君’。什么是‘致君’？那就是变坏皇帝为好皇帝，干涉皇帝的暴行。”⑦我非常赞同这个看法，因为这符合杜甫的全部诗歌的实际内容。所以，杜甫的忠君主要是一种精神上的希冀，它以日常的、平凡的方式体现出来，这种形式的行为是容易理解的，也是不难模仿的，它要比比干剖心、朱云折槛等英雄化的行为平易、切实得多，却又是朝着同一个价值方向的。宋儒认为儒家的道德准则本应体现于日用人伦，本应不依赖于外部事功，杜甫的行为正是这种观念的具体体现。无怪宋儒要向这位穷愁潦倒的诗人献上“诗圣”的桂冠，也无怪现代学者钱穆要在《中国史学发微》中称杜甫为唐代的“醇儒”。⑧ 可见杜甫在人格和思想上具

---

①（宋）朱熹：《朱文公文集》，北京：商务印书馆，1919 年《四部丛刊》本，第 30 页。

②（汉）赵岐注、（宋）孙奭疏《孟子注疏》，北京：北京大学出版社，1999 年，第 128 页。

③（汉）赵岐注、（宋）孙奭疏《孟子注疏》，北京：北京大学出版社，1999 年，第 321 页。

④（明）王阳明：《传习录》卷下，《王阳明全集》卷三，上海：上海古籍出版社，1992 年，第 116 页。

⑤（宋）苏轼：《王定国诗集序》，《苏轼文集》卷十，北京：中华书局，1986 年，第 318 页。

⑥（唐）杜甫著、（清）杨伦笺注：《杜诗镜铨》，上海：上海古籍出版社，1998 年，第 139 页

⑦萧涤非：《杜甫研究》，济南：齐鲁书社，1980 年，第 48 页。

⑧钱穆要：《中国史学发微》，台北：台北东大图书公司，1989 年，第 237 页。

备了“文以载道”的充分条件，因为他对儒家之道不但由衷服膺，而且身体力行。可以说，一部杜诗的内在精神底蕴，就是儒家之道。

三

从一般人的观念来看，“文以载道”似乎只是古文家的任务。唐人韩愈自称：“愈之为古文，岂独取其句读不类于今者邪？思古人而不得见，学古道则欲兼通其辞。通其辞者，本志乎古道者也。”[①]韩愈又明确揭示“文以明道”的观念：“君子居其位，则思死其官。未得位，则思修其辞以明其道。”[②]韩愈的《原道》等著名古文也被人们视为“文以明道”或“文以载道”的范例，朱熹虽然说过“韩文公第一义是学文字，第二义方去穷究道理，所以看得不亲切”[③]，但也只是认为韩愈在“文以载道”方面尚未臻于高境而已。以至于到了现代，周作人在《中国新文学的源流》中将中国文学史划分为“言志”和“载道”两派，钱锺书便从文体的角度批驳周作人为“杜撰”。钱氏指出：“我们常听说中国古代文评里有对立的两派，一派要‘载道’，一派要‘言志’。事实上，在中国旧传统里，‘文以载道’和‘诗以言志’主要是规定各别文体的职能，并非概括‘文学’的界说。‘文’常指散文或‘古文’而言，以区别于‘诗’‘词’。”[④]这种看法虽然不无道理，但事实上古人在谈论“文以载道”此类宏观概念时常常把“文”视为一切文学作品的总称，杜甫也是如此。比如杜甫赠诗郑贲说：“示我百篇文，诗家一标准。”(《赠郑十八贲》)[⑤]上句中的“文”分明就是指下句中的“诗”。又如杜甫希望与李白相见谈诗，却说：“何时一尊酒，重与细论文?”(《春日忆李白》)[⑥]此处的“文”实即指诗。杜诗中的“文章”也是诗、文并指，甚至专指诗，前者如“庾信文章老更成”(《戏为六绝句》之一)[⑦]，“文章曹植波澜阔”(《追酬故高蜀州人日见寄》)[⑧]；后者如“文章千古事，得失寸心知”(《偶题》)[⑨]，“岂有文章惊海内”(《宾至》)[⑩]。所以本文在讨论“文以载道”这个概念时，不取“文”的狭义概念即专指古文，而取兼容诗、文的广义概念。当然，对于杜甫来说，“文以载道”的“文”主要指诗。

杜诗有“文以载道”的功能吗？更准确地说，作为文学作品的杜诗能够传达、体现儒家之道吗？

以孔孟之道为核心的儒学并不是建立在哲学玄思基础上的理论体系，而是以百姓日用人伦为主要思考对象的实用思想。“樊迟问仁，子曰：‘爱人。’”[⑪]孟子说得更清楚：“仁者爱

①(唐)韩愈：《韩昌黎文集校注》，上海：上海古籍出版社，1987年，第304页。

②(唐)韩愈：《韩昌黎文集校注》，上海：上海古籍出版社，1987年，第113页。

③(宋)朱熹、(宋)黎靖德：《朱子语类》，北京：中华书局，1994年，第3273页。

④钱锺书：《中国诗与中国画》，《七缀集》，三联书店，2002年，第4页。

⑤(唐)杜甫著、(清)杨伦笺注：《杜诗镜铨》，上海：上海古籍出版社，1998年，第766页。

⑥(唐)杜甫著、(清)杨伦笺注：《杜诗镜铨》，上海：上海古籍出版社，1998年，第587页。

⑦(唐)杜甫著、(清)杨伦笺注：《杜诗镜铨》，上海：上海古籍出版社，1998年，第32页。

⑧(唐)杜甫著、(清)杨伦笺注：《杜诗镜铨》，上海：上海古籍出版社，1998年，第397页。

⑨(唐)杜甫著、(清)杨伦笺注：《杜诗镜铨》，上海：上海古籍出版社，1998年，第1007页。

⑩(唐)杜甫著、(清)杨伦笺注：《杜诗镜铨》，上海：上海古籍出版社，1998年，第713页。

⑪(魏)何晏注、(宋)刑昺疏《论语注疏》，北京：北京大学出版社，1999年，第168页。

人。”[①]这是儒家的伦理学原则，也是儒学立论之基石，因为仁爱思想必然导致仁政爱民的政治理想。孔子说：“夫仁者，己欲立而立人，己欲达而达人。”[②]孟子则说：“老吾老以及人之老，幼吾幼以及人之幼，天下可运于掌。”[③]儒家的仁爱思想是一种符合实际、切实可行的主张，它既不是好高骛远的空想，也不是违反人性的矫情。从爱自身出发，经过爱亲人的中介，最后达到泛爱众人的目标，这样的爱是人们乐于接受、易于实行的，它绝不是强制性的道德规范，更不是对天国入场券的预付，而是一种平凡而又真诚的情感流动。为了实现这种主张，儒家设计了一套社会制度，并假托于远古的尧舜时代。孔子说：“大道之行也，天下为公，选贤与能，讲信修睦。故人不独亲其亲，不独子其子。使老有所终，壮有所用，幼有所长，矜寡孤独废疾者，皆有所养。男有分，女有归。货恶其弃于地也，不必藏于己。力恶其不出于身也，不必为己。是故谋闭而不兴，盗窃乱贼而不作，故外户而不闭，是谓大同。”[④]孟子则更明确地指出：“尧舜之道，不以仁政，不能治天下。”[⑤]可以说，儒家之道的核心精神就在于此。“文以载道”观念所要阐释发挥的“道”也就在此。杜甫诗云：“致君尧舜上，再使风俗淳。”他衷心希望当朝皇帝成为尧、舜那样的明君，从而实现仁政。杜诗中常把唐高祖比为尧：“神尧十八子”（《别李义》）[⑥]“宗枝神尧后”（《奉赠李八丈曛判官》）[⑦]。如果说这些诗句仅是一般的颂圣之语，那么他把唐太宗比作舜却是确有深意的。天宝十一载（752），杜甫登上慈恩寺塔远眺昭陵，作诗说：“回首叫虞舜，苍梧云正愁。”（《同诸公登慈恩寺塔》）[⑧]清人潘柽章指出：“高祖号神尧皇帝，太宗受内禅，故以虞舜方之。”[⑨]此评甚确。对杜甫来说，让君主成为尧、舜那样的明君从而实现仁政，是有现实可行性的。因为唐太宗的贞观之治就是近代的楷模：“贞观是元龟。”（《夔府书怀四十韵》）[⑩]即使是唐玄宗的开元时代，也达到了国家富足、人民安居乐业的水平，所以杜甫晚年深情地回忆说：“忆昔开元全盛日，小邑犹藏万家室。稻米流脂粟米白，公私仓廪俱丰实。九州道路无豺虎，远行不劳吉日出。齐纨鲁缟车班班，男耕女桑不相失。宫中圣人奏云门，天下朋友皆胶漆。百余年间未灾变，叔孙礼乐萧何律。”（《忆昔》）[⑪]尽管残酷的现实无情地毁灭了杜甫的希望，但他心头的理想火焰从未熄灭。直到暮年，杜甫仍在深情地呼唤太平盛世的再现：“焉得铸甲作农器，一寸荒田牛得耕。牛尽耕，蚕亦成。不劳烈士泪滂沱，男谷女丝行复歌。”（《蚕谷行》）[⑫]杜甫用优美绝伦的诗歌语言酣畅淋漓地歌颂着

①（汉）赵岐注、（宋）孙奭疏：《孟子注疏》，北京：北京大学出版社，1999年，第233页。

②（魏）何晏注、（宋）刑昺疏：《论语注疏》，北京：北京大学出版社，1999年，第237页，第83页。

③（汉）赵岐注、（宋）孙奭疏：《孟子注疏》，北京：北京大学出版社，1999年，第21页。

④（汉）郑玄注、（唐）孔颖达正义：《礼记·礼运第九》，《礼记正义》卷二一，北京：北京大学出版社，1999年，第659页。

⑤（汉）赵岐注、（宋）孙奭疏：《孟子注疏》，北京：北京大学出版社，1999年，第321页。

⑥（唐）杜甫著、（清）杨伦笺注：《杜诗镜铨》，上海：上海古籍出版社，1998年，第319页。

⑦（唐）杜甫著、（清）杨伦笺注：《杜诗镜铨》，上海：上海古籍出版社，1998年，第886页。

⑧（唐）杜甫著、（清）杨伦笺注：《杜诗镜铨》，上海：上海古籍出版社，1998年，第995页。

⑨（唐）杜甫著、（清）杨伦笺注：《杜诗镜铨》，上海：上海古籍出版社，1998年，第36页。

⑩（唐）杜甫著、（清）杨伦笺注：《杜诗镜铨》，上海：上海古籍出版社，1998年，第710页。

⑪（唐）杜甫著、（清）杨伦笺注：《杜诗镜铨》，上海：上海古籍出版社，1998年，第497页。

⑫（唐）杜甫著、（清）杨伦笺注：《杜诗镜铨》，上海：上海古籍出版社，1998年，第1004页

儒家的仁政理想，鼓舞着人民去实现太平盛世的美好愿望，这不是“载道”又是什么！当然，凡是理想，总与现实有一定的距离。理想越是远大、美好，它与现实的距离也就越大。孔子、孟子奔走列国，栖栖惶惶，终无所成，原因何在？颜回说得好：“夫子之道至大，故天下莫能容。”[①]赵岐也说得很好：孟子“遂以儒道游于诸侯，思济斯民。然不肯枉尺直寻，时君咸谓之迂阔于事，终莫能听纳其说”[②]。杜甫也是这样。无论是他在朝廷里的直言进谏，还是在诗歌中对儒家理想的呼唤，都没有得到应有的效果。《新唐书》称杜甫“好论天下大事，高而不切”[③]，即为一例。然而孔、孟之不遇于当世无损于孔孟之道的价值与意义，杜甫之不遇也无损于杜诗的价值与意义。一部杜诗，承载着孔孟之道这个天下最大最高之“道”，它的光辉是不可磨灭的。

杜甫对孔孟之道的阐发、弘扬并未停留在分析章句的层面上，而是把儒学的精髓融在诗歌的主题和表述之中，从而对儒家思想进行了形象化的生动阐释，乃至发挥。首先，杜诗对儒学的表述非常全面，非常准确，而且因诗歌的文体特征而格外精警。试看数例：儒家反对不义战争，孟子痛斥春秋诸侯：“争地以战，杀人盈野。争城以战，杀人盈城。此所谓率土地而食人肉，罪不容于死。”[④]杜甫对唐玄宗前期的穷兵黩武予以尖锐的批判，在《兵车行》中直斥唐玄宗“边庭流血成海水，武皇开边意未已”，并揭露唐王朝的开边战争给人民和平生活造成的巨大破坏：“信知生男恶，反是生女好。生女犹得嫁比邻，生男埋没随百草。君不见青海头，古来白骨无人收。新鬼烦冤旧鬼哭，天阴雨湿声啾啾！”[⑤]儒家谴责贫富悬殊的社会不公正，孟子痛斥：“庖有肥肉，厩有肥马，民有饥色，野有饿莩，此率兽而食人也！”[⑥]杜甫对天宝年间君臣内戚荒淫骄奢而人民饥寒交迫的社会现实痛心疾首，他在《自京赴奉先县咏怀五百字》这首长诗中先描写百姓受到残酷剥削的事实：“彤庭所分帛，本自寒女出。鞭挞其夫家，聚敛贡城阙。”又揭露权贵生活之奢靡无度：“况闻内金盘，尽在卫霍室。中堂舞神仙，烟雾蒙玉质。暖客貂鼠裘，悲管逐清瑟。劝客驼蹄羹，霜橙压香橘。”然后逼出石破天惊的千古警句：“朱门酒肉臭，路有冻死骨！”[⑦]试问，千古以来对儒家经典进行注疏或解析的学者不计其数，有哪部著作比杜诗对儒学精髓的阐释更加深刻、准确、生动？

其次，杜甫阐释儒家之道的手段不是理论分析，而是形象展示和情感诱导。杜甫的感情深厚诚笃，因此被后人誉为“情圣”[⑧]。杜甫深深地爱着他的妻子、儿女和弟妹，一生中始终与妻儿不离不弃，相依为命。他与杨氏夫人伉俪情深，白头偕老。当他陷贼长安时，曾对着月亮怀念远在鄜州的妻子：“何时倚虚幌，双照泪痕干？”（《月夜》）[⑨]当他与家人隔绝时，就格外

①（汉）司马迁：《史记》，北京：中华书局，1982 年，第 1932 页。

②（汉）赵岐注、（宋）孙奭疏：《孟子题辞》，《孟子注疏》卷首，北京：北京大学出版社，1999 年，第 6 页。

③《新唐书》卷二一，北京：中华书局，1975 年，第 5738 页。

④（汉）赵岐注、（宋）孙奭疏：《孟子注疏》，北京：北京大学出版社，1999 年，第 185 页。

⑤（唐）杜甫著、（清）杨伦笺注：《杜诗镜铨》，上海：上海古籍出版社，1998 年，第 33 页。

⑥（汉）赵岐注、（宋）孙奭疏：《孟子注疏》，北京：北京大学出版社，1999 年，第 14 页。

⑦（唐）杜甫著、（清）杨伦笺注：《杜诗镜铨》，上海：上海古籍出版社，1998 年，第 108 页。

⑧梁启超：《情圣杜甫》，《杜甫研究论文集》第一辑，北京：中华书局，1962 年，第 1—13 页。

⑨（唐）杜甫著、（清）杨伦笺注：《杜诗镜铨》，上海：上海古籍出版社，1998 年，第 108 页。

思念幼小的孩子:“世乱怜渠小,家贫仰母慈。”(《遣兴》)[①]杜甫对友人情同兄弟,时时见于吟咏。他四十八岁那年流寓秦州,全家生计濒于绝境,却在短短三个月内写了三首思念李白的名篇,其中如《天末怀李白》云:“凉风起天末,君子意如何?鸿雁几时到,江湖秋水多。文章憎命达,魑魅喜人过。应共冤魂语,投诗赠汨罗。”[②]至性至情,感人肺腑。杜甫还将仁爱之心推广到素不相识的天下苍生。杜甫的幼子因挨饿而夭折,他悲痛万分,但马上又想到了普天下还有很多比他更加困苦的人:“抚迹犹酸辛,平人固骚屑。默思失业徒,因念远戍卒。”(《自京赴奉先县咏怀五百字》)于是杜甫就把关爱之心从家庭扩展到整个民族,整个社会。秋雨刮破了杜甫的茅屋,屋漏床湿,家人彻夜不得安眠,此时此刻,他想到的是:“安得广厦千万间,大庇天下寒士俱欢颜,风雨不动安如山!”他甚至庄严许愿:“呜呼,何时眼前突兀见此屋,吾庐独破受冻死亦足!”(《茅屋为秋风所破歌》)[③]杜甫的思考过程,他的感情流向,都是由近及远,由亲及疏,这与“老吾老以及人之老,幼吾幼以及人之幼”的儒家精神具有深刻的内在同一性。所以杜诗对儒家之道的阐释与弘扬都是通过感动人心的渠道进行的,杜诗诱发了千古读者的仁爱之心,同时也就引导着读者去体察、接受儒家之道的核心内容,即仁爱精神。

其三,由于儒学已成为杜甫沦肌浃髓的个人思想,杜甫在弘扬儒学时达到了纵横如意的程度,所以他就能自然而然地对儒学有所补充,有所发展。这方面最显著的例证便是对仁爱精神的施予对象的扩展。早期儒家提出仁爱精神时,其思考对象主要是人类,孟子说“仁者爱人”,他又举例说明人们的仁爱之心的来源:“今人乍见孺子将入于井,皆有怵惕恻隐之心。”[④]当然,从情理上说,“恻隐之心”也可能施及其他生命,所以孟子又说:“君子之于禽兽也,见其生,不忍见其死;闻其声,不忍食其肉:是以君子远庖厨也。”[⑤]从逻辑上说,由“推己及人”而形成的仁爱之心必然会延展到其他生命,所以孟子又说:“亲亲而仁民,仁民而爱物。”但是此语的上文是:“君子之于物也,爱之而弗仁。”汉人赵歧注曰:“物,谓凡物可以养人者也,当爱育之,而不加之仁,若牺牲不得不杀也。”[⑥]可见孟子之“爱物”,还是从人的本位利益着想的。孟子说:“数罟不入洿池,鱼鳖不可胜食也。”[⑦]把这种关系表达得非常清楚。杜甫却摆脱了利益的束缚,他从其善良本性出发,将爱人之心延伸出去,推广开来,用更加广博的仁爱精神去拥抱整个世界。杜诗写到天地间的一切生灵都用以充满爱抚的笔触:“筑场怜穴蚁,拾穗许村童。”(《暂往白帝复还东屯》)[⑧]“盘飧老夫食,分减及溪鱼。”(《秋野五首》其一)[⑨]在杜甫心目中,天地间的动物、植物都与人一样,应该沐浴在仁爱的氛围中。杜甫在成都草堂的周围植树甚多,其中有四株小松,他避乱梓州时非常惦念它们:“尚念四小松,蔓草易拘

---

①(唐)杜甫著、(清)杨伦笺注:《杜诗镜铨》,上海:上海古籍出版社,1998年,第126页。
②(唐)杜甫著、(清)杨伦笺注:《杜诗镜铨》,上海:上海古籍出版社,1998年,第131页。
③(唐)杜甫著、(清)杨伦笺注:《杜诗镜铨》,上海:上海古籍出版社,1998年,第248页。
④(汉)赵岐注、(宋)孙奭疏:《孟子注疏》,北京:北京大学出版社,1999年,第93页。
⑤(汉)赵岐注、(宋)孙奭疏:《孟子注疏》,北京:北京大学出版社,1999年,第20页。
⑥(汉)赵岐注、(宋)孙奭疏:《孟子注疏》,北京:北京大学出版社,1999年,第377页。
⑦(汉)赵岐注、(宋)孙奭疏:《孟子注疏》,北京:北京大学出版社,1999年,第9页。
⑧(唐)杜甫著、(清)杨伦笺注:《杜诗镜铨》,上海:上海古籍出版社,1998年,第364页。
⑨(唐)杜甫著、(清)杨伦笺注:《杜诗镜铨》,上海:上海古籍出版社,1998年,第863页。

缠。霜骨不甚长，永为邻里怜。"(《寄题江外草堂》)[①]等到他返回草堂重见小松，竟然如睹久别的儿女："四松初移时，大抵三尺强。别来忽三岁，离立如人长。"(《四松》)[②]杜甫尤其关心那些处境欠佳的动植物："白鱼困密网，黄鸟喧佳音。物微限通塞，恻隐仁者心。"(《过津口》)[③]古人本有"数罟不入洿池"[④]的习惯，"数罟"者，密网也。如今竟然在江上张着密密的渔网，大小鱼儿都困在网里，杜甫顿时产生了恻隐之心。有人认为杜诗中写到动物、植物，往往有比兴寄托的意味，这话不错。比如杜甫喜咏雄鹰和骏马，在它们身上寄托着诗人的雄心和豪气。又如在成都写的《病橘》《病柏》《枯棕》《枯楠》，分别咏害病的橘树和柏树，枯萎的棕树和楠树，杜甫为什么专挑病树、枯树来写？历代注家都认为这是比喻在苛捐杂税的压迫下奄奄一息的穷苦百姓，相当合理。但是杜诗中也有许多篇章只是直书所见，并无寄托，例如《舟前小鹅儿》："鹅儿黄似酒，对酒爱新鹅。引颈嗔船逼，无行乱眼多。翅开遭宿雨，力小困沧波。客散层城暮，狐狸奈若何！"[⑤]诗中并无以鹅喻人之意，充溢在字里行间的只是对弱小生命的由衷爱怜和关切。杜甫关爱一切生命的情怀是对儒家仁爱思想的重要发展，请看《题桃树》："小径升堂旧不斜，五株桃树亦从遮。高秋总馈贫人食，来岁还舒满眼花。帘户每宜通乳燕，儿童莫信打慈鸦。寡妻群盗非今日，天下车书正一家。"[⑥]此诗把桃树写得深通人性、有情有义，对乳燕、慈鸦也流露出一片爱心，清人杨伦评曰："此诗于小中见大，直具'民胞物与'之怀，可作张子《西铭》读，然却无理学气。"[⑦]从逻辑而言，把仁爱之心从人推广到普通的生物，本来是儒学内在的一种发展方向。孟子之后，汉人董仲舒即提出："质于爱民，以下至于鸟兽昆虫莫不爱。不爱，奚足谓仁？"[⑧]可惜董仲舒本是为建构"天人合一"的政治神学体系而偶然及此，正如他对策时从"天道"中寻找仁政的理论根据："天道之大者在阴阳。阳为德，阴为刑；刑主杀而德主生。是故阳常居大夏，而以生育养长为事；阴常居大冬，而积于空虚不用之处。以此见天之任德不任刑也。"[⑨]所以并未深论，其后也绝无嗣响。直到北宋，理学家张载才提出著名的命题："民吾同胞，物吾与也。"[⑩]这句话被后人压缩成"民胞物与"四个字，意思是人们都是同胞兄弟，生物都是人类的朋友。这种精神在理论上要等到宋人才清楚地阐发出来，但是在文学上，唐人杜甫早就用他的美丽诗篇生动地予以弘扬了。这是杜甫对于儒学思想的一大贡献。

总而言之，杜甫用诗歌阐释了儒学的核心精神，取得了经典注疏或理论分析难以达到的良好效果。就思想意义而言，一部杜诗就是儒学精神的形象展示，堪称"文以载道"的典范文本。

---

①(唐)杜甫著、(清)杨伦笺注：《杜诗镜铨》，上海：上海古籍出版社，1998年，第813页。

②(唐)杜甫著、(清)杨伦笺注：《杜诗镜铨》，上海：上海古籍出版社，1998年，第453页。

③(唐)杜甫著、(清)杨伦笺注：《杜诗镜铨》，上海：上海古籍出版社，1998年，第517页。

④(汉)赵岐注、(宋)孙奭疏：《孟子注疏》，北京：北京大学出版社，1999年，第9页。

⑤(唐)杜甫著、(清)杨伦笺注：《杜诗镜铨》，上海：上海古籍出版社，1998年，第961页。

⑥(唐)杜甫著、(清)杨伦笺注：《杜诗镜铨》，上海：上海古籍出版社，1998年，第449页。

⑦(唐)杜甫著、(清)杨伦笺注：《杜诗镜铨》，上海：上海古籍出版社，1998年，第517页。

⑧(汉)董仲舒：《春秋繁露·仁义法》，《春秋繁露义证》，北京：中华书局，1992年，第251页。

⑨(汉)班固：《汉书·董仲舒传》，《汉书》卷五六，北京：中华书局，1962年，第2502页。

⑩(宋)张载：《正蒙·乾称篇第十七》，《张载集》，北京：中华书局，1978年，第62页。

四

儒学本是关于百姓日用人伦的民间思想。孔子也好，孟子也好，他们的政治主张始终未被君主采纳，他们的讲学著述活动也是在民间进行的。自从汉武帝采纳董仲舒的劝说而罢黜百家、独尊儒术以后，儒学才开始登上庙堂，孔子才成为“素王”和“文宣王”，孟子才成为“亚圣”。韩愈的“文以贯道”也好，周敦颐的“文以载道”也好，他们心目中的“道”都是作为庙堂思想的儒家之道，他们心目中的孔孟之道都是“文宣王”和“亚圣”的思想，也即经过改造乃至篡改的孔孟之道。试看韩愈《原道》中“帝之与王，其号名殊，其所以为圣一也”，以及“臣不行君之令而致之民，民不出粟米麻丝、作器皿、通财货，以事其上，则诛”[①]等句，便可明白。“文以载道”之说在现代引起人们那么强烈的反感，与此密切相关。然而，事实上儒家思想的本来面目绝非庙堂学术，孔孟之道中本有限制君权的民本思想。孔子认为君主应该慎用民力：“使民如承大祭。”[②]还认为不守君道的君主应被废黜：“如有不由此者，在势者去，众以为殃。”[③]孟子则公然提出民贵君轻的观点：“民为贵，社稷次之，君为轻。”[④]甚至认为人民有权力诛杀暴君：“闻诛一夫纣矣，未闻弑君也！”[⑤]杜诗所载的“道”，正是这样的孔孟之道。所以杜甫尽管忠君，但当君主荒淫无道时，杜甫从不为尊者讳，杜诗在讥刺当朝皇帝之荒政时绝无恕词，如“落日留王母，微风倚少儿”（《宿昔》）[⑥]之讽刺唐玄宗好内宠，“张后不乐上为忙”（《忆昔二道》其一）[⑦]之讥刺唐肃宗惧内，“天子多恩泽，苍生转寂寥”（《奉赠卢五丈参谋琚》）[⑧]之揭露唐代宗假仁假义，皆为显例。所以笔者认为，如果把孔孟之道的本来面目作为思考对象，则“文以载道”之说应该得到重新评价。同样，对杜甫“文以载道”的思考，也应该在这样的前提下进行。

中国古典诗歌在本质上都是个人抒情诗，凡是优秀的诗歌作品，都是直抒胸臆，毫无伪饰的。汉儒所拟的《诗大序》向来被视为儒家诗教说的纲领，《大序》云：“诗者，志之所之也。在心为志，发言为诗。情动于中而形于言。言之不足，故嗟叹之；嗟叹之不足，故永歌之；永歌之不足，不知手之舞之，足之蹈之也。”又云：“治世之音安以乐，其政和；乱世之音怨以怒，其政乖；亡国之音哀以思，其民困。故正得失，动天地，感鬼神，莫近于诗。先王以是经夫妇，成孝敬，厚人伦，美教化，移风俗。”[⑨]前一段话说诗歌萌生于诗人内心情志的激荡，后一段话说诗歌在客观上有着反映社会、移风易俗的效果，从而符合儒家的价值。一部杜诗，堪称这

---

①（唐）韩愈：《韩昌黎文集校注》，上海：上海古籍出版社，1987年，第17、16页。

②（魏）何晏注、（宋）刑昺疏：《论语注疏》，北京：北京大学出版社，1999年，第158页。

③（汉）郑玄注、（唐）孔颖达正义：《礼记·礼运第九》，《礼记正义》卷二一，北京：北京大学出版社，1999年，第661页。

④（汉）赵岐注、（宋）孙奭疏：《孟子注疏》，北京：北京大学出版社，1999年，第387页。

⑤（汉）赵岐注、（宋）孙奭疏：《孟子注疏》，北京：北京大学出版社，1999年，第53页。

⑥（唐）杜甫著、（清）杨伦笺注：《杜诗镜铨》，上海：上海古籍出版社，1998年，第517页。

⑦（唐）杜甫著、（清）杨伦笺注：《杜诗镜铨》，上海：上海古籍出版社，1998年，第823页。

⑧（唐）杜甫著、（清）杨伦笺注：《杜诗镜铨》，上海：上海古籍出版社，1998年，第497页。

⑨（汉）郑玄笺、（唐）孔颖达疏：《毛诗正义》卷一，北京：北京大学出版社，1999年，第6—10页。

个诗歌纲领的完美体现。杜诗被誉为“诗史”，杜甫被誉为“诗圣”，其深层的原因皆在于此。

杜诗向称“诗史”，但杜诗的功能并不是客观地记录历史，它是对历史的价值评判，是历史的暴风骤雨在人们心头激起的情感波澜的深刻抒写。清人浦起龙说得好：“少陵之诗，一人之性情，而三朝之事会寄焉者也。”[①]大唐帝国在玄宗、肃宗、代宗三朝发生了由盛转衰的剧变，它对人们的精神面貌产生了怎样的严重影响？安史之乱在唐朝人民的心头留下了何等深重的创伤？这些内容在史书中是读不到的，即使有所涉及也是不够真切的。例如安史之乱使唐帝国的人口大量减少，《资治通鉴》中有详细的记载：天宝十三载(754)，大唐帝国的总人口是5288万，到了广德二年(764)，这个数字降低为1690万。短短的十年间，全国的总人口竟然减少了三分之二左右！然而史书中虽然记载了详细的人口数字，但是它只是两个冷冰冰的数据，它没有细节，没有过程，它没有告诉我们那么多的百姓是如何死于非命的。杜甫晚年有诗云：“丧乱死多门，呜呼泪如霰！”(《白马》)[②]在太平年代里，人们的死亡方式是很单一的，或是寿终正寝，或是病死。但是在兵荒马乱的时代，人们有各种意想不到的方式走向死亡。这是多么沉痛的句子！安史之乱时百姓遭受的苦难到底有多深，他们是死于铁骑的蹂躏，还是死于逃难的折磨，或是死于兵火之后的饥荒？只有“三吏”“三别”以及《自京赴奉先县咏怀五百字》《北征》等杜诗才给出了深刻的解答。从这个意义上说，一部杜诗，在客观上就是新、旧《唐书》的必要补充，在主观上就是杜甫留给后人的历史警示录。孔子说过：“我欲载之空言，不如见之于行事之深切著明也。”[③]孔子为何要修《春秋》？又为何要在《春秋》中用微言大义的方式来表明褒贬态度？进一步说，中华民族为什么要如此重视史学传统？就是因为历史是我们的集体记忆，是民族的精神血脉，是集体价值观的记载和传承，它承载着彰善瘅恶、维系纲常的重大使命，它必然会对中华民族的现在和将来产生深远的影响。杜诗在记录历史事实时渗入了深沉的思考和深厚的情感，它不但让后人了解历史，而且启发后人感知历史、思考历史，进而从历史中汲取经验和教训，从而更好地前进。就这一点来说，杜诗与孔子的《春秋》具有同样的意义。可以说，儒家重视历史，希望从中获取实现仁政理想的经验启迪或反面教训的思想，在杜诗中有极其深刻的体现。

杜甫向称“诗圣”，“诗圣”的概念当然包含着杜诗在艺术成就上登峰造极的意思，但更主要的内涵则是他的人格高标。北宋大诗人王安石和黄庭坚各有题咏杜甫画像的诗，王诗云：“所以见公像，再拜涕泗流。推公之心古亦少，愿起公死从之游！”[④]黄诗云：“常使诗人拜画图，煎胶续弦千古无！”[⑤]是什么原因使得他们不约而同地对着杜甫的画像顶礼膜拜呢？王诗中说：“常愿天子圣，大臣各伊周。宁令吾庐独破受冻死，不忍四海赤子寒飕飕。”黄诗中说：“中原未得平安报，醉里眉攒万国愁。生绡铺墙粉墨落，平生忠义今寂寞。”他们敬爱的是杜甫忧国忧民的伟大情怀，是杜甫志在天下的磊落人格。事实上杜甫一生在政治上几乎没有

①(清)浦起龙：《少陵编年诗目谱》，《读杜心解》卷首，北京：中华书局，1961年，第60页。

②(唐)杜甫著、(清)杨伦笺注：《杜诗镜铨》，上海：上海古籍出版社，1998年，第1024页。

③(汉)司马迁：《史记》，北京：中华书局，1982年，第3297页。

④(宋)王安石：《杜甫画像》，《王荆文公诗李壁注》卷一三，北京：上海古籍出版社，1993年，第715页。

⑤(宋)黄庭坚：《老杜浣花溪图引》，《山谷外集诗注》卷一六，《黄庭坚诗集注》，北京：中华书局，2003年，第1342页。

什么建树，除了在肃宗的朝廷里偶然仗义执言，从此受到朝廷疏远以外，他始终是默默无闻的小官员，很多时候还是飘泊江湖的一介布衣。杜甫经常自称“杜陵布衣”：“杜陵有布衣。”（《自京赴奉先县咏怀五百字》）又自称“少陵野老”：“少陵野老吞声哭。”（《哀江头》）[①]杜甫以一介布衣的身份展示了儒家所崇扬的人格风范，这一点有特别重要的意义。中华民族的先人非常重视个体的道德修养，这是儒家思想的精髓之一。儒家认为，一个高度发达的文明社会，它的基础就是文明的个体，是具有道德自觉的个体。儒家还认为个体的修养不应该受到外在力量的强制，而应该是出于内心的道德自律。所以儒家非常重视个体的道德建树，崇扬人格精神。最典型的表述就是孟子提出来的人格境界，即“富贵不能淫，贫贱不能移，威武不能屈”[②]的大丈夫精神。杜甫就具有这样的大丈夫精神。杜甫流落饥寒，穷愁潦倒，终生不遇，但他以忧国忧民的伟大胸怀超越了叹穷嗟卑的个人小天地，他以宏伟远大的精神追求超越了捉襟见肘的物质环境。请看他在困顿长安时的自我期许：“许身一何愚，窃比稷与契。”（《自京赴奉先县咏怀五百字》）稷是舜时主管农业的大臣，也是周朝的祖先。契则是协助大禹治水的大臣，也是商朝的祖先。一介布衣的杜甫以古代大臣自比，是不是自许太高呢？对此，明人王嗣奭有极好的解读：“人多疑自许稷、契之语，不知稷、契元无他奇，只是己溺己饥之念而已。”[③]何谓“己溺己饥”？此语出于《孟子》：“禹思天下有溺者，由己溺之也。稷思天下有饥者，由己饥之也。”[④]可见“己溺己饥之念”是一种高度的责任感，是一种伟大的胸怀，一种高尚的政治情操。然而稷与契身居高位，本来就承担着国家的重任，他们有这样的责任感是理所当然的。杜甫则不同，按照“不在其位，不谋其政”[⑤]的常理来说，他本来是不必怀有此种责任感的。然而杜甫竟然自许稷、契，竟然以“己溺己饥之念”为人生目标，这是儒家弘毅人格的典范体现。

一部杜诗，展示了崇高的人格境界，蕴涵着充沛的精神力量。读者阅读杜诗，在获得兴致淋漓的审美快感的同时，也受到仁爱精神和弘毅人格的熏陶，从而在潜移默化中完成对儒学精神的传承。这种精神启迪不同于理论性的德育教材，它带来的教益是伴随着感动而来的，它像“润物细无声”（《春夜喜雨》）[⑥]的春雨一样沁入读者的心肺，悄无声息，却沦肌浃髓。在杜甫身后，无数后人从阅读杜诗入手，从而走近杜甫，感受其伟大心灵的脉动，接受其高尚情操的熏陶。宋人王安石在杜甫画像前顶礼膜拜，他说：“所以见公像，再拜涕泗流。推公之心古亦少，愿起公死从之游！”[⑦]这说出了后人阅读杜诗的共同感受。杜诗对读者的这种感发激励作用，在国家民族遭遇灾难的关头便得到特别的凸显，比如北宋末年，爱国名将宗泽因受投降派掣肘，忧愤成疾，临终前长吟杜诗“出师未捷身先死，长使英雄泪满襟”之句[⑧]。李纲

---

①（唐）杜甫著、（清）杨伦笺注：《杜诗镜铨》，上海：上海古籍出版社，1998年，第122页。

②（汉）赵岐注、（宋）孙奭疏：《孟子注疏》，北京：北京大学出版社，1999年，第162页。

③（明）王嗣奭：《杜臆》卷一，上海：上海古籍出版社，1983年，第35页。

④（汉）赵岐注、（宋）孙奭疏：《孟子注疏》，北京：北京大学出版社，1999年，第234页。

⑤（清）刘宝楠：《论语·泰伯》，《论语正义》卷九，上海：上海书店，1986年，第164页。

⑥（唐）杜甫著、（清）杨伦笺注：《杜诗镜铨》，上海：上海古籍出版社，1998年，第344页。

⑦（宋）王安石：《杜甫画像》，《王荆文公诗李壁注》卷一三，上海：上海古籍出版社，1993年，第715页。

⑧《宋史·宗泽传》，《宋史》卷三六，北京：中华书局，1985年，第11285页。

则在决心以死报国之际，书杜诗赠义士王周士，“以激其气”[①]。南宋末年，汪元量在《草地寒甚毡帐中读杜诗》中说：“少年读杜诗，颇嫌其枯槁。斯时熟读之，始知句句好。”[②]郑思肖在《杜子美茅屋为秋风所破歌图》中说：“数间茅屋苦饶舌，说杀少陵忧国心。”[③]最典型的例子则是文天祥。文天祥坚持抗元，屡败屡战，最终被俘，押至大都后囚于狱中，虽元人百般劝降，天祥坚贞不屈，在百沴充斥的牢房里度过三年后从容就义。此时南宋政权早已灭亡，文天祥处境又如此险恶，是什么精神力量在支撑着他坚持民族气节，直到生命的最后一刻？文天祥在《正气歌》中自述：“风檐展书读，古道照颜色。”[④]那么，他所说的“古道”到底何指呢？文天祥就义后，人们在其腰带上发现了一首《衣带铭》，上书：“孔曰成仁，孟云取义。惟其义尽，所以仁至。读圣贤书，所学何事。而今而后，庶几无愧。”[⑤]可见儒家精神就是文天祥的精神源泉。然而文天祥还有第二个重要的精神源泉，那就是杜诗。文天祥在燕京狱中写了二百首《集杜诗》，其自序中说：“凡吾意所欲言者，子美先为代言之。日玩之不置，但觉为吾诗，忘其为子美诗也。”又说：“予所集杜诗，自余颠沛以来，世变人事，概见于此矣！”[⑥]可见正是杜诗中蕴涵的高尚情操鼓舞着文天祥，是杜甫的人格精神激励着文天祥，于是他慷慨捐躯、舍生取义，实现了生命的最高价值，从而臻于儒家人格精神的最高境界。

综上所述，杜甫对儒家之道的阐释与弘扬都具有如下特征：他把从董仲舒开始逐渐成为庙堂学术的儒学拉回民间，从而恢复其关注百姓日用人伦的本来面目。他用行为践履区别于那些空谈义理的后世儒者，从而恢复儒家重视实践的本质。他用个体抒情的诗语方式取代了“代圣贤立言”的刻板解经，从而恢复孔、孟极具个性的话语传统。他用发自内心的真实感悟取代强制性的道德律令，从而恢复儒家基于人心的逻辑起点。总之，杜甫将整个生命铸成一部杜诗，从而以淋漓酣畅、优美绝伦的诗歌文本阐释、弘扬了儒家之道，这是生动鲜活的“文以载道”。如果与韩愈的“五原”系列论文或宋元理学家的高头讲章相比，杜诗的“文以载道”不是冷冰冰的论道说教，而是热情洋溢的情感传递。杜诗对读者的影响不是理智的说服而是心灵的感动，杜诗对读者的教育作用是移情感悟，是人格熏陶。只要我们承认孔门的杏坛弦歌和沂水春风是用活泼灵动的形式传递人生哲理，也是最典范的传道方式，就必须承认杜诗也是符合儒家传统的“文以载道”。杜甫成为中华民族“四千年文化中最庄严、最瑰丽、最永久的一道光彩”[⑦]，最重要的原因就是杜甫终生践履的儒学精神在诗歌中的耀眼映射，杜诗堪称“文以载道”的典范。

杜甫的情况启示我们准确地评价“文以载道”的意义和价值。首先，“文以载道”本是一个无可挑剔的文学观念。文学作品必然蕴含着思想意识，即使那些单纯的抒情作品，无论所

①（宋）李纲：《书杜子美魏将军歌赠王周士》，《梁溪先生文集》卷一六二，南京：凤凰出版社，2011年，第二册第389页。

②（宋）汪元量：《赠订湖山类稿》卷三，北京：中华书局，1984年，第86页。

③《全宋诗》卷三六二四，北京：北京大学出版社，1991年，第43397页。

④（宋）文天祥：《文天祥全集》卷一四，北京：中国书店，1985年，第375—376页。

⑤（宋）文天祥：《文天祥全集》卷一四，北京：中国书店，1985年，第465页。

⑥（宋）文天祥：《文天祥全集》卷一四，北京：中国书店，1985年，第397页。

⑦闻一多：《杜甫》，《唐诗杂论》，上海：上海古籍出版社，1998年，第135页。

抒之情是喜、乐还是怒、哀，其中必然包含着某种思想倾向。诸如对国家人民的热爱，对自由生活的追求，乃至对山水花卉的欣赏；或是对侵略者的仇恨，对悲惨生活的哀怨，乃至对毒蛇害虫的嫌恶，都是一种价值判断，都包蕴着某种思想意识。“道”就是人们的思想意识，“文”则是用来表达思想意识的手段，如果没有“载道”的目的，则“文”的意义何在？至于那些毫无意义的无病呻吟，或是诲淫诲盗的污秽之作，显然不应在我们的思考范围之内。其次，“文以载道”并不会损害作品的文学价值。即使所载之“道”只指孔孟之道，情况也是一样。《濂洛风雅》中的某些语录体诗歌，也许没有太大的文学意味，但那只是因为理学家作诗并不追求文学性，这显然不是“文以载道”自身的责任。韩文、杜诗，都是“文以载道”的典范之作，又有谁能否定它们的文学价值？至于广义的“道”，也即人们的思想意识，则它本是文学作品的精髓和灵魂。“文以载道”非但不会损害作品的文学价值，反而会使作品具备充实的内容和丰富的意义，会使作品具备感动人心的丰盈力量。一部杜诗，就是上述观点的最好例证。

盛世经历对杜甫"致君尧舜"政治理想的影响

胡永杰

（河南社会科学院文学所　郑州　450002）

杜甫在《奉赠韦左丞丈二十二韵》诗中曾谈到他"致君尧舜上，再使风俗淳"的政治理想。对于他形成如此远大的政治理想的原因，人们一般归结为中原地区深远的儒学传统和他世代奉儒守官的家庭传统的影响。这些原因当然毋庸置疑，但是它们是更深层的因素。联系杜甫早年的生活经历并和同时代诗人进行比较，笔者认为，他早年较为快意的生活经历和开元盛世的社会政治环境其实对他的影响更直接，也更强烈，可以说他的政治理想也是盛唐精神的一种表现。

考察杜甫早年的生活状况，并与王维、高适、岑参等同时代诗人对比，我们可以发现，杜甫青少年时期（开元时期，主要生活于洛阳，并漫游各地）的生活格外优裕和快意，并广受盛唐名流的褒奖。这样的生活经历利于他感受和认识开元时期的盛世气象，从而培养出自信、远大、壮阔的胸怀与理想。而这样美好的盛世印象与自信的性格、豪迈高远的胸怀，成为了他一生的支撑与动力。后来唐王朝的政治形势极为恶劣、国家命运急剧衰落，他自身的遭遇也格外坎坷困顿，但他在思想心态、人生追求及诗歌创作中都表现出超出同时代人的坚强和韧性，这和他早年形成的盛世印象和伟大胸怀的支撑与鼓舞是不可或分的。

一、"致君尧舜"政治思想的渊源

"致君尧舜"的思想是先秦儒家的观念。孔子周游列国，目的就是帮助各国君王继承先王之道，施行仁政，恢复传说中理想化的先王统治时期的大同之治。孟子也游说各国诸侯推行王道政治，并明确提出君王做尧舜之君，大臣做像舜辅佐尧、禹辅佐舜，伊尹辅佐商汤那样的大臣，以"王道"统一、治理天下的政治思想。

孟子曰："规矩，方员之至也；圣人，人伦之至也。欲为君，尽君道；欲为臣，尽臣道。二者皆法尧、舜而已矣。不以舜之所以事尧事君，不敬其君者也；不以尧之所以治民治民，贼其民者也。"（《孟子·离娄上》）

万章问曰："人有言，'伊尹以割烹要汤'，有诸？"孟子曰："否，不然。伊尹耕于有莘之野，而乐尧、舜之道焉。非其义也，非其道也，禄之以天下弗顾也，系马千驷弗视也。非其义也，非其道也，一介不以与人，一介不以取诸人。汤使人以币聘之，嚣嚣然曰：'我何以汤之聘币为哉？我岂若处畎亩之中，由是以乐尧、舜之道哉？'汤三使往聘之，既而幡然改曰：'与我处畎亩之中，由是以乐尧、舜之道，吾岂若使是君为尧、舜之君哉？吾岂若使是民为尧、舜之民哉？吾岂若于吾身亲见之哉？天之生此民也，使先知觉后知，使先觉觉后觉也。予，天民之先觉者也，予将以斯道觉斯民也，非予觉之而谁也？'思天下之民匹夫匹妇有不被尧、舜之泽者，若己推而内之沟中。其自任以天下之重如此，故就汤而说之以伐夏救民。吾未闻枉己而正人者也，况辱己以正天下者乎？圣人之行不同也，或远或近，或去或不去，归洁其身而已矣。吾闻其以尧、舜之道要汤，未闻以割烹也。"（《孟子·万章上》）

但是，秦汉以来，大一统的时代环境，反倒限制了士人们建立功业的道路，君臣关系无法再达到先秦之士与君王为师友的境地，所以司马迁转而追求一家之言，王充等开始看重文士的地位，他们对于"致君尧舜"的追求都一定程度上失去了自信和热情。[①]

魏晋南北朝时期，政权更迭频繁，士族兴起，士人们对于国家和君王的责任感更显淡薄。而唐代的贞观和开元时期，则形成两个君臣关系颇为融洽完美的清明盛世，"致君尧舜"的思想亦随之高涨，关于这一思想的表述也多了起来。

如贞观时王珪评价魏徵云："以谏诤为心，耻君不及尧舜，臣不如徵。"（《新唐书》卷九十八《王珪传》）高宗时刘仁轨谈论韦机在洛阳大兴土木之事时，则批评他不合"致君尧舜"的为臣之道：

韦机为司农卿兼统将作少府二司，高宗上元中始造宿羽、高山等宫，又移洛水中桥营上阳宫。刘仁轨谓侍御史狄仁杰曰："古之陂池台榭，皆在深宫重城之内，不欲外人见之，恐伤百姓之心也。机之所作，列榭修廊，在于堙堞之外，万方朝谒，无不睹之，此岂致君尧舜之意哉？"机闻之曰："天下有道，百司各奉其职，辅弼之臣则思献替之事。府藏之臣，行诏守官而已，吾不敢越分故也。"仁杰竟求索机过失，奏劾之，遂坐免官。（《册府元龟》卷六二五）[②]

开元时期，张说对于此的表达最多：

臣说言，伏奉制书，除臣右丞相兼中书令。臣学惭稽古，早侍春宫，阶缘旧恩，忝窃枢近。虽思致君尧舜，而才谢伊皋。（张说《让右丞相表二首》其一，《张燕公集》卷十三，第 101 页 b）[③]

季子光庭，侍中兼吏部尚书，辅政邕熙，致君尧舜，孝理发乎陵庙，仁泽遍乎松槚。（张说《赠太尉裴公神道碑》，《张燕公集》卷十八，第 146 页 b）

---

①胡永杰：《论两汉士人文人化心态的萌芽、形成及发展》，《河南教育学院学报》（哲社版），2008 年第 4 期。

②周勋初等校订：《册府元龟》卷六二五《废黜》，南京：凤凰出版社，2006 年，第 7 册，7237 页。

③《张燕公集》，上海：上海古籍出版社，1992 年，《四库唐人文集丛刊》本。

叙曰：八柱承天，高明之位定，四时成岁，亭育之功存。画为九州，禹也，尧享鸿名；播时百谷，弃也，舜称至德。由此言之，知人则哲，非贤罔乂。致君尧舜，何代无人，有唐元宰曰梁文贞公……（张说《故开府仪同三司上柱国赠扬州刺史大都督梁国公姚文贞公神道碑》，《张燕公集》卷十八，第 147 页 a）

唐玄宗自身也对此思想有过表达：

卿等思致君尧舜，欲加号圣文，朕内省虚怀，安敢当此。（唐玄宗《答侍中裴光庭等上尊号表批》，《全唐文》卷三十七）

可见，贞观、开元时期，由于国家富强、政治清明，君明臣贤，颇有儒家理想中尧舜等时期政治环境的影子，这种形势大大激发了士人们奋发有为的自信心，“致君尧舜”的政治理想颇为盛行。穆宗时崔植的一段评论颇有代表性：

太宗文皇帝特禀上圣之资，同符尧舜之道，是以贞观一朝，四海宁晏。有房玄龄、杜如晦、魏徵、王珪之属为辅佐股肱，君明臣忠，事无不理，圣贤相遇，固宜如此。玄宗守文继体，尝经天后朝艰危，开元初得姚崇、宋璟，委之为政；此二人者，天生俊杰，动必推公，夙夜孜孜，致君于道。（《旧唐书》卷一一九，《崔祐甫传附崔植传》）

由此可见，“致君尧舜”的政治思想既是先秦儒家提出的一个老话题，也是唐代贞观、开元时期的时代思潮。杜甫这一理想的形成，是对传统儒学的继承，也当有时代氛围影响的原因。

二、盛世经历对杜甫“致君尧舜”理想的培养与促成

杜甫的幼年及青少年时期正值开元盛世，这时他主要在东都洛阳度过，在天时地利两方面都有接受这一盛世精神影响的便利。而且他青少年时的生活格外快意无忧，在盛唐诗人中是颇为突出的。他五六岁时便在郾城看过公孙大娘的剑器舞。对于在洛阳时的生活，他自己说：“昔在洛阳时，亲友相追攀。送客东郊道，遨游宿南山。烟尘阻长河，树羽成皋间。”（《遣兴五首》其五）“往昔十四五，出游翰墨场。斯文崔魏徒，以我似班扬。”（《壮游》）“岐王宅里寻常见，崔九堂前几度闻。”（《江南逢李龟年》）“甫昔少年日，早充观国宾。读书破万卷，下笔如有神。赋料扬雄敌，诗看子建亲。李邕求识面，王翰愿卜邻。”（《奉赠韦左丞丈二十二韵》）家人的宠爱、王公名流的赏识鼓励，这样的生活经历无疑会加剧他对盛世环境美好的体验，培养他自信、远大的胸怀和理想。

而开元时期的东都洛阳恰是玄宗经常驻跸，名流们聚集，盛世的各种活动上演的地方。唐玄宗开元年间曾于五年正月至六年十月、十年正月至十一年正月、十二年十一月至十五年

十月、十九年十月至二十年十月、二十二年正月至二十四年十月五次居住洛阳①，其中十二年至十五年和二十二年至二十四年这两次正是杜甫十几岁到二十多岁的青少年时期，他都在洛阳，亲身经历了这些盛况。特别是开元十二年至十五年这次，玄宗和百官是为封禅泰山才居住洛阳的。封禅之事是国家强盛的标志，也是文化上的盛典，而封禅的首要倡导者和主事者就是时任宰相的张说。而且这期间玄宗在洛阳还建立了著名的集贤殿书院，选择著名文士担任书院学士和直学士，宰相张说知院事，给予了文儒之士极大的礼遇。玄宗在当时所作的《春晚宴两相及礼官丽正殿学士探得风字》诗序中称："朕以薄德，祗膺历数。……乃命学者，缮落简，缉遗编，纂鲁壁之文章，缀秦坑之煨烬，所以修文教也。"《集贤书院成送张说上集贤学士赐宴得珍字》诗中云："广学开书院，崇儒引席珍。集贤招衮职，论道命台臣。礼乐沿今古，文章革旧新。献酬尊俎列，宾主位班陈。节变云初夏，时移气尚春。所希光史册，千载仰兹晨。"（均见《全唐诗》卷三）这些行为和表述均表现出玄宗显著的重文任贤的政治取向。《新唐书·张说传》说："天子尊尚经术，开馆置学士，修太宗之政，皆说倡之。"可见张说在辅佐唐玄宗以儒和文治国，开创开元盛世方面是居功至伟的。他给杜甫这样的年轻之士树立了一个极为完美的"致君尧舜"的宰辅之臣的榜样。当时杜甫因为地位的悬殊，虽并不一定能结识张说、张九龄这样的贤达，但对他们的风采和品格十分熟悉，②无疑会为这样的形势欢欣鼓舞，并在思想怀抱、人生追求上受其影响。

当然这样的榜样并不只张说、张九龄，还有贞观大臣。杜甫在《奉送魏六丈佑少府之交广》诗中忆及魏徵时说："磊落贞观事，致君朴直词。"他对贞观大臣的风操是极为仰慕的。但是张说、张九龄作为杜甫同时代的人，他们的道德品质、政治举措与成就杜甫目睹了，所以对杜甫影响也更直接、更深刻。可以这样说，是开元盛世中培养起来的胸怀和品质，决定了杜甫对贞观君臣的格外钟情。《奉赠韦左丞丈二十二韵》诗中说："甫昔少年日，早充观国宾。读书破万卷，下笔如有神。赋料扬雄敌，诗看子建亲。李邕求识面，王翰愿卜邻。自谓颇挺出，立登要路津。致君尧舜上，再使风俗淳。"就表明他的政治理想确实是受了开元政治局面和当时一些文坛前辈激励而形成的。

"致君尧舜"的政治理想的形成并不仅仅来自杜甫早年的盛世经历，更深层的原因是他纯正深厚的儒学思想所致，而且杜甫与李氏统治者还有一定的关系（他外祖母、外祖父的母亲皆为李氏统治者之后），这也会增加他对国家和朝廷的责任感。但是现实的经历和感染对他的影响会更直接、更鲜活，更深入骨髓。同时也应注意，杜甫这一理想极为远大，具有理想性色彩，和同时代人相比颇为突出，而且杜甫后来仕途困顿，唐王朝的国势也逐渐转衰，难以有中兴的希望，但他依旧执着地坚持这一理想，并没有失望和放弃。盛唐诗人都经历过开元盛世，却很少有人达到杜甫的境地，这其中原因，应该说和他们开元时期的境遇不尽相同有关。

"致君尧舜"这样高远而充满理想色彩的政治理想并不是盛唐诗人都能具备的。形成这

① 据《旧唐书》卷八《玄宗本纪上》，北京：中华书局，1975年，第1册，第177—203页。

②《八哀诗·故右仆射相国张公九龄》中说："向时礼数隔，制作难上请。"杜甫确实未能结识张九龄，他也未提及过和张说的交往，但诗中对张九龄的敬仰是显而易见的。杜甫后来还曾向张说之子张垍赠诗请求引荐，称其家庭"相门清议在，儒术大名齐"（《奉赠太常卿垍二十韵》），说明他对张说也是极为熟悉和敬仰的。

样的理想除了有对自身才能的自信，还需要有对所处时代充分的自信，只有具备自身的卓越才华和时代环境能够让人有所作为这两个条件，才会有远大政治理想的产生。开元时期成长起来的诗人，都具有对于自身才华的足够自信，但多数诗人因为生活所困，早早谋求步入仕途，却经常遭受挫折，这些遭遇都会使他们锐意进取的精神受到一定的磨砺，或多或少具有人生不易的悲凉心态。所以他们虽有大志，但对于政治之途的认识并没有那么乐观自信。

比如与杜甫同时期的著名诗人王维、高适、岑参等。王维幼年丧父①，15 岁即离家赴长安谋生求仕(《过秦皇墓》诗题下注："时年十五。")，在淇上时[开元十五年(727)前后，时年约27 岁]所作《偶然作》(其三)云："日夕见太行，沉吟未能去。问君何以然，世网婴我故。小妹日成长，兄弟未有娶。家贫禄既薄，储蓄非有素。几回欲奋飞，踟蹰复相顾。"高适的早年生活更为困顿。他的父亲高崇文(《旧唐书·高适传》作"从文")曾做过韶州长史，但可能在高适年幼时即已去世。高适开元十一年(723)20 岁时曾到过长安求仕，失败而归梁宋。可能之前他就已经在梁宋寓居了。他寓居梁宋可能就是因父亲去世，生活没有依靠。《旧唐书·高适传》说："父从(崇)文，位终韶州长史。适少濩落，不事生业，家贫，客于梁、宋，以求丐取给。"岑参的父亲岑植曾任仙州和晋州刺史，但他在岑参约 14 岁时[开元十六年(728)]就去世了。所以岑参十四五岁起不得不隐居王屋山、嵩山，独自(或与兄岑况等)隐居读书、谋生求仕。② 岑参《感旧赋》序也说："五岁读书，九岁属文，十五隐于嵩阳，二十献书阙下。"他们因为早年生活的艰辛，不得不早早地独立谋生，遭遇生活的磨砺。艰苦的生活和过早感受仕途人生的艰难，难免会给他们的理想和心态涂上阴影，削弱他们的自信。岑参在《感旧赋》中云："嗟予生之不造，常恐堕其嘉猷，志学集其荼蓼，弱冠干于王侯。荷仁兄之教导，方励己以增修。无负郭之数亩，有嵩阳之一丘；幸逢时主之好文，不学沧浪之垂钩。我从东山，献书西周；出入二郡，蹉跎十秋。多遭脱辐，累遇焚舟；雪冻穿屦，尘缁敝裘。嗟世路之其阻，恐岁月之不留；眷城阙以怀归，将欲返云林之旧游。"(天宝二载[743]长安作，时年 28 岁，参陈铁民、侯忠义《岑参集校注》)高适的《行路难二首》其二云："君不见富家翁，……自矜一身忽如此，却笑傍人独愁苦。东邻少年安所如，席门穷巷出无车。有才不肯学干谒，何用年年空读书。"其一云："长安少年不少钱，能骑骏马鸣金鞭。五侯相逢大道边，美人弦管争留连。黄金如斗不敢惜，片言如山莫弃捐。安知憔悴读书者，暮宿灵台私自怜。"这是他现存最早的作品，大约作于开元十一年 20 岁时，可见他很早就备尝人生的不易。《别韦参军》诗也云："二十解书剑，西游长安城。举头望君门，屈指取公卿。国风冲融迈三五，朝廷欢乐弥寰宇。白璧皆言赐近臣，布衣不得干明主。归来洛阳无负郭，东过梁宋非吾土。兔苑为农岁不登，雁池垂钓心长苦。世人遇我同众人，唯君于我最相亲。且喜百年有交态，未尝一日辞家贫。"(《全唐诗》卷二一三)在盛世的时代，他们却饱尝仕途的困顿、人生的艰难和人情的冷暖。他们都有远大的政治理想，很高的人生期许，但由于生活经历坎坷，他们所感受到的开元盛世绝没有杜甫眼中的那样美好。

---

①陈铁民：《王维年谱》："(王)维在诗文中从未提及其父，或他少年时父即卒。"《王维集校注》，北京：中华书局，1997 年，第 1324 页。

②廖立：《岑嘉州诗笺注·岑参年谱》，北京：中华书局，2004 年；陈铁民等：《岑参集校注·岑参年谱》，上海：上海古籍出版社，1981 年。

这种心态在盛唐诗人中是普遍存在的。王昌龄"明时未得用,白首徒攻文"(岑参《送王大昌龄赴江宁》),所以一直有不得志的郁郁之心。"升平贵论道,文墨将何求。有诏征草泽,微诚将献谋。冠冕如星罗,拜揖曹与周。望尘非吾事,入赋且迟留。幸蒙国士识,因脱负薪裘。今者放歌行,以慰梁甫愁。但营数斗禄,奉养母丰羞。若得金膏遂,飞云亦可俦。"(《放歌行》)这首诗当作于开元十五年(727)王昌龄进士及第,初授校书郎时①。值太平之时,又及第授官,但长期的沦落使他并没有感到多少得意和乐观。值得注意的是,岑参天宝三载(744)授官后也同样没有什么得意心情:"三十始一命,宦情多欲阑。自怜无旧业,不敢耻微官。涧水吞樵路,山花醉药栏。只缘五斗米,辜负一渔竿。"(《初授官题高冠草堂》)多年仕途坎坷,把他们的壮心已经消磨很多,以至于及第为官这样的事情都难以激发起内心的激情。祖咏诗云:"谁念穷居者,明时嗟陆沉。"(《家园夜坐寄郭微》)"故情君且足,谪宦我难任。直道皆如此,谁能泪满襟。"(《长乐驿留别卢象裴总》)诗当都是开元时所作,也表露了强烈的失意悲凉的心态。储光羲《游茅山五首》其一云:"十年别乡县,西云入皇州。此意在观国,不言空远游。九衢平若水,利往无轻舟。北洛反初路,东江还故丘。春山多秀木,碧涧尽清流。不见子桑扈,当从方外求。"常建《落第长安》诗云:"家园好在尚留秦,耻作明时失路人。恐逢故里莺花笑,且向长安度一春。"薛据《早发上东门》诗云:"十五能行西入秦,三十无家作路人。时命不将明主合,布衣空染洛阳尘。"(《全唐诗》卷一三五,又作綦毋潜诗)储光羲开元十四年(726)进士及第,常建为开元十五年(727),薛据开元十九年(731),这些都是及第前所作,多年的仕途追求,一无所成,所以即使身处开元年间,他们内心的失落悲凉却溢于言表。

其实开元、天宝年间在杜甫周围聚集大量的有才华的诗人。像洛阳、嵩山、陆浑山一带的李颀、元德秀、张彪、王季友、孟云卿、岑参、刘长卿、皇甫冉,梁宋之地的高适、于逖、薛据、陈谦,淇上的王维,先后寓居濮上、汝坟的沈千运等,他们虽处于盛世,但生活并不像杜甫那么快意,对于前途的认识也远没有杜甫那么乐观自信。这之间的差异,可以说很大程度上来自他们早年生活经历的不同。所以我们应当注意的是,虽然可以笼统地说,盛唐的时代环境培养了诗人们乐观昂扬的心态,但具体而论,他们的心态也是千差万别的,而且多数都带有悲凉不得意的色彩。也应当注意,杜甫早年的远大抱负来自开元盛世这一时代的造就,但也不能忽视他的家庭环境带给他的快意无忧生活经历,为他感受盛世精神所起到的桥梁作用,这点又是其他盛唐诗人所不及的。杜甫的政治理想能超越同时代诗人,原因也恰在于此。

三、杜甫对于"致君尧舜"理想的践行

"致君尧舜"这样的思想是古代常见的说法,并不新鲜,杜甫超出一般之处在于他树立这样的理想,并不是流于口头的标签,而是深入骨髓并付之于行动。

杜甫疏救房琯一事就是他把"致君尧舜"的思想付诸实践的最好例证。至德二载(757),房琯被肃宗罢相,杜甫作为左拾遗上书为房琯辩护,因而触怒肃宗,被下三司推问。他采取如此耿直而急切的行动,除有些和房琯私交甚厚的原因外,最主要的是他认为房琯有大臣

①李云逸:《王昌龄诗注》,上海:上海古籍出版社,1984年,第16页。

体，是一位堪为辅弼之臣的文儒之士，同时也是由于要践行他“致君尧舜”的政治抱负。杜甫在《奉谢口敕放三司推问状》中说：“窃见房琯以宰相子，少自树立，晚为醇儒，有大臣体。时论许琯必位至公辅，康济元元。陛下果委以枢密，众望甚允。观琯之深念主忧，义形于色，况画一保太，素所蓄积者已。而琯性失于简，酷嗜鼓琴。董庭兰今之琴工，游琯门下有日，贫病之老，依倚为非，琯之爱惜人情，一至于玷污。臣不自度量，叹其功名未垂，而志气挫衄，觊望陛下弃细录大，所以冒死称述。”《祭故相国清河房公文》中又说：“唐始受命，群公间出。君臣和同，德教充溢。魏杜行之，夫何画一。娄宋继之，不坠故实。百余年间，见有辅弼。及公入相，纪纲已失。……公实匡救，忘餐奋发。累抗直词，空闻泣血。”这表明杜甫认为房琯是继承了贞观、开元儒臣所形成的正直、骨鲠、进取的风操，是具有醇儒之精神的贤臣，所以才倾心归向、奋力救理的。他所顾惜的是房琯这样一位兼备才德的稷契之臣不能尽其才能而被弃置，使朝中的正直力量志气受挫。另一方面他也是在继承贞观、开元之臣的风操，践行自己“致君尧舜”的理想，为肃宗拾遗补阙。他倔强地说：“陛下贷以仁慈，怜其恳到，不书狂狷之过，复解网罗之急，是古之深容直臣、劝勉来者之意。天下幸甚！天下幸甚！岂小臣独蒙全躯、就列待罪而已。”（《奉谢口敕放三司推问状》）坚称肃宗宽恕自己，并不仅仅是对自己的恩惠，也是皇帝成全了自身，展示了一位“深容直臣、劝勉来者”的仁厚之君的胸怀，这是天下的幸事。

对于救理房琯之事，杜甫后来一直都惦记着。后来在成都草堂所写《建都十二韵》诗中说：“牵裾恨不死，漏网辱殊恩。永负汉庭哭，遥怜湘水魂。”（仇注云：“牵裾，为救房琯。漏网，谓谪司功。汉庭、湘水，欲效贾屈而未能。”）夔州时所作《壮游》诗云：“斯时伏青蒲，廷诤守御床。君辱敢爱死，赫怒幸无伤。”可见杜甫“致君尧舜”的理想并不是泛泛而谈的空话，而是表里如一，真正能够践行之的人生信念。

杜甫后来因作为房琯一党被贬为华州司功参军，并最终弃官而去。他的弃官颇有些理想不务实的色彩。表面原因是他受不了繁重琐细下层吏职的工作，也有学者认为是他和华州刺史不和，刺史欲奏罢其职，所以杜甫才主动弃官的。但是，其深层原因应该是对肃宗的失望，对自身实现“致君尧舜”之理想的最终绝望。如果无法实现这样的理想，只去做一位尸位素餐的官吏，这是政治抱负极为远大而理想化的杜甫所无法忍受的。

杜甫一生为官时间不长，无法看出他更多的政治作为。但他不愿做河西尉、华州司功这样的吏职，而对左拾遗这样的朝官格外看重。任左拾遗又能奋不顾身去谏诤，表现出极为正直不阿的品质，这些都可看出他政治追求的远大和具有理想性的特点，以及对这种政治追求的笃信和践行。“磊落贞观事，致君朴直词”（《奉送魏六丈佑少府之交广》），杜甫在救理房琯一事中的所作所为，和贞观、开元之臣极为相似，明显可以看出他们之间的继承关系。

四、盛世记忆对杜甫终生保有“致君尧舜”之理想的支撑

早年的经历和对开元盛世的深刻印象不仅造就了杜甫“致君尧舜”的远大政治理想，也给他后来执着地坚持这一理想提供了动力和支持。

王维、高适等人，由于在开元时代就体验到了盛世中负面的东西，很早就经历了人生和

仕途的艰难与不得意，所以在天宝年间，政治环境变得险恶，安史之乱爆发，唐王朝国运由盛转衰之时，他们并没有杜甫那样深沉的痛楚，内心受到的刺激也不如杜甫强烈。另一方面，由于没有开元时期那么美好的经历，没有深入骨髓的盛世印象做支撑，面对国运的转衰，他们更多是一种无奈、失望和逃避的心态。杜甫则不然，天宝时期他来到长安，面对个人困顿，政局的险恶，国家的衰败，因为有早年对盛世时代的经历和体验作支撑，他心中怀有中兴希望，所以他有知难而进的勇气和信念。他 35 岁才到长安追求仕进，比同时代的所有诗人都要晚，但是他在长安的追求却最执着。虽然困顿至极，也有愤激失落的心态，但他却没有退隐的打算，也没有重新返回洛阳故乡定居，可见他对于仕途是抱着一往直前，誓不回头的念头的。

杜甫弃官后，却没有弃世，他自身虽无法再去做辅佐之臣，实现“致君尧舜”的理想，但是他并没有放弃这一理想。晚年流落各地，处境极为艰难，他仍时时关注国事，也时常以“致君尧舜”的理想抱负期许别人，期盼后来之士能继续努力，早日辅助君王实现国家的中兴。《可叹》诗中说：“死为星辰终不灭，致君尧舜焉肯朽。”这首诗大约作于大历二年(767)夔州时期，乃称赞李勉和王季友是堪为“致君尧舜”的贤臣。同为夔州所作的《同元使君舂陵行》诗云：“致君唐虞际，纯朴忆大庭。何时降玺书，用尔为丹青。”他读到元结的《舂陵行》和《贼退示官吏》二诗，想到他的才华和为国为民忧虑的情怀，赞赏之情难以掩抑，热切地期待元结早日为朝廷重用，协助君王早日实现国家的中兴，也实现杜甫自己一直所期盼看到的“致君尧舜上，再使风俗淳”的理想。《暮秋枉裴道州手札，率尔遣兴，寄近呈苏涣侍御》：“附书与裴因示苏，此生已愧须人扶。致君尧舜付公等，早据要路思捐躯。”这首诗是大历四年(769)在长沙所作，这时已是杜甫人生的末期，可是他仍在殷切地以这样的抱负嘱托朋友后进。可见他整个一生都在惦念着这一理想，一刻也没有放弃过。特别是辞官以后对这一理想的执守，更加凸显出他政治抱负的高尚和伟大。因为这一时期再保有这一理想，已经和个人的功名富贵毫无关系了，这纯粹是出于对国家和人民的牵挂与责任感。

我们这里需要探讨的是杜甫一生坚持“致君尧舜”的远大理想的动力和支撑力量何在。杜甫到长安后，国家的政治形势已经相当黑暗，而且逐步恶化，直至安史之乱爆发，整个国家飘摇欲坠，唐王朝的国势一蹶不振。在这样的时代环境下，诗人们再想保持对人生前途的乐观自信已经不可能。像王维，早早就进入亦官亦隐的逃避状态；岑参、高适诗文中对现实的关注也寥寥无几，表明他们对国家前景、自身前途已失去了信心。杜甫却独自坚韧地保有着对国家命运关注的热情，这不能不说因为他对国家的前途没有完全失望，还抱有希望，这个希望就是来自他早年留下的开元盛世的深深记忆。这样的明君、贤臣齐心协力所开创的开元盛世，他历历在目，并非遥不可及，所以他心中有希望，坚信只要君王发愤图强，励精图治，决心远奸佞，任贤良，明君贤臣协力，国家的中兴是指日可待的。当然，这样的想法后来历史证明是理想化、不现实的。但是对于一位士大夫，一个诗人，这样的一种梦想是多么宝贵，它能给人前进的动力和勇气，支撑人们不绝望，不逃避。如果多数士人都能怀有杜甫这样的希望，也许唐王朝命运会好得多。

在理想的远大和追求的热烈执着方面，唯有李白和杜甫相近，我们不妨拿来做一比较。刘全白曾说李白“不求小官，以当世之务自负”(刘全白《唐故翰林学士李君碣记》)。确实如此，他早年就申述自己的志向说："申管晏之谈，谋帝王之术，奋其智能，愿为辅弼，使寰区大定，海县清一。事君之道成，荣亲之义毕，然后与陶朱、留侯，浮五湖，戏沧洲，不足为难矣。"(《代寿山答孟少府移文书》)天宝十载(751)北游时，还在惦记"欲献济时策，此心谁能明。……投躯寄天下，长啸寻豪英。耻学琅琊人，龙蟠事躬耕"(《邺中赠王大劝入高凤石门山隐居》)。安史之乱爆发后又入永王璘幕，梦想"但用东山谢安石，为君谈笑静胡沙"(《永王东巡歌十一首》其二)李白的政治抱负是否理性务实是一回事，它确实极为远大而富于理想色彩，而且追求极为执着，热情极为高涨，这都是大多数诗人难以企及的，只有杜甫堪和他比肩。如果考察李白早年的经历，我们发现他和杜甫也有相近之处。李白 25 岁之前在蜀中生活，他的父亲可能是一位富商，所以他过得也是相当富足而惬意，而且得到当地名士赵蕤等人器重，还受到名臣苏颋的高度赞扬，没有经历任何人生的磨难。出蜀后他也是到处受人仰慕，虽然入长安求仕经历了一些坎坷，但他毕竟得到贺知章等人极度推扬，最终被玄宗征召入朝。李白这样的经历和杜甫很有相似之处，两人合看，尤能看出开元盛世之中他们顺畅快意的人生经历对于他们充分吸收盛世精神，培养自信的个性、壮阔的胸怀和远大的抱负起到的重要作用。

两人不同的是，李白成长于蜀中，那里因为较为偏僻，不像两京地区受到儒学的浸染那么深，纵横家等思想保存较多，所以他受其影响，个性的自信中带有更多的独立不羁的色彩，从而他的政治理想也更希望像古代的鲁仲连、傅说、姜太公、诸葛亮那样，带着传奇色彩地和贤君风云际会，从而成就非凡的功业。杜甫成长于洛阳一带，并在齐鲁、梁宋等地长期游览，他的政治理想抱负中正统儒家的色彩更浓，他所效仿的是贞观、开元时期房玄龄、杜如晦、魏徵、姚崇、宋璟、张说、张九龄等儒臣，希望做一位能引导君王做有德之君的忠贞贤臣。但两人都极为自信并富于理想性的精神，政治抱负都极为远大，体现出的极为突出的盛唐精神则是共同的。他们的理想抱负、精神个性都和盛世的时代氛围和个人快意无忧的早年经历密不可分。

在杜甫与李白及与王维、高适、岑参等诗人的比较中，我们可以更清楚地看到早年开元盛世中的生活经历对于杜甫理想抱负形成的重要影响。

论杜甫巴蜀时期诗歌的闲适意趣

毛妍君

（西安外国语大学中国语言文学学院　陕西西安　710128）

杜甫（712—770），字子美，京兆杜陵人，是中国古代文学史上最伟大的现实主义诗人，他的诗歌在反映天宝末年到大历年间的重大社会政治事件、时代的动乱及民生的疮痍方面，都达到了前所未有的深度和广度，因而被誉为“诗史”。

杜甫的一生大致可分为四个时期：读书壮游时期，困守长安时期，陷贼与为官时期和漂泊西南时期。杜甫经历了安史之乱，一生出生入死、流离漂泊。杜甫的一生，是忧国忧民的一生，他的诗歌忠实地纪录了他颠沛流离、饱尝忧患的经历：“杜少陵是困穷之士，平生无大得意事，中间兵戈乱离、饥寒老病，皆其实历；而所阅苦楚，都从诗中写出。”①其中，在乾元二年（759）时，杜甫先后由秦州、同谷，历经千辛万苦越过剑门，来到远离战事、生活较为安定的成都，在亲友帮助下，在成都西郊浣花溪畔盖了所草堂，一直到永泰元年（765）离开四川东下，其中除去一年多（762 年 7 月—764 年 3 月）流寓梓州和阆州外，实际上他在成都草堂居住了约五年半时间，这是他除长安之外住得最久的地方。这五年多的时间是杜甫自安史之乱以来颠沛流离生活中所度过的最为安定轻松的时光，这时期是他的诗歌创作发生明显变化的重要阶段。永泰元年（765 年）五月，杜甫离蜀南下，经嘉州（乐山）、渝州（重庆）、忠州（忠县），于大历元年（766）抵达夔州（奉节）。杜甫得友人资助，在那里买了些果园，兼管东屯的百顷公田，亲自参加些劳动，生活较为安定，一直到大历三年（768）出峡，约有两年。在成都和夔州时期，杜甫结束了漂泊不定的生活，基本能够保证温饱，诗歌创作中也有了一些闲适之作。关于这点前人已注意到，说“杜集中还有为数可观的以日常生活为题材的闲适诗。这一类作品主要集中在生活相对安定的草堂和夔州时期，而这两个时期的闲适诗，也最能体现杜甫闲适诗的独特风格”。② 下面笔者将着重从这两个时期探讨杜甫的闲适诗创作。

杜甫入蜀初期，生活状况比此前大为改善，草堂居住环境幽静，加上与妻儿团聚，一家人生活欢乐和谐，使杜甫特别放松，诗歌也充满了生活气息，一改此前的愤激、沉重、悲愤，甚至出现陶渊明式的轻松、闲适、愉悦。在闲适的心态下，他的诗歌取材、意趣随之发生了变化，

①（唐）杜甫著、（清）仇兆鳌注：《杜诗详注》附编引江盈科《雪涛诗评》，北京：中华书局，1979 年，第 2318 页。

②蓝旭：《论杜甫诗中的自适主题》，《文学遗产》，1995 年第 5 期，第 59 页。

“描写日常生活，吟咏平凡事物的诗较多，反映军国大事、民生疾苦的诗较少”。[①] 他写下了许多田园诗，杜甫虽不以田园诗名世，但实际上他创作了大量田园诗，[②]特别是居住在成都草堂时期最多，创作了100多首田园诗，占其田园诗总数的60%，其诗体现了乡村优美的田园风光与淳朴的田园生活，再现了自己身处其中的恬淡闲适的萧散风神。

《旧唐书》对杜甫的生活有一段叙述：“甫于成都浣花里种竹植树，结庐枕江，纵酒啸咏，与田夫野老相狎荡，无拘检。”[③]在杜甫的一部分田园诗中，描写歌颂农村的淳朴生活，为我们展示了其居住于草堂时期潇洒闲适的村居生活的方方面面，从内容到形式都非常接近陶渊明的田园诗。从诗歌内容的广阔上可以说，在中国诗歌史上，杜甫是“生活”题材的重要开拓者，草堂时期如此，夔州时期杜甫更是如此。如《堂成》写自己终于有了安身之处，风景又非常美好，诗人不禁诗兴大发：

背郭堂成荫白茅，缘江路熟俯青郊。桤林碍日吟风叶，笼竹和烟滴露梢。暂止飞乌将数子，频来语燕定新巢。旁人错比扬雄宅，懒惰无心作解嘲。[④]

诗的首句“堂成”点题，描绘自己充满诗意的田园生活：白茅盖成的草堂背靠着城郭，俯临着青葱的郊原；沿江的小路已渐渐走熟。树林挡住了阳光，叶子在微风中低声吟咏；竹枝笼罩在和烟浥露中，青翠欲滴。乌鸦领着几只小鸦飞来定居，燕子呢喃相语，商量在堂前砌个新窝。有人拿汉代扬雄的住宅和我的草堂相比可不对，因为我这人很懒惰，无心学扬雄的样子，去写《解嘲》之类的东西。诗中表现了诗人安其居，乐其俗，过着清净养神的安居生活。又如《卜居》云：

浣花流水水西头，主人为卜林塘幽。已知出郭少尘事，更有澄江销客愁。无数蜻蜓齐上下，一双鸂鶒对沉浮。东行万里堪乘兴，须向山阴入小舟。[⑤]

诗人描述自己去澄江游玩，观看“无数蜻蜓齐上下，一双鸂鶒对沉浮”，不禁游兴大起，欲泛舟山阴。颜廷榘评曰：“出郭远俗，澄江散怀，此幽居自得之趣。蜻蜓上下，鸂鶒沉浮，此幽居物情之适。”[⑥]

杜甫的一些田园诗还展示了村居生活的恬静安逸，抒写诗人悠闲自适的意趣和疏放萧散的情怀。如《客至》：

舍南舍北皆春水，但见群鸥日日来。花径不曾缘客扫，蓬门今始为君开。盘飧市远无兼

---

①莫砺锋：《杜甫评传》，南京：南京大学出版社，1993年，第166页。

②蓝旭：《论杜甫诗中的自适主题》，《文学遗产》，1995年第5期，第58页。

③(五代)刘昫，等撰：《旧唐书》卷一九零，北京：中华书局，1975年，第5054—5055页。

④(清)仇兆鳌：《杜诗详注》，北京：中华书局，1979年，第735页。

⑤(清)仇兆鳌：《杜诗详注》，北京：中华书局，1979年，第729页。

⑥(清)仇兆鳌：《杜诗详注》，北京：中华书局，1979年，第730页。

味，樽酒家贫只旧醅。肯与邻翁相对饮，隔篱呼取尽余杯。[1]

此诗写于上元二年(761)春，饱经忧患、备尝艰辛的诗人终于栖身在浣花溪畔，生活上也许未必多么宽裕，但精神上却相当富足。他感受着幽静淳美的自然风光，心境恬淡而闲逸。寂寞中偶有客人来访，自然喜出望外，写下了这首抒情小诗。杜甫在草堂居住的几年间，"幽"字经常出现在他的诗作中，在杜甫笔下，"幽"是一种基调，景幽、境幽、物幽、人幽、事幽、意幽、情幽，是杜甫此时心情的写照，体现的是一种幽静，是一种闲适。诗人在大自然中审美，求得了精神的悦怡和身心的安闲与畅适。

由于环境的幽偏导致诗人生活内容的单纯，于是他把目光转向自身的生活和身边平凡的事物，把生活琐事引入诗歌当中，琐事成吟、即事成篇，开拓了田园诗的主题，对日常生活中存在的美的细腻感受其实就是闲适心境的外在表现。如《江村》：

清江一曲抱村流，长夏江村事事幽。自去自来梁上燕，相亲相近水中鸥。老妻画纸为棋局，稚子敲针作钓钩。但有故人供禄米，微躯此外更何求。[2]

浣花溪畔恬静优美的风光，飞燕鸥鸟的自在飞翔，老妻的相伴怡乐，稚子的天真活泼，都体现出诗人的闲适之感。诗中以长夏江村的清闲悠适，反映亲切和睦的人情之常与家庭生活的天伦之乐，勾勒了一幅江村闲趣图。这里没有感情的剧烈激荡，只有心境的恬然安适和淡泊轻松，但是又不同于王维的寂灭空灵境界，具有生活情趣和人间气息，美好温馨又平凡朴实。此诗与陶渊明的《和郭主簿二首》(其一)非常相似，把不登大雅之堂的生活琐事引入诗中，写了乡村生活中平凡琐事，写亲友间深厚纯真的情感，颇具村野的闲情逸趣，诗歌描写的事物更加日常化、世俗化。恰如仇兆鳌评《江村》："江村幽事，起中四句。梁燕属村，水鸥属江，棋局属村，钓钩属江，所谓'事事幽'也。末则江村自适，有与世无求之意。'燕鸥'二句，见物我忘机。'妻子'二句，见老少各得。盖多年匍匐，至此始得少休也。"[3]还有《有客》《江涨》《北邻》《南邻》等诗歌写亲友间深厚淳朴的情感，写富有人情味和村野的闲逸情趣，流露出淡泊宁静的心态和对陶渊明由衷的认同。

杜甫还写了三四十首山水诗，这时期他的山水诗题材比较广泛，也比较琐细，诸如蜀中名胜古迹、田园景色、民间风情、花草虫鱼、飞禽走兽、山人农夫、村妪野叟，等等，无不摄入他的山水自然审美视野中，共同点是大都意境幽静、情趣闲雅、风格淡远。如《西郊》《田舍》《高楠》《绝句漫兴九首》《水槛遣心》等，他以审美的态度关注山水，在关注的过程中，得到身心的放松，进入赏心悦目、怡志畅神的境界。在这时，他超越了功利，忘却了机心，对平淡生活无比满足，进而对闲逸情趣进行追求。如《南邻》：

---

①(清)仇兆鳌：《杜诗详注》，北京：中华书局，1979年，第793页。

②(清)仇兆鳌：《杜诗详注》，北京：中华书局，1979年，第746页。

③(清)仇兆鳌：《杜诗详注》，北京：中华书局，1979年，第746页。

锦里先生乌角巾，园收芋粟不全贫。惯看宾客儿童喜，得食阶除鸟雀驯。秋水才深四五尺，野航恰受两三人。白沙翠竹江村暮，相送柴门月色新。①

诗中天真的儿童、驯服的鸟兽、浅浅的秋水、小小的野航，白沙、翠竹、江村、柴门、月色无不体现出素淡闲雅的幽趣。如浦起龙评："前半山庄访隐图，后半江村送客图。"②清晰地表达出安史之乱后诗人定居成都草堂的安适心境和面对欣欣向荣景色的喜悦心情。

杜甫的山水诗着力于细节的刻画，多采取别人看来毫不起眼的，并不具有什么诗意的平凡之极、琐细之极的景物入诗，并融入自己极为细微独特和敏锐的感受，如《独酌》《徐步》《晚晴》等。《遣意二首》如下：

啭枝黄鸟近，泛渚白鸥轻。一径野花落，孤村春水生。衰年催酿黍，细雨更移橙。渐喜交游绝，幽居不用名。

檐影微微落，津流脉脉斜。野船明细火，宿鹭起圆沙。云掩初弦月，香传小树花。邻人有美酒，稚子夜能赊。③

《遣意二首》以冲淡自然的笔触写草堂之景，描绘了草堂春日雨后和春夜初月清新纯朴，恬静优美的景色，抒写了乡间生活闲逸的乐趣，坦露了诗人怡然自适的情怀。诗人忘情于优美的自然风光、安闲的自由生活之中，闲适的情味油然而生。

身处乡野时，自然山水风物、乡村农事便成了杜甫精神上的最大安慰，这里毕竟存在着淳朴、真情、友谊、和谐……浣花溪畔幽雅宁静，诗人与家人共享天伦之乐，与友人随意往来，与田夫野老打成一片，尽享田园生活的淳朴轻松。诗人那种淳朴闲适、随情任性、不以俗事萦怀的萧散风神都洋溢在他的诗歌之中。杜甫与亲人、朋友、邻居的相处情形及其在自然界景物中所获得的闲适意趣，构成了诗人乡居生活的基调，这也是诗人在其中俯仰自得、闲适生活的原因与主要内容。

大历元年(766)暮春，杜甫前往夔州，在此寓居近两年时间，杜甫先后在夔州西阁、瀼西、赤甲、东屯居住，创作430多首诗歌，完整地反映了他在夔州的生活和思想。夔州环境偏远，特别是瀼西、东屯两地，位于白帝城郊，人烟稠密，风景迷人，诗人生活相对稳定，夔州独特的地理环境和优厚的自然条件又进一步保证了诗人心态的平和和心情的愉悦。杜甫在瀼西购置了屋舍和果园，又在屋前房后种了各种不同的蔬菜，久经漂泊生活的杜甫也开始了务农生活，内心还是非常喜悦的。在生活稳定、情绪闲适的情况下，他创作了一些带有归田特色的诗歌，把日常生活大量地引入到诗歌当中，可在逃脱功利的时候仍不离现实关怀。如：

仲夏流多水，清晨向小园。碧溪摇艇阔，朱果烂枝繁。始为江山静，终防市井喧。畦蔬

---

①(清)仇兆鳌:《杜诗详注》，北京：中华书局，1979年，第760页。

②(清)浦起龙:《读杜心解》卷四十一，北京：中华书局，1961年，第618页。

③(清)仇兆鳌:《杜诗详注》，北京：中华书局，1979年，第794页。

绕茅屋，自足媚盘飧。(《园》)

楂梨且缀碧，梅杏半传黄。小子幽园至，轻笼熟柰香。山风犹满把，野露及新尝。欹枕江湖客，提携日月长。(《竖子至》)[①]

第一首写仲夏清晨，诗人渡溪驶向小园。园中碧流荡漾，果实累累。果园环境清幽，在此置园本是求静，远离市井喧嚣，又兼顾生活之需，畦蔬盘飧以自足，生活无需外求。多年漂泊之际，能在此田园居住，心中的欣悦之情可想而知，诗人的自得自足之情，流露在诗中。第二首写果园的梨子还是青碧颜色，梅杏也才半黄，但是已经散发出喷香的味道，竖子阿段不断从果园中将成熟的果子提回来供一家人享用。这些诗篇通过记载家居之乐、诗酒自娱的日常生活情景，让人体会到一种闲适、恬静、清远的田园之美。杜甫过着实实在在的归田生活，享受着归田的平淡与从容，体验着村野农家朴实真率的人情。他的这些田园诗多用白描手法，大量运用口语、俗语入诗，但经熔铸提炼给人面目一新之感。内容上都是俗之又俗的人事、景物，但这些事物在他的笔端生动、形象起来，毫无琐屑、浅俗之感，惟有亲切的生活气息，展示了平淡生活的本真之美。

杜甫在夔州时期，以天气、月、夜为题的诗歌较多。如以"雨"为题的诗很多，还有包括《晚晴》《晴》之类的诗题也为数不少。除了这些组诗，还发现杜甫有一日作二三首诗或连续三夜作诗的情况。杜甫写诗像写日记一样，用诗歌记载下每一天的感怀。如诗人描述他在索寞枯寂中忽闻客至的喜悦之情(《过客相寻》)，畦蔬朱果带来的盘飧自足之感(《园》)，园人送瓜引起的欣慰感念之意(《园人送瓜》)，还有水楼宴客，疏帘看棋的情境绮语(《七月一日题终明府水楼二首》)，他简直是用诗"写日记、立遗嘱、志异俗、状物候、写游记、作素描"，[②]生活中的种种事件一一在诗歌中呈现，从生活细节中提炼诗意。白居易人生后期仕途顺利，作诗也成为他的习惯，他把自己生活中的一切琐碎的事情都如实地记录下来，此点与杜甫的题材开拓应有关系。这些描绘日常生活细节的诗歌，体现了盛唐至大历、贞元诗歌题材领域的扩大，诗歌功能的拓展，诗歌审美价值的拓展。体现了诗人对平凡的日常生活的重视，对个人命运和心灵世界的关注，也显示了诗歌风格多样化进程中诗歌逐渐世俗化、生活化的衍变。杜甫"生活"题材的诗歌在夔州时期诗歌中大量增加，为此杜甫曾遭到朱熹的批评："夔州诗却说得郑重烦絮。"[③]

上文已经提到在草堂时期，杜甫诗歌这种"生活"题材的倾向已经明显表现出来。那么杜甫一生中为何在这两处地方会存在这种诗歌题材倾向呢？笔者认为一是由于杜甫在这两地居住的环境相对偏僻，与外界消息不甚相通，信息的闭塞也使人的情绪较少受外界干扰，使情绪能大体维持平和愉悦状态。加上这两处气候宜人、物产丰富，杜甫的经济状况比此前大为改观，人的精神、情绪自然处于较为稳定闲适的状态，这是杜甫创作闲适诗的前提条件。另一方面，环境的相对闭塞必然带来生活内容的相对单纯，相应引起诗人关注重心的转移，

①(清)仇兆鳌：《杜诗详注》，北京：中华书局，1979年，第1634—1635页、第1634页。

②陈贻焮：《杜甫评传》(下册)，上海：上海古籍出版社，1988年，第1214页。

③(南宋)朱熹：《朱子语类》卷一四零《论文下》，北京：中华书局，1994年，第3326页。

诗人关注的目光开始由江山社稷、国计民生转向自身平凡的人生，导致其诗歌题材内容偏于平凡琐细，描写日常细微的生活、写个人经历的作品大量增加，成为其闲适诗的主要内容，所以写下《课小竖锄斫舍北果林，枝蔓荒秽，净讫移床三首》《小园》《上后园山脚》《暇日小园散病，将种秋菜，督勒耕牛，兼书触目》等诗，记录自己在日常农事劳动中享受悠闲的况味，捕捉日常生活中琐碎细微的乐趣。但是身处暮年的杜甫的政治理想遭受挫折后，他必然会在身边的生活中体味人生、感悟成功，于是杜甫开始在琐碎的小事和絮叨中寻求生命的意义。[①]在夔州时期，杜甫已经到了晚年，危病交加，身世沉浮加之乡情执着，使他的心境不如浣花草堂时期那么平和满足，于是闲适中掺入了凄凉沧桑的人世感伤，他只能是过着"闲适而伤情的生活"。[②] 笔者认为夔州时期的躬耕生活给以反映社会现实为主的杜甫带来了一定程度上的闲适心境，但并未改变杜甫凄楚沉郁的暮年悲叹，所以杜甫的闲适诗创作应该以草堂时期为主。

诗歌是"一种生活方式"，在草堂时期，杜甫卜居营屋、种花植树、除草晒药、钓鱼下棋、饮酒读书，寓快乐于生活，他感受到发自内心的愉悦和品尝生活的真正快乐。杜甫的闲适诗是他历经羁旅生涯暂时获得平静生活的写照，因而诗中呈现出以往少见的闲适特色。草堂时期杜甫淡雅明丽、思致深微的田园山水诗，不写名山大川，而着力表现寻常田园生活的和谐意蕴之美，反映了诗人这一时期亲近自然、闲适安怡的生活情态，揭示出诗人在特定环境中的心灵奥秘："在静穆中领略生气的活跃，在本色的大自然中找回本来清净的自我。"[③]

①吕蔚，滕春红：《杜甫夔州时期的审美观照及诗歌创作》，《陕西师范大学学报》（哲学社会科学版），2001 年 S1 期，第 125 页。

②吕蔚，滕春红：《杜甫夔州时期的审美观照及诗歌创作》，《陕西师范大学学报》（哲学社会科学版），2001 年 S1 期，第 125 页。

③朱光潜：《朱光潜美学文集第 3 卷》，上海：上海文艺出版社，1983 年，第 320—328 页。

试论杜甫诗对于《史记》的接受研究

苏宗元　康清莲

（重庆工商大学文学与新闻学院　重庆　400067）

司马迁的《史记》作为一部伟大的文学和史学巨著，代表了古代历史散文的最高成就，被鲁迅称为“史家之绝唱，无韵之离骚”。同时它也开创了我国传记文学的先河，标志着史传文学的高峰。同时我们也不可忽略它对于后世诗歌的影响。而杜甫作为一个处在唐代由盛转衰时期的诗人，其独特的身份、气质、趣味、修养和“期待视野”，造就了他对于《史记》的接受不同于他人。他“诗史”般的诗歌在表现方法和表现形式上明显带有史笔的痕迹，而两者内在的联系正是本文所要探讨的。

一、杜甫接受《史记》的机缘

1.史学在唐朝的传播和盛行

唐朝所处的时代背景利于史学的传播。唐朝没有重蹈魏晋南北朝时期的覆辙，让社会四分五裂，同时也终结了隋王朝的暴虐统治，救百姓于水火之中，可谓百废待兴。统治者在带领老百姓创造物质财富的同时也在寻找着精神支撑，而《史记》进入了统治者的视野。

由于史书的教化垂鉴功能，唐朝统治者十分重视对于史书的编纂和修订。在唐太宗和国家许多重臣如房玄龄、魏徵、长孙无忌、褚遂良等人的共同努力下，先后编写出列入“二十四史”的《梁书》《陈书》《北齐书》《周书》《隋书》《南史》《北史》《晋书》等八部史书，堪称奇迹。这些史书的问世，引领了史学新时代的到来，为人们重视历史典籍、以史为鉴提供了有利的社会氛围。

唐代官修的八部正史，采用的都是司马迁的纪传体。在唐代，《史记》是极为重要的学习书籍，是加强史学修养必备之书，如唐初赵弘智有机会参与《六代史》的预修，就是因为他早年便“学通《三礼》《史记》《汉书》”，史学功底深厚。《隋书·经籍志》列四部书目为经、史、子、集，首次设立史部，而史部又以纪传体《史记》为正史之首，也是官方首次正式承认《史记》的地位，从此历代正史皆以纪传体为正宗体例，各种艺文志和目录学著作多以此顺序排名，从而确立了《史记》在史学上的重要地位，这足见唐人对《史记》价值的深刻接受与认可。除此之外,《史记》的地位因唐朝科举考试的完善而得到提高。在唐太宗时期,进士考试中开始提倡读史,并予以出身方面的奖励。《大唐六典》中有规定:"进士有兼通一史,试策及口问各十条,通六已上,须加甄奖,所司录名奏闻。"睿宗即位之初的景云元年(710)十二月,开七科举人,其第二科即为"能综一史,知本末者"。直到长庆二年(822年)"三史科"的设立标志着史科成为贡举中的常科。所以唐代科举制度中逐渐加大史学学习要求及录取机制,大大刺激了读书人学习《史记》的史学热情,促成唐代广大知识分子进入主动接受《史记》的过程。

2.良好的家庭教育

杜甫出生于一个世代"奉儒守官"的家庭,其十三世祖杜预是西晋名将和著名学者,著有《春秋经传集解》,祖父杜审言是初唐著名的诗人,父亲杜闲也曾经做官,在这样的家学背景下杜甫可谓有着深厚的文学积累,正如他所说:"读书破万卷,下笔如有神。"这为杜甫创作"诗史"储备了内因。以至于后来在所辑录的杜诗中我们会经常看到杜甫对于《史记》中典故的灵活运用。如《敝庐遣兴奉寄严公》中的"还思长者辙,恐避席为门"一句引自《史记·陈丞相世家》:"家乃负郭穷巷,以弊席为门,然门外多有长者车辙。"《送高三十五书记》中的"人实不易知,更须慎其仪"引自《史记·范雎列传》:"(信陵君)曰:'虞卿何如人也,'时侯嬴在旁,曰:'人固未易知,知人亦未易也。'"……这些词句的沿用只是一种表面的继承,关键在于我们要从中看出其内在的关联。美国学者约瑟夫·T.肖说:"有意义的影响必须以内在的形式在文学作品中表现出来,它可以表现在文体、意象、人物形象、主题或独特的手法风格上,它也可以表现在具体作品所反映的内容、思想、意念或总的世界观上。"所以这些句子的引用与杜甫熟读史书,并将其融会贯通具有直接必然的联系,从中也可看出杜甫对于《史记》的接受也是深刻和全方位的。

以上两个条件促成了杜甫对于《史记》的接受,进而体现在其诗歌当中。

二、杜甫诗歌对于《史记》的接受

《东坡志林》有云:"昨日见毕仲游,问杜甫似何人? 仲游曰:'似司马迁'。"毕仲游只说到这里,没有进一步指出杜甫哪里与司马迁相似。清代刘熙载解释道:"杜甫五七古叙事,节次波澜,离合断续,从《史记》中来,而苍莽雄直之气,亦逼近之。毕仲游但谓杜甫似司马迁而不系一辞,正欲使人自得耳。"刘熙载似乎道出了两人之间的某些相似之处,却并不全面。北宋唐庚《文录》说:"六经已后,便有司马迁,三百五篇之后,便有杜子美。六经不可学,亦不须学,故作文当学司马迁,作诗当学杜子美,二书亦须常读,所谓'何可一日无此君也'。"[①]宋代叶梦得《石林诗话》卷上认为,写诗"长篇最难,晋魏以前,诗无过十韵者。盖常使人以意逆志,初不以序事倾尽为工。至老杜《述怀》《北征》诸篇,穷极笔力,如太史公纪、传,此固古今绝唱。"但我们可以从中看出杜甫创作和司马迁的《史记》之间存在着某种联系,这种联系已经得到了古代文人的部分认同,并且这种联系是建立在杜甫对司马迁《史记》接受的基础上

①何文焕:《历代诗话(上)》,北京:中华书局,1981年,第443页

的。杜甫所处的时代背景正是唐朝由盛转衰的历史转变时期，诗人坎坷的仕途遭遇和丰富而又凄惨的生活经历为杜甫的诗歌创作提供了大量的真实素材，从小又受到了奉儒守素的家庭传统文化的影响，使杜甫成为衔接这一转变的伟大诗人，他的诗作开拓了新的艺术领域，并成为“诗史”。其诗歌的写实性、传记性一定程度是对司马迁《史记》的一种继承和延续。

1.杜甫诗歌写实性对《史记》实录精神的继承

对于司马迁的《史记》，班固在其《汉书》中这样评价：“善序事理，辨而不华，质而不俚，其文直，其事核，不虚美，不隐恶，故谓之实录。”班固意在赞扬司马迁的秉笔直书的实录精神。《史记》中最为精彩的部分应该是司马迁为各个历史人物写的精彩传记。在为人物立传的过程中他并不会因为个人的喜好憎恶而影响他对于历史人物的评价，也不会因为受到外部环境的影响而改变他对于史实的客观记录和描述。他的整部著作都一直秉承着还原历史、客观公正的原则，既不夸大美化个人功绩和成就，也不刻意隐藏邪恶和丑蔽的事实，尽最大的努力去还原历史的真相。尤其是司马迁当时对于汉武帝时代黑暗政治的揭露，可谓是要有着足够的勇气、胆识和现实批判精神才可以做到的。司马迁生活在汉武帝大一统的时代，起初国家处于政治稳定、国力强盛、经济繁荣、学术文化活跃的状态，但是到了后期由于汉武帝的刚愎专制、穷兵黩武、滥用民力、横征暴敛、严刑峻法，中央集权日益加强，社会矛盾激化，汉王朝由盛转衰，司马迁敏锐地观察到了这一切，也目睹了这一切。他并没有因为畏于权势而将当时的黑暗政治忽略或者美化，而是直言不讳地记录了下来，在《封禅书》《酷吏列传》《万石君列传》中集中讽刺了汉武帝本人及其腐败政治，所以“《史记》褒贬，突破了不及君亲德饰讳藩篱，‘贬天子，退诸侯，讨大夫’，敢于揭露现存统治秩序下的种种黑暗，‘不虚美、不隐恶’，创作了崭新的直笔境界，是一个划时代的进步。”①

而读过杜诗的人都会发现杜诗中赞美司马迁直笔良史的句子，如“直笔在史臣”（《八哀诗·故司徒李公光弼》）、“美名光史臣，长策何壮观”（《舟中苦热遣怀，奉呈阳中丞通简台省诸公》）、“波涛良史笔”（《八哀诗·故右仆射相国张公九龄》）、“祸首燧人氏，厉阶董狐笔”（《写怀二首》）等，说明杜甫对于司马迁敢于秉笔直书，不为封建统治者的偏见所囿，反映历史真实的实录精神是持肯定和赞赏态度的，并将司马迁《史记》的实录精神直接反映在他的诗歌当中。

杜甫当时也处于唐王朝由盛转衰的历史时期，经历过安史之乱的战火摧残，整个国家的形势开始急转直下，政治腐败黑暗，人民生活困苦。杜甫面对这一切，内心的忠君爱国情思陡然增强，加上自己仕途屡屡受挫，难以在政治上施展抱负，内心压抑激愤，只能通过诗歌来抒发内心的情怀，反映历史事件，记录人间百态，反映民生的疾苦，所以他的诗被称为“诗史”，他的诗歌就是当时历史的再现和民生的全面反映，充满了写实性，而且同司马迁一样对黑暗的政治进行了揭露和批判。“当皇帝荒淫无道时，杜甫就毫不掩饰地表示出不满、讥讽，虽然他不可能公然反对皇帝，但杜诗中对黑暗朝政的批判却是入木三分的，而且这种批判常

① 郝润华：《论杜诗的写实性与〈史记〉实录精神》，《西北大学学报》（哲学社会科学版），2010年第1期，第15页。

常不把皇帝排除在外。”[①]就像司马迁之于汉武帝，杜甫对唐玄宗政治上的昏庸也发出了警示和做出了批判。首先是玄宗的好大喜功，不断在西北边境用兵导致的连年战争，杜甫对此表示极为不满，他的不满直接反映在了诗歌上：“边庭流血成海水，武皇开边意未已。”（《兵车行》）“君已富土境，开边一何多！”（《前出塞九首》其一）“杀人亦有限，立国自有疆。”（《前出塞九首》其六）“古人重守边，今人重高勋。岂知英雄主，出师亘长云。”（《后出塞五首》其三）同时对玄宗沉湎酒色、骄纵外戚以致朝政昏乱也进行了讽刺和揭露。如“惜哉瑶池饮，日晏昆仑丘。”（《同诸公登慈恩寺塔》）“况闻内金盘，尽在卫霍室。”（《自京赴奉先县咏怀五百字》）“落日留王母，微风倚少儿。宫中行乐秘，少有外人知。”（《宿昔》）“朝野欢娱后，乾坤震荡中。”（《寄贺兰铦》）“忆昔南海使，奔腾献荔支。百马死山谷，到今耆旧悲。”（《病橘》）和“云壑布衣鲐背死，劳人害马翠眉须。”（《解闷十二首》之十二）

当然不只是皇帝，对于那些私欲熏心、置国家利益于不顾、祸国殃民的官吏、军阀和贵族，他也一样愤慨，杜甫《草堂》一诗中这样写道：“大将赴朝廷，群小起异图。中宵斩白马，盟歃气已粗。西取邛南兵，北断剑阁隅。布衣数十人，亦拥专城居。其势不两大，始闻蕃汉殊。西卒却倒戈，贼臣互相诛。焉知肘腋祸，自及枭獍徒。义士皆痛愤，纪纲乱相逾。一国实三公，万人欲为鱼。唱和作威福，孰肯辨无辜。眼前列杻械，背后吹笙竽。谈笑行杀戮，溅血满长衢。到今用钺地，风雨闻号呼。鬼妾与鬼马，色悲充尔娱。”这首诗叙述了宝应元年（762）夏，镇蜀大将严武应诏赴京，严武刚离开成都，剑南兵马使徐知道便谋反叛变，并勾结羌兵阻挡官军。后来叛军内部互相残杀，部下李忠厚杀死徐知道，肆无忌惮，残害黎民百姓，眼前摆满刑具，身后乐队吹奏，谈笑间鲜血四溅，真是触目惊心。这些荒诞的丑剧一一被诗人记录，填补了史书之空白，而纲纪的颓废和道德沦丧也值得后人深思和反省。《史记》中褒贬善恶的传统在杜甫笔下得到了充分的展现。

2.杜甫诗歌的传记性对于《史记》人物传记写法的接受

司马迁的《史记》中最为出色的部分之一应该是为各个历史人物立传。《史记》中的人物来自不同的阶层，上自帝王将相，下至市井细民，诸子百家，三教九流，应有尽有，涉及人物之多，覆盖面之广，前所未有。《史记》中的人物形象各具姿态，被司马迁刻画得栩栩如生，都有着自己的鲜明特征。司马迁在刻画人物时能够准确把握对方的基本特征，展示人物共性的同时把其个性加以突出。同时采用多维透视法和多种艺术表现手法来塑造不同的历史人物，显露出他们多方面的性格特征，有血有肉，生动丰满。项羽是司马迁着力最多的一位英雄人物，在他的传记中我们可以看出司马迁对于描写人物传记的深厚功底。在《项羽本纪》中，司马迁突出地描写了项羽的主要性格：作战勇猛果敢、为人豪爽直率等。“项籍少时，学书不成，去学剑，又不成，项梁怒之。籍曰：‘书足以记名姓而已。剑一人敌，不足学，学万人敌。’于是项梁乃教籍兵法，籍大喜，略知其意，又不肯竟学。”司马迁通过项羽学书、学剑、学兵法等细节，突出了项羽豪迈不羁的个性。“秦始皇帝游会稽，渡浙江，梁与籍俱观。籍曰：‘彼可取而代也。’梁掩其口，曰：‘毋妄言，族矣！’”项羽“彼可取而代也”的雄奇语言，掷地有

① 郝润华：《论杜诗的写实性与〈史记〉实录精神》，《西北大学学报（哲学社会科学版）》，2010年第1期，第15页。

声，一个胸怀大志的贵族后裔展现在我们眼前。在巨鹿之战中，面对“诸侯军救巨鹿下者十余壁，莫敢纵兵”的严峻形势，他率领楚兵，“皆沉船，破釜甑，烧庐舍，持三日粮，以示士卒必死，无一还心。”他率领士卒“九战，绝其甬道，杀苏角，虏王离”，一举消灭了秦军主力，完美展现了项羽智勇双全的大将风范。“项王见人恭敬慈爱，言语呕呕，人有疾病，涕泣分食饮。”这里又展现出他仁爱的一面。但是我们也看到了项羽的另一面，由于用人唯亲，贤才遭嫉，引得谋士范增发出这样的感慨：“唉！竖子不足与谋。夺项王天下者，必沛公也，吾属今为之虏矣。”由于他“引兵西屠咸阳，杀秦降王子婴，烧秦宫室，火三月不灭”，残暴的行径使得他失去民心。在司马迁笔下这些对立的因素有机地集于项羽一身，使得人物形象具有丰富的内涵和深厚的底蕴，而且非常真实。司马迁通过简练的语言，精炼的用词，多样的艺术手法如对比，烘托，细节描写，肖像描写，个性化的语言等为人物立传，这些历史人物得以跃然纸上，人物的精神风貌得以充分展现。

而杜甫“转益多师为吾师”，将《史记》的“人物传记式”写法融入以人物为对象的叙事诗中，改变了盛唐以“兴象”为主的艺术特征，在抒情的主流中发展出一部分史学叙事的美学特征。杜甫作为一位诗人，却如此集中频繁详细地为众人立传，上自皇亲国戚、文臣武将，下至村夫隐士、寡妻走卒，无不形神毕肖地出现在他的诗篇中。其中比较著名的应该是杜甫的《八哀诗》，诗人为自己所心折的人物立传，他们是王思礼、李光弼、严武、李琎、李邕、苏源明、郑虔、张九龄，诗人在序中说：“伤时盗贼未息，兴起王公、李公，叹旧怀贤，终于张相国。八公前后存殁。遂不诠次焉。”王嗣奭《杜臆》卷七云：“王、李名将，因盗贼未息，故兴起二公，此为国家哀之者。继以严武、汝阳、李、苏、郑，皆素交，则旧叹。九龄名相，则怀贤。”“伤盗贼未息”，遂由将帅、友人、贤相，一一进行缅怀，史笔如椽，历历汗青。首篇《赠司空王公思礼》中这样写道：

司空出东夷，童稚刷劲翮。追随幽蓟儿，颖锐物不隔。服事哥舒翰，意无流沙碛。未甚拔行间，犬戎大充斥。短小精悍姿，屹然强寇敌。贯穿百万众，出入由咫尺。马鞍悬将首，甲外控鸣镝。洗剑青海水，刻铭天山石。九曲非外蕃，其王转深壁。飞兔不近驾，鸷鸟资远击。晓达兵家流，饱闻《春秋》癖。胸襟日沉静，肃肃自有适。潼关初溃散，万乘犹辟易。偏裨无所施，元帅见手格。太子入朔方，至尊狩梁益。胡马缠伊洛，中原气甚逆。肃宗登宝位，塞望势敦迫。公时徒步至，请罪将厚责。际会清河公，间道传玉册。天王拜跪毕，谠论果冰释。翠华卷飞雪，熊虎亘阡陌。屯兵凤凰山，帐殿泾渭辟。金城贼咽喉，诏镇雄所搤。禁暴靖无双，爽气春淅沥。巷有从公歌，野多青青麦。及夫哭庙后，复领太原役。恐惧禄位高，怅望王土窄。不得见清时，呜呼就窀穸。永系五湖舟，悲甚田横客。千秋汾晋间，事与云水白。昔观文苑传，岂述廉蔺绩。嗟嗟邓大夫，士卒终倒戟。

总体上看杜甫是按时间顺序来叙述王思礼的一生：先写王思礼少年时代随父亲生活在军队中，英武过人，再写他青壮年时代入哥舒翰幕，勇敢善战，名闻边陲；接着写到潼关失守，哥舒翰降虏，身为偏裨的王将军徒步请罪，唐肃宗本要问斩，恰巧房琯从西蜀回京，带来了太上皇的册命，谏议以为可观后效，所以赦免了他。然后写了他镇守咽喉要塞，军纪整肃，敌人不敢侵犯。肃宗还长安哭庙，王将军复镇太原，恐禄厚遭嫉，忧失地未收，卒死军中。诗人采取正面直写的类似徒手格斗的“白战”体方式，深得史笔之所长。同时将历史大事件与人物的平生经历完美结合，将其中的原委一一道来，可谓历历分明又含蓄蕴藉，达到了微而显、真而晦、婉而成章、尽而不浮、黜恶扬善的史传最高境界。而且整首诗也并非完全平铺直叙，而是在关照故事完整性的同时借鉴了司马迁传写人物所用的回环曲折、若断若续又偶以点睛之笔传其神韵的笔法，如写王思礼的剪影为“短小精悍姿，屹然强寇敌”“马鞍悬将首，甲外控鸣镝”，可谓精彩传神，给人以深刻印象。在写到王思礼智勇双全，战功赫赫而勒石铭功这一高潮处，再接着写他失守潼关之事，显得略有突兀，而杜甫用一句“胸襟日沉静，肃肃自有适”来过渡缓冲可谓妙极了。至于之后对于王思礼请罪的事加以细写，正是为了让人物的经历更加丰富立体，这也是深得太史公的传记笔法真传，如果只是大写凯歌高奏而遗落挫折尴尬，绝非良史之笔，正如太史公不忘插叙，叙述了韩信胯下之辱的事情，更加凸显韩信的人物特征了。同时在描写王思礼生死关头之时，对于房琯的及时出现和上谏，可谓安排巧妙，展现了房琯的威望和风采，以及房琯保护将才的远见卓识。因此那十六句不仅必要，而且一箭双雕。邓献璋《艺兰书屋精选杜诗评注自序》中说：“世间最是一部《史记》奇，变化灭没，续处忽断，断处忽续。”沈德潜道：“叙事未了，忽然顿断，插入旁议，忽然联续，转接无象，莫测端倪，此运《左》《史》法于韵语中，不以常格拘也。千古以来，且让少陵独步。”末尾写到王思礼死去，天地同悲，但是这首诗并没有因此而结束，反而接着写太原尹邓景山因为治军无方而丧身，看似多余，实际上是衬托了王思礼的军事才能，让人物的形象更加突出了。

杜甫诗歌中的人物众多，就不一一列举。杜甫能够抓住人物的主要特点来塑造人物形象，通过主要事件、典型事件和琐碎事件来突出其鲜明的个性特征。在语言和艺术表现手法上则运用不同的方法和形式来突出不同人物的性格特征，可谓是深得司马迁的真传。

三、结论

杜甫作为唐代集大成的诗人，在他的诗里我们可以感受到与司马迁《史记》相似的史传精神，在他诗歌的写实性里感受到司马迁的实录精神，在他诗歌人物传中感受到司马迁的史传情怀，虽然杜甫诗和《史记》属于完全不同的两种文学形式，但是在历史发展的历程中，杜甫接受了《史记》，并将其内在的东西在诗歌上加以传承和发展，这就是两者的渊源所在。

参考文献

[1]（清）仇兆鳌：《杜诗详注》，北京：中华书局，1985 年。

[2]袁行霈：《中国文学史》，北京：高等教育出版社，2005 年。

[3]（西汉）司马迁：《史记》，北京：中华书局，1997 年。

[4]（清）沈德潜：《说诗晬语》，北京：人民文学出版社，1979 年。

[5]（清）刘熙载：《艺概・诗概》，上海：上海古籍出版社，1984 年。

[6](唐)李林甫,等撰.陈仲夫点校:《唐六典》,北京:中华书局,1992年。

[7](清)方东树:《昭昧詹言》,北京:人民文学出版社,1984年。

[8]赵海菱:《杜甫与儒家文化传统研究》,济南:齐鲁书社,2007年。

[9]郝润华:《论杜诗的写实性与〈史记〉实录精神》,《西北大学学报》(哲学社会科学版),2010(1),第13—17页。

[10]王友怀:《谈杜甫"似司马迁"——兼谈史迁良史"识""德"修养里的诗家情质》,《人文杂志》,1994年第2期,第120—125页。

[11]曾亚兰:《杜甫以诗立传及其史迁风范》,《杜甫研究学刊》,1997年第1期,第17—30页。

[12]俞樟华:《论〈史记〉与古代诗歌》,《浙江师范大学学报》(社会科学版),2002年第2期,第26—30页。

杜诗融六经，千载一诗圣
——以杜诗引《易》见其一斑

李小成
（西安文理学院国学研究所　西安　710065）

杜甫虽为诗人，亦曾读过儒家及道家经典，这些已经化作血液，渗透在了他的所有创作之中。仔细研读清仇兆鳌的《杜诗详注》，可以发现许多问题，杜诗中引用、化用的经典很多。从仇注本可以看出，杜诗引用的经典有：《诗》《书》《易》《礼记》《周礼》《论语》《左传》《史记》《前汉书》《后汉书》《老子》《庄子》《淮南子》《吕氏春秋》《列子》《文中子》《楚辞》《文心雕龙》《世说新语》以及《古诗》、曹操诗、陶渊明诗等。唐人作诗以意趣和气象取胜，宋人以理取胜，故亦以学问论诗，黄庭坚在《大雅堂记》中言："子美诗妙处乃在无意于文，夫无意而意已至，非广之以《国风》《雅》《颂》，深之以《离骚》《九歌》，安能咀嚼其意味，闯然入其门耶？故使后生辈自求之，则得之深矣；使后之登大雅堂者，能以余说而求之，则思过半矣。"①

黄庭坚在《答洪驹父书》中亦言："老杜作诗，退之作文，无一字无来处。盖后人读书少，故谓韩、杜自作此语耳。古之能为文章者，真能陶冶万物，虽取古人之陈言入于翰墨，如灵丹一粒，点铁成金也。"②所以，黄庭坚在杜诗中看到的是各种学问，是杜甫对各种知识的灵活运用。正如徐秉义《问斋杜意序》所言："杜诗不易读也！……其奇变综博，则有似乎子长、孟坚之书，又其学富，其言远，经史百家，以至佛老舆象，莫不陶冶而出之。"③我们通过分析也可以看出，杜甫对经、史、子、集各书的融会贯通。仅就清仇兆鳌所注《杜诗详注》来看，杜诗征引经书很多，大概统计，杜诗征引《诗经》有300处之多，征引《易经》有90处之多。下面就杜诗引《易》作以考释。

一、杜诗对《易经》卦爻辞的征引

杜甫写诗引《易》，非有意为之，炫耀学问，而是自然化入，不见痕迹。在引经的六十四卦

---

①（宋）黄庭坚：《山谷集》卷十七，清文渊阁四库全书本。

②（宋）黄庭坚：《山谷集》卷十九，清文渊阁四库全书本。

③（清）徐秉义：《问斋杜意序》，上海：上海古籍出版社，1986年，第185页。

这一部分时，有的引一卦之卦辞，有的引彖传，有的引象传，也有的引一卦之爻辞。

《杜诗详注》卷一，《临邑舍弟书至苦雨黄河泛溢堤防之患簿领所忧因寄此诗用宽其意》："利涉想蟠桃"。仇兆鳌注云：《易》"利涉大川。"[①]《易经》数卦出现"利涉大川"，《需》卦："需：有孚，光亨，贞吉。利涉大川。"[②]又见于《同人》卦："同人：同人于野，亨。利涉大川，利君子贞。"《蛊》卦："蛊：元亨，利涉大川。先甲三日，后甲三日。"《大畜》卦："大畜：利贞，不家食吉，利涉大川。"《颐》卦："上九：由颐，厉吉，利涉大川。"《益》卦："益：利有攸往，利涉大川。"《涣》卦："涣：亨。王假有庙，利涉大川，利贞。"《中孚》卦："中孚：豚鱼吉，利涉大川，利贞。"《未济》卦："《象》曰：六三，未济，征凶，利涉大川。""涉大川"不是字面渡河的意思，应该被解为去做艰难或高风险的事情。

《杜诗详注》卷一，《奉赠韦左丞丈二十二韵》："早充观国宾"。仇兆鳌注云：《易》："观国之光，利用宾于王。"[③]此条出于《易·观》卦六四："观国之光，利用宾于王。"

《杜诗详注》卷二，《杜位宅守岁》："盍簪喧枥马"。仇兆鳌注云：《易·豫》四爻："勿疑，朋盍簪"，王弼解盍为合，解簪为速，盖因古冠有笄，不谓之簪耳[④]。陆德明《经典释文》："簪，虞作戠。戠，丛合也。"孔颖达《疏》："群朋合聚而疾来也"。后以指士人聚会。《易·豫》卦九四："由豫，大有得。勿疑，朋盍簪。《象》曰：由豫，大有得，志大行也。"

《杜诗详注》卷二，《陪郑广文游何将军山林十首》其十："出门流水住"。仇兆鳌注云：《易》："出门同人"。[⑤]《易·同人》卦初九："同人于门，无咎。《象》曰：'出门同人'，又谁咎也！"

《杜诗详注》卷三，《奉赠太常张卿均二十韵》："亨衢照紫泥"。仇兆鳌注云："《易》：何天之衢，亨"。[⑥]《易·大畜》上九："何天之衢，享。《象》曰：何天之衢，道大行也。"

《杜诗详注》卷三，《夜听许十一诵诗爱而有作》："包蒙欣有击"。仇兆鳌注云："《易·蒙》卦："九二包蒙，上九击蒙。"[⑦]《易·蒙》："九二，包蒙，吉。纳妇，吉。子克家。上九，击蒙，不利为寇，利御寇。"

《杜诗详注》卷四，《三川观水涨二十韵》："云雷屯不已，艰险路更跼。"仇兆鳌注云：《易》："云雷屯，君子以经纶。"[⑧]出自《易·屯·象》："云雷屯，君子以经纶。"杜甫之所以有下句之"艰险路更跼"，因为《易·屯·彖》有言："《彖》曰：屯，刚柔始交而难生，动乎险中，大亨贞。雷雨之动满盈，天造草昧，宜建侯而不宁。"卷五《送从弟亚赴河西判官》："经纶皆新语"。仇兆鳌注云：《易》："君子以经纶"。[⑨] 此亦出自《易·屯·象》："云雷屯，君子以经纶。"与前同。还有卷十一《奉送严公入朝十韵》："与时安反侧，自昔有经纶。"卷十五《谒先主庙》："志屈偃

---

①（清）仇兆鳌：《杜诗详注》（第一册），北京：中华书局，1979年，第26页。

②以下所引《易经》，均出自朱熹《周易本义》本，上海古籍出版社1987年据世界书局本影印。

③（清）仇兆鳌：《杜诗详注》（第一册），北京：中华书局，1979年，第74页。

④（清）仇兆鳌：《杜诗详注》（第一册），北京：中华书局，1979年，第109页。

⑤（清）仇兆鳌：《杜诗详注》（第一册），北京：中华书局，1979年，第155页。

⑥（清）仇兆鳌：《杜诗详注》（第一册），北京：中华书局，1979年，第221页。

⑦（清）仇兆鳌：《杜诗详注》（第一册），北京：中华书局，1979年，第247页。

⑧（清）仇兆鳌：《杜诗详注》（第一册），北京：中华书局，1979年，第307页。

⑨（清）仇兆鳌：《杜诗详注》（第一册），北京：中华书局，1979年，第365页。

经纶”。仇兆鳌均注云：“《易》：君子以经纶。”皆出于《屯》卦之《象》传：“君子以经纶。”《易经》中的“经纶”为施展抱负、有所作为之意，而杜诗中的“经纶”兼有知识与学问的意思。

《杜诗详注》卷五，《行次昭陵》：“壮士悲陵邑，幽人拜鼎湖”。仇兆鳌注云：《易》：“幽人贞吉”。[①]《易·履》：“九二，履道坦坦，幽人贞吉。《象》曰：幽人贞吉，中不自乱也。”虞翻曰：“二失位。变成震，为道、为大涂，故履道坦坦。讼时二在坎狱中，故称幽人。之正得位，震出兑说，幽人喜笑，故贞吉也。《象》曰：幽人贞吉，中不自乱也。虞翻曰：虽幽讼狱中，终辩得正，故不自乱。”

《杜诗详注》卷五，《重经昭陵》：“草昧英雄起”。仇兆鳌注云：《易》：“天造草昧”。注：草而不齐，昧而不明，此言隋末之乱。应劭《人物志》：草之秀者为英，兽之特者为雄。[②]《易·屯·象》曰：“屯：刚柔始交而难生。动乎险中。大亨贞。雷雨之动满盈，天造草昧。宜建侯而不宁。”

《杜诗详注》卷六，《至德二载甫自京金光门出间道归凤翔乾元初从左拾遗华州掾与亲故别因出此门有悲往事》：“西郊胡正繁”。仇兆鳌注云：《易》：“自我西郊”。[③] 胡，指安禄山之兵。《易·小畜》卦辞曰：“亨。密云不雨，自我西郊。”

《杜诗详注》卷七，《新安吏》：“送行勿泣血”。仇兆鳌注云：《易》：“泣血涟如”。[④]《易·屯》：“上六，乘马班如，泣血涟如。”

《杜诗详注》卷七，《太平寺泉眼》：“出泉枯柳根”。仇兆鳌注云：《易·蒙》：“山下出泉”。[⑤]《易·蒙·象》：“山下出泉，蒙。君子以果行育德。”

《杜诗详注》卷八，《铜瓶》：“应悲寒甃沉”。仇兆鳌注云：《易》：“井甃无咎”。[⑥]《易·井》：“六四，井甃，无咎。”

《杜诗详注》卷九，《木皮岭》：“俯入裂厚坤”。仇兆鳌注云：《易》：“坤厚载物”。[⑦]《易·坤·象》有言：“坤厚载物，德合无疆。”

《杜诗详注》卷九，《剑门》：“惟天有设险，剑门天下壮。”仇兆鳌注云：《易·坎卦》：“天险，不可升也。地险，山川丘陵也。王公设险以守其国。”[⑧]出自《易·坎·象》之言。

《杜诗详注》卷九，《建都十二韵》：“终愁万国翻”。仇兆鳌注云：《易》：“先王以建万国”。[⑨]《易·比·象》：“地上有水，比。先王以建万国，亲诸侯。”

《杜诗详注》卷九，《客至》：“盘飧市远无兼味，樽酒家贫只旧醅。”仇兆鳌注云：《易》：“樽酒簋贰”。[⑩]《易·坎》：“六四，樽酒簋，贰用缶，纳约自牖，终无咎。《象》曰：樽酒簋（贰），刚柔

---

①（清）仇兆鳌：《杜诗详注》（第一册），北京：中华书局，1979 年，第 410 页。

②（清）仇兆鳌：《杜诗详注》（第一册），北京：中华书局，1979 年，第 412 页。

③（清）仇兆鳌：《杜诗详注》（第二册），北京：中华书局，1979 年，第 481 页。

④（清）仇兆鳌：《杜诗详注》（第二册），北京：中华书局，1979 年，第 524 页。

⑤（清）仇兆鳌：《杜诗详注》（第二册），北京：中华书局，1979 年，第 598 页。

⑥（清）仇兆鳌：《杜诗详注》（第二册），北京：中华书局，1979 年，第 624 页。

⑦（清）仇兆鳌：《杜诗详注》（第二册），北京：中华书局，1979 年，第 707 页。

⑧（清）仇兆鳌：《杜诗详注》（第二册），北京：中华书局，1979 年，第 720 页。

⑨（清）仇兆鳌：《杜诗详注》（第二册），北京：中华书局，1979 年，第 775 页。

⑩（清）仇兆鳌：《杜诗详注》（第二册），北京：中华书局，1979 年，第 793 页。

际也。”王弼曰：“处坎以斯，虽复一樽之酒，二簋之食，瓦缶之器，纳此至约，自进于牖，乃可羞之于王公，荐之于宗庙，故终无咎也。”

《杜诗详注》卷十，《春夜喜雨》：“随风潜入夜，润物细无声。”仇兆鳌注云：《易》：“随风巽”。[①]《易·巽·象》：“随风，巽。君子以申命行事。”

《杜诗详注》卷十，《江亭》：“水流心不竞，云在意俱迟。”仇兆鳌注云：《易》：“水流而不盈”。[②]《易·坎·彖》曰：“习坎，重险也。水流而不盈，行险而不失其信。维心亨，乃以刚中也。行有尚，往有功也。天险不可升也，地险山川丘陵也，王公设险以守其国。险之时用大矣哉！”

《杜诗详注》卷十，《所思》：“苦忆荆州醉司马，谪官樽酒定常开。”仇兆鳌注云：《易》：“樽酒簋贰”。[③] 与卷九《客至》同出《易·坎》之六四爻。

《杜诗详注》卷十，《徐卿二子歌》：“吾知徐公百不忧，积善衮衮生公侯。”仇兆鳌注云：《易》：“积善之家，必有余庆。”[④]《易·坤·文言》：“积善之家，必有余庆。积不善之家，必有余殃。”

《杜诗详注》卷十一，《有感五首》其二：“大君先息战。”仇兆鳌注云：《易·师》上爻：“大君有命”。[⑤]《易·师》：“上六，大君有命，开国承家，小人勿用。《象》曰：大君有命，以正功也。小人勿用，必乱邦也。”

《杜诗详注》卷十二，《与严二郎奉礼别》：“出涕同斜日。”仇兆鳌注云：《易》：“出涕沱若”。[⑥]《易·离》爻辞：“六五，出涕沱若，戚嗟若，吉。”

《杜诗详注》卷十三，《伤春五首》：“应合总从龙。”仇兆鳌注云：《易》：“云从龙”。[⑦]《易·乾·文言》：“九五一‘飞龙在天，利见大人’何谓也？子曰：同声相应，同气相求；水流湿，火就燥；云从龙，风从虎，圣人作而万物睹。本乎天者亲上，本乎地者亲下，则各从其类也。”

《杜诗详注》卷十三，《南池》：“皇天不无意，美利戒止足。”仇兆鳌注云：《易》：“乾始能以美利利天下。”《易·乾·文言》：“乾始能以美利利天下，不言所利，大矣哉！”

《杜诗详注》卷十三，《寄司马山人十二韵》：“先生早击蒙”。仇兆鳌注云：“《易·蒙》卦上爻：击蒙。”[⑧]出于《易·蒙》上九：“击蒙，不利为寇，利御寇。”此言启发教育幼蒙时，不宜过激，不然将激化矛盾，反成仇寇；但如治理蒙昧得当，自当防止了仇寇的发生。也即是说在治理蒙昧时，千万不要导致仇寇，而要防止仇寇的发生。仇注：“击蒙，欲受教也。”

《杜诗详注》卷十四，《哭台州郑司户苏少监》：“道消诗发兴”。仇兆鳌注云：“《易》言君子道忧”。[⑨] 唐·李鼎祚《周易集解》卷十七云：“夬，决也，刚决柔也。君子道长，小人道忧也。

---

①（清）仇兆鳌：《杜诗详注》（第二册），北京：中华书局，1979年，第799页。

②（清）仇兆鳌：《杜诗详注》（第二册），北京：中华书局，1979年，第800页。

③（清）仇兆鳌：《杜诗详注》（第二册），北京：中华书局，1979年，第821页。

④（清）仇兆鳌：《杜诗详注》（第二册），北京：中华书局，1979年，第844页。

⑤（清）仇兆鳌：《杜诗详注》（第二册），北京：中华书局，1979年，第971页。

⑥（清）仇兆鳌：《杜诗详注》（第三册），北京：中华书局，1979年，第1048页。

⑦（清）仇兆鳌：《杜诗详注》（第三册），北京：中华书局，1979年，第1095页。

⑧（清）仇兆鳌：《杜诗详注》（第三册），北京：中华书局，1979年，第1136页。

⑨（清）仇兆鳌：《杜诗详注》（第三册），北京：中华书局，1979年，第1191页。

以乾决坤，故刚决柔也。乾为君子，坤为小人。乾息，故君子道长；坤体消灭，故小人道忧。谕武王伐纣。自大过至此八卦，不复两卦对说。大过死象，两体姤决，故次以姤而终于夬，言君子之决小人，故君子道长，小人道忧。此上虞义。”

《杜诗详注》卷十五，《雷》：“密云复无雨”。仇兆鳌注云：“《易》：密云不雨，自我西郊。”[①]《易·小畜》卦辞曰：“小畜，亨。密云不雨，自我西郊。”

《杜诗详注》卷十五，《火》：“惊惶致雷雨”。仇兆鳌注云：“《易》：雷雨作解。”[②]《易·解·彖》曰：“解，险以动，动而免乎险，解。解利西南，往得众也，其来复吉，乃得中也。有攸往，夙吉。往有功也。天地解而雷雨作，雷雨作，而百果草木皆甲坼。解之时大矣哉！”

《杜诗详注》卷十五，《毒热寄简崔评事十六弟》：“闭关人事休”。仇兆鳌注云：“《易》：先王以至日闭关。”[③]《易·复·象》：“雷在地中，复。先王以至日闭关，商旅不行，后不省方。”

《杜诗详注》卷十五，《雨》：“百谷皆已弃，……所望时一致”。仇兆鳌注云：“《易》：百谷草木丽乎土”“一致而百虑”。[④] 第一处出自《易·离·彖》曰：“离，丽也。日月丽乎天，百谷草木丽乎土，重明以丽乎正，乃化成天下。柔，丽乎中正，故亨。是以畜，牝牛吉也。”第二处出于《易·系辞下》第五章：“天下同归而殊途，一致而百虑。”

《杜诗详注》卷十五，《雨》：“还嗟地出雷”。仇兆鳌注云：“《易》：雷出地奋，豫。”[⑤]《易·豫·象》曰：“雷出地奋，豫。先王以作乐崇德，殷荐之上帝，以配祖考。”

《杜诗详注》卷十五，《种莴苣》：“山泉落沧江，……两旬不甲坼”。仇兆鳌注云：“《易》：山下出泉”。“《易》：雷雨作而百果草木皆甲坼。”[⑥]第一处出于《易·蒙·象》曰：“山下出泉，蒙。君子以果行育德。”第二处出于《易·解·彖》卦辞：“天地解而雷雨作，雷雨作，而百果草木皆甲坼。解之时大矣哉！”

《杜诗详注》卷十六，《赠左仆射郑国公严公武》：“挥发岐阳征，……西郊牛酒再。”仇兆鳌注云：“《易》：六爻发挥。”《易》：“自我西郊。”[⑦]《易·乾·文言》：“六爻发挥，旁通情也。时乘六龙，以御天也。”又《易·小畜》卦辞曰：“小畜，亨。密云不雨，自我西郊。”

《杜诗详注》卷十六，《赠秘书监江夏李公邕》：“丰屋珊瑚钩。”仇兆鳌注云：“《易》：丰其屋，天际翔也。”[⑧]《易·丰》上六：“丰其屋，蔀其家，窥其户，阒其无人，三岁不觌，凶。《象》曰：丰其屋，天际翔也。窥其户，阒其无人，自藏也。”

《杜诗详注》卷十六，《往在》：“申命空山东。”仇兆鳌注云：“《易》：重巽以申命。”[⑨]《易·巽·彖》：“曰：重巽以申命。刚巽乎中正而志行。柔皆顺乎刚，是以小亨，利有攸往，利见大人。《象》曰：随风，巽。君子以申命行事。”

---

①（清）仇兆鳌：《杜诗详注》（第三册），北京：中华书局，1979 年，第 1295 页。

②（清）仇兆鳌：《杜诗详注》（第三册），北京：中华书局，1979 年，第 1298 页。

③（清）仇兆鳌：《杜诗详注》（第三册），北京：中华书局，1979 年，第 1307 页。

④（清）仇兆鳌：《杜诗详注》（第三册），北京：中华书局，1979 年，第 1325 页。

⑤（清）仇兆鳌：《杜诗详注》（第三册），北京：中华书局，1979 年，第 1338 页。

⑥（清）仇兆鳌：《杜诗详注》（第三册），北京：中华书局，1979 年，第 1348 页。

⑦（清）仇兆鳌：《杜诗详注》（第三册），北京：中华书局，1979 年，第 1386 页。

⑧（清）仇兆鳌：《杜诗详注》（第三册），北京：中华书局，1979 年，第 1396 页。

⑨（清）仇兆鳌：《杜诗详注》（第三册），北京：中华书局，1979 年，第 1432 页。

《杜诗详注》卷十八,《赠苏四徯》:"再请甘养蒙。"仇兆鳌注云:"《易》:蒙以养正,圣功也。"[①]语出《易・蒙・彖》曰:"蒙,山下有险,险而止,蒙。'蒙亨',以亨行,时中也。'匪我求童蒙,童蒙求我'。志应也。'初筮告',以刚中也。'再三渎,渎则不告',渎蒙也。蒙以养正,圣功也。"

《杜诗详注》卷十九,《上后园山脚》:"勿谓地无疆。"仇兆鳌注云:"《易》:坤厚载物,德合无疆。"[②]语出《易・坤・彖》曰:"至哉坤元,万物资生,乃顺承天。坤厚载物,德合无疆。含弘光大,品物咸亨。牝马地类,行地无疆,柔顺利贞。君子攸行,先迷失道,后顺得常。西南得朋,乃与类行。东北丧朋,乃终有庆。安贞之吉,应地无疆。"

《杜诗详注》卷十九,《寄刘峡州伯华使君四十韵》:"西南喜得朋。"仇兆鳌注云:"《易》:西南得朋。"[③]出自《易・坤》卦辞曰:"元亨。利牝马之贞。君子有攸往,先迷,后得主,利。西南得朋,东北丧朋。安贞吉。"

《杜诗详注》卷十九,《秋清》:"门庭闷扫除。"仇兆鳌注云:"《易》:不出门庭。"[④]语出《易・节》九二:"不出门庭,凶。《象》曰:不出门庭,失时极也。"

《杜诗详注》卷二十一,《戏寄崔评事表侄苏五表弟韦大少府诸侄》:"潜龙故起云。"仇兆鳌注云:"《易》:潜龙勿用。又:云从龙。"[⑤]《易・乾・文言传》:"九五曰'飞龙在天,利见大人,'何谓也?子曰:'同声相应,同气相求。水流湿,火就燥,云从龙,风从虎,圣人作而万物睹。本乎天者亲上,本乎地者亲下,则各从其类也。'"

《杜诗详注》卷二十,《云》:"龙以瞿唐会。"仇兆鳌注云:"《易》:云从龙。"[⑥]《易・乾・文言传》:"九五曰"飞龙在天,利见大人",何谓也?子曰:"同声相应,同气相求。水流湿,火就燥,云从龙,风从虎,圣人作而万物睹。本乎天者亲上,本乎地者亲下,则各从其类也。"

《杜诗详注》卷二十一,《大历三年春白帝城放船出瞿唐峡久居夔府将适江陵漂泊有诗凡四十韵》:"生涯临臬兀。"仇兆鳌注云:"《易》:困于葛藟,于鼿卼。《广韵》:鼿卼,不安也。通作臬兀"。[⑦]《易・困》:"上六,困于葛藟,于鼿卼,曰:动悔、有悔,征吉。《象》曰:'困于葛藟',未当也。'动悔、有悔',吉行也。"

《杜诗详注》卷二十一,《奉送苏州李二十五长史丈之任》:"食德见从事,克家何妙年。"仇兆鳌注云:"《易・讼・六三》:食旧德,贞厉,终吉,或从王事。《蒙・九二》:子克家"。[⑧] 第一处出于《易・讼》:"六三,食旧德,贞厉,终吉。或从王事,无成。《象》曰:食旧德,从上吉也。"第二处引文出于《易・蒙》:"九二,包蒙,吉。纳妇,吉。子克家。《象》曰:'子克家',刚柔接也。"

---

①(清)仇兆鳌:《杜诗详注》(第四册),北京:中华书局,1979年,第1548页。
②(清)仇兆鳌:《杜诗详注》(第四册),北京:中华书局,1979年,第1647页。
③(清)仇兆鳌:《杜诗详注》(第四册),北京:中华书局,1979年,第1717页。
④(清)仇兆鳌:《杜诗详注》(第四册),北京:中华书局,1979年,第1724页。
⑤(清)仇兆鳌:《杜诗详注》(第四册),北京:中华书局,1979年,第1777页。
⑥(清)仇兆鳌:《杜诗详注》(第四册),北京:中华书局,1979年,第1786页。
⑦(清)仇兆鳌:《杜诗详注》(第四册),北京:中华书局,1979年,第1868页。
⑧(清)仇兆鳌:《杜诗详注》(第四册),北京:中华书局,1979年,第1879页。

《杜诗详注》卷二十二,《过津口》:“物微限通塞。”仇兆鳌注云:“《易》:知通塞也。”[①]《易·节》初九:“不出户庭,无咎。《象》曰:不出户庭,知通塞也。”

《杜诗详注》卷二十二,《宿花石戍》:“茫茫天造间。”仇兆鳌注云:“《易》:天造草昧。”[②]《易·屯·象》曰:“屯,刚柔始交而难生,动乎险中,大亨贞。雷雨之动满盈,天造草昧,宜建侯而不宁。”卷二十三,《别张十三建封》:“国家草昧初。”仇兆鳌注云:“《易》:天造草昧。”《易·屯·象》曰:“屯,刚柔始交而难生,动乎险中,大亨贞。雷雨之动满盈,天造草昧,宜建侯而不宁。”

《杜诗详注》卷二十三,《入衡州》:“老将一失律,……府库实过防,……凯歌悬否臧。”仇兆鳌注曰:《易·师卦》:“失律,凶。”[③]“《易》:弗过防之。”“《易》:师出以律,否臧凶。此言臧否悬绝,故知能奏凯也。”第一处出自《易·师》初六:“《象》曰:师出以律,失律凶也。”第二处见《易·小过》九三:“弗过防之,从或戕之,凶。《象》曰:从,或戕之,凶如何也。”第三处《师》初六:“师出以律,否臧凶。”

二、杜诗对《易经》系辞的征引

《杜诗详注》卷一,《登历下古城员外孙新亭》:“太山雄地理,……含弘知四大”。[④] 第一处,仇兆鳌注云:《易大传》“俯以察于地理”。此条出于《易·系辞上·第四章》:“仰以观于天文,俯以察于地理,是故知幽明之故。”第二处,仇兆鳌注云:《易》“含弘光大”。此条出于《易·坤·象》:“坤厚载物,德合无疆,含弘光大,品物咸亨。”

《杜诗详注》卷二,《乐游园歌》:“白日雷霆夹城仗”。仇兆鳌注云:《易》:“鼓之以雷霆”。[⑤] 此条出于《易·系辞上》:“鼓之以雷霆,润之以风雨。”

《杜诗详注》卷四,《晦日寻崔戢李封》:“晚定崔李交”。仇兆鳌注云:《易传》:“定其交而后求”。[⑥]《易·系辞下》第五章:“子曰:“君子安其身而后动,易其心而后语,定其交而后求,君子修此三者,故全也。”

《杜诗详注》卷五,《送樊二十三侍御赴汉中判官》:“威弧不能弦。”仇兆鳌注云:《易》:“弦木为弧,剡木为矢,弧矢之利,以威天下。”[⑦]语本《易·系辞下》:“弦木为弧,剡木为矢,弧矢之利,以威天下,盖取诸睽。”仇注又云:“扬雄《河东赋》:彍天狼之威弧。钱笺:《天官书》:西宫七宿觜星,东有大星曰狼,狼下四星曰弧,弧属矢,拟射于狼,弧不直狼,则盗贼起,所谓不能弦也,下故有‘豺狼沸相噬’之句。”

《杜诗详注》卷五,《北征》:“忧虞何时毕”。仇兆鳌注云:《易》:“悔吝者,忧虞之象也。”[⑧]《易·系辞上》:“是故,吉凶者,失得之象也。悔吝者,忧虞之象也。”悔,后悔;吝,心上有事放

①(清)仇兆鳌:《杜诗详注》(第四册),北京:中华书局,1979年,第1963页。
②(清)仇兆鳌:《杜诗详注》(第四册),北京:中华书局,1979年,第1965页。
③(清)仇兆鳌:《杜诗详注》(第五册),北京:中华书局,1979年,第2068页。
④(清)仇兆鳌:《杜诗详注》(第一册),北京:中华书局,1979年,第40页。
⑤(清)仇兆鳌:《杜诗详注》(第一册),北京:中华书局,1979年,第102页。
⑥(清)仇兆鳌:《杜诗详注》(第一册),北京:中华书局,1979年,第296页。
⑦(清)仇兆鳌:《杜诗详注》(第一册),北京:中华书局,1979年,第350页。
⑧(清)仇兆鳌:《杜诗详注》(第一册),北京:中华书局,1979年,第396页。

不下，有包袱，进而举棋不定等，从而呈现忧虞之象。这些象都可以在六爻的关系中表现出来，得位、居中，就吉；不得位，就可能有忧虞之象；又不得位，又不居中，且其中阴阳组合又有诸多麻烦，那就可能呈凶象。要视情况而定，不同的情景两个字的轻重不同，比如求财就是悔轻吝重，求官则相反。

《杜诗详注》卷六，《送李校书二十六韵》："每愁悔吝作"。仇兆鳌注云：《易大传》："悔吝者，忧虞之象也。"[①]《易·系辞上》："是故，吉凶者，失得之象也。悔吝者，忧虞之象也。"与卷五《北征》中"忧虞何时毕"出处同。

《杜诗详注》卷六，《戏赠阌乡秦少府短歌》："同心不减骨肉亲"。仇兆鳌注云：《易》："二人同心。"[②]《易·系辞上》："二人同心，其利断金；同心之言，其臭如兰。"

《杜诗详注》卷九，《桔柏渡》："无以洗心胸"。仇兆鳌注云：《易》："圣人以此洗心"。[③]《易·系辞上》有言："圣人以此洗心，退藏于密，吉凶与民同患。"

《杜诗详注》卷八，《别赞上人》："出处各努力"。仇兆鳌注云：《易》："或出或处"。[④]《易·系辞上》："君子之道，或出或处。"

《杜诗详注》卷八，《万丈潭》："神物有显晦"。仇兆鳌注云：《易》："天生神物"。[⑤]《易·系辞上》："是故天生神物，圣人则之。天地变化，圣人效之。"

《杜诗详注》卷十二，《送何侍御归朝》："舟楫诸侯饯。"仇兆鳌注云：《易》："舟楫之利"。[⑥]《易·系辞下》第二章："刳木为舟，剡木为楫，舟楫之利，以济不通，致远以利天下，盖取诸《涣》。"

《杜诗详注》卷十三，《自阆州领妻子却赴蜀山行三首》："魂伤山寂然。"仇兆鳌注云：《易》："寂然不动"。[⑦]《易·系辞上》第十章："《易》无思也，无为也，寂然不动，感而遂通天下之故。非天下之至神，其孰能与于此！"

《杜诗详注》卷十三，《草堂》："弧矢暗江海"。仇兆鳌注云："《易》：弧矢之利"。[⑧]《易·系辞下》第二章："弦木为弧，剡木为矢，弧矢之利，以威天下，盖取诸《睽》。"

《杜诗详注》卷十三，《赠王二十四侍御契四十韵》："虚怀任屈伸"。仇兆鳌注云："《易》：屈伸相感而利生焉"。[⑨]《易·系辞下》第二章："寒往则暑来，暑往则寒来，寒暑相推而岁成焉。往者屈也。来者信也。屈信相感而利生焉。尺蠖之屈，以求信也。龙蛇之蛰，以存身也。精义入神，以致用也。利用安身，以崇德也。"

《杜诗详注》卷十四，《旅夜书怀》："星垂平野阔"。仇兆鳌注云："《易》：天垂象。当作星

---

①（清）仇兆鳌：《杜诗详注》（第二册），北京：中华书局，1979年，第464页。
②（清）仇兆鳌：《杜诗详注》（第二册），北京：中华书局，1979年，第505页。
③（清）仇兆鳌：《杜诗详注》（第二册），北京：中华书局，1979年，第719页。
④（清）仇兆鳌：《杜诗详注》（第二册），北京：中华书局，1979年，第668页。
⑤（清）仇兆鳌：《杜诗详注》（第二册），北京：中华书局，1979年，第701页，
⑥（清）仇兆鳌：《杜诗详注》（第三册），北京：中华书局，1979年，第998页。
⑦（清）仇兆鳌：《杜诗详注》（第三册），北京：中华书局，1979年，第1101页。
⑧（清）仇兆鳌：《杜诗详注》（第三册），北京：中华书局，1979年，第1114页。
⑨（清）仇兆鳌：《杜诗详注》（第三册），北京：中华书局，1979年，第1129页。

垂。"[①]《易·系辞上》第十一章:"天地变化,圣人效之。天垂象,见吉凶,圣人象之。"

《杜诗详注》卷十五,《热》:"雷霆空霹雳"。仇兆鳌注云:"《易》:鼓之以雷霆。"[②]《易·系辞上》第一章:"是故刚柔相摩,八卦相荡,鼓之以雷霆,润之以风雨,日月运行,一寒一暑,乾道成男,坤道成女。"

《杜诗详注》卷十五,《催宗文树鸡栅》:"近身见损益"。仇兆鳌注云:"《易》:近取诸身。"[③]《易·系辞下》第二章:"古者包羲氏之王天下也,仰则观象于天,俯则观法于地。观鸟兽之文,与地之宜,近取诸身,远取诸物,于是始作八卦。"损、益:易经六十四卦中有损、益二卦。

《杜诗详注》卷十五,《七月三日亭午已后校热退,晚加小凉,稳睡有诗,因论壮年乐事,戏呈元二十一曹长》:"退藏恨雨师"。仇兆鳌注云:"《易》:退藏于密。"[④]《易·系辞上》第十一章:"圣人以此洗心,退藏于密,吉凶与民同患。神以知来,知以藏往。"

《杜诗详注》卷十五,《七月三日亭午已后校热退,晚加小凉,稳睡有诗,因论壮年乐事,戏呈元二十一曹长》:"密云虽聚散。"仇兆鳌注云:"《易》:密云不雨。"[⑤]《易·小畜》卦辞:"小畜,亨。密云不雨,自我西郊。"

《杜诗详注》卷十六,《故著作郎贬台州司户荥阳郑公虔》:"时物集遐想。"仇兆鳌注云:"《易》:惟其时物也。"[⑥]《易·系辞下》:"《易》之为书也,原始要终,以为质也。六爻相杂,唯其时物也。其初难知,其上易知,本末也。初辞拟之,卒成之终。"

《杜诗详注》卷十七,《西阁夜》:"击柝可怜子。"仇兆鳌注云:"《易》:重门击柝。"[⑦]语出《易·系辞下》第二章:"重门击柝,以待暴客,盖取诸《豫》。"

《杜诗详注》卷十七,《解闷十二首》:"熟知二谢将能事,颇学阴何苦用心。"仇兆鳌注云:"将能事,将近其能事。《易》:天下之能事毕矣。"[⑧]语出《易·系辞上》第九章:"《乾》之策二百一十有六,《坤》之策百四十有四,凡三百六十,当期之日。二篇之策,万有一千五百二十,当万物之数也。是故四营而成《易》,十有八变而成卦,八卦而小成。引而伸之,触类而长之,天下之能事毕矣。"

《杜诗详注》卷二十,《雷》:"龙蛇不成蛰。"仇兆鳌注云:"《易传》:龙蛇之蛰,以存身也。"[⑨]《易·系辞下》第五章:"《易》曰:'憧憧往来,朋从而思。'子曰:'天下何思何虑?天下同归而殊涂,一致而百虑。天下何思何虑?日往则月来,月往则日来,日月相推而明生焉。寒往则暑来,暑往而寒来,寒暑相推而岁成焉。往者屈也,来者信也,屈信相感而利生焉。尺蠖之屈,以求信也。龙蛇之蛰,以存身也。精义入神,以致用也。利用安身,以崇德也。过此以往,未知或知也。穷神知化,德之盛也。'"

---

①(清)仇兆鳌:《杜诗详注》(第三册),北京:中华书局,1979年,第1229页。
②(清)仇兆鳌:《杜诗详注》(第三册),北京:中华书局,1979年,第1298页。
③(清)仇兆鳌:《杜诗详注》(第三册),北京:中华书局,1979年,第1312页。
④(清)仇兆鳌:《杜诗详注》(第三册),北京:中华书局,1979年,第1317页。
⑤(清)仇兆鳌:《杜诗详注》(第三册),北京:中华书局,1979年,第1317页。
⑥(清)仇兆鳌:《杜诗详注》(第三册),北京:中华书局,1979年,第1413页。
⑦(清)仇兆鳌:《杜诗详注》(第三册),北京:中华书局,1979年,第1475页。
⑧(清)仇兆鳌:《杜诗详注》(第三册),北京:中华书局,1979年,第1515页。
⑨(清)仇兆鳌:《杜诗详注》(第四册),北京:中华书局,1979年,第1789页。

《杜诗详注》卷二十二,《送顾八分文学适洪吉州》:“钩深法更秘。”仇兆鳌注云:“《易·系辞》:探赜索隐,钩深致远。”[①]《易·系辞上》第十二章:“探赜索隐,钩深致远,以定天下之吉凶,成天下之亹亹者,莫大乎蓍龟。”

《杜诗详注》卷二十二,《宿凿石浦》:“圣哲垂彖系。”仇兆鳌注云:“《易传》:作《易》者其有忧患乎?文王蒙难而作《彖》,孔子莫容而赞《易》,皆从忧患得之。《彖》谓卦辞,《系》谓《系辞传》。”[②]《易·系辞下》第六章:“《易》之兴也,其于中古乎?作《易》者,其有忧患乎?是故《履》,德之基也;《谦》,德之柄也;《复》,德之本也;《恒》,德之固也;《损》,德之修也;《益》,德之裕也;《困》,德之辨也;《井》,德之地也;《巽》,德之制也;《履》,和而至;《谦》,尊而光;《复》,小而辨于物;《恒》,杂而不厌;《损》,先难而后易;《益》,长裕而不设;《困》,穷而通;《井》,居其所而迁;《巽》,称而隐。《履》以和行,《谦》以制礼,《复》以自知,《恒》以一德,《损》以远害,《益》以兴利,《困》以寡怨,《井》以辨义,《巽》以行权。”

《杜诗详注》卷二十二,《早行》:“前王作网罟。”仇兆鳌注云:“《易》:作结绳而为网罟。”[③]《易·系辞下》第二章:“古者包羲氏之王天下也,仰则观象于天,俯则观法于地,观鸟兽之文,与地之宜,近取诸身,远取诸物,于是始作八卦,以通神明之德,以类万物之情。作结绳而为网罟,以佃以渔,盖取诸《离》。包羲氏没,神农氏作,斫木为耜,揉木为耒,耒耨之利,以教天下,盖取诸《益》。日中为市,致天下之货,交易而退,各得其所,盖取诸《噬嗑》。”

三、杜诗对《说卦》的征引

《杜诗详注》卷六,《路逢襄阳杨少府入城戏呈杨四员外绾》:“归来稍暄暖。”仇兆鳌注云:《易》:“日以暄之。”[④]《易·说卦》曰:“雷以动之,风以散之,雨以润之,日以烜之,艮以止之,兑以说之,乾以君之,坤以藏之。”“烜”同“暄”,温暖之意。《十三经注疏》本写作“烜”,《杜诗详注》本写作“暄”。

《杜诗详注》卷十六,《赠司空王公思礼》:“鸷鸟资远击,……肃宗登宝位。”仇兆鳌注云:“《易通卦验》:秋分鸷鸟击。”又,“圣人之大宝曰位”。[⑤] 第一处引文见《初学记》卷三,岁时部上,秋第三《虫吟·鸟击》条:“《易通卦验》曰:秋分鸷鸟击。”又,《易说》曰:“秋分阊阖风至,雷始收声,鸷鸟击,玄鸟归。”又,《六韬·发启》云:“鸷鸟将击,卑飞敛翼;猛兽将搏,弭耳俯伏。圣人将动,必有愚色。”第二处引文见《易·系辞下》第章:“天地之大德曰生,圣人之大宝曰位,何以守位曰仁,何以聚人曰财,理财正辞、禁民为非曰义。”朱熹在《易本义》中说:“曰人之人,今本作‘仁’,吕氏从古。盖所谓非众罔与守邦。”

《杜诗详注》卷十六,《故司徒李公光弼》:“未济失利涉”。仇兆鳌注云:“《易》:故受之以

---

①(清)仇兆鳌:《杜诗详注》(第四册),北京:中华书局,1979年,第1924页。

②(清)仇兆鳌:《杜诗详注》(第四册),北京:中华书局,1979年,第1962页。

③(清)仇兆鳌:《杜诗详注》(第四册),北京:中华书局,1979年,第1962页。

④(清)仇兆鳌:《杜诗详注》(第二册),北京:中华书局,1979年,卷六,第499页。

⑤(清)仇兆鳌:《杜诗详注》(第三册),北京:中华书局,1979年,第1374页。

未济终焉。又:利涉大川。”[①]《易·序卦》下篇:“物不可穷也,故受之以未济终焉。”《需》卦卦辞言:“有孚,光亨。贞吉,利涉大川。”

四、杜诗对《易林》的征引

《杜诗详注》卷五,《收京三首》其三:“万方频送喜。”仇兆鳌注云:《易林》:“讴歌送喜。”[②]《焦氏易林》又名《易林》,十六卷,西汉焦延寿撰。《易林》的《小畜》之《旅》:“阳火不灾,喜至庆来。降福送喜,鼓琴歌讴。”

《杜诗详注》卷六,《忆弟二首》:“忆昨狂催走”。仇兆鳌注云:《易林》:“狂走蹶足。”[③]西汉·焦赣《焦氏易林》卷三有:“[大壮]之第三十四,大壮左有噬熊,右有啮虎。前触铁矛,后踬强弩,无可抵者。[乾]金齿铁牙,寿考宜家。年岁有储,贪利者得,有其咎忧。[坤]家给人足,颂声并作。四夷宾服,干戈橐阁。[屯]猕猴冠带,盗载非位。众犬嘈吠,狂走蹶足。”

《杜诗详注》卷十,《石镜》:“蜀王将此镜,送死置空山。”仇兆鳌注云:《易林》:“悲哀哭泣,送死离乡。”[④]《焦氏易林》下:“哀悲哭泣,送死离乡。贲:四掞不安,兵革为患。掠我妻子,客屡饥寒。”

《杜诗详注》卷十一,《陈拾遗故宅》:“拾遗平昔居,大屋尚修椽。”仇兆鳌注云:《易林》:“大屋之下,朝多君子。”[⑤]西汉焦赣《焦氏易林》鼎之五十:“鼎之否:大屋之下,朝多君子。德施溥育,宋受其福。”

《杜诗详注》卷十七,《赠李八秘书别三十韵》:“良友昔相于。”仇兆鳌注云:“《易林》:患解忧除,良友相于。”[⑥]西汉·焦赣《易林·蒙之巽》:“患解忧除,皇母相于,与喜俱来,使我安居。”

《杜诗详注》卷二十一,《水宿遣兴奉呈群公》:“耳聋须画字。”仇兆鳌注云:“《易林》:目盲耳聋”。[⑦]《焦氏易林》屯之第三中孚:“北陆闭蛰,隐伏不出。目盲耳聋,道路不通。”[⑧]

《杜诗详注》卷二十一,《水宿遣兴奉呈群公》:“同人惜解携。”仇兆鳌注云:“《易》:出门同人。”[⑨]《易·同人》初九:“同人与门,无咎。”《象》曰:“出门同人,谁与为咎。”王弼注曰:“居《同人》之始,为《同人》之首者也。无应于上,心无系吝,通夫大同,出门皆同,故曰‘同人与门’也。”

《杜诗详注》卷二十三,《奉送魏六丈佑少府之交广》:“长大常苦饥”,仇兆鳌注曰:“《易

---

①(清)仇兆鳌:《杜诗详注》(第三册),北京:中华书局,1979年,第1381页。

②(清)仇兆鳌:《杜诗详注》(第一册),北京:中华书局,1979年,第423页。

③(清)仇兆鳌:《杜诗详注》(第二册),北京:中华书局,1979年,第509页。

④(清)仇兆鳌:《杜诗详注》(第二册),北京:中华书局,1979年,第800页。

⑤(清)仇兆鳌:《杜诗详注》(第二册),北京:中华书局,1979年,第948页。

⑥(清)仇兆鳌:《杜诗详注》(第四册),北京:中华书局,1979年,第1459页。

⑦(清)仇兆鳌:《杜诗详注》(第四册),北京:中华书局,1979年,第1895页。

⑧董治安:《西汉全书》(第7册),济南:山东大学出版社,2009年,第4142页。

⑨(清)仇兆鳌:《杜诗详注》(第四册),北京:中华书局,1979年,第1896页。

林》:长息成就。"[①]汉·焦赣《易林·乾之离》:"胎生孚乳,长息成就,充满帝室,家国昌富。"

《杜诗详注》卷二十三,《风疾舟中伏枕书怀三十六韵奉呈湖南亲友》:"狂走终奚适"。仇兆鳌注曰:"《易林》:狂走蹶足。"[②]汉·焦赣《易林·剥之随》:"猕猴冠带,盗载非位。众犬嘈吠,狂走蹶足。"艮为猕猴、为冠,巽为带、为盗,震为载,艮为位。冠带者,有位之服,今猕猴冠带,乃盗用耳,故曰非位。艮犬震吠,正反艮故曰众。震为狂、为走、为足,兑折故蹶足。猕猴,汲古作沭猴,《史记·项羽本纪》:"如沭猴而冠耳。"今依宋元本。又载汲古作在,亦依宋元本。狂走,宋元本作麏走,汲古作仓狂,今依《大壮》之《屯》校。

杜诗虽为高妙,如陈善言:"老杜诗当是诗中《六经》,他人诗乃诸子之流也。"[③]但杜甫并不迷信《六经》,于孔子亦有不敬之处。《无用闲谈》曰:"孔子,万世之师,恩同天地,诗人狂纵不检,直斥其名,如曰'何必衔恨伤丘轲''何必效丘也'之类。至杜甫乃直曰'孔丘盗跖俱尘埃'。孔子何人?与盗跖并称,且直斥姓名,可谓忍心无忌惮者也。"[④]杜甫在写诗中虽不盲从圣人,但其用字却处处有章法、有来历,从以上他对《易经》多处而各种形式的征引可以看出,杜甫作为一个诗人,在当年的科举考试中,对"五经"是非常熟悉的,从其对《易》的征引可见其功力。唐代科举制度日臻完善,据《唐六典》《通典》所载,进士科考试要考帖经,非熟读经书者难以应对。唐代进士科考试起初只设时务策一项,类似于时事政论文。贞观八年(634),加了经、史一部,即加进了儒家经典和历史知识。高宗时上元二年(675),又加试老子策;高宗调露二年(680),加试帖经。下表所示为唐代明经、进士两科的考试内容。

	初试	二试	三试
明经	选《礼记》或《左传》之一及《孝经》《论语》《尔雅》,每经帖十条	口答诸经大义十条	答时务策三道
进士	选《礼记》或《左传》之一及《尔雅》每经帖十条	作诗、赋、文各一篇	作时务策五道

《新唐书·选举志上》云:"凡进士,试时务策五道、帖一大经,经、策全通为甲第;策通四、帖过四以上为乙第。"[⑤]这里的"帖过"之"帖",即为考进士所试之帖经,所帖之经,《新唐书·选举志上》列有:"凡《礼记》《春秋左氏传》为大经,《诗》《周礼》《仪礼》为中经,《易》《尚书》《春秋公羊传》《穀梁传》为小经。"唐代进士科考试不是专试诗、赋,乃与经书一并习之。杜甫与许多文人的落榜,也不能一味归之于社会与政治的原因,因为进士科考试不是纯考诗、赋,还要考帖经和时务策,杜甫可能偏科,儒家经典和时事政治用功稍嫌不足而已。尽管如此,我们从杜诗中也可以看出他的经学功底。杜甫的青少年时期主要是在东都洛阳地区度过的,以他家的地位也可入国学或四门学,他也曾言"甫昔少年日,早充观国宾"(《奉赠韦左丞丈二十二韵》)。估计是指参观国子监之事,其诗中并没有入国学就读的记载,这些都表明他没有

①(清)仇兆鳌:《杜诗详注》(第五册),北京:中华书局,1979年,第2022页。

②(清)仇兆鳌:《杜诗详注》(第五册),北京:中华书局,1979年,第2093页。

③(南宋)陈善:《扪虱新话》下集卷一。

④(明)孙绪:《沙溪集》卷十三。见《中华大典·文学典·隋唐五代文学分典》,南京:凤凰出版社,2008年,第644页。

⑤《新唐书》,北京:中华书局,1975年,第2345页。

在京城和洛阳读过书。杜甫所在的时代由科举入仕主要有这几种途径：乡贡（包括明经与进士科）、制举、献赋。杜甫在第一次参加进士科考试失利后，天宝五载（746）又参加制举，因李林甫以“野无遗贤”蒙骗玄宗，使他再次失败。天宝十三年（754）献《三大礼赋》，终得“送隶有司，参列选序。”后又再献《封西岳赋》《雕赋》等，未得回应。可以说，其时所有的入仕途径他都试过了。但是，他却没有选择明经这一条路。唐人科举重进士轻明经，天宝时期尤其如此。杜甫是按进士科来设计人生道路的，专攻辞赋之学，明经一科实非其所长。杜甫之落第，有人认为可能与不谙经术有关。其《进封西岳赋表》言：“年过四十，经术浅陋。”因杜甫把精力都放在诗歌创作上，于经术自然疏漏，但由于要应对科举考试，进士科考试有试帖经一科，儒家经典不能不研习。翻检杜诗集子，杜甫引用经文最多的，主要是《诗经》《左传》《礼记》《周礼》，对经文的理解也多在郑注孔疏范围之内。玄宗时期改进士科为帖大经，即《礼记》《左传》等，所以杜甫为应试亦得习经。可能对经义本身深究不够，故未高中，但也有相当的经学基础了，这就使得他在写诗时，于经学知识随手拈来，多有征引。

杜甫接受研究

中国现代学制文学教育中的杜甫形象*

刘明华　罗晨
（西南大学文学院　重庆　400715）

学界对20世纪以前历代杜诗学研究投入了大量精力，成果斐然。自20世纪末、21世纪以来，学界对20世纪杜诗学发展已有所关注，林继中《百年杜甫研究回眸》①，林继中、张忠纲、赵睿才《20世纪杜甫研究述评》②和刘明华《现代学术视野下的杜甫研究——杜甫研究百年回顾与前瞻》③，是学界对20世纪杜诗学研究的几篇代表性专论。近几年，又有吴中胜《杜甫批评史研究》④与赵睿才《百年杜甫研究之平议与反思》⑤等著作，将研究不断推进与深化。百年杜诗学的关键词是"现代"，从社会、文化、制度，到方法、态度、标准的现代转向，让这一时期的杜诗接受、杜甫研究有了独特的价值。而现代学制与教育正是集中传播现代文明成果，建构现代知识体系，培养现代学术观念的重要一环。从这一角度审视杜甫其人其诗的论著尚未出现。杜甫千年"诗圣"的地位在百年现代化的文学教育中是如何呈现的？这是本文探讨的内容。

一、文学与音乐：杜甫进入现代教育之始

本文所谓"文学教育"，即现代学制中的小学、中学和大学中的语文课和文学史的教育。从课程上看，主要包括中小学阶段的语文课程与大学阶段的中国文学史课程。以往的语文课程研究者，主要关注点在中小学阶段的语文课程及其教材，而文学史学研究者，大多又将

---

*本文为国家社会科学基金项目"历代论杜诗文整理研究"（项目编号13bzw90），国家语委重大项目"中华经典诵读教育与语文素质、语文教育、弘扬中华优秀传统文化相关研究"（项目编号ZDA125－3），教育部规划项目"杜甫评论资料整理与研究"（项目编号11YJA751048）的阶段性成果。博士生王飞、硕士生刘敏锐、唐瑞参与了资料收集整理工作。特致谢忱。

①林继中：《百年杜甫研究回眸》，《河北大学学报》（哲学社会科学版），1999年第2期，第5—8页。

②张忠纲，赵睿才：《20世纪杜甫研究述评》，《文史哲》，2001年第2期，第13—21页，第127页。

③刘明华：《现代学术视野下的杜甫研究——杜甫研究百年回顾与前瞻》，《文学评论》，2004年第5期，第156—161页。

④吴中胜：《杜甫批评史研究》，北京：中国社会科学出版社，2012年。

⑤赵睿才：《百年杜甫研究之平议与反思》，北京：人民出版社，2014年。

注意力放在大学的文学史课程及其教材。其实,二者均是中国文学教育的重要部分,且拥有一个共同的起点:癸卯学制。

与如今杜甫及其作品频繁出现在小学、中学和大学的课堂不同,从1904癸卯学制颁布,到中华民国建立之前,杜甫在此时期的文学教育中处于边缘地位。这个时期的中小学国文教材,完全没有杜甫作品。而作为大学教材的中国文学史著作,也并未给杜甫留有太多空间。完成于1904年的国人自著第一部中国文学史——林传甲《中国文学史》,这部严格按照《奏定大学堂章程》规定写作的文学史,关于杜甫的书写,大致集中于"李杜二诗人之骈律"一节,集中对杜甫的书写,不过一百余字[①]。稍后完成的篇幅数倍于林著的黄人《中国文学史》,除了对杜甫生平简要介绍,选诗若干外,再无其他。[②] 究其主要原因,在于当时对"文学"的理解与后来不尽相同。在这方面,文学史学的研究者以"宽泛庞杂"[③]甚至"混乱"[④]评价,认为一读之下,往往留下的似乎只是庞杂纷乱的印象[⑤]。正因涉及范围颇广,所以无法详尽深入。大学尚且如此,更何况中小学。考察1904年颁布的《奏定初等小学堂章程》、《奏定高等小学堂章程》与《奏定中学堂章程》,涉及文学教育的实为"读经讲经"与"中国文学"两门课程。"读经讲经"课程,"《孝经》《四书》《礼记》节本为初等小学必读之经"[⑥],"《诗经》《书经》《易经》及《仪礼》之一篇为高等小学必读之经"[⑦],而中学则读"《春秋左传》及《周礼》两部"[⑧]。而所谓"中国文学"课程,高等小学"即教以作文之法……兼使学作日用浅近文字"[⑨],中学则"年已渐长,文理略已明通,作文自不可缓。"[⑩]可见,当时的文学教育,一重儒家经典,二重作文,似与诗歌无涉,故中小学国文教材中,完全不见杜甫的作品。

当时的中小学教育并非完全与诗歌绝缘。在初、高等小学堂章程《学科程度及编制章第二》、中学堂章程《学科程度章第二》中都有"中小学堂读古诗歌法"一项,且内容完全相同。但此项并不在"教授科目"之"完全学科"中,甚至不能并列于"加授科目"之"图画""手工"等"随意学科",连今天的"选修课"都谈不上。推荐"读古诗歌法",只为"倦怠之时"的课间

---

①"杜甫之文,如《画马赞》之类,四言雅炼,虽不足以比《两京》,视六朝则有过之矣。然六朝徐庾诗歌,已多偶俪,亦如汉魏散文中之骈语耳。唐初五言七言之律体,犹未纯一,至于杜甫,上薄风骚,下赅沈宋,言夺苏李,气吐曹刘,掩颜谢之孤高,杂徐庾之流丽,而后律诗与古诗别行,亦犹骈文与散文别行也。"见林传甲《中国文学史》,武林谋新室1910年,第205页。

②黄人:《中国文学史》,上海:国学扶轮社,约1910年。

③董乃斌,陈伯海,刘扬忠:《中国文学史学史》(第2卷),石家庄:河北人民出版社,2003年,第8页。

④罗云锋:《现代中国文学史书写的历史建构——从清末至抗战前的一个历史考察》,北京:法律出版社,2009年,第2页。

⑤戴燕:《文学史的权力》,北京:北京大学出版社,2002年,第8页。

⑥《奏定初等小学堂章程》,见《中国教育大系·历代教育制度考(下)》,武汉:湖北教育出版社,1994年,第1850页。

⑦《奏定高等小学堂章程》,见《中国教育大系·历代教育制度考(下)》,武汉:湖北教育出版社,1994年,第1856页。

⑧《奏定中学堂章程》,见《中国教育大系·历代教育制度考(下)》,武汉:湖北教育出版社,1994年,第1868页。

⑨《奏定高等小学堂章程》,见《中国教育大系·历代教育制度考(下)》,武汉:湖北教育出版社,1994年,第1856页。

⑩《奏定中学堂章程》,见《中国教育大系·历代教育制度考(下)》,武汉:湖北教育出版社,1994年,第1868页。

调剂：

外国中小学堂皆有唱歌音乐一门功课，本古人弦歌学道之意；惟中国雅乐久微，势难仿照。然考王文成《训蒙教约》，以歌诗为涵养之方，学中每日轮班歌诗；吕新吾《社学要略》，每日遇童子倦怠之时，歌诗一章，择浅近能感发者令歌之。今师其意，以读有益风化之古诗歌列入功课。①

诗歌进入现代教育之初，扮演的竟是替代音乐的角色（十年后的“壬戌学制”，始开设音乐课），其作用仅在于教师可临时安排空隙时间，调剂气氛，提振精神，并期冀“养其性情”“舒其肺气”与“和性忘劳”。通过“歌诗”，即“通于外国学堂唱歌作乐”的吟诵古诗，来“养性”“和性”的观念，应是礼乐教化传统的深刻影响，颇有现代艺术教育、美育或人文教育的意味，只不过其受重视程度几乎可以忽略不计，因不像“完全学科”那样有时间保证和程度要求。即使提倡抽时间“歌诗”，诗歌在教学中的重要性也远不及文章，学生只需读《古诗源》《古谣谚》《乐府诗集》及唐宋五七言绝句即可，而特别指出的竟是小学“万不可读律诗”，“万不宜作诗，以免多占时刻。”②从“中小学堂读古诗歌法”的相关内容，反观此时期的“文学”观念和“文学教育”，不仅更加证明了当时“文学”观念的陈旧，还反映出诗歌为当时的“文学教育”所冷落和歧视。回到杜甫，诗歌既非官方指定的“完全学科”（必修课），又没有规范的教材，也许在“歌诗”时，某位喜欢杜诗的教师最多会让学生诵读几首杜甫的绝句，但杜诗中成就最高的律诗在课堂上却“万不可读”。

民国成立之后出版的中小学国文教科书（如初版时间为 1912 年的《共和国教科书新国文》等），开始收入诗歌，杜诗也正式进入到中小学中国文学教育课堂。在文学史著作方面，随着文学观念与文学史写作的逐渐成熟，文学史中的杜甫书写开始出现反映时代特色，具有独立见解，并产生深远影响的论述。由此，在风起云涌的 20 世纪社会思潮影响下的中国文学教育中，杜甫以不同以往的各式面貌出现，成为杜诗接受史与阐释史上的颇具特色的一幕。

二、“非战”“情圣”与“人民性”：杜甫思想的接受与阐释

（一）“非战”精神与“人道”主义

19 世纪末至 20 世纪上半叶，中国面临内有列强侵略、军阀割据，外有席卷全球的两次世界大战的局面。中国人民遭遇了空前的灾难。在此背景之下，由西方逐渐兴起的“非战小说”的文学热潮及“人道主义”的社会思潮，通过洪深、周作人等“五四”时期的一批翻译家，将其“非战”精神与“人道”主义借由文学作品和理论著作的翻译引入国内。如在世界范围内产生很大影响的德国作家埃里希·马里亚·雷马克的小说《西线无战事》，在中国曾掀起“抢

①《奏定初等小学堂章程》，见《中国教育大系·历代教育制度考（下）》，武汉：湖北教育出版社，1994 年，第 1852 页。

②《奏定初等小学堂章程》，见《中国教育大系·历代教育制度考（下）》，武汉：湖北教育出版社，1994 年，第 1852 页。

译”热潮[①]。早在《新青年》时期的周作人，便译介了许多国外的“非战”文学。如其翻译新希腊作家 Argyris Ephtaliotis 的《扬拉奴媪复仇的故事》时，“通过直译的方式译介故事，其作品本身在审美上缺乏文学艺术价值，但完整的故事情节，可以清晰地传达出强烈的非战意识与人道主义精神。”[②]周作人还翻译了许多俄国的“非战”文学作品，他认为：“俄国从前以侵略著名，但是非战的文学之多，还要推他为第一。……俄国文人努力在湿漉漉的抹布中间，寻出他的永久的人性；中国容易一笔抹杀，将兵或官僚认作特殊的族类。”[③]由此可见，“非战”精神与“人道”主义这一世界潮流，在中国当时的社会历史背景中持续发酵，在文学界和思想界均产生了相当大的影响，以至国民政府官方编写的首部教科书，也收入了许多“非战”作品。

第一次将杜诗选为语文课文的中小学教材是于 1912 年 1 月出版的《中华高等小学国文教科书》，而所选的《出塞》[④]，即为著名的“非战”诗。同时，据笔者统计[⑤]，民国时期入选中小学课文及读本最多的杜诗为《石壕吏》(27 次)。此外，入选次数最多的四首(组)杜诗，分别还有《茅屋为秋风所破歌》(18 次)、《兵车行》(16 次)、《闻官军收河南河北》(9 次)、《出塞》(8 次)。其中《石壕吏》《兵车行》《出塞》是典型的“非战”诗，而《闻官军收河南河北》表达的是战争胜利结束的狂喜，仍有明显的“非战”意味。若单独统计“三吏”“三别”两组最著名的“非战”诗，则共计 52 次。其中“三吏”诗 38 次(《石壕吏》(27 次)、《新安吏》(7 次)、《潼关吏》(4 次)，“三别”诗 14 次(《无家别》(7 次)、《垂老别》(4 次)、《新婚别》(3 次))。此外，还有《羌村》(5 次)、《春望》(3 次)、《同谷七歌》(3 次)、《哀江头》(1 次)、《喜达行在所》(1 次)、《自京赴奉先县咏怀五百字》(1 次)等大量杜甫的“非战”诗入选民国时期中小学语文教材与读本。

尽管由于杜甫历经“安史之乱”，“非战”诗是杜诗中较为突出的主题，但大量“非战”的杜诗入选，显然也与清末民国时期动荡的社会历史背景密切相关。以“三吏”“三别”这两组最著名的“非战”诗为例，在基本告别战争、相对稳定的 1949 年后至今，除《石壕吏》外，其余五首诗几乎在中小学语文教材中完全消失。其他一些之前入选频率本来就不高的“非战”诗，诸如《同谷七歌》《哀江头》《喜达行在所》《自京赴奉先县咏怀五百字》等，自然不再进入中小学课文。在大学中文系教材中，这些作品基本保留，见出其影响的深入和持续。虽然，这并不表示当代享受安定社会福祉的中国人，不再需要杜甫的“非战”诗，也不表示当代中国的中小学教育对杜甫“非战”诗的漠视，但通过杜甫“非战”诗在中小学课文入选的变化，能看到在当时社会境况下的中国政府、学者和民众，通过教育在传达怎样的社会意愿和诉求。杜甫“非战”诗的入选与社会现实的关联，还可以从中小学教材对其他课文的选择中得到印证。除了杜甫“非战”诗外，民国时期还有许多教材课文与读本选文都能反映出当时的社会状况，

---

① 罗执廷：《雷马克的〈西线无战事〉与民国时期的非战/尚战话语》，《中国现代文学研究丛刊》，2014 年第 10 期，第 140—151 页。

② 张妍：《从“非战小说”翻译看启蒙人道主义——周作人〈新青年〉译作评析》，《文艺争鸣》2012 年第 11 期，第 70—72 页。

③ 周作人：《文学上的俄国与中国》，《新青年》，1921 年第 5 期[页码不详]。

④ 杜甫有组诗《前出塞》九首与《后出塞》五首，该课本选了《前出塞》中的《其三》(磨刀呜咽水)、《其六》(挽弓当挽强)、《其八》(单于寇我垒)，《后出塞》中的《其一》(男儿生世间)、《其二》(朝出东门营)，共 5 首，统名为《出塞》。

⑤ 本文相关统计数据，主要依据北京师范大学图书馆、重庆图书馆所藏中华人民共和国成立前的中小学和师范各年级语文教材及读本近 500 种。

如《侯将军奋勇剿倭寇》、苏轼《教战守策》、黄遵宪《军中歌》《旋军歌》、孙文《黄花冈烈士事略序》、张謇《致日本外务大臣诘问宇治军舰阑入书》、章炳麟《书十九路军御日本事》、刘复《反日底忍与做》,甚至有梁启超《欧洲战役史论自序》。这些课文在无外敌入侵的1949年后的和平年代教材中,都再未出现过,可见当时选择杜甫"非战"诗,或《木兰诗》《从军行》之类的战争题材作品,不仅仅是因为诗歌的艺术性价值,更反映出强烈的社会需求和特定的时代审美风尚。

这股潮流同样影响了当时中国文学史的书写。在古代作家中,杜甫对于战争的坚定批判态度正好与主张"非战"和"人道"的文学史家的心灵相契合,因此,大量的文学史著作都认定杜甫是具有"非战"精神和"人道主义"精神的重要作家。

现存第一位在中国文学史书写中以"非战"评价杜甫的是胡云翼。胡著《唐代的战争文学》于1927年9月出版,作为一部断代分类文学史,胡著第一次对杜甫在诗歌中所表现出的"非战"精神进行了全面深入的阐述。① 胡氏认为,与盛唐、中唐诗人的"颓废""飘逸"和"享乐"不同,杜甫在思想上具有"积极的反抗精神"和"激昂慷慨的精神",其他作者"都是离开社会人生很远的作家,他们有时虽主张非战,发为哀吟,实非亲切之感。……杜甫因为对于战的罪恶,感觉得异常亲切,他满腔愤懑不平之气,在作品里面也就尽量的迸发,而不复有含蓄委婉了。这是杜甫非战诗与其他中唐人的作品不相同的地方,同时,也就是杜甫非战诗的特色。"在艺术上,杜甫的"非战"诗具有突出的创作水平:"中唐诗人的非战诗,往往只限于断片的描写;能够作长篇的非战底(的)叙事诗,在中唐除了白居易外,便只有杜甫。"杜甫的"非战"思想并没有什么高奥的哲理包含着,只是人情之常的思想。……热烈的人情之常的有普遍性的非战思想。②

由于是断代分类文学史,胡云翼得以有较大篇幅展开对杜甫"非战"思想的分析,其论述成为中国文学史中杜甫"非战"思想书写的高起点。后来的文学史家虽反复论及杜甫"非战"思想,却往往止于简单介绍,难有深究。如赵景深《中国文学小史》、谭正璧《中国文学进化史》、许啸天《中国文学史解题》、蒋鉴璋《中国文学史纲》、郑作民《中国文学史纲要》、柳村任《中国文学史发凡》等。

在胡云翼等人的基础上对杜甫的"非战"思想做出深入阐发的,当推郑振铎《插图本中国文学史》。这是20世纪最重要的中国文学史著作之一。郑振铎认为:"一九一四年的欧洲大战,产生了不少的非战文学出来。安史之乱,也产生了杜甫的这些伟大的诗篇。不过甫只是替被征发的平民们说话,对于战争的本身,他还没有勇气去直接地加以攻击,加以诅咒。"③郑振铎此论有三点价值:其一,可知"非战文学"概念源于欧洲,他借此概念讨论中国诗人。其二,杜甫的"非战",最终指向的是"平民们",杜甫因不忍"平民"受难而"非战",这便打通了杜

①在胡云翼之后,商务印书馆于1928年11月出版顾彭年著《杜甫诗里的非战思想》一书。顾著是迄今为止唯一一部以专著形式对杜甫的"非战"思想进行研究者。据顾著序言可知书稿成于1924年,其写作时间可能早于胡云翼,此著很可能为现代杜甫"非战"思想研究的滥觞。由于本文研究对象主要在于中国文学史类著作,因而对此著不作详论。

②胡云翼:《唐代的战争文学》,北京:商务印书馆,1927年,第31—39页。

③郑振铎:《插图本中国文学史》,北京:北平朴社,1932年,第437—438页。

甫的“非战”精神与“人道”主义。其三，郑氏对杜甫“非战”诗歌未涉及战争本身还提出了批评。郑氏的批判似自相矛盾，但对思考杜甫思想中“人”与“社会”的关系有所帮助。此外，赵景深《中国文学史新编》中对李杜“非战”的论述，亦可说明文学家关注社会、关注战争的本质，仍然是对“人”的关注：同为非战，李白也只是崇拜英雄，杜甫则蔑视将军的骄恣。① 在杜甫“非战”精神与“人道”主义之间的关系方面，日本文学史家儿岛献吉郎的《中国文学通论》说得最为明白：“非战文学古来有二种：一是从经济政策说征战不利，二是从人道问题方面说，草菅人民的不义。是诗人底非战主义与其说是前者，宁说是属于后者多。故如杜甫底非战主义，是从人道上或人情上，对于生别死别最悲惨的情境而发挥其痛哭流涕的感伤的诗人之怀的。”②孙俍工《唐代底劳动文艺》亦云：“杜甫……直接地描写战争底罪恶，间接却是表现生活在这种战争底罪恶底下的劳动者底流离困苦的惨状的。”③

总之，杜甫所具有的“非战”精神，及与其紧密相关的“人道”主义是杜甫思想在 20 世纪前期的重要“发现”，杜甫思想的这一时代阐释逐渐成为后来读者和批评家们的共识，并通过文学教育，为广大的民众所接受。

（二）“情圣”杜甫

为杜甫冠以“情圣”的徽号，始于梁启超④。关于“情圣”杜甫论提出的背景，周生杰认为：“从情感的角度来论诗是我国古代诗论的一贯做法。……梁启超对杜甫冠以‘情圣’的称号，注重从诗人的主体感受来论诗，是对陆机、钟嵘诗歌理论的继承。”⑤而吴中胜认为：从‘诗圣’到‘情圣’的转变，多少受新文化新思潮的影响。这一时期的文化价值观更加重视个体的生命和价值。（吴中胜《杜甫批评史研究》，第 300 页）“情圣”论背后或许有传统诗论的影响，但促使“情圣”论提出的直接力量，显然是当时活跃的社会文化思潮。

“情圣”杜甫论提出已近百年，其影响力相较于传统的“诗圣”“诗史”，存在很大差距。在为数不多的梁启超“情圣”杜甫论研究中，论者往往着力于介绍梁启超提出“情圣”杜甫论的个性、时代因素，围绕梁启超自己提出的“情感的内容”与“表情的方法”两方面阐述“情圣”杜甫论的具体内涵等层面⑥。以往对梁启超“情圣”杜甫论的研究，都一致认为“情圣”的徽号内涵深刻，地位重要，意义重大，但都未提及梁启超此论之影响。偶有学者提及此现象，也推断

---

①赵景深：《中国文学史新编》，上海：北新书局，1936 年，第 87 页。

②儿岛献吉郎著、胡行之译：《中国文学通论》（下卷），北京：商务印书馆，1935 年，第 145 页。

③孙俍工：《唐代底劳动文艺》，上海：亚东图书馆，1932 年，第 45 页。

④梁启超：《情圣杜甫》，见《梁任公学术演讲集》（第一辑），北京：商务印书馆，1922 年，第 81—107 页。

⑤周生杰：《诗是吾家事人传世上情——梁启超论“情圣”杜甫》，《杜甫研究学刊》，2005 年第 1 期，第 58—62 页，第 68 页。

⑥如《杜甫研究学刊》2005 年第 1 期刊周生杰《诗是吾家事人传世上情——梁启超论“情圣”杜甫》一文，以“‘情圣’”杜甫的提出”“‘情圣’杜甫的情感内涵”和“‘情圣’杜甫的写情方法”三部分展开研究。又如《中国韵文学刊》2010 年第 2 期刊章继光《寻求传统与现代审美的结合——谈梁启超对屈原、陶渊明、杜甫三大诗人的研究》一文，作者认为：“这篇文章有两点值得重视的地方。一是对杜甫的评价表现出特别的眼光，二是对杜诗中情感热烈的推崇。”又如吴中胜《杜甫批评史研究》第五章第二节“梁启超论情圣杜甫”，以“发扬蹈厉之气尤缺”“情感丰富、真实、深刻”和“能鞭辟到最深处”三方面进行阐释。

“可能是晚年的梁启超专心著述，其言论远不如改良运动时期影响之广，‘情圣杜甫’说在当时学坛也影响有限”（吴中胜《杜甫批评史研究》，第306页）。事实上，得出这种判断的原因是论者目光只集中在文学研究论著而忽略了当时中国文学教育（载体即中小学语文教材和中国文学史著作）这一重要领域。

作为与时代相契合的重要学术成果，“情圣”杜甫论显然受到了学界的重视，并影响了当时的文学教育。从笔者掌握的民国时期中小学教材中，就有三种选入了梁启超《情圣杜甫》一文，分别为：姜亮夫、赵景深编《初级中学北新文选》第六册（1931年7月由上海北新书局出版），赵景深编《初级中学混合国语教科书》第六册（1932年5月由上海北新书局出版），马厚文等编《标准国文选》第三卷（1935年8月由上海大光书局出版）。三种皆为初中语文教材，这几种教材在当时都颇具影响力，“情圣”杜甫论的影响之大由此可见。

在文学史方面，梁启超《情圣杜甫》的讲稿于1922年正式出版，很快便在学界产生了影响，“情圣”杜甫论至迟于1925年9月泰东图书局出版的谭正璧著《中国文学史大纲》中产生影响，谭氏在书中提出：“他的诗大半是写他的遭遇，而于当时兵乱情形，如描如刻，对于家庭离散，隐痛深创，发于至情。梁任公曾称之曰‘情圣杜甫’，甚确甚确。”①谭正璧对杜甫的评价正合乎梁启超对杜甫情感内容“极丰富”“极真实”和“极深刻”的评价，并连用两个“甚确”表达对梁启超“情圣”杜甫论的高度认可。此外，龙沐勋《中国韵文史》在介绍杜甫之徽号时有云：“近人梁启超，且有‘情圣杜甫’之目。谓杜甫为‘诗圣’，盖古今无异辞矣。”②以梁启超之“情圣”作为近代杜甫评价之代表，与古人“诗圣”之评价对举，亦可见龙先生对“情圣”杜甫论之肯定与重视。

除了对梁启超“情圣”杜甫论的引述与简单肯定外，文学史家还在梁氏之论的基础上继续发展。梁乙真《中国文学史话》云：“他为诗以意为主，以独造为宗，以奇拔沉雄为贵。其妙处，咏之使人慷慨激烈，欷歔欲绝，故有称为‘情圣’的。”③梁氏不但提出杜诗之“妙处”在乎“情”，并且从吟咏的角度提出了“情圣”的意义，即实现了“情圣”杜甫论从诗歌创作者向诗歌接受者面向阐释的开拓。龙沐勋亦并未止步于简单介绍梁氏“情圣”杜甫论，其对“情圣”的阐释更有发明：“其五言古体，如《北征》《奉先咏怀》《三吏》《三别》诸作，并能注意民生疾苦，表现当世社会实在情形，可泣可歌。至《茅屋为秋风所破歌》之末段：‘安得广厦千万间，大庇天下寒士俱欢颜，风雨不动安如山。呜呼！何时眼前突兀见此屋，吾庐独破受冻死亦足！’悲壮热烈，真有‘释迦基督担当人世罪恶之意’（借用王国维评李后主词句），甫之所以为‘情圣’者以此。”④龙先生此论实现了“情圣”杜甫论的双重拓展。其一，具体阐释了以“情”“圣”者，不限于文体，杜甫与李后主各擅诗词，却可因“情”而争锋。其二，将“情圣”之“圣”从文学之境升华至宗教之境，将杜甫之崇高推至与宗教教主一般至高无上之地位，这无疑大大超出了梁启超“情圣”杜甫论的原始定位，是“情圣”杜甫论的重要发展。

杜甫之“情”的“再发现”，与新文化新思潮密切相关。梁氏之“情圣”杜甫论，在学界产生

---

①谭正璧：《中国文学史大纲》，上海：泰东图书局，1925年，第73页。

②龙沐勋：《中国韵文史》，上海：商务印书馆，1934年，第47页。

③梁乙真：《中国文学史话》，上海：元新书局，1934年，第152页。

④龙沐勋：《中国韵文史》，北京：商务印书馆，1934年，第48页

巨大影响。无论是编写中小学教材的姜亮夫、赵景深、马厚文，还是编纂文学史的谭正璧、龙沐勋、梁乙真，他们都是学坛重要的文学教育家和古典文学研究者。可见，"情圣"杜甫论不但得到了当时学界的认可，还借由学者编著的教材，进入到中学、大学的文学教育中，为数以万计的中学、大学生所接受。这才是"情圣"杜甫论在当时传播与接受的历史真相。任何一个学术概念的提出，都要经过历史的检验，并随着时间的推移逐渐发展完善。"情圣"杜甫论提出至今，尚未满百年，而杜甫"诗圣"论和杜诗"诗史"说的成熟丰富是建立在千百年的阐释接受史基础之上的。"情圣"杜甫论在学者的开拓与发展中已初具规模，对其丰富内涵的进一步阐释与挖掘，则有待今人与来者之努力。

（三）杜甫的"人民性"

"人民性"这一源于苏俄，并与当时中国文艺思想契合的概念，逐渐成为思想界、文艺界的共识，成为1949年以后至今，国内学界评价文艺作家及其作品思想性的重要标准之一。在20世纪80年代以前，"人民性"几乎是对作家作品的最高评价标准。作为中国文学史上最重要的诗人，杜甫在50年代被冠以"人民诗人"的桂冠，杜甫的"人民性"成为当时杜甫思想研究的主要课题，亦有许多探讨杜甫"人民性"的学术成果问世。① 当时政治状况，不仅对学术界，同时亦对教育界产生了重大影响，"政治正确"成为学术与教育的绝对前提。因此，杜甫具有"人民性"的论断被顺理成章地写入由教育部组织撰写的，具有"指导意义"的《中国文学史教学大纲》（下简称《大纲》）中：

(1)杜甫诗歌的重要意义，首先在于具有强烈的政治性与丰富的社会内容。他对黑暗的政治现象与社会现象采取了不调和的斗争。他真实地揭露了封建政治的腐朽本质，深刻地反映了阶级矛盾，广泛地反映了人民的生活和愿望。（如《丽人行》、《兵车行》、《赴奉先咏怀》、"三吏三别"、《羌村》、《岁晏行》等作。）

(2)爱国热情的发扬。（如《春望》《悲陈陶》《北征》《闻官军收河南河北》等作。）

(3)人道主义精神的表现。（如《茅屋为秋风所破歌》《蚕谷行》《缚鸡行》等作）。（第五章第三节"杜甫诗歌的人民性"）②

这部出版于1957年，经由专家起草、征求意见、重新修改、教育部讨论、再次修改、最后讨论通过的，作为"综合大学中国语言文学系汉语言文学专业"教材编写依据的指导大纲，对诗人杜甫做了一个政治判断：杜诗的意义在于其政治性和社会性，在于爱国与人道主义。从此，杜甫在大学课堂上，便成为了一位"政治正确"的反封建爱国诗人。

大纲对文学史编纂的影响很快显现出来。在由北京大学中文系文学专门化1955级集体编著，出版于1958年的《中国文学史》中，就以上述三方面来论述杜甫诗歌的人民性。③ 同时，在出版于1959年，标榜"基本上是重写过的，论点方面有许多改进，内容也比较丰富"（北

---

①具体可参考赵睿才：《百年杜甫研究之平议与反思》，北京：人民出版社，2014年。

②中华人民共和国高等教育部审定：《中国文学史教学大纲》，北京：高等教育出版社，1957年，第97页。

③北京大学中文系文学专门化1955级集体编著：《中国文学史》，北京：人民文学出版社，1958年。

京大学中文系文学专门化1955级集体编著《中国文学史·前言》,第1页)的该书修订版中,对杜甫诗歌的人民性的书写,仍然与《大纲》保持了高度一致。这部文学史,既是学生的学术成果,又是北大中文系的教学成果,充分反映了《大纲》对当时的大学文学研究与文学教育的双重影响。

在《大纲》的限定下,杜甫思想研究成了"命题作文"。在当时为数不多的中国文学史著作中,"文章"作得最好的,当属出版于1963年游国恩主编的《中国文学史》。游国恩是《大纲》制定者之一,因此他既是"命题者",又是"作文者"。游版《中国文学史》对杜甫"人民性"的书写有两个主要特点:

其一,编写严格执行《大纲》要求。"对人民的深刻同情""对祖国的无比热爱""对统治阶级的各种祸国殃民的罪行……怀着强烈的憎恨"[①]是游版《中国文学史》中杜甫"人民性"的三大特征,其与《大纲》中的三点完全一致。值得注意的是,萧涤非是游版《中国文学史》的编者之一,实际上游版《中国文学史》"伟大的现实主义诗人杜甫"一章,是由萧涤非一篇发表于《诗刊》1962年第二期的文章——《人民诗人杜甫》一文修订改写而成。游版与北大版《中国文学史》共同反映了《大纲》不仅规定着大学课堂的教学内容,对学术研究同样具有相当的影响力。

其二,对"人民性"的开拓。游版《中国文学史》在《大纲》规定的内容之外,提出:"除上述三方面这些和当时政治、社会直接有关的作品外,在一些咏物、写景的诗中,也都渗透着人民的思想感情。比如说,同是一个雨,杜甫有时则表示喜悦,如《春夜喜雨》……即使是大雨,那(哪)怕自己的茅屋漏了,只要对人民有利,他照样是喜悦:'敢辞茅苇漏,已喜禾黍高。'(《大雨》)但当久雨成灾时,他却遏止不住他的恼怒:'吁嗟乎苍生,稼穑不可救。安得诛云师,畴能补天漏!'(《九日寄岑参》)可见他的喜怒是从人民的利益出发,以人民的利益为转移的。"从杜甫写景、咏物诗中见出"人民性",无疑拓宽和深化了"人民性"的阐释。同时,对《春夜喜雨》这类杜甫轻松主题诗歌的"发现",还得益于反侵略战争取得胜利和国内战争基本结束,安定祥和的社会生活开始出现。据笔者统计,《春夜喜雨》在民国时期的课文中一次未选,在新中国的中小学语文教材中,至少出现了六次[②]。此外,《春夜喜雨》命运的改变,还可能与始于1959年的"关于语文教学目的和任务问题的讨论"(文道之争)。这场讨论对文学教学中"政治挂帅"造成的弊端进行反思,在确保"道"(政治)的前提下,提升了"文"的地位。《春夜喜雨》便凭借优美的文辞,与被"发现"的"人民性"成为了杜诗在中小学课文中的重要代表作。由于1949年后,中小学教材统一由国家编写,加之《大纲》对大学文学教育的规定,"人民诗人"在这几十年间成为最为民众所熟知的对杜甫的评价。

然而,杜甫的"政治正确"并未持续太久。在当时的政治评价中,杜甫尚有"原罪",这一点,也是由《大纲》确定的:"杜甫出身于悠久传统的官僚家庭……在那种不合理的封建政治制度下,在广大人民的穷苦生活的亲身体验中,杜甫逐步改变了自己的阶级感情,更加靠拢

①游国恩,王起,萧涤非,等:《中国文学史》(二),北京:人民文学出版社,1963年,第87—90页。

②1961年人教版初级中学语文教科书第三册、1963年人教版初级中学语文教科书第一册、1982年人教版初级中学语文教科书第三册、1987年人教版初级中学语文教科书第三册、1993年人教版初级中学语文教科书(试用本)第四册。2006年选入小学六年级上册综合性学习单元的诗歌阅读材料。

人民。"(《中华人民共和国高等教育部审定中国文学史教学大纲》,第96页)尽管《大纲》在当时阶级论的框架内,最大程度地肯定了杜甫,但领导人的好恶与政治环境的变化很快夺去了杜甫"人民诗人"的桂冠。"文革"期间,出版于1971年的郭沫若《李白与杜甫》和修订于1976年的刘大杰《中国文学发展史》,对杜甫的扭曲,为千余年罕见。它们固然是那个时代学术的悲哀,但今人在批判它们偏颇观点的同时,更应当深刻反思,将政治标准凌驾于文学标准之上,或缺少学术独立思考的文学研究与教育,会给文化传承带来怎样的后果。

三、白话与写实——杜诗艺术的时代评价

(一)"平民"的"白话"

白话文运动是中国20世纪影响最为深广的革新运动之一,其对中国语言、中国文学乃至中国文化都产生了巨大的影响。白话文运动的先锋、主将,如陈独秀、胡适、鲁迅等,作为先进的思想者和学界的精英,对当时国家的文化教育政策方向都具有影响力。

在20世纪前期众多的文学史著作中,以"白话"名世者,首推胡适《白话文学史》,其中对杜甫的书写亦受到杜诗学界的关注。[①]

以写作时间论,最早以"平民"的"白话"评价杜诗的文学史著作为胡适的《国语文学史》,以出版时间而论,则为凌独见的《国语文学史纲》[②]。至于后来胡适所著,并于1928年出版的产生重大影响的《白话文学史》,实迥异于《国语文学史》[③]。

胡适是白话文学的先锋,其《国语文学史》必然坚持"白话"立场,而凌独见的"白话"立场亦十分鲜明。胡适认为整个唐代文学具有"白话化"的倾向,并指出:"杜甫是唐朝的第一个大诗人,这是我们都可以承认的。但杜甫的好处,都在那些白话化了的诗里,这也是无可疑的。杜甫是一个平民的诗人,因为他最能描写平民的生活与痛苦。但平民的生活与痛苦也不是贵族文学写得出的,故杜甫的诗不能不用白话。"[④]与凌独见在《国语文学史纲》之后并未

①如吴中胜:《杜甫批评史研究》第五章第一节《杜甫诗歌在"五四"前后的命运》中,论及"白话"部分,几乎全以胡适《白话文学史》为例,论述甚详。

②以正式出版时间而论,最早以"平民"的"白话"评价杜诗的文学史著作是出版于1922年凌独见所著杭州寿安坊排印之《国语文学史纲》,该著次年又于上海商务印书馆出版,更名为《新著国语文学史》。凌独见在《〈国语文学史纲〉自序》中提及"《国语文学史》胡适之先生已编到十四讲了"。胡适《国语文学史》直至1927年才由北京文化学社正式出版,据黎锦熙《代序》知胡适此著写作时间1921年11月至1922年1月,后经改定、增补于1927年出版,并标明"重印胡适国语文学史讲义"。

③胡适原先想彻底修改《国语文学史》一书,但几年中新发现了很多文学史料,有些新史料甚至推翻了原先的某些论断,如该书断定唐朝一代的诗,由初唐到晚唐,是一段逐渐白话化的历史,而据新发现的敦煌石窟的唐五代写本的俗文学,可见白话化要比设想的早几百年。这需要对《国语文学史》进行大改动,于是胡适索性把原稿全部推翻,重写后定名为《白话文学史》。(付祥喜:《20世纪前期中国文学史写作编年研究》,北京师范大学出版社2013年,第236页)因此,吴中胜所谓:1921年,作为新文学运动的主将,胡适趁任教于教育部第三届国语讲习所的机会撰写了《白话文学史》,全面地阐述他的文学思想。(吴中胜:《杜甫批评史研究》,北京:中国社会科学出版社2012年,第289页)实际是将《国语文学史》误认作了《白话文学史》。

④胡适:《国语文学史》,北京:文化学社,1927年,第47页。

继续文学史写作不同，胡适在数年后出版的新著《白话文学史》中，对《国语文学史》中的许多论述进行了修正、深入和发展。在杜诗语言上，胡适在“白话”基础上更进一步，强调杜诗中的“打油诗”与“小诗”的艺术价值。

胡适认为“打油诗”是“白话”诗的重要来源之一：“白话诗多从打油诗出来……杜甫最爱作打油诗遣闷消愁，他的诗题中有‘戏作俳谐体遣闷’一类的题目。他做惯了这种嘲戏诗，他又是个最有谐趣的人，故他的重要诗（如《北征》）便常常带有嘲戏的风味，体裁上自然走上白话诗的大路。……后人崇拜老杜，不敢说这种诗是打油诗，都不知道这一点便是读杜诗的诀窍：不能赏识老杜的打油诗，便根本不能了解老杜的真好处。”[①]与传统上认为的文字粗率，格调俚俗，常含贬义的“打油诗”截然不同，胡适在此所强调的“打油诗”，是笔调轻松诙谐，颇具艺术价值的诗歌类别。凌独见在《国语文学史纲》的杜甫书写中亦曾论及“打油诗”：“常人做诗，好像打油，着实费力，你看子美的诗，好像说话，随手写来，都成好诗，常人之所以为常人，子美之所以为子美，不同的地方，就在这一点，子美的诗真好！”[②]凌独见认为“打油诗”笨拙费力，无甚价值，是杜诗的反面；胡适却认为“打油诗”轻松诙谐，颇具价值，是杜诗的真趣。二人分歧的根本其实不在对杜诗艺术特质的判断（凌、胡都认为杜诗有轻盈妙造之趣），而是对“白话”界定的不同：凌独见的“白话”诗定义，未包含“打油诗”，因此其论述继承了一般对“打油诗”的贬斥态度；胡适为扩大“白话”诗的边界，追踪至“打油诗”，并尊其为“白话”诗之渊薮，因此鼓吹“白话”诗的胡适，必然对“打油诗”倍加称赞。认定“这种打油诗里的老杜乃是真老杜呵”（胡适《白话文学史》，第 292 页）。

“打油诗”是“白话”诗在笔调上的发展，“小诗”则更多表达了“白话”诗在诗体上主张。胡适推崇杜甫的“小诗”：“晚年的小诗纯是天趣，随便挥洒，不加雕饰，都有风味。这种诗上接陶潜，下开两宋的诗人。因为他无意于作隐士，故杜甫的诗没有盛唐隐士的做作气；因为他过的真是田园生活，故他的诗真是欣赏自然的诗。”（胡适《白话文学史》，第 289 页）五四时期的文学追求，是新的自由的文学，在语言上主张“白话”，反对雕琢繁复，追求浅近自由，在诗法和内容上的追求亦是如此。胡适作为文学革命的旗手，其《文学改良刍议》便主张“务去滥调套语”“不用典”“不讲对仗”等所谓“八事”。[③] 用典、对仗之法正是传统诗歌，尤其是律诗创作重要技法和要求，而杜诗中的律诗，数量最大，质量最高，尤为历代所推重，被认为是律诗之极则。在性格与作诗之关系上，杜甫自道：“为人性僻耽佳句，语不惊人死不休。”（《江上值水如海势聊短述》）杜甫自己对其律诗创作的亦颇自得：“晚节渐于诗律细。”（《遣闷戏呈路十九曹长》）胡适却在推崇杜甫“小诗”创作的同时，否定了几为定论的杜甫律诗创作：“晚年做了许多‘小诗’，叙述这种简单生活的一小片、一小段、一个小故事、一个小感想或一个小印象。有时候他试用律体来做这种‘小诗’；但律体是不适用的。律诗须受对偶与声律的拘束，很难没有凑字凑句，很不容易专写一个单纯的印象或感想。因为这个缘故，杜甫的‘小诗’常常用绝句体，并且用最自由的绝句体，不拘平仄，多用白话。这种‘小诗’是老杜晚年的一大

---

①胡适：《白话文学史》，上海：商务印书馆，1934 年，第 291—292 页。邻近段落均按此版。

②凌独见：《〈国语文学史纲〉自序》，杭州：杭州寿安坊，1922 年，第 102 页。

③胡适：《文学改良刍议》，见张若英编《中国新文学运动史资料》，上海：光明书局，1934 年，第 27 页。

成功，替后世诗家开了不少的法门；到了宋朝，很有些第一流诗人仿作这种‘小诗’，遂成中国诗的一种重要的风格。”（胡适《白话文学史》，第295—296页）胡适在此提出了“白话”诗的文体主张：肯定自由的、不拘平仄的绝句，否定拘束的、讲求平仄对仗的律诗。作为文学革命的旗手，胡适的“白话”立场与“革命”精神促使他对杜律发出迥异于前人的批评：“老杜是律诗的大家，他的五言律和七言律都是最有名的。律诗本是一种文字游戏，最宜于应试、应制、应酬之作；用来消愁遣闷，与围棋踢球正同一类。老杜晚年作律诗很多，大概只是拿这件事当一种消遣的玩艺儿。”（胡适《白话文学史》，第299页）胡适更认为历代评价甚高的《诸将》《秋兴》等作是失败的，律诗创作毫无出路：“杜甫用律诗作种种尝试，有些尝试是很失败的。如《诸将》等篇用律诗来发议论，其结果只成一些有韵的歌括，既不明白，又无诗意。《秋兴》八首传诵后世，其实也都是一些难懂的诗谜。这种诗全无文学的价值，只是一些失败的诗玩艺儿而已。律诗很难没有杂凑的意思与字句。大概做律诗的多是先得一两句好诗，然后凑成一首八句的律诗。老杜的律诗也不能免这种毛病。……律诗是条死路，天才如老杜尚且失败，何况别人？”（胡适《白话文学史》，第301—302页）胡适并非第一位对杜律发出批评的文学史家，出版于1931年的胡怀琛《中国文学史概要》即开始了对杜律的批评：“他的诗太讲格律，未免有过于拘谨处。”[①]但其对杜律批评的篇幅和力度都远不及胡适《白话文学史》。

胡适之所以对传统评价甚低的“打油诗”青眼有加，抑或是对作为中国古典诗歌经典样式的律诗的大加挞伐，质言之皆本乎其文学革命与“平民”的“白话”的立场：在语言上，“打油诗”最合乎“平民”的“白话”诗之要求。在诗体上，“平民”文学的浅近特质，天然排斥严格要求平仄、对仗的律诗，而那些不拘平仄、短小简洁的“非典型”绝句——“小诗”却成为文学革命家眼中的宠儿。杜诗的语言特质与各诗体创作之价值，在迥异于传统的、全新的文学革命浪潮中，完成了时代重估。

白话文运动对中小学语文教育的实质性影响始于1922年。当年11月，北洋政府《学校系统改革令》发布，标志着“壬戌学制”的诞生。改革案所列“发挥平民教育精神”等标准，对1923年全国教育联合会拟定发布的中小学课程标准起到了促进作用。新的课程标准中即有许多关于国语教育的规定[②]。此时，音乐课正式开设，替代性的“歌诗”不再提倡，而诗歌一体，亦正式进入课文，律诗也“解禁”不再受限制。文学教育的进步也由此可见。

从其后的中小学教材中的杜诗入选篇目上看，“白话”杜诗入选篇数远高于杜律。多次入选的“三吏”、“三别”、《羌村三首》、《前出塞》、《后出塞》、《赠卫八处士》等都是古体，而《茅屋为秋风所破歌》《兵车行》《丽人行》等则为歌行，都是所谓“白话”诗体。相比之下，在1949年前中小学语文教材中入选次数最多的10首杜诗，只有《闻官军收河南河北》与《秋兴》两首（组）律诗。《闻官军收河南河北》虽是律诗，但其入选的原因很可能与其“非战”主题相关。同时，诗中简单的句法，“能开口大笑，却也能吞声暗哭”（胡适《白话文学史》，第292页）的“平民”形象，也合乎“白话”精神。

当时的中小学教材偏爱这些“白话”杜诗，除了时代文化潮流的影响外，也有对中小学校

①胡怀琛：《中国文学史概要》，上海：商务印书馆，1931年，第75页。

②参见李杏保、顾黄初：《中国现代语文教育史》，成都：四川教育出版社，1997年，第93—95页。

学情的考量。在近现代学制中，小学要学习算术、历史、地理、体操、图画、手工、农业、商业、乐歌等课程，而至中学，还需学习外国语、法制及理财、物理及化学等众多课程。学生不再如古代传统教育，只学“四书五经”、诗词歌赋。言语浅近、句法简单，却又不失杜诗精神的“白话”诗，便成为通才教育的优先之选。总体而言，民国时期编写的中小学教材中的杜诗选文，体现了在社会文化思潮的影响下的近现代学制对杜诗的基本取向。

(二)“写实”的诗史

“现实主义”(realism)是整个二十世纪影响最为广泛的文学思潮。

在1915年出版的曾毅《中国文学史》中，就以“实际派”评价杜甫。[①] 二十世纪二十年代后，文学史对杜诗的“写实主义”阐释逐渐深入。胡适《白话文学史》云：“八世纪下半以后，伟大作家的文学要能表现人生，——不是那想象的人生，是那实在的人生：民间的实在痛苦，社会的实在问题，国家的实在状况，人生的实在希望与恐惧。……八世纪中叶以后的社会是个乱离的社会；故这个时代的文学是呼号愁苦的文学，是痛定思痛的文学，内容是写实的，意境是真实的。……天宝以后的诗人……要作新诗表现一个新时代的实在的生活了。这个时代的创始人与最伟大的代表是杜甫。”(胡适《白话文学史》，第263—264页)胡适对“写实主义”文学内涵的全面阐释是此前所有文学史著作都不曾有的。胡适认为，时代将“写实文学”逼迫出来，而这一时代又因为“写实主义”文学的繁荣而成为“中国文学史上一个最光华灿烂的时期”。(胡适《白话文学史》，第264页)在胡适眼中，这个时代的最高成就者正是杜甫。因此，杜甫是中国文学史上“写实主义”文学的最杰出代表，是杜甫及其追随者们将中国文学由儿童、少年时期推向了成熟的成人时期，“走上了写实的大路，由浪漫而回到平实，由天上而回到人间，由华丽而回到平淡。”(胡适《白话文学史》，第264—265页)胡适此论得到了文学史家的广泛认同。许多的文学史著作都将杜甫归为“写实”派，苏雪林甚至赞誉杜甫是“写实主义开山大师”，肯定杜诗对人生的不平与社会的黑暗的真实书写。

胡适等人给杜甫冠以“写实主义”诗人的桂冠。然而，杜甫为什么会导乎先路地走向“写实主义”的道路？郑振铎认为这是时代的选择，是“时势造英雄”[②]。杜甫是一位具有坚定儒家立场的诗人，与同时代的诗人们相比，“自比稷与契”的他最早对唐王朝发出“盛世危言”，并在真正危机发生之后，将目光投向了苦难的社会与流离的人民。杜甫成为“写实主义”诗歌的“先锋”与“主将”固然有其内在思想的因素，但正如郑氏所言，“英雄”亦需要时代来造就。因此，盛唐危机前后的流离经历，对杜甫及其诗歌的改变是巨大的：从一个追逐“个人利

---

①曾毅：《中国文学史》，上海：泰东图书局，1915年，第154页。

②“渔阳鼙鼓，惊醒了四十年来的繁华梦，开、天的黄金时代的诗人们个个都饱受了刺激，他们不得不把迷糊的醉眼，回顾到人世间来。他们不得不放弃了个人的富贵利达的观念，而去挂念到另一个痛苦的广大的社会。他们不得不把无聊的歌唱停止了下来，而执笔去写另一种的更远为伟大的诗篇；他们不得不把吟风弄月，游山玩水的清兴遏止住了，而去西奔东跑，以求自己的安全与衣食。”(郑振铎：《插图本中国文学史》，北平朴社1932年，第431—432页)

禄”的庸人，变成了“悲天悯人”的圣人，如同释迦、仲尼、耶稣一般的圣人。[①] 在郑氏眼中，作为外在社会历史因素的安史变乱是杜甫内在儒家思想升华的催化剂，而我们又在杜甫留下的大量“写实主义”伟大诗篇中见证了一位诗圣的诞生。

郑振铎强调社会历史对诗人个人强大作用的面向，而苏雪林除了指出“杜甫天性近于写实”及其儒家思想[②]等内在因素外，进一步揭示了同样经历大乱，与杜甫同时代的作家没有走上“写实主义”的道路，而是杜甫扛起了“写实主义”的旗帜的原因。《唐诗概论》云：“同时那群诗人生活，固不见得个个都舒适，但生长开天盛世，所见所闻都是富贵繁华的景象，写作的技术天然成为放纵夸诞一派，叫他们去描写新时代的一切，其实缺乏相当的训练，所以他们对新时代的态度最初是不理会，最后是逃避：李白逃到天上，王维、裴迪逃入山林。高适、岑参，则爽性逃归静默。大约因为这逼桚而来的新时代太丑恶了，不是素讲唯美的他们所能忍受的缘故。这群诗人抱着过去的光荣，甘心和旧时代一齐没落，诗坛遂归新诗人占领了。”(苏雪林《唐诗概论》，第 83 页)杜甫的境遇却与他同时代的诗人们并不相同：“他比之开天那群诗人年纪固不见得轻了多少，但四十以前尚无赫赫之名，文学的型式也就没有固定。况且他在大乱前所过的也是藜藿不充，鹑衣百结的穷苦生活，对于人生的经验比李白等深刻；以后他拿这经验做基础，进而描写那颠连困阨的新时代，就比较地不费力了。况且他天性近于写实派，四十岁以前纪述自己贫贱生活的诗歌都生动有趣，能给读者以一种新鲜真实的印象，有时学为浪漫体反而不大自然，他之成为中国第一个写实诗人，环境固有关系，天才更有关系。”(苏雪林《唐诗概论》，第 83－84 页)苏雪林比大部分文学史家看得更真切，更透彻。他没有选择对李白、王维等作家安史之乱后的创作视而不见，而是从人性与艺术创作惯性的角度，合理地解释了这一现象，摆脱了机械反映论的泥淖，解放了长期以来的文学批评中被“社会”所压抑的“人”，无疑是一种深刻的进步。后来的刘大杰也反思道：“把时代看作是决定文学思潮的唯一因素，是一件危险或是武断的事。”[③]

关于杜甫“写实主义”诗歌的创作技法，胡适《白话文学史》、刘大杰《中国文学发展史》(1941 年版)等均做了探讨。

胡适最看重“写实主义”诗歌的批判精神。他认为“写实主义”诗歌的两种形态，一曰“社会问题诗”，二曰“弹劾时政的史诗”，皆为杜甫首创。他在评论《兵车行》时提出：“这样明白的反对时政的诗歌，三百篇以后从不曾有过，确是杜甫创始的。……这样的问题诗是杜甫的创体。”(胡适《白话文学史》，第 275－276 页)在评论《自京赴奉先县咏怀五百字》时，认为此诗是“一篇空前的弹劾时政的史诗。”(胡适《白话文学史》，第 279 页)既然是“创体”，即意味着杜诗为“写实主义”诗歌提供了一套完整的、可供后世借鉴的技法。胡适在分析《哀王孙》

---

①“他的情绪因此整个的转变了，他便收拾起个人利禄的打算，换上了一副悲天悯人的心肠。他远离开了李白、孟浩然他们的同伴，而独肩起苦难时代的写实的大责任来。虽只短短的五年，而他是另一个人了，他的诗是另一种诗了。在他之前，那末伟大的悲天悯人之作从不曾出世过……我们不曾看见过别一个变乱的时代曾在别一位那末伟大的诗人的篇什里留下更深刻、更伟大的痕迹过！”(郑振铎：《插图本中国文学史》，北平朴社 1932 年，第 434－435 页)

②苏雪林：《唐诗概论》，上海：商务印书馆，1934 年，第 86－88 页。

③刘大杰：《中国文学发展史》(上册)，北京：中华书局，1941 年，第 365 页。

时，完整揭示了杜诗所开创的“写实主义”技法：“《哀王孙》一篇借一个杀剩的王孙，设为问答之辞，写的是这一个人的遭遇，而读者自能想象都城残破时皇族遭杀戮的惨状。这种技术从古乐府《上山采蘼芜》《日出东南隅》等诗里出来，到杜甫方才充分发达。《兵车行》已开其端，到《哀王孙》之作，技术更进步了。这种诗的方法只是摘取诗料中的最要紧的一段故事，用最具体的写法叙述那一段故事，使人从那片段的故事里自然想象得出那故事所涵的意义与所代表的问题。说的是一个故事，容易使人得一种明了的印象，故最容易感人。杜甫后来作《石壕吏》等诗，也是用这种具体的，说故事的方法。后来白居易、张籍等人继续仿作，这种方法遂成为社会问题新乐府的通行技术。”(胡适《白话文学史》，第 280—281 页）胡适有很强的“史”的意识，将杜诗“写实主义”诗歌创作技法的源流交代清楚，标明了杜诗在中国“写实主义”诗歌史上承上启下的关键地位，突出了杜诗对中国古典诗歌创作技法的重要贡献。

刘大杰清楚地意识到杜诗的“写实”是一种贯穿诗歌创作全过程的态度与意识，绝非狭隘简单、粗浅笨拙的描摹。其《中国文学发展史》指出：“杜甫要把诗歌来表现实际的社会人生……他的取材，是政治的兴亡，社会的杂乱，饥饿贫穷的苦痛，战事徭役的罪恶，都是黑暗的暴露与同情的表现。因为如此，他的作品变成了历史，变成了时代生活的镜子。但是他又没有载道主义者的狭隘与顽固，他在那表现社会人生的态度之下，又非常重视艺术的生命与价值。……所以专从艺术上讲，他是近于艺术至上主义者，若从文学思想上讲，他却是最真实的社会主义者。”(刘大杰《中国文学发展史》(上册)，第 366 页）刘大杰此论写在“写实主义”文学思潮的热潮逐渐沉淀之后，显得格外清醒，较之此前大量以是否“写实”为价值标准评价作家作品不同，刘氏清楚作家的价值与地位必须由其思想深度与艺术精度两方面共同决定。刘大杰反复强调杜甫个人穷困流离的经历在其“写实主义”诗歌中的重要作用。“从他个人的不良境遇，得到对于全民众的痛苦的体会观察与同情。由他个人的饥饿避乱的经验，认识了人生的实在情况。这一种宝贵的经验，细密的观察与丰富的同情，成为他的写实主义的社会诗的重要基础。”(刘大杰《中国文学发展史》(上册)，第 371 页）因此，在刘大杰看来，《兵车行》中民众徭役之苦与《丽人行》中骄奢淫逸的生活，并非杜甫亲身经历，在艺术上不及遭遇安史大乱，身陷困苦流离之苦之后的作品深刻[①]。《羌村》三首、“三吏”“三别”、《乾元中寓居同谷县作歌七首》等作品“全是以个人的实际经验与民间的疾苦为题材，充分地发挥了写实主义的特色，建立了稳固的社会文学的基础。”(刘大杰《中国文学发展史》(上册)，第 376—378 页）刘大杰强调的实际个人经历之于创作意义有二：其一，切身经历无疑拉近了杜甫与“写实”对象的距离，看得真才能写得切；其二，切身经历是产生情感共鸣的基础。动人的诗歌，艺术形象可能有虚构的成分，但情感一定是真实的。笔者曾指出：“杜甫的‘民胞物与’情怀在中国古代诗人中是最突出的。”而杜甫亲身经历的世乱飘荡，正是其成为“最突出”者的重要原因。[②] 其实，“民胞物与”不仅具有思想意义，同时亦具有创作论意义；它不仅是一种“形而上”的思想，同时亦是一种“形而下”的技术。调动自身经历之细节与情感，并不

①“这一时期的作品，因为他所描写都是出于个人的实际经验，所以作品的颜色，较之《丽人行》那时的作品来，是更要悲惨更要黑暗，而写实的手法，也更为深刻了。”(刘大杰：《中国文学发展史》(上册)，北京：中华书局 1941 年，第 376—377 页）

②刘明华：《论杜甫的“民胞物与”情怀》，《文学遗产》，1994 年第 5 期，第 50—60 页。

断调整，使之与眼前所见之情境达到一种艺术的高度契合，转而注入笔端，流淌于纸上。杜诗将“写实主义”从粗糙描摹眼前之景，藉由推己及人、由人及己的艺术加工过程，上升至写过去与眼前之景，抒物我相通之情的“写实主义”新境界。

“诗史”是对杜诗的经典评价。历代对杜诗“诗史”说的阐释，主流意见认为“诗史”指杜诗对时事的真实记录，而这正与20世纪前期“写实主义”文学思潮契合，因此许多文学史家认为“诗史”与“写实主义”的本质精神是相通一致的。刘麟生在《中国文学ABC》中论述元、白诗歌时指出：“要写民间疾苦，就是用写实派的一枝笔，来写社会上的实况，这也是老杜诗史的教训。”①随着讨论的深入，“写实”与“诗史”的内在联系逐渐被开掘出来。容肇祖《中国文学史大纲》云：“杜甫的身世，是贫苦的，饱经乱离的痛苦的身世。他的作品是表现他的人生……那实在的人生：民间实在的痛苦，社会的实在问题，国家的实在状况，人生的实在希望与恐惧，都给他严肃的与深沉的态度观察出，道破出来了。他的作品，内容是写实的，意境是真实的，故有人称他作‘诗史’。”②陈子展《唐代文学史》云：“杜甫于天宝以后，颇多描写乱离之作。他那种客观的写实诗，就是这个时代诗人的伟大收获。自个人的身边琐屑以至天下国家的大事，无一不可为他的题材。杜诗所以被称为诗史，就在这里。”③容肇祖与陈子展分别从“写实”的深度与广度，给予杜诗“诗史”充分肯定，进一步强化了二者深层内涵的联系。胡行之《中国文学史讲话》云：“他的诗大部分是精彩的，但最好的部分，是他的‘史诗’，即是在他底诗中，可以求得其详细的个性及生平行为，同时对于社会上的状况亦可见到。这些写实诗，都是一方有客观的事实，做他的资料，一方从深深的情感中流露出来，所以能成为杰作。他的刺述时政，关怀社会，开后来社会问题诗的风气……这种代表民众呼疾苦的文字，实是他最伟大的地方！可是这已是近于民众文学的际分，不是一般传统文字家所能出此！”④胡行之进一步认为只有客观事实的写实是不够的，作家内在情感与伟大情怀才是“写实”的“诗史”的价值所在，才是杜甫之所以为杜甫，而非其他作家的关键。

“写实主义”的现代文学观念影响下的文学史书写，遭遇千年接受史中基本定型的杜诗“诗史”说，是20世纪现代文学观念与中国传统文学批评的一次奇妙相会，更是一次完美契合。“史诗”说为现代“写实”观提供了传统的支撑，“写实”说亦为“诗史”的时代重估提供了机遇。看似偶然，实有必然。

1949年后的文学史，“现实主义”依然是对杜诗艺术最主流的评价。部颁《大纲》即认为：“杜甫继承并且发展了诗经以来的现实主义优良传统，善于通过细节的真实描写，表现典型环境中的典型性格，他的诗歌成为反映社会生活的镜子。”（中华人民共和国高等教育部审定：中国文学史教学大纲》，第97页）事实上，由于“现实主义”成为评价作家的政治标准，许多文学史家都在努力“保护”杜甫在当代的“合法地位”。游版《中国文学史》在《大纲》的指导下，以恩格斯“典型人物”论、美学的“主客观统一”论等当时的主流文艺理论，从叙事、抒情与影响等方面对杜诗“现实主义”特质进行阐释，论定杜甫是“承上启下”的“伟大的现实主义诗

---

①刘麟生：《中国文学ABC》，上海：世界书局，1929年，第52页。

②容肇祖：《中国文学史大纲》，北京：北平朴社，1935年，第224页。

③陈子展：《唐代文学史》，重庆：作家书屋，1944年，第51页。

④胡行之：《中国文学史讲话》，上海：光华书局，1932年，第83页。

人”（游国恩等主编《中国文学史》（二），第108—119页）。至此，杜甫成为千年中国文学史中“现实主义”的最高代表。这既有20世纪初以来对杜甫“现实主义”的持续挖掘，亦是当时政治、社会、文化条件使然，是历史与时代共同作用的结果。时至今日，尽管我们已经很少再称或并不认为杜甫仅仅是“伟大的现实主义诗人”了，但杜诗对时代与生活的写实，仍然是绝大多数读者与学者对杜甫最突出的印象，这正是历史与时代通过文学教育带来的结果。

四、从“诗圣”到伟大——文学教育的成果

从目前的材料看，杜甫在中国诗歌史上的崇高地位在宋代确立，但称之“诗圣”始于明代，明中后期至今，“诗圣”的徽号便为杜甫所专享。[①] 而“伟大”之说，则明确出自现代学制中的文学教育。

“诗圣”杜甫及其诗歌在百年中国文学教育中的选择与阐释，都是通过文学教育中最重要的载体——课文和文学史教材，从而为国民认知与接受。

如前所述，中国最早的文学史著作是林传甲的《中国文学史》，林著就是为京师大学堂预备科中国文学目教学而编写的教材。“弋扬江绍铨序”说：“吾友林子归云……甲辰夏五月来京师主大学国文席。与余同舍居，每见其奋笔疾书，日率千数百字。不四阅月，《中国文学史》十六篇已杀青矣。”（林传甲《中国文学史·序》，第1页）黄人的《中国文学史》每册首页右侧均有“中国文学史东吴大学堂课本”字样。吴梅《中国文学史》（自唐迄清）骑缝上亦有“中国文学史文科国文门三年级吴梅”字样。可知国人自著最早的中国文学史都是作为大学教材而问世的。胡适的《国语文学史》，写作于1921年11月至1922年1月间，也是他在教育部主办的第三届国语讲习所主讲“国语文学史”课程时所用讲义。胡适《白话文学史》虽然是学术著作，但由于其影响巨大，对很多大学教授自编的文学史教材都有深远影响。1949年之后，最具影响力的几部文学史著作，都是全国众多大学的通用教材。

杜甫的“伟大”之说，正是通过文学史的表述得以宣示和肯定的。就笔者所见，第一位以“伟大”评价杜甫的文学史家是郑振铎。他在出版于1927年的《文学大纲》中指出：“这时代（笔者按：开元天宝时代）产生了不少的伟大的诗人，其中自以李白、杜甫为最重要。”[②]胡适紧随其后，在出版于1928年的《白话文学史》中提出：“这个时代（笔者按：写实文学时代）的创始人与最伟大的代表是杜甫。”（胡适《白话文学史》，第264页）郑振铎更在其后出版的《插图本中国文学史》中，称“杜甫便是全般代表了这个伟大的改革运动的。他是这个运动的先锋，也是这个运动的主将。”（郑振铎《插图本中国文学史》，第431—432页）“在他之前，那末伟大的悲天悯人之作从不曾出世过……我们不曾看见过别一个变乱的时代曾在别一位那末伟大的诗人的篇什里留下更深刻、更伟大的痕迹过！”（郑振铎《插图本中国文学史》，第434—435页）“他究竟是一位心胸广大的热情的诗人，不仅对于自己的骨肉，牵肠挂腹的忆念着，且也还推己以及人，对于一般苦难的人民，无告的弱者，表现出充分的同情来。《茅屋为秋风所破歌》最足以见出这个伟大的精神……这是甚等的精神呢！释迦、仲尼、耶稣还不是从这等伟

① 张忠纲：《说“诗圣”》，《安徽大学学报（哲学社会科学版）》，2012年第1期。

② 郑振铎：《文学大纲》，上海：商务印书馆，1927年，第627页。

大的精神出发的么?”(郑振铎《插图本中国文学史》,第 436 页)“他是一位真实的伟大的诗人;不惟心胸的阔大,想象的深邃,异乎常人,即在诗的艺术一方面,也是最为精工周密,无瑕可击的。”(郑振铎《插图本中国文学史》,第 439 页)郑氏从历史、思想、诗艺、情感全面肯定了杜甫的伟大。自郑振铎、胡适之后,谭正璧、胡小石、郑宾于、陈冠同、贺凯、胡行之、刘大白、苏雪林、郭绍虞、梁乙真、龙沐勋、柳村任、张长弓、杨荫深、朱维之、吴经熊、吴烈、刘大杰、施慎之、罗根泽、陈子展等文学史家皆在其文学史著作中以“伟大”评价杜甫。直至游国恩版《中国文学史》,以“伟大的现实主义诗人杜甫”为标题,赞颂杜甫。杜甫“伟大”的“诗圣”形象通过百年文学教育,最终深入到广大国民心中。

审视百年文学教育中的杜甫形象,不难看到,在学术研究不断深入的背景下,文学史教材和语文课文对杜甫其人其诗做出了折射时代思潮的评价和篇目选择,从而使其形象持续发挥着正能量并影响着国民。在“面向 21 世纪高校教材”系列之一的袁行霈主编的《中国文学史》中,“平民(人民)”“白话”“非战”“情圣”“写实(现实)主义”等已不再被放在标题等醒目位置,予以特别强调;被胡适等人完全否定的杜律,则以专设一节的重要地位回到文学史书写之中。在政治、社会、文化环境都相对稳定的当下,百年间不同时期对杜甫不尽相同的,甚至看似全然相反的阐释,最终都化为“诗圣”光环中的多彩的色调,成为“诗圣”建构史的内容。

与此同时,中小学语文教学的重心,也悄然从新文化运动时期对“白话”与“平民”的强调、抗日战争阶段对“非战”与“人道”精神的彰显、阶级斗争为纲过程中对“人民性”与“现实主义”政治色彩的看重中走出来,取而代之的是对杜甫的爱国情感、民胞物与情怀、深刻的忧患意识与批判精神、对历史的审视与反思,以及对杜甫高超诗艺的认知与学习。人教社最新审定的中小学语文课本,必修选修等共入选杜诗十八首(小 4,初 7,高 7),比此前(2011 年前)人教版的入选篇目略有增加,与民国期间各类课文总共三十余首相比,数量减少,但《茅屋歌》《石壕吏》《闻官军收河南河北》《羌村》《春望》《蜀相》《秋兴》《咏怀古迹》《江南逢李龟年》九首入选,见出杜诗的核心价值未变。其余各篇,更为丰富地展示了杜甫的情怀和诗艺,且律诗大增,如《望岳》的豪情壮志,《绝句》“两个黄莺”的精致清新,《江畔独步寻花》的轻松怡然,《春夜喜雨》对润物无声的春雨的感念,以及关合时代忧患的个人忧愤伤感之作《登楼》《登高》《阁夜》《旅夜书怀》《登岳阳楼》等,一个立体的内涵丰富的杜甫形象在国民基础教育阶段得以确立。

杜甫的“伟大”,已是不争的事实。而其“伟大”的丰富内涵,会随着时代审美风尚的嬗变在后世呈现新的诠释。

抗战时期的杜甫形象及杜诗评论

吴中胜
（赣南师范大学文学院　赣州　341000）

一部文学史，在某种意义来说也是一部当代心灵史。当代人评品历史上的文学家和文学作品时，无不打上当代文化和思潮的烙印，直接或间接地反映出当代人的文学观念和价值取向。正如陈国球先生所指出的那样，文学史书写与文化政治存在"不同层次的交缠纠结。"[①]

1937年7月—1945年8月，是中国人民浴血奋战、全面抵抗日本侵略者的八年。其间，人们是如何评品历代文学，反映了当时什么样的文学生态和价值观念呢？这是我们这些文学研究者感兴趣的问题。我们也相信，对这个问题的探讨，对抗日战争的研究也有一定的意义。细读当时的报刊，我们可以发现，当时的文化人经常拿文学史上的大家名作来说事。其中就包括我们这里要讨论的杜甫和杜诗，也是当时大家讨论的文化热点。正如老舍1939年1月8日在《抗战以来的中国文艺——在内江沱江中学讲演》所说："我到了四川，家在河北，我们用什么来传达感情？自然就会想起'烽火连三月，家书抵万金'十个字来。上面这两句把离家的情绪一切写在里面了……"[②]不仅是这两句诗，杜甫其人其诗作都交上了好运，都成为当时文学评论的重要对象。这是由当时特定的历史背景和文化心态所决定的。

考察杜甫及其诗在当时的影响，我们可从几个方面来看。一是专著，专著代表了学者们的观点。据北京图书馆编《民国时期总书目》（1911—1949文学理论、世界文学、中国文学卷）、张忠纲等编著《杜集叙录》，抗战时期专门或有章节评述杜甫的专著有程会昌著《杜诗伪书考》和《少陵先生文心论》（著作刊1937年版）、易君左著《杜甫今论》（重庆独立出版社1940年4月版，为《民族论坛丛刊》之一种）、王亚平著《杜甫论》（商务印书馆1944年9月版）、哈佛燕京学社引得编纂处洪业等编《杜诗引得》（燕京大学引得校印所1940年9月版）、章衣萍著《杜甫》（上海儿童书局1941年版）。[③] 在当时战事紧张，各种物资包括纸张奇缺的情况下，

①陈国球：《文学史书写形态与文化政治》，北京：北京大学出版社，2004年，第2页。

②老舍：《老舍全集》第16卷，北京：人民文学出版社，1999年，第618页。

③北京图书馆：《民国时期总书目》（1911——1949，文学理论、世界文学、中国文学卷），北京：书目文献出版社，1992年，第162页。

这样的学术专著能得以出版，可见杜甫其人其诗还是很适合当时文化界的心声的。二是当时的国文教材，教材是政府意志的体现，能入选教材的课文也往往是思想性和艺术性高度统一的作品。当时国内已有许多新式学校，已开设了国文课或文学史课。在中学的国文教科书和大学的国文教材里面，都少不了关于杜甫的内容。比如武汉大学苏雪林 1938 年编《中国文学史略》就有较多内容谈杜甫，基本观点还是沿续 1934 年编印的《中国文学史》讲义，强调杜诗的写实性[①]。武汉大学徐天闵 1939 年编写的《历代诗选》[②]，选择杜诗数十首之多，都是以忧国忧民为主题的。三是报刊文章，报纸杂志是当时的主要新闻媒体，是广大民众兴趣的反映，最能及时鲜活地反映出当时的社会心理和民生状态。当时的报刊经常能看到关于杜甫其人其诗的评述。比如钱仲联早年任教于无锡国学专修学校，就常在《中央时事周报》《国专月刊》《国专校友会集刊》等刊物发表诗话[③]。四是诗歌创作层面。当时新体诗虽已盛行，战乱让旧体诗重现光芒，学杜之风尤其高涨。我们的考察也主要是从这方面入手。

一、流离爱杜甫

1972 年，68 岁的冯至写了一首杂诗，其中说道："早年感慨恕中晚，壮岁流离爱少陵。"冯至(1905—1993)被鲁迅称作"中国最为杰出的抒情诗人"[④]，作为一个杜甫研究大家，冯至早年并不喜欢杜诗。他年轻的时候更爱晚唐诗，所以留学到了德国，就把杜牧的诗译成德语，写在信里寄给德国的朋友。而"爱少陵"差不多是归国之后，或者说抗战开始之后流离内迁的时候了。是抗战时期奔波流离的生活改变了他的文学趣味。冯至说："我个人在青年时期，并不了解杜甫，和他很疏远，后来在抗日战争流亡的岁月里才渐渐与他接近，那时我写过一首绝句：'携妻抱女流离日，始信少陵句句真。不识诗中尽血泪，十年佯作太平人。'从此杜甫便成为我最爱戴的诗人之一，从他那里我吸取了许多精神上的营养。"[⑤]冯至后来回忆自己的杜甫研究道路时说道，是抗战以后的离乱生活一步步引着他走近杜甫：

1937 年抗日战争爆发，同济大学内迁，我随校辗转金华、赣县、昆明，一路上备极艰辛。从南昌坐小船到赣县，走了七八天，当时手头正带了一部日本版的《杜工部选集》，一路读着，愈读愈有味儿，自己正在流亡中，对杜诗中"东胡反未已，臣甫愤所切"一类诗句，体味弥深，很觉亲切。后来到了昆明，在西南联合大学教德文，课余之暇，颇留意于中国文学。有一天在书肆偶得仇注杜诗，又从头至尾细读，从而形成了自己对杜甫的一些看法。当时我想，在欧洲即使是二三流作家也都有人给他们作传，中国却连大文豪都无较详细的传记，实在太遗憾了。萧统的《陶渊明传》、元稹的《杜子美墓志铭》、新旧《唐书》中有关李、杜等的记载，都过

---

①苏雪林：《中国文学史略》，今存武汉大学档案馆，归档号 1938—69，第 69—70 页。

②徐天闵：《历代诗选》，今存武汉大学档案馆，归档号 1939—102。

③钱仲联撰《梦苕盦诗话》序，张寅彭主编：《民国诗话丛编》第六册，上海：上海书店出版社，2002 年 12 月版，第 153 页。

④鲁迅：《中国新文学大系》小说二集"导言"，上海：良友图书印刷公司，1935 年版，第 5 页。

⑤冯至：《祝〈草堂〉创刊并致一点希望》，《草堂》，1981 年创刊号，第 2 页。

于简略了，为此决意给杜甫作传。由于条件的限制，不可能全副精力来做这件事，所以我的准备工作用去了四五年时间。我首先做杜诗卡片，按内容分门别类编排，如政治见解、朋友交往、鸟兽虫鱼等等。同时对唐代政治经济、典章制度、思想文化诸方面的发展沿革，也作了必要的了解，国内学者如陈寅恪等的有关著作，也都读了。另外，对杜甫同时代诗人李白、王维等的生平、思想、创作情况，也有了基本的掌握。在这样的基础上，我才开始写《杜甫传》，那已经是1947年的事了。[①]

同声相应，同气相求，身经离乱之后的冯至，与杜甫诗才有更多的心理和文化认同。作为诗人的冯至曾用诗笔表达了自己与杜诗的因缘："我无心访求杜甫的故事，故事却自然地在人民的口边，像一些美丽的野花野草，千百年生长在山间——故事是这样的半假半真，却说明诗人怎样深入人心。"[②]一切都是无心而求，一切又是那么自然入心，冯至爱上杜诗，直至成为杜甫研究大家，与抗战时期的流离生活密不可分。

不仅是冯至，随着抗战爆发，许多大学和文化机构内迁。动荡的时局和流离的生活使许多文化人与杜甫产生心灵的共鸣，因而喜欢上了杜甫诗，在创作上也有不少人学习杜诗。廖仲安先生曾撰文《记抗战时期三位热爱杜诗的现代作家和学者》[③]，这三位是老舍、冯至、萧涤非，老舍是作家，冯、萧两位是杜甫研究专家。老舍喜好旧体诗，他在《谈诗——在文华图书馆专校演词》说道："我们现在想想旧诗，如'烽火连三月，家书抵万金'，这些句子，现在仍然使我落泪，但是要找一首新诗，那简直连念也念不上了，更不用说落泪。"[④]他自己也作旧体诗，如1938年3月27日所作《贺全国文艺界抗敌协会成立》："三月莺花黄鹤楼，骚人无复旧风流。忍听杨柳大堤曲，誓雪江山半壁仇。李杜光芒齐万丈，乾坤血泪共千秋。凯歌明月春潮急，洗笔携来东海头。"[⑤]颇有杜诗风骨。1941年起，萧涤非任西南联大副教授、教授，生活仍多艰难。他在自己的诗中写道："伤心合在来时路，稚子娇妻又一方。"(《题峨眉山雷音寺居止》)真切地体会到杜甫当年因贫困与家人分居的痛苦。这些体会在他后来的杜甫研究中体现出来。1946年，抗战胜利后，萧涤非离开昆明抵家乡南昌，作《归抵南昌》一诗："不图有命得还乡，老杜当年喜欲狂。"久经离乱而得生还故土，其喜悦之情溢于言表，对杜甫当年《闻官军收河南河北》"喜欲狂"的心情也感同身受。不仅是老舍、冯至、萧涤非三位，其他身经抗战的学者也有同感。1937年钱锺书《读杜诗》："何处南山许傍边，茫茫欲问亦无天。输渠托命长镵者，犹有桑麻杜曲田。""漫将填壑怨儒冠，无事残年得饱餐。饿死万方今一概，杖藜何

---

①冯至:《我与中国古典文学——答〈文史知识〉编辑部问》，见《冯至全集》第五卷，石家庄:河北教育出版社，1999年版，第234页。

②冯至:《我与中国古典文学——答〈文史知识〉编辑部问》，见《冯至全集》第五卷，石家庄:河北教育出版社，1999年版，第234页。

③此文可见于《杜甫研究学刊》1997年第1期。

④原载1942年1月《读书通讯》第六十三期，《老舍全集》第17卷，北京:人民文学出版社，1999年，第5页。

⑤原载1938年3月28日《文艺战线》第二卷第1期，《老舍全集》第13卷，北京:人民文学出版社，1999年，第662页。

处过苏端。"[①]对杜诗有同情性解读。1940 年作《哀若渠》:"昔者吾将东,赋别借杜诗。"[②]自己要说的话,杜诗早已说过,借此一用即可。作于 1942 年的《少陵自言性癖耽佳句'有触余怀'因作》:"七情万象强牢笼,妍秘安容刻划穷。声欲宣心词体物,筛教盛水网罗风。微茫未许言诠落,活泼终看捉搦空。才竭只堪耽好句,绣鞶错彩赌精工。""出门一笑对长江,心事惊涛尔许狂。滂沛挥刀流不断,奔腾就范隘而妨。敛思入句谐钟律,凝水成冰截璐方。参取逐波随浪句,观河吟鬓赚来苍。"[③]身处乱世,与杜甫心境时有契合会心之处。1945 年春,学者贺昌群在"中央大学"讲"杜诗与时代"毕,作七律《怀杜公草堂》:"读史才情付与谁,为君苦说杜陵诗。兰台词调亲风雅,庾信高文重典仪。三蜀烟花劳想象,一川梦雨点灵旗。萧条异代哀时泪,洒向江头只自悲。"[④]自己与杜甫虽处异代,但泪和愁却是相同的。任继愈审阅詹福瑞撰《不求甚解——读民国古代文学研究十八篇》,对其中《对诗圣的同情之理解》就深有体会,评点道:"讲杜甫的伟大,生动、具体,因为杜甫经历了难民生活,曾加入到饥民的行列,实践出真知,实践出好诗。我是经历了抗日战争的一代人,挨过饿,因而也喜欢、佩服杜甫,我有些思想、感受,一千年前,他先说了,获我心中之同然。"[⑤]任继愈先生的话,代表了那一代人的心声。

二、全民众全社会的代言人

离乱的抗战时期,经历生与死、荣与辱、血与肉的考验,人们与杜甫异代而心通。杜诗的内容写的好像就是当下的现实,一样的时代,一样的离乱,一样的痛苦,一样的呼唤,杜甫成了抗战时期广大民众的代言人。代言人,这是多么贴心的称呼,这是当时人们对前人"诗史"的当代解读。只有亲身经历离乱的人,才会更真切地体味到杜诗的心声就是时代的心声,才会更真切地体会到杜诗所写就是眼前的现实。

离乱时代使人们对杜诗也多一层同情性解读。冯至《杜甫与我们的时代》就说从杜诗里读出了时代的声音:"从'生还今日事,问到暂时人'的诗句中读出的是'流亡者的心境',从《悲陈陶》《悲青板》《春望》等作品中读出的是'沦陷区里人民的血泪'。""觉得杜甫不只是唐代人民的喉舌,并且好像也是我们现代人民的喉舌。""一遇变乱,人民所蒙受的痛苦与杜甫的时代并没有多少不同。"[⑥]异代而心通,是战乱的时代把冯至和杜甫联在了一起,品读杜诗,冯至读出了时代的痛楚和人民的呼声。

刘大杰的传世名著《中国文学发展史》,是抗战期间在上海写成的。上卷完成于 1939 年了,1941 年由中华书局出版;下卷完成于 1943 年,至 1949 年 1 月才得以出版。他对杜甫的理解显然也打上了时代的烙印。对于杜甫诗的思想内容,刘大杰说:"他虽有温厚的同情心,

①钱锺书:《槐聚诗存》,北京:三联书店,2007 年,第 21 页。

②钱锺书:《槐聚诗存》,北京:三联书店,2007 年,第 67 页。

③钱锺书:《槐聚诗存》,北京:三联书店,2007 年,第 76 页。

④见《草堂》1981 年第 2 期。

⑤詹福瑞:《不求甚解——读民国古代文学研究十八篇》,北京:中华书局,2008 年,第 401 页。

⑥[作者不详]:《杜甫研究论文集(第一辑)》,北京:中华书局,1962 年。

却没有热烈的感情，他不是屈原式的殉情主义者。因此他无论遇着多大的困难，受着多大的冤屈，他都能够逆来顺受，而不会步屈子的后尘，投江自杀。又因为他的思想是现世的，他也不能在虚无空渺的神仙世界找着快乐。因此，他能用他的理智，去细细地观察人生社会的实况，从自己的生活经验，去体会旁人的苦乐。"[①]主张人们面对困难，直面现实的挑战。作为文人，应细察现实人生社会。对于李白、杜甫，刘大杰说，一个是"浪漫主义的个人派"，一个是"写实主义的社会派"，"如果先彻底了解他俩对于艺术与人生的态度的差别，那就不会有什么偏袒和武断了"。[②] "因为他（杜甫）有这种现实主义的儒家思想为其根底，所以他没有变成个人主义的浪漫诗人，而变成全民众全社会的代言人了。""在这种态度下，他不能以陶潜的洁身自爱为满足，也不能以李白的那种纵欲的快乐生活为满足。"[③]"我们千万不要忘记，杜甫的代表作品，都是用的白话化的浅言语，都是民歌式的乐府体。只有他才真是民众的代言者，只有他才真是完成了平民诗人的使命。"[④]战乱时期，尤其需要通俗浅易的白话诗，所以刘大杰主张民歌式的乐府诗，要求诗人做平民诗人，在他看来，杜诗语言就有这一特质。这个观点，郭沫若在《文艺与民主》也有同样表述："唐人杜甫被尊为'诗圣'，其所以能享有此盛名的原（缘）故，也因为他的诗接触了当时的社会。""凡是在前认为文学正宗的著作，差不多都是一些死板的东西，而不登大雅之堂的一般俗文学倒反而富有生命。"[⑤]战乱年代不讲高雅精深的阳春白雪，需要的是贴近社会的通俗和浅近。1947 年 8 月 7 日，郭沫若在给《闻一多全集》作序时，对自己的杜诗观又有修正："杜甫是真心为着人民的，然而人民听不懂他的话。"[⑥]意即杜诗说的是人民的心声，但语言不够人民化。

1944 年，历史学家翦伯赞作有《杜甫研究》一文，认为杜甫不像梁启超所说的那样"三板一眼地哭叫人生"，而是"为贫苦大众，为变局的时代而哭叫"，认为杜甫这样的知识分子"又岂仅大天宝之乱为然哉"。[⑦] 意即杜诗的哭叫喊出了史上诸多大变局时期人们共同的心声。翦伯赞又说："杜甫的诗也是史，是一部用诗歌体裁写出来的天宝前后的唐代历史。在我看来，没有一部唐代的历史著作像杜甫的诗一样真实、深刻而又生动地写出了天宝前后的唐代社会的各个侧面。"[⑧]从历史学家的眼光来看杜诗，充分肯定其写实性。对于这一点，有不少学者有同感。1935 年钱锺书《秣陵杂诗》："非古非今即事诗，杜陵语直道当时。"[⑨]也是点出杜诗的写实特点。老舍 1930—1934 年在齐鲁大学所撰《文学概论讲义》："有纯任性灵，忠实描写的杜甫。"[⑩]这些都是抗战时期对杜诗"诗史"特点的时代解读。

---

①刘大杰：《中国文学发展史》（上），第十五章《社会诗的兴衰与唯美诗的复活》第二节《杜甫的生平思想及其作品》，北京：中华书局，1941 年，第 364 页。

②刘大杰：《中国文学发展史》（上），北京：中华书局，1941 年，第 364 页。

③刘大杰：《中国文学发展史》（上），北京：中华书局，1941 年，第 372 页。

④刘大杰：《中国文学发展史》（上），北京：中华书局，1941 年，第 380 页。

⑤郭沫若：《郭沫若全集》卷十九，北京：人民文学出版社，1982 年，第 517 页。

⑥闻一多：《闻一多全集》，北京：三联书店，1982 年。

⑦翦伯赞：《杜甫研究》，《群众》，1944 年第 9 期第 21 卷。

⑧翦伯赞：《杜甫研究》，《群众》，1944 年第 9 期第 21 卷。

⑨钱锺书：《槐聚诗存》，三联书店，2007 年 10 月版，第 6 页。

⑩老舍：《老舍全集》第 16 卷，北京：人民文学出版社，1998 年，第 25 页。

三、抗战的号角

战乱年代，面对残酷的现实，人们不仅需要同情和关怀，更需要奋起抗战的力量，尤其是民族危亡之时，人们最自然地生发出一种爱国之情。国家有难，匹夫有责，文人学士们也满怀爱国热情。国家危亡之时，自然希望英雄豪杰出世戡乱平天下、救民众于水火之中。这种爱国情结和英雄情结是连在一起的，因爱国而呼唤英雄。而且常常是在现实生活不如意、希望无法得到满足之时，人们自然寻诸历史，希望从历史人物或事件中找到思想的启示和精神的依托。屈原、陆游、辛弃疾、文天祥等历史上一大批爱国志士自然成为这一依托的最佳选择。杜甫也不例外。提起杜甫，这一时期人们用得最多的两个词是“战争”与“反战”。这一时期，光以“战争”“反战”作题的报刊文章就有好几篇。抗日战争时期杜甫研究有关文章：一鸣《杜甫反战诗歌的研讨》(《更生周刊》第5卷第6期，1940年)；许惕生《杜甫的反战文学》(《中日文化》第1期第1卷，1941年)；易君左《杜甫的时代精神》(《时代精神》第7卷第1期，1942年)；杜若莲《民族诗人杜少陵及其生平》(《中国青年》第8卷第3期，1943年)；冯至《杜甫与我们的时代》(《萌芽》第1卷第1期，1946年)；申如《杜甫的战争诗歌》(《文艺风》第1卷第1期，1947年)。在人们看来，杜诗成了抗战的号角。

时代需要为战斗而文艺，而诗歌最具有这一战斗性。当时文坛许多学者对此有深刻认识，这也是残酷的现实逼出来的。郭沫若《中国战时的文学与艺术——一九四二年五月二十七日在中美文化协会演讲词》：“为文艺而战斗，为战斗而文艺，成为了一而二，二而一的东西。”“诗歌最受着鼓舞，因为战争本身的刺激性，又因为抒情诗人的特别敏感，随着抗战的号角，诗歌便勃兴了起来，甚至诗歌本身差不多就等于抗战的号角。”①各地文艺界纷纷成立抗战协会，冯至说：“现在，武人应摸笔杆，文人应摸枪杆，文武双全，齐作抗战的好汉。”②老舍非常赞同冯至的观点，1942年2月，老舍在西南联大发表讲话《抗战以来文艺发展的情形》说得好：“抗战救了诗”③。其中当然包括杜甫诗歌。老舍又在《通俗文艺的技巧》中说：“我们必须重看韵文——因为它便于口头宣传。”④王统照(1897—1957)《〈剑啸庐诗草〉后记》写道：“言为心声，有激切悲壮的诗文，虽在此血花飞舞、残酷严重的时代中，也不是无一点点的兴观启发的效果。诗歌最易传达直接的热情，最易使人受感。”阿英《抗战期间的文学》一文写道：“紧随着日本帝国主义袭击我们的炮声而展开的全面抗日战争，现在已经是如火花般的从各方面爆发，甚且给予敌人以很严重的打击了。全国的文艺家，为着保卫自己的祖国，为着争取自己民族的解放，是全部的参加了战争，用着特殊的文笔武器，在国内外和敌人开始了肉搏。”阿英指出，抗战时期特别需要且流行的文学是无线电播音所需要的作品、街头里弄文学，以及适应于前线的战士、用至伤兵医院的通俗文学、连环国画、墙头壁报之类的作品。⑤

---

①郭沫若：《郭沫若全集》卷十九，北京：人民文学出版社，1982年，第187页。

②老舍：《〈抗战诗歌集〉(二辑)序》，《老舍全集》第16卷，北京：人民文学出版社，1998年。

③原载1942年7月《国文月刊》第十四、十五期，《老舍全集》第17卷，北京：人民文学出版社，1998年，第35页。

④老舍：《老舍全集》第16卷，北京：人民文学出版社，1998年，第644页。

⑤柯灵：《阿英全集》，合肥：安徽教育出版社，2003年，第5卷，第101页。

古典诗词用最富民族特色的语言表情达意，简洁又富于节奏，与抗战时期人们的心理期待相符。杜诗在这方面有天然优势，其思想内容自不必说，就其语言艺术而言，毫无疑问就具有战斗节奏性又通俗易懂，对此，学者们也有共识。林庚白《丽白楼诗话》说："诗有三要，要深入浅出，要举重若轻，要大处能细，三者备可以为诗圣矣……古今诗人臻此者，李杜诗中，十居其六七……微之誉子美之博，而不知此正子美之短，非惟深出，亦失之铺张排比。"①所谓"深入浅出"云云，实就时代需要而言。邵祖平撰《杜甫诗法十讲》②分审体裁、明兴寄、探义蕴、究声律、参事实、讨警策、辨沿依、寻派衍、较同异、论善学十端。对杜诗诗法做了全面分析，其中"参事实""讨警策"的特点明显带有抗战时代的文艺诉求。还有其他一些学者也多从时代诉求方面来理解杜诗艺术，如墨僧评杜甫的人道精神："以社会大众的苦乐为苦乐，从自己的苦乐推向到他人的苦乐。"③陈子展表扬韩愈能够"以平等的眼光看李杜"，主张"不必用个人的趣味来评骘李杜的优劣"。④ 后任上海教育学院教授的刘衍文"民国三十一年壬午，日寇流窜，家毁学荒，唯多撰短文，刊于东南各报"，后辑成《雕虫诗话》，其中对杜甫的解读多有会心之处。如分哲理诗为六类，其中杜诗必于"赏诗者会心独远以情志之抒为哲理之发者"，"放眼宇宙而大说小者"。⑤ 1942 年，朱自清完成《经典常谈》，称杜甫是"真正继往开来的诗人""给诗开辟了新世界"，艺术上"将诗历史化和散文化""给诗创造了新语言"。⑥

在创作层面，作家们通过学习杜诗，来表现自己的抗战精神。这样的作家作品很多，如田汉《征夫别》："（男声）马萧萧，车辚辚，辞了情人去出征，（女唱）车辚辚，马萧萧，送我们勇士去保卫卢沟桥……"显然学习杜甫的《兵车行》，只是格调由悲戚转为豪壮，田汉以此歌颂普通民众火山喷发一样的爱国热情。⑦ 福建人王冷斋投身军旅却喜好诗歌，先生推崇杜诗，诗作风格也与杜诗接近。如《送徐启明赴皖抗战》："高歌一曲唱伊凉，想见将军夜破羌。边境已擐金锁甲，秋风再试绿沉枪。八公山上旌旗远，独秀峰前薜荔香。但愿烟尘清指顾，归来重与醉流觞。"颔联化用杜甫《重过何氏》中"雨抛金锁甲，苔卧绿沉枪"，翻旧出新。⑧ 一曲高歌，风格雄壮，抗战的豪情和节拍跃然纸上。

本文为教育部人文社会科学研究项目"杜甫批评史研究"（项目批准号：08JC751007）、江西高校哲学社会科学研究重大课题攻关项目"江西完善优秀中华传统文化教育行动方案研究"（批准号：ZDGG1405）阶段性成果。

---

①张寅彭：《民国诗话丛编》第六卷，上海：上海书店出版社，2002 年，第 136、137 页。

②原稿于 1945 年 1 月曾以"杜诗精义"为题发表于《东方杂志》第 41 卷第 1 号，今见《草堂》1986 年第 1 期。

③墨僧：《杜工部的社会思想》，《文友》，1944 年第 3 卷第 6 期。

④陈子展：《唐代文学史》，重庆：作家书屋，1944 年，第 48 页。

⑤刘衍文：《雕虫诗话》，见张寅彭主编：《民国诗话丛编》第六册，上海：上海书店出版社，2002 年，第 430、460 页。

⑥朱自清：《经典常谈》，北京：中华书局，2009 年，第 100 页。

⑦文天行：《历史在这里闪光——抗战文学与中国传统文化》，成都：四川教育出版社，2002 年，第 3 页。

⑧涂文学，邓正兵：《抗战时期的中国文化》，北京：人民出版社，2006 年，第 157 页。

从杜诗看初盛唐诗人的诗歌传播情况

吴淑玲

（河北大学文学院　河北保定　071002）

唐代是一个诗的时代，也是诗歌传播盛况空前的一个时代，透过唐代诗歌在唐代的传播情况，我们可以了解部分唐人诗歌自我影响的因素。唐代诗人的诗歌传播情况，透过杜甫诗可以略窥其一二。

一、“吾祖诗冠古”——杜审言诗歌的传播情况

杜甫的祖父杜审言，是初唐时期著名文学家，虽然其为人处世略有瑕疵，但其对诗歌发展所做出的贡献还是不可磨灭的，尤其在律诗发展的进程中，其对格律的努力、对律诗从宫廷和台阁中走出来、对连章组诗的探索，都是颇值得肯定的。杜审言的诗歌，在杜审言在世和去世后不久，都得到了当时社会的广泛认同。如宋之问《祭杜学士审言文》：

维大唐景龙二年岁次戊申月日，考功员外郎宋之问，谨以清酌之奠，敬祭于故修文馆学士杜君之灵：呜呼！位曰大宝，才曰天爵，辞业备而官成，名声高而命薄。屈原不终于楚相，扬雄自投于汉阁，代生人而岂无，人违代而咸若。运锺唐虞，崇文宠儒，国求至宝，家献灵珠，后复有王杨卢骆，继之以子跃云衢……属文母之丕运，应才子之明扬，援沦秀于兰畹，侍仙游于柏梁。命以著作，拜之为郎，始翔鸳于清列，旋御魅于炎荒……命子诚妻，既恳且辨。①

武平一《请追赠杜审言官表》：

审言誉郁中朝，文高前列，是以升荣粉署，擢秀兰台。往以微瑕，久从远谪。陛下膺图玉扆，下制金门，收贾谊于长沙，返蔡邕于左校。审言获登文馆，预奉属车，未献长卿之辞，遽启元瑜之悼。臣等积薪增愧，焚芝盈感，伏乞恩加朱绂，宠及幽泉，假饰终之仪，举哀荣之典，庶敝帷莫弃，坠履无遗。②

①（清）董诰，等：《全唐文》（影印本）卷二四一，北京：中华书局，1983 年，第 2442 页。

②（清）董诰，等：《全唐文》（影印本）卷二六八，北京：中华书局，1983 年，第 2723 页。

把杜审言比之于屈原、扬雄、司马相如、阮瑀、贾谊、蔡邕等，称之为国家“至宝”“文高前列”，这都是对杜审言的极大认同。目前所知，杜审言无文章传世，流传都是诗歌，可知当时杜审言的影响也在诗歌。故杜甫在《赠蜀僧闾丘师兄》称“吾祖诗冠古”，绝非虚言，而是道出了自己祖父诗歌在当时社会传播影响的实际情况，这一点，杜甫在《进雕赋表》中也是颇为认同的：

亡祖故尚书膳部员外郎先臣审言，修文于中宗之朝，高视于藏书之府，故天下学士，到于今而师之。臣幸赖先臣绪业，自七岁所缀诗笔，向四十载矣，约千有余篇。[①]

在《进雕赋表》的言辞中，杜甫对祖父杜审言“天下学士，到于今而师之”的文学成就，津津乐道，并明确表示，自己是“幸赖先臣绪业”，从小学诗，并有所成就。这是对杜审言诗歌传播影响的高度认同。

二、“轻薄为文哂未休”——四杰诗歌的传播情况

初唐四杰的文学史贡献，今人基本已经有定评。但初唐四杰在当时社会曾经经历了传播的曲折。杜甫《戏为六绝句》曰：

王杨卢骆当时体，轻薄为文哂未休。
尔曹身与名俱灭，不废江河万古流。

这首诗，四句的结构特点应该是：“王杨卢骆”→“轻薄为文”→“轻薄”→“王杨卢骆”，也就是说，诗人先谈王杨卢骆诗文创作的情况，认为王杨卢骆的作品是当时正流行的诗体形式，接着说王杨卢骆作品被“轻薄”者“哂”笑的情况，紧接着对“哂”笑者进行评论，最后一句对王杨卢骆做出传播定评。在杜甫看来，王杨卢骆的创作，是时代的产物，诗歌发展到那个时代，必然发展到那个样子，它是诗歌发展进程中必不可少的一个环节，而且是一个重要环节。然而，“轻薄”者却对王杨卢骆任意发声，“哂”笑不已——这是王杨卢骆的创作在当时传播中遇到的瓶颈——几乎被否定。《大唐新语》卷七记载：

裴行俭，少聪敏多艺，立功边陲，屡克凶丑。及为吏部侍郎，赏拔苏味道、王勮，曰：“二公后当相次掌钧衡之任。”勮，勃之兄也。时李敬玄盛称王勃、杨炯等四人，以示行俭。曰：“士之致远，先器识而后文艺也。勃等虽有才名，而浮躁浅露，岂享爵禄者！杨稍似沉静，应至令长，并鲜克令终。”卒如其言。[②]

这则资料，说明李敬玄已经认识到四杰之才，但裴行俭任安西都护回归京城后，有十余

①（清）仇兆鳌：《杜诗详注》卷二四，北京：中华书局，1979年，第2172页。

②（唐）刘肃，等：《大唐新语》卷七，上海：上海古籍出版社（唐五代笔记小说大观本），2000年，第281页。

年时间，与李敬玄、马载等同掌选事，凡事他来一锤定音，而他所提拔的，是苏味道和王勮，王勮是王勃的兄长，这是在文学史上远不及四杰的人。尽管有李敬玄为四杰举荐推扬，但裴行俭的观念里，"先器识而后文艺"，他不仅否定四杰的才思，并要致话"令长"，不让这些人有好的结果。裴行俭真的做到了，四杰的命运果如裴行俭所言。由此可见，裴行俭的传播压抑，对四杰的人生起了很大的抑制作用。但裴行俭的压抑，也只是在他掌管选事的那十余年间，四杰的文学成就是压抑不住的：

其后崔融、李峤、张说俱重四杰之文。崔融曰："王勃文章宏逸，有绝尘之迹，固非常流所及。炯与照邻可以企之，盈川之言信矣！"说曰："杨盈川文思如悬河注水，酌之不竭，既优于卢，亦不减王。'耻居王后'，信然；'愧在卢前'，谦也。"[①]

这一则资料说明，在崔融、李峤时代，在张说主掌文坛期间，王杨卢骆已经以文知名海内。至若谁前谁后的问题，各有自家看法而已。这也正是杜甫所要表达的意思："尔曹"，也就是裴行俭等菲薄王杨卢骆文章的人，最后都"身与名俱灭"了——至少在文坛是这样，而不能撼动的，是王杨卢骆万古流传的传播影响。这是杜甫对王杨卢骆的肯定，也是杜甫对文学传播的独特眼光。

三、"清诗句句尽堪传"——孟浩然诗歌的传播情况

孟浩然作为田园山水诗人的杰出代表，命运虽然不济，终身未达，但其诗歌在当时社会就获得了广泛认可。李白说，"吾爱孟夫子，风流天下闻"，"风流"即指文采风流，就孟浩然而言，就是诗歌，可见当时孟浩然诗歌影响之大；王维说，"借问襄阳老，江山空蔡州"，可见孟浩然在蔡州文化中的分量；《新唐书》记载其"尝于太学赋诗，一座嗟伏，无敢抗。张九龄、王维雅称道之"[②]；唐玄宗也对孟浩然久闻其名。

这是从大的角度评价孟浩然诗歌的传播。而杜甫的《解闷十二首》，则是从诗句的质量上评论孟浩然诗歌的传播价值：

复忆襄阳孟浩然，清诗句句尽堪传。
即今耆旧无新语，漫钓槎头缩颈鳊。[③]

所谓"清诗句句尽堪传"，道出了孟浩然诗歌在当时社会的流传情况——诗不在多而在精，精美的诗句，不仅得到了社会的广泛认同，甚至他的诗句的清丽程度，在孟浩然之后和杜甫写作《解闷十二首》时，几乎无人超越。

孟浩然的诗，存世不是很多，但多为精品，孟浩然去世后为孟浩然收集诗歌的王士源这

①（五代）刘昫，等：《旧唐书》卷一九〇，北京：中华书局，1975年，第5003页。
②（宋）欧阳修，（宋）宋祁：《新唐书》卷二〇三，北京：中华书局，1975年，第5779页。
③（清）仇兆鳌：《杜诗详注》卷一七，北京：中华书局，1979年，第1514页。

样评价："匠心独妙，五言诗天下称其尽美矣。"[①]正是孟浩然诗歌的精美，使得他获得了当时社会的广泛认同，所以"丞相范阳张九龄、侍御史京兆王维、尚书侍郎河东裴朏、范阳卢僎、大理评事河东裴总、华阴太守郑倩之、太守河南独孤策，率与浩然为忘形之交。"[②]著名边塞诗人陶翰也服膺孟浩然：

襄阳孟浩然，精朗奇素，幼高为文，天宝年始游西秦，京师词人，皆叹其旷绝也。观其匠思幽妙，振言孤杰，信诗伯矣。不然者，何以有声于江楚间？[③]

这是孟浩然"制思清美"的结果。由此可见，孟浩然"匠思幽妙"的诗歌广泛流传是当时人的共识。杜甫的"清诗句句尽堪传"是对孟浩然诗歌因"制思精美"而广泛传播的肯定。

四、"最传秀句乾坤满"——王维诗歌的传播情况

王维作为盛唐最优秀的田园山水诗人，其诗歌的传播情况，当时人所谈无多，只四五则材料，而杜甫就两次谈及王维诗歌及诗名的传播，一是在其《奉赠王中允（维）》中说："中允声名久，如今契阔深。"[④]一是晚年漂泊时在《解闷十二首》中说：

不见高人王右丞，蓝田丘壑蔓寒藤。
最传秀句寰区满，未绝风流相国能。[⑤]

写《奉赠王中允（维）》时，是王维最困难的时期，他因被安史叛军授予伪官未敢激烈抗命，被治罪，因弟弟王缙以官换命得以保全，而杜甫在这个时候，用诗歌给了王维最大的支持。他对王维声名的认识和肯定，也是王维诗歌在当时社会获得认可的写照。《解闷十二首》的这几句，则是杜甫对王维诗歌艺术的具体赞美。"秀句"是诗歌的成就，"寰区满"是传播影响。杜甫诗作为一代诗史，是很客观地反映了实际情况的。另两则王维诗歌传播的资料不是来源于诗人或当时文人，而是来源于帝王诏书和后代的笔记资料。一是唐代宗《答王缙进王维集表诏》：

卿之伯氏，天下文宗。位历先朝，名高希代。抗行周雅，长揖《楚词》。调六气于终篇，正五音于逸韵。泉飞藻思，云散襟情。诗家者流，时论归美，诵于人口，久郁文房，歌以国风，宜登乐府。旰朝之后，乙夜将观。石室所藏，殁而不朽。柏梁之会，今也则亡。乃眷棣华，克成

①（清）董诰，等：《全唐文》（影印本）卷三七八，北京：中华书局，1989 年，第 3837 页。
②（清）董诰，等：《全唐文》（影印本）卷三七八，北京：中华书局，1989 年，第 3838 页。
③（清）董诰，等：《全唐文》（影印本）卷三三四，北京：中华书局 1989 年，第 3381 页。
④（清）仇兆鳌：《杜诗详注》卷六，北京：中华书局，1979 年，第 454 页。
⑤（清）仇兆鳌：《杜诗详注》卷一七，北京：中华书局，1979 年，第 1516 页。

编录。声猷益茂，叹息良深。[①]

一是薛用弱《集异记》记录的九公主对其赏识的情况：

公主尤异之，则曰："子有所为文乎？"维即出献怀中诗卷呈公主。公主既读，惊骇曰："皆我素所诵习，常谓古人佳作，乃子为乎？"因令更衣，升之客右。[②]

"天下文宗""名高希代"是唐代宗给予王维的评价，"时论归美"则是客观陈述当时所获得的名声，而九公主的"素所习诵"则说明了王维年轻时的诗歌就已经从民间传至宫廷，影响颇大。所以，就同时代的诗人论同时代诗人的诗歌传播而言，杜甫的诗显得弥足珍贵。

五、"声名从此大""敏捷诗千首"——李白诗歌的传播情况

李白诗歌的传播情况，唐人谈到的比较多，诸如《大鹏赋》"时家藏一本"；李白"名播海内"，玄宗见之都"不觉忘万圣之尊"；贺知章读《蜀道难》，解金龟为其换酒；李白写作一些诗歌以后很快在当时社会流传，有"新诗传在宫人口，佳句不离明主心"之说；等等。李白诗歌的传播情况，笔记资料里也时时可见踪迹。杜甫诗歌中对李白诗歌在当时传播情况的记录，有助于我们理解那时李白的传播影响。如《寄李十二白二十韵》节录：

昔年有狂客，号尔谪仙人。笔落惊风雨，诗成泣鬼神。
声名从此大，汩没一朝伸。文彩承殊渥，流传必绝伦。[③]

这首诗所涉及的本事，就是孟棨《本事诗》所记载的故事：

李太白初自蜀至京师，舍于逆旅，贺监知章闻其名，首访之。既奇其姿，复请所为文。出《蜀道难》以示之，读未竟，称叹者数四，号为"谪仙"，解金龟换酒，与倾尽醉，期不间日，由是称誉光赫。[④]

杜诗中的"昔年有狂客"，就是指贺知章，贺知章是"四明狂客"之一。"声名从此大"说的就是贺知章对李白的推扬之功，"流传必绝伦"是杜甫对李白诗歌传播的未来影响的估测。从这里，我们不仅能够领略到杜甫的诗歌鉴赏力，还可以感受到杜甫高贵的人格：他对于真正有才华的诗人，倾心称赞，助其传播。

杜甫的另一首名为《不见》的诗歌，写于李白被贬后，诗题下小注："近无李白消息。"此诗

①（清）董诰，等：《全唐文》（影印本）四六，北京：中华书局，1989年，第514页。

②（唐）薛用弱：《集异记》，上海：上海古籍出版社，1987年影印文渊阁《四库全书》本，第1042册，第580页。

③（清）仇兆鳌：《杜诗详注》卷八，北京：中华书局，1979年，第661页。

④（唐）孟棨：《本事诗·高逸》，上海：上海古籍出版社1987年影印文渊阁《四库全书》本，第1478册，第239页。

注家系年或为上元二年(761),或为宝应元年(762)。李白乾元元年(758)长流夜郎,宝应元年去世。这时李白诗歌的情况已经是可以盖棺定论了。但杜甫当时还没有听到李白去世的消息,还在希望李白"头白好归来"。从传播学角度看,这首诗歌里涉及的李白诗歌的传播情况非常值得重视:

不见李生久,佯狂真可哀。世人皆欲杀,吾意独怜才。
敏捷诗千首,飘零酒一杯。匡山读书处,头白好归来。[①]

这首诗有两条传播信息。一是"世人皆欲杀"。李白的"佯狂",得罪了很多人,所以有很多人要杀李白。这种情况下的李白的传播影响,是因为李白才太高,太遭忌,由此可见李白也面临过传播困境——不知世界上有多少人对李白心存忌惮。一是"敏捷诗千首"。杜甫与李白,有"醉眠秋共被,携手日同行"的友谊,这种友谊,杜甫终生未忘。杜甫一生,有十几首寄李白、念李白、怀李白的诗作,他虽然没有整理李白的诗作,但对李白的关注,使得他对李白诗作在当时的传播情况掌握得比较全面。魏颢的《李翰林集序》写作的时候是上元末年(761),言"白未绝笔",故未交代李白诗歌的数量,而杜甫在诗歌中清楚地告诉我们,"敏捷诗千首"——杜甫写作此诗时,其实李白已经绝笔,故,此数量是对李白传世诗歌的记录。现在李白的集子,诗歌九百多首,应是比较符合实际情况的。魏颢曾经受李白之托编辑其集,即魏颢所说"尽出其文,命颢为集",但魏颢没有保存好李白的作品,"经乱离,白章句荡尽",是后来在绛州又重获李白作品。李阳冰所编《草堂集》,可能提供比魏颢所编之集更多情况,然早已失传,现在的李白集,基本以魏颢本为基础。杜甫的这一信息,与以魏颢本为基础的李白集互为印证,基本就是李白诗歌在唐代能够找到踪迹的诗歌数量。

从杜甫诗歌所反映的初盛唐诗人诗歌在唐代传播的情况看,杜甫对唐代诗歌发展过程中的重要诗人,都从传播学角度予以了关注,而且能够和当时人所反映的情况互为印证。杜甫的诗歌,号为"诗史",委实不虚,笔者此篇小文的写作,又从传播学的角度,证实了杜诗诗史互证的价值。

---

①(清)仇兆鳌:《杜诗详注》卷一〇,北京:中华书局,1979年,第858页。

杜诗在西夏的传播与影响
——以贺兰山拜寺沟方塔汉文诗集引用杜诗为例

徐希平
（西南民族大学　四川成都　610041）

一、拜寺沟方塔汉文诗集出土及整理概况

西夏（1038—1227）是由党项羌为主体在中国西部建立的一个王朝，境内包括汉、藏、蒙等多民族。开国帝元昊与大臣野利仁荣发明了番文，也就是西夏文，但汉文也并未废止，因此也存在不同场合使用汉文的情况，如大量的佛经刻本、写本、发愿文以及表书碑文等。相对而言，现存汉文创作的诗歌数量不多，其中张元的汉文诗和乾顺的《灵芝颂》都属于特例，可以从中看到与中原文化的关系，而贺兰山拜寺沟方塔所出土的佚名汉文诗集尤其显得珍贵并有一定代表性。其内容与表现方法均反映出其受中原文化的影响，而杜诗和杜甫精神的影响尤为明显。

1991年，宁夏文物考古研究所对位于贺兰县拜寺沟的砖塔遗址进行了清理发掘，通过塔心木柱上的墨书西夏文题记和其中十余万字的西夏文献，知方塔建成于西夏时期，西夏方塔出土材料十分丰富，宁夏文物考古研究所报告公布了全部考古资料。其后由文物出版社出版了《拜寺沟西夏方塔》，全书分上下篇：上篇考古篇，包括方塔残体现状、出土遗物、拜寺沟沟内西夏遗址调查报告等四章；下篇研究篇，包括方塔原构推定及其建设特点、方塔塔心柱汉文题记考释、西夏文佛经《本续》是现存世界最早的木活字版印本、方塔出土汉文"诗集"研究等十章。其中下篇第四章为方塔出土汉文"诗集"研究，①这也就给我们提供了西夏汉文诗集研究材料。

汉文诗集原文为残卷，损毁极为严重，虽然每页皆残，却是西夏文献中的珍品。宁夏文物考古研究所和贺兰县文化局的《宁夏贺兰县拜寺沟方塔废墟清理纪要》（执笔：牛达生、孙昌盛）首先对其进行了简介："汉文诗集残卷。每页皆残，计25页。每半页高21.5厘米、宽12.3厘米。正楷墨书，无天头地脚，左右白边很小，蝴蝶装。有大字小字两种，大字者9行，

① 宁夏文物考古研究所：《拜寺沟西夏方塔》，北京：文物出版社，2005年。

行17或18字，小字者10行，行25字。多为古诗、七律，诗名或占一行，或在上首末句下空档处。计有50余首，诗名有《重阳》《炭》《打春》《久旱喜雪》《五学士》《上招抚使》《冬候兰亭》《樵父》《忠臣》《孝行》《柳》《雪晴》等。"①

1997年，聂鸿音先生根据主持发掘的牛达生先生提供的复印件对诗集做了进一步的考订，②并按原复印件顺序介绍了主要内容。

第一叶，始"渔父披莎(蓑)落钓难"。存诗五首半，诗题有《炭》《冰》《冬候兰亭》。另有残片一纸，存诗题《日短》《冬至》，当补为本叶左下部。

第二叶，始"将他揖让上高堂"。存诗七首半，诗题有《窗》《忠臣》《孝行》《柳》《梨花》《桃花》《放鹤篇并序》。

第三叶，始"习习柔和动迩遐，郊原无物不相加"。存诗五首，诗题有《春水》《上元》《春云》《春雪二十韵》。

第四叶，始"好去登高述古事，畅情酩酊日西偏"。存诗六首半，诗题有《菊花》《晚》《武将》《儒将》。

第五叶，始"流泪感多风"。存诗五首半，诗题有《樵父》《武将》《儒将》《茶》《僧》。

第六叶，始"身着袈裟化众民"。存诗五首半，诗题有《烛》《樵父》《闻蛩》《酒旗五言六韵》《烛五言六韵》。本叶即在第五叶后。

第七叶，始"村中农叟歌声远"。存诗四首半，诗题有《上招抚使》《贺金刀□》。

第八叶，始"丝□向渔舟"。存诗五首半，诗题有《久旱喜雪》《打春》。

第九叶，始"住后凝山璞(僕，同仆)乱猜"。存诗四首半，诗题有《碧云》《元日上招抚》《人日》《春风》。疑本叶原在第三叶前。

第十叶，始"触处池塘景渐新"。存诗五首，诗题有《送人应□》《雪晴》《闲居》《□□值雪》《王学士》。疑本叶原在第九叶前。

第十一叶，始"愿投洪造被陶钧"。存诗六首半，诗题有《求荐》《和雨诗》。

第十二叶，始"疾逢苦药身知愈"。半叶，存诗三首半，诗题有《寺》《善射》。另有残片一纸，存"惠日铎铃"等字，当补为本叶下部。

第十三叶，始"更看横开万里疆"。半叶，存诗三首，诗题有《画山水》《征人》。疑本叶原在第十二叶左。

拜寺沟方塔汉文诗集首尾俱缺，其诗在《全唐诗》《全宋诗》内均不见著录，因此不是西夏人抄录唐诗或宋诗，现存部分除有一首题为"此乃高走马作也"之外，未见作者姓名和写作时间，但从诗集中的部分内容看，其作者可能是居住于贺兰山附近乡村的一个汉族文人，时间大约在西夏乾祐年间。近年汤君则认为作者至少有三人。③

拜寺沟方塔文物出土后，引起学术界高度重视，学者认为是继黑水城文献等为数不多的文物之后又一重大考古发现。西夏汉文诗集在西夏文献中是第一次被发现，可谓填补了西

---

①宁夏文物考古研究所:《宁夏贺兰县拜寺沟方塔废墟清理纪要》,《文物》,1994年第9期,第4—20页。

②聂鸿音:《拜寺沟方塔所出佚名诗集考》原载《国家图书馆学刊》2002年西夏研究专号,第97—100页。又载其《西夏文献论稿》,上海:上海古籍出版社,2012年,第222页。

③汤君:《拜寺沟方塔〈诗集〉作者行迹考》,《四川师范大学学报》(社会科学版),2017年第2期,第91—98页。

夏文献的空白，对于研究西夏文学以及社会、民俗和人文情况都有一定的价值。陆续也有一些学者对汉文诗集进行研究，其中相对完整的还是宁夏文物考古所《拜寺沟西夏方塔》，该书265至286页公布其汉文诗集整理成果，编排序号与聂先生有所不同。此外如孙昌盛《方塔出土西夏汉文诗集研究三题》①，孙颖新《贺兰山拜寺沟方塔所出佚名诗集用韵考》②等，都从不同的角度对其进行了初步探讨。但从诗歌的总体情况来看，还有待进一步的分析探讨，以对其价值意义有更深入的认识和了解。

二、拜寺沟方塔汉文诗集受杜甫诗歌影响的表现

聂鸿音先生认为，“和大多数中原文人一样，诗集作者描写的自然景物不外乎风花雪月，欣赏的生活情趣无非是书画琴棋。然而，诗集中屡屡出现的这些东西却并不像作者真实的生活环境，而更多地是作者学诗时从中原作品中体味来的。”“对前人诗作的借鉴和模仿本无可厚非，然而过多地模仿常常会使作者的诗脱离生活实际而显得意境贫乏。在诗集中我们读不到贺兰山的雄奇险峻，也悟不出西夏鼎盛期的气象——它所展示给我们的社会生活状况实在是很少的。”③

诚如这段评论所言，拜寺沟方塔汉文诗集充满了对中原作品的借鉴和模仿，作品中确实没有贺兰山雄奇险峻风貌的相关展现，但是，并不能因此就否定该诗的价值和意义。综观该诗集，内容十分丰富，包括一类较多的关于僧人和寺庙的描写，与西夏崇尚佛教的社会环境有关，也与收藏的地点拜寺沟方塔关系密切。第二类大多写其对传统伦理道德、儒家思想的宣扬，充满积极入世的心愿。第三类多写失意困顿，理想与现实的矛盾，与中原知识分子怀才不遇的境况如出一辙。第四类：除了社会现实之外，诗中也不少所谓书画琴棋等文人情趣、传统节日习俗的题材。其中不少作品可从典故的使用和题材等几个方面见出中原文化和杜诗的影响。

首先是典故的使用，聂鸿音先生曾经拈出方塔诗集作者化用名人名句入诗的情况，例如第三叶《春雪二十韵》中有“误认梨花树树开”句，显然化自岑参《白雪歌送武判官归京》的“忽如一夜春风来，千树万树梨花开”；第八叶佚题诗有“环堵萧然不蔽风”句，显然化自陶渊明《五柳先生传》的“环堵萧然，不蔽风日”；第十三叶《征人》有“人人弓箭在腰间”句，显然化自杜甫《兵车行》的“车辚辚，马萧萧，行人弓箭各在腰”。皆准确地提出用典之所本。类似之例，大量存在。化用的古诗名句包含杜甫诗作，既可看出对中原文化的接受，也和当时的宋代盛行诗风相关，江西诗派黄庭坚的大力提倡也可能是杜诗影响的重要原因。

其次是典故使用与意境营造的巧妙结合，显然带有少陵野老的影子。如其干谒《求荐》等一类作品，多写失意困顿，理想与现实的矛盾，与中原知识分子怀才不遇的境况如出一辙。

如其《上招抚使》诗：

---

①孙昌盛：《方塔出土西夏汉文诗集研究三题》，《宁夏社会科学》，2004年第4期，第70—74页，82页。

②孙颖新：《贺兰山拜寺沟方塔所出佚名诗集用韵考》，《西夏学》第7辑，2011年10月，第183—187页。

③聂鸿音：《拜寺沟方塔所出佚名诗集考》原载《国家图书馆学刊》2002年西夏研究专号，第97—100页。又载其《西夏文献论稿》，上海：上海古籍出版社，2012年，第224页，第226页。

自惭生理拙诸萤，更为青衿苦绊□。□□晨昏暮闲暇，束修一掬固难盈。

家余十口无他给，唯此春秋是度生。日夜(暖?)儿童亦寒叫，年丰妻女尚饥声……①

再看其失题诗：

环堵萧然不蔽风，衡门反闭长蒿蓬。被身□□□□碎，在□□□四壁空，岁稔儿童犹馁色，日和妻女尚□□。□□贫意存心志，□□□晨卧草中。

另一失题诗：

归向皇风十五春，首蒙隅顾异同伦。当时恨未登云路，他日须会随骥尘。已见锦毛翔玉室，犹嗟蠖迹混泥津。前言可念轻□铸，免使终为涸辙鳞。

诗集又有《求荐》诗，为七言古体：

鬻马求顾伯乐傍，伯乐回眸价倍偿。求荐[应须]向君子，一荐□□□忠良。愚虽标栎实无取，忝谕儒林闲可□。□□碌碌处异□，□物人情难度量。双亲垂白子痴幼，侍养不□□伧忙。故使一身□□污，侯门踈谒唯渐惶。昨遇储皇……

这类作品明显带有文人干谒与自叹身世的意味。很容易想到以李白、杜甫为代表的中原传统文士，怀抱利器，而终生落魄的景象。佚题诗“归向皇风十五春，首蒙隅顾异同伦。当时恨未登云路，他日须会随骥尘。”不就是困顿京华十载一无所获，饱尝人间冷暖，取笑同学翁，不改的杜陵布衣自画像吗？“随骥尘”，显然就是直接用杜甫《奉赠韦左丞丈二十二韵》中“朝叩富儿门，暮随肥马尘，残杯与冷炙，到处潜悲辛”的语典，刻画其乞求窘迫之状。

再如《上招抚使》似乎可令人想起杜甫在成都期间与严武的关系。“自惭生理拙诸萤，更为青衿苦绊□”立刻令人联想到《将赴成都草堂途中有作，先寄严郑公五首(其四)》末尾四句：“生理只凭黄阁老，衰颜欲付紫金丹。三年奔走空皮骨，信有人间行路难。”

该诗还有“日夜(暖?)儿童亦寒叫，年丰妻女尚饥声”，这与另一首失题诗“岁稔儿童犹馁色，日和妻女尚□□”手法相近，皆为递进之法，不是一般性的写贫困不堪，而是每每强调其饥寒交迫境遇发生于日暖岁丰之时，则灾荒之年和严寒季节的情景如何悲惨更令人不难想象，产生突出渲染的效果。这种手法在唐宋名家作品中屡见不鲜。杜甫《自京赴奉先县咏怀五百字》诗意，天宝十四载(755)冬，杜甫回家探亲，只希望贫寒相聚，谁知“入门闻号咷，幼子饥已卒。”更未料到是“岂知秋禾登，贫窭有仓卒”，在丰收的时候饿死幼子，这比青黄不接之时更令人悲哀。可见这位乡村教书先生确实是满腹经纶，可是却屡求荐举，连连受挫，无伯乐赏识，功名无望，只得居于蒿蓬陋室，相濡以沫。“免使终为涸辙鳞”，用庄子涸辙之鱼的典故，几多痛苦和无奈。由此看来，虽然西夏表面提倡崇儒尊道，实际上天下乌鸦一般黑，与南方宋朝一样，书生无路，压制人才之事时有发生，这类诗以作者亲身经历，并不只是风花雪月，诗情画意，给我们描绘了一幅西夏社会现实和下层文士真实的生活图景，而且是西夏至

① 宁夏文物考古研究所：《拜寺沟西夏方塔》，北京：文物出版社，2005年，282页。以下所引诗集原文皆据此本。

今唯一的诗史文献，弥足珍贵。

另外，除了典故和意境借用之外，拜寺沟方塔汉文诗集也多有对传统伦理道德、儒家思想的宣扬，表现出作者积极入世的心愿。如下面这首《孝行》：

爱敬忧严以事亲，未尝非义类诸身。服□□□□违□，□□供耕尽苦辛。泣笋失□□□□，挽辕出□□□□。□□□养更朝饲，□使回车避远□。

与之相关的还有《忠臣》：

披肝露胆尽勤诚，辅翼吾君道德明。□□□欺忘隐心，闲□陈善显真情。剖心不顾当时宠，决目宁□□□□。□槛触□归正义，未尝阿与苟荣身。

另外一些对安邦定国文臣武将的赞颂之作，表达儒生建功立业的渴望更加强烈。如第四叶《儒将》：

帷幄端居功已扬，未曾披甲与□□。□□□□□□□，直似离庵辅蜀王。
不战屈[兵?]安社稷，□□□□绥封疆。轻裘缓带清邦国，史典斑斑勋业彰。

另一首题目同样为《儒将》的诗云：

缓带轻裘樽俎傍，何尝□□□□□。[舍己?]□□□□□，纳款遂闻入庙堂。曾弃一杆离渭水，□□□□□□□。□□□□□兹信，更看横开万里疆。

再如《武将》诗：

将军武库播尘寰，勋业由来自玉关。□□□□扶社稷，威□卫霍震荆蛮。屡提勇士衔枚出，每领降□□□□。已胜长城为屏翰，功名岂止定天山。

诗中屡屡用历史上的英雄人物作为颂扬的对象，如《忠臣》诗赞扬“剖心不顾当时宠”的比干，从《儒将》中“直似离庵辅蜀王”的诸葛亮和“曾弃一杆离渭水”的姜子牙一类的帝王之师，到《武将》诗中“威□卫霍震荆蛮”“功名岂止定天山”的汉朝大将卫青、霍去病，对其满怀景仰，也显示诗人与中原汉族知识分子一样以这类人物为楷模，深受传统文化之影响。我们也似乎从中感受到杜诗“诸葛大名垂宇宙，万古云霄一羽毛”的由衷礼赞。《上招抚使》中“乃为吾邦迈尧舜，安时乐化实宽□(政?)”，《求荐》中“□君慷慨更谁似，拯救穷徒推深仁”等诗句，亦流露出对儒家仁政的期盼，近于杜诗民胞物与的情怀。

此外，该诗集还有《人日》等节日习俗作品，这更是带有深厚的人文情感。人日即正月初七，汉族民间传说，女娲造人时，前六天分别造出了鸡狗羊猪牛马，第七日造出了人，因此，汉民族认为，正月初七是人的生日。梁宗懔《荆楚岁时纪》："正月七日为人日。以七种菜为羹，剪彩为人或镂金箔为人，以贴屏风，亦戴之头鬓。又造华胜以相遗，登高赋诗。"唐代安史之乱期间诗圣杜甫寓居蜀中成都草堂，与著名诗人高适人日唱和，留下千古佳话，从此人日游草堂，祭拜诗圣便成为成都市民和文人雅士的习俗。

西夏诗歌创作与汉人诗歌关系密切，其中原因还有：其地本来就是民族杂居，除党项羌外，还有大量汉族以及藏、回、蒙等多民族居民，民族通婚交融等也很常见。过去仅见与宋代诗词关系的记载，如沈括《梦溪笔谈》卷五所记，他在鄜延时创作《凯歌》数十首，其二所写："天威卷地过黄河，万里羌人尽汉歌。莫堰横山倒流水，从教西去作恩波。"其五曰："灵武西凉不用围，蕃家总待纳王师。城中半是关西种，犹有当时轧吃儿。"[①]"轧吃儿"就是新生儿的意思，可见当时西夏各族民歌皆较流行。宋代曲子词也为当地百姓喜爱。如南宋叶梦得《避暑录话》曾记：著名词人柳永"善为歌辞，声传一时，余仕丹徒，尝见一西夏归明官云：'凡有井水饮处，即能歌柳词。'言其传之广也。"[②]而拜寺沟方塔汉文诗集的出土，给我们提供了新的史料，由此看到以杜甫诗歌为代表的唐诗等在西夏的传播和对西夏文学的影响，对于我们了解杜甫影响和中华各民族文学融合互动关系等，都有特殊的价值。

---

①（北宋）沈括：《梦溪笔谈》，北京：中华书局，2009年，第78页。

②（南宋）叶梦得：《避暑录话》（影印本），卷下，北京：中华书局，1985年，第48页。

杜诗在东南亚的传播概论

张洁弘
（湖南大学中国语言文学学院　湖南长沙　410000）

一、引言

随着世界经济一体化，中国和西方国家的关系越来越紧密，对中国传统文化的研究变成一种十分热门的全球性趋势。随着孔子学院在全球的建立，教授和学习中文在全球范围内变得越来越流行，中国也一直想以孔子学院为代表，传播中国精神与价值从而建立一个崇尚公正、和平的国际形象。世界各国的文化研究中心内大都设有与中国文化相关的研究机构，从古典文学理解中国文化，变成一个全球性的学术共识。

唐诗是中国古典文学之瑰宝，杜甫作为唐代最伟大的现实主义诗人，其诗歌一字一句中都有着丰富的中国意蕴。杜甫诗歌在海外的传播，主要通过以下三个途径实现：翻译、教育和学术研究。

纵观当代，欧洲、北美对杜甫诗歌的研究已经步入先列。在众多亚洲国家中，中国弘扬表彰杜甫诗歌的主体位置，日本以学者专业的眼光衡量杜甫的文学地位。反观东南亚，较为落后的经济发展导致了学术的相对滞后，但独特的地理、历史条件又让大部分东南亚国家与中国及中国文化建立起了千丝万缕的联系。

东南亚的每个国家和地区都有其独特的语言和文化，从明清时期中国的移民流动开始，中国与东南亚国家开始有文化交流，目前已经有超过80%的海外华人生活在东南亚。因此，杜甫诗歌在东南亚的翻译、教育和学术研究虽然没有其他地区那样盛行，却拥有自己的特点。

鉴于唐诗的巨大影响力，唐代诗歌在东南亚的传播研究，已被学者们所注意。但目前多为单独针对杜甫诗歌在某一个国家的传播状况进行研究，就杜甫诗歌在东南亚的传播而言，并无太多研究成果。对杜甫诗歌在东南亚的传播研究，事实上是对东南亚唐诗研究的一项重要补充，以便于提高中国文化在海外的进一步传播，同时增强中国学术与海外的互动交流。

考虑到以上两点，本文试图总结杜甫诗歌在东南亚的传播情况，并找出它的发展趋势。

在东南亚地区各个国家中，本文以菲律宾、马来西亚、印度尼西亚、泰国、新加坡和越南为例，老挝、柬埔寨、缅甸、文莱和东帝汶因为材料不足而未论及。

二、杜甫诗歌在东南亚的传播概况

(一)新加坡

新加坡是东南亚各个国家中与中国最为相似的国家，从人口比例上说，75%的东南亚华人都居住在新加坡。同时，作为一个世界领先的商业中心，它在经济上有助于唐诗的传播与研究；教育方面，它拥有东南亚最优质的学者和教育资源，比如享誉国际的国立新加坡大学、南洋理工大学等高等学校。

1.学术研究

Yeo Song Nian(杨松年)，1941年出生于新加坡，笔名有风入松、绿云，1963年毕业于南洋大学中文系，1968年获英联邦奖学金赴香港大学修读高级学位，专攻明清诗论，1970年获硕士学位，1974年获博士学位。1971年开始在南洋大学中文系任教，后分别担任新加坡国立大学中文系暨汉学研究中心副教授与副主任。杨松年教授曾任新加坡第一届文艺研究会会长、新加坡教育出版社文艺作品编审委员会主席、新加坡职工总会《人文与社会科学论文集》主编、《奋斗报》主编与《新加坡文艺》主编。他曾荣获新加坡书籍理事会书籍奖，新加坡全国职工总会“五一”劳工之友奖章，台湾中国作家协会中兴文艺奖及新加坡国立大学第一届优秀教学奖。1983年获新加坡政府颁发的公共服务奖章(PBM)，1990年获公共服务星章(BBM)。2001年自国立大学退休后，任台湾佛光大学文学所专任教授、世界华文文学研究网站主持人、世界华文文学研究中心主任，并教授中国古代文论、世界华文文学、中国诗学研究、文学与传播等课程。

在对中国古典文学的研究中，他的成就主要在文学评论与批评方面，他著有《中国古典文学批评论集》《中国文学批评论集》《中国文学批评问题研究论集》《中国文学评论史书写问题论集》。在对杜甫诗歌进行评论与批评方面，著有 *Tu Fu's Joking Remarks on Six Quatrains Literature*(《杜甫〈戏为六绝句〉研究》)[1]。在这本书中，他总结了关于批评和研究杜甫诗歌的学术历史，比如创作动机、以前对诗人的评论、绝句对未来文学的影响等等。其次，在书的主要内容里，他对杜甫绝句的每一个字进行解释和加注，可以看出作者在文学批评和研究上的独到见解。

除此之外，杨松年还在《杜诗为诗史说评析》[2]一文里说：“首先称杜诗为诗史的，是唐代孟棨的《本事诗》……但在唐代，除了杜牧、元稹、韩愈等少数几个人外，一般不太重视杜诗。一些诗人提及杜甫，是出于怀念友情，怜其穷困，羡其狂豪，或赏其才情之高。到了宋代，情况为之大变。宋人对于杜诗，推崇备至，以致不敢低贬一词。他们多方面的称赞，使杜诗在文坛上的地位达至峰巅。”目前杨松年已经退休。

新加坡诗人、文学评论家 Zhou Can(周粲)在其诗歌评论集 *A Collection of Peel Bananas*(《剥蕉记》)[3]和 *The Rearch of New Poetry Criticism*(《新诗评论集》)[4]里多次谈论

杜甫诗歌。现将其评说摘录如下：

“杜甫《登岳阳楼》：‘戎马关山北，凭轩涕泗流。’不凭轩，眼泪鼻涕怎么流得出来？他在另一首诗《登高》里说：‘百年多病独登台’，在‘多病’时‘登台’，神思当然更容易飞驰，‘百感’也更容易‘交集’。

外界的景物和诗人内心的感情是有密切关系的，这就是杜甫在《春望》里会写上‘感时花溅泪，恨别鸟惊心。’这两句诗的原因了。”[5]

Su Yuanlei（苏渊雷），又以“钵水居士”“钵翁”自居。其专著《论诗绝句》写于 1966 到 1971 年，后于 1982 年又补增 8 首，内有诗经、楚辞以及近代诸家的诗作，也有参加杜甫诞生 1270 年纪念会的感怀诗二首。在《论诗绝句》初版的“跋”中，有一段关于杜甫的论述：“以诗论诗，始于杜甫的《戏为六绝句》，后来代有继作，成为我国诗歌评论的传统形式。”

2.文学创作

在文学创作方面，新加坡诗人也将杜甫之名移植、融入现代诗，客观上促进了杜甫其人在新加坡的影响力。Cai Zhili（蔡志礼），写有诗集《月是一盏传统的灯》[6]。所作《长安赋》中涉及杜甫的一句为：

届时，少年的杜甫已经老了，
不爱呼鹰逐兽的游戏。

“呼鹰逐兽”引自杜甫《壮游》①。当代学者普遍认为，《壮游》全诗是杜甫对自己一生的概括，蔡志礼将杜甫一生浓缩为“呼鹰逐兽”四字，既体现了蔡志礼对杜甫诗作的深入了解，也有他的个人情感，年少的杜甫垂垂老矣，作者在此还暗含怀念、追忆之感。另一个方面，这首现代诗的广泛传播，有利于新加坡读者了解杜甫其人，或者深入探求其生平，让杜甫其人其诗得到广泛传播。

（二）马来西亚

随着中国移民的日益增多，中国文化开始盛行于马来西亚。2015 年全马来西亚人口约为 3033 万人，华侨华人就占了全国人口的 24％，他们在马来西亚社会中发挥着重要作用。在马来西亚多元文化的社会中，普通话和中国方言盛行，中国方言包括粤语、闽南语和客家话。中国文化占据了马来西亚多民族的文化中非常重要的一部分，对中国文化的学习也占据马来西亚教育体系的很大一部分。基于此点，大多数对杜甫诗歌的研究者都活跃在大学和研究机构当中。翻译和文学创作是马来西亚传播杜甫诗歌的重点。

①笔者按：全句为“春歌丛台上，冬猎青丘旁。呼鹰皂（紫）枥（栎）林，逐兽云雪冈”。全文参见李白、杜甫：《李白杜甫诗全集》，北京：北京燕山出版社，1995 年，第 347 页。

1.翻译

第二次世界大战以后，马来西亚华人翻译家 Goh Then Chye，Wu Tiancai(吴天才)用马来语翻译了中国古典文学。吴天才曾经是马来亚大学中国文学系主任，参与过联合国教科文组织开展的对中国诗歌的翻译工作。作为马来西亚翻译的先驱，吴教授的翻译主要把中国古典文学翻译成马来文，他翻译或编著的图书有：*The Analects*(《论语》)、*Modern Chinese Poetry* ：*A Bibliography* 1917—1949(《中国新诗集总目》)和 *Contemporary Chinese Poetry*：*A Bibliography* 1950—1980(《中国现代诗集编》)。其中就包括有杜甫诗歌在内的唐诗宋词，现在已找不到具体的文献证明。

另外，拉曼大学教授 Lim Chooi Kwa，Lin Shuihao(林水檺)对中国古典文学也有诸多研究，他所翻译的唐诗作品涉及李白、韩愈、刘禹锡、柳宗元、韦应物等诗人，在目前笔者已经找到的文献中，还未看到杜甫诗歌。

2.文学创作

除了以上提到的有学者翻译的中国古典名著和唐诗宋词以外，另外一些马来西亚华人也十分重视继承杜甫诗歌的优良传统，譬如杜甫诗歌中意象密集、形断意连、意境幽远或是沉郁顿挫、情景交融、现实感强的特点，并刻意融入新的时代技巧，将杜甫诗歌移植、融入现代诗。

在这方面，最为杰出的是诗人 Wu An，Wu Ann(吴岸)，原名丘立基，生于砂拉越州(旧称“沙捞越”)古晋市，祖籍广东澄海。历任砂拉越华文作协主席、马华作协主席和马来西亚翻译与创作协会理事等职。被誉为“拉让江畔的诗人”，著有《盾上的诗篇》[7]和《吴岸诗选》[8]等诗集和《到生活中寻找你的谬斯》[9]等论文集共 10 余部。

吴岸在诗歌创作上善于引用、移植和改动唐人诗句，或以与唐代有关的古物作为诗的题材，或对唐诗进行解读赏析，或者借鉴唐诗的艺术表现手法。许多国内外的学者都认为吴岸的许多诗作，不论从语言的运用或意境的营造上，都可看出中国古典诗词的印迹。

1986 年 6 月 6 日吴岸访问西安时，写下了《长安赋》，其第二段诗文艺术地综合、移植改动了多位唐代诗人的诗句，其中涉及杜甫的一句为：

依旧是玉关情深的
李白的一片月
依旧是映入鄜州闺中的
杜甫的清辉

马来西亚诗人吴岸与新加坡诗人蔡志礼在这点上惊人一致，两首现代诗《长安赋》，均涉及杜甫。吴岸将中国唐代最伟大的诗人李白、杜甫并列。“玉关情深”“月”来源于李白《子夜吴歌·秋歌》①中“秋风吹不尽，总是玉关情”“长安一片月，万户捣衣声”；“鄜州闺中”“清辉”

①笔者按：全诗为：“长安一片月，万户捣衣声。秋风吹不尽，总是玉关情。何日平胡虏，良人罢远征?”全文参见(唐)李白、杜甫，《李白杜甫诗全集》，北京：北京燕山出版社，1995 年，第 39 页。

来源于杜甫《月夜》①"今夜鄜州月，闺中只独看""香雾云鬟湿，清辉玉臂寒"，这些引用体现了吴岸对杜甫诗歌在内的中国唐代诗歌的融会贯通。诗歌的广泛传播，扩大了杜甫其名，利于杜甫诗歌在东南亚的传播。在写作手法上，这两首《长安赋》既继承了中国古典诗学的优良传统，又吸纳了西方现代诗的技巧和手法，在东南亚华文诗歌的创作上独树一帜。

(三)印度尼西亚

中国文化在古印尼的繁盛并没有延续到当代，当代社会中，约有三百个民族及其居民影响着印度尼西亚社会经济与文化的发展，其中华侨华人仅占总人口的3%～4%。在32年新政权里，新政权给予了中国文化充分的发展空间。但可惜的是，当代中国文化被印度尼西亚疏远和隔离。一些印尼籍的华人在新政权倒台后试图打破僵局，改善印度尼西亚对中国古典文化的接受状况，然而，对专门研究中国古典文学的学术机构来说，还有很长很艰难的路要走。另外，印度尼西亚一些顶级大学也有专门的中国文学研究中心，譬如印度尼西亚大学、加札马达大学、艾尔朗加大学等等。

1.翻译

关于印尼诗人对杜甫诗歌的翻译，最早可追溯到1949年。印尼翻译家 Munding sari，Mengdingsali(蒙丁萨里)出版了印尼文译诗集 *Puisi Cina*，*Chinese Poetry*(《中华诗集》)，其中除了收录《诗经》和李白、苏东坡等诗人的诗译文之外，也包含杜甫的诗译文，共41首。

1963年，当时已经逝世的印尼诗人 Amir Hamzah，Amir Hamzah(阿米尔·哈姆扎)出版了与其他诗友选译的合集 *Puisi Tu Fu*，*Tu Fu's Poems*(《杜甫诗选》)。这是印度尼西亚的诗人们最早公开出版的杜甫诗歌译本，阿米尔·哈姆扎曾参加创办《新作家》月刊，于1939年出版翻译诗集 *Puisi Timur Kam*，*Eastern Poems*《东方诗锦》，收有译自中国、日本、印度、波斯和阿拉伯的古典诗歌共76首。

印华诗人、翻译家 Wilson Tjandinegara，Chen Tung Long(陈冬龙)被认为是文化交流的先驱，他在中国和印度尼西亚文化的交流和融合中起到了实际作用。他生于苏拉威西岛的锡江市，祖籍广东台山。曾经营书店多年，历任印尼文学社和印尼华文写作协会的理事等职。著有印尼文诗集和诗译集等10余部，其中有一部 *Dinasti Tang*：*Antologi Sajak Klasik*(《唐诗选》)[10]是中印尼双语对照的诗译集，被称为印尼历史上的唐代第一诗歌专著，其中就有收录杜甫诗歌的译文。

另外，印华诗人、翻译家 Minggus Tedja，Dai Junde(戴俊德)系雅加达儒雅诗社社长，中华诗词文化研究所研究员。其于2003年在华文月刊《呼声》上陆续发表多首唐诗及其印尼文译文，其中就有杜甫的《月夜忆舍弟》和《咏怀古迹》双语对照的诗文和诗意图。

印度尼西亚华人翻译家 Fuyuan Zhou，Zhou Fuyuan(周福源)，在雅加达出版了用印尼文选译的中国古代诗歌选集 *Bukit Langit*：*Antologi Puisi Tiongkok Klasik*(《明月出天山》)[11]，收有560首从春秋战国至清朝的历代名诗。其中有唐诗172首和唐代六位诗人小

①笔者按：全诗为"今夜鄜州月，闺中只独看。遥怜小女儿，未解忆长安。香雾云鬟湿，清辉玉臂寒。何时(当)倚虚幌，双照泪痕干。"全文参见(唐)李白、杜甫：《李白杜甫诗全集》，北京：北京燕山出版社，1995年，第385页。

传，其中第二位就写了杜甫。

印尼大学文化学系的教授 Sabah Jordi，Sapardi Djoko Damono（沙巴尔迪）和印尼华人 Emas Panjang，Huang Jinchang（黄金长）也曾译唐诗。还有印尼也出版了北京大学梁立基（Liang Liji）所选译的 *Tang seratus*，*One Hundred T'ang Poetrys*（《唐诗一百首》），其中也包含了杜甫诗歌的译文。

2.文学创作

在文学创作方面，Minggus Tedja，Junde Dai（戴俊德）不但将唐诗译成印尼文，而且以杜甫《月夜忆舍弟》中的诗句"月是故乡明"为题创作七言古诗，表达了印尼华侨的坎坷经历和怀恋故国的深情。诗文发表在《呼声》月刊2003年第57期。全文如下：

月是故乡明

武荣子弟下南瀛，搏命惊涛浪里行。
落地生根居岛国，椰风蕉雨望乡情。
危邦认命遭排斥，乱世苟全经死生。
海外清辉多魍魉，举头月是故乡明。

《月夜忆舍弟》原诗表达的是在战乱年代，兄弟因战乱而离散，因为居无定所就更加思念对方，格调沉郁哀伤，真挚感人。在戴俊德的诗句中，语言上遵循了唐诗的韵脚，情感上也表达得十分到位。落地生根偏居一隅，只能望着"椰风蕉雨"思念祖国，这种深情，恰好与杜甫诗歌里的深情不谋而合，最后感叹"月是故乡明"，极像唐诗笔法。

除诗歌外，印尼的小说家也对杜甫诗歌有引用。印华老作家 Lin Hanwen，Lin Hanwen（林汉文），生于西加里曼丹省坤甸市，著有关于印尼华人历史与风土人情的文集 *Cabo Elias Sungai*，*Cabo Elias River*（《卡布亚斯河》）[12]、《赤道风云》和《华侨飞行员》等。在《卡布亚斯河》一书中，林汉文在描述坤甸的气候时，他引用杜甫的诗题"茅屋为秋风所破歌"，①扩大了杜甫诗歌在印尼的传播途径。

（四）泰国

目前，在泰国拥有的6710万人口中，大约有14％的泰国人口是华裔，其中相当一部分来自中国广东省潮汕地区。从1950年开始，政府禁止了在泰国本土进行的全部中文教学，大多数的泰国华人改变了他们的姓氏。因此，几乎所有的泰国华人都认为，泰国成功地整合了华人资源而融入了当代泰国社会。

鉴于这种同化，几乎所有的泰国华人在泰国都说泰语。随着后来中泰两国之间的经济交流快速发展，自1990年开始，泰国解除了教育领域对中文教育的禁锢，泰国人重新开始学习中华文化。到目前为止，中文成为泰国最受欢迎的外国语言之一，并且很多学校都开设了

①笔者按：诗题为"茅屋为秋风所破歌"，全文参见（唐）李白、杜甫：《李白杜甫诗全集》，北京：北京燕山出版社，1995年，第305页。

学习中文的课程。作为中国传统文化的瑰宝，对杜甫诗歌的研究也已经引起学术界的广泛关注，并在泰国取得了诸多进展。

1.翻译

在杜甫诗歌的翻译方面，不得不提到的人是泰国公主มหาจักรีสิรินธร Maha Chakri Sirindhorn（玛哈·扎克里·诗琳通），她是泰国国王普密蓬·阿杜德的次女，诗丽吉·吉滴耶功王后的第3个孩子，她擅长许多西方和东方国家语言，包括英语、法语、德语、拉丁语和高棉语、巴利文、梵文等，从1980年至2013年，她先后师从中国大使馆选派的9位资深中文教师，研习中文和中国文化，学习使用汉语拼音、普通话和中文简体字。近年来，她已经多次访问中国，在泰国掀起"中国文化热"。

诗琳通不仅把访问写成游记，著书立说向泰国人民介绍中国，还亲自翻译中国的文学作品。经过多年努力，她将100多首唐诗宋词翻译成泰文，有评论家称其作品"文字优美，音韵悠扬"，从中选出几十首，出版了一本翻译诗集*หยกใสร่ายคำ Poetry & Lyrics as Jade Carving*（《琢玉诗词》）[13]。这个译本引起了很多泰国人对中国诗歌的兴趣，也开拓了泰国文学与中国文学关系研究的新空间，由于诗琳通公主的巨大影响力，《琢玉诗词》甚至作为泰国国立法政大学中文系中国文学课的阅读教材，至今已再版数次，杜甫诗歌在泰国的传播离不开诗琳通公主的努力。

另外，泰国出版的ประวัติวรรณคดีจีน *History of Chinese Literature*（《中国文学史》）[14]也同样对杜甫诗歌进行了翻译。该书由สุภัทร ชัยวัฒนพันธ Suphat Chaiwatthanaphan著，详细介绍了中国文学在不同时期的表现形式，包括《诗经》、先秦散文、《楚辞》、乐府诗、汉赋和汉代散文、魏晋诗、唐诗、唐宋散文、宋词、元曲和明清小说，每首诗附作者简介。杜甫选诗如下：《兵车行》《无家别》《春望》《月夜忆舍弟》《望岳》《旅夜书怀》。笔者摘取了其中一篇《月夜忆舍弟》泰文翻译如下：

คิดถึงน้องชายในราตรีข้างขึ้น
เสียงกลองบอกโมงยามจากค่ายทหารชายแดน
ทำให้ผู้คนหยุดสัญจรไปมายามค่ำคืน
ณ ชายแดนในฤดูใบไม้ร่วงฉันได้ยินแต่เสียงร้องของห่านป่า
นับตั้งแต่คืนนี้เป็นต้นไปน้ำค้างจะกลายเป็นสีขาวและดวงจันทร์จะสว่าง
แต่ถึงอย่างไรดวงจันทร์ที่บ้านเกิดเมืองนอนสว่างสุกใสที่สุด
มีน้องชายก็แตกฉานซ่านเซ็นไปคนละทิศละทาง
ไม่มีบ้านให้ติดต่อสอบถามความเป็นตายร้ายดีได้
ส่งจดหมายไปไม่เคยถึงมือผู้รับเลย
ไห๊เมื่อไรสงครามจะยุติเสียที?
(ชื่อเดิม:เอี้ยเอี้ยอี่เซ่อตี๊月夜忆舍弟[17])
(《月夜忆舍弟》原文：
戍鼓断人行，边秋一雁声。
露从今夜白，月是故乡明。
有弟皆分散，无家问死生。

寄书长不达，况乃未休兵。）

以上我们可以看出，《月夜忆舍弟》原诗为五言律诗，共 4 行 8 句，译诗为 2 篇 9 句，在句数上有增减，在押韵、对仗、平仄上没有体现。以《月夜忆舍弟》为代表的杜甫诗歌，以格律体翻译诗歌，句数上有增减。这类翻译在形式上大体一致。

另外，泰籍华人ยง อิงคเวทย์ Yong Yingkhawet（黄荣光），也用泰文翻译唐诗等中国古诗 250 首，出版有วิวัฒนาการกวีนิพนธ์จีน *Evolution of Chinese Poetry*（《中国韵文纂译》）[15]，其中就包含杜甫诗歌，积极地推动了杜甫诗歌在泰国的传播，为弘扬中华文化作出了重要贡献。

2.研究及文学创作

在研究及文学创作方面，之前提到的华人翻译家黄荣光也曾对杜甫有过研究。黄荣光，他生于曼谷，祖籍广东揭阳市。1939 年进入法政大学，毕业后长期任泰国教育部官员，并在朱拉隆功大学师范学院任教。曾在泰国的多所大学讲授中国文学。他对中国古典诗词造诣颇深。曾经撰写杜甫等中国名人的故事，并传播杜甫等名人故事，增进了泰国人民对杜甫生平的了解，客观上促进了杜甫诗歌在泰国的传播。

ถาวร สิกขโกศล Thaworn Sikkhakoson（林运熙）生于泰国素攀府，毕业于诗麟卡琳那师范大学文学院，获文学硕士学位。曾赴广州进修汉语，后任素攀府甘素色沙莱学校老师。他十分喜爱汉语言文学、中国历史和风俗文化，经多年研究，颇有心得。与黄荣光共同出版了《诗——中国的生命之歌》ชื่อ เพลงแห่งชีวิตของจีน Poetry：Songs of life in China[16] 和 Three Chinese poet：Li Po，Tu Fu，Po Chu－i（《中国三大诗人·李白、杜甫、白居易》），涉及杜甫生平经历与作品。

（五）菲律宾

菲律宾经过美国约半个世纪的殖民统治，英文已成为全国通用的官方语言。不少菲华人文人精通中英两种文字，其中佼佼者胜任中英文的互译，如施颖洲、林健民曾将唐诗译成英文并在报刊上发表，使唐诗的传播和影响更为广泛。

1.翻译

Shi Yingzhou（施颖洲），菲律宾华人翻译家，曾任菲律宾报界联合会常务理事和亚洲华文作家协会副会长等职。长期从事诗歌翻译和评论工作，可以称为菲律宾最好的中国古典诗歌翻译大师。他曾出版过：《古典名诗选译》《世界名诗选译》《现代名诗选译》《莎翁声籁》。在 87 岁还出版了 *Tang and Song Poetry：Chinese－English*（《中英对照读唐诗宋词》）[17]，其中他对杜甫的这些作品作有翻译：*Quatrain*（Ⅰ）《绝句（一）》[17]P78、*Quatrain*（Ⅱ）《绝句（二）》[17]P80、*Climbing the Heights*（《登高》）[17]P82、*Spring Prospect*（《春望》）[17]P84、*Moon Night*（《月夜》）[17]P86、*Night Thoughts While Travelling*（《旅夜书怀》）[17]P88、*Thinking of my brother on a Moonlit Night*（《月夜忆舍弟》）[17]P78、*To Hermit Wei the English*（《赠卫八处士》）[17]P92。本文节选一首如下：

Thinking of my brother on a Moonlit Night/ Tu Fu

月夜忆舍弟/杜甫
The frontier drums halt passers-by,
戍鼓断人行，
In autumn drops a wildgoose's cry.
边秋一雁声。
The dew turns white frost since this night;
露从今夜白，
The moon seems brighter in home sky.
月是故乡明。
I've brothers scattered all aroung,
有弟皆分散，
No home to know they live or die.
无家问死生。
My letters seem far to reach them;
寄书长不达，
Besides, the war still rages high.
况乃未休兵。

从这首《月夜忆舍弟》，我们很容易看出施颖洲翻译的特点。翻译后的诗歌八句，句句对应原诗，极其精准，譬如“无家问死生”一句，诗歌里就分别有“no”“home”“know”“live”“die”，可谓原句中的每一个字都翻译到了，整句在表达上也并未有任何不妥，细看其余七句，每句均是如此，总体流畅，细节对应，所以，忠于原著是施颖洲翻译的第一个特点。

其次，诗歌语言优雅，特别是在音韵结构上，把原诗中的五言译为四音步，使译诗读起来像原诗一样节奏分明，疾徐有致。譬如译诗中，上下两句的末尾，读起来都好像韵律有致。黄维梁博士称赞其英译杜甫诗为“形义兼顾，原作和译诗，仿如兄弟，甚至是孪生兄弟。”

林健民是对杜甫诗歌翻译的另一位杰出的翻译家。他对包括杜甫诗歌在内的唐诗翻译十分严谨，认为翻译的英文字母应在数量上严格相同于原文，这样严谨流畅的技巧也扩大了杜甫诗歌的传播。

无论施颖洲的翻译还是林健民的翻译，都吸引了越来越多的菲律宾人重视杜甫诗歌。杜甫诗歌在菲律宾的传播，还有一条捷径，便是在报刊上转载英美学者的英译唐诗。1982年2月开始，菲律宾诗人 Gracianus R. Reyes(雷耶斯)选编并在报刊上陆续转载了英国汉学家 H. A. Giles(翟理斯)英译唐诗，其中就包含了杜甫诗歌。

2.文学创作

20世纪期间，菲律宾华人中的文人有的成为菲华社会的侨领或中小学校长，如潘葵邨、陈天怀、洪明、李谈和庄克昌等人。他们的汉文功底比较深厚，喜爱中华传统文化，尤其是唐诗宋词，并不断地模仿唐诗创作五、七言古诗词。这些古文诗讲求格律音韵、饱含感时忧国的情怀、抒发热爱祖国的真挚感情。

1985 年，菲华侨领、诗人 Chen Tianhuai(陈天怀)出版了诗文写作集 *Autumn Chrysanthemums in Empty mountains*(《空山秋菊》)，收有其所创作的五、七言律、排、绝共 342 首，译诗 5 首，短篇小说 3 篇，议论文 3 篇，杂文 11 篇，以及对联、诗韵简集等。从陈天怀创作的古诗里，可以看出有很多诗句均有唐诗的影迹。据笔者统计，其中两句关于杜甫：

"滚滚长江水"源自杜甫《登高》的"不尽长江滚滚来"。① "空谷幽兰怜溅泪，心惊恨别负卿卿。"源自杜甫《春望》的"感时花溅泪，恨别鸟惊心"。②

(六)越南

1.翻译

越南和日本、朝鲜、韩国共属于汉文化圈，在地理上与中国水陆相连，在政治上从秦设象郡开始，越南一直深受中国文化的影响。其本土学者陈庭史甚至认为"越南历代诗人几乎没有一个不受李、杜为代表的唐代大诗人的影响"③。

据笔者查，越南选用杜甫诗歌可分为两个阶段：20 世纪以前，受中华文化的影响，越南学校教材先后通过汉字和喃字选用杜甫诗歌；在喃字时期，越南文人用喃字详解唐诗，如《唐诗合选详解》[18]，山阴、刘文蔚、豹君进行注释，根据五云楼本正，编写于 1834 年，柳斋堂藏版。《唐诗合选详解》注释和解义 100 多位唐代诗人的 616 首诗，其中杜甫的诗歌就有 76 首。诗人潘文爱也同样译有杜甫和元稹的诗。

其他较著名的喃字译著：《唐诗国音卷之一》《唐诗合选五言律诗解音八十三首》《唐诗七绝演歌》《醉后闲吟集》《唐诗摘译》《唐诗国音》。这些译著一共翻译了唐代 86 位诗人的 223 首唐诗，其中除李白 28 首之外，杜甫 26 首居其次。在所选录的 26 首杜甫诗歌里，19 首都由陈秀昌翻译。

越南人编写教科书，如 Ruan Xianli(阮献梨)编撰的《中国文学史大纲》用 34 页的篇幅独立介绍杜甫的生平、气质、思想、诗歌，并将杜甫与李白进行比较。该书在 1962、1964、1997 年一共再版三次，在越南有较大影响。

1884 年越南沦为法国殖民地，殖民政府于 1936 年明令废除汉字的通用，改用拼音文字，使越南文拉丁化。因此，不少越南文学家便将唐诗译成拼音的越南文，使更多的越南人能解读和欣赏唐诗。

越南 20 世纪初新闻权威杂志《南风杂志》专门设立古文栏目并刊登古文作品与越南文翻译的唐诗作品，掀起翻译唐诗的浪潮。《南风杂志》主编 Nguyễn Dun phức tạp，Ruan Dunfu(阮敦复)甚至说"翻译是为了给不懂中文的越南晚辈作贮存工作，同时介绍圣人的佳作之任务。"阮敦复在翻译过程中，十分细致，他翻译杜甫的《佳人》《与朱山人》等，语言优美

---

①笔者按：全诗为"风急天高猿啸哀，渚清沙白鸟飞回。无边落木萧萧下，不尽长江滚滚来。万里悲秋常作客，百年多病独登台。艰难苦恨繁霜鬓，潦倒新停浊酒杯。"全文参见(唐)李白、杜甫：《李白杜甫诗全集》，北京：北京燕山出版社，1995 年，第 441 页。

②笔者按：全诗为："国破山河在，城春草木深。感时花溅泪，恨别鸟惊心。烽火连三月，家书抵万金。白头搔更短，浑欲不胜簪。"全文参见(唐)李白、杜甫：《李白杜甫诗全集》，北京：北京燕山出版社，1995 年，第 385 页。

③陈庭史：《中国文学对越南文学发展进程的历史意义》，《文化艺术杂志》，1993 年第 2 期。

和谐，并在翻译后写有自己的注释与评语。

《南风杂志》与阮敦复引起了一系列杂志创刊与诗歌翻译的浪潮，包括1937年成立的《东洋杂志》，陈俊凯翻译杜甫的古体诗，之后还有《越汉文考》《知新杂志》《文化月刊》《百科杂志》《新风杂志》等等。

这股在杂志上刊登包括杜甫诗歌在内唐代诗歌翻译作品的浪潮直至20世纪40年代才减弱，40年代后，越南的翻译家们更倾向于出版个人翻译的作品选集，使越南的唐诗翻译进入一个新的阶段。其中翻译家 Wu sē đưọ c th ủ，Wu Bisu(吴必素)1940年出版了《唐诗》，1961年再版一次，在收录的53首唐诗中，翻译最多的为杜甫、李白的作品，被认为是越南的最佳译本。诗人、翻译家 Nan Zhen(南珍)也译有《唐诗》两集(1962、1963年)，书的前言评介了李白、杜甫、白居易等诗人。

1944年，新越出版社出版了 Hāy Sōng, Rang Song(让宋)翻译的《杜甫选集》，收录了杜甫360首诗歌，但由于作者个人原因，此书只有让宋的翻译，并未收录杜甫原文，也缺乏对典故的解释。曾任越南文联副主席的辉瑾等人译有《杜甫诗》。诗人 Ô dù Đ à，San Tuo(伞沱)翻译的《唐诗》是越南知识界必读的"教科书"；诗人姜友译过杜甫诗歌，作家黎文槐和诗人阮春生也译过唐诗。

1962年，河内文学出版社出版了由黄忠聪编辑、张正校对的《杜甫诗集》，该书收集了20多位越南诗人共同翻译的126首杜甫诗歌，一大批诗人共同对同一个作家的作品进行翻译，体现了杜甫诗歌在当时的巨大影响力。

2.文学创作

杜甫诗歌在越南的广泛传播，很大程度上是因为越南古代借鉴中华科举制度赋诗取士，作为中国古代诗歌典范的杜甫诗歌自然得到广泛学习；其次，从越南的历史情况来看，杜甫诗歌中饱含的家国情怀，符合越南文人心态，所以，越南文人多学杜诗。

Ruan Feiqing(阮飞卿)在《奉赓冰壶相公寄赠杜中高韵》诗中说："独树孤村子美堂"，Li Shengzong(黎圣宗)《见月遣怀诗》诗"壮年书捲雄豪气，亹亹平生独五车"，就借用杜甫"富贵必从勤苦得，男儿须读五车书[①]"的意象。

19世纪初，阮朝诗人 Nguy ễ n Yau，Ruan You(阮攸)于1813年任阮朝的勤政殿学士，曾出使中国两年。在旅途中他曾凭吊屈原、贾谊、嵇康、李白、杜甫、柳宗元和欧阳修等诗人的遗迹，写有怀念他们、表达仰慕心情的诗集《北行杂录》。

阮攸根据清代青心才人的近14万字的章回体小说《金云翘传》于1816年写成3254行的越南六八体喃字长篇叙事诗《金云翘传》。在作品中，他有直接借用唐诗中整句诗或一句诗内改动几个字的情况，还有借用唐诗典故来做联想，也有抓住唐诗中诗句的意思撰写，或者在诗句的基础上加以改写但仍保留诗句意义的情况。比如杜甫《上白帝城二首》中的"取

①笔者按：此句选自杜甫《柏学士茅屋》，全文为："碧山学士焚银鱼，白马却走身岩居。古人已用三冬足，年少今(曾)开万卷余。晴云满户团倾盖，秋水浮阶溜决渠。富贵必从勤苦得，男儿须读五车书。"全文参见(唐)李白、杜甫：《李白杜甫诗全集》，北京：北京燕山出版社，1995年，第507页。

醉他乡客，相逢故国人”，[①]原本五言，被阮攸变为六言，巧妙地出现在了诗歌当中。

另外，越南诗人将杜甫诗歌里的意象带入越南国语诗中，比如 Liu Lu cân，Liu Chonglv（刘重闾）的《江湖》的诗篇里：

Chú đây đêm hãy đầy sương,
此时霜已满天，
Con thuyền còn buộc trăng suông lạnh lùng
孤舟一系冷月光。
Phút giây ấy ta minh ngây ngất
此刻你我共陶醉，
Bỗng con thuyễn buộc chặt rời cây.
紧绳忽而离树去。

这句其实化用的就是杜甫《秋兴》：“丛菊两开他日泪，孤舟一系故园心。”[②]只不过这种“孤舟一系”的情感到了充满自由的《江湖》当中，就变成“你我共陶醉”了。杜甫诗歌作为典故进入越南国语律诗，使诗意更加含蓄、优美。在 20 世纪以来的越南，这类型的国语诗还突破了杜甫诗歌的影响，在形式、内容上都有所革新。

以上提到的越南创作者们，不论是改写或是创作，都很大程度上扩大了原诗歌的影响范围，体现出诗人对原句的熟悉程度，与杜甫原句融会贯通，意义相连贯，是传播唐诗的一种独特现象，诗歌内容也深受越南人民喜爱。

三、结语

在以上对杜甫诗歌在东南亚传播情况的简要总结中，我们可以发现，随着中国经济的快速发展，越来越多的海外学者开始关注中国古典文化和以杜甫诗歌为代表的唐代诗歌。就如以上提到的，在东南亚，研究中国古典文化和杜甫诗歌的机构并没有那些分布在北美、西欧和东亚的机构那样受到欢迎，但具有自己的特色。由于地理位置和政治土壤的临近，首先，研究者(或传播者)大多数对中国古典文化有浓厚的兴趣或者有密切的关系，他们有的就是中国人，或是东南亚籍华人，或者是对中国文化有兴趣的东南亚人。其次，杜甫诗歌研究这方面的主要内容是英语或当地语言的翻译，这样的成就由本地学术界所认同便很容易应用到当地教育中，但诗歌审美特征和诗歌主题层面却很少被提及。再者，由于跨国际性，东南亚对杜甫诗歌的研究还做不到精深专注，其出版的研究作品中，涉及杜甫诗歌的很多，对

①笔者按：全诗为：“江城含变态，一上一回新。天欲今朝雨，山归万古春。英雄余事业，衰迈久风尘。取醉他乡客，相逢故国人。兵戈犹拥蜀，赋敛强(尚)输秦。不是烦形胜，深惭(愁)畏损神。”全文参见(唐)李白、杜甫：《李白杜甫诗全集》，北京：北京燕山出版社，1995 年，第 471 页。

②笔者按：全诗为：“玉露凋伤枫树林，巫山巫峡气萧森。江间波浪兼天涌，塞上风云接地阴。丛菊两(重)开他日泪，孤舟一系故园心。寒衣处处催刀尺，白帝城高急暮砧。”全文参见(唐)李白、杜甫：《李白杜甫诗全集》，北京：北京燕山出版社，1995 年，第 477 页。

杜甫诗歌进行专门研究的著作却寥寥无几。目前的东南亚学术界,尽管已经取得了令人瞩目的研究进展,但对杜甫诗歌的研究还有很长的路要走。

参考文献:

[1]杨松年:《杜甫〈戏为六绝句〉研究》,台北:文史哲出版社,1995 年。

[2]杨松年:《杜诗为诗史说评析》,《古典文学》,1985 年第 7 期。

[3]周粲:《剥蕉记》,新加坡:美雅出版发行公司,1979 年。

[4]周粲:《新诗评论集》,新加坡:新加坡教育出版社,1975 年。

[5]蔡志礼:《月是一盏传统的灯》,新加坡:七洋出版社,1992 年。

[6]吴岸:《盾上的诗篇》,香港:新月出版社,1962 年。

[7]吴岸:《吴岸诗选》,北京:北京华艺出版社,1996 年。

[8]吴岸:《到生活中寻找你的谬斯》,吉隆坡:双福文学出版基金会,1987 年。

[9]Wilson Tjandinegara Chen Tung Long,(陈冬龙):*Dinasti Tang* : *Antologi Sajak Klasik*, (*Versi Modern*), *Mandarin*—*Indonesia* 唐诗选[汉译印尼语],Komunitas Sastra Indonesia,2001。

[10]Zhou Fuyuan(周福源):*Purnama di Bukit Langit*: *Antologi Puisi Tiongkok Klasik*《明月出天山:中国古代诗歌选》,Gramedia Pustaka Utama,2007。

[11]林汉文:《卡布亚斯河》,美国:美国瀛舟出版有限公司,2003 年。

[12]Maha Chakri Sirindhorn มหาจักรีสิรินธร 诗琳通:*Poetry & Lyrics as Jade Carving* *หยกใสร่ายคำ* 琢玉诗词, Department of Chinese, Thammasatt University, ภาควิชาภาษาจีน มหาวิทยาลัยธรรมศาสตร์,1998。

[13] Suphat Chaiwatthanaphan **สุภัทร ชัยวัฒนพันธ** . *History of Chinese Literature* ประวัติ วรรณคดีจีน中国文学史,Sukkhapabjai สุขภาพใจ,2006。

[14]Yong Yingkhawet ยง อิงคเวทย์黄荣光:*Evolution of Chinese Poetry* วิวัฒนาการกวีนิพนธ์จีน 中国韵文纂译,Sathirakoses Nagapradjpa Foundation มูลนิธิเสฐียรโกเศศ-นาคะประทีป,1989。

[15]黄荣光,林运熙:《诗——中国的生命之歌》,曼谷:曼谷文化艺术出版社,1986 年。

[16]施颖洲:《中英对照读唐诗宋词》,台北:九歌出版社,2006 年。

[17]山阴,刘文蔚,豹君:《唐诗合选详解》,河内:汉喃研究院图书馆,1834 年。

[18]阮攸:《金云翘传》,河内:汉喃研究院图书馆,1886 年。

简论李调元对杜甫的接受

张海

(四川师范大学文学院　巴蜀文化研究中心　四川成都　610068)

李调元(1734－1803),清代四川戏曲理论家、诗人,字羹堂,号雨村,别名童山蠢翁。1734年,李调元生于四川罗江县。父亲李化楠是乾隆年间进士,官至保安同知,其诗作《万善堂诗》清婉雍容,名震一时。李调元和遂宁张问陶(张船山)、眉山彭端淑合称清代蜀中三才子。青少年时代,李调元刻苦攻读,博览群书。乾隆二十四年(1759)(时25岁)考中举人,四年后,考中进士,点翰林,做了十年京官。乾隆三十九年(1774)他任广东乡试副主考,随即,又担任广东学政,巡视广东省十府三州。他铁面无私,严禁舞弊,奖励勤学向上的学子,受到士子们的称赞。乾隆四十五年(1780),李调元任满回京,升任直隶通永道道员(正四品),创办了潞河书院,努力培养人才。恰于此时,他因受奸臣陷害蒙冤下狱,被充军流放新疆伊犁。后来吏部尚书袁守侗查明冤情,冒颜告请皇上,乞求允许他赎罪,让他回乡著书立说。乾隆为袁守侗奏言所动,允许所请,李调元这才在流放途中被释放。李调元回到家乡,著书立说,刻印《函海》。

李调元著述颇丰,他著有《童山诗集》《童山文集》《童山曲话》《雨村剧话》《雨村诗话》。完成了收书153种的学术总构——《函海》,此书内容博大精深,包含了经史、文学、诗歌、金石、考古、书画、戏曲、民俗、神话、语言学、音韵学、农学、姓氏学等研究成果,为研究古代巴蜀文化提供了宝贵资料,为传承中华传统文化做出了杰出贡献。

李调元的诗文集中有大量涉及杜甫的诗文,此外,其《雨村诗话》中有大量材料直接或间接评论杜甫。这些材料充分体现了李调元对杜甫的景仰和推崇。

首先,作为蜀人的李调元对杜甫推崇备至,对其在诗歌史上的影响给予了高度的评价,对其创作成就做了充分的肯定。李调元曾云:“从古诗人如李杜韩白诸巨公,千古宗之,不啻泰山北斗。”[①]

据詹杭伦先生考证,李调元一生曾六次游览拜谒杜甫草堂[②],皆有诗存。这些诗歌有的表现了李调元对杜甫的无限崇敬,他将杜甫比作“山斗”,推为“诗祖”“百世师”:

---

①(清)李调元著,詹杭伦、沈时蓉校正:《雨村诗话校正》,成都:巴蜀书社,2006年,第64页。

②詹杭伦:《李调元六游杜甫草堂诗考述》,《杜甫研究学刊》,1996年,第4期。

明日草堂寺，此游真不朽。千里来剑南，倭迟况未久。少陵已歇绝，亟借诗人口。劝君速命驾，他事无被肘。野鸟望行旌，溪鱼仰山斗。正属重阳期，问君有意否。

——《奉和祝芷塘同年典试道出罗江见怀元韵即邀明日同游草堂寺并简嘉定守曹秋渔同年俱到》

久不见诗人，相招谒诗祖。挐舟浣花溪，诸子候洲浒。……

——《游杜少陵草堂》

此地独千古，为因子美祠。只容人载酒，不许客题诗。今遇双星至，同参百世师。不知沧海上，谁定掣鲸鲵。

——《陪祝芷塘、邓笔山两太史游少陵草堂》

又如《谒杜少陵草堂祠》：

诗自三百后，正声沦宪章。流传经丧乱，史官失其详。惟公起大唐，雄文独有光。天宝初应举，起家从巩昌。进士屡不第，歌声益琅琅。召试校兵曹，感激矢身亡。适遭禄山陷，奔走逾河梁。官拜左拾遗，始露列宿芒。吁嗟中原扰，兵戈沸蜩螗。其时支大厦，独有一汾阳。司徒惟不朝，遂令冷战场。更兼燕兵来，回鹘何扬扬。腥膻遍宇宙，驰突气益昂。练卒不得休，至尊谁扶将？坐令忧国泪，斗斛不可量。时议鄙房琯，保奏披天阊。遂触逆鳞祸，谪与凡鸟颃。关辅复大扰，孤身复何望。窜居同谷间，救饥日不皇。采松复拾橡，难以充饥肠。虽未赴京兆，圣恩何敢忘。读公《八哀》诗，其音皆金商。幸有严郑公，素厚知公狂。奏明列工部，赐绯出庙廊。结庐浣花里，终陨耒阳乡。至今草堂寺，名与江水长。医国少灵药，疾恶如探汤。我公真诗史，俎豆谁同香？[①]

正如詹杭伦先生指出："（此诗）可作为杜甫生平小传来读。"[②]诗歌对杜甫一生中所经历的重大事件进行了简要的勾勒，热情赞扬了杜甫忠君爱国、忧国忧民的精神，同时高度评价了杜甫在诗歌发展史上的重要地位，认为其诗歌具有"诗史"特征，是《诗三百》后的"正声"。

李调元对杜诗十分喜爱，反复阅读，多加批点，他曾说："余于诗酷爱陶渊明、李太白、杜少陵、韩昌黎、苏东坡，丹铅数四矣，率多为人窃去。就中少陵全集，批点最详，今游宦四方，半湿于水，十忘七八矣。渐衰渐耗，不知何时再得细雠一过也。"[③]弃官归隐后"就先君之补过亭而廓充之，颜曰：'得归茅屋'。用杜工部《复归草堂》诗首句也。"[④]可见李调元对杜甫及其诗歌的喜爱和推崇。

和许多学者一样，李调元论诗往往李杜并称，并给予高度评价："李杜锦绣肠，不救寒与

---

①本文所引李调元诗皆据李调元著，罗焕章主编：《李调元诗注》，成都：巴蜀书社，1993 年。

②詹杭伦：《李调元六游杜甫草堂诗考述》，《杜甫研究学刊》，1996 年第 4 期，第 68 页。

③（清）李调元著，詹杭伦、沈时蓉校正：《雨村诗话校正》，成都：巴蜀书社，2006 年，第 14 页。

④（清）李调元著，詹杭伦、沈时蓉校正：《雨村诗话校正》，成都：巴蜀书社，2006 年，第 171 页。

馁。当时走且僵，至今光焰在。”（《宿崇庆州吊何愚庐》）他曾说：“唐诗首推李、杜，前人论之详矣。”[①]“元遗山诗，精深老健，魄力沉雄，直接李、杜，上下千古，能并驾者寥寥。”[②]可见，在李调元心目中李杜代表了唐诗的最高成就，是其诗学的最高标准。李调元对李白同样敬仰推崇，吾师吴明贤先生对此有详细的考述。[③]《雨村诗话》集中体现了李调元的诗学主张，其中有许多论及李杜诗歌的材料，他对李杜的创作实践做了精辟的分析，有着独到的见解。兹举数例：

李诗本陶渊明，杜诗本庾子山，余尝持此论，而人多疑之。杜本庾信矣，李与陶似绝不相近。[④]

人各有所长，李白长于乐府歌行而五七律甚少，杜少陵长于五七律而乐府歌行亦多，是以人舍李而学杜。盖诗道性情，二公各就其性情而出，非有偏也。使太白多作五七律，于杜亦何多让。若今人编集，必古今分凑平匀，匀则匀矣，而诗不传也。[⑤]

“笔落惊风雨，诗成泣鬼神”，太白诗也。又有“兴酣落笔摇五岳，诗成笑傲凌沧州”之句，此殆公自写照也。而杜少陵诗：“白也诗无敌，飘然思不群。清新庾开府，俊逸鲍参军。”（《春日忆李白》）又不似称白诗，亦直公自写照也。[⑥]

这几则材料指出了李白、杜甫诗歌在渊源、风格和体裁上的异同。李调元认为杜诗本于庾信，“清新庾开府，俊逸鲍参军”不仅是杜甫对李白诗歌风格的评价，也是杜甫本人诗歌风格的写照。也就是说，李调元认为杜甫的诗歌和李白一样也具有清新俊逸的特点。这一观点颇具新意，和传统诸家所论杜诗“沉郁顿挫”有所不同。应该说李调元注意到了杜诗风格的多样性，评价是正确的。此外，李调元认为李杜诗歌在体裁风格上各有所长，无论哪种体裁的诗歌都“就其性格而出”，都是他们性情的反映，感情的迸发，不能有所抑扬褒贬，“舍李而学杜”或“舍杜而学李”都是错误的。

其次，李调元对杜甫的一些诗作和诗法做了精当独到的分析和高度的评价。在《雨村诗话》中这样的材料多达二十余条，限于篇幅，兹举数例。如：

《何将军山林十首》，章法细密，为杜诗五律之冠不待言。其三章忽云：“万里戎王子，何年别月支？异花开绝域，滋蔓匝清池。汉使徒空到，神农竟不知。露翻兼雨打，开拆日离披。”文气似与上下文绝不相蒙。《销夏录》曰：“马上无事，与郑广文闲说其来历，遂成此诗，遂不连接，而法脉有天然之妙，文章唯太史公有此奇横。”愚谓通首皆比也。公与郑俱有才不

①（清）李调元著，詹杭伦、沈时蓉校正：《雨村诗话校正》，成都：巴蜀书社，2006年，第12页。
②（清）李调元著，詹杭伦、沈时蓉校正：《雨村诗话校正》，成都：巴蜀书社，2006年，第24页。
③吴明贤：《李白与四川》，成都：四川大学出版社，2010年。
④（清）李调元著，詹杭伦、沈时蓉校正：《雨村诗话校正》，成都：巴蜀书社，2006年，第13页。
⑤（清）李调元著，詹杭伦、沈时蓉校正：《雨村诗话校正》，成都：巴蜀书社，2006年，第13页。
⑥（清）李调元著，詹杭伦、沈时蓉校正：《雨村诗话校正》，成都：巴蜀书社，2006年，第14页。

遇，故感慨独深。[①]

《何将军山林十首》，即《陪郑广文游何将军山林十首》，乃杜诗名篇。李调元认为其"章法细密，为杜诗五律之冠"，并引《消夏录》评价其"法脉有天然之妙，文章唯太史公有此奇横。"正如王嗣奭云："此十诗明是一篇游记，有首有尾，中间或赋景，或写情，经纬错综，曲折变幻，用正出奇，不可方物。"[②]另外，李调元认为第三首"通首皆比"，以花喻人。借"异花"的"空到""不知"抒发怀才不遇之叹，见解独到精辟。

又如：

诗有借叶衬花之法。如杜诗"今夜鄜州月，闺中只独看"，自应说闺中之忆长安，却接"遥怜小儿女，未解忆长安"，此借叶衬花也。总之古人善用反笔，善用傍笔，故有伏笔，有起笔，有淡笔，有浓笔，今人曾梦见否？[③]

《月夜》是杜甫于至德元年(756)八月初陷贼时作。诗写离乱中两地相思，构思新奇。开篇即从对面着笔，不言我在长安思念家人，却说家人在鄜州望月思我，独辟蹊径，意境犹深。接着，诗人又以小儿女的不解忆，反衬闺中独看、独忆。这是一种反衬之法，李调元用"借叶衬花"喻之，显得十分形象生动。

李调元还注意到了杜诗"旨隐词微"的特点：

杜诗云："牛女年年渡，何曾风浪生?"注者云此刺明皇幸贵妃以致乱也。因有七夕牵牛事，故不嫌穿凿，所谓旨隐而词微。[④]

这是杜甫《天河》中的名句。此诗历来众说纷纭，王嗣奭云："此诗必有所指，余揣其时，唯汾阳公可以当之。"[⑤]仇兆鳌云："此直咏天河，而寓意在言外。篇中'微云掩'、'风浪生'，似为小人馋妒而发。"[⑥]而李调元认为有人以为此诗讽刺唐玄宗宠幸杨贵妃以导致安史之乱，这种说法虽然有点牵强附会，但也说得通。这正体现了杜诗"旨隐词微"、含蓄深沉的特点。

李调元也认为杜诗具有"诗史"的特征，杜甫的诗歌反映了唐王朝安史之乱前后的历史。他在《谒杜少陵祠》曾说："一朝诗史为唐作，万丈文光向蜀留。"但李调元反对按唐史对杜诗进行穿凿附会，随意笺注：

注杜者全以唐史附会分笺，甚属可笑。如少陵《初月》诗云："光细弦欲上，影斜轮未安。

①(清)李调元著，詹杭伦、沈时蓉校正：《雨村诗话校正》，成都：巴蜀书社，2006年，第14页。

②(明)王嗣奭：《杜臆》，上海：上海古籍出版社，1983年，第20页。

③(清)李调元著，詹杭伦、沈时蓉校正：《雨村诗话校正》，成都：巴蜀书社，2006年，第15页。

④(清)李调元著，詹杭伦、沈时蓉校正：《雨村诗话校正》，成都：巴蜀书社，2006年，第15页。

⑤(明)王嗣奭：《杜臆》，上海：上海古籍出版社，1983年，第90页。

⑥(清)仇兆鳌：《杜诗详注》，上海：上海古籍出版社，1979年，第606页。

微升古塞外，已隐暮云端。河汉不改色，关山空自寒。庭前有白露，暗满菊花团。"此不过咏初月耳，而蔡梦弼谓"微升古塞外"，喻肃宗即位于灵武也；"已隐暮云端"，喻肃宗为张皇后、李辅国所蔽也。句句附会实事，殊失诗人之温厚之旨，窃恐老杜不若是也。[①]

杜甫《初月》一诗，一些论者往往认为以初月影射肃宗不明。王嗣奭云："公凡单赋一物，必有所指，乃诗之比也。旧注云：'此为肃宗而发。'良是。三比肃宗即位于灵武，四比为张皇后、李辅国所蔽。"[②]仇兆鳌《杜诗详注》亦持此说。但李调元不囿于传统旧说，认为此诗是一首单纯的咏月之诗，描写初月的形态和光色。如果以史实附会，"甚属可笑"。可见，李调元对杜诗的解读和接受有着独特新颖的视角，他从不囿于陈见、人云亦云，而是从文本出发，实事求是，体现了正确的科学的接受态度。

再者，李调元在诗歌创作上也深受杜甫的影响。

李调元曾说："少陵疑是我前身。"(《移居丁字街杜耐庵亲家宅和佘云溪见寄原韵》)，他不仅推崇杜甫，在诗歌创作上也自觉地学习"诗圣"。这首先体现在借用或化用杜甫的诗句和诗意。李调元对杜甫的诗句了如指掌，烂熟于心，他作诗经常借鉴杜诗的词汇和句法，有时还用其成句。以下试举十例：

李调元《少年行》："翻云覆雨事何常，生死炎凉一朝变。"杜甫《贫交行》："翻手作云覆手雨，纷纷轻薄何须数。"

李调元《苦雨行》："书生一命本蝼蚁，徙穴返逊微物识。"杜甫《自京赴奉先县咏怀五百字》："顾惟蝼蚁辈，但自求其穴。"

李调元《题何愚庐明礼调鼎图》："门泊万里槎，问君何处去。"杜甫《绝句》："窗含西岭千秋雪，门泊东吴万里船。"

李调元《读祝芷塘诗稿》："伪体倘不裁，风骚灭真性。"杜甫《戏为六绝句》："别裁伪体亲风雅，转益多师是汝师。"

李调元《忆中翰程鱼门》："濡毫中书堂，鸿裁多手撰。"杜甫《莫相疑行》："集贤学士如堵墙，观我落笔中书堂。"

李调元《木寨山》："暗水白刃涩，岩柳青芽还。"杜甫《龙门镇》："旌竿暮惨澹，风水白刃涩。"

李调元《晓发渭城逢家应宿以武闱落第归西山隐居沽饮为别放歌》："千金屠龙伎何用，百战健儿终坎轲。"杜甫《醉时歌》："德尊一代常坎轲，名垂万古知何用。"

李调元《六月二十四日宿临淮阅邸报得祝芷塘德麟同年典试湖北信》："我友祝芷塘，廿年胶漆旧。"杜甫《忆昔二首》其二："宫中圣人奏云门，天下朋友皆胶漆。"

李调元《雨过峡山寺》其二："拨剌鱼跳急，钩辀鸟语忙。"杜甫《漫成一绝》："沙头宿鹭联拳静，船尾跳鱼拨剌鸣。"

---

①(清)李调元著，詹杭伦、沈时蓉校正：《雨村诗话校正》，成都：巴蜀书社 2006 年，第 15 页。

②(明)王嗣奭：《杜臆》，上海：上海古籍出版社，1983 年，第 74 页。

李调元《题金氏馆》:“一碗茶甘留舌本,新诗写就自长吟。”杜甫《解闷十二首(其七)》:“陶冶性灵存底物,新诗改罢自长吟。”

毋庸赘述,这些诗句均是化用或直接引用杜诗。这样的例证还有很多,囿于篇幅,兹不再举。

此外,李调元在诗歌创作上还接受了杜诗的“诗史”特征,创作了大量反映民生疾苦、社会动荡的诗篇。这些诗同情百姓的不幸,痛斥当权者的暴政,具有较高的认识价值和思想深度。最具代表性的是其著名的“三行”,即《石匠行》《窑户行》和《乞儿行》。这三首诗犹如杜甫的“三吏”“三别”,具有很强的现实主义精神。作者分别选择了石匠、烧窑工和小乞丐三种典型形象,反映了封建社会末期,“乾嘉盛世”下底层老百姓的痛苦生活,寄托了作者深切的同情。李调元还去过杜甫笔下的石壕村,此时“捉人”成了“催租”:

渑水唤舟渡,石壕剪灯宿。何处催租吏,又来打人屋。

寥寥几笔,写出了赋税的繁多和官吏的蛮横,老百姓的悲惨生活不言而喻。

总之,李调元是一位善于学习前人而又具有一定独创精神的诗人。他通过对以杜甫为代表的前代诗人的接受和继承,使自己的诗歌创作取得了较高的成就,对清代诗坛产生了一定的影响。

韦庄在杜诗接收史上的位置
——以《又玄集》为中心

王伟
（陕西师范大学文学院　陕西西安　710062）

韦庄于晚唐之际，在诗词两界皆擅名一时。其词细丽柔婉、含蓄蕴藉，寄黍离麦秀之感于柔情香艳之中，以其清雅之风在花间之外别开一途，为伶工之词向士大夫之词的转衍导夫先路，故而为世所重。其诗，早年以白诗为师，中年后则上溯盛唐，以杜诗为宗，诗风雅丽清新。在创作以外，他还编选本朝诗歌选集《又玄集》。以往学者多留意韦庄的文学创制之功，而较少属意其选本与文学批评思想。基于此，本文从《又玄集》编选杜诗的情况和韦庄的诗歌创作入手，以韦庄对杜甫诗歌的接受为主题，重点探讨韦庄在唐宋之交的杜诗接受史上所具有的重要地位。

一、杜诗在唐人选唐诗中的尴尬

《又玄集》是《唐人选唐诗》（十种）编订最晚的诗歌选集。其序末署："光化三年七月二日，前左补阙韦庄述。"[①]光化三年为公元900年，次年天复元年（901）春，韦庄即入蜀为王建掌书记，后即终身仕于蜀[②]，可见这部选集是韦庄入蜀前在长安编定的[③]。该集不仅为我们了解晚唐诗歌思潮提供独特视角，还为我们探析韦庄文学批评思想提供重要载体。

众所周知，文学选集作为文学传播的重要形式，受到诗文作家的一贯重视，概因选集较别集、总集、全集而言，体小篇精，高度浓缩，便于携带且价格低廉，加之发行量巨大，故其极

---

①（清）董诰：《全唐文》，北京：中华书局，1983年，第4115页。《又玄集》韦庄自序仅云"时光化三年七月日"，见傅璇琮：《唐人选唐诗新编》，西安：陕西人民教育出版社，1996年，第579页。

②夏承焘：《唐宋词人年谱》，上海：上海古籍出版社，1979年，第22、23页。

③《又玄集》在我国久佚，20世纪50年代，日本京都大学清水茂将其国享和三年（1803）江户昌平坂学问所官版本制成胶片，寄给杭州大学夏承焘先生，随后古典文学出版社据以影印，于是这部在我国失传了几百年的古籍又得以重新流传。但是对《又玄集》的研究工作并没有随之展开，仅有夏承焘先生作于1957年的一篇简短的《又玄集后记》和1993年龚祖培先生在《文史》第三十八辑发表《〈又玄集〉考述——兼及辨伪与〈全唐诗〉补遗》较具特色，但都缺乏对其全面研究。

便于流传、普及。但凡入选之作家作品，不浃晨便可为圈内外熟知而播名天下。同时，文学选集又可视为某个特定时代之文坛取向、文艺思潮动向的晴雨表，通过研究作家入选选集之作品多寡和篇目差异，又可窥知当时文坛的文学思潮和对某位作家的认可程度。基于此，选集研究一直是中国古代文学理论、中国古代文学传播接受史研究、断代诗坛研究以及专家专集研究的重点领域。

唐人选唐诗是唐代至为重要的文学现象，它不仅是唐代诗学研究的重要对象，也是研究唐人诗歌认知水平与文学思想的重要载体，更是研究数千年唐诗接受传播史的始发站。迄今留传下来的唐人编选唐诗的资料较为有限，其中主要选本有《唐人选唐诗》（十种）、孙昱的《正声集》、窦常的《南薰集》、顾陶的《唐诗类选》等。综观《唐人选唐诗》（十种）所录之诗，唯少数篇目相同，大多是各有所取，互不相类。这不仅为后世学者存留了不少唐诗的最初文本，而且为学界研究唐代文学思潮提供了不可多得的第一手资料。

《唐人选唐诗》（十种）共录入作家 541 位，存诗共 2432 首。其中佚名的《唐写本唐人选唐诗》选录王昌龄等 6 位诗人，共 71 首诗；元结《箧中集》选入沈千运等 7 位诗人的 24 首诗；殷璠《河岳英灵集》录常建等 24 位诗人，共 234 首诗；芮挺章《国秀集》选录李峤等 88 位诗人，共 220 首诗；令狐楚《御览诗》录刘方平等 30 位诗人，共 289 首诗；高仲武《中兴间气集》录钱起等 26 位诗人共 132 首诗；姚合《极玄集》选录王维等 21 位诗人，共 99 首诗；韦庄《又玄集》录杜甫等 149 位诗人，共 300 首诗；韦縠《才调集》选录白居易等 153 位诗人，共 1000 首诗；佚名《搜玉小集》录崔湜等 37 位诗人，共 63 首诗。值得注意的是，被后人奉为“诗圣”的杜甫，在终唐一世的诗歌选本中，却仅晚唐韦庄在其编撰的《又玄集》中选录了杜诗，其他选家则未选。这无疑与杜甫在后世诗界的地位极不相称，也说明杜诗在中晚唐时期并未得到诗坛足够的重视。

依笔者之见，杜诗接受与流传过程中的这种尴尬可从杜诗本身流传和各家选诗旨趣两方面来诠释。

首先，杜诗散佚和流播范围狭窄是造成其落选的重要因素。

众所周知，读者对作家作品的接受与认同在物质形态上主要取决于其版本之多少和流传范围之广狭。版本愈多、流传范围愈广之作品（集），则读者阅读、接受之概率也就越大，反之同理。作家作品的经典化既存在于其不间断的评价与再评价中，也存在于各个时期读者的反复阅读与欣赏之中。杜甫生前曾言“百年歌自苦，未见有知音”（《南征》），同时代的著名诗人中，除王昌龄盛赞其为“王维诗天子，杜甫诗宰相”外，李白、高适、王维等很少对杜甫及其作品进行直接评价。在其身后相当长一段时间里，其诗集也残损不全。《旧唐书・杜甫传》云“甫有集六十卷”[①]，但同书《经籍志》却未见载录。《新唐书・艺文志》除记有《杜甫集》六十卷外，又附云“《小集》六卷，润州刺史樊晃集”[②]所谓杜诗之六十卷本，或许依《旧唐书》所言而记，撰者未必亲见。樊晃所编《杜工部小集》六卷，时在杜甫卒后不久，是当时最为流行的杜诗本子。而据杜甫自己所言，“诗是吾家事”，其一生笔耕不辍，仅安史之乱前就有诗千

①（五代）刘昫：《旧唐书》卷一百九十下《文苑下・杜甫》，北京：中华书局，1975 年，第 5054 页。

②（宋）欧阳修：《新唐书》卷六十《艺文四》，北京：中华书局，1975 年，第 1603 页。

余首。乱后，他的创作更是进入了旺盛期，不惟名篇层出，而且数量繁多。故就诗而言，杜甫一生诗作总数数千首当无问题。而在其身后仅留区区六卷，可见散佚之严重。即使辑补到六十卷，也是散佚大半。作品大量散佚无疑降低其为读者阅读欣赏的概率。从流传的范围看，润州刺史樊晃在《杜工部小集》序文中说，杜有“文集六十卷，行于江汉之南，常蓄东游之志，竟不就。属时方用武，斯文将坠，故不为东人之所知。江左词人所传诵者，皆君之戏题剧论耳，曾不知君有大雅之作，当今一人而已。”[①]可见，杜甫死后，其文集只流行于江汉间，并不普遍，甚至连江东一带都不甚知道他的诗名。这种狭窄的流传面使得杜诗在一段时间里较难为绝大多数读者所阅读和欣赏，导致其较难进入公众的阅读视野，其在当时的选集选诗中落选也就在所难免了。

其次，各家选诗旨趣与杜诗风格思想的错位是杜诗落选的另一重要原因。《唐人选唐诗》中的十种选集，由于编选时代不一从而致使各选家选诗的标准迥异。如编选于开元、天宝年间的《唐写本唐人选唐诗》《箧中集》皆以古体入选，而杜甫诗作名篇多以律体为主；殷璠《河岳英灵集》不选杜诗，则由杜甫刚入诗坛和交通条件不便使殷璠不能及时得到杜诗信息所致[②]，更何况杜诗与其所标举的“风骨”“兴象”的论诗标准与取舍要求并不完全匹配；《御览诗》风格以轻艳为主，所选内容大多为“研艳短章”之作，脱离不了相思离别、春情秋怨的缠绵基调，而杜诗风格以“沉郁顿挫”为主，落选自在情理之内；姚合《极玄集》编于中晚唐时期，其所选之作或崇尚清空闲雅的意趣，或追求凄婉苍秀之美，均迥异于杜诗；入选《才调集》者大多是晚唐时期追求繁缛绮丽之美的诗作，杜诗则鲜涉此道；《搜玉小集》所选的诗歌大部分为奉和应制诗，且所选诗人大部分是初唐作家，杜甫年代靠后，落选亦不待言。

当然，中晚唐也有许多诗人对杜甫推崇备至。如元稹在《唐检校工部员外郎杜君墓系铭并序》中说：“至于子美，盖所谓上薄风雅，下该沈宋，古傍苏李，气夺曹刘，掩颜谢之孤高，杂徐庾之流丽，尽得古今之体势，而兼今人之所独专矣。”[③]站在今天来看，这些评语并不过分，但在当时却似乎未必代表撰者本意。墓志铭应系应死者后人之求而作，为尊者讳，褒赞逝者，这是当时文人为人作墓志铭的普遍特点，元稹亦不可免俗。即使是杜甫本人所作的碑铭，也常常是夸大其词，因此仅从碑铭考察人物功过，有欠全面。韩愈亦云“李杜文章在，光焰万丈长”（《调张籍》），白居易也曾说“诗之豪者，世称李杜”（《与元九书》），王叔文在永贞革新垂败时反复吟咏“出师未捷身先死，长使英雄泪满襟”，张籍尊杜更是到了无以复加的地步，“张籍取杜甫诗一帙，焚取灰烬，副以膏蜜，频饮之曰：‘令吾肝肠从此改易’”[④]。但是，这些都没有彻底改变杜甫在广大中晚唐读者当中的地位，他们也无力改变杜甫在当时被边缘化和遗忘的现实。

①（唐）杜甫著、（清）仇兆鳌注：《杜诗详注》附录《樊晃杜工部小集序》，北京：中华书局，1979年，第2237页。

②李珍华，傅璇琮：《河岳英灵集研究》，北京：中华书局，1992年，第26页。

③（唐）元稹撰、冀勤点校：《元稹集》，北京：中华书局，1982年，第601页。

④（唐）冯贽编、张力伟点校：《云仙杂记》，上海：商务印书馆，1941年，第55页。

二、韦庄《又玄集》选诗特点及杜诗入选之原因

韦庄《又玄集·序》中说："总其记得者，才子一百五十人。诵得者，名诗三百首。"[①]今本《又玄集》实收诗人一百四十六人，诗二百九十九首。就所收的近三百首诗来看，大致体现以下特点。

首先，选诗范围广。《又玄集》选诗范围之广，体现在各个方面。从时间上来讲，历初、盛、中、晚四唐；从诗人身份上来讲，从名臣贤相到贫寒士子都入网罗，甚至僧道妇女亦未之遗；从诗歌流派上讲，既有盛唐的边塞诗派、山水田园诗派，又有其后的大历十才子诗派，更有中唐的韩孟、元白等诗派；从诗歌风格上讲，有李白之飘逸、杜甫之沉郁、韩愈之奇崛、李贺之诡异、高岑之雄奇、元白之轻俗、李商隐之朦胧；从诗歌体裁上讲，既有五七言近体，又有五古、七古、乐府、杂言等各体。《又玄集》编定于晚唐后期，韦庄选诗面对的几乎是整个唐诗，可供他取舍的空间非常之大，而他则犹如"执斧伐山，止求嘉木；挈瓶赴海，但汲甘泉"[②]，选出的这将近三百首作品是经过认真"沙之汰之""载雕载琢"而后确定的，入选的作品当符合其审美观点。

其次，选诗较侧重取材于日常生活、情感色彩淡远冲和、意境清新自然的作品。如所选的四首李商隐的诗，皆非为后人所激赏的《无题》组诗，也非抒寄兴亡、怀古伤今的咏史类作品，更非李商隐最为诗坛所赞的那些深情远渺、意象绵密、典故迭出的作品，而全取其前期所作的淡远清新之作。这种情况还出现在对王维、李白、杜牧等人诗作的取舍上。它充分地体现出韦庄选诗的旨趣，同时，也是晚唐诗坛所崇尚的幽美之诗风、清雅之情思、淡泊之诗境、自然之笔调的充分体现[③]。

具体到杜诗，《又玄集》共选杜诗七首，这既是唐代唯一编选杜诗的选本，也是目前所存唐人选唐诗中选杜诗最多的选本，同时杜甫还是《又玄集》中选诗最多的作家，可见韦庄对于杜甫的推崇和喜爱。杜诗具体入选篇目为：《西郊》《禹庙》《山寺》《遣兴》《送韩十四东归觐省》《南邻》《春望》。详察所选七首作品，除了《春望》有沉郁深厚的家国之忧外，其余六首《西郊》《禹庙》《山寺》《遣兴》《送韩十四东归觐省》《南邻》，都着眼于在平凡题材中挖掘生活新意，如《西郊》写闲居的适意，"市桥官柳细，江路野梅香。傍架齐书帙，看题检药囊"，将凡俗的生活咀嚼出了诱人的诗意。《南邻》是韦庄极喜爱的杜诗作品，《唐诗纪事》卷六八记载韦庄临终前诵"白沙翠竹江村暮，相送柴门月色新"[④]，吟讽不辍。后人评其："悄景各极亲切清新，章法井然明白。"而名篇如"三吏""三别"《自京赴奉先县咏怀五百字》《北征》《茅屋为秋风所破歌》《秋兴八首》《登高》等竟无一入选。

经以上论述，至少从表面可看出，韦庄好杜与选杜并不一致，二者存在背离。那么，导致这种情况产生的原因何在呢？

---

①（唐）元结、顾况等编选：《唐人选唐诗》（十种），上海：上海古籍出版社，1978年，第348页。

②同①。

③罗宗强：《隋唐五代文学思想史》，北京：中华书局，1999年，第367—371页。

④（宋）计有功撰、王仲镛校笺：《唐诗纪事校笺》卷六八"韦庄"条，成都：巴蜀书社，1989年，第1831页。

首先来看韦庄好杜之因由。韦庄、杜甫虽然隔代，但在生平遭遇、政治思想等方面却颇为相似。杜甫父祖皆垂名于史，其从小立志高远。但早年科场失意，十年寄居长安，依人篱下，"朝叩富儿门，暮随肥马尘""残杯与冷炙，到处潜悲辛"。后虽任右卫率府胄曹参军及左拾遗等，但为时较短。一生大部分时间穷途潦倒，"速宜相就饮一斗，恰有三百青铜钱""囊空恐羞涩，留得一钱看"。晚年安史兵祸，爱子夭亡，漂泊西南，悲愁更甚。韦庄远祖多出将入相，近祖也得牧守大州。降至晚唐，家族败落，韦庄自幼穷困，史载"韦庄颇读书，数米而炊，秤薪而爨，炙少一脔而觉之"[①]。其子八岁而卒，生活充满坎坷。虽然他也有"平生志业匡尧舜"的壮志，却报国无门。科场屡屡受挫，59 岁才中进士第，在此前后，先后游幕多方，大半辈子都处于颠沛流离的动荡生活之中，期间弟妹失散，自己身患重病，九死一生。命运的坎坷与杜甫极为相似。基于此，二人在政治思想方面亦颇多相似，如：皆深恶战争、企盼和平；都有一番用世之雄心；都对黎民之苦痛有深切感受，多哀民生之不易。

由于韦庄与杜甫人生经历相似，所以在现实中，他才把好杜之情外化为学杜、思杜之行动。韦庄之弟韦蔼在《浣花集序》中说："明年(902)，(韦庄)在浣花溪寻得杜工部旧址。虽芜没已久，而柱砥犹存，因命芟荑，结茅为一室。盖欲思其人而成其处。"[②]陈寅恪《读秦妇吟》一文亦曰"端己平生心仪子美，至以草堂为居，《浣花》名集"[③]。又据《十国春秋·韦庄传》载："武成三年(910)，(韦庄)卒于花林坊，葬白沙之阳，是岁，庄日诵杜甫'白沙翠竹江村暮，相送柴门月色新'之诗，吟讽不辍，人以为诗谶焉。"[④]在文学创作方面，韦庄亦受杜甫影响甚深。其不仅在诗中化用杜诗诗句，而且在风格、意境方面也多借鉴杜诗，如韦庄《秦妇吟》中以人物对话结构全篇、以下层百姓之苦痛表现战乱于国家社会的巨大伤害，细致入微的细节描写、直面现实的写实主义风格等特点，莫不与杜甫之"三吏""三别"等相似，以韦庄好杜之情来看，很难说没有受其影响。

尽管如此，二人毕竟背负不同的时代文化背景，在文学主张和诗歌创作方面各有不同。韦庄在《又玄集·序》云：

谢玄晖文集盈编，止诵"澄江"之句；曹子建诗名冠古，唯吟"清夜"之篇。是如美稼千箱，两岐爰少，繁弦九变，《大濩》殊稀。入华林而珠树非多，阅众籁紫箫唯惟一，所以撷芳林下，拾翠岩边，沙之汰之，始辨辟寒之宝；载彫载琢，方成瑚琏之珍。故知颔下采珠，难求十斛；管中窥豹，但取一斑。自国朝大手名人，以至今之作者，或百篇之内，时记一章；或全集之中，唯征数首。但掇其清词丽句，录在西斋；莫穷其巨脉洪澜，任归东海。总其记得者，才子一百五十人；诵得者，名诗三百首。

……

昔姚合撰《极玄集》一卷，传于当代，已尽精微。今更采其玄者，勒成《又玄集》三卷。记

①(宋)李昉：《太平广记》卷一六五"韦庄"条，北京：中华书局，1961 年，第 1210 页。

②(唐)韦庄著、聂安福笺注：《韦庄集笺注》附录四《序跋书录题解》，上海：上海古籍出版社，2002 年，第 483 页。

③陈寅恪：《韦庄秦妇吟校笺》，见《寒柳堂集》，北京：三联书店，2001 年，第 129 页。

④(清)吴任臣撰，徐敏霞、周莹点校：《十国春秋》卷四十《前蜀列传·韦庄》，北京：中华书局，1983 年，第 593 页。

方流而目眩，阅丽水而神疲，鱼兔虽存，筌蹄是弃。所以金盘饮露，唯采沆瀣之精；花果食珍，但飧醍醐之味。非独资于短见，亦可贻于后昆。采实去华，俟诸来者。[①]

在这两篇序文中，韦庄表明了自己文学情趣和编选标准，宣称其《又玄集》乃承姚合《极玄集》而作，并表现出对姚合清淡恬丽之文学旨趣的欣赏，进而提出自己的文学主张——"清丽"说，即提倡文学形式与内容纯净高洁、文学情韵的风雅秀美、文学欣赏的公正客观和闲情逸兴。这正是杜诗的经典名篇无法入选《又玄集》的真正原因，即它们无法满足韦庄"清丽"的审美需求。

总体来看，韦庄与杜甫在人生经历、个人遭际和思想观点的相似或相近，使其在文学创作上处处学习、师法、模仿杜甫。但由于受制于时代环境和文学思潮的影响，其在文学创作上力主"清丽"，从而使其在学杜过程中，更多地将精力和注意力放在符合其文学审美趣味的杜诗上，而对杜甫诗中反映民生哀怨、关注现实生活、笔调细腻写实的篇目则主动排除。这种选择性学杜的做法使其无法真正领会杜诗广阔的思想内容和精湛的诗艺技巧，也就无法使杜甫为读者正确认识，自然也就无法将杜诗在唐代后期发扬光大。

三、韦庄《又玄集》选杜之意义

韦庄选杜为杜诗接受史上的重要事件，其意义可从以下两个方面加以论析。

首先，韦庄《又玄集》在唐代首次将杜诗编入选集，且入选杜诗数量占《又玄集》入选诗人之首，这对于杜诗的普及与宣传功莫大焉！毫无疑问，在书籍尚未普及和文人别集数量众多的情况下，除非专门之人和对文学持有特殊兴趣者外，很少有人能将存世作品通览。更何况杜诗全集在唐代残损不堪，并未有详致校注，所以入选选集、扩大读者的接受面对于诗人地位的提高和人们对作品的细研无疑具有重要意义。元稹曾在谈及白居易诗歌流传情况时说："然而二十年间，禁省、观寺、邮候、墙壁之上无不书，王公、妾妇、牛童、马走之口无不道。至于缮写模勒，衒卖于市井，或持之以交酒茗者，处处皆是。"[②]白居易作品以各种形式流传范围较广、读者层次之宽致使其在中唐成为广受欢迎的文坛宗师，这一事例充分说明了作品流传与接受间的重要关系。杜甫作品自诞生之初，就没有受到同时代人的足够重视。中晚唐时期，虽逐渐为文坛所关注，但也仅局限于白居易、韩愈、元稹、张籍等有限的几个人，在读者数量上与一些同时代的诗人相比，依然偏小。这是杜甫在唐代诗坛无法真正崛起的重要原因。

韦庄在选集中大量选入杜诗，对于提高其在广大读者间的知名度、对于人们对杜诗价值的发现、对于诗坛宗主地位的确立都极具意义。由此开始，杜甫日渐受到诗坛的关注，及至北宋，杜诗全集的编定和千家注杜盛况的出现，终使杜甫走到了诗坛的中央。北宋中后期，在王安石、苏轼、黄庭坚等人的努力下，杜甫始确定了其在诗坛不可撼动的地位。而这一切，莫不以唐末韦庄选杜为起点。所以，韦庄在杜诗发展史和接受史上具有导夫先路的作用，韦

①（唐）元结，顾况等编选：《唐人选唐诗》（十种），上海：上海古籍出版社，1978 年，第 348 页。

②陈友琴：《古典文学研究资料汇编》（白居易卷），北京：中华书局，1962 年，第 2 页。

庄以选集的形式宣告了唐代杜甫接受低迷期的结束，预示了自宋开始的杜甫接受辉煌期的到来。从这个意义上看，韦庄在杜诗接受史上占据着承前启后的关键地位。

其次，韦庄选杜尽管在形式上对杜诗接受起到推动作用，但在具体内容上，却并没有真正发现杜诗的价值，从而错失了亲手迎接杜诗接受黄金期的机会。这主要受制于时代因素。韦庄身处晚唐后期，此时，宦官余党虽已根除，但藩镇坐强的局面愈演愈烈，大唐内力消耗殆尽而乱象纷呈。面对此种局面，士人中兴王朝的梦想已然破灭，消极避世之思潮大行其道。整个诗坛上空，飘荡着脂粉气、仙道气和历史气，当然也包括韦庄的清丽气。杜甫诗中指斥时弊、哀怜民生而欲再造盛世的内容自然与时风格格不入。受此影响，《又玄集》中“三吏”“三别”等作品被弃置，而写景淡雅、抒情柔婉之作被选中，实在情理之中。这既是韦庄《又玄集》的局限，也是时代的局限，对此我们无法苛责。遥想杜甫一生颠沛流离、坎坷不遇，不意其诗在其死后相当一段时间的命运亦同样如此，不亦令人悲乎！

民国时期之选杜与罗振玉《杜诗授读》

孙浩宇

（长春师范大学文学院　学报编辑部　吉林长春　130032）

选唐诗与选杜诗者代不乏人，这是唐诗和杜诗研究与传播的一个重要现象。选唐诗者一般必选杜，此外还有大量专门的杜诗选本。杜的儒家精神、诗史特征尤其是民胞物与的家国情怀、忧患意识及忠君思想构成了杜诗独特的气质，杜诗言志，读杜、选杜、步韵、集杜诗、集杜联包括抄写、书写杜诗等，历代学杜之人多有借此种种方式以言志者，借老杜之酒杯浇个人之块垒，此可见出杜诗伟大深广、历久弥新的思想价值，故此，有时选杜的意义也会超越诗学本身，传达出编选者鲜明的情志与背景色彩，罗振玉的《杜诗授读》即是如此。

笔者看到的关于民国时期唐诗选本的期刊论文有两篇①，一是胡光波的《二十世纪唐诗选学概论》，一是宗瑞冰《民国时期唐诗选本选型论》。前者用四分之一篇幅介绍了民国时期的唐诗选本，对孙琴安《唐诗选本提要》附列的 33 种选本略作分类，强调了闻一多《唐诗大系》的创新价值；宗文是针对性研究，旨在分类，其"包孕"型选本的提法较有特点，又因其分类包括翻刻的旧选，故范围稍宽，据称所经见"有七八十种之多"。2014 年诞生两部民国唐诗学博论，但并不以选本为研究对象。其中任晓勇博士对部分选本略有介绍，因只是当作背景，故亦不出孙先生范围；赵耀锋博士虽未对应地列出目录，但有个统计表②，查民国时期唐诗选注本有 51 种，1933 年至 1939 年有 43 种，而仅 1937 年就有 27 种，这个数据耐人寻味。本文所论《杜诗授读》编行于 1938 年，亦先为说明。

一、关于民国时期唐诗总集选杜情况考察

民国时期各种唐诗集子刊行不断，就总集而言，从诗学继承、演变的角度，似不必拘于民国之新选。本文考察对象以是否选杜为准，包括旧选翻刻、旧选新编、新选等三种情况。旧选翻刻主要收在《四部丛刊》《四部备要》《丛书集成初编》《国学基本丛书》等几套丛书中，如

①胡光波：《二十世纪唐诗选学概论》，《湖北广播电视大学学报》，2003 年第 1 期，第 96—100 页。宗瑞冰：《民国时期唐诗选本选型论》，《泰山学院学报》，2015 年第 1 期，第 14—18 页。

②赵耀锋：《民国时期唐诗学研究》，2014 年，西安：西北大学博士论文，第 73 页。

《乐府诗集》、邢昉《唐风定》、王士祯《古诗选》、沈德潜《唐诗别裁集》、王尧衢《古唐诗合解读本》、周春《杜诗双声叠韵谱括略》、姚鼐《五言今体诗钞》《七言今体诗钞》、曾国藩《十八家诗钞》、刘文蔚《唐诗合选详解》、席启寓《唐诗百名家全集》等多选杜诗。此中流传最广的是《千家诗》与《唐诗三百首》，以后者论，据尹雪樵《<唐诗三百首>版本知见录》，查民国时期刊行达 27 种之多。旧选的大量翻刻反映了民国诗学的繁荣与审美倾向，王士祯、沈德潜、姚鼐、曾国藩，包括《唐诗三百首》对民国诗学影响很大。旧选新编更可看出部分旧本强大的诗学生命力与影响力。吴遁生《十八家诗钞》、俞陛云《诗境浅说》、毕志扬《唐诗韵释》可为代表，吴本是对曾国藩本的再选，俞、毕两书都依据《唐诗三百首》，俞本诗意讲解到位；毕本凡例写道："本书附作诗法一章，不尚空谈，力求显豁，要在引起读者作诗的兴趣。""吾国旧体诗，最重韵格。本书每字注平仄，每句标韵目"，可见其旨意在于引导学诗。

第三类是民国时期之新选本，《唐诗选本提要》所列举 33 种即属此类，另外像高步瀛《唐宋诗举要》、徐声越《唐诗宋词选》等合选本亦不妨列入考察。从类型上，其中多数是用于学习或普及的读本，像王文濡《唐诗评注读本》等不妨视作高级读本。另外还有一类值得关注，如浦薛凤《白话唐人七绝百首》、朱炳煦《唐代非战诗选》(1933)、俞衣冰《唐代边塞战争诗》(1936)、中华书局出版的《非常时期之诗歌》(1937)等，富有特定而明确的思想意图和时代涵义。以前本为例，浦生于 1900 年，1920 年编行《白话唐人七绝百首》之时正为清华学生，当时白话文运动方兴未艾，浦本一出，屡屡再版，大概也因为其中强烈的文化争鸣意味。时任北大校长蔡元培先生亲为作序："浦君瑞堂因为现代青年，抱了新体诗的迷信，把古诗一笔抹杀；特地选了唐人的白话七绝一百首……"浦自序："现在的学生，受了些影响，免不得有两个误解：一、诗就是文，一定不要韵或律；二、前人的诗，都是旧，腐败，没有文学底价值，所以不必或不屑去读。""我的主要意思是：一、引起初读诗者底兴趣；二、表明前人底诗，很多有保存的价值；三、帮助初学新体白话的同伴，立个标准，创个体格。"这种诗选富有文化关怀的意味，虽非己作，却同样具有编选者意志，具有文以载道的精神，富有时代价值和社会意义。其实，借选本以表达编选者个人的情志与关怀，着眼选本的思想文化张力，是我国选本文化的一个传统。这也是关注民国时期选杜的一个思想方法所在。

以下选举若干本子，考察其选杜之情况。高步瀛《唐宋诗举要》成书于 1920 年代末。1930 年代为唐诗集子编行高峰，选五个名家普及选本：吴遁生《十八家诗钞》(商务印书馆 1935 年)、徐声越《唐诗宋词选》(正中书局 1936 年)、潘德衡《唐诗评选》(柳原书店 1936 年)、吴遁生《唐诗选》(商务印书馆 1937 年)、胡云翼《唐诗选》(中华书局 1940 年，成书于 1936 年)。另有闻一多《唐诗大系》(上海开明书店 1948 年)。

	唐宋诗举要	十八家诗钞	唐诗宋词选	唐诗评选	唐诗选(商务本)	唐诗选(中华本)	唐诗大系
选杜诗数	148	52	26	153	45	51	99
选诗总数	619	425	499	1868	530	430	1413
编排方式	分体、作家	分体、作家	按作家	按作家	分体、作家	按作家	按作家

续表

	唐宋诗举要	十八家诗钞	唐诗宋词选	唐诗评选	唐诗选（商务本）	唐诗选（中华本）	唐诗大系
编排次序	五古、七古、五律、七律、长律、五绝、七绝（标明）	五古、七古、五律、七律、七绝（标明）	无	依据《全唐诗》	五绝、七绝、五律、七律、五古、七古（标明）	五古、七古、五律、七律、五绝、七绝	五古、七古、五律、七律、五绝、七绝

诸本选杜有三个特点：

一是考虑现存杜集作品的总体比例，倾向于古、律二体，绝句多是聊备一格，而古与律中一般又以五言居多，此中《唐宋诗举要》略显例外。而在古与律比例的倾向上又可分为三种：如《唐宋诗举要》《唐诗大系》重古体，《十八家诗钞》《唐诗三百首》重律体，而商务本与中华本的《唐诗选》又选择取篇均衡。

二是杜诗选取比例均较大，体现了晚清以来崇杜的主流风尚。吴遁生依据曾国藩再选，在作家作品数量上做了平衡。但因曾国藩宗杜，故吴选杜诗仍然最多。高步瀛"曾经受业于吴汝纶，从学术的系统来说，是一个清末的桐城派的古文家，因此他的诗论不免继承了桐城派的观点。在注释中除了引用王士祯、沈德潜等人的见解之外，还大量引用了桐城派中姚南青、刘大櫆、姚鼐、方东树以至曾国藩、吴汝纶等人的言论"（出版说明）①。由此，《唐宋诗举要》中杜甫地位也自然突出。《唐诗评选》也是个选杜蔚成规模的本子，其杜诗仅少于李白，但亦是李杜并称。其序言称："杜甫则悲壮沉郁，工力猷劲，铺陈时事而常带箴规，感怀民生而悲慨独绝。思家伤乱之作，则语挚情真，即物寓兴之篇，则细腻精致，谪仙以下，堪称独步。诗至李杜，可谓众体兼备，陵轹古今矣。"《唐诗宋词选》有诗词合选本的特点。选诗数量上较为均衡，除杜甫、岑参、韩愈各 26 首外，李白 33 首，王维 29 首，刘禹锡、孟郊、李商隐各 24 首，韩偓 23 首。是书编选略例讲："本书为中等学生读物，选录作品，偏重文字明畅，内容充实，气象峥嵘，意趣新鲜者，过于神理绵邈，格律精严者，不得不加割弃，故所选篇什，并不能代表每个作家……本丛书另有乐府诗选，故唐诗中各家乐府所选极少。"其选诗考虑到编著对象阅读能力，并不以彰显诗学风貌为首要。另书中《唐诗宋词略说》评价杜甫较为允当："各体皆备，与李白的多作古诗和绝句不同。就风格而论，也是无所不有。"至于李商隐、韩偓作品选入较多亦是诗词合选本的特点。

三是《唐诗大系》虽是白话选本，却极有特点。闻一多先生是唐诗专家，对杜甫尤其下过功夫，有《读杜丛钞》传世，其本选杜亦成规模。而有意思的是，闻先生虽被称为新派学者，但在体例编排上却极谨严，次序仍用旧例。另外以选本观照，吴遁生先后编选《十八家诗钞》与《唐诗选》，在选杜上可以看出继承与区别。胡云翼是唐诗研究专家，与吴本比，其《唐诗选》先作而后出，在体例编排上也略作区别，其中选杜比例也略大。

二、关于民国时期杜诗选本的考察

民国时期杜诗选本的旧本翻刻也有多种，如《金圣叹选批杜诗》《杜诗精华集解》。亦有

---

①高步瀛：《唐宋诗举要》，上海：上海古籍出版社，1978 年，卷首。

属于旧本新编的，如高剑华《杜甫诗选》依据曾国藩，张廷贵《音注杜少陵诗》依据沈德潜。关于民国选本统计，周采泉先生例举13种[①]，张忠纲等先生又补充两种：虞和钦《杜韩五言古诗类纂》、俞平伯《杜诗从约》[②]。除此以外，笔者还知道三种：一是李大防《杜诗约选》(1935)，此本其实周先生在附录《近人杜学著作举要》已透露线索："《杜诗约选序》，李大防，1935年7月安徽大学文史丛刊一卷一期。"查，此本为油印，字体较草，多有漫漶处。形制为竖排，有眉批、笺注，是旧式，印行在1935年，系李在安徽大学任教所编的教材。按，李大防(1869—1939)，字范之，四川开县(今属重庆市)人。其父李宗羲曾任两江总督。李历在河北、安徽为官，任安徽省政务厅厅长、安庆道尹，后淡出仕途，任教安徽大学，"七七"事变后归川。李善诗词，与姚永朴、徐英、陈家庆等相往还，并曾组织诗社。李与诸子多有著述，有《寒翠楼集》《老子姚本集注》《庄子王本集注》《墨经集解》等传世。阿英《甲午中日战争文学集》选其七古《哀韩篇》一首，可见经世之心。李旧学功底扎实，诗宗汉唐，尤推重杜甫。《杜诗约选序》讲："杜诗为万古不祧之祖，此古今能诗者之所公认也。仇兆鳌曰，宋人之论诗者，称杜为诗史，谓得其诗可以知人论世也。明人之论诗者，推杜为诗圣，谓其立言忠厚可以重教万世也。刘熙载曰，杜之五七古，叙事节次波澜离合断续，从史记得来，而苍莽雄直之气亦逼近之。少陵以前律诗，校校节节为之气断意促，前后或不相管，摄实由于古体未深耳。少陵深于古体，运古于律，所以开阖变化，施无不宜，综仇刘二氏之说观之，则杜诗之本末表里昭然洞见。诚知杜之深者也。杜之前自汉魏以达唐初，风气日变，体格日备，得杜以集其大成。元稹志其墓曰，……元氏此论，识者皆无异辞。杜之后，唐宋诸大家靡不由杜脱化而出。"李论诗继承多于创新，一如其创作。

另一种是《杜诗授读》(1938)。第三种是崔俊夫《杜甫诗》，1948年1月上海大中华书局出版，属"国学珍本名家诗钞"。该本选诗300首，不标明分体，按古今体依次排列，白文无注，亦无前言后记。

这些杜诗选本大致可分为新旧两类：一类如中华书局《杜诗精华》(自修文学书)，该本初版于1915年7月，至1928年10月已再版14次。该书板式有眉批，每篇片尾有点评，一如各种旧本。例言讲："杜集清奇浓淡，各体具备，兹编以学生适用为宗旨，故采辑诸作，取其与风雅骚人相表里者，既存少陵之真，藉见诗学之正。少陵夔州以后诗，评者谓其生硬颓秃，故于五言古体，所收从略，惟七言近体，则如秋兴、诸将、咏怀古迹等篇，夔州以后尤工，兹编惟善是择，初无成见。五言长律，少陵扩至百韵，稍觉冗复，概不入选，七绝一体，集中不多，亦非擅长之作，特取数首，以见一斑。圈点专取精神团结处，评释专取段落分明，用意微远，及与史书印证处，属稿之初，参考评点诸家，要折衷于归愚，一代宗匠，其所发明，最便初学，编辑之旨，实在于兹。排次之法，先五言古诗，次七言古诗，次五七言律诗，次五七言绝句。"讲明择选要旨、排次之法，言简意赅。

一类可以傅东华《杜甫诗》为代表，该书在白话文运动、"整理国故"之后，其初版于1934年3月，多次再版，语言为白话文，诗从全集中选出，为编年体，其形制、格式对后选者影响很

①周采泉：《杜集书录》，上海：上海古籍出版社，1986年，目录。

②张忠纲等：《杜集叙录》，济南：齐鲁书社，2008年，第504页。

大。傅能创作，一度充任商务印书馆编译员、复旦大学教授，曾编行中学国文教科书多种，译有《飘》等外国小说。其于李杜有系统研究，之前即著有《李白与杜甫》《李白诗》。该书导言是一篇系统的《杜甫论》，成稿于1927年，文章述及杜甫行迹、创作、诗歌及思想特点。"（杜甫）绝对不像那种明哲保身的隐遁主义者，也绝对不像那种否定一切的超世主义者；他只认得'现实'，他没有一般诗人的那种理想境界；他认定现实是不能避免的，所以从不想到去寻觅他的桃花源，也从不肯苟且安乐，而甘心跟现实奋斗到底……其所以能成一个真正的儒教信徒，则又因他具有一种博大、深厚、普遍、充实的同情之故。这种同情是他先天具备的，绝不是虚伪的……杜甫的诗境，曾向政治、历史、社会方面特别开拓。"这段话恳切地揭示了杜诗的思想价值，杜甫的伟大正在于一颗真实、同情、"毕生遑遑、席不暇暖"的赤子之心。至于选择标准、体例，也在凡例中讲明："本编专供学生读阅，故所选皆取典实不过浓重而诗意易于领悟者。但集中最著名的作品，为了解作者的人格及艺术所不能不读者——如壮游诗等——则虽典实稍显浓重，亦均入选。……杨西河采集各家之长，著为杜诗镜铨，详略得宜，释义精当，兹编注释，大致从之。"虽为普及读本，但此书规模、体系都较为完善，注释多从旧注，缀以白话，解放后的诸多选本约略似之。

三、对罗振玉《杜诗授读》的考察

（一）《杜诗授读》的被忽视

该本被忽视大致有两个原因：(1)一代硕儒罗振玉学术成就斐然，在甲骨文、汉晋简牍、敦煌写本与敦煌学、内阁大库档案、金石学与古器物学、经学与古文字学诸领域都有突出贡献；其立足旧学，擘开新学，学术地位不容忽视；其对多种文献的系统整理对中华文化贡献很大，相形之下，其诗名便显得黯淡。(2)该书成于1938年6月的伪满洲国，前此罗振玉一直追随逊帝溥仪，汲汲于仕途，此时已从伪检察院院长、满日文化协会会长退居林下，其文化维新、政治守旧的行径也每为时人目为"汉奸"。故此书的流布与影响在一诞生便打了折扣。

（二）《杜诗授读》的特点

《杜诗授读》（下简称《授读》）诞生的时间有两点值得关注：(1)其时罗氏已退居辽东，而1930年代恰是唐诗印行的一个高峰，罗编行此书不免有着一定的民族与时代文化背景。杨启高认为，唐诗影响了现代民族诗派，"斯派作诗，以振奋中华民族为主，于民族生存之大剧场，独具掀天揭地之气概，首绍周民族诗之风雅颂，次崇汉魏六朝之咏怀与纪事诗，次承唐代诗人杜甫、白居易论诗之趋向，以诗歌合为人而作。祖杜是一般风尚。"①可见杜诗的时代价值；(2)此时罗已为暮年，仕途已画上句号，而其投身伪满、遭人唾弃，当已幡然自省，这段蹭蹬的为宦经历亦难算成功，诸多况味交集于心，其推出此书亦当有特殊的个人情志在，在其后《陆诗授读序》中有段夫子自道："先大夫（指罗之父）又问，两家诗（指杜诗与陆诗）汝试举汝最服膺之章句为何？予对曰：杜诗致君尧舜上，再使风俗淳，陆诗外物不移方是学，窃慕斯

①杨启高：《唐代诗学》，南京：正中书局，1935年，第393页。

语。……今回溯往事，匆匆垂六十年，自愧毕生无所树立，而其事则可以诏我后人。予既手录杜诗百余篇以授长孙继祖，更录放翁诗二百余首，为《陆诗授读》，而书童年所致疑、所渐悟之往事于卷端。”①《授读》印行的意图亦当注意，虽然罗在序言中称“将以传之家塾、贻我后人”，但该书却并非私人印制，而是以满日文化协会《东方国民文库》第十编公开印行的。

《授读》形制上并无创新，其按古、律、绝排列，选诗145首，分体、规模与《唐宋诗举要》这样的合选本大体相当，数量也只是傅东华《杜甫诗》的半数强。可以说，无论是篇目还是评注，其匠心都在于“选”，所谓“手录杜集，约之又约，得百余篇，付长孙继祖，集录前人评注，编为一卷。”②从体裁上，“授读”律重于古，五言重于七言。综观其注释，虽径择旧注，但原则略似《唐诗三百首》凡例：“凡诗中所咏邑里、山川、古迹，必稽之前籍，参以唐志，又实以明地志及大清一统志。盖陵谷既迁，名号数易，非本诸唐志，则不知所自来，非证以今名，则不复可寻考，兼而列之，庶几览古之一助。”③其评点则以五七言古体最为密集。其中征引评点有四条的2首：《北征》《新婚别》；有三条的5首：《自京赴奉先县咏怀五百字》《羌村三首》《哀江头》《洗兵马》《秋兴八首》，这些都是杜诗中习见又常选的名篇。同时还有并不征引任何评点的42首④，几近全本的三分之一，其中多耳熟能详的名篇，但整体上透露出一种孤寂、落寞、惆怅的味道，一切尽在不言中，或许与选者的处境与心情不无关联。以其编排在一起的“一组五律”试作考察：

《遣怀》：愁眼看霜露，寒城菊自花。天风随断柳，客泪堕清笳。水净楼阴直，山昏塞日斜。夜来归鸟尽，啼杀后栖鸦。

《日暮》：牛羊下来久，各已闭柴门。风月自清夜，江山非故园。石泉流暗壁，草露滴秋根。头白灯明里，何须花烬繁。

《夜》：绝岸风威动，寒房烛影微。岭猿霜外宿，江鸟夜深飞。独坐亲雄剑，哀歌叹短衣。烟尘绕阊阖，白首壮心违。

《倦夜》：竹凉侵卧内，野月满庭隅。重露成涓滴，稀星乍有无。暗飞萤自照，水宿鸟相呼。万事干戈里，空悲清夜徂。

《客夜》：客睡何曾著，秋天不肯明。卷帘残月影，高枕远江声。计拙无衣食，途穷仗友生。老妻书数纸，应悉未归情。

《客亭》：秋窗犹曙色，落木更天风。日出寒山外，江流宿雾中。圣朝无弃物，老病已成翁。多少残生事，飘零任转蓬。

---

①罗振玉：《雪堂自述》，南京：江苏人民出版社，1999年，第158页。

②罗振玉：《杜诗授读》，长春：满日文化协会，1938年，卷首。

③陈婉俊补注：《唐诗三百首》，北京：中华书局，1956年，卷首。

④《游龙门奉先寺》《望岳》《赠卫八处士》《贫交行》《悲陈陶》《观打渔歌》《冬狩行》《阆山歌》《缚鸡行》《忆昔二首选一》《登兖州城楼》《春日忆李白》《送远》《春夜喜雨》《喜观即到复题短篇二首选一》《滕王亭子二首选一》《奉济驿重送严公四韵》《不见》《奉简高三十五使君》《与任城许主簿游南池》《杜位宅守岁》《陪郑广文游何将军山林十首选三》《故武卫将军挽词三首选二》《野望（清秋望不极）》《遣怀》《夜》《客夜》《客亭紫宸殿退朝口号》《至日遣兴奉寄北省旧阁老两院故人二首选一》《南邻》《客至》《恨别》《野望（西山白雪三城戍）》《宿府》《阁夜》《返照》《春归》《复愁》《八阵图》（另有3首未列出）。

《萤火》:幸因腐草出,敢近太阳飞。未足临书卷,时能点客衣。随风隔幔小,带雨傍林微。十月清霜重,飘零何处归。

景物描写清冷、萧索、压抑,充满了主观色彩,而透露的情感也满是孤单冷落、老大无成、飘零无依、倦客思归的惆怅。其中"计拙无衣食,途穷仗友生。""圣朝无弃物,老病已成翁。"虽是出自老杜之口,难不成毫无罗氏之"心"乎?而"暗飞萤自照"几乎亦可视为罗氏之自况。考虑到《授读》为公开选本,罗的自明心迹不免有些可怜。

对照罗同期《辽海续吟》[①]诸作:《赋得俯仰身世悲》《丙子元日》《梦想》《梦中作》《山居书感》,其选诗与作诗的心境相互映照,是一致的。

三、罗振玉的诗学思想

罗振玉是个诗人,这是个事实,也是个每为人忽略的事实。虽然如其《辽海吟序》所讲:"予不工韵语,少日所作,辄随手弃去。"但其心志不过是在"放翁余事作诗人"(《辽海续吟》中《读渭南诗》)[②]。从其晚年诗作的古体与律体中,不难看出其学杜、学陆的痕迹,尤其是五古,更具老杜神采。罗振玉的诗学思想有三个特点:

一是注重儒家风雅之诗教。《杜诗授读序》讲:"在昔我先圣诏小子以学诗曰:诗可以兴、可以观、可以群、可以怨,迩之事父,远之事君,大已哉诗之为教也。"《陆诗授读序》亦言必称"诗序":"读《大序》'诗者,志之所之也,在心为志,发言为诗。……故正得失、动天地、感鬼神,莫近于诗。先王以是经夫妇,成孝经,厚人伦,美教化,移风俗',始知诗教之由兴与诗之体用盖如此。"[③]罗学问重于诗艺,擅场在儒经,亦为佐证。《辽居稿》中《乔忠烈公诗翰卷跋》:"工书善诗,此卷虽吉光片羽,然风雅可以概见。"其评诗亦如此。

二是罗氏论诗尤其重"知人论世"。《杜诗授读序》:"少陵崛起,命世挺出,奄具众美,造次颠沛,不忘君国。"凡论诗必先论人,不仅是对少陵。《斗南存稿》序"(中岛端)暇时出示所为诗文,雄直有奇气,其抱负不可一世。……至诗之雄直、俊伟,当世无与抗衡者。"[④]

三是罗氏论文讲究"先道后艺""道艺并重"。贻安堂刊《云窗漫稿序》:"古人之文以载道,以明艺,无苟作者。三十年来笃守此义,未敢滥有造述。此杂文三十首,成于海外者十八九,旧作十一二而已。偶捡行箧,得之以付写官,非谓有当于载道明艺之旨,以示后人庶知吾之平生志意云尔。"罗重道慎文,从悔其少作亦可想其作诗亦极认真。

罗氏晚年诸作多具浓厚的忠君思想,如《曼殊雅颂》所选《还山口占四绝句》《七十赐寿恭纪圣恩二律》《乞休得请恭纪圣恩兼简朝右诸公二律》[⑤]等可见一斑,而在其恭颂"圣恩"的另一面又有惆怅、失落之感。这与其诗学思想相为辅成,也与杜诗之精神相合,即所谓"公诗探

①罗振玉:《雪堂自述》,南京:江苏人民出版社,1999年3月,第164页。
②罗振玉:《雪堂自述》,南京:江苏人民出版社,1999年,第177页。
③罗振玉:《雪堂自述》,南京:江苏人民出版社,1999年,第158页。
④罗振玉:《雪堂自述》,南京:江苏人民出版社,1999年,第154页。
⑤陈邦直:《曼殊雅颂》,长春:满日文化协会,1938年,第9页。

源于三百篇及楚骚、汉魏乐府，包罗丰富，含蓄深远，其文约，其词微，称名小而指极大，举类迩而见义远，于流离困顿之中不忘爱君报国之志，忠义根于天性，才与识又足济之，故能成此空前绝后之作，后人尊之曰诗圣，目之曰诗史，良有以也。"[①]罗、杜、杜诗、罗诗多有相互印合。需要重申，罗氏选杜一面在"诗教风雅""忠君报国"，一面在于罗与杜颠沛造次的"同情"之心。罗学杜、选杜之精神概在于此。反言之，此亦为杜诗与时俱进的时代意义，1930 年代杜诗与唐诗是一味宝贵的民族文化食粮。

①沈归愚选、张廷贵音注：《音注杜少陵诗》，上海：文明书局，1924 年，卷首。

杜甫与地域文化

杜甫“三峡诗”在中国诗歌史上的重要贡献及影响

鲜于煌[1] 鲜京宸[2] 刘庆[3]
(1.重庆师范大学　重庆市孔子儒学研究会　重庆　401331;
2.四川外国语大学　重庆　401331;3.重庆农畜产品交易所　重庆　400010)

中国伟大的“诗圣”杜甫从唐代宗永泰元年(765)五月携妻子杨氏和儿子杜宗文、杜宗开以及女儿离开生活了五年之久的成都乘船东下向长江三峡地区出发,到唐代宗大历三年(768)正月中旬出三峡,杜甫及家人在三峡地区一共生活了两年零九个月的时间。杜甫在这期间共写诗 481 首,除佚失一首外,至今实存 480 首诗歌。年高力衰(“缓步仍须竹杖扶”)、发白(“男儿生无所成头皓白”)、眼花(“读书难字过”)、耳聋(“牙齿半落左耳聋”)、病肺(“春复加肺气”)、消渴(“消渴已三年”)、疟疾(“疟疠终冬春”)、无食(“朝餐是草根,暮食乃树皮”)、愁深(“上感九庙焚,下悯万民疮”)的他面对战乱(“战血流依旧,军声动至今”)、民贫(“哀哀寡妇诛求尽,恸哭秋原何处村”)、瘴气(“瘴毒猿鸟落,峡干南日黄”)等恶劣的自然环境和社会环境时,以顽强的毅力和火一般的激情用如椽之笔写下了这 480 首“惊天地,泣鬼神”的重要诗歌。杜甫这 480 首诗要占他诗歌总数的三分之一。杜甫在三峡两年零九个月的时间里就创作了 480 首诗歌,几乎平均两天就产生一首诗歌,因此可以说杜甫在三峡虽是体力最衰弱、生活最穷困、环境最恶劣的时候,然而又是他诗歌创作最为旺盛、激情最为高涨的黄金时期,是他整个“沉郁顿挫”艺术风格走向最成熟、最全面、最为炉火纯青的时期。既然“三峡诗”是杜甫整个诗歌创作中最为闪亮最为辉煌的一部分,那么它在杜甫诗歌史上乃至整个中国诗歌史上有什么样的巨大贡献及影响呢? 笔者以为,杜甫“三峡诗”的重要贡献以及影响是多层面、多视角的,主要有以下几个方面:

第一,对奇险奥僻的苦吟诗派卢仝、孟郊等人的影响

杜甫的诗风一向是酣畅淋漓、求实稳健的,但也有不少的诗歌却起得突兀惊险,仿佛狂沙陡起,又比如巨浪扑面,使人如闻黄钟大吕。对这种腾挪跌宕、变化万千的手法,明代李东阳曾评说:“惟杜子美顿挫起伏,变化不测,可骇可愕”。

又如范椁所说,写诗“要铺叙、要开合,要有风度,要迢递、险怪、雄峻、铿锵,忌庸俗软腐,须是波澜开合,如江海之波,一波未平,一波又起。又如兵家之阵,方以为正,又复为奇;方以为奇,忽复是正;奇正出入,变化不可纪极”——杜甫很善于追求新奇险峻“变化不可纪极”的艺术手法，比如就在他的《赠崔十三评事公辅》一诗中，就有深入全面的体现：

飘飖西极马，来自渥洼池。飒飁（定、寒）山桂，低徊风雨枝。我闻龙正直，道屈尔何为。且有元戎命，悲歌识者知。官联辞冗长，行路徙欹危。脱剑主人赠，去帆春色随，阴沉铁凤阙，教练羽林儿。天子朝侵早，云台仗数移，分军应供给，百姓日支离。黠吏因封己，公才或守雌。燕王买（贾）骏骨，渭老得熊罴。活国名公在，拜坛群寇疑。冰壶动瑶碧，野水失蛟螭。入幕诸彦集，渴贤高选宜。骞腾坐可致，九万起于斯。复进出矛戟，昭然开鼎彝。会看之子贵，叹及老夫衰。岂但江曾决，还思雾一披。暗尘生古镜，拂匣照西施。舅氏多人物，无惭困翮垂。

这首长篇五言律诗，首尾各八句，中间四段各六句。此诗本是赠人之作，却开得奇险突兀，似如从空劈下：全诗先从遥远的“西极马”写起，然后连用三个想落天外的比喻以切入正题（如用“马来渥池”，比崔之才俊；用“桂摧风雨”，比崔之困顿；用“龙屈当伸”，比有元戎见知。三个比喻意义各不相同，起层层深入的作用）。而诗的结尾又关合巧妙，同样用三个比喻来收束全诗——杜甫这种大开大合、跌宕顿挫的写作手法，再加“池”“枝”“为”“知”“危”“随”等一些感情特殊的韵脚，使人读后感到险怪雄峻、惊心动魄，一波未平、一波又起。他这种突兀惊险、新奇奔放的艺术手法流传到中晚唐，对专门追求“奇崛险怪”的韩愈、卢仝、孟郊、贾岛等人的诗歌创作产生不小的影响。这正如杨伦所说：“此诗独作涩体，句法亦多离奇，开卢仝、孟郊一种诗派，然学之易入奥僻”。又比如苦吟派诗人孟郊，他善于用天色、用风声、用冷露等来刻画贫寒严酷的苦难生活：“秋月颜色冰，老客志气单。冷露滴梦破，峭风梳骨寒。席上印病文，肠中转愁盘。疑虑无所凭，虚听多无端。梧桐枯峥嵘，声响如哀弹。”（《秋怀》）这诗可体现出孟郊“诗从肺腑出，出辄愁肺腑”（苏轼《读孟郊诗》）的特色，但更多的是表现他在构思和语言上追求奇险古奥的风格，这也正如韩愈对孟郊的评价所说的那样：“横空盘硬语，妥贴力排奡”。再如贾岛一生苦吟，有不少好的诗句，如：“秋风吹渭水，落叶满长安”“鸟宿池边树，僧敲月下门”（《题李凝幽居》）等。他在《送无可上人》诗中有两句：“独行潭底影，数息树边身”，自注说：“二句三年得，一吟双泪流。知音如不赏，归卧故山秋。”贾岛在漫长的三年中才咏了两句诗，他所极力追求的是一字一句的锤炼，但往往忽略了诗歌内容的整体形象，不能给人完整的艺术美感，这是只注重形式而忽略内容在诗歌创作中的一个遗憾，所以司空图曾批评说：“贾浪仙时有警句，视其全篇，意思殊馁。”学杜本来是好的，但一味追求奇崛险怪走入末流则是不好的了。

第二，对白居易长篇“排律诗”等的影响

唐代诗歌发展到元稹、白居易的时代，诗人们深感“大历”年间诗人们所走的创作道路太狭窄，只有冲破藩篱打开更广阔的道路，唐代的诗歌才可能沿着健康繁荣的方向发展。在这种情况之下白居易最钦佩的是陈子昂和杜甫：“杜甫陈子昂，才名括天地”（《初授拾遗》）。杜甫对白居易的影响主要有以下两个方面：

（1）杜甫主张关心民生疾苦，如：“穷年忧黎元，叹息肠内热”“乾坤含疮痍，忧虞何时毕”，等等。白居易则说他自己写诗“篇篇无空文，句句必尽规”“非求宫律高，不务文字奇，惟歌生民病，愿得天子知”，“总而言之，为君、为臣、为民、为物、为事而作，不为文而作也”(《新乐府存》)。

(2)白居易现存律诗1914首，占他生平创作诗歌总数的三分之二左右。比如长篇排律《代书诗一百韵寄微之》《东南行一百韵》等，都全面继承杜甫“排比铺张”的手法，以所谓“千字律”而闻名诗坛。而杨伦评杜甫的《奉汉中王手札，报韦侍御、萧尊师亡》诗说：“一句一转，如珠走盘，(白)乐天排律多学此种”。从这一首诗我们就可以看出杜甫的排律诗对白居易的长篇排律影响之大，关系之密切。

第三，“一存一殁”方法对江西诗派黄庭坚等人的影响

杜甫在三峡曾自创一种诗歌体裁，主要感叹人的生死无常难以料定，诗题名为《存殁口号二首》，第一首为：“席谦不见近弹棋，毕曜仍传旧小诗。玉局他年无限事，白杨今日几人悲?”第二首是：“郑公粉绘随长夜，曹霸丹青已白头。天下何曾有山水，人间不解重骅骝。”杜甫在第一首诗中有感席谦善弹棋，故望其玉局降仙；而毕曜已殁，故伤其白杨萧萧坟墓荒芜。第二首咏善画山水的郑虔既亡，仿佛世上更无山水之奇了；善画马的曹霸虽然活着，但是又有谁能欣赏骅骝马的珍贵价值呢？杜甫在每首诗中都写一存一殁——这种写作手法对杜甫来讲完全是随意为之，但到了宋代却引起了“江西诗派”黄庭坚等人的兴趣且着意去效仿这种写作方法。我们知道“江西诗派”都推崇杜甫，有“一祖三宗”之说，他们一贯主张“无一字无来处”“点铁成金”“夺胎换骨”等。他们善于从故纸堆中搜猎奇书、异闻作为写诗填词的材料，但他们却不善于抒发自己最真实的感情。然而也有少数例外的时候，比如黄庭坚抒写对秦观、陈师道的感情，就显得情深似海永世不忘。他所使用的手法，正是杜甫的“存殁口号法”。可见杜甫的艺术手法，已经自觉或不自觉地融入到了黄庭坚的诗歌创作之中。据《容斋续笔》记载，杜甫的“存殁口号”诗，“每篇一存一殁，盖席谦、曹霸存，毕耀、郑虔殁也。鲁直《荆江亭即事二首》，其一云：‘闭门觅句陈无已，对客挥毫秦少游。正字不知温饱未，西风吹泪古藤州’——乃用此体，时少游殁，而无已存也。”王嗣奭亦云：“此(诗)公(杜甫)之自创为体，而其人亦偶然有存殁之异，后遂有效之者。”这里所说的“后遂有效之者”，如江西诗派的黄庭坚便是一例。

第四，“造字造句”对韩、孟、欧、苏的影响

杜甫到达夔州(重庆奉节)，正遇上百年大旱，川原禾稼为之焦枯，有感“楚俗大旱则焚山击鼓”的陋俗而作《火》诗：

焚山经月火，大旱则斯举。旧俗烧蛟龙，惊惶致雷雨。爆嵌魑魅泣，崩冻岚阴昈。罗落沸百泓，根源皆太古。青林一灰烬，云气无处所。入夜殊赫然，新秋照牛女。风吹巨焰作，河汉腾烟柱。势欲焚昆仑，光弥焮洲渚。腥至焦长蛇，声吼缠猛虎。神物已高飞，不见石与土。尔宁要谤讟，凭此近荧侮。薄关长吏忧，甚昧至精主。远迁谁扑灭，将恐及环堵，流汗卧江亭，更深气如缕。

杨伦评这首诗的特点是："独以造字造句见奇，韩、孟联句及欧、苏禁体诸诗，皆源于此。"。浦起龙评这首诗时亦说："韩、孟联句，欧、苏禁体诸诗，皆源于此。然虽穷极奇险，只是堆垛镶嵌，绝少段落兜收。观此诗逐层刻露，逐层清晰，正复莫躐其藩篱。"从杨伦和浦起龙的评价可以看出《火》诗对韩、孟、欧、苏的影响有：

(1)造字：这首诗选用了不少生僻的字词，比如岚、罗落、沸百泓等；

(2)造句：这首诗有不少生僻的句子，比如"入夜殊赫然，新秋照牛女"，谓唐代大历元年(766)从三月开始至六月都未下雨，故当地的人用焚烧山林的办法来求雨，诗云"新秋照牛女"，殆是山南入秋后犹未雨也。又如"尔宁要谤讟，凭此近荧侮"谓"烧龙致雨，有似谤毁要神，且其事近于荧惑狎侮，不足信也"等。

(3)全诗所选用的韵脚如举、雨、古、所、女、柱等与作者所要表达的情感丝丝入扣，相得益彰。全诗谓焚烧山林无益于抗旱，只不过徒增炎热罢了。诗人真要批评的是"此固旧俗不经，实因长吏薄于忧民，不知以精诚为主，尽祈救之道耳。"

第五，"以诗立传"的创新

中国的"史传文学"自司马迁的《史记》以来，几乎都有一个固定的模式：帝王用"本纪"，诸侯用"世家"，一般官吏用"列传"。在具体写时可一人一传(如《李将军列传》)；可二人、三人、四人乃至多人合为一传(比如《魏其武安侯列传》《刺客列传》等)。但是杜甫却敢打破这一固有的传统模式，不是以散文的形式而是以诗歌的形式为世人立传，这就是他在三峡期间所写的一组很有名的组诗——《八哀诗》。

所谓《八哀诗》，它是在"七哀"的基础上的一种发展创新。《文选》六臣注吕向说："七哀，谓痛而哀、义而哀、感而哀、怨而哀、耳目闻见而哀、叹而哀、鼻酸而哀也。"魏、晋时曹子建、王仲宣、张孟阳等人都写有"七哀诗"。比如曹子建之哀"在于独栖而思妇；仲宣之哀，在于弃子妇人；张孟阳之哀，在于已毁之园寝——是皆一哀而七者具也"。而杜甫的所谓"八哀诗"与他们的都不相同，它是以诗歌的形式为他已经去世的八个老朋友立传，这是杜甫在他的诗歌史上乃至整个中国诗歌史上的一种独特创新。

杜甫所哀的八个人依次是：王思礼、李光弼是当时的名将，而盗贼未息、兵戈未止，这两个人就"出师未捷身先死，"故先兴起哀悼这二公；继以严武、王进、李公邕、苏源明、郑虔，这五个人都是杜甫在朝廷上的老相识，因而是"叹旧"；最后一位张九龄是一代名相，则是"怀贤"。这八首诗虽然长短不同，重点不同，人物遭遇不同，但都贯彻了一个"哀"字：这里面既有个人的悲哀，家庭的悲哀，但更多的则是国家、人民、时代的悲哀！因此杜甫为这八个人立传，只不过是想借古人之口浇自己心中的块垒罢了！所以浦起龙说："太史公作《史记》，杜公作诗，都是借题抒写。彼曰'成一家之言'，此曰'自我一家则'，意在斯乎！"

杜甫的"八哀诗"所具有的开拓意义对后代影响甚为深远，他所确立的"以诗立传"的写作手法在文学史上得到了历代评论家的好评。比如王嗣奭说："此八公传也，而以韵语纪之，乃老杜创格，盖法《诗》之'颂'，而称为诗史，不虚耳"。郝敬仲舆说："《八哀诗》雄富，是传纪文字之用韵者。文史为诗，自子美始也"。鲁迅先生曾说《史记》是"史家之绝唱，无韵之《离骚》"，司马迁的伟大贡献就是使"史"具有诗的韵味，而杜甫的《八哀诗》则是使"诗"具备了史的价值，因此我们可以毫不夸张地说：《八哀诗》就是“文史为诗”的绝唱！

第六，以诗自为列传的创新

杜甫的《八哀诗》是以诗的形式为他人立传，这在诗歌史上是一种创新；而杜甫在三峡写的《壮游》《昔游》《遣怀》等诗歌，是以诗歌的形式为自己立传，这在诗歌史上同样是一种创新。

在官修的正史上，凡稍有名气的人都能找到他们自己的“本传”。但在《旧唐书·文苑传》上杜甫一辈子59年总共才用了572个字为他立传，平均一年还不到10个字，因此这样的“本传”只能算一个大纲，它显得单调、空洞、粗疏。而杜甫为自己写的许多列传诗则显得多么聪慧敏捷、雄姿英发：

六岁：寄居在河南郾城，得有机会观看梨园弟子公孙大娘舞“剑器浑脱”。

七岁：“七龄思即壮，开口咏凤凰。”（《壮游》）；

九岁：“九龄书大字，有作成一囊。”（《壮游》）；

十五岁：“忆年十五心尚孩，健如黄犊走复来。庭前八月梨枣熟，一日上树能千回。”（《百忧集行》）；

二十岁：开始漫游吴越，下姑苏、渡浙江、游湖、泛剡溪：“东下姑苏台，已具浮海航。到今有遗恨，不得穷扶桑。王谢风流远，阖闾丘墓荒。剑池石壁仄，长洲荷芰香”“放荡齐赵间，裘马颇清狂。春歌丛台上，冬猎青丘旁。”“快意八九年，西归到咸阳……”（《壮游》）

杜甫用诗歌的形式自为立传，浦起龙认为它可以续接《八哀诗》，“是自为列传也”。“一气读下，莽莽苍苍，宕往豪迈。刘克庄比之荆卿之歌，雍门之琴，信矣。”王嗣奭亦云：“（《壮游》）此诗乃公（杜甫）自为传，其行径大都与李白相似，然李一味豪放，而杜却豪中有细。”仇兆鳌云：“公（杜甫）夔州后诗，间有伤于繁絮者，此者（指《壮游》）长短适中，浓淡合节，整散兼行，而摹情写景，已觉兴会淋漓，此五古之最可法者。”

第七，“以诗补史”的创新

中国传统的习惯是“以史证诗”，而很少听说诗歌可以补充历史记载的不足。这诚如清代有名的学者黄宗羲所说：“今之称杜诗者以为‘诗史’，亦信然矣。然注杜者但见‘以史证诗’，未闻以诗补史之阙。虽曰‘诗史’，史固无藉乎诗也。”黄宗羲的反问非常有力：历史难道就不借助诗歌的记载而得以流传后代吗？从一般情况来说，确实是“以史证诗”，但也有不少的例外是历史凭借了诗歌的记载而昭示于后人的。比如杜甫在三峡期间所写的《三绝句》诗：

> 前年渝州杀刺史，今年开州杀刺史，群盗相随剧虎狼，食人更肯留妻子？
> 二十一家同入蜀，惟残一人出骆谷。自说二女啮臂时，回头却向秦云哭！
> 殿前兵马虽骁雄，纵暴略与羌浑同。闻道杀人汉水上，妇女多在官军中。

对这三首绝句，仇兆鳌说：“此三章，杂记蜀中之乱。首章，伤两州之被寇也。食人留妻子，就虎狼言，以见盗之尤剧。”“次章，记难民之罹祸也。入蜀诸家，盖当时避羌（党项羌）、浑（吐谷浑）而至蜀者。”“末章，叹禁军之暴横也。汉水在巴西，禁兵盖曾至蜀而肆虐者”。而考三首诗所写的历史，在所有的宫修史书上都没有相关的记载。要不是杜甫诗歌的记载，那么我们今天就无法了解到当时蜀中军阀混战，皇家禁卫军残害人民的真实情况了。杜甫的诗歌无疑起到了“以诗补史”的巨大作用。它无论对诗歌、对历史、对文学、对政治、对军事等诸多方面都有不可估量的意义和作用。既然如此，为什么杜甫在巴蜀亲身经历明明有的事情在正史当中却又没有相关的记载呢？

第一个原因是三峡遥隔京城千山万水，在山高皇帝远的地方，即或发生了杀死刺史的事情，朝廷也无法得到有关的消息报告，因而正史无法记载；

第二个原因是自“安史之乱”以后，蜀中军阀混战，山贼蜂起，各地方的军阀反叛之事多如牛毛，朝廷的正史对发生在各地的事情来不及做详细的调查和记载；

第三个原因是有意“真事隐”，因而即或发生了不少的这类事情，在正史中也无法找到有关的真实记录。所以浦起龙在《读杜心解》卷首《读杜提纲》中说：“代宗朝诗，有与国史不相似者：史不言河北多事，子美日日忧之；史不言朝廷轻儒，诗中每每见之。可见史家只载得一时事迹，诗家直显出一时气运。”

第八，对长篇“排律”的创新

中国的诗歌由二言诗（如《弹歌》）“断竹，续竹，飞土，逐肉”发展到（《诗经》）的四言诗，以至到五言、六言、七言诗，然后到南北朝时出现了“今体诗”或“近体诗”，直到唐代又出现了讲平仄、讲对仗、讲字句、讲韵脚等的“律诗”（包括五言律诗和七言律诗）。钱木庵（《唐音审体》）说：“律诗始于初唐，至沈（沈佺期）、宋（宋之问）而其格始备。律者，六律也，谓其声之协律也；如用兵之纪律，用刑之法律，严不可犯也。”又《柳亭诗话》亦云“律之为用，见之于乐与兵与刑，而诗亦遵之。一字弗当，一音弗和，与破律、失律、背律等”——由此可以看出不管是五言律诗也好，七言律诗也好，它们都有一定严格的规定和要求。

由于标准律诗严格规定只有四韵八句，因此自六韵十二句以上的律诗，就可以把它称为“排律”。在杜甫以前律诗都只有几韵或几十韵，而把律诗作成排律并且长达百韵之多，又是杜甫在唐代乃至整个中国诗歌史上的一种创新和贡献！

在唐代宗大历二年（公元767年）的秋天，虽已56岁，身体孱弱，杜甫在夔却以排山倒海的气势和如火山爆发般的激情写下了他一生最长的排律诗：《秋日夔州府咏怀奉寄郑监审李宾客之芳一百韵》。杜甫写这首诗的目的是“久稽夔府，空想京华。喜郑（指秘书少监郑审）、李（指礼部尚书、太子宾客李之芳）侨居峡外。故于阻归坐困之余，思与共游。虽祝彼登朝，而仍约就访。因以投老空门，为此生归宿。”对于这首长篇排律在文学史上的创新意义，卢德水评论说：“此杜（甫）集中第一长诗，亦为后世百韵诗之祖，其中起伏转折，顿挫承递，若断若续，乍离乍合，波澜层叠，竟无丝痕，真绝作也。”“元（稹）、白（居易）集中，往往叠见，不免夸多斗靡，气缓而脉弛矣。”王嗣奭云：“诗本咏怀，故详于自叙；而转换串插，妙合自然。唐人百韵诗自公倡，而句句峭拔，字字精彩，乃此公独擅之长。”仇兆鳌云：“考唐人排律，初惟六韵左右耳。长篇排律，起于少陵，多至百韵，实为后人滥觞。”

第九，对动物组诗的创新

在杜甫之前，已有不少咏动物的诗句，比如《诗经》中的《羔羊》《燕燕》《鸡鸣》《蟋蟀》等。但以组诗的形式来歌咏动物并托物言志，又是杜甫在诗歌领域之内一种空前的创新。

杜甫于唐代宗大历元年（公元766年）在夔州写的八首杂咏动物的组诗，"句句含不遇之意，盖托以自况"：第一首《鹦鹉》，抒发受制于人，不能奋飞的哀伤；第二首《孤雁》，喻兄弟分离之孤单；第三首《鸥》，寓自家飘零有如天地一沙鸥且不如沙鸥之忘机自适；第四首《猿》，感叹涉世艰险只有全身远患；第五首《麂》，寓不当"鸣竹"而"鸣"之，哪怕是"微声"，也会招致杀身之祸；第六首《鸡》，骂那些无德无信的人其罪该诛；第七首《黄鱼》，寓好人遭殃，恶人得志；第八首《白小》，感叹民俗之不仁——杜甫这组奇特的动物组诗，尽掇人间琐事，然后以拟人化的手法寄托自己的微言大义，因此它具有很高的思想性和艺术性。这种"托物寓言"的动物诗，深受《诗经》以来直至祢衡《鹦鹉赋》的启迪和影响，向后它激发了中唐时柳宗元写出如《三戒》那样嬉笑怒骂式的杂文来。因此可以说杜甫所开拓创新的动物组诗在中国诗歌史上具有无比深远的影响和意义。这正如仇兆鳌所说："唐人咏物诗，唯李巨山集中最多，拈一字为题，用五律写意，其对仗亦颇工致，但有景无情，全少生动之色。阅此八首，皆托物寓意，情与景会，身分便自不同矣。"黄白山曰："前后咏物诸诗，合作一处读，始见杜公本领之大，体物之精，命意之远。说物理物情，即从人事世法勘入，故觉篇篇寓意。含蓄无限。"

从以上扼要的分析中我们可以清楚地看出：

杜甫的三峡诗在唐代诗歌史乃至整个中国诗歌史上都有重大的成就、贡献及影响，是不能用几条几款或几篇文章就能把它全部论说完毕的，原因是"诗至子美而大成，亦自子美而大变"——正是由于"大成""大变"，所以他的诗歌百转千回、汪洋千顷、地负天涵、震古烁今，他成了时代的高标，成了唐代伟大的诗圣。因而元好问在《论诗绝句》中赞叹说："少陵自有连城璧，争奈微之识碔砆。"元稹《酬考甫见赠十首》诗中也赞叹说："杜甫天才颇绝伦，每寻诗卷似情亲。怜渠直道当时语，不著心源傍古人！"张戒在《岁寒堂诗话》中更倾注了对诗圣的无限仰慕深情："王介甫只知巧语之为诗，而不知拙语亦诗也；山谷只知奇语之为诗，而不知常语亦诗也""杜牧之诗只知有绮罗脂粉，李长吉诗只知有花草蜂蝶，而不知世间一切皆诗也。惟杜子美则不然……遇巧则巧，遇拙则拙，遇奇则奇，遇俗则俗，一切物，一切事，一切意，无非诗者。故曰：吟多意有余。又曰：诗尽人间兴——诚哉是言！"

杜诗蕴含的河洛地区民俗述论

韩成武
（河北大学文学院　保定　071002）

杜诗以纪实性为主要特征，被后人称为"诗史"。"诗史"的内涵不只是记录国家的重大时局、事件，也包括书写断代国史、为他人和个人立传，还包括记录所经地区的民俗、气候、水文、物产等等。作为出生于河洛地区的诗人，杜甫对于该地区的民俗留有深刻的印象，在其诗歌中每有提及。杜甫青少年时期主要是在巩县（今巩义市）和洛阳度过的，青少年时期创作的诗歌不下千首，可惜大部分作品或因"悔其少作"被他删汰了，留存的少数篇章中对河洛民俗虽有涉及，但为数不多。后半生流落他乡，在诸多的思乡忆故诗篇中，多有说到故土风俗。本文对杜甫全部诗歌进行专项梳理，总结出若干关于河洛民俗的记录，加以分类，主要包括养殖习俗、宴饮习俗、婚礼习俗、营墓习俗、节令习俗五个方面。这些内容可以为研究河洛文化提供宝贵的文献资料，可以进一步证实杜诗的纪实性特征，使我们进一步认识杜甫对民生的关注程度，进一步认识杜甫与河洛文化的密切关系。

一、养殖习俗

杜甫《羌村三首》其三开头四句写道："群鸡正乱叫，客至鸡斗争。驱鸡上树木，始闻叩柴荆。"意思是说客人来访时，群鸡正在争斗、乱叫，主人把鸡赶回树上，才听到客人敲门的声音。鸡回到树上就不再乱叫，这就说明它们已经回到窝里。这就是说，当地养鸡习俗是以树作为鸡窝的。这种习俗遍布于黄河中下游地区。北朝北魏人贾思勰《齐民要术》是一部记载黄河中下游农业生产经验的著作，该书"第五十九"专谈养鸡，书中写道："宜据地为笼，笼内著栈。虽鸣声不朗，而安稳易肥，又免狐狸之患。若任之树木，一遇风寒，大者损瘦，小者或死。"①这段话讲述了两种鸡窝：一是在地上安置鸡笼，一是以树作为鸡笼，作者认为前者较好。由杜甫诗中所写可见，直到唐代，这种习俗仍旧传承着。

其实，早在汉代，河洛地区就有了以树为鸡窝的做法。汉代刘向编的《列仙传》中，记载

①（北魏）贾思勰：《齐民要术》，呼和浩特：远方出版社，2007年，第98页。

了这样一个故事："祝鸡翁者，洛人也，居尸乡北山下，养鸡百余年。鸡有千余头，皆立名字，暮栖树上，昼放散之，欲引呼名，则依呼而至。"[①]祝鸡翁是洛阳人，尸乡是古地名，又名西亳，在今河南偃师西南。偃师东邻巩义，属于河洛地区。祝鸡翁让鸡"暮栖树上"，即以树为鸡窝，这条出自汉代的记载说明这种习俗历史之悠久。杜甫对祝鸡翁的故事很熟悉，在《奉寄河南韦尹丈人》诗中说"尸乡余土室，难说祝鸡翁"，土室，是杜甫青年时期为远祖杜预守墓时建造的窑洞，如此说来，那位祝鸡翁便是他的远古同乡。可知，树上做鸡窝的做法确实是河洛地区的习俗。杜甫熟悉这个做法，以至后来他避难在陕北的羌村，养鸡仍以树为鸡窝。

二、宴饮习俗

杜诗中有些作品涉及河洛地区的宴饮习俗，为我们留下宝贵的饮食文化资料。唐肃宗乾元元年(758)冬季，杜甫从华州前往故乡探亲，途径阌乡县，受到县尉姜某的款待，作《阌乡姜七少府设脍戏赠长歌》表示感谢。阌乡县即今灵宝市，北临黄河，河里出产一种名贵的味鱼。关于味鱼，仇兆鳌《杜诗详注》引潘惇《诗话》云："河中府三面是黄河，惟有味鱼，似鲫而肥短，味亦美。"[②]这种鱼可以做成生鱼片，味道极佳。杜甫在诗中详细记录了脍鱼的做法，以及主人待客的盛情。全诗如下：

姜侯设脍当严冬，昨日今日皆天风。
河冻味鱼不易得，凿冰恐侵河伯宫。
饔人受鱼鲛人手，洗鱼磨刀鱼眼红。
无声细下飞碎雪，有骨已剁觜春葱。
落碪何曾白纸湿，放箸未觉金盘空。
偏劝腹腴愧年少，软炊香饭缘老翁。
新欢便饱姜侯德，清觞异味情屡极。
东归贪路自觉难，欲别上马身无力。
可怜为人好心事，于我见子真颜色。
不恨我衰子贵时，怅望且为今相忆。

时当严冬，连日寒风劲吹，黄河结了厚厚的冰凌。姜县尉为了让杜甫品尝味鱼的美味，命渔民凿冰取鱼。厨师从渔民手中接过刚刚出水的味鱼，把鱼洗净，把刀磨快，挥刀打鳞，不闻声响，但见鱼鳞如雪片纷飞，又把鱼骨剔除，把鱼肉切成薄片，那鱼片落在纸上，干爽洁净，竟然没把纸弄湿。于是摆脱拘束，放箸开吃，"放箸未觉金盘空"，是说鱼片充足，源源不绝地添加到盘子里，足见主人待客之盛情。仇兆鳌《杜诗详注》解释说："盘未空，言有留余。……放，停也。"[③]说杜甫不好意思多吃，放下筷子，让盘子里的鱼片有剩余。这种解释显然不合原

①《正统道藏》(第八册)，台北：台湾艺文印书馆，1977年，第6119页。
②(清)仇兆鳌：《杜诗详注》，北京：中华书局，1979年，第503页。
③(清)仇兆鳌：《杜诗详注》，北京：中华书局，1979年，第503页。

意，须知，此诗是赞美姜氏待客之诚的，“放箸”的“放”意思不是放下，而是放纵，是任情取食。且题目用“戏赠”二字，也是表明自己摆脱拘束，在美食面前不做谦谦君子。仇氏之解，未免迂腐。接下来，写姜氏把最肥美的鱼肚肉让给客人吃，还考虑到杜甫年老牙口不便，格外把饭蒸得香软些。如此款待使杜甫着实不愿离去，甚至连上马都觉得没有力气。这首诗用细致而飞动的笔触描绘出吃味鱼的场面，表现主人的真诚、客人的豪爽，从一个角度显示出河洛地区的宴饮习俗。笔者在巩义市工作期间，仍然能够体会到这种习俗的延续。

三、婚礼习俗

唐代河洛地区婚礼在什么时候举行？杜甫诗中有交代，其组诗“三吏、三别”之一《新婚别》记录了一对新婚夫妇“暮婚晨告别”的悲剧。暮婚，是说傍晚举行结婚仪式。这种婚俗由来已久，东汉班固《白虎通义・婚嫁》中说道：“婚姻者，何谓也？昏时行礼，故谓之婚也，妇人因夫而成，故曰姻。……所以昏时行礼何？示阳下阴也，婚亦阴阳交时也。”[①]古人在黄昏时举行婚礼，是由于黄昏是白天与夜晚交接之际，古人以白天为阳，夜晚为阴；对应到人事，男子为阳，女子为阴，黄昏行婚姻之礼，体现出男女交合的意思，这是古代“天人合一”理念的表现。杜甫诗中说“暮婚晨告别”，可见此时河洛地区仍然保持着这种婚俗。这种婚俗到了晚唐时期似有改变，段成式《酉阳杂俎》中说：“《礼》：婚礼必用昏，以其阳往而阴来也。今行礼于晓祭，质明行事。”[②]段成式生于公元 803 年，卒于公元 863 年，是晚唐人，晚唐时期的婚礼在早晨举行。不过，段氏所记是否为举国婚礼时间之变更，尚需进一步考证。

需要说明的是，杜甫《新婚别》所写的“暮婚晨告别”确实是发生在河洛地区的悲剧。组诗“三吏、三别”除了《潼关吏》，其他五首皆写百姓兵役之苦，《新安吏》所及的新安县在洛阳西面，《石壕吏》所及的石壕村属河南省陕县，两地皆属于河洛地区。“三别”所写的事件没有交代地点，但从杜甫晚年寓居夔州期间所作的《峡中览物》诗中所云“曾为掾吏趋三辅，忆在潼关诗兴多”来看，所云“诗兴多”应是指创作“三吏、三别”之事，由此可以推断“三别”所写的事件也是发生在洛阳到潼关之间。掾吏，是指杜甫作华州司功参军。杜甫任职期间，曾回洛阳探亲，当时官军九个节度使合兵 20 万包围叛军于邺城（今河南安阳），由于唐肃宗没有在军中设立主帅，致使攻城不利。乾元二年春，史思明降而复叛，与叛军安庆绪合兵攻打官军，官军大败。为了补充兵员，镇守河南的节度使郭子仪大肆抓丁，完全没有章法，老年、少年统统抓，甚至连老太婆都不放过。杜甫这时离开洛阳，西去华州赴任，沿途目击到种种抓丁惨事，到了潼关，把这些惨事写成了“三吏、三别”，这就是他所说的“潼关诗兴多”。为什么要在潼关完成这组诗呢？因为当时潼关尚在官军的控制之下，较为安全，有《潼关吏》可以作证：“士卒何草草，筑城潼关道。大城铁不如，小城万丈余。”写的就是官军修筑潼关城池，以防御叛军。潼关是河南进入陕西的关口，因此可以断定“三吏、三别”写的就是河洛百姓的苦难。

---

①（汉）班固：《白虎通义》，清文渊阁四库本，子部杂家类。

②（唐）段成式：《酉阳杂俎》，上海：上海古籍出版社，2012 年，第 580 页。

四、营墓习俗

杜甫晚年客居夔州，临近清明节，想到不能为祖宗扫墓祭奠，黯然伤神，在《熟食日示宗文宗武》写道："消渴游江汉，羁栖尚甲兵。几年逢熟食，万里逼清明。松柏邙山路，风花白帝城。汝曹催我老，回首泪纵横。"熟食日，即寒食节，在清明节前，因禁烟火，只能吃凉的熟食。"松柏邙山路"指的是邙山上祖宗的陵墓。邙山起自洛阳市北，沿黄河南岸绵延至郑州市北的广武山，全长 100 多公里。邙山海拔 300 米左右，为黄土丘陵地带，水低土厚，土呈黏性，渗水率低，地势高敞，气候温和，是理想的营墓之所。据文献记载，自东汉起，曹魏、西晋、北魏的皇帝陵墓皆在邙山，臣民的陵墓也以选在邙山为重，形成了河洛地区一大丧葬风俗，民谣唱道"生于苏杭，葬于北邙"，邙山上陵墓密集，多得"几无卧牛之地"。又，东汉灵帝末年，京都童谣唱道："侯非侯，王非王，千乘万骑上北邙"[①]，是说汉朝将要灭亡，那些王侯们都将身死，埋进邙山。可见营墓邙山确实为一种习俗。

杜甫祖先的陵墓也多在邙山，远祖杜预墓位于河南省偃师市杜楼村北，杜甫年轻时曾在杜预墓旁边的首阳山下开掘窑洞，为其守墓，作《祭远祖当阳君文》，发誓"不敢忘本，不敢违仁"[②]，立志继承远祖功业。所以，他对邙山上祖先陵墓是记忆深刻的，"松柏邙山路"这句状景森严，写出作为君臣百姓归身之地的肃穆氛围。岁月沧桑，如今坐落在偃师市杜楼村北的杜预陵墓仅保存下来一座墓碑，碑上书写"晋当阳侯杜预之墓"。其南有杜甫祖父杜审言的陵墓。杜甫死后四十三年，孙子杜嗣业费了很大的努力，一定要把他的灵柩由湖南平江移葬到邙山，这不仅是出于"落叶归根"的理念，也是营墓习俗的体现。

五、节令习俗

杜诗中记载了大量的河洛地区节令习俗，当然，其中有些习俗是举国共有的。现依时序，略述如下：

1.元日合家聚会、饮柏酒、祝寿

正月初一古时称元日，这是个重大的节日，过得十分隆重。关于这个节日的习俗活动，杜甫在《元日示宗武》中写道："汝啼吾手战，吾笑汝身长。处处逢正月，迢迢滞远方。飘零还柏酒，衰病只藜床。训喻青衿子，名惭白首郎。赋诗犹落笔，献寿更称觞。不见江东弟，高歌泪数行。"杜甫有两儿，大的叫宗文，小的叫宗武。这首诗是杜甫流落在夔州写的，感叹客中过节的漂泊生涯，"飘零还柏酒""献寿更称觞"，这两句记录了节日习俗。柏酒是用柏树的枝叶泡制的酒，柏树性坚忍，饮之可以长寿。"还"字的意思是仍然，表明饮柏酒是继承故土的习俗，"飘零还柏酒"是说在飘零的生涯里过元日节仍然保持饮柏酒的习俗。"献寿更称觞"是元日节的又一个习俗，"献寿"意思是祝寿，"称觞"意思是举杯祝酒。唐人的做法是从年幼者开始饮酒，为长者祝寿。

---

①(清)洪业：《杜诗引得·九家集注杜诗》，上海：上海古籍出版社，1985 年，第 115－116 页。

②(清)仇兆鳌：《杜诗详注》，北京：中华书局，1979 年，第 2217 页。

元日的另一个习俗是家族兄弟们聚会。杜甫客居夔州时，于元日怀念他的几位流落远方的亲弟杜颖、杜观等人，作《远怀舍弟颖观等》，诗中写道："旧时元日会，乡党羡吾庐。"旧时，指安史之乱以前。虽说这些弟弟们大都已经成家，却仍在元日汇聚一堂，融汇亲情。

2.立春吃韭菜

杜甫《立春》诗中写道："春日春盘细生菜，忽忆两京全盛时。盘出高门行白玉，菜传纤手送青丝。"两京指长安和洛阳。白玉，是状写菜盘之精美；青丝，即是指韭菜。仇兆鳌《杜诗详注》说："诗言青丝指韭，良是。""公居杜陵而家在洛阳，故两京春盘皆所尝食。"①关于立春吃韭菜，这种习俗来历已久，《南齐书·周颙传》载：周颙隐居于钟山，文惠公子问他蔬食何味最胜，周颙答道："春初早韭，秋末晚菘。"②提倡初春吃韭菜，秋末吃白菜。这个习俗是有科学道理的，现代医学研究表明，初春吃早韭，可以提高身体免疫力。韭菜又叫起阳草，其独特辛香味是所含的硫化物形成的，这些硫化物具有杀菌消炎作用，还能帮助人体吸收维生素 B_1 及维生素 A。

3.清明节扫墓、踢皮球、荡秋千

关于杜诗记录清明节扫墓的习俗，前文已及，不再赘述。

杜甫晚年流落湖南，客居长沙期间作《清明二首》，其二写道："十年蹴鞠将雏远，万里秋千习俗同。"蹴鞠就是踢皮球，仇兆鳌《杜诗详注》引《汉书·艺文志》："《蹴鞠》二十五篇。颜注：鞠，以韦为之，中实以物，蹴蹋为戏乐也。"③鞠，就是用动物的皮革做成球，里面充填一些实物，用来踢蹋游戏取乐。（如此说来，鞠就是当今足球的前身，我国早在汉代就有了踢球的游戏，如今却落后于他国，惜哉！）杜甫于唐肃宗乾元二年（759），携带妻子儿女离开家乡，远涉万里之外的湖南，到写此诗的时候已历十年之久，长沙的清明节也是以踢皮球、荡秋千为乐事，故曰"习俗同"。仔细想来，杜甫还在以踢皮球、荡秋千的习俗喻指自己和家人的流荡生涯：像踢皮球一样跑来跑去，像荡秋千一样荡来荡去。客观的记述中蕴含着主观情感，这也是杜诗的一大特征。

4.上巳节临水洗浴

古时三月初三是上巳节，此节的习俗是人们结伴去水边沐浴，以祛除不祥。杜甫晚年流落到江陵，赶上这个节日，受到地方官员徐司录的招待，作《上巳日徐司录林园宴集》，诗云："鬓毛垂领白，花蕊亚枝红。欹倒衰年废，招寻令节同。薄衣临积水，吹面受和风。有喜留攀桂，无劳问转蓬。""薄衣临积水，吹面受和风"即是描写节日的洗浴活动，所谓"招寻令节同"，即是说这种活动与故乡的习俗相同。既然幸蒙佳主人的招待，就且尽眼前之乐吧，至于远离故土、如同飘蓬一样的生涯不必去想它了。杜甫是在以放达之辞宽慰自己。

5.重阳节登高、饮菊花酒、赏菊

古代重阳节是重要节日，时值九月初九，故又称为"九日"。重阳节的习俗是登高、饮菊

①（清）仇兆鳌：《杜诗详注》，北京：中华书局，1979 年，第 1597 页。

②《二十四史·南齐书》，北京：中华书局，1972 年，第 732 页。

③（清）仇兆鳌：《杜诗详注》，北京：中华书局，1979 年，第 1971 页。

花酒、赏菊等。杜诗记录河洛地区也有这种习俗。杜甫客居四川梓州期间，作《九日登梓州城》，诗云：

伊昔黄花酒，如今白发翁。追欢筋力异，望远岁时同。
弟妹悲歌里，乾坤[1]醉眼中。兵戈与关塞，此日意无穷。

诗写节日感受：年老体衰，弟妹离散，战火连绵，关塞阻绝，回乡无望。“伊昔黄花酒”，“伊昔”是指当年，回想盛唐时代，在故乡与弟妹过重阳节，饮菊花酒，登高望远，何等快乐！而今呢，酒虽说还是当年的那种酒，人却已成了白发翁；眼前的景物虽说一如当年，人却筋力衰弱，难于登高了。晚年客居夔州，作《九日五首》，其二写道：“旧日重阳日，传杯不放杯。即今蓬鬓改，但愧菊花开。”仍是回想当年在故乡过重阳节的的乐事，兄弟们共用一个酒杯，传杯饮酒，不肯停下，一定要喝个酣醉。如今兄弟离散，自己年老，鬓发飞蓬，愧对眼前那艳丽的菊花。诗写节日伤感，也将河洛地区饮酒、赏菊的习俗记录了下来。

重阳节赏菊、饮菊花酒是为了延年益寿。这个习俗由来已久。早在三国时，曹丕就曾给钟繇送菊花，还写了一封书信，信中说道：秋季草木凋零，“至于芳菊，纷然独荣。非夫含乾坤之纯和，体芬芳之淑气，孰能如此？故屈平悲冉冉之将老，思餐秋菊之落英。辅体延年，莫斯之贵。谨奉一束，以助彭祖之术。”[2]（《与钟繇九日送菊书》）曹丕认为菊花体内必定含有天地间的纯和之气，人吃了菊花，吸取了这种纯和之气，就能够长寿，他还引据屈原食菊之事。彭祖是传说中的人物，夏代人，传说他活了800多岁。所谓“助彭祖之术”，就是希望能对钟繇长寿有所帮助。

杜甫一生行迹分布于大半个中国，诗中涉及的节令习俗还有很多，有些习俗未明确指出是河洛地区所有，故本文未予采用。

由上面梳理的河洛地区养殖习俗、宴饮习俗、婚礼习俗、营墓习俗、节令习俗，可以看到杜甫诗歌蕴含着较为广泛的民俗内容，由此可以进一步认识杜诗的纪实性特征，认识杜甫对民生的关注程度，认识杜甫与河洛文化的密切关系。民俗反映着国家或地区的生活方式和精神追求，历来为社会学家、历史学家、民族学家所重，杜诗中这些习俗记录是研究河洛地区历史与河洛文化的重要资料。

---

①乾坤：一作“朝廷”。

②夏传才，唐邵忠：《曹丕集校注》，郑州：中州古籍出版社，1992年，第223页。

杜甫关中诗的家国情怀

党天正　王锋锋
（北京师范大学珠海分校　珠海　519087）

“家”主要指陪伴个人成长的亲属，“国”主要指个人所归属的民族和国家，这两者是什么关系？钱穆先生说得好“有家而有国，次亦是人文化成。中国俗语连称国家，因是化家成国，家国一体，故得连称。”[1]何为家国情怀？家国情怀是指一个人对亲人和国家深深的眷恋和关怀，在这里，家和国已经拥有同等的地位，因此，家国情怀不是局限于个人和亲朋的小爱，而是一种兼爱天下的大爱。这种情怀的形成，跟儒家博爱和修齐治平的思想密切相关。孔子曰：“泛爱众，而亲仁”（《论语·学而》），《大学》则进一步阐发了修齐治平的道理。这种高尚的人格情怀，在儒家知识分子的杰出代表杜甫身上得到了集中体现。考察子美一生的形迹，他的家国情怀主要是在关中生活期间形成的。

进入关中以前，正值杜甫人生的青春期，诗人对国家的强盛和个人的宦达充满了希望，“自谓颇挺出，立登要路津。致君尧舜上，再使风俗淳”（《奉赠韦左丞丈二十二韵》）。他壮游南北，豪气充溢，激情勃发，壮心满怀，然而这一切都被其步入关中之后遭遇的残酷现实击碎了。天宝六年（747），36岁的杜甫结束了裘马轻狂的漫游生活，满怀希望地参加了由天子下诏举行的制举考试，却由于宰相李林甫的操纵，这次考试竟无一人中榜，随后诗人开始了以诗歌干谒王卿大臣的辛酸岁月。至德二年（757），安史之乱爆发后，诗人由被叛军占据的长安逃至肃宗所在的凤翔，拜官左拾遗。但紧接着又因为房琯事件遭肃宗疏远，至德三年（758），被外放为华州司功参军。第二年七月，诗人弃官前往秦州，开始了后半生飘泊流转的动荡生活。

国家的不幸，人民的苦难，加之个人命运的坎坷，这一切让杜甫放下了青年时期对于社会和人生的美好幻想，开始关注现实，关心国事，关切人民，如果说诗人年轻时的诗主要是为个人而歌的话，那么此后的诗则主要为国家而歌，为人民而唱，诗人开始成长为一位真正的人民诗人。

一、心系亲人，至情至性

历来为人们所熟知的是杜甫忠君恋阙、忧国忧民的一面，殊不知诗人也有重视亲情、关爱家人的一面。至德元年(756)八月,杜甫在鄜州羌村听闻肃宗即位于灵武,遂只身前往投奔,中途为叛军所获,送至长安。从这时起,到至德二年(757)八月前往鄜州省亲,他有整整一年时间未和亲人见面。时逢乱世,"比闻同罹祸,杀戮到鸡狗"(《述怀》),与亲人相隔甚远的诗人十分挂念家人,在此期间,他写了大量的怀亲诗。解读这些诗歌,让我们看到了一位棠棣相依的贤兄,一位百结柔肠的良夫,一位舐犊情深的慈父。"中国文学界笃情圣手,没有人比得上他"[2]。梁启超称杜甫为"情圣",所言不虚矣。

兄弟关系是五伦之一,兄弟之间是否和睦对于一个家庭的和谐和稳定有着重要意义。"凡今之人,莫如兄弟","脊令在原,兄弟急难","兄弟既翕,和乐且湛",《诗经·小雅·棠棣》阐发了兄弟情谊的珍贵,并在此基础上对之进行了高度的赞美。在培育、维护兄弟关系上,儒家要求"兄友弟恭","友"即友善、慈爱,在这方面,杜甫堪称楷模。他幼时生母便已过世,几个弟妹全为继母所生,即便如此,诗人依然对他们关怀备至。"烽火连三月,家书抵万金"(《春望》),古时交通不便,通讯困难,以书信为主要联系方式,在兵荒马乱的年月,亲人之间的联系更为艰难。至德二年(757),杜甫身处为叛军所占领的长安,收到三弟杜观的来信,写下了《得舍弟书信二首》。《其一》云:"近有平阴信,遥怜舍弟存。侧身千里道,寄食一家村。"平阴县在今山东省,此时兄弟两人相隔千里,彼此音信渺茫,不知生死。接到来信后,方知可怜的弟弟尚在人世,此刻正寄食为生,一个"怜"字,点出了诗人对弟弟的一份爱惜之意。《其二》曰:"汝懦归无计,吾衰往未期。浪传乌鹊喜,深负鹡鸰诗。"兄弟两人虽皆知对方之所在,然一则困于经济拮据,二则限于相隔甚远,终不能相见。清人仇兆鳌《杜诗详注》评曰:"弟不能归,空传乌鹊之喜;公不能往,深负鹡鸰之诗。见虽有消息,而彼此悬隔也。"乾元元年(758),杜甫收到来自河南的一个弟弟的家书,又写下了《得舍弟消息》一诗:"骨肉恩书重,漂泊难相遇。犹有泪成河,经天复东注。"字里行间,流注着飘泊羁旅、骨肉难逢的深切悲痛。杜甫忆弟诗总的特色,《杜诗镜铨》引邵子湘语概括得很好:"全是一片真气流注,便尔绝妙,不能摘句称佳。"杜甫对他的妹妹也很关切,至德二年(757),听闻妹妹远嫁钟离,诗人因赋《元日寄韦氏妹》以寄意:"近闻韦氏妹,迎在汉钟离。郎伯殊方镇,京华旧国移。""郎伯殊方镇"指妹妹新婚的丈夫被征往异域服役,时值战乱,男丁不分老少,皆被官府逼着当兵,杜甫的"三吏""三别"详细记载了当时的境况。诗人此时刚刚得知妹妹成婚,紧接着又为其新婚不久就要独守闺房的境遇而忧心不已,怜爱之意,溢出纸面。

"仗义每多屠狗辈,负心多是读书人。"古代文学作品中有大量文人薄情负心的笔墨,但通读杜甫的诗歌,读者却看到了一个自始至终都对妻子忠贞不二、百般怜爱的诗人形象。"杜甫与妻子杨氏自结连理以来,无论穷达贵贱,聚散离合,彼此始终相爱,不曾离弃。杜甫携家飘泊期间,更是与妻子患难与共,相濡以沫,其深情处堪称前无古人。"[3]这类诗中最为人所熟知的是《月夜》。至德元年(756),杜甫被困长安,在一个月光皎洁的夜晚,诗人思念远在鄜州的妻儿,倾吐出了这支感人至深的思亲之曲:

今夜鄜州月,闺中只独看。遥怜小儿女,未解忆长安。
香雾云鬟湿,清辉玉臂寒。何时倚虚幌,双照泪痕干!

诗人身陷长安，却不言长安月，而从鄜州月切入；思念妻子，但不写自己如何念想，只言此刻妻子独自在闺中望月怀人。因为思念深切，才会想象所爱之人的一举一动，才会揣测对方也在思念自己，这种“诗从对面飞来”的写法既使得抒情更加委婉含蓄，也将诗人对妻子的思念加深一层。“何时倚虚幌，双照泪痕干！”这与“何当共剪西窗烛，却话巴山夜雨时”（李商隐《夜雨寄北》）的传情手法类似，是此时此地设想彼时彼地之情景也。今日苦于情势，不能相见，便只好寄希望于来日，诗人在想象中为我们构设了一个月下倚窗、执手相对、纷然涕泪的真切画面，虚景实写，感人至深。然遭逢战乱，可有来日乎？所幸苍天有眼，至德二年（757）八月，杜甫终于与妻子团聚，彼时不仅妻子“惊定还拭泪”，邻人也“感叹亦歔欷”（《羌村三首》其一），这正印证了此诗之所言，实为不诬。此期的许多篇章也表达了同样的情感：“老妻寄异县，十口隔风雪”（《自京赴奉先县咏怀五百字》），“鹿门携不遂，雁足系难期”（《遣兴》），“去年潼关破，妻子隔绝久”（《述怀》），从这些诗中，不难感受到诗人对爱妻的款款深情。

除此之外，杜甫还是一位时时刻刻为儿女操劳的伟大父亲，杜甫对子女的关爱集中体现在幼子宗武身上。至德二年（757）初，春暖花开，莺鸣婉转，然而诗人却无心赏略这明丽的春景，而是深深思念着远在异乡的幼子：

忆幼子

骥子春犹隔，莺歌暖正繁。别离惊节换，聪慧与谁论。

涧水空山道，柴门老树村。忆渠愁只睡，炙背俯晴轩。

“本是听莺歌而忆骥子，乃倒着一句”（明·王嗣奭《杜臆》），首句先言幼子而后点莺歌，充分表现了杜甫对幼子思念之切。宗武的小名为“骥子”，此处以小名唤之，足见其对幼子疼爱有加。“莺歌暖正繁”，此时此刻，诗人因念子而伤怀，诚所谓“景欲丽而心欲悲”（明·王嗣奭《杜臆》）。“聪慧与谁论”是对幼子才智的高度赞美，宗武聪颖智慧，惹人怜爱，诗人多么渴望能与儿子相亲相见，但迫于局势，“别离惊节换”。思见幼子不得，自然又引发了他对故乡山水的深情怀念，“涧水空山道，柴门老树村”，一草一木总关情。无可奈何之余，诗人只能“忆渠愁只睡，炙背俯晴轩”。至德二年（757）秋，身在凤翔的杜甫终于通过他人得到了久违的家书，欣知家人安在，激动惊喜之余，挥笔写了《得家书》一诗，篇中言及爱子时有曰：“骥子最怜渠”，其对幼子的一片怜爱之情，直是溢于言表。

二、忧国忧民仁者情怀

杜甫出生于一个世代官宦人家，其十三世祖杜预曾任晋镇南大将军，文治武功兼富。祖父杜审言尝在中宗神龙间任修文馆直学士，长于诗歌。天宝九年（750），杜甫于长安献《雕赋》，在《进雕赋表》中有道：“自先君恕、预以降，奉儒守官，未坠素业矣。”儒家思想在人生理想、人格精神、忧患意识、仁爱情怀等方面深刻地影响着诗人的一生。从某种意义上来说，忧国忧民思想是杜甫仁爱情怀的进一步展现，正是因为诗人能推己及人，才会仁爱万民，又因为仁爱万民，才会忧心国事。关中诗中能够体现诗人忧国忧民思想的作品大致分为两类：一为安史之乱爆发之前对玄宗沉溺声色、穷兵黩武的不满和讽刺；二是安史之乱爆发后对时局的持续关注。当然，这些诗作中无一不贯穿着诗人对人民的关怀和同情。

安史乱前，社会积弊已经丛生，但以玄宗为首的统治者还是沉浸在一派歌舞升平的盛世景象中，终日只知宴游嬉戏、寻欢作乐。这其中，又以玄宗本人表现得最为突出。玄宗性好奢华，开元二年(714)即"更置左右教坊以教俗乐"，"又选乐工数百人，自教法曲于梨园，谓之'皇帝梨园弟子'"(《资治通鉴》卷二一二)。天宝四年(745)，册封杨玉环为贵妃后，更是沉溺于声色之中，骄奢淫逸，荒于朝政，"春宵苦短日高起，从此君王不早朝"(白居易《长恨歌》)。对此现状，杜甫在《丽人行》和《自京赴奉先县咏怀五百字》这两首诗中进行了集中披露。天宝十二年(753)上巳节，杨贵妃姊妹结伴前往曲江游宴，杜甫赋《丽人行》以讽其生活的豪奢，"绣罗衣裳照暮春，蹙金孔雀银麒麟"讥其着装之富丽，"紫驼之峰出翠釜，水晶之盘行素鳞"刺其饮食之精美。天宝十四年(755)，诗人前往奉先探亲，途经骊山，时玄宗和杨贵妃正在骊山华清宫避寒，诗人在归家之后所做的《自京赴奉先县咏怀五百字》中对李杨荒淫奢侈的生活再次进行了揭露和抨击："中堂舞神仙，烟雾散玉质。暖客貂鼠裘，悲管逐清瑟。劝客驼蹄羹，霜橙压香橘"。继而便由统治者奢靡的生活联想到了穷困可怜的老百姓，于是笔锋一转，直言相斥："彤庭所分帛，本自寒女出。鞭挞其夫家，聚敛贡城阙"，上层统治者的享乐生活是建立在对人民残酷压榨的基础之上的，这与儒家"民为贵，社稷次之"的民本思想大相径庭，杜甫对此极为愤慨，发出了"朱门酒肉臭，路有冻死骨"的撼天悲音。

不仅如此，玄宗本人还好大喜功，穷兵黩武，轻起边衅，发动不义战争。天宝十年(751)，玄宗命鲜于仲通征南诏，先胜后败，士卒死者六万。杨国忠掩其败状，更募兵伐南诏，人民不肯应募，遂遣御史分道捕人，《资治通鉴·唐纪三十二》对当时情状的记载甚为真切：

> 人闻云南多瘴疠，未战，士卒死者十八九，莫肯应募。杨国忠(时任宰相)遣御史分道捕人，连枷送诣军所……于是行者愁怨，父母妻子送之，所在哭声振野。

杜甫此际身处长安，目睹官府征兵惨状，写下了千古流传的《兵车行》，真实地再现了当时令人摧肝裂肺的凄惨场景："车辚辚，马萧萧，行人弓箭各在腰。耶娘妻子走相送，尘埃不见咸阳桥。牵衣顿足拦道哭，哭声直上干云霄。"连年的战争既让许多无辜的人民死于非命，也严重地破坏了社会经济："君不闻汉家山东二百州，千村万落生荆杞。纵有健妇把锄犁，禾生陇亩无东西。"这方面的诗作还有《前出塞九首》，在这组诗歌中，诗人以士兵的口吻记述了从参军到经历战争的全过程。"君已富土境，开边一何多"(其一)和"边庭流血成海水，武皇开边意未已"一样，表达了诗人的反战情绪，"弃绝父母恩，吞声行负戈"(其一)则寄寓着诗人对被迫当兵的人民的深切同情。在《后出塞五首》中，又通过对一个逃离叛军的士卒经历的记叙，表达了对安禄山即将举兵作乱的隐忧，"越罗与楚练，照耀舆台躯。主将位益崇，气骄凌上都。"

杜甫的直觉没有错，天宝十四年(755)秋，安史之乱爆发，玄宗奔蜀避难，卒有马嵬之变，但出于忠君和务实的思想，诗人并没有对玄宗做过多的批判和责难，而是将忧切的目光投向了当时的时局。纵观杜甫战乱期间所作诗歌，诗人无论身处何地何境，或思念亲朋，或送别友人，或见疏意欲归隐，都无时无刻不在忧心时局，操劳国事，诚如苏轼所说“一饭未尝忘君”。

“不见朝正使，啼痕满面垂”（《元日寄韦氏妹》），其时长安已为叛军所占，自是不见前来朝拜朝廷的使者。这是诗人因思念远嫁九江的妹妹所写的诗，家愁中亦不忘忧国，感伤之余，诗人不禁“啼痕满面”。“北阙妖氛满，西郊白露初”（《得家书》），“北阙”指朝廷，“妖氛满”指安庆绪占领长安。诗人于战乱之中幸得家人来信，欣喜之余，仍不忘国家尚处于战乱状态。

“地轴为之翻，百川皆乱流”（《晦日寻崔戢李封》），杜甫与友朋欢会之际，依然难舍国恨。此日天气温暖，“春气渐和柔”，诗人邀约了崔戢、李封两个朋友，本想饮酒痛快一番，“每过得酒倾，二宅可淹留”，不想兴尽愁来。在这明媚的春日，“草牙既青出，蜂声亦暖游”，正是老百姓播种谷物的大好时节，然“思见农器陈，何当甲兵休”，诗人始则感慨黎民百姓不能和上古时期葛天氏部落的人民一样安居乐业，“上古葛天民，不贻黄屋忧”。既之又痛惜自己作为一介书生，不能为时局尽力，“至今阮籍等，熟醉为身谋”，其爱国的拳拳之心，着实令人感怀。

至德元年（756）十月，时任宰相的房琯主动请缨，率军讨伐叛军，却由于缺乏实战经验，相继战败于陈陶、青坂二地。杜甫在长安得知消息，深感痛惜，因作《悲陈陶》《悲青坂》二诗以记之。“孟冬十郡良家子，血作陈陶泽中水。野旷天清无战声，四万义军同日死。”（《悲陈陶》）“山雪河冰野萧瑟，青是烽烟白是骨。”（《悲青坂》）诗中深蓄着诗人对平叛战争惨败的无尽惋叹，对阵亡士兵的深切同情。“焉得附书与我军，忍待明年莫仓卒。”痛惋之余，诗人认真反思战败的原因，认为是唐军准备不足，仓促应战所致，故而恨不得立即寄书给唐军，希望他们做好充分准备，坚守以待，伺机破敌，万勿轻举妄动，重蹈覆辙。诗人的识见是正确的，经过一段时间的休养生息，唐军果然在至德二年（757）取得了香积寺之捷。对此，仇兆鳌在《杜诗详注》中评价诗人“深识兵机”。

至德二年（757）四月，杜甫冒着生命危险逃到凤翔，谒见肃宗，拜左拾遗，自此诗人窘迫的生活状况有所改善，但其牵念国事的热怀未尝稍减。“东郊尚烽火，朝野色枯槁。西极柱亦倾，如何正穹昊。”（《送长孙九侍御赴武威判官》）此时的唐王朝，东北则有安史叛军作乱，西北又遭胡人侵掠。据《资治通鉴·唐记》所载：“（至德二载）河西兵马使盖庭伦与武威九姓商胡安门物等，杀节度使周泌，聚众六万。”此刻良朋远赴战地，诗人自然十分不舍，“夺我同官良，飘摇按城堡”，念及友朋能为国效力，离恨中又有一丝欣慰，“尊前失诗流，塞上得国宝”。同期杜甫又送从弟前往西北边境御敌，并作《送从弟亚赴河西判官》一诗，其中有句曰：“宗庙尚为灰，君臣俱下泪。”据《旧唐书》记载：“禄山陷京师，九庙皆为所焚”，爱国情深的诗人亦不禁为此而悲痛下泪。

至德二年（757），房琯因兵败陈陶、青坂被除去宰相之位，时任左拾遗的杜甫上疏言房琯罪细，不宜治罪，触怒了肃宗，被推至三司问罪，幸亏时任宰相的张镐从中说情，才免于治罪，但就此被肃宗疏远。此后，诗人一面对自己不幸遭遇悲痛惋惜，一面依然兢兢业业地操劳国事，勤于职守。“明朝有封事，数问夜如何”（《春宿左省》），“封事”指密封的奏章，诗人此时仍任左拾遗之职，想到第二天早上要进谏言事，但不知结果如何，故夜不能寐。宋葛立方《韵语阳秋》评此诗曰:“盖忧君谏政之心切,则通夕为之不寐。想其犯颜逆耳,必不为身谋也。”“衮职曾无一字补,许身愧比双南金”(《题省中壁》),面对唐王朝日趋衰落的局面,诗人自惭不能尽力国事,挽狂澜于既倒,但这分明是朝廷不能重用贤能的缘故,而诗人却对此隐忍于心,只字不提,诗人之境,令人痛心。

三、家国情怀之现代审视

关中是传统地理的核心地带,也是唐代政治格局的中心,杜甫在此生活了长达13年之久,并写出了盛唐最为耀眼的诗篇。关中岁月既是杜甫人生的重要阶段,也是他诗歌创作成就煌煌、沉郁悲慨诗风渐次形成和确立的时期,而诗人的家国情怀亦于此时得到了最为充分的展示和传达。

在杜甫关中诗歌所呈现的家国情怀中,我们感受到了诗人深沉绵远的历史意识。这种历史意识不仅表现在对自然和历史的认知方面,更体现在诗人的政治实践和文学创作中。杜甫从濡染着儒家思想的河洛文化中走出,终身持守和践行着修齐治平的政治理想。他负才气盛,自视甚高,渴望辅圣明之主,行尧舜之道,开往圣之世,“致君尧舜上,再使风俗淳。”(《奉赠韦左丞丈二十二韵》)长安应试落第后,诗人在伤叹不遇的同时,依然初心不改,求官谋职,力行不已,以期得君行道,一展襟抱。杜甫还曾以古代的贤臣自期:“许身一何愚,窃比稷与契。”(《自京赴奉先县咏怀五百字》)希望能像帝舜时的稷、契那样辅佐皇帝,治理国家。对远古圣君贤相的追怀企慕,既表现了杜甫深切的历史认同感,同时也见出诗人对现实政治的强烈期盼和勇于担当的历史使命感。在认同中传承,在传承中再造盛世的辉煌。作为一位忧国忧民的诗人,杜甫看到了安史之乱爆发前夕贫富对立、苦乐迥异、两极分化的严酷现实,统治阶级穷奢极欲,歌舞升平,黎民百姓则饥寒交迫,困苦不堪,既而又追寻和揭示了造成人民贫困的原因,即在于封建统治者的剥削和压迫,表现出深刻的历史批判精神。“朱门酒肉臭,路有冻死骨”(见前),一门之隔,划开了两个截然不同的生命世界:门内觥筹交错,花天酒地,纸醉金迷;门外冻馁相加,饿殍遍野,尸骨累累。真是触目惊心,振聋发聩,力透纸背。统治者多行不义,唐王朝岌岌可危,表面繁荣的背后,潜藏着严重的社会危机。肃宗至德二年(757),杜甫前往鄜州省亲,途经九成宫,抚今追昔,因宫起情:“荒哉隋家帝,制此今颓朽。向使国不亡,焉为巨唐有。”隋帝荒淫骄奢,滥用民力,役使峻急,修建了多少离宫别馆,曾几何时,壮美富丽的九成宫随着隋帝国的倾覆也已颓朽毁败,成为历史的陈迹,供人凭吊。朝代更迭,兴废交替,倘若隋朝不亡,九成宫又焉能换了主人,为大唐所有,触物生情,一种盛衰兴亡的时代感触油然而生。前车之覆,当为后车之鉴,这种强烈的史鉴意识,表现了诗人对历史的审视和反思,对王朝命运的关切与警觉。安史乱起,烽火遍地,生灵涂炭,满目疮痍,杜甫在乱离中所写的许多诗篇,往往都带有鲜明深刻的时代印记,悲怆的字符中叠加着历史沉郁的本质和个人悲切的生命体验,历史意识、家国情怀和文学精神融于一处。应该说,杜甫的关中诗,就是一部国家民族命运的真实记录,是一段非凡的时代史诗。

“家国情怀”是一个人对国家、人民和自己亲人的深情大爱,是一种对国家民族的高度认同感、归属感和责任感。杜甫心系祖国,关切人民,时时以天下国家为念,以黎民百姓为怀,期盼国家富强，民族复兴，人民幸福。他对自己的小家以及亲朋好友的深情挚爱，也常常超越了一己之情而上升为对天下万家、芸芸众生的弥天大爱，表现出宏阔充沛的生命格局。正是基于对国家和人民的深切关爱，杜甫对统治集团各种祸国殃民的罪行进行了无情的揭露和抨击，闪烁着社会批判的锋芒。他谴责统治当局拓疆开边、穷兵黩武的战争给整个社会和广大人民造成的深重灾难，愤激豪门权贵的骄奢淫逸、挥霍无度，痛惜栋梁之材的沦落不遇、报国无门。在杜甫看来，家国一体，一人一家的命运和万人之国的命运紧紧相连、息息相关。安史乱中，眼见国家残破，京都沦陷，诗人感时恨别，忧国思家，渴盼平定叛乱，整复山河，和家人团圆。杜甫襟怀广阔博大，精神澄澈明净，风骨山高水长，生命格局宏大，方可拓展出一个大的境界，对社会人生的透视自然也就具备了应有的深度和广度，如此，也才能和国家同休戚，与人民共患难。天宝十四年(755)，杜甫往奉先探家，一路艰难跋涉，备尝苦辛，目击时艰，忧心如焚。至泾渭极目望去，洪波巨流奔涌而下，势不可挡，“疑是崆峒来，恐触天柱折。河梁幸未坼，枝撑声窸窣。行旅相攀援，川广不可越。”(《自京赴奉先县咏怀五百字》)天柱将折，险桥即垮，隐喻国势危殆，风雨飘摇，大唐帝国大厦将倒，摇摇欲坠，惊惧疑真的心态中，叠印着诗圣深切的时代忧患意识。抵家之后，迎接客子的并非妻儿的笑脸，“入门闻号啕，幼子饿已卒。吾宁舍一哀，里巷亦呜咽。所愧为人父，无食致夭折。”丧子之痛，杜甫哪能不恸之哀之呢！他一方面引咎自责，深感愧对家人，另一方面又未在个人感情上过多地纠缠盘绕，而是由一人一家的不幸联想到天下苍生的苦难，自己这个家庭是享有封建特权的，其生活尚且如此，一般平民百姓的际遇更可想而知。“默思失业徒，因念远戍卒。忧端齐终南，澒洞不可掇。”思之念之，诗人忧比终南，愁绪绵远，其博大的情怀和直达山水内核的感触，带出了多少生命的精神和诗歌的想象力，忧思深广，悲悯无极。

《毛诗序》曰：“诗者，志之所之也。”清人叶燮论诗，于杜甫最为尊崇，称之为“诗神”，所谓“千古诗人推杜甫”。其《原诗》有云：“志高则其言洁，志大则其辞弘，志远则其旨永。如是者，其诗必传。”杜甫胸怀天下，志存高远，其诗正堪当此论。“致君尧舜上，再使风俗淳”(《奉赠韦左丞丈二十二韵》)，“窃比稷与契”，可谓“言洁”；“老骥思千里，饥鹰待一呼”(《赠韦左丞丈济》)，“丈夫四方志，安可辞固穷”(《前出塞》其九)，可谓“辞弘”；“穷年忧黎元，叹息肠内热”(《自京赴奉先县咏怀五百字》)，“朱门酒肉臭，路有冻死骨”，可谓“旨永”。杜甫有一颗崇高伟大的心灵，一副忧国忧民的热肠，他以自己深厚的学养，丰富的阅历，济世安民的高情远志，疾恶如仇的铁胆硬骨，包藏宇宙的人文精神，舍己利他的人格魅力，踏着时代的节拍，横空出世，为祖国和人民放歌。可以说，言洁、辞弘、旨永之美，铸就了杜诗的家国情怀和史诗品格，玉成一代诗圣。

参考文献

[1]钱穆：《晚年盲学》，桂林：广西师范大学出版社，2004年，第204页。

[2]梁启超：《情圣杜甫》，济南：山东教育出版社，1984年，第3页。

[3]李欣欣：《杜甫对乱世亲人的关爱与牵挂》，《邵阳学院学报》，2010年第1期，第109页。

杜甫陇上行吟与陇山文化

聂大受
（天水师范学院　甘肃天水　741001）

一、陇山与唐代的旅陇诗人

陇山，又称陇坂、陇坻、陇关、陇首山、分水岭，也称关山，因其多有关隘而名，是一个古老的区域概念。《地道记》："汉阳有大坂，名曰陇坻。亦曰陇山。"《寰宇记》："汉武帝分陇西，置天水郡……后汉更天水为汉阳郡。"《元和郡县图志・陇右道上・秦州》："小陇山，一名陇坻，又名分水岭……陇山有水，东西分流，因号驿为分水驿。"依现代地理学概念，陇山即六盘山南端的别称。在陕西陇县、宝鸡市西，甘肃天水市东，平凉市南，南北走向，绵亘于陕、甘、宁边境数百里，山势陡峻，主峰秦家石洼梁头海拔2659米，是渭河平原与陇西高原的分界。陇山因其山势的广袤、高险、雄伟及位置的殊要历来而为人所敬畏、叹伤。《元和郡县图志・陇右道上・秦州》："陇坂九回，不知高几许，每山东人西役，升此瞻望，莫不悲思。"《乐府诗集・陇头歌辞》："陇头流水，鸣声呜咽。遥望秦川，心肝断绝。"历代文人骚客每每以陇山为题材，写下了许多记陇、忆陇、咏陇的壮丽诗篇，留下了许多脍炙人口的华彩文章。在这方面，唐代诗人尤为突出。

以边塞诗享誉唐代诗坛的高适、岑参、王昌龄与陇山有着不解之缘，他们赴边出塞，亲临陇上，留下了许多咏陇名作。如岑参《初过陇山途中呈宇文判官》：

一驿过一驿，驿骑如星流。平明发咸阳，暮及陇山头。陇水不可听，呜咽令人愁。……万里奉王事，一身无所求。也知塞垣苦，岂为妻子谋？山口月欲出，先照关城楼。溪流与松风，静夜相飕飗。别家赖归梦，山塞多离忧。与子且携手，不愁前路修。

"万里奉王事"的报国豪情与"陇水不可听"的思乡悲愁交织在一起，真切动人。而最后则以"不愁前路修"的慷慨之声压倒悲愁之思，气势奔放，个性鲜明，充满了豪迈、乐观的精神。诚如严羽《沧浪诗话》所说："高岑之诗悲壮，读之使人感慨。"

位于陇山东麓的泾、原诸州（今甘肃泾川、平凉一带）为关中通往河陇的交通要道。王昌龄经此，对这里不同于关中平原的山川景象作了细致形象的摹写：

倦此山路长，停骖问宾御。林峦信回惑，白日落何处。徙倚望长风，滔滔引归虑。微雨随云收，蒙蒙傍山去。西临有边邑，北走尽亭戍。泾水横白烟，州城隐寒树。所嗟异风俗，已自少情趣。岂伊怀土多，触目忻所遇。

——《山行入泾州》

诗中记写了初入陇上的所见之景和内心感受，展现了陇上独特的山川和殊异风俗，怀土之情的抒发增加了诗篇的内涵，真切古朴、自然清新。

晚唐大诗人李商隐于唐文宗开成三年(838)到泾州(今甘肃泾川县)，入泾原节度使王茂元幕，不久赴京应试落选，回泾州后写下了著名的《安定城楼》一诗：

迢递高城百尺楼，绿杨枝外尽汀洲。贾生年少虚垂泪，王粲春来更远游。永忆江湖归白发，欲回天地入扁舟。不知腐鼠成滋味，猜意鹓雏竟未休。

这首诗结构谨严，句法灵活，运用典故抒发情怀，恰切圆融，自然含蓄，写景抒情融合无间，在艺术上很有特色，历来为人称道，是咏陇诗的一朵奇葩。

另外，王维、许裳、李嘉佑、朱庆余等经临陇上，也都留下了诗作。与此同时，还有一些诗人如李白、皮日休等虽然未能亲至陇上，但陇上的山川风物、民情风俗深深地吸引着他们、感动着他们。他们也写下了吟咏陇右的深情诗篇，给陇山诗坛留下了一份珍贵的遗产。

这里应该特别指出的是，在众多的旅陇诗人中，诗圣杜甫与陇山的亲缘更为深厚，对陇山的吟咏更为感人，对陇山文化的贡献更为突出。他于乾元二年(759)年的度陇流寓之举，当是陇山文化中尤为亮丽的一道光彩。

二、杜甫的陇山之行

杜甫是我国唐代伟大的现实主义诗人，被尊称为诗圣，他的诗则被称之为“诗史”。1962年，被世界和平理事会列为世界文化名人，成为世界人民共同敬仰的诗人。就是这样一位名贯古今、享誉中外的大诗人，曾于乾元二年(759)在陇右寓居了近半年时间，并留下诗作近一百二十首。陇右时期是他生活的转折期，也是他诗歌创作的转型期。在他的一生中有着不同寻常的意义。

那么，生活在长安的杜甫为什么会离开关中西行呢？他又是如何登上陇坂来到秦州的呢？我们知道，杜甫出生于一个奉儒守官的家庭，从小就立有“致君尧舜上，再使风俗淳”的远大志向，然而命运多舛，仕途蹭蹬，至德二载(757)46 岁时，好不容易得到了一个“左拾遗”的官职。在任上，他兢兢业业、恪尽职守、为国效力。但时间不长，就因为疏救房琯之事而激怒了唐肃宗，由此被冷落、疏远。到第二年，也就是乾元元年(758)六月，则被贬为华州司功参军。这对杜甫是一个严重的打击，他的仕途受到了重创，他的政治理想的实现也就由此破灭。这件事让他对唐肃宗有了清醒的认识,对皇朝政治的残酷无情也有了深入的了解,于是萌发了弃官而去的念头:“罢官亦由人,何事拘形役。”这是他在《立秋后题》一诗中的明确表白:既然解掉官职是可以由个人来决定的,那么又何必让我的心被形体所拘役!而此时关中大旱、饥荒遍野的情状进一步促进了他弃官离职的决心。

去意已定,可又当往何处呢?当时,“安史之乱”的战火仍在蔓延,向东、向北、向南都不安全。几经考虑,杜甫选择了前往秦州,因为他的侄子杜佐居住在那里,而秦州尚未遭受祸乱的袭扰。唐肃宗乾元二年(759)七月,他携带家人,离开华州,踏上了西行入秦的漫漫征途。

关陇古道是丝绸之路南大道从长安入陇的必经之路,横亘于陕甘交界的陇县与张家川县之间,长约一百公里,海拔两千米。先秦时由西戎辟建,从汉至唐宋元历代,一直是关中通往陇上的交通要道,也是中西贸易、民族往来的重要通道。杜甫当年就是沿着这条官道进入陇右的。关陇古道有北线、中线和南线三条主干道。北线为秦家塬道,由今陕西固关,经陕甘交界处的秦家塬到张家川县的恭门镇(弓门寨)。此道为周秦时开通,现在河峪村山崖上,有东汉桓帝和平元年(150)的《颂德碑》遗存,记载着修道建关的事迹。中线为陇关道,由今陕西固关经复汉坪进入陕甘交界处张家川县境内的老爷岭(因山顶建有关公庙而得名,现庙内保存有清代《关山顶重修塑武圣帝君神像庙宇原叙碑》一通),经马鹿到达恭门。《陇县志》:“从今县城西,经高坡、麻坊铺、神泉、曹家湾、固关,过关山,通往甘肃天水、陇西。西汉初,于此道上设陇关(大震关),故名陇关道。”从恭门到秦州则有两条路可走:一条由恭门向西北方向经张川镇、龙山镇至秦安陇城,过秦安县到秦州;一条从恭门镇樊河向西南至清水县新城,过清水县到秦州。南线为“咸宜道”,由今陕西咸宜关经陕甘交界处张家川县境内的菜子河到长宁驿,再向西南至清水县,此线为明代所修。《陇县志》:“《明史》载,明正统年间(1436—1449),因关山路阻,致从咸宜凿山开道。此后,咸宜道便成为汧陇道又一条径通秦陇的通道。”显然,杜甫西行入陇时尚无此道。

杜甫在《秦州杂诗》第一首中记述了他度陇入秦的境况:“满目悲生事,因人作远游。迟回度陇怯,浩荡及关愁。水落鱼龙夜,山空鸟鼠秋。西征问烽火,心折此淹留。”诗中的陇即陇山;关,陇关,又名大震关,在今陕西陇县,陇山东麓。鱼龙,即鱼龙川,水名,古称汧水,今作千河。发源于六盘山南麓,上游东南流经陕西陇县、汧阳县(今名千阳),注入渭河。《水经注·渭水上》:“(汧)水有二源,一水出县西山,世谓之小龙山。……其水东北流,历涧,注以成渊,潭涨不测,出五色鱼,俗以为灵,而莫敢采捕,因谓是水为龙鱼水,自下亦通谓之龙鱼川。”鸟鼠,即鸟鼠山,在甘肃渭源县,渭河发源于此。杜甫后来由秦州赴同谷途中所作的《青阳峡》诗中说:“昨忆逾陇坂,高秋视吴岳。”再次述及度陇。清光绪《秦州直隶州新志》卷二云:“由马跑泉北渡渭十里为社棠镇,镇北龟山下有古城遗址……又有草堂寺,祀唐杜甫。”社棠镇在秦州东北五十里,今属麦积区,是清水往秦州的必经之地。

可以看出,杜甫从关中到秦州,是翻越陇山,由关陇大道一路走来的。其具体行踪尚无更多书证可确,结合实地考察和现有资料推测,由关陇古道中线即“陇关道”到今张家川县恭门镇,然后向西南从樊河过新城至清水县,再向西南经今麦积区社棠镇抵达秦州的可能性比较大。“西征问烽火,心折此淹留。”望着关山上的烽火台,带着一身的疲惫,心情复杂的杜甫，踏入了西行的目的地——秦州。

三、杜甫的陇山之吟

陇右时期，是杜甫一生诗歌创作最为旺盛的一个时期。半年时间写下了近一百二十首诗作。题材多样，内容丰富，其中山水诗的创作占了将近一半，那些为人称道的描绘陇右山川风物的诗篇，就是以陇山为起始的。

“满目悲生事，因人作远游。迟回度陇怯，浩荡及关愁。水落鱼龙夜，山空鸟鼠秋。西征问烽火，心折此淹留。”作为渭河平原与陇西高原分界的陇山，高逾两千米，绵延数百里。长期生活于平原地区的杜甫第一次攀登陇山就为它广袤、高峻、雄伟的气势所震撼，为它多姿多彩的风貌所惊异，也为它的艰险难越而叹伤！这里有度陇缘由的记写，有度陇感受的直白，有度陇情思的抒发。可以看出，陇山给他的印象是很深的，对他的影响是很大的。以至于来到秦州以后及南下同谷途中，又多次写到了陇山。如《遣兴五首》其一：“蛰龙三冬卧，老鹤万里心。昔时贤俊人，未遇犹视今。嵇康不得死，孔明有知音。又如陇坻松，用舍在所寻。大哉霜雪干，岁久为枯林。”这是一首慨叹知音难遇，抒发壮志未酬的苦闷情怀的诗作，在表达上运用了比兴的手法。值得注意的是，诗中用来作比的松树，到处皆有，比比皆是，可诗人却特意选取了“陇坻松”为例，且冠以“大哉”，足见对它的看重和赞赏，陇山的松树也不一般啊！杜甫对陇山的情怀由此亦可见一斑。

再如，由秦州赴同谷途中写的纪行诗《青阳峡》，其中有一段是专门写陇坂的，尤为精彩：“昨忆逾陇坂，高秋视吴岳。东笑莲华卑，北知崆峒薄。超然侔壮观，已谓殷寥廓。”与前两首不同，这一首中写陇山，采用的是回忆对比的手法。诗中的“吴岳”，是指吴山，在今陕西千阳、凤翔二县境内，位于陇山之东。当年秋天，杜甫从华州赴秦州时经过此山。莲华，即莲花峰，西岳华山的西峰。因峰顶翠云宫前有巨石状如莲花而得名。莲花峰是华山最秀丽、险峻的山峰。崆峒，指崆峒山，在今甘肃平凉市西。诗人回想当时翻越陇坂，站在山顶上，极目四望，曾嘲笑东边的华山是那样的矮小，觉得北边的崆峒山是那样的单薄，陇山如此卓然出世的壮观，宇宙之大，再也不可比说了。这里用衬托的手法来写陇山的高大雄伟，如同众星拱月，达到了极致。又如《夕烽》：“夕烽来不近，每日报平安。塞上传光小，云边落点残。照秦通警急，过陇自艰难。闻道蓬莱殿，千门立马看。”这首诗是写俗称“平安火”的夕烽的。作为“陇右要冲，关中屏障”的陇山，筑有众多的烽火台。仅在今张家川县境内，仍遗存有较为完整的烽火台15座。杜甫翻越陇坂时目闻其状，已经写了“西征问烽火”之句，如今又以“过陇自艰难”再次言及。其他如“陇俗轻鹦鹉，原情类鹡鸰。”(《秦州见敕目薛三璩授司议郎，毕四曜除监察，与二子有故，远喜迁官，兼述索居，凡三十韵》)“陇草萧萧白，洮云片片黄。”(《寄彭州高三十五使君适、虢州岑二十七长史参三十韵》)“相逢成夜宿，陇月向人圆。”(《宿赞公房》)等则记写了陇上的风情物致。代宗大历二年(767)，离开陇右秦州已十载的杜甫，在《上后园山脚》诗中，又一次写到了陇山：“自我登陇首，十年经碧岑。剑门来巫峡，薄倚浩至今。”乾元二年(759)的陇山之行给他的印象太深刻，可以说到了刻骨铭心的程度。陇山，成了他生命历程中难以抹掉的一个记忆符号。

另外，如若把地处秦岭山脉西端的小陇山也列入讨论范围的话，那么，杜甫咏写麦积山的《山寺》，也值得我们欣赏探究。

野寺残僧少，山园细路高。麝香眠石竹，鹦鹉啄金桃。乱水通人过，悬崖置屋牢。上方重阁晚，百里见秋毫。

唐肃宗乾元二年(759)，杜甫跨陇坂、登陇山，来到秦州后，遍览了城内城外的风物风貌，寻访了近郊远野的名胜古迹。闻名遐迩的麦积山，自然是他的所到之处。麦积山位于秦州东南九十里的小陇山之中，山下有后秦时建的佛寺一座，南北朝时期称灵严寺、石严寺，隋代称净念寺、唐代称应乾寺，宋代以后称瑞应寺。《方舆胜览·利州西路·天水军》："瑞应寺，在麦积山。后秦姚兴凿山而修。千崖万象，转崖为阁，乃秦州胜境。又有隋时塔。"杜甫《山寺》一诗所写，当为此山此寺。麦积山号称"秦地林泉之冠"，麦积山石窟是我国四大石窟之一，被誉为"东方雕塑馆"，而对它最早咏写的我国古代著名诗人的诗篇，就是杜甫的这首《山寺》。开元二十二年(734)二月秦州大地震，麦积山部分山体崩塌，杜甫的这首诗记写的虽然是震后情状，但依然能让人感受到它的殊胜之景。同时，这首诗对麦积山及周围的自然人文环境作了生动的描写："麝香眠石竹，鹦鹉啄金桃"，一幅自然图景，一派和谐气象，表现了作者对自然的认识，抒发了对自然的赞美，表达了对人与自然和谐的追求。

陇山是渭河平原与陇西高原的分界地，也是杜甫诗歌创作的分水岭。冯至先生说："秦州就用这座山(指陇山，笔者注)来迎接杜甫，杜甫也以这座山起始他另一个段落的别开生面的新诗。"[1]陇山对杜甫诗歌创作的影响是深厚而广远的。

四、杜甫陇山行吟的文化蕴涵及开发利用

杜甫的陇山行吟在他的一生生活和诗歌创作中有着不同寻常的意义。同时，他的陇山行吟也给后人留下了宝贵的文化财富，其丰富的内涵也成为陇山文化的一个重要组成部分，对于陇山文化的开发利用有着潜在价值和重要作用。

(一)杜甫陇山行吟的文化内涵

(1)杜甫的陇山行吟展现了陇山的壮观秀美图景，把陇山的山川风物展示在了世人面前。

陇山广袤、高峻的地理形势，"陇右要冲，关中屏障"的重要位置，壮观秀美的风光风物，源远流长的历史印迹，在他的诗歌中都得到了展示，给人们提供了陇山地区历史、文化、社会、军事、民族、交通、生态环境等多方面的信息资料，成为人们了解陇山、走进陇山的又一途径，具有重要的认识价值和证史补史的作用。

(2)杜甫的陇山行吟丰富了关陇古道的文化内涵，扩大了影响，提高了知名度。

关陇古道是丝绸之路南大道从长安进入甘肃的重要通道，从先秦直至宋元，一直是关中通往陇上的交通枢纽，对当时的政治军事、经济贸易、民族宗教、文化传输等都发挥过重要作用。在唐代，不少著名的诗人或出使边关，或流寓塞上，他们的足迹和吟唱则为关陇古道增

添了厚重的文化含量。杜甫乾元二年(759)的陇山行吟尤为突出,鱼龙川、大震关、陇坂道、烽火台……都留下了他的脚印,都留下了他的声音。被后世尊为诗圣,又被列为世界文化名人的大诗人杜甫,759年到此一“游”的壮举,成为陇山文化的一个重要元素,对关陇古道、对陇山的宣传无疑增添了亮色,扩大了影响,提高了其知名度。

(3)杜甫陇山行吟含有丰富的文化旅游资源,具有扩大对外交流和旅游合作的价值。

杜甫的陇山之行横跨陕甘两省,正是古丝绸之路南大道所经之处。鱼龙川、大震关、老爷岭、安戎关、烽火台、弓门寨等,许多都是有名的关隘要塞、奇山异水、驿站重镇,文化积淀深厚,生态环境优美,完全可以开辟一条跨省文化旅游线。

杜甫陇山之行,涉及今陕西宝鸡的千阳县、陇县、甘肃天水的张家川县、清水县、麦积区、秦州区。以他的行迹为纽带,可以把这些地区联系起来,形成旅游网络,互惠互利,共同获益,其前景是广阔的。

(二)杜甫陇右行吟文化资源的开发利用

1.开辟“杜甫陇山行”文化与生态旅游线

(1)路线:

〔宝鸡〕千阳县(鱼龙川)——陇县(固关)——张家川县(老爷岭)——马鹿——恭门——清水县(新城)——麦积区(社棠)——麦积山〔秦州〕

(2)特色:

①唯一的一条以名人踪迹及其诗歌内容为连线的旅游线;

②自然风光与人文内涵密切融合;

③可与现有的其他旅游线路(景点)兼容、互补。

(3)作用:

①使现有旅游格局得以拓展、补充;

②带动所经之地的经济发展,促进小城镇的建设;

③吸引海内外众多的杜甫崇拜者、杜诗爱好者前来考察观光。

由关注杜甫到关注陇山、到关注陇山周边地区的发展。

这条线路的开设可以给天水旅游增添一线新线、大线、热线。其容量较多、内涵丰富,除了最具特色的“文化游”外,还可以成为“风光游”“生态游”“农家乐”的载体。同时,还能填补“考察游”“远足游”的空白。另外,可成为向市外、省外延伸扩展旅游范围的桥梁和纽带。

2.在关陇古道设立诗碑、纪念设施

(1)诗碑:

①杜甫诗碑:在张家川县境内的老爷岭上刻立《秦州杂诗》第一首及《青阳峡》诗中“昨忆逾陇坂”一段。

②唐代旅陇诗人的咏陇名作诗碑;

③其他咏写陇山的典型作品。

(2)纪念设施:

在张家川县恭门镇辟建小型“杜甫纪念厅”,以介绍杜甫陇山行吟为主要内容。同时,辅以唐代著名诗人的旅陇事迹。

杜甫陇山行吟的文化开发是一个系统工程，要科学论证、精心规划、统筹安排、协调配合、互补互利。

清初著名诗人宋琬《题杜子美秦州流寓诗石刻后》说："夫陇山以西，天下之僻壤也。山川荒陋，冠盖罕臻，荐绅之士，自非官于其地者，莫不信宿而去，驱其车惟恐不速。自先生客秦以来，而后风俗景物，每每见称于篇什。"[2]可以说，这是对杜甫陇山之行及其后诗作的意义和作用的客观而精辟的评价。杜甫陇山行吟所蕴含的丰富资源已成为陇山文化的一个重要组成部分，对其加以开发利用，对当前开展的华夏文明传承创新区的建设和丝绸之路经济带的建设都具有潜在的价值和重要的作用。

参考文献：

[1]冯至：《杜甫传》，北京：人民文学出版社，1980年，第73页。
[2]（清）宋琬：《宋琬全集》，济南：齐鲁书社，2003年，第173页。

李一氓与成都杜甫草堂

刘晓凤

（成都杜甫草堂博物馆 《杜甫研究学刊》编辑部 成都 610072）

成都杜甫草堂是唐代诗人杜甫流寓成都时的故居，是中国规模最大、保存最完好、知名度最高且最具特色的杜甫行踪遗迹地，被后世誉为中国文学史上的“圣地”。成都杜甫草堂博物馆在建馆之初，便将搜集杜集版本作为馆藏建设的主要任务之一。当时的成都市副市长李宗林亲自抓杜甫草堂的收藏工作，经过数十年几代人的艰辛努力，现收藏各类古籍总数已达 2.2 万余册件，其中善本古籍 0.6 万余册件。宋元明清杜集版本万余册，在种类上和数量上，皆可称得上是国内收藏历代杜集版本最为集中的地方。2009 年 6 月 13 日，成都杜甫草堂博物馆被国务院公布为第二批全国古籍重点保护单位，馆藏 6 种古籍善本入选第二批《国家珍贵古籍名录》。很多领导、学者、藏家曾经为草堂古籍收藏工作付出心血，如李劼人、杨铭庆、林延年、李一氓、冯至、巴金、黄裳、叶恭绰、贺昌群、周采泉、刘奇晋、白敦仁、钟树梁、刘开扬等，其中老一辈无产阶级革命家四川彭州李一氓是典型代表，他关心草堂建设发展，建议草堂收集各种杜诗的本子及杜甫相关文物，并且身体力行，一直用心为草堂留意古籍版本、外文杜诗及杜甫相关文物资料，为杜甫草堂工作指出战略方向；他鼓励草堂开展学术研究；同时也是有名的收藏家，自称“存杜第一”，后来将收藏的很多珍贵的杜集及相关文物捐赠给草堂，是草堂发展史中的重要人物。

李一氓同志对草堂工作的意见

高文同志赴京，代草堂向李一氓同志汇报了筹建成都杜甫研究学会的工作情况，返蓉后传达李一氓同志的意见如下：

一、杜甫草堂应向中国图书进出口公司订购一批日本出版的杜甫诗集。

二、建议草堂选择馆藏较好的杜诗版本，将杜甫在成都的诗作部分汇印成册，搞成木刻线装本，不作注释。

三、建议草堂向全国各省、市及各大学图书馆发出通知，请他们将馆藏杜集目录寄给草堂，由草堂汇编成册。

四、学会的刊物可办成季刊，质量要高。我不拟为刊物题字。

一、李一氓其人其事

李一氓（1903—1990），出生于四川省彭州市（原彭县）东大街，原名李民治，后自更名李一氓。他是老一辈无产阶级革命家，久经考验的共产主义战士，是性情率真的读书人。他的一生是光辉的一生、战斗的一生：金戈铁马、万里长征、地下工作、内政外交、古籍整理、文物保护，各项工作都非常出色。

（一）坚定的革命者

一氓先生是坚定的革命者。早年赴法国勤工俭学，追求革命真理。1925 年，五卅运动后，还在上海东吴大学读书时，就由李硕勋、何成湘介绍加入中国共产党。在国内革命战争时期，李一氓同志曾任国民革命军总政治部宣传科科长，与周恩来、郭沫若在北伐军政治部共事；大革命失败后，参加南昌起义，任参谋团秘书长；之后到上海做了五年的地下工作，全身心投入到左翼文化运动，与阳翰笙一起加入创造社，与潘汉年一起成立创造社党小组。在此期间，一氓先生协调鲁迅与郭沫若关系；在长征时，他担任特种营教导员、总政宣传部宣传科长；在陕北担任过毛主席的秘书；抗日战争爆发后，临危受命担任新四军秘书长，协助叶挺组建新四军，任新四军秘书长；抗战胜利后，李一氓同志先后任苏北区党委书记、华中分局宣传部长、大连大学校长等职；新中国成立后，一直从事外事工作，先后担任中国驻缅甸大使、国务院外事办副主任、中联部副部长，是我国最早派驻国外的"红色大使"（陈毅赞语），"党内少有的知识分子"。

（二）古籍整理

李一氓先生开始整理古籍，可以追溯到中华人民共和国成立初期，当时他工作之余，将收藏的《花间集》不同版本，进行比较，裁定正误，权衡字义，校勘出一本《花间集校》，1958 年交人民文学出版社出版。他给当时的副社长楼适夷的一封信说："这本小书，也是不要叫封建文人们侈说共产党人只知道搞阶级斗争，连诗词版本都不懂。"[①] 这大概是他重视古籍，晚年乐于担任古籍领导工作的一个原因。

他对古籍的造诣极深，1981 年国务院恢复古籍整理出版规划小组，陈云同志推荐一氓先生为组长。对古籍整理工作，一氓同志高瞻远瞩，认为整理古籍是发掘民族文化宝藏，继承和弘扬民族宝贵文化遗产，关系到子孙后代。因此对古籍整理工作专心致志，倾注大量心血。1982 年 3 月，在国务院召开古籍整理出版规划会议上提出规划：到 1990 年整理储备文史哲古籍 3100 项。制订高校开展古籍整理研究、人才培养方案，在高校增设文献专业，建立一批整理研究机构，确定第一批文史哲古籍的重点项目。

先生对古籍整理工作的认识透彻，认为其目的是为研究历史文化、思想学术提供资料和方便条件，主张把整理与研究工作结合，整理古籍直接作用是便于阅读便于使用，省却研究者的翻检之劳，鼓励重视编制年表、目录、索引等工具书。在他主持下的古籍整理出版规划使国内收藏的不少正规古书不仅得到重印，且标点、注释、校勘、今译、索引、汇集、影印等各项工作有条不紊地进行。质量高大部头的作品接连面世。

(三)文物保护的先行者

一氓先生是文物保护的先行者。早在战争年代就开始对古籍文物给予极大关注,注意文物保护。在战争年代听说有好的字画都要想方设法收起来。根据一氓先生女儿的回忆文章,先生收藏是在日本投降之后,他在苏北看到战士们将地主家字画铺在地上睡觉,觉得可惜,就都收起来,请教内行的人,学起来。在战乱时代,先生的文物保护首先从收藏入手。先生的收藏类别丰富且成体系,有词集、杜诗版本、书画、版画、金石,碑拓、砚台、明清家具、竹刻、民间工艺品、古代钱币、名人书刊信札、诗笺等。

先生留意收集马列著作早期版本、手迹和毛主席著作在国外的首印版本,他精通英文,精研马列主义著作,也购藏外文马列主义著作早期版本。经过一番周折,他先后购到《资本论》(第一卷)德、英、法、俄文著作20多册。特别是在伦敦的旧书店,他发现7件马克思、列宁的手迹和亲笔信,如获至宝,全部购藏回国。1956年至1957年期间,李老在维也纳工作。维也纳旧书店很多,他经常出入这些书店,设法把一些流散海外的中国古籍购买或拍摄照片寄回国来。比如他为成都杜甫草堂购藏了1928年在伦敦出版的英文版《杜甫传》等。

一氓先生从事古籍文化收藏,决不是发思古之幽情,而是充分体现了这位老革命热爱祖国悠久历史文化的高尚情趣。他数十年如一日,孜孜不倦,从事广泛的收藏活动。他引用高尔基的话:"博物馆内的陈列品,都是劳动人民艺术的结晶。要不断地收集、充实、整理。"

先生是性情中人,是本色率真有情趣有幽默感的文人,是学识渊博、品格谦虚的学者。

一生喜爱收藏,具有极高的鉴赏力。他的藏品大都捐赠国家博物馆。[②]

先生为了充实成都杜甫草堂的陈列品,搜集了杜诗的各种外文译本。他曾说自己是"四川的采购员"[③]。他为家乡四川成都的杜甫草堂收集杜诗的各种版本,为苏东坡纪念馆收集苏东坡的字帖,为杨升庵纪念馆收明清版的杨氏著作,认为这是很有意义的文化工作,后来他把这类工作做到了国外。对中学时期常游玩的去处——成都杜甫草堂他非常关心,对其建设发展提出了极为中肯的意见和建议,对杜甫草堂的征集工作他更是身体力行、竭尽全力、贡献良多。

二、为成都杜甫草堂文物征集指明战略方向

1949年之后,成都杜甫草堂迎来新生。成都市政府组织对成都杜甫草堂进行修葺整理,修旧如旧。1952年,正式对外开放。并且组织成都地区专家学者组成杜甫纪念馆筹备委员会,筹备纪念馆。1955年杜甫纪念馆成立,征集收藏工作即组织展开。最初草堂的着眼点主要在杜甫诗意画、匾联等。除了请有名画家画杜甫诗意画,请知名人士撰写匾对外。还希望得到毛主席书写的杜诗或题写的"草堂",但多次努力未能如愿。一氓先生注意到这个情况之后,向草堂提出建议:收集各种杜诗的本子。并且身体力行,一直用心为草堂留意古籍版本和外文杜诗。一氓先生的建议得到当时纪念馆领导的高度重视,纪念馆成立之后的1956年开始进行外出搜集杜集版本的工作。

(一)成都杜甫草堂四次外出征集

在成都杜甫草堂成立纪念馆之前,1954年派专人到全国各地搜集杜集版本、文物资料,不到一年时间就收集到一大批元明杜诗版本,2000多件历代书画家杜诗书法、诗意画、楹联匾对,5000多张拓片,1000多件行踪遗迹及其他资料照片。1955年纪念馆成立之后,便将搜集杜集版本作为馆藏建设的主要任务之一。当时的成都市副市长李宗林亲自抓杜甫草堂的收藏工作,采取走出去,请进来,发函联系等多种方式征集杜诗版本及杜甫相关文物。

主要有四次较大规模的外出考察征集,其路线如下:

1956年6月到11月,成都—西安—洛阳—巩县—北京—济南—南京—无锡—上海—杭州—长沙—武汉—重庆—成都;

1956年12月到1957年3月,成都—广汉—德阳—绵阳—剑阁—广元—三台—射洪—盐亭—阆中—成都—新津—乐山;

1981年10月到11月,成都—剑阁—蓬溪—阆中—盐亭—射洪—三台—重庆—忠县—云阳—奉节—巫山—泸州—宜宾—新津—成都;

1983年4月到6月,成都—重庆—宜昌—武汉—岳阳—长沙—杭州—宁波—上海—无锡—南京—扬州—西安—成都;

这四次外出考察搜集到的杜集及相关文物奠定了成都杜甫草堂馆藏的重要基础。20世纪80年代之后,成都杜甫草堂主要是通过发函邀请相关单位与个人进行文物征集。

(二)一氓先生为草堂代购杜集

在回忆录里一氓先生详细提到当时情形:"在国内工作时期,利用我常跑琉璃厂之便,只需向旧书店打个招呼,除了我要的版画、山志寺志之外,再加上一项杜诗,就会不断地从旧书店送来了。早期是从北京邃雅斋,后来是中国书店,送来的本子不少,成都杜甫草堂都买了下来。"在国外工作期间,一氓先生从维也纳、伦敦、莱比锡、巴黎等地的旧书店为成都草堂收购若干杜诗的英法文译本。后来没有机会为草堂找英法文译本的杜诗,却千方百计托日本朋友西园寺公一找了不少日文本的杜诗集,特别是吉川幸次郎的《杜甫诗注》,原拟出十多卷,作者只出了五卷就去世了,这五卷也弄全了。一氓先生把自己的杜诗集子全都送给草堂了。

代购情况

一氓先生在回忆录里说"大概我送给杜甫草堂的杜诗本子约30种,外文本40来种;代购的约三十五六种,其中多属孤本、善本"[④⑤]根据成都杜甫草堂档案资料结合李一氓回忆录,将先生为杜甫草堂代购杜集情况整理如下:

1.草堂先生杜工部诗集20卷残6卷2册

南宋淳熙(1174—1189)年间刻本

来源:1965年8月16日北京李一氓寄来价格:400.00元

备注:1964年李一氓同志在京代购因留京装裱题词,于今寄回。

2.杜工部草堂诗笺50卷附外集2卷残22卷10册

宋嘉兴鲁訔编次，建安蔡梦弼会笺南宋嘉泰后刊本

来源：1964 年 8 月 2 日有北京李一氓氏代购价格：1650.00 元

备考：菊，两本皆匡、慎、敦三字缺，系嘉泰后刊本。前有六四年李一氓氏收跋，间有校正。无序，目录二十二卷后有补迹象，第一卷首叶（页）有嘉兴鲁訔编次建安蔡梦弼会笺，二卷至十三卷则无，而十四卷至二二卷又有。此本可作见古本之一助。14 卷至 22 卷半页 11 行，行 19 字；1 卷至 13 卷半页 12 行，行 20 字，有碧琳琅馆等印章，无 23—50 卷。

3.杜工部草堂诗笺 40 卷 14 册

宋嘉泰四年（1204）嘉兴鲁訔编次蔡梦弼会笺民国十二年（1923）年上海商务印书馆影印丛考集成本

来源：1956 年 11 月 28 日有李一氓代购价格 26.70 元

备考：1981 年 7 月 28 日在展出时被盗一册，刊印时代 1936 年，复查 1971 年

4.杜工部集 20 卷 10 册

清真州郑沄编同治年间楷书本

来源：1957 年 11 月 2 日由北京李一氓同志代购 8.00 元

5.杜工部集 20 卷 8 册

清真州郑沄编同治十三年（1874）仿玉勾草堂刻本

来源：1957 年 11 月 2 日由北京李一氓同志代购 1.20 元

6.杜工部集 20 卷 6 册

清钱谦益笺注清康熙时刻本

来源：1978 年 4 月由李一氓购

7.唐李杜诗集 16 卷 8 册

明无锡邵勳编校明嘉靖二十一年（1542）无锡万虞恺刻

来源：1956 年 10 月 24 日由北京李一氓代购 150.00 元

8.分门集注杜工部诗 25 卷 2 册

南宋东莱徐宅编民国十八年（1929）上海商务印书馆四部丛刊本

来源：1957 年 11 月 2 日由北京李一氓同志代购

9.杜诗荟粹 12 卷 6 册

清张远迩可笺清文蔚堂梓行

来源：1959 年 2 月 2 日由李一氓同志代购 16.00 元

10.读书堂杜工部诗集注解 20 卷 12 册

清滏阳张溍评注清道光二十一年（1841）滏阳孙钱刻

来源：1957 年 11 月 2 日由北京李一氓代购 25.00 元

11.集千家注分类杜工部诗 1 册

南宋东莱徐居仁编元至正二十二年（1362）叶氏广勤堂刻本

有“三峰书社”钟式牌记

来源：1958 年 2 月由李一氓同志代购

12.集千家注批点杜工部诗 1 册存三、四、五卷

庐陵刘辰翁评高楚芳编元大德(1297—1307)刻印本

来源:1958年2月由李一氓同志代购

备考:残一册十四行本展出

13.集千家注杜工部诗集20卷12册

宋庐陵刘辰翁会孟评点元高楚芳编集明黄生陛校刊明万历时刻本

分体又复编年"参以诸本逐体诠次,正其豕亥,剖其疑似,互存者标之,逸散者补之"

来源:1965年3月1日李一氓同志于京代购70.00元

14.重刊千家注杜诗20卷12册

金鸾校明万历九年(1581)金鸾校刻本

来源:1958年2月李一氓代购

15.杜工部集20卷6册

清虞山朱绂校辑清朱墨钞本

来源:1957年11月2日由北京李一氓代购

备考:朱令昭又字次公,原籍历城人,少与淄川张元、胶州高凤翰等结柳庄诗社,绘画、篆刻皆能留意,有冰壑诗钞。

16.杜少陵诗选(贯华堂评杜诗)2卷2册

清长洲金喟原评赵声伯重订清乾隆二十四年(1759)桐荫书屋藏版

来源:1957年11月2日由北京李一氓同志代购

17.杜诗提要

吴瞻泰评选清嘉庆二十五年(1820)刻本

来源:1957年2月由李一氓同志代购3.00元

备考:分类意见在兹堂藏本

18.杜工部诗选初学读本8卷4册

清治水孙人龙辑评清五华书屋藏版

来源:1957年11月2日由北京李一氓同志代购0.30元

19.艺南书屋精选杜诗评注

清祁阳邓献璋评注清兴立堂藏版

来源:1957年11月2日由李一氓同志北京代购

备考:展出一册清末本

20.苦竹轩杜诗评律卷6册4

清洪仲撰康熙二十四年(1685)洪力行序刊本

来源:1957年11月2日由北京李一氓同志代购

备考:展出一册

21.杜工部五言诗选直解3卷3册

清范廷谋注释清稼石堂刻本

备考:有"一氓读书""成都李一氓"等印

22.杜律赵注3卷1册

明休宁赵汸注清休宁刻本

有朱批圈

来源:1957年11月2日李一氓同志北京代购

23.批点杜工部七言律2册

明江夏郭正域批选明万历四十五年(1617)闵齐汲三色套印本

来源:1956年11月28日由李一氓代购26.70元

24.诗圣杜甫1册

兰茜1955年星洲世界书局铅印

来源:1962年2月由李一氓同志购

25.李白与杜甫1册

傅东华著民国二十二年(1933)万有文库

来源:1957年11月2日由北京李一氓代购0.40元

26.怀园集杜诗8卷1册

清敏州车万育著康熙二十八年(1689)木刻白绵纸印

来源:1957年11月2日李一氓同志北京代购12.00元

27.读韩诗句集韵8卷3册

清练江汪文柏辑清康熙卅五年(1696)汪氏古香楼校刊

来源:1957年11月2日由李一氓代购

28.杜诗抄5册

清查慎行初白评注清康熙时手稿本

有"初白主人""慎行"之印,选杜诗五古53首,七古62首,五律132首,七律82首,五排26首,七绝27首,五绝7首,以朱墨笔评注,手迹相同。

来源:1964年8月12日由北京李一氓代购120.00元

备考:查慎行,清康熙时进士(1650—1727)

29.六观楼读本杜诗抄4册

清任城许鸿磐选道光五年(1825)任城许鸿磐手钞

来源:1957年11月2日由李一氓同志北京代购120.00元

30.杜少陵诗钞本1册清抄本

来源:1958年12月20日由李一氓代购

备考:暂作同治本

31.杜少陵诗钞4卷2册

孔傅铎藏精钞本特志:白文本

来源:1964年10月10日李一氓同志自京代购12.00元

备考:暂作光绪末年本展出一册

32.杜诗偶评4卷3册

清长洲沈德潜纂日本享和三年[即清嘉庆八年(1803)日本官版御书籍发行所刊印]

来源:1957年11月2日由李一氓同志北京代购5.00元

33.杜工部诗醇(日本汉文刻本)6 卷 3 册

日本近藤元粹选评日本明治三十年日本青木嵩山堂刻本

来源:1978 年 4 月由李一氓代购

34.杜甫诗注第一册(日文)1 册

日本吉川幸次郎著日本昭和五十二年 11 月筑摩书房出版

来源:1978 年由李一氓代购

35.杜甫[汉诗大系 9(日文)]

日本目加田诚著

来源:1978 年 8 月由李一氓代购

36.鱼玄机薛涛汉诗大系 15(日文)1 册

日本辛岛骁著日本昭和五十年 10 月集英社出版

来源:1978 年 8 月由李一氓代购 2700 日元

37.李白(汉诗大系 8)(日文)1 册

日本青木正儿著日本昭和五十三年 2 月东京集英社出版

来源:1978 年 8 月由李一氓代购 2700 日元

38.唐代诗集(上)(日文)1 册

日本田中克己小野忍小山正孝编译日本昭和四十九年 1 月东京平凡社出版

来源:1978 年 8 月由李一氓代购 2700 日元

39.碧山乐府 8 卷 6 册

明王九思明崇祯十三年(1640)

来源:1957 年 11 月 2 日由北京李一氓同志代购 100.00 元

40.杜诗墨笏(一匣入笏)

原作者:胡开文笔墨庄原作时代:民国年间

来源:1959 年 1 月 30 日由李一氓代购[6]

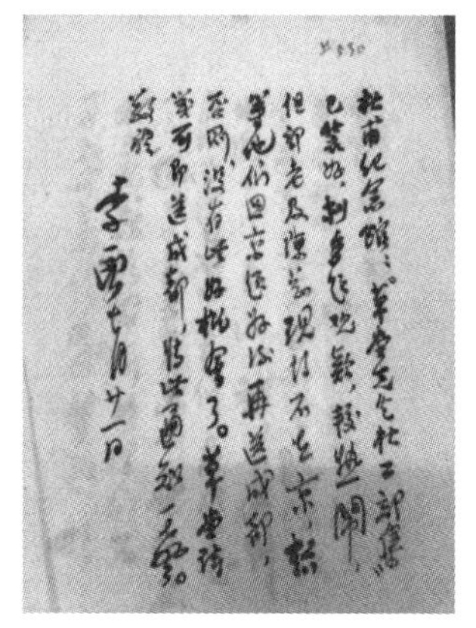

一氓先生具有极高的鉴赏能力,为草堂代购的杜集版本,从宋元到明清、民国各时代的版本都有,在形态上,刻本、写本、手抄本、稿本一应俱全,极具价值。最重要的也是一氓先生最为看重的是南宋淳熙年间建阳刻本(闽刻)《草堂先生杜工部诗集》(20 卷残 6 卷 2 册)

《草堂先生杜工部诗集》基本情况

书名:草堂先生杜工部诗集

版本:宋刻本

卷数:二十卷

存卷数:六卷

存卷次:第十四卷(一至十三页)、第十六卷(一至五页、十七至二十一页)、第十七卷(全)、第十八卷(全)、第十九卷(一至二十二页)、第二十卷(十一至十三页)。

版框:22 厘米×15.6 厘米

开门：27.2 厘米×19.4 厘米

册数及单位：2 册

现存页数：原书诗文 87 页，朱德等人题款及李一氓题跋约 10 页。

颜色：白、黑、红、黄

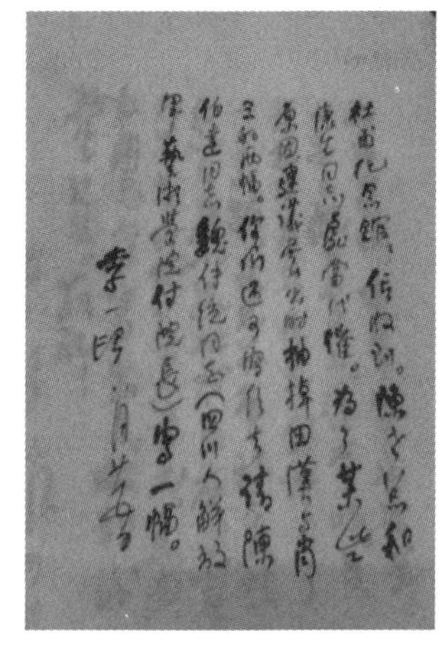

这个残本是先生于 1964 年夏天在北京中国书店替成都杜甫草堂购买。关于这部宋版还有一个有趣的故事。此残本原是罗振玉家藏书。在先生买到之后，发现有错简，想办法精加重装，而且就近请了北京名人和四川同乡题词，为此书题词的有朱德、何香凝、陈毅、康生、陈叔通、郭沫若、齐燕铭、阿英、李初梨、徐平羽，“成为很可炫耀的一件珍本”[⑦]。后来在北京图书馆工作的赵万里知道了，也写信索要，先生不给，为此还告到文化部，先生以是为成都杜甫草堂代买，文化部也无可奈何。卷尾有李一氓题跋：成都杜甫纪念馆所藏杜诗，仅以宋本草堂诗笺，忽见此本于北京中国书店，急代收之。先生对成都杜甫草堂的关爱之情让人感动。

（三）为成都杜甫草堂征集代购杜甫书画

除了为成都杜甫草堂留意杜集，一氓先生同时特别留心为草堂收集杜甫书画作品。首先是现代人的书画作品。一氓先生代草堂邀请名家书写杜诗。代表性的作品有日本书法家书写的两件杜诗立轴；潘挈兹先生画杜诗人物四条屏《月夜》《新婚别》《佳人》《观公孙大娘弟子舞剑器行》诗意图；先生建议草堂写信邀请陈伯达、川籍的魏传统写杜诗，魏传统书杜甫《绝句四首》之三“两个黄鹂鸣翠柳”寄给草堂，落款：“录杜甫《绝句》以应杜甫草堂留念，一九六四年十一月，魏传统”，此作后来刻出来在杜诗木刻廊展出。[⑧]

这封信很简短，但是内容丰富，当时成都杜甫草堂要举办展览，一氓先生代表草堂邀请中央领导同志书写杜诗，他表示代草堂催促陈毅和康生同志尽快书写寄送，对展览提出具体建议，撤去两幅作品，同时为草堂提供线索。所谓纸短情长，字里行间充满对成都杜甫草堂工作的关心。

同时，一氓先生在回忆录里也提到“作为一个纪念馆，既已有现代人有关杜甫的书画，我又为他们搜集前人有关杜甫的字画。这也是很方便的。跑琉璃厂时，顺便给书画店打个招呼，凡是书写杜诗的，画家画杜诗诗意图的，我都要。因此这又为杜甫草堂搜集了若干写杜诗的字幅，如丰坊的草堂长幅，朱鹤年的杜甫像，伊秉绶的隶书集杜联。黄晋良楷书小幅，则是替他们从郑西谛藏的一个字册中讨来的。”[⑨] 为草堂收集前人有关杜甫的书画作品，先生也用心颇多。这些作品除了从琉璃厂购买，还从同是收藏家的好友郑振铎处索来。

一氓先生的书法造诣极高，但是非常谦虚。草堂留存先生三幅墨宝：一为 1964 年为草堂书写毛主席的七律《登庐山》；一为 1977 年 6 月 5 日草堂写信请李一氓同志书写朱德诗词，以充实草堂朱德同志革命文物展览；一为 1982 年元旦为草堂书写杜诗行书轴《将赴成都草堂途中有作先寄严郑公》五首之一。

三、捐赠所藏杜集及相关文物

一氓先生是极负盛名的收藏家，收藏藏品类别广泛，品质极高。其中杜甫诗集是重要门类。先生收藏的杜甫诗集从时代看宋、元、明清、民国历代版本皆有，全集、选集、评点、考证、集杜、诗话各种著作形式都有，刻本、抄本、印本齐全。先生藏书有个习惯是得到的古书喜欢重装，而且在收藏过程中还有意识地将视野扩展，对外文杜集特别重视，而且把那些虽然不是杜集，但与杜甫与浣花草堂有关的刊本或者与杜甫相关的文物也收入囊中，先生有印"存杜第一"，可见对自己收藏杜诗的自负。但先生将自己收藏的杜集及杜甫相关文物全部分批捐赠给了成都草堂，整理如下：

捐赠杜集

1.五代韦庄撰《浣花集》(10卷、1册)明天启时录君亭刻本　李一氓　1975年6月

2.宋刘辰翁批点，元彭镜溪选，《须溪评点选杜工部诗集》(5卷、2册)明正德时东川黎尧卿重刻　李一氓　1959年9月21日

3.明高邮张綖撰　《杜工部诗通》(16卷、6册)　明隆庆六年(1572)刻本　残半李氏配明纸抄斋　李一氓　1959年

4.明许宗鲁编《杜工部诗》(2册)　明嘉靖净芳亭刻本　李一氓　1954年

5.明毛晋、子晋重订《杜工部文集》(2卷、1册)　明崇祯三年(1630)毛氏自刻本　李一氓　1964年6月25日

6.清沈德潜偶评《杜诗评钞》(日印汉文本)(4卷、2册)　日本明治三十年文求堂石印本　李一氓　1964年10月10日

7.日本近藤元粹评定《杜工部诗醇》(6卷、6册)　明治四十一年大阪青木松堂五版铅印本　李一氓　1964年10月10日

8.《蜀游草》(1册)　清杜同春　清刻本　李一氓　1981年

9.《仗蜀日记》(1册)　清郭尚先　清同治刻本　李一氓　1981年3月

10.清朱嘉徵手抄本　《两峡纪游》(1册)　李一氓　1961年11月23日

11.韦庄　明天启时录君亭刻本《浣花集》(10卷、1册)　李一氓　1975年6月　扉页有李一氓跋

12.《杜甫研究》(上卷、1册)　1956年6月山东人民出版社　李一氓　1956年8月20日

13.《杜诗琐证》(2卷、2册)　清溧阳史炳撰　清道光五年(1825)刻本　李一氓　1956年8月20日

14.《存悔斋集》(集杜及杜诗话(21—28卷、1册))　清刘凤诰集　清嘉庆刻本　李一氓　1959年9月20日

15.《集杜》及《琵琶十七变》(得树斋诗草)(1册)　清临洮张晋清乾隆时陕西刻本　李一氓　1959年9月21日

16.《草堂诗话》(1卷、1册)　建安蔡梦弼集录　清刻本　李一氓　1959年9月21日

17.《文山先生集杜诗》(2卷、2册)　南宋庐陵文天祥集句　清顺治挺明成化温州刊本影印墨写本　李一氓　1956年8月20日

18.《杜律虞注(即杜律二注本)》(2册)　元临川虞集注　明正德九年(1514)歙县　李一氓　1956年8月20日　虞注缺上卷,赵注缺中下卷

19.《诗圣杜甫》(1册)　兰茜著　1955年星洲世界书局铅印　李一氓　1962年2月

20.《读杜小笺》《二笺》(2卷、1册)　清钱谦益笺　撰于1633年,1912年国学扶轮社石印　李一氓　1964年10月10日

21.《杜甫诗选》(1册)　潭江居士编注　香港世界出版社铅印约出版于1957年　李一氓 1962年2月

22.《须溪评点选杜工部诗集》(5卷、2册)　宋刘辰翁批点元彭镜溪选　明正德时东川黎尧卿重刻　李一氓　1959年9月21日　残仅1—5卷

23.《杜工部诗通》(16卷、6册)　明高邮张綖撰　明隆庆六年(1572)刻本　残半李氏配明纸抄摘　李一氓　1959年

24.《杜工部诗》(2册)　明许宗鲁编明嘉靖净芳亭刻本　李一氓　1954年存卷一、卷六

25.《杜工部文集》(2卷、1册)　明毛晋编　子晋重订　明崇祯三年(1630)毛氏自刻本　李一氓　1964年6月25日　扉页有李一氓墨跋:草堂杜诗目称毛子晋刻杜诗文集两卷末刊,谅草堂芷本有缺卷。文集实镌附集后因从敝芷中斫出邮成都俾成全帙。

26.《集千家注批点补遗杜工部诗集》(20卷、10册)　元庐陵刘会孟评点　明嘉靖九年(1530)石亭陈沂序刻本　李一氓　1959年12月11日　李一氓重装并跋

捐赠外文杜集情况

27.《杜甫——诗与生涯》　冯至著　日本桥川时雄译　日本昭和三十年日筑摩书房出版　李一氓　1956年8月20日

28.《杜甫私记》第一卷(日文)(1册)　日本吉川幸次郎著　日本昭和二十七年东京筑摩书房铅印　李一氓　1956年8月20日

29.《杜甫全诗集》(4册)　日本铃木虎雄著　日本昭和三十八年东京岩波书局发行　李一氓　1964年10月10日

30.《新译杜甫诗选》土岐善麿选译昭和三十一年东京春秋社印　李一氓　1956年8月20日

31.《杜诗讲义》(3册)　日本森槐南上中卷明治四十五年出版,下卷大政二年东京会文堂铅印本　李一氓　1964年10月10日

32.《古文选珍》(英文)1册　英国翟理斯选译　光绪十年(1884)伦敦出版　李一氓　1956年8月20日

33.《杜甫传》(英文)　英国弗洛伦斯·埃斯考　1928年伦敦出版　李一氓　1956年4月12日

34.《活叶文选》(捷克文)1册　李一氓　1956年8月20日

35.《中国古今诗选》(捷克文)　1册　1953年布拉格出版　李一氓　1956年8月

36.《中国古今诗选》(罗马尼亚文) 1册 1956年布加勒斯特出版 李一氓 1956年8月20日

37.《中国七大诗人》(法文) 罗大纲选 1949年瑞士出版 李一氓 1956年8月20日

38.《杜甫诗选》(俄文) 1册A 吉托维奇译 1955年莫斯科国家文艺出版局出版 李一氓 1956年8月20日

39.《文艺周刊》(越南文) 3张 越南文译社越南总领事范玉柱同志赠 1958年11月27日由李一氓同志移文化局送来

成都杜甫草堂所藏杜集、杜诗书画及杜甫文物有相当一部分是单位和个人捐赠,一氓先生是其中比较有代表性的学者、藏家。值得我们尤其是草堂人铭记。

三、鼓励成都杜甫草堂开展学术研究

一氓先生一直重视学术研究工作的开展,他主张在个人收藏和主持古籍整理活动中,与研究工作结合。

一氓先生连续发表在《社会科学战线》上的四篇关于杜诗文献文章《击楫题跋选录》(一、二、三、四)。先生的研究成果《一氓题跋》(生活·读书·新知三联书店1980年出版)收李老九十二篇题跋,其中包括杜集题跋十种,文字简洁,高屋建瓴,比较集中体现了先生治学严谨的态度。而对成都杜甫草堂,一氓先生更是明确表示希望草堂开展研究工作的意见,对草堂开展文物及学术研究工作提出殷切希望。成都杜甫草堂老领导杨铭庆主任和原《杜甫研究学刊》濮禾章编辑共同撰写的文章"廿五一瞬间——记成都杜甫研究学会及《草堂》创刊"中提到:时任杜甫草堂文物保管处主任的李忠玉同志专程到北京拜访长期关爱草堂的时任中共中央对外联络部部长的一氓同志,希望他能继续为草堂收集文物资料。当时一氓同志说:以前("文革"前)我为草堂收集了不少珍贵的杜集版本(诸如宋版《草堂先生杜工部诗集》等)和相关资料,你们只是妥善地保管在那里,并未认真开展研究工作,确实令人惋惜。如果仍放在那里不搞研究,我也不再为你们搜集了。[10]

1980年,成都杜甫草堂筹备成立杜甫研究学会,高文同志赴京代成都杜甫草堂向李一氓同志汇报筹备筹建成都杜甫研究学会的工作情况。[11]

一氓先生对草堂工作明确提出四点意见:一是杜甫草堂应向中国图书进出口公司订购一批日本出版的杜甫诗集;二是建议草堂选择馆藏较好的杜诗版本,将杜甫在成都的诗作部分汇印成册,做成木刻线装本,不作注释;三是建议草堂向全国各省市及大学图书馆发出通知,请他们将馆藏杜集目录寄给草堂,由草堂汇编成册;四是学会的刊物可办成季刊,质量要高。且其不拟为刊物题字。这些意见体现先生一贯以来的收藏与研究结合的理念,非常适合当时的草堂。他对当时日本杜甫研究情况比较关注,对当时介绍日本杜甫研究著作的报纸都有收集,寄给草堂,草堂也因此获得与日本杜甫研究专家联系的渠道,在20世纪80年代与日本杜甫研究团体开展了几次较有影响的吟诗及学术活动,促成成都杜甫草堂馆藏书画在日本的展出。一氓先生对学会刊物的建议,更是高瞻远瞩。1981年学刊名《草堂》,为半年刊,由陈毅题字;1988年改版,为季刊并改名为《杜甫研究学刊》,由著名学者黄稚荃题写刊名，一直沿用至今。学刊刊发国内外杜甫研究专家的文章，当时国内外知名的杜甫研究学者都有在学刊发表文章。今已经出版 125 期，2000 多万字。

1982 年 5 月，一氓先生参观草堂，与成都杜甫研究会会长缪钺先生会谈，交流杜甫研究工作。

总结

一氓先生对成都杜甫草堂的发展建设贡献良多。在建馆初期，为草堂文物征集工作指明战略方向。他以高度的热情、精深的专业知识，为草堂搜集杜集、杜诗书画及杜甫相关文物，视野从中国扩展到国外，从杜甫及其诗歌本身扩展到杜甫草堂历史、杜甫研究成果，他关心成都杜甫草堂的展览、宣传、研究等具体业务工作，在收集古籍书画过程中已经对其用途有所考虑，在草堂有了一定的藏品之后，他鼓励草堂开展学术研究工作，充分发挥藏品作用。尤其是一氓先生的捐赠之举具有示范作用，意义重大。捐赠给博物馆是藏家为藏品找寻的较恰当的归宿，同时也极大地充实了博物馆的馆藏，更好地为大家服务。成都杜甫草堂，目前接受有杜甫研究专家、著名学者白敦仁先生、钟树梁先生的图书捐赠，这些图书得以整体保存、展示，草堂业务人员和读者可以借阅，为大家提供了一个了解传统书斋的平台，将这些图书的作用最大限度地发挥。

对像一氓先生这样的为杜甫文化传播事业做出贡献的个体应给予应有的认可和尊重，因为杜甫草堂的历史就是无数个这样热爱草堂、尊崇杜甫、尊重文化的个体共同写就的，这是杜甫草堂深厚历史文化底蕴之所在。

余论

成都历史文化底蕴深厚，自古有重视文化的优良传统。有杰出影响力的个人尤其重视文化传承，重视家乡文化发展，为此尽心尽力，贡献良多，这是成都文化的重要特色。

一氓先生，将自己毕生收藏的古籍文物全部分类捐献。除了捐赠草堂与杜甫、杜诗有关的文物，李老其他藏书及书画等主要捐赠四川省图书馆、四川省博物院、彭州图书馆。大致情况如下：捐赠给四川省图书馆的主要是历代词类书籍 2600 册，其中善本 692 册；捐赠给四川省博物馆（后改为四川省博物院）书画文物 200 多件。书画比较重要的有石涛作品 6 件，清人书札 6 大册（约 160 人），非常难得。几种四川画家吕半隐的书画先生非常看重，除此之外有吕半隐流寓江苏泰州的一个笔筒，还有一个大的灰陶汉狗（原以为是四川出土，后才得知这类作品多为河南出土），有蜀犬吠日的味道。另有陶瓷器、漆器、砚台、铜漆器、竹木雕共 105 件，古墨 53 锭。1988 年 4 月，四川省博物馆专门举办"李一氓捐献文物陈列"展；先生捐赠给家乡彭县图书馆（今彭州图书馆）的主要是书刊文学类图书 4200 册，分 25 次寄到家乡，并为彭州图书馆题名。四川省因先生关心家乡建设曾经给先生一批奖金，他当即将部分奖金 15 万元转赠当时的彭县教委，彭县教委设立为"一氓奖学金"，奖励以优异成绩考入大学本科的彭州籍高中生和对彭州市有突出贡献的科技人员，已经有两百多人受益。另外，参与一氓先生回乡考察及图书捐赠整理工作的彭州关工委的张文斌老师，多次到彭州中小学为同学们讲述家乡李一氓的故事，将此作为爱国主义教育的重要内容。笔者曾于2015年4月考察彭州图书馆和先生故居。今彭州图书馆专设“一氓书屋”陈列室，除了一氓先生捐赠图书，还有一氓先生生平、部分手迹也进行展出。“一氓书屋”管理员正是张文斌老师的女儿，她介绍曾有上海博物馆、李一氓北京亲人及各地电视台到此参观、拍摄专题。先生故居位于天彭镇东南市街19号，四合院布局，院中有一株百年紫荆，房屋基本还保持清代川西民居的建筑风格，青瓦屋面，双层檐口，斗撑木柱，方格门窗，窗子所镶为民国时期的花纹玻璃，据当地街道办负责人介绍总占地面积约600平方米，曾作为东大街居委会办公处，2013年9月成都市人民政府公布为第五批市级文物保护单位。接下来彭州市政府将对故居进行重建保护，以纪念这位贤者。

（2014年度地方文化资源保护与开发研究中心立项课题成果：课题编号：14DFWH007）

2015年9月初稿

参考文献：

陈乐民：“氓公的风格”，出自中华书局编辑部：《李一氓纪念文集》，中华书局，2002年5月，第69—70页。

注释：

①李一氓：《一氓题跋》，北京：生活·读书·新知三联书店，1984年。

②词集：李老收集的历代词集是国内最多的。如袁兰村的《饮水词》，李老就藏有顾梁汾序本、《通志壹集》本、康熙张纯修刻本、嘉庆杨蓉袁钞本、许迈孙《榆园丛刊》本、清道光汪元治铁网斋刻本等多种版本。同时他收集《花间集》多种版本，亲自裁定正误，权衡字义，校刊出版《花间集校》一书，1958年由人民文学出版社出版。对收集词书取得的成就，李老最为称心。1977年还专门篆刻了一枚“一氓搜藏词书种种”的印章，以记其事。书画：他收藏的历代书画，以明清时期作品居多：如明代有陆行直的《碧梧苍石图》，李老1948年购藏于大连，后捐故宫博物院；他收藏的石涛作品就有水墨《兰竹册》（13帧）、《山水册》（12帧）和石涛作于容城官署的设色山水画轴。金石印章：数量可观，当代篆刻名家中多人为他治印。钱群陶先生为他治印有15方，齐燕铭为他治印3方。李老著述的《一氓题跋》和《存在集》两书封面，就是用17方自用印作衬底装帧的，古朴庄重。其他：

咸丰户部官票6张，咸丰大清宝钞14张等，对照这些实物，他著文校正了中华书局校点本青史稿关于“官票”和“宝钞”的错误。

③高文：《名人名馆著千秋——记成都杜甫草堂博物馆五十年》，《杜甫研究学刊》，2006年第1期，第82—86页。

④《杜甫纪念馆三十年》（1955—1985）纪念册，成都：四川煤田地质公司制印厂，第29页。

⑤⑦⑨李一氓:《李一氓回忆录》,北京:人民出版社,1993 年,第 400 页、第 399 页。

⑥⑧⑪成都杜甫草堂博物馆档案图片。

⑩杨铭庆、濮禾章:《廿五年瞬间——记成都杜甫研究学会及〈草堂〉创刊》,《杜甫研究学刊》,2005 年第 4 期。

⑫罗宗发、郑开诚:《泽被桑梓——纪念李一氓同志逝世十周年》,《李一氓纪念文集》,北京:中华书局,2002 年,第 190—194 页。

宋代巴蜀杜诗学在杜诗学史上的意义

彭燕[1]　彭超[2]

（1.杜甫研究学刊　成都　610072；2.西南民族大学文学院　成都　610041）

宋代巴蜀地区学杜、治杜风气之盛，在当时遥遥领先于全国其他地区。无论是对杜诗的搜集、整理、编次与校勘，还是对杜甫本人的推崇揄扬，都是不遗余力的。杨经华在《宋代杜诗阐释》中对宋代所有编辑整理和注释过杜诗的学者地域籍贯作过一个排查，全国三十四位中，与蜀地①有关的就有九位，分别为：王著、宋祁、苏舜钦、蔡兴宗、赵次公、师尹、杜田、郭知达、侯仲震。实际上，《宋代杜诗阐释》中的这个数字还可以作补充，如校勘整理过杜集的蜀人王琪就被漏掉了。杜集的祖本（二王本），即指王洙、王琪编订的《杜工部集》（二十卷）。张忠纲、赵睿才等《杜集叙录》著录《杜工部集》时，不再著录王洙本《杜工部集》，而径著为二王本。《杜集叙录》著录如此，大概是考虑到王洙的《杜工部集》实际上只是一个家藏本，而并没有付梓刊印的缘故。其次还有蜀人何南仲的《分类杜诗》，周采泉亦认为此本"杜诗如此分类，向所未有"②。另外，当时的注杜者也有所遗漏。笔者将另撰他文予以补充讨论，在此就不一一列举了。宋代巴蜀杜诗学的繁荣，及其在整个杜诗学史上的意义和作用，我们拟从以下几个方面来予以说明。

一、蜀人对杜甫的推尊

宋代，不遗余力推尊杜甫和杜诗，使其最终登上诗歌圣坛宗祖地位，蜀人起到了至关重要的作用。宋初，蜀人苏舜钦被称为尊杜"当今一人"而已。舜钦在《题杜子美别集后》中云：

杜甫本传云，有集六十卷。今所存者才二十卷，又未经学者编辑，古律错乱，前后不伦。盖不为近世所尚，坠逸过半。吁！可痛闵也。天圣末昌黎韩综官华下，于民间传得号《杜工部别集》者，凡五百篇。予参以旧集，削其同者，余三百篇。景祐，侨居长安，于王纬主簿处又获一集。三本相从，复择得八十余首，皆豪迈哀顿，非昔之攻诗者所能依倚，以知亦出于斯人

①文中的"蜀地"与"蜀人"，是对整个巴蜀地区和人民的统称。

②周采泉：《杜集书录》，上海：上海古籍出版社，1986年，第696页。

之胸中。念其亡去尚多，意必皆在人间，但不落好事家，未布耳。今以所得，杂录成一策，题曰《老杜别集》，俟寻购仅足，当与旧本重编次之。[①]

宋初文坛是"三体"的天下，固有舜钦所说的杜诗"不为近世所尚，坠逸过半"。舜钦对杜甫的推崇，从其字为子美即可看出。舜钦创作主张文归于道，其后期诗歌创作深得杜诗神韵，往往用悲壮沉郁之格调，抒其愤世嫉俗之情，具有很强的现实意义。舜钦在宋代杜诗学史上开学杜、尊杜风气之先。

宋初，学杜、尊杜在舜钦等人的倡导之下，加诸时代环境的变化和士人精神的砥砺，杜甫精神渐渐成为宋代爱国士人精神向往的理想高标。在这个过程当中，入蜀为官的宋祁在与欧阳修编修《新唐书》杜甫传中，极力拔高杜诗，首开以"忠君"论杜甫。经王安石编选杜、欧、韩、李四家诗，将杜甫置之首位后，杜甫的道德价值、诗歌艺术价值被高度肯定和推崇。在"圣化"杜甫和"典范化"杜诗的过程中，蜀人苏轼、苏辙二兄弟及被贬斥到蜀中的黄庭坚等，最终使得杜甫和杜诗成为了诗中"圣贤"和"六经"。杜甫诗歌的宗祖地位，至此确立并不可动摇。苏轼关于对杜甫本人和杜甫诗歌的批评遍及于他的各种诗文集中，多达五十余条。苏轼继宋祁之后，从传统的儒家诗教观，提出了在杜诗学史上影响极大的"一饭未尝忘君"的忠君说，高度肯定了杜甫的人格伦理价值和儒家的道德情感，成为了宋人论杜尊杜的核心。苏辙论杜条目虽不及苏轼多，但他的《诗病五事》继元稹和王安石的"扬杜抑李"论之后，在推尊杜甫历史过程中，产生了巨大的影响。苏辙不仅从诗歌艺术对李白进行贬抑，甚至连李白的人品也一并否定了。在"圣化"杜甫，"典范化"杜诗的过程中，较之苏轼，则是有过之而无不及。笼罩整个宋代诗坛的"江西诗派"的领袖人物黄庭坚，其诗歌创作的宗旨就是以学习杜诗为最高目标和理想。"江西诗派"学诗以"杜甫为宗"，其诗派另一领军人物陈师道就大力提倡学杜，他在《后山诗话》中说道："学诗当以子美为师"[②]。

经过二苏及黄庭坚大力推尊后，谈诗论杜已成为两宋诗坛的一种风尚和潮流，并彻底地取代了宋初以"三体"为尚的风气。南宋以后，吕本中《江西诗社宗派图》出，江西诗派即名重天下，宋代整个诗坛几为江西诗派所笼罩，以至出现天下皆以杜甫为师的盛况。南宋集理学大成的朱熹甚至把杜甫推尊为古往今来的"五君子"之一，他在《王梅溪文集序》说："予尝窃推《易》说以观天下之人！……于是又尝求之古人，以验其说，则于汉得丞相诸葛忠武侯，于唐得工部杜先生、尚书颜文忠公、侍郎韩文公，于本朝得故参知政事范文正公。此五君子，其所遭不同，所立亦异，然求其心则皆所谓光明正大。疏畅洞达，磊磊落落而不可揜者也。其见于功业文章，下至字画之微，盖可以望之而得其为人。"[③]杜甫"诗圣"和杜诗"典范"地位至此确立，垂范后世，千古不易。

---

①（宋）苏舜钦《题杜子美别集后》，（清）仇兆鳌：《杜诗详注》（附编），北京：中华书局，2004 年，第 2238—2239 页。

②（宋）陈师道：《后山诗话》。

③（宋）朱熹：《王梅溪文集序》，《晦庵先生朱文公文集》卷七十五。

二、蜀人对杜集的整理

据王洙《杜工部集记》，王洙在编纂《杜工部集》时收集了九家注杜本子，其中有三个本子与蜀中有关，即《蜀本杜诗》二十卷，蜀人辑，姓氏不详，五代本；孙光宪编《杜甫集》二十卷，五代本；郑文宝编、张逸序刊《少陵集》二十卷，宋本。王洙本《杜工部集》本为家藏本，没有刻印流布。蜀人王琪任苏州郡守时，其本聚集古今杜集诸本，他会同二三友人，对王洙《杜工部集》进行重新整理、校勘、编订后刊刻印刷，使之流布于世。此本一出，遂成为后世杜集之祖本，所有杜诗的研究工作皆在此基础上开展和进行，可以说，没有蜀人王琪对《杜工部集》的校勘、整理和编次，后世的杜诗研究就无从谈起。所以，王琪对杜诗的整理、刻印、保存、流传之功，当不可没。蜀人对杜集的整理亦用力甚多。北宋手书杜诗第一人，即为蜀人王著。王著随孟昶入宋，太宗时官卫寺丞，后累官至殿中侍御史。其手写杜甫律诗一卷三十六首。周采泉《杜集书录》对其评价甚高，曰："此卷沉霾千载，因裴景福暗中摸索得之，诚稀世之瑰宝也。裴氏于此卷反复推求，旁证曲引，持论坚确，即非王著所书，其为北宋初人所书，灼然无疑。则此本又早于王洙本数十年，传世杜诗，当以此为最朔。"[①]可见，王著之手书杜诗其意义重大，一为此乃传世之最早杜集(选集类)；二为宋代最早之杜诗写本。北宋初，苏舜钦在"三体"盛行的宋初文坛上，不尚世风，不随潮流，四处搜集、整理和编次杜诗。并大力学杜、尊杜，在宋代杜诗学史上，无疑有开风气之先的作用。在杜集的整理和完善方面，后来者还有何南仲、员安宇等，皆不遗余力，在杜诗学史上，均做出了较大的贡献。宋人搜集、整理、编纂杜集由蜀人首开其风，二王本(王洙、王琪《杜工部集》)则被后世治杜者奉为祖本、定本，须臾不敢稍有变化。

可以说，蜀人对杜集的整理和编纂之功，在杜诗学史上起着相当关键和重要作用。当初如果没有王琪校勘、整理王洙的家藏本，可以说后来的杜诗研究无疑会增加许多的不确定性。

三、蜀人注杜

宋代蜀人郭知达的《九家集注杜诗》是目前杜诗学文献史上仅存的最早的一部完整的宋刻杜诗注本，备受研究者的看重。郭知达《九家集注杜诗》原刻于淳熙八年的(1181)蜀本[②]已佚，后有曾噩于宝庆元年(1225)复刻于广东漕司。此本在保存杜注文献和删汰"伪苏注"方面功劳很大，乾隆皇帝对此本是如获至宝，并为之两次题诗。此本在集注诸家文献的选取和甄别上，颇为精当优良，作为善本，其学术价值和文献价值自不待言。蜀人赵次公的杜注本子，在宋代杜诗注本当中也堪称上乘，可惜书已不全，但尚有一些残帙得以保存，使我们得以一窥其大概面目。公私目录著录赵次公注杜本子有两种，为《赵次公集注杜诗》和《新定杜工

①周采泉：《杜集书录》，上海：上海古籍出版社，1986年，第260—261页。

②周采泉：《杜集书录》，上海：上海古籍出版社，1986年，第46页。

部古诗近体先后并解》。次公注本诸家著录不一，有《赵次公注杜诗》(《郡斋读书志》《文献通考》)，有《杜诗证误》(元好问《杜诗学引》)等。次公的《赵次公集注杜诗》《新定杜工部古近体先后并解》是别为二书，还是同为一书，或只是名称各异，学人多有论及，似乎亦未有定论。此本在宋代杜诗注本中堪称优本，无论是对诸家杜注观点的选取批驳，还是对自己观点的阐释立论，无不精彩确当。赵注虽为残本，但郭知达《九家集注杜诗》中对其杜注成果采取颇多，全书达四千余条。林继中先生利用郭注，广为钩稽，使赵注得以基本恢复原貌。宋代杜诗注本影响比较大的主要有郭注、赵注、千家注、蔡注等，其中尤以蜀中两个注本最为精良上乘，从后世诸家书目的评论即可见一斑。蜀人注杜诗还有师尹的《杜工部诗注》、杜田的《注杜诗补遗正谬》[1]、侯仲震的《侯氏少陵诗注》等等。

北宋杜诗学主要以杜诗的搜集、整理为主，注杜诗并未兴起。而这个时候，巴蜀地区在整理、校勘和编次杜诗的同时，就已经开始了对杜诗的注释工作。北宋注释杜诗的本子多在蜀中出现，蜀人对杜诗的整理注释，是齐头并进，没有先后之分。两宋时期，杜集定本的刻印、流布得以在蜀人手中完成，优良精当的杜诗集注本出现在蜀中，最早的《杜工部年谱》在蜀中完成，两宋石刻杜诗亦大都集中于巴蜀。据此，我们可以想见蜀人对杜甫是何等的热爱和崇敬！

以上几个方面，可以看出蜀人致力于杜诗研究的用功和热情，无论是对杜诗文献的整理，还是在对杜甫的推尊等方面，他们所取得的成就都是巨大的，在杜诗学史上有着相当重要的作用和意义。笔者曾据《杜集书录》和《杜集叙录》作过统计，有宋一代，巴蜀杜诗学文献(专著类)有三十多种，占了整个宋代杜诗学文献的四分之一。再加上宋代蜀人的杜诗批评文献那就更多了。

四、小结

为什么蜀人如此热衷于杜诗的搜集和整理呢？为什么如此多的杜诗注本会出现在巴蜀呢？我想，这除了与蜀人自古就有好文的传统有关外，更为重要的是，与杜甫寓居蜀中长达八年有很重要的关系。正是在蜀中，杜甫的诗歌艺术臻于巅峰状态。正是在蜀中的生活与创作，奠定了杜甫在中国诗歌历史上的“诗圣”和“典范”地位。正如张秀熟所言，实际上，巴蜀成为杜甫的第二故乡，谈蜀必论杜，论杜必想蜀。仇兆鳌引李长祥云：“少陵诗，得蜀山水吐气；蜀山水，得少陵诗吐气。”[2]此语说得极是。蜀人以蜀中曾留下过杜甫的足迹为荣，杜甫亦对这块“殊方”“异域”饱含着热爱之情，并以其手中之神笔描写和抒发了对这块土地和土地上的人民深深的喜爱和眷恋。正因为如此，蜀人对杜甫有一种强烈的认同感，并不因为他是一个异乡人而有丝毫的疏离。对蜀人来说，蜀中有杜甫，就如同蜀中有相如，有李白，有苏轼一样，他们为之感到骄傲与自豪。有宋一代，研杜队伍、研杜成果，以蜀人为多为富，亦就

①赵次公注、郭知达注在引用杜田注的时候，或称《补遗》，或称《正谬》，故疑此书初当为二书，或许在后来的流传过程当中二书合而为一，而被刊刻在一起了。

②(清)仇兆鳌：《杜诗详注》，北京：中华书局2004年，第727页。

不难理解了。种种因素，决定了蜀中杜学研究，与全国的其他地方相比，有着其无可替代的优势与地位。现在，全国有九处杜甫草堂，唯蜀中成都杜甫草堂保存最为完好、规模最大，全国第一家杜甫研究会在蜀中成立，全国唯一一家杜甫研究专刊学术专刊出现在蜀中。以上种种，都表明了人们不应小觑巴蜀杜诗学在杜诗学史上的意义与作用，应该给予关注与重视。

翠微宫舍为佛寺考

宋开玉
（山东大学儒学高等研究院　济南　250100）

翠微寺，故址在唐长安南终南山太和谷（今陕西西安市终南山黄谷）中。宋代史地著作如《新唐书・地理志一》《太平寰宇记・关西道一・雍州》、宋敏求《长安志》卷十二、张礼《游城南记》皆谓本唐高祖武德八年（625）所造太和宫行宫，太宗贞观十年（636）废，二十一年（647）重新修建为行宫，改称翠微宫，宪宗元和年间（806—820）舍为翠微寺。

但翠微宫舍为佛寺的确切时间，各典籍虽然都说在元和年间，但或者如《长安志》云"元和中改为佛寺"①，或者如《游城南记》云"元和元年（806）废为翠微寺"②，或者如元骆天骧《类编长安志》卷九云"元和九年（814）废，改为翠微寺"③，考其来源，当皆以唐李吉甫（758—814）《元和郡县图志・关内道一・京兆府》云"太和宫，在（长安）县南五十五里终南山太和谷。武德八年造，贞观十年废，二十一年，以时热，公卿重请修筑，于是使将作大匠阎立德缮理焉，改为翠微宫。今废为寺"为本④。"今废为佛寺"，可以理解为李吉甫所在元和时代始废为佛寺，也可以理解为翠微宫早已废为佛寺，至元和时犹然。除《太平寰宇记》文字照录《元和郡县图志》外，宋代史地文献基本采信元和年间之说。宋以后史地文献如元骆天骧《类编长安志》、（雍正）《陕西通志》、（乾隆）《西安府志》亦皆如此。⑤

唐玄宗天宝十三载（754）春，杜甫重游长安韦曲西何将军山林，作《重过何氏五首》，其二有"云薄翠微寺，天清皇子陂"诗句，宋赵次公曰："《长安志》载翠微宫在万年县外终南山之上。又云长安县南六十里，元和中改为翠微寺。时在公死三十余年之后，而今诗云寺，为疑。"⑥而在赵氏之前，张礼《游城南记》虽将翠微宫舍为佛寺的时间定为唐宪宗元和元年（806），但他又因杜甫诗句而怀疑此说错误，认为"则元和之前固已谓之寺矣"。宋黄鹤《黄氏

---

①（宋）宋敏求：《长安志》，民国二十年铅印本。

②（宋）张礼撰，史念海、曹尔琴校注：《游城南记校注》，西安：三秦出版社，2010年，《史念海全集》第五卷，第845页。

③（元）骆天骧：《类编长安志》，西安：三秦出版社，2006年，第270页。

④（唐）李吉甫：《元和郡县图志》，北京：中华书局，1983年，第3页。

⑤雍正《陕西通志》卷二十八、乾隆《西安府志》卷六十一皆依宋张礼《游城南记》定为元和元年。

⑥（宋）郭知达：《九家集注杜诗》，台北：大通书局，1974年《杜诗丛刊》第一辑影印文渊阁四库全书本，第1283页。

补千家集注杜工部诗史》卷十八:“《唐志》既曰元和中改翠微宫为翠微寺，则不应未改寺而先言之。”[①]清朱鹤龄《杜工部诗集辑注》卷二:“元和去公没三十余年，今诗已云翠微寺，岂此宫废置不一，中间曾改为寺耶?”[②]仇兆鳌《杜诗详注》卷三也指出“恐非元和间所改”[③]。

考诸史传，在太和宫改建为翠微宫之前，唐太宗曾舍其为龙田寺。据贞观末释彦悰《唐护法沙门法琳别传》卷上载:“贞观元年，文帝(即太宗)舍太和宫，奉为高祖置龙田寺”[④]，但是《元和郡县图志》《新唐书》《太平寰宇记》《长安志》《游城南记》《唐会要》等皆言“贞观十年废”，今人冉万里认为诸史传所谓“废”乃指太和宫舍为佛寺。但他因宋敏求《长安志》的史料性被后人认为的当，而宋氏之作主要自唐韦述(? —757)《两京记》编演而来，因此认定“贞观十年废太和宫一事，不仅唐人认可，宋、元时期人也认可，应当是可信的。如此，则贞观元年太和宫尚未废，也就不可能为龙田寺。所以，《唐护法沙门法琳别传》记载的‘贞观元年’恐为‘贞观十年’之误”。[⑤] 这个说法稍嫌臆断。法琳(572—640)完成于贞观七年(633)的《辩正论》卷四载唐太宗继位“其年孟冬，匈奴王颉利等并率其臣子，携其部落，襁负争趋，前后继踵，延望阙庭，倾国而至，谒天门而请命”[⑥]，天下大定，因此唐太宗即于唐高祖曾经征战之地广建寺庙，又因终南山太和宫为高祖在位时避暑之地，“其地也，带秦川之眇眇，接陇岫之苍苍;东观浴日之波，西临悬月之浦。凤企穷奇之石，郁律钻天;龙盘谲诡之崖，穹窿刺汉。岂独岩松拨日?抑亦涧竹捎云。实四皓养德之场，盖三秦作固之所。为太武皇帝(即唐高祖)舍而为寺，既增利见，因曰龙田。又送太武及主上等身夹纻像六躯，永镇供养”[⑦]。这时实际是武德九年(626)八月太宗继位当年的冬天，第二年始为贞观元年，但《辩正论》卷四下文即记为“贞观元年大吕之月(十二月)”，这是将武德九年八月太宗继位后到第二年(贞观元年)之间的时间概括称说为贞观元年。唐释道宣(596—667)《续高僧传》卷二十五云“贞观初年，帝于南山大和宫旧宅置龙田寺”[⑧]，释智升于开元十八年(730)编《开元释教录》卷八上亦载为“贞观初”[⑨]，是最准确的记载。《辩正论》卷四在后文又言“又为穆太后于庆善宫造慈德寺”“(贞观)六年(632)仲夏，于台城西真安坊内为穆太后又造弘福寺”[⑩]，唐释道世于高宗总章元

---

①(宋)黄鹤:《黄氏补千家集注杜工部诗史》，台北:台湾商务印书馆1986年影印清文渊阁四库全书集部别集类八，第351页。

②(清)朱鹤龄撰，韩成武、孙微等校:《杜工部诗集辑注》，保定:河北大学出版社，2009年，第67页。

③(清)仇兆鳌:《杜诗详注》，北京:中华书局，1979年，第168页。

④(唐)释彦琮:《唐护法沙门法琳别传》，东京:大正一切经刊行会《大正新修大藏经》第50册，1934年，第202页。

⑤冉万里:《唐代舍宫为寺考略》，西北大学学报(哲社版)，2005年第5期，第82—87页。

⑥《旧唐书·太宗本纪上》载为是年“九月丙戌”。

⑦(唐)释法琳:《辩正论》，东京:大正一切经刊行会《大正新修大藏经》第52册，1934年，第514页。

⑧(唐)道宣:《续高僧传》，上海:上海古籍出版社《高僧传合集》，1991年，第316页。

⑨(唐)释智升:《开元释教录》，东京:大正一切经刊行会《大正新修大藏经》第55册，1934年，第554页。

⑩(唐)释法琳:《辩正论》，东京:大正一切经刊行会《大正新修大藏经》第52册，1934年，第514页。法琳此言造慈德寺在造弘福寺前，宋志磐《佛祖统纪》卷三九、《唐会要》卷四八《庆善宫》皆言为贞观五年(631)事，是。《长安志》卷十四云:“贞观六年(632)，太宗临幸(庆善宫)，宴群臣赋诗。后废为慈德寺。”误。慈德寺乃于庆善宫西一百步处新建，非为庆善宫舍废而立，考诸《新唐书·太宗本纪》贞观六年“九月己酉，幸庆善宫”，十月乙卯，“至自庆善宫”，可证。

年(668)所编《法苑珠林》卷一百亦云"又为太武皇帝于终南山造龙田寺,并送武帝等身像六躯,永充供养。又为穆太后造弘福寺"[①]。可见,太和宫舍为佛寺当在修建慈德寺、弘福寺前,二寺建于贞观五、六年间,[②]则太和宫废为佛寺的时间在贞观之初,或者笼统记为贞观元年,都比贞观十年更可信。韦述生在玄宗开元、天宝年间,距离贞观年相差一百余年,而此前的资料皆言"贞观初""贞观元年",且我们没有材料认定"贞观十年"之说即来自韦述,所以,采信较早材料,将太和宫废为龙田寺的时间定为贞观初年或元年更加合理。

《开元释教录》卷八上云:"贞观初",太宗施舍太和宫旧宫为龙田寺,延聘高僧法琳住持,"后却为翠微宫,即今翠微寺"[③]。据《续高僧传》卷二十五:贞观十三年(639)九月,道士秦世英谮毁法琳,谓其所著《辩正论》讪谤唐朝帝王祖先,有罔上之罪。太宗下诏沙汰僧尼,并逮捕法琳推问。后经法琳多次答辩,太宗遂释其罪,令徙益州(治今四川成都)为僧。第二年六月,法琳行至百牢关(今陕西勉县西南)菩提寺,因病而卒。[④] 则法琳主持龙田寺至迟至贞观十三年。《唐会要》卷三十《太和宫》载贞观二十年重建太和宫时,"包山为苑,自裁木至于设幄,九日而毕功,因改为翠微宫",这除了部分建筑材料"于顺阳王第取材瓦"[⑤],也即是龙田寺基本上保留了皇家离宫的格局未变,因而为改建翠微宫提供了便利。唐释慧立《大慈恩寺三藏法师传》卷七载:贞观二十三年四月,太宗"驾幸翠微宫,皇太子(高宗李治)及法师(玄奘)并陪从"[⑥],五月,太宗驾崩于翠微宫含风殿。释圆照《贞元新定释教目录》卷十一云"贞观初,文帝舍终南山大和旧宫置龙田寺。龙田寺是大和宫太子大院,在今翠微之南宫,正院为大和寺,今并合入翠微寺焉",玄奘法师于"贞观二十二年五月二十四日于终南山翠微宫译"出《般若波罗密多心经》一卷。[⑦] 这都可以证明太和宫、龙田寺、翠微宫、翠微寺存在着宫、寺迭兴迭废的关系。

近年来,考证翠微宫舍为佛寺时间的论著时有刊出:史念海、曹尔琴 2003 年编著《游城南记校注》,根据张礼的质疑,推测"则翠微宫早在玄宗时已称为翠微寺了,而不是在宪宗元和时候始废为寺的[⑧];笔者 2004 年出版《杜诗释地》,认为"至晚在高宗初期翠微宫就已经舍为佛寺"[⑨];冉万里 2005 年《唐代舍宫为寺考略》称"由此可见,翠微宫至迟在唐肃宗乾元二年以前已经被立为翠微寺"[⑩];詹宗佑 2007 年《〈新唐书〉纠谬二则》,认为翠微宫当与玉华宫同

---

①(唐)道世:《法苑珠林》,上海:上海古籍出版社,1991 年,第 697 页。

②唐中宗神龙元年(705)改弘福寺称兴福寺,后又改称洪福寺。(宋)志盘《佛祖统纪》卷三十九记为"(贞观)八年,诏为穆太后建弘福寺",误。

③(唐)智升:《开元释教录》,东京:大正一切经刊行会《大正新修大藏经》第 55 册,1934 年,第 554 页。

④(唐)道世:《法苑珠林》,上海:上海古籍出版社,1991 年,第 697 页。《开元释教录》卷八上记为"一十三年冬"。

⑤(宋)王溥:《唐会要》,北京:中华书局,1955 年,第 551 页。

⑥(唐)慧立、彦悰:《大慈恩寺三藏法师传》,北京:中华书局,2000 年,第 157—158 页。

⑦(唐)释圆照:《贞元新定释教目录》,东京:大正一切经刊行会《大正新修大藏经》第 55 册,1934 年,第 854—855 页。

⑧(宋)张礼撰,史念海、曹尔琴校注:《游城南记校注》,北京:人民出版社 2013 年,《史念海全集》第五卷,第 846 页。

⑨宋开玉:《杜诗释地》,上海:上海古籍出版社,2004 年,第 66 页。

⑩冉万里:《唐代舍宫为寺考略》,西北大学学报(哲学社会科学版),2005 年第 5 期,第 82—87 页。

时舍为佛寺，但其玉华宫舍为佛寺的时间采用《册府元龟》卷一百五，定为永徽二年八月，不确[①]；雷小虎2012年《唐翠微宫考》认为“翠微宫废宫为寺的时间应不晚于肃宗时期”[②]。

在杜甫写作《重过何氏五首》之前，翠微寺即见于文献之中。高僧道宣于高宗乾封二年(667)所撰《关中创立戒坛图经·戒坛受时仪轨第九》就提到了“终南山大翠微寺”，唐诗中吟咏翠微寺的作品更多，与杜甫同时或稍早的有孟浩然《题终南翠微寺空上人房》、李白《答长安崔少府叔封游终南翠微寺太宗皇帝金沙泉见寄》诸诗，卢纶集诗集中有颜真卿《送挺赟上人归翠微寺》诗目。

释道世《法苑珠林》编于高宗总章元年(668)，该书卷一百《兴福部》按时间先后叙述太宗、高宗崇兴佛法之事，称高宗继位后，“聿兴净业，标树福田，先帝所幸之宫翠微、玉华，并舍为寺”，道世虽未明言两宫舍为佛寺的时间，但随后叙及“显庆(656—660)之际常令玄奘法师入内翻译”、显庆二年(657)“为皇太子西京造西明寺”、“因幸东都，即于洛下又造敬爱寺”诸事，[③]可见翠微宫、玉华宫至迟应在高宗即位初期的永徽年间(650—655)已舍为佛寺，《旧唐书·高宗纪上》载：永徽二年(651)九月癸巳，“废玉华宫以为佛寺”[④]，那么，翠微宫与玉华宫同时舍为佛寺的可能性最大，应在高宗永徽二年。

史念海、曹尔琴认为：唐翠微寺应当以终南山翠微峰而得名，“太和谷今为黄谷，翠微峰改称翠柏山。黄谷北有乔村，村有翠微下院，遗址尚存”[⑤]，然宋陈应行《吟窗杂录》卷四十九引杨亿《谈苑》录唐骊山游人诗：“翠微寺本翠微宫，楼阁亭台几十重。天子不来僧又去，樵夫时倒一株松。”认为翠微寺在骊山之巅[⑥]，宋程文昌《雍录》卷五、洪迈《万首唐人绝句诗》卷六十九、阮阅《诗话总龟》增修卷之二十四、曾慥《类说》卷五十三、清《全唐诗》卷七百八十四、吴调元《全五代诗》卷八亦皆用其说，皆误。宋何溪汶《竹庄诗话》卷十五杂之五录作唐武元衡诗，题作《山顶翠微寺》；元骆天骧《类编长安志》卷二《离宫》于“翠微宫”下、卷五《寺观》“翠微寺”下皆录此诗，然不著作者名姓，卷九《胜游》于“翠微宫”下又录此诗，作唐刘禹锡诗，题作《翠微寺有感》，但刘禹锡吟咏翠微寺的诗实际上是另外一首；清厉鹗《宋诗纪事》卷十七引宋周辉《清波杂志》作宋张俞诗，题作《翠微寺》，然今传《清波杂志》各本均不载此诗。

参考文献

[1](唐)李吉甫：《元和郡县图志》，北京：中华书局，1983年。

①詹宗祐：《〈新唐书〉纠谬二则》，古籍整理研究学刊，2007年第7期，第34—37页。

②雷小虎：《唐翠微宫考》，西安建筑科技大学学报(社科版)，2014年第4期，第53—57页。

③(唐)道世：《法苑珠林》，上海：上海古籍出版社，1991年，第697页。

④(后晋)刘昫等：《旧唐书》，北京：中华书局，1975年，第69页。

⑤(宋)张礼撰，史念海、曹尔琴校注：《游城南记校注》，北京：人民出版社2013年，《史念海全集》第五卷，第846—847页。

⑥(宋)陈应行：《吟窗杂录》，济南：齐鲁书社1997年版《四库存目丛书》第415册，第527页。宋王应麟《玉海》卷一五七《唐太和宫翠微宫翠微殿》：“(翠微)宫在丽山绝顶，太宗避暑于此，后为寺。”明严衍《资治通鉴补·唐太宗贞观二十一年》：“是月，上得风疾，苦京师盛暑，夏，四月，乙丑，命修终南山太和废宫为翠微宫。”注曰：“杨大年曰：翠微宫在骊山绝顶。”清吴熙载《资治通鉴地理今释》卷一九八：“翠微宫，今陕西西安府临潼县。”当皆承杨说而误。

[2](后晋)刘昫等:《旧唐书》,北京:中华书局,1975 年。

[3](宋)王溥:《唐会要》,北京:中华书局,1955 年。

[4](宋)宋敏求:《长安志》,民国二十年(1931)铅印本。

[5](宋)张礼:《游城南记》,北京:人民出版社《史念海全集》第五卷,2013 年。

[6](元)骆天骧:《类编长安志》,西安:三秦出版社,2004 年。

[7](宋)郭知达:《九家集注杜诗》,台北:大通书局《杜诗丛刊》第一辑,1974 年。

[8](宋)黄鹤:《黄氏补千家集注杜工部诗史》,清文渊阁四库全书本。

[9](清)朱鹤龄撰,韩成武、孙微等点校:《杜工部诗集辑注》,保定:河北大学出版社,2009 年。

[10](清)仇兆鳌:《杜诗详注》,北京:中华书局,1979 年。

[11]宋开玉:《杜诗释地》,上海:上海古籍出版社,2004 年。

[12]《大正新修大藏经》(第 49 册、第 50 册、第 53 册),东京:大正一切经刊行会,1934 年。

[13](唐)道宣:《续高僧传》,上海:上海古籍出版社《高僧传合集》,1991 年。

[14](唐)释道世:《法苑珠林》,上海:上海古籍出版社,1991 年。

[15](唐)慧立、彦悰:《大慈恩寺三藏法师传》,北京:中华书局,2000 年。

[16](唐)释圆照:《贞元新定释教目录》,清文渊阁四库全书本年。

[17](宋)陈应行:《吟窗杂录》,北京:中华书局,1997 年。

[18]冉万里:《唐代舍宫为寺考略》,西北大学学报(哲学社会科学版),2005 年第 5 期。

[19]詹宗佑:《〈新唐书〉纠谬二则》,古籍整理研究学刊,2007 年第 7 期。

[20]雷小虎:《唐翠微宫考》,西安建筑科技大学学报(社科版),2014 年第 4 期。

杜甫歌咏“八阵图”具有强烈政治期待

刘厚政
（奉节杜甫研究会　重庆奉节　404600）

功盖三分国，名成八阵图。
江流石不转，遗恨失吞吴。
——杜甫《八阵图》

杜甫在夔州是766年春末至768年春，寓居两年，却有许多涉及三国史迹文化的诗作，而且还有专门的多方面的评说。《八阵图》就是其中最有名的一首五言绝句。在这20字的小诗中蕴含了杜甫强烈的政治期待。《八阵图》的基本意思是：“功盖三分国，名成八阵图。”——“功盖”句：指诸葛亮辅佐蜀汉，形成三国鼎立之势，有盖世之功。“名成”句：这是最能体现诸葛亮雄才大略的典型战例“白帝城摆八阵图”。《三国志·蜀志·诸葛亮传》载：“（亮）推演兵法，作八阵图。”八阵图，它是诸葛亮总结前人的阵法，根据实地调查而研究出的作战阵势。“江流石不转，遗恨失吞吴。”——“遗恨”：刘备与诸葛亮本是坚持“联吴抗魏”的，有先取魏再定天下的战略。可是刘备为了讲义气，替结拜兄弟关羽报仇，破坏了“联吴抗魏”的战略，轻率出兵，大败于猇亭，退守于白帝城，使蜀国元气大伤，后来诸葛亮六次伐魏无功，留下了不能统一天下，使天下永安的“遗恨”。

当年杜甫在夔州为什么要狂写诗歌，我认为原因有三：(1)入住夔州，诗人产生了从没有过的生活情趣，有田园，有农事，有朋友……(2)夔州的山水奇绝，三峡风光令诗人叹为观止；(3)夔州名胜古迹众多，鱼复浦、白帝城、永安宫、八阵图旧址、诸葛亮的祠堂等，令诗人神往意留。诚然这三个原因是有依据的，但是这些只是杜甫定居夔州的表面原因，其深层原因是杜甫晚年寓居夔州的心理潜质——“穷年忧黎元”“济世肯杀身”“致君尧舜上，再使风俗淳”的理想宏愿，换句话说就是“积极入世，建功立业”的政治期待永远不会泯灭。杜甫多写像《八阵图》一类的反映三国文化的诗歌，同样符合他的深层次原因。

杜甫的政治期待与三国时的诸葛亮又是那么相似，决定了《八阵图》明写诸葛亮，暗写他自己。杜甫的夔州诗有近30首涉及诸葛亮，意图都很明显，都是杜甫的政治期待的表现。我们可以从以下诗歌归纳出他的政治期待：

1.凭吊祭祀三国英雄豪杰

《夔州歌十绝句》(其九):“武侯祠堂不可忘,中有松柏参天长。干戈满地客愁破,云日如火炎天凉。”——“不可忘”:指武侯的忠义贤良千古难忘,经常激励感召着诗人。“参天长”:谓身处兵荒马乱之时,又遇酷暑云日如火,但见祠内松柏挺立,叶茂枝繁,联想到诸葛亮的崇高伟大,顿觉神清气爽,向往学习之心油然而生。

《诸葛庙》:“久游巴子国,屡入武侯祠。”——“屡入”:杜甫喜爱夔州山川,其中一个原因就是夔州的三国古迹多,有专门祭祀刘备、诸葛亮的祠庙。杜甫忧国忧民的情绪一旦发作,往往入武侯祠祭祀,以求得精神安慰。

《咏怀古迹五首》(其四):“武侯祠堂常邻近,一体君臣祭祀同。”——这里介绍武侯祠、先帝庙挨得很近,老百姓对二人的祭祀也是一样的。这里也赞扬了刘备诸葛君臣之间心心相印、团结一体的关系。仁君贤臣为民做了许多好事,值得一起祭祀。

2.赞颂贤君忠臣之间的融洽关系

《诸葛庙》:“君臣当共济,贤圣亦同时。”——杜甫赞叹蜀国当时既有圣君又有贤臣,而且当君王的极度信赖臣下,当臣子的又能鞠躬尽瘁、“效之于死”,他们相互信任、同甘共苦的精神,很值得后人学习。杜甫多么盼望唐皇如刘备圣明识英杰,自己如孔明自由地施展才能、报效国家。

《古柏行》:“君臣已与时际会,树木犹为人爱惜。”——古柏之所以茁壮,全在于有人栽培爱惜。刘备诸葛亮就像人与树的关系一样,他们二人的际会都是很幸运的。由此可见,老杜期待着朝廷对他的重用。

《夔府书怀四十韵》:“社稷经纶地,风云际会期。”——君臣之间关系融洽,有利于施才能打天下。

3.对刘备任用贤臣的赞扬

《谒先主庙》:“复汉留长策,中原仗老臣。”——刘备至死不忘统一天下,恢复汉室,他“托孤”于诸葛亮,相信“老臣”能完成大业。

《古柏行》:“君臣已与时际会,树木犹为人爱惜。”——刘备为了争天下,十分重视寻求人才,“三顾茅庐”才得诸葛亮,十分爱护和尊重。原来,贤臣是靠圣君眷顾栽培起来的。

《谒先主庙》:“应天才不小,得士契无邻。”——顺应天意,有志于统一天下,刘备的才智还是很高的,而他又得到了诸葛亮这样的谋士,其才智就更无边了。这里的极度赞扬,隐藏着对唐皇不能任用有才之士的批评,所以对刘备的评价不为过。

4.赞颂诸葛亮的忠诚

《古柏行》:“扶持自是神明力,正直元因造化功。”——诸葛亮的忠诚正直,虽然是因为得到了爱护扶持,但主要是他自己的神明造化。诸葛亮秉承了儒家的忠君爱国思想,又有道家淡泊名利的高风亮节,还有法家的治国治军的法则方略,“神明”二字很相配。

《武侯庙》:“遗庙丹青落,空山草木长。犹闻辞后主,不复卧南阳。”——“犹闻”二句:言空山清爽,武侯辞后主远征时的音容笑貌好像就在眼前。此二句谓武侯甘为刘备驱使,固显其忠。

5.赞颂诸葛亮的雄才大略

《八阵图》:"功盖三分国,名成八阵图。"——"功盖"句:指诸葛亮辅佐蜀汉,形成三国鼎立之势,有盖世之功。"名成"句:最能体现诸葛亮雄才大略的典型战例是"白帝城摆八阵图"。八阵图,它是诸葛亮总结前人的阵法,根据实地调查而研究出的作战阵势。当年夔州所设八阵,以少胜多,以弱胜强,成功地抵御了陆逊的进犯。

《咏怀古迹五首》(其五):"伯仲之间见伊吕,指挥若定失萧曹。"——"伯仲"句:伊,即伊尹;吕,即吕尚。尹辅成汤,尚佐文王,都开创了一代帝王基业。伯仲之间:言武侯之才能与伊、吕不相上下。

《古柏行》:"不露文章世已惊,未辞剪伐谁能送?"——"露文章":言柏树无花叶之美,但挺立茂盛,自令人惊叹。"未辞剪伐":指不避砍斫。言古柏本是栋梁之材,可惜无人采用。杜甫既赞诸葛又明已志。

6.对诸葛亮不能实现大志的遗憾

《咏怀古迹五首》(其五):"运移汉祚终难复,志决身歼军务劳。"——"运移"二句,言刘汉帝业的命运势将转移,亮虽志决于恢复,但身歼于军务,这是不可挽回的事。

《阁夜》:"卧龙跃马终黄土,人事音书漫寂寥。"——"卧龙"敬指诸葛亮,有佐刘备三分天下的功劳;"跃马"指公孙述,在白帝城跃马起兵,曾在蜀中称王。诗人由这二人的祠庙,联想到他们曾英雄一世的伟业,但他们又都有那么悲壮惨烈的结局,不由得宽慰自己的孤独寂寥,真有一点痛苦也算不了什么。

7.对有才之士不能正用的感叹

《古柏行》:"大厦如倾要梁栋,万牛回首丘山重。"——此处先有比喻:大厦即将倾倒了,多么需要能支撑它的栋梁。可是大厦的主人却想不费功夫(无真心诚意)就得到栋梁之材,那是不可能的。

《古柏行》:"志士幽人莫怨嗟,古来材大难为用。"——昏庸的君主大都不识才,更何况朝廷内"腥臊并御,芳不得薄兮"(屈原《涉江》),鉴于现实如此,有才之士的怨嗟是徒劳的。

8.登临白帝城,表现忧患意识

《上白帝城》:"公孙初恃险,跃马意何长。"——"意何长"问公孙述为什么要恃险割据称霸。借古讽今,伤乱忧民。

《上白帝城二首》(其一):"兵戈犹拥蜀,赋敛强输秦。"——就是偏远的巴蜀之地也有战乱,军阀、盗贼到处都有,统治者还加重赋敛,使百姓难于生存。

9.对国家战乱的不满,对人民苦难的同情

《夔州歌十绝句》(其九):"干戈满地客愁破,云日如火炎天凉。"——杜甫所处的年代就是这么一个兵荒马乱、充满天灾人祸的时代。"愁破"与"天凉"是说诗人在诸葛武侯祠内受到荫庇,暂时忘掉了苦难的现实。

《阁夜》:"野哭千家闻战伐,夷歌几处起渔樵。"——在战争阴云笼罩的时刻,四野里忽然传来悲恸的哭声,因为他们听见了征战的鼓角声,从而引发了久郁的怨恨。伴着"野哭",数处响起的是渔夫樵子的“夷歌”(当地少数民族唱的一种民歌)。悲切的歌声引发了诗人忧国忧民的感情。

10.对天下永安的期盼

《八阵图》:“江流石不转,遗恨失吞吴。”——“遗恨”:刘备与诸葛本是坚持“联吴抗魏”的,有先取魏再定天下的战略。可是刘备为了讲义气,替结拜兄弟关羽报仇,破坏了“联吴抗魏”的战略,轻率出兵,大败于猇亭,退守于白帝城,使蜀国元气大伤,后来诸葛亮六次伐魏无功,留下了不能统一天下,使天下永安的“遗恨”。

《诸葛庙》:“欻忆吟梁父,躬耕也未迟。”——“梁父”:《梁父吟》(也作《梁甫吟》),相传是诸葛亮在南阳时所作的古辞,吟颂齐相晏婴“二桃杀三士”的大智大勇。“躬耕”,诸葛亮离开茅庐时,嘱咐其弟曰:“吾受刘皇叔三顾之恩,不容不出。汝可躬耕于此,勿得荒芜田亩。待我功成之日,即当归隐。”(罗贯中《三国演义》)——诸葛亮出山是为了治国平邦安天下,还想着功成之日回家过吟诗躬耕的田园生活。

杜甫要积极入世,除弊匡时,期盼着国家安定,人民生活太平,然而朝廷离夔州太远,自己的官位太低(只是一个虚位的工部检校),生命的时限也所剩不多,“多惭病无力,骑马入青苔”(《上白帝城二首》),“心虽在朝谒,力与愿矛盾”(《赠郑十八贲》)。然而杜甫毕竟是一个思想觉悟高的人,他终于明白他手中最有力的武器是诗歌,因为他的诗歌能表现自己崇高的思想品质,张扬强烈的政治期待;他诗歌中忧国忧民、伸张正义的情操受到世人敬重;他的诗歌能反映现实,警醒唐王朝息兵爱民;他的诗歌能激励人心,鼓动官员忠君爱国,做道德的典范。

由上观之,杜甫在白帝城写的《八阵图》所具有强烈的政治期待就显而易见了。“功盖三分国,名成八阵图。”杜甫是多么希望自己像诸葛亮一样成为贤才,得到朝廷的重用,为国为民分忧;多么希望自己如孔明一般自由地施展才能,报效国家,最好也能功成名就。“江流石不转,遗恨失吞吴。”诸葛亮的雄心壮志如“江流”,天下大势如“顽石”,诸葛亮有前后《出师表》,六出祁山,却不能完成统一大业,自然有“遗恨”。而杜甫“穷年忧黎元”“济世肯杀身”“致君尧舜上,再使风俗淳”是说自己有理想、有才能、有期待却不被理解,久久得不到朝廷的重用,国破家亡,君不君,臣不臣,“艰难苦恨繁霜鬓,潦倒新停浊酒杯”,谁是“江流”,谁是“顽石”,就不难而见了。

梓州《牛头山工部草堂记》与章彝之死

赵长松
（三台县文化馆　四川绵阳　621100）

明代嘉靖进士四川提学副使陈文烛，于梓州试学期间，在杜甫常登临吟诗的牛头山上，创建了巍峨壮丽的工部草堂，并作《牛头山工部草堂记》。记中言："是公诗多于蜀，而妙悟于梓。"杜甫的作诗数量多于蜀，已被统计数据说明，而"妙悟于梓"，却是一个值得深入研究的课题。什么是"妙悟"，妙悟的内容是什么，它与梓州刺史、东川留后章彝之死有何关系？这是几百年来没人接触和研究的问题。今天，因为地方文史研究的需要，外地学者或许有个条件可以推脱，而对于本地的作者，却是一个不可逾越的坎。现在，就《杜甫梓州诗注》[①]提供的资料，参考《杜诗全集校注》[②]，做一次初步的探讨，试图还原杜甫当年在梓州生活的一个真实情况。文中如有不当的地方，敬请专家和读者批评指正。

一、陈文烛在梓州创建工部草堂并作《牛头山工部草堂记》

（一）陈文烛创建梓州工部草堂

陈文烛（1535－？），字玉叔，号五岳山人。湖北沔阳（今湖北仙桃）人，嘉靖进士，曾于万历二年至五年（1574－1577），在四川任提学副使，管理州县学校和教育行政。在任期间，追寻蜀中名胜，游遍巴山蜀水。他在《入蜀》诗中写道：

遥指西南隅，文翁教化主。
遗化至今存，从来比齐鲁。
执手尔勿辞，千秋堪踵武。
浣花有草堂，当年留杜甫。
辞赋本惊人，襄城况吾土。

① 杨重华，赵长松，赖云琪：《杜甫梓州诗注》，成都：四川人民出版社出版，1993年。
② 萧涤非：《杜甫全集校注》，北京：人民文学出版社，2014年。

风流真我师，到时应吊古。①

可见陈文烛对蜀中文化名人，遗迹，特别是对杜甫有向往吊古之意。关于在牛头山创建工部草堂的事，他在《怀杜亭记》中记载较详：

万历甲戌，不佞奉命督蜀学政，三试梓州，徘徊牛山者三，询亭旧基，在寺之后，命张刺州创工部草堂而记之。海内通志移书嘉焉，谓兢兢卫道，匪徒重词人尔也。②

万历甲戌即万历二年(1574)。引文说：陈文烛三次试学梓州，三上牛头山，在牛头寺旁的亭子旧迹上，命刺史张辉南建工部草堂，并《记》，海内嘉焉。亭子，即供游人休息的有顶无墙的建筑物。杜甫有《登牛头山亭子》诗。这里把创建牛头山工部草堂时间、地点、经过以及影响等，做了全面记载。文中指出，他之所以这样做，是“奉玺书而宣教化的卫道之举”。陈文烛博学工诗，诗学杜甫，著有诗集《二酉园诗集》12 卷，续集 23 卷，文集 14 卷。

(二)陈文烛的《牛头山工部草堂记》

陈文烛的《牛头山工部草堂记》(下简称《记》)文短，内容丰富，十分精粹，因本文需要，全文录下：

潼川，盖唐梓州境。而牛头山在郭门外，杜工部尝登其上。所云：“五载客蜀郡，一年居梓州”是也。参知梁尚贤、宪使王元德，分镇剑南，捐金度木，命刺史张辉南为草堂于山巅。余试士过焉，刺史乞余记之。嗟乎，公遭禄山之变，飘零于蜀。或自绵而梓，或自阆而梓。坎壈之状，千载流涕。而诵其诗者，兴忠君爱国之思。即公在梓州诗，如“王侯与蝼蚁，同尽随丘墟。愿闻第一义，回向心地初”，子瞻叹其以诗入道，犹庖丁以牛入也；轮扁以轮入也。苏氏知公乎。是公诗多于蜀，而妙悟于梓。公神其托兹山哉，天壤俱敝可矣。昔唐陈子昂，梓州人。公过射洪学堂，抚遗迹而吊焉。有盛事会一时，此堂岂千年之咏。若为今日而言者，则牛山数椽，与金华并峙，乃不谷之慨慕于公。奚啻公于伯玉哉。浣花、瀼西，余业有记。而今又托乎片言，其有私感与。若谓能饱公残膏剩馥而扬摧之，则余岂敢。③

(三)陈文烛创建梓州工部草堂的意义

(1)《记》中真实地记载了陈文烛选址、捐资、修建，以及刺史乞记的过程。其目的在于将杜甫的诗魂留在梓州的牛头山上，以堂敬之。

(2)第一次有了杜甫梓州诗成集的概念，提出杜甫妙悟于梓的特点。指出“妙悟”是杜甫在梓州“兴忠君爱国之思”的最高精神境界，同时为杜甫梓州诗的研究指明方向。

---

①陈文烛：《二酉园诗集》，四库全书存目丛书集部 139 册，济南：齐鲁书社，1997 年，第 243 页。

②陈文烛：《二酉园续集》，四库全书存目丛书集部 139 册，济南：齐鲁书社，1997 年，第 518 页。

③陈文烛：《二酉园续集》，四库全书存目丛书集部 139 册，济南：齐鲁书社，1997 年，第 119 页。

(3)陈文烛创建梓州工部草堂,开创了梓州人纪念杜甫之始。对杜甫在梓州的区域研究开了先河,为今天三台人收集、整理、研究杜甫的学术工作打下基础。

(4)陈文烛不仅为梓州工部草堂作《记》,同时为成都浣花草堂作《建杜工部浣花亭记》,为奉节作《重修瀼西草堂记》。这些都是当地研究杜甫的基本文献,是陈氏对四川杜学研究做出的贡献。其功不可没。

二、杜甫在梓州的妙悟

(一)什么是妙悟?

妙悟:妙,由少和女组成,是美好的意思。悟,明白,从心出。妙悟,是在客观存在的基础上,从心中产生出来的一个精神境界。妙悟一词,最早见于十六国(304—493)时,后秦僧人僧肇《肇论·涅槃无名论·妙存》:"然则玄道在于妙悟,妙悟在于即真。"玄道:即玄妙之道。佛道的通称。真:真实。释迦牟尼是"妙悟皆满,二行永断"的妙悟(《佛学大辞典》)。南宋文学批评家严羽将佛教禅宗的修行方式引入诗论。《沧浪诗话·诗辨》有:"论诗如论禅……大抵禅道惟在妙悟,诗道亦在妙悟。"[①]。以上的妙悟,都是人的一种感悟,是一种超越寻常的感悟(《辞海增补版》)。

(二)杜甫在梓州的妙悟,是"兴忠君爱国之思"

杜甫梓州的妙悟,既不是僧肇玄道的妙悟,也不是严羽的论诗如论禅的妙悟,而是陈文烛指的"兴忠君爱国之思"的妙悟。陈氏在引《记》中引宋人苏轼对杜甫诗"王侯与蝼蚁,同尽随丘墟。愿闻第一义,回向心地初"以诗入道的评价说明杜甫的诗"妙悟于梓"。陈氏问,"苏氏知公乎"言:"是公诗多余蜀,而妙悟于梓。"非苏子以《咏怀》《幽人》诗的"避世"之意[②],比拟杜甫的梓州诗。又言:"而诵其诗者,辄兴忠君爱国之思。"在肯定杜甫梓州诗是妙悟诗后,又肯定了杜甫妙悟诗是"兴忠君爱国之思"的最高层次的感悟。萧涤非在《谒文公上方》诗引《杜诗言志》云:"少陵是一不能忘世人,虽流离颠沛之中,而忠君爱国之意,犹然不释。"当代学者孙昌武《杜甫与佛教》言:"杜甫以佛教精义入诗,表现了杜甫遭受离乱后,更需要在佛教中求取安慰,有羡慕文公出世修道之意。"说杜甫是羡慕文公出世修道,从佛教中求取安慰而已。杜甫是离不开世人的。由此,杜甫在梓州的妙悟,有如下特点:一是内容的政治性;二是向朝廷禀报的及时性;三是事件的危险性;四是明暗的两重性。

---

①(宋)严羽:《沧浪诗话校释》,郭绍虞校释,北京:人民文学出版社,1983 年,第 11、12 页。

②(宋)苏轼:《东坡志林、仇池笔记》,华东师范大学古籍研究所点校注释,上海:华东师范大学出版社,1983 年,第 217 页。

三、杜甫在梓州的妙悟由明暗的两部分组成

(一)杜甫对章彝的赠诗,是妙悟明处的直谏

杜甫的诗,据萧涤非《杜甫全集校注》统计,流传下来的有1455首①。杜甫的在蜀诗有多少,没有现成的数据可以借鉴。据曹慕樊《杜甫夔州诗及五言长律的我见》,引浦启龙《少陵诗目谱》的记载:成都(包括梓、阆、汉州)作诗有422首;云安(自成都至云安)有44首,夔州428首②。三地作诗数字相加,合计有894首。这个数字经过曹先生使用证实过,可以作为蜀诗的总数对待。按此数计算,杜甫在蜀作诗占有总数的一半还多。可见杜诗多于蜀的论断是正确的。杜甫在梓州的"妙悟",确切地讲,是从杜甫到梓州后的第二年春末的4月,章彝上任梓州刺史、东川留后兼朝廷侍御史后,把杜甫拉入他"不臣"行为的圈套中为他写诗,才开始的。因而章彝待杜甫"特厚"。杜甫梓州的妙悟,涵盖了杜甫在梓州的政治、写作和家庭生活。杜甫在梓州作诗,大约有200余首,收在《杜甫梓州诗注》的有150余首。在梓州还写了一篇文,就是《巴蜀安危表》。这是背着章彝向朝廷告状的。所以归在"暗"中行为部分。诗是直接写给章彝看的,称为明谏;表是背着章彝作的,称为暗告。所以分明、暗两个部分。

杜甫赠章彝的诗,收在《杜甫梓州诗注》的有11首。从这些诗的内容,可以看出杜甫对章彝由好到坏看法的全貌。现以《杜甫梓州诗注》的时序,参考《杜甫全集校注》,分五个阶段加以例举和说明。诗末的数字是两种版本的页码和书册号。

第一阶段:真诚相交。共4首。

(1)章梓州水亭

城晚通云雾,亭深到芰荷。
吏人桥外少,秋水席边多。
近属淮王至,高门蓟子过。
荆州爱山简,吾醉亦长歌。(143,五2893)
题下原注:时汉中王兼道士习谦在会,同用"荷"字韵

(2)章梓州橘亭饯成都窦少尹,得凉字

秋日野亭千橘香,玉杯锦席高云凉。
主人送客何所作,行酒赋诗殊未央。
衰老应为难离别,贤声此去有辉光。
预传籍籍新京尹,青史无劳数赵张。(142,五2890)

---

①萧涤非:《杜甫全集校注》,北京:人民文学出版社,2014年,目录,第76页。
②曹慕樊:《杜甫夔州诗及五言长律的我见》,《草堂》,1985年第1期,第3页。

(3)随章留后新亭会送诸君
新亭有高会，行子得良时。
日动映江幕，风鸣排槛旗。
绝荤终不改，劝酒欲无词。
已堕岘山泪，因题零雨诗。(144，五 2896)

(4)陪章留后惠义寺饯嘉州崔都督赴州
中军待上客，令肃事有恒。
前驱入宝地，祖帐飘金绳。
南陌既留欢，兹山亦深登。
清闻树杪磬，远谒云端僧。
回策匪新岸，所攀仍旧藤。
耳激洞门飙，目存寒谷冰。
出尘闷轨躅，毕景遗炎蒸。
永愿坐长夏，将衰栖大乘。
羁旅惜宴会，艰难怀友朋。
劳生共几何？离恨兼相仍。(129，五 2875)

此4首诗，以写景抒情为主，表达方式与过去没有异样。是章彝初任梓州刺史东川留侯所作。交往频繁，感情真挚、对章彝赞叹有加。(1)中的“荆州爱山简，吾醉亦长歌”；(2)中的“主人送客何所作，行酒赋诗殊未央”；(3)中的“新亭有高会，行子得良时”；(4)中的“羁旅惜宴会，艰难怀友朋”等。其中的“有高会”“得良时”“爱山简”“亦长歌”的诗句，充分展现了他与章彝“行酒赋诗殊未央”的快乐日子。同时，还希望多一些这样的宴会，多结交一些这样的朋友。①

第二阶段：见微规劝，共3首。
(5)陪章留后侍御宴南楼，得风字
绝域长夏晚，兹楼清宴同。
朝廷烧栈北，鼓角满天东。
屡食将军第，仍骑御史骢。
本无丹灶术，那免白头翁！
寇盗狂歌外，形骸痛饮中。
野云低渡水，檐雨细随风。
出号江城黑，题诗蜡炬红。
此身醒复醉，不拟哭途穷。(131，五 2879)

---

①山简：西晋河内怀县(今河南武陟县西)人，镇襄阳时得人好感，甫以山简拟章彝歌赞之。

(6)台上,得凉字

改席台能迥,留门月复光。
云霄遗暑湿,山谷进风凉。
老去一杯足,谁怜屡舞长?
何须把官烛,似恼鬓毛苍。(141,五 2884)

(7)山寺,得开字

野寺根石壁,诸龛遍崔嵬。
前佛不复辨,百身一莓苔。
虽有古殿存,世尊亦尘埃。
如闻龙象泣,足令信者哀。
使君骑紫马,捧拥从西来。
树羽静千里,临江久徘徊。
山僧衣蓝缕,告诉栋梁摧。
公为顾宾徒,咄嗟檀施开。
吾知多罗树,却倚莲花台。
诸天必欢喜,鬼物无嫌猜。
以兹抚士卒,孰曰非周才?
穷子失净处,高人忧祸胎。
岁宴风破肉,荒林寒可回。
思量入道苦,自哂同婴孩。(177,五 2994)
题下原注:章留后同游。

此 3 首诗,是杜甫观察章彝行为出现异样,在妙悟思想境界下,对章彝的赠诗有了提示和规谏。(5)诗的“朝廷烧栈北,鼓角满天东”,“屡食将军第,仍骑御史骢”,“此身醒复醉,不拟哭途穷”。(6)诗的“改席”“留门”表现杜甫对宴席的不适之感。可见杜甫从过去希望多一些这样的宴请,到现在开始产生了厌烦情绪。从(7)诗的“树羽静千里,临江久徘徊”见章彝游山,动用千军,士卒从山上的山寺,摆到寺下涪江岸边的大排场。捧拥,指章彝不骑紫马,用军士手托捧拥上山,过着骄奢淫逸、专横跋扈的生活。没有一点将帅领兵的样子。便以“穷子失净”的典故,启发和告诫章彝,不要“自蹈祸机”而甘粪秽。杜甫预感到章彝有反叛朝廷的势头,一旦兵变,将给国家和西南百姓带来伤害和灾难,产生了秘密上告皇帝的念头。之后杜甫再也不写诗颂言了。

第三阶段:警示成龙,共 2 首。

(8)冬狩行

君不见东川节度兵马雄,校猎亦似观成功。
夜发猛士三千人,清晨合围步骤同。

禽兽已毙十七八，杀声落日回苍穹。
幕前生致九青兕，骆驼巃嵷垂玄熊。
东西南北百里间，仿佛蹴踏寒山空。
有鸟名上鸜鹆，力不能高飞逐走蓬。
肉味不足登鼎俎，何为见羁虞罗中？
春蒐冬狩侯得同，使君五马一马骢。
况今摄行大将权，号令颇有前贤风。
飘然时危一老翁，十年厌见旌旗红。
喜君士卒甚整肃，为我回辔擒西戎。
草中狐兔尽何益？天子不在咸阳宫。
朝廷虽无幽王祸，得不哀痛尘再蒙！
呜呼，得不哀痛尘再蒙！(174，五 2988)
题下原注：时梓州刺史章彝兼侍御史留后东川。

(9)桃竹杖引
江心蟠石生桃竹，苍波喷浸尺度足。
斩根削皮如紫玉，江妃水仙惜不得。
梓潼使君开一束，满堂宾客皆叹息。
怜我老病赠两茎，出入爪甲铿有声。
老夫复欲东南征，乘涛鼓枻白帝城。
路幽必为鬼神夺，拔剑或与蛟龙争。
重为告曰：杖兮杖兮，尔之生也甚正直，
慎勿见水踊跃学变化为龙。
使我不得尔之扶持，灭迹于君山湖上之青峰。
噫！风尘澒洞兮豺虎咬人，忽失双杖兮吾将曷从？(180，五 3000)
题下原注：赠章留后。

章彝对杜甫的规谏置若罔闻，更加变本加厉。(8)中的“君不见东川节度兵马雄，校猎亦似观成功”，指代宗奔陕，吐蕃军入侵长安，“国祸”当头亦不顾，浩大校猎，大声疾呼：“草中狐兔尽何益？天子不在咸阳宫。得不哀痛尘再蒙！”尘再蒙：即指皇帝逃亡“蒙尘”。(9)中的“慎勿见水踊跃学变化为龙”，浦起龙云：“章似有不臣心迹，此云：慎勿学变化为龙。”龙，在封建时代，是皇帝的象征。杜甫悟出章彝的不臣之心，才这样写的。

第四阶段：托词离梓，共 1 首。
(10)将适吴楚留别章使君留后兼幕府诸公，得柳字
我来入蜀门，岁月亦已久。
岂惟长儿童，自觉成老丑。

常恐性坦率，失身为杯酒。
近辞痛饮徒，折节万夫后。
昔如纵壑鱼，今如丧家狗。
既无游方恋，行止复何有？
相逢半新故，取别随薄厚。
不意青草湖，扁舟落吾手。
眷眷章梓州，开筵俯高柳。
楼前出骑马，帐下罗宾友。
健儿簸红旗，此乐或难朽。
日车隐昆仑，鸟雀噪户牖。
波涛未足畏，三峡徒雷吼。
所忧盗贼多，重见衣冠走。
中原消息断，黄屋今安否？
终作适荆蛮，安排用庄叟。
随云拜东皇，挂席上南斗。
有使即寄书，无使长回首。（183，五 3005）

杜甫背着章彝在阆州向朝廷写了《巴蜀安危表》后，决定离开梓州。在离开前，章彝为他饯行。此诗在宴席上作。(10)中的“常恐性坦率，失身为杯酒”“无游方恋”“丧家狗”，均表达对现实环境生活的不愉快。在诗中把“适荆蛮”、用“庄叟”的具体安排都写了出来，甚至把临别留言目的地，用青草湖(洞庭湖)的船，及临别留言：“有使即寄书，无使长回首”都告诉大家了。诗后又筹备了一段时间，因“船只”“庄叟”不足，放弃涪江水路，改走陆路到阆州下嘉陵江水路下峡。不久，他举家离开梓州到了阆州。

第五阶段：寄诗劝章，共 1 首。
(11)奉寄章十侍御
淮海维扬一俊人，金章紫绶照青春。
指麾能事回天地，训练强兵动鬼神。
湘西不得归关羽，河内犹宜借寇恂。
朝觐从容问幽仄，勿云江汉有垂纶。（199，六 3110）
题下原注：时初罢梓州刺史东川留后，将赴朝廷。

清代学者浦起龙，对此诗有不确解之处。他在诗后注言：“前与章诗，多规讽臣节之语，此又盛称之，岂以其归朝解兵柄故耶？”。他认为章彝军权是回朝廷后才解除的。事实已在诗题原注说明：“时初罢梓州刺史东川留后，将赴朝廷。”可见严武已在梓州宣布《圣旨》“合并两川”，夺了章彝权(此事后有详述)，而且把事实全盘告诉了杜甫。杜甫寄章彝的这首诗，就是接到严武的信之后，才写诗寄送章彝的。有安定章彝情绪，配合严武执法的作用。关羽、寇恂两位历史人物，是杜甫用来预示章彝的希望。

杜甫在阆州寄诗章彝后，随即返回成都草堂。路过盐亭县时，作《行次盐亭县》诗赠严氏兄弟；又作《将赴成都草堂途中有作先寄严郑公五首》，可见杜公沿途的快乐心情。

(二)杜甫的《巴蜀安危表》，是暗中传送的密报

据《中国历史大事年表》记载：广德元年(763)年 7 月，吐蕃入犯，尽取河西、陇右；10 月，代宗奔陕，吐蕃军入长安。12 月，吐蕃占有剑南、西川诸州①。章彝在国祸当头，特别是 10 月，京都失陷，代宗蒙尘，国家分崩离析的时候，章彝既不出兵护驾，也不带兵御敌。形同路人。相反，他固守东川，发兵三千举行冬狩大典，充容校猎。杜甫十分气愤。他一方面写《冬狩行》诗警告章彝要勤王，一方面暗中前往阆州写《巴蜀安危表》密报朝廷。此表的全名是，《为阆州王使君进论巴蜀安危表》。该表虽然是两人合作写成，但内容都是相互认同的。正如二人合作写一本书，两人都可使用。清代学者仇兆鳌就将此表收在《杜少陵集详注》中。为了不让穷凶极恶的章彝发现，杜甫的这份奏表，有三个密点：一是背着章彝到阆州去的途中，是机密行动；二是报告章彝的文字，夹在《为阆州王使君进论巴蜀安危表》的文字中，他人不易发现；三是用的王使君谍报站的秘密通道。时间不到一月，就安全送到黄门侍郎严武手上。代宗回朝后，很快就知道了。现将奏表的有关文字摘录如下：

唯独剑南，自用兵以来，税敛则殷，部领不绝，琼林诸库，仰给最多。……近者贼臣恶子，频有乱常，巴蜀之人，横被烦费。……吐蕃今下松、维等州，成都已不安矣。……况臣本州山南所管，初置节度，庶事草创，岂暇力及东西两川矣。伏愿陛下，……度长计大，速以亲贤出镇，哀罢人以安反仄。犬戎侵轶，群盗窥伺，庶可遏矣。……必以亲王，委之节钺，此古之维城磐石之义，明矣。陛下何疑哉？在近择亲贤，加以醇厚明哲之老为之师傅，则万无覆败之迹，又何疑焉。其次付重臣旧德，智略经久，举世允惬，不陨获于苍黄之际，临危制变之明者。观其树勋庸于当时，扶泥涂于已坠，整顿理体，竭露臣节，必见方面小康也。今梁州既置节度，与成都足以久远相应矣。东川更分管数州，于内幕府取给，破弊滋甚。若兵马悉付西川，梁州益坦为声援，是重敛之下，免出多门，西南之人，有活望矣。必以战伐未息，势资多军，应须遣朝廷任使旧人，授之使节；留后之寄，绵历岁时，非所以塞众望也。……伏惟明主裁之，敕天下征收赦文……愚臣特望以亲王总戎者，意在根固流长，国家万代之利也……

陈贻焮对这篇文摘，综合为向朝廷的五点建议：

(1)剑南地区土地膏腴，财物珠宝充盈，自用兵以来，给养最多，足可供王命使用。

(2)近者贼臣恶子(指章彝等)，频有乱常。吐蕃已攻下松、维等州，受到威胁，形势极其严重。朝廷应赶快选派贤明的亲王，由老成持重，明达事理的师傅辅助，前来坐镇，巴蜀之人才有“活望”。

---

①冯君实：《中国历史大事年表》，沈阳：辽宁人民出版社，1984 年，第 286 页。

(3)既然新近在梁州设置了山南西道节度使府作为成都的接应，那么就可撤销东川节度使府的建制，将兵马交付西川统辖，这样既可加强西部边防力量，又可减轻“多一幕府取给”，可减少巴蜀人民的负担。

(4)东川分管数州，幕府取给，破弊滋甚。刺史留后章彝，历任一年，难塞众望。应正式委派得力人选，代替那些暂摄节度官职、留后诸人。

(5)下诏减省天下除军用外诸色杂赋。①

杜甫于唐代宗李豫宝应元年(762)七月，从绵州转赴梓州。初到时，住在潼川城馆驿，很快就得到梓州刺史的侍从严二别驾接待。据《相从行赠严二别驾》诗看，杜甫连帽子上的尘土未掸，就受到宴席接待。席间不断有穿紫衣、朱衣的侍者进出，酒酣之际为他举办了剑术表演。宴席结束，还为他送小米喂骡子。可见梓州署衙对杜甫的迎接规格很高，也很及时。他诗中写的“计拙无衣食”的日子，是很短暂的。杜甫一旦被梓州刺史知道，生活有了依靠，就会去风景名胜地点考察写诗。这年秋末，杜甫在李梓州的安排下，把他住在成都草堂的家室接到梓州潼川城东(今三台中学)地址住下来。杜甫的家室来到梓州后，杜甫就再没有想回成都的事了。第二年春末，章彝接任梓州刺史兼东川留后，朝廷侍御史，把杜甫拉入他“不臣行为”的圈套中，为等待朝廷下达节度使圣命服务，因而待杜甫特厚。章彝是个抓权极快的人，任留后不久，没等到朝廷下达诏文，就把东川节度使等职的军政大权一揽在手。开始行使大将权了(《冬狩行》)。

四、梓州刺史留后章彝之死

章彝(？—764)，排行第十。吴兴(浙江湖州)人，初为严武判官，事迹略见他人《传记》。

1.章彝的死事与死因记载

(1)《旧唐书·严武传》：

梓州刺史章彝，初为武判官，及是，小不副意，赴成都，杖杀之。②

(2)《新唐书·(杜甫)本传》：

一日，欲杀甫及梓州刺史章彝，集吏于门，武将出，冠钩于帘三，左右白其母，奔救，得止。独杀彝。③

上述两种唐书资料，言章彝的“死”事是可信的。因“小事”杖杀章彝的死因，确有不可信之处。

首先，浦起龙表示“不足信”。他在《奉寄章十侍御》诗注最后言：“彝以刺史为留后，职在副贰，安得辄降为判官？且无故杀一方面，朝廷竟不问耶？不足信矣。”④浦氏以死因资料，就事论事，提出了“不足信”，是有道理的。但是，他并不知道，章彝犯有叛逆罪，杜甫已将他上告朝廷。严武的再次镇蜀，就是为了实现《巴蜀安危表》内容而到梓州的。就是为了处死

①陈贻焮：《杜甫评传》(中)，上海：上海古籍出版社，1988年，第857、858、859页。

②(后晋)刘昫：《旧唐书》，北京：中华书局，1975年，第3395页。

③(宋)宋祁：《新唐书本传》，引自《杜少陵集详注》，第4页。

④(清)浦起龙：《读杜心解》，北京：中华书局，1961年，第632页。

章彝。

2.章彝犯了死罪当杀

唐代是我国封建社会发展的极盛时期，其律法也很健全。最有权威也最完备的唐法，当是唐高宗永徽四年(653)长孙无忌等人编定的《唐律疏义》，若按此条文，以杜诗及《巴蜀安危表》的事实，与之对照，章彝犯有3个死罪当杀：

(1)《表》文：留后之寄，绵历岁时，非所以塞众望。指章彝刺史留后，任职长达一年，人心相悖，不履臣职，特别是“10月，代宗奔陕，吐蕃军入长安”(《历史年表》)章彝既不出兵抗敌，又不出兵护驾。

按《唐律疏议·卷二·名例律》规定：谋起逆心，规反天常，悖逆人理，直接危害社稷，犯谋反罪，为“十恶”死罪。这是第一死罪。

(2)杜诗《冬狩行》揭发章彝，夜发猛士3000人，未经许可，充容打猎。

按《唐律疏议·卷十六·擅兴律》规定：未奉诏旨发兵1000人者，绞。章彝未经许可发兵3000，亦是绞刑。这是第二死罪。

(3)《表》文：章彝幕府取给，破弊滋甚。章彝私自滋生名目，任意取给国库资财，大肆挥霍。

按《唐律疏议·卷十七·厩库律》规定：未奉诏旨使用库银，情节严重，以犯坐盗重罪论处，犯了死罪。这是第三死罪。

当然，在《唐律疏议》中，还规定除犯“十恶”死刑不能赦免外，其余犯罪人等，订有“八议”制度：即亲(上辈及自身的从兄弟)、故(故旧)、贤(大德行)、能(大才艺)、功(大功勋)、贵(官三品以上)、勤(大勤劳)、宾(先代之后的国宾者)等，均可逐议减免。即所谓“刑不上大夫”之制。章彝不属此列。[①]

3.严武执法章彝分两步走：一是夺权，二是杖杀

章彝犯了死罪，代宗皇帝知道，严武知道，章彝自己更知道。严武是章彝死刑的执法者。广德二年(764)正月，严武以黄门侍郎拜成都尹，充剑南节度使(《杜甫大辞典》)。到梓州对章彝执行死刑。在夺去章彝东川大权的问题上，严武有两种选择：一是在梓州审案处死；二是“合并两川”，章彝权职自然撤除。二者只能选其一。若选前者，不仅时间长，不利保护杜甫，而且易使章彝军队暴动。当时的巴蜀紧张形势也不允许。选择后者，虽然安全，但失去了昭告章彝罪行的机会，自己要落“小忿”杀人的骂名。从《奉寄章十侍御》诗的题注知道，严武已经选择了后者。这是严武不计个人恩怨，敢于担当的大将本色的展示。关于合并两川之事，有两条材料可证：(1)《唐会要》载：“东西两川之合，在广德二年(764)正月八日[②]”；(2)《古城三台概况》记：“广德二年废剑南东川节度使，大历元年(766)又置剑南东川节度使”[③]。严武处死章彝的第二步，是在成都，时间是紧接的第二月。这时严武已掌剑南节度使政权，召章彝到成都接受死刑。这时的章彝到了成都，已经诚惶诚恐，处处小心翼翼。严武只能以

①刘俊文：《唐律疏议》，北京：法律出版社，1999年，第6、7页。

②转引自《杜甫全集校注·奉侍严大夫》朱注：《唐会要》则云二年(764)正月八日”。第3114页。

③王荣祖：《古城三台概况》，1991年印制，第1页。

“小不副意”“冠钩于帘三”的“小忿”而杖杀章彝。严武为什么要用杖刑呢？因为章彝只有“小忿”的过失。用杖刑可以掩人耳目。杖打过头就是处死，死了就是目的。从这点上说，新旧《唐书》记载的死因，或许都是正确的了。当杜甫知道严武要杀章彝时，杜甫以儒家“仁爱”之心，坚持要把章彝留下来，重新做人。他不仅自己找严武说情，而且找其他官吏一起去说服严武。由此在严、杜之间产生了“睚眦”，逼得严武说出要斩杜甫的“气话”。但自古以来法不容情，“一断于法，则亲亲尊尊之恩绝也”。尽管如此，严武在同年六月，仍然向朝廷表荐杜甫为“节度使参谋、检校尚书工部员外郎，赐绯鱼袋”入了严武幕府。结束了杜甫多年漂泊的生活。杜工部的名讳也由此得来。第二年：永泰元年，765年四月，严武病卒，英年早逝，年40。杜甫失去依靠，于五月离开成都下峡。大历五年(770)秋冬，卒于潭、岳间舟中。终年五十九岁。

章彝参加过梓州刺史段子璋改元称王建府的平乱战斗。他一改段子璋公开起兵称王的做法：盘踞东川，抵御朝廷，横征暴敛，骄奢淫逸，享受帝王之礼，是不称王的皇帝。章彝该死，死有余辜。

五、严武是贤臣

(一)勋爵位显

严武(726—765)，字季鹰，华州华阴(今陕西)人，中书侍郎严挺之子。幼有成人之风。弱冠(20岁)以门阴策名，陇右节度使哥舒翰，奏充判官迁侍御史。杜甫诗有“昔在童子日，已闻老成名。阅书百氏尽，落笔四座惊。”可见童子时期博览群书，诗文惊人。后随唐玄宗入蜀，擢谏议大夫。玄宗、肃宗先后驾崩，代宗继位，召远在剑南的严武回朝，任二圣山南桥道使，迁黄门侍郎，封郑国公。广德二年(764)正月，以黄门侍郎求充剑南节度使。临危受命，智杀章彝，收复失地，安定巴蜀。杜甫在《赠左仆射郑国严公武》诗，对严武功绩有“四登会府地，三掌华阳兵”①的总结。

(二)一生功业在西南

1.主动请缨到剑南

严武广德二年(764)再镇剑南。临行前，与宰臣元载深相结讬，希望引在同列。事在进行中，知到巴蜀局势危急，百姓苦难深重，便改定主意，主动请缨再镇剑南。临行时间，据钱谦益引《唐会要》云：“东西两川之合，广德在二年正月八日”，从代宗“上年十二月初还朝”，到二年正月八日之间，只有一月多一点。到代宗下旨时间不过几日就出发剑南。可见严武关心和怜惜西南人民疾苦的焦急心情。严武做宰臣，是早晚的事。早在宝应元年(762)七月，杜甫相送严武回京到绵州时作《奉送严公入朝十韵》中，就有“公若登台辅，临危莫爱身”的祝愿。台辅，就是宰相。严武是愿意做宰臣的。但他更看重的是巴蜀人民的“生机”与“活望”。

---

①萧涤非：《杜甫全集校注》，北京：人民文学出版社，2014年，第3981页。

2.执法章彝显大智

广德二年(764)一月,严武以黄门侍郎再镇剑南。章彝是使剑南告急的祸根,首先得处死章彝。但吐蕃侵边的形势严峻,不能出现一点差错。在夺权章彝一事上,颇费心智。为了安全,他不审章彝叛逆朝廷案,采用“合并两川”撤销章彝东川建制,巧妙地留一小职“判官”给章彝,等待其朝觐。缓冲了他与章彝的敌对矛盾。在成都处死章彝,选用杖刑。始终把保护原告杜甫,防止章彝兵暴放在首位。把“因小忿”“施猛政”的负面影响,留给自己。充分展现了严武敢于担当的胆识和超人的智慧所在。

3.表荐杜甫为五品官

严武在广德二年(764)二月,在处死章彝时,严武与杜甫发生了睚眦。尽管如此,同年六月,严武仍以杜甫检举章彝、配合执法有功,向朝廷表荐杜甫为五品吏职,使杜甫结束了长期“飘泊”的生活。杜甫的这个五品吏职,虽然是严武所荐,但并非完全是严武的私情所为。理由是:

(1)是杜甫上奏的《巴蜀安危表》有:“选择亲贤,加以醇厚明哲之老”的自我推荐。

(2)是杜甫曾任左拾遗,有这方面的政治素质。

(3)是杜甫在配合严武执法的过程中,从阆中写诗寄章彝的配合有功。

(4)是严武乐意推荐。

由此可见,严武对杜甫的推荐,私情只占其中的一个部分。

4.文武双全建奇功

杜诗《赠左仆射郑国公严公武》说他“昔在童子日,已闻老成名。”就是这个意思。又说“阅书百氏尽,落笔四座惊。”言读百家书,写作文章诗赋,词章之妙,令人惊服。“历职匪父任,嫉邪常力争。”言其才自可得官,不需父亲提举。嫉邪,言清忠正直,疾恶如仇。初以武人入太原府参军事。后任殿中侍御史,掌殿中仪卫与京城纠察。安史之乱起,护玄宗入蜀。广德二年七月,在处死章彝后的短暂时间内,率军边塞,破吐蕃七万众,拔当狗城,十月,取盐川城,拓地数百里。因战功显赫,朝廷加检校吏部尚书,封郑国公。严武在平边战斗间隙写的《军城早秋》诗道:

昨夜秋风入汉关,朔云边月满西山。
更催飞将追骄虏,莫遣沙场匹马还。①

汉关:指严武军驻守的关塞。骄虏:指入侵的吐蕃军队。全诗豪健无比。文采风秀清新。可见严武也能写诗。

另外,严武对佛教寺庙的建设和培修方面,也取得了显著成就。乾元元年(758),严武因疏救房琯,被贬巴州(今巴中市)任刺史期间,据《方舆胜览》载:严武在巴州城西首创石窟西龛寺。同时,写《乞额疏》向朝廷请款,维护扩建南龛寺。又据崇州《光严禅院》记载:广德二

①萧涤非:《杜甫全集校注》,北京:人民文学出版社,2014年,第3264页。

年(764)秋,严武平定西川吐蕃返成都途中,经崇州时,专程造访了街子古镇常乐寺。"见殿堂残破不堪,遂奏明朝廷,在住持善无思的主持下,重修了常乐寺。"①该寺在明成祖朱棣时赐名光严寺,清康熙玄烨御赐"光严禅院"门匾,至今保存完好。该寺为四川宗教圣地,全国著名风景旅游区。光严,就是纪念严武当年重建寺庙之事。

(三)唐书记事多误,应以杜诗为严武正名

仇兆鳌在《杜少陵集详注·本传》末按指出:

> 两史记事,多有舛误,杜传尚然。其余差谬者亦当据杜诗正之。②

仇兆鳌的指出是正确的。新旧唐书,对《严武传》的记载,多有不适之词,如幼读书"不甚究其义""八岁杀英""在蜀颇放肆"(新);"肆志逞欲""恣行猛政""小不副意"(旧)杖杀章彝等。杜甫与严武既是世交,又曾是同僚。生前诗歌相互唱和最多。现存杜诗,与严武唱和的有35首。杜甫对严武最知情,评价也精当。要纠正史书记载严武的不当之词,就要用杜诗加以纠正。参考杜诗有:

(1)五古八哀诗之一《赠左仆射郑国公武》;

(2)五排《奉送严公入朝十韵》,附:严武《愁别杜二》。

(3)七绝《奉送严公军城早秋》,附:严武《军城早秋》。

(4)七绝《诸将五首·五》。

(5)五律《哭严仆射归榇》。等。

(四)永记严武恩惠

杨伦曰:"镇蜀为严公一生事业"③。仇兆鳌曰:"唐世人物,如严武者何可胜数!"④。严武有超人才华,在剑南创立的功业巨大,在击退吐蕃之后,获得朝廷封郑国公的最高奖赏。这是当之无愧的。正如《杜甫大辞典·严武》云:"可以说,杜甫是把严武作为一位文武双全的人物来尊重,相而与之倾心相交的。"⑤严武是杜甫知己中的第一人。杜甫对严武的爱,就是巴蜀人民的爱。杜甫对严武的评价,就是巴蜀人民对严武的评价。严武对巴蜀人民立下的卓越功勋,巴蜀人民是永远不会忘记的。

---

①永一:《光严禅院》,崇州市光严古寺编印,第2页。

②仇兆鳌:《杜少陵集详注·新唐书本传》,北京:文学古籍刊行社,1955年。

③萧涤非:《杜甫全集校注》,北京:人民文学出版社,2014年,第3994页。

④萧涤非:《杜甫全集校注》,北京:人民文学出版社,2014年,第3982页。

⑤张忠纲:《杜甫大辞典》,济南:山东教育出版社,2009年,第347页。

结束语

从陈文烛《牛头山工部草堂记》杜甫的妙悟于梓知道：无论是宗教，还是文学和艺术的，都是个人“超越寻常的感悟”的思维活动，其层次有深有浅。杜甫在梓州高压复杂的环境中，用妙悟，识别出章彝企图在东川建立不称王的王朝的叛逆罪行，开出了智慧之花，结出了创造之果。杜甫的这一智慧和创造之果只有一次，而这一次的地点就在梓州。我们经过对杜甫梓州妙悟的研究，进一步认识了杜甫的心灵美，高尚的人格。杜甫时时处处把“兴忠君爱国之思”放在首位的自我牺牲精神，是留给梓州人的宝贵精神财富，是今天的人们，永远学习的榜样。此外，通过对杜甫在梓州特殊事件的研究，我们弄清了严武为什么因“小忿”杖杀章彝，同时了解了为巴蜀人民做出巨大贡献的贤臣严武。也是一件大好的事情。

比较研究

李杜齐名之形成

陈尚君
（复旦大学　上海　200433）

中国诗歌史发展到盛唐，无疑达到巅峰之成就，而站在峰顶的人物，当然是被誉为双子星座的李白与杜甫。李白生前就已经取得举世公认的地位，而比他年幼十一岁的杜甫则成名过程要复杂得多。今人单凭通行的几种唐人选唐诗没有收录杜甫诗歌这一事实，就认为杜甫在唐代诗人中地位不高，影响不大，实在是皮相之见。本文则力图根据第一手文献，证明李杜齐名在杜甫生前已经为部分人所认可，其最终获得举世公认，则在杜甫身后三五十年间完成。李杜地位的确定，是中古诗学史上的重大事件，也是引导唐宋诗歌转型的关键所在。

一、李杜交谊与诗歌交集

古人凡德行、成就相当者，常有齐名并称情况的出现。李白、杜甫并称李杜，当然因为他们是一个时代最杰出的诗人，但同时也因为在他们以前已经有数度并称李杜者，一是东汉李固、杜乔，二是李云、杜众，皆是大臣而有直声者；三是李膺、杜密，则属于汉末清流，身陷党锢而得留名者。范滂也被通缉，挺身赴死，其母告曰："汝今得与李杜齐名，死亦何恨。既有令名，复求寿考，可兼得乎？"（《后汉书・党锢列传》）更为此增添悲怆的色彩，为后世广泛称道。东汉的三对"李杜"，皆属人伦典范，与文学无涉，但流布甚广。据说杜甫祖父杜审言与李峤也曾并称李杜，但影响很有限，可以忽略不计。

杜甫比李白年幼十一岁，他与李白的同游在天宝三载（744）李白赐金还山后不久，当时李白诗名满天下，杜甫此前写《饮中八仙歌》对李白已经有一段传神的描写："李白一斗诗百篇，长安市上酒家眠。天子呼来不上船，自称臣是酒中仙。"（《杜工部集》卷一，《续古逸丛书》影宋本。后引杜诗皆据此本）可能是根据传闻所写，未必亲见。李杜同游历时一年多，中间高适也曾参与，杜甫晚年多次回忆当年的情景："昔者与高李，晚登单父台。寒芜际碣石，万里风云来。桑柘叶如雨，飞藿去徘徊。清霜大泽冻，禽兽有余哀。"（《昔游》）"忆与高李辈，论交入酒垆。两公壮藻思，得我色敷腴。气酣登吹台，怀古视平芜。芒砀云一去，雁骛空相呼。"（《杜工部集》卷七，《遣怀》）要真实还原二人交往的实情，因为当年作品保存下来的很少，已经很困难，但根据已有作品，仍可略知一二。杜甫当时写给李白的诗，有三首，即《赠李白》："秋来相顾尚飘蓬，未就丹砂愧葛洪。痛饮狂歌空度日，飞扬跋扈为谁雄？"（《杜工部集》卷九）《赠李白》："二年客东都，所历厌机巧。野人对膻腥，蔬食常不饱。岂无青精饭，使我颜色好。苦乏买药资，山林迹如扫。李侯金闺彦，脱身事幽讨。亦有梁宋游，方期拾瑶草。"（《杜工部集》卷一）《与李十二白同寻范十隐居》："李侯有佳句，往往似阴铿。余亦东蒙客，怜君如弟兄。醉眠秋共被，携手日同行。更想幽期处，还寻北郭生。入门高兴发，侍立小童清。落景闻寒杵，屯云对古城。向来吟《橘颂》，谁欲讨莼羹。不愿论簪笏，悠悠沧海情。"（《杜工部集》卷九）李白赠杜甫的诗有二首：《沙丘城下寄杜甫》："我来竟何事，高卧沙丘城。城边有古树，日夕连秋声。鲁酒不可醉，齐歌空复情。思君若汶水，浩荡寄南征。"（《李太白文集》卷一一）《鲁郡东石门送杜二甫》："醉别复几日，登临遍池台。何时石门路，重有金樽开。秋波落泗水，海色明徂徕。飞蓬各自远，且尽林中杯。"（《李太白文集》卷一四）

当然，历来有关李杜交际有许多传说，一是《秋日鲁郡尧祠亭上宴别杜补阙范侍御》："我觉秋兴逸，谁云秋兴悲。山将落日去，水与晴空宜。鲁酒白玉壶，送行驻金羁。歇鞍憩古木，解带挂横枝。歌鼓川上亭，曲度神飙吹。云归碧海夕，雁没青天时。相失各万里，茫然空尔思。"（《李太白文集》卷一三）从唐末段成式《酉阳杂俎前集》卷一二称此诗为"李白祠亭上宴别杜考功诗"，以为杜即杜甫，宋以后更反复论述。其实杜甫没有做过补阙或考功之类官职，更不是入仕前的天宝初与李白同游时的身份，李白当别有所指。另一首是关于《本事诗》所载李白戏赠杜甫诗："饭颗山头逢杜甫，头戴笠子日卓午。借问别来太瘦生，总为从前作诗苦。"宋以来讨论极多，或以为李白讥杜甫寒俭拘束，郭沫若《李白与杜甫》则认为关心很亲切。问题是饭颗山其地绝无可考。五代南汉王定保《唐摭言》卷一二所录此诗文本题作《戏赠杜甫》，诗云："长乐坡前逢杜甫，头戴笠子日卓午，借问形容何瘦生？只为从来学诗苦。"长乐坡在长安郊外，邻近浐水和灞桥，很可能是李杜初见时的作品。

除了以上诸诗，李杜同游时期的作品以高适文集保存最丰富，计有《同群公登濮阳圣佛寺阁》《同群公十月朝宴李太守宅得寒字》《同群公宿开善寺，赠陈十六所居》《同群公秋登琴台》《同群公题张处士菜园》《同群公出猎海上》《同群公题郑少府田家（此公昔任白马尉，今寄住滑台）》《同群公题中山寺》（均见《高常侍集》卷七）。

根据上述诸诗，可以基本还原李杜同游年余所经历的名胜，曾造访的高士，曾有的分别和思念，共同的情趣和追求。那时杜甫刚过而立，正是裘马轻狂的时候，他的好酒，好道，好诗，与李白极其投契。痛饮狂歌，飞扬跋扈，是二人最真实的生活写照。不知道是否随顺李白的雅兴，这一时期似乎正是杜甫对炼丹砂、求瑶草、买大药等崇道求仙行为最着迷的时期，当然这一兴致维持了他的一生，直到临终还有"家事丹砂诀，无成涕作霖"（《风疾舟中伏枕书怀三十六韵》，《杜工部集》卷一八）的失望，是对"未就丹砂媿葛洪"的重申。当然更重要的是在论诗畅游中增进的友谊，所谓"醉眠秋共被，携手日同行"，这种亲密无间的兄弟之情，在两位伟大诗人人生经历中都是难以忘怀的经历。当然，李白是主观豪放的诗人，人生精彩纷呈，每天不断有新的朋友，很少静下来独自回味往日之友情；杜甫最后十年，绝大多数时间都处于独处无侣的状态，有充分的时间回忆往事、记录友情。对曾经与李白的友谊，杜甫晚年所写有十多首，仅从诗题来说，就有《梦李白二首》《冬日有怀李白》《天末怀李白》《不见（近无李白消息)》《春日忆李白》《寄李十二白二十韵》等。李杜分别后相互叙述的差异,其实只是彼此为人和写作兴趣的不同而已,其实并无此热彼冷的感情厚薄之分。其实我们通读盛唐到大历、贞元诸人诗集,很少有人像杜甫那样经常沉浸在往事和友朋的追想中,也很少有人像杜甫那样广泛地评说同代诸贤,或者说,这是杜甫的创格。

二、杜甫生前的诗誉与李杜齐名之萌芽

杜甫在诗坛地位的提高,当以天宝后期到肃宗时的几次唱和诗为标志。一是天宝十二(753)载的《同诸公登慈恩寺塔》,今知同时作者有高适、岑参、储光羲、薛据等人,除薛据外,四人诗得以保存下来。成就高下当然可以任由后人评说,在杜甫则显然已经达到可以与诸位一流诗人一较高下的水平。二是肃宗返京后由贾至发起的《早朝大明宫》唱和,今存王维、杜甫和岑参的和作,是显示盛唐七律恢宏气象的名篇。这两次唱和显示杜甫已经达到当时诗坛一线诗人的地位。当然,在岑参、高适写给杜甫的诗中,只有一般的应酬,没有涉及对杜诗成就的评价,这是很正常的情况,何况诸人诗都佚失很严重,如高适在安史乱起后十年的诗保存下来的很少。

杜甫晚年自定诗集,保存了一些友朋来往诗,涉及对他诗歌成就的评价。一是他在成都的府主严武,广德间赠诗有《巴岭答杜二见忆》:"卧向巴山落月时,两乡千里梦相思。可但步兵偏爱酒,也知光禄最能诗。江头赤叶枫愁客,篱外黄花菊对谁。跂马望君非一度,冷猿秋雁不胜悲。"(《杜工部集》卷一二)这是以阮籍、谢庄来比喻杜甫之爱饮酒,能赋诗,虽属用典,但阮、谢二人诗皆收入《文选》,对杜甫是很高的评价。二是大历四年(769)在长沙,韶州刺史韦迢赴任经过,与杜甫有两诗唱和,其一题作《潭州留别杜员外院长》:"江畔长沙驿,相逢缆客船。大名诗独步,小郡海西偏。地湿愁飞鹏,天炎畏跕鸢。去留俱失意,把臂共潸然。"(《杜工部集》卷一八)"大名诗独步"也就是后引樊晃语之"当今一人而已"的意思。这是韦迢的认识,当然这也是当时给以高度评价的套语,杜甫在高适去世后写《闻高常侍亡》也有"独步诗名在"(《杜工部集》卷一四)的评价。三是湖南观察判官郭受有《杜员外兄垂示诗因作此寄上》:"新诗海内流传遍,旧德朝中属望劳。郡邑地卑饶雾雨,江湖天阔足风涛。松醪酒熟傍看醉,莲叶舟轻自学操。春兴不知凡几首,衡阳纸价顿能高。(衡阳出五家纸,又云出五里纸。)"(《杜工部集》卷一八)郭受生平不清楚,事迹仅靠杜集附诗而保存。诗云"新诗海内流传遍"当然有所夸张,就如同此句"旧德朝中属望劳",其实杜甫入湘前后最大的困惑就是所谓"天高无消息,弃我忽若遗"(《杜工部集》卷三《幽人》),朝中根本没有人记惦他。当然郭受说杜诗为人传诵,在湖南的新作更可能导致"衡阳纸贵",也并非完全失实之辞。

那么,在杜甫生前是否已经出现李杜齐名的评价呢?我认为至少已经有人提出这样的话题。在此应特别关注杜甫大历四年(769)或五年(770)秋在长沙所作《长沙送李十一衔》(《杜工部集》卷一八)一诗:

与子避地西康州,洞庭相逢十二秋。远愧尚方曾赐履,竟非吾土倦登楼。久存胶漆应难并,一辱泥涂遂晚收。李杜齐名真忝窃,朔云寒菊倍离忧。

此诗作年有些争议，在此不讨论。李衔事迹别无可考。西康州唐初建州，不到一年即废，其地即同谷，知李为杜甫干元二年(759)西行秦州、同谷间所识朋友，到长沙重见，已隔十二年。“李杜齐名”当然是用东汉的典故，受诗者恰姓李，因而历来解此诗皆认为此处杜甫自比与李衔之交契。如张溍《读书堂读书注解》云：“忝窃，公自谦不能称也。”卢元昌《杜诗阐》云：“子固李膺、李固，我非杜乔、杜密，从来李杜本是齐名，今日齐名，诚为忝窃。”(均转录自《杜甫全集校注》卷二十)努力为此句寻找合适的解释。“李杜齐名真忝窃”一句，用现在的话来说，意思是李杜齐名，我是完全不够格的。这当然是自谦之辞。但偶然遇到一位李姓朋友，对方也没有太大的名声和地位，杜甫突然没有来由地说出这句全无来由的自谦之语，有这样的必要吗？我认为较合理的解释，李衔从同谷到长沙，中间一定经过许多地方，得到不少传闻，谈论所及，因此杜甫必须自谦一番。如果这样说，即在杜甫生前已经有了与李白李杜齐名的说法。

能不能找到更进一步的佐证呢？可以有一些。

杜甫天宝间作《赠特进汝阳王二十韵》云：“学业醇儒富，辞华哲匠能。笔飞鸾耸立，章罢凤骞腾。精理通谈笑，忘形向友朋。寸长堪缱绻，一诺岂骄矜。已忝归曹植，何知对李膺。招要恩屡至，崇重力难胜。”汝阳王李琎为睿宗之孙，让皇李宪长子，开元间封汝阳郡王，天宝三载(744)服阕后封特进，九载(750)卒。杜甫《壮游》云：“快意八九年，西归到咸阳。许与必词伯，赏游实贤王。”一般认为这位贤王就是汝阳王。前引诗前几句说李琎学艺造诣很高，待朋友真诚，接着就说李琎对自己的期待，认为可以达到曹植那样的成就，可以与李膺并称李杜。末两句自云多次受邀，恩遇至隆，而推崇之至，则为己力所不能胜任。当然前人解读也有认为曹植、李膺都比李琎，而“何知”句，张綖《杜律本义》认为：“何知者，公谦言不敢并也。”(转录自《杜甫全集校注》卷一)杜甫自己不是也说过：“赋料扬雄敌，诗看子建亲。”(《杜工部集》卷一《奉赠韦左丞丈二十二韵》)李琎以此期待，正为合适。这里当然都与李白无关，但可以理解对杜姓人物的期待，是可以经常举出东汉时的先例来作比况的。这是开元末期或天宝前期的诗，仅是涉及李杜的一个有趣话题而已。

明确将李白、杜甫拉到一起顶礼膜拜的是任华。任华今存诗三首，都是长篇歌行，分别写李白、杜甫和僧怀素；文章存十多篇，靠《唐摭言》和《文苑英华》的引录而得保存，内容多为投赠公卿显要者。其性耿介狷直，傲岸不羁，故仕途屡不得意。唐末韦庄《又玄集》收录他赠李白、杜甫的二诗，不知是偶然，还是他诗未选，二诗显示以任华之狂介，能入他法眼的人很少，但对李白、杜甫，则是倾心崇拜，竭力歌颂。二诗很长，且不作于同时，估计前后相隔十多年，但诗风一致，都以跳荡的语句倾诉自己对二人的“追星”经历和崇仰热情。录《寄杜拾遗》一首如下：“杜拾遗，名甫第二才甚奇。任生与君别，别来已多时，何尝一日不相思。杜拾遗，知不知？昨日有人诵得数篇黄绢词，吾怪异奇特借问，果称是杜二之所为。势攫虎豹，气腾蛟螭，沧海无风似鼓荡，华岳平地欲奔驰。曹刘俯仰惭大敌，沈谢逡巡称小儿。昔在帝城中，盛名君一个。诸人见所作，无不心胆破。郎官丛里作狂歌，丞相阁中常醉卧。前年皇帝归长安，承恩阔步青云端。积翠扈游花匼匝，披香寓直月团栾。英才特达承天眷，公卿谁不相钦羡。只缘汲黯好直言，遂使安仁却为掾。如今避地锦城隅，幕下英僚每日相随提玉壶。半醉起舞捋髭须，乍低乍昂傍若无。古人制礼但为防俗士，岂得为君设之乎！而我不飞不鸣亦何以，只待朝廷有知己。亦曾读却无限书，拙诗一句两句在人耳。如今看之总无益，又不能崎岖傍朝市，且当事耕稼，岂得便徒尔。南阳葛亮为友朋，东山谢安作邻里。闲常把琴弄，闷即携樽起。莺啼二月三月时，花发千山万山里。此中幽旷无人知，火急将书凭驿吏，为报杜拾遗。”（见《又玄集》卷上，据《文苑英华》卷三四〇、《唐诗纪事》卷二二所引校定）大体为代宗初年所写，对杜甫诗歌的成就极度歌颂，评价极高。由于任华仅三诗存世，二首类似的长诗分别赠李白、杜甫二人，可以昭示二人诗歌成就在他心中至高无上的地位。不过任华诗中显示他几乎可以说是盛唐时期最傲兀激情的人物，书启显示他对达官贵人的公然藐视，存诗则显示他对独造人物的激情崇仰。《唐诗纪事》卷二二保存高适《赠任华》：“丈夫结交须结贫，贫者结交交始亲。世人不解结交者，唯重黄金不重人。黄金虽多有尽时，结交一成无竭期。君不见管仲与鲍叔，至今留名名不移。”是否任华也曾给高适写过类似的诗歌而没有保存下来，当然是有可能的。虽然任华的评价中充满今日追星族般的激情和不理智，他给李白和杜甫的长诗在二家诗集中都看不到响应，但至少在今存任华诗中显示，他个人认为李白、杜甫是代表他那个时代最伟大的诗人。虽然不属于公认，至少他可以这样认为。

三、大历至贞元前期杜甫在诗界之影响

唐代宗大历五年（770），杜甫去世于湘中。虽然他因牛肉白酒饫死于耒阳，还是最终病故于岳阳，从唐代以来即聚讼纷纭，难衷一是，但有一点可以肯定，即他晚年远离唐代政治、文化的中心，从离开成都后即依凭孤舟，漂泊为生。尽管我们无法确知他所雇船的规模形制，也不能确定他在夔州和长沙相对稳定的时期是否更换舟船，但在他写下《风疾舟中伏枕书怀三十六韵奉呈湖南亲友》的绝笔时，显然他的生活状态很差，他的生计和家什几乎都在船上，他的一生积累的诗稿应该也都在船上。我在三十多年前曾撰文《杜诗早期流传考》（刊《中国古典文学丛考》第一辑，复旦大学出版社 1985 年 7 月），根据以下几方面线索，认为杜甫晚年曾自己编订文集：一是在他去世后三五年间，樊晃编《杜工部小集序》，就认为“文集六十卷，行于江汉之南，常蓄东游之志，竟不就”。如果身后他人编录，未必能如此快地完成。二是杜诗自注中有不少重加整理的痕迹，如《同诸公登慈恩寺塔》：“时高适、薛据先有此作。”《奉寄别章梓州》：“时初罢梓州刺史东川留后，将赴朝廷。”《新安吏》：“收京后作。虽收两京，贼犹充斥。”《忆弟二首》：“时归在南陆浑庄。”《伤春五首》：“巴阆僻远，伤春罢，始知春前已收宫阙。”《苦雨奉寄陇西公兼呈王处士》：“陇西公即汉中王瑀。”《说旱》：“初，中丞严公节制剑南日，奉此说。”这些注都不是写诗当时所加，而是后经整理时所加，最后三则尤其明显，《伤春》说明写诗时尚不了解已收宫阙，陇西公李瑀安史乱后封汉中王，加注补充他后来的王位。三是若干杜诗自注有准确记时。如《自京赴奉先县咏怀五百字》：“天宝十四载十一月初作。”《三川观水涨二十韵》：“天宝十五年七月中避寇时作。”准确到月日，不可能是宋人臆加，显然出于杜甫本人之手。四是王洙《杜工部集记》谓所编杜集分古近二体，“起太平时，终湖南所作，视居行之次，若岁时为先后，分十八卷”。此即杜集祖本的面貌，古近二体都依写作先后为序，虽在先后次第上还不尽绵密，但大体恰当，绝非王洙用三个月编次所能完成，一定有前人的基础，即古本已具编年之次第。

虽然杜甫晚年已有自编文集的努力，但他旅卒中途，他的文集如何得以保存下来，目前看不到明确的证据，只有宋人编次校勘杜集时保存的樊晃《杜工部小集序》，保存了些微线索，极其珍贵。先将全序校录如下：

工部员外郎杜甫，字子美，膳部员外郎审言之孙。至德初，拜左拾遗。直谏忤旨，左转薄游陇蜀，殆十年矣。黄门侍郎严武总戎全蜀，君为幕宾，白首为郎，待之客礼。属契阔湮阨，东归江陵，缘湘沅而不返，痛矣夫。文集六十卷，行于江汉之南，常蓄东游之志，竟不就。属时方用武，斯文将坠，故不为东人之所知。江左词人所传诵者，皆君之戏题剧论耳，曾不知君有大雅之作，当今一人而已。今采其遗文凡二百九十篇，各以志类，分为六卷，且行于江左。君有宗文、宗武，近知所在，漂寓江陵，冀求其正集，续当论次云。

樊晃，《元和姓纂》卷四载其郡望南阳湖阳（今河南唐河），为卫尉少卿樊文孙。《国秀集》目录载其为前进士，并存其诗一首，约为天宝初登进士第。《郎官石柱题名考》卷一四载其曾任祠部、度支员外郎。《新唐书》卷二〇〇《林蕴传》《永乐大典》卷七八九三引《临汀志》，载其历汀州刺史，在肃、代间。代宗大历五年（770）任润州刺史，与诗人刘长卿、皇甫冉为友，刘长卿有《和樊使君登润州城楼》，皇甫冉有《同樊润州秋日登城楼》《同樊润州遊郡东山》。因皇甫冉卒于大历六年（771），仅比杜甫晚一年，因此自《嘉定镇江志》卷一四至今人郁贤皓《唐刺史考全编》，都定樊刺润为大历五年（770）至稍后一二年事。集序亦署其职务为润州刺史。目前能够见到的樊晃最晚记录为大历十年（775）撰《怪石铭》（见《金石录》卷八）。无论此集编于其在润州刺史任内，抑或去职以后，编次时间可以确定在大历五年（770）杜甫卒后，十年以前，即杜甫去世三五年间。从称杜甫"薄游陇蜀，殆十年矣"的记载来看，最大的可能即在大历六年（771），即杜甫去世次年，时距杜甫华州去职西行秦州已经十二年。

樊晃对杜甫生平的叙述，虽然简略，但大体准确，远胜于两《唐书》本传之错讹多有。他称杜甫的官职为"工部员外郎"，称"黄门侍郎严武总戎全蜀，君为幕宾，白首为郎，待之客礼。属契阔湮阨，东归江陵，缘湘沅而不返"，是在对杜甫事迹仅知梗概，深层原因和具体细节仍不完全清楚的情况下，最清晰恰当的记录，与明清以来的杜甫事迹考证几乎没有任何违格，与拙考《杜甫为郎离蜀考》认为杜甫离蜀初行目的为入京为郎的新说也颇契合。所谓"东归江陵"是说东归经过江陵，而不是以江陵为终点。至于"缘湘沅而不返"，则是对杜甫去世两说最稳妥的折衷。

更重要的是，樊晃当时已经知道杜甫有文集六十卷，流传于江汉之南，即荆湘之间。樊称杜甫"常蓄东游之志"，与杜甫在夔州、江陵诗，如《解闷十二首》云："为问淮南米贵贱，老夫乘兴欲东游。"《第五弟丰独在江左近三四载寂无消息觅使寄此二首》之二云："闻汝依山寺，杭州定越州。风尘淹别日，江汉失清秋。影着啼猿树，魂飘结蜃楼。明年下春水，东尽白云求"所表达的欲往江东之行的愿望是一致的。可能樊晃也是杜甫曾联系者之一。杜甫在岳阳作《登岳阳楼》诗有"亲朋无一字，老病有孤舟"，正是临歧犹豫的记录，估计是因为故人韦之晋出镇湖南的任命改变了他的行程。

《新唐书·艺文志》《通志·艺文略》均著录杜甫集六十卷，我相信只是根据樊晃序所作的辗转记录。就我对唐宋典籍中所有关于杜甫文集和诗歌的阅读记录所作分析看，除了樊晃的记录，没有任何人留下曾阅读杜甫六十卷文集的可靠记录。樊晃所述虽也属传闻，但时杜甫刚殁，且他已经得到杜甫二子在江陵的确实消息，因此记载是可信的。

假如杜甫确实是在大历五年(770)岁末的冬日卒于岳阳附近的洞庭湖边，那么与他在一起的至亲只有他的夫人杨氏和二子宗文、宗武。今人根据杜甫诗中的线索和提及二子的年龄，推测杜甫成婚约在天宝中期，夫人杨氏当时如果二十岁，大约比杜甫年轻十六七岁。元稹《杜甫墓系铭》称杨氏卒年四十九，即在杜甫卒后仍存活七八年。二子的年龄，在杜甫卒时应该已经在二十岁左右，杜甫诗中曾反复夸奖二子能作诗，并以“诗是吾家事”(《宗武生日》)相勉。有理由相信，杜甫卒后，二子将其遗骸暂瘗于岳阳，即北行抵江陵，并为乃父文集的保存和流传，做出了非常艰苦而有效的努力。樊晃得到的消息，应该即间接来源于杜甫家人。唐代士族将养生送终作为子孙对先人应尽之最大责任，特别当先人亡殁于道途，暂瘗于他乡时，家人常将先人骨殖归葬故土当作人生之首要大事，即使倾家荡产、累死道路也在所不计。杜甫则在亡殁后近四十年，方由其孙杜嗣业完成归葬的责任，即宗文、宗武兄弟终其一生仍然没有完成将父亲归葬的责任。虽然宋以后自称杜甫后人的记录有宗武归蜀的记录，目前仍无法确知杜甫二子的行迹、仕宦、寿卒的可靠情况，但我认为可以相信，二子或共同，或分别，为亡父文集的保存和流传，做出了难能可贵的努力，可以相信杜甫入蜀以后的诗歌得以大多保存，应该首先铭记二子宗文、宗武的努力。

樊晃序中特别提到，“江左词人所传诵者，皆君之戏题剧论耳”，即在江南一带流传的杜甫诗歌都只是一些游戏之作，这就能很好地解释殷璠《河岳英灵集》不收杜甫诗歌的原因，即他在天宝间在润州编录该集，当时杜甫成就还不高，即有所见也不足称道。所谓“戏题剧论”，我相信就是《云溪友议》卷中《葬书生》或《唐摭言》卷四所载“广文到官舍，系马堂阶下。醉则骑马归，颇遭官长骂。垂名三十年，坐客寒无毡。赖得苏司业，时时与酒钱”一类作品。

樊晃对杜甫的评价是：“君有大雅之作，当今一人而已。”即在大历前期李白、王维都辞世以后的十年间，杜甫足以代表代宗前期诗坛的最高成就，其他京洛、江东诗人都无法与杜甫比肩。这是樊晃的卓识，可以说是在任华、严武、郭受、韦迢等人以后，对杜甫诗歌地位的再次肯定，也可以认为李杜齐名代表当代最高水平，在江东也有支持者。

樊晃《杜工部小集》在宋代很流行，因其结集甚早，宋人多取以校勘杜诗，留下许多零星记录。我三十多年前撰前引《杜诗早期流传考》，考得吴若本《杜工部集》引录十五首，蔡梦弼《杜工部草堂诗笺》引录二十首，黄鹤《集千家注杜工部诗史补遗》(《古逸丛书》本)引录十首，《钱注杜诗》引录五十八首，仇兆鳌《杜少陵集详注》(康熙刻本)引录三十九首，去其重复，共得六十二首，相当于原集的五分之一，若以组诗计，则含九十八首，约当全书三分之一。樊集所收篇目，前期杜诗则包括《自京赴奉先县咏怀五百字》《悲青阪》《哀王孙》《新婚别》《后出塞五首》等名篇，入蜀后诗则包括《丹青引》《秋兴八首》《秋日荆南述怀三十韵》《岳麓山道林二寺行》《追酬故高蜀州人日见寄》等名篇，最晚者则为杜甫在长沙所作《暮秋将归秦留别湖南亲友》，可以说，杜甫各个时期的代表作，樊晃都注意到了。正是基于这些作品，樊晃给杜甫以高度评价。樊序又云：“冀求其正集，续当论次云。”即他所作编录者为他没有看到正集前，就他在江东所得编次而成。杜甫诗歌当时流传情况，可以据以推见。

樊晃本人诗歌，仅存《国秀集》所载《南中感怀》一首："南路蹉跎客未回，常嗟物候暗相催。四时不变江头草，十月先开岭上梅。"是他早年所作。皇甫冉、刘长卿与他交往密切，彼此唱和，可惜樊诗不传。全唐诗一一四另据《吟窗杂录》二六录"巧裁蝉鬓畏风吹，尽作蛾眉恐人妒"二句为樊晃诗，我认为此诗为殷璠《丹阳集》收开元间硖石主簿樊光诗，与樊晃不是一人。

虽然有樊晃之如此推崇，但杜甫的成就和地位，并没有得到以钱起、郎士元为首的京城诗人群体，和以颜真卿、皎然为核心的浙西唱和群体的认可，在他们的诗文集中，还看不到对杜甫的客观评价和合适揄扬。这一时期较特立独行的诗人如韦应物、顾况诗中，也没有杜甫的踪迹。仅在皎然贞元间所编《诗式》中，引录有杜甫《哀江头》的前半节引："少陵野老吞声哭，春日潜行曲江曲。江头宫殿锁千门，细柳新蒲为谁绿？""辇前才人带弓箭，白马嚼啮黄金勒。翻身向天仰射云，一箭正坠双飞翼。明眸皓齿今何在？血污游魂归不得。清渭东流剑阁深，去住彼此无消息。"《旧唐书》卷一七下《文宗纪》引此诗题作《曲江行》，说文宗吟此诗而想见安史乱前曲江一带的景色，可知该诗为唐代杜诗流传最广者之一。

四、李杜齐名之确认在贞元、元和之间

经过大历后期到贞元前期对李杜尊崇的近二十年的沉寂，从贞元十年开始，有关李杜并提的说法悄悄但理所当然地出现在多位诗人的笔下。以下是根据现知文献，排列出的大体年表：

贞元十年(794)，元稹作《代曲江老人百韵》(原注：年十六时作)："李杜诗篇敌，苏张笔力匀。乐章轻鲍照，碑版笑颜竣。"(《元氏长庆集》卷一〇)元稹出生于大历十四年(779)，年十六岁为贞元十年。《代曲江老人百韵》是一首长达百韵的长诗，写作上显然受到杜甫《秋日夔府咏怀百韵》的影响，在长诗中顺便提到"李杜诗篇敌"，看作举世认可的常识来叙述，且这时并无有意的轩轾。

贞元十四年(798)，韩愈作《醉留东野》："昔年因读李白杜甫诗，长恨二子不相从。吾与东野生并世，如何复蹑二子踪。东野不得官，白首夸龙钟。韩子稍奸黠，自惭青蒿倚长松。低头拜东野，愿得终始如駏蛩。东野不回头，有如寸莛撞巨钟。吾愿身为云，东野变为龙。四方上下逐东野，虽有离别无由逢。"(《昌黎先生文集》卷五)此诗系年稍有异说，宋樊汝霖以为元和六年(811)作，王俦谓元和二年(807)作，清王元启为元和元年(806)作，今人屈守元、常遇春《韩愈全集校注》以为贞元十四年(798)作，看法的差异其实都在对诗中"东野不得官"一句的理解，即是在孟进士及第未及授官前，还是在元和间两次休官时。但从诗中"昔年因读李白杜甫诗"，则为写诗前若干年即已认可李杜二人之地位，大量阅读后，韩与孟二人共同将"如何复蹑二子踪"作为各人诗歌写作努力的方向。

贞元十七年(801)韩愈作《送孟东野序》云："唐之有天下，陈子昂、苏源明、元结、李白、杜甫、李观皆以其所能鸣。"(《昌黎先生文集》卷一九)没有专讲李杜，但将二人放在等量的位置。

元和元年(806)，韩愈作《感春四首》之二："近怜李杜无检束，烂漫长醉多文辞。"(《昌黎

先生文集》卷三)

元和二年(807),韩愈作《荐士》:"周诗三百篇,雅丽理训诰。曾经圣人手,议论安敢到。五言出汉时,苏李首更号。东都渐弥漫,派别百川导。建安能者七,卓荦变风操。逶迤抵晋宋,气象日凋耗。中间数鲍谢,比近最清奥。齐梁及陈隋,众作等蝉噪。搜春摘花卉,沿袭伤剽盗。国朝盛文章,子昂始高蹈。勃兴得李杜,万类困凌暴。后来相继生,亦各臻阃奥。"(《昌黎先生文集》卷二)

元和五年(810),杨凭作《窦洛阳见简篇章偶赠绝句》:"直用天才众却瞋,应欺李杜久为尘。南荒不死中华老,别玉翻同西国人。"窦牟作《奉酬杨侍郎十兄见赠之作》答:"翠羽雕虫日日新,翰林工部欲何神?自悲由瑟无弹处,今作关西门下人。"二诗均据《窦氏联珠集》录。根据窦牟任洛阳令的时间,知诗作于本年。

前后历时十七年,没有任何的争议,没有任何的非议,李杜在诗歌史上的地位已然稳如磐石,不容讨论地似乎成为诸人之共识。从韩愈《醉留东野》"昔年因读李白杜甫诗",当然还可以往前追溯若干年,可能在大历末他从韶州回到宣州的时候,也可能在贞元初期他在京城准备进士考试的时候,总应在贞元八年(792)登进士第前吧。另一方面,贞元前期尚未成年但已经在作诗歌习作的元稹,也顺理成章地看到李杜至高无上的地位。这一切,似乎一切早有结论,无须再作讨论,早已形成定论。因此,我认为李杜齐名在杜甫生前已经开始有此看法,但未必成为共识。经过二十年的过渡,一切已经很自然地得到公认。有没有特别加以提倡的人呢?在存世文献中没有记录。

李杜齐名当然首先是提升了杜甫的地位,但对李杜成就的评说也开始滋生。从目前记载看,贞元末年白居易、元稹、李绅等开始试作新题乐府时,首先在杜甫诗中找到了新的艺术表达形式。元稹元和十二年(817)撰《乐府古题序》:"近代唯诗人杜甫《悲陈陶》《哀江头》《兵车》《丽人》等,凡所歌行,率皆即事名篇,无复倚傍。余少时与友人乐天、李公垂辈,谓是为当,遂不复拟赋古题。"(《元氏长庆集》卷二三)旧题乐府是李白热心写作的体裁,如《蜀道难》《行路难》《乌夜啼》《将进酒》等,虽然李白给这些诗歌赋予新的气象,但毕竟格局形式还是汉魏以来的旧格,这让诸人不能满足,他们从杜甫新题乐府中看到可以努力的方向,从而开创中唐新乐府写作的辉煌。

因为曾在杜甫诗集中找到新乐府的"武库",因此到元和七年(812)杜甫哲孙杜嗣业请元稹撰写《唐故工部员外郎杜君墓系铭并序》时,元稹从诗歌史发展的角度,充分肯定杜甫的成就,结论是:"诗人以来,未有如子美者。"写墓志而称誉志主的成就,当然是题内应有之意,即便夸大一些,也可以谅解。似乎元稹余兴不减,进而贬斥李白的成就:"时山东人李白,亦以奇文取称,时人谓之李杜。予观其壮浪纵恣,摆去拘束,模写物象及乐府歌诗,诚亦差肩于子美矣。至若铺陈终始,排比声韵,大或千言,次犹数百,词气豪迈,而风调清深,属对律切,而脱弃凡近,则李尚不能历其藩翰,况堂奥乎!"肯定李白与杜甫有相当成就的同时,特别指出李白不会写排律,特别是"大或千言,次犹数百"的百韵长篇方面,差得实在太远。这当然因为元稹早年曾努力模仿杜甫的长韵,但因此而贬低李白,显然失之偏激了。

稍晚三年,白居易在贬官江州时负气写给元稹的论诗长信《与元九书》,再次重提李杜优劣的话题:"又诗之豪者,世称李杜。李之作,才矣奇矣,人不逮矣,索其风雅比兴,十无一焉。

杜诗最多，可传者千余首，至于贯穿今古，覼缕格律，尽工尽善，又过于李。然撮其新安石壕潼关吏芦子关花门之章，'朱门酒肉臭，路有冻死骨'之句，亦不过十三四。杜尚如此，况不逮杜者乎！"(《白氏长庆集》卷二八)几乎完全否定李白诗歌的思想价值，即便杜甫也没有将此"风雅比兴"的责任贯穿始终。写这封长信时，白居易还没有从政治热衷中冷静下来，因此批评李杜不免偏激，而他此后个人的诗歌写作走向另一极端，适可以他此时的议论来加以谴责。

无论怎么说，中唐韩愈、白居易、元稹三大家对李杜的评说，最终奠定李杜在唐代诗歌史上的典范地位。至于为什么是此三大家，我认为除了三家各自的诗歌趣尚以外，还有一些更特殊的因缘，也应在此稍做说明。

元稹娶贞元名臣韦夏卿女为妻，即《遣悲怀》所谓"谢公最小偏怜女，自嫁黔娄百事乖"者。据《新唐书》卷七四上《宰相世系表》、吕温《吕衡州文集》卷六《故太子少保赠尚书左仆射京兆韦府君神道碑》所载，韦夏卿即为杜甫晚年挚友韦迢之子。元稹早年得读杜集，杜嗣业专程请他为杜甫撰写墓志，或者都与此层原因有关。

韩愈在登第前四年，曾有《与张徐州荐薛公达书》。登第后，曾长期在徐州节度使张建封幕府任职务，有《汴泗交流赠张仆射》《贺徐州张仆射白兔书》《上张仆射书》等诗文为证。白居易亦曾客徐州。《燕子楼诗序》云："徐州故张尚书有爱妓曰眄眄，善歌舞，雅多风态。予为校书郎时，游徐泗间，张尚书宴予。酒酣，出眄眄以佐欢。欢甚，予因赠诗云：'醉娇胜不得，风袅牡丹花。'一欢而去，迩后绝不相闻，迨兹仅一纪矣。"白居易客徐幕的时间晚于韩愈，所谓"徐州故张尚书"为张建封子张愔，时间在贞元十六年后(800)一二年。韩、白二人早年虽看不到亲密来往的痕迹，但都曾客居徐州幕府。

张建封(735—800)，《旧唐书》卷一四〇、《新唐书》卷一四八有传，他早年好属文，又慷慨负气，以功名为己任。宝应中曾说降苏、常乱民数千归化。大历十年(775)后入河阳三城使马燧幕府为判官，建中间因军功迁濠寿庐观察使。贞元四年(788)授徐泗濠节度使，镇徐州达十二年之久。权德舆撰《徐泗濠节度使张公文集序》称他"歌诗特优，有仲宣之气质，越石之清拔"。是方帅而能诗之人物。大历四年(769)，杜甫到长沙，张建封也受湖南观察使韦之晋辟为参谋，授左清道兵曹，但不乐吏职而去。杜甫撰《别张十三建封》送行："尝读唐实录，国家草昧初。刘、裴建首义，龙见尚踌躇。秦王拨乱姿，一剑总兵符。汾晋为丰沛，暴隋竟涤除。宗臣则庙食，后祀何疏芜。彭城英雄种，宜膺将相图。尔惟外曾孙，倜傥汗血驹。眼中万少年，用意尽崎岖。相逢长沙亭，乍问绪业余。乃吾故人子，童丱联居诸。挥手洒衰泪，仰看八尺躯。内外名家流，风神荡江湖。范云堪晚友，嵇绍自不孤。择材征南幕，湖落回鲸鱼。载感贾生恸，复闻乐毅书。主忧急盗贼，师老荒京都。旧丘岂税驾，大厦倾宜扶。君臣各有分，管葛本时须。虽当霰雪严，未觉栝柏枯。高义在云台，嘶鸣望天衢。羽人扫碧海，功业竟何如。"(《杜工部集》卷八)张建封是唐初名臣刘文静的外曾孙，故杜甫从刘助唐开国说起，赞誉张秉承先人之英雄气，虽然沦落不偶，但一定会有一展管、葛之业，为国栋梁的时候。而所谓"乃吾故人子，童丱联居诸"，在杜集中也留下记录，即杜甫开元末所作《题张氏隐居二首》："春山无伴独相求，伐木丁丁山更幽。涧道余寒历冰雪，石门斜日到林丘。不贪夜识金银气，远害朝看麋鹿游。乘兴杳然迷出处，对君疑是泛虚舟。之子时相见，邀人晚兴留。霁潭鳣发发，春草鹿呦呦。杜酒偏劳劝，张梨不外求。前村山路险，归醉每无愁。”（《杜工部集》卷九）宋以来都认为张氏即张建封之父张玠，时杜甫父杜闲为兖州司马，张玠亦客居兖州，这时张建封仅六七岁，已经给杜甫留下深刻印象。在长沙告别杜甫后，张建封又经历多次曲折，方能在建中平乱中脱颖而出，成为长期镇守一方的诸侯。以他的英雄侠气和文学禀赋，对世交且曾在自己人生困顿之际给以鼓励的诗人杜甫，努力加以揄扬弘传，应属情理间事。尽管因为文献湮没，事实不彰，但这一推测当与事实相去不会太远。

五、韩愈《调张籍》之再解读

韩愈《调张籍》一诗，后人系年有作长庆间者，则为韩愈平生最晚的诗歌之一，也有系在元和十一二年间者，亦晚于前引元白贬抑李白之二文。无论如何，这首诗为李杜在诗歌史上至高无上的地位下了最终的定论，则可以论定。诗意甚显豁，前人解读也几乎再无剩意可讲，但作为本文之结论，我还是想再稍作发挥。先录全诗如下：

李杜文章在，光焰万丈长。不知群儿愚，那用故谤伤。蚍蜉撼大树，可笑不自量。伊我生其后，举颈遥相望。夜梦多见之，昼思反微茫。徒观斧凿痕，不瞩治水航。想当施手时，巨刃摩天扬。垠崖划崩豁，乾坤摆雷硠。惟此两夫子，家居率荒凉。帝欲长吟哦，故遣起且僵。翦翎送笼中，使看百鸟翔。平生千万篇，金薤垂琳琅。仙官敕六丁，雷电下取将。流落人间者，太山一豪芒。我愿生两翅，捕逐出八荒。精诚忽交通，百怪入我肠。刺手拔鲸牙，举瓢酌天浆。腾身跨汗漫，不着织女襄。顾语地上友，经营无太忙。乞君飞霞佩，与我高颉颃。（《昌黎先生文集》卷五）

诗题中的“调”，为“调笑”之意，即与张籍的游戏之作。首二句力拔千钧，不容辩说地确认李杜的成就，这是韩愈一贯霸气文风的习惯。下四句批评否定李杜者愚不可及，如同蚂蚁撼动大树般地不自量力。白居易比韩愈年轻四岁，元稹年幼十一岁，但无论如何二人均已四十上下，且在诗坛已经取得突出成就，似不宜斥为“群儿”。再说《与元九书》只是私人之间的通信，《杜甫墓系铭》也仅为应私家邀约而撰写，韩愈可能根本都没有见到过。不过元白的见解，在当时范围不大的朋友圈中，或有别的方式的流传，就如同今日在饭桌上的谈论一样。就今存文献看，没有其他贬损或谩骂李杜诗歌的记录可查，今人或以元白当之，也可以作为一种解释。何况张籍恰是元白、韩孟两大诗派间的彼此关系均甚好的人物，借给张籍写一首游戏诗的方式，对轻易批评李杜二人成就的意见表达不满，当然是一种合适的方式。诗末的“地上友”，可以是指张籍，虽有批评，但更多的是期待，呼唤一同追随李杜的成就，开拓诗歌新的境界。此诗延续韩愈雄强奇幻的诗风，以巨刃开河、乾坤震荡譬喻李杜的巨大创造力，后半表述自己追随李杜飞翔天地间，拓新诗境的体悟。诗是说自己精诚交通，百怪入肠，即得李杜附体而得体悟他们空前的文学开拓力量，但诗的潜台词，则明显流露出不甘居李杜之后，希望开拓新天地的志向。在此举一首类似的诗歌。黄庭坚《子瞻诗句妙一世，乃云效庭坚体，盖退之戏效孟郊，樊宗师之比，以文滑稽耳。恐后生不解，故次韵道之》：“我诗如曹郐，浅陋不成邦。公如大国楚，吞五湖三江。赤壁风月笛，玉堂云雾窗。句法提一律，坚城受我降。枯松倒涧壑，波涛所舂撞。万牛挽不前，公乃独力扛。诸人方嗤点，渠非晁张双。但怀相识察，床下拜老庞。小儿未可知，客或许敦厖。诚堪壻阿巽，买红缠酒缸。"(《山谷内集诗注》卷五)因为苏轼写了效黄体的诗，黄作此诗戏之。三十多年前朱东润师带我们读苏黄诗，特别举此诗为例，说明粗看黄很自谦，对其师推崇备至，但如仔细回味，则曹、郐虽为小国，然在十五国风中各占一国，虽小国而不失为正声，然楚虽大邦，在《诗经》中并无自己的位置，楚虽"吞五湖三江"，但不能笼罩曹、郐这样的小国，即自己虽然局促浅陋，则正可成自己的面目，不必尽随乃师。我想，对韩愈《调张籍》，也宜作如是解。韩愈是真正读懂李杜之第一人，但以韩愈之雄强豪气，又怎肯局伏于二人盛名下而无所作为？后人认为韩愈因此开奇崛一路，开议论一路，开不避俗恶一路，都是一种解释。北宋前期人谈到唐诗的最高成就，喜欢讲"李杜韩"(梅尧臣《宛陵集》卷四六《读邵不疑学士诗卷杜挺之忽来因出示之且伏高致辄书一时之语以奉呈》:"作诗无古今，唯造平淡难。……既观坐长叹，复想李杜韩。愿执戈与戟，生死事将坛。"，正是看到了这一发展变化。

摆脱政治是非的白居易，对李杜的看法也可以更客观一些。如他的《读李杜诗集因题卷后》:"翰林江左日，员外剑南时。不得高官职，仍逢苦乱离。暮年逋客恨，浮世谪仙悲。吟咏流千古，声名动四夷。文场供秀句，乐府待新词。天意君须会，人间要好诗。"(《白氏长庆集》卷一五)认可了李杜并雄的地位。

六、余论：文学典范之成立

李杜齐名，无疑是中国文学史上在《诗经》、楚辞以后，文学最高典范之确立。前人对此的讨论已经汗牛充栋，以至本文若要作学术史的叙述，真不知从何说起。然而基本的真相似乎又从来没有梳理清楚，因此而作学术争辩或理论阐发似乎都不完全能令人信服。本文梳理从杜甫出道到李杜齐名基本定案的八十年间所有第一手文献，以求还原典范成立的具体真相。

李杜齐名是唐人众所周知的熟典，事出东汉，且仅停留在人格道德的层面，与文学评价无涉。本文揭出之《赠特进汝阳王二十韵》中"何知对李膺"是一段有趣的记录，显示杜甫早年就有朋友以李杜并称以勉励。杜甫与李白漫游逾年，在共同的兴趣中，年长也成就更高的李白无疑是他敬仰的大诗人，也是他追随的目标。"千秋万岁名，寂寞身后事。"(《杜工部集》卷三《梦李白二首》之二)同情李白，也知道李白必然享有千秋盛名。杜甫认识李白的价值，努力追踪，但绝不随人依仿，而是努力开拓自己的新的道路，以巨大的创造力开创属于自己的诗歌天地。安史乱后杜甫的诗歌影响不断扩大，陆续有朋友的赞誉。可以确认这些赞誉都是杜甫自己编录文集时保存下来，可以说他是很在意别人对他的看法的。在人生最后十年，杜甫始终处于漂泊不定的动荡中，身体多病再加上前途的不确定，人生困顿至极，在这种状况下，杜甫始终坚持诗歌写作，他的伟大人格和艺术创造力在人生困境中达到巅峰。尽管在他生前是否已经得到李杜齐名的声誉，本文提供的证据还有些单薄，但我是宁信其有。

虽然杜甫去世前后的一两年间已经有了"大名诗独步""当今一人"的极评，但此后二十多年的寂寞也是不容怀疑的事实。但到贞元十年(794)后,李杜齐名似乎已经成为举世公认、无须讨论的事实,为诗人们普遍承认。元稹《代曲江老人百韵》是目前看到最早的确凿无疑的记录,这首长诗以二百句几乎全诗对仗的诗句写曲江边上一位老人回忆开天繁华的故事,在叙述那时全盛时期无数风光往事时,提到"李杜诗篇敌",没有特别强调,只是客观叙述。当然,这首诗自注"年十六时作"是作者追记,或许有作者后来改动的可能。然而韩愈的几处记录也是随意提到,显然这是当时的共识。可以说,没有任何人特别的提倡,没有引起特别的争议,作为文学典范的李杜地位,就这样确定了。

当然,李杜齐名在大历、贞元间之完成,对于李杜二人的意义是不同的。李白在开元天宝间就名满天下,杜甫则稍显落寞,李杜齐名的成立奠定了杜甫的地位。从敦煌吐鲁番遗书、唐人选唐诗、日本古写本和长沙窑瓷器所见唐诗传播文本来看,杜甫诗歌确实流传不广,这与他的诗歌内容深曲不易普及有关,也可以说他的诗歌超越了一个时代,开创了中唐和北宋文人诗的先河。这一意义,最明确体悟到了的是韩愈,他因此发出最频繁也是最强烈的肯定。元白从诗歌的现实意义和声律技巧上,强调杜甫的价值,因此而褒杜贬李,毕竟是一隅之见,难成定论。

李杜战争观的异同及原因

葛景春
（河南省社会科学院　郑州　450002）

李白和杜甫对唐玄宗时大唐对外战争方面的看法，有相同的一面，也有不同的一面。从总的方面来说，他们都是反对不义战争，同情战争中的士卒和百姓的不幸遭遇。但对具体的战争，特别是通向西域丝绸之路的战争，两人的看法是有分歧的。

一、盛唐时期大唐与周边战争的性质

唐玄宗时期，在西域和北方多次发生与边境民族政权的战争，这些战争，大多数是边境民族政权和外域国家所挑起的侵略战争，其责任不在唐朝方面，是唐王朝在不得已的情况下所采取的捍卫自己领土和保护丝绸之路的自卫战争。然而战争是把双刃剑，尽管是正义性质的战争，也会给国家和民族带来加重人民负担、破坏生产和牺牲人员的灾难。因此，诗人看问题的着眼点不同，所反映的侧面就不一样。

先说唐朝与周边战争的性质。这个问题在中国历史和文学史上都是有争论的。有些学者认为大唐在开元时期多正义战争，天宝年间多不正义战争，这种观点是失之偏颇的。周祖譔先生说："论者以为天宝时期大多数为掠夺性战争。我个人以为，也未必尽然。边境威胁既成为李唐建国以后百多年时间里的突出问题，唐王朝想解除这种威胁也是理所当然的。……到了天宝时期，李唐王朝积累的财富愈来愈多，唐玄宗就利用这一条件采取主动出击的办法，想一劳永逸地解除边塞威胁，与开元时期的政策是一贯的。"①

聂文郁先生也说："唐王朝对北方、西方各民族政权所进行的战争：就其性质的主要方面来说，是一种迫不得已的战争。……边塞问题经常是这些民族统治者挑起来的，唐王朝经常处于防御地位、反侵扰地位。"②而历史证明，确实如此。

唐玄宗时期西域地区的战争。在盛唐时期，西部和西域地区由吐蕃、西突厥势力长期控制着，他们频繁地对西域其他各国和各民族政权以及大唐邻近边塞的州县发动袭击和侵掠。

---

①周祖譔：《论盛唐边塞诗及其研究中的一些问题》，《唐代文学论丛》，第四辑，1983。

②聂文郁：《试论初唐的边塞诗》，《唐代文学论丛》，第四辑，1983。

据《资治通鉴·唐纪》记载，他们对大唐西部州县的侵掠有：

(开元二年二月)乙未，突厥可汗默啜遣其子同俄特勒及妹夫火拔颉利发、石阿失毕将兵围北庭都护府，都护郭虔瓘击败之。

(开元二年八月)乙亥，吐蕃将坌达延、乞力徐帅众十万寇临洮，军兰州，至于渭源，掠取牧马。

(开元八年十一月)辛未，突厥寇甘、凉等州。

(开元十四年)冬，吐蕃大将悉诺逻寇大斗谷，进攻甘州，焚掠而去。

(开元十五年)九月，丙子，吐蕃大将悉诺逻恭禄及烛龙莽布支攻陷瓜州。

(开元二十六年)三月，吐蕃寇河西，节度使崔希逸击破之。

(开元二十九年)十二月，乙巳，吐蕃屠达化县，陷石堡城。

突厥、大食、吐蕃对西域各国和民族政权发动的侵掠战争有：

(开元三年)拔汗那者，古乌孙也，内附岁久。吐蕃与大食共立阿了达为王，发兵攻之，拔汗那王兵败，奔安西求救。

(开元三年)(突厥)默啜发兵击葛逻禄、胡禄屋、鼠尼施等。

(开元七年)春，二月，俱密王那罗延、康王乌勒伽、安王笃萨波提皆上表言为大食所侵掠，乞兵救援。

以上记载说明，在开元时期，西突厥、吐蕃及大食等在西域对中亚各国、大唐边境民族政权及大唐边境州县大肆侵略和掠夺，处于攻势，而大唐在西部边境基本上是处于守势。他们时常侵扰唐边境，掠夺粮食和财产。如《资治通鉴·唐纪》所云："每岁积石军麦熟，吐蕃辄来获之，无能御者，边人谓之'吐蕃麦庄'"。因大唐在开元时期力量和国力有限，对他们的侵略行为，有时只好采取隐忍的态度。可是到了天宝时期，大唐国力渐为强盛，故不再采取忍让态度。而且由于突厥、吐蕃等在丝绸之路上，经常抢掠货物，或由于他们对该地区的占领，阻碍了丝路的交通与各国物资和文化的交流。因此，唐王朝采取了较强硬的手段，对其进行还击或主动出击，以维护边疆的安全和丝路交通的畅通。

如天宝元年(742)十二月，"陇右节度使皇甫惟明奏破吐蕃大岭等军；戊戌，又奏破青海道莽布支营三万余众，斩获五千余级。庚子，河西节度使王倕奏破吐蕃渔海及游弈等军。"天宝五载(746)"(王)忠嗣杖四节，控制万里，天下劲兵重镇，皆在掌握，与吐蕃战于青海、积石，皆大捷。又讨吐谷浑于墨离军，虏其全部而归。"天宝三载(744)秋，八月，"拔悉蜜攻斩突厥乌苏可汗，传首京师。国人立其弟鹘陇匐白眉特勒，是为白眉可汗。于是突厥大乱，敕朔方节度使王忠嗣出兵乘之。至萨河内山，破其左厢阿波达干等十一部，右厢未下。会回纥、葛逻禄共攻拔悉蜜颉跌伊施可汗，杀之。回纥骨力裴罗自立为骨咄禄毗伽阙可汗，遣使言状；上册拜裴罗为怀仁可汗。于是怀仁南据突厥故地，立牙帐于乌德犍山，旧统药逻葛等九姓，其后又并拔悉蜜、葛逻禄，凡十一部。""回纥怀仁可汗击突厥白眉可汗，杀之，传首京师。突

厥毗伽可敦帅众来降。于是北边晏然,烽燧无警矣。”(均见《资治通鉴·唐纪》)

经过这几次的沉重打击,从此,西突厥势力在西域已被削弱,与大唐和好,吐蕃的势力也退出了西域地区。但吐蕃在陇右、河西一带,仍与大唐相持,不断侵扰。

从总体情况来看,大唐在开元时期与天宝时期,在西域和西部的战争,基本上是属于战略防御的,是捍卫边境和平、保护西域丝路开通的防御战,性质是反侵扰的正义战争。

在东北边境,唐玄宗时期唐王朝对奚、契丹等部族的部署,也是防御性的。但在天宝时期,安禄山为了邀功,不断地与奚、契丹等部族发生冲突和侵扰,以求朝廷封赏,破坏了大唐与奚、契的关系,安禄山也趁机扩充自己的势力,蓄谋叛变,以酿成了后来的安史之乱。这是唐玄宗在任人上的极大失误。同样,在对南诏的关系上也是如此。南诏建国后与唐王朝关系一贯修好,但在天宝十载(751)时,由于边官云南姚州太守张虔陀的欺压和侮辱,造成了南诏王阁罗凤起兵破云南,杀张虔陀。后阁罗凤请和,剑南节度使鲜于仲通不许,率六万官兵征讨南诏,大败。后南诏归附吐蕃以叛唐。这是边帅和边官擅权腐败,所造成的恶果。

因此,大唐在边境的问题上,长期所恃守势,而边境特别是西域地区,由于守护丝路交通的问题,与边境的民族政权与中亚一些国家,产生过冲突,有许多战争是彼方引起的,不能把账都算在大唐的头上。大唐的一些有野心的边帅、腐败的边官屡挑事端,以达到自己升官发财或扩充武力从而篡逆的目的,也是导致边境战争性质发生变化的原因。

二、李杜一致反对伤害国家和人民利益的战争

对于唐王朝与周边的战争,盛唐时的诗人都在诗歌中表明了不同的态度。如对北方奚、契丹方面的战争,有表示赞同的,也有表示批评的。李白和杜甫也表明了自己的看法和态度。

李白在天宝十载(751)冬,曾“且探虎穴向沙漠,鸣鞭走马凌黄河”(《留别于十一兄逖裴十三游塞垣》)亲自到安禄山的老巢幽州去过一趟,亲眼见到安禄山多次发动与边境民族战争所造成的士兵丧亡和生灵涂炭的情景,便写下了《北风行》一诗。诗中写道“倚门望行人,念君长城苦寒良可哀。别时提剑救边去,遗此虎纹金鞞靫。中有一双白羽箭,蜘蛛结网生尘埃。箭空在,人今战死不复回。”这个在战争中失去了丈夫的寡妇,痛不欲生,使诗人发出了“黄河捧土尚可塞,北风雨雪恨难裁”的感叹,以表示对安禄山向外侵扰战争所遗留恶果的愤恨。这是李白由于此次的幽州之行,看到了安禄山故意挑起边疆的民族矛盾,借机扩大自己的营盘,以此向朝廷邀功的现况。其实,这是他阴谋叛乱的前奏。故李白对其发动的不义战争表示十分愤怒。后来安禄山发动了叛乱,在对待安史之乱的态度上,李白是坚决拥护大唐平叛战争的,他“中夜四五叹,常为大国忧”(《经乱离后天恩流夜郎忆旧游书怀赠江夏韦太守良宰》),并且常想亲身投入这场志在保家卫国的正义战争中去。他投永王璘幕府的初衷也是想亲身为平叛战争效力,在其临终的前一年,他还因有病未能参加李光弼的平叛大军而“申一割之用”而感到遗憾。他对安禄山由早期肆意轻启边衅而到后来发动叛乱,一贯都是持坚决反对态度的。

同样,杜甫对安禄山的不义战争也表示不满。他在《后出塞五首》中,通过一个从军蓟门

的军士之口，讲了自己从军的经历和前后的思想变化。诗中说，这个士兵本是想从军守边报国的，可是进了军营却见到："古人重守边，今人重高勋。岂知英雄主，出师亘长云。……拔剑击大荒，日收胡马群。誓开玄冥北，持以奉吾君。"所谓的"英雄主"当指安禄山，安禄山本意不在防守边境，遏止敌侵，而是意在"日收胡马群"和"誓开玄冥北"大开侵掠之风，其目的是要"重高勋"向朝廷要功名利禄和封赏。其结果是"献凯日继踵，两蕃静无虞"，即虽然两蕃(指奚、契丹)本来与大唐相安无事，但安禄山却无事找事，用各种办法制造和激化民族矛盾，然后掠献俘虏，天天向朝廷献凯报捷。以达到他"主将位益崇，气骄凌上都"的效果。后来，此军士"坐见幽州骑，长驱河洛昏"，亲眼见到安禄山逐渐坐大，野心爆发，发动了叛乱，直捣河洛。杜甫运用乐府诗的形式，通过士兵的眼光，对安禄山先是发动对边境民族的不义战争，后来逐渐野心膨胀以至于叛乱的罪恶行径，进行鞭笞。这与李白诗是前后呼应的。

李白对天宝十载(751年)杨国忠征讨南诏的战争的反对态度是十分明确的。史载阁罗凤本来是不愿与唐王朝决裂的，他杀了张虔陀后，曾请和，但鲜于仲通不许，因此才大败唐军，叛唐投蕃，"阁罗凤刻碑于国门，言于不得已而叛唐，且曰：'我世世事唐，受其封赏，后世容复归唐，当指碑以示唐使者，知吾之叛非本心也。'制大募两京及河南、北兵以击南诏；人闻云南多瘴疠，未战士卒死者什八九，莫肯应募。杨国忠遣御史分道捕人，连枷送诣军所。旧制，百姓有勋者免征役，时调兵既多，国忠奏先取高勋。于是行者愁怨，父母妻子送之，所在哭声振野。"事实上，南诏王阁罗凤是被张虔陀逼反的，鲜于仲通又不许阁罗凤归顺请和，后来他又丧军辱师，为南诏所败。杨国忠所派李宓所率唐军二十余万兵士也全军覆没，以失败告终。而杨国忠却隐瞒军情，号称大胜。其时有不少人献诗称颂此役。如高适、储光羲等人即如此。高适《李云南征蛮诗》的诗序中写道："天宝十一载，有诏伐西南夷。右相杨公兼节制之寄，乃奏前云南太守李宓涉海自交趾击之。道路险艰，往复数万里，盖百王所未通也。十二载四月，至于长安。君子是以知庙堂使能而李公效节。适忝斯人之旧，因赋是诗。"此序中的"右相杨公"和"庙堂使"指的是杨国忠，"李公"指征南诏的将军李宓。是役的真相明明是李宓被南诏打得大败而归，而杨国忠掩其败状，奏称全胜，高适不知就里，反而在诗中歌颂"圣人赫斯怒，诏伐西南戎。肃穆庙堂上，深沉节制雄。遂令感激士，得建非常功。"是在为杨国忠唱赞歌，也是为失败的征南诏战争涂脂抹粉。诗人储光羲也和高适一唱一和，在他的《同诸公送李云南伐蛮》诗中说什么："冢宰统元戎，太守齿军行。囊括千万里，矢谟在庙堂"，歌颂杨国忠的谋划英明；明明是场损兵折将、血本无归的败仗，却说成是"雷霆随神兵，硼磕动穹苍。斩伐若草木，系缧同犬羊。余丑隐弭河，啁啾乱行藏"的胜仗。实是混淆了是非，颠倒了黑白。而此时的李白，却与他们的立场截然不同。

李白在他的《古风五十九首》其三十四中谈到杨国忠派人到处抓兵去打南诏的事："羽檄如流星，虎符合专城。喧呼救边急，群鸟皆夜鸣。白日曜紫微，三公运权衡。天地皆得一，澹然四海清。借问此何为？答言楚征兵。渡泸及五月，将赴云南征。怯卒非战士，炎方难远行。长号别严亲，日月惨光晶。泣尽继以血，心摧两无声。困兽当猛虎，穷鱼饵奔鲸。千去不一回，投躯岂全生！如何舞干戚，一使有苗平?"此时的李白正在江南，故可见到杨国忠征兵于楚。明人朱谏揭示此诗之旨曰："言朝廷以羽檄、虎符征兵，而骚扰边方，是观兵而不耀德也。夫君相以道化人，则天下自服。若天子垂拱于九五之上，而白日耀乎紫微，三公运筹于台辅之间，以佐乎天子，君相各尽其职，则天地清宁，而四海无危矣。何必以耀兵为哉？今而羽檄、虎符，喧呼救边，欲何为乎？乃为楚而征兵也。以阁罗凤据云南而叛于楚地，朝廷命师以讨之，及此五月暑毒之时，渡于泸水，深入瘴疠之乡。夫远人之不服，则当修文德以来之，何至于穷兵黩武之若是？”[①]指出李白是坚决反对杨国忠向云南出兵的，希望朝廷以“舞干戚”的和平方式解决。又李白《书怀赠南陵常赞府》诗中再次谴责征南诏事：“云南五月中，频丧渡泸师。毒草杀汉马，张兵夺秦旗。至今西二河，流血拥僵尸。”可见李白反对征南诏的意见，是很坚定的。《唐宋诗醇》卷一说《古风五十九首》其三十四“体近风雅，与杜甫《兵车行》《出塞》等作工力悉敌，不可轩轾。”[②]可见，李白此诗是他反对出兵南诏诗的代表作。

有人认为，杜甫的《兵车行》也是针对征南诏事而作的。清人钱谦益在他的《钱注杜诗》中首倡此论。但也有人认为，此诗是刺唐玄宗用兵吐蕃时所作。清人浦起龙曰：“旧注：明皇用兵吐蕃，民苦行役而作。”[③]今人聂石樵、邓魁英认定此诗是写征吐蕃事：“钱谦益谓系写天宝十载征南诏事，似非。寻绎诗意应是写征吐蕃事。在此前一年六月间，哥舒翰攻克吐蕃石堡城，但唐兵死伤数万人。故云‘边庭流血成海水’；本年冬十二月，关西游奕使王难得又与吐蕃交战，故云‘且如今年冬，未休关西卒。’”[④]《杜甫全集校注》的编注者对此诗的认识比较通达：“又玄宗连年用兵吐蕃，死伤甚众。此诗内容与上述诸事有关，但不可拘泥。”[⑤]

我完全同意聂、邓二先生的意见。因为弄清楚《兵车行》所针对的是哪一场战争，对理解此诗的具体描写的真实性，对杜甫的新题乐府诗的性质，十分重要。因为杜甫的新题乐府诗，是以及时反映时事以及写真实为其现实主义创作手法服务为特点的。而《兵车行》正符合其时事性、真实性的原则，而不是什么“曲折反映”。从诗中的内证方面，也可以看出此诗所写内容为击吐蕃，而非征南诏。《兵车行》诗中提到送行征夫的地点是“咸阳桥”，唐代出征西域的路线，就是要北渡渭河再向西行。诗中又云：“或从十五北防河，便至四十西营田”指征人所去的地点也是西北方向。又云：“且如今年冬，未休关西卒”，“今年冬”指天宝九载(750)十二月“关西游弈使王难得击吐蕃，克五桥，拔树敦城，以(王)难得为白水军使。”(《资治通鉴·唐纪天宝九载》)“未休关西卒”指去年天宝八载(749)攻石堡城，而今年仍未休兵。又云：“君不见，青海头”，直接指明所战之地点是青海。而石堡城正在青海附近。

史载“上命陇右节度使哥舒翰帅陇右、河西及突厥阿布思兵，益以朔方、河东兵，凡六万三千，攻吐蕃石堡城。其城三面险绝，惟一径可上，吐蕃但以数百人守之，多贮粮食，积檑木及石，唐兵前后屡攻之，不能克。翰进攻数日不拔，召裨将高秀岩、张守瑜，欲斩之，二人请三日期可克；如期拔之，获吐蕃铁刃悉诺罗等四百人，唐士卒死者数万，果如王忠嗣之言。”(《资治通鉴·唐纪》天宝八载)石堡城原是大唐辖地，属陇右节度使所管(在今青海西宁市西湟源县)，后被吐蕃攻占。吐蕃在石堡城派重兵把守，并以此为前哨阵地，屡次出兵，攻扰唐河西、陇右等地区，阻断了丝绸之路。唐王朝视其为心腹之患。开元十七年(729)三月，唐玄宗命

---

①詹锳：《李白全集校注汇释集评》，天津：百花文艺出版社，1996年，第165页。

②詹锳：《李白全集校注汇释集评》，天津：百花文艺出版社，1996年，第170页。

③萧涤非、张忠纲等编：《杜甫全集校注》，北京：人民文学出版社，2014年，第236页。

④邓魁英：《杜甫选集》，上海：上海古籍出版社，1983年，第31页。

⑤萧涤非、张忠纲等编：《杜甫全集校注》，北京：人民文学出版社，2014年，第230页。

朔方节度使、信安王李祎与河西、陇右地区驻防将帅将石堡城夺回。后来又被吐蕃攻占。天宝八载(749),唐王朝又命陇右节度使王忠嗣攻夺石堡城。王忠嗣认为石堡城地势险要,易守难攻,夺取一城,以牺牲许多兵士性命,得不偿失。后王忠嗣被撤职查办。玄宗又命新任陇右节度使哥舒翰率六万多兵士前往攻城。从此战争的性质上来看,唐军为捍卫自己的领土而战,无疑是正义之举,但从其结果来看,以牺牲其数万人之代价,无疑代价太高。李白曾对哥舒翰攻打石堡城死伤数万唐兵及吐蕃士卒也表示过不满:“君不能学哥舒,横行青海夜带刀,西屠石堡染紫袍”(《答王十二寒夜独酌有怀》)。长期的战争对农业生产力的破坏,国力的损耗,都是甚大的,广大人民被征兵打仗,并为之做出惨烈的牺牲,也引起了国人的不满。

杜甫是以另一个角度来看这次战争,也是无可非议的。《兵车行》中,杜甫首先站在国家经济基础的角度上来看问题:“君不闻,汉家山东二百州,千村万落生荆杞。纵有健妇把锄犁,禾生陇亩无东西。”由于打仗,男劳力多被征兵,家中已无男子种地,而由女子种田,农业生产力低下,粮食产量受到很大的影响。“县官急索租,租税从何出?”“县官”指皇帝、朝廷,也就是官家急于索取租税,但农民已无粮无物,租税已无处可出。由于打仗耗费巨大,国家财政已极度匮乏,达到了崩溃的边缘。诗中杜甫还站在出征士卒的立场,来对此战进行批判:“边庭流血成海水”“君不见,青海头,古来白骨无人收。新鬼烦冤旧鬼哭,天阴雨湿声啾啾!”即战争使士卒牺牲惨重。他又用民间百姓的心理变化来形容黎民百姓对战争的抗拒:“信知生男恶,反是生女好。生女犹是嫁比邻,生男埋没随百草。”即由于唐玄宗的“穷兵黩武”,连民间“重男轻女”的心理习俗都被改变了。杜甫是站在国家经济利益和普通人民的立场和感受上,来看待这场战争的。杜甫有关西域方面的战争诗,其立场和视角也大略如此。如他的《前出塞九首》,这组诗也同《后出塞》一样,是通过一个从军士卒的视角来看问题的,内容较为复杂。如“君已富土境,开边一何多”“功名图麒麟,战骨当速朽”“骨肉恩岂断,男儿死无时”“军中异苦乐,主将宁尽闻”“苟能制侵陵,岂在多杀伤”“径危抱寒石,指落曾冰间”“虏其名王归,系颈授辕门”“丈夫四方志,安可辞固穷”等,其中对战争的正义性的质疑、与家人骨肉分离之苦、军中的苦乐不均、将领和士兵的不平等、对敌方军士的人道主义以及从军报国的牺牲精神等,都做了淋漓尽致的表达。但是贯彻其中的却是反战的主题,强调的是战争对国家生产力发展和人民生命权益的损害。这种看法,是符合他的民生主义的。但他却很少从政治的角度来着眼看待捍卫西部边境领土的正义性和对丝路的保护正当性,是其不足之处。

三、李杜战争观的相异之处

李白和杜甫在战争观上虽有众多的相同之处,但也不尽相同。从总的方面来说,对大唐与边境发生的战争,尤其是关于唐玄宗对西方边境与吐蕃和突厥等异族政权的战争,两人看问题的视角是不太一样的。杜甫对战争的态度,在唐玄宗时代,主要是反战的,而李白的态度则主要不是反战,而是慎战。杜甫的观点是无论什么样的战争,从人民群众的立场上来说,都是场苦难,对国家经济建设和生产力都有破坏的一面,所以他要坚决反战。但安史之乱后，他因饱受安史叛乱战争之苦，其战争观也彻底改变了，从“三吏”“三别”中，我们看到，杜甫对唐王朝对安史叛军所进行的平叛战争是极力地拥护和赞同的。虽然唐王朝为平叛战争对农民强征暴敛，他仍然愤恨不平，他的立场已仅从同情民众的立场转变为站在国家和民族命运的基础上来看问题。他对被强征的瘦小的“中男”，虽十分同情，但他还是劝他们积极投军，并对“中男”及其家长进行“掘壕不到水，牧马役亦轻”和“仆射如父兄”的善意的哄瞒，以及对毅然“急应河阳役，犹得备晨炊”的老妪、勉励新婚丈夫“努力事戎行”的新妇、“投杖出门去”重回战场的老翁、“虽从本州役，内顾无所携”重上前线的孤苦无家汉、为“筑城潼关道”而坚守职责的潼关吏等，杜甫都以赞扬的态度，对他们忍一己之悲、顾国家民族大局，义无反顾去参加为挽救国家民族的命运而进行平叛战争的爱国主义精神，做了热烈的歌颂。

另外，安史之乱后杜甫对大唐反击吐蕃入侵的战争，态度也发生了根本的转变。他一再斥责：“西戎外甥国，何得迮天威”（《秦州杂诗二十首》其十八）；对吐蕃等侵掠蜀地边境表示愤慨：“大麦干枯小麦黄，妇女行泣夫走藏。东至集壁西梁洋，问谁腰镰胡与羌。岂无蜀兵三千人，部领辛苦江山长”（《大麦行》）。他还有一首《奉和严大夫军城早秋》：“秋风袅袅动高旌，玉帐分弓射虏营。已收滴博云间戍，更夺蓬婆雪外城。”诗中对严武反击吐蕃侵占我蜀境中松、维诸州的战争，表示热烈的拥护。

李白在唐玄宗时代对大唐对边境所进行的战争的态度，基本上是拥护的。因为他认为大唐在边境战争的性质上，具有守卫国土、维持边境各民族安定、保护丝绸之路开通的积极含义。因此，他对开元天宝时期对边关的战争，基本采取拥护的态度。如他的《塞下曲六首》《从军行》诗中有“斩楼兰”“破月氏”“破天骄”“净妖氛”等语，这些都是指称或指代西北游牧民族政权的。而他们经常骚扰大唐西部边境，或破坏西域丝绸之路的交通。不打败他们就不能实现大唐西部边境的安静和丝路的安全。因此，李白是拥护这些捍卫国土和保护丝路的战争的。故他在诗中，歌颂在西域守卫边境的英雄如“晓战随金鼓，宵眠抱玉鞍”“握雪海上餐，拂沙陇头寝”“弯弓辞汉月，插羽破天骄”“边月随弓影，胡霜拂剑花”“横行负勇气，一战净妖氛”等。这些诗句，描写了边塞将士的艰苦环境，赞颂了他们保卫国家的英勇精神，是与广大边塞诗人所持的态度是一致的。在李白的《胡无人》《白马篇》《从军行》等诗中，也有着同样的精神。在《关山月》《子夜歌》其三、其四中，虽也有兵士思乡和闺妇怀征夫、絮征袍、寄寒衣的思边之作，但也并非反战的主题，只是希望战争早日结束而已。

李白有一首拟汉乐的《战城南》一诗，最值得我们深思：

去年战桑干源，今年战葱河道。洗兵条支海上波，放马天山雪中草。万里长征战，三军尽衰老。匈奴以杀戮为耕作，古来唯见白骨黄沙田。秦家筑城避胡处，汉家还有烽火燃。烽火然不息，征战无已时。野战格斗死，败马号鸣向天悲。乌鸢啄人肠，衔飞上挂枯树枝。士卒涂草莽，将军空尔为。乃知兵者是凶器，圣人不得已而用之。

诗中泛指唐玄宗的东北与西北的战争。特别指出像匈奴一类的游牧民族，由于他们游猎杀生的习性、落后的生产方式及全民皆兵的军事组织，在对外关系上，是以掠夺他国财富为目的的。他们“以杀戮为耕作”，其本质极具有侵略性。大唐的边衅常是他们引起的。这种游牧民族和农耕民族，长期存在着生产方式的矛盾和冲突，几千年来，两种生产方式的根本冲突，不好解决。所以“秦家筑城避胡处，汉家还有烽火然。烽火然不息，征战无已时。”这就从本质上说出了大唐与边境游牧民族的战争，基本上都是由于游牧民族先发起的。而唐朝在战争方面却是相对被动的，是防御性的。即使在战争中唐朝方面是正义的，反掠夺的，但战争的本身必然是残酷的，要付出许多将士的生命和热血。因此李白提出要“慎战”的原则：“乃知兵者是凶器，圣人不得已而用之”。就是要求唐朝的统治者，不要穷兵黩武，不到迫不得已的时候，不要轻易使用战争的手段来解决问题。那就是说要先修文德而来之：“如何舞干戚，一使有苗平”（《古风五十九首》其三十四）即用和平的手段先来解决。李白对边境冲突战争的原因的理解和解决方式，无疑更具有合理性和妥当性。

四、李杜战争观区别的原因

前面已谈到李白和杜甫在战争观上的相同处和不同处，是由他们的生活阅历和信奉的思想形成的。

李白有着其家庭及个人曾有的西域文化生活经历及胡化色彩，从而影响了他的战争观。其父祖几代长期生活在西域，深知胡人的习性、生产和生活方式，故对胡人举国尚武具有侵略习性是有所了解的。同时他本人也尚武习剑，有任侠之风，也当是与其先人在从事丝路经商活动中，经常遇到丝路上抢掠的强盗而必须具有自我防卫能力有关。他的习武和任侠经历，与其受家庭和社会的环境的影响是很大的。所以，他从小就习剑练武，不仅仅是一个纯粹的文人骚客。胡人的尚武之风与李白献身报国的儒家思想结合在一起，因此他青年时代是很向往从军报国的。他的《塞下曲》和《从军行》等诗，就对边关报国的英勇将士，深怀有敬佩和向往之情。他对道家的慎战思想“兵者不祥之器，非君子之器，不得已而用之”（《老子》第三十一章）是奉为圭臬的。故李白对战争并不一味地反对，对守边保境的卫国战争，他是坚决支持和拥护的。但也不希望连年战争影响人民的生活，因此他一再主张慎战、罢战：“圣人不得已而为之”（《战城南》）、“何时平胡虏，良人罢远征”（《子夜吴歌·秋歌》其三）。这是李白的高明处。

杜甫是一个出生于诗书世家的子弟。他的青少年时期基本上是在东都洛阳度过的。那时正是大唐开元盛世，洛阳城如花似锦，和平安定，生活较长安消闲，而杜甫少年时期，接受的是儒家仁政、爱民、修身、治国的传统理念思想教育，又受到太平盛世安居乐业的和平生活的影响；又因洛阳的民风比较柔弱温顺，热爱和平而厌于争斗，使杜甫养成忠厚和平的性格与务实认真的生活作风。此外，还有儒家“去兵”的思想，对杜甫反战思想的形成，也产生了不小的影响。杜甫到长安求官时期，已是天宝年间，唐玄宗主动用兵青海和西域时期，故杜甫极力反战，与陪都洛阳安闲和平之风的影响及儒家“去兵”的思想有较大的关系。

不管是李白的慎战，或是杜甫的反战，其根本目的，都是从国家民族和人民群众的利益来考虑的。他们略有不同的是，李白常从战争的本体实质和大局处着眼，而杜甫则常从黎民在战争中的具体苦难的视角来看问题。李白的眼光比较超越，有一定的哲理高度，而杜甫的角度比较具体现实，具有情感的深度。李白眼光高明，杜甫胸怀博大。两人各有优长，二者结合，才是全面正确的战争观。

两宋各期学杜最有成就的诗人论略

左汉林
（中央财经大学文化与传媒学院　北京　100081）

宋代诗人普遍崇杜、学杜，杜甫是两宋诗人的诗学典范，对宋代诗人的诗歌创作产生了巨大影响。两宋各个时期①，都产生了在内容和风格上学习杜诗的诗人，本文拟对两宋不同时期学习杜诗最有成就的诗人及其成就进行讨论。

一、北宋初期是学杜的初始期，这个时期学杜最有成就的诗人是王禹偁

杜甫在北宋初期还没有产生足够的影响，这个时期诗坛流行的是白体、昆体和晚唐体。白体诗人如李昉、徐铉等主要学习白居易，晚唐体诗人九僧、潘阆等主要学习姚合和贾岛，昆体诗人杨亿、钱惟演、刘筠等则学习李商隐。白体俚俗平易，晚唐体细碎单调，昆体则纤巧虚浮，成就都不高。

在这个时期的诗人中，王禹偁与杜甫在思想和经历上有着某些相似之处，他的诗歌在内容和艺术方面对杜诗都有所继承。首先，他继承了杜甫的"诗史"精神，用诗歌反映社会现实和社会矛盾。如端拱元年(988)岁暮在任职右正言直史馆时，王禹偁有《对雪》一诗，诗人由自己的舒适生活联想到边民和边兵的艰辛寒苦，对他们寄予了深切的关心和同情。他的《感流亡》，写淳化元年(990)京兆一带的大旱给当地人民带来的巨大灾难。《金吾》一诗勇敢地揭露了金吾杀戮千家甚至鸡犬的暴行。其次，王禹偁有一些五言诗直接学习杜诗，特别是他创作的一些长篇的五言排律，如长达一百六十韵的《谪居感事》，长达一百韵的《酬种放征君》，其结构和语言风格都模仿杜甫的《北征》《自京赴奉先县咏怀五百字》《奉赠韦左丞丈二十二韵》《壮游》等篇章。长篇古诗《寄题陕府南溪兼简孙何兄弟》《北楼感事》以及长达680字的《月波楼咏怀》等亦明显为模仿杜诗。另外，王禹偁的一些诗歌题目直接来源于杜诗。如杜甫有《八哀诗》，王禹偁有《五哀诗》；杜甫有《槐叶冷淘》，王禹偁有《甘菊冷淘》等。还有，

①关于宋诗的分期，学界有三期说、四期说、五期说、六期说等多种划分方法，详见张毅：《宋代文学研究》(上)，北京：北京出版社，2001年，第227页。本文对宋诗的分期基本按照程千帆、吴新雷的划分方法将宋诗分为北宋前期、北宋中期、北宋后期、南宋前期、南宋后期五个时期，详见程千帆、吴新雷：《两宋文学史》，上海：上海古籍出版社，1991年。

王禹偁的一些诗句也直接从杜诗变化而来。有学者检《小畜集》，发现语及杜甫者有十数条[1]，足见王禹偁对杜甫的推崇和热爱。但是，“敢期子美是前身”的王禹偁宗杜学杜而杂以白体，所学并不纯粹，杜甫之沉郁顿挫、苍浑高华，王禹偁均难以企及。

从王禹偁学杜可以看出，杜甫在这个时期虽然开始受到一些诗人的重视，但还没有产生广泛的影响。这是学习杜诗的初始阶段，杜甫还没有引起诗人的广泛注意，杜诗的地位也没有确立。

二、北宋中期是杜诗的广泛影响期，这个时期学杜最有成就的是苏舜钦

北宋中期活跃在诗坛上的主要有梅尧臣、苏舜钦、欧阳修、王安石、苏轼等诗人，他们开始注重诗歌的思想内容，写出了许多反映社会生活的诗歌。他们的诗歌平易畅达，初步形成了带有散文化、议论化的宋诗风格。这个时期是杜诗产生深刻影响，得到广泛继承的时期。杜甫在诗坛的崇高地位在这个时期得以确立，杜诗在不同的方面对当时的诗人产生了较大影响，而受影响最大的诗人当属苏舜钦。

苏舜钦关心时政，敢于直言进谏，慷慨有大志，个性比较激烈和豪放。他比较关心百姓生活，如他见京城乞丐众多，即在《论五事》中提出建立“悲田养病坊”[2]，以收容到处流浪的乞丐，这说明苏舜钦和杜甫一样，是一位“穷年忧黎元”的诗人。苏舜钦在《题杜子美别集后》中称赞杜诗“豪迈哀顿，非昔之攻诗者所能依倚，以知一出于斯人之胸中”[3]。苏舜钦诗学杜甫，颇多相似之处。他早年古体诗较多，晚年则律诗较多。他的七言律诗，虽不及杜甫夔州诗之苍浑雄健，却颇为严整得体。他在苏州的作品明丽圆熟，也颇似杜甫的成都诗，如《夏中》等篇，与杜甫的《江村》非常相似。并且，苏舜钦的五言诗也有杜甫的沉郁之气。苏舜钦有一些诗歌明显以一首杜诗为蓝本，如其《升阳殿故址》《览含元殿基因想昔时朝会之盛且感其兴废之故》《兴庆池》《游南内九龙宫》《宿太平宫》《望秦陵》《过下马陵》等一组诗歌，皆感前朝之兴废，可与杜甫《哀江头》对读。他的《大风》，也是学习杜甫《茅屋为秋风所破歌》的结果。苏舜钦整理过杜集，他的诗歌在内容和风格上都学习杜甫，虽然他有的诗歌写得不够细致，锤炼不够，并且也有宋人好议论和以文为诗的毛病，但总体上说他是北宋中期学杜最成功的一个。

在这个时期，杜甫在诗歌史上的典范地位已经确立，重要诗人都对杜甫和杜诗非常推重。苏轼甚至提出了杜甫“一饭不忘君”这一影响深远的命题。诗人们普遍继承了杜甫的“诗史”精神，写出了许多关心国事民生的作品。特别值得一提的是，苏舜钦是这个时期在内容和风格上都学习杜甫的诗人。但是，这个时期并没有出现能全面继承杜诗精髓的诗人。

---

①黄启方：《王禹偁研究》，台北：学海出版社，1979年，第48页。

②（北宋）苏舜钦：《苏舜钦集编年校注》，成都：巴蜀书社，1991年，第426页。

③（北宋）苏舜钦：《苏舜钦集编年校注》，成都：巴蜀书社，1991年，第397页。

三、北宋后期是杜诗的艺术继承期，这个时期学杜最似者是陈师道

北宋后期，黄庭坚、陈师道、秦观、张耒等诗人活跃于诗坛，以黄庭坚为首的诗人群体后来被称为江西诗派，对后世产生了极大的影响。这个时期杜甫被奉为诗学典范，江西诗派普遍注重借鉴杜甫的艺术成就，极为注重杜甫在炼字、炼句、谋篇等方面的艺术经验。黄庭坚在诗歌创作上强调出新，特别重视对诗歌艺术技巧的探寻，他在诗歌创作上推崇杜甫，但杜诗之深沉有力，杜诗之沉郁顿挫，杜甫之仁厚忠爱，皆为黄庭坚所不能及。黄庭坚的诗讲究字句的锤炼，重视用典，但诗情寡淡，诗味贫乏。这个时期力学杜诗的是陈师道，其学杜的成就超过了黄庭坚。

杜甫诗歌沉郁顿挫的风格主要体现于其五言古、律诗，陈师道学杜最佳的也是其五言诗，他的五言律诗和五言古诗中都有很像杜诗的作品。如陈师道《晁无咎张文潜见过》云："白社双林去，高轩二妙来。排门冲鸟雀，挥壁带尘埃。不惮除堂费，深愁载酒回。功名付公等，归路在蓬莱。"[①]按杜甫《范二员外邈吴十侍御郁特枉驾阙展待聊寄此》云："暂往比邻去，空闻二妙归。幽栖诚简略，衰白已光辉。野外贫家远，村中好客稀。论文或不愧，肯重款柴扉。"陈师道诗即从这首杜诗变化而来，不仅格调相似，用语也十分相似。陈师道《送张衡山》："昔别青衿子，今为白发翁。此行何日见，多难向来同。官事酣歌里，湖山秀句中。风尘莫回首，留眼送归鸿。"[②]按杜甫《九日登梓州城》："伊昔黄花酒，如今白发翁。追欢筋力异，望远岁时同。弟妹悲歌里，朝廷醉眼中。兵戈与关塞，此日意无穷。"陈师道诗模仿杜甫此诗，不仅句式相似，连韵脚都基本相同。陈师道《寄外舅郭大夫》"巴蜀通归使，妻孥且旧居。深知报消息，不敢问何如。身健何妨远，情亲未肯疏。功名欺老病，泪尽数行书"[③]，此诗风格极似杜诗。陈师道《丞相温公挽词三首》亦与杜诗相似。如其第三首云："少学真成己，中年托著书。辍耕扶日月，起废极吹嘘。得志宁论晚，成功不愿余。一为天下恸，不敢爱吾庐。"[④]《石洲诗话》谓此诗"真有杜意"，此是陈师道刻意学杜之作。又陈师道《钜野》："余力唐虞后，沉人海岱西。不应容桀黠，宁复有青齐。灯火鱼成市，帆樯藕带泥。十年尘雾底，瞥眼怪凫鹥。"[⑤]此诗力大，万钧九鼎，酷肖杜诗。陈师道《智宝院后楼怀胡元茂》："晚渡呼舟疾，寒城着雾深。昏鸥明鸟道，风叶乱霜林。久客登楼目，中年怀旧心。犹须一长笛，领览自沾襟。"[⑥]此诗沉痛悲怆，亦多有杜意。又陈师道《别刘郎》："一别已六载，相逢有余哀。公私两多事，灾病百相催。无酒与君别，有怀向谁开。深知百里远，肯为老夫来。"[⑦]此诗也沉着老健，直追杜诗。陈师道写亲情最使人感动，如其《送内》，在平常的诗句中，有说不尽的悲慨和辛酸，此诗沉郁顿挫，极似杜诗。《别三子》写父子分别，字字血泪，使人不忍卒读。生活的艰辛，使陈师

---

①(北宋)陈师道:《后山诗注补笺》，北京：中华书局，1995年，第33—34页。

②(北宋)陈师道:《后山诗注补笺》，北京：中华书局，1995年，第505页。

③(北宋)陈师道:《后山诗注补笺》，北京：中华书局，1995年，第15—16页。

④(北宋)陈师道:《后山诗注补笺》，北京：中华书局，1995年，第40—41页。

⑤(北宋)陈师道:《后山诗注补笺》，北京：中华书局，1995年，第53—54页。

⑥(北宋)陈师道:《后山诗注补笺》，北京：中华书局，1995年，第151页。

⑦(北宋)陈师道:《后山诗注补笺》，北京：中华书局，1995年，第419页。

道的诗歌与杜诗染上同样的血泪，语言的沉挚朴素，感情的深沉内敛，也同杜诗一脉相承。陈师道其他体裁的诗歌，如《九日寄秦观》《次韵李节推九日登南山》等，也学习杜诗，并有相当的成就。虽然陈师道的人生境界尚不及杜甫，诗中关心民瘼的作品也极少，但他的真挚感情与杜甫相似，这是他学杜成功的重要原因。陈师道的诗沉郁孤峭，称得上学杜有得。

这个时期，杜甫在诗坛的地位无比崇高，宋代诗人最终选择杜诗作为诗歌的典范。这个时期的诗人非常注重对诗歌艺术技巧的学习。艺术技巧是杜甫诗歌成就的重要方面，对杜诗艺术技巧的学习，特别是对诗歌字句的反复锤炼，宋代诗人创作出了平淡瘦劲、平和内敛的诗歌。但片面学习诗歌技巧，也造成诗情寡淡，诗味贫乏。这个时期的诗人关心的多是自己的生活，诗歌有脱离现实的倾向。而陈师道感情真挚、沉郁孤峭的作品，在风格上很接近杜诗，这是这个时期诗人学杜的最重要的收获。

四、南宋前期是学杜高潮期，陈与义取得了两宋学杜的最高成就

北宋灭亡的痛苦刺激着诗人们敏感的心灵，南宋诗坛发生了很大的变化。江西诗派追求技巧、叙写日常生活的创作方法有了改变，呼吁抗金、描写现实、叙写离乱、反映爱国情怀的诗歌大量涌现。这个时期活跃在诗坛上的是陈与义、陆游、杨万里、范成大等诗人，他们的诗歌创作大都鲜明地打上了时代的印记，天崩地裂的现实使南宋诗人对杜诗有了更深刻的理解。这是宋人学杜的高潮期，在这个时期，陈与义终于写出了像杜甫那样的沉郁顿挫、苍浑高华的诗篇。

陈与义亲身经历了北宋的灭亡，南宋的偏安，不仅对国破家亡的屈辱有真实的感受，对乱世中流离漂泊的艰辛也有切身的体会。陈与义是宋代学杜最有成就的诗人，他不像黄庭坚那样只化用一些杜诗或者从杜甫那里学习一些句法，而是比较全面地继承了杜诗的风格。国家的动荡和时局的变化，以及他自己不断漂泊的生活，使他对杜诗有了更真切的体会。就其五言诗来说，陈与义之作，沉郁顿挫，继承了杜诗的风格和优长，有很高的价值。如陈与义《茅屋》诗云："茅屋年年破，春风岁岁来。寒从草根退，花值客愁开。时序添诗卷，乾坤进酒杯。片云无思极，日暮却空回。"[①]此诗首联点题，并暗用杜甫《茅屋为秋风所破歌》的语典。二联写时序不关人事，反衬诗人之客愁。三联写诗人以诗酒解忧，境界阔大，尾联则融情入景。全诗沉郁中见疏放，与杜诗颇似。又陈与义《秋雨》："潇潇十日雨，稳送祝融归。燕子经年别，梧桐昨梦非。一凉恩到骨，四壁事多违。衮衮繁华地，西风吹客衣。"[②]此诗写秋雨，诗律精妙，亦似杜诗。陈与义的五言律诗中也有极似杜诗者，如《道中寒食二首》云："飞絮春犹冷，离家食更寒。能供几岁月，不办了悲欢。刺史蒲萄酒，先生苜蓿盘。一官违壮节，百虑集征鞍"，"斗粟淹吾驾，浮云笑此生。有诗酬岁月，无梦到功名。客里逢归雁，愁边有乱莺。杨花不解事，更作倚风轻"。[③] 按"食更寒"，即杜甫"佳辰强饮食犹寒"之意。此诗沉郁感慨，逼近杜甫。由此可知，陈与义学杜，不在于化用杜句和使用杜甫典故，也不在于对杜诗的推崇，

①（北宋）陈与义：《陈与义集校笺》，上海：上海古籍出版社，1990 年，第 93 页。

②（北宋）陈与义：《陈与义集校笺》，上海：上海古籍出版社，1990 年，第 94—95 页。

③（北宋）陈与义：《陈与义集校笺》，上海：上海古籍出版社，1990 年，第 245—246 页。

而是学习杜之风格和杜之精神——"意足不求颜色似，前身相马九方皋"①。

靖康元年(1126)正月，金兵入寇，陈与义自陈留避地襄、汉，转徙湖湘之间，集中有《发商水道中》，自此始经离乱漂泊，诗歌与杜诗更似，有一系列与杜诗神似的诗篇，如《次舞阳》《西轩寓居》《雨中观秉仲家月桂》《感事》《适远》《细雨》《晚晴野望》等。如《除夜》云："畴昔追欢事，如今病不能。等闲生白发，耐久是青灯。海内春还满，江南砚不冰。题诗饯残岁，钟鼓报晨兴。"②又《雨中》："北客霜侵鬓，南州雨送年。未闻兵革定，从使岁时迁。古泽生春霭，高空落暮鸢。山川含万古，郁郁在樽前。"③两诗均深阔沉着，极似杜诗。陈与义兵兴之后的诗篇，深得杜诗神韵。正如吴之振所说："陈与义……天分既高，用心亦苦，意不拔俗，语不惊人，不轻出也。晚年益工……刘后村谓'元祐后，诗人迭起，不出苏黄二体，及简斋始以老杜为师。建炎间，避地湖峤，行万里路，诗益奇壮。造次不忘忧爱。以简严扫繁缛，以雄浑代尖巧，第其品格，当在诸家之上'。"④

陈与义七言诗学杜也有很高成就，他七言学杜最成功之处是他的七言律诗继承了杜甫七律的雄浑阔大的风格。陈与义学杜，能学习和继承杜诗的风格，特别是继承杜甫雄浑阔大的风格，这是陈与义对宋代诗歌的重要贡献。如陈与义《观江涨》诗云："涨江临眺足消忧，倚杖江边地欲浮。叠浪并翻孤日去，两津横卷半天流。鼋鼍杂怒争新穴，鸥鹭惊飞失故洲。可为一官妨快意，眼中唯觉欠扁舟。"⑤杜甫有同题之作。陈与义此诗学杜诗之境界阔大，写得很有声势。宋人学杜，很少有人能学杜诗之阔大，而陈与义能之。陈与义五言诗得杜诗沉郁顿挫之长，七言律有杜诗雄浑阔大之美。宋人学杜，陈与义当为第一。

可见，南宋前期诗人对杜诗有了更深刻的认识。杜甫不仅是他们诗歌技巧上学习的典范，也是他们战火中的知音。这个时期是两宋学杜的高潮期，尤其是陈与义，其五言诗沉郁顿挫，七言诗雄浑阔大，继承了杜诗的风格，在内容上也接近杜诗，他是两宋学杜取得最高成就的诗人。这也告诉人们，单纯学习杜诗的技巧、艺术、法度，不会写出有杜诗成就的诗，只有把学习技巧、锤炼语言，与学习其思想、境界结合起来，在适当的历史条件下，才能写出杜诗那样伟大的作品。

五、南宋后期是宋诗的以诗存史期，这个时期受杜诗影响较大的诗人是文天祥

南宋后期首先登上诗坛的是永嘉四灵，即徐照、徐玑、翁卷和赵师秀，他们摆脱江西诗派的束缚，开始转而学习晚唐诗，使唐体重新流行。再有就是姜夔、刘过、戴复古、刘克庄等江湖派诗人，成分比较复杂。宋亡之际，又出现了文天祥、谢翱、林景熙、汪元量、谢枋得、郑思肖等一大批诗人，用诗歌表达亡国的痛苦与悲哀。这个时期的诗人中，文天祥的诗歌有明显的以诗存史的意味，受杜甫的影响较大。

---

①(北宋)陈与义:《陈与义集校笺》，上海:上海古籍出版社，1990年，第104页。

②(北宋)陈与义:《陈与义集校笺》，上海:上海古籍出版社，1990年，第795页。

③(北宋)陈与义:《陈与义集校笺》，上海:上海古籍出版社，1990年，第796页。

④(清)吴之振，等:《宋诗抄》，北京:中华书局，1986年，第1279页。

⑤(北宋)陈与义:《陈与义集校笺》，上海:上海古籍出版社，1990年，第540页。

文天祥后期诗歌，慷慨激昂，直抒胸臆。作者自云：“予在患难中，间以诗记所遭。”[①]可知这些诗歌以诗存史，记录了那个刀光剑影的时代，以及那个时代个人的心路历程。从其《纪事》《高沙道中》《保州道中》等篇看，文天祥的诗歌继承了杜甫的“诗史”精神，有明显的以诗存史的意味，亦可称时代“诗史”[②]。文天祥曾经集杜句为诗。文天祥不是最早集杜诗的人，但他作的集杜诗数量最多，成就也最高。集句诗的开始比较早[③]，大约在汉魏六朝就已经开始。在宋代，这种方式有较大的发展，王安石的集句诗就有六十多首，并取得了一定的成就。宋代的孔毅父“作了大量的集句诗，并且进一步开了专集杜诗的先例”[④]。文天祥有《集杜诗》二百首，他说：“予所集杜诗，自予颠沛以来，世变人事，概见于此矣。是非有意于为诗者也。后之良史，尚庶几有考焉。”[⑤]这说明文天祥有以诗存史的意思，而这二百首集杜诗也的确有诗史的意味。莫砺锋先生指出，“文天祥的这些集杜诗是历代集句诗中最为成功的作品”[⑥]。文天祥又集杜诗入乐，其《胡笳曲》，开创了集杜诗入乐的先河。

从文天祥的诗歌可以看出，南宋末年的遗民诗人有以诗存史的观念，这是杜甫“诗史”精神所产生的影响，也是这个阶段诗人学杜的最大特点。

综上，杜甫对宋代诗人的诗歌创作产生了巨大影响。北宋初期是学杜的初始期，这个时期学杜最有成就的诗人是王禹偁。北宋中期是杜诗的广泛影响期，苏舜钦是这个时期刻意学杜的诗人。北宋后期是杜诗的艺术继承期，江西诗派普遍学杜，但学杜最似者是陈师道，其学杜的成就超过了黄庭坚。南宋前期是学杜高潮期，陈与义取得了两宋学杜的最高成就。南宋后期是宋诗的以诗存史期，文天祥是这个时期受杜诗影响较大的诗人。

---

①(南宋)文天祥：《文山先生全集》，北京：中国书店，1985年，第313页。

②方勇：《南宋遗民诗人群体研究》，北京：人民出版社，2000年，第223页。

③张明华：《集句诗的发展及其特点》，《南京师范大学文学院学报》，2006年4期。

④孙望、常国武：《宋代文学史》，北京：人民文学出版社，1996年，第305页。

⑤(南宋)文天祥：《文山先生全集》，北京：中国书店，1985年，第397页。

⑥莫砺锋：《简论文天祥的〈集杜诗〉》，《杜甫研究学刊》，1992年3期。

临川公主与杜甫

郭海文
（陕西师范大学历史文化学院　西安　710062）

王辉斌先生在《杜甫母系问题辩说》中认为："数十年的研究情况表明，学术界对杜甫母系问题的研究，仍是较为薄弱的。"①

胡可先先生在《出土碑志与杜甫研究》中认为："有关唐代的石刻文献，尤其是碑志石刻，一个世纪以来多有出土，呈现出极为繁盛的局面。这些新的材料，为我们研究唐代诗人的事迹，解读经典的诗作，提供了不可多得的第一手文献。而新出土的碑志当中，直接和间接涉及杜甫其人其诗者不下于20方，为我们探讨杜甫的家世生平、交游经历，解读杜甫的诗歌作品，提供了切实的依据。"②临川公主是唐太宗的第11个女儿，是杜甫外祖母的外祖母。通过对临川公主墓志的释读，可以促进对杜甫母系的研究，从而对杜甫的文本有更深刻的解读。

大唐故临川郡长公主墓志铭并序③

秘书少监检校中书　侍郎弘文馆学士上柱国郭正一撰文

公主讳□□，字孟姜。高祖神尧皇帝之孙，太宗文武圣皇帝之女，今上之第十一姊，母曰韦贵妃。开基发系之隆，积庆重光之远，奔星降祥于华渚，飞云锡瑞于高丘，真人播迹于流砂，上将驰名于寝石。故严严仙构，昆岳所以承天；森森神输，溟波以之括地。公主禀灵霄极，毓粹宸枢，含宝婺之韶姿，挺金娥之秀质。幽闲之操，冠图藉以腾□；贞□之容，掩闺闱而擅美。贞观初，圣皇避暑甘泉，公主随传京邑，载怀温凊，有切晨昏，乃□□表起居，兼手缮写。圣皇览之欣然，以示元舅长孙无忌曰：朕女年小，未多习学，词迹如此，足以慰人。朕闻王羲之女字孟姜，颇工书艺，慕之为字，庶可齐踪。因字曰孟姜，大加恩赏。仍令宫官善书者侍书，兼遣女师侍读。寻封临川郡公主，食邑三千户。驸马周道务，地隆冠冕，门盛羽仪，英望逸于陈庭，□光照乎荀室。爰膺下嫁，克尚中行。秦台纡帝女之莹，鲁馆饰王姬之礼。十七年，加食洪州实封三百五十户，赐甲第一区，仍令五品一人检校门阁。易称元吉，诗美肃雍，

---

①王辉斌：《杜甫母系问题辩说》，《杜甫研究学刊》，1994年第2期。

②胡可先：《出土碑志与杜甫研究》，《文史哲》，2012年第6期。

③周绍良、赵超主编：《唐代墓志汇编》，上海：上海古籍出版社，1992年，第703页。

平阳之盛极西京，馆陶之恩洽东汉，不之过□□□□□□出牧商甸，作镇崤关。明年太极升遐，公主自商州来赴，水浆不入于□，殆□弥日□使□临，勉加饘粥。进封长公主，从朝例也。麟德之岁，纪国大妃韦氏薨，公主又号踊过哀，损瘠踰礼，而延连□凤扆，兴感鸾殿。恩旨频烦，慰谕重叠，若乃天有必移之义，礼无致毁之文，未有贵极膏腴，若斯之□至者也。自后年别手写报恩经一部，自画佛像一铺，每登忌日，辄断熏辛；至于丝竹妙伎，绮罗荣饰，□□水□□谯郡太夫人，声轶鲁姜，训超齐孟，公主躬循妇道，志越家人，既申追事之欢，弥罄亲承之礼。及驸马□□瞎□痛溢闻雷，公主送终如始，衔悲若疚，语必奉于先姑，动无违于旧则。至于肃朝芝殿，趋拜椒闱，行□□□，□皆叶顺，有仪有则，多艺多才。天后孝彻明神，哀缠圣善，仪形万国，感动四方，阴阳献惨，天地变色，公主创题嘉颂，光赞坤规，援笔斯成，排阍进上，调符金石，思激风霜。天后览奏兴哀，披文警虑，亲纡墨令，奖喻殷勤，圣札冠含章之文，英词助王姬之德，求之遂古，乃绝其伦。又天后曲降阴慈，载隆神泽，翰垂八体，诗备五言，装成锦郭，特赐公主。阐扬嫔则，盛述秾华，密勿承恩，皆此类也。驸马夙标修誉，恋□名藩，飞皂盖于南垂，一歌来晚；卷朱幨于东夏，频结去思。公主驾凤同游，乘龙齐迈，叠映鸟旟之□□□□轼之前。克谐之道既彰，助佐之功斯阐。每炎凉舛候，腠理乖和，则名医上药，相望结轨，朝覲班锡之藏，□□□赙之差，虽身限方隅，而恩同陪预，亲懿之密，罕或俦焉。赵北奥区，拒龙庭之南眺；辽西重镇，控蛇□□□□。驸马望实所归，亲贤攸寄，才临蓟壤，即莅燕郊，公主自届边垂，增动风疾，恩敕遣长子陇州司功□□□四子左千牛季童，前后驰驿，领供奉医人及药看疗。调露元年，驸马以克清边难，驿召入京，公主随从□□□中大渐，恩敕使令于幽州安置，又令息季童驰驿领医药看疗，而和扁莫验，药剂无征，丹虹书□□□秾桃之节；清霜夏殒，空留神草之名。以永淳元年五月廿一日，薨于幽州公馆，春秋五十有九。□□怀鲁元以兴悼，想湖阳而掩泣，废朝三日，哀感群臣，爰降殊私，式加恒典，遣京官五品一人赍玺书吊祭，□赐东园秘器，兼告灵舆，逮运还京，凶丧葬事，并令官给，赐绢布五百段，米粟副焉。仍令秘书少监柳行满摄鸿胪卿监护，柏王府咨议殷仲容为副。将葬之日，又遣内给使赍衣裳一副，重申临诀。恩加送往，礼备饰终，□□□□义隆今古。惟公主幼而聪敏，志识明慧，雅好经书，尤善词笔。至于繁弦促管之妙，鞶□组紃之工，爰在□□咸推绝美，而处贵能约，居荣以素，研几释典，游刃玄门，虽敦睦滋隆，恩徽荐委，未尝□私嫌于箠令，希圣渥于求郎，方之前烈，莫与为辈。上天不吊，芳魂无返，所撰文笔及手写诸经，又画佛像等，并流行于代，可谓九旋妇德，千载女师者乎。即以其年岁次壬午十二月庚申朔廿五日甲申陪葬于昭陵之左礼也。容车发轫，□马晨嘶，收华戚里，委照泉闺。悲鹓琴之响绝，痛虬匣之光睽，标莪襟于野隧，摧棘貌于山蹊，杨路迥而郊风切，松庭深而陇雾低，汤邑挺美，家陪撰德，敢树幽扃，庶传芳则。其铭曰：

大电摛光，流虹发祥，类马仍著，犹龙乃彰。灵基载远，圣业逾昌，武功文德，地久天长。(其一)紫庭凝庆，彤闱降淑，孕景月津，含辉星陆。金相玉振，桂芬兰郁，早映翚褕，幼承汤沐。(其二)涉艺穷远，观图尽秘，露彩垂毫，泉华涌思。箴礼无阙，言容毕备，荣照下姻，道光中馈。(其三)朝风聿寄，邦训滋佇，驾凤辞台，牵牛出渚。孝有纯迹，玄无奥绪，克俾徽猷，长昭劝沮。(其四)涉魏徂燕，吉往凶旋，辅仁奚谬，福善终捐。沦光景昊，殒蔼秋先，长悲厚夜，空嗟小年。(其五)祖驾宵陈，灵骖晓发，陇唯新隧，山多古阙。凛凛郊风，苍苍野月，寒暑交

谢，声芳靡歇。（其六）

这方墓志的史料价值颇高，对我们了解杜甫的母系问题有非常大的帮助。

一、临川公主家世

临川公主，《新唐书·公主传》（下简称《公主传》）记载为太宗第十女。但据《大唐故临川郡长公主墓志铭并序》记载："公主讳，字孟姜，高祖神尧皇帝之孙，太宗文武圣皇帝之女，今上之第十一姊。"[①]据《贞观十五年封临川郡公主诏书刻石》记载："门下：第十二女幼挺幽闲，地惟□懿戚，锡以汤沐，抑有旧章。可封□临川郡公主，食邑三千户。主者□施行。贞观十五年正月十九日。"[②]临川公主又为太宗十二女。不知哪一个说法是正确的。

临川公主是正史里唯一一位记载了生母非长孙皇后的公主，公主"母曰韦贵妃"[③]。《大唐太宗文皇帝故贵妃纪国太妃韦氏墓志铭并序》记载："太妃讳珪，字泽，京兆杜陵人也。"[④]韦贵妃不仅出身高贵，而且受过良好的教育。"既受教于公宫，亦遵训于师氏""贞观元年四月一日，册拜贵妃""永徽元年正月廿九日，册拜纪国太妃"。[⑤]

据公主墓志"以永淳元年五月廿一日，薨于幽州公馆，春秋五十有九"[⑥]，可知公主生于623年。

驸马为周道务，为"殿中大监、谯郡公范之子""孺褓时，以功臣子养宫中。""年十四乃得出""历营州都督，检校右骁骑卫将军。谥曰襄"。[⑦]

综上，临川公主的父亲是唐太宗，母亲为韦贵妃，驸马为周道务。

二、公主才华

作为皇帝的女儿，公主们从小就受到良好的教育，且显示出非同寻常的才华。临川公主的才华主要体现在两个方面：

---

①周绍良，赵超：《唐代墓志汇编续集》永淳九《大唐故临川郡长公主墓志铭并序》，上海：上海古籍出版社，2001年，第260页。

②张沛：《唐临川长公主墓出土的两通诏书刻石——兼谈唐代前期的诏书形成过程》，《文博》，1994年第5期。

③周绍良，赵超：《唐代墓志汇编续集》永淳九《大唐故临川郡长公主墓志铭并序》，上海：上海古籍出版社，2001年，第260页。

④周绍良，赵超：《唐代墓志汇编续集》乾封八《大唐太宗文皇帝故贵妃纪国太妃韦氏墓志铭并序》，上海：上海古籍出版社，2001年，第162页。

⑤周绍良，赵超：《唐代墓志汇编续集》乾封八《大唐太宗文皇帝故贵妃纪国太妃韦氏墓志铭并序》，上海：上海古籍出版社，2001年，第162页。

⑥周绍良，赵超：《唐代墓志汇编续集》永淳九《大唐故临川长公主墓志铭并序》，上海：上海古籍出版社，2001年，第260页。

⑦（宋）欧阳修：《新唐书》卷八三《诸帝公主》，北京：中华书局，1975年，第3646页。

(一)书法方面

《公主传》:公主"工籀隶,能属文"[①]。公主书法造诣主要体现在三次"上书"。第一次是写给太宗的。"贞观初,圣皇避暑甘泉,公主随传京邑。载怀温清,有切晨昏,乃自□表起居,兼手缮写。"[②]此时公主年仅 4 岁。第二次是写给高宗的。初立之时,公主上《孝德颂》,高宗还特别"下诏褒答"[③]。此时公主 27 岁。第三次是写给武则天的。武则天之母荣国夫人杨氏"咸亨元年八月二日,崩于九成宫之山第,春秋九十有二"[④]。"天后孝彻明神,哀缠圣善。仪形万国,感动四方。阴阳献惨,天地变色。""公主创题嘉颂,光赞坤规。援笔斯成,排阖进上。词符金石,思激风霜。"[⑤]此时公主 47 岁。

公主书写的内容,我们无从看见。但她从 4 岁至 47 岁用书法向最高统治者示好的举动,让我们看到贵为公主的临川,其生存环境其实也不是那样舒适的,这种举动可以说是保护自己的最好方式。况且她的这种举动确实取得了良好的效果。"圣皇览之,欣然以示","因字曰孟姜,大加恩赏。仍令宫官善书者侍书,兼遣女师侍读。寻封临川郡公主、食邑三千户"。[⑥] 从贞观初给太宗展示才华,到贞观十五年(641)正月十九日,封临川郡公主,日子也太漫长了些。到高宗时,高宗"下诏褒答","永徽初,进长公主"。[⑦] 到武则天时,"天后览奏兴哀,披文警虑,亲纡墨令,奖喻殷勤,圣札冠含章之文,英词助王姬之德,求之遂古,乃绝其伦。又天后曲降阴慈,载隆神泽,翰垂八体,诗备五言,装成锦郭,特赐公主"。[⑧]

总之,公主在太宗、高宗、武后三朝而不衰,这正是临川公主的高明之处。

(二)佛教绘画方面

公主的母亲去世后,公主"自后年别手写报恩经一部,自画佛像一铺,每登忌日,辄断熏辛"。郭正一这样评价她:"所撰文笔及手写诸经,又画佛像等,并流行于代,可谓九旋妇德,千载女师者乎。"[⑨]可见,公主的绘画才能是得到认可的。

---

①(宋)欧阳修:《新唐书》卷八三《诸帝公主传》,北京:中华书局 1987 年,页 3646。

②周绍良,赵超:《唐代墓志汇编续集》永淳九《大唐故临川长公主墓志铭并序》,上海:上海古籍出版社,2001 年,第 260 页。

③(宋)欧阳修:《新唐书》卷八三《诸帝公主传》,北京:中华书局 1987 年,3646 页。

④大周无上孝明高皇后碑铭(并序)全唐文卷 239。

⑤周绍良,赵超:《唐代墓志汇编续集》永淳九《大唐故临川长公主墓志铭并序》,上海:上海古籍出版社,2001 年,第 260 页。

⑥周绍良,赵超:《唐代墓志汇编续集》永淳九《大唐故临川长公主墓志铭并序》,上海:上海古籍出版社,2001 年,第 260 页。

⑦(宋)欧阳修:《新唐书》卷八三《诸帝公主传》,中华书局,1987 年,3646 页。

⑧周绍良,赵超:《唐代墓志汇编续集》永淳九《大唐故临川长公主墓志铭并序》,上海:上海古籍出版社,2001 年,第 260 页。

⑨周绍良,赵超:《唐代墓志汇编续集》永淳九《大唐故临川长公主墓志铭并序》,上海:上海古籍出版社,2001 年,第 260 页。

三、公主的家庭关系

从目前发现的公主墓志铭及《公主传》有关记载中，我们可以看到撰写者、公主的父亲对公主的家庭生活方面非常重视。因为，公主的婚姻大部分是政治婚姻，公主的家庭生活安稳和谐了，也许就意味着两个国家或者两个民族或者皇帝与大臣之间的关系安稳和谐了。临川公主也不例外。

（一）孝敬父母

如果拿临川公主和太宗的另一个女儿高阳公主相比，临川公主是个非常孝敬父母的女子。

贞观二十三年(649)，唐太宗驾崩，“公主自商州来赴，水浆不入于口，殆□弥日□使□临，勉加饘粥。进封长公主，从朝例也”①。

“麟德之岁，纪国大妃韦氏薨”，公主“自后年别手写报恩经一部，自画佛像一铺，每登忌日，辄断熏辛”。②

（二）恪守妇道

公主出嫁后，对待自己的家姑谯郡太夫人，也是竭尽妇道。“公主躬循妇道，志越家人，既申迨事之欢，弥罄亲承之礼。”“语必奉于先姑，动无违于旧则。至于肃朝芝殿，趋拜椒闱，行□□□，□皆叶顺，有仪有则，多艺多才。”③

（三）夫行妇随

与有些公主与驸马一生都在京城享受安乐生活不同，临川公主的人生多了些边境的风沙与尘埃。贞观二十二年(648)，周道务出任商州刺史，作镇峣关，临川公主与之随行。辽西战事紧张，“驸马望实所归，亲贤攸寄，才临蓟壤，即莅燕郊，公主自届边垂，增动风疾，恩敕遣长子陇州司功□□□四子左千牛季童，前后驰驿，领供奉医人及药看疗”。“调露元年，突厥阿史德温傅反……于是以行俭为定襄道行军大总管，率太仆少卿李思文、营州都督周道务等部兵十八万”④后“驸马以克清边难，驿召入京，公主随从□□□中大渐”。总之，驸马周道务为两朝器重，每有战事便点兵外镇重藩，而临川公主夫唱妇随、有始有终、不离不弃。

---

①周绍良，赵超：《唐代墓志汇编续集》永淳九《大唐故临川长公主墓志并序》，上海：上海古籍出版社，2001年，第261页。

②周绍良，赵超：《唐代墓志汇编续集》永淳九《大唐故临川长公主墓志铭并序》，上海：上海古籍出版社，2001年，第260页。

③周绍良，赵超：《唐代墓志汇编续集》永淳九《大唐故临川长公主墓志铭并序》，上海：上海古籍出版社，2001年，第260页。

④《旧唐书》列传第三十四。

(四)儿女孝顺、义气

临川公主与驸马周道务共有四子二女。

1.四子

按《大唐故临川郡长公主墓志铭并序》:公主生病,"恩敕遣长子陇州司功□□□四子左千牛季童,前后驰驿,领供奉医人及药看疗"。可知公主有四子。按《新唐书》卷七四下《宰相世系四下》可知,临川公主有子名叫"伯瑜、励言"①。

2.二女

(1)一女。按《大唐故使持节颍州诸军事颍州刺史赠使持节都督夔州诸军事夔州刺史嗣濮王墓志并序》:"王讳欣,字伯悦,陇西狄道人,即神尧皇帝之曾孙,太宗文武圣皇帝之孙,雍州牧魏王之元子也……敕娶临川长公主女周氏。"②可知,临川一女周氏,嫁嗣濮王李欣。

(2)一女。按《赠陈州刺史义阳王神道碑》:"王讳琮,字□,文帝之孙,纪王之子……陪葬于昭陵柏城,妃汝南周氏祔焉,礼也。妃考曰驸马都尉、梁郡襄公,妣曰临川大长公主。"③可知临川公主与驸马还有一个女儿,嫁给李世民的第十子李慎的儿子李琮。李慎曾被封为纪王,任襄州刺史。他与当时越王李贞齐名,当时人称他们两个为"纪越"。武后执政后,这些李氏差不多要灭门了。越王李贞就起兵,后来自然失败,李慎就受到牵连下狱,流配岭外,路上就死了。李慎的次子义阳王李琮及妻子周氏当时也被抓进河南狱。

李琮与妻子周氏又有三子一女。这个女儿就是杜甫的外祖母。三子该为杜甫的舅爷了。正史记载:"义阳王李琮,太宗李世民孙,纪王李慎子。琮三子:行远、行芳、行休。"④可知三子为行远、行芳、行休。

"王之二子,配在隽州。及六道使之用刑也,长曰行远,以冠就戮;次曰行芳,以童当舍。芳啼号,抱行远,乞代兄命,既不见听,固求同尽,西南伤之,称为死悌。"⑤

这个女儿后来嫁给崔氏。"初,永昌之难,王下河南狱,妃录司农寺""惟有崔氏女,扉屦布衣,往来供馈,徒行悴色,伤动人伦,中外咨嗟,目为勤孝"。⑥ 这个崔氏女乃为杜甫的外祖母。杜甫的《祭外祖祖母文》:"初,我父王之遘祸,我母妃之下室。深狴殊涂,酷吏同律。夫人于是布裙扉屦,提饷潜出。昊天不佣,退藏于密。久成凋瘵,溘至终毕。盖乃事存于义阳之诔,名播于燕公之笔。"⑦

---

①(宋)欧阳修:《新唐书》卷七四下《宰相世系四下》,北京:中华书局,1975年,第3183页。

②吴钢:《全唐文补遗》第七辑《大唐故使持节颍州诸军事颍州刺史赠使持节都督夔州诸军事夔州刺史嗣濮王墓志并序》,西安:三秦出版社,2000年,第366页。

③(清)董诰:《全唐文》卷二三 张说:《赠陈州刺史义阳王神道碑》,北京:中华书局,1983年,第2324页。

④《新唐书》卷八十列传第五李琮传。

⑤(清)董诰:《全唐文》卷二三 张说:《赠陈州刺史义阳王神道碑》,北京:中华书局,1983年,第2324页。

⑥(清)董诰:《全唐文》卷二三 张说:《赠陈州刺史义阳王神道碑》,北京:中华书局,1983年,第2324页。

⑦(唐)杜甫著、高仁标点,《杜甫全集》,上海:上海古籍出版社,1996年,第323页。

总之，李琮的女儿是这样至孝之人，他的两个儿子也很刚烈。

张说感慨地说："君子谓勤孝者，仁之厚也；死悌者，友之难也；感神者，诚之至也：此三者有以见义阳之义方，贤妃之内训，继体之崇德。夫如是淳美，上归乎本朝，盛烈延耀乎？邦族安可阙而不饰，碑版无文而已哉。"[1]杜甫在诗中写道："舅氏多人物，无惭困翮垂"（《赠崔十三评事公辅》），"贤良归盛族，吾舅尽知名"（《奉送二十三舅录事之摄郴州》）。

杜甫的母亲在杜甫幼年时就死去了，在杜甫的记忆里没有留下什么印象，他在他的诗里也从来没有提到过母亲。

所以，从血缘上来讲，临川公主乃为杜甫外祖母的外祖母。杜甫也算是唐太宗第六代后人，他身上多少流淌一些李唐皇室的血液。

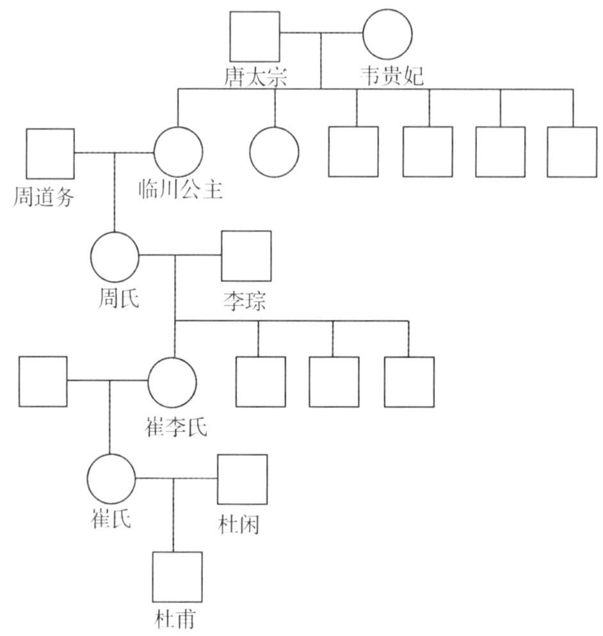

四、死亡原因及埋葬方式

前文已经提及公主患有风疾，再加上"调露元年，驸马以克清边难，驿召入京，公主随从□□□中大渐"，最后"而和扁莫验，药剂无征，丹虹书□□□秾桃之节；清霜夏殒，空留神草之名。以永淳元年五月廿一日，薨于幽州公馆，春秋五十有九。"

总之，公主死于疾病。

公主去世后，高宗为其举办了盛大的葬礼。具体如下：

（1）废朝三日，哀感群臣，爰降殊私，式加恒典。

（2）遣京官五品一人赍玺书吊祭，□赐东园秘器，兼告灵舆，逮运还京，凶丧葬事。

（3）并令官给，赐绢布五百段，米粟副焉。

---

①（清）董诰：《全唐文》卷二三　张说：《赠陈州刺史义阳王神道碑》，北京：中华书局，1983年，第2324页。

(4)仍令秘书少监柳行满摄鸿胪卿监护，柏王府咨议殷仲容为副。

(5)将葬之日，又遣内给使赍衣裳一副，重申临诀。

临川公主与驸马陪葬昭陵。

总之，临川公主是杜甫外祖母的外祖母，她的学问及品行作为遗传基因或多或少被杜甫所继承。所以，我们就能理解杜甫诗歌“致君尧舜上，再使风俗淳”的急切之心，就能理解“三吏”“三别”中痛彻心扉的爱国之情，因为这个国是他们家的国。

陶渊明、杜甫田园诗比较研究

吴增辉

（河北科技大学　石家庄　050018）

陶渊明不肯为五斗米折腰而归隐田园，被钟嵘称为“古今隐逸诗人之宗”[①]，也是中国田园诗的开创者。杜甫在被贬为华州司功后，辞官归去，漂泊西南，在寓居成都、夔州期间，写有不少田园诗。[②] 杜甫景仰陶渊明，在其诗作中多处化引其诗句，有人将杜甫看作陶潜某种意义上的踵继者，实则二人对田园的心态有本质的不同。陶归隐田园是因为政治极端黑暗，理想实现无望；杜甫弃官则是因为官卑职微，才不获骋。陶辞官是彻底绝望，坚决退出；杜辞官则是以退为进，等待时机。陶、杜对官场和政治的不同态度造成了其辞官后的不同心态，并进而造成了二人与田园的不同感情关系。陶渊明的出世心态使他与田园契合无间，浑合交融；而杜甫的入世心态使他只是寄居田园，物我两分。二人的心灵世界与田园的不同关系深刻影响到其田园诗的面貌。

一

陶、杜出世、入世的不同心态首先造成了二人对田园的观察视角及感情指向的差异，进而造成田园诗取材的差异。

陶渊明辞官之后，断绝了与官场的联系，僻处田园，如其所描述的那样，“野外罕人事，穷巷寡轮鞅”[③]，并坚决躬耕自食，“代耕非本望，所业在田桑”，为此矢志不渝，坚决拒绝官方的接济。萧统《陶渊明传》载，渊明“躬耕自资遂报羸疾。江州刺史檀道济往候之，偃卧瘠馁有日矣。道济谓曰：‘贤者处世，天下无道则隐，有道则至；今子生文明之世，奈何自苦如此？’对曰：‘潜也何敢望贤？志不及也。’道济馈以粱肉，麾而去之”[④]。陶渊明正因为不堪为五斗米折腰向乡里小儿才愤而辞官归隐，岂能再接受檀氏的馈赠。躬耕生活固然辛苦，却可以保持经济的独立，而只有经济的独立才能保证人格的挺特，精神的自由。陶氏说，“岂不实辛苦？

---

①（南朝·梁）钟嵘：《诗品》，何文焕辑：《历代诗话》，北京：中华书局，1981年，第13页。

②笔者将杜甫流寓成都及西南期间有关田园景象与生活的诗作都纳入田园诗范畴。

③陶渊明《咏贫士》其五，龚斌：《陶渊明集校笺》，上海：上海古籍出版社，1996年，第77页。

④袁行霈：《陶渊明集笺注》，北京：中华书局，2003年，第611页。

所惧非饥寒”[①]。陶氏所惧者乃是丧失自然的心性，折辱高洁的节操，所以陶氏说：“先师有遗训，忧道不忧贫。”[②]陶渊明虽然为官不久，却深切感受到官场的污浊，人心的险恶，故而重归田园，面对清新的田园风物和淳朴的人情便感到格外亲切，这在其诗中有生动的表现：

暧暧远人村，依依墟里烟。狗吠深巷中，鸡鸣桑树巅。[③]

鸟弄欢新节，泠风送余善。寒竹被荒蹊，地为罕人远。[④]

秉耒欢时务，解颜劝农人。平畴交远风，良苗亦怀新。[⑤]

诗人面对淳朴的田园景象，忘情其中，而只有经历官场污浊的人，才能在善恶的强烈对比中产生这种对田园的依恋之情。对陶氏而言，田园不仅是生活的依靠，更是精神的家园，它已成为淳朴人性的象征，成为与黑暗现实相对峙的另一极，因此，对田园的坚守也是对自然大道的坚守，是对恶浊人性的否定与反抗。陶渊明已将自己的整个生命投入田园，并与之融为一体，田园的一草一木都负载着他的价值理想，陶氏因此才会将田园风物当作基本的描写对象。

陶渊明躬耕自食并非仅为摆脱形役，也是对自然大道的实践。面对篡乱相替的社会现实，陶渊明痛感“羲农去我久，举世少复真”[⑥]，向往上古时代“傲然自足，抱朴含真”[⑦]的淳朴人性。陶渊明“看到了社会的危机，但没有正确的途径去挽救它，只好求救于人性的复归”[⑧]。既然社会堕落的根源在“真风告逝，大伪斯兴”[⑨]，那么拯救社会的途径必然是要使被污染的人性返璞归真，而劳动恰恰是使人保持淳朴心性的手段。桃花源“相命肆农耕，日入从所憩”“怡然有余乐，于何劳智慧”[⑩]的理想社会即是陶渊明返璞归真的人性理想在社会领域的延伸，陶渊明躬耕自食也可以看作是对“质性自然”的哲学观的身体力行。因而，尽管劳动极其艰苦，“晨出肆微勤，日入负耒还。山中饶霜露，风气亦先寒”[⑪]，但陶渊明并不想放弃，“但愿长如此，躬耕非所叹”[⑫]，只有自食其力，才能不为形役，践行大道，回归自然的天性。“不言春作苦，常恐负所怀”[⑬]，“所怀”者正是任真自适的人格理想。

正由于上述信念的支撑，陶渊明并不仅仅追求最后的结果，而且更注重劳动本身，“虽未

---

①龚斌：《陶渊明集校笺》，上海：上海古籍出版社，1996年，第320页。

②陶渊明《癸卯岁始春怀古田舍二首》其二，同上第181页。

③陶渊明《归园田居五首》其一，同上第73页。

④陶渊明《癸卯岁始春怀古田舍二首》其一，同上第177页。

⑤陶渊明《癸卯岁始春怀古田舍二首》其二，同上第181页。

⑥陶渊明《饮酒二十首》其二十，同上第248页。

⑦陶渊明《劝农》，同上第34页。

⑧袁行霈：《陶渊明研究》，北京：北京大学出版社，1997年，第22页。

⑨龚斌：《陶渊明集校笺》，上海：上海古籍出版社，1996年，第365页。

⑩陶渊明《桃花源诗》，同上第403页。

⑪陶渊明《庚戌岁九月中于西田获早稻》，同上第205页。

⑫同上。

⑬陶渊明《丙辰岁八月中于下潠田舍获》，同上第208页。

量岁功，即事多所欣”[①]。他真实生动地描述自己的劳动生活，“时复墟曲中，披草共来往”[②]，“晨兴理荒秽，带月荷锄归”[③]。有时则流露出收获无成的忧虞之情，“桑麻日已长，我土日已广。常恐霜霰至，零落同草莽”[④]。但陶渊明往往能超越劳动的功利性，以审美化的心态体验劳动过程，别有会心而有独得之趣，“种豆南山下，草盛豆苗稀”、“道狭草木长，夕露沾我衣”[⑤]、“盥濯息檐下，斗酒散襟颜。遥遥沮溺心，千载乃相关”[⑥]。其中有几分苦涩，有几分诙谐，更有难以言传的满足。

正是在身体力行的劳动过程中，陶渊明真切感受到农人的辛苦，他与农人一起劳作，开怀畅谈，彼此建立起深厚的感情。《移居二首》其二云：“农务各自归，闲暇辄相思。相思则披衣，言笑无厌时”[⑦]。又《归园田居》其二：“时复墟曲中，披草共来往。相见无杂言，但道桑麻长”[⑧]。陶渊明与这些淳朴的乡邻坦诚相待，推心置腹，必然不自觉地与人心惟危、尔虞我诈的官场进行对比，并分外感到真情至性的可贵。这正是陶渊明汲汲以求者，“昔欲居南村，非为卜其宅。闻多素心人，乐与数晨夕”[⑨]。上层士大夫多是道貌岸然、口是心非的伪君子，反倒是下层的农人拥有不加伪饰的“素心”。从这个意义上说，陶渊明归隐田园，不仅是要获得心灵的宁静，也是要追寻诚朴的心灵。陶渊明描写与“素心”的农人朝夕相处的快乐生活，是对肮脏的官场以及“真风告逝，大伪斯兴”时代的间接否定，寄托着他对理想社会的探索，其中隐约闪烁着《桃花源记》的影子。

如果说田园是陶渊明的归宿，那么对杜甫而言，田园只是暂时栖止的驿站。因此，杜甫的目光并不限于田园本身，而是放眼更丰富的自然风物及更广阔的现实世界，他的心灵常常从田园游离出来，由一己之忧乐想到天下苍生的悲欢，赋予田园诗以深广的现实内容。

杜甫对田园的亲近主要在流寓成都及夔州期间。在成都时杜甫曾在小块田地上种菜，离开成都辗转于夔州期间，又曾在赤甲、瀼西等地有断续的耕作生活，甚至还曾买下一块四十亩的果园，并雇人耕种。但对杜甫来说，田园远没有其对陶渊明那么重要。从经济角度而言，杜甫主要依靠朋友而不是田园维持生计，他虽然也在园中种菜贴补生活，但远没有发展到依靠田园为生的地步。夔州期间虽曾买地耕种，但也只是出峡前的权宜之计，杜甫从来没有躬耕田园以终老此生的打算。从文化心态而言，流寓西南的杜甫虽然丧失了官员的正式身份，但时刻关注时局，并与包括严武在内的地方大员保持着密切联系。这就决定了杜甫不可能将自己的心灵深深地沉入田园中去而将田园景象和劳动生活当作自己的全部精神寄托。

因寄食于人，杜甫虽然置身田园，却不像陶渊明一样格外关心庄稼的长势与收成，将田

---

①龚斌：《陶渊明集校笺》，上海：上海古籍出版社，1996年，第177页。

②陶渊明《归园田居五首》其二，同上第77页。

③陶渊明《归园田居五首》其三，同上第79页。

④陶渊明《归园田居五首》其二，同上第77页。

⑤陶渊明《归园田居五首》其三，同上第79页。

⑥陶渊明《庚戌岁九月中于西田获早稻》，同上第205页。

⑦陶渊明《移居二首》其二，同上第117页。

⑧陶渊明《归园田居五首》其二，同上第77页。

⑨陶渊明《移居二首》其一，同上第114页。

园景象当作核心的写作对象。这类景象即便出现也往往是一笔带过，如“桑麻深雨露，燕雀半生成”①。出于士大夫的审美情趣，杜甫更欣赏自然风物的千姿百态，描写山光水色、花鸟鱼虫等自然物态。这类诗作观察细致，描述生动，如写雀写虫，“啅雀争枝坠，飞虫满院游”②，写蜂写蚁，“仰蜂粘落絮，行蚁上枯梨”③，写烟写雾，“汀烟轻冉冉，竹日净晖晖”④，写鱼儿写燕子，“细雨鱼儿出，微风燕子斜”⑤，无不细致入微，精妙传神。因此，杜诗所描绘的多为自然物态，而非田园景象，表达的是自然之趣，而非田园之乐。这既与其欣赏趣味有关，又与其寄食于人的生活方式及暂栖田园的文化心态有关。

虽然杜甫到成都后表达了为农的愿望，“卜宅从兹老，为农去国赊”⑥，但并未真正实行。从其诗作来看，杜甫在成都时似无土地，“四邻耒耜出，何必吾家操”⑦，而且杜甫始终也未能熟习农事，“朝廷问府主，耕稼学山村”⑧，“筑场看敛积，一学楚人为”⑨。少量描述自己劳动情形的诗作也主要是种菜种药之类较轻微的劳作，如“接缕垂芳饵，连筒灌小园”⑩，无论是劳动时间还是劳动强度，显然都不能与陶渊明相比，自然也不可能像陶渊明那样对劳动的艰辛有深切的体验。在成都期间，杜甫侍弄小园并非种粮谋生，主要是种些蔬菜以供日常之用，“自锄稀菜甲，小摘为情亲”⑪，并以这类轻微的劳动散忧消愁。所以有限的此类诗作主要表现的是一种闲适之趣，如《早起》诗云：

春来常早起，幽事颇相关。帖石防隤岸，开林出远山。
一丘藏曲折，缓步有跻攀。童仆来城市，瓶中得酒还。⑫

诗人称劳动为“幽事”，而且诗中所记是一些轻微的劳动，最后又以童仆买酒作结，与陶渊明的“晨兴理荒秽，带月荷锄归”自然不可同日而语。

移居夔州瀼西后，杜甫拥有了自己的土地，但主要雇人劳作，虽然其中也描述劳作情景，间或抒写愉悦之情，但主要表达民胞物与、关切民生的情怀，不同于陶氏专注于自我、带有哲学意味的人生体验。如《暇日小园散病，将种秋菜，督勒耕牛，兼书触目》诗云：

不爱入州府，畏人嫌我真。及乎归茅宇，旁舍未曾嗔。老病忌拘束，应接丧精神。江村

①杜甫《屏迹三首》其一，仇兆鳌：《杜诗详注》，北京：中华书局，1979 年。卷十，第 883 页。
②杜甫《落日》，同上卷十，第 802 页。
③杜甫《独酌》，同上卷十，第 804 页。
④杜甫《寒食》，同上卷十，第 806 页。
⑤杜甫《水槛遣心》其一，同上卷十，第 812 页。
⑥杜甫《为农》，同上卷九，第 739 页。
⑦杜甫《大雨》，同上卷十一，第 907 页。
⑧杜甫《晚》，同上卷二十，第 1756 页。
⑨杜甫《从驿次草堂复至东屯茅屋二首》其一，同上第 1771 页。
⑩杜甫《春水》，同上卷十，第 799 页。
⑪杜甫《有客》，同上卷九，第 740 页。
⑫杜甫《早起》，同上卷十，第 802 页。

意自放，林木心所欣。秋耕属地湿，山雨近甚匀。冬菁饭之半，牛力晚来新。深耕种数亩，未甚后四邻。嘉蔬既不一，名数颇具陈。荆巫非苦寒，采撷接青春。飞来双白鹤，暮啄泥中芹。雄者左翮垂，损伤已露筋。一步再流血，尚惊矰缴勤。三步六号叫，志屈悲哀频。鸾凰不相待，侧颈诉高旻。杖藜俯沙渚，为汝鼻酸辛。①

诗前半部分写农耕情景，尚有欢愉之意，后半部分则写受伤悲号的白鹤，触目生情，平添无限哀感。其中既可能因为“旅人流落，有似于此”②而自伤自悼，又可能因鹤之悲惨遭遇念及在战乱中生灵涂炭的民众，总之没有陶诗那种沉浸于田园风物的闲适与超然。

杜甫在乡居生活中也有与农人的交往，但与陶渊明对淳朴人性的追求不同，杜甫每每以儒者的悲悯情怀看待芸芸众生，关注他们的不幸，同情他们的疾苦，对他们的困难给予力所能及的帮助，如《又呈吴郎》劝诫吴郎仁以待人。但总体来看，杜甫始终保持着士大夫的矜持，即便与农人感情融洽，“田父邀皆去”③，也没有达到陶渊明那样与农人忘形尔汝的地步。如《遭田父泥饮美严中丞》便以独白方式抒写了一个朴实的农人对严武治理有方的感激与赞美，同时描写了这个农人有些粗鲁的好客举动，诗人满怀感慨地写道，“朝来偶然出，自卯将及酉。久客惜人情，如何拒邻叟。高声索果栗，欲起时被肘。指挥过无礼，未觉村野丑。月出遮我留，仍嗔问升斗”④。诗人喜欢的是田父的朴野之气，但并没有心灵的交流，这自然源于杜甫根深蒂固的儒家立场。

二

如果说陶氏田园诗重在表趣，那么杜甫田园诗则重在抒情。

《诗镜总论》说：“深情浅趣，深则情，浅则趣矣。”⑤其实陶诗之趣并不浅，它是洞彻天地万物之间深层联系的妙悟，是对哲理的形象阐发。陶渊明以“质性自然”作为思想的核心，消泯人与外物的界限，完全以委运任化之心观照万物消长、世运盛衰，将所有生命的活动看作自然而然的过程，看作自然之道的外在感性形式，“惟求融合精神于运化之中”⑥，既不汲汲于事功，也不戚戚于贫贱，从容进退，恬然自安，目光所及、心灵所至无不品悟出自然的妙趣，其田园诗便呈现出淡泊自然、物我交融的特色。如“平畴交远风，良苗亦怀新”，便以平淡之语揭示出万物相契相生的理趣：远风吹拂而至，良苗滋生新叶，似是受到远风的恩惠，但远风并非有意为之，良苗亦非主动接受，一切都自然而然，彼此似乎别有会心而又静默无语。又如“众鸟欣有托，吾亦爱吾庐”，众鸟欣然托身于草木，我则对自己的草庐情有独钟；鸟对木是自然的依存，我于庐则是心灵的栖止。诗人以鸟自照，在物我契合中体味到无言的自然之道，寓

①杜甫《暇日小园散病，将种秋菜，督勒耕牛，兼书触目》，仇兆鳌：《杜诗详注》，北京：中华书局，1979 年。卷十九，第 1669 页。

②同上第 1670 页。

③杜甫《寒食》，同上卷十，第 806 页。

④杜甫《遭田父泥饮美严中丞》，同上卷十一，第 890 页。

⑤（明）陆时雍：《诗境总论》，丁福保辑《历代诗话续编》，北京：中华书局，1983 年，第 1418 页。

⑥陈寅恪：《陶渊明之思想与清谈之关系》，《陈寅恪史学论文选集》，上海：上海古籍出版社，1992 年，第 142 页。

示深长的理趣。

陶渊明完全将自己置放于田园自然之中，以物观物，物我两忘，既无得之喜，亦无失之悲，一切都任顺自然。宋人施德操说："渊明随其所见，指点成诗，见花即道花，遇竹即说竹，更无一毫作为。"[①]其感情因而始终波澜不惊，淡如止水。诗人描写五月的田园风光云：

蕤宾五月中，清朝起南飔。不驶亦不迟，飘飘吹我衣。
重云蔽白日，闲雨纷微微。流目视西园，烨烨荣紫葵。[②]

诗写疾徐有致的南风，又写翩然洒落的微雨，诗人置身其中，无喜无忧，心静如水，似乎与风雨田园浑合为一，只在不经意间看到紫葵灿烂花开的一刹，流露出不易觉察的欢欣，与"悠然见南山"同一意绪。诗人置身田园，总是那样忘情，即便饮酒自娱，也要风雨作陪，"欢然酌春酒，摘我园中蔬。微雨从东来，好风与之俱"[③]。诗人于园中酌酒摘蔬，其乐陶陶，继而微雨、好风一时并至，唯有此等佳致，才能佐酒助兴，陶然酣醉。诗人似乎并非仅要饮酒，而更要与田园风物相和相鸣，融于自然大化之中，获得一种真正的沉醉。

陶诗"超然物表，遇境成趣"[④]，杜诗则是心怀天下，触目生情，如施德操所说："子美读尽天下书，识尽万物理，天地造化，古今事物，盘礴郁积于胸中，浩乎无不载，遇事一触，辄发之于诗。"[⑤]杜甫田园诗既有摆脱俗累、置身自然的轻松愉悦，又有怀念故乡、忧心时事的沉郁忧愤。

儒家思想的长期浸染使杜甫深怀仁民爱物之情，历经战乱流离，目睹生灵涂炭，更激发了"大庇天下寒士"的仁者情怀，并由对天下黎庶的关切推及对天地万物的怜爱，真情至性充塞于天地之间。杜甫到成都后，面对优美宁静的田园风物，千姿百态的花鸟鱼虫，凝情驻足，流连忘返，疲惫的心灵得到了极大的抚慰。如果说陶渊明是将自我深融于天地大化，物我合一，以物观物，那么杜甫则是以仁爱之心体味物情，以我观物，使物皆着我之色彩。陶氏是消泯物我隔阂，将自我统一于自然，传达自然之道；杜甫则是以物性统一于人性，以心驭物，传达仁爱之情。所以陶诗中的鸟意象如"晨鸟暮来还，悬车敛余辉"[⑥]，"栖栖失群鸟，日暮犹独飞"[⑦]，"山气日夕佳，飞鸟相与还"[⑧]，负载着退隐山林的人生理想和返归自然的哲学思考。而杜甫笔下的花鸟鱼虫则无不沾染人的气息，如"自去自来梁上燕，相亲相近水中鸥"[⑨]，"熟

---

①(宋)施德操：《北窗炙輠录》，景印文渊阁四库全书，第1039册，第383页。

②龚斌：《陶渊明集校笺》，上海：上海古籍出版社，1996年，第152页。

③陶渊明《读〈山海经〉十三首》其一，同上第334页。

④(明)许学夷：《诗源辨体》，北京：人民文学出版社，1998年，第100页。

⑤(宋)施德操：《北窗炙輠录》，景印文渊阁四库全书，第1039册，第383页。

⑥龚斌：《陶渊明集校笺》，上海：上海古籍出版社，1996年，第134页。

⑦陶渊明《饮酒二十首》其三，同上第218页。

⑧陶渊明《饮酒二十首》其四，同上第220页。

⑨杜甫《江村》，仇兆鳌：《杜诗详注》，北京：中华书局，1979年。卷九，第746页。

知茅斋绝低小，江上燕子故来频”①，“笋根雉子无人见，沙上凫雏傍母眠”②，无不生动活泼，充满温馨的人性。

杜甫并不准备久居田园，他没有陶氏那样的闲适，自然也没有陶氏的理趣。寄人篱下的生活及持续不断的战乱使得杜甫不可能心如止水，表面的闲适下面深藏隐忧，“但有故人供禄米，微躯此外更何求？”③，友人供禄米是幽居生活的保证，而一旦“厚禄故人书断绝”，便会“恒饥稚子色凄凉”。④ 这种寄人篱下的处境常常打破杜甫闲适的心境而使其生出归乡之念，但动乱的时局又使他有家难回，于是对自身际遇的哀愁极易转入对时局的忧患，这种忧患心态的渗透使杜甫的田园诗不同于陶渊明的淡泊恬静，如其《暮春题瀼西新赁草屋五首》其三云：

彩云阴复白，锦树晓来青。身世双蓬鬓，乾坤一草亭。
哀歌时自惜，醉舞为谁醒？细雨荷锄立，江猿吟翠屏。⑤

如将中间两联抽掉，应是一首不错的田园诗，但中间四句感伤的抒情却为全诗笼上了浓重的阴影。杜甫并未感到劳动的乐趣，相反却由躬耕生活想到自己怀才不遇、为官不成的命运，进而生出归乡不得、漂泊沦落的哀愁，这与陶渊明的“但愿长如此，躬耕非所叹”大异其趣。又如《日暮》：

牛羊下来久，各已闭柴门。风月自清夜，江山非故园。
石泉流暗壁，草露滴秋根。头白灯明里，何须花烬繁。⑥

虽然田园生活给予诗人暂时的安静，但田园终非故园，而且也不能掩盖国势倾颓、战乱不休的整体形势，诗人的心始终不能囿于一隅自得其乐，每每心事浩茫，忧思万端，“头白灯明里”正抒写了诗人志在兼济却无所作为的深沉悲慨。

杜甫田园诗从形式上主要可分两类，一类是五古，一类是五律，五古重在叙事议论，五律重在写景抒情。五律更多描写田园景象，近似于陶诗，而真正体现杜甫田园诗精神特质的则是五言古体。这类诗虽写田园，而诗人之心却不囿于田园，而是由田园而天下，由自我而苍生，由眼前的和平虑及动荡的时局，渗透着强烈的现实精神与忧患意识，也为这类田园诗打上了深深的现实主义烙印。如《甘林》，前半叙归林情事，描述林间清旷及野中闲静，流露出淡泊自守的闲适情趣，“迟暮少寝食，清旷喜荆扉。经过倦俗态，在野无所违”⑦。其中“荆扉”

---

①杜甫《绝句漫兴九首》其三，仇兆鳌：《杜诗详注》，北京：中华书局，1979 年。卷九，第 789 页。
②杜甫《绝句漫兴九首》其七，同上第 791 页。
③杜甫《江村》，同上卷九，第 746 页。
④杜甫《狂夫》，同上第 743 页。
⑤杜甫《暮春题瀼西新赁草屋五首》其三，同上卷十八，第 1611 页。
⑥同上第 1754 页。
⑦杜甫《甘林》，同上卷十九，第 1667 页。

应出自陶渊明的“白日掩荆扉”，“无所违”则似出自陶氏的“但使愿无违”，颇似陶氏的归隐情趣。但诗后半则感慨时事，情调悲凉，“主人长跪问，戎马何时稀？我衰易悲伤，屈指数贼围”。至此，前面的闲适一扫而空，忧时伤世之情如潮水般涌来。除《甘林》外，其他如《上后园山脚》《行官张望补稻畦水归》《秋行官张望督促东渚耗稻向毕清晨遣女奴阿稽竖子阿段往问》《阻雨不得归瀼西甘林》《又上后园山脚》等诗亦是同一范式，往往是田园与家国、片刻的欢愉与深广的忧愤的强烈对照，从而构成杜甫田园诗宏大深沉的意境，这根本上源于诗人“穷年忧黎元”的儒者情怀。

杜甫强烈的入世精神使他能够超越个人的进退得失而关注民生，突破田园的狭小天地而忧心天下。尤其是诗人旅居生活的后期，国家的危难及暮年的衰病使晚年的杜甫越发食不甘味，寝不安枕，悲情愁绪越发浓重，既伤悼一己之不幸，更同情战乱中挣扎的人民，其田园诗作便充满仁民爱物的深厚情怀。久旱不雨，时雨突至，诗人满怀喜悦，“敢辞茅苇漏，已喜黍豆高”[①]，“清霜九月天，仿佛见滞穗”[②]。诗人老病穷途，却不利己而欲分惠于人，“遗穗及众多，我仓戒滋漫”[③]，“枣熟从人打，葵荒欲自锄”[④]。诗人艰难困顿，却是先人后己，大道为公，“西成聚必散，不独陵我仓。岂要仁里誉，感此乱世忙”[⑤]，这与陶渊明“欢然酌春酒，摘我园中蔬”自是不同的境界。

仇注引黄生曰：“杜田园诸诗，觉有傲睨陶公之色，其气力沉雄，骨力苍劲处，本色自不可掩耳。”[⑥]所谓“沉雄”“苍劲”其实正是杜甫入世精神的艺术体现，也是杜甫田园诗不同于陶诗的根本所在。

三

陶、杜对田园的不同心态深刻影响到二人田园诗的笔法和美学风格，陶诗多写意式的粗线条勾勒，自然简淡；杜诗则多写实和人力安排，其五古深沉悲慨，五律清丽劲健。

陶氏以物我合一的眼光观照万物，消泯了物我界限，并非将外物作为独立的审美对象进行观照，而更“纯任真实，自写胸臆”[⑦]。所以陶诗多无我之境，重在心灵与物象的深度契合，并不着意于物象本身的细微特征，多意会之语，少形象写真。如《酬刘柴桑》云：“空庭多落叶，慨然已知秋。新葵郁北牖，嘉穗养南畴。”[⑧]诗人孤居穷巷，浑忘四时，看到落叶纷纷才恍然秋之已至，并生出悲慨之意。但目睹北窗外新葵茂盛，南畴间禾穗饱满，则又欣然自足。诗人心与境会，随物宛转，完全应和外物的律动，同时也就忽略了自我的存在，自然也就不会从主客二分的角度精细地观察外物。所以诗人写秋写葵，只是点到为止，并不具体铺陈。又

---

①杜甫《大雨》，仇兆鳌：《杜诗详注》，北京：中华书局，1979年。卷十一，第907页。

②杜甫《雨》，同上卷十五，第1326页。

③杜甫《行官张望补稻畦水归》，同上卷十九，第1654页。

④杜甫《秋野五首》其一，同上卷二十，第1732页。

⑤杜甫《秋行官张望……竖子阿段往问》，同上卷十九，第1656页。

⑥同上卷十九，第1659页。

⑦(清)施补华：《岘佣说诗》，《清诗话》，上海：上海古籍出版社，1978年，第133页。

⑧龚斌：《陶渊明集校笺》，上海：上海古籍出版社，1996年，第125页。

如《和郭主簿二首》其一："蔼蔼堂前林，中夏贮清阴。凯风因时来，回飙开我襟。"[①]"蔼蔼"写林之茂盛，"凯风"写风之清凉，前者重其"阴"，后者重其"时"，诗人因时而化，任顺自然，因而"'堂前林''凯风''回飚'等客观之物皆与渊明建立亲切体贴之关系，或为之贮阴，或为之开襟，宛若朋友一般"[②]。渊明与自然冥合为一，心息相通，已从中悟得天机妙趣，何须赘述自然本身的特征。陶氏"无意作诗人"[③]，"不过写其所欲言，亦非有意胜人耳"[④]，他所汲汲以求的是与自然的交流融会，而非斤斤于物象本身，正所谓得意忘言。陶氏名句"采菊东篱下，悠然见南山"即已蕴含归返自然的人生妙趣，得鱼忘筌，何须再写菊之色泽，山之形态。这就必然造成陶氏田园诗意象的疏阔及语言的朴拙，也唯有如此，才能表现天地自然的无形大道。陶渊明无意为诗，其实是因为有意于自然，对自然物象以神遇而不目视，故能超然物表，不落言筌，"如大匠运斤，无斧凿痕"[⑤]，表现出大巧若拙的美感。

与陶氏不同，儒家的入世精神赋予杜甫突出的主体地位，而不是如道家哲学一样将自我融入天地大化；儒家的仁爱精神又使得杜甫往往以悲天悯人的情怀关注现实，而不是局促于田园生活不问世事。有基于此，杜甫与田园景象是主客两分的，如果说陶渊明是将自我统一于田园，那么杜甫则是以自我统摄外物，以儒家眼光观照现实情景，这使其田园诗具有更强的现实精神与写实风格。

杜甫初到成都的一些诗作，如《梅雨》《为农》《田舍》《江村》《江涨》《后游》等或写村居之清僻，或写生活之悠闲，或表达归隐的愿望，或叙述游览的乐趣，总体上抒写了饱经流离之后生活暂得安定的欣慰。但杜甫虽置身出世之境却仍怀入世之心，这就使其田园诗不可能如陶诗那样物我合一，如其到成都不久所作的《为农》诗云：

锦里烟尘外，江村八九家。圆荷浮小叶，细麦落轻花。
卜宅从兹老，为农去国赊。远惭勾漏令，不得问丹砂。[⑥]

如果将该诗与陶渊明《归园田居》比较，就会发现二者的不同。陶潜是以出世之心对田园风物和田园生活进行细细的品味，诗人完全沉浸在乡野田园宁静淳朴的氛围中，进行一种陶醉式的描述。而杜甫此诗虽然也表达了隐居田园的愿望，但由表述方式及感情倾向来看，更像是一种局外人的观察，除了初来乍到的新鲜和暂得平静的喜悦外，看不出对田园有更多的感情投入。杜甫非如陶渊明一样以质性自然的心态对田园景象进行观照和体验，而是从自我视角进行欣赏品味，虽有时表现出闲适的情趣，却非物我交融的境界，如《园》诗云：

仲夏多流水，清晨向小园。碧溪摇艇阔，朱果烂枝繁。

---

①陶渊明《和郭主簿二首》其一，龚斌：《陶渊明集校笺》，上海：上海古籍出版社，1996年，第127页。

②袁行霈：《陶渊明集笺注》，北京：中华书局，2003年，第150页。

③（清）施补华：《岘佣说诗》，《清诗话》，上海：上海古籍出版社，1978年，第977页。

④（明）许学夷：《诗源辨体》，北京：人民文学出版社，2001年，第101页。

⑤（明）都穆：《南濠诗话》，《历代诗话续编》，北京：中华书局，1983年，第1342页。

⑥杜甫《为农》，仇兆鳌：《杜诗详注》，北京：中华书局，1979年。卷九，第739页。

始为江山静，终防市井喧。畦蔬绕茅屋，自足媚盘飧。①

仲夏早晨摇艇于碧溪，触目可见红色的果实缀满枝头，诗人特以“烂”与“繁”突出颜色之艳与数量之多，现出心中的欣喜。然后说明避居于此的目的，为求环境之静和逃避市井之喧，虽流露出隐者情怀，却是刻意为之，与陶氏“心远地自偏”自是不同的境界。全诗虽然貌似宁静，但诗人的主观情志有着强烈的表现，与陶诗泯合物我的浑融淡泊有着不同的风貌。

陶、杜田园诗不同的审美风格，本质上在于陶、杜不同的文化心态及由此造成的对自然的不同态度。陶与田园没有感情的隔阂，而杜甫与田园是有隔阂的，杜甫的儒者心态使其田园诗很难达到陶诗那种物我浑融的境界，试看杜甫《课小竖锄斫舍北果林枝蔓荒秽净讫移床三首》其一：

病枕依茅栋，荒锄净果林。背堂资僻远，在野兴清深。
山雉防求敌，江猿应独吟。泄云高不去，隐几亦无心。②

仇兆鳌引黄生注曰：“看雉听猿，凭几对云，总见静寂幽闲之趣。”又引王嗣奭《杜臆》曰：“泄云不去，此无心出岫者，公之隐几而视，亦同一无心也。”其实诗人强调无心，恰恰反照出内心的不平。宋人张九成曾将陶渊明“云无心以出岫，鸟倦飞而知还”与杜甫的“水流心不竞，云在意俱迟”作比，认为杜甫两句为胜。明王世贞则云：“子韶谓‘水流’一联比渊明‘云无心以出岫’二句更浑沦，余以为语不超脱，开宋人理障一派。”③虽然王世贞将宋代理语诗的泛滥归罪于老杜，未免言过其实，但说杜甫两句“语不超脱”却有道理。按陶诗两句以心体物，不露声色，而意在言外，气象浑沦。杜诗则将自己的“心”“意”格外点出，貌似平和，其实意落言筌，反倒透露出内心的不平静，这与本诗两句“泄云高不去，隐几亦无心”具有相似的理路。

从创作实践来看，杜甫似乎有意使五律与七律承担不同的任务，以七律表达严肃沉重的家国主题，而以五律描写更轻松的生活画面，因此，其田园诗几乎没有七律，而全为五律，且尽可能以平实的语言叙事写景，避免刻意的雕琢，如《秋野五首》其三云：

礼乐攻吾短，山林引兴长。掉头纱帽侧，曝背竹书光。
风落收松子，天寒割蜜房。稀疏小红翠，驻屐近微香。④

全诗将山居生活的情景一一摄入笔底，遣词用语毫无造作之态，与其畅适之情表里相应，呈现出有别于刻意求工以至沉郁顿挫的另一种风貌。而恰恰是这类无意为工的诗，表现出近似渊明的自然趣味。《四溟诗话》评论说，“子美《秋野》诗：‘水深鱼极乐，林茂鸟知归。’

---

①杜甫《园》，仇兆鳌：《杜诗详注》，北京：中华书局，1979 年。卷二十，第 1779 页。

②杜甫《课小竖锄斫舍北果林枝蔓荒秽净讫移床三首》其一，同上第 1736 页。

③（清）郭曾炘：《读杜劄记》，上海：上海古籍出版社，1984 年，第 173 页。

④杜甫《秋野五首》其三，仇兆鳌：《杜诗详注》，北京：中华书局，1979 年。卷二十，第 1733 页。

此适会物情，殊有天趣。”[①]但此类诗作为数不多，并不是其主导风格。杜甫虽然表示“焉得思如陶谢手”[②]，但其“语不惊人死不休”的创作理念使其很难纯任自然，整体的创作面貌也便不易呈现类似陶氏诗作的天趣。

渊明无意为诗，重在与自然的交流回应，故不刻意于修辞。杜甫有意为诗，追求“惊人”的效果，往往失去自然的真趣。更重要的是，杜甫因内心的不平，触目所及，不免以自我之情涂抹外物，使得景物的形态色调时露峥嵘，如《向夕》“畎亩孤城外，江村乱水中”[③]，又如《暝》“牛羊归径险，鸟雀聚枝深”[④]。其中“孤”“乱”“险”“深”之类词语隐现出时局的动荡及诗人内心的惊惕，这似乎就不是诗人的主观审美追求所能左右的了。

陶渊明的田园诗总体是宁静的，杜甫的田园诗中有更多动乱的影子。陶诗之平静淡泊实则源于对政治的绝望，正如鲁迅所说：“再至晋末，乱也看惯了，篡也看惯了，文章便更和平。代表平和的文章的人有陶潜。”[⑤]而杜诗的忧患则因为大唐王朝江河日下的趋势已不可逆转，而积极进取的时代精神又未完全消退，欲用世而不能，欲避世而不甘，必然在进退两难的困境中痛苦挣扎。虽然田园的宁静使杜甫暂得休憩，然而清醒之后是更加长久的痛苦。

陶、杜都有真情至性，“陶公真至，寓于平淡；少陵真至，结为沉痛”[⑥]。二人不同的精神气质最终形成田园诗的不同风貌，陶诗淡泊玄远，杜诗更多悲慨沉郁。虽然二人的田园诗各有千秋，然而杜诗更以其兼济天下的仁者之心感动来者，这也是作为诗圣的杜甫其更伟大之所在。

---

①(明)谢榛《四溟诗话》，《历代诗话续编》，北京：中华书局，1983年，第1215页。

②杜甫《江上值水如海势聊短述》，仇兆鳌：《杜诗详注》，北京：中华书局，1979年。卷十，第810页。

③杜甫《向夕》，同上卷二十，第1739页。

④杜甫《暝》，同上卷二十，第1755页。

⑤鲁迅：《魏晋风度及文章与药及酒之关系》，《鲁迅杂文全集》，北京：九州图书出版社，1995年，第330页。

⑥(清)施补华：《岘佣说诗》，《清诗话》，上海：上海古籍出版社，1978年，第979页。

杜诗艺术研究

转益多师:杜甫与汉魏六朝文士

徐公持
(《文学遗产》 北京 100732)

读《杜工部集》,可以看到杜甫对于汉魏六朝文学,真是再熟悉不过,如数家珍。举凡有影响的文学人物,几乎皆在他的关注范围之内。他如此重视汉魏六朝文学,是因为在他看来,“纵使卢王操翰墨,劣于汉魏近风骚”,“汉魏”文学“近”于“风骚”经典,即使当代最优秀文人(在杜甫之前,就数卢照邻、王勃辈了)都难以超越。在汉魏六朝的大量文士中间,杜甫对于曹植、陶渊明、谢灵运、庾信几位更加心仪,这在他的诗文中颇多表露。

一

先看曹植。杜甫在天宝七载(748)所作《奉赠韦左丞丈廿二韵》中有句云:“读书破万卷,下笔如有神。赋料扬雄敌,诗看子建亲。”杜甫以诗赋为范围,将杨雄、曹植选定为自己的比拟对象。在此杜甫自诩“下笔如有神”,真是自信满满。不过他并非目空一切,还有两位人物被他所看重:扬雄、子建。为何在前朝千百文士中特别推出此二人?杜甫自有其标准。在赋的领域,汉代赋家众多,按照刘勰的说法,其代表性作者就有陆贾、贾谊、枚乘、司马相如、王褒、扬雄、枚皋等“十家”(《文心雕龙·铨赋》)。杜甫单单拈出扬雄为鹄的,大概是他看重其“恬于势利”“好古而乐道”(《汉书》本传)的行事作风,而司马相如等其他赋家尽管名气更大,却难免“势利”之讥。至于诗的领域举出曹植,应该是众望所归,没有争议的。在杜甫之前,早就有谢灵运将曹植誉为“八斗”高才,钟嵘《诗品》对曹植更有“譬人伦之有周孔,鳞羽之有龙凤”的推奖,这些杜甫应当熟知。所以他这里说自己的“诗”与曹植相“亲”,既是对前人评论的响应,也不无自我赞许,意下谓自己在诗歌写作上足堪进入“周孔”“龙凤”的档次。此外,杜甫还有一些关于曹植的言论,如“子建文章壮,河间经术存”(《别李义》)。这里将“文章”与“经术”列为两大领域,而曹植被尊为“文章”领域的“壮”者。他还多处说及“曹(植)刘(桢)”,将他们树立为文学高标,说他们如何如何优秀杰出,“气劘屈贾垒,目短曹刘墙”(《壮游》),“总戎楚蜀应全未,方驾曹刘不啻过”(《奉寄高常侍》),“沈范早知何水部,曹刘不待薛郎中”(《解闷十二首》之四)。“曹刘”并称,在当时评论界颇为流行,但是“陈思为建安之杰,公干、仲宣为辅”(钟嵘《诗品·序》),史上也早有定评,所以“曹刘”之说的重心,无疑在曹植身上，杜甫笔下的这两个字，主要指向曹而非刘昚明。

归纳起来看，杜甫对于曹植的评论主要体现在“亲”“壮”两个字上。杜甫说“诗看子建亲”，意思比较明了，它不是在分析曹植或自己的文学风格或特点，而是表达他对曹植诗歌成就和地位的正面肯定，是从历史视角描述不同时期文士写作的关联性；另外，它也显示着杜甫的文学爱好和基本取向。杜甫说“子建文章壮”，可以理解为他是在描述曹植文学的风格特色。从传统的理解角度看，“壮”是对弘大刚强、劲健有力风格的形容，而这一点也正是曹植本人所喜爱的风致。曹植曾褒扬吴质有“君子壮志”（《与吴质书》），又曾赞颂历史人物“信当世至豪、健壮杰士也”（《汉二祖优劣论》），他还多次以“壮士”自居，如《鰕䱇篇》中指斥“燕雀”苟安，标举“鸿鹄”高飞，说“……抚剑而雷音，猛气纵横浮；泛泊徒嗷嗷，谁知壮士忧?”这个“壮士”就是他自己。《白马篇》中又以“壮士”形容胞兄曹彰的勇猛果敢。后世对于曹植文风的评论，也多赞之以“壮”。刘勰就说过：“陈思《七启》，取美于宏壮”（《文心雕龙·杂文》）钟嵘说的“（陈思）骨气奇高”（《诗品》卷上），”骨气”意思与“壮”相通，同书说刘桢便是“壮有骨鲠”。至于杜甫自己，也以“壮”为贵，他说过“丈夫贵壮健，惨戚非朱颜”（《遣兴五首》之五），又说“剑门天下壮”（《剑门》）之类。所以我们对于杜甫所说的“壮”，不妨理解为一种具有“丈夫”“骨鲠”气质的文学风格；当然，这个“壮”字不是很精细的概念，它是容量比较大的宽泛的风格，是“泛风格”“大风格”。要之，“亲”和“壮”这两个字，就是杜甫用来表述他心目中的曹植的“关键词”。从这两个字中，我们可以约略体味出，杜甫对于曹植的态度是一种全面性、总体性的肯定；他认可前辈论者的既有观点，认为曹植诗歌具有壮健特色；曹植是诗歌史上的标志性存在，具有经典地位，是文人写作的一个榜样和努力目标。它们从一个侧面折射出了杜甫在文学写作领域的内心自许和总体愿景。

二

再看陶渊明、谢灵运。杜甫在著名的一篇七律中写道：

> 为人性僻耽佳句，语不惊人死不休。老去诗篇浑漫与，春来花鸟莫深愁。新添水槛供垂钓，故著浮槎替入舟。焉得思如陶谢手，令渠述作与同游。（《江上值水如海势聊短述》）

诗中说自己希望做到“语不惊人死不休”，为此真想学到陶、谢的高超手段，能够与他们一起“述作”并且“同游”。可知他明确地将陶、谢置于诗坛偶像地位。从诗中可知，杜甫对于陶、谢的仰慕，不仅在“文章”和“诗”的层面，更在人生态度上，他愿与之“同游”。此“游”当然并非仅仅是游戏、游乐之意，而是一种超脱世俗的生活方式，是庄子所演绎的“逍遥游”之“游”。

其实这个“游”字，也说出了陶、谢两位与曹植之间的差异：曹植及其作品关注社会现实，处处流露出经国济民的关怀；而陶、谢在这方面都不突出，他们更加看重生活的超凡脱俗，以及自我性情的放达舒畅。对此，杜甫在另一处写道：“优游谢康乐，放浪陶彭泽。吾衰未自由，谢尔性有适。”（《石柜阁》）又写“谢氏寻山屐，陶公漉酒巾”（《寄张十二山人彪三十韵》）。

这里说他向往谢的“优游”和陶的“放浪”，他有憾于自身的未得“自由”，感叹二位先贤能够做到“适性”。关于“适性”，前人早有论述，西晋张载曾说“导气养形，遣忧消患，适性顺情”（《酃酒赋》）；南朝江淹尝谓“人生当适性为乐”（《自序传》），究其本，皆不出老庄思想体系。庄子说：“故尝试论之：自三代以下者，天下莫不以物易其性矣：小人则以身殉利，士则以身殉名，大夫则以身殉家，圣人则以身殉天下。故此数子者，事业不同，名声异号，其于伤性以身为殉，一也。”（《骈拇》）又说：“同乎无欲是谓素朴，素朴而民性得矣。”（《马蹄》）“性”是“素朴”的自然状态，而人类行为殉名殉利，或者殉家殉国，皆属“以物易其性”，是“伤性”而不能“适性”。所以杜甫“适性”之说，是他企慕老庄人生哲理的明白表示。杜甫在另一篇作品中写道：“浊酒寻陶令，丹砂访葛洪。”（《奉寄河南韦尹丈人》）意思与上诗略同，诚如旧注所解：“放意于杯酒，故寻陶令；祈心于遐年，故访葛洪。”（《九家集注杜诗》卷十八）仍然是追求“放意”“祈心”的生活境界。杜甫在《可惜》中说得更加清楚：“宽心应是酒，遣兴莫过诗。此意陶潜解，吾生后汝期。”通过“诗”与“酒”的作用，进入“宽心”“遣兴”之陶渊明境界亦即“适性”境界，最使杜甫心向往之。

不过在现实生活中，杜甫很少能够进入“适性”或“宽心”“遣兴”境界，他毕生道路的坎坷太多，也无法忘情于现实利害之外，他常有的心态是“荣枯咫尺异，惆怅难再述”（《自京赴奉先县咏怀五百字》），“残杯与冷炙，到处潜悲辛”（《奉赠韦左丞丈二十二韵》），这种“惆怅”“悲辛”才是他的现实生活基调。所以他在诗中咏叹陶、谢二位的“适性”境界，只能是他自身困厄于时俗境遇又难以解脱之际的一种想象空间和精神慰藉。

关于陶、谢，杜甫还有“陶谢不枝梧，风骚共推激”（《夜听许十一诵诗爱而有作》）等评论。所谓“不枝梧”，指作品内涵方面清净高洁，同时又能够体现出“风骚”的格调和韵致。这也是一种不同流俗的崇高品格。不过从总的态度看，我们可以窥知杜甫赞美陶、谢，主要出于对他们人生状态和生活境界的企慕。与他对曹植在文学成就领域的敬仰相比较，应当说在内涵取向上是不同的。他对陶、谢的企慕，更加具有比照自我现实生活的针对性，以及寻求精神慰藉的功能。正因为如此，所以杜甫对于陶、谢的赞美，实际上数量更多，更常见，他在多种场合都要时不时带出一句“陶谢”如何如何来。例如他说写“推荐非承乏，操持必去嫌；他时如按县，不得慢陶潜”（《东津送韦讽摄阆州录事》）。这是说陶渊明是他为官摄事的榜样。又如时逢重阳节，他就写“每恨陶彭泽，无钱对菊花；如今九日至，自觉酒须赊”（《复愁十二首》之九），贫穷时自恨“无钱”饮酒赏菊，又想起陶渊明。又“街头酒价常苦贵，方外酒徒稀醉眠”（《偪仄行》）。这里所写“方外酒徒”，也是指陶渊明，陶曾对来访的地方士绅说：“我醉欲眠，卿可去。”（沈约《宋书·隐逸传》）

杜甫在言及陶渊明的时候，也偶有微词。例如他在《遣兴五首》（之三）中写道：“陶潜避俗翁，未必能达道；观其著诗集，颇亦恨枯槁。达生岂是足？默识盖不早。有子贤与愚，何其挂怀抱？”这里说陶颇有怨恨贫乏“枯槁”生活之语，未能充分表现出“达道”精神；又牵挂儿子成长，写《责子》诗等，也不能算“达生”。其实这里也许正反映出杜甫与陶渊明对于人生意义的理解差异。事实上陶渊明之诗，虽然写了“夏日长抱饥，寒夜无被眠”（《怨诗楚调》）等困乏情状，但这些都是其真实生活的描写和感受，“恨”的程度并不严重。他在实际生活中“短褐穿结，箪瓢屡空，晏如也。常著文章自娱，颇示己志。忘怀得失，以此自终”（《五柳先生传》）。

他也并无刻意追求“达道”或“达生”的意图，陶诗中看不到“达道”“达生”等自我标榜字样。而“放浪陶彭泽”，也只是杜甫心目中的陶渊明，与历史上真实的陶渊明的生活状况和人生作风，不完全切合无间。反观杜甫，我们很难判断他与陶渊明实际上谁更加贫苦一些，但可以确定的是，他在诗中写贫困拮据生活之处比陶渊明更多，感叹也更加强烈。看来他对于生活的困顿和贫乏，更加重视，因此遗憾及苦恼也更多。而杜甫追求或者标榜“达生”“达道”的意图，无疑也比陶渊明更明确，所以他才有此作品。

其实关于“达生”，那是谢灵运标榜的境界：“万事难并欢，达生幸可托”（《斋中读书》），“或可优贪竞，岂足称达生？”（《初去郡》）在生活享受条件方面，谢灵运比陶渊明优裕得多，两人根本不在一个档次上。“优游”二字对于他，是十分合适的。然而谢灵运在生活态度的放达洒脱方面，却比陶渊明差得多，他对功名利害的得失颇为萦怀，相当计较，也正缘此，他的人生结局也比陶渊明悲惨，可以说他的“达生”之论，完全成为一种反讽式的标榜。可见杜甫关于“陶潜避俗翁，未必能达道”的批评，稍有些失当。这本来是谢灵运的问题，却错安到陶渊明头上了。当然这是个枝节问题，不影响杜甫对陶渊明的总体尊奉态度。

三

再看庾信。杜甫在一首赠友人王维的诗中曾写到他，说“共传收庾信”（《奉赠王中允维》）云云。这是正面的比喻，意为王维文学才具高超，堪比庾信。他又曾赞美庾诗的风格：“清新庾开府，俊逸鲍参军。”（《春日忆李白》）“清新”之目，不见用于前贤诗论，是他的独家创新，日后流传，影响甚广。杜甫对于庾信的综合评价，还见于《戏为六绝句》之一：

庾信文章老更成，凌云健笔意纵横。今人嗤点流传赋，不觉前贤畏后生。

按照旧注的解释，“文章而老更成，则练历之多，为无敌矣”（《九家集注杜诗》卷二十二）。而“凌云”之句，便是正面赞美其笔致高远，意气阔大；这是从风格角度出发，对庾信作出评价。后二句批评“今人”，未能尊重“前贤”，“后人取其流传之赋，嗤笑而指点之；岂知前贤自有品格，未见其当畏后生也”（《杜诗详注》卷十一）。庾信离盛唐时代不远，文学上的影响比曹植、陶、谢更直接、更巨大，所以杜甫作此诗，专说其“文章”。

不过杜甫对于庾信的关心和亲近，从本人生活体验出发的因素更多。天宝十四载（755）安禄山叛乱之后，杜甫过着多年的颠沛流离生活，其间所撰诗中，写及庾信者明显增多。而其内涵，大多与自身经历相关。如他写“庾信哀离久”（《上兜率寺》），便指庾信久离故里而著《哀江南赋》，据赵注云：“其（庾信）所以哀者，以金陵瓦解而窜身荒谷，公（杜甫）自喻也。”可见相似的苦难身世，使得杜甫对庾信作品倍感亲切，他在这里既咏庾信，亦以自喻。“庾信平生最萧瑟，暮年诗赋动江关”（《咏怀古迹》），说出了他感动于庾信诗赋作品，主要原因在于“平生最萧瑟”，这种“萧瑟”生活是自己亲历着的，所以他是“哀伤同庾信，述作异陈琳”（《风疾舟中伏枕书怀三十六韵奉呈湖南亲友》）。当然，这种哀伤不仅是个人的，也是国家的，这一点对于心怀忠君忧国观念的杜甫也很重要，“庾信有《哀江南赋》，哀伤同之，则皆所以忧国也”(《九家集注杜诗》卷三十六“赵云”)。一语道出诗中写的是双重的哀伤，因此也令诗人分外痛心。也正因此，杜甫对于与庾信其人有关系的事物，都给予格外的关心。如他送人至江陵，便不止一次提醒说那里有庾信旧宅，“荒林庾信宅，为仗主人留”(《送王十六判官》)，“庾信罗含俱有宅，春来秋去作谁家”(《舍弟观赴蓝田取妻子到江陵喜寄三首》)，牵肠挂肚，念念不忘，似乎那是杜甫自己的旧宅。由此见出杜甫对于庾信，有着一种从切身体验中滋生出来的深厚的亲切感。他从庾信与自己类似的多蹇人生中得到共鸣，既“哀伤”个人命运，又感叹皇朝倾覆，既“忧生”又“忧国”，这里有杜甫人格的深度反映。

以上缕述杜—曹、杜—陶谢、杜—庾三层关联，也就是三条线索，构成了杜甫与汉魏六朝文士众多关联中的主线。它们在相当程度上反映了杜甫的文学追求、生活状态以及人格境界。所以不妨说，杜甫与曹植、陶、谢、庾信这几位前朝文豪的隔代精神交流，在一定程度上反映出了他本人的“三维”立体形象。

杜甫与汉魏以来文士之间千丝万缕的关系，总的来看，这是他主动向前贤“亲”近和学习的过程，也是他自身文学成就及人格塑造不断提升的过程，起了一种正面的作用。对此他自己曾说：

不薄今人爱古人，清词丽句必为邻。窃攀屈宋宜方驾，恐与齐梁作后尘。
未及前贤更勿疑，递相祖述复先谁？别裁伪体亲风雅，转益多师是汝师。

(《戏为六绝句》之四、五)

杜甫对于古今优秀作者，并无厚薄之区分。只要是“清词丽句”的创造者，皆在他的鉴照之内。当然，他对古人也不是良莠不辨，照单全收，而是有相当的取舍标准，因为他明白，不能步“齐梁”文士之“后尘”。他对待文学遗产的态度是以“风雅”为高标，“别裁伪体”，区别精华糟粕，决定取舍。这里他又使用了一个“亲”字，不过这次他所“亲”的对象已经是“风雅”，可证他的“诗看子建亲”，实在是一种高规格的经典式推奖。而末句“转益多师”云云，正是他在对待曹植、陶渊明、庾信等前贤的做法的基本出发点。在这点上，元稹说得极为准确，他说：“至于子美，盖所谓上薄风雅，下该沈宋，言夺苏李，气吞曹刘，掩颜谢之孤高，杂徐庾之流丽，尽得古人之体势，而兼昔人之所独专矣！”(《唐杜工部墓志铭》)

四

下面要通过一个文例，来考察杜甫面对汉魏六朝文士，在自己的写作中是如何贯彻“转益多师”主张的。先看他的《石龛》诗：

熊罴咆我东，虎豹号我西。我后鬼长啸，我前狨又啼。天寒昏无日，山远道路迷。驱车石龛下，仲冬见虹霓。伐竹者谁子？悲歌上云梯。为官采美箭，五岁供梁齐。苦云直簳尽，无以充提携。奈何渔阳骑，飒飒惊蒸黎。

《石龛》作于乾元二年(759),正值安史之乱第五年,当时两京失守,朝廷西窜,生民乱离,社会遭到极大破坏。杜甫本人刚失去"左拾遗"之官,流亡到了汉中地区,心中充满忧国忧民的焦虑,以及对自身前景的迷茫。诗篇前二联写乱军猖獗;三联写地理气象,气氛怪异;四、五、六联写看到民众辛勤伐竹,制箭以供前方军用;末联写乱军对民众国家的祸害。全篇主题写战乱时局之人民困苦,然而本篇在写法上与曹操《苦寒行》竟颇多相近相似之处,令人惊奇:

北上太行山,艰哉何巍巍。羊肠坂诘屈,车轮为之摧。树木何萧瑟,北风声正悲。熊罴对我蹲,虎豹夹路啼。溪谷少人民,雪落何霏霏。延颈长叹息,远行多所怀。我心何怫郁?思欲一东归。水深桥梁绝,中路正徘徊。迷惑失故路,薄暮无宿栖。行行日已远,人马同时饥。担囊行取薪,斧冰持作糜。悲彼东山诗,悠悠使我哀。

《苦寒行》为曹操建安十一年(206)征伐并州刺史高干时所撰,主要内容是描述行军途中道路崎岖,气候恶劣,人困马乏,而作者以周公自居,既同情军士艰苦,又充满胜利信心。应当说,两位诗人,时代迥远,身份地位,颇有不同。两篇诗歌的主题互不相干,只是题材上都与战争有关,自然坏境都恶劣,仅此而已。然而,杜甫诗作无论意境或词句,皆与曹操之诗相仿,如杜诗中"熊罴咆我东,虎豹号我西"等,与曹诗"熊罴对我蹲,虎豹夹路啼"等所写略同,杜诗"天寒昏无日,山远道路迷",与曹诗"迷惑失故路,薄暮无宿栖"也内容接近。而所写气氛情调,竟也出奇相类,皆突出一个"悲"字:杜诗在唱"悲歌",曹诗则在作"悲诗"。总之,在意境营造和遣词构篇上,杜诗皆规步曹篇,迹象明显,两者存在相当深度的关联性,是不能否认的。这里不能说杜甫在刻意模仿或抄袭,但说他学习或者借鉴曹诗,则是毫无疑议的。需要说明的是,杜甫对于曹操其人,也颇存敬仰之心,似乎史上早有的"奸雄"之类看法对他并无多少影响。他在名篇《丹青引:赠曹将军霸》中写道:"将军魏武之子孙,于今为庶为清门;英雄割据虽已矣,文采风流今尚存。"在杜甫看来,"割据"归"割据",但曹操其人仍不妨被列为"英雄",尤其是作为割据军阀的曹操竟能够做到"文采风流",影响长存人间,令杜甫倍加钦服。此案例是否可以证明,杜甫在"转益多师"方面,真的用了许多实在的功夫,他在汉魏六朝优秀文士那里获益匪浅?还需要说明的是,杜甫本篇诗作,历来不但未受到指摘,还颇获好评,如说:"秦州同谷纪行诸诗,妙有剪裁,句意俱练,色浓响切,无浮声,无冗语,殊胜夔州以后。晦翁论甚当。如《石龛诗》'苦云直簳尽,无以充提携'。而接云'奈何渔阳骑,飒飒惊蒸黎'。截然便住。他诗或亹亹更数十言,此以剪裁胜也。"(明・唐元竑《杜诗攟》卷一)与曹操诗最近似的上半篇,也曾被评论为具有创新品格:"此诗起句连四'我'字,乃公之新格。"(《集千家注杜工部诗集》卷六"赵曰")可知《石龛》之诗既"师"法曹操显然,同时又是成功的佳篇。

曾有论者谓杜甫是中国诗歌史上的"集大成者"(郑印《跋杜子美诗》序),此文例表明,他就是以这样"转益多师"的方式,"集"了包括汉魏六朝诸多优秀文士在内的"大成"!

黄生论杜诗句法

刘重喜
（南京大学　南京　210023）

一、引言

黄生，生于明天启二年（1622），卒于清康熙三十五年（1696），原名琯，字扶孟，号白山。安徽歙县潭渡人，明诸生，入清不仕，授徒著述以终。《四库全书》著录其《字诂》一卷、《义府》二卷，开清代乾嘉朴学之先河。又有《一木堂诗稿》《杜诗说》等著作存世。生平事迹可见《清史列传·儒林传》《黄生年谱》[①]等。

黄生继承了明代"诗必盛唐"的诗学观念，其《唐诗摘钞·序》认为：自唐代以来"诗家遂分二体，散行者曰古体，排偶者曰近体"，而"其穷工极巧，全在近体"，"近体必法唐人，此匠者之绳墨，射者之彀率也"。唐诗近体之中又以杜诗为典范，其《唐诗矩》所选皆五言律诗，"诗至开天而盛，开天得子美而尤盛。子美律诗，高深、雄厚、精切、奇变，无所不有，所选盛唐几二百首，而子美独居强半，以其包罗众家，故特用为殿焉"[②]。

黄生评论唐诗和杜诗的核心是诗法：

王元美谓："章法之妙，有不见句法者，句法之妙，有不见字法者。"此最上一乘法门，即工巧之至而入自然者也。诗家火候未至，岂能顿诣此境？故作诗不讲章、句、字三法，非邪魔即外道。

而在章法、句法和字法三者之中，黄生尤其注重唐诗句法，"炼字莫过于六朝，炼句莫过于唐人"，认为"极尽变化"的句法是唐诗的重要特征。《诗麈》卷一云：

①诸伟奇：《黄生年谱》，见（清）黄生：《黄生全集》第四册附，合肥：安徽大学出版社，2009年。

②《房兵曹胡马》评语，同上第四册，第67页。《唐诗矩》所选皆为唐人五律，分初、盛、中、晚，其中初唐17人，选诗31首；盛唐17人，选诗最多，计142首；中唐选25人，选诗48首，晚唐20人，选诗31首。盛唐诗中又以杜诗所占比重最大，选杜诗89首，占到所选盛唐诗数量的五分之三多，黄生所谓"独居强半"是也。

唐人字法、句法、对法、起法、收法，极尽变化，前人间亦拈及，惜未备未详。予常遍加搜摘，列为句图，类聚而门分之，倘好事者为一梓行，亦是补前贤所未逮也。[①]

由此可见，黄生对唐诗和杜诗的句法进行过深入的剖析和研究。

明末清初学者论杜诗句法，以黄生、洪仲、吴瞻泰三人最为突出。三人同里友善，"晨夕析疑"（吴瞻泰《杜诗题要·评杜诗略例》），"论定杜诗"，对杜诗句法分析得最为细致和全面[②]。三人之中，黄生诗学启导于洪仲[③]，对杜诗用力最大，孜孜以求，研精入微，终集历代杜诗句法论之大成，对后世影响最大。仇兆鳌《杜诗详注》引黄生《杜诗说》甚多，李文炜《杜律通解》中所论句法亦本自黄生[④]。

本文即对黄生的杜诗句法论进行评述，对其句法论的特点及其背后的诗学原理进行探讨。

二、黄生归纳的七十九种杜诗句法

黄生论诗著作甚多，除《唐诗矩》外，还有《唐诗摘钞》四卷，其专论杜诗的有《杜诗说》十二卷。今以三书中所评述的杜诗句法为依据，以清人朱之荆摘抄的《黄白山杜诗说句法》和今人何庆善整理的《黄生析唐诗字法句法举要》[⑤]为参照，将其所论杜诗句法分为"单句"和

---

①《黄生全集》第四册所录《诗麈》二卷实为黄生一生诗论之总结。其《杜诗说》成书于康熙十八年(1679)，《杜诗说》卷十《江南逢李龟年》云："此诗从来诸选皆不见收，始经予友方舟拈出，予已登之《诗矩》。"今按此诗不见于《唐诗矩》而见于《唐诗摘钞》卷四。《诗麈》卷二中已经提到其"所著《杜诗说》及《一木堂诗式》"，则《诗麈》成书当后于《杜诗说》和《唐诗矩》(或《唐诗摘钞》)，可以看作黄生晚年诗学思想的代表作。

②洪仲(一名舫，字方舟，歙县人，？—1679)《杜诗评律》、黄生《杜诗说》、吴瞻泰(字东岩，安徽歙县人，1657—1735)《杜诗提要》三书中，多次谈及相互之间讨论杜诗句法之情景，并相互参订和征引。如洪仲《苦竹轩杜诗评律》卷一下题云"天都洪仲选编，同学黄生订阅"[(清)洪仲：《苦竹轩杜诗评律》六卷，清康熙三十六年(1697)刻本，上海图书馆藏本]。黄生《杜诗说·凡例》云："亡友洪方舟与余三十年性命之朋，于杜诗中间与程公如、曹次山、王几希参互考订。诸友皆沦亡，不及见余成书。近词英吴东岩，稍出其秘笥，以五言律诗示余，惜余选成次到，故摘其评于十二卷，是皆为予他山之助也。"[(唐)杜甫著，(清)黄生注，徐定祥点校：《杜诗说》，合肥：黄山书社，1994年，本文所引《杜诗说》皆出此书]。吴瞻泰《杜诗提要·评杜诗略例》："宋元以来，笺注千家，旁搜远绍，积日穷年，咸有采录。而老友黄白山先生、汪于鼎洪度、王名友棠、余弟漪堂瞻淇，晨夕析疑，凡所征引，悉署其贤，不敢窃取。"[(清)吴瞻泰：《杜诗提要》，清雍正年间山雨刻本。]三人中，黄生与洪仲年龄相若，交往最久，对杜诗讨论最多。黄生《一木堂诗稿》卷八《移居后追悼一二亡友》"独树荒村思人咏"句下自注云："洪(方舟)尝与予论定杜诗。"《一木堂诗稿》卷三《哭洪方舟》四首，其二云："诗文与经史，疑义析秋毫。指摘尽纰缪，百代安可逃。胸臆虽自信，解人未易遭。一旦遇黄生，遂结莫逆交。钟期善赏音，泠泠山水操。"其三云："相见无杂言，论文成至乐。有时默相印，有时纷辩驳。文义必期安，字句讵敢略？古镜获重磨，斩新光彩灼。往还三十载，回首惊犹昨。"皆为追忆二人论文析疑之事。

③黄生《杜诗说》卷八《野老》有"(洪)方舟初导余诗法"云云。

④(清)赵弘训：《杜律通解·凡例》："诗中句法，或单眼，或双眼，或虚寔眼，或折腰句，或流水句，或分装横插句，或三叠联，或交互联，或背面层折联，或藏头语，或歇后语，或倒叙缩脉语，其体各异，吾师(指李文炜)从黄白山悉为指出，俾学者知所取材。"[(清)李文炜：《杜律通解》，清雍正三年(1725)蘋州草堂刻本]

⑤何庆善根据黄生《唐诗评》(此书即《唐诗摘钞》)列出《黄生析唐诗字法句法举要》共60种，并分别加以疏解。(清)黄生等撰，何庆善点校：《唐诗评三种》，合肥：黄山书社，1995年，第385—398页。黄生《唐诗评》共选评杜诗28首，其中五律17首，七律8首，五绝1首，七绝2首。

“双句以上”两类进行讨论，共得79种句法，其中单句51种，双句以上28种[①]。

（一）单句

（1）两截句

诗句分为两段，分别写两个事物或场景，两者之间诗意相互映发，谓之“两截句”。五律，如《唐诗矩·忆幼子》“涧水空山道，柴门老树村”，注为“两截句”：“上下语意虽相关，句法却分两截。”

（2）三截句

诗句分为三段，分别写三个事物或场景，三者之间诗意相互映发，谓之“三截句”。三截句往往见于七律，如《杜诗说》卷八《严公仲夏枉驾草堂兼携酒馔》“百年地僻柴门迥，五月江深草阁寒”二句，皆注为“三截句”。

（3）三折句

诗句分为三段，描绘三个事物或场景，三者之间一意贯注，上下转接密切，谓之“三折句”，亦往往见于七律。如《杜诗说》卷九《涪城县香积寺官阁》“含风翠壁孤云细，背日丹枫万木稠”二句，云：“接联三折句：上二，中四，下一。”

（4）层折句

诗句中有数层意义，每层意义之间相互关联，谓之“层折句”。五律，如《杜诗说》卷六《端午日赐衣》云：“葛曰细，细葛曰软，软曰含风，一句有三层折。”七律，如《杜诗说》卷八《秋兴八首》第一首“江间波浪兼天涌，塞上风云接地阴”，注云：“层折句。”

（5）折腰句

句意分为上下两折，上少下多，如同蜂腰（与六朝与唐人声病中所谓的“蜂腰”含义不同），腰腹细长，谓之“折腰句”。五律，如《杜诗说》卷四《陪郑广文游何将军山林十首》第五首云：“‘绿垂风折笋，红绽雨肥梅’，上一下四，本折腰句。”《喜达行在所三首》第二首“南阳气已新”、《西郊》“市桥官柳细”，皆为上二下三，亦属“折腰句”。七律，如《杜诗说》卷八《曲江对酒》“纵饮久判人共弃，懒朝真与世相违”二句，皆为上二下五，属于“折腰句”。

（6）鹤膝句

句意分为上下两折，上多下少，谓之“鹤膝句”。五律，如《杜诗说》卷五《湘夫人祠》：“晚泊登汀树。”卷七《谒真谛寺禅师》：“晴雪落长松。”

以上6种句法，皆就句意停顿而言。

（7）上因句

句意分上下两层，上一层是下一层的原因，谓之“上因句”，又称“顺因句”。五律，如《杜诗说》卷四《夜宴左氏庄》云：“‘检书烧烛短，说剑引杯长’，五、六下三字因上二字，谓之上因句。”七律，如卷八《题郑县亭子》“云断岳莲临大路”和“天晴宫柳暗长春”二句，云：“因云断，

---

① 王瑛《古典诗词特殊句法举隅》（北京：新华出版社，1999年）和朱任生《杜诗句法举隅》（台北：中华书局，1973年）二书，都是讨论古诗句法的专著，前者所谓“句法”，“主要是从现代意义的语法着眼的，指的是句子的样式和组织结构”（《古典诗词特殊句法举隅·小引》），后者专门讨论杜诗句法，分为“炼字”“遣词”“押韵”“用事”四项内容。本文对黄生杜诗句法的汇辑，则着眼于句法与诗意之关联，这应该是黄生讨论杜诗句法问题的出发点，其说详后。

故见岳莲临大路;因天晴,故觉宫柳暗长春。折腰句兼上因句。”

(8)下因句

句意分上下两层,下一层是上一层的原因,谓之“下因句”,又称“倒因句”。五律,如《杜诗说》卷四《重过何氏五首》第一首云:“‘花妥莺捎蝶’,下因句,谓花为鸟所动垂垂然也,上二字因下三字,名下因句。”七律,如卷八《夜》“北书不至雁无情”,注云“下因句”。

(9)串因句

句意中串入(或插入)原因,谓之“串因句”。七律,如《杜诗说》卷八《客至》:“‘盘飧市远无兼味,樽酒家贫只旧醅。’言盘飧因市远故无兼味,尊酒因家贫只是旧醅。此串因句。”

以上3种句法,句意中包含有因果关系。

(10)藏头句

句首藏字省意,谓之“藏头句”。五律,如《杜诗说》卷四《送贾阁老出汝州》云:“宫殿青门隔,云山紫逻深……五六首藏‘回看’‘前望’四字。”七律,如卷八《严中丞枉驾见过》:“‘川合东西瞻使节,地分南北任流萍’,藏头句……首藏‘今日’、‘前时’四字。”

(11)歇后句

句尾省意,谓之“歇后句”。五律,如《杜诗说》卷四《苦竹》:“味苦夏虫避,丛卑春鸟疑……避而不食,疑而不栖,歇后成句。”七律,如卷八《野老》:“长路关心悲剑阁,片云何意傍琴台,歇后句……剑阁乃由蜀入京之道,因盗贼未宁,归途有梗,故作歇后云:长路关心,悲剑阁之难越;片云何意,傍琴台而不归?”

以上2种,皆从句意之省略而言。

(12)呼应句

句中之意相映带、相呼应(不属因果),谓“呼应句”。五律,如《杜诗说》卷四《重过何氏五首》第一首“溪喧獭趁鱼”句;七律,如卷八《腊日》“纵酒欲谋良夜醉”,为“呼应句”。

(13)分疏句

句中自疏解词意,谓之“分疏句”。五律,如《杜诗说》卷四《落日》:“‘芳菲缘岸圃,樵爨倚滩舟’,芳菲为缘岸之圃,樵爨是倚滩之舟,句中自疏其意,名为分疏句。”七律,如卷八《玉台观》:“江光隐见鼋鼍窟,石势参差乌鹊桥”注云“分疏句”,盖以鼋鼍、乌鹊分别疏解窟、桥。

(14)硬装句

句中直接加点二字,句意顿挫动宕,以成其老,谓之“硬装句”。所加点之字一般出现在句首。五律,如《杜诗说》卷四《春日忆李白》:“‘清新庾开府,俊逸鲍参军’,清新似庾开府,俊逸似鲍参军,径作五字,是谓硬装句。”七律,如卷八《题郑县亭子》云:“户牖凭高发兴新……次句硬装‘户牖’二字更老。”

(15)横插句

略同硬装句,不过从位置上看,所加点之字往往出现在句中。五律,如《杜诗说》卷六《秦州杂诗二十首》第二首:“‘苔藓山门古,丹青野殿空’,‘山门’‘野殿’,并横插字。”七律,如卷八《客至》:“‘盘飧市远无兼味,尊酒家贫只旧醅’,‘盘飧无兼味,尊酒只旧醅’,五字相粘,‘市远’‘家贫’二字,从旁插入,为横插句。”

(16)明暗句

句中两词只是一意，一明说，一暗说，谓之“明暗句”。五律，如卷四《后游》：“野润烟光薄，沙暄日色迟……‘润’字，即指烟光，‘暄’字，即指日色，上暗说，下明说，名明暗句。”七律，如《杜诗说》卷八《至日遣兴奉寄北省旧阁老两院故人二首》第一首：“麒麟不动炉烟上……麒麟即香炉。”“麒麟”与“炉”同指一意，一明说，一暗说。

(17)倒装句

将下半句倒装在上面者，谓之“倒装句”。五律，如《杜诗说》卷四《房兵曹胡马》：“‘竹批双耳峻，风入四蹄轻’‘双耳峻以竹批，四蹄轻如风入’，倒装成句。”

(18)错综句

一句之中诗意错综叙出，称“错综句”。《唐诗矩·船下夔州郭宿雨湿不得上岸别王十二判官》“柔橹轻鸥外”，为“错综句”：“七、八(‘含凄觉汝贤’)言轻鸥在柔橹外往来自如，贤于人之行止难必者多矣。诸家谬解纷纷，总由不识七句错综句法耳。”

(19)混装句

琢句以混装见巧，谓“混装句”。七律，如《杜诗说》卷八《题张氏隐居二首》第一首：“‘涧道余寒历冰雪，石门斜日到林丘’，言历涧道，冰雪尚有余寒，到石门，林丘已见斜日。”

(20)倒剔句

句中文字颠倒，为了突出句意(剔)，与是否押韵协声关系不大，谓之“倒剔句”，一名“错装句”。五律，如《杜诗说》卷五《草阁》：“久露晴初湿，高云薄未还……晴露久而初湿，薄云高而未还。”七律，如卷八《阁夜》“野哭几家闻战伐，夷歌是处起渔樵”二句，意谓战伐几家闻野哭，渔樵是处起夷歌。

(21)长装句

一句之中，有意思较长且完整者，为“长装句”。七律，如《杜诗说》卷九《见萤火》：“忽惊屋里琴书冷，复乱檐前星宿稀。”“忽惊”以下四字“屋里琴书冷”为一整体，“复乱”以下“檐前星宿稀”为一整体。

(22)鹿卢句

句中词语意思可互相搭配，能得数联，如辘轳之循环不穷也，故称“辘轳句”。五律，如《杜诗说》卷四《陪郑广文游何将军山林十首》第五首：“‘绿垂风折笋，红绽雨肥梅’……至于散拆五字，抽换可得数联。唐人自有此一种句法，予目为鹿卢句。”

以上种 11 句法，皆就句中诗词意思的搭配关系而言。

总计以上 22 种杜诗句法，皆就句中字词互相搭配而形成的诗意而言。黄生《诗麈》卷一云：“唐人炼句，有倒装、横插、明暗、呼应、藏头、歇后诸法。凡二十种。”其所举 20 种，见于其另外一部诗学著作《一木堂诗式》，可惜此书今以不传。不过，从黄生论杜诗中归纳出来的这 22 种句法，与其所说的 20 种唐人句法出入应该不大。

黄生虽然是以章法、句法、字法来讲解杜诗，实际上其论杜诗的核心还在句法，乃至将章法、字法、对法、韵律、用典、赋比兴、情景等诸诗法皆包涵于句法之中进行分析。如以下数种句法：

(23)实眼句

黄生《杜诗说》卷四："凡诗用单实字在中间者，谓之实眼句。"实眼句，又称为"实眼句格"（《杜诗说》卷六《花底》）。五律，如《杜诗说》卷四《登兖州城楼》"浮云连海岱"的"连"字；七律，如卷八《秋兴八首》第一首"江间波浪兼天涌，塞上风云接地阴"二句中的"兼"字和"接"字。

(24)虚眼句

黄生《杜诗说》卷四《重过何氏》："凡诗中用单虚字在中间者，名'虚眼句'。"五律，如卷四《重过何氏》第一首"倒衣还命驾"的"还"字；七律，如卷八《咏怀古迹五首》第二首"云雨荒台岂梦思"的"岂"字。

(25)双眼句

句中有以两实字为字眼者，谓之"双眼句"。五律，如《杜诗说》卷四《春宿左省》"星临万户动"之"临"字、"动"字；七律，如卷八《秋兴八首》第七首"波漂菰米沉云黑，露冷莲房坠粉红"二句，黄生谓之"双眼句"，并云："以句中'漂'字、'沉'字、'冷'字、'坠'字，皆眼也。"

(26)实装句

句中不用虚字者，谓之"实装句"。五律，如《杜诗说》卷五《更题》"群公苍玉佩，天子翠云裘"二句，黄生云："五六句中不用虚字，谓之实装句。"

(27)缩脉句

句中省略虚字者，谓之"缩脉句"。《杜诗说》卷四："诗中之虚字往往缩脉为之，此唐人之法。"五律，如卷四《客亭》："三四（'日出寒山外，江流宿雾中'）亦藏'犹''更'二字……后人不知此法，多入虚字，已见句弱，兼之筋骨尽露，言外了无余味，此浅深厚薄之分，后人所不敢望唐贤之藩篱也。"七律，如卷九《黄草》："'谁家别泪湿罗衣'，省一'不'字，言谁家别泪不湿罗衣也。"

(28)句中藏字

句中省略实字者，谓之"句中藏字"。五律，如《唐诗矩·月》"兔应疑鹤发，蟾亦恋貂裘"二句为"句中藏字"："上句藏一'白'字，下句藏一'寒'字。"五排，如《杜诗说》卷十《敬赠郑谏议十韵》云："筑居仙缥缈，旅食岁峥嵘……'仙缥缈'，藏一'楼'字，'岁峥嵘'，藏一'暮'字。"七绝，如《杜诗说》卷十《江南逢李龟年》："'岐王宅里寻常见，崔九堂前几度闻'，前二句各藏一'歌'字。"

(29)重字助句

句中有两字意义重复，特地两字并用，以助句法之健，谓之"重字助句"，又称为"两字并用"。五律，如《杜诗说》卷五《瞿塘两崖》："愁畏日车翻……'愁畏'本一意，特重用之以助句法，唐人诗中多有之。"七律，如卷八《望岳》："稍待秋风凉冷后……凉、冷二字连用，以字法助句法。"此句法，黄生谓之"自宋以来，未经拈出也"[①]。

(30)博换句

调换词语搭配，以避熟意，别开生面，谓之"博换句"，在字法上则称为"反装字"。五律，

---

①（清）黄生著，诸伟奇主编《唐诗摘钞》卷一，《黄生全集》第三册，合肥：安徽大学出版社，2009年，第23页。

如《杜诗说》卷六《放船》："山寒雨不开……山宜曰'不开'而曰'寒'，雨宜曰'寒'而曰'不开'，与'竹寒沙碧'四字，皆句中自相博换法也。""竹寒沙碧"四字，见《杜诗说》卷八之七律连章诗《将赴成都草堂途中有作先寄严郑公五首》第三首云："竹寒沙碧浣花溪……竹当言碧，沙当言白，以反装见趣。"

(31)叠字句

《唐诗矩·寒食》："汀烟轻冉冉，竹日净晖晖。"为"叠字句"。

(32)隔句叠字

《唐诗矩·暝》："日下四山阴，山庭岚气侵。"下句叠上句中之"山"字，称为"隔句叠字法"。

(33)掉字句

句中之字调换叠用者，称为"掉(调)字句"。七律，如《杜诗说》卷八《曲江对酒》："桃花细逐梨花落，黄鸟时兼白鸟飞……三四叠用'花''鸟'二字，名掉字句。"又卷九《江村》"自去自来梁上燕，相亲相近水中鸥"，两句分别叠用"自""相"二字，亦是。

(34)双关句

句中有一字双关多义，谓之"双关句"。七绝，如《杜诗说》卷十《江畔独步寻花七绝句》第五首"可爱深红爱浅红"，"可"字为"一字双关"：是可爱深红，还是可爱浅红？

(35)正意反挑(句)

句中用字之反意，谓"正意反挑之法"。五律，如《唐诗矩·陪郑广文游何将军山林》"剩水沧江破，残山碣石开"为"正意反挑"："本形容山水之大，却故用'残'字、'剩'字，反挑其意，此法自唐人后绝响矣。"

(36)联字拆用

《唐诗摘钞》卷一《晚出左掖》"楼雪融城湿，宫云去殿低"："五、六即城楼、宫殿字拆开，名联字拆用法。"

(37)地名点缀

《唐诗矩·赠别郑炼赴襄阳》"地阔峨眉晚，天高岘首春"，二句均属"地名点缀。"又《唐诗摘钞》卷四《奉和严郑公军城早秋》"已收滴博云间戍，欲夺蓬婆雪外城"二句，黄生云："滴博戍、蓬婆城，用番中地名衬贴，无奈字面生拗，故插入'云间''雪外'四字，便增几许雅韵。诗中用地名不可率意，杜又有《观全蜀地图诗》：'雪岭星桥北，松州剑阁东。'两川地名无限，何独指此四处？要是取其字面雅秀耳。"

(38)人名点缀

《唐诗矩·观李固请司马弟山水图》"范蠡舟偏小，王乔鹤不群"二句，皆属"人名点缀"。

以上16种句法，是将字法放于句法之中进行讨论，黄生称之为"以字法助句法"(《杜诗说》卷八《望岳》)，或"以字法显其句法者也"[1]。黄生所谓"炼字不如炼句，此之谓也"。[2]

---

①(清)黄生著，诸伟奇主编《唐诗矩》，《黄生全集》第四册，合肥：安徽大学出版社，2009年，第224页。

②《唐诗摘钞》卷一郑谷《送进士卢棨东归》"晓楚山云满，春吴水树低"二句，黄生评云："春、晓、吴、楚，四烂熟字，安顿得极新，炼字不如炼句，此之谓也。"《黄生全集》第三册，第143页。

(39)借古为喻

借古为喻,顾名思义,即借古事以为比喻,亦即诗中之用典故。五律,如《杜诗说》卷四《陪郑广文游何将军山林十首》第一首“谷口旧相得,濠梁同见招”,二句分别使用了扬雄《法言》中谷口郑朴(子真)耕于岩石之下与《庄子》中庄子与惠施同游濠梁之上的典故;七律,如卷八《将赴荆南寄别李剑州》:“但见文翁能化俗,焉知李广未封侯。”分别用了《汉书》中文翁和《史记》中李广的故事。以上均属“借古为喻”。

(40)明事暗用

此一句法亦属句中用典,不过比较“借古为喻”而言,因其用事与现前景物相合,故用事更为隐晦,又称为“暗用古事”。如杜诗“荒庭垂橘柚”,用典《尚书·禹贡》:“厥包橘柚锡贡。”故《杜诗说》卷五《禹庙》谓“橘柚,用本色事,写现前景”。

(41)翻案用事

或谓之“翻用古事”,五律,如《杜诗说》卷四《晚出左掖》:“‘避人焚谏草’,焚草避人,翻案用事法也。”又如《唐诗矩·舟中夜雪有怀卢十四侍御弟》“不识山阴道”,注为“翻用古事”:“七句山阴事借用之,翻过一层。”

以上3种句法,即句中用典。

(42)半景·全景

一首诗中,有一句全部写景,称为“全景”,半句写景,称“半景”,亦相较而言。五律,如《杜诗说》卷四《晚出左掖》第三句“退朝花底散”为“半景”,第五句“楼雪融城湿”为“全景”。

(43)远景·近景

一首诗中,一句或一联写远处的景物称“远景”,写近处的景物,称“近景”。五律,如《杜诗说》卷四《登兖州城楼》“浮云连海岱,平野入青徐”二句皆为“远景”,“孤嶂秦碑在,荒城鲁殿余”二句皆为“近景”;七律,如卷八《白帝城最高楼》“扶桑西枝对断石,弱水东影随长流”皆为“远景”,“峡坼云霾龙虎卧,江清日抱鼋鼍游”二句,皆为“近景”。

(44)实景·虚景

一首诗中,一句或一联写眼前实景,称“实景”;一句或一联写想象或虚构的景物,称“虚景”。七律,如《杜诗说》卷八《宣政殿退朝晚出左掖》“天门日射黄金榜,春殿晴曛赤羽旗”二句皆为实景,“云近蓬莱常五色,雪残鳷鹊亦多时”二句皆为虚景。

(45)大景·小景

一首诗中,一句或一联写的景物微小,称“小景”或“细景”;一句或一联写的景物高大,称“大景”。七律,如《杜诗说》卷八《题郑县亭子》“云断岳莲临大路”为“大景”,“花底山蜂远趁人”为“小景”。卷八《宣政殿退朝晚出左掖》“炉烟细细驻游丝”为“细景”,“雪残鳷鹊亦多时”为“大景”。

(46)景中见情

景物描写中见志见情,为“景中见情”,亦称“及景寓情”。七律,如《杜诗说》卷八《又送辛员外》“细草留连侵坐软,残花怅望近人开”二句皆为“景中见情”语;《送韩十四江东省觐》“黄牛峡静滩声转,白马江寒树影稀”二句皆为“及景寓情”语。

以上5种句法皆就诗中情、景而言。从《诗麈》来看,以上5种句法皆属于“章法”的范畴,但在实际运用中,黄生则多从句法角度论析之。

(47)直述句

铺陈其事而直接叙述出来,谓之“直述句”。“此种句法不假造作,以浑成雅健为贵,故又名‘浑成句’。”(《唐诗摘钞》卷一)五律,如《杜诗说》卷五《舟中夜雪有怀庐十四侍御弟》:“暗度南楼月,寒深北渚云。”七律,如卷九《诸将五首》第五首:“正忆往时严仆射,共迎中使望乡台。”

(48)比赋句

句意叙述中兼用比喻,谓之“比赋句”。五律,如《杜诗说》卷五《白小》:“‘倾筐雪片虚’,倾筐,赋也;雪片,比也。”七律,如卷八《秋兴八首》第七首:“波漂菰米沉云黑,露冷莲房坠粉红……比赋句,菰米、莲房,赋也;云、粉,比也。”

(49)语含比兴

句意比喻而兼用兴发,谓之“语含比兴”,或“语兼比兴”。五律,如《唐诗矩·宿江边阁》“鹳鹤追飞静,豺狼得食喧”:“语兼比兴,五句喻贤人远举,六句喻盗贼纵横。”七律,如《杜诗说》卷八《题郑县亭子》:“巢边野雀群欺燕,花底山蜂远趁人……五六喻小人众多,排斥君子。”

以上 3 种,皆就诗歌的赋、比、兴“三义”讨论句法。

(50)倒押句

句中文字颠倒,是为了便于平仄押韵,谓之“倒押句”。五律,如《杜诗说》卷五《草阁》:“鱼龙回夜水,星月动秋山……鱼龙回于夜水,星月动于秋山……倒押句。”又《唐诗摘钞》卷一《中宵》“飞星过水白,落月动沙虚”二句为倒押句:“水白见飞星过,沙虚觉落月动,倒押成句。”七律,如卷八《秋兴八首》第二首:“山楼粉堞隐悲笳。”谓悲笳隐于山楼粉堞。

(51)硬押句

为了便于押韵,却显得句法生硬苍老,谓之“硬押句”。五律,如《杜诗说》卷四《秦州杂诗二十首》第一首:“西征问烽火,心折此淹留……问道西征,适阻烽火,故淹留此地,为之心折,炼句挺然。”七律,如卷八《秋兴八首》第三首“千家山郭静朝晖,日日江楼坐翠微”,二句皆属硬押句。

以上 2 种句法,皆就诗歌韵律与诗意之关联而言的。

(二)双句以上

(52)断续句

五律,如《唐诗矩·花鸭》“羽毛知独立,黑白太分明”二句为“断续句”,言羽毛与众不同,故知其独立以自异。“羽毛”字略断,以下五字续之,“知独立”三字另读。七律,如《杜诗说》卷八《七月一日题终明府水楼二首》第二首:“可怜宾客尽倾盖,何处老翁来赋诗……‘可怜’二字略断,以下七字续之。‘宾客尽倾盖’五字另读,是为断续句法。”

(53)反装句

上下两句词语搭配各自违反,上下词语互调方适,称“反装句”。五律,如《杜诗说》卷四《送司马入京》:“黄阁长司谏,丹墀有故人……黄阁有故人,丹墀长司谏,属反装对。”七律,如卷八《登楼》:“花近高楼伤客心,万方多难此登临……首二句,在后人必云:花近高楼此一临,万方多难客伤心。盖不知唐贤运意曲折、造句参差之妙耳。”

(54)套装句

上下句(或联)之间,意思能够错综插入,方能完整,称“套装句”。五律,如《杜诗说》卷四《空城》:“八骏随天子,群臣从武皇。遥闻出巡守,早晚遍遐荒……五六二句,在‘遥闻’二字之下、‘出巡守’三字之上,唐人有两句套装法,此又以一句套两句。”七律,如卷八《九日蓝田崔氏庄》:“老去悲秋强自宽,兴来今日尽君欢……老去悲秋,愁怀莫遣,因兴来今日一尽君欢,故强自宽耳。以下句装入上句之中,是谓套装法。”

(55)分装句

同一意思分别置于两句中,谓“分装句”,或“分装对”。五律,如《杜诗说》卷四《春日忆李白》:“何时一樽酒,重与细论文……何时重与樽酒,相对细酌论文。以分装成句。”七律,如卷八《奉和贾至舍人早朝大明宫》:“‘旌旗日暖龙蛇动,宫殿风微燕雀高……‘龙蛇动’‘燕雀高’,并日暖风微之景,是谓分装对。”

(56)混装句

同一意又分多层,散布于两句之中,混装以成句法。五律,如《杜诗说》卷五《更题》:“只应踏初雪,骑马发荆州……言我思天寒出峡,岂直因风物堪悲欲离此地而已哉!只应骑马踏初雪并发荆州耳!”七律,如卷九《覃山人隐居》:“征君已去独松菊,哀壑无光留户庭……三句以哀壑无光,对征君已去,不贵工而贵老。松菊尚存,户庭犹在,只觉哀壑为之惨淡无光,其伤之也至矣。此又混装成对,不得以欠工少之也。”

(57)上因句

上句是下句之因,称“上因句”。五律,如《杜诗说》卷四《苦竹》:“幸近幽人屋,霜根结在兹。”七律,如卷八《野老》“野老篱边江岸回,柴门不正逐江开”,为上因句。

(58)下因句

下句是上句之因,称“下因句”,也称“上句因下句”。五律,如《杜诗说》卷四《春日忆李白》:“白也诗无敌,飘然思不群……惟其‘思不群’,所以‘诗无敌’。又是下因法。”七律,如卷八《曲江对酒》:“纵饮久判人共弃,懒朝真与世相违……因与世相违,故判人共弃,故懒朝,故纵饮。上句因下句。”

(59)顺因句

上下两句十字或十四字顺因而下,谓之“顺因句”。五律,如《杜诗说》卷七《谒真谛寺禅师》:“问法看诗妄,观身向酒慵……身妄故一切俱妄,平日所最耽者,莫如诗酒,今亦索然无味,‘妄’字却不安在‘观’身上,看其炼句琢对之妙。”七律,如卷九《宿府》“风尘荏苒音书绝,关塞萧条行路难”二句。

(60)博换句

上下句中词语互换方见诗意,谓“博换句”,或称“博换对”。五律,如《杜诗说》卷四《铜瓶》:“蛟龙半缺落,犹得折黄金……‘黄金’与‘蛟龙’字互易,唐人多有此博换句法。”七律,如卷八《燕子来舟中作》:“可怜处处巢君室,何异飘飘托此身,博换对。”盖指“处处”与“飘飘”字互易。

(61)长短句

二句表意，并非按照句式五字或七字整齐划一，而是长短错综，称“长短句”。五律，如《杜诗说》卷十二《得舍弟消息二首》其二：“‘两京三十口，虽在命如丝’上七下三，名长短句。”七律，如卷九《送路六侍御入朝》：“童稚情亲四十年，中间消息两茫然……十四字，上四下十，乃长短句法。”

(62)设为问答

上下二句设为问答。五律，如《唐诗矩·和裴迪登新津寺忆王侍郎》：“何恨倚山木？吟诗秋叶黄。”注为“设为问答”。七律，如《杜诗说》卷八《蜀相》“丞相祠堂何处寻？锦官城外柏森森”二句。

(63)双关句

一字双关二句，为“双关句”，或谓“双关对”。五律，如《杜诗说》卷四《月》：“‘只益丹心苦，能添白发明’为双关对，犹云只能益丹心之苦，只能添白发之明也。”七律，如卷八《腊日》：“侵陵雪色还萱草，漏泄春光有柳条，双关句……有，已有。还，还有。只用一字，两相关带。”

(64)足上句

下句补足上句诗意，谓之“足上句”，或称“足法”。五律，如《杜诗说》卷四《送人从军》“马寒防失道，雪没锦鞍鞯”二句：马寒防失道，下以“雪没锦鞍鞯”五字足之，谓之足上句。

(65)句中藏句

两句诗意中还藏有一句诗意，称“句中藏句法”。五律，如《杜诗说》卷十二《奉陪郑驸马韦曲二首》第二首“谁能与公子，薄暮欲俱还”两句，意为公子薄暮欲还，谁能与公子，薄暮欲俱还？谓之“句中藏句”。又卷四《月夜》：“遥怜小儿女，未解忆长安……言不忆见忆，是句中藏句法。”

以上 14 种句法，皆系上下两句或多句(如套装句)之间构成的句法语意。除此之外，黄生将“对法”亦归入句法进行评析，如以下 14 种对属：

(66)走马对

两句诗意衔接紧凑贯注，如骏马飞弛，一气而成，比流水更急，故名为“走马对”。五律，如《杜诗说》卷四《房兵曹胡马》：“所向无空阔，真堪托死生……对法有十字一气者，名走马对。言其势不住也。”七律，如卷八《紫宸殿退朝口号》：“昼漏稀闻高阁报，天颜有喜近臣知，走马对。”

(67)流水对

两句诗意连贯，与走马对在上下二句诗意的紧张度上，略有缓急之不同，名“流水对”。五律，如《杜诗说》卷四《天河》“纵被微云掩，终能永夜清”；七律，如卷八《望岳》“安得仙人九节杖，拄到玉女洗头盆”；皆属流水对。

(68)倒叙联

按照诗意的顺序，下句居于上句之前，称“倒叙联”。五律，如《杜诗说》卷四《陪郑广文游何将军山林十首》第一首：“名园依绿水，野竹上青霄……三四亦初到之景，言远望但见‘野竹上青霄’，到来始识‘名园依绿水’。”七律，如卷八《腊日》：“侵陵雪色还萱草，漏泄春光有柳条，倒叙联。有，已有。还，还有。只用一字，两相关带，故知二句属倒叙联。”

(69)开合对

上下两句诗意开合，为“开合对”。五律，如《杜诗说》卷四《除架》：“‘秋虫声不去，暮雀意何如？……秋虫声虽不去，暮雀意竟何如，盖言去者已未必来，留者终亦必去。”

(70)交互对

上下两句互文成对，名“交互对”。五律，如卷四《陪郑广文游何将军山林十首》第一首：“不识南塘路，今知第五桥……‘不识南塘路’，当过第五桥，‘今知第五桥’即是‘南塘路’。上下交互，其意乃出。”七律，如卷八《客至》：“花径不曾缘客扫，蓬门今始为君开……花径不曾缘客扫，今始为君扫。蓬门不曾为客开，今始为君开。上下两意，交互成对。”

今按“交互对”与“分装对”不同，《杜诗说》卷四《后游》：“寺忆曾游处，桥怜再渡时……前曾渡此桥，再渡时殊可怜；今日再游此寺，曾游处更可忆。上下语意交互成对，惟唐人知此法。‘如有待’，待人游；‘更无私’，任人赏。江山与花柳皆具此意，分装成对。或谓此亦似交互，曰：否。交互是两事，分装只一意也。”

(71)背面对

两句意同语异，为“背面对”。五律，如《杜诗说》卷四《江亭》：“水流心不竞，云在意俱迟……‘水流’，水慢流也。‘云在’，云徐行也。各以下三字见出，二句意同语异，背面成对。”七律，如卷九《诸将五首》第三首“沧海未全归禹贡，蓟门何处尽尧封”二句。

(72)开门对

三与一对，四与二对，名“开门对”，旧名“扇对”。五排，如《杜诗说》卷十二《大历三年春白帝城放船出瞿塘峡久居夔府将适江陵漂泊有诗凡四十韵》：“‘喜近天皇寺，先披古画图。应经帝子渚，同泣舜苍梧。’此以二句合十字相对，名开门对，旧名扇对。”

(73)换柱对

律诗中一二句对，三四句不对，名“换柱对”。五律，如《杜诗说》卷六《一百五日夜对月》：“无家对寒食，有泪如金波。斫却月中桂，清光应更多……一二对，三四不对，名换柱对。”

(74)参差对

上下两句之间参差成对，对字不对句，称“参差对”，或称为“蹉对”。五律，如《杜诗说》卷四《送司马入京》：“群盗至今日，先朝忝从臣……以‘先朝’对‘今日’，以‘群盗’对‘从臣’，对字不对句，名参差对。”又卷五《过故斛斯校书庄二首》其一：“‘此老已云殁，邻人嗟未休’。‘已’字、‘未’字，参差对也。”此则以虚字为参差对也。

(75)衬对

两句之间诗意互相映衬，名“衬对”。七律，如《杜诗说》卷八《赠献纳使起居田舍人澄》：“舍人退食收封事，宫女开函捧御筵。晓漏追趋青琐闼，晴窗点检白云篇……庸笔构此，必以献纳、起居二事作对，今乃分为二联，而以四对三，以五对六，装衬工称，不觉偏枯，气格自不可及。”又卷八《奉和贾至舍人早朝大明宫》以上句“朝罢香烟携满袖”衬下句“诗成珠玉在挥毫”。

(76)虚实对

两句诗意一虚一实成对，为“虚实对”。七律，如《杜诗说》卷九《黄草》“万里秋风吹锦水，谁家别泪湿罗衣”二句，上虚下实，为“虚实对”。

(77)不对而对

两句看似不对，实则对仗，称为"不对而对"。五律，如《杜诗说》卷四《废畦》："暮景数枝叶，天风吹汝寒……'枝叶'，二字连读，便不成句法。知分读，便知三四原非不对。"七律，如卷八《客至》"花径不曾缘客扫，蓬门今始为君开"二句。

(78)对而不对

两句上似对仗而实际上却不对，称为"对而不对"。五律，如《唐诗矩·月夜》"香雾云鬟湿，清辉玉臂寒"二句为"对而不对"。

(79)借音对

《唐诗矩·重过何氏五首》其二"云薄翠微寺，天清皇子陂"二句为"借音对"："'皇'借'黄'音。"

从以上黄生所论析的 79 种杜诗句法可以看到：在以章法、句法、字法为代表的诸诗法中，黄生大力彰显杜诗句法，在扩大了句法内涵的同时也形成了独具特点的句法论。

三、"意法论"背景下的句法论

从中国诗学发展来看，唐五代学者论诗已经涉及句法问题。如唐代上官仪《笔札华梁》九种"属对"（的名对、隔句对、双拟对、联绵对、异类对、双声对、叠韵对、回文对、同类对）"七种言句例"（一言句例、二言句例、三言句例、四言句例、五言句例、六言句例、七言句例），佚名《文笔式》十三种"属对"（的名对、隔句对、双拟对、联绵对、互成对、异类对、赋体对、双声对、叠韵对、回文对、意对、头对尾不对、总不对对）、六种言句例（二言句例、三言句例、八言句例、九言句例、十言句例、十一言句例），旧题白居易《金针诗格》"诗有四格"（十字句格、十四字句格、双字句格、拗背字句格）以及五代桂林僧景淳《诗评》中有多种"句格""对格"等；唐五代诸诗格中提到的各种"势"：旧题王昌龄《诗格》"十七势"（直把入作势、比兴入作势、含思落句势等），齐己《风骚旨格》"诗有十势"（狮子返掷势、猛虎踞林势等），五代僧神彧《诗格》"诗有十势"（芙蓉映水势、龙潜巨浸势等），讲的实际上也是诗歌创作中的句法问题①。

张伯伟《全唐五代诗格汇考》指出："这里讲的句法，指的是由上下两句在内容上或表现手法上的互补、相反或对立所形成的'张力'。这种'张力'存在于诗句的节奏律动和构句模式之间，因而就能形成一种'势'，并且由于'张力'的正、反、顺、逆的种种不同，遂因之而出现种种名目的'势'。从晚唐五代的'势'论在实际批评中的运用来看，所有的'势'都是针对两句诗而言的。……正因为如此，一首律诗，就可以同时并存四种不同的'势'。"②

"句法"之名确立于宋代。宋人论诗尤重句法，并且往往举杜诗为典范。被《四库全书总目提要》称为"宋人论诗之盖亦略具矣"的魏庆之（1268 年前后在世）撰《诗人玉屑》二十卷，其中卷三专论诗歌句法："句法""唐人句法""宋朝警句""风骚句法"。并往往以杜诗为例解说之，可以作为宋人论杜诗句法的代表。如"错综句法"以杜甫"香稻"两句为例，"句中当无

①张伯伟：《全唐五代诗格汇考·诗格论》："这些名目众多的'势'讲的实际上是诗歌创作中的句法问题。"南京：江苏古籍出版社，2002 年，第 31—32 页。

②张伯伟：《全唐五代诗格汇考》，南京：江苏古籍出版社，2002 年，第 31—32 页。

虚字”条取杜诗“雨映行宫”为例，“实字妆句”以杜甫“日月低秦树”为例，“七言上五下二”用杜句“永夜角声悲自语”为例等[①]。

宋人所论句法的含义非常广泛，“主要指诗句的构造方法，包括格律、语言的安排，也关系到诗句艺术风格、意境、气势。……所涵蕴的内容是多角度、多层次的”[②]。王德明《论宋代的诗歌句法理论》也指出：“宋代诗歌句法理论极为丰富”“含义宽泛，至少可析为 11 种”[③]。

元、明二代诗话、诗格著作，继承了宋代的句法论，所述句法日趋精细化和多样化，亦多以杜诗为例。如旧题范德机撰《木天禁语》“句法”条，所列有“问答”“上三下四”“上四下三”“上二下五”“上无下二”“上应下呼”“上呼下应”“颠倒错乱”“直书句”“两句成一句”等句法[④]，多以杜诗为例。明人梁桥《冰川诗式》卷三“炼句”条，亦列有“诗眼用实字法”“诗眼用响字法”“错综句法”“折腰句法”“叠实字法”“两句一意法”“引用经史句法”“取古人诗句法”“翻案古人诗句法”“问答句法”等多种句法[⑤]。

如果我们将上节黄生所论 79 种杜诗句法与唐五代、宋、元、明、清以来的句法论相对比，可以清楚地看到黄生对前人继承与发展的关系。黄生以杜诗为范本，深研细读，后出转精，突破了前人对句法公式化、机械式的论述，极大地丰富了中国古代诗学上“句法”的内涵[⑥]。

黄生的杜诗句法论之所以呈现出与前人不同的面貌，固然与其精读唐诗和杜诗文本有关，而更为深层的原因则是其论杜诗句法是在诗法与诗意相统一的理论框架下进行考量的。

诗意与诗法相统一，或称为“意法论”，是笔者在拙著《明末清初杜诗学研究》中从明末清初杜诗学者的论诗观念中总结出来的诗学原理[⑦]。清陈之壎《杜工部七言律诗注·注杜律凡例》云：

> 诗，意与法相为表里，得意可以合法，持法可以测意，故诗解不合意与法者，虽名公钜手，沿袭千年，必为辨正。[⑧]

从陈之壎注杜《凡例》来看，他认为要想达到理解诗“意”，必须从诗“法”入手，二者“相为表里”，如果缺少了任何一方，不仅不能得作者之意，亦不能得作者之法，并且坚信这是自古

---

①（宋）魏庆之著、王仲闻点校：《诗人玉屑》，北京：中华书局，2007 年。

②王运熙等：《中国文学批评通史·宋金元卷》，上海：上海古籍出版社，1996 年，第 203—204 页。

③王德明：《论宋代的诗歌句法理论》，《新疆大学学报》（社会科学版），第 28 卷第 3 期，2000 年 9 月，第 27—32 页。

④张健：《元代诗法校考》，北京：北京大学出版社，2001 年，第 167—171 页。

⑤周维德：《全明诗话》第二册，济南：齐鲁书社，2005 年，第 1646—1657 页。

⑥《诗麈》卷一：“唐人炼句，有倒装、横插、明暗、呼应、藏头、歇后诸法。凡二十种。……初学犹恐不能遽了，今姑述一粗浅之法，庶几易入。如五字为句，则上二下三，上三下二，上一下四，上四下一，上二下二中一，上二下一中二，上一中二下二，上一下一中三，八法尽之。七字为句，则上四下三，上三下四，上五下二，上二下五，上一下六，上六下一，上二中二下三，上二中四下一，上一中四下二，上一中三下三，十法尽之。”（《黄生全集》第四册，第 315—316 页）黄生所说的“粗浅”，是相比其对唐诗文本“细致”的分析后所归纳出种种句法而言的，这在前人基础之上更进了一步。

⑦参见拙著《明末清初杜诗学研究》第九章《杜诗意法论》，北京：中华书局，2013 年。

⑧（清）陈之壎：《杜律陈注》，清康熙二十二年（1683）刻本，南京图书馆藏本。

以来杜诗阐释最为重要的准则。

实际上，明末清初杜诗学者大都持这一观点，“意”与“法”并举。如吴瞻泰《杜诗提要·评杜诗略例》云：

少陵自道曰“沉郁顿挫”，其沉郁者，意也，顿挫者，法也。意至而法亦不密，以意逆志，是为得之，故不加肤词赞美以取无关痛痒之讥。

吴瞻泰认为杜甫自道的“沉郁顿挫”一词最为切合杜诗的风格特点，理由在于这个词“意”“法”兼备，最能体现杜诗内容和形式两个方面相得益彰的风格特征。

“意”与“法”的关系，黄生也等同于“性情”与“笔墨”之关系。《杜诗说》卷一《赠卫八处士》云：

手未动笔，笔未蘸墨，只是一“真”。然非沉酣于汉魏而笔墨与之俱化者，即不能道只字。因知他人未尝不遇此真境，却不能有此真诗。总由性情为笔墨所格耳！[①]

卷五《别房太尉墓》“近泪无干土，低空有断云”二句，亦云：

余谓三实事，四形容，然四自然，三着力，必先有下句，后成上句耳。人只从眼中写泪，此却从土上写泪，使“沾巾”“湿衣”等语一新，又出真情，非同矫饰，宜其性情与笔墨并存千古也。[②]

所谓“性情”，即诗人之意；“笔墨”，亦即诗人之法。黄生认为他人之所以没有好诗（“不能有此真诗”），主要原因在于性情与笔墨不合（有“格”），而杜诗之佳处正在于真性情与诗法之间能够相符并存（“性情与笔墨并存”），因此，由分析杜诗诗法来阐释杜诗诗意也就成为解诗者一个必然的选择。

关于如何解得作者之意，黄生《杜诗说·序》举了一个生动的比喻：

余以为说诗者，譬若出户而迎远客，彼从大道而来，我趋小径以迎之，不得也；彼从中道而来，我出其左右以迎之，不可也。宾主相失，而欲与之班荆而语、周旋揖让于阶庭几席之间，岂可得哉？故必知其所由之道，然后从而迎之，则宾主欢然把臂，欣然促膝矣。此以意逆志之说也。[③]

所迎之“远客”即作者之“志”，“所由之道”即作诗之法，黄生对“以意逆志之说”的比喻不

①（清）黄生辑、徐定祥点校：《杜诗说》卷一，合肥：黄山书社，1994 年，第 2 页。

②（清）黄生辑、徐定祥点校：《杜诗说》卷五，合肥：黄山书社，1994 年，第 155 页。

③（清）黄生辑、徐定祥点校：《杜诗说·序》，合肥：黄山书社，1994 年，第 1 页。

外是要通过认知诗法(“笔墨”)进而达到理解诗意(“性情”)的目的。

由此可见,作为“诗法”核心的“句法”,黄生是在“意法论”的理论框架下进行讨论的。

在这一理论指示下,黄生认为读杜诗须先明句法,句法不明则诗意不明,这是黄生之所以仔细探究杜诗句法的原因所在。黄生《唐诗矩·中宵》“亲朋满天地,兵甲少来书”二句注为“博换句”:

因兵甲满天地,故亲朋少来书,此句中之法也。自伤艰难之际,交游总不得力,此言外之意也。后人句中之法,尚不能识,况识其言外之意耶![①]

《杜诗说》中还特别举出一些例子来证明这一观点,卷四《陪诸贵公子丈八沟携妓纳凉晚际遇雨二首》其二“越女红裙湿,燕姬翠黛愁”二句注:

越女亦愁,燕姬亦湿,特分装成对耳。赵注琐屑可厌,皆所谓参死句者。[②]

今按《赵子常选杜律五言注》卷一注云:“三四应‘雨沾席’,与贵公子游,故舟中兼有南、北之姬,而北妇不惯乘舟,且值风雨,故愁。”[③]其实此二句用的是分装句法,意为越女与燕姬红裙皆湿,翠黛皆愁。黄生认为赵注之所以释意有误,是不明白此诗为分装句法(两句分装成句者)所致。

《杜诗说》卷五《禹庙》“早知乘四载,疏凿控三巴”二句,注为“歇后句”,并云:

“早知”,歇后“如此”二字,此正用俗语,其意则指五六而言。后人既不解此二字,又不识其言外之意,恣为谬注,遂使杜公之诗,亦如江渎壅塞。赖予与诗友洪子排决而通之,差许杜氏功臣矣。[④]

卷五《舟中夜雪有怀卢十四侍御弟》“暗度南楼月,寒深北渚云”二句为“直述句”,并注云:

三四句法极易游移,错会即失其意。当云:暗度了南楼月,寒深了北渚云。谓雪暗之寒之也。此直述句也。[⑤]

因此,如果要明白诗中所要表达的意思,领悟诗中这些特殊的句法是其前提条件,否则“错会即失其意”。

正如《木天禁语》引曾氏之语所云:“古人造语,每意精语洁,字愈少意愈多,意在言外,悠

①(清)黄生辑、徐定祥点校:《杜诗说》卷五,合肥:黄出书社,1994年,第166页。

②(清)黄生辑、徐定祥点校:《杜诗说》卷四,合肥:黄出书社,1994年,第114—115页。

③《元虞道园明赵东山两先生原本杜律选注》,清嘉庆己巳年(1809)新刻本。

④(清)黄生辑、徐定祥点校:《杜诗说》卷五,合肥:黄出书社,1994年,第161页。

⑤(清)黄生辑、徐定祥点校:《杜诗说》卷五,1994年,第193页。

然而长，黯然而光。此非后人之所及。”[1]相比于古文句法的参差随意，诗歌的句法与诗意之关系其实也是相符而行的；不过因为诗歌大多限制在五、七言句式且篇幅短小，因此，诗人为了在有限的空间内表达丰沛的情感，只能充分地利用五字、七字之中的停顿、转折、对偶、互文、装点等关系来表情达意，从而形成了诗歌独特的句法。因之，要想理解诗意，必须知道这些诗歌的句法不可。另外，对老杜句法而言，有传承，有创造，“工巧之极”、“意”“法”兼备，更是要非弄明白不可。这一点，是黄生孜孜研求杜诗句法的一个最为深层次的原因。

四、结论

黄生对杜诗近体句法分析得极为细致，并且将章法、字法、韵律、用典、赋比兴、情景等内容都纳入到其句法论之中，极大地扩大了句法的内涵，所列五七言单句就有 51 种句法，双句以上有 28 种，共计 79 种，可谓集古今句法之大成。

黄生论诗重法，诸诗法之中尤重句法，并最终形成了独具特点的杜诗句法论，其背后的诗学原理是产生于这一时期的“意法论”。意法论的核心是“意”与“法”二者互为表里，缺一不可。黄生“性情与笔墨并存千古”“句中之法尚不能识，况识其言外之意耶?”云云，正是对这一诗学原理认同的体现。近人许承尧云：“（黄）白山论诗极精，辄能言其所以然。”[2]作为杜诗的接受者，黄生是自觉运用“意法论”对杜诗进行阐释的，这也是其“能言其所以然”的原因所在。

当前有学者提出要“构建中国古典诗歌句法理论”[3]，而以杜诗为文本、以“意法论”为原理的黄生的杜诗句法论，对此应该具有重要的学术价值。

---

①张健：《元代诗法校考》，北京：北京大学出版社，2001 年，第 171 页。

②许承尧：《歙事闲谭》卷十七“黄白山《诗麈》”条，《黄生全集》第四册附，第 462 页。

③孙力平：《古典诗论中的杜诗句法研究》，《南昌大学学报（人文版）》，第 30 卷第 4 期，1999 年 12 月，第 90 页。

查慎行诗歌学杜论析

王新芳
（河北大学文学院　河北保定　071002）

查慎行是清初宋诗派的代表人物，在诗歌理论上主张"唐宋互参"。于宋代诗人之中，查慎行主要以学习苏轼为主，同时及后世论者对此已基本达成共识；而对其主要师法唐代哪位诗人，学界的认识却一直比较模糊。黄宗炎为《慎旃集》《慎旃二集》作序曰："寻其佳处，真有步武分司，追踪剑南之堂奥者。"①

此后徐世昌《晚晴簃诗汇》曰："国初诸老，渐厌明七子末流科目，至初白乃专取径于香山、东坡、放翁，祧唐祖宋，大畅厥词，为诗派一大转关。"②今人刘世南先生也认为，查慎行对唐宋诗人的取法，"更明显地是由白居易而苏轼而陆游"③。在论及查慎行在唐代的师法对象时，他们都一致认为是白居易，这大概是由于查慎行倡导"白描"，反对用典，这一点与香山诗歌的浅近自然颇有一致之处。然而若因此便以为查慎行在唐人中主要师法白居易，却是一种想当然，与查慎行的创作实际并不完全相符。其实从《初白庵诗评十二种》批点的篇幅及用力程度来看，唐代诗人中以杜甫的批点用力最多，白居易次之。所以在唐代诗人当中，查慎行学习最多的诗人并非白居易，而是杜甫。然而目前学界对于查慎行诗歌与杜诗之间的关系认识尚嫌肤浅，探讨亦未能深入。究其原因，当系对查、杜二家诗歌之熟悉程度不能兼顾所致。另外，受《四库全书总目》等传统评价的影响，学界往往过于关注查慎行对苏轼、陆游学习的成分，从而忽略了查慎行对杜诗的学习和继承。故本文试图通过将查诗与杜诗进行对比，努力探寻查诗与杜诗之间的密切关联，从而加深对查慎行"唐宋互参"艺术实践的进一步理解。

一、对杜诗句法字法的模拟与化用

查慎行《敬业堂诗集》中对杜诗字法句法的模拟化用之处有很多，这些大量模拟杜诗之

①（清）查慎行著、周劭标点：《敬业堂诗集》附录，上海：上海古籍出版社，1986年，第1755页。

②徐世昌：《晚晴簃诗汇》卷五十六，民国间天津退耕堂刊本。

③刘世南：《清诗流派史》，北京：人民文学出版社，2004年，第231页。

处可以充分说明，查慎行对唐诗的学习是以师法杜诗为主的，这对理解查慎行兼宗唐宋的具体做法具有重要的认识意义。查慎行诗歌中有些句法对杜诗的模拟痕迹显得颇为直接，如《奉送玉峰尚书徐公南归五十韵》中以“公在士气伸，公归士气病”之句，对当时南党领袖徐乾学大加赞扬。此种句法来自杜甫《八哀诗·赠左仆射郑国公严公武》中对严武评价：“公来雪山重，公去雪山轻。”又如查慎行《不见》曰：“不见杨生久，相逢苦告劳。”此诗题目及首句也明显是模仿杜甫《不见》：“不见李生久，佯狂真可哀。”第二句“相逢苦告劳”，又是从杜甫《梦李白二首》其二“告归常局促，苦道来不易”化出。又如《过郴江口有感于杜工部事》“十载游巴峡，三年客楚疆”，乃直接模仿杜甫《去蜀》：“五载客蜀郡，一年居梓州。”《鹰坊歌同实君、恺功作》“康熙天子神圣姿，驾驭英雄兵不黩”，乃据杜甫《投赠哥舒开府翰二十韵》“君王自神武，驾驭必英雄”化出。有时查慎行甚至在诗中直接使用杜诗成句，如《甲辰除夕与德尹润木敬业堂守岁》“就我生春色，为欢卜夜除”，句下自注曰：“前十日已立春，故借用杜句。”“就我生春色”，见杜甫《舍弟观赴蓝田取妻子到江陵喜寄三首》其二“他乡就我生春色”；“为欢卜夜除”，出自杜甫《宴王使君宅题二首》其二“留欢卜夜闲”。又《与时庵别五旬，计程当入阆中矣，七月十六夜，梦其渡桔柏江，有诗见寄，醒而作此》“暮雨葭萌驿，秋风桔柏江”，系学习杜甫《春日忆李白》颔联“渭北春天树，江东日暮云”之句法。杜甫此联采用了寓情于景、寓人于物的方法，表达了诗人的思念之情。仇兆鳌曰：“公居渭北，白在江东，春树暮云，即景寓情，不言怀而怀在其中。”[①]这种以两地之景来寄寓别情的手法在杜诗中颇为常见，如“寒空巫峡曙，落日渭阳情”（《奉送卿二翁统节度镇军还江陵》），“地阔峨眉晚，天高岘首春”（《赠别郑炼赴襄阳》），“黄牛峡静滩声转，白马江寒树影稀”（《送韩十四江东省觐》）等，均是一写客方之所，一写己留之地，通过两地情景映带出友朋之间互致思念的情意。这种手法可谓言少意多，含蓄凝练。有学者还曾以“己客双提”为名进行过总结。[②] 另外，查慎行《周广庵编修席上分赋秋芦十六韵》中有“露压梢梢重，声添叶叶凉”之句，这种句法也是对杜诗的学习，杜甫《屏迹三首》其二曰：“村鼓时时急，渔舟个个轻”，两相比较，查慎行对杜诗的模拟便不难看出。查氏同诗又曰：“白疑先挟雪，青爱乍经霜”，这两句为一、四句式，其特点是将颜色字置于句前，目的是对读者造成强烈的感官刺激，以达到先声夺人的艺术效果。其实此种句法亦源自杜甫，杜诗中如“紫收岷岭芋，白种陆池莲”（《秋日夔府咏怀奉寄郑监审李宾客之芳一百韵》），“青惜峰峦过，黄知橘柚来”（《放船》），“碧知湖外草，红见海东云”（《晴二首》），都是使用的此类表现手法。查慎行七律和七绝中还有许多“当句对”，如“去舫校多来舫少，远山不动近山移”（《舟过大雷岸二首》其二），“三面城根三面水，一层树杪一层楼”（《大石山房歌》），“瘴花瘴草重阳候，秋雨秋风绝徼行”（《少司马杨公见和》其一），“半浮半没树头树，乍合乍离山外山”（《晓发胥口》），“半醒半醉他乡酒，黄叶黄花古郡秋”（《重阳前一日至越州》）。其实这种形式独特的对仗形式亦是来源于杜诗，如“桃花细逐杨花落，黄鸟时兼白鸟飞”（《曲江对酒》），“朱樱此日垂朱实，郭外谁家负郭田”（《惠义寺送辛员外》），“自来自去堂上燕，相亲相近水中鸥”（《江村》），“此日此时人共得，一谈一笑俗相看”（《人日两篇》），“一重一掩吾肺腑，

①（清）仇兆鳌：《杜诗详注》卷一，北京：中华书局，1979 年，第 52 页。

②赵艳喜：《试论杜甫送行诗中的“己客双提”》，《杜甫研究学刊》，2006 年第 3 期，第 72—77 页。

山鸟山花吾友于”(《岳麓山道林二寺行》)等。钱锺书先生认为当句对“创于少陵,而定名于义山”。[①] 此说有不确之处。韩成武指出,初唐的沈佺期、武则天都曾在五律中使用过当句,可见杜甫并非当句对的首创者,不过他却是把五律的当句对引入七律的第一人。[②] 作为一个“唐宋互参”的诗人,查慎行对“当句对”这类源自杜诗的句法颇为熟悉,故在其诗作中亦屡见模仿与学习之处。又如查慎行的名篇《舟夜书所见》:“月黑见渔灯,孤光一点萤。微微风簇浪,散作满河星。”[③]此诗开头两句的艺术构思,受到杜甫《春夜喜雨》颈联“野径云俱黑,江船火独明”的启发,通过明与暗的对比,渲染舟夜之景。然而查慎行除了借鉴杜诗以取境外,更能作“熟处求生”的艺术创新,此诗的后两句“微微风簇浪,散作满河星”,又陡然化静为动,可谓别开生面。

此外,查慎行诗歌中语词、用典等方面对杜诗的化用之处甚多。如《畹城孙恺似编修欲行善于其乡,竟遭吏议。今方罢官就讯,吴中相遇,感愤成诗》:“苍狗如云极可哀,危机翻自诏恩来。家承忠孝身尤重,祸起衣冠势易摧。善不可为宁论恶,人皆欲杀我怜才。乾坤直似蜗庐窄,怀抱除非醉始开。”诗中“苍狗如云极可哀”句,系化用杜甫《可叹》中“天上浮云如白衣,斯须改变如苍狗”。另外,查诗中“人皆欲杀我怜才”,亦是化用杜甫《不见》(“近无李白消息”)中“世人皆欲杀,吾意独怜才”二句。《送赵秋谷宫坊罢官归益都四首》云:“欲逃世网无多语,莫遣诗名万口传”还有《次实君溪边步月韵》:“新诗未必能谐俗,解事人稀莫浪传”乃化用杜甫《公安送韦二少府匡赞》“将诗不必万人传”《泛舟送魏十八仓曹还京》“将诗莫浪传”。《京师与德尹守岁五首》其四“明诏欻见征”,乃化用《奉赠韦左丞丈二十二韵》“主上顷见征,欻然欲求伸”。《恩赐哆啰雨衣恭纪》亦系模仿杜甫《端午日赐衣》,其中“燥湿推恩惭厚庇,短长称意荷终身”,几乎就是杜诗“意内称长短,终身荷圣情”的翻版。《将赴洞庭书局,雨中与徐淮江别二首》其一“人间尚有君怜我”,乃是化用杜甫《哭台州郑司户、苏少监》“故旧谁怜我? 平生郑与苏”。《读张趾肇徐安序冬日感怀唱和诗次原韵二首》其一“倚竹何心矜翠袖”,以及《园中西府海棠秋尽忽发花》“天寒怜袖薄”,均系化用杜甫《佳人》“天寒翠袖薄,日暮倚修竹”。《与许旸谷时许初自山右归》“可怜我亦称人子,负米归来晚为身”,诗后自注:“少陵诗:‘负米晚为身,每食脸必泫。’”所引杜诗出自《八哀诗·故秘书少监武功苏公源明》。又《题周少谷杏林双鹿图,为老友徐韩奕寿》“我如麋鹿尔为群,丰草长林同此性”,乃是化用杜甫《进三大礼赋表》:“与麋鹿同群而处,浪迹于陛下丰草长林,实自弱冠之年矣。”《哭王右朝四首》其二“卅载交亲气谊中”,乃是化用杜甫《投赠哥舒开府翰二十韵》“交亲气概中”。《除夕与润木分韵二首》其二“灯花檐雨夜沉沉”,系化用杜甫《醉时歌》“清夜沉沉动春酌,灯前细雨檐花落”。《送田纶霞大鸿胪巡抚江苏二首》其二“不妨小吏日抄诗”,出自杜甫《赠李八秘书别三十韵》“钞诗听小胥”。《王黄湄给谏属题红袖乌丝图二首》其二“谏草焚来不遣知”,出自杜甫《晚出左掖》“避人焚谏草”。又如《得树楼初成以诗落之九首》其五“身在吾敢辞,茫茫配根蒂”,诗后自注:“用少陵《四松》诗中语。”是指杜甫《四松》中“我生无根带,配尔亦茫茫”

①钱锺书:《谈艺录》,北京:中华书局,1987年,第11页。

②韩成武:《杜诗艺谭》,石家庄:河北教育出版社,2002年,第174—178页。

③(清)查慎行著、周劭标点:《敬业堂诗集》卷九《春帆集》,上海:上海古籍出版社,1986年,第239页。

之句。《酬别郑寒村》“阑风伏雨兼旬卧，晴路一钩新月破”，“阑风伏雨”出自杜甫《秋雨叹三首》其二“阑风伏雨秋纷纷，四海八荒同一云”，“月破”出自杜甫《雨》“悠悠边月破，郁郁流年度”。《德尹举第二子，同学数人醵钱为汤饼之会，席上口占四首》其一“大儿已识之无字，箇是徐卿第二雏”，这是化用杜甫的《徐卿二子歌》：“君不见徐卿二子生绝奇，感应吉梦相追随。孔子释氏亲抱送，并是天上麒麟儿。大儿九龄色清彻，秋水为神玉为骨。小儿五岁气食牛，满堂宾客皆回头。吾知徐公百不忧，积善衮衮生公侯。丈夫生儿有如此二雏者，异时名位岂肯卑微休！”当然，杜甫此诗作为经典亦曾为东坡使用，其《贺陈述古弟章生子》曰：“郁葱佳气夜充闾，始见徐卿第二雏。”从句式来看，查诗直接化自苏诗似更有可能，但苏诗本身无疑也是来源于杜诗。查慎行同诗其二“一钱旧是看囊物，半月前头助洗儿”，乃是化用杜甫《空囊》：“囊空恐羞涩，留得一钱看。”再如《奇祝汪韦斋年伯七十寿时官巩昌郡丞》“变白果能生黑否”一语，亦是化用杜诗《苏大侍御访江浦赋八韵记异》“白间生黑丝”。由上述这些诗例可见查初白对杜甫之瓣香心折。

二、对杜诗谋篇立意之模仿与学习

查慎行诗歌中亦有对杜诗谋篇立意进行模仿者，由于并非字句形式上的学习，故其学杜痕迹很难看出，可谓化用无痕，深得杜诗神韵，例如查慎行《望砀山》云：

万乘东南巡，本厌天子气。匹夫乃心动，走向此中避。云气随真龙，人谁迹刘季。可怜秦皇愚，不及吕后智。英雄论成败，孰者意料事。秋色中原来，苍然入淮泗。蜿蜒忽横亘，一束千里势。丰沛袒右肩，濠梁舒左臂。古来亲王霸，要岂山所致。吾将诉真宰，铲尔作平地。山色如死灰，呜呼识天意。

对于此诗的主旨，聂世美解释道：“诗人借题发挥，决意要拂去笼罩在砀山之上的神秘气氛，其旨还在于恢复历史的本来面目……反映了初白不迷信鬼神而初步具有唯物史观。”[①]由于未能详细考察查慎行此诗之学杜渊源，聂世美此论并未能深入把握此诗之思想实质。其实查慎行《望砀山》之立意完全是模仿杜甫的《剑门》诗，杜诗曰：

惟天有设险，剑门天下壮。连山抱西南，石角皆北向。两崖崇墉倚，刻画城郭状。一夫怒临关，百万未可傍。珠玉走中原，岷峨气凄怆。三皇五帝前，鸡犬各相放。后王尚柔远，职贡道已丧。至今英雄人，高视见霸王。并吞与割据，极力不相让。吾将罪真宰，意欲铲叠嶂。恐此复偶然，临风默惆怅。

两相比较可以发现，查慎行的《望砀山》与杜甫的《剑门》在谋篇立意上极为相似，所以《望砀山》并非旨在“恢复历史的本来面目”，反映其“不迷信鬼神的唯物史观”，而是和杜甫

---

①聂世美：《查慎行选集》，上海：上海古籍出版社，1998年，第283页。

《剑门》诗一样，由芒砀山的形胜与险峻，而联想起历史上曾据险起事、终成王霸之业的刘邦与朱元璋。然而查慎行与杜甫一样，反对“并吞与割据，极力不相让”，他认为“古来亲王霸，要岂山所致”，也就是说王霸事业并不是托庇于山势之险峻所得，故而杜甫说“吾将罪真宰，意欲铲叠嶂”，意思是希望永绝据险作乱，割据一方的祸根；而初白则云“吾将诉真宰，铲尔作平地”，同样是警告那些不识“天意”的“匹夫”，见此砀山横亘之势，切莫产生称王称霸的妄想，如前代刘邦、朱元璋等人之故事。需要顺便指出的是，由于不明查慎行此诗立意之所本，注释者还犯了不少望文生义的错误。如此诗中“丰沛袒右肩，濠梁舒左臂”一联用典的问题，联系此诗上文“云气随真龙，人谁踪刘季”，则上句“丰沛袒右肩”当是指刘邦反秦起事。而下句“濠梁舒左臂”，聂世美先生则引《庄子・秋水》：“庄子与惠子游于濠梁之上。”实则不然。这则注释明显偏离了本诗诗意，犯了释事忘义的毛病。“丰沛袒右肩，濠梁舒左臂”这一联本是对仗，“丰沛”指刘邦起事，则所谓“濠梁舒左臂”者，仍应是指起义造反，并非指庄子惠子的濠梁之游。“濠梁”，实即濠州与梁州，是指朱元璋于濠州、梁州起兵反元之事，正好与上句“丰沛袒右肩”构成工整的对仗。

查慎行诗歌中还有一些谋篇立意来自杜诗者，然而由于与杜诗的体式不同，一直未能引起学界的注意，如《闸口观罾鱼者》曰：

> 牐河一线才如沟，戢戢鱼聚针千头。其中巨者长二寸，领队已足称豪酋。尔生亦觉太局促，漂沤散沫沉复浮。不知世有海江阔，长养何异蒙拘囚。纵教族类繁鳅鲩，变化讵得同蛟虬。居民活计乃在此，劳不撒网逸不钩。竹竿绷罾密作眼，驾以一叶无篷舟。朝来暮去寻丈内，细细粘取银花稠。庖厨却缘琐碎弃，曝向风日乾初收。微鲤苟适饲狸用，性命肯为纤毫留。吾闻王政虽无泽梁禁，鲲鲕尚有洿池游。人穷微物必尽取，此事隐系苍生忧。一钱亦征入市税，末世往往多穷搜。①

此诗先慨叹运河闸口之水浅鱼小，而这些小鱼恰恰是“罾鱼者”之生计所在，故驾舟以密眼绷罾捕捞，竟至不分巨细，竭泽而渔。然后，诗人联想到官府对穷人之严苛税政亦有类于此，乃发出“末世往往多穷搜”之警戒。关于此诗之来历，聂世美先生以为“诗学白居易之讽谏诗，一事一咏，篇末‘卒章显志’，揭出本旨”②。此言虽大致不差，然检白居易之《新乐府》，诸如《卖炭翁》《上阳白发人》《井底引银瓶》等，其题材均有关于人事，未见有从自然界生物发慨者。故查慎行此诗虽对白居易的讽谏诗在形式上有所借鉴，却并不完全出自白诗。若深入钩稽此诗之谋篇立意，便能发现其完全是模拟杜甫之《白小》：

> 白小群分命，天然二寸鱼。细微沾水族，风俗当园蔬。入肆银花乱，倾筐雪片虚。生成犹拾卵，尽取义何如？

---

①（清）查慎行著、周劭标点：《敬业堂诗集》卷九《春帆集》，上海：上海古籍出版社，1986 年，第 250 页。

②聂世美：《查慎行选集》，上海：上海古籍出版社，1998 年，第 152 页。

杜甫此诗作于大历二年(767)客居夔州时,诗人看到渔民对白小(俗称面条鱼)竭泽而渔之举,感慨当地民俗之不仁,表现了诗人民胞物与、生灵莫伤的人道主义精神。清石闾居士评曰:"此《白小》诗是悲细民之同遭屠戮,一则忠君之心如见,一则爱民之念独深,真粹然儒者之言。"[①]将杜甫《白小》与查慎行《闸口观罾鱼者》进行对比后就可以发现,查慎行此诗乃是对杜诗立意的借用,他接续了杜诗"生成犹拾卵,尽取义何如"的仁义情怀,并将杜诗中隐含的爱民之念予以落实,并进一步发挥,联想到"一钱亦征入市税"的社会现实,指出"此事隐系苍生忧"。故沈德潜《清诗别裁集》评曰:"主意在贪残尽取,末路一点,知通体全注于此。"[②]从字面来看,查慎行此诗对杜甫《白小》模仿的痕迹也很明显,"其中巨者长二寸",出自"天然二寸鱼";"细细黏取银花稠"之"银花",出自"入肆银花乱";"人穷微物必尽取",出自"尽取义何如"。除此之外,还有语词出自杜甫相似题材之作,如"戢戢鱼聚针千头"之"戢戢",又出自杜甫《又观打鱼》:"小鱼脱漏不可记,半死半生犹戢戢。"

清汪佑南《山泾草堂诗话》曰:

学少陵五律易成假面空腔,调似杜而实非杜,令人生厌。查初白有《次谷兄自粤西扶先伯榇归里》二律,上首曲折写来,题面似已了结;下首提粤西说入归途不易,并写生前德政,亦题中应有之义。不易归而竟归,疑在梦中,题意十分酣足。初白未必有意学杜,转得杜之神理,言情到真挚处往往有此境界。……此等诗,名家稿中亦不多见也。[③]

汪佑南说的不错,查慎行《次古兄自粤西扶先伯父榇归里二首》的谋篇布局甚得杜诗神理,诗中多有模仿杜诗之处,如"泪尽干戈外,魂惊瘴疠边",乃仿杜甫《梦李白二首》其一:"江南瘴疠地,逐客无消息。"再如《朱仙镇岳忠武祠》末曰:"二百年来崇庙貌,两行桧柏干霄翠。北风怒吼白日昏,犹有英雄不平气。"从格调来看,对杜甫《蜀相》《古柏行》的模仿痕迹较为明显。此外,查慎行《将有南昌之行示儿建》《将出都门感怀述事上泽州冢宰陈公一百韵》《残冬展假病榻消寒聊当呻吟语无伦次录存十六首》等诗,详细剖析个人经历与内心世界,对杜甫《自京赴奉先县咏怀五百字》《北征》《秋日夔府咏怀奉寄郑监、李宾客一百韵》等诗歌形式的模仿痕迹非常明显,这些地方都是查慎行对杜诗手摹力追之处。

三、对杜诗情境之模拟与变化

出于对杜诗的高度熟悉,查慎行在面临人生的种种情境时,往往情不自禁地套用杜诗,并加以某些变化,从而含蓄而不露痕迹地表达自己的情感。如在京师守岁时,查慎行会想起当年困守长安的杜甫,如其《京师与德尹守岁,用少陵"飞腾暮景斜"句为韵,各赋古诗五首》,即用杜甫《杜位宅守岁》诗句为韵脚,其蕴含之人生况味,真是意在言外。诗人自食其力种菜时,也想起杜甫当年在夔州种菜的情景,杜甫于大历二年作《园官送菜》诗曰:"清晨送菜把,

①(清)石闾居士:《藏云山房杜律详解》五律卷五,清光绪元年(1875)刻本。

②(清)沈德潜:《清诗别裁集》卷二十,石家庄:河北人民出版社,1997年,第377页。

③(清)汪佑南:《山泾草堂诗话》,《山泾草堂诗存》附,民国三十年(1941)铅印本。

常荷地主恩。”查慎行《种菜四章》其四曰:“杜陵客西川,种艺颇有园。清晨送菜把,乃感地主恩。兹事吾不取,恐为贪夫援。于世苟无求,食力稍自尊。英雄亦如此,无事且闭门。”当怀念舍弟时,查慎行便又想到杜甫的《远怀舍弟颖观等》诗,写下《自正月以后不得德尹消息,用少陵〈远怀舍弟颖观等〉一首六韵》。而当与朋辈游园宴集之时,查慎行又想到杜甫的《陪郑广文游何将军山林十首》以及《重过何氏五首》,如《刘若千前辈招集听雨楼,用少陵〈重过何氏园林五首〉韵》即是如此。查慎行经行兖州时,想起杜甫当年亦曾来此,故作诗曰:“老为东郡客,才减少陵诗。”(《过兖州城外有感》)又如《燕九日郭于宫、范密居招诸子社集,演洪稗畦〈长生殿〉传奇,余不及赴,口占二绝句答之》曰:“曾从崔九堂前见,法曲依稀焰段传。不独听歌人散尽,教坊可有李龟年?”此诗明显是从杜诗化出。杜甫《江南逢李龟年》曰:“岐王宅里寻常见,崔九堂前几度闻。正是江南好风景,落花时节又逢君。”杜诗前二句忆昔,后二句慨今,极写今昔盛衰之感,可谓言简意赅,寓慨深沉。而查慎行此诗作于康熙四十九年(1710),上距康熙二十八年(1689)的《长生殿》事件已经过去了二十一年,当年同被贬斥之旧友中,洪昇于康熙四十四年(1705)酒后坠水而死,赵执信则终身放废,其他旧友,多已云散。故此情此景,尚不及老杜当年尚有李龟年可诉款曲,乃有“不独听歌人散尽,教坊可有李龟年”之叹息。故此诗虽取法乎杜,而其感慨则又深于杜矣。康熙三十六年(1697),查慎行于老屋改筑小楼,名曰“得树楼”,其楼名也是出自于杜诗。查慎行《得树楼集序》曰:“吾家自丧乱后,仅存横溪老屋,与两弟同居。余所栖在西北隅,年深瓦落,不足以庇风雨。丁丑春,大儿幸举南宫,挈之还家,爰即旧址改筑小楼,楼成而老木数十章,皆在几榻间。因取少陵诗意,颜曰得树。”[①]查慎行虽然已经说明“得树楼”之名乃是出于“少陵诗意”,但却未明确指出出于哪一首杜诗,以至于学界诸人在解释“得树”二字时往往都是含混其词,一笔带过,并未有真能找到答案者。其实“得树”二字之出处应是杜甫《陪郑广文游何将军山林十首》其九:“床上书连屋,阶前树拂云。将军不好武,稚子总能文。醒酒微风入,听诗静夜分。絺衣挂萝薜,凉月白纷纷。”故而“得树楼”之名并非在字面上借用杜诗,而是对杜诗“床上书连屋,阶前树拂云”之诗意加以化用。另外,查慎行《余波词》之命名,亦是得之于杜甫《偶题》“前辈飞腾入,余波绮丽为”之诗意,其诗曰:“绮丽余波入小词,枉抛心力悔难追”[②]。亦可为证。

四、对杜诗精神层面的模仿与追继

查慎行《题杜集后二首》曰:

此老原非谏争姿,许身稷契复奚疑。可怜官马还官后,徒步归犹号拾遗。
漂泊西南且未还,几曾蒿目委时艰。三重茅底床床漏,突兀胸中屋万间。[③]

可见其对杜甫许身稷契的崇高人格与仁民爱物的伟大思想之推崇。张金明还从海宁查

①(清)查慎行著、周劭标点:《敬业堂诗集》卷二十三,上海:上海古籍出版社,1986年,第628页。
②(清)查慎行著、周劭标点:《敬业堂诗集》续集卷三《余生集上》,上海:上海古籍出版社,1986年,第1599页。
③(清)查慎行著、周劭标点:《敬业堂诗集》卷四十五《吾过集》,第1320页。

氏家族的文化传统的角度，对查慎行民胞物与情怀的思想渊源进行了梳理和考察，其论足资参考[①]。查慎行诗歌能够继承杜甫的"诗史"精神，特别关注下层百姓的疾苦。其《吴江田家行》曰：

高田去水一尺许，低田下湿流沮洳。半扉潦退尚留痕，两足泥深难觅路。土墙颓塌茅屋倒，时见牵船岸上住。家家网得太湖鱼，米少鱼多无换处。朝廷闻下宽大诏，今岁江南免田赋。野老犹供计亩租，官仓自贷输粮户。田家田家尔最苦，有铁何烦铸农具。半生衣食在江湖，卖犊扬帆从此去。[②]

此诗表现了对吴江百姓艰苦劳作的深切同情以及对清政府残酷压榨的客观记录。应该指出的是，此诗不仅承继了杜诗忧国爱民的一贯思想，其中"田家田家尔最苦，有铁何烦铸农具"，亦是化用杜句。杜甫《蚕谷行》曰："焉得铸甲作农器，一寸荒田牛得耕。牛尽耕，蚕亦成。不劳烈士泪滂沱，男谷女丝行复歌。"在从军西南期间，查慎行更是目睹了民生的残破，在《雪后平溪道中》中曾发出"书生亦有伤时泪，袖湿征鞭裹朔风"[③]那样的悲慨之声。其《渡百里湖》曰："湖面宽千顷，湖流浅半篙。远帆如不动，原树竞相高。岁已占秋旱，民犹望雨膏。涸鳞如可活，吾敢畏波涛。"[④]此诗作于西南入幕从军途中，查慎行看到西南地区的严重旱情，心中为之忧虑，甚至说老天若能真下一场透雨，解民倒悬，即使自己承受水路波涛之险也心甘情愿，其无私情怀很容易让人联想起杜甫《茅屋为秋风所破歌》《喜雨》等诗。又如查慎行《饶阳道中作》："造物岂不仁，饥寒盈道傍。目存力匪逮，恻恻中自伤。"[⑤]此诗也有对杜甫《遣遇》诗模仿的痕迹。《遣遇》曰："石间采蕨女，鬻市输官曹。丈夫死百役，暮返空村号。闻见事略同，刻剥及锥刀。贵人岂不仁，视汝如莠蒿。索钱多门户，丧乱纷嗷嗷。奈何黠吏徒，渔夺成逋逃。自喜遂生理，花时甘缊袍。"又如《黔阳杂诗四首》其四："吹唇沸地势纵横，约束人称峡路兵。间道无援防豕突，丛祠有火散狐鸣。残年租赕催何急，鬼俗流离命已轻。勿倚弓刀能杀贼，向来渔猎本苍生。"[⑥]诗人对民间武装有着清醒的认识，认为他们不过是因交不起租税才被迫铤而走险的普通百姓，因此不能对这类人赶尽杀绝、残酷镇压。这种思想与杜甫《有感五首》其三"不过行俭德，盗贼本王臣"正是如出一辙！又《六月廿四夜枕上作》曰："季夏之月魃行虐，三旬苦热兼无风。暗雨卧闻来自北，明星起视生于东。民劳尚悬饥渴望，吏酷聊借驱除功。杜陵句似为我设，未免忧国思年丰。"[⑦]此诗末联是借用杜甫《吾宗》："在家常早起，忧国愿年丰。"查慎行这类诗作与杜甫一样，均体现了其仁民爱物的儒者情怀。对于查慎行诗歌与杜诗精神层面的相似性，其同时人已经有所认识，如查慎行的晚辈陆奎勋

---

①张金明：《查慎行诗歌新论》，中国人民大学2011年博士论文，第136—138页。

②(清)查慎行著、周劭标点：《敬业堂诗集》卷二十《游梁集》，第579页。

③(清)查慎行著、周劭标点：《敬业堂诗集》卷二《慎旃集中》，第54页。

④(清)查慎行著、周劭标点：《敬业堂诗集》卷一《慎旃集上》，第15页。

⑤(清)查慎行著、周劭标点：《敬业堂诗集》卷三十四《西阡集》，第937页。

⑥(清)查慎行著、周劭标点：《敬业堂诗集》卷二《慎旃集中》，第57页。

⑦(清)查慎行著、周劭标点：《敬业堂诗集》续集卷三《余生集上》，上海：上海古籍出版社，1986年，第1602页。

《题初白先生证因图》曰："先生金闺彦，诗格亚杜圣。"①然非熟知慎行者，不能道此也。

李圣华指出，在查慎行的晚年，由于遭受查嗣庭案的打击，其诗风由漫与而趋于悲郁，近于杜陵夔州之变。② 因此从某个具体阶段来看，不排除查慎行诗风与杜诗有某些接近之处。然而若从总体艺术风格来看，查慎行的诗风与杜诗的风格则表现出迥然不同的风貌。杜诗风格虽千汇万状、无施不可，但仍以沉郁顿挫为主。而前人对查慎行诗风的评价，常以清真妥帖、流丽、平易等进行概括，故而查、杜二人的诗风从总体来看相去甚远。学杜而不似杜，这是一个比较普遍的现象，袁枚《与稚存论诗书》曰：

古之学杜者，无虑数千百家，其传者皆其不似杜者也。唐之昌黎、义山、牧之、微之，宋之半山、山谷、后村、放翁，谁非学杜者？今观其诗，皆不类杜。③

其实在清初诗坛上，所有主张学杜的诗人与流派，其实际风格亦与杜诗均不相符合。如李因笃、顾炎武、陈廷敬、傅山、申涵光及其领导的河朔诗派，莫不以学杜相标榜，但是其诗风均与杜诗有着一定的差距。这是因为，由唐以迄清初，中国古典诗歌的发展已历经八九百年，即便是单纯对杜诗的学习，也已衍生出各种诗学传统及流派，中途发生过多次变异。且在其衍变过程中，又不断吸收各种诗学元素，故最终导致貌似杜而实非杜的结果。故学杜而不似杜，到了清代已属极为正常的现象。在清初诗坛总体宗唐学杜的大背景下，查慎行亦不能不为时代风气所熏染。况且查慎行的老师黄宗羲、钱澄之等人对杜诗都极为尊崇。黄宗羲在《万履安先生诗序》中特别强调要继承杜甫的诗史精神，在易代之际坚持民族气节，力图"以诗补史"，并亲自批点杜诗（据《张心友诗序》）。其门下弟子仇兆鳌、陈订、李邺嗣等人都曾选杜注杜，有《杜诗详注》《读杜随笔》《杜工部诗选》等著述传世。正是在这样浓厚的师门氛围的影响与熏陶之下，查慎行对杜诗下大功夫进行了长期的评点、揣摩与学习。他说自己"平生酷爱杜诗，三十年中，手所批点凡四部"。④ 然而查慎行并不囿于杜诗一家，能够转益多师，取径广泛，除了学杜、学苏外，兼宗唐宋元诸大家，故能既学杜而又变杜，终至独树一帜，成为浙派诗歌的领袖。统观查慎行的《敬业堂诗集》，其中不乏与杜诗神似之作，对杜诗字法、句法、章法、用典的模拟之处更是比比皆是。因此查慎行的诗歌得益于杜诗颇多，受其影响也相当大。杜诗为查慎行的诗歌创作提供了大量的艺术营养，因而成为其重要的艺术渊源和艺术典范之一。由于目前学界对查慎行"瓣香苏陆"的认识基本趋于一致，从而相对忽略了查诗尊杜学杜的事实。应该说，片面强调查慎行对苏轼、陆游的学习，便不能真正全面地理解查慎行诗歌的艺术渊源。而充分认识到杜诗对查慎行诗歌的深刻影响，对于进一步考察查慎行兼宗唐宋、唐宋互参的诗学主张，不仅是一个有力的补充，同时也有助于加深对查慎行诗歌艺术技巧与艺术风格的理解。

---

①（清）陆奎勋：《陆堂诗集》卷十二，《四库全书存目丛书》集部第271册，济南：齐鲁书社，1997年，第103页。

②李圣华：《查慎行与查嗣庭案及其晚年诗风之变》，《中国文学研究》，2014年第1期，第54—58页。

③（清）袁枚：《小仓山房诗文集》卷三十一，上海：上海古籍出版社，1988年，第1848页。

④（清）查慎行著、张载华辑：《初白庵诗评十二种》卷上，民国间上海六艺书局石印本。

王夫之非杜批评析辨

张东艳
（郑州成功财经学院　郑州　451200）

杜甫因其忧国忧民的思想和集大成的诗歌艺术而被尊为“诗圣”，杜诗因形象地记录了安史之乱前后的史事而被誉为“诗史”。作为继往开来的伟大诗人，杜甫在中国古典诗歌史上享有崇高的地位，因而在杜诗学史上，尊杜一直是主流。但在主流之外，非杜的声音也一直存在。明末清初重要的诗论家王夫之，就曾在其《姜斋诗话》《诗广传》《古诗评选》《唐诗评选》《明诗评选》中用尖刻的语言对杜甫进行批判。本文将探讨王夫之的非杜批评，分析其产生的原因，并从其非杜批评中更深入地发掘杜甫的价值和杜诗对中国古典诗歌的影响和意义。

一、批判杜甫其人：“摆忠孝为局面”“不知其果忧否也”

苏轼称杜甫忠君爱国，“一饭未尝忘君”，秦观亦认为杜甫集诗歌之大成，将杜甫与孔子相提并论，杜甫在宋人眼里俨然已成“诗圣”。以黄庭坚为代表的江西诗派视杜甫为“一祖三宗”之“祖”，至此，宋人几乎无不尊杜。即使这样，非杜的声音依旧存在，宋代西昆体诗人杨亿即贬斥杜甫为“村夫子”；王夫之对杜甫其人的贬斥主要集中在忠君爱国方面。他说：“杜又有一种门面摊子句，往往取惊俗目，如‘水流心不竞，云在意俱迟’，装名理为腔壳；如‘致君尧舜上，再使风俗淳’，摆忠孝为局面。皆此老人品、心术、学问、器量大败阙处。或加以不虞之誉，则紫之夺朱，其来久矣。”①

王夫之认为杜甫以名理为腔壳，摆忠孝为局面，类似“致君尧舜上，再使风俗淳”这样的诗句只是装点门面的话，进而质疑杜甫的人品、心术、学问、器量，甚至怀疑杜甫之忠孝之情也是虚假的。他说：“杜陵忠孝之情不逮，乃求助于血勇。丈夫白刃临头时且须如此，何况一衣十年、三旬九食邪？”②他认为杜甫常常穷困潦倒，过着破衣烂衫，忍饥挨饿的生活，哪里有

①（清）王夫之著、陈书良校点：《唐诗评选》，上海：上海古籍出版社，2011 年，第 125 页。

②（清）王夫之著、陈书良校点：《唐诗评选》，上海：上海古籍出版社，2011 年，第 145 页。

行忠孝的余力呢？又说："善忧者以心，不善忧者以声。"[①]"《书》曰：'若德裕乃身。'裕者，忧乐之度也。是故杜甫之忧国，忧之以眉，吾不知其果忧否也。"[②]王夫之如此贬斥杜甫，和他的哲学思想是密不可分的。他奉行知行合一，明末时曾积极投身于抵抗清军的洪流中，失败后终身以明遗民自居，以著书立说的方式实现自己的人生理想。杜甫并无实质性的事功，"致君尧舜上，再使风俗淳"在王夫之看来不过是好发大言而已。

杜甫忠君爱国的情怀在杜诗学界早已成为共识，仅杜甫在安史之乱中冒着生命危险奔赴肃宗行在凤翔和抗颜上疏救房琯两件事就足以证明杜甫之忠勇。王夫之对杜甫人品的贬斥显然是不符合历史事实的。

二、反对"诗史说"："风雅罪魁"

"诗史"之称，最早见于孟棨《本事诗》："杜逢禄山之难，流离陇蜀，毕陈于诗，推见至隐，殆无遗事，故当时号为'诗史'。"[③]明代杨慎《升庵诗话》有"诗史"条：

宋人以杜子美能以韵语纪时事，谓之"诗史"。鄙哉宋人之见，不足以论诗也。夫六经各有体……若《诗》者，其体与《易》《书》《春秋》判然矣……杜诗之含蓄蕴藉者，盖亦多矣，宋人不能学之。至于直陈时事，类于讪讦，乃其下乘末脚，而宋人拾以为己宝，又撰出"诗史"二字以误后人。[④]

杨慎反对"诗史说"，真正意图在讥刺宋人学杜不知学杜诗中含蓄蕴藉者，反而学杜诗直陈时事之下乘者。他反对"诗史说"的原因有二：一从功能上说，诗道性情，史记言记事，诗史不可互代；二从表现手法来说，诗讲究含蓄，史重在直陈其事。王夫之在《明诗评选》中对杨慎的诗歌赞誉有加，很可能受到杨慎反对"诗史说"的影响。他说：

如可穷六合、亘万汇，而一之于诗，则言天不必《易》，言王不必《书》，权衡王道不必《春秋》，旁通不必《尔雅》，断狱不必律，敷陈不必笺奏，传经不必注疏，弹劾不必章案，问罪不必符檄，称述不必记序，但一诗而已足。既已有彼数者，则又何用夫诗？[⑤]

诗以道性情，道性之情也。性中尽有天德、王道、事功、节义、礼乐、文章，却分派与《易》《书》《礼》《春秋》去，彼不能代《诗》而言性之情，《诗》亦不能代彼也。决破此疆界，自杜甫始。梏桎人情，以掩性之光辉；风雅罪魁，非杜其谁耶？[⑥]

---

①（清）王夫之著、王孝鱼点校：《诗广传》，北京：中华书局，1964 年，第 83 页。

②（清）王夫之著、王孝鱼点校：《诗广传》，北京：中华书局，1964 年，第 32 页。

③（唐）孟棨：《本事诗》明顾氏文房小说本

④丁福保辑：《历代诗话续编》，北京：中华书局，1983 年，第 868 页。

⑤（清）王夫之著，李中华、李利民校点：《古诗评选》，上海：上海古籍出版社，2011 年，第 271 页。

⑥（清）王夫之著、周柳燕校点：《明诗评选》，上海：上海古籍出版社，2011 年，第 219 页。

王夫之认为《易》《书》《春秋》《尔雅》《诗》应该各司其职，“诗之不可以史为，若口与目之不相为代也”[①]。在他看来，以“诗史”称誉杜甫，“定罚而非赏”[②]。他强调“诗以道性情”，“诗以道情，道之为言路也。情之所至，诗无不至；诗之所至，情以之至。”[③]但是，在《唐诗评选》中又高度评价李白《登高丘而望远海》：“此九十一字中有一部开元天宝本纪在内。”[④]可见王夫之并不反对在诗歌中写时事，他曾评价杜甫《出塞》、“三别”是“以今事为乐府，以乐府传时事”，重要的是不能用修史的方法来写诗，他对“诗史说”的否定，根本上源于他对诗歌抒情特质的追求。

王夫之认为诗与史的表现功能不同，对语言的要求也不同。他说：

史才固以隐括生色，而从实着笔自易。诗则即事生情，即语绘状。一用史法，则相感不在永言和声之中，诗道废矣。此“上山采蘼芜”一诗所以妙夺天工也。杜子美仿之作《石壕吏》，亦将酷肖。而每于刻画处犹以逼写见真，终觉于史有余，于诗不足。[⑤]

修史要求“檃括生色”“从实着笔”，即对历史事实进行剪裁、如实记录，而诗歌则需要“即事生情，即语绘状”，即在叙事的同时抒发情感，描绘情景，一旦使用修史的方法写诗，则诗意全无。《上山采蘼芜》被王夫之作为叙事诗之典范来看待，而杜甫之《石壕吏》则因其逼真的刻画被认为“于史有余，于诗不足”。王夫之认为以“诗史”来称誉杜诗，是“见驼则恨马背之不肿”[⑥]。

王夫之又从音乐的角度将《诗经》与《尚书》进行了比较，他说：

有求尽于意而辞不溢，有求尽于辞而意不溢，立言者必有其度、而各从其类。意必尽而俭于辞、用之于《书》，辞必尽而俭于意、用之于《诗》，其定体也。两者相贸，各失其度，匪但其辞之不令也。为之告戒而有余意，是贻人以疑也，特眩其辞、而恩威之用抑黩。为之咏歌而多其意，是荧听也，穷于辞、而兴起之意微矣。[⑦]

《尚书》要“意必尽”“俭于辞”，即史书意思务必表达清楚，语言俭约，不能过分；《诗经》要“辞必尽”“俭于意”，即诗歌语言要充分表情达意，意思单纯。因为《诗经》在当时是用来歌唱的，一首诗中如表达过多复杂的意思，就会扰乱人们的听觉。如果诗歌像史书一样“备众事于一篇，述百年于一幅，削风旨以极其繁称，淫泆未终而他端蹑进，四者有一焉，非敖辟烦促、

---

①(清)王夫之著、戴鸿森笺注：《姜斋诗话笺注》，上海：上海古籍出版社，2012年，第24页。

②(清)王夫之著，李中华、李利民校点：《古诗评选》，上海：上海古籍出版社，2011年，第24页。

③(清)王夫之著，李中华、李利民校点：《古诗评选》，上海：上海古籍出版社，2011年，第142页。

④(清)王夫之著，陈书良校点：《唐诗评选》，上海：上海古籍出版社，2011年，第22页。

⑤(清)王夫之著，李中华、李利民校点：《古诗评选》，上海：上海古籍出版社，2011年，第139页。

⑥(清)王夫之著，李中华、李利民校点：《古诗评选》，上海：上海古籍出版社，2011年，第139页。

⑦(清)王夫之著、王孝鱼点校：《诗广传》，北京：中华书局，1964年，第166页。

政散民流之俗、其不以是为《诗》必矣”[1]。所以王夫之主张一首诗只能写一时一事一意，他曾以王羲之写字作比喻：“字各有形埒，不相因仍，尚以一笔为妙境，何况诗文本相承递邪？一时一事一意，约之止一两句；长言永叹，以写缠绵悱恻之情，诗本教也。”[2]王羲之写草书以一笔而成为妙境，诗歌也要以“一时一事一意”为原则。他说：

一诗止于一时一事，自《十九首》至陶谢皆然。“夔府孤城落日斜”，继以“月映荻花”，亦自日斜至月出诗乃成耳。若杜陵长篇，有历数月日事者，合为一章。《大雅》有此体。后唯《焦仲卿》《木兰》二诗为然。要以从旁追叙，非言情之章也。[3]

王夫之论诗以《诗经》为最高典范，他认为“《十九首》多承‘国风’”[4]，于是《十九首》具有了次于《诗经》的经典地位。它确立了一首诗写“一时一事”的原则，在一首诗中叙述历经数日数月的复杂事件，除了《大雅》之外，也只有《焦仲卿》和《木兰诗》。这样的诗歌不算是言情之作，因为破坏了五古“一时一事”的传统。所以《唐诗评选》不选代表杜甫“诗史”成就的《咏怀五百字》和《北征》。

综上，王夫之反对“诗史说”一则可能受到明代杨慎反对“诗史说”的影响，二则认为诗、史作为两种不同的文体，功能不同：诗以抒情，史以记言记事；诗、史对语言的要求也不同：诗要辞尽意俭，史要意尽辞俭，如用“史法”写诗就会丧失诗歌的抒情特性。三从音乐角度看，清代诗歌虽然已经不再入乐，但王夫之“是从诗乐一体的角度来思考诗歌的审美特征的，他不是把诗乐合一看作是诗歌史的特定阶段的产物，而是把诗歌的音乐性特征看作诗歌的内在审美本质”。[5] 如果在诗歌中记叙复杂的事件，以诗为史，就会混淆视听。

三、批判杜诗的情感品质：“诞于言志”

王夫之对杜甫抒发啼饥号寒、望门求索之类情感的诗作进行了严厉的批判，他说：

始而欲得其欢，已而称颂之，终乃有所求焉：细人必出于此。《鹿鸣》之一章曰：“示我周行。”二章曰：“示民不佻，君子是则是效。”三章曰：“以燕乐嘉宾之心。”异于彼矣。此之谓大音希声。希声，不如其始之勤勤也。杜子美之于韦左丞，亦尝知此乎？[6]

王夫之高度评价《鹿鸣》乃“大音希声”，一则因其情深，二则这首宴飨诗并未像“细人”那样“有所求焉”，表明王夫之很反感在诗歌中表达功利目的，所以他反问“杜子美之于韦左丞，

①（清）王夫之著、王孝鱼点校：《诗广传》，北京：中华书局，1964 年，第 166 页。
②（清）王夫之著、戴鸿森笺注：《姜斋诗话笺注》，上海：上海古籍出版社，2012 年，第 88 页。
③（清）王夫之著、戴鸿森笺注：《姜斋诗话笺注》，上海：上海古籍出版社，2012 年，第 57 页。
④（清）王夫之著，李中华、李利民校点：《古诗评选》，上海：上海古籍出版社，2011 年，第 136 页。
⑤张健：《清代诗学研究》，北京：北京大学出版社，1999 年，第 298 页。
⑥（清）王夫之著、戴鸿森笺注：《姜斋诗话笺注》，上海：上海古籍出版社，2012 年，第 14 页。

亦尝知此乎？"其潜台词是批评杜甫在诗中表达了希求韦左丞汲引的功利目的。王夫之认为《卫风·北门》是诗歌啼饥号寒、望门求索的始作俑者，至陶渊明写了"饥来驱我去"（《乞食》）之后，"杜陵不审，鼓其余波。嗣后啼饥号寒、望门求索之子，奉为羔雉"。[①]"杜陵不审，鼓其余波"当指杜甫《奉赠韦左丞丈二十二韵》一诗，诗中表达了作者渴求得到韦左丞的引荐，描述了他仰人鼻息的屈辱生活，其生活之困顿和陶渊明相似。王夫之对杜诗中描述生活之艰辛，人情之炎凉，志意之落空，仕途之无望一类内容深恶痛绝，他说：

若夫货财之不给，居食之不腆，妻妾之奉不谐，游乞之求未厌，长言之，嗟叹之，缘饰之为文章，自绘其渴于金帛、没于醉饱之情，靦然而不知有讥非者，唯杜甫耳。呜呼！甫之诞于言志也，将以为游乞之津也，则其诗曰"窃比稷与契"；迨其欲之迫而哀以鸣也，则其诗曰"残杯与冷炙，到处潜悲辛"。是唐虞之廷有悲辛杯炙之稷契，曾不如嘑蹴之下有甘死不辱之乞人也。甫失其心，亦无足道耳。韩愈承之，孟郊师之，曹邺传之，而诗遂永亡于天下。是何甫之遽为其魁哉？[②]

王夫之认为杜甫"诞于言志"，在诗歌中表达对货财、居食等物质上的渴求，以及追求不能满足的怨情，其厚颜而不知耻甚至不如"甘死不辱之乞人"。杜甫这种情感表达还影响到韩愈、孟郊、曹邺等人，杜甫乃罪魁祸首，"杜甫之滥百于《香奁》"[③]。因此，王夫之对杜甫入蜀以后诗一概否定，认为乃"哀音乱节"[④]。

王夫之否定杜甫此类诗的价值，是因为他对诗歌中的情感有细致的分析和严格的限定。他说"贞亦情也，淫亦情也"[⑤]，"淫者，非谓其志于燕媟之私也，情极于一往，泛荡而不能自戢也"[⑥]。"淫"乃过分之意，"淫情"非男女之情，而是情感流荡，不加克制，沉溺于一己之得失不能自拔。他又说："诗言志，非言意也。诗达情，非达欲也。心之所期为者，志也，念之所觊得者，意也，发乎其不自已者，情也，动焉而不自待者，欲也。意有公，欲有大，大欲通乎志，公意准乎情。但言意、则私而已，但言欲、则小而已。"[⑦]诗歌是用来言志达情的，而不是言意达欲的。这里志与意、情与欲作为两组对立的概念提出，"意"有公、私之分，"欲"有大、小之别，诗歌就是要表达"大欲""公意"，"私意""小欲"是被排除在外的。何为"私意""小欲"？他说：

意之妄，忮怼为尤，几倖次之。欲之迷，货利为尤，声色次之。货利以为心，不得而忮，忮而怼，长言嗟叹，缘饰之为文章而无怍。而后人理亡也。故曰："宫室之美，妻妾之奉，穷乏之得我，恶之甚于死者，失其本心也。"由此言之，恤妻子之饥寒，悲居食之俭陋，愤交游之炎凉，

①（清）王夫之著、戴鸿森笺注：《姜斋诗话笺注》，上海：上海古籍出版社，2012年，第148页。
②（清）王夫之著、王孝鱼点校：《诗广传》，北京：中华书局，1964年，第22、23页。
③（清）王夫之著、王孝鱼点校：《诗广传》，北京：中华书局，1964年，第23页。
④（清）王夫之著、陈书良校点：《唐诗评选》，上海：上海古籍出版社，2011年，第70页。
⑤（清）王夫之著、王孝鱼点校：《诗广传》，北京：中华书局，1964年，第23页。
⑥（清）王夫之著、王孝鱼点校：《诗广传》，北京：中华书局，1964年，第108页。
⑦（清）王夫之著、王孝鱼点校：《诗广传》，北京：中华书局，1964年，第22页。

呼天责鬼，如衔父母之恤，昌言而无忌，非殚失其本心者，孰忍为此哉！[①]

王夫之所言之“私意”“小欲”主要指对货利、声色的追求，以及追求不能满足的怨怼之情，如果诗人斤斤计较物质方面的得失就会失其本心，而诗歌应该“导人于清贞而蠲其顽鄙”[②]。王夫之主张：“君子无妄富、亦无妄贫，无妄贵、亦无妄贱，无妄生、亦无妄死。富贵而生，君子之所以用天道也。贫贱而死，亦君子之所以用天道也。以其贫成天下之大义，以其贱成天下之大仁，以其死成天下之大勇。”[③]君子即便贫贱也应该培养自己的“大义”“大仁”“大勇”，这些才是诗歌应该抒发的“贞情”，或曰“大欲”“公意”，而不是像“穷里长告旱伤、老塾师叹失馆”[④]一样只关心自己一己之得失。

明代政治暴虐，王夫之用“戾气”概括明末的时代氛围，“躁竞”“气矜”“气激”又是士处于此时代的普遍姿态。王夫之认为明代君主以“廷杖”“诏狱”侮辱士人，造成天下弥漫“戾气”：君臣相激，士民相激，鼓励对抗、轻生、奇节、激烈之言伉直之论。明亡于此上下交争。王夫之一再批评明代士人的“气矜”“气激”“任气”“躁竞”，好大言“天下”。明代的暴政，不但培养了士人的坚忍，而且培养了他们对残酷的欣赏态度，助成了他们极端的道德主义，鼓励了他们以“酷”(包括自虐)为道德的自我完成。王夫之看出了明代士风的偏执、溪刻、缺乏宽裕、且舆论常含杀气，少的正是儒家所珍视的中和气象。所以，王夫之所向往的理想人格、理想政治性格，自然是“戾气”“躁竞”“气激”等的对立物，如“守正”“坦夷”“雅量冲怀”“熙熙和易”，等等。他一再说的“中和”之境，自然不止于政治关系，而且是社会生活的全局，大至朝政，细微至于个体人生的境界。[⑤] 了解了王夫之所处的政治背景，就理解了他对怨怒之声的嫌恶，因为只有“贞情”“大欲”“公意”才能体现他所醉心的中和之美。

在中国的文学传统中，“兴观群怨”之“怨”是允许诗人自鸣不幸、自悲身世的，“士不遇”就是中国古典文学的基本母题之一。泰纳说：“文学的真正使命就是使情感成为可见的东西。……一个作家只有表达整个民族和整个时代的生存方式，才能在自己的周围招致整个时代和整个民族的共同感情。”[⑥]杜诗历经 1300 多年依旧能够引起强烈的共鸣，一个重要的原因就是他表达了整个民族在他所处时代的生存状态。王夫之“这种对感性的拒斥，这种苛刻的指责，显然基于‘为天地立心，为生民立命’的高标，基于对经国济世的崇高情感的期望与要求，以一种抽象、圣洁的普遍性取消‘文学’表达的独立性与私人性，以至高无上的圣贤境界规范所有的世俗情感。”[⑦]

王夫之不满杜甫在诗中表达广阔社会生活中的各种情感，尤其反感干谒诗，除了他对诗歌中“情”的狭隘规定之外，还因其不能知人论世，不能对杜甫抱以“同情的理解”，没有看到

①(清)王夫之著、王孝鱼点校：《诗广传》，北京：中华书局，1964 年，第 22 页。

②(清)王夫之著、王孝鱼点校：《诗广传》，北京：中华书局，1964 年，第 22 页。

③(清)王夫之著、王孝鱼点校：《诗广传》，北京：中华书局，1964 年，第 60 页。

④(清)王夫之著，李中华、李利民校点：《古诗评选》，上海：上海古籍出版社，2011 年，第 259 页。

⑤此段观点参考赵园《明清之际士大夫研究》，北京：北京大学出版社，2000 年。

⑥伍蠡甫：《西方文论选(下卷)》，上海：上海译文出版社，1983 年，第 241 页。

⑦孟泽：《船山的“英雄美学”及其对诗史的苛评》，《湘潭大学社会科学学报》，2000 年第 5 期，第 128—134 页。

杜甫“穷年忧黎元，叹息肠内热”，他见到别人的苦难就会忘记自己的窘迫，在“幼子饿已卒”时，还能“默思失业徒，因念远戍卒”，在自己的茅屋为秋风所破时，还希望“安得广厦千万间，大庇天下寒士俱欢颜”“何时眼前突兀见此屋，吾庐独破受冻死亦足”。

另一方面，王夫之也忽略了杜甫创作干谒诗的时代背景。葛晓音说：“在中国封建社会中，无论统治阶层取士的制度有多少变化，干谒始终与文人的求仕相伴随。然而哪一个朝代都不如初盛唐的干谒兴盛，也没有哪一个时代的文人像初盛唐文人那样将干谒视为人生的必由之路，并理直气壮地形之于诗，发而为文，在高唱着‘不屈己，不干人’的同时，又不屈不挠地到处上书献诗，曳裾权门。”[①]可见，在杜甫所处的时代，干谒是一种普遍的现象，杜甫置身这样的社会风气中而又热切地渴望得到一个“平天下”的机会，创作干谒诗也在情理之中。我们可以批评其干谒诗，但不必过于贬斥，更不必连带损及人品。

四、批判杜诗的表现方式：“和平温厚之旨亡”“议论立而无诗”

王夫之认为诗歌要摆脱个人私欲，抒发“大欲”“公意”，不能只写一己之悲。限定情感的同时也限定了抒发感情的方式要含蓄柔婉，温厚和平。诗可以群，可以怨，但要“乐而不淫，哀而不伤”。王夫之说“可以群者，非狎笑也。可以怨者，非诅咒也。不知此者，直不可以语诗”[②]，“文章本静业，故曰‘仁者之言蔼如也’”[③]，要“怨诗不作怨语”[④]，而杜诗感情的表达常常铺张排比，在王夫之看来过于激烈、直露，好似“怪怒挥拳”[⑤]，他说“杜陵败笔有‘李填死岐阳’‘来填赐自尽’‘朱门酒肉臭，路有冻死骨’一种诗，为宋人谩骂之祖，定是风雅一厄”。[⑥] 批评杜甫对君主的讽刺过于直接，开宋诗谩骂的坏风气。又说：“凡杜之所为，趋新而僻、尚健而野、过清而寒、务纵横而莽者，皆在此出。至于‘只是走踆踆’‘朱门酒肉臭’‘老夫清晨梳白头’‘贤者是兄愚者弟’，一切枯菅败荻之音，公然为政于骚坛，而诗亡尽矣。”[⑦]杜甫学习庾信的“清新”和“健笔纵横”，但却常常追求新变以至于“僻”，崇尚劲健而至于“野”，追求“清新”以至于“寒”，追求纵横以至于“莽”。所以王夫之认为“唐之中叶，前有杜、后有韩，而和平温厚之旨亡”。[⑧] 王夫之论诗追求含蓄之美，所以他高度评价杜甫那些抒情含蓄之作，他说“情语能以转折为含蓄者，唯杜陵居胜”。[⑨] “每当近情处，即抗引作浑然语，不使泛滥。熟吟《青青河畔草》，当知此作之雅”。[⑩]

王夫之反对杜甫以议论入诗。他说：“咏史诗以史为咏，正当于唱叹写神理，听闻者之生

---

①葛晓音：《诗国高潮与盛唐文化》，北京：北京大学出版社，1998 年，第 211 页。

②(清)王夫之著，李中华、李利民校点：《古诗评选》，上海：上海古籍出版社，2011 年，第 50 页。

③(清)王夫之著、戴鸿森笺注：《姜斋诗话笺注》，上海：上海古籍出版社，2012 年，第 238 页。

④(清)王夫之著，李中华、李利民校点：《古诗评选》，上海：上海古籍出版社，2011 年，第 28 页。

⑤(清)王夫之著、周柳燕校点：《明诗评选》，上海：上海古籍出版社，2011 年，第 276 页。

⑥(清)王夫之著、陈书良校点：《唐诗评选》，上海：上海古籍出版社，2011 年，第 65 页。

⑦(清)王夫之著，李中华、李利民校点：《古诗评选》，上海：上海古籍出版社，2011 年，第 270 页。

⑧(清)王夫之著、王孝鱼点校：《诗广传》，北京：中华书局，1964 年，第 143 页。

⑨(清)王夫之著、戴鸿森笺注：《姜斋诗话笺注》，上海：上海古籍出版社，2012 年，第 95 页。

⑩(清)王夫之著、陈书良校点：《唐诗评选》，上海：上海古籍出版社，2011 年，第 70 页。

其哀乐。一加论赞,则不复有诗用,何况其体?”[①]王夫之认为咏史诗应该像李白的《苏武》那样,只是咏苏武之事迹,不需表达自己对苏武的看法,但这并不妨碍读者对苏武“生其哀乐”之情。他又说:

议论入诗,自成背戾。盖诗立风旨,以生议论,故说诗者于兴、观、群、怨而皆可。若先为之论,则言未穷而意已先竭。在我已竭,而欲以生人之心,必不任矣。以鼓击鼓鼓不鸣,以桴击桴,亦槁木之音而已。唐、宋人诗惜浅短,反资标说,其下乃有如胡曾《咏史》一派,直堪为塾师放晚学之资。足知议论立而无诗,允矣。[②]

王夫之认为如果先在诗中发表议论,“则言未穷而意已先竭”,作者已将意思说尽,怎能再激发读者的感情呢?诗歌就失去了以比兴感动人的作用。好比“以鼓击鼓”“以桴击桴”没有声音一样,读者也不易产生共鸣。“以议论为诗”是宋代诗歌的一个显著特征,但说理化的倾向削弱了诗歌的抒情特征。这对特别强调诗歌抒情性的王夫之来说是不能容忍的。他指出“指事发议论一入唐、宋人铺序格中,则但一篇陈便宜文字,强令入韵,更不足以感人深念矣。此法至杜而裂,至学杜者而荡尽”[③]。

五、“杜诗不足学”

明代士人重师门,每个师门都有自己的宗旨,“立要领于一字而群言拱之”[④]。王夫之强烈反对这种立宗旨的行为,他说“拈一官样字作题目,拈一扼要字作眼目,自谓‘名家’,实则先儒所谓‘只好隔壁听’者耳”[⑤]。王夫之论诗也反对立宗派门户,他说:

一解弈者,以诲人弈为游资。后遇一高手,与对弈至十数子,辄揶揄之曰:“此教师棋耳!”诗文立门庭使人学己,人一学即似者,自诩为“大家”,为“才子”,亦艺苑教师而已。高廷礼、李献吉、何大复、李于鳞、王元美、钟伯敬、谭友夏,所尚异科,其归一也。才立门庭,则但有其局格,更无性情,更无兴会,更无思致,自缚缚人,谁为之解者?……“好驴马不逐队行”。立门庭与依傍门庭者,皆逐队者也。[⑥]

明代高棅的《唐诗品汇》将唐诗分为初盛中晚四期,尤重盛唐。高棅认为李白、杜甫之诗乃唐诗的顶峰。其崇尚盛唐、区分流变的意见,对明代的尊唐诗风影响深远。前后七子论诗主张近体诗学盛唐。竟陵派的钟惺和谭元春编选的唐诗选本《唐诗归》选诗以盛唐为主,所

---

①(清)王夫之著、陈书良校点:《唐诗评选》,上海:上海古籍出版社,2011年,第60页。

②(清)王夫之著,李中华、李利民校点:《古诗评选》,上海:上海古籍出版社,2011年,第178页。

③(清)王夫之著、周柳燕校点:《明诗评选》,上海:上海古籍出版社,2011年,第140页。

④(清)王夫之著、王孝鱼点校:《诗广传》,北京:中华书局,1964年,第130页。

⑤(清)王夫之著、戴鸿森笺注:《姜斋诗话笺注》,上海:上海古籍出版社,2012年,第229页。

⑥(清)王夫之著、戴鸿森笺注:《姜斋诗话笺注》,上海:上海古籍出版社,2012年,第100页。

选杜诗数量居各家之首。明代宗唐，尤其崇尚盛唐，所以杜甫成为明代各个诗歌流派师法的对象。王夫之认为虽然七子派和竟陵派诗学主张不同，但都要摹拟前人之“局格”，即学习古人诗歌的格式、声调、结构、句法等形式因素，就都丧失了“性情”“兴会”“思致”。七子派、竟陵派在学习杜诗的过程中不善学杜者又出现很多弊端，如“学杜以为诗史者，乃脱脱《宋史》材耳”[①]。王夫之说：

所以门庭一立，举世称为“才子”、为“名家”者，有故。如欲作李、何、王、李门下厮养，但买得《韵府群玉》《诗学大成》《万姓统宗》《广舆记》四书置案头，遇题查凑，即无不足。若欲吮竟陵之唾液，则更不须尔，但就措大家所诵时文“之”“于”“其”“以”“静”“澹”“归”“怀”，熟活字句，凑泊将去，即已居然词客。[②]

“李、何、王、李”指前七子中李梦阳、何景明和后七子中李攀龙、王世贞，当时七子派的拟古弊端是只从字句形式上模仿，所以王夫之讥刺他们只须买当时流行的四本类书，作诗时从里面查找和题目相关的字句拼凑起来就行。竟陵派常常用时文中的“之”“于”“其”等词入诗。王夫之说：“孟载依风附之，偏窃杜之垢腻以为芳泽，数行之间，鹅鸭充斥，三首之内，柴米喧阗，冲口市谈，满眉村皱，乃至云‘丈夫遇知己，胜如得美官’，……如此之类，盈篇积牍，不可胜摘。”[③]杜甫将日常生活琐事写入诗中，也时用俗语口语、人名地名，但都经过了提炼，王夫之认为此乃“杜之垢腻”，明人杨基学此却导致语言直白，毫无情感和诗意。《明诗评选》中对七子派、竟陵派的菲薄之语时时可见，被王夫之赞誉有加的诗歌都被特别强调是不学杜的。如评刘基《感春》“悲而不伤，雅人之悲故尔。古人胜人，定在此许，终不如杜子美愁贫怯死，双眉作层峦色像。”[④]蔡羽“持论谓少陵不足法，又曰‘吾诗求出魏、晋’”，[⑤]王夫之将之视为知音，且对其评价甚高，认为蔡羽“‘中庭绿阴徙’，妙句幽灵。觉杜陵‘花覆千官’之句，犹其孙子。”[⑥]“但能不学杜，即可问道林屋，虽不得仙，足以豪矣。诗有生气，如性之有仁也。杜家只用一钝斧子死斫见血，便令仁戕生夭。先生解云杜不足法，故知满腹皆春。”[⑦]王夫之提出杜诗不足学，因蔡羽与其观点相合，就将其诗歌成就抬高到杜甫以上，未免失当。

王夫之提出不必学杜，是对明代诗坛盲目学杜的反拨。他认为“苦学杜人必不得杜”[⑧]，学杜不是为了像杜，而是要学其神，形成自己独特的风格，“善学杜者，正当学杜之所学”[⑨]，“学杜者且当学之于庾”[⑩]，应该学习杜甫所师法的源头：《诗经》、苏李诗、《古诗十九首》等汉

---

①（清）王夫之著、周柳燕校点：《明诗评选》，上海：上海古籍出版社，2011 年，第 58 页。

②（清）王夫之著、戴鸿森笺注：《姜斋诗话笺注》，上海：上海古籍出版社，2012 年，第 114 页。

③（清）王夫之著、周柳燕校点：《明诗评选》，上海：上海古籍出版社，2011 年，第 251 页。

④（清）王夫之著、周柳燕校点：《明诗评选》，上海：上海古籍出版社，2011 年，第 84 页。

⑤（清）王夫之著、周柳燕校点：《明诗评选》，上海：上海古籍出版社，2011 年，第 123 页。

⑥（清）王夫之著、周柳燕校点：《明诗评选》，上海：上海古籍出版社，2011 年，第 124 页。

⑦（清）王夫之著、周柳燕校点：《明诗评选》，上海：上海古籍出版社，2011 年，第 125 页。

⑧（清）王夫之著、周柳燕校点：《明诗评选》，上海：上海古籍出版社，2011 年，第 169 页。

⑨（清）王夫之著、周柳燕校点：《明诗评选》，上海：上海古籍出版社，2011 年，第 187 页。

⑩（清）王夫之著、周柳燕校点：《明诗评选》，上海：上海古籍出版社，2011 年，第 184 页。

魏六朝诗。

六、抑杜扬李

王夫之抑杜扬李主要表现在七言歌行和五言古诗两方面。先看其七言歌行的“本色”“变体”说：

> 子山自歌行好手，其情事亦与歌行相中。“凌云”之笔，惟此当之，非五言之谓也。杜以庾为师，却不得之于歌行，而仅得其五言，大是不知去取。《哀王孙》《哀江头》《七歌》诸篇，何尝有此气韵？①
>
> 《行路难》诸篇，一以天才天韵吹宕而成，独唱千秋，更无和者。太白得其一桃，大者仙，小者豪矣。盖七言长句，迅发如临济禅，更不通人拟议。又如铸大像，一泻便成，相好即须具足。杜陵以下，字镂句刻，人巧绝伦，已不相浃洽。②

王夫之认为庾信、鲍照的七言歌行应是唐人取法的对象，李白歌行师法鲍照，所以其歌行体“独用本色”③，杜甫学习庾信之古体，却不知师法其歌行体，所以杜甫歌行体“自是散圣、庵主家风，不登宗乘”④，“乃歌行之变”⑤。又说：“作长行者，舍白则杜，而歌行扫地矣。即欲仿唐人，无亦青莲为胜。青莲、少陵，是古今雅俗一大分界。假青莲以入古，如乘云气，渐与天亲；循少陵以入俗，如瞿塘放舟，顷刻百里，欲捩柁维樯更不得也。”⑥进一步提出歌行体李白、杜甫为雅俗之分界，学李白者则雅，学杜甫者则俗。

再看五言古体，王夫之在评价李白《拟古西北有高楼》说：“杜得古韵，李得古神，神韵之分，亦李杜之品次也。”⑦他认为杜甫得古体诗之韵，李白得古体诗之神，神、韵自然有高下之分。李白擅长歌行体，古体诗易雅，杜甫擅长律诗，近体诗则易俗。王夫之没有看到杜甫对五古的贡献。莫砺锋先生指出真正在五古写作中别开生面的盛唐诗人是杜甫，首先，杜甫极大地开拓了五古的题材范围，其次，艺术手法上杜甫以赋作为主要的艺术手段。⑧

王夫之抑杜扬李主要源于他对诗歌古体、近体的看法。他以《诗经》和《十九首》为诗歌的典范，认为汉魏六朝五言诗乃诗之正宗，他说：“物必有所始，知始则知化，化而失其故，雅之所以郑也。梁、陈于古诗则失故而郑，于近体则始化而雅。”⑨他认为对古体诗而言，梁、陈诗是“郑”，即末流，但对于近体诗而言，梁、陈诗则是“雅”。所以五律要学梁、陈诗，明人学盛

---

①（清）王夫之著，李中华、李利民校点：《古诗评选》，上海：上海古籍出版社，2011年，第68页。

②（清）王夫之著，李中华、李利民校点：《古诗评选》，上海：上海古籍出版社，2011年，第45页。

③（清）王夫之著、陈书良校点：《唐诗评选》，上海：上海古籍出版社，2011年，第28页。

④（清）王夫之著、陈书良校点：《唐诗评选》，上海：上海古籍出版社，2011年，第28页。

⑤（清）王夫之著、陈书良校点：《唐诗评选》，上海：上海古籍出版社，2011年，第26页。

⑥（清）王夫之著、周柳燕校点：《明诗评选》，上海：上海古籍出版社，2011年，第65页。

⑦（清）王夫之著、陈书良校点：《唐诗评选》，上海：上海古籍出版社，2011年，第59页。

⑧莫砺锋：《唐宋诗歌论集》，南京：凤凰出版社，2007年，第18页。

⑨（清）王夫之著、陈书良校点：《唐诗评选》，上海：上海古籍出版社，2011年，第88页。

唐，乃以“不正之声为正声”①。学唐诗要学习初唐，因为初唐继承了梁、陈传统。所以他对初唐王绩仍带有齐、梁特征的《野望》赞誉有加。王夫之认为五绝从五古来，七绝从歌行来，律诗又从绝句来，初盛唐的绝句已经趋于成熟，但是损害了五古的风神，乃五古之末流。尤其对于律诗严守声律多有贬斥，他说：“杜云‘老节渐于诗律细’，乃不知细之为病，累垂尖酸，皆从此得。”②批判杜甫对于声律追求过细过严导致尖酸。他认为杜甫的律诗不仅背离了古诗的传统，而且还影响了后代很多诗人，是“诲淫诲盗”③。王夫之评价诗人和作品以继承汉魏六朝古体诗传统的多少作为标准，认为《诗经》是不可逾越的，汉魏六朝诗不如《诗经》，唐诗不如汉魏六朝诗，明诗不如唐诗，这种强烈的厚古薄今倾向使得王夫之对杜诗的批评难免偏颇。

七、结语

王夫之的非杜批评主要从三个角度出发：一是其所处的政治背景，二是其自身的诗学观，三是其所处的诗学背景。

从王夫之所处的政治背景看，明代“戾气”弥漫，上下交争，士人“任气”“躁竞”，好大言“天下”，王夫之所向往的理想人格、理想政治性格乃是与之相对的中和之美。杜甫的“致君尧舜上，再使风俗淳”，在主张知行合一的王夫之看来就是“摆忠孝为局面”，至于杜诗中的“私意”“小欲”对于追求中和之美的王夫之来说，更是不能容忍的。

从诗学观看，王夫之所看重的是汉魏六朝的审美传统，以含蓄为诗歌审美的最高原则，杜甫的诗歌则更多地体现了唐代的时代特色，所以王夫之对杜诗的批评其本质是他对古典诗学审美传统的定位与杜甫所代表的对传统的新变之间的矛盾冲突的表现。他说：“六代之于两汉，唐人之于六代，分量固然。而过宠唐人者，乃跻祢于祖上，吾未见新鬼之大也。”④在王夫之的心目中，先秦《诗经》是最高典范，两汉六代是次典范，近体诗是古诗之末流。杜甫取得最大成就的诗体律诗自然也是古诗之末流。学诗当然要学经典，学正宗，杜诗自然是不必学的。

从王夫之所处的诗学背景看，整个明代诗坛流派纷呈，门户林立，有明一代充满了拟古与反拟古的论争，性情和形式的较量。王夫之通过对杜甫的批评，企图将七子派的格调说和公安派、竟陵派的性灵说进行折中融合。王夫之要表达自己的诗学思想，必然要选择批判的对象，他最痛恨明代的门户之习，而杜甫又是明代最大的门户，所以被痛加贬斥。

王夫之的非杜批评并不影响杜诗的经典地位，因为“一部经典作品也同样可以建立一种不是认同而是反对或对立的强有力关系”⑤，“它帮助你在与它的关系中甚至在反对它的过程

①（清）王夫之著、陈书良校点：《唐诗评选》，上海：上海古籍出版社，2011年，第88页。

②（清）王夫之著、周柳燕校点：《明诗评选》，上海：上海古籍出版社，2011年，第239页。

③（清）王夫之著、陈书良校点：《唐诗评选》，上海：上海古籍出版社，2011年，第90页。

④（清）王夫之著，李中华、李利民校点：《古诗评选》，上海：上海古籍出版社，2011年，第33页。

⑤〔意〕伊塔洛·卡尔维诺著，黄灿然、李桂蜜译：《为什么读经典》，南京：译林出版社，2006年，第6页。

中确立你自己”[①]。王夫之正是借助批判杜诗来证明自己诗学理论的合理性，以构建起自己的诗学大厦。

王夫之的非杜批评更清晰地展现了杜甫在古典诗歌史上继往开来的地位，即既继承了汉魏六朝的审美传统，又开创了诗歌发展的新方向——在内容方面，写实性增强；在创作方式和风格上，摆脱求雅求丽的倾向，开创以文为诗的手法。

①〔意〕伊塔洛·卡尔维诺著，黄灿然、李桂蜜译：《为什么读经典》，南京：译林出版社，2006年，第7页。

明末清初杜诗学的演进三形态

张家壮
（福建师范大学文学院　福州　350007）

一、走出刘辰翁的时代：明末清初的杜诗评解

如果从彭镜溪集注《须溪批点选注杜工部集》（元贞元年1295年刻）、高崇兰编集刘辰翁评点《集千家注批点杜工部诗集》（元大德七年1303年刻）的刊刻算起[①]，刘辰翁（1232—1297）评点杜诗作为一种范式[②]，在元代初期便已开始了它在杜诗学界领军的历史，此后彭镜溪本、高崇兰本（尤其是高崇兰本）在长达三百余年的时间中翻刻竞出[③]，就像钱谦益说的那样，"元人及近时之宗刘辰翁，皆奉为律令，莫敢异议"[④]。刘辰翁的评点之所以能被元、明两代的杜诗学者持久地信奉和关注，那种"净其繁芜，可以使读者得于神"[⑤]的读诗理念与束书不观、以自我之"本心"为主的反智识主义思潮的遇合因素，显然是不可忽视的。元、明人对刘辰翁的看好，实是对他评点中带有的那种"灵悟自赏"的深度认可。如李东阳《怀麓堂诗话》云："刘会孟，名能评诗。自杜子美下至王摩诘、李长吉诸家，皆有评，语简意切，别是一机轴……"又杨慎《丹铅总录》曰："庐陵刘辰翁会孟……士林服其赏鉴之精博。"[⑥]但随着智识主义与崇实之风在晚明日渐兴起，刘氏评点也日渐走向没落。今人周采泉即道：

辰翁评杜，开选隽解律、析奇评赏之风，在元、明两代，影响颇大，故彭本、高本翻刻不绝。但每经翻刻，刘评陆续被删汰，明季各评本，刘评已残存无几。至钱《笺》问世，风气又是一

---

①周采泉：《杜集书录》，上海：上海古籍出版社，1986年，第94、101页。

②（清）永瑢等：《四库全书总目》卷149《集千家注杜诗二十卷》条有"宋荦谓杜诗评点自刘辰翁始"之语。北京：中华书局，1995年，第1281页。

③参看：1.周采泉《杜集书录》内编卷2；2.张静《刘辰翁杜诗批点本的三种形态》，《杜甫研究学刊》，2004年第1期，第47—51页。

④（清）钱谦益：《钱注杜诗·略例》，北京：中华书局，1958年，第16页。

⑤刘将孙《集千家注批点杜工部诗集序》，转引自《杜集书录》，第111页。

⑥周采泉：《杜集书录》，上海：上海古籍出版社，1986年，第512页。

变，清代注家，务实学，尚考证，此种空泛之评语，不着边际之论调，已不为读杜者所重视矣。[①]

刘氏评点的这段际遇人所习知，无须再赘言。但刘评在元、明时期各杜集中是如何被使用又是如何陆续被删汰的，似乎还没有人作过相应的考察。当然，全面考察刘评的兴衰是本文力所不能及的。本文关心的是，属于我们论题范围之内的"明季各评本"，它们如何从刘辰翁的余波里走出来，由此将杜诗评解引入一个崭新的天地。

在"明季各评本"中，刘评尽管已经只是"残存"，但这一类杜诗研究之作所取的"评"的方式本身即源于刘辰翁。周采泉《杜集书录》针对刘式评点曾说："前人注杜分别疏于句下，意取览者之便，至刘辰翁悉以评注于全诗之后，此为创例。"[②]所谓"创例"，其落到实处即是在宋人裒搜整理、集注编年之外，另启评点一派。我们认为，"明季各评本"甚至清初的一些杜诗评本仍是刘辰翁的余波，因为点评者还保留着刘式评点的形式面貌，或将评注置于原诗之后，或干脆不录原诗，而且还在具体的评解实践中颇多地依赖刘评，总念念不忘以"刘"形己。如唐元竑《杜诗捃》所评杜诗四卷，引述刘评凡 26 次，王嗣奭《杜臆》引述刘评凡 60 余次[③]。如王嗣奭《杜臆原始》曰：

善读古人诗者，昔称须溪，今推竟陵。至于评杜而多不中窾，何况其他？然其中窾者已收入《臆》。[④]

又唐元竑《杜诗捃》卷二评《王侍御携酒草堂诗》亦云：

须溪于公诗可谓能细读者，奈何不参观前后而重谬其旨也。[⑤]

王嗣奭、唐元竑的话尽管是对刘辰翁提出批评，但我们仍不难体会出其中有推许的意味。王、唐二氏能留心将刘评之"中窾者"吸纳到自己的评解中，此一事实本身即可表明"明季各评本"的渊源所在。只不过，在他们看来，即令是像刘辰翁这样的"善读诗"的人读杜，也不免"多不中窾"，或是"重谬其旨"，就像宋濂所批评的那样，"如醉翁寱语，不甚可晓"[⑥]，因此必须以新的评解矫正刘氏及其支脉（如竟陵）的诸多谬评。在上面统计的唐、王二家所引述的刘评中，属于驳正刘氏之说的，《杜诗捃》有 22 条，《杜臆》也有 40 余条之多，而批驳钟惺、谭元春等人的地方亦所在多有，即令是对刘辰翁"不屑一顾"的钱谦益也不得不在他的《读杜

①周采泉：《杜集书录》，上海：上海古籍出版社，1986 年，第 114 页。

②周采泉：《杜集书录》，上海：上海古籍出版社，1986 年，第 513 页。

③此据龙玉兰《试论刘辰翁的杜诗评点》所统计的数据，《杜甫研究学刊》，1991 年第 4 期，第 57 页。

④（明）王嗣奭：《杜臆》，北京：中华书局，1962 年，第 4 页。

⑤（明）唐元竑：《杜诗捃》，清文渊阁四库全书。

⑥（明）宋濂：《杜诗举隅序》，见《文宪集》卷 5，清文渊阁四库全书。

小笺》中屡屡提出专门的驳正[①]。这些都表明，刘辰翁的影响在明末并未遽然消歇，而时人正多方努力把对杜诗的评解从他的荫庇下解救出来。

刘辰翁所开示的“选隽解律”之风，对元、明时期的读杜者的影响首先体现在“选”上，也就是以读选本、作评选取代了对杜诗的整体把握。因此，明末清初杜诗学者对刘式评点的疏救，首先也就表现在对“选隽”风气的扭转上。唐元竑《杜诗捃》卷一有云：

今人多看选本，不读全集，其用意微婉处何缘具知乎？[②]

《杜诗捃》虽然没有对全部杜诗一一评解，但那却是唐氏读千家注“逐首札记”所得[③]，而王嗣奭《杜臆》则已然是逐章作解了，至后来金圣叹作《杜诗解》，其本意也在就全集作解，却因了哭庙案的牵连没能完篇。一时之间，读杜诗者莫不提出要通观全集，而之所以要弃“评选”而综贯全集，则在于刘式评点的“因小失大”，这当中包含着对“评选”者“不参观前后而重谬其旨”（前引唐元竑语）的着意反拨。钱谦益曰：

辰翁之评杜也，不识杜之大家数，所谓铺陈终始，排比声韵者，而点缀其尖新隽冷，单词只字，以为得杜骨髓，此所谓一知半解也。[④]

继而黄生亦云：

至其为评，不能深悉公之生平，不能综贯公之全集，且不融会一诗之大旨，是故评其细而遗其大，评其一字一句而失其全篇，则公之真精神，汩没于俗评者实多。[⑤]

又仇兆鳌曰：

蔡梦弼注本，删去伪注，最为洁净。但参入刘须溪评语，不玩上下文神理，而摘取一字一句，恣意标新，往往涉于纤诡，宋潜溪讥其如醉翁呓语，良不诬也。……全无精实见解……[⑥]

以上数家所论，无不集矢于刘评的细碎、纤诡，而这些均由“不识杜之大家数”“不能深悉公之生平，不能综贯公之全集，且不融会一诗之大旨”“不玩上下文神理”所致，其直接的弊害

---

①《读杜小笺》引述刘辰翁六次，均加驳斥。见钱曾笺注、钱仲联标校《牧斋初学集》卷106—110，上海：上海古籍出版社，1985年，第2155、2156、2161、2175、2186、2201页。

②（明）唐元竑：《杜诗捃》，清文渊阁四库全书。

③《四库全书总目》卷149《杜诗捃》条，第1281页。

④（清）钱谦益著，钱曾笺注，钱仲联标校：《读杜寄卢小笺·自识》，《牧斋初学集》卷106，上海：上海古籍出版社，1985年，第2153页。

⑤（清）黄生撰、徐定祥点校：《杜诗说·杜诗概说》，合肥：黄山书社，1994年，第4页。

⑥（清）仇兆鳌：《杜诗详注·凡例》，北京：中华书局，1979年，第24页。

在于“汩没”了“公之真精神”，对刘评的真正不满端在于此。我们由此可以看到，明末清初杜诗学者对诗人“真精神”的呼唤，而这正是由评点转向“综贯全集”的深层动因所在。

在如上各家对刘式评点的批评中，我们同时还看到了包含于其中的阅读方式的变革，即由原来的注重单词只字转向对杜诗整体含蕴的掘发。这一点上，上引黄生对评者提出的“不能深悉公之生平”的批评，意义可谓重大。对作品以外的诗人生平及其与社会的关系等一系列问题的疏于询查可谓是元、明以来以“自索心臆”自居的评点派的通病所在。明末清初杜诗学者重新对身处“穷年”的诗人之生平投注心力，不啻为对同样处“穷”的自身的深层反顾。与老杜身世之通、同，常常成为这时候笺释杜诗者引人瞩目或是赖以自恃之处。明张拱几《杨次庄先生注杜水晶盐序》云：

次庄位不逮拾遗，院不列待制，知有房次律而不敢救，能为《大礼》《西岳》诸赋而不得献，其穷愁殆甚于少陵。不知百世而下，读次庄与注次庄之诗者，其持论又当如何也？[①]

在这里，“穷”正是张拱几推扬的杨德周与杜工部的“合”之所在（如韩愈《送董邵南序》中董生与燕赵感慨悲歌之士的“必有合也”一样），是杨德周足堪为“子美功臣”的潜在资源。而杨德周的友人且与杨德周“颠末”绝相类[②]的王嗣奭对“穷”而读杜的收获更有切身的描述：

余谓古来诗人无如少陵，余旧序似得其概，而因诗悟道，则近始得之，要亦穷之所炼也。……余笺杜后，又取昌黎全集细绎之，变幻百出，不可步趋；向虽读之，殊草草也。因叹少陵之诗与昌黎之文，自汉以还，并只千古，更无与对，盖昌黎亦因文误□古也。然昌黎与穷鬼狎，述其言曰：“吾立子名，百世不磨。”又云：“唯乖于时，乃与天通。”昌黎得穷鬼之助如此。乃少陵狎穷鬼以终身，较韩更甚，诗安得不工，而人宁容易识也？[③]

在王嗣奭看来，要“识”得因“穷”而出的杜诗是不容易的，他自己的“悟”，便得益于他也同样的“穷”。为此，他才能破天荒地重新明确意识到在“诵其诗”时“论其世”——这种在元、明大部分时期已为人淡忘的读诗法——的重大意义。也正因为在说诗环节里恢复了“论其世”的步骤，再加上他们自己本身的身心磨难，成了挽救奉行了三百余年的空疏论调的最佳良方，使之有了坚实的依托，从而在根本上改变了杜诗评点“仿佛世说，做尽羽扇纶巾之态，其实百无一当”[④]的醉翁式呓语的状态，真正地开始走出刘辰翁的时代。

二、回向宋代：清初杜诗注的经典模式

如同是对两宋时期的一种回应，在经历元、明三百多年时间的冷落之后，在民族危亡的

---

①周采泉：《杜集书录》，上海：上海古籍出版社，1986年，第144页。

②（清）全祖望：《续甬上耆旧诗集》卷16，国粹学报馆，国粹丛书本。

③（明）王嗣奭：《杜臆·杜臆原始》，第2页。

④（清）陈式：《读杜漫述》，引自《杜集书录》，第513页。

威胁又一次盘踞在人们心里的明末清初，杜诗的“经世”内涵再度得到彰显，久违了的经典注疏的方式也呈现出再次的繁荣。有了像顾炎武《杜子美诗注》、钱谦益《钱注杜诗》、朱鹤龄《杜工部诗集辑注》这样一些引领着这个时期杜诗学走向的力作。

而在此之前，胡震亨已露出一些迹象。在上一章里，我们曾经说到，由于刘辰翁评点的流行，由高崇兰编集的刘辰翁《集千家注批点杜工部诗集》成了元、明以来翻刻最为频繁的杜集。以元、明人刻书的疏舛，此本的不可信是必然的。明万历之后，胡震亨即已云：

元大德中，庐陵高楚芳者，刘辰翁门下士，则直据黄氏，并其次尽易之，居然不疑，今行世本是也。初原叔编年，第约略诗中语，求其时以为次，非真有确然可据之岁月。中间牵合虽多，而阙疑之意尚存。自概定于黄鹤，紊改于高氏，高又附辰翁批评以行，于是耳食者奉若杜陵手撰，次序颠倒，不复知原本为何矣。[①]

胡震亨的这番话表示了他对当时流行于世的高本的不满。在他看来，高本是加增愈多，失真愈远，因此在撰《杜诗通》时，他就断然弃之而“仍依古本，分体为编”，且“一切牵强之说，概从芟去”[②]。胡震亨是一个以注诗为“实学”的人[③]，他的回向“古本”，正是杜诗学“复古返经”、恢复“经典”研究方式的一个信号。也因此他在《杜诗通》中的考定之说，能为崇尚“实学”的清代注家如钱谦益等所取。不过，由于彼时“评点杜诗，流风未艾”，《杜诗通》中仍然是以评诗为主，“诗句之下，辄引刘辰翁、王世贞、胡应麟、钟惺、谭元春诸人评语，……至于注解，则寥寥无几”[④]。也就是说，经典注疏的方式并未在胡震亨的《杜诗通》里得到完整意义上的实施。

到了钱谦益，情形有了实质性的变化。

钱谦益在《钱注杜诗·略例》中首先就当时行世的宋人杜集在编次上的问题发难：

吕汲公大防作《杜诗年谱》，以谓次第其出处之岁月，略见其为文之时，得以考其辞力，少而锐，壮而肆，老而严者如此。汲公之意善矣，亦约略言之耳。后之为年谱者，纪年系事，互相排缵。梁权道、黄鹤、鲁訔之徒，用以编次后先，年经月纬，若亲与子美游从，而籍记其笔札者。其无可援据，则穿凿其诗之片言只字，而曲为之说，亦近于愚矣。今据吴若本，识其大略。某卷为天宝未乱作，某卷为居秦州、居成都、居夔州作。其紊乱失次者，略为诠订。而诸家曲说，一切削去。[⑤]

---

①(明)胡震亨：《唐音癸签》卷32，上海：古典文学出版社，1957年，第277页。

②(明)胡震亨：《杜诗通·自识》，见《杜集书录》，第140页。

③《唐音癸签》卷32云：“唐诗不可注也。诗至唐，与选诗大异，说眼前景，用易见事，一注诗味索然，反为蛇足耳。有两种不可不注，如老杜用意深婉者，须发明；……今杜诗注既如彼，……始知实学之难，即注释一家，亦未可轻议也。”(第280页)在晚明的文化情境下，胡氏以诗歌笺注为“实学”，是值得深味的。

④洪业等：《杜诗引得·序》，上海：上海古籍出版社，1985年，第46页。

⑤(清)钱谦益：《钱注杜诗·略例》，北京：中华书局，1958年。

继而历数宋人注杜的八大错缪：

注家错缪，不可悉数，略举数端，以资隅反：一曰伪托古人……一曰伪造故事……一曰传会前史……一曰伪撰人名……一曰改窜古书……一曰颠倒事实……一曰强释文义……一曰错乱地理……[①]

钱氏对宋注的激烈批判，颇让我们觉得清初杜诗辑注的出发点很像梁启超论断清学时所说的那样，在于对传统的一种反动[②]。清代学者针对宋人所编次的杜集展开了一系列复原的努力：

杜集之传于世者，惟吴若本最为近古，他本不及也。题下及行间细字，诸本所谓公自注者多在焉。而别注亦错出其间。余稍以意为区别，其类于自者，用朱字，别注则用白字，从《本草》之例。若其字句异同，则一以吴本为主，间用他本参伍焉。[③]

《集》中伪字最多。朱子欲如韩文作考异而未果。今编搜宋刻诸本及文粹英华对勘，夹注本文之下以备参考，至如年谱之疏妄、注家之伪乱，详辨诗注中，……千家本"公自注"语，向疑后人附益，考之，多王原叔、王彦辅诸家注耳，未可尽信，今取类于公自注者，以原注二字系之，旧本所无俱削去，其旧云自注而千家本不载者，特标数则。[④]

钱、朱也是通过回到杜诗的早期文献，以详密的考证与辨析来重新发掘杜诗本身的精确含义的。仇兆鳌即云：

近人注杜，……钱（谦益）于《唐书》年月、释典道藏、参考精详。朱（鹤龄）于经史典故及地理职官，考据分明。其删汰猥杂，皆有廓清之功。[⑤]

《唐书》年月、释典道藏、经史典故、地理职官云云，实与宋人注杜有相近的旨趣。由此看来，在对宋人之注的"反动"中，透露出的却是清初杜诗辑注对宋注的认真反顾，即清初的杜诗辑注又恢复了宋人对杜诗中所涉及的"故事""前史""人名""古书""地理"的那股兴趣。只不过，现存的宋人之注里错误丛出，需要通过精严的考据，以更为准确的解释来取代它们。美国学者艾尔曼在探究清初传统经典考证和研究之复苏时曾说道："经典本位批评意识的崛起，反映出对传统学术的不满，以及对之加以重新改造、澄清的愿望。"[⑥]钱笺、朱注等清初注

---

①（清）钱谦益：《钱注杜诗》，北京：中华书局，1958年，第14—16页。

②梁启超曾云："清学之出发点，在对于宋明理学的一大反动。"梁启超《清代学术概论》，上海：上海古籍出版社，1998年，第7页。

③（清）钱谦益：《钱注杜诗》，北京：中华书局，1958年，第17页。

④（清）朱鹤龄：《杜工部诗集辑注》，四库禁毁书丛刊补编，北京：北京出版社，2005年，第81册，第20页。

⑤（清）仇兆鳌：《杜诗详注·凡例》，北京：中华书局，1979年，第24页。

⑥艾尔曼：《从理学到朴学》，南京：江苏人民出版社，1995年，第43页。

杜者以“参考精详”“考据分明”对旧注进行删汰和廓清，表明注杜重新回到了经典注疏的路上来，也正是艾氏所说的经典本位批评意识崛起的表现，符合清初学术界告别“游腹空谈”，提倡“尊经复古”，回向以考据为中心的汉学研究路径的整体动向。

上文我们已经提及，宋人注杜并没有像他们在理学上的追求一样，表现为侈谈义理，而是有着浓重的汉代经学路径的投影。明白了这一点，我们才能明白，何以在提倡走汉学崇实路径的时期，注杜却颇以宋注为起点。不妨这么说，杜诗注的“汉学”方式就寓于宋注里面，连同弊端也显得相似：宋人注杜尊信“无一字无来处”，伪王（洙）注、伪苏（轼）注等造伪之作的出现，不正如刘师培批评汉代经学时所说的，“汉代诸儒惑于神秘之说，轻信而寡疑，又谲诈之徒往往造作伪经以自售其说”[①]吗？由此可见，他们虽然猛烈地批评宋人的杜注，但又必须凭借宋人的成果进行新的整顿。与刘辰翁评杜不但遭到他们的挞伐而且陆续被删汰至残存无几不同，清初杜诗学者在对待宋注上是“辟之而又用之”，二者之间的紧张对立只是表现在某些具体的解释上，而与注杜的基本范式无关。这种“辟之而又用之”的现象，让我们从杜诗辑注之学分别处于高峰的两个时期，看出了一些相关、相似的地方，至少是一些可供比较的基础。

三、“后起之秀”：杜诗注解在新形势下的推进

梁启超在《中国近三百年学术史》里说：

从顺治元年到康熙二十年约三四十年间，完全是前明遗老支配学界。他们所努力者，对于王学实行革命（内中也有对于王学加以修正者）。他们所要建设的新学派方面颇多，而目的总在“经世致用”。他们元气极旺盛，像用大刀阔斧打开局面，但条理不免疏阔。康熙二十年以后，形势渐渐变了。遗老大师，凋谢略尽。后起之秀，多半在新朝生长，对于新朝的仇恨，自然减轻。[②]

如果借梁氏此说来观照清初的杜诗学史，我们亦可由此归纳出杜诗学与时推移的阶段性经过。“前明遗老”支配的杜诗学界，我们在前面两章已经作了相应的考察，眼下我们要讨论的这一部分杜诗学者，正是梁启超所谓的“后起之秀”。当“易代之际的故国之思问题的敏感性和冲突感已淡化”[③]之后，对于新朝，他们不惟是减轻了仇恨，而且多积极努力地向新朝靠拢，注杜在他们，隐然间已成为注家向新朝表达诚心之举。仇兆鳌《进杜少陵集详注表》云：

臣于退食余闲，从事少陵诗注。……伏惟少陵诗集，实堪论世知人。可以见杜甫一生爱

---

①刘师培：《汉宋学术异同论》，见《清儒得失论——刘师培论学杂稿》，北京：中国人民大学出版社，2004年，第213页。

②梁启超：《中国近三百年学术史》，天津：天津古籍出版社，2003年，第18页。

③严迪昌：《清诗史》，杭州：浙江古籍出版社，2002年，第53页。

国忠君之志，可以见唐朝一代育才造士之功，可以见天宝、开元盛而忽衰之故，可以见乾元、大历乱而复治之机。兼四始六义以相参，知古风近体为皆合。愚蒙一得，冒达九重。倘邀清燕之鉴观，以当采风之陈献，庶前修生色，而新简垂光矣。①

又汪灏《知本堂读杜·自序》云：

灏以书生，献赋行在所，蒙召试宫廷，屡试称旨，因得与科名，备史馆，兢兢勤职，业曰读书，以仰答主眷。私衷窃欲于世所共尊众好之书之诗，以次渐读，而读杜为之先。②

以上这些颇有“献媚”之嫌的言辞里，很难不让人觉得注杜乃是他们“奉迎固宠”“藉为进身之阶”③的举动，尤其是汪灏，既以康熙御题的“知本堂”名其书，又在具体操作中将“杜诗字画，悉照《钦定全唐诗》暨宁波仇少宰进呈定本”④，逢迎之意，可谓明矣！

与此同时，一些对新朝同样怀着热望而境遇却与仇、汪辈迥然有别的士子也开始他们的杜诗研究。卢元昌《杜诗阐·自序》曰：

顾优于赀者攻商贾，优于遇者攻仕宦，余病未能也。……自被放辍举子业，鸡林之请谢，自分非场屋中人矣，碌碌于此奚为者？于乙巳（康熙四年）秋病间遂从事于少陵诗集云。……盖自乙巳至壬戌（康熙二十一年）凡十八年矣。何朝夕何寒暑不手是编，今日之得授梓也，亦曰吾生之忧患多矣，藉是以忘其所苦，而得其所乐焉云尔。⑤

卢元昌生于万历四十四年（1616），虽为有明诸生、几社名士，但从事杜注却是在新朝科举竞争中体味了挫折感后的发愤之所为。像这样经由场屋之败转而注杜的并不止卢元昌一人，浦起龙《读杜心解》的撰述也缘于此（详见笔者论《读杜心解》一节）。这一类杜诗学者的注杜在缘起上与仇兆鳌、汪灏看似不同，甚至可以说是相反，但这正如花开两朵，虽是各表一枝，其根源却在一处。因此，注杜于他们虽然是失意无奈之举，然一旦得到皇帝的垂顾，则仍让他们雀跃不已。浦起龙《上云贵制军尹大人》曰：

前所著《读杜心解》，……，不期上达宸聪，《御选唐宋诗醇》竟叨采录，萤光爝火得依日月末光，自顾何人际此隆遇。⑥

对浦起龙而言，这正不妨说是歪打正着。

---

①（清）仇兆鳌：《杜诗详注》，北京：中华书局，1979年，第2352页。

②转引自《杜集书录》，第211页。

③周采泉：《杜集书录》，上海：上海古籍出版社，1986年，第308页。

④周采泉：《杜集书录》，上海：上海古籍出版社，1986年，第213页。

⑤（清）卢元昌：《杜诗阐》，续修四库全书本，上海：上海古籍出版社，2002年，第1308册，第325页。

⑥（清）浦起龙：《不是集》，燕京大学图书馆铅印本，1936年。

此处所论，正关涉到不同阶段不同“代”的学者从事杜注的原因。我们知道王嗣奭是以杜诗为首阳山之“薇”，笺注杜诗则为作者于易代之际砥砺气节之举，而朱鹤龄当变革时，亦“惟手录杜诗过日，每兴感灵武回辕之举，故为之笺解，遂至终帙”[①]，即令是晚节有亏的钱谦益，他的笺注杜诗也仍然含着一种对明朝的故国之思[②]。与这些“前明遗老”相比，我们不难见出，眼下所说的“后起之秀”们绝没有了他们前辈的那份沉重——一种在局势沉沦中寻求情感慰藉的无奈，他们感应到的已非原来的丧乱而是日益巩固的新兴政权的强力召唤。因此，注杜在他们，虽然也属时势激荡下的行为，但已由原来的与新政权的“离”转为“合”，由对杜诗“哀板荡，痛仳离”的深切共鸣转而在解杜中过分维护杜甫忠君爱国的一面，甚而为此不惜曲解杜诗，如仇兆鳌《杜诗详注》即被指“尊杜太过”，横亘“惓怀君父”一念而曲解原作[③]，又如浦起龙解《北征》一诗，竟认为陈玄礼“为亲军主帅，纵凶锋于上前，无人臣礼”而想隐去“桓桓陈将军，仗钺奋忠烈。微尔人尽非，于今国犹活”[④]四句。莫砺锋先生说：“从‘钱注’到‘仇注’，再到‘浦注’，如果我们仔细体会其中有关封建道德的阐释，再仔细分析，就可以看出清朝对思想统治越来越严酷的一个过程。”[⑤]这里提到的现象，若从注家的角度观之，正表明注家业已不自觉地衍为新政权思想统治的吹鼓手。

有趣的是，当此之际，注杜在方式方法上也开始有意效仿官方所尊崇的朱子的著述[⑥]。仇兆鳌《杜诗详注・杜诗凡例》“杜诗分章”条云：

> 古诗先有诗而后有题，朱子作《集传》，每篇各标诗柄，乃酌小序而为之。杜诗先有题而后有诗，即不须再标诗柄矣。唯一题而并列三五首，或多至一二十首者，每首各拈大旨，又有题属托物寓言，亦须提明本意，仿《集传》例也。[⑦]

又“杜诗分段”条：

> 《诗经》古注，分章分句。朱子《集传》亦踵其例。……兹集于长篇既分段落，而结尾则总拈各段句数，以见制格之整严，仿《诗传》某章章几句例也。[⑧]

---

①（清）朱鹤龄：《愚庵小集》附录《传家质言》，上海：上海古籍出版社，1979年，第769页。

②郝润华：《〈钱注杜诗〉与诗史互证方法》，合肥：黄山书社，2000年，第44—45页。

③《杜集书录》第205页。廖仲安先生《杜诗学（下）——杜诗学发展的几个时期》亦云：“他这本书是奉献给皇帝的，所以在注释中就处处强调杜甫‘立言忠厚，可以垂教万世’。遇到杜诗悲愤、狂率之处，往往有意识地削弱杜诗的思想锋芒。”见《首都师范大学学报》，1994年第6期，第8页。

④（清）浦起龙：《读杜心解》，北京：中华书局，1962年，第43页。

⑤莫砺锋：《杜甫诗歌讲演录》，桂林：广西师范大学出版社，2007年，第133页。

⑥关于程朱理学之为官方青睐，可参看陈居渊《清代朴学与中国文学》第一章的相关论述，合肥：百花洲文艺出版社，2000年，第5—6页。

⑦（清）仇兆鳌：《杜诗详注》，北京：中华书局，1979年，第22页。

⑧（清）仇兆鳌：《杜诗详注》，北京：中华书局，1979年，第22页。又《详注》卷之一《临邑舍弟书至苦雨黄河泛溢堤防之患簿领所忧因寄此诗用宽其意》亦云：“今依朱子《诗传》例，凡长篇之作，皆分勒章句，使眉目易省也。”第26页。

明白宣称仿朱子之作也。但这并非仇氏一家之特色，长篇分段，无论前面的卢元昌《杜诗阐》还是后来的浦起龙《读杜心解》均是如此。以《茅屋为秋风所破歌》为例，卢氏分为四个段落，与仇氏所分略有不同，而浦起龙则直接“依仇本截”。仿朱子《诗传》来注杜还有其他的表现，如浦起龙又云：

忽古，忽近，忽五言，忽七言，初学观诗每苦之。今统分六卷，……而每卷篇数不均，则窃取《诗传》之例，各就卷内析之，使楮叶停匀。[①]

当然，更值得注意的是，这一类杜注往往都是“事类意义，两者兼尽”之作[②]，仇注自言是“内注解意”“外注引古”[③]，浦起龙也有“注者其事辞，解者其神吻”[④]之分。而他们释“意”的方式也颇源于朱子说《诗》之法，仇兆鳌于《杜诗详注·凡例》“内注解意”条下云：

欧公说《诗》，于本文只添一二字，而语意豁然。朱子注《诗》，得其遗意，兹于圈内小注，先提总纲，次释句义，语不欲繁，意不使略，取醒目也。[⑤]

今人蒋寅认为，“这实际就是增字串联原文，使原本跳跃的语意连贯通达的串讲方法，朱子《诗集传》通篇皆是。”随后举例：“如《郑风·山有扶苏》首章：‘山有扶苏，隰有荷华。不见子都，乃见狂且。’朱子云：‘淫女戏其所以私者曰：山则有扶苏矣，隰有荷华矣。今乃不见子都，而见此狂人，何哉？’即其例也。”[⑥]其实，这种“增字串联原文”之法，《杜诗阐》用得最多，如《舟前小鹅儿》，诗曰：“鹅儿黄似酒，对酒爱新鹅。引颈嗔船逼，无行乱眼多。翅开遭宿雨，力小困沧波。客散层城暮，狐狸奈若何？”卢元昌释云：

官池鹅儿色黄似酒，汉中之酒有名鹅黄者，吾对鹅忆酒，对酒转爱鹅也。舟前见之，颇怪其引颈而嗔船之逼，又怪其无行而乱眼者多。有时翅开，遭雨思晒，无如力小，困波终没。少焉，舟回客散，此城西北角，岂无狐狸？日暮遭之，亦无奈哉。[⑦]

而仇注则主要是“先提总纲，次释句义”，如《即事》一首，诗曰：“闻道花门破，和亲事确非。人怜汉公主，生得渡河归。秋思抛云髻，腰支胜宝衣。群凶犹索战，回首意多违。”仇云：

此诗讽时事也。“和亲事确非”，谓一事而三失具焉。初与回纥结婚，本欲借兵以平北

---

①（清）浦起龙：《读杜心解》，北京：中华书局，1962年，第8页。

②鲁超：《杜诗阐序》，见卢元昌《杜诗阐》，续修四库全书本，第1308册，第323—324页。

③（清）仇兆鳌：《杜诗详注》，北京：中华书局，1979年，第22—23页。

④（清）浦起龙：《读杜心解》，北京：中华书局，1962年，第5页。

⑤（清）仇兆鳌：《杜诗详注》，北京：中华书局，1979年，第22页。

⑥蒋寅：《〈杜诗详注〉与古典诗歌注释学之得失》，载《杜甫研究学刊》，1995年第2期，第44页。

⑦《杜诗阐》，续修四库全书本，第1308册，第506页。

寇，孰知滏水溃军，花门同破，此一失也。且可汗既死，公主剺面而归，抛髻剩衣，忍耻含羞之状见矣，此二失也。是时思明济河索战，而回纥之好已绝，与和亲本意始终违悖，此三失也。公诗云："圣心颇虚伫，时议气欲夺。"老成谋国之言，真如烛照而数计矣。[①]

浦起龙的做法与仇兆鳌差近似之，浦云："解之为道，先篇义，次节义，次语义。"[②]这实际上也还是朱子《诗集传》的方法。

解诗方式的通同，使之遭遇到的责难也极为相似，《四库全书总目》卷 174 批《杜诗阐》曰："其注如《四书》讲章，其评亦如'时文'批语，说诗不当如是，说杜诗尤不当如是也。"[③]同卷批《读杜心解》曰："诠释之中，每参以评语，近于点论时文。"[④]这些与惠栋批仇兆鳌"以高头说约之法解诗"[⑤]，实为同一声口。

---

①(清)仇兆鳌:《杜诗详注》，北京:中华书局，1979 年，第 604 页。

②(清)浦起龙:《读杜心解》，北京:中华书局，1979 年，第 7 页。

③《四库全书总目》，第 1533 页。

④《四库全书总目》，第 1534 页。

⑤惠氏跋周篆《杜工部诗集集解》，见《杜集书录》，第 209 页。

论朱鹤龄《杜诗辑注》对杜诗典故的研究

周金标

（淮阴师范学院文学院　淮安　223300）

朱鹤龄（1606—1683）是清初著名学者，字长孺，自号愚庵，吴江松陵（今属江苏）人，明末诸生。入清后绝意仕进，屏居著述，晨夕不辍。与李颙、黄宗羲、顾炎武并称“海内四大布衣”，与钱谦益、顾炎武、汪琬等过从较密。在经、史、子、集各方面皆有精深造诣，以经学名家，尤长于笺疏之学。一生著述等身，比较重要的著述有《尚书埤传》、《禹贡长笺》、《诗经通义》、《读左日钞》、《辑注杜工部集》（又称《杜工部诗集辑注》，简称《杜诗辑注》）、《李义山诗集注》、《愚庵小集》等，除了《辑注杜工部集》外，其余六部均为《四库全书》著录。

朱鹤龄以经学家名世，因此当今对他的研究，主要集中于经学，对其杜诗学成就的研究较为薄弱。《辑注杜工部集》是杜诗研究史的重要著作，一般学者多在仇兆鳌《杜诗详注》的引证中窥其一斑，而很少有机会睹其全貌，这与其流传不广有关。《杜诗辑注》初刻于康熙九年（1670），当时评价很高，钱谦益《钱注杜诗》与该著被称为“钱笺”“朱注”，或合称“钱朱”。康熙四十二年（1703），仇兆鳌《杜诗详注》出版，因该著资料丰富、体例精严、考证严谨，因此迅即取代钱、朱二书，成为清代乃至古代杜诗注释的集成之作。乾隆时期，钱谦益著作全面被禁，《杜诗辑注》因冠以钱序，也被列入禁书之列，长期不能再版。乾隆间金陵三多斋有一个翻刻本，是坊贾为回避禁网而为，书名题《杜诗笺注》，乃是抽去钱序，而将沈寿民后序移前，并利用部分原刻重印而成。1976 年日本吉川幸次郎编辑《杜诗又丛》本，据初刻万卷楼本影印，由日本中文出版社出版，但国内学者对此知之甚少。直到 2009 年河北大学出版社整理，学者方一睹真容。

杜甫“读书破万卷”，学力地负海涵，诗歌大量用典使事，出经入史，驱遣百家，非饱学之士不能窥其堂奥，所以历代注家和学者在杜诗用典方面耗费了泰半的才华。王琪在《增修王原叔编次杜诗后记》中说：“近世学者争言杜诗，爱之深者，至剽掠句语，追所用险字而模画之，沛然自以绝洪流而穷深源矣。……子美博闻稽古，其用事，非老儒博士罕知其自出。”[1]自北宋以来，诗人学者对杜诗嗜若脍胾，爱不释手，是因为它善于用典，善于熔铸古语以表新义，点染古事以为新辞，不惟超迈六代，在唐诗中也独辟蹊径，为后人所宗仰师法。宋代注家和学者在杜诗用典的研究上用力极深，有代表性的一流学者几乎都参与其中。南宋几部杜诗注本对用典格外关注，以赵次公注成绩最为显著，他提出杜诗字、语、势、事四种“来处”，许多见解十分精辟[2]。清代杜诗注家也对杜诗用典十分关切,钱谦益多次说“注诗难,注杜尤难”,因而“不敢注杜”,他开列宋人“注杜错谬”数事,如“伪造故事”“附会前史”等十条,大多与用典有关[3]。

朱鹤龄对杜诗典故倾注了大量心血。他与钱谦益一起合作注杜数年,钱谦益赞扬朱氏“斋心祓身,端思勉择,订一字如数契齿,援一义如征丹书。宁质毋夸,宁拘无偭,宁食鸡跖,无噉龙脯,宁守兔园之册,无学邯郸之步。斤斤焉取裁于《骚》之逸、《选》之善,罔敢越轶”[4]。这个评价是实事求是的。钱氏请朱氏为其补注杜诗,除了看重其学识渊博,学风正派老实也是重要因素。朱氏为人严谨踏实,屡以李善所注《文选》为圭臬,对旧注的错舛进行了较为彻底的清理,对杜诗典故的研究做出了较大的贡献①。

一、补充空白

虽然杜诗典故几乎被旧注开掘殆尽,但杜诗的许多典故隐藏于平常词汇的外表下,留下一些空白点,给朱注提供了较为广阔的空间。如:

(1)《冬末以事之东都湖城东遇孟云卿复归刘颢宅宿宴饮散因为醉歌》“天开地裂长安陌,寒尽春生洛阳殿”,“天开地裂”,朱注曰:

按:京房《易占》:“天开阳不足,地裂阴有余。”皆兵起下害上之象。二句言长安昔为贼所陷,今则东都并收复也。[5]P190

旧注于“天开地裂”皆无注。京房《易占》已佚,朱注所引殆其佚文。因为“天开”“地裂”在《易占》中均为兵乱之象,形容长安、洛阳为贼所陷十分贴切。杜诗前后互文,言两都沦陷,今则恢复。朱注考杜诗用《易占》典,甚是。朱氏曾著《周易广义略》,故精于易学。仇注引录朱注而未标明。

(2)《桥陵诗三十韵因呈县内诸官》“啖侯笔不停”,“啖侯”,朱注曰:

啖侯疑即啖助。《唐书》:啖助,字叔佐,赵州人,淹该经术,善为《春秋》之三家短长,号集传。②

旧注于“啖侯”无注。此句与以上数句皆赞美奉贤县内诸官,上数句用典,则该句亦可能用典;又杜诗喜用同姓古人赞美对方,如《题张氏隐居二首》“张梨不外求”等即是。啖助是唐代著名经学家,用来赞美啖姓官员饱学富才十分合适。

(3)《大历三年春白帝城放船出瞿唐峡久居夔府将适江陵漂泊有诗凡四十韵》“五云高太甲”,“五云”,朱注曰:

①本文所指旧注,指宋代赵注、蔡注、黄注、九家注、千家注及清初钱注。

②今河北大学本102页无该段文字,当系遗漏。

京房《易飞候》："视四方有大云，五色具而不雨，下有贤人隐。""五云"当用此义以自况也。[5]P736

旧注于"五云"皆无注。宋王应麟认为王勃《益州夫子庙碑》"华盖西临，藏五云于太甲"最早用"五云"字，然考证无果。明末学者董斯张认为用《隋书》，"然辗转凑合，终觉晦僻，不如从朱长孺之说"（仇注语）。

(4)《别赞上人》"杨枝晨在手，豆子雨已熟"，对于后句，旧注或以为写实，或以"豆子"为眼睛，或以为赞美神异，即使精通佛典的钱谦益也没有看出其中的典故。朱注曰：

《华严经疏钞》曰："譬如春月，下诸豆子，得暖气色，寻便出土。"[5]P252

"豆子"的典故是佛家用来譬喻人之善性因缘而生，正如豆子得甘霖暖气，破土而出一样。两句赞美上人手持杨枝清净众生，使众生善心萌动。

二、纠正旧注

宋代对杜诗典故开掘殆尽，留下的空白并不多，朱注的成绩更多体现在对旧注的辨析和纠正方面。杜诗典故众多，难度不言而喻，但这仅是一方面，还有后天的多种因素。由于典故字面对应的文献并非总是唯一的，所以注家易受错误典源的干扰；即使某个注家能够作出正确的解释，但众说纷纭，正解长期埋没于各种说法之中，难以脱颖而出，定于一尊，这就需要择善而从。加上宋代旧注有伪造典故的恶习，导致杜诗典故的注释鱼目混珠，泥沙俱下，长期以来混淆视听，因此朱鹤龄面临的难度可想而知。朱氏对旧注的辨析，主要是如下五个方面。

（一）纠正旧注类比不当

由于典源的多样化，而且许多旧注亦有其一定理由，这需要结合杜诗上下文的意思，或者设身处地体察当时的情境，细心辨析其中的微妙差别。

(1)《哭严仆射归榇》"老亲如宿昔，部曲异平生。风送蛟龙雨，天长骠骑营"，"骠骑"，朱注曰：

《汉书》：元狩六年，霍去病亦骠骑将军薨。其年略与武同，故以比之。旧注引《晋书》齐王攸，非是。[5]P470

此注以九家注、黄注为代表，皆引《晋书》："齐献王攸迁骠骑将军，时骠骑当罢营兵，兵士数千人恋攸恩德，不肯去。"按此诗提及，"部曲"即部下，这大概是旧注引《晋书》的主要考虑。但有两个问题，一是"部曲异平生"的意思是部下稀少，"天长骠骑营"是说军营长寂，皆突出严武去世后的冷落，表达悲哀之情，与《晋书》部下恋旧并不一致；二是更重要的，西晋司马攸虽贵为司马昭次子、晋武帝司马炎同母弟，但从功劳和名气而言，显然不能与霍去病相提并论。旧注所引，没有顾及杜诗本意。

(2)《寄岳州贾司马六丈巴州严八使君两阁老五十韵》"苍茫城七十，流落剑三千"，"剑三千"，朱注曰：

按：《越绝书》："阖闾葬虎丘，有扁诸之剑三千。"时西京陵墓多为贼发，故云"流落"，即《诸将》诗"早时金碗出人间"意耳。旧注引《庄子》"赵文王喜剑，剑客来者三千余人"，于时事无著。梦弼云："剑，指剑阁，言玄宗幸蜀，流落三千里之远。"夫天子蒙尘，岂得言流落耶？[5]P245

蔡注所言牵强附会，已如朱氏所言，不值一驳。问题主要是典源，涉及两个，一是《庄子》，一是《越绝书》。宋代的赵注、黄注、千家注均引《庄子》赵文王事。两句是杜甫回忆自己当年奔赴凤翔行殿之时国家遭受的空前危机。两句均用典，前句用乐毅下齐七十余城事。安禄山反，河北二十余郡皆弃城走，故云。朱注及旧注对此无异议。但对于后句，旧注引《庄子》赵文王事，认为是三千剑客流落天下，朱氏认为当指帝王陵寝遭到破坏。相较而言，朱氏的解释更合理，祖庙遭掘乃国之大辱，用来说明当时危机的程度更为合适。今仇注于两种解释皆取，其实是依违折中的态度。

(3)《随章留后新亭会送诸君》"已堕岘山泪，因题零雨诗"，"零雨诗"，朱注曰：

按：孙楚《陟阳候送别》诗"晨风飘歧路，零雨被秋草"，《宋书·谢灵运传论》所称"子荆零雨之章"也，因送别，故用之。旧注引《东山》诗"零雨其蒙"，非是。[5]P844

旧注中唯千家注引《东山》诗，赵注、黄注、蔡注及钱注皆无注。《诗·豳风·东山》："我来自东，零雨其蒙。我东曰归，我心西悲。"虽有怀归之意，但旧说《东山》是周公东征归来为慰问战士而作，杜诗不宜引之。孙楚《征西官属送于陟阳候作》诗在六朝及唐代属于名作，杜甫耳熟能详，故而引之。且上句"岘山泪"用晋代羊祜之典，该句当是顺承，亦用晋代之典。仇注俱引朱注，甚是。今人蒋寅驳仇注，以为当用旧注，可能是没有考虑此乃送别之作。

(4)《久雨期王将军不至》"未使吴兵著白袍"，九家注曰："侯景命东吴兵尽著白袍，自为营阵。"钱注曰："《吕蒙传》：蒙至寻阳，尽伏其精兵𦪇𦨴中，使白衣摇橹，作商贾人服。"朱注曰：

按《南史》："陈庆之麾下悉著白袍，所向披靡。先是，洛中谣曰：'名军大将莫自牢，千兵万马避白袍。'""吴兵著白袍"，定用此也。旧注引夫差、侯景事，或又引吕蒙白衣摇橹事，俱谬。[5]P701

这里兼涉"吴兵"和"白袍"的典故有三个。朱注所纠，正是九家注和钱注。从杜诗上下文的意思来看，"未使吴兵著白袍"意为可惜王将军未能如陈庆之一样建立功勋，而九家注所引侯景的例子，虽然在字面上最为契合，却和杜甫赞美的本意相反；钱注所引"白衣"非"白袍”，且“白衣”非“吴兵”所著，亦非佳注。

(5)《杜位宅守岁》“守岁阿戎家”，“阿戎”，宋注多引“王洙曰”，以为是王戎，但阮籍与王戎之父相交，阮籍与王戎的关系是叔侄，用来比拟杜甫、杜位的兄弟关系并不合适。黄注也意识到这个错误，认为当作“阿咸”，是阮籍称呼阮咸的，但两人也是叔侄关系，还是不妥。朱注曰：

《南史》：“齐王思远，小字阿戎，王晏之从弟也。明帝废立，尝规切晏。及晏拜骠骑，谓思远兄思微曰：‘隆昌之际，阿戎劝吾自裁，若如其言，岂得有今日？’思远曰：‘如阿戎所见，尚未晚也。’晏大怒。后果及祸。”子美诗用“阿戎”，盖出此耳。《通鉴注》：“晋、宋间人，多呼弟为阿戎。”[5]P42

朱注所引“阿戎”，见于《南史》卷二四《王思远传》，王晏与王思远是兄弟，王思远字阿戎，所以杜甫用“阿戎”称呼杜位是合适的。所引《通鉴注》的材料，见于《资治通鉴》卷一四一《齐纪七》，胡三省注曰：“晋、宋间人多谓从弟为阿戎，至唐犹然，如杜甫于从弟《杜位宅守岁》诗云‘守岁阿戎家’是也。”正举杜甫此诗为例。旧注所引的“王洙注”，见于《白孔六帖》卷十八“父子”条“阿戎谈”和卷三五“父友”条“阿戎”，而旧注不加甄别，正说明对类书须谨慎采用。

(二)考旧注以无典而作有典

朱氏不仅注释杜诗典故，也对旧注误指、误注和伪造典故进行了揭露。所谓误指，本是写实之常句，而误以为用典。

(1)《奉酬寇十侍御锡见寄四韵复寄寇》“黄帽待君偏”。赵注曰：“前汉邓通以棹船为黄头郎。颜师古注曰：棹船，能持棹行船也。土胜水，其色黄，故刺船之郎皆著黄帽，因号曰黄头郎也。”宋注多引之，钱注亦引。朱注曰：

黄帽，公自谓也。《刘郎浦》诗：“黄帽青鞋归去来。”旧注引《汉书》“黄头郎”，非是。[5]P827

杜诗两用“黄帽”，除了此诗，《发刘郎浦》亦用，皆无寓意，可见赵注深文，非是。退一步讲，即使杜诗欲用船夫的典故，恐怕也不会用邓通的例子。朱氏常用杜诗自证的方法，因此视野较旧注开阔。

(2)《奉和贾至舍人早朝大明宫》“九重春色醉仙桃”。宋注多引“王洙注”曰：《汉武故事》：“西王母赉其桃七枚献帝，帝欲留核种之。王母笑曰：‘此桃一千年生，一千年结实。人寿几何？’遂止。西王母指东方朔曰：‘此桃三熟，此儿已三偷也。’”朱注曰：

“醉仙桃”，言春色之秾，桃红如醉，以在禁中，故曰“仙桃”，非用王母事也。[5]P156

杜诗写实而无典。“九重春色醉仙桃”实写大明宫春色似锦，桃花如醉。而九家注、黄注皆以为用王母事，误。杜诗用王母事，多暗讽宫廷荒淫，如《同诸公登慈恩寺塔》“惜哉瑶池饮，日晏昆仑丘”，《丽人行》“青鸟飞去衔红巾”，《奉同郭给事汤东灵湫作》“至尊顾之笑，王母不肯收”，《宿昔》“落日留王母，微风倚少儿”等。而此诗为奉和之作，贾诗俱在，亦无讽刺之意，故绝无用王母典故之理。

(3)《奉和严中丞西城晚眺十韵》“观图忆古人”。朱注曰：

言观蜀之地图，辄以古人为期也。公有《同严公咏蜀道画图》诗，又《八哀诗》云：“堂上指画图。”可证。旧注引《马援传》：“东平王观云台图画，曰：‘何不画伏波将军？’”恐于此不切。[5]P342

宋注均引《后汉书·马援传》，以为用典。杜诗《严公厅宴同咏蜀道画图》“日临公馆静，画满地图雄”，《赠左仆射郑国公严公武》“堂上指图画，军中吹玉笙”，可见“观图”是严武在长期戎马生涯中养成的习惯，此句是赞美他以古人平定天下自期，并非用典。

(三)考旧注因校勘而误注典故

如《寄张十二山人彪三十韵》“商山犹入楚，渭水不离秦”，“渭”，一作“源”。朱注曰：

按：旧注：“源水，桃花源也。”桃源在武陵，与秦地何涉？又两句俱使避秦事，终未稳惬。恐以“渭水”为正。商山、渭水，是用四皓、太公事以拟山人。或曰：玩“三违颍水春”及“关西得孟邻”等语，似山人乱后，未归嵩阳。此二句与《谒先主庙》诗“锦江元过楚，剑阁复通秦”同意，言肃宗反正，天下复归于唐也，亦通。[5]P248

旧注即赵注，赵注认为“源水指桃源”，但若如赵注所说，两句均使用避秦典故，显然不妥。朱注则认为此句用四皓隐居商山和太公隐居渭水之事以况山人，亦可指山河依旧，天下复归于唐，二者皆切合时事，两说并存无妨。（按：商山又名楚山，在陕西商县东南，属于古楚地。渭水，黄河最大支流，在陕西中部，陕西古属秦地。）

(四)考察旧注沿用错误的注释

对于已有注释的文字，注家往往从《文选注》等旧注中征用材料，但旧注也有错误，如果不加选择，往往造成谬种流传。如《覃山人隐居》“北山移文谁勒铭”，“北山移文”，宋代各注均引《文选》五臣注，曰：“周颙先隐都北钟山，后出为海盐令，欲过北山，孔稚圭乃假山灵意，作文移之，中云‘驰文驿路，勒移山庭’。”朱注曰：

《齐书》：“元徽中，颙出为剡令。建元中，为山阴令。”未尝令海盐。《选注》误。[5]P685

此条旧注皆引《文选》五臣注而未有考证，说明长期以来学者文人皆以为这是真实的事件，其实不过是孔稚圭虚拟而成的游戏之文。朱氏据史实考证前人对周颙的长期误解。

(五)考证旧注引用伪注

伪注在宋代十分盛行,最突出的是伪“苏(轼)注”和伪“王(洙)注”,分别冒用苏轼和王洙的名义,伪造典故、人名、地名、文字和史实,凡是杜诗中稍微隐奥之处,皆有伪注作弊之嫌,而宋注中的黄、蔡、九家和千家等注纷纷中招,明代不少杜诗注本亦沿袭不察,以讹传讹,危害深远,钱谦益已经指出。朱氏对这些伪注进行彻底辨析,如下列数例:

(1)《阻雨不得归瀼西甘林》“令儿快搔背”,“搔背”,朱注曰:

《三辅决录》注:“丁邯迁汉中太守,妻弟为公孙述将,系狱,光武诏曰:‘汉中太守妻,乃系南郑狱,谁当搔其背垢者?’”[5]P638

旧注多无注,惟黄注引“伪苏注”曰:“袁安卧,负暄颓檐,颇觉和畅,四肢舒展。令儿搔背,甚快人意。”“伪苏注”对旧注贻害甚巨,钱谦益在《注杜诗略例》第一条“伪托古人”即点名批评,又曰:“即宋人《东坡事实》,朱文公云:闽中郑昂伪为之也。”朱注发覆,恢复真相。

(2)《秋日夔府咏怀奉寄郑监李宾客一百韵》“朋来坐马鞯”。朱注曰:

旧注:“《战国策》:‘苏秦激张仪,令相秦,以马鞯席坐之。’”按:“朋来坐马鞯”,犹云“坐客寒无毡”也,与苏、张事不合。且旧注引《国策》《艺文类聚》,又引《史记》。今《国策》《史记》并无此文。[5]P592

按所云旧注,即九家注所引之伪“王洙注”,黄注、千家注亦引之。“王洙注”多伪造,九家注虽云去除之,然而并不彻底,这就是一例。马鞯,垫于马鞍下面的皮子。杜甫在夔州穷困,故客至而无坐具,姑且以马鞯代之。今查北宋末叶廷珪《海录碎事》卷五“坐鞯”条:“苏秦先贵,张仪来谒,坐于马鞯而食之。”旧注或伪“王洙注”引用的源头,应该是《海录碎事》这部类书,可见对类书的引用,要慎之又慎。

(3)《和裴迪登蜀州东亭送客逢早梅相忆见寄》“东阁官梅动诗兴,还如何逊在扬州”。朱注曰:

按“伪苏注”:“何逊为扬州法曹,咏廨舍梅花。”《一统志》亦载之。《本传》无为法曹事,但有《早梅》诗,见《艺文类聚》及《初学记》。今本《何记室集》作《扬州法曹梅花盛开》诗,乃后人未辨“苏注”之伪,遂取为题耳。[5]P298

黄注引“苏曰”:“梁何逊作扬州法曹,廨舍有梅花一株。花盛开,逊吟咏其下。后居洛,思梅花,再请其往,从之。抵扬州,花方盛,逊对花彷徨终日。”这一段“本事”完全是伪造。宋人因不熟悉地理沿革,错把诗中的“扬州”当作当时的扬州,所以附会出“何逊在扬州为广陵记室”(广陵即今扬州市)的说法(蔡梦弼《杜工部草堂诗笺》卷二十五),或者如“伪苏注”编造何逊曾为“扬州法曹”并作《早梅》诗的假典故。但实际上诗中的“扬州”,治所在今南京市。

作伪者据《初学记》及《艺文类聚》中何逊的《早梅》诗，伪撰出这一“典故”，连《大明一统志》也深受其害；辑本《何记室集》因“苏注”而编造《扬州法曹梅花盛开》的题目，更是伪中之伪。经朱氏追根究底，真相遂大白于天下。伪注谬种流传之害，莫此为甚。这个典故，在宋注伪造之列中甚有典型性。

三、考旧注所引材料失传

旧注中有种情况较为特别，即难以判别真伪，原因是所引材料已经失传。《杜诗辑注·凡例》云：“汉魏以下经籍如纬书、《新论》、《汉官仪》之类，失传者多，然既经《十三经注疏》《两汉书注》《文选注》及唐、宋人诸类书所载，即非无稽，旧注亦多引之，今不敢概削。”如下面三例。

(1)《喜闻官军已临贼境二十韵》“骑突剑吹毛”。朱注曰：

剑吹毛，言其利也。旧注：“《吴越春秋》：干将之剑，能决吹毛游尘。”按：《昌黎集注》引此，云：“今《吴越春秋》无此语。”[5]P153

据《四库提要》考证，《吴越春秋》原书十二卷，但唐代已非全帙，宋代又不断散佚，故宋注所引，清初已经不睹全貌。

(2)杜诗《偶题》“郁郁星辰剑”，类书《初学记》卷二二“武部”引《吴越春秋》薛烛赞美越王之纯钩剑云：“观其文如列星之行，观其光如水之溢塘。”宋注多引之，亦不见今本，殆其佚文矣。

(3)《客堂》“台郎选才俊”，朱注曰：

《汉官仪》：“尚书郎，初从三署郎选，诣尚书台试。每一郎阙，则试五人，先试笺奏，初入台称郎中，满岁称侍郎。”孔融《荐祢衡表》：路粹、严象以异才擢拜台郎。杜氏《通典》：龙朔二年，改尚书省为中台，后复为尚书省，亦谓之省台。[5]P484

《汉官仪》久佚，朱注当从赵注转引。此类旧注所引而清初已经不见的典籍，往往也是杜诗用典的出处，但经多种权威典籍转引，不可定为伪造。上述数例，说明朱氏不仅亲自核对旧注征引的材料，而且态度是科学严谨的。

四、考杜诗典故沿讹

朱注不仅辩驳旧注，核实旧注材料来源，还对杜诗用典中以讹传讹的情况进行清理，从而从根源上阻绝了虚假典故的泛滥流行，这是真正意义上的正本清源。

(1)杜诗《魏将军歌》“临江节士安足数”。临江节士，朱注曰：

《汉·艺文志》有《临江王》及《愁思节士歌》诗四篇。宋陆厥《临江王节士歌》：“节士慷慨，发上冲冠。弯弓持若木，长剑竦云端。”按《汉书》：“景帝废太子为临江王，后坐侵庙壖为宫，征入自杀，时人悲之，故为作歌。”《愁思节士》，无考，本是二人，累言之故曰“及”也。陆韩卿合所作，乃合为《临江王节士》，其误与中山孺子妾歌同。《哀江南赋》：“临江王有愁思之歌”，又因此而误，太白相沿未改。[5]P92

宋注多引《古乐府》所载陆厥《临江王节士歌》，而无所辨正。朱注引《汉书·艺文志》，说明本为两篇，陆厥误合为一，庾信沿讹，杜甫亦承讹而误用。唐人误用非仅杜甫，李白即作有《临江王节士歌》，王琦引《汉书·艺文志》所作考证，殆引朱注。

2.《有感五首》“乘槎断消息，无处觅张骞”。朱注曰：

《汉·张骞传》：“骞以郎应募使月氏，经匈奴，匈奴留骞十余载，后亡归汉。”时御史大夫李之芳等使吐蕃被留，故云。按《汉书》张骞穷河源，无“乘槎”之说。张华《博物志》：“海上有人，每年八月，乘槎到天河”，未尝指言张骞。宗懔《岁时记》乃云：“汉武令张骞寻河源，乘槎而去”，赵、蔡俱疑懔为讹。或云：张骞乘槎，出《东方朔内传》，今此书失传。庾肩吾《奉使江州》诗：“汉使俱为客，星槎共逐流。”正用此事也。[5]P411

赵注对所谓“张骞乘槎”也有所考证。《汉书》中只有张骞出使匈奴之事，西晋张华《博物志》只有“乘槎到天河”的传说记载，到了南朝梁代，宗懔《荆楚岁时记》合“张骞出使匈奴”与“乘槎”的传说为一事，赵次公、蔡梦弼因此怀疑宗懔撰造“张骞乘槎”。但仔细推理，不太可能，因为庾肩吾《奉使江州》诗已经使用这个典故，庾肩吾与宗懔是同时代人，不太可能以《荆楚岁时记》中的材料为典。当是俗书或民间传说所致。杜甫亦极有可能沿袭庾肩吾之误。

3.《承闻河北诸道节度入朝欢喜口号绝句十二首》“黄金台贮俊贤多”，“黄金台”，朱注曰：

鲍照诗：“岂伊白璧赐，将起黄金台。”善曰：“王隐《晋书》：‘段匹磾讨石勒，进屯故安县故燕太子丹金台。’《上谷郡图经》曰：‘黄金台，易水东南十八里，燕昭王置千金于台上，以延天下之士。’二说既异，故具引之。”按《史记》：“昭王为郭隗改筑宫而师事之。”《新序》同此语，不言“台”也。孔融《论盛孝章书》：“昭王筑台，以尊郭隗。”任昉《述异记》：“燕昭为郭隗筑台，今在幽州燕王故城中。”并无“黄金”字。“黄金台”之名，始自鲍照诗，《御览》引史“昭王置千金”云云，世谓之“黄金台”，盖误以为《图经》为史耳。[5]P625

宋注及钱注对“黄金台”虽有考证，但均不得要领。朱注根据“黄金台”乃尊贤与能的诗意，追溯《史记》及刘向《新序》所载，不言“台”；顺时而下，考孔融、任昉诸诗文，始改“宫”为“台”，但无“黄金”字；至鲍照诗，始合“黄金”及“台”为一。李善不明就里，引王隐《晋书》“燕太子丹金台”，其实与鲍诗毫无关系；又引《上谷郡图经》“黄金台”，殊未考该说之无稽。杜诗当亦承鲍诗而误用。而《太平御览》当又沿袭《上谷郡图经》而误。朱注的这段注释，辨析“黄金台”之典谬传的来龙去脉，原原本本，条分缕析，堪称考证之杰作。

五、严谨的学术规范

《杜诗辑注》在典故研究上取得杰出成就，仇兆鳌在《杜诗详注·凡例》“近人注杜”评价说：“朱于经史典故及地理职官，考据分明，其删汰猥杂，皆有廓清之功。”仇注引用朱注的条目，多达近千条，其中约半数是典故考证，而其余各家旧注，不过皆百余条或数十条，充分说明了朱注的巨大价值，说《杜诗辑注》是集大成之作，是不为过的。这个成绩的取得，除了与其对杜诗内涵的深入体悟有关外，还与其严谨的学术规范有关。这主要体现在两个方面。

一是追根溯源。朱氏站在杜诗学史的高度，对旧注进行彻底清算和整理。他在《杜诗辑注》“凡例”中说：“凡征引故实，仿李善注《文选》体，必核所出之书，书则以最先为据，与旧注颇别。”这一点确实与旧注有着很大的不同。他之所以能指出旧注的误指、误注、伪撰，与他追根溯源、亲核原书的认真精神分不开。

首先是“核所出之书”。宋注引古，多引意而不说明何书，或引旧说而不加以说明，或引类书而不核实原文，造成许多错误，朱注所引皆标书名，如下列数例：

(1)《行次昭陵》“群雄问独夫”。“独夫”，赵注曰：“独夫指隋炀帝。”伪“王洙注”曰：“指李密之流。”皆不明书证。朱注曰：“《隋书》：杨玄感谓游元曰：‘独夫肆虐，陷身绝域，此天亡之时也。’”[5]P149明确标明“独夫”引自《隋书》，既有书证，又可杜绝旧注的臆说。

(2)宋注引佛书，多曰“释经云云”，而不说明具体何书，很不规范。朱注则一一落实书名。如《雨二首》“白露谁能数”，宋注皆引赵注曰：“暗用佛书雨露皆有头数之义。”然不明“佛书”何指。朱注曰：“《华严经》：‘龙王降雨时，菩萨悉能分数其滴。’‘白露谁能数’暗用此义。”[5]P552

(3)《上兜率寺》“兜率知名寺，真如会法堂”，“兜率”“真如”皆佛学词汇，宋注皆引“伪洙注”曰：“佛书有兜率天宫，故取以名寺。”或引赵注：“真如，佛书云：真际也。故每题佛寺、纪佛僧，多用佛书中字。”但究竟出自佛典何书，不知所云。朱注曰：

> 《释迦成道记》注：“梵云兜率陀，或云睹史陀。此云知足，即欲界第四天也。”《圆觉经略疏》：“圆觉自性，本无伪妄变易，即是真如。真谓真实，显非虚妄。如谓如常，表无变易。”[5]P381

杜诗佛典很多，要查出源头，工作量非常之巨。正因为对旧注征引之故实进行彻底的检验，对历来似是而非、启人疑窦的材料考镜源流，凡是可以核实的材料，朱注均核实所出之书，故朱注的权威性、可靠性毋庸置疑。清代注本相较前人是比较规范的，应该说朱注起了一个带头示范的作用。

其次征引旧说皆具主名。《杜诗辑注·凡例》说：“凡引用诸说，必求本自何人，后出相沿者不录。”这样的例子在《杜诗辑注》中俯拾皆是，如下面两例：

(1)《上兜率寺》“何颙好不忘”，“何”一作“周”。蔡注曰：“何颙见《后汉书·党锢传》，与诗义不类。或疑是周颙，周颙奉佛有隐操。”这是宋代注本中对该句用典的有价值考证，但却非蔡氏的发明。朱注曰："按蔡注本叶少蕴《避暑录》。"[5]P381 说明这条注释首见于叶梦得《避暑录话》。

(2)《示獠奴阿段》"曾惊陶侃胡奴异"。旧注曰："陶侃家僮千余人，尝得胡奴，不喜言。侃一日出郊，奴执鞭以随。胡僧见而惊，礼曰：'此海山使者也。'侃异之。至夜，失奴所在。"朱注曰："此事见今本刘敬叔《异苑》。"[5]P501 以上两例说明朱氏对有价值的旧注，并非只是转引而已，而是对转引的材料进行源头的追踪，这就避免了掠美之嫌。

再次是引"最先"之书。旧注在考证典故方面，往往辗转抄录，有时径直从类书抄录，而类书疏于检核，缺漏甚多。如《大云寺赞公房四首》"醍醐长发性"，"发性"，朱注曰：

> 《涅槃》譬云："从熟酥出醍醐，譬般若波罗蜜出大涅槃。醍醐者，譬于佛性，佛性即是如来。"又《止观辅行》云："见是慧性发，必依观；禅是定性发，必依止。"此"发性"二字所本。[5]P121

而宋注多引《世说新语》曰："淳酪养性，人无妒心，则醍醐之能发性，抑可知已。此释经所以取喻正法也。"殊不知倒果为因，是《世说新语》引佛经，而非相反。

二是避易就难，防止滥注。朱氏并不盲信"无一字无来处"的旧注传统，避免字字求落实、语语寻出处的无谓滥注。《杜诗辑注・凡例》说："习见之事不复详引，戒冗长也。"朱注虽然比较繁复，但并未达到烦琐啰嗦的程度，只要看全书中仅录白文或仅有关于异文之校记而未有注释的杜诗多达一百零九首，即可见一斑。如《登高》诗，赵注认为"急""天高""下"分别用潘岳赋、宋玉赋及《楚辞》。"潦倒""浊酒杯"出嵇康文，烦琐穿凿，宋注多引之。仇注亦句栉字比，详考出处达二十条，朱注无一条注文。对于比较浅显的典故，《杜诗辑注》一般也不作注释，如"填沟壑"，杜诗凡四用之：《醉时歌》"焉知饿死填沟壑"，《狂夫》"欲填沟壑惟疏放"，《严氏溪放歌行》"岂免沟壑常漂漂"，《暮秋枉裴道州手札、率尔遣兴、寄近呈苏涣侍御》"泛爱不救沟壑辱"。但朱注对此无一注释，因为这是较为常见的典故。即使对比较重要的诗篇，朱对典故的选择也是谨慎的，如第一首《游龙门奉先寺》，题解之外，仅注释"招提"，对"天阙"的"阙"字异文进行了辨析。真正考证用典的就是"云卧"，系化用鲍照诗"云卧恣天行"。而宋注及仇注各有十条左右不等，可以说朱注是非常简洁的。正因朱注对比例甚重的用典进行严格规范的征引，才使全书较为简洁，这对今日古籍整理中逢典必注的冗滥现象是有启示的。

《杜诗辑注》是当时实学风气的产物，也是朱氏经历明亡清兴之痛、"兴感灵武回辕之举"[6]后以注抒愤的结晶。在对杜诗深刻内蕴的理解方面，朱氏是超越一般学者和注家的，这是《杜诗辑注》取得重要成就的关键。而在学术规范方面，《杜诗辑注・凡例》是笔者管见所及最早的学术意义上的注释体例，朱氏与其他清初学者一起，为清代学术繁荣及乾嘉学派兴起做出了先驱性的贡献。笔者仅以朱氏的杜诗典故研究为例，初献刍荛，求正方家。

参考文献：

[1]王琪：《增修王原叔编次杜诗后记》，出自《景宋本杜工部集》(附录)，北京：北京图书

馆出版社,2006 年。

[2]赵次公:《杜诗赵次公先后解辑校》(卷首),上海:上海古籍出版社,1994 年。

[3]钱谦益:《注杜诗略例》,出自《钱注杜诗》(卷首),上海:上海古籍出版社,1979 年。

[4]钱谦益:《吴江朱氏杜诗辑注序》,出自《杜工部诗集辑注》(卷首),保定:河北大学出版社,2009 年。

[5]朱鹤龄:《杜工部诗集辑注》,保定:河北大学出版社,2009 年。

[6]朱鹤龄:《传家质言》,出自《愚庵小集》,上海:上海古籍出版社,1979 年。

南社诗人学杜论*

邱睿

（西南大学国际学院　重庆　400715）

杜诗作为一种诗歌典范，为后世摹效的对象，每个时代对于杜诗的接受都透露出时代的精神追求和文化理念。从唐代开始，对于杜诗的态度就成为一个时代诗歌态度的重要组成部分，杜诗也成为后世论诗、选诗、学诗时绕不开的高峰。每一个时代几乎都有对于杜诗的精彩回应，整个古代文学史上都有着此起彼伏的杜诗回响，但是我们过去较少关注近代文学之于杜诗的关联。事实上近代诗坛也充满了对于杜甫这个诗坛高峰的敬仰与追步，本文关注的南社就是清末民初学杜群体的一个代表。

南社（1909—1923）是近代最大的文人结社，兴起于清末，以“反清”为宗旨，被称为同盟会的文字机关，以诗文词鼓吹革命，促成辛亥革命之成。民国成立后，社团在反袁、反军阀等事件中出现分流，政治上泾渭分明；在新文化运动后也出现文化选择上的“新旧”立异。1923 年南社解体。南社作为近代最大的文人社团其文学成就主要是诗歌，南社凝聚了当时大量的精英诗人和民间基层诗人，影响了近代诗歌的走向。他们的诗歌理念既具有与同盟会成为犄角，鼓吹革命的现实功用，又有在清末民初文化大变局下吐故纳新、传承古典诗歌的过渡意义。南社对杜诗的学习是他们承续古典诗歌传统的一种表现，可由此切入清末民初诗歌转型阶段文人的诗歌宗尚。

一、以诗为史：南社诗歌的表达态度

南社诗人是古典诗歌传承链条中的重要一环，其诗歌别具一格之处在于他们的实录手法。在这些诗歌中，我们读到了古典诗歌经典的“诗史”精神。

“诗史”一说最早见于唐代孟棨《本事诗》中对杜甫的评价：“杜逢禄山之难，流离陇蜀，毕陈于诗，推见至隐，殆无遗事，故当时号为‘诗史’。”②杜诗中呈现的“史”与“诗”的结合，成为

*基金项目：教育部人文社会科学研究青年基金项目“清末民初诗人群体研究——以南社为中心”（12YJC7510641）。本文引用南社诗人作品来源：《南社丛刻》，扬州：江苏广陵出版社影印本，1996 年。

②孟棨：《本事诗・高逸第三》，《四库全书》影印本，台北：台湾商务印书馆，1986 年。

诗歌创作之典范，然“诗史”之说本存争议，不同时代对于“诗史”的评价，体现了不同时代对于抒情化的诗歌艺术与叙事化的历史表达如何结合的看法。

宋人推重杜诗中的叙事艺术，认为“子美诗善叙事，故号诗史”①。然明人却认为杜诗中过分的叙事性淡化了诗歌的抒情性，认为“如诗可兼史，则《尚书》《春秋》，可以并省”②。明末清初则强调诗歌中比兴精神的复归，以此来反拨明七子的模拟之风。清初钱谦益肯定了易代之际诗歌中应具备寄托精神，并纠正了明末对于“诗史”概念较低的评价。至清中期常州派今文经学兴起，更关注诗歌中的“微言大义”，对“诗史”也更关注其内在精神之发挥。到了清后期，对于“诗史”概念的理解却发生了某种变化。鸦片战争等事件给诗人心灵以巨大冲击，反映到诗歌当中，便是回归了“诗史”的叙事性。一种现实主义的创作态度使得诗人们分外重视自己诗歌承担的“历史”意义，“诗史”概念更倾向于回归杜甫时代的“叙述”性，用来直陈历史的血与火，而不仅仅是一种“微言大义”的隐含表达。南社诸子的“诗史”之作正是沿着这样的时代理念而来的。南社诸子将清末民初的时代巨变一发为诗歌，呈现一种劲直的铺叙风貌，对杜甫以来的“纪当时事”的表现方式，进行了遥远的回应。

现实主义精神的回归，使得诗歌能真实展现当时的历史。如张光厚《哀蜀》呈现了二次革命中讨袁军与川黔军队激战造成的哀鸿遍野的场景：“秋风号，秋雨哭，巴渝七八月，杀人不知数。长枪大刀决斗场，千夫万夫相继仆。随处但见尸横陈，裸无人收暴林麓。老鸦飞来大路旁，争与饿犬啄人肉。老母哭子妇哭夫，魂魄不得归故屋。惊风萧萧夕阳惨，鬼磷入夜满山谷。可怜死者竟何辜，总为英雄效驰逐。”③诗歌中“惊风萧萧夕阳惨，鬼磷入夜满山谷”的战后场景将人带入杜甫曾刻画的“山雪河冰晚萧瑟，青是烽烟白是骨”的历史记忆之中。写实的场面展现的都是历史的真实，唤起的是阅读者对战争不变的哀恸。

张光厚还有《老父叹》《寡妇叹》等诗，以杜甫“三别”的手法，展现出民国时代的战乱哀鸿图。《老父叹》中的父亲因儿子参军，事败逃亡，家中受到荷枪实弹军匪的搜查，然更多的惶恐乃在于对儿子永无还日的担忧。老无所依，战争造成家破人亡，这正是杜甫《垂老别》中的主题。《寡妇叹》写一对新婚夫妇因战争爆发旋即分别，生离便成死别，诗歌在寡妇的梦境中达到悲剧的高峰：“如何魂梦中，幽明竟相间，忆郎平生容，处处恍如面。座中衣服匣中刀，架上兵书案头砚。昔时珍重苦为谁，今日蛛丝儿重绊。”④在相似的情节中我们看到杜甫《新婚别》中的场面，然与其说是诗人在向诗歌前辈借鉴艺术，毋宁说是历史的相似使得他们呈现出相似的场面。

刘泽湘的《哀荆南》也以鸿篇呈现了战争的场面，反映的是1918年张敬尧的部队在湖南的灾难性破坏。诗歌写到乱军的残暴与贪婪：“星月无光夜不哗。狠似贪狼狂似虎，蝎来舞爪还张牙。张牙舞爪将人攫，初劫市廛后村落。缣帛千箱掠入营，金钱万贯抄充橐。牢搜频数十室空，比户萧条付祝融。烈焰障天三百里，茅檐华屋光争红。”⑤在刘泽湘的笔下，乱军如

① 蔡宽夫：《蔡宽夫诗话》，见吴文治《宋诗话全编》，南京：江苏古籍出版社，1998年。
② 杨慎著、王仲镛笺证：《升庵诗话笺证》，上海：上海古籍出版社，1987年。
③《南社丛刻》第1卷，扬州：江苏广陵古籍刻印社，1996年，第2140页。
④《南社丛刻》第1卷，扬州：江苏广陵古籍刻印社，1996年，第2138页。
⑤《南社丛刻》第1卷，扬州：江苏广陵古籍刻印社，1996年，第5503页。

同食人的禽兽，他们杀人放火，所过之处村廛便成废墟。和杜甫亲历战乱相同，刘泽湘也是此次战争的受害者。他和亲友为避难逃入深山，身后就是追捕的乱兵，子弹甚至掠耳而过，“北兵既至余居，余避至对山绝顶，北兵见之鸣枪紧追，历五余里许，中途向余背发枪二响，皆掠耳而过”。诗歌是诗人劫后余生的真实记录，是对战争有切肤之痛的诗人的亲历亲闻。

刘泽湘的弟弟刘谦有《戊午集》，也叙写的是张敬尧乱军带来的灾难，以个人遭际入诗，可谓杜甫诗歌精神之再续。诗歌以他们家族逃难的状况为线索，展现了乱世流民图，他们是窜居深山的一员；他们是无粮可食者中的一员；他们是在战后瘟疫中老小凋残者中的一员。《戊午集》的价值就在于其纪实性，诗歌的血泪背后都是真实的历史事件。读者不需刻意推敲文词才能领会诗歌意图，而是在诗歌生动的现场感面前受到强烈的冲击，仿佛战乱就在眼前。此时“诗史”之意义在于用生命书写苦难体验。

南社诗人这些直陈时事的作品，大多刊发于报刊之上，以制造较广泛的舆论影响。吴恭亨曾经将记叙张敬尧祸患湖南之罪状的诗歌于报端“续续揭之”，将历史的真相公布给民众：“右二十七篇十八九为张敬尧罪恶史。……瘝痏在体，千里疮痍，吾始为此篇，海上各报续续揭之，以共同鸣鼓驱张。”[①]正如吴悔晦所言的那样，这些披露张敬尧兵祸的诗歌大多作为媒体宣传品，呈现出一种“报章体”的叙述和议论性，这相对于传统诗歌的“卒章显志”更表现出一种类似于新闻宣传的细节披露的倾向。

高旭的诗歌也突出体现了“报章体”直陈铺叙的特征，《甘肃旱荒赋此》将灾难中灾民的惨状铺叙无遗，更重要的是揭示了天灾背后更为可怕的人祸，矛头直指贪官污吏：“天既灾于前，官复厄于后。贪官与污吏，无地而蔑有。歌舞太平年，粉饰相沿久。匿灾梗不报，谬冀功不朽。一人果肥矣，其奈万家瘦。官心狠豺狼，民命贱鸡狗。屠之复戮之，逆来须顺受。况当赈灾日，更复上下手。中饱贮私囊，居功辞其咎。甲则累累印，乙则若若绶。回看饿殍余，百不存八九。”高旭没有把他的意图隐藏在含蓄的诗歌内里，而是用尖锐直接的议论把事件的真相揭示出来，让读者不仅在灾民的哭声中悲哀，更在贪官污吏的饱醉歌舞中激愤。对读者情绪的调动和引导正是此类报章体作品的目的。

在诗歌中，“史识”的彰显常常寄诸议论。这种以议论为诗的倾向更使得诗歌呈现一种启蒙性，如高旭《路亡国亡歌》：“可笑冥顽政府所分余润有几何？奈长此酣歌欢饮漏舟漏。一旦有事长风铁舰来运兵，定借保护此路以为名。路之所至兵即至，斯时国非其国，虽欲悔而抗拒，已步印度波兰之后尘。”[②]诗歌用大段的议论指出清政府出卖路权的后果，外国列强取得路权，就是进一步蚕食我国领土的口实和便利条件，这是帝国主义扩张的一种手段，前有波兰、印度为鉴，而清政府竟茫然不知所以，正如在漏舟上酣歌欢饮，覆亡之祸迫在眉睫。如此议论，比之尖锐的媒体杂论不过是有韵无韵而已。

杜甫之诗被誉为“诗史”，其诗直陈历史和关怀民瘼的态度是其闪光的内核。其“诗”与“史”之关系在不同时代有不同的理论思考与创作。南社诸子以诗歌记录时事的“诗史”之作，强调一种对当下的干预，用文字来掀起革命风潮。

---

①吴恭亨：《悔晦堂新乐府跋》，1920 年。

②《南社丛刻》第 1 卷，扬州：江苏广陵古籍刻印社，1996 年，第 218 页。

二、秋兴八首：南社诗人学杜的经典

我们在南社诗人的作品中发现杜甫，发现一种熟悉又新鲜的诗歌表达，而对杜诗经典的学习更能清晰地透露学杜者的心理，比如说杜甫的《秋兴八首》。这作为杜甫的律诗代表作，在后世影响甚巨，拟作、和作频出，南社诗人也多有所作。这些作品非止于技法的模拟，更重在师法少陵的一脉忧国之心。南社诗人的作品是清末民初历史的映射，可以看到郁勃的历史心魂在组诗中跳荡。

(一)清末：民族主义的秋声

南社的成立最初具有鲜明的反清政治意味，南社的诗歌也以反清为主题，充斥着"驱除鞑虏"这一政治意图的诗歌表达。同样的主题也出现在南社诗人的秋兴诗中。

之所以可以在秋兴诗中发挥民族主义情绪，是因为秋兴诗的用典特点可以让南社诗人尽情地借古言今，也是因为杜甫的秋兴诗本身就具有延伸民族情绪的背景。杜甫《秋兴八首》作于安史之乱后，那场战乱被认为是唐朝的转折点，战乱的核心人物便是两个具有异族身份的人物，安禄山和史思明。但是叛将安禄山、史思明的民族身份不是杜甫强调的重点，杜甫也并没有过于强调民族情绪，而南社诸子却将杜诗中淡淡的民族背景予以浓墨重彩的发挥。因为清王朝的统治者是来自塞外的满族，清王朝在鸦片战争后对外软弱无力，对内镇压反抗，这在民族主义者眼中是一切矛盾的根源。南社作为同盟会的文字机关，他们的诗歌活动也将"驱除鞑虏，恢复中华"作为一种目标。清末的南社诗歌常常出现"夷夏"之论，强调着"祖国""华夏""炎黄"这样的大汉族身份，非常切齿于带有"蛮夷"标志的词汇，诸如"腥臊""犬戎""夷狄""边蛮"等。他们在诗歌中企图唤起国人对明末清初那一段清兵南下血泪史的回忆，对满族占据中原后大好河山沦为牧羊之地的屈辱的痛恨。

试看雷铁厓《感怀八律》，组诗具有秋兴诗歌的组织脉络，但是诗歌却充斥着清末的民族主义情感。"南北烽烟古亚东，龙沙雁塞荡腥风。鹃哀唐汉青磷内，鬼哭炎黄碧血中。马鬣坟荒秋露白，蛇鳞甲老劫灰红。欧美欃枪今又焰，豘鼍云雨谶天公。"(其二)[①]诗歌营造出一个烽烟遍地的苦难中国形象，这个国度曾经出现过汉唐盛世，但是现在却充斥着阵阵腥风，这是北方女真族南下的结果，异族的统治让神州鬼哭，天公不容。

诗歌中的典故也具有典型的反清内涵："身随野鹤皈金粟，心有啼鹃痛铁函。"(其六)"愁肠结就烟霞幻，知否梅花岭上来。"(其七)"铁函"和"梅花岭"指的是宋末的郑思肖和明末的史可法。郑思肖在宋亡后所画兰花均无根土，表达山河易主后的遗民心情。他著有强烈反抗异族统治精神的《心史》一书，在明末成为江南士人反满的精神支柱之一。史可法在清军南下时镇守扬州，拼死抵抗，不愿降敌自刎而死，尸体下落不明。后人在扬州城外梅花岭上立其衣冠冢，为后世爱国志士凭吊之所。这些不屈服于异族统治的典故反复在南社社友的诗歌中出现，构成了南社诗歌中政治表达的特色。

丘复创作的组诗也是受到杜甫秋兴诗的感染，引动其忧时感世之心，但其诗歌以《冬兴》

---

①《南社丛刻》第1卷，扬州：江苏广陵古籍刻印社，1996年，第159页。

命名，在节序上便已呈现深秋过后更为肃杀的凉意。他认为其诗歌创作的时代背景较之杜甫已经大不同，“较杜老所处有过之者”。清末的时局给诗人更深的压迫感，既有一种易代的悲凉，更有一种异族统治下的民族压抑情绪。丘复这样描述自己的写作背景：

杜工部《秋兴八首》，忧时感世之心使读者泪下。方今时势亦艰难矣，较杜老所处有过之者。寒夜呵笔依韵成《冬兴八首》。嗟乎！时至于冬，纯阴用事矣。履霜而戒坚冰，《易》之教也。今已驯至于此，忧时者将奈何邪？又安得一声雷震使众阳起，而群阴伏邪？痛哭之谈，不知所择，阅者无责焉尔。①

丘复的自述说明了其创作的动因，既有对于清末时局的忧愤，也有盼望群雷伏阴，改换天地的愿望。其创作隐然有着《秋兴》的影子，却又表达了他自己伏处严冬的压抑情绪。且看其诗歌：“醉梦昏昏日易斜，伤心胡虏满中华。朝中自饮千杯酒，海上常来万国楂。风急四邻鸣铁马，时艰五夜动金笳。光阴逝水嗟孤负，怕见江梅一树花。”（《冬兴八首》其二）诗歌更为详细地解答了诗人忧时感世的原因，“胡虏满中华”的现状让人伤心，但是当局却自闭门户，纸醉金迷，而周遭的列强却已是虎视眈眈。变革迫在眉睫，而志士们却迟迟未能迎来一场痛快的战斗，这让志士们常常在回想起明末殉国的史可法时感到羞愧。梅花岭又再次成为清末志士们遥想的精神高地。

丘复忧时感世的情绪在南社社友中引起了共鸣，南社诗人们的民族情绪一有机会便会倾泻而出：“相如去后璧谁归，塞外羽书午夜飞。割却珠崖屏已撤，生擒阏氏愿先违。”（《和仓海秋怀八首》其二）②在叶楚伧笔下，西汉司马相如平定边疆的文书已经无人续写，历史写下的都是民族史上的屈辱，尽是胡马入关却无力抵抗的悲愤。诗歌其五进一步写出了异族统治下的民族心态，是一种天下皆为囚徒的感觉：“四万万人尽楚囚，不堪劫后寄神州。金陵王气随旄落，庢水哀声夹浪流。鼙鼓军前腾万马，笙歌大内祝千秋。呢喃开宝兴亡事，一部闲文供白头。”南社志士的秋兴诗写的是“开宝兴亡事”，但是历史却在重复中加深了苦难，清末的志士在诗中将反清的情绪酝酿到了极点。

（二）民初：无力整顿时局的悲秋泪

清末南社诗人笔下弥漫着浓重的反清情绪，他们以特有的诗歌方式“鼓吹革命”，利用媒体的平台与同盟会的革命活动相配合。1911 年经过辛亥革命后，清统治宣告结束，中华民国成立，南社社成为革命的功臣并兴奋地参与到民国肇建的工作中。南社社员吕志伊、景耀月、马君武分别出任司法、教育、事业部长。

但是民国的成立并不意味着社会立即进入一个理想的状态，民初的纷乱时局让这些对民国充满憧憬的志士感受到了更为深重的悲凉。1911 年 11 月 17 日，辛亥革命刚刚胜利，南社社友周实、阮式在淮安组织学生队，宣传光复，却被清廷县令姚荣泽杀害。姚荣泽通过金

①《南社丛刻》第 1 卷，扬州：江苏广陵古籍刻印社，1996 年，第 1899 页。

②《南社丛刻》第 1 卷，扬州：江苏广陵古籍刻印社，1996 年，第 410 页。

钱疏通免于制裁，因此时袁世凯政府对于反清势力本有意打压，对于杀害革命者的前清官员也就无意制裁。“周、阮惨案”的不了了之透露给南社成员一个信息：他们为之流血牺牲换来的民国不是他们设想的“民国”。

果然，就在辛亥革命胜利当年的12月18日，南北和议在上海举行。1912年1月22日，孙中山政府发表声明，如清帝退位，袁世凯赞成共和，当即辞职，推袁世凯为总统。1912年3月10日袁世凯在北京就任临时大总统。对于袁世凯当政，不少社员也曾怀有幻想，希望袁世凯政府能兑现议和上达成的民主政治诺言，但是这种幻想很快因宋教仁之死而破灭。1913年宋教仁因反袁被杀害于上海火车站，宋教仁也是南社社友，因而对南社群体震动很大。南社社友们又重新拾起手中的笔在报刊上作诗文鼓吹反袁的“二次革命”。南社诸子的活动引起袁世凯政府的打压，宁调元等社中精英分子在反袁斗争中死去，南社经历了惨重的人员流失。

南社社友们的诗歌表现出民初时局下的迷惘，林之夏的诗歌对这种无奈情绪表达得分外贴切：“不肯当前撒手休，又无奇策解烦忧。到头牢落空天问，底事粗疏堕鬼谋。战血初干旋陷敌，赦书未下已逢仇。避人为忍还为怯，功败垂成烈士羞。”（《秋兴八首》其二）[①]那种希图通过献计献策来整顿民国新政的想法，被现实击碎。正是所谓的既无奇策解烦忧，又不肯撒手不问世事，这样的矛盾让诗人分外煎熬。诗人们是磊落之士，但是往往被“鬼谋”暗算。诗人写的正是民初震惊朝野的“周、阮惨案”，周实和阮式被前清县吏杀害，却因为民国朝中人物的包庇和有心纵容而不得申冤。战血未干，赦书难到，这些都是民初政治混乱下的必然。

傅尃的诗歌也充斥着事无可为的无奈，且渐渐生出一种以出世之心消解烦忧的情绪：“黯黯河山澹落晖，大江东去鹊南飞。边风扑朔寒侵甲，海气沉冥月上扉。叹逝已伤朋旧尽，观心应念死生微。揭来一息无穷世，独有空王可慰饥。”（《感秋八首，用夜饮联句韵，寄亚子、梨里》其七）[②]时局已不可为，而南社旧友们也多有过世，让这个清末激进的革命社团有了萧瑟的意味。傅尃在诗序中写道：“自蜕庵老死，宁戚惨僇，晨星朋旧，落落天涯，余也何心，不复欲弄笔为诗。以道其萧瑟矣。然固有不能自已者，因粗写一通遥寄梨里与亚子观之，并希为我一和也，亚子其谓我何？”朋友唱和正是希望彼此安慰，在这同道凋残的暗夜里能够寻求丝丝温暖。“听雨听风处处秋”是此时最贴切的心境。

在继续北伐，一统南北的问题上，南京政府颇为犹豫，失去战机，且将革命果实拱手送人，南社志士们虽有心却无力扭转。社友宋教仁也因为反对议和被暗杀，社友们只能将自己的无奈与不满写在了悼念宋教仁的诗里。“更谁谢墅赌围棋，可奈苍生只自悲。失水蛟龙方困日，满朝乌贼复乘时。渡河宗泽声犹壮，复楚包胥事已迟。记否新亭相对语，天涯摇落不堪思。”[（庞檗子《秋兴八首和少陵韵（宋教仁周年）》其四）][③]可怜北伐志士就像当年的宗泽一样，抱憾而死却无能为力，这正是革命果实被夺后南社社友们的普遍哀思。

①《南社丛刻》第1卷，扬州：江苏广陵古籍刻印社，1996年，第785页。

②《南社丛刻》第1卷，扬州：江苏广陵古籍刻印社，1996年，第1435页。

③《南社丛刻》第1卷，扬州：江苏广陵古籍刻印社，1996年，第1687页。

南社诗人们常常在暗夜诗思泉涌，热泪不止，他们在诗歌中继续书写他们对于时局的愤慨与无奈，“纶音初下颂初成，又见兵戎压帝京。一矢中脐萧绍伯，五经扫地祝钦明。剧怜悍帅途穷日，独对琴孃劫后筝。太液月明秋信早，故宫帘卷堕笳声。”（《秋兴》其二）①王大觉此诗作于1917年，正值张勋复辟闹剧上演，所以有“又见兵戎压帝京”之说。这场闹剧注定是要失败的，但是故国的悲歌却让人感伤，这是一个苦难的国度，兵戎之灾未曾断绝。

社友叶楚伧因为在政府任职，所以有了一种像庾信一样南人入北的尴尬与猜忌。他看到的是一个到处逢迎谄谀的朝廷，要想独善其身尚且不易，要想整顿朝纲更是不可能。他这样写道：“岩城隐隐起斜晖，笳鼓冥冥入翠微。幽谷哀猿能独啸，向阳秋雁故群飞。过江庾信文章重，入洛机云志愿违。正是长安工进颂，西山无语蕨初肥。”（《秋兴八首，用杜韵》其三）②民国初期的南社诗人们经历了狂喜与低谷，社会理想在现实中被狠狠击碎。他们的《秋兴》诗里有杜甫的忧国忧时，更有着一种时局赋予的深深失落。“落叶萧萧满树林，鬼来窥户夜森森”，让我们遥想杜甫，更痛心民初的现实。

三、南社诗人学杜的代表

南社诗人中不少学杜有得，尤以宁太一和林庚白最具特色。宁太一的拟杜诗多有佳作，其从杜甫一脉而来的忠耿为国之心未改，又加入自己革命的经历，特别是两次入狱的经历，让他的诗歌有不为流俗的志士高节。林庚白更是因为自称“余为第一，杜甫第二”而引人注目，然其超越杜甫的狂言背后却是其在清末民初诗歌创新的大胆尝试。

（一）宁太一：拟杜诗中的自我心魂

宁太一的诗歌在南社诗人中可算独树一帜，其友傅尃之评诚为确论：“太一之诗，宏丽奥衍，汪洋恣肆，多郁怒哀思之作，极才力所驱使，喷薄而出，不肯为时流纤，亦不屑落穷官苦。”③对于宁太一的汪洋才气，喷薄无拘，社友胡朴安也有相近的评价：“才气奔放，而学有根底，满腔热血，化作文字，随处泄发，故其所作，异于时流。其诗以缙绅定字学论之，或议其粗豪，或议其无律，而不知其固草泽文学本色也。”④宁太一的郁怒悲情较为集中地流露于其狱中之诗。宁太一曾有两次入狱经历，一为反清，一为反袁，当其系狱时曾有大量诗歌，堪为其代表。钱仲联先生赞之曰：“读罢《南幽》浩气吟，楚囚两系志难沉。《明夷》《太乙》篇多少，字字黄龙痛饮心。”⑤

革命诗人的作品并非全是金戈铁马，出语铿锵，宁太一作品就多有易水秋风的变徵之音。宁太一尤喜以“秋”入诗，检之诗题便已可知：《秋感》《秋闺》《秋怀》《秋兴》《秋凉》《秋砧歌》《秋日闲咏》《秋夜》《秋原晚眺》，等等。特别是其《秋兴》，一叠再叠，以致四叠之。宁太一

---

①王大觉：《南社王大觉诗文集》，北京：中国美术出版社，2009年。

②《南社丛刻》第1卷，扬州：江苏广陵古籍刻印社，1996年，第5043页。

③《南社丛刻》第1卷，扬州：江苏广陵古籍刻印社，1996年，第2036页。

④曼昭、胡朴安：《南社诗话两种》，北京：中国人民大学出版社，1997年，第90页。

⑤钱仲联：《南社吟坛点将录》，《苏州大学学报》，1994年第1期，第45—53页。

所体验的“秋”不仅仅是一种节序的凉意与萧瑟，更是一种人生体验和时代感觉，是一种时代化的文人悲秋情绪，这使得秋意象成为他诗歌的特色。

宁太一以“秋”为题的诗歌中《秋兴》之作最多。其诗歌得杜甫《秋兴八首》之神韵，将家国之思、身世之感与物候之兴结合起来，因其革命激情的灌注而又有了区别于杜甫的个性特色。宁太一 1913 年因反袁事入狱，因在狱中文献无征，仅能回忆杜甫《秋兴八首》中的四首，故其和作每组仅有四首，然无碍其情感的表达：“癸丑邸系武昌，自夏徂秋，蛰伏少事，默诵杜陵秋兴诗，仅忆其四，因叠其韵和之，以写幽忧。”①宁太一狱中尚能忆及的，为杜甫《秋兴八首》的一、二、三、六首，且看其第三叠的诗歌：

秋烟漠漠锁荒林，隔岸楼居气象森。
逝水为谁留泡影，流光不惜分余阴。
一场筵散轻分手，千里月明共此心。
等是不堪愁里听，朝来寒雨晚来砧。

落日孤城万柳斜，江山无复旧繁华。
故宫真有金人泪，银汉频回帝子槎。
一夜微霜飞木叶，数行清泪咽胡笳。
芙蓉生在秋江上，何事开花又落花。

汉家陵阙对夕晖，南眺潇湘烟雨微。
眼见红羊成浩劫，若为黄鹄竟高飞。
畏蛇畏药何时了，为雨为霖此愿违。
起视东南生意尽，几人田宅拥高肥。

鸾囚凤锁楚江头，一叶梧桐惊早秋。
云雨已成今昨梦，乾坤不尽古今愁。
汾湖萧管惊神鳄，海岛旌旗殉野鸥。
伐桂锄兰都细事，翻令鱼网漏吞舟。②

诗歌中有着杜诗中常见的秋烟、落日孤城、汉家陵阙、胡笳等意象，然又带有鸾囚凤锁的自我身世之悲，对“东南生意尽”的家国之痛。《太一遗集》中很多学杜、和杜、集杜的诗歌，如《复愁十二首，用杜工部韵》《山斋曲三首，用杜工部〈曲江曲〉韵》《冬日杂咏集杜》《秋兴用草堂韵》等。宁太一学杜，在学其忠耿之气，苍生之思，家国之忧，也在学其情感艺术的混融表达。宁太一为人所称道处正在其宁为楚囚不改其志的无畏精神。他的诗歌中充满激越与浩

①《南社丛刻》第 1 卷，扬州：江苏广陵古籍刻印社，1996 年，第 2148 页。

②胡朴安（编）：《南社诗选》，上海：上海国学社，1936 年，第 15 页。

荡。然如认为宁太一的诗歌粗豪无律，便非确论，宁太一诗宗盛唐，其诗歌追求杜甫律诗中诗情与格律的混融：“弟作诗每为格律所缚，心苦之。昨顷来论，因阅少陵诗及诸人所作，如天马行空，操纵自如，为欣慰者久之。诚所谓得我心之同然者也。”①

（二）林庚白：如何超越杜甫？

林庚白的引人注目处在于他对于自己颇为自负的评价，他曾经自称：“若近数年，则尚论今古之诗，当推余为第一，杜甫第二，孝胥不足道矣。”林庚白认为自己超越杜甫之处在哪里呢？我们要从这位诗人的成长经历以及清末民初的诗歌环境来解读。

林庚白在1912因南北议和，从北京到上海来谋求继续革命。作为一个满脑子革命思想的热血青年，他在政治上选择了加入南社，在诗歌上却倾心同光体，前去拜会在沪的同光体遗老诗人。林庚白自己在《吞日集》自序中述及民国元年（1912）在上海的经历：

> 辛亥革命，以柳亚子介，与于“南社”。偶过上海，出所为诗示陈三立、郑孝胥使评定。三立夙喜少年能诗者，于余诗颇辱过誉，评云“大作多与明七子为近，才气充溢行间，绝句尤酷肖渔洋。”诵工部“眼中之人吾老矣”之句，为之叹绝。孝胥则题二绝句，致其讽劝，有“喜子能诗通性命，何妨取径近艰辛”之句。余虽喜三立之誉，而愤孝胥之讽，寻自忖度，余诗故不佳，孝胥讽余，特以儆余耳，必求所以胜孝胥者，攻读益肆。②

林庚白特意造访时下寓居沪渎的同光体魁首陈三立、郑孝胥，希望得其揄扬。但是陈三立给予其赞誉，而郑孝胥却讥其诗浮薄，这对于一个十六岁的自傲少年来说是一个很刺耳的批评，故而林庚白此后作诗“必求所以胜孝胥者”。

民国三年（1914）林庚白刊行《急就集》，之后又刊有《舟车集》，但他自认为尚未脱离同光体窠臼，还很难超越郑孝胥，于是曾“废诗不作”。到五四后接触社会主义理论，且遍览经史百家著作，“旁及欧美文学，于中国古人之诗，上溯三百篇、离骚，下取曹植、阮籍、陶潜、谢朓与杜甫、韩愈、白居易、李贺、李商隐、韩偓、王安石、黄庭坚、陈师道、苏轼、欧阳修、梅圣俞、陆游、杨万里、刘克庄十余家之诗而一一日夕讽诵之，遂尽发古人之奥。民国十七年戊辰，余之诗一变而熔经铸史，兼擅魏晋唐宋人之长矣”。到出版《庚白诗存》时，认为自己诗歌已经独成一家，“远胜郑孝胥，直与杜甫争席可也”。

其颇为自负的《庚白诗存》，刊行于民国十八年（1929），是一部今天看上去很奇怪的集子，充满了诗歌题材、体裁上的新旧杂糅。林庚白自诩的胜过古人处，在于其五四之后从“时代”中汲取所需的诗歌材质时，熔铸新旧诗歌的某种尝试。在今天看来未必成功，但是这却突破了同光体的藩篱，使他获得从1912年以来一直追求的自树一帜的愿望。

此后林庚白的炮火不再仅仅集中于郑孝胥，而扩大至整个同光体阵营，其《吞日集》自序（1930）、《孑楼随笔》（1932—1933）、《丽白楼诗话》（1940）均有不少针对同光体诗歌的评论。

---

①宁调元：《太一遗书》，1915年铅印本。

②林庚白著，周永珍编：《丽白楼遗集》，北京：人民大学出版社，1996年，第383页。

此时同光体的影响力正在新文化运动中黯淡，1937年陈三立、陈衍卒，1938年郑孝胥卒，同光体老辈也在逐一逝去，可以说林庚白猛烈批评同光体的时期正是以同光体为代表的古典诗歌时代逐渐结束和新文化运动背景下新诗渐渐兴起的时期。林庚白说"若近数年，则尚论今古之诗，当推余为第一，杜甫第二，孝胥不足道矣"[①]其实是想宣告自己在一个新生时代的诗坛地位，也是为新的诗歌环境扫清道路而针对同光体作出的有颠覆意义的批评。

林庚白对同光体从创作到批评，都是以是否合于时代之表现为标准。他以"进化"之眼光看待诗歌，这也是新文化运动者的典型论调。他认为同光体弊端在于泥古，"同光以来旧诗人，大都食古不化，所为诗虽佳，勘以经历之生活，则远不相符，且于新事物，坚不愿入诗。余知李杜苏黄生于今日，必将齿冷，盖谚所谓'活人面前说鬼话'也。"[②]林庚白的中心论点是诗歌合为时，合为事而作，诗歌需与时代相表里，"夫诗非独以言志已也，古人谓'观其诗可以知其世'，则是诗与世固未可须臾离，苟善用古而不泥于古，诗之能事见矣。"[③]同光体面对的是一个变世，而诗歌却看不到任何变世带来的变化，仍然是陶谢李杜的诗歌世界，林庚白于其《吞日集》《角声集》《今诗选》自负的原因也在此，诗歌之内容情绪乃古人所无，故于古人毋乃谦！

林庚白自称他自己第一，杜甫第二，并没有实现诗史上的真正超越。他内心希望超越的是他从一开始就师法的同光体的创作模式，因为他身处清末民初，整个文化也在出现变革，新诗的出现为他的自我突破提供了一条途径；而清末民初的复杂社会变局也为他的诗歌提供了前所未有的诗料，以至于他站在诗史的节点上认为自己走在了杜甫的前面。与其将林庚白视为狂人，不如说他是一个具有诗歌创造宏愿的人，是五四新诗创作的潮流中人。

四、结语

南社在清末民初这个特殊的历史时期，完成了它反清的政治使命；也在诗歌创作上承担了特殊的过渡角色。南社诗人推崇杜诗"诗史"的叙事性，将清末民初的时代巨变一发为诗歌，呈现一种劲直的铺叙风貌。且将"诗史"的性质与报章体诗歌结合，呈现一种尖锐直接的揭示性和导民的启蒙性。南社诗人对于杜甫经典律诗《秋兴八首》的学习，清楚地展现了他们的历史情绪：清末的作品具有浓厚的民族主义意味，充斥着"驱除鞑虏"这一政治意图的诗歌表达；民初的作品则因为目睹民初的社会乱象而抒发志士无力回天的无奈与悲愤。南社诗人群中有不少学杜有得者，他们的作品既承袭了杜诗的精神内涵、艺术技法，又因独特的历史体验而投射下自我心魂，且在清末民初这个文化大变局中有着创新诗歌、超越经典的追求。

---

①《南社丛刻》第10卷，扬州：江苏广陵古籍刻印社，1996年，第983页。

②《南社丛刻》第10卷，扬州：江苏广陵古籍刻印社，1996年，第760页。

③《南社丛刻》第10卷，扬州：江苏广陵古籍刻印社，1996年，第594页。

《诗人玉屑》的杜诗观研究

周静
（长沙理工大学　长沙　410114）

从宋初开始，杜甫就深受诗人、诗评家的关注和好评。王禹偁尊杜甫为“诗宰相”①。司马光称“近世诗人，惟杜子美最得诗人之体”②。王安石谓杜诗“为与元气侔，力能排天斡九地，壮颜毅色不可求”③，“光掩前人，而后来无继”④。苏轼称“古今诗人众矣，而杜子美为首”⑤。特别是江西诗派黄庭坚及其他成员论杜、学杜、尊杜众口一词，“三十年来学诗者，非子美不道，虽武夫、女子皆知尊异之，李太白而下殆莫与抗”⑥，更使杜甫在诗坛的地位达到顶峰。到南宋，杜甫仍然受到人们重视，从南宋数量众多的诗话评价杜甫所占用篇幅与涉及内容之广泛足可以看出来。其中，又以魏庆之《诗人玉屑》（简称《玉屑》）评价杜诗最为全面，其编排短札的数量之多、观点之丰富、涉及面之广，非常引人关注。

从《玉屑》汇辑的论杜短札的卷次、诗人与数量来看，按时代先后，分别收录了两汉、魏晋、六朝、唐、北宋至南宋的众多诗人的诗学资料。据统计，该书所评论的历代诗人，有名有姓者，去除各卷中重复出现者，总计有 189 人。其中，卷一二综评司马相如、鲍照、左思、陶渊明、韩无咎、朱熹、韩驹等 10 人。卷一三分别评论西汉、建安与六朝诗人，包括两汉时的苏武、李陵 2 人，建安的魏文帝、曹子建、王仲宣、刘公干等 4 人，六朝的阮嗣宗、张茂先、潘安仁、陆士衡、刘越石、郭景纯、三谢、陶靖节等 11 人。卷一五、卷一六评论唐代诗人，前者包括王维、韦苏州、孟浩然、韩文公、柳仪曹、孟东野、贾浪仙、玉川子、李长吉、刘宾客、常建等 11 人。后者包括唐代其他诗人，包括白香山、玉溪生、王建、杜牧之、杜荀鹤、韩致元等 6 人。卷一七、卷一八评论北宋诗人，前者包括六一居士、苏子美、梅都官、石曼卿、西湖处士、邵康节、半山老人、雪堂等 8 人。后者包括北宋涪翁、陈履常、秦太虚、张文潜、韩子苍、贺方回、张子野、谢无逸、邢敦夫、潘邠老、唐子西、王仲至等 22 人。卷一九评论南渡以后的诗人，包括周

①（清）吴景旭：《历代诗话》卷 55，北京：中华书局，1958 年，第 809 页。

②（南宋）胡仔：《苕溪渔隐丛话》前集卷 6《迂叟诗话》，北京：人民文学出版社，1962 年，第 33 页。

③（北宋）王安石：《临川先生文集》卷 9《杜甫画像》，北京：中华书局，1959 年，第 150 页。

④（南宋）胡仔：《苕溪渔隐丛话》前集卷 6《遁斋闲览》，北京：人民文学出版社，1962 年，第 37 页。

⑤（北宋）苏轼著、孔凡礼校：《苏轼文集》卷 10《王定国诗集叙》，北京：中华书局，2004 年，第 318 页。

⑥（南宋）胡仔：《苕溪渔隐丛话》前集卷 22《蔡宽夫诗话》，北京：人民文学出版社，1962 年，第 145 页。

益公、曾茶山、陆放翁、朱韦斋、刘子翚、杨诚斋、姜尧章、敖器之、赵章泉、韩涧泉、萧千岩、刘改之、赵南塘、赵天乐、戴石屏、高九万、高菊涧、刘后庄、危逢吉、裘元量、叶水心等53人。卷二〇评论禅林中人有名有姓的包括灵彻、船子和尚、道潜、仲殊、惠洪、癞可、希昼、志南等14人。方外有名有姓的有吕洞宾、韩湘、希夷先生等8人。闺秀有名有姓的是费氏、薛氏、慎氏、李易安、荆公女等7人。卷二一评论词人，有名有姓的包括晁无咎、李易安、太白、东坡、山谷、荆公、贺方回、秦少游、林和靖、晏叔原、朱希真、柳耆卿、章质夫、惠洪等17人。《中兴词话》提到张仲宗、叶石林、陆放翁、范石湖、辛稼轩、杨诚斋、朱希真、龙洲道人、戴石屏等14人。通计21卷，唯卷一四收入谪仙与草堂2人，其余各卷至少是6位以上诗人的合卷，由此可见，魏庆之在汉魏六朝以来至宋代的诗人中，对李杜最为重视。

《玉屑》不但于卷一四集中汇辑有关评杜、论杜的资料，还在其他各卷多次论及杜甫及其诗歌。总计全书21卷，有17卷论及杜甫及其诗，多达220余次，分别见于卷一、二、三、四、五、六、七、八、九、十、一一、一二、一四、一五、一六、一七、一九等卷，通过笔者仔细梳理，现将该书各卷论杜、评杜的卷次、评论次数及所属条目胪列如下：

卷数	论评次数	论评杜诗的条目
卷一诗辨	2	“沧浪谓当学古人之诗”论杜诗。
卷一诗法	3	“晦庵谓胸中不可着一字世俗言语”“诚斋翻案法”“诚斋又法”论杜诗。
卷二诗评	9	“诚斋评李杜苏李诗体”“臞翁诗评”“沧浪诗评”(7)论杜诗。
卷二诗体	13	“少陵体”“以别名者”“有律诗彻首尾对者”、借对、“江左体”“偷春体”“五句法”“六句法”“拗句”“七言变体”“绝句变体”“第三句失粘”“扇对法”论杜诗。
卷三句法	8	“错综句法”“雄伟句”“雄健句”“一人名而分用之句”“句中当无虚字”“诚斋论一句有三意”“诚斋论惊人句”“少陵坡谷句法”论杜诗。
卷三唐人句法	21	“朝会”(2)、“怀古”(3)、“地名”、“咏物”(2)、“入画”、“典重”、“清新”、“奇伟”(2)、“绮丽”、“刻琢”、“自然”、“豪壮”(3)、闲适”(2)、“幽野”、“眼用响字”、“眼用拗字”、“实字妆句”(2)、“虚字妆句”、“首用虚字”(2)、“上三下二七字上五下二”(3)分别以杜诗为例。
卷四风骚句法	38	“公明布卦”“碧海求珠”“游丝拖翠”“风转断蓬”“鳞处涸辙”“龙吟虎啸”“孤鸿出塞”“灵龟曳尾”“江南芳信”“袁安高卧”“长庚告昏”“一气飞灰”“荆山铸鼎”“彗气横天”“芟除荆棘”“精卫填海”“莲女遗簪”“火浣重烧”“陇水分流”“天仙摇佩”“胡越同舟”“辅车相依”“秀麦分岐”“嘉禾合颖”“甘蝇贯虱”“芳草衬步”“三曰炼意”“句欲得健”“字欲得清”“意欲得圆”“声律为窍”“意格为髓”“百川归海”“般输运斤”“逸少挥毫”“辽鹤思归”“绿树吟莺”“彩禽入鉴”等均以杜诗为例。
卷五初学蹊径	11	“晦庵诲人学六朝李杜”“陵阳诲人学韦诗”“又读少陵诗学古人诗”(2)、“吕居仁诲人”“向背”(3)、“得其短处”“诗意贵开辟”“诗贵传远”论杜诗。

续表

卷数	论评次数	论评杜诗的条目
卷六命意	5	“先意义后文词”“诚斋论句外之意”“思而得之”“有不尽之意”“句中命意”论杜诗。
卷六造语	2	“语要警策”“忌用工太过”论杜诗。
卷六下字	4	“诚斋论用字”“善用俗字”“下双字极难”“下连绵字不虚发”论杜诗。
卷七用事	2	“使事不为事使”“用事要无迹”论杜诗。
卷七压韵	2	“古诗不拘韵”“重押韵”论杜诗。
卷七属对	5	“陵阳谓对偶不必拘绳墨”“老杜对偶”“佳对”“借对”“假对”论杜诗。
卷八煅炼	4	“炼字”“老杜”“陵阳谓少陵改诗”“欧公”论杜诗。
卷八沿袭	7	“诚斋论沿袭”“诚斋论渊明子美无己诗相似”“同机轴”“有家法”“暗合子美”“辞同意异”“相袭”论杜诗。
卷八夺胎换骨	3	“夺胎换骨”“诚斋论夺胎换骨”“当有别意”论杜诗。
卷九托物	3	“托兴”“托物”“子美托物”论杜诗。
卷九讽兴	1	“兴与讪异”论杜诗。
卷九规诫	1	“子美诗”论杜诗。
卷九白战	1	“禁体物语”论杜诗。
卷十含蓄	3	“尚意”“句含蓄意含蓄”“子美含蓄”论杜诗。
卷十变态	1	“唐扶诗”论杜诗。
卷十词胜	1	“小石调”论杜诗。
卷十绮丽	1	“不可以绮丽害正气”论杜诗。
卷一一诗病	1	“细较诗病”论杜诗。
卷一一考证	1	“少陵与太白,独厚于诸公”论杜诗。
卷一二品藻古今人物	17	“韩诗”“评鲍谢诸诗”“韩杜”“四家集”“李杜诸人”“诗人各有所得”“老杜之仁心优于乐天”“诗句伟丽”“气象雄浑句中有力”“评唐人诗”“苦吟句蹈袭句”“王苏黄杜”“蔡伯衲诗评”“诚斋之论”“诚斋评五言长韵要典雅重大”“诚斋评七言长韵”“诚斋非金针”论杜诗。
卷一四	37	“百世之下想见风采”“诚斋谓李神于诗,杜圣于诗”“杜甫光掩前人,后来无继”“二公优劣”“文章心术”“墓志铭”“宋子京赞”“少游进论”“冷斋鲁訔序”“王彦辅序”“半山老人画像赞”“三百篇之后便有子美”“老杜似孟子”“晦庵论杜诗”“陵阳论诗能尽写物之工”“诗史”“胸中吞几云梦”“学老杜之法”“工妙至到人不可及”“一饭未尝忘君”“妙绝古今”“古今绝唱”“高雅大体”“优柔感讽”“高深”“诗有近质处”“大雅堂”“三种句”“画山水诗”“词气如百金战马”“有抔土障黄流气象”“九日诗”“送人诗”“八哀诗纪行诗”“夔州后诗”“贵其备”“村陋句”等论杜诗。

续表

卷数	论评次数	论评杜诗的条目
卷一五	4	“公末年诗闲远有味”“东坡评柳州诗”“郊之胸次形于诗句”“乐天评诗”论杜诗。
卷一六	2	“不忘君”“工于对”论杜诗。
卷一七	6	“欧公自负”“只欲平易”“得子美句法”“用意高妙”“虎图”“南迁以后精深华妙”论杜诗。
卷一八	1	“过于出奇”论杜诗。
卷一九	1	“戴石屏”论杜诗。

分析上述表格《玉屑》各卷所辑论杜的诗学资料，又综合书中对历代其他诗人的论评，可以发现，魏庆之对于杜甫及其诗歌的评价和重视不但超过了苏黄、陶渊明等其他著名诗人，也大大超越了李白。通过对书中收录李杜二人短札数量、篇幅的比较，不难发现作者对李杜这两位唐代双峰并峙的诗人的评价所存在的差别。以卷一四所辑录的论杜短札为例，其数量、篇幅远超论李白的短札。其中，论杜短札有“墓志铭”“宋子京赞”“少游进论”“冷斋鲁訔序”“王彦辅序”“半山老人画像赞”“三百篇之后便有子美”“老杜似孟子”“晦庵论杜诗”“陵阳论诗能尽写物之工”“诗史”“胸中吞几云梦”“学老杜之法”“工妙至到人不可及”“一饭未尝忘君”“妙绝古今”“高雅大体”“优柔感讽”“高深”“诗有近质处”“大雅堂”“三种句”“画山水诗”“词气如百金战马”“有抔土障黄流气象”“九日诗”“送人诗”“八哀诗纪行诗”“夔州后诗”“贵其备”“村陋句”等30余条。论李白短札，汇辑的是“千载独步”“论太白人物”“惊动千古”“气盖一世”“论太白作诗”“见古人用意处”“百世之下想见风采”“人中凤凰麒麟”“歌诗”“逸诗”“奇语”“云烟中语”“晦庵谓太白圣于诗”“晦庵论太白诗”“瀑布诗”“夜怀诗”“辨集中有非李白之作”“不主故常”“太白之学本出纵横”“白不识理”等20余条，两相比较，论评李白诗的数量短札少了10余条，与此同时，论李短札所占的篇幅也比论杜短札简短许多。

《玉屑》对李白与杜甫评价的差别，不仅反映在论诗短札的数量上，还反映在书中收录的历代诗评家、诗人对二人诗歌艺术成就优劣、诗坛地位高低的总体评价中。宋人经常将李杜诗歌相提并论，将他们视为世人学诗的榜样，《玉屑》也不例外，书中屡次将李杜诗放在一起进行评价。如引《文艺传序》云：“唐三百年，言诗则杜甫、李白卓然以所长为一世冠。”[①]又引严羽之语倡导时人学诗“当学古人之诗”，介绍学古人之诗的具体路径是从读《楚辞》，到读《古诗十九首》，然后乐府诗、苏李诗、汉魏五言诗、接着是李杜诗，“先须熟读《楚辞》，朝夕讽咏以为之本；及读《古诗十九首》，乐府四篇，李陵、苏武，汉、魏五言，皆须熟读。即以李、杜二集，枕藉观之，如今人之治经。”[②]“试取汉、魏之诗而熟参之，次取晋、宋之诗而熟参之，次取南北朝之诗而熟参之，次取沈、宋、王、杨、卢、骆、陈拾遗之诗而熟参之，次取开元、天宝诸家之诗而熟参之，次独取李、杜二公之诗而熟参之”[③]。不过，《玉屑》搜集了更多短札介绍宋人对

①魏庆之编、王仲闻校：《诗人玉屑》卷14，上海：上海古籍出版社，1982年，第296—297页。

②魏庆之编、王仲闻校：《诗人玉屑》卷1，上海：上海古籍出版社，1982年，第1页。

③魏庆之编、王仲闻校：《诗人玉屑》卷1，上海：上海古籍出版社，1982年，第2页。

李杜诗创作风格、创作成就的比较，从中客观指出李白诗的不足，肯定杜诗取得的成就超越了李白。经过梳理，《玉屑》主要从以下三个方面对李杜诗进行比较：一是认为杜甫运用的表现手法较李白更为丰富与娴熟，杜诗的气势更为丰沛。如引唐人元稹《墓志铭》评价杜诗讲究声律、排比、铺陈，更富有气势，"是时山东人李白，亦以奇文取称，时人谓之李杜。余观其壮浪纵恣，摆去拘束，模写物象，及乐府歌诗，诚以差肩于子美，至若铺陈终始，排比声韵，大或千言，次犹数百；词气豪迈而风调清深，属对律切而脱弃凡近，则李尚不能历其藩翰，况堂奥乎！"[①]又引《臞翁诗评》评价杜诗更具有风雅精神，"李太白如刘安鸡犬，遗响白云……独唐杜工部，如周公制作，后世莫能拟议"[②]。二是认为李白无论是表现现实人生的方法还是追求理想人生的认识都比不上杜甫。如引《碧溪诗话》对二人诗歌中的意象与诗歌的格调进行比较："白之论撰，亦不过为'玉楼'、'金殿'、'鸳鸯'、'翡翠'等语，社稷苍生何赖。……余窃谓如论其文章豪逸，真一代伟人。如论其心术事业，可施廊庙，李杜齐名，真忝窃也。"[③]三是认为杜甫的诗歌艺术风格比李白更加丰富和善于变化。如引王安石之语评价李白"不知变"，杜甫"无施不可"，"白之歌诗，豪放飘逸，人固莫及，然其格止于此而已，不知变也。至于甫，则悲欢穷泰，发敛抑扬，疾徐纵横，无施不可"。"此甫之所以光掩前人，而后来无继也"。[④] 四是肯定杜诗的思想内容比李白更为深刻，其诗产生的影响比李白更为深广。如引《碧溪诗话》肯定杜甫诗立意深，寄兴远，为李白所不及，"太白：'辞粟卧首阳，屡空饥颜回。当代不饮酒，虚名安在哉。'……此类者尚多。愚谓虽累千万篇，只是此意，非如少陵伤风忧国，感事触景，忠诚激切，寓蓄深远，各有所当也"[⑤]。

分析《玉屑》各卷论杜、评杜的资料，可以发现宋人继承和发展了唐人元稹对杜甫的评价，不过，宋人对杜诗的评价比唐人更高，书中引鲁訔称："风雅而下，唐而上，一人而已。"[⑥]王彦辅称："逮至子美之诗，……卓然为一代冠，而历世千百，脍炙人口。"[⑦]《唐子西语录》称："三百五篇之后，便有杜子美。"[⑧]李伯纪称："杜子美诗，古今绝唱也。"[⑨]与此同时，宋人对杜甫及其诗歌的认识和评价也更为深入，更为全面，关注者也比唐人更众，如宋祁称："至甫，浑涵汪茫，千汇万状，兼古今而有之。"[⑩]秦观称："杜子美之于诗，实集众家之长，适当其时而已。"[⑪]黄山谷亦称："由杜子美以来，四百余年，斯文委地，文章之士，随其所能，杰出时辈，未有升子美之堂者，况室家之好耶！"[⑫]如前面胪列的表格所示，《玉屑》所辑录的论杜短札涉及杜诗的

---

① 魏庆之编、王仲闻校：《诗人玉屑》卷14，上海：上海古籍出版社，1982年，第299—300页。
② 魏庆之编、王仲闻校：《诗人玉屑》卷2，上海：上海古籍出版社，1982年，第18—19页。
③ 魏庆之编、王仲闻校：《诗人玉屑》卷14，上海：上海古籍出版社，1982年，第298页。
④ 魏庆之编、王仲闻校：《诗人玉屑》卷14，上海：上海古籍出版社，1982年，第296—297页。
⑤ 魏庆之编、王仲闻校：《诗人玉屑》卷14，上海：上海古籍出版社，1982年，第297页。
⑥ 魏庆之编、王仲闻校：《诗人玉屑》卷14，上海：上海古籍出版社，1982年，第301页。
⑦ 魏庆之编、王仲闻校：《诗人玉屑》卷14，上海：上海古籍出版社，1982年，第302页。
⑧ 魏庆之编、王仲闻校：《诗人玉屑》卷14，上海：上海古籍出版社，1982年，第302页。
⑨ 魏庆之编、王仲闻校：《诗人玉屑》卷14，上海：上海古籍出版社，1982年，第307页。
⑩ 魏庆之编、王仲闻校：《诗人玉屑》卷14，上海：上海古籍出版社，1982年，第300页。
⑪ 魏庆之编、王仲闻校：《诗人玉屑》卷14，上海：上海古籍出版社，1982年，第300页。
⑫ 魏庆之编、王仲闻校：《诗人玉屑》卷14，上海：上海古籍出版社，1982年，第308页。

创作题材、风格、体裁、技巧以及杜甫在诗坛的地位，囊括了两宋诗人、诗评家论杜富有代表性的观点，可以说，从多侧面、多角度介绍了杜诗的艺术特色，比较全面地反映了杜甫的诗学成就，主要表现在如下几方面：

其一，杜诗艺术风格多样化。杜甫诗歌的基本风格是沉郁顿挫，这个风格特点差不多贯穿了他一生几个主要的创作时期，表现出稳定性和一致性；但从诗人创作所涉及的广阔范围和不同的主观色彩来看，它又表现出变化性和多样性。《玉屑》中的论杜短札就充分反映了杜诗艺术风格的这种特点。如宋祁论杜诗融合古今之长，“至甫，浑涵汪茫，千汇万状，兼古今而有之。”①秦观《韩愈论》评价杜诗集众家之长，为各家所不及，“杜子美之诗，实集众家之长”。“杜子美之于诗，……而诸家之作所不及焉。”②鲁訔评杜诗风格丰富，变化莫测，“其平易处，有贱夫老妇初可道者。至其深纯宏妙，千古不可追迹，则序事稳实，立意浑大；遇物写难状之景，纾情出不说之意；借古的确，感时深远，若江海浩溔，风云荡汩，蛟龙鼋鼍，出没其间，而变化莫测，风澄云霁，象纬回薄，错峙伟丽，细大无不可观”③。王安石、苏辙称杜诗富有气势，前者于《半山老人画像赞》称：“吾观少陵诗，谓与元气侔。力能排天斡九地，壮颜毅色不可求。”④后者称：“老杜陷贼时，有《哀江头》诗……予爱其词气如百金战马，注坡蓦涧，如履平地。”⑤黄庭坚、叶梦得赞杜诗立意高远，前者云：“子美诗妙处，乃在无意于文。”⑥后者云：“禅宗论云门有三种语……余尝戏为学子言老杜诗亦有此三种语。”⑦胡宗愈论杜诗善于写实，“先生以诗鸣于唐，凡出处去就，动息劳佚，悲欢忧乐，忠愤感激，好贤恶恶，一见于诗，读之可以知其世。学士大夫谓之诗史。”⑧此外，书中于卷三论及唐人句法时，于典重类、清新类、绮丽类、刻琢类、自然类、幽野类各列举杜诗一首，于奇伟类、闲适诗列举杜诗两首，于豪壮类引杜诗三首。⑨ 书中还介绍杜诗由于善于造句、用字、命意、押韵，使诗歌表现出清、健、圆、窍等风格。如卷四论“诗有炼格”之“句欲得健”“字欲得清”“意欲得圆”“声律为窍”“意格为髓”等均以杜诗为例。⑩ 以上种种短札充分说明杜诗艺术风格的丰富多彩，诚如叶燮云：“自甫以前，如汉魏之浑朴古雅，六朝之藻丽秾纤、淡远韶秀，甫诗无一不备。”“自甫以后，在唐如韩愈、李贺之奇奡，刘禹锡、杜牧之雄杰，刘长卿之流利，温庭筠、李商隐之轻艳，以至宋、金、元、明之诗家……甫无一不为之开先”。⑪

其二，杜甫各类题材兼擅。杜诗的题材空前丰富，杜甫善于用诗来表现一切，诗歌已经进入他生活的各个方面。清人叶燮关于杜甫的一段评价非常精辟：“千古诗人推杜甫，其诗

---

①魏庆之编、王仲闻校：《诗人玉屑》卷14，上海：上海古籍出版社，1982年，第300页。
②魏庆之编、王仲闻校：《诗人玉屑》卷14，上海：上海古籍出版社，1982年，第300页。
③魏庆之编、王仲闻校：《诗人玉屑》卷14，上海：上海古籍出版社，1982年，第301页。
④魏庆之编、王仲闻校：《诗人玉屑》卷14，上海：上海古籍出版社，1982年，第302页。
⑤魏庆之编、王仲闻校：《诗人玉屑》卷14，上海：上海古籍出版社，1982年，第311页。
⑥魏庆之编、王仲闻校：《诗人玉屑》卷14，上海：上海古籍出版社，1982年，第308页。
⑦魏庆之编、王仲闻校：《诗人玉屑》卷14，上海：上海古籍出版社，1982年，第309页。
⑧魏庆之编、王仲闻校：《诗人玉屑》卷14，上海：上海古籍出版社，1982年，第304页。
⑨魏庆之编、王仲闻校：《诗人玉屑》卷3，上海：上海古籍出版社，1982年，第61—70页。
⑩魏庆之编、王仲闻校：《诗人玉屑》卷4，上海：上海古籍出版社，1982年，第100—101页。
⑪(清)叶燮：《原诗·内篇》上，北京：人民文学出版社，1979年，第8页。

随所遇之人、之境、之事、之物，无处不发其思君王、忧祸乱、悲时日、念朋友、吊古人、怀远道，凡欢愉、幽愁、离合、今昔之感，一一触类而起。”[①]《玉屑》辑录论及杜诗题材的短札很多，如书中引《许彦周诗话》论杜甫“画山水诗，少陵数首，无人可继者……其间古风二篇，尤为超绝”[②]。引《少陵诗总目》论杜甫的纪行诗云：“两纪行诗：《发秦州至凤凰台》《发同谷县至成都府》，合二十四首……昔韩子苍尝论此诗笔力变化，当与太史公诸赞并驾。”[③]引《洪驹父诗话》论杜甫送人诗云：“有《送惠二归故居》诗……真子美语也。”[④]此外，书中卷三论及唐人句法多次以杜诗不同题材的诗歌为例，书中怀古类引杜诗三首，地名类、入画类分别引杜诗一首，咏物类、朝会类各引杜甫诗两首。[⑤]

其三，杜甫善于运用各种体制。杜甫不但擅于古体，近体诗也写得非常好，历来以诗体完备为人称道，胡应麟称：“备诸体于建安者，陈王（曹植）也；集大成于开元者，工部（杜甫）也。”[⑥]《玉屑》辑录《少陵诗总目》介绍杜甫创作古诗的成就，“《八哀诗》在古风中最为大笔，崔德符尝论斯文可以表里雅颂，中古作者莫及也。”[⑦]书中多次引用杨万里对杜甫五言古诗、七言古诗以及排律的赞誉，“五言古诗，……如少陵《羌村》、后山《送内》，皆有一唱三叹之声。”“七言长韵古诗，如杜少陵《丹青引》《曹将军画马》《奉先县刘少府山水障歌》等篇，皆雄伟宏放，不可捕捉。”“褒颂功德五言长韵律诗最要典雅重大，如杜子美云：‘凤历轩辕纪，龙飞四十春。八荒开寿域，一气转洪钧。’又云‘碧瓦初寒外，金茎一气旁。山河扶绣户，日月近雕梁。”[⑧]此外，书中对杜甫其他类型诗歌体式的创作也相当关注，如卷二以杜甫《卜居》为例谈“江左体”[⑨]，以杜甫《寒月诗》为例谈“偷春体”[⑩]，以杜甫《曲江三章》每章五句为例谈“五句法”[⑪]，引《苕溪渔隐丛话》称道杜甫的拗句，“此体本出于老杜，如‘宠光蕙叶与多碧，点注桃花舒小红。’”[⑫]杜甫还创作了六句诗、七言变体、绝句变体，书中多次以杜甫这类诗为例。[⑬]

其四，杜甫创作方法灵活多变。杜甫总结并发展了他之前的一切诗歌遗产并影响了他以后历时一千多年的诗歌史。他在创作中非常注重表现艺术，写景、状物、言情、述志耐人寻味，他的创作方法有了许多新发展。从《玉屑》汇辑的论杜诗创作技巧的短札来看，相比评论杜诗其他艺术特色的篇幅更长，数量更多，内容更为丰富。经过仔细分析，书中论杜诗的艺术技巧主要表现在四个方面：一是善于用字，其字体物细致，工妙至到。《玉屑》辑录了不少

---

①（清）：叶燮《原诗·内篇》下，北京：人民文学出版社，1979年，第17页。

②魏庆之编、王仲闻校：《诗人玉屑》卷14，上海：上海古籍出版社，1982年，第309页。

③魏庆之编、王仲闻校：《诗人玉屑》卷14，上海：上海古籍出版社，1982年，第312页。

④魏庆之编、王仲闻校：《诗人玉屑》卷14，上海：上海古籍出版社，1982年，第312页。

⑤魏庆之编、王仲闻校：《诗人玉屑》卷3，上海：上海古籍出版社，1982年，第58—59页。

⑥（明）胡应麟：《诗薮·内编》卷2，北京：中华书局，1958年，第33页。

⑦魏庆之编、王仲闻校：《诗人玉屑》卷14，上海：上海古籍出版社，1982年，第312页。

⑧魏庆之编、王仲闻校：《诗人玉屑》卷12，上海：上海古籍出版社，1982年，第264页。

⑨魏庆之编、王仲闻校：《诗人玉屑》卷2，上海：上海古籍出版社，1982年，第33页。

⑩魏庆之编、王仲闻校：《诗人玉屑》卷2，上海：上海古籍出版社，1982年，第34页。

⑪魏庆之编、王仲闻校：《诗人玉屑》卷2，上海：上海古籍出版社，1982年，第35页。

⑫魏庆之编、王仲闻校：《诗人玉屑》卷2，上海：上海古籍出版社，1982年，第37页。

⑬魏庆之编、王仲闻校：《诗人玉屑》卷2，上海：上海古籍出版社，1982年，第35—38页。

短札评价杜甫工于用字，如“陵阳论诗能尽写物之工”称：“杜少陵诗云：‘两个黄鹂鸣翠柳，一行白鹭上青天。’……极尽写物之工。”如《王彦辅序》称：“逮至子美之诗，……非特意语天出，尤工于用字。”[①]《石林诗话》称：“诗人以一字为工，世固知之。惟老杜变化开阖，出奇无穷，殆不可以形迹捕诘。如‘江山有巴蜀，栋宇自齐梁’，则其远数千里，上下数百年，只在‘有’与‘自’两字间，而吞山川之气，俯仰古今之怀，皆见于言外。滕王亭子‘粉墙犹竹色，虚阁自松声’，若不用‘犹’与‘自’两字，则余八字，凡亭子皆可用，不必滕王也。此皆工妙至到，人力不可及。而此老独雍容闲肆，出于自然，略不见其用力处。”[②]《玉屑》辑录的短札还充分肯定了杜甫善用虚字，也善于运用实字、响字、拗字、俗字、双字、连绵字。如引《诗眼》称：“老杜谢严武诗云：‘雨映行宫辱赠诗。’山谷云：只此‘雨映’两字，写出一时景物，此句便雅健。”[③]“诚斋论下字”称赞杜诗“弟子贫原宪，诸生老伏虔”云：“诗有实字，而善用之者以实为虚，杜诗中‘老’字盖用‘赵充国请行，上老之’之意。”[④]杜甫还善用双字，如引《石林诗话》称：“诗下双字极难。须使七言、五言之间，除去五字、三字外，精神兴致全见于两言，方为工妙。……当令如老杜‘无边落木萧萧下，不尽长江滚滚来’；与‘江天漠漠鸟双去，风雨时时龙一吟’等，乃为超绝。”[⑤]杜诗也善于下连绵字，如引《雪浪斋日记》称：“古人下连绵字不虚发。如老杜‘野日荒荒白，江流泯泯青。’……皆造微入妙。”[⑥]此外，书中卷三“眼用响字”“眼用拗字”“虚字妆句”“实字妆句”“首用虚字”和卷六“诚斋论用字”“善用俗字”还列举了大量杜甫善于用字的例子。

二是工于炼句。《玉屑》卷四“风骚句法”集中收录历代诗人五言联句 460 句，七言联句 200 句，其中，在“公明布卦”“碧海求珠”“游丝拖翠”“风转断蓬”“鳞处涸辙”“龙吟虎啸”“孤鸿出塞”“灵龟曳尾”“江南芳信”“袁安高卧”等 32 种句法共列举杜甫五言联句多达 82 句，占到近五分之一。此外，该卷所标举的杜诗七言联句也有 18 句。如“百川归海”标举杜诗“九天阊阖开宫殿，万国衣冠拜冕旒。”“香飘合殿春风转，花覆千官淑景移”。[⑦]“般输运斤”标举杜诗“樽当霞绮轻初散，棹拂荷珠碎却圆。”“林花着雨胭脂落（原文为“湿”），水荇牵风翠带长”等。[⑧]

三是善于使事。如《黄常明诗话》云：“子美多用经书语，如曰：‘车辚辚，马萧萧。’未尝外入一字。如曰：‘济潭鳣发发，春草鹿呦呦。’皆浑然严重。”[⑨]如书中“使事不为事使”称“哥舒翰与贼将崔乾祐战潼关，见黄旗军数百队，……”子美诗所谓“玉衣晨自举，铁马汗常趋”盖记此事也。[⑩]“用事要无迹”引杜甫语云：“作诗用事，要如禅家语‘水中着盐，饮水乃知盐味。’此

---

①魏庆之编、王仲闻校：《诗人玉屑》卷 14，上海：上海古籍出版社，1982 年，第 302 页。

②魏庆之编、王仲闻校：《诗人玉屑》卷 14，上海：上海古籍出版社，1982 年，第 306 页。

③魏庆之编、王仲闻校：《诗人玉屑》卷 3，上海：上海古籍出版社，1982 年，第 48 页。

④魏庆之编、王仲闻校：《诗人玉屑》卷 6，上海：上海古籍出版社，1982 年，第 139 页。

⑤魏庆之编、王仲闻校：《诗人玉屑》卷 6，上海：上海古籍出版社，1982 年，第 144 页。

⑥魏庆之编、王仲闻校：《诗人玉屑》卷 6，上海：上海古籍出版社，1982 年，第 144 页。

⑦魏庆之编、王仲闻校：《诗人玉屑》卷 4，上海：上海古籍出版社，1982 年，第 102 页。

⑧魏庆之编、王仲闻校：《诗人玉屑》卷 4，上海：上海古籍出版社，1982 年，第 103 页。

⑨魏庆之编、王仲闻校：《诗人玉屑》卷 14，上海：上海古籍出版社，1982 年，第 304 页。

⑩魏庆之编、王仲闻校：《诗人玉屑》卷 7，上海：上海古籍出版社，1982 年，第 147 页。

说，诗家秘密藏也。如'五更鼓角声悲壮，三峡星河影动摇。'人徒见凌轹造化之工，不知乃用事也。《祢衡传》：'挝渔阳掺，声悲壮。'《汉武故事》：'星辰动摇，东方朔谓民劳之应。'则善用事者，如系风捕影，岂有迹耶！"①

四是善用对偶。如书中论"佳对"以杜诗为例，"杜诗有'自天题处湿，当暑著来清。'"②论"借对"以杜诗为例，"杜子美诗：'饮子频通汗，怀君想报珠。'以'饮子'对'怀君'，亦'齿录''牙绯'之比也。"③论假对，也以杜诗为例，"诗家有假对，本非用意，盖造语适到，因以用之。若杜子美'本无丹灶术，那免白头翁。'……'丹'对'白'，'爵'对'鱼'，皆偶然相值，立意下句，初不在此。"④

此外，书中也论及杜诗长于托物起兴。如"托兴"引《三山老人语录》云："子美登慈恩寺塔诗，讥天宝时事也。"⑤"托物"引《渔隐》云："觉范《禁脔》云：杜子美诗，言山间野外事，意在讥刺风俗。"⑥书中还论及杜诗讲究押韵，如引杜甫《饮中八仙歌》论杜诗"重押韵"："此歌三十二句，而押二'船'字，二'眠'字，二'天'字，三'前'字。……盖子美古律诗重用韵者亦多，况于歌乎！⑦

如上所述，《玉屑》所录论杜短札搜辑全面，观点丰富，反映出宋人对杜甫的评价已经形成共识，即普遍认为他是上继《诗经》以来至唐代最伟大的诗人，他的诗歌成就超越了李白，也超越了唐代其他诗人以及六朝诗人，在创作上的成就前无古人，后无来者。宋人将杜甫视为诗家的偶像，将他这位兼具古代诗人与文人优点的典范塑造成为名正言顺的百代之祖，使他在三百余年的宋诗创作中发挥了至为重要的启后功能。值得注意的是，《玉屑》作为一部资料汇编性质的著作，虽然并不直接对诗人及其诗歌进行主观评价，也未明确提出自己的诗学主张，但是如若仔细体味书中论杜的内容，分析该书编写的方法和特色，可以发现编者魏庆之不仅重视对杜诗创作艺术的总结与介绍，还多次强调诗歌创作必须以杜甫为榜样，强调学习杜诗的技法对创作至关重要，如引《唐子西语录》称："作文当学司马迁，作诗当学杜子美。"⑧至于如何学杜，书中也提出了一些具体的要求，并介绍了一系列切实可行的方法和路径。

首先，学杜要识别杜诗的总体特征，即了解杜子美体。书中引用严羽的短札介绍杜诗被人誉为"杜子美体""少陵体"，如严羽称："诗体……以人而论，则有苏李体、曹刘体……少陵体、太白体。"⑨"有律诗彻首尾对者。少陵多此体，不可概举。"⑩书中还引用杨万里的论述，将杜诗与李白诗进行比较，介绍杜诗独特的艺术特征，"'问君何意栖碧山，笑而不答心自闲。

---

①魏庆之编、王仲闻校：《诗人玉屑》卷7，上海：上海古籍出版社，1982年，第148页。
②魏庆之编、王仲闻校：《诗人玉屑》卷7，上海：上海古籍出版社，1982年，第169页。
③魏庆之编、王仲闻校：《诗人玉屑》卷7，上海：上海古籍出版社，1982年，第170页。
④魏庆之编、王仲闻校：《诗人玉屑》卷7，上海：上海古籍出版社，1982年，第171页。
⑤魏庆之编、王仲闻校：《诗人玉屑》卷9，上海：上海古籍出版社，1982年，第196页。
⑥魏庆之编、王仲闻校：《诗人玉屑》卷9，上海：上海古籍出版社，1982年，第198页。
⑦魏庆之编、王仲闻校：《诗人玉屑》卷7，上海：上海古籍出版社，1982年，第162—164页。
⑧魏庆之编、王仲闻校：《诗人玉屑》卷14，上海：上海古籍出版社，1982年，第302页。
⑨魏庆之编、王仲闻校：《诗人玉屑》卷2，上海：上海古籍出版社，1982年，第25页。
⑩魏庆之编、王仲闻校：《诗人玉屑》卷2，上海：上海古籍出版社，1982年，第29页。

桃花流水窅然去，别有天地非人间。'又'相随遥遥访赤城，三十六曲水回萦。一溪初入千花明，万壑度尽松风声。'此李太白诗体也。'麒麟图画鸿雁行，紫极出入黄金印。'又'白摧朽骨龙虎死，黑入太阴雷雨垂。'又'指挥能事回天地，训练强兵动鬼神。'又'路经滟滪双蓬鬓，天入沧浪一钓舟。'此杜子美诗体也。"①

其次，学杜应该努力提高诗歌创作修养，要坚持不懈地锤炼创作技法，要有精益求精的创作态度和追求。关于提高诗歌创作修养，书中引《东皋杂录》叙及老杜力学之功，强调阅读的重要性，"有问荆公：老杜诗何故妙绝古今？公曰：老杜固尝言之，'读书破万卷，下笔如有神。'"②关于锤炼创作技法，书中引葛常之语强调杜甫重视炼字，善于炼字，炼字的方法灵活多样，"作诗在于炼字。如老杜'飞星过水白，落月动沙虚。'是炼中间一字。'地拆江帆隐，天清木叶闻。'是炼末后一字。酬李都督早春诗云：'红入桃花嫩，青归柳叶新。'若非'入'与'归'二字，则与儿童之诗何异！"③书中列举了大量介绍杜甫善于用字、经常炼字、改字的例子，如引《漫叟诗话》介绍杜甫改"桃花细逐杨花落，黄鸟时兼白鸟飞"诗句的故事，"李商老云：'尝见徐师川说，一士大夫家，有老杜墨迹，其初云：'桃花欲共杨花语'，自以淡墨改三字，乃知古人字不厌改也。不然，何以有日锻月炼之语。'"④书中引用韩驹、吕本中的论述介绍杜甫经常改诗，如韩驹称："赋诗十首，不若改诗一首，少陵有'新诗改罢自长吟'之句，虽少陵之才，亦须改定。"⑤吕本中称："老杜云：'新诗改罢自长吟。'文字频改，工夫自出。"⑥此外，书中还多次介绍杜甫勤于学习、模仿，如杨万里评论杜甫善于学习与模仿南朝何逊、庾信的诗句，通过翻新出奇超越前人，"句有偶似古人者，亦有述之者。杜子美《武侯庙诗》云：'映阶碧草自春色，隔叶黄鹂空好音。'此何逊《行孙氏陵》云：'山莺空树响，垄月自秋晖'也。杜云：'薄云岩际宿，孤月浪中翻。'此庾信'白云岩际出，清月波中上'也。'出''上'二字胜矣。阴铿云：'莺随入户树，花逐下山风。'杜云：'月明垂叶露，云逐渡溪风。'又云：'水流行地日，江入度山云。'此一联胜。庾信云：'永韬三尺剑，长卷一戎衣。'杜云：'风尘三尺剑，社稷一戎衣。'亦胜庾矣。"⑦

最后，学杜不仅要关注诗歌创作的艺术形式和技巧，还要重视诗歌的立意和趣味。

《玉屑》论杜表现出对其诗歌的意味、趣味及艺术表现效果的欣赏。书中充分汲取了南宋诗人与诗评家杨万里、朱熹及严羽等人诗学的精华。其中，魏庆之对严羽的诗学最为重视，引用的时候更是精心安排，"其书于《沧浪诗话》几全部录入，而于各条先后分名之间，每觉是书所引，较今传各本为胜"⑧。魏庆之对杨万里的诗说也十分关注。众所周知，杨万里的"诗味说"在当时产生了非常大的影响。他在《江西宗派诗序》确立了以"味"评诗的审美宗

---

①魏庆之编、王仲闻校：《诗人玉屑》卷2，上海：上海古籍出版社，1982年，第16—17页。

②魏庆之编、王仲闻校：《诗人玉屑》卷14，上海：上海古籍出版社，1982年，第307页。

③魏庆之编、王仲闻校：《诗人玉屑》卷8，上海：上海古籍出版社，1982年，第172页。

④魏庆之编、王仲闻校：《诗人玉屑》卷8，上海：上海古籍出版社，1982年，第175页。

⑤魏庆之编、王仲闻校：《诗人玉屑》卷8，上海：上海古籍出版社，1982年，第175页。

⑥魏庆之编、王仲闻校：《诗人玉屑》卷8，上海：上海古籍出版社，1982年，第176页。

⑦魏庆之编、王仲闻校：《诗人玉屑》卷8，上海：上海古籍出版社，1982年，第179页。

⑧郭绍虞：《宋诗话考》，北京：中华书局，1985年，第107页。

旨:“江西宗派诗者,诗江西也,人非皆江西也。人非皆江西,而诗曰江西者何? 系之也。系之者何? 以味不以形也。”[①]他在《颐庵诗稿序》又进一步提出了著名的“去词”“去意”而惟取诗“味”的观点:“夫诗,何为者也? 尚其词而已矣? 曰:‘善诗者去词。’然则尚其意而已矣? 曰:‘善诗者去意。’”[②]其中,“去词”“去意”即是他认为的“味”。《玉屑》汇辑的论杜短札,以杨万里的条目最多,达到 11 条,分别出现在卷一(2)、卷六(1)、卷八(3)、卷一二(4)和卷一四(1)等卷。

《玉屑》既关注杨万里的“诗味说”,也非常重视朱熹的诗学,书中反复引用两人有关诗“意”的论述。如卷六“命意”收录“古诗之意”“晦庵论诗有两重”“有浑然意思”“诚斋论句外之意”“意在言外”“有不尽之意”“含意”“委曲”等短札,卷九“托物”收录“托物以寓意”“子美托物”,卷十“含蓄”收录“句含蓄意含蓄”“子美含蓄”“语意有无穷之味”,“诗思”收录“诗味”等短札。《玉屑》中还有大量短札强调诗歌创作应讲究立意,不但要注意立“意”,而且“意”要新,意要“不尽”,意要“见于言外”,诗意不能毕露无遗,要“含不尽之意”。书中还多次论及“比兴”“寄托”的重要性,强调诗意应含蓄,要注重诗歌的表现艺术,如引《漫斋语录》论及杜诗含蓄不露,“诗文要含蓄不露,便是好处。……下语六分,可追李杜;下语十分,晚唐之作也。用意要精深,下语要平易,此诗人之难。”[③]于“句含蓄意含蓄”论及杜诗富有诗味、诗意,“诗有句含蓄者,老杜曰:‘勋业频看镜,行藏独倚楼。’……也有句、意俱含蓄者,如《九日》诗曰:‘明年此会知谁健,更把茱萸仔细看。’”[④]又引《渔隐》称:“《戏作花卿歌》云:……‘人道我卿绝世无,既称绝世无,天子何不唤取守京都。’语句含蓄,盖可知矣。”[⑤]《玉屑》关于诗“命意”“立意”的论述,反映出魏庆之能够从诗的鉴赏角度出发,提出作诗应当重视诗的审美韵味,对江西诗派在前期重视诗法、重视诗歌艺术形式追求进行了补偏救弊,这既是对杨万里“诗味说”的继承,也是对晚唐司空图“味外之旨”“韵外之致”理论以及欧阳修、梅尧臣“意新语工”“意在言外”说的发展。

总的来说,《玉屑》论评杜甫,迥异于胡仔《苕溪渔隐丛话》注重对杜甫思想经历、诗歌创作背景进行客观呈现,也有别于张戒《岁寒堂诗话》着眼于落实字句,侧重于发掘杜诗中的“微言大义”“一饭未尝忘君”的忧国精神。不但囊括了宋人对杜诗综合性、经典性的论述,也列举了大量宋人学杜、品杜的事例。既有系统的理论性,也有较强的实用性,较为全面地反映了杜诗风格、题材、体式等方面的特点,重视对杜诗形式、技巧的介绍,对于论评杜诗内涵、意味的诗学短札也能够兼收并蓄,体现了南宋诗学发展的新趋势,为爱好、学习诗歌的人们提供了切实可行的方法指导,基本上实现了作者魏庆之编撰《玉屑》的目的,即如书中所云:“诗说之作,非为能诗者作也;为不能诗者作,而使之能诗。能诗而后能尽吾之说,是亦为能诗者作也。”[⑥]不过,尽管魏庆之在编排体制上下过一番功夫,《玉屑》辑录的论杜诗学资料从

①(南宋)杨万里著、辛更儒校《杨万里集笺校》卷 79《江西诗派诗序》,北京:中华书局,2007 年,第 3230 页。

②(南宋)杨万里著、辛更儒校《杨万里集笺校》卷 83《颐庵诗集序》,北京:中华书局,2007 年,第 3332 页。

③魏庆之编、王仲闻校:《诗人玉屑》卷 10,上海:上海古籍出版社,1982 年,第 209 页。

④魏庆之编、王仲闻校:《诗人玉屑》卷 10,上海:上海古籍出版社,1982 年,第 210 页。

⑤魏庆之编、王仲闻校:《诗人玉屑》卷 10,上海:上海古籍出版社,1982 年,第 210 页。

⑥魏庆之编、王仲闻校:《诗人玉屑》卷 1,上海:上海古籍出版社,1982 年,第 12 页。

总体上具有篇幅简短精要、内容集中明确等特点，南宋黄昇曾称赞该书："凡升高自下之方，由粗入精之要，靡不登载……有补于诗道者，尽择其精而录之。""其格律之明，可准而式；其鉴裁之公，可研而核；其斧藻之有味，可咀而食也……方今海内诗人林立，是书既行，皆得灵方。"[①]但由于作者认为有必要的诗学材料就都编选进来，书中仍出现了一些不足，如体例繁碎，混淆他评，沿袭多而创新少，在严密的体例下具体操作时编撰形式显得不足，在引文上删节或断章取义处亦不少，造成了不少讹误，而且选录引文内容时有时将能够重点说明主旨的内容删减掉，[②]这些问题在一定程度上影响与限制了人们对《玉屑》论杜诗学意义与理论价值的认识与评价。关于这一点，需要阅读者和研究者注意。

①魏庆之编、王仲闻校：《诗人玉屑·序》，上海：上海古籍出版社，1982年，第2页。

②李艳婷：《〈诗人玉屑〉诗学思想研究》，北京：光明日报出版社，2013年，第215—216页。

宋代"诗史"说举隅

潘玥
（成都杜甫草堂博物馆　《杜甫研究学刊》编辑部　成都　610072）

孟棨《本事诗》认为，李白入长安时获致贺知章称赏和后来被玄宗"优诏罢遣"以及"流落江外"时被"永王招礼"等"本事"，在杜甫的《寄李十二白二十韵》一诗中得到了全面而深刻的表现，即所谓"杜所赠二十韵，备叙其事。读其文，尽得其故迹。杜逢禄山之难，流离陇蜀，毕陈于诗，推见至隐，殆无遗事"。① 因为杜甫的这首诗歌将李白一生中的大事记录下来，就如同用诗歌的形式给李白作传一样，因此"当时号为'诗史'"[1]P37－38。可见，直至孟棨的时代，"诗史"还是一个特指概念。但这样的情况在宋代发生了变化，"诗史"概念由特指不断泛化，正如张晖《重读〈本事诗〉："诗史"概念产生的背景与理论内涵》一文所说："整个宋代……没有人注意到'诗史'概念的第一次提出是依附在李白故事之上的。但这种忽视，反而也使得'诗史'概念在宋代得到充分的发展和演变，内涵也不断得到深化和丰富。"[2]P39 可以说，"诗史"精神成为宋人进行杜诗评注、杜集编纂、年谱编纂等的一个重要理论出发点，是宋代杜诗学的一个重要组成部分。学界对此已有详尽的研究，不再赘述。本文所关心的是，在整个宋代都对杜诗冠以"诗史"称号而津津乐道的时候，有没有人从相反的角度来看待这一问题呢？是不是到了明代特别是以杨慎为代表的学者才开始对"诗史"说表示异议呢？在笔者看来，答案是否定的。宋代已有人对"诗史"说表达了不同的意见，本文将其称为非"诗史"说，拟对此进行一些简要的分析，以求教于方家。

一、"'诗史'不足以言之也"

在说明唐宋人对杜甫诗歌接受的不同时，叶茵的《少陵骑蹇驴图》颇值得我们注意：

帽破衣宽骨相寒，为花日日醉吟鞍。时人只道题风月，后世将诗作史看。[1]P912

所谓"时人只道题风月"，其含义大致如白居易《与元九书》中批评诗人们只知道"嘲风

---

①（清）仇兆鳌：《杜诗详注》卷八引王嗣奭云："此诗分明为李白作传，其生平履历备矣。"

月，弄花草”，即便是杜甫的诗歌，具有“风雅比兴”性质者也不过“十三四”而已。此处我们不去评论白居易的这一说法，但我们可以看到，依照他的诗歌标准，他对杜甫的诗歌创作是不太满意的。从杜甫诗歌接受史来看，我们知道，尽管元稹、韩愈对杜甫有过高度的赞誉，但唐人从整体上而言对杜甫是不太重视的，这从现存唐人选唐诗多不选杜甫诗即可看出。①

如果说，唐人选唐诗不足以证明杜甫是“二流诗人”的话，②至少可以证明唐人未将杜甫定为诗中一尊，而这样的情况到了宋代发生了彻底的变化。除宋初尚有人不太重视杜甫诗歌，如杨亿称杜甫为“村夫子”等少数情况外，宋人普遍认为杜甫在千百年来众多诗人中，仅一人而已。③ 在宋人推尊杜甫的各种原因中，叶茵所谓的“后世将诗作史看”是其中一个重要因素，这也是宋人普遍热衷于以“诗史”称赏杜诗的原因。从根本上来说，这是一种将杜甫身份从诗人向史家进行转化的思路，认为“诗人”不足以表达对杜甫的尊崇，而“诗史”则可以实现这一目标。所以，尽管宋代也有人用“诗史”评赏白居易、聂夷中的诗作，④但未能得到人们的普遍认同，而“诗史”一词最终成为杜甫诗独享的一顶桂冠。

然而，宋代还有人认为，就是“诗史”一语也不足以表达对杜甫的尊崇，他们在如何才能表达杜甫的崇高地位这个问题上对“诗史”说提出了一些不同的意见，代表人物如李纲、陆游、魏了翁。我们先来看以下李纲的说法：

杜陵老布衣，饥走半天下。作诗千万篇，一一干教化。是时唐室卑，四海事戎马。爱君忧国心，愤发几悲咤。孤忠无与施，但以佳句写。风骚到屈宋，丽则凌鲍谢。笔端笼万物，天地入陶冶。岂徒号“诗史”，诚足继风雅。使居孔氏门，宁复称赐也。残膏与剩馥，霑足沾丐者。呜呼诗人师，万世谁为亚？（《读四家诗选四首·子美》）[1]P275-276

诗歌说得非常清楚：杜甫的“千万篇”诗歌，可以上继“风雅”，起到“一一干教化”的巨大作用，因此不能仅用“诗史”来称号它们。和李纲一样，陆游的《读杜诗》也认为“诗史”不足以表达杜甫的崇高地位：

千载诗亡不复删，少陵谈笑即追还。常憎晚辈言“诗史”，《清庙》《生民》伯仲间。[1]P614

李纲、陆游显然是从杜诗内容的角度来否定“诗史”说的，如果我们对此作一点儿合理的引申，在他们二人看来，与其将杜诗称为诗中之“史”，还不如将杜诗称为诗中之“经”更能表

①杨经华：《百年歌自苦，未见有知音——杜诗在唐、五代接受情况的统计分析》，载《杜甫研究学刊》，2004年第3期。

②张起：《牛渡马浡皆有意 不许后生漫涂鸦——唐人选本不选杜诗不能证明杜甫是二流诗人》，载《杜甫研究学刊》，2009年第3期。

③如孙仅《读杜工部诗集序》云：“风雅而下，唐而上，一人而已。”葛立方《韵语阳秋》卷一云：“杜甫诗，唐朝以来一人而已。”

④如王楙《野客丛书》卷二十七云：“白乐天诗多纪岁时，……亦可谓‘诗史’者焉。”阮阅《诗话总龟前集》卷五引《诗史》云：“聂夷中，河南人。有诗曰：二月卖新丝，五月粜新谷。医得眼前疮，剜却心头肉。孙光宪谓有三百篇之旨。此亦为‘诗史’。”

达对杜甫的尊敬。这是对杜甫思想、精神的一种极高推崇,与王安石《杜甫画像》、苏轼《王定国诗集叙》等侧重于从思想内容的角度推崇杜甫的做法一脉相承。

同样是对杜诗的推崇,黄庭坚则更多侧重于艺术形式方面,他常对后学指示杜诗句法即是明显的例子。① 在《大雅堂记》中,他更明确地指出杜诗妙处"乃在无意之意"的艺术特质。魏了翁继承了黄庭坚的说法,他在《侯氏少陵诗注序》中说:

黄公鲁直尝谓,子美诗妙处乃在无意之意。夫无意而意已至,非广之以《国风》《雅》《颂》,深之以《离骚》《九歌》,安能咀嚼其意味,闯然入其门邪?故使后生辈自求之,则得之深矣。予每谓知子美诗,莫如鲁直,盖子美负抱瑰特,而生不逢世,仅以诗文陶写情性,非若词人才士媲青配白以为工者,往往辨方域,书土实,而居者有不尽知;讥时政,品人物,而主人习其读,不能察。盖鲁直所谓闯乎《骚》《雅》者为得之,而"诗史"不足以言之也。[1]P804

应该说,魏了翁对黄庭坚的原意是有所"误读"的,黄氏的本意是指导学者如何更好地解读杜诗,要求学者要像理解《骚》《雅》一样来理解杜诗,而不是说杜诗已经"闯乎《骚》《雅》"。但这显然是一种有意识的"误读",其目的就是为了将杜诗上升到《骚》《雅》的高度,从而证明自己"'诗史'不足以言之也"的观点。

除《侯氏少陵诗注序》外,魏了翁还在《程氏东坡诗谱序》中发表了对"诗史"的看法:

杜少陵所为号"诗史"者,以其不特模写物象,凡一代兴替之变寓焉。[3]P1

所谓"寓",也就是上引《侯氏少陵诗注序》中的"讥时政、品人物,而主人习其读,不能察"的意思。"一代兴替之变"是杜诗成为"诗史"的内容要素,但这是通过"模写物象"的"寓"的方式来实现的,而不是直露无遗地进行陈述,就如《诗》的"主文而谲谏"、《骚》的"香草美人"一样,这就是他认为杜诗"闯乎《骚》《雅》"的意思。可见,魏了翁说"'诗史'不足以言之",固然和李纲、陆游一样,都是从如何更恰当地表达出对杜甫的尊崇这一点来反对"诗史"的,但和李、陆二人还是有所不同。李、陆更强调杜诗忠君爱国等思想内容方面的特质,魏了翁则强调杜诗在艺术表现方面的成就。

前文说到,宋人也有将白居易、聂夷中诗称为"诗史"的,但最终并未得到人们的认同,其中一个原因就是他们的诗歌太过于"拙直"。如下二则材料云:

白乐天诗词甚工,然拙于纪事,寸步不遗,犹恐失之,此所以望老杜之藩垣而不及也。(苏辙《诗病五事》)[1]P112

诗要干教化,若似聂夷中辈,又太拙直矣。(《诗史》)[4]P66

---

①如《与王观复书》其二云:"但熟观杜子美到夔州后古律诗,便得句法。"又如《与洪甥驹父》其二云:"大体作省题诗,尤当用老杜句法。"又如《答王子飞书》云:"其(指陈师道)作诗渊源,得老杜句法。"等等。

白居易之诗确实能“纪事”，如王楙《野客丛书》卷二十七云：“白乐天诗多纪岁时，每岁必纪其气血之如何与夫一时之事。”[5]P399 然而却“寸步不遗”；聂夷中诗也确实能“干教化”，然而却“太拙直”，因此他们的“诗史”称号仅是昙花一现。

然而，从白、聂曾被赋予“诗史”称号的事实可以看出，有人在界定“诗史”时，只注重诗歌内容方面如“纪事”“干教化”的因素而不去考虑其表达是否“拙直”，这看似是对“诗史”的称赏，实际上却贬低了“诗史”。魏了翁上述二序正是针对这种流弊而发，一方面承认杜诗为“诗史”，另一方面又认为“‘诗史’不足以言之”，看似矛盾的说法中，反映出来的是对人们只强调“史”的特质而将“诗史”定位为“纪事”“干教化”的不满，呼吁从“诗”的角度去认识“诗史”也有“含蓄蕴藉”①的一面。其思路正如杨慎一方面称赞刘因《书事》、宋无《咏王安石》为“诗史”[6]P492，另一方面又对宋人的“诗史”说大加挞伐一样。

二、“诗人之言，类多过实”

在宋人“诗史”说的诸多内涵中，叙事真实是其中很重要的一个方面，类似论述可谓比比皆是，如王得臣《麈史》卷中云：

> 白傅自九江赴忠州，过江夏，有《与卢侍御于黄鹤楼宴罢同望》诗曰：“白花浪溅头陀寺，红叶林笼鹦鹉洲。”句则美矣，然头陀寺在郡城之东绝顶处，西去大江最远，风涛虽恶，何由及之？或曰：甚之之辞，如“峻极于天”之谓也。予以谓世称子美为“诗史”，盖实录也。[1]P96

自“白傅”到“之谓也”一直都在讨论白居易诗的问题，而结尾一下子归结到“诗史”的说法上来，王得臣的这一叙述显得非常突兀。然而，如果我们仔细体味，却不难发现，王得臣是将杜甫诗歌作为评诗标准，然后持此标准去衡量白居易的作品。当别人用《诗・崧高》“峻极于天”的先例来为白诗“白花浪溅头陀寺”的夸张进行辩解时，王得臣虽不能否定这种说法，但在他看来，“白花浪溅头陀寺”毕竟不够完美，因为它不是“实录”。此处的“实录”，其基本含义就是真实。也就是说，王得臣是以“真实”来作为“诗史”的基本内涵的。其实，不仅是王得臣，其他宋人也往往将“真实”视为“诗史”的内涵，其典型例子如：

> 沈存中《笔谈》云：“《武侯庙柏诗》：‘霜皮溜雨四十围，黛色参天二千尺。’四十围乃是径七尺，无乃太细长乎？”予谓存中性机警，善《九章算术》，独于此为误，何也？古制以围三径一，四十围即百二十尺，围有百二十尺，即径四十尺矣，安得云七尺也？若以人两手大指相合为一围，则是一小尺，即径一丈三尺三寸，又安得云七尺也？武侯庙柏，当从古制为定，则径四十尺，其长二千尺宜矣，岂得以太细长讥之乎？老杜号为“诗史”，何肯妄为云云也？（黄朝英《湘素杂记》）[7]P53
>
> 真宗尝曲宴群臣于太清楼，君臣欢洽，谈笑无间。……上遽问：“唐酒价几何？”无能对

①杨慎反对宋人“诗史”说的主要依据就是宋人不能学杜诗的“含蓄蕴藉”的一面，故撰出“诗史”一词来评价杜诗。见《升庵诗话》卷十一。

者。惟丁晋公对曰："唐酒每升三十。"上曰："安知？"丁曰："臣尝见杜甫诗曰：'早来相就饮一斗，恰有三百青铜钱。'是知一升三十文。"上喜曰："甫之诗，自可为一时之史。"（释文莹《玉壶野史》卷一）[1]P116

黄朝英之所以不厌其烦地以"古制"对"四十围"进行计算，即因其指导思想是"诗史"是不会乱说的，自然对武侯庙前柏树的描写也是真实的；宋真宗则认为杜甫的诗歌真实地记录了唐代的酒价，可以当作"史"一样来看待。更有甚者如：

又尝与蜀士黄文叔裳食花榫，因问蜀中有此乎？黄曰：此物甚多，正出阆州，杜诗所谓"黄知橘柚来"，极为佳句。然误矣。曾亲到苍溪县，顺流而下，两岸黄色照耀，真似橘柚，其实乃此榫也。问之土人，云：工部既误以为橘柚，有好事者欲为之解嘲，为于其处大种橘柚，终以非其土宜，无一活者。（楼钥《答杜仲高（旃）书》）[1]P667

如果说，好事者出于"为尊者讳"的原因而做出违背自然规律的事尚情有可原的话，叶梦得的错误则印证了"尽信书不如无书"的道理：

杜子美诗云："西窗竹影薄，腊月更须栽。"余旧用其言，每以腊月种，无一竿活者。（《避暑录话》卷上）[1]P226

以上几则材料似可将多数宋人的认识概括为："诗史"即真实。然而，正如楼钥与叶梦得的记载显示，这样的认识显然会出现问题，以下我们以两则针对"二千尺"和"酒价"的材料为例来看：

文士言数目处，不必深泥，此如九方皋相马，指其大略，岂可拘以尺寸？如杜陵《新松》诗："何当一百丈，欹盖拥高檐。"纵有百丈松，岂有百丈之檐？汉通天台可也。又如《古柏行》："黛色参天二千尺。"二千尺，二百丈也，所在亦罕有二百丈之柏。此如晋人"峨峨如千丈松"之意，言其极高耳，若断断拘以尺寸，则岂复有千丈松之理？仆观诸杂记深泥此等语，至有以九章算法算之，可笑其愚也。（王楙《野客丛书》卷二十五）[1]P748

《玉壶清话》：真宗问近臣："唐酒价几何？"丁晋公奏曰："每升三十。杜甫诗曰：'速须相就饮一斗，恰有三百青铜钱。'"与时尝因是戏考前代酒价，多无传焉，惟汉昭帝罢榷酤之时，卖酒升四钱，明著于史。刘贡父云："所以限民不得厚射利"是已。《典论》谓：孝灵末，百司湎酒，酒千文一斗。曹子建乐府："归来宴平乐，美酒斗十千。"此三国之时也。然唐诗人率用此语，如李白："金樽清酒斗十千。"王维："新丰美酒斗十千。"白乐天"共把十千酤一斗。"又"软美仇家酒，十千方得斗。"又"十千一斗犹赊饮，何况官供不著钱。"崔辅国"与酤一斗酒，恰用十千钱。"郎士元六言绝句："十千提携一斗，远送潇湘故人。"皆不与杜诗合。或谓诗人之言，不皆如诗史之可信，然乐天诗最号纪实者，岂酒有美恶，价不同欤？抑何其辽绝耶？（赵与时《宾退录》卷三）[1]P923

在王楙看来，时人以九章算法进行计算来印证“诗史”必不妄言的做法不但愚蠢，而且掩盖了杜诗的夸张手法，反而影响了对该诗艺术特质的欣赏。赵与时则以丰富的材料，对时人认为“诗史”可信的观点进行了有力的反驳。

其实，就是那些倡言“诗史”者，也对杜诗的真实性有所怀疑，如蔡居厚即是如此，一方面他说：“子美诗善叙事，故号‘诗史’。其律诗多至百韵，本末贯串如一辞，前此盖未有。”[1]P175另一方面，杜甫在《苏大侍御访江浦赋八韵记异》一诗中将苏涣比作庞德公也使他认识到：“诗人之言，类多过实，而所毁誉，尤不可尽信。”[1]P171又如董居谊《黄氏补注杜诗序》云：“工部虽号‘诗史’，凡所记述，非必如《春秋》书法之密。”[8]P200也对“诗史”的说法提出了疑问。最有代表性的当属沈洵，其《韵语阳秋序》云：

韩愈疑《石鼓》之篇，不入于诗，而杜子美之诗，世或称为“诗史”。夫以《诗》三百篇皆出圣人之手，其不合于礼义者，固已删而弗取，岂容致疑其间。子美诗虽比物叙事，号为精确，然其忧喜怨怼，感激愤叹之际，亦岂容无溢言。余以是知观古人文辞者，必先质其事，而揆之以理。言与事乖，事与理违，则虽记言之史，如《书》之《武成》，或谓不可尽信；质于事而合，揆之理而然，则虽闾巷之谈，童稚之谣，或足传信于后世，而况文士之辞章哉！[1]P456

如大多数宋人一样，沈洵也承认杜诗有“比物叙事，号为精确”的特点，然而在他看来，即便是史书也不可尽信，何况杜甫在写诗之际，受到“忧喜怨怼，感激愤叹”等感情因素的影响，因此他的“比物叙事”势必会有所“溢言”，而不可能做到真正的“精确”。应该说，沈洵的这种认识是相当高明的，他对“诗”与“史”两个要素都进行了恰当的考虑，从“史”的角度来说，杜甫较他人而言，确实在叙事精确方面做得更好一些，这也是人们称杜诗为“诗史”的主要原因之一。但是，“诗史”也不可尽信，因为杜甫毕竟是在写诗，而不是在写史，诗歌要求抒发感情的特质必然会影响到其叙事的精确性。沈洵对于人们单纯地从“史”的角度来认识杜诗进行了否定，而认为在评价杜诗时还须考虑到其“诗”的属性，尽管他没有对此进行特别的强调，但在宋人普遍强调“诗史”的叙事功能时，他则从诗歌抒情的角度来反思时人的“诗史”观，这对于人们如何更好地认识杜诗无疑是具有意义的。

结语

苏轼在《次韵孔毅甫集古人句见赠五首》其三中感叹道：“天下几人学杜甫，谁得其皮与其骨。”[1]P99其实，东坡此语移用到宋人的“诗史”说上也能成立：天下纷纷谈“诗史”，谁得“诗史”真精神？对于大多数宋人来说，“诗史”几乎成为一个人云亦云的口头禅。一方面“诗史”说为时人学习、研究杜诗提供了一个理论基础和方法，但另一方面又对人们客观、全面地认识杜诗造成了一定的人为障碍，特别是那些对“诗史”的机械主义理解，更是对杜诗真实的歪曲，因此自然会遭到反拨，大致来说，宋人的反驳“诗史”有以下三个主要原因：

其一，宋人的富于理性精神是他们反拨“诗史”说的思想基础。我们从宋人《诗》学研究中的疑《序》、废《序》已能领略到他们不迷信权威、唯理是从的学术独立精神，杜诗研究也不例外。前引沈洵《韵语阳秋序》一再强调他从“诗史”说中获得的启发是：“余以是知观古人文辞者，必先质其事，而揆之以理。”从“事”“理”的角度出发反观“诗史”，其中便有许多刻板的认识不攻自破，如“‘诗史’何肯妄为云云也”“‘诗史’盖实录也”，等等。然而，我们从宋人的诗话、笔记等论诗资料中不难看到，人们围绕着“四十围”“酒价”等不断地进行讨论，即便赵与时认识到不能单凭杜诗来定唐时酒价，他也是用怀疑的口吻说：“岂酒有美恶，价不同欤？”这反映出，“诗史”说在宋代确实形成了巨大的影响。在这种背景之下，那些不迷信成说的人如沈洵等，是值得我们肯定的。

其二，宋代文化政策中的专制高压的一面与“诗史”精神形成冲突。宋代政治固然崇尚文治，重文轻武，文人的地位也相对有所提高，但各政治集团之间的斗争包括新旧党争依然使文人感受到极大的政治压力。众所周知，“乌台诗案”是古代史上真正意义上的第一个文字狱，诗歌成为人们进行政治斗争的工具。这样一来，政治便与“诗史”的揭露、批判精神形成了紧张的冲突。正如洪迈所感叹：“唐人歌诗，其于先世及当时事，直辞咏寄，略无避隐。至宫禁嬖昵，非外间所应知者，皆反复极言，而上之人亦不以为罪。……今之诗人，不敢尔也。”[1]P502－503洪迈所言的唐人歌诗的情况，“诗史”无疑是最吻合的。如“三吏、三别及同类作品，是‘诗史’的代表作。”[9]P3对于这些作品，江西诗派洪炎在《豫章黄先生退听堂录序》中评价说：“若察察言如老杜《新安》《石壕》《潼关》《花门》之什，白公《秦中吟》《乐游园》《紫阁村》诗，则几于骂矣。”[1]P165这显然是黄庭坚《答洪驹父书》其二中“东坡文章妙天下，其短处在好骂，慎勿袭其轨可也”[10]P474思想的延续。宋人的非“诗史”说也含有这种对后学“慎勿袭其轨”的谆谆教诲。

其三，“诗史”说对杜甫的极度推崇容易使后学迷信权威，不利于他们在创作中学习杜甫，也不利于评杜、注杜。先说学杜。对于学识修养极高的宋人而言，他们很容易发现杜诗也在诸如用典、音韵、对偶等方面存在着一些错误，然而他们在指出这些错误之后，往往加上一些补充说明，如孙奕《履斋示儿编》卷十云：“大手笔如老杜则可。”[1]P754又如范晞文《对床夜语》卷二云：“柳下惠则可，吾则不可。”[1]P982这样的说明显然是针对学诗者而言的。如果那些迷信“诗史”权威的后学将这样的说明改为“老杜可，吾亦可”，则对于他们的诗歌创作来说是很不利的，故而李朴在《与杨宣德书》中指出：“唐人称子美为‘诗史’者，谓能记一时事耳。至于‘安得广厦千万间’为《茅屋歌》、‘安得壮士提天纲’为《石犀行》、‘安得壮士挽天河’为《洗兵马》，又安在其不相袭也？”[1]P150李朴指出杜甫这三首被认定为“诗史”的作品存在句式因袭的现象，其目的就是为了告诫后学不可迷信“诗史“而盲目学习这样的句式。再看注杜。自黄庭坚提出杜诗“无一字无来处”后，宋人几乎普遍接受了这一观点，于是有人就将“无一字无来处”与“诗史”结合起来，如史绳祖《学斋占毕》卷四云：“先儒谓：韩昌黎文无一字无来处，柳子厚文无两字来处，余谓杜子美‘诗史’亦然。惟其字字有证据，故以‘史’名。”[1]P908既然“诗史”“无一字无来处”，那么在进行评注时必然要爬梳出每一字的“来处”，这就不免出现穿凿附会的情况，这当然会引起有识之士的不满，如文天祥《送赖伯玉入赣序》云：“少陵号‘诗史’，或曰：‘读书破万卷’，止用资得‘下笔如有神’耳，颇致不满。”[1]P973虽然我们不知此“或”为谁何氏，但他的说法无疑是有见地的，他连杜甫的“读书破万卷”也“颇致不满”，遑论那些辛辛苦苦翻“万卷”以注每字的“来处”者!

总之,在宋代杜诗学史上,持“诗史”说者固然是主流,但也不乏对“诗史”说进行反拨者,并非是要到了明代才有杨慎等开始对“诗史”说进行反拨。与“诗史”论者的强调“史”的属性相比,非“诗史”论者往往更加强调“诗”的特质;与迷信“诗史”权威而穿凿附会者相比,非“诗史”论者更加彰显理性精神,重视还原杜诗的真实。他们的论断同样是宋代杜诗学的一个组成部分,值得我们认真总结。

参考文献:

[1]华文轩:《古典文学研究资料汇编:杜甫卷(上编唐宋之部)》,北京:中华书局,1964 年。

[2]张晖:《重读〈本事诗〉:“诗史”概念产生的背景与理论内涵》,《杜甫研究学刊》,2007 年第 2 期。

[3]曾枣庄,刘琳:《全宋文(三一册)》,上海:上海辞书出版社,合肥:安徽教育出版社,2006 年。

[4]阮阅编、周本淳校点:《诗话总龟》,北京:人民文学出版社,1987 年。

[5]王楙撰,郑明、王义耀校点:《野客丛书》,上海:上海古籍出版社,1991 年。

[6]杨慎著、王仲镛笺证:《升庵诗话笺证》,上海:上海古籍出版社,1987 年。

[7]胡仔撰,廖德明校点:《苕溪渔隐丛话前集》,北京:人民文学出版社,1962 年。

[8]曾枣庄,刘琳:全宋文.(二八七册),上海:上海辞书出版社,合肥:安徽教育出版社,2006 年。

[9]周啸天,管遗瑞:《诗史新议》,《杜甫研究学刊》,2005 年第 2 期。

[10]刘琳,李勇先,王蓉贵校点:《黄庭坚全集》(第二册),成都:四川大学出版社,2001 年。

名岂文章著：论杜甫生前诗名为赋名所掩

孙微

（山东大学儒学高等研究院　济南　250100）

一、杜甫生前诗名的表现及学界的分歧与争论

杜甫的诗歌在其生前是颇遭冷遇的，主要表现在以下几个方面：第一，大历四年（769）春，杜甫在《南征》诗中哀叹道："百年歌自苦，未见有知音。"①第二，杜甫同时人编纂的几种唐诗选本，如芮挺章《国秀集》、元结《箧中集》、高仲武《中兴间气集》均未选录杜诗。第三，在杜甫参与的几次盛唐诗会中，未见有诗人对其诗作加以赞誉。如天宝十一载（752）秋，杜甫与高适、岑参、薛据、储光羲等人同登长安慈恩寺塔（即今大雁塔）互相作诗唱和。高适、杜甫与储光羲的诗题都是《同诸公登慈恩寺塔》，岑参的诗题为《与高适薛据同登慈恩寺》。杜诗题下自注曰："时高适、薛据先有此作。"岑参、杜甫在诗题和自注中都特地提到了高适和薛据，然高、薛、岑三位诗人却均未提及杜甫，仅从作诗迟速的角度恐怕并不能完全解释，从中或可想见杜甫在当时诗坛的末流地位。同样地，天宝三载（744）秋，李白、杜甫与高适三人同登吹台（今开封东南）及单父琴台（在今单县），杜甫《遣怀》诗曰："忆与高李辈（原注：适、白），论交入酒垆。两公壮藻思，得我色敷腴。气酣登吹台，怀古视平芜。芒砀云一去，雁鹜空相呼。"《昔游》诗曰："昔者与高李（原注：高适、李白），晚登单父台。寒芜际碣石，万里风云来。"而在李白、高适的同期诗作中，却也均未提到杜甫。第四，李白对杜甫有"饭颗山"之讥。杜甫在赠李白的十几首诗中，对李白的诗才可谓不吝赞词，诸如"白也诗无敌，飘然思不群。清新庾开府，俊逸鲍参军""笔落惊风雨，诗成泣鬼神""李白一斗诗百篇"之类，不胜枚举；然而在李白赠杜甫的诗中，却只论友情，未见对其诗才有片言只字的赞誉。不仅如此，孟启②《本事诗·高逸第三》中还载有李白《戏赠杜甫》曰："饭颗山头逢杜甫，头戴笠子日卓午。借问别来太

①（清）仇兆鳌：《杜诗详注》卷二十二，北京：中华书局，1979年，第1950页。以下凡引杜甫诗文，皆据此本，不另注出。

②陈尚君：《〈本事诗〉作者孟启家世生平考》（《唐代文学研究（第十二辑）》，桂林：广西师范大学，2006年）指出，《本事诗》作者之名，有"啓""棨""綮"三种说法，现据新出土文献，可以确定"啓"字为正，今从其说。

瘦生，总为从前作诗苦。”[①]从中可见李白对杜甫的诗才不仅不持欣赏的态度，相反却极尽谐谑嘲讽之能事。当然，李白此诗一向被认为是伪托之作，不能拿来作为直接的证据，但是从中仍可以看出晚唐五代人对杜甫的认知态度。[②]

此外，我们通过杜诗还可以看到，杜甫生前并不能说籍籍无名，相反，在其人生的每个阶段，都不乏对其才华的赞誉者，但这些赞誉多数却并不是指其诗才。杜甫十四五岁刚在文坛崭露头角之时，郑州刺史崔尚、豫州刺史魏启心便曾对其大加赞誉，《壮游》诗曰：“往者十四五，出游翰墨场。斯文崔魏徒，以我似班扬。”同诗又说：“许与必词伯，赏游实贤王。”假若再证之《江南逢李龟年》“岐王宅里寻常见，崔九堂前几度闻”之句，以及《奉赠韦左丞丈二十二韵》中“赋料扬雄敌，诗看子建亲。李邕求识面，王翰愿卜邻”，就可以知道崔尚、魏启心以及岐王李范、殿中监崔涤、李邕、王翰等人，对少年杜甫的文学才华都颇为赏识。《奉赠韦左丞丈二十二韵》中还说：“甚愧丈人厚，甚知丈人真。每于百僚上，猥诵佳句新。”可知尚书左丞韦济亦曾在同僚中推奖杜甫的诗歌。应该说此时杜甫的诗名还局限于一定范围之内，故而陈铁民先生曰：“如果是时杜甫诗名已盛，还需要如此宣扬、推荐吗？”[③]所论甚是。上元三年(762)九月，严武《巴岭答杜二见忆》诗曰：“可但步兵偏爱酒，也知光禄最能诗。”诗中将杜甫比作阮籍和颜延年，并以“最能诗”赞之。广德二年(764)前后，任华有《寄杜拾遗》曰：

杜拾遗，名甫，第二，才甚奇。任生与君别，别来已多时，何曾一日不相思。杜拾遗，知不知？昨日有人诵得数篇黄绢词，吾怪异奇特借问，果然称是杜二之所为。势攫虎豹，气腾蛟螭，沧海无风似鼓荡，华岳平地欲奔驰。曹刘俯仰惭大敌，沈谢逡巡称小儿。昔在帝城中，盛名君一个。诸人见所作，无不心胆破。郎官丛里作狂歌，丞相阁中常醉卧。前年皇帝归长安，承恩阔步青云端。积翠扈游花匼匝，披香寓直月团栾。英才特达承天眷，公卿谁不相钦羡。只缘汲黯好直言，遂使安仁却为掾。如今避地锦城隅，幕下英僚每日相就提玉壶。半醉起舞捋髭须，乍低乍昂傍若无。古人制礼但为防俗士，岂得为君设之乎！而我不飞不鸣亦何以，只待朝庭有知己。曾读却无限书，拙诗一句两句在人耳。如今看之总无益，又不能崎岖傍朝市。且当事耕稼，岂得便徒尔。南阳葛亮为朋友，东山谢安作邻里。闲常把琴弄，闷即携罇起。莺啼二月三月时，花发千山万山里。此中幽旷无人知，火急将书凭驿使，为报杜拾遗。[④]

此诗将杜甫比为曹刘、沈谢，对杜甫的赞誉可谓无以复加。这是我们目前所能见到的同时人对杜甫的最高评价，然而任华这样的推崇似乎并未被当时普遍认可。直到杜甫晚年，才

---

①(唐)孟啓：《本事诗》，丁福保：《历代诗话续编》，北京：中华书局，1983年，第14页。

②在孟啓《本事诗》之前，段成式《酉阳杂俎》前集卷十二已经提到此诗：“众言李白唯戏杜考功‘饭颗山头’之句，成式偶见李白《祠亭上宴别杜考功》诗。”则于段成式(803？—863)之时，已有“饭颗山”一诗流传，只是《酉阳杂俎》中并未全引，至孟啓《本事诗》方首次完整引录该诗，遂为后人所据。

③陈铁民：《试论唐代的诗坛中心及其作用》，《国学研究》第八卷，北京：北京大学出版社，2001年，第29页。

④(唐)韦庄：《又玄集》卷上，傅璇琮：《唐人选唐诗新编》，西安：陕西人民教育出版社，1996年，第599—600页。按，任华此诗亦见《文苑英华》卷三四〇、《全唐诗》卷二六一。

又有些人对其诗歌进行颂扬。大历四年(769)春,湖南观察判官郭受在衡阳遇到杜甫,作有《杜员外兄垂示诗因作此寄上》:"新诗海内流传遍,旧德朝中属望劳。郡邑地卑饶雾雨,江湖天阔足风涛。松花酒熟旁看醉,莲叶舟轻自学操。春兴不知凡几首,衡阳纸价顿能高。"杜甫答之以《酬郭十五判官》:"才微岁晚尚虚名,卧病江湖春复生。"是年秋,杜甫在潭州(今湖南长沙)遇到将赴韶州(今韶关)任刺史的韦迢,韦迢作《潭州留别杜员外院长》曰:"大名诗独步,小郡海西偏。"从上述事实可见,杜甫的诗名似乎存在着由不甚知名到逐渐流传海内的过程,然总体来看,杜甫的诗歌在其生前并未受到诗坛的重视。

除了杜诗的记载以外,文献中较早提到杜甫生前诗名的,都是中晚唐人,如李肇《唐国史补》就称杜甫为"位卑而著名者",且与"李北海、王江宁、李馆陶、郑广文、元鲁山"等人齐名[①]。孟啓《本事诗·高逸第三》曰:"杜逢禄山之难,流离陇蜀,毕陈于诗,推见至隐,殆无遗事,故当时号为'诗史'。"[②]按照孟啓的说法,杜甫在"当时"就已经被人们称为"诗史",这说明其诗名起码在"流离陇蜀"之后就已经很大了。此说对后人影响甚著,然而《本事诗》中这条材料的真实性相当可疑,因为在孟啓之前的文献中根本见不到任何称杜甫为"诗史"的记载。据学界考证,《本事诗》成书于景福元年(892)以后[③],此时上距杜甫之死的大历五年(770)已有122年,显然孟啓本人并不可能亲历杜甫生活之"当时",然而在《本事诗》之前的文献中却没有其他任何关于"诗史"的记载,则此说为孟啓杜撰的可能性较大,故裴斐先生曰:"'当时号为诗史',一如刘昫所说'天宝末甫与李白齐名',并无文献根据,实为史家稗官惯用的假托之辞。"[④]由于《唐国史补》《本事诗》这些文献出现时间较晚,其内容多为中晚唐人伪托杜撰,故不当引以为据。

总之,由于杜诗在流传和接受的过程中存在着以上那样复杂的情形,目前学界对于杜甫生前到底是诗名昭著还是默默无闻仍存在着巨大分歧。持遭受冷遇说者,可以冯至先生为代表,其在《论杜诗和它的遭遇》一文说:"当时人们对于杜甫,却十分冷淡,在他同时代比较著名的诗人中,无论是识与不识,竟没有一个人提到过他的诗。像杜甫写的这样杰出的诗篇,在当时受到如此冷淡的待遇,几乎是难以想象的。"[⑤]但是仍有为数不少的学者坚持认为所谓诗人生前受到轻视是一种误解。如张浩逊认为,杜甫的诗名在生前就已彰显,在他身后更为普遍。[⑥] 张起认为:不能据唐人选唐诗未选杜诗就认为杜甫充其量只能算是一个二流诗人,这是因为选家在选录诗歌时受其认知水平、审美标准的制约,因而其选录具有极大的随

①(唐)李肇:《唐国史补》卷下,上海:上海古籍出版社,1957年,第53页。

②(唐)孟啓:《本事诗》,丁福保:《历代诗话续编》,北京:中华书局,1983年,第15页。

③胡可先,童晓刚:《〈本事诗〉新考》,《中国典籍与文化》,2004年第1期,第78—80页。龚方琴:《〈本事诗〉成书年代新考》,《古典文献研究(第十三辑)》,南京:凤凰出版社,2010年,第314页。

④裴斐:《唐宋杜学四大观点述评》,《杜甫研究学刊》,1990年第4期。关于《本事诗》等晚唐五代笔记小说对杜甫生平事迹的杜撰,可参拙文《论晚唐五代笔记小说对杜甫生平事迹的杜撰》,《中国典籍与文化》,2014年第1期,第26—33页。

⑤冯至:《杜甫传》,天津:百花文艺出版社,2003年,第193页。

⑥张浩逊:《生前文章惊海内,身后垂名动万年——论唐人对杜诗的接受》,《常熟理工学院学报》,2008年第3期,第5—11页。

意性或极端的自我性。[①]

对杜甫的诗歌在其生前不为当时所重的原因，主要有以下几种解释：第一，杜诗的审美观和创作倾向与开元天宝时期主流审美趣味迥异。唐人王赞《玄英先生诗集序》曰："杜甫雄鸣于至德、大历间，而诗人或不尚之。呜呼！子美之诗，可谓无声无臭者矣。"[②]王赞指出，杜甫的诗歌不为当时所重的原因是"诗人或不尚之"，这其实就涉及杜诗的创作风格与审美倾向问题。目前学界在论及唐人选唐诗不选杜甫的原因时，也多从此生发。许多学者都认为杜甫的审美观和创作倾向与开元天宝时期主流审美趣味迥异是杜诗不为当时所重的一个重要原因。如胡明认为，由于编选者的编选目的、艺术趣味、创作倾向等复杂原因，"他们竟没有注意到杜甫，或者说竟放弃了杜甫"。[③] 吴清河认为，杜诗时事化和政治化的创作倾向，是其诗不被当时选本选录的重要原因。[④] 杨胜宽认为，主要是杜诗的内容和艺术风格与殷璠的选诗标准相异而致其落选。[⑤] 第二，开元天宝之际，杜甫刚进入诗坛不久，故未能引起选家的重视。这时杜甫的政治地位较低，加之生活贫困，因而其诗歌也连带着被人瞧不起。如杜存亭认为，杜甫的政治地位较低，接近皇帝的时间晚，又多次受到排挤和打击，使他不可能借助政治力量扩大自己的创作影响。[⑥] 第三，杜诗因传播条件受限。如傅璇琮先生认为，《河岳英灵集》不选杜诗是由客观条件造成的：因为当时交通条件的限制，使僻居江东丹阳的殷璠不能及时得到困居长安的杜甫诗歌创作的信息。[⑦] 吴相洲还指出，唐代诗歌与音乐在传播上是互相促进的，然而杜诗在形式上与音乐关系并不密切，多不合乐，这导致了杜诗在传播上受到局限，未引起歌诗选家的注意。[⑧] 邱睿则认为，由于杜诗的内容突破传统的代言体抒情范式，多是自我抒情，因其非大众化而受到了传播局限，从而造成他在同时代人的诗选中落选。[⑨]

笔者以为，以上诸种解释虽各有见地，但论者往往只关注杜甫生前的诗名，而都忽略了杜甫生前的赋名，这样一来虽见仁见智，聚讼纷纭，却一直未能找到问题的症结所在。研讨杜甫生前的文名需要搞清一个基本的事实和前提，即杜甫生前的文名包括诗名与赋名两个方面，二者虽有交叉，却并不一致。若对诗名与赋名不加区分而笼统讨论杜甫生前名气的大小，就容易沦为伪命题。

---

①张起：《牛溲马浡皆有意，不许后生漫涂鸦——唐人选本不选杜诗不能证明杜甫是二流诗人》，《杜甫研究学刊》，2009年第3期，第42页。

②（唐）方干：《玄英集》卷首，《影印文渊阁四库全书》第1084册，台北：台湾商务印书馆，1986年，第44页。

③胡明：《关于唐诗——兼谈近百年来的唐诗研究》，《文学评论》，1999年第2期，第41—60页。

④吴河清：《今存唐人选唐诗不选杜甫诗探源》，《唐代文学研究》，桂林：广西师范大学出版社，2008年，第519页。

⑤杨胜宽：《从〈河岳英灵集〉不选杜诗说到殷璠的选诗标准》，《杜甫研究学刊》，1994年第1期，第32—36页。

⑥杜存亭：《"百年歌自苦，未见有知音"——试谈杜甫的诗为什么生前不受重视》，《新疆石油教育学院学报》，1988年第1期，第91—94页。

⑦傅璇琮，李珍华：《河岳英灵集研究》，北京：中华书局，1992年，第31页。

⑧吴相洲：《唐诗创作与歌诗传唱关系研究》，北京：北京大学出版社，2004年，第203—212页。

⑨邱睿：《唐人选唐诗无杜诗现象补说》，《文史杂志》，2007年第2期，第55—57页。

二、杜甫生前诗名为赋名所掩

杜甫在文坛上名声和地位的正式确立，主要是由于其献《三大礼赋》为玄宗所赏，人们由此认识了杜甫的文学才能，并在此后一直以文章之才目之。这和后人对杜甫的认知，存在着极大的落差。正因为杜甫在当时骤得赋名，其诗名长期为赋名所掩，才造成了当时人对杜甫文学才能认识的偏差和错位，而这应是当时唐诗选本不选杜诗的一个重要原因。

（一）杜甫因献《三大礼赋》为玄宗所赏而骤得文名

天宝九载（750）十一月，玄宗由于采信了处士崔昌、集贤殿学士卫包的进言，最终决心直承周、汉，以土代火，确立唐朝为土德，遂于天宝十载（751）正月初八、初九、初十分别举行了祭祀老子、太庙和天地的三大典礼。杜甫乃适逢其时地进献了《三大礼赋》，即《朝献太清宫赋》《朝享太庙赋》《有事于南郊赋》①。至于此次献赋的结果，《旧唐书》杜甫本传曰："天宝末，献《三大礼赋》，玄宗奇之，召试文章。"②《新唐书》杜甫本传则曰："甫奏赋三篇。帝奇之，使待制集贤院，命宰相试文章。"③在待制集贤院期间，集贤学士崔国辅、于休烈等人对杜甫赞誉有加，《奉留赠集贤院崔国辅于休烈二学士》云："谬称三赋在，难述二公恩。"自注："甫献《三大礼赋》出身，二公尝谬称述。"在《莫相疑行》中，杜甫自豪地宣称"往时文采动人主"。他还追忆了在集贤院中考试文章的场景："忆献三赋蓬莱宫，自怪一日声烜赫。集贤学士如堵墙，观我落笔中书堂。"《壮游》又云："曳裾置醴地，奏赋入明光。天子废食召，群公会轩裳。"可见杜甫由于献赋受到了皇帝的赏识，在当时产生了何等轰动性的效果。这使得杜甫一下子从一个籍籍无名的下层文士，变成一个尽人皆知的著名文人。而皇帝下令考试其文章，其中隐含的赏识意味是不言而喻的，所以这次考试自然也就得到了很好的结果。杜甫在《进〈封西岳赋〉表》中说："顷岁，国家有事于郊庙，幸得奏赋，待罪于集贤，委学官试文章。再降恩泽，仍猥以臣名实相副，送隶有司，参列选序。"此次召试文章的结果是得到了"参列选序"的出身，并没有立即授官。因为按照唐代的铨选制度，获得出身后仍需守选三年。④ 虽然这与杜甫

---

①关于杜甫献《三大礼赋》的时间，学界一直沿袭着钱谦益《钱注杜诗》之天宝十载（751）说，其实杜甫献《三大礼赋》应在天宝九载（750）冬，这可从赋文本身和当时历史文献资料中得到证明，其详可参张忠纲先生《杜甫献〈三大礼赋〉时间考辨》，《文史哲》，2006年第1期，第66—70页。

②（五代）刘昫：《旧唐书・文苑下》卷一百九十下，北京：中华书局，1975年，第5054页。

③（宋）欧阳修，宋祁：《新唐书・文艺上》卷二百〇一，北京：中华书局，1975年，第5736页。

④关于杜甫天宝十载（751）获得"参列选序"后，为何直至天宝十四载（755）方得授官的原因，陈贻焮先生认为是由于权相李林甫的作梗。天宝六载（747），玄宗"诏天下有一艺者诣京师就选"，李林甫使包括杜甫在内的考生全部落榜，并上表称"主上圣明，野无遗贤"。陈贻焮先生据此认为，杜甫迟迟未能得官，很可能是因为李林甫出于政治上的考虑：决不能让杜甫高中，决不能承认上次落第者之中还有可选拔的"遗贤"，决不能自己打自己的嘴巴。（陈贻焮：《杜甫评传》，北京：北京大学出版社，2003年，第159—160页。）然而王勋成通过考证后指出，唐代的铨选制度规定，制举获得出身者要候选三年，才能来京都参加吏部铨选，授予官职。从天宝十一载（752）春算起，一直到天宝十四载（755）春天方满三年。然而吏部的冬集铨选是每年十月开始，所以杜甫又多等了大半年才得以释褐除授。（王勋成：《唐代铨选与文学》，北京：中华书局，2001年，第51—54页。王勋成：《杜甫初命授官说》，《唐代文学研究》第十一辑，桂林：广西师范大学出版社，2006年，第425页。）这一问题至此方得到了较为合理的解释。

“致君尧舜上”的伟大理想仍有很大的距离，但他毕竟因为此次献赋获得了“出身”，同时也在朝野中获得极大的声誉。当然这个声誉的取得与皇帝的赏识是密不可分的，正是由于玄宗“奇之”，才使得杜甫文名大振，然而这个文名显然与其诗歌创作并没有什么联系。斯时人们一提起杜子美，恐怕立即想到的是他的赋作，而非其诗歌。杜甫这一鹊起之文名很快在流传过程中被世人符号化和概念化，以至于后来杜甫将精力由作赋转向了诗歌创作，并不断写出越来越多的优秀诗篇以后，这一根深蒂固的世俗印象也难以在短期内有所转变。因此，芮挺章、元结、高仲武这些唐诗选家们即使对杜甫有所耳闻，也只能是闻其赋名，很难把他和诗歌联系起来，更谈不上选录其诗作了。虽然朋友中亦不乏为其诗作扬揄者，却常为世俗所惊怪，徒增烦扰，故杜甫常叮嘱朋友“将诗莫浪传”(《泛舟送魏十八仓曹还京，因寄岑中允参、范郎中季明》)、“将诗不必万人传”(《公安送韦二少府匡赞》)，恐怕正是由于这个原因。

(二)杜甫之朋辈多称述其赋才，却鲜有称其诗才者

杜甫与李白、王维、高适、岑参等著名诗人均有交往，然而我们只见杜诗中称道李白等人的诗才，却不见上述诗人对杜甫诗歌哪怕只言片语的赞誉。如前所述，当时文人也有不少称赞杜甫诗才的，这些赞誉多是集中在两个时期：一是诗人的少年时期，有李邕、王翰、崔尚、魏启心等人；另一时期，则是诗人的晚年，有郭受、韦迢等人。杜甫《壮游》诗曰：“往昔十四五，出游翰墨场。斯文崔魏徒，以我似班扬。”诗后自注：“崔郑州尚，魏豫州启心。”我们注意到崔尚和魏启心在赞誉少年杜甫文学才华的时候，称其“似班扬”。文学史上的班固和扬雄以赋闻名，可见这两位文坛耆宿对少年杜甫的称赞，是针对其文赋创作中显露的才华而言。也许是出于科举入仕的目的，杜甫此时的文字训练似乎主要还是集中在文赋上，还未倾其全力于诗歌创作。无独有偶的是，作于大历三年(768)秋的《送顾八分文学适洪吉州》云：“视我扬马间，白首不相弃。”可见老友顾诫奢也是以扬雄和司马相如来比拟杜甫的，这与当年崔尚和魏启心的评价真是惊人的相似！作于天宝七载(748)的《奉寄河南韦尹丈人》曰：“有客传河尹，逢人问孔融。”题下原注：“甫故庐在偃师，承韦公频有访问，故有下句。”可见河南尹韦济曾以孔融之才称誉杜甫。在建安七子中，孔融亦以文章擅名，曹丕在《典论·论文》中称其为“扬、班俦也”。因此从韦济称赞杜甫的话中，我们也隐约可见杜甫早年倾力于文赋创作的影子。

杜甫赠给好友高适的不少诗歌中都对其诗歌称赞有加，如“方驾曹刘不啻过”(《奉寄高常适》)、“独步诗名在”(《闻高常侍亡》)等；但是在高适赠杜甫的诗中，我们看到的却是另外一番情景。上元元年(674)，杜甫初到成都时，高适有《赠杜二拾遗》曰：“草《玄》今已毕，此外复何言?”《玄》，即《太玄》或《太玄经》，汉代扬雄曾模拟《周易》而作《太玄》。高适在赠诗中将杜甫与汉代扬雄进行比拟，称其文笔近似扬雄，显然是赞许杜甫的文才，却并未称道其诗才。这说明在老朋友高适的心中，对杜甫的文赋之才有非常强烈的印象。这种印象的得来，极有可能源自杜甫早年打动人主的《三大礼赋》。而杜甫的答诗《酬高使君相赠》云：“草《玄》吾岂敢，赋或似相如。”可见杜甫本人非常认可高适这一赞许，虽然他谦虚地表示自己的文章还远达不到扬雄《太玄经》的水平，但认为自己赋作的水平倒是可以和司马相如相仿佛。“赋或似相如”，说明了诗人对自己赋作成就和才能的高度自信。应该说高适的这一评价，代表了杜甫朋友们对他的一般看法。也就是说，在周围朋友们眼中，杜甫首先是一个以作赋知名的文章之士，这应已为大家所公认，而且杜甫对这样的评价也相当认同和接受。杜甫《堂成》云："旁人错比扬雄宅，懒惰无心作《解嘲》。"从这样的诗句中，我们都可以看出旁人对杜甫的认知与评价。

在杜甫的朋友中，只有严武对杜甫有过"也知光禄最能诗"(《巴岭答杜二见忆》)的评价，从这个评价来看，严武真不愧为杜甫"知己中第一人"①，但这个评价在当时无疑属于另类。当然，严武也常以赋名称赞杜甫，如其《寄题杜二锦江野亭》云："莫倚善题鹦鹉赋，何须不著鵕鸃冠"中，"莫倚善题鹦鹉赋"，仍是称赞杜甫的赋才，《鹦鹉赋》乃汉末祢衡所作，故此诗是以祢衡之赋才来比拟杜甫。从严武这种称赞中，我们似乎仍可看到杜甫文名源于献赋的影子。可见在严武眼中，杜甫虽也不断用诗歌与其唱酬，但他最看重的仍是杜甫的赋作。严武这种看法与高适颇为相似。

此外，杜甫同时人任华有《寄杜拾遗》曰："昨日有人诵得数篇黄绢词，吾怪异奇特借问，果然称是杜二之所为。势攫虎豹，气腾蛟螭，沧海无风似鼓荡，华岳平地欲奔驰。曹刘俯仰惭大敌，沈谢逡巡称小儿。昔在帝城中，盛名君一个。诸人见所作，无不心胆破。"学界对任华此诗的解读，大都认为"势攫虎豹"云云，是对杜诗风貌的形容。如王运熙、杨明曰："形容杜诗豪迈壮阔；……后来杜牧赞扬杜甫诗有云'李杜泛浩浩''少陵鲸海动'。黄滔赞扬李杜、元白诗有云'信若沧溟无际，华岳干天'，均以沧海、高山形容杜诗，语意与任华诗相近，或许受到任诗启发。"②然而需要指出的是，任华所谓"黄绢词"，并不能完全等同于"诗歌"。这是因为所谓"黄绢词"乃是用"绝妙好辞"之典，事见《世说新语·捷悟篇》：曹操路过曹娥碑旁(碑文为邯郸淳所撰)，见碑背上蔡邕所题"黄绢幼妇，外孙齑臼"，乃"绝妙好辞"之隐语。所以"黄绢词"原本特指文章，后世乃变为诗文之统称。若明乎此，我们再联系杜甫生前的文名，就有理由怀疑，任华《寄杜拾遗》中对杜甫的评价，极有可能是针对其文赋而言。况且细绎任华诗中"势攫虎豹，气腾蛟螭，沧海无风似鼓荡，华岳平地欲奔驰"这样的评价，感觉其所赞也不太像是杜诗的风格，倒更像是指其文赋。据张忠纲先生考证，任华此诗作于广德二年(764)前后③。吴光兴则认为，此诗作于宝应元年(762)春④。而我们在杜甫广德二年(764)以前的诗中，难以找到当得起"势攫虎豹，气腾蛟螭"这样评价的作品，而天宝间所作之《三大礼赋》《封西岳赋》等赋作，倒恰是这样的风格。比如《朝献太清宫赋》中"九天之云下垂，四海之水皆立"之语，就被宋人赞为"磊落惊人""前无古人"，这和任华的评价就非常相似。另外，任华赠诗中"昔在帝城中，盛名君一个。诸人见所作，无不心胆破"这样的称誉，也并不符合杜甫当时在诗坛上被冷落的状况。倘若任华所称杜甫在长安城中曾独享"盛名"并非虚誉的话，那除了献《三大礼赋》动人主这件事之外，我们实在找不到其他别的解释了。则任华所谓令诸人"心胆破"的作品，也极有可能是指杜甫《三大礼赋》之类的文赋。既然任华在赠诗中透露出的种种线索都指向了杜甫献赋一事，那么《寄杜拾遗》对杜甫的称赞，就不能想当然地看作对其诗歌的赞誉，极有可能是笼统地针对杜甫的诗赋而言，而其中文赋的成分应占据着

---

①(清)浦起龙：《读杜心解》卷一之五，北京：中华书局，1961年，第149页。

②王运熙、杨明：《中国文学批评通史(隋唐五代卷)》，上海：上海古籍出版社，1996年，第301—302页。

③张忠纲：《任华——并尊李杜第一人》，《山东杜诗学文献研究》，济南：齐鲁书社，2004年，第144页。

④吴光兴：《李杜诗风与唐诗疆域"三国"说》，《文学遗产》，2011年第5期，第43—49页。

相当大的比重。

(三)杜甫诗文中对其赋名之记录

杜甫《奉赠韦左丞丈二十二韵》云:“赋料扬雄敌,诗看子建亲。”对自己的文学才能是诗赋并提的,且先说赋才,后说诗才。《敬赠郑谏议十韵》曰:“使者求颜阖,诸公厌祢衡。”《陪郑广文游何将军山林十首》其四曰:“词赋工无益,山林迹未赊。”《赠献纳使起居田舍人澄》曰:“扬雄更有河东赋,唯待吹嘘送上天。”从以上这些诗句可以看出,杜甫既以赋才见知于当时,也常以祢衡、扬雄这些汉代赋家来自拟。其《进雕赋表》亦曰:“倘使执先祖之故事,拔泥涂之久辱,则臣之述作,虽不能鼓吹六经,先鸣数子,至于沉郁顿挫,随时敏捷,扬雄、枚皋之徒,庶可企及也。”可见杜甫亦是以扬雄、枚皋自我期许的。《进雕赋表》又曰:“臣幸赖先臣绪业,自七岁所缀诗笔,向四十载矣,约千有余篇。”此表是写给皇帝看的,以杜甫心性的忠直,表中所云,必为实录。杜甫称自己从七岁以来“所缀诗笔”大约已有一千多篇。所谓“诗笔”,涉及六朝的“文笔之辨”。一般认为,有韵之文为文,无韵之文为笔。因此杜甫三十九岁前所作的千余篇作品中,除了诗赋之外,还应有相当篇幅为文章。其实在杜甫献《三大礼赋》之前,杜甫的文章才能已为时人所认可,如天宝九载(750),驸马郑潜曜就曾请杜甫为其岳母皇甫氏撰写《唐故德仪赠淑妃皇甫氏神道碑》,杜甫在碑文中曰:“以白头之嵇阮,岂独步于崔蔡。”是说自己之狂傲,虽如魏晋之嵇康、阮籍;而碑诔之文,尚难企及汉代崔骃、蔡邕等撰碑大家。这当然是杜甫的谦虚之词,不过从中可以见出,杜甫是以崔骃、蔡邕的文章之才自比的。另外,杜甫《戏赠阌乡秦少府短歌》云:“同心不减骨肉亲,每语见许文章伯。”则秦少府一定是以“文章伯”对老杜加以称许的。《宾至》亦云:“岂有文章惊海内,漫劳车马驻江干。”看来这位来宾一定也是先对杜甫说了“久仰文章大名”之类的话,杜甫才会以“岂有文章惊海内”来作答,这也从侧面说明杜甫当时在社会上的名声是和其“文章”密切相关,特别是为玄宗所赏的《三大礼赋》。《宾至》这一联从平仄声律来看,将“文章”二字换成“诗歌”是完全没有问题的,但杜甫却只对这位慕名而来的友人说“岂有文章惊海内”,因为杜甫知道,让他“惊海内”的只有文章,而非诗歌。同样地,杜甫在名篇《旅夜书怀》中云:“名岂文章著,官应老病休。”如果我们仔细体会诗意,“名岂文章著”和“岂有文章惊海内”一样,都富有酸楚的弦外之音,那就是“文章”之名乃俗世之誉,而我诗歌之才却一直难有知音。萧涤非先生对“名岂文章著”一句解释道:“这是不服气的话。一般人都认为我献赋蒙赏,以文章著名,哪知我的志愿并不在文章呢。”[①]萧先生此论准确地把握住了诗人激愤的心情,可称胜解。又杜甫于大历三年(768)夏在江陵作《又作此奉卫王》云:“白头授简焉能赋?愧似相如为大夫。”悬揣诗意,当是卫伯玉于新楼落成以后,请杜甫作赋,而杜甫则以年老力竭推辞,可见杜甫斯时之赋名是闻名遐迩的。此外,杜甫在其绝笔诗《风疾舟中伏枕书怀三十六韵奉呈湖南亲友》中又云:“哀伤同庾信,述作异陈琳。”陈琳虽名列建安七子,诗、文、赋皆能,然其得名,乃因其《为袁绍檄豫州》文。其最为当世所重者乃其章表,而非诗歌。曹丕《又与吴质书》即曰:“孔璋章表殊健。”故细味“述作异陈琳”,其实与“名岂文章著”正是同样的慨叹。若明乎此,如果我们再反观杜甫

① 萧涤非:《杜甫诗选注》,北京:人民文学出版社,1998年,第225页。

晚年"百年歌自苦，未见有知音"那样的哀叹，就可以知道杜甫生前的诗名确实是非常衰微和寂寥了，而这诗名的衰微不彰则是因为受到了赋名的长期掩盖，这种社会认知的错位让诗人觉得是那么的无奈与孤独。

(四)附论：从"文章四友"看唐代的"文章"观念

在唐人眼中，"文章"概念包括了诗赋表章奏记等诸多体式在内，但"文章"与"诗歌"之间却并不能完全画等号。因为自六朝开始，已有"文笔"之分、"诗笔"之辨，人们已经习惯将是否有韵作为划分诗与笔的标准。而作为与诗歌对应的狭义"文章"概念，多是指书奏、制诰、表章等，并非特指诗歌。然当代有学者提出，"文章即诗歌"是唐代流行的文学观念[①]，并举出韩愈《调张籍》"李杜文章在，光焰万丈长"以及《荐士》"国朝盛文章，子昂始高蹈"为例来加以证明，这其实是一种以后例前的想当然。韩愈以广义的"文章"概念涵盖了诗歌，并不能说二者就完全等同。另外，白居易《与元九书》："文章合为时而著，歌诗合为事而作"，将二者对举，虽可理解为互文见义，但并不能据此认定"文章即诗歌"。而且从文学观念的发展史来说，既然六朝时期人们已经普遍具有区分"文"与"笔"的意识，那么到了唐代怎么又突然大幅退步，以至将"文章"的概念又等同于诗歌了呢？这都是不易讲通的。为了说明初盛唐时期"文章"概念的具体含义，下面以"文章四友"为例，谈谈当时"文章"与"诗歌"二者之间的区别。

《新唐书·杜审言传》称"（杜审言）少与李峤、崔融、苏味道为'文章四友'，世号崔、李、苏、杜。"[②]"文章四友"在当时均以"文章"之才闻名，这个"文章"却并不是特指诗歌。总的来看，他们最为世人所推重的体式仍是诏诰策表等文体。杜审言曾自负地说："吾之文章，合得屈宋作衙官；吾之书迹，合得王羲之北面。"[③]可见他主要是以"文章"而得重名，并对此颇为自负。耐人寻味的是，同时人对杜审言的诗歌赞誉极少，反倒是对其文章辞赋甚多推许，如陈子昂《送吉州杜司户审言序》曰："杜司户炳灵翰林，研几策府，有重名于天下，而独秀于朝端……群公爱祢衡之俊，留在京师；天子以桓谭之非，谪在外郡。"[④]宋之问《祭杜学士审言文》曰："摇笔于万年芳树""登君词赋于云台之上"。[⑤] 武平一《请追赠杜审言官表》曰："审言誉郁中朝，文高前列，是以升荣粉署，擢秀兰台。往以微瑕，久从远谪。陛下膺图玉扆，下制金门，收贾谊于长沙，返蔡邕于左校。审言获登文馆，预奉属车，未献长卿之辞，遽启元瑜之悼。"[⑥]可以看到，陈子昂等人是以祢衡、桓谭、贾谊、蔡邕、司马相如、阮瑀来比拟杜审言之文学才能的，显然并不是仅以诗人目之。此外，杜甫在《进雕赋表》中亦称："亡祖故尚书膳部员外郎先臣审言，修文于中宗之朝，高视于藏书之府，故天下学士到于今而师之。"[⑦]因此杜甫在献《三

---

①吴光兴：《论唐人"文章即诗歌"的文学观念》，《文学评论》，2014年第6期，第69—76页。

②(宋)欧阳修、宋祁：《新唐书·杜审言传》卷二百一十，北京：中华书局，1975年，第5736页。

③(五代)刘昫：《旧唐书》卷一百九十上《杜审言传》，北京：中华书局，1975年，第4999页。

④(唐)陈子昂：《陈伯玉文集》卷七，《四部丛刊初编》本，上海：商务印书馆，1929年，第103页。

⑤(清)董诰：《全唐文》卷二四一，北京：中华书局，1985年影印本。

⑥(清)董诰：《全唐文》卷二六八，北京：中华书局，1985年影印本。

⑦(清)仇兆鳌：《杜诗详注》卷二十二，北京：中华书局，1979年，第2172页。

大礼赋》文名大著之后欣慰地说“家声庶已存”，是说通过自己这次献赋，杜家擅长文章之名终于又一次得到了世人的认可。如果联系杜甫献赋知名的事实，“家声庶已存”中这个“家声”，多半指的还是杜审言的“文章”之名。可惜的是杜审言没有一篇文章流传于后世[①]，所以文学史家们在论及杜审言的文学成就时，只能单单称道其诗歌，却完全忽略了杜审言以“文章”傲于当时的史实。

除了杜审言之外，“文章四友”中的其他三人其实也均以文章驰名当时。如《旧唐书·李峤传》曰：“朝廷每有大手笔，皆特令峤为之。”[②]《唐诗纪事》称其“为文章宿老，一时学者取法焉”[③]。李峤《自叙表》曰：“臣曾涉经典，笃好文史，渐六艺之腴润，驰百家之阃阈。至若操觚秉牍、纪事属辞，虽窃比老彭，诚未拟于先哲。而上追班马，敢自强于后进。”[④]显然李峤自言“上追班马”的“纪事属辞”之作并不是说诗歌，而是专指制诰表奏等文体。同样地，苏味道亦以文章成名，《新唐书·苏味道传》称其“九岁能属辞，与里人李峤俱以文翰显，时号‘苏李’”。[⑤]《旧唐书·苏味道传》曰：“裴居道再登左金吾将军，访当时才子为谢表，托于味道，援笔而成，辞理精密，盛传于代。”[⑥]可见苏味道的文名与李峤一样，乃是由于谢表一类的“文翰”，而非诗歌。崔融也是以擅长表疏、碑志、哀册之文著称于时，所撰《启母庙碑》《洛出宝图颂》等被誉为“大手笔”。《新唐书·崔融传》曰：“融为文华婉，当时未有辈者，朝廷大笔，多手敕委之，其《洛出宝图颂》尤工。撰《武后哀册》最高丽，绝笔而死，时谓思苦神竭云。”[⑦]崔融之绝笔《武后哀册文》被当时人誉为“三二百年来无此文！”[⑧]可见“文章四友”在当时享有盛名主要是由于文章之才，并非凭其诗歌成就。然而现当代诸种文学史中对“文章四友”的论析却仅谈其诗歌创作，这无疑是不符合历史事实的。笔者检索了杜晓勤《二十世纪中国文学研究·隋唐五代文学研究》第四章第七节“文章四友研究”部分，发现20世纪对文章四友的研究论著中，清一色的是论其诗歌成就的，竟没有一篇论述其文章成就[⑨]。这表明目前学界对“文章四友”文学成就的理解尚存很大的误解与偏差，故应加强对“文章四友”文章成就特色的研究，以扭转和改变传统认识的偏颇及此前研究中避重就轻之弊，从而促进对“文章四友”文学成就的全面认识。

总之，初盛唐时期的“文章”概念并不完全等同于“诗歌”，在作为特指时，“文章”还常常是指与诗体相对的表章奏记等文体。因此杜甫所云“岂有文章惊海内”“名岂文章著”之“文章”并不能简单地理解成诗歌，这些诗句都包含着对自己在当时仅以赋名独擅而诗名却湮没无闻之感喟与无奈。

---

①近年唐代碑志不断出土，赵君平、赵文成《河洛墓刻拾零》（北京：北京图书馆出版社，2007年，第148页）收录了杜审言撰《大周故朝散郎检校潞州司户参军琅琊王君墓志铭并序》，这是目前所能见到的杜审言唯一传世之文。

②（五代）刘昫：《旧唐书》卷九十四，北京：中华书局，1975年，第2993页。

③（宋）计有功：《唐诗纪事》卷十，北京：中华书局，1965年，第145页。

④（宋）李昉：《文苑英华》卷六〇二，北京：中华书局，1966年，第3127页。

⑤（宋）欧阳修、宋祁：《新唐书》卷一百一十四，第4202页。

⑥（五代）刘昫：《旧唐书》卷九十四，第2991页。

⑦（宋）欧阳修、宋祁：《新唐书》卷一百一十四，北京：中华书局，1975年，第4196页。

⑧（唐）刘餗：《隋唐嘉话》卷下，北京：中华书局，1979年，第41页。

⑨杜晓勤：《二十世纪中国文学研究·隋唐五代文学研究》，北京：北京出版社，2001年，第279—285页。

三、杜甫赋名在后世之衰微

杜甫去世之后，人们开始认识到其诗歌的成就和价值，而其赋名则随着时间的推移逐渐为世人所遗忘。润州刺史樊晃于大历七年(772)采辑杜甫遗文 290 篇编成《杜工部小集》六卷，这是目前所知最早的杜诗选本。由于该书已经散佚，其 290 篇遗文中是否选录了杜甫的赋作，目前已不得而知。然而陈尚君先生从宋代杜集异文中考出《小集》选录之杜诗篇目 62 题，98 首，则全部是诗歌，没有一篇文赋。[①] 另外，大历时期已经有诗人开始学习杜诗，如蒋寅指出："(戎昱诗)无论在立意遣词还是在创作倾向上，都与杜诗有一脉相承的关系。"[②]到了中唐，韩愈、元稹、白居易等人都开始大力提倡杜诗，已不再提其赋作。如元和九年(814)元稹所撰《唐检校工部员外郎杜君墓系铭》称杜甫为"诗人以来，一人而已"，对杜诗推崇到无以复加的程度，并首创李杜优劣论，认为李不如杜。韩愈于元和十一年(816)作《调张籍》曰："李杜文章在，光焰万丈长。不知群儿愚，那用故谤伤！蚍蜉撼大树，可笑不自量。伊我生其后，举颈遥相望。夜梦多见之，昼思反微茫。"韩愈所称光焰万丈的"李杜文章"应是就诗歌而言。又白居易《与元九书》曰："世称李杜之作……索其风雅比兴，十无一焉。杜诗最多，可传者千余篇。"显然白居易此时关注的是杜甫的诗歌，亦未及其文赋。此外，顾陶于大中十年(856)编选的《唐诗类选》收录了杜诗，这是唐人选唐诗中第一次收录杜诗。顾陶在《唐诗类选序》中云："国朝以来……诗之作者继出，则有杜李挺生于时，群才莫得而问。"[③]则顾陶明显是将杜甫作为诗人来看的。值得注意的是，他竟将杜甫置于李白之前，称为"杜李"而非"李杜"，且书中选录杜诗 30 多首，因此被卞孝萱先生称《唐诗类选》为唐代第一尊杜选本。[④] 可见到了中晚唐时代，人们对于杜甫文学成就的认识，已经出现了一边倒的情况，无一例外地只重视其诗歌，对其赋作已很少提及。

到了宋代，人们已普遍认为杜文不如杜诗，如苏轼曾说："曾子固文章妙天下，而有韵者辄不工；杜子美长于歌诗，而无韵者几不可读。"[⑤]秦观称："人才各有分限，杜子美诗冠古今，而无韵者殆不可读。"[⑥]陈师道《后山诗话》引黄庭坚曰："诗文各有体，韩以文为诗，杜以诗为文，故不工耳。"[⑦]虽然赋作亦属"有韵之文"，然而除了诗歌之外，宋人实际上对包括赋体在内的杜甫其他体式的成就均予忽略。由于苏轼、黄庭坚等人的巨大影响力，人们对杜甫只擅写诗、无韵之文不工的认识渐趋一致。这些认识对当时的杜诗学界影响甚大，所以即便在"千家注杜"热潮中，宋人对杜甫文赋的注释亦颇为寂寥冷落。在现存的 10 种宋代杜集中，赵次

---

①陈尚君：《杜诗早期流传考》，《唐代文学丛考》，北京：中国社会科学出版社，1997 年，第 310 页。

②蒋寅：《大历诗人研究》，北京：中华书局，1995 年，第 14 页。

③(宋)李昉等：《文苑英华》卷七一四，北京：中华书局，1966 年，第 3686 页。

④卞孝萱：《顾陶〈唐诗类选〉是第一部尊杜选本》，《唐代文史论丛》，太原：山西人民出版社，1986 年，第 193—203 页。

⑤(宋)胡仔：《苕溪渔隐丛话》后集卷五引《艺苑雌黄》，北京：人民文学出版社，1962 年，第 34 页。

⑥(宋)苏轼：《东坡题跋》卷三，《丛书集成初编》本，53 页。又见严有翼：《艺苑雌黄》，郭绍虞：《宋诗话辑佚(附辑)》，北京：中华书局，1980 年，第 546 页。

⑦(宋)陈师道：《后山诗话》，(清)何文焕：《历代诗话》，北京：中华书局，1981 年，第 303 页。

公《杜诗先后解》、郭知达《九家集注杜诗》、《分门集注杜工部诗》、《王状元集百家注编年杜陵诗史》等著名注本中对杜甫文赋都未予收录，仅有"二王本"、吴若本《杜工部集》收录了杜甫文赋，且白文无注。宋代唯一对杜甫文赋进行注释的是吕祖谦《杜工部进〈三大礼赋〉注》一卷，此本仅简略注释了杜甫的《三大礼赋》，且流传极罕，似仅赖清初钱谦益《钱注杜诗》的载录流传，[①]从中可见宋人对杜甫文赋的轻视。这种情形一直延续到清代，甚至连杜诗注释大家仇兆鳌也认为杜甫未能做到诗文兼善，其曰："少陵诗名独擅，而文笔未见采于宋人，则无韵之文，或非其所长。"[②]仇氏这种认识与宋人可谓一脉相承。在清初的注杜热潮中，仅有钱谦益《钱注杜诗》、朱鹤龄《杜工部诗集辑注》、张溍《读书堂杜工部诗集注解》、张远《杜诗会粹》及仇兆鳌《杜诗详注》五种注本对杜甫文赋加以注解。其中钱谦益《钱注杜诗》对杜甫文赋的笺注乃是完全转录吕祖谦的《杜工部进〈三大礼赋〉注》，钱氏自己仅增补数条而已。直到朱鹤龄《杜工部诗集辑注》才首次对杜甫文赋进行了全面注释，然其注释的重点仍是《三大礼赋》，对杜甫其余文赋的注解都过于简略。朱氏曰："子美文集，惟吕东莱略注《三礼赋》。余因为广之，钩贯唐史，考正文义，允称杜集备观。"[③]"杜集备观"云云，实属言过。与朱注同时的张溍《读书堂杜工部诗集注解》亦对杜甫文赋进行了解评，然发见甚少，错误百出，颇为浅陋。张远《杜诗会粹》仅对六篇杜赋作了注释，又多依傍朱注，实少发明。又过了三十几年，仇兆鳌在朱鹤龄杜文注解的基础上踵事增华，对杜甫文集的注释至此才勉强完成。然仇氏对杜甫文赋的注释中漏略讹误尚多，与杜诗注释的详尽相比不可同日而语，杜甫文赋注释的这种面貌此后一直停滞了近三百年而毫无变化。

现当代的杜甫文赋研究也一直较为冷清，仅有刘开扬先生于 20 世纪 80 年代初对杜文研究用力较多，其《杜文窥管》与《杜文窥管续篇》对杜甫的赋、表、杂文及诗序进行了较为深入的探讨[④]。除此之外，当代学界关于杜甫文赋的研究甚少，单篇论文仅有区区十余篇。直到 2014 年萧涤非先生主编的《杜甫全集校注》出版完成，对杜甫文赋的注释方又取得了新的进展。

通过以上对杜甫文赋接受史的简单回顾，特别是通过两宋、明末清初两次注杜高潮中对杜甫文赋注释的冷寂状况可以看出，自杜甫去世后，人们对其文赋成就已不甚关注；中晚唐以迄宋代，杜甫则仅余诗名，其赋名已被历史的大浪淘尽，这与杜甫生前的煊赫赋名形成了极大反差。然而我们现在谈论杜甫生前的名声，若不能回到历史的当下，而仅是依据中晚唐人及宋人的结论，显然不能彻底把这个问题解释清楚。若能充分重视杜甫生前的赋名，注意将其赋名与诗名加以区分，许多悬而未决的问题都可以迎刃而解，这其中就包括了李杜齐名问题、唐人选唐诗中不选杜诗等疑难问题。

---

①（宋）吕祖谦《杜工部进〈三大礼赋〉注》收录于《东莱集注类编观澜文集》乙集卷三，编入黄灵庚、吴战垒主编：《吕祖谦全集》第十册，杭州：浙江古籍出版社，2008 年，第 326—337 页。

②（清）仇兆鳌：《杜诗详注 · 杜诗凡例》，北京：中华书局，1979 年，第 25 页。

③（清）朱鹤龄著，韩成武等点校：《杜工部诗集辑注 · 凡例》，保定：河北大学出版社，2009 年，第 23 页。

④刘开扬：《柿叶楼存稿》，上海：上海古籍出版社，1983 年，第 126—193 页。

结论

杜甫曾说“文章千古事,得失寸心知”(《偶题》),诗人对自己在文学领域取得的成就是自知的。然而他对自己仅以“文章”之名享誉文坛而诗名却衰微不彰的现实,却只能报以无限的感慨与无奈。杜甫的文名鹊起于天宝九载(750)末的献赋,此后其卓著的赋名就如一檠炽烈的灯盏,被世人认作了杜甫的标志性符号。而正是由于其赋名的光芒过于耀眼,乃至出现了“灯下黑”的现象,使得杜甫在诗歌方面所取得的辉煌成就一度被掩盖起来,并一直为当时的诗歌选家及其朋辈所忽略。直至杜甫去世近半个世纪后的中唐,人们对杜甫文学成就的认识和评价才逐渐趋于公允。此后随着时间距离的拉长,人们对杜甫当年的煊赫赋名才逐渐模糊乃至淡忘,杜甫在后人心目中的地位也就变得完全由其诗歌成就所决定了。正是因为在杜甫生前和死后的接受中存在着这样一个不易察觉的转换过程,所以当代学界在讨论杜甫生前诗名为何不彰的原因时,才会忽略了杜甫当时赋名这个因素,因而就偏离了历史的真实,现在是到了该澄清和扭转这一认识的时候了。

“当时体”影响下的杜甫草堂律诗

王艳军[1,2]
（1.河北师范大学文学院　河北石家庄　050024；
2.石家庄铁道大学人文学院　河北石家庄　050043）

对于杜甫，自唐元稹之后，历代褒杜、扬杜者都看重杜甫思想之雅正、诗艺之大成、影响之深远。而杜甫律诗是所有杜诗中“最庄严、最瑰丽、最永久的一道光彩”①。审视杜甫律诗，发现杜甫在草堂生活期间的律诗尤具特色。杜甫在草堂时期的诗论《戏为六绝句》中用“当时体”来评价前人的诗风，同样，杜甫草堂律诗也是杜诗中的“当时体”。这不仅仅在于草堂时期是杜甫诗论成熟的时期，杜甫在“亲风雅”“转益多师”“别裁伪体”的基础上提出的“当时体”的诗歌艺术取向，影响和规范着杜甫的律诗创作。杜甫草堂律诗不仅题材、内容、风格、手法日益成熟，更是在“当时体”理论的影响下集前人之所长，自树新风。因此，杜甫律诗之创作与杜甫诗论之成熟有着内在的关联性。换言之，杜甫草堂律诗实践了杜甫的“当时体”理论，体现着“当时体”的特性。

一、“当时体”：杜甫诗论观念的核心

成都草堂是杜甫的客居之地，虽然浦起龙说“草堂特流寓之一，该不得此老一生”②，但草堂却是杜甫一生中最重要的时期。对于“一岁四行役”③（《发同谷县》）和“三年饥走荒山道”④（《乾元中寓居同谷县作歌七首》）的杜甫来说，栖居成都草堂使颠沛流离的杜甫终于找到一个暂时安宁稳定的住所，这座朴素简陋的茅屋便成为中国文学史上的一块圣地，⑤同样在这里，杜甫的诗论思想也渐趋成熟。

杜甫之前，唐人的诗论观念主要表现在对待前朝文学的态度上。文学的演进循序而渐进。唐人自然无法忽视陈、隋甚至六朝文学发展中的成果和经验，但也看到了“宋齐之间，教

---

①闻一多：《唐诗杂论》，北京：中华书局，2003年，第129页。

②（清）浦起龙：《读杜心解》，北京：中华书局，1961年，第62页。

③杜甫乾元二年（759）春从洛阳回华州，7月自华州到秦州，10月从秦州到同谷，12月从同谷奔成都。

④杜甫自至德二年（757）四月逃出长安至乾元二年已三年。

⑤冯至：《杜甫传》，北京：人民文学出版社，1952年，第96页。

失根本，士以简慢歙习舒徐相尚，文章以风容色泽、放旷精清为高，盖吟写性灵，流连光景之文也，意义格力无取焉。陵迟至于梁、陈，淫艳刻饰、佻巧小碎之词剧，又宋齐之所不取也”[①]等诸多问题，魏徵在《隋书·文学传序》中提出了“各去两短，合其两长”[②]的主张，这种观念更多地可以理解为唐王朝刚刚建立后唐人的一种新的态度。对此，有识之士以复古为旗帜，意图通过复古的手段来实现文学的新变，为唐诗的发展指出一条明路。如四杰针对“骨气都尽，刚健不闻”的现状，要“思革其弊，用光志业”[③]，而陈子昂的 38 首古风《感遇》诗正是他“复古志愿的具体实践和伟大成绩”[④]。但由于理论主张和创作实践间的距离，使他们的作品都未尽脱齐梁遗风，或者说四杰、陈子昂他们虽然各有弊端，但他们以各自的实践和努力形成了那个时代条件下的独特的风格。杜甫作为承前启后的诗人，他看到了四杰等人的特点、成就，于是在《戏为六绝句》中以“当时体”概括之，表明出鲜明的理论勇气。

《戏为六绝句》[⑤]是杜甫栖居草堂后在上元二年(761)创作，虽曰戏作，却是杜甫诗论思想的全面阐述。郭绍虞先生认为《戏为六绝句》是杜甫“一生诗学所诣，与论诗主旨所在，悉萃于是”[⑥]。此组诗所体现的杜甫诗论思想，前人多从“亲风雅”“别裁伪体”“转益多师”等角度论述，但笔者以为此组诗最重要的地方在于杜甫提出了“当时体”的重要主张，笔者在《当时体：杜甫草堂诗风的理论阐释》(《文艺评论》2011 年 8 期)中认为“当时体”是杜甫《戏为六绝句》的思想核心。要言之，杜甫在《戏为六绝句》中对前人如庾信、屈宋、汉魏风骚、王杨卢骆、“今人”等进行了评价，并提出了“亲风雅”的创作思想，“别裁伪体”“转益多师”的创作态度，“亲风雅”与初唐诸人复古思潮相契合，“别裁伪体”“转益多师”意味着杜甫在以“亲风雅”践行复古的同时并没有排斥那些有别于风雅的“清词丽句”，在创作中呈现出一种兼收并蓄的态度和开阔的胸襟。最为关键的是，杜甫在“亲风雅”“别裁伪体”“转益多师”的基础上提出了“当时体”的主张，换言之，“亲风雅”的创作思想，“别裁伪体”“转益多师”的创作态度，共同构成了杜甫“当时体”的艺术取向。所谓“当时体”，浦起龙解释为“宜于一时成体之文”[⑦]，莫砺锋先生则指出把他们放在特定的时空背景中进行定位和评价[⑧]，因此“当时体”可以被理解为诗人在特定的时代条件和创作思潮中形成的独特风格。杜甫用“当时体”来评价四杰等人，体现了杜甫诗论主张的历史主义态度和辩证主义观念。“当时体”理论的提出，也就意味着杜甫在前人复古观念的基础上自树新风，形成了系统的革新理论，实现了从因循复古到自主革新的转变，这深刻影响着草堂律诗乃至此后杜甫诗歌的创作。

---

①(唐)元稹：《唐故工部员外郎杜君墓系铭》，(清)董诰等：《全唐文·卷 654》，北京：中华书局，1983 年，第 6649 页。

②袁行霈：《中国文学史·第二卷》，北京：高等教育出版社，1999 年，第 219 页。

③袁行霈：《中国文学史·第二卷》，北京：高等教育出版社，1999 年，第 222 页。

④闻一多：《唐诗杂论》，北京：中华书局，2003 年。

⑤(清)仇兆鳌《杜诗详注》将此诗归入上元二年(761)，浦起龙《读杜心解》归入宝应元年(762)春，冯至、陈贻焮、莫励锋等都把此诗归入宝应元年(762)春。今依仇说。

⑥郭绍虞：《杜甫戏为六绝句集解》，北京：人民文学出版社，1978 年，第 3 页。

⑦(清)浦起龙：《读杜心解》，北京：中华书局，1961 年。

⑧莫砺锋：《杜甫诗歌讲演录》，桂林：广西师范大学出版社，2007 年，第 344 页。

二、草堂律诗：杜甫诗体转变的标志

草堂时期的杜甫处于安史磨难之后，逢于唐代诗体变迁之时，杜甫转益多师，使得律诗成为杜甫诗歌创作的主体。也可以说，这种转变也是整个唐诗的转变。

自南朝"永明体"以来，讲求声韵对仗、语句严整的律诗逐渐为诗人所效仿。初唐及盛唐时期正是律诗规范、定型时期，如"唐兴，诗人承陈、隋风流，浮靡相矜。至宋之问、沈佺期等，研揣声音，浮切不差，而号'律诗'，竞相袭沿"①，"沈詹事、宋考功，始裁成六律，彰施五色，使言之而中伦，歌之而成声，缘情绮靡之功，至是乃备"②。同时，初唐时期关于诗歌格律的理论文献以及进士试中诗赋的考试形式也推进了五律的发展。唐初元兢的《诗髓脑》、崔融的《唐朝新定诗格》等文献，详细阐述了律诗的字数、韵部、偶对等方面的规则，除了"粘对"法则外，基本都有较为清晰的论述。初唐的进士试如高宗永隆二年(681)规定"进士试杂文两首，识文律者，然后令试策"③，高宗调露二年(680)四月"刘思立除考功员外郎，先时，进士但试策而已，思立以其庸浅，奏请帖经，及试杂文，自后因以为常式"④。另外《旧唐书》也记载"进士试杂文，自思立始也"⑤。这里所说的杂文也就是诗赋，如"旧例：试杂文者，一诗一赋，或兼试颂论，而题目多为隐僻"⑥。高宗年间理论文献的出现以及进士试中诗赋的选用，对律诗的创作起了推波助澜的作用，这也就是杜审言、王维、孟浩然等人大量创作五律的原因。但从现存诗歌来看，初唐及盛唐时期律诗正是形成时期，五律中又大多应制、奉和、惆怅之作，因此律诗的数量和质量还无法与古体诗相比较，古体还是当时的风气。如初唐陈子昂，其律诗虽然"清雄为骨，绵秀为姿，设色妍丽，寓意苍远"⑦，"语甚雄伟，武德以还，绮靡之习，一洗顿尽"⑧，但仍难以摆脱古体的影响，陈子昂"律诗亦时时入古"⑨，甚至人们看中的还依然是其古体，"梁陈古律混淆，迄于唐初亦然，至陈子昂而古体始复"⑩。

从数量来说，当时的一些大诗人的作品中，律诗数量还较少。如下表：

表 1　初盛唐部分诗人律诗创作情况

诗人	诗歌总数	律诗总量	五律	七律
杜审言	41	31	28	3
王勃	135	31	30	1

①(北宋)欧阳修，宋祁，等：《新唐书・卷 201・杜甫》，北京：中华书局，1975 年，第 5738 页。

②(唐)独孤及：《唐故左补阙安定皇甫公集序》，(清)董诰等：《全唐文・卷 388》，北京：中华书局，1983 年，第 3940 页。

③(北宋)王溥等：《唐会要・卷 75》，北京：中华书局，1998 年，第 1375 页。

④(北宋)王溥等：《唐会要・卷 76》，北京：中华书局，1998 年，第 1379 页。

⑤(五代)刘昫等：《旧唐书・卷 190》，北京：中华书局，1975 年，第 5481 页。

⑥赵贞信：《封氏闻见记校注》，北京：中华书局，2005 年，第 17 页。

⑦(清)毛先舒：《诗辩坻》，郭绍虞，富寿荪：《清诗话续编》，上海：上海古籍出版社，1983 年，第 51 页。

⑧(明)许学夷：《诗源辩体・卷 13》，北京：人民文学出版社，1987 年，第 144—145 页。

⑨(明)王世贞：《艺苑卮言》，丁福保辑：《历代诗话续编》，北京：中华书局，1983 年。

⑩(明)许学夷：《诗源辩体・卷 13》，北京：人民文学出版社，1987 年，第 146 页。

续表

诗人	诗歌总数	律诗总量	五律	七律
骆宾王	104	63	62	1
沈佺期	171	88	72	16
宋之问	192	101	91	10
孟浩然	268	127	119	8
李白	896	75	70	5
王维	351	113	93	20
高适	208	80	72	8
岑参	388	113	106	7
李颀	129	20	18	2
杜甫	1443	917(包括排律)	630	152

从表来看,孟浩然、王维、岑参律诗数量较多,而且较多者为五律(原因如上文所述)。唐人对律体的贡献在于七律的创格和完善。相比五律,王维、孟浩然等人七律数量较少。再看杜甫的律诗创作情况:

表 2　杜甫律诗分布情况

杜甫律诗(782 首,另有五排 127 首、七排 8 首)					
五律(630)			七律(152)		
入蜀前	成都草堂	成都草堂后	入蜀前	成都草堂	成都草堂后
149	169	312	23	48	81

表 3　杜甫草堂诗歌体例分布情况

342 首							
五古	五律	五绝	五排	七古	七律	七绝	七排
37	169	2	25	36	48	24	1

不论律诗的题材、内容、风格、手法,仅就数量来看,杜甫的律诗创作数量远超过盛唐诸家,而且五律、七律的创作都在逐年增加。以草堂时期为例,杜甫创作五律 169 首(其中包括漂泊梓阆间的 65 首),七律 48 首(其中包括漂泊梓阆间的 16 首),排律 26 首,草堂律诗占整个草堂诗歌的 71.1%,远远超过了古体数量。而杜甫在成都草堂不过五年的时间,从创作频率和创作数量来看,草堂时期远远超过其他任何时期。杜甫客居秦州的三个月时间内共作诗 92 首,其中五律就有 60 首,但其时七律较少,草堂时期杜甫则实现了全面的转变,五律创作依旧繁盛,七律不仅超过自身入蜀之前的总和,也超过盛唐之前诗人七律数量的总和,这也就是说杜甫创作的重心已经转向了律诗,尤其是七律的创作渐趋高潮,这意味着律诗在杜诗中已经占据了主导地位,这种创作倾向直接影响了中唐诗人,甚至可以说唐诗乃至中国古典诗歌古体诗逐渐让位于近体诗是从杜甫开始的,实现这个转变的关键时期就是成都草堂时期。

三、"当时体"：杜甫草堂律诗的特性

律诗体制的定型是唐人对于中国古代文学的贡献，其中杜甫的贡献尤为巨大。杜甫不仅继承沈宋、杜审言等前人的成果完善了五律，更是为七律的开拓筚路蓝缕。律诗在杜甫手中，以"亲风雅"的创作精神，以其穷愁寂寞的身世经历，用律诗写时事，题材内容不仅突破了前人"犹多写景，而未及指事言情，引用典故"的局限，而且做到了"不惟写景，兼复言情，不惟言情，兼复使典"①，艺术形式方面更是通过组诗、章法变换、拗体变化来实现开拓创新，在长期的创作实践中形成了独特的艺术取向和艺术风格。而成都草堂时期恰恰是这种艺术风格形成的关键阶段。成都草堂时期特定的时代条件和杜甫的创作理论，使杜甫律诗体现出"当时体"的特性，标志着杜甫艺术风格的形成，经由草堂再至夔州，杜甫的律诗才"别开生面，成一代之大观"②。

杜甫被后人尊称为"诗圣"，其诗被尊为"诗史"，梁启超先生又将杜甫称为"情圣"，这些尊称实际上都指向了杜甫那种民胞物与的炽热情怀。体现在诗作中就是"亲风雅"的创作精神和思想倾向。杜甫死后不久，樊晃搜集他的诗编成《杜工部小集》，樊氏在序中云："属时方用武，斯文将坠，故不为东人之所知。江左词人所传诵者，皆公之戏题剧论耳。曾不知君有大雅之作，当今一人而已"。"风雅"指《国风》与《小雅》，更指其所指代的内在精神。杜甫不仅自己有着"致君尧舜上，再使风俗淳"(《奉赠韦左丞丈二十二韵》)的理想，更是"葵藿倾太阳，物性固莫夺""穷年忧黎元，叹息肠内热"(《自京赴奉先县咏怀五百字》)。杜甫也往往以此来评价他人，如杜甫在《陈拾遗故宅》中评价陈子昂"有才继骚雅，哲匠不比肩。公生扬马后，名与日月悬"。对于陈子昂的抒发忧虑时事情怀的《感遇三十八首》，杜甫评价为"终古立忠义，感遇有遗篇"(《陈拾遗故宅》)。再如杜甫对元结《舂陵行》《贼退示官吏》二诗的评价："今盗贼未息，知民疾苦，得结辈十数公，落落然参错天下为邦伯，万物吐气，天下少安可待矣。不意复见比兴体制，微婉顿挫之词"(《同元使君舂陵行》)，对元结"比兴体制"诗作的赞赏也寄寓着杜甫强调诗歌展现民生疾苦、想望古治的风雅思想。杜甫在《戏为六绝句》中虽然没有像那些"今人""后生"一样否定六朝，却提出了"别裁伪体亲风雅"，将诗歌的创作宗旨指向了"风雅"。谈及杜诗的"风雅"，人们往往多想到杜甫的古体之作，如《自京赴奉先县咏怀五百字》《洗兵马》《北征》、"三吏三别"、《哀江头》《兵车行》等作品。然而，"风雅"精神同样体现在杜甫的律诗之中。

杜甫之前，初盛唐诗人虽开始大量创作律诗尤其是五律，但题材范围大多为应酬应制或适时应景之作，题材范围较为狭窄，多为酬唱、赠别、怀远、咏物等几个方面，风格典雅、华丽。如前表所列，王维律诗数量较多，成就较高，被称作"盛唐律诗通向杜甫律诗艺术最高峰的一座最主要桥梁"③，然而王维较之杜甫，不仅仅是律诗数量不如杜甫，律诗题材范围也仅仅限于酬唱、赠别、怀远、咏物、边塞等题材，远不如杜甫之广阔。杜甫题材方面最大的贡献就是

①(清)赵翼:《瓯北诗话》,北京:人民文学出版社,1963年,第175页。

②(清)赵翼:《瓯北诗话》,北京:人民文学出版社,1963年,第56页。

③陆平:《王维:盛唐律诗第一高手》,《文学遗产》,2011年第6期,第33页。

将时事政治广泛地引入到律诗题材之中。杜甫35岁入长安，此后困居长安十载，四处求乞；44岁安史乱发，先是陷贼；潜奔凤翔，后任左拾遗，又因房琯事件，贬黜华州；48岁经历"一岁四行役"，奔波于华州、秦州、同谷，流离于陇蜀道上，48岁末到达成都。朝廷的动荡、时势的衰危、个人的艰辛，并没有消弭"致君尧舜上，再使风俗淳"(《奉赠韦左丞丈二十二韵》)，"葵藿倾太阳，物性固莫夺"(《自京赴奉先县咏怀五百字》)的情怀愿望，草堂期间杜甫虽曾有过暂时的安逸，但杜甫"以饥寒之身而怀济世之心，处穷迫之境而无厌世之想"[①]，使律诗从枯燥乏味、内容单调的应制酬赠拓展到描写人世风情、世间万物、历史现实、政治时事。杜甫在草堂律诗中叙时事、记漂泊、叹民生、写感慨、论时政，通过记录历史事件或者以历史事件为背景抒发诗人关注政治，寄寓时事，语涉民生的强烈情感。可以说，杜甫草堂律诗将时事纳入律诗之中，深化了杜诗"亲风雅"的创作倾向，这也正是杜甫律诗的"当时体"特性之一。

就草堂时期而言，其时的唐王朝历经安史之乱、吐蕃入侵、回纥作乱，风雨飘摇；此时的杜甫历经华州辞官、流离秦州、困居同谷、奔波蜀道之后寄居草堂，穷愁老病，悲愤于时事，忧虑于自身，国家、民生、自身悲戚相连。杜甫在草堂虽有暂时的闲暇，但其在闲居、登高、独处、夜宿等场景中时常借律诗来"遣忧""遣兴""遣愁""遣意""遣闷""释闷"，杜甫将对时事政治的关注、时势民生的忧虑、现实历史的反思与诗人自身的亲身经历、穷愁困苦结合起来，融注到草堂律诗之中，拓展了草堂律诗的题材范围，增强了草堂律诗的历史感、现实感，草堂律诗实现了"随所遇之人之境之事之物，无处不发其思君王、忧祸乱、悲时日、念友朋、吊古人、怀远道，凡欢愉、幽愁、离合、今昔之感，一一触类而起，因遇得题，因题达情，因情敷句"[②]的创作态势。因此草堂时期，律诗在杜甫手中可以像古体一样成为随意抒写诗人性情的工具，律诗也可以像"三吏三别"等古体那样将"风雅"精神贯穿于律诗之中，甚至通过深沉浓郁的情感与抑扬顿挫的韵律、寓意丰富的意象、跌宕起伏的画面、宏大的时空距离融为一体，来强化"亲风雅"的创作精神，基于此，杜甫草堂律诗"当时体"特点得到淋漓尽致的体现。

杜甫草堂律诗对时事的关注，有的是在诗中直接叙述。如《建都十二韵》，所指时事为"至德二载，以蜀郡为南京，凤翔为西京，西京为中京"。"上元元年九月改置南都于荆州"[③]，对此杜甫在诗中写道："建都分魏阙，下诏辟荆门，恐失东人望，其如西极存，时危当雪耻，计大岂轻论。"(《建都十二韵》)表达了"是时，思明尚据东都，朝廷不能专意进取，长驱北向，乃反纳荆州之议，张贼势而惑众心，失策甚矣"[④]的态度，此诗也"可作一篇谏止南都疏读"[⑤]。如"宝应元年十月，仆固怀恩等屡破史朝义兵，克东京，其将薛嵩以相、卫等州降，张忠志以恒、赵等州降；次年正月，朝义走，田承嗣以莫州降，李怀仙以幽州降"[⑥]，杜甫写了《闻官军收河南河北》这"生平第一首快诗"[⑦]。再如"宝应元年，吐蕃陷临洮，取秦、成、渭等州；明年，又

①冯天瑜，何晓明，周积明：《中华文化史》，上海：上海人民出版社，1990年，第601页。

②沈文凡，闫秋玉：《〈论语〉铸就了"诗圣"杜甫》，《吉林师范大学学报》(人文社会科学版)，2008第5期，第2页。

③(北宋)司马光：《资治通鉴》，北京：中华书局，1956年，第7120页。

④(北宋)司马光：《资治通鉴》，北京：中华书局，1956年，第7120页。

⑤(清)浦起龙：《读杜心解》，北京：中华书局，1961年，第728页。

⑥(北宋)司马光：《资治通鉴》，北京：中华书局，1956年，第7204页。

⑦(清)浦起龙：《读杜心解》，北京：中华书局，1961年，第628页。

取兰、河等州，陇右尽亡……广德元年秋吐蕃陷京师，冬取松、维、保三州”[①]，杜甫写了《警急》《王命》《征夫》《西山三首》等诗。

杜甫律诗对时事的关注，有的是将时事政治寄寓在个人的穷愁困苦经历中。如“兵戈不见老莱衣，叹息人间万事非。我已无家寻弟妹，君今何处访庭闱。黄牛峡静滩声转，白马江寒树影稀。此别应须各努力，故乡犹恐未同归。”(《送韩十四江东觐省》)此诗是杜甫在上元二年(761)为送别韩君所作。诗中把朋友经历、个人的遭遇、时事的艰难紧密联系在一起。两人是同乡，因兵戈都遭受骨肉飘零，今韩君前往江东探望父母，而杜甫不能回归洛阳，皆因兵戈阻碍。此诗“触起离乱心绪，情文恻恻”[②]，“气韵淋漓，满纸犹湿”[③]。杜甫于广德二年(764)复归草堂后所作的《登楼》，将锦江春色、动荡时局、艰危时事、个人情感融为一体。杜甫面对锦江春色，登楼对花，作伤心之叹[④]，以乐景写哀情，写出自己流寓他乡的悲感，更写出了面对吐蕃入侵，“伤时无诸葛之才，以致三朝鼎沸，寇盗频仍，是以吟想徘徊”[⑤]的深切内涵，境界壮阔，寄托遥深。

杜甫对时事的关注有时通过比兴的手法来表现。比兴是中国古典诗歌抒情的传统媒介，杜甫在律诗中“以古之比兴，就今之声律”[⑥]，将“对时事的叙述、议论隐含于诗人的情感之中”[⑦]。在草堂时期，杜甫的律诗用以起兴的各种自然事物，或者与诗人的命运相近似，或者与诗人的情感想感应，都通过借以比兴的自然景物的客观形态或隐含之意来表现杜甫羁旅漂泊之感、忧时伤世之情、家国无依之恨。如作于宝应元年(762)春天的《江头五咏》组诗，其中《栀子》《鸂鶒》《花鸭》是五律，杜甫采用了比兴的手法，借物言情，“栀子，适幽性也；鸂鶒，遣留滞也；花鸭，戒多言也，此虽咏物，实自咏耳”[⑧]，浦起龙则点评说“江头之五物，即是草堂之一老；时而自防，时而自惜，时而自悔，时而自宽，时而自警，非观我观世，备尝交惕者，不能为此言”[⑨]。如“西蜀樱桃也自红，野人相赠满筠笼。数回细写愁仍破，万颗匀圆讶许同。忆昨赐沾门下省，退朝擎出大明宫。金盘玉箸无消息，此日尝新任转蓬”(《野人送朱樱》)，作于肃宗驾崩之后“见蜀樱而忆朝赐”[⑩]，杜甫由蜀地的朱樱想到了当年任左拾遗时的情景，盛衰治乱之感不言而自明，平易委曲之中感兴出于自然，所以杨伦认为此诗“托兴深远，格力矫健，为咏物上乘”[⑪]。再如“小径升堂旧不斜，五株桃树亦从遮。高秋总馈贫人实，来岁还舒满眼花。帘户每宜通乳燕，儿童莫信打慈鸦。寡妻群盗非今日，天下车书已一家”(《题桃树》)，

---

①(北宋)司马光：《资治通鉴》，北京：中华书局，1956年，第7204页。

②(清)浦起龙：《读杜心解》，北京：中华书局，1961年，第622页。

③(清)浦起龙：《读杜心解》，北京：中华书局，1961年，第629页。

④(清)仇兆鳌：《杜诗详注》.北京：中华书局，1979年，第1132页。

⑤(清)杨伦：《杜诗镜铨》，上海：上海古籍出版社，1980年，第520页。

⑥(唐)独孤及：《唐故左补阙安定皇甫公集序》，(唐)董诰等：《全唐文·卷388》，北京：中华书局，1983年，第3941页。

⑦王艳军：《“当时体”视角下的杜甫草堂律诗诗风》，《长城》，2012年第8期，第82页。

⑧(清)仇兆鳌：《杜诗详注》.北京：中华书局，1979年，第879页。

⑨(清)浦起龙：《读杜心解》，北京：中华书局，1961年，第430页。

⑩(清)仇兆鳌：《杜诗详注》.北京：中华书局，1979年，第902页。

⑪(清)杨伦：《杜诗镜铨》，上海：上海古籍出版社，1980年，第312页。

杜甫由堂前鸦燕、树间花实写出仁民爱物之意，并由此想到离乱之感，所以“此诗思深意远，忧乐无方，寓民胞物与之怀于吟花看鸟之际，其材力虽不可强而能，其性情固可感而发”[1]，顾宸甚至认为“题属桃树，寓意却大，公一生稷契心事，尽于此诗中，以堂中作天下观，以天下作堂中观”[2]。比兴的运用，使杜甫草堂律诗加强了对各种题材尤其是时事政治题材的运用和适应性，从而内容更加丰厚，风格更加多样。

杜甫草堂律诗以“律诗写时事”，深化了杜诗“亲风雅”的思想倾向，在此统御下，杜甫的草堂律诗涵盖了上至国家时事、民生疾苦，下至个人漂泊流离、生活情景琐事，涉及叙事、写景、抒情、咏怀、寓物等方方面面，并挖掘、拓展了草堂律诗抒情、议论的各种表现手法和功能。

①(清)仇兆鳌:《杜诗详注》.北京:中华书局,1979年,第1118—1119页。

②(清)仇兆鳌:《杜诗详注》.北京:中华书局,1979年。

杜甫白话七律的变革与发展

魏耕原
（西安文理学院人文学院　陕西西安　710062）

诗至盛唐，诸体大备，最后晚成者是七言律诗。初唐七律仅有 72 首，盛唐发展到约 300 首，而杜甫拥有 151 首，竟然占到盛唐的一半。“初唐英华乍起，门户未开”，杜甫“胸次闳阔，议论开辟，一时尽掩诸家”[①]，而为大成，把七律的发展推向高峰，而且影响中、晚唐的七律，使其得以长足发展，并下及宋元明清，沾溉百代。前人对杜甫七律的论述汗牛充栋，然多从体制艺术着眼。如果结合内容、语言与风格，就会发现杜甫扭转了盛唐七律高华伟丽和畅达温厚的风格，而形成雄壮悲凉、凝重坚实、博大深沉等多种风格。对于杜甫质朴自然的白话七律，向来注意者无多，或偶有微词。就其发展变化，尚待进一步讨论。

一、走向日常生活的白话七律

先从个人的情怀入手，用七律发抒心中的种种郁闷与不快。作于早年的 3 首，有题咏、宴饮、山水，虽与王维等人无别，似乎是对这一新体的尝试，然在风格的凝重与句式的打锻上已与上四家显然有别，似乎为将来的创变作了准备。天宝末年两首寄赠厚重雄博，已逗漏出后来主体风格的端倪。其中《赠献纳使起居田舍人澄》的结联“扬雄更有河东赋，唯待吹嘘送上天”，若与李颀《寄司勋卢员外》结联“早晚荐雄文似者，故人今已赋长杨”比较，貌离而神似，然高朗流畅却高出七律圣手李颀若许。这些均可看作汲纳与试验的准备期之作。

回到收复后的长安，杜甫仍任左拾遗，但肃宗视他与房琯为父党。虽身居谏官，然并不得志，实质没有多少发言权，因而郁郁不欢，他用《曲江二首》抒发了当时苦闷的心情。望着飘落的春花，其一说“一片花飞减却春，风飘万点正愁人”，把一叶落而知秋变作对春去的怅然。时局和时令都进入春天，然而正如同时所作的《曲江陪郑八丈南史饮》中说的“自知白发非春事，且尽芳樽恋物华”，看来他属于新朝“多余的人”。既然政治上的春天不属于他，他只能说：“且看欲尽花经眼，莫厌伤多酒入唇。”这种用动荡的单笔白描式的叙写，感觉不出偶对，甚至有些不像律诗。出句与其说是描写，还不如说是议论——春天眼看就要完了——这

①（清）沈德潜：《唐诗别裁集·凡例》，北京：中华书局，1975 年，第 4 页。

才是实际要说的。对句的"伤多",又是流播百姓口头间的俚语俗词。如此原汁原味的口语,原本与庄重的律诗是风马牛不相及,却用来"装饰"作定语,以表达"过多"的意思。以之与"欲尽"偶对,这是少与多的对偶,句法为上五下二,亦为新奇。只有读到颈联"江上小堂巢翡翠,苑边高冢卧麒麟"——噢!这才是偶对,这才是七律呀!所以,我们不能小觑"伤多"一词,它预示了杜甫要向民间口语汲取活泼的语料,换句话说,他对七律的堂皇将要进行词汇上彻底的革命。这在其二的"酒债寻常行处有,人生七十古来稀",显得更到位了,干脆以口语句入七律,而且形成偶对。我们习惯欣赏下联"穿花蛱蝶深深见,点水蜻蜓款款飞"式的偶对,而"寻常""七十"的口语习见词,用于七律则换上了不经人道"新面孔"。这种"陌生美"有待于人们继续地再认识,杜甫向日常的白话律诗愈加走近了。

作于同时的《曲江对酒》的"桃花细逐杨花落,黄鸟时兼白鸟飞",桃花小而轻故曰"细逐","黄鸟""白鸟"则语如童稚,而"时兼"则为精约的雅言,如此写景与对偶,似乎在进行文白交杂的试验,亦属七律革新的范畴。句式亦带民歌特色,开宋人一大法门。杨慎云:"梅圣俞诗'南陇鸟过北陇叫,高田水入低田流',山谷诗'野水自添田水满,晴鸠却换雨鸠来',李若水诗'近村得雨远村同,上圳波流下圳通',其句法皆自杜……来。"[①]颔联"纵饮久判人共弃,懒朝真与世相违","判"亦俗词,仇注说:"《方言》:'楚人凡挥弃物谓之判。'俗作'拚'。"此谓拼命,不要命。这种俗义也是杜甫最早用之入诗,辟开一条通道,在中晚唐诗与宋词即成为习见词。[②] 如此议论,可谓"色相俱空",然非雅言,以粗语发泄牢骚,愈见心中郁懑。还有《题郑县亭子》中四句:"云断岳莲临大路,天清宫柳暗长春。巢边野雀群欺燕,花底山蜂远趁人。"前两句,高腔大调,为大景;后两句转入小景,且不说其中寓意,"趁"为追逐义,亦为口语俗词,亦为杜甫最早入诗。[③] 综上3诗可以看出,杜甫在语料与句式上向民间口语撷取,不仅施于古体诗,而且用于七律,欲建设一套新的话语的努力端然可见。语料与语序是他构铸白话律诗最基础的工序。有了这些准备,全新面貌的白话七律不久将会呈现。

二、白话七律的创建

有了白话词汇语料与民歌句式的准备,杜甫准备背离盛唐高华流美的浑厚风调,除了建立雄沉博大、厚重凝练、质苍老健的主体风格,另外放手创作全新的陌生风貌的白话七律。对他来说,这既是日常生活抒情言志的需要,也是为了扭转盛唐诗歌颂升平风华温丽的趋向,具有表现日常生活琐事与审美选择的双向追求。这种追求,在他与肃宗、代宗政治中心愈远的时候,追求愈强烈。当他被排挤出中枢机构,而被贬华州司功参军之时,论者以为这既是他在政治上一个转捩点,也是创作上一大关键。需要进一步指出的是,这也标志着他的七律,尤其是白话律诗,将要迈入新的进程。

作于华州的《望岳》就是用白话写的七律山水诗,其中"诸峰罗立如儿孙"的比喻,"安得

---

①(明)杨慎:《丹铅总录·卷十九"梅圣俞诗条"》,《丹铅余录》,上海:上海古籍出版社,1992年,第566页。

②张相:《诗词曲语辞汇释·"判"字条》,北京:中华书局,1979年,下册第641页。

③《汉语大词典》"趁"字条,首列诗例为于鹄《题美人》:"秦女窥人不解羞,攀花趁蝶出墙头",其实是宗法杜诗。杜诗《催宗文树鸡栅》:"驱趁制不禁,喧呼山腰宅",趁为驱的同义词驱逐义。

仙人九节杖，拄到玉女洗头盆”的流水对，都体现白话修辞与句式的功能，显得生动活泼，还有几分可爱与幽默。黄生说：“‘玉女洗头盆’五字本俗，先用‘仙人九节杖’引起，能化俗为妍，而句法更觉森挺，真有掷米丹砂之巧。”①似对这种俗语有所察觉，然却未发现企图建设白话律诗的努力。《早秋苦热堆案相仍》可以说是正式拉开了白话律诗的序幕，也是尽力拨转盛唐伟丽风格的亮点：

> 七月六日苦炎蒸，对食暂餐还不能。常愁夜来皆是蝎，况乃秋后转多蝇。
> 束带发狂欲大叫，簿书何急来相仍！南望青松架短壑，安得赤脚踏层冰！

单看每一句，俨然是七言古诗的句式，疏质野放，不加任何修饰。连此前七古从来都不上的“蝎”与“蝇”，都派入了偶对。全用白话，更不用雅言作陪衬或缓冲。它来自生活，又走向生活，鲜活的力量，饱满的张力，生动的刻画，全方位地呈现了白话律诗的全新面孔。它的陌生是对盛唐七律正格强力的反拨，以致有人惊呼：“此必赝作也。命题既蠢，而全诗亦无一句可取。纵云发狂大叫时戏作俳谐，恐万不至此！风雅果安在乎！”②若依盛唐七律正格，确实“无一句可取”，然而这正是杜甫所追求的变格变调，也正是朝着“风雅备极”温和高华风格的逆向运进，或者干脆说是一种冲击。他的五、七古的大段议论，以及后来七绝的排列直硬，莫不是创新驱动所形成的。所谓“老杜每有此粗糙语”（浦起龙语），还说得较靠谱。由送郑虔的诗至华洲七律，经过不懈的努力，正式的白话七律终于形成。有趣的是，高适的《封丘作》与此题材与语言均有相近处，然出之以七古，而用此“粗糙语”作七律，只能由才力雄厚、立意创新的杜甫来完成。时为乾元元年(758)，杜甫47岁，诗作正处于创作的第一高潮中。

以后弃官奔波，直至入蜀安居，杜甫又继续作了一系列的白话七律，进入了白话七律创作的高潮。成都草的堂生活与环境，给他提供了新的诗料，他把目光由世事转入了大自然与日常生活琐事。《卜居》的“无数蜻蜓齐上下，一双鸂鶒对沉浮”，安宁的环境，乡间的野趣，使他从昆虫小鸟中发现自然的可爱，连语言也带有一定的野味。《狂夫》的“万里桥西一草堂，百花潭水即沧浪”，方位的指示，就像回答问路人一样，全是口头语。《江村》的“老妻画纸为棋局，稚子敲针作钓钩”，《南邻》的“惯看宾客儿童喜，得食阶除鸟雀驯。秋水才深四五尺，野航恰受两三人”，就像乡间农夫在拉家常，而非正襟危坐所作的七律。特别是《宾至》(一作《有客》)叙述接待来客的经过，有乍见面的寒暄：“幽栖地僻经过少，老病人扶再拜难”，有对来访者的客气与致意：“岂有文章惊海内，漫劳车马驻江干”，有招待不丰的抱歉：“竟日淹留佳客坐，百年粗粝腐儒餐”，有临别时的客套：“莫嫌野外无供给，乘兴还来看药栏”。通首全为日常用语，全为单笔散行，从头至尾宾主反复交叉。朱瀚说：“一主一宾，对仗成篇，而错综照应，极结构之法。起语郑重，次联谦谨，腹联真率，结语殷勤。如聆其謦欬，如见其仪型。”③其实全从主位中说到宾，郑重带有傲岸，谦谨带有嘲讽。无论怎么说，如听人话语，全是一片

---

①（清）仇兆鳌：《杜诗详注》卷六引，北京：中华书局，1979年，第2册，486页。

②（清）仇兆鳌：《杜诗详注》卷六引朱瀚语，北京：中华书局，1979年，第488页。

③同上，卷九引朱瀚语，北京：中华书局，1979年，第742页。

口语在运行。把口语“溶化”到如此程度，可谓炉火纯青！《客至》亦是一篇待客之作，同样全用白话，然而话语的意味却迥然不同：

舍南舍北皆春水，但见群鸥日日来。花径不曾缘客扫，蓬门今始为君开。盘飧市远无兼味，樽酒家贫只旧醅。肯与邻翁相对饮，隔篱呼取尽余杯。

口语纯净得没有任何“杂质”，连唯一的雅言“兼味”也被溶化掉，因用于真诚的开释，显得更为亲切。起联村舍之景话外有话，言草堂寂静，世情冷淡而无人来，只有群鸥不弃，亦为下面喜客来作陪衬。“喜客来，先说无人来，是用逆笔”（何焯《义门读书记》语）。次联把客至而有空谷足音与蓬门生辉一类的话说得极为自然亲切，是因用了流水对，而且互文见义。黄生说：“花径不曾缘客扫，今始为君扫；蓬门不曾缘客开，今始为君开。上下两意，交互成对。”[①]如此看就更热情了。从平日接客的絮语繁言中提炼得如此鲜明简洁，而又不失口语风味，想见柴门迎客一言一语的意态神情，足见杜诗对白话揣摩冶炼之功夫。颔联说菜少酒薄，不成敬意；又抱歉“市远”而又“家贫”，忙乎不过来，也没有能力置办，只好如此将就。这一大堆客气话，解释的话，希望谅解的话，只这两句就交代得周详备至，而且热情洋溢。就是因了在“盘飧无兼味”与“樽酒只旧醅”中间插入了“市远”与“家贫”。就把许多话融入到只有两句就够了，而且杯盘间频频致意与殷勤款待的情状宛然如见。末联就客生情，提议邻翁对饮，亦见宾主相欢无隔，平添了不少热闹气氛，而且“隔篱”显明田夫野老身份，“呼取”见出与农夫的亲密无间，犹如陶渊明《移居》其二“过门更相呼，有酒斟酌之”那样的真率。如与《宾至》合观，亲与疏、热与冷，开诚与傲岸的差异就不能以道里计，然而都是用日常的用语来表达，真让人叹美他的说话本领，以白话为七律真是到了叹为观止的化境。

经过“一年四行役”，从大乱中漂泊到成都卜居以后，很有点陶渊明经过反复思考终于弃官归里，身心得到安息，咀嚼幽静居所与闲适生活的感觉。像陶渊明集中写起田园诗，杜甫也安下心来，写起久蓄于胸时断时续的白话七律。除了以上几首以外，还有一首《江村》说：“清江一曲抱村流，长夏江村事事幽。自来自去堂上燕，相亲相近水中鸥。”反复与叠用的对偶手法，轻松流动的语调，使饱受战乱创伤的心理得到安宁与静息，观赏起卜居的江村，注视屋内屋外的燕子与水鸥，同样感到一种自适与亲近。同样像陶渊明端详“方宅十余亩，茅屋八九间”，他在《为农》中有“江村八九家”的诗句，甚至有了“卜宅从兹老”的想法。《江村》一诗的下半说：“老妻画纸为棋局，稚子敲针作钓钩。但有故人供禄米，微躯此外更何求。”和丧乱的奔波相比，一家人都有了闲暇，确实感到满足。以戏嬉琐事入律诗，此前是没有的。王维七律《辋川别业》《积雨辋川庄作》描写田园风光，伛偻丈人与争席野老也只是画面上的点缀，犹如山水画中的人物，远人无目，更不会有其个性。张谓七律《春园家宴》按理该有家人日常的生活了，然而看到的是“大妇同行少妇随”，说的只是“竹里登楼人不见，花间觅路鸟先知”，仅是把场景由屋外移到园内。孟浩然的田园诗里更看不到自家人的活动，七律更付之阙如。杜甫以老妻稚子的一举一动入诗，只有在初唐王籍诗里依稀可见，但那时七律尚未出

① 黄生：《唐诗评》卷三，《唐诗评三种》，合肥：黄山书社，1995 年，第 214 页。

现。所以杜甫描写村居的这些诗，自然要用“家常语”与日常话。用质朴的白话来写日常平凡生活的七律，确实属于创举，带出一种新风格、新面貌。王孟与储光羲用五古追踪陶诗，杜甫却用七律，这本身有极大的距离，然而他与陶诗走得似乎更近，更亲切。

就在作这些村居的白话七律的同时，杜甫看到春水猛涨，由此而联想到作诗的进境。《江上值水如海势聊短述》说：“为人性僻耽佳句，语不惊人死不休。老去诗篇浑漫与，春来花鸟莫深愁。新添水槛供垂钓，故著浮槎替入舟。焉得思如陶谢手，令渠述作与同游。”所谓“性僻”，是说诗学审美趋向与人有异，观其所论，出语务必惊人，此为其一；所谓“漫与”的自谦，实即“纵心所欲不逾矩”，此为其二；其三则尚友古人，以陶谢为法。此以七律论诗，所论以七律为主当无疑。此诗作于一系列白话七律之后，应当也包括对这些诗在内的总结。而且可以肯定，是以白话七律为主而言。不然，何以当头即言“性僻”；既然语须惊人而又何言“漫与”？正因为如此，故以陶谢为法。他的《发秦州》《发同谷县》两组 24 首即取法大谢，即使在草堂所作的白话律诗也可看到这种痕迹，如《狂夫》的“风含翠筱娟娟净，雨裛红蕖冉冉香”。不过杜甫对陶诗最为倾心，只要看看《王十七侍御抡许携酒至草堂……》前半说的“老夫卧稳朝慵起，白屋寒多暖始开。江鹳巧当幽径浴，邻鸡还过短墙来”，就知与陶诗可谓息息相通，至于其余是不消说的。所以，这诗既可以看作白话律诗的总结，另外，也看作为此而发的“宣言书”。因而宋人杨大年说他是“村夫子”，犹如谓陶诗为“田家语”，然而这对集大成的杜甫来说，正是他所极力追求的“惊人”境界。

三、口语虚词的魅力

陶诗无论田园还是咏怀，都有不少的议论，议论则需要虚词表达其间的转折、递进等思理的变化，所用虚词竟达 50 多个，然而不失为一流的诗。[①] 杜诗亦好议论，又好陶诗，虚词见多自然是题中应有之义。实词如果似骨骼，虚词则如血气性情，用于言情，则更是不可或缺的。在杜甫的白话七律里虚词主要用于复杂情意的表达，如《有客》名句“岂有文章惊海内，漫劳车马驻江干”，打头两虚词就对发抒傲岸与嘲讽起了绝大的作用。如同他对民间语料的采撷，杜诗的虚词也很注意汲取日常口语。如口语表示“同样”义的“也”，相当于文言的“亦”，就见于七律《野人送朱樱》的“西蜀樱桃也自红，野人相赠满筠笼。数回细写愁仍破，万颗匀圆讶许同”，一起首就用了“也”字，看了前四句，很难清楚它的意思。下半说“忆昨赐沾门下省，退朝擎出大明宫。金盘玉箸无消息，此日尝新任转蓬”，原来首句的“也”字有个比照的前提，那就是后四句所说的皇家苑林樱桃是那样的红：昔日以金盘玉箸赐给门下省，自己高高兴兴地“擎出大明宫”，今日漂泊转蓬之际得到农夫赠送，而京都无有音讯，所以顿生“西蜀樱桃也自红”的感慨。首句从百转千回的回忆中先倒折出来，“也自红”力量就显得很重。吴汝纶说这句：“倒摄后半，章法奇警，所谓‘笔所未到气已吞’也。”[②]方东树说：“此小题也，前半细则极其工细，后发大议论则极其壮阔，……而后半妙处即在首句‘也自’二字根出，所谓

---

①魏耕原：《论陶渊明诗的散文美》，《文学遗产》，2008 年第 6 期。又见《陶渊明论》，北京：北京大学出版社，2011 年。

②高步瀛：《唐宋诗举要》卷五所引，上海：上海古籍出版社，1986 年，下册第 576 页。

律诗也。”[①]如果与王维题材相近的《敕赐百官樱桃》相比较，杜诗虚词的特色就更显明了。

至于白话律诗，所用虚词就更多。广德元年(763)春史朝义部将田承嗣、李怀仙先后归降，史朝义自缢，安史之乱终告结束。杜甫闻喜写下了“生平第一首快诗”(浦起龙语)——《闻官军收河南河北》。他兴奋地手舞足蹈，也像平常人一样，要把这振奋人心的喜讯和自己欢快的心情迅速转告别人。故诗如热烈激动的口语，八个虚词分布在每句里。首句表达消息出乎意外，因安史之乱长达八年，不知蔓延到何时。诗人又在偏远的西南，故用“忽”表达闻讯惊讶之感。次句见出乍闻的惊喜振奋与喜极而悲的瞬间心理的动荡。《羌村三首》其一的“妻孥怪我在，惊定还拭泪”的悲喜交集的惊疑—发愣—喜极—流泪的过程，以及《自京窜至凤翔喜达行在所》其二的“喜心翻倒极，呜咽泪沾巾”，均与此类似。首联的“忽”与“初”起了一定作用。次联的“却看”犹言再看，此句要把欣喜传递给妻子，然妻子“愁何在”——已不复愁矣，故对句有“漫卷诗书”的狂喜。千回百转的喜而不愁，喜极而狂的喜悦欢跳，借“却”“何”与“欲”表达得曲折跳荡，曲尽其情。颔联急促的“须”与兴奋的“好”——恰好，时在春天回乡，正好赶上“青春作伴”，以助行色，“放歌纵酒”“青春还乡”，一气旋转。末联预想还乡路线，“即从”与“穿”配合，“便”与“向”呼应，打头两虚词又呼应一气，使四个带有重字的地名立即流动起来，大有飞流直下之势，甚至感觉不出这是对偶句。王嗣奭说：“此诗句句有喜跃意，一气流注，而曲折尽情，绝无妆点，愈朴愈真，他人绝不能道。”顾宸曰：“此诗之‘忽传’‘初闻’‘却看’‘漫卷’‘即从’‘便下’，于仓促间写出欲歌欲哭之状，使人千载如见。”[②]前者所言的“朴”“真”，即如白话；“他人绝不能道”，即谓七律没有如此作法。后者则指出这些虚词在此诗中的表情功能与艺术魅力，其实，这些都在“语不惊人死不休”的追求范围。

有时把虚词与口语实词结合，更能发抒一种特殊的情感，使语言充满情感的弹性与张力，同年所作《送路六侍御入朝》便是虚实两种俗词合构的名作。先追怀以往的悬隔：“童稚情亲四十年，中间消息两茫然”，以下从此生发全说到现在：

更为后会知何地？忽漫相逢是别筵。不分桃花红胜锦，生憎柳絮白于绵。剑南春色还无赖，触忤愁人到酒边。

中间两联打头的“更为”“忽漫”为虚词，“不分”“生憎”为虚词与动词的结合，便有若许曲折，种种遗憾与不顺心。颔联为倒置句，故用“更为”先伸进一层，表示再再的怅然。然后以“忽漫”领起说到忽逢即别的遗憾。“不分”即不满、讨厌，与表最讨厌的“生憎”为同义词，后者见于卢照邻与骆宾王诗。而“不分”则为杜诗首用其义，延用到现在，二者均为当时口语。王嗣奭说：“‘桃花’‘柳絮’，寻常景物，句头添两虚字，桃柳遂为我用。”[③]末联的“无赖”亦为口语，则与“生憎”“不分”呼应为一片，而前置之虚词“还”进一步引出别易会难的黯然伤神。另外“知何地”“是别筵”“白于绵”中的虚词，与“还”字位置都处于句末的三字中，而与句首虚词

---

①(清)方东树：《昭昧詹言》卷十七，北京：人民文学出版社，2006年，第414页。

②王、顾所言，俱见《杜诗详注》卷十一，北京：中华书局，1979年，第2册第968页。

③(明)王嗣奭：《杜臆》卷五，上海：上海古籍出版社，1983年，第161—162页。

呼应极为紧密。这些虚词对表达"始而相亲，继而相隔，忽而相逢，俄而相别"(朱瀚语)，都平添了无限悲伤与惆怅。如果换作实词，情感恐怕不会有如此的感人力量。此诗前四句言送别之情，"一气滚注，只如说话"(清人李子德语)，说话说成七律，确为老杜的绝大本领！

杜甫自许"晚节渐于律诗细"，如果从白话七律看，越作越精到。后期此类诗虚词见多，运用从心所欲，亦见一端。而且此类诗往往即成名作，《又呈吴郎》即为著例。此前因己事有《简吴郎法司》，此则为邻说情，故曰"又呈"，则又是以诗代简。既是用作书信，措语则应如"说话"；且为人说情，更需措语委婉。实词多则骨硬，虚词多则语活。故以贴近谈心的素朴语说起先前"任西邻"打枣，因熟知邻妇"无食无儿"之孤苦。中四句简直不是偶对，不是律诗应有的模样，百转千层，莫非劝导。看它四种句式全用虚词斡旋，八面出锋，彼此开释，极费用心：(1)"不为……宁……"；(2)"只缘……转须……"；(3)"即……虽……"；(4)"便……却甚……"。散文里的因果、转折、假设、递进四种复句，全派上用场，而且凝缩复句为单句，而变为杂糅的复合句。"不为"句虽开释邻妇，亦是对吴郎的开导。"只缘"句双双说到。"即防"句回护邻妇，亦暗含劝慰吴郎。"便插"句似专就吴郎而邻妇的"恐惧"亦包孕其内。四句如水之容器而随圆就方，无处不到。既关照邻妇，又开脱邻妇，既示意吴郎，又回护吴郎，句句处处语关彼此，无不体贴入微。末尾又变密为疏，把"已诉""正思"分置两句，又是一递进复句。浦起龙说："末又借邻妇平日之诉，发为远慨，盖民贫由于'徵求'，'徵求'由于'戎马'，推究病根，直欲为有民社者告焉，而恤邻之义，自悠然言外。"①如此深长之用意，却用如此写话之语言，真如对人面语，句句打动人心。特别是十四五个虚词使语言之委婉入微，真情至性，动人心扉，渗人心底，把语言的弹性与张力发挥到了极致。回头看这又是一首七律，确有"唐人无此格调"(仇兆鳌语)之同感。

胡适为了张扬白话文学，为此专作了一部《白话文学史》。对本来矜持而讲究的七律，他自然极为反感："律诗本是一种文字游戏，最宜于应试，应制，应酬之作；用来消愁遣闷，与围棋踢球正同一类。老杜晚年作律诗很多，大概只是拿这件事当一种消遣的玩艺儿。……但他的作品与风格却替律诗添了不少声价，因此便无形之中替律诗延长了不少寿命。"这实在是因矫枉过正而激生的一种偏见，甚至推及到他所尊重的杜甫，说他的律诗是"消遣的玩艺儿"。偏见往往扭曲理智，而有违心之论。不过，他还说："老杜作律诗的特别长处在于力求自然，在于用说话的自然神气来做律诗，在于从不自然中求自然。"②这确实是一种敏锐颖透的卓见，值得深长思之。但他所说的"特别长处"，却又有些走调。所谓用说话作律诗，在杜诗中并不见多，只不过是相题制宜，根据内容与感情的需要，只能是追求变调中的一种，而且亦非主体，否则他就不能成为集大成者。

总之，七律在杜甫手里完全成熟起来，发展成为盛唐诗的重要诗体。他也有盛唐正宗正格之作，如在任左拾遗作的《腊日》《奉和贾至舍人早朝大明宫》《宣政殿退朝晚出左掖》《紫宸殿退朝口号》《题省中壁》等，比起王维、岑参并不逊色。但他意识到这种颂美文学已时过境迁，只不过是收复长安时的一度兴奋与不久即为幻灭的期望。万方多难的时代，艰难漂泊的

---

①(清)浦起龙：《读杜心解》卷四之二，北京：中华书局，1961年，第3册671页。

②以上胡适两段话，见所著《白话文学史》，上海：上海古籍出版社，1999年，第210—211页。

坎坷，促使他对律诗进行了长期的思索，也激增其变革律诗的创新欲望。当他远离朝廷，定居草堂，此前在关中试作的说话般的白话七律，就成了其最感兴趣的话题。他尝试用来叙写安宁的日常生活，也用来抒写最常见的送别，甚至重大的政治新闻。这时期的他留下不少的此类名作，为他声价极高的七律增添了新的品种。这些诗的创作意识带着审美上明显的“性僻”观念，他以“浑漫与”的精神吸纳口语俗词与民歌句式，以及大量运用习见易懂的虚词，加上内容的日常生活化，使他七律发生了巨变，以全新的陌生面孔，显示了七律的变格变调，在变调中显出生动活泼亲切感人的艺术力量。虽然白话七律在其后期创作中，特别是夔州七律中，占不到主体，且夔州所作的关于白帝城诸诗，以及《登高》《登楼》《宿府》等，特别是大型组诗《秋兴八首》《咏怀古迹五首》，甚至包括《诸将五首》，使他的七律异彩纷呈，千变万化，博大、沉雄、深厚、质苍、伟丽、苍凉、老健，而达到了七律的巅峰。充斥郁愤不平与苦闷焦虑，以及厚重坚硬甚或阻涩的风调，显然与温润安和、婉丽高亢的盛唐正宗七律格格不入，同样体现了变革创新的精神。因而，前人及今人均未对其白话七律引起足够的重视。但在同时期，杜甫并没有舍弃曾经倾心的白话七律，作有《九日》等诗作。只有把久被忽视的白话七律予以重视，才能进一步发现草堂和夔州七律变格的趋向，以及存乎不少的文白夹杂的七律。三者合观，更能全方位把握杜律的多种风格，以及与盛唐七律有所变异的本质。

王得臣论杜、注杜考论

吴怀东
（安徽大学文学院　安徽合肥　230039）

北宋是杜甫研究史上的第一个高潮期，不过，由于原始文献散佚较多，学术界对该时期杜甫研究状况认识还不全面，因此，原始文献的搜集、整理还需要进一步加强。

王得臣是北宋时期研究杜甫的重要学者。王得臣，字彦辅，号凤台子。仁宗景祐三年（1036），生于安州安陆（今湖北安陆）。他是宋初著名经学家王昭素的后人，王昭素精通九经，于《诗经》《易经》尤其专精，曾著《易论》二十三篇，对宋初经学研究有深刻影响。目前，学界对王得臣的研究，集中于其笔记作品《麈史》，如祁朝丽《〈麈史〉版本之善本考证》（《文教资料》，2007 年第 10 期）对收藏在国家图书馆的《麈史》的各种善本做了详细的考证并厘清了每种善本的大致授受情况，而华东师范大学中文系黄陈秋的硕士学位论文《王得臣〈麈史〉研究》（2009）考订版本情况、分类分析《麈史》内容并与《宋史》《续资治通鉴》比对，从而判定其内容出处与价值。但是，对于王得臣的杜甫诗歌整理与研究，学术界尚未展开，本文意图补此之缺，以推进现有对宋代杜诗学之文献整理研究。

一、王得臣生平、著述简述

王得臣家学渊深深厚，其祖王昭素淡泊名利、博学笃行的人格魅力固然会对得臣有所感发，但对得臣的人格培养、学问启蒙影响更直接更深刻的应是其父其师友。王父姓名不详，得臣《麈史》记载："先君皇祐间尉是邑"[①]，据上文可知，王父曾尉郢州京山县，《湖北通志》卷 110《职官志四・职官表四》载："王□□，安陆人，京山县尉，皇祐时任"[②]，不知是否为王父。王父治学严谨刻苦，得臣年幼时便是由父亲亲自指导功课，王父命得臣每日诵读《文选》，得臣苦其文字佶屈聱牙，王父告曰："手抄《文选》三过，方见佳处。"王父为学大率如此。且据《麈史》载，王父年未及冠，便与"二宋"（宋庠、宋祁）有过交往，时景文兄弟二人就学于安

①（北宋）王得臣撰、俞宗宪点校：《麈史》，上海：上海古籍出版社，1986 年，第 44 页。

②湖北省地方志编纂委员会办公室：《湖北通志》，武汉：湖北人民出版社，2011 年。

陆，冬日置酒布筵，王父与之同饮。[①] 王父具体身份虽尚未明晰，但其为学态度可见一斑。得臣年甫成童，便奉亲命从学于乡人郑獬。郑獬系江西宁都人，因祖父前往湖北安陆经商，遂寄居于此。郑獬少负俊材，《宋史》称其词"词章豪伟峭整，流辈莫敢望"[②]。郑獬早年作诗效法陶渊明、李白，诗歌清新明快；晚年因反对王安石变法而仕途受挫，随着人生阅历的积累、心绪的转变，郑獬的诗风也发生了改变，文莹《玉壶清话》云："翰林郑毅夫公，晚年诗笔飘洒清放，几不落笔墨畛畦，间入李、杜深格。"[③]郑獬晚年诗飘逸清放，有杜诗风采，郑獬也曾作诗云："三百年来无作者，杜陵气象久焦干。纵吟一夜鬼神哭，开卷满天星斗寒。浑脱无踪宜造化，尘泥有意污波澜。伤怀刻句无人会，寄与江南庾信看。"[④]其将杜诗置于前无古人之至高地位。仁宗皇祐三年(1051)，时年15岁的得臣入京师太学，师事"宋初三先生"之一的"安定先生"胡瑗。胡瑗精通儒家经术，学问人品均为时人称道，王安石《寄赠胡先生》盛赞胡瑗"文章事业望孔孟"[⑤]，程颐道："《易》有百余家，难为遍观。如素未读，不晓文义，且须看王弼、胡先生、荆公三家"[⑥]，四库馆臣在《四库全书总目·易类提要》曰："王弼尽黜象数，说以老庄。一变而胡瑗、程子，始阐明儒理。"[⑦]且胡瑗是宋初著名教育家，其教学方法被宋朝廷推及为"太学法"，推动了北宋教育事业的发展。此外，王得臣还与理学家程颐、程颢友善。师友均为当时的名家大儒，与他们交流，倾听他们的教诲，对得臣文学观念的养成极有助益。

王得臣性嗜书、史，阅读内容涉猎颇广。《麈史》记载，"令狐先生尝读书万卷，自有《万卷录》，余尝见之，乃知先生于世间书无所不见。先生所著《易说经义》《晋年统纬》《世惣乐要注》《默书》《谗髓》《琴谱》《兵途要辖》，……馀访诸里人，盖鲜有知者"[⑧]，令狐揆所著涉及《易经》、音乐、军事、历史等，得臣早年便已阅遍。得臣家藏丰硕，学问博洽，其侄孙王明清称"伯祖王彦辅，以文学政事扬历中外甚久"[⑨]，虽有夸耀前辈之嫌，但得臣以文学驰名当时，其影响力是毋庸置疑的。

得臣"宦牒奔走，辙环南北，而逮历三纪"[⑩]，四库馆臣称其为"耿介特立之士"[⑪]。嘉祐四年(1059)，得臣登进士第一榜入仕，时年二十四；熙宁元年(1068)，历岳州巴陵令；熙宁二年(1069)，管干京西漕司文字，居洛阳；熙宁四年(1071)，任开封府判官；元丰二年(1079)，任秘书丞；元丰四年(1081)，提举开封常平；元祐二年(1087)后，先后出任唐州、邻州、鄂州、黄州知州及福建转运副史；元祐八年(1093)，任福建转运司判官；绍圣元年(1094)，回朝廷任金部郎中、军器少监、司农少卿；绍圣四年(1097)，因目疾管勾崇禧院致仕，赠太中大夫；政和六年

---

①(北宋)王得臣撰、俞宗宪点校：《麈史》，上海：上海古籍出版社，1986年，第27—28页。

②(元)脱脱等：《宋史·卷三二一·列传第八十》，北京：中华书局，1977年。

③(北宋)文莹撰，郑世刚、杨立扬点校：《玉壶清话》，《唐宋史料笔记丛刊》，北京：中华书局，1984年，第70页。

④郑獬、酬卢载：《宋诗话全编》，南京：江苏古籍出版社，1998年，第19页。

⑤(北宋)王安石著、李之亮补笺：《王荆公诗注补笺》，成都：巴蜀书社，2002年，第356页。

⑥(北宋)程颢，程颐：《河南程氏遗书》，《二程集》，北京：中华书局，1981年，第248页。

⑦(清)永瑢等：《四库全书总目·卷一》，北京：中华书局，1965年，第1页。

⑧(北宋)王得臣撰、俞宗宪点校，《麈史》，上海：上海古籍出版社，1986年，第37—38页。

⑨(南宋)王明清：《挥麈录》，上海：上海书店出版社，2001年，第139页。

⑩(北宋)王得臣撰、俞宗宪点校：《麈史·序》，上海：上海古籍出版社，1986年，第1页。

⑪(清)永瑢等：《四库全书总目提要·卷一二〇》，北京：中华书局，1965年。

(1116)卒，享年81岁。在党争激烈的北宋中后期，得臣却能卓然不染，极为难得。得臣师从郑獬、胡瑗，又与二程友善，可能为洛党中人。但在《麈史》中，并无一言可表明其立场。且《麈史》评论诗文，无一字提及苏轼、黄庭坚，当然，也从未驳斥过二人。独独对王安石，得臣并不似对其他人一样称呼字号，而是直呼其名，可推知得臣对王安石应怀不满之心，这也许是因为得臣对新法并不认可，且其恩师郑獬因不执行新法而遭贬斥，也可能影响了得臣的态度。不过《元祐党碑》不录得臣姓名，基于此，得臣在宦场应是无所偏附，或者政治态度是比较隐晦的。

王得臣著述丰富，其挂冠归家后更是一心著书。按《宋史・艺文志》，得臣著《麈史》三卷、《凤台子和杜诗》三卷、《江夏辩疑》一卷，《湖北通志》载得臣还有《古今纪咏集》五卷，《挥麈后录》载得臣有《注和杜少陵诗》行于世。除专著外，《全宋诗》收录得臣诗六首，《全宋文》收录其文四篇，按《全宋文》收录之《增注杜工部诗集序》，得臣曾著《增注杜工部诗集》。《注和杜少陵诗》或为《凤台子和杜诗》与《增注杜工部诗集》集合。由此可知，王得臣有关杜甫的有两种专门著作《注和杜少陵诗》和《增注杜工部诗集》，另外，其著名的笔记小说《麈史》中多有涉及杜甫其人其诗的评论。

王得臣后人王明清《挥麈录》云："伯祖彦辅，以文学政事扬历中外。……伯祖名得臣，自号凤台子，有《注和杜少陵诗》《麈史》行于世。"[①]称王得臣所著为《注和杜少陵诗》，未载其卷数。《黄氏补千家注纪年杜工部诗史》卷首"集注杜工部诗姓氏"有：凤台王氏彦辅，《和注子美诗》四十九卷，自号凤台子。[②]《注和杜少陵诗》《和注子美诗》，均标明为王得臣所作，题名亦相近，所指当为同一本书，称谓稍异而已。题名中有"和""注"，可能此书包括和杜诗、注杜诗两方面的内容。和杜诗的部分应与《凤台子和杜诗》内容相同，而注杜诗的部分可能就是指《增注杜工部诗集》。

二、《麈史》论杜成就

《麈史》作于得臣因目疾归家养疴之后，即绍圣四年(1097)后，序于政和五年(1115)追作，故成书当在1097至1115年间。《麈史》所记凡二百八十四事，分四十四门，涉及范围很广。"诗话""辩误"二章，是王得臣的诗歌理论和诗词修养的集中体现，其中亦不乏对杜诗的妥洽精到之点评，非常值得关注。王得臣精于史实的考辨，其论《麈史》书名，"麈"为鹿类动物，为"麈尾"的简称，系取之挥动麈尾，以掸灰尘，带有"点拨、指迷"之意，[③]足见其博学多识与严谨、周密。序言中也自称其写作态度"盖取出夫实录，以其无溢美，无隐恶而已"[④]。《麈史》中专论杜甫及其诗文的内容不过十则，所论不乏精彩。

十则评述，从内容分两类，前一类八则如下：

---

①(北宋)王明清：《挥麈录》，上海：上海书店出版社，2001年，第139—140页。

②(北宋)黄希，黄鹤：《黄氏补千家注纪年杜工部诗史》，北京：北京图书馆出版社，2006年，卷首。

③黄陈秋：《王得臣〈麈史〉研究》，华东师范大学，2009年硕士论文。

④(北宋)王得臣撰、俞宗宪点校：《麈史》，上海：上海古籍出版社，1986年，第1页。

(1)杜审言,子美祖父也。则天时以诗擅名,与宋之问唱和有“雾绾青条弱,风牵紫蔓长”。又“寄语洛城风与月,明年春色倍还人”。子美“林花著雨胭脂落,水荇牵风翠带长”。又云“传语风光共流转,暂时相赏莫相违”。虽不袭取其意,而语脉盖有家风矣。[①]

(2)杜子美善于用事,及常语多离析,或倒句,则语峻而体健,意亦深稳,如“露从今夜白,月是故乡明”是也。白乐天工于对属,寄元微之曰:“白头吟处变,青眼望中穿。”然不若杜云“别来头并白,相见眼终青”尤佳。[②]

(3)古善诗者,善用人语,浑然若己出,唯李杜。颜延年《赭白马赋》曰:“旦刷幽燕,夕秣荆越。”子美《骢马行》曰:“昼洗须腾泾渭深,夕趋可刷幽并夜。”太白《天马歌》曰:“鸡鸣刷燕晡秣越。”皆出于颜赋也。退之曰:“李杜文章在,光焰万丈长。”信哉。[③]

(4)《庄子》曰:“鹏之徙南溟也,抟扶摇而上者九万里,去以六月息者也。”《尔雅》释风上下曰扶摇。老杜下峡诗曰:“五云高太甲,六月旷抟扶。”恐别有出。[④]

(5)《逸史》载唐李适之罢相诗云:“避贤初罢相,乐圣且衔杯,试问门前客,今朝几个来?”适之,饮中八仙之一也。子美诗曰:“左相日兴费万钱,饮如长鲸吸百川,衔杯乐圣称避贤。”盖用其诗也。[⑤]

(6)白傅自九江赴忠州,过江夏,有与卢侍御于黄鹤楼宴罢同望诗曰:“白花浪溅头陀寺,红叶林笼鹦鹉洲。”句则美矣,然头陀寺在郡城之东绝顶处,西去大江最远,风涛虽恶,何由及之?或曰:“甚之之辞,如‘峻极于天’之谓也。”予以谓世称子美为诗史,盖实录也。[⑥]

(7)荆公集李、杜、韩吏部洎本朝欧阳文忠公歌诗,谓之《四选集》,王萃乐道谓予曰:“然不取韩公《符读书城南》,何也?”予曰:“是诗教子以取富贵,宜荆公之不取也。‘有子贤与愚,何其挂怀抱’,渊明尤不免子美之讥,况示以取富贵哉!”乐道以为然。[⑦]

(8)杜子美《李潮八分歌》曰:“苦县光和尚骨立,笔法瘦硬方通神。”按《神仙传》老子苦县濑乡人。又读《汉书》称桓帝梦见老子,命中常侍左悺于濑乡致祭,诏陈相边韶立祠兼刻石,即蔡邕书也。今考桓帝纪年乃建和,光和盖灵帝时年号,岂杜诗乃后人传写之误耶?或者以为今亳有太清残缺碑,犹有“光和”二字,又不知太清之名始于何代。兼谯去苦县尚两舍,即非边韶所刻石也。[⑧]

这八则的内容涉及杜诗艺术及其家学渊源。王得臣精准地解析了杜审言对杜甫的影响,杜甫曾言“诗是吾家事,吾祖诗冠古”(《宗武生日》),显见其对于家学十分自得。杜甫对杜审言诗的吸收学习体现在诸方面:杜审言为“文章四友”之一,尤工于五律,推动了近体诗

①(北宋)王得臣撰、俞宗宪点校:《麈史》,上海:上海古籍出版社,1986年,第42—43页。
②(北宋)王得臣撰、俞宗宪点校:《麈史》,上海:上海古籍出版社,1986年,第43页。
③(北宋)王得臣撰、俞宗宪点校:《麈史》,上海:上海古籍出版社,1986年,第43页。
④(北宋)王得臣撰、俞宗宪点校:《麈史》,上海:上海古籍出版社,1986年,第43页。
⑤(北宋)王得臣撰、俞宗宪点校:《麈史》,上海:上海古籍出版社,1986年,第43页。
⑥(北宋)王得臣撰、俞宗宪点校:《麈史》,上海:上海古籍出版社,1986年,第43—44页。
⑦(北宋)王得臣撰、俞宗宪点校:《麈史》,上海:上海古籍出版社,1986年,第45页。
⑧(北宋)王得臣撰、俞宗宪点校:《麈史》,上海:上海古籍出版社,1986年,第64页。

的发展，杜甫亦大量写作五律，现存杜甫五律六百多首，占现存杜诗总量的三分之一多；杜审言律诗格律谨严，杜甫创作律诗亦极重格律，曾自述“晚节渐于诗律细”（《遣闷戏呈路十九曹长》）。不论诗歌体例，还是风格技巧，杜诗都有选择性地消化了审言诗的过人处。得臣指出二人诗句相似处，杜甫虽未承袭审言诗意，但语脉仍是相承，极有见地。对杜诗精妙的创作技艺，得臣主要探讨了杜诗化用前人语的精妙，如水中盐，知有味而难寻踪迹，这也与北宋中后期流行的杜诗“无一字无来处”观点相吻合。王得臣还敏锐地发现了杜诗词语离析、语句颠倒的现象，对杜甫化平实为神奇的能力给予了充分肯定。

后两则虽是讨论诗歌，不过，内容涉及杜甫生平问题的考证：

(1)子美《同谷七歌》曰：“黄精无苗山雪盛，短衣数挽不掩胫。”或以黄精当作黄独，遂援《本草》芋魁注释以为证。此皆惑于多闻好奇之过也。《药录》云：“黄精止饥。”杜以穷冬采此，无所获，必迁就黄独耶？又以山雪为春雪，此尤为乖谬。杜自十月发秦州，十一月至同谷，十二月一日离同谷入蜀。诗中历历可考，盖未尝涉春也。[①]

(2)世言子美卒于衡之耒阳，故《寰宇记》亦载其坟在县北二里，不知何缘得此。《唐新书》称耒阳令遗白酒牛肉，一夕而死。予观子美侨寄巴峡三岁，大历三年二月始下峡，流寓荆南，徙泊公安。久之，方次岳阳，即四年冬末也。既过洞庭入长沙，乃五年之春。四月，遇臧玠之乱，仓皇往衡阳，至耒阳，舟中伏枕，又畏瘴，复沿湘而下，故有《回棹》之作。末云：“舟师烦尔送，朱夏及寒泉。”又《登舟，将适汉阳》云：“春色弃汝去，秋帆催客归。”盖《回棹》在夏末，此篇已入秋矣。继之以《暮秋将归秦留别湖南幕府亲友》云：“北归冲雨雪，谁悯弊貂裘。”则子美北还之迹见此三篇，安得卒于耒阳耶？要其卒，当在潭岳之间，秋冬之际。按元微之《子美墓志》称：“子美孙嗣业，启子美柩，襄祔事于偃师，途次于荆。拜余为志，辞不能绝。”其系略曰：“严武状为工部员外郎、参谋军事，旋又弃去。扁舟下荆楚，竟以寓卒，旅殡岳阳。”近时故丞相吕公为《杜诗年谱》，云：“大历五年辛亥，是年还襄汉，卒于岳阳。”以前诗及微之之志考之，为不妄。但言是年夏，非也。[②]

这两则所讨论的问题涉及杜甫行踪及去世时地这一杜甫生平中重大公案。自晚唐孟棨为杜诗戴上“诗史”的桂冠后，杜诗直承时事的特性便引起了后人的广泛关注，以史证诗的解读模式也因此而开启。得臣批注杜诗，尝考证其创作背景，联系时代社会之状貌，多层次多角度地解读杜诗。前一则从杜诗中推断出乾元二年(759)十月至十二月杜甫的行踪，以此驳斥此前学者以“山雪”为“春雪”，以“黄精”为“黄独”的说法。后一则对杜甫去世时间的考证，深得后来学者肯定。《旧唐书·杜甫传》云：“永泰二年，啖牛肉白酒，一夕而卒于耒阳，时年五十九。”[③]认为杜甫永泰二年(766)卒于耒阳。王洙《杜工部集记》指出：“《传》云：‘甫永泰二年卒’，而集有大历五年正月《追酬高闻州》诗及别题大历年者数篇”，纠正了《旧唐书·杜甫传》中杜甫卒年记载的失误，并提出“(大历)五年(770)夏，一夕，辞饱卒，年五十九”[④]的说法。

---

①(北宋)王得臣撰、俞宗宪点校：《麈史》，上海：上海古籍出版社，1986年，第64页。

②(北宋)王得臣撰、俞宗宪点校：《麈史》，上海：上海古籍出版社，1986年，第64—65页。

③(五代)刘昫：《旧唐书》，北京：中华书局，1975年，第5055页。

④(北宋)王洙：《杜工部集》，北京：北京图书馆出版社，2004年，卷首。

《新唐书·杜甫传》于杜甫卒年仅称："大历中，出瞿唐，下江陵，溯沅、湘以登衡山，因客耒阳。游岳祠，大水遽至，涉旬不得食，县令具舟迎之，乃得还。令尝馈牛炙白酒，大醉，一昔卒，年五十九。"①至于具体时间、地点均无明确记载。而王得臣在《麈史》中则结合杜甫晚年创作的诗歌，对这一问题做出了准确的推测和详细的论述。得臣不认可杜甫因食牛肉饮白酒，并于大历五年夏卒于耒阳的观点，通过细细考察杜诗中透露的线索，最终认定杜甫于秋冬之际卒于潭岳之间，后世注者也多从得臣之说。

《麈史》是王得臣唯一一部留存至今的作品，书中阐发的他对杜诗的见解，尤其是对杜诗创作艺术的鉴赏，极少见于现存可辑录出的得臣注中，这些均是研究王注非常珍贵的资料。虽然王得臣在杜诗评论和杜集编次方面只是顺应了时代的主流，但在其擅长的考辨领域涉及杜诗的编年，往往有不少精彩的论断，被后代学者视为定说。

三、《增注杜工部诗集》考述

《增注杜工部诗集》《凤台子和杜诗》均已失传，所幸今存宋人《九家集注杜诗》《分门集注杜工部诗》等书保存了其《增注杜工部诗集》序，该序记录了得臣编注此书的过程与参考资料：

唐兴，承陈隋之遗风，浮靡相矜，莫崇理致。开元之间，去雕篆，黜浮华，稍裁以雅正。虽绨句绘章，人既一概，各争所长。如大羹玄酒者，薄滋味；如孤峰绝岸者，骇郎庙；秾华可爱者，乏风骨；烂然可珍者，多玷缺。逮至子美之诗，周情孔思，千汇万状，茹古涵今，无有涯涘，森严昭焕，若在武库，见戈戟布列，荡人耳目，非特意语天出，尤工于用字，故卓然为一代冠，而历世千百，脍炙人口。予每读其文，窃苦其难晓。如《义鹘行》"巨颡折老拳"之句，刘梦得初亦疑之，后览《石勒传》，方知其所自出。盖其引物连类，掎摭前事，往往如是。韩退之谓"光焰万丈长"，而世号"诗史"，信哉！予时打猎书部，尝妄注辑，且十得五六。宦游南北，因循中辍。投老家居，日以无事，行乐不暇，不度芜浅，既次其韵，因旧注惜不忍去，搜考所知，再加笺释。又不幸病目，无与乎简牍之观，遂命子澂洎、孙端仁，参夫讨绎，俾之编缀，用偿志焉耳。②

在这篇序文中，王得臣首先介绍了其注杜诗的原因。他从文学发展的角度充分肯定了杜诗的地位和价值，同时也指出杜诗往往"引物连类，掎摭前事"，难以读懂，因而开始为其作注。其次，记载了该书的成书过程。王得臣早年就已尝试注释杜诗，后因"宦游南北"中断，待晚年挂冠还乡之后才与其子王澂洎、孙王端仁一起参考早年所作旧注，重新笺释、整理成《增注杜工部诗集》一书。此书的成书时间较《凤台子和杜诗》较晚。最后，著录了该书所用杜集的版本。王得臣所见杜集有郑文宝编《少陵集》二十卷，蜀本杜诗十卷，王洙、王琪编《杜工部集》二十卷以及其所谓"今古诸集"等多种。王得臣在参考诸本的基础之上，以二王本

①（北宋）欧阳修，宋祁，等：《新唐书》，北京：中华书局，1975年，第5738页。

②（宋）佚名：《分门集注杜工部诗》，北京：北京图书馆出版社，2003年。

为正。

《增注杜工部诗集》一书已经散佚，不过，现存宋代杜诗集注本中引用了不少出自此书、标注为“（王）彦辅曰”的文献，据不完全统计，《黄氏补千家纪年杜工部诗史》[①]引用118次，《分门集注杜工部诗》[②]引用最多，达148次，其他如《补千家注纪年杜诗史》《九家集注杜工部诗》《集千家注分类杜工部诗》也有收录王得臣注，今去其重复，可辑录出王得臣注142条，从中亦可见得臣注杜之基本内容。

第一，探析杜诗典故及化用句出处，这个内容最多。王得臣自幼即受到良好的教育，其《麈史》云：“予幼时，先君日课令颂《文选》。”王得臣为杜诗所作注释中也显示出了其良好的文学修养，如：

《游龙门奉先寺》“阴壑生灵籁”句下，彦辅曰：“沈佺期《西岳》诗：‘阴壑以永闭’。”

《望岳》“荡胸生层云”句下，彦辅曰：“庾肩吾《山》诗：‘层云霾峻岭’。”

《秋雨叹三首》“着叶满枝翠羽盖”句下，彦辅曰：“《东京赋》：‘树翠羽之高盖’。”

《亭对鹊湖》“迹籍台观旧”句，得臣注曰：“魏文帝《铜雀台诗》：‘朝游高台观’”；“气溟海岳深”句，得臣注曰：“隋江揔《盌赋》：‘副君海停岳峙’”；“圆荷想自昔”句，得臣注曰：“陈祖孙《登咏荷诗》：‘圆荷承日晖’”；“芳宴此时俱”句，得臣注曰：“谢眺赋《曲水宴诗》曰：‘嘉乐具矣，芳宴在斯’”；“不阻蓬荜兴，得兼梁甫吟”句，得臣注曰：“刘向雅《琴赋》：‘潜心蓬荜之中’。乐府有《梁甫吟》。李善注蔡邕《琴颂》曰：‘梁甫悲吟’。”通篇都在探寻杜诗字词之出处，这与得臣渊博学识不无关系。

第二，得臣注重解释字词及考辨名物。杜诗中涉及的事物繁多，无所不包，常导致读者难解，故王得臣在注杜诗时对难解的词语做了详尽的解释。如：

《送孔巢父谢病归游江东兼呈李白》“罢琴惆怅月照席，几岁寄我空中书”句下，彦辅曰：“空中书，未详，或曰盖雁书耳。”

《秦州杂诗二十首》“船人近相报，但恐失桃花”句下，彦辅曰：“桃花水也。”

《梅雨》题解，彦辅曰：“梅熟而雨，曰梅雨，江东呼为黄梅雨。”

《同豆卢峰贻主客李员外贤子棐知字韵》“符彩高无敌”，彦辅曰：“《记》：‘君子于玉比德焉，孚尹旁达，信也。’注：孚尹，读为浮筠，谓玉采色也。”

《送高三十五书记》“焉用穷荒为”句，彦辅曰：“穷荒，谓穷兵武贪土地也。”

第三，得臣注亦重视保存杜诗异文。王得臣在《增注杜工部诗集序》中言其之所以选择王洙、王琪《杜工部集》为正，是因为他们在校勘时秉承“义有兼通者，亦存而不敢削”的原则。王得臣在注杜诗时亦借鉴了二王本的做法，故现存注释中保存了不少杜诗异文。如：

《兵车行》“县官急索租”句下，彦辅曰：“旧本云县官云急索。”

《天育骠骑歌》“矫矫龙性合变化”句下，彦辅曰：“一云矫龙性逸。”

《遣兴五首》“终竟畏罗罟”句下，彦辅曰：“一作终岁畏罪苦。”

《题壁上韦偃画马歌》“戏拈秃笔扫骅骝”句，彦辅曰：“一云‘试拈’。”

---

①（北宋）黄希，黄鹤：《黄氏补千家注纪年杜工部诗史》，北京：北京图书馆出版社，2006年.

②（宋）佚名：《分门集注杜工部诗》，北京：北京图书馆出版社，2003年。

第四，对杜诗大意的阐释，得臣注也有独到处。对于杜甫有所寄托的诗作，王得臣往往根据自己的理解在题下点出杜甫作此诗之本意。如：

《示从孙济》题解，彦辅曰："此诗讥风俗衰薄，虽同姓不能无疑也。"

《九日寄岑参》题解，彦辅曰："此诗言君为奸邪所蔽，而贤人幽忧。"

《归燕》题解，彦辅曰："此诗公托意以自喻也。"

解句意如《游龙门奉先寺》"令人发深省"句，彦辅曰："庾信诗：'山寺响晨钟。'杜言人境俱静，则发越尘虑无不省觉。"

《三绝句》题下注："此三绝皆愍交道凋敝，风俗衰薄也。初章言新合之情不能久，则莫若不见之也；次章言踈数之无常也；三章言莫若以岁寒自守也。公当乱离之际，奔走流落，而无上下之交。故见于诗者率皆如此。"

得臣注释杜诗，对杜诗创作技艺的解析篇幅不多，如对杜诗用字的阐释，《饮中八仙歌》"举觞白眼望青天"句，得臣云："阮籍善为青白眼，观杜诗，工于用字，而略其本意，他多仿此。"

第五，对人地、年谱的考证，在得臣注中也占有一定比重，此类内容得臣一般置于诗题后，作为背景材料辅助读者理解。如《徒步归行》题下注："赠李特进，自凤翔赴许州，途经邠州作。"又如《别房太尉墓》题下注："阆州太尉名琯，常与严武等交结，贬邠州刺史。上元元年为汉州刺史，宝应二年拜刑部尚书。在路遇疾，广德六年卒于阆州僧舍，年六十七。"

此外，标为王得臣所做注释中有一部分文献价值极高，值得我们高度关注。在现存宋代集注本中有一些题为"彦辅曰"的注释，与《宋本杜工部集》中的注释完全相同，详列此类注释如下：

《醉时歌》题下，彦辅曰："赠广文馆博士郑虔。"

《乐游园歌》题下，彦辅曰："晦日贺兰杨长史筵醉中作。"

《骢马行》题下，彦辅曰："太常梁卿敕赐马也，李邓公爱而有之，命甫制诗。"

《徒步归行》题下，彦辅曰："赠李特进，自凤翔赴许州途经邠州作。"

《戏题王宰画山水图歌》题下，彦辅曰："王宰画笔丹青绝伦。"

《入奏行》题下，彦辅曰："赠西山检察使窦侍御。"

《扬旗》题下，彦辅曰："三年夏六月，成都尹郑公置酒公堂，观骑士试新旗帜。"（此处《宋本杜工部集》作"二年"，余皆一致，疑传抄过程中有误。）

《路逢襄阳少府入城戏呈杨员外绾》题下，彦辅曰："甫赴华州日许寄员外茯苓。"

《宿赞公房》题下，彦辅曰："赞，大云寺主，谪此安置。"

《送何侍御归朝》题下，彦辅曰："李梓州泛舟筵上作。"

《奉寄别马巴州》题下，彦辅曰："时甫除京兆功曹在东川。"

这些注释，如《奉寄别马巴州》题下注释《九家集注杜诗》书中便题作"公自注"①，该条注释与《骢马行》《路逢襄阳少府入城戏呈杨员外绾》二诗题下注释中提到杜甫时均称其为"甫"，而自称称名，称人称字，乃是古人的基本礼貌，王得臣如此推崇杜诗绝不至于直呼杜甫

---

①（南宋）郭知达：《九家集注杜诗》，《四库全书第1068册·集部》，上海：上海古籍出版社，1987年，第445页。

之名，此类注释应当是杜甫本人所作。据王洙《杜工部集记》记载，其在编《杜工部集》时共参考了九种杜集，分别是："古本二卷，蜀本二十卷，集略十五卷，樊晃序小集六卷，孙光宪序二十卷，郑文宝序少陵集二十卷，别题小集二卷，孙仅一卷，杂编三卷。"①严羽《沧浪诗话·考证》又对"蜀本二十卷"有简略的介绍："旧蜀本杜诗，并无注释，虽编年而不分古近二体，其间略有公自注而已。"②因此，从文献源流的角度看，此类"公自注"很可能最初保存在二十卷的蜀本杜集之中，后为王洙、王琪本《杜工部集》接受，再被王得臣《增注杜工部诗集》所采纳，最终被王得臣之后的注家误引作王得臣注。究其致误之原因，则可能与王得臣《增注杜工部诗集》的编排方式有关。首先，除上述被误题为王得臣所作的"公自注"之外，现存王得臣注中还有两条注释明确指出其直接引用杜甫本人所作之注。《兵车行》诗"耶娘妻子走相送"句下引彦辅曰："杜元注云：《古乐府》云：'不见耶娘哭子声，但闻黄河之水流溅溅。'"（《黄氏补千家纪年杜工部诗史》卷一）《苦雨奉寄陇西公兼呈王征士》题下引彦辅曰："杜元注云：陇西公，即汉中王瑀，王征士，琅琊王彻。"（同上卷一）对照《宋本杜工部集》，可以看出这两条注释也出现在相同的位置。由此两条注释与上述误题为王得臣作的"公自注"可以看出，在《增注杜工部诗集》一书中，杜甫原注与王得臣所作注夹杂在一起，故其后注家在引用时若不仔细辨别就很容易导致误题注家姓名。其次，细读现存题为王得臣所作之注，便会发现其中部分注释存在着杜甫原注与王得臣注相结合的现象。如《述怀》诗题下引彦辅曰："此以下自贼中竄（窜）归凤翔作。晋阮籍尝作《咏怀》诗八十余篇，为世所重。"（同上卷三）其中"此以下自贼中竄归凤翔作"在《宋本杜工部集》中已出现，其后关于诗题来源的补充解释为王得臣所作。《别房太尉墓》题下引彦辅曰："阆州太尉名琯，常与严武等交结，贬邠州刺史；上元元年为汉州刺史，宝应二年拜刑部尚书。在路遇疾，广德元年卒于阆州僧舍，年六十七。"（同上卷二十五）其中"阆州"也见于《宋本杜工部诗集》，之后对于房太尉生平的具体介绍当出于王得臣之手。综合以上两点，王得臣《增注杜工部集》不但如其序言中所言在校勘上以"苏本为正"，而且应当是以王洙、王琪本为底本，直接在二王本的基础上再作笺释。于其有所得处加以补充，无创见处沿用旧注，便是书名中"增注"之意，也因此造成了其后注家引用时题名的失误。作为较早的杜诗注家，王得臣处在杜诗研究的起步阶段，可以称得上是这一领域的先驱者。他在众多版本的杜集之中选择王洙、王琪所编分体编年的《杜工部集》作为注杜诗的底本既见其眼光独到，也与二王本收诗较全且较为通行有关。与其时代相近的另一位学者邓忠臣亦有和杜诗、注杜诗之作，邓氏同样以王洙、王琪本《杜工部集》为底本。在注杜之风渐起之后，王得臣以白文无注的二王本作为底本加以注释，从客观上来说也促进了二王本及其分体编年本这种注杜形式的推广、传播。

四、王得臣注杜与北宋杜诗学发展

从《增注杜工部诗集序》中可以看出自王得臣始注杜诗至此书完成经历了相当漫长的一段时间。该文虽作于宋徽宗政和三年（1113），而其开始"尝妄注辑"杜诗却早在"宦游南北"

①（北宋）王洙：《杜工部集》，北京：北京图书馆出版社，2004 年。

②（南宋）严羽著、郭绍虞校释：《沧浪诗话校释》，北京：人民文学出版社，1961，第 231 页。

之前，应是早年所为，可见他是北宋中期以来较早关注杜诗并为之作注的学者之一。王得臣所作杜诗注释集中于解释名物、指明出处、点明诗意和保存异文四个方面，也都是一些杜诗研究的基础问题，与其所处时代不无关联。王得臣出生于世代书香之家，族中不乏博学多才之士，有些与当时著名的文学家颇有往来，如其父与宋庠、宋祁为友，其堂兄弟王萃亦曾师从欧阳修。王得臣宦游多年，其所交往的人物也多是名流显贵和文人隐士，仅其《麈史》一书中提及的就有宋庠、宋祁、王安石、司马光等重要人物。正是由于其身处良好的学术环境之中，王得臣才能敏锐地察觉到北宋中期以来文坛潮流的变化并及时地参与其中。"北宋中叶开始的尊杜倾向并不是少数诗坛巨子的个人选择，而是整个诗坛的共识"，王得臣和杜诗、注杜诗既是受此倾向影响的结果，又与其他学者的研究成果一起汇成了整个时代的潮流。当然，王得臣并非诗坛巨子，其文学成就亦有限，他在评论杜诗时多采纳当时的主流说法。如宋祁《新唐书·杜甫传》中评价杜甫的文学成就云："唐兴，诗人承陈、隋风流，浮靡相矜。至宋之问、沈佺期等，研揣声音，浮切不差，而号'律诗'，竞相袭沿。逮开元间，稍裁以雅正，然恃华者质反，好丽者壮违，人得一概，皆自名所长。至甫，浑涵汪茫，千汇万状，兼古今而有之，它人不足，甫乃厌余，残膏剩馥，沾丐后人多矣。故元稹谓：'诗人以来，未有如子美者。'甫又善陈时事，律切精深，至千言不少衰，世号'诗史'。昌黎韩愈于文章慎许可，至歌诗，独推曰：'李杜文章在，光焰万丈长。'诚可信云。"[①]这段话主要提出了四个观点。第一，唐代在杜甫之前的文学家"人得一概，皆自名所长"。第二，杜甫的诗歌"浑涵汪茫，千汇万状"，即今日所谓杜诗"集大成"之说。第三，杜诗"善陈时事，律切精深"，世号"诗史"。第四，韩愈对杜甫诗歌评价甚高，赞其"光焰万丈长"。将这段文字与王得臣《增注杜工部诗集序》对读，则会发现后者对杜诗的评价亦包含以上四个主要观点，只是前两点表述更详细，辞藻更华美，后两点则一笔带过。然而，后世很多关于杜诗的经典论断，如杜诗"集大成"说和"诗史"说，都是在著名学者提出之后，由一批如王得臣一样的杜诗注家反复论证，从而逐步确立并发展，因此，王得臣在杜诗研究上所做的贡献不容忽视。

---

①(北宋)欧阳修，宋祁，等：《新唐书》，北京：中华书局，1975年，第5738—5739页。

写实、象征与抒情
——论杜甫诗歌中的鸥鸟意象[①]

赵化
（对外经济贸易大学中国语言文学学院　北京　100029）

乾元元年（758），距离杜甫去世还有十三年，这是杜甫生命具有转折意义的一年，也是杜甫诗歌创作的分水岭。是年，杜甫遭到安史之乱后继位的唐肃宗的贬斥，由一个可以给皇帝直接进言的左拾遗被左迁为华州一个地方的小官吏，由此杜甫正式退出了中央政权。虽然在政治生命上，这是杜甫极为不幸的一年，但是这样的残酷现实却开启了诗人生活的另一扇大门——作为一个伟大诗人的大门。可以说，正是从中央政权的退出给予了杜甫一个回归自我内心世界的契机，使得他能够专心于诗歌创作，丰富和拓展了诗歌的意境，深化了对近体诗诗律的研究和探索。然而，与杜甫半隐逸的生活经历看似矛盾的是诗人始终没有放弃他对现实的关怀。杜甫在这个时期的诗歌中总是透露出隐隐的遗憾和对现实沉痛的反思。

这种反思并不像诗人在秦中之前那个时期那样直接描写社会现实，而是更多地转向诗人对人生的回顾与思考，并且包容在诗人的抒情过程中，隐晦地通过比喻、象征、典故等等艺术手段透射出来。除了越来越"细"的声律之外，杜甫在这一时期取得的最重要的艺术上的成就恐怕要数他对于意象的圆融把握。

杜甫在早年的诗歌创作中就已经显现出非凡地运用意象的天赋，比如马的意象和鹰的意象。这些动物在杜甫的诗歌语言里具有独特的象征意义。然而在杜甫的创作高峰期出现最多的既不是曾经代表风发意气的马，也不是快意豪烈的鹰，而是《列子》中那敏锐先知的忘机鸥鸟。鸥鸟意象，代替了鹰和马，成为杜甫晚期诗歌中的一个重要的象征符号。在一共出现的三十九次里，只有一次不属于杜甫生命中最后十三年的诗歌创作。

鸥鸟意象的来源并非是诗歌，甚至并非出自文学创作。这个意象出自《列子》中的黄帝篇：

①本文系对外经济贸易大学中央高校基本科研业务费专项资金资助（13QD26）。

海上之人有好沤鸟者，每旦之海上，从沤鸟游，沤鸟之至者百住而不止。其父曰，“吾闻沤鸟皆从汝游，汝取来，吾玩之。”明日之海上，沤鸟舞而不下也。故曰，至言去言，至为无为；齐智之所知，则浅矣。[①]

在《列子》中，鸥鸟意象代表了敏锐先知的智者形象，它能够及时地辨别“海上之人”接近它的目的。“海上之人”本来淡泊无求，所以鸥鸟就飞来陪伴他。但是，因为其父要求他捉鸥鸟供自己玩乐，第二天出海的时候已经怀有“机心”，也就是一定的目的。《列子》作者写这个小故事的本意显然并非称赞鸥鸟，而是告诫人们要无为无求，这样人生反而能获得更多的东西，从而达到“至言”“至为”的境界。然而这一小段故事对后代的中国文人最有影响的却是鸥鸟所代表的忘机的心境。唐代诗人李嘉祐在诗篇中将这一心境概括为：“心闲鸥鸟时相近，事简鱼竿私自亲。”[②]

从魏晋开始，士人们在自己的文学作品中不断重复着鸥鸟忘机的主题，抒写着中国传统文人所追求的庙堂之外的一种惬意和洒脱。但是他们笔下的鸥鸟意象远远没有成为系统的自我表达，大多数情况下只是作为孤例出现在诗歌当中。[③]

然而这个意象在杜甫笔下，除了出现次数的增多以外，更重要的是其内涵和外延都获得了极大的延展。元代诗论家杨载说：“诗有内外意，内意欲尽其理，外意欲尽其象，内外意含蓄，方妙。”[④]他强调的是在诗歌创作中，诗的内层结构要充分传达情感和理趣，而外层结构要用语言描写出丰满的形象，两者只有充分融合，才能成为好诗。鸥鸟意象在杜甫笔下就是得到了内层和外层结构的双重深化。他丰富和完善了这个意象在古典诗歌作品中的表达，把那种在他之前零星地出现在山水纪行诗中的有符号意义的鸥鸟意象渐渐融入了景物描写，成为其生活场景的一部分。杜甫更为伟大的创造是把鸥鸟这个原本是反映淡泊旷达心境的一个客体转化成了抒情主体，也就是诗人自我形象的表达，并且鸥鸟所代表的诗人形象随着诗人的人生经历而有所变化，反映了诗人的人生轨迹。除此之外，杜甫还通过鸥鸟意象与不同文学主题的结合折射出其在不同人生阶段的独特生命体验。在杜甫笔下，鸥鸟意象脱离了简单的符号式的象征，而成为诗人表达自我的一个系统，这在诗歌艺术技巧上无疑是一个飞跃性的进步。

一、鸥鸟意象与杜甫的政治讽喻诗

杜甫最早的几首包含鸥鸟意象的诗歌，其鸥鸟意象通常作为一个明显代表诗人自我形象的比喻出现在他的政治讽喻诗当中，表达了杜甫在政治上的抱负、失意与彷徨。这种直接

---

①杨伯峻：《列子集释》，北京：中华书局，1979年，第67—68页。

②（唐）李嘉祐：《晚登江楼有怀》，《全唐诗》，北京：中华书局，1979年，第2163页。

③魏晋时期含有鸥鸟意象的诗包括陶渊明《游斜川》、谢灵运《于南山往北山经湖中瞻眺》《过瞿溪山饭僧》、鲍照《上浔阳还都道中作》、谢朓《游山诗》、刘瑱《上湘度琵琶矶诗》、江淹《孙廷尉绰杂述》、江总《赠贺左丞萧舍人》和何逊《咏白鸥兼嘲别者诗》，由上可见，除谢灵运在两首诗中运用过鸥鸟意象，在其他的诗人笔下鸥鸟意象的出现都是孤例。就是谢灵运也只是偶尔在他的诗中运用鸥鸟意象，并没有通过其展示诗人生命整体的丰富性。

④（元）杨载：《诗法家数》，《历代诗话》，北京：中华书局，1981年，第736页。

的表述更多地使鸥鸟意象带有明显的修辞特征和讽喻意味，与后来杜诗中鸥鸟意象的抒情性表达有很大不同。

杜甫第一首带有政治讽喻意味的鸥鸟意象的诗歌写于天宝七载(748)。在这前一年，玄宗下令进行进士考试为朝廷选拔人才，而权相李林甫以“野无遗贤”为由蓄意没有让任何一个士子通过这次考试。李林甫的这次阴谋让杜甫失去了一个可以跻身官场的重要机会。因此，杜甫数度写诗给当时的左相韦济请求援引，在这些诗中表达了他的政治抱负和热情，以及落第的悲愤心情。在《奉赠韦左丞丈二十二韵》中，杜甫将自己比喻成难以驯服的白鸥，以表达他对自由和正义的渴望。在诗的结尾他这样写道：

今欲东入海，即将西去秦。尚怜终南山，回首清渭滨。常拟报一饭，况怀辞大臣。
白鸥没浩荡，万里谁能驯？①

杜甫在仕途失意后，并没有意气消沉，相反以翱翔于海上的白鸥自比，一方面表现出了他高洁的志向和人格，另一方面也反映了中年时期杜甫的昂藏自负和不畏挫折的心态。

鸥鸟意象所代表的这种对自由翱翔的新生命的向往在后面的几首政治讽喻诗作中转化成了与黑暗残酷的政治现实的搏斗。在肃宗把杜甫贬到华州后，杜甫写了三首包含鸥鸟意象的诗来表达他的悲愤之情。写在刚刚被贬之后的《独立》一诗反映了诗人对自身命运的焦虑：

空外一鸷鸟，河间双白鸥。飘摇搏击便，容易往来游。草露亦多湿，蛛丝仍未收。
天机近人事，独立万端忧。②

由于房琯一事，几乎杜甫所有政治上的盟友，包括贾至、严武、郑虔都被肃宗视为异己，遭到贬斥。虽然两唐书杜甫传都把杜甫这次被贬归结为他本人性格上的不谙政治、为人狂放，但是其实这是杜甫从朝廷的稳定大局出发而做的一次清醒的理性抗争。③ 这一事件对于杜甫的打击是相当严重的。它不仅剥夺了杜甫在政治上显露头角的机会，也浇灭了他心中

---

①(清)仇兆鳌：《杜诗详注》，北京：中华书局，1979年，第73—80页。

②(清)仇兆鳌：《杜诗详注》，北京：中华书局，1979年，第495—496页。

③如果仔细推敲一下杜甫在疏救房琯一事上的表现，就可以证明其实这并非是懵懂无知的迂腐文人行为，而是有政治意识和政治头脑的爱国表现。房琯被贬的表面原因是受他的门客董庭兰的牵连。《新唐书》与《旧唐书》一样，把杜甫的营救行为解释成“与房琯为布衣交”，因此杜甫的疏救是出于个人恩义的忤逆表现。但是钱谦益在考察了宋朱长文《琴史》中引用与杜甫同时代的薛易简的话后，认为董庭兰是一个颇有古风的君子，他的所谓受贿很可能是被人诬陷的(《钱注杜诗》卷二十，上海：上海古籍出版社，1958年，第688页)。而房琯的被贬既不是因为陈涛斜的军事失利，也并非由于董庭兰受贿，真正的原因其实是肃宗听信了贺兰进明的挑拨，认为房琯只忠于他父亲玄宗，而不忠于自己。《旧唐书》房琯传中详细记录了贺兰进明的谗言，而肃宗的反应是“由是恶琯”。反观《新唐书》的记载，其中只提到了董庭兰受贿而没有提及贺兰进明的挑拨。司马光(1019—1086)是宋人，可是他在《资治通鉴》中的记述并没有采纳宋代编纂的《新唐书》而是采用了《旧唐书》的观点，可见贺兰进明一事是的确存在的。关于此段历史的讨论也可详见邓小军《杜甫疏救房琯墨制放归鄜州考(上)》(《杜甫研究学刊》，2003)。

始终燃烧着的政治热情，促使他反思自己的生命道路，转向了他生命最后十三年的游离于中央政权之外的隐逸历程。诗中的白鸥显然已经没有了前一首诗中的勇敢无惧的精神，而是时刻处在鸷鸟威胁之下的脆弱生命的体现。浦起龙评价此诗："比物连类，刺谗之意深焉。"[①]杜甫运用了多个比喻委婉地表达出他对自己政治前途的忧虑。多湿的草露象征着政治道路的泥泞，而未收的蛛丝正是张开的复杂危险的政治之网。所以诗的结尾杜甫明确以自然界的事物比喻人事，表达了他对自身命运的焦虑和彷徨。

杜甫在《有怀台州郑十八司户（虔）》中把这种对命运的焦虑表达得更为现实。他一边想象朋友郑虔的潦倒，一边用一组比喻来抒发了被贬的悲愤之情。他在诗中写道："昔如水上鸥，今如罝中兔。"[②]这首诗紧接着就叙述了郑虔在台州的困顿。郑虔曾是唐玄宗最赏识的艺术家，称其"诗、书、画"三绝。但是，遭到肃宗的贬斥后在台州他只能对着比他年轻的长官卑躬屈膝。杜甫在诗中还用了一系列恐怖的意象，比如山鬼、蝮蛇等来烘托郑虔处境的绝望。但是这些并非杜甫亲眼所见，而是出于自己的想象。这种对郑虔困顿处境的夸张表现其实正寄托了诗人自己对于被贬的抑郁和悲愤。

这种情感在杜甫乾元二年（759）写给贾至和严武的《寄岳州贾司马六丈巴州严八使君两阁老五十韵》又出现了。然而，他的两个朋友对被贬是否和杜甫有相同的情绪反应我们不得而知，只能通过诗篇感受到杜甫自己深切的忧愤。

旧好肠堪断，新愁眼欲穿。翠干危栈竹，红腻小湖莲。贾笔论孤愤，严诗赋几篇。
定知深意苦，莫使众人传。贝锦无停织，朱丝有断弦。浦鸥防碎首，霜鹘不空拳。
地僻昏炎瘴，山稠隘石泉。且将棋度日，应用酒为年。[③]

杜甫在诗中建议他的两个朋友不要把寄托悲愤情感的文字外传，以免招来不必要的祸端。他用了两个和贾至、严武同姓的历史人物贾谊和严光做例子。尽管他的两个朋友已经被贬，但是杜甫还是指出了潜在的危险：中央政权中的凶恶的政敌时刻窥伺着象征正义的"浦鸥"。诗人接着鼓励两个朋友保护好自己，等待时机，这也表明了他对于中央政权持续的关心。

在这四首诗中，鸥鸟意象全部都是以诗人主体形象出现的，代表了杜甫入蜀前的人格理想。无论是勇于奋争的没浩荡的白鸥，还是被鸷鸟威胁的鸥鸟都是诗人自身正义高洁形象的代表。杜甫在这一时期还没有继承盛唐以来鸥鸟出现在山水行旅诗歌中的传统，而是相对简单地把这一意象的符号象征意义运用到了诗歌写作当中，也反映了诗人这一时期生活主要内容仍然是他的政治抱负。他将这种生命体验用诗歌的语言表达出来，形成了这一时期鸥鸟意象的鲜明特色。

①（清）浦起龙：《读杜心解》，北京：中华书局，1961年，第375页。

②（清）仇兆鳌：《杜诗详注》，北京：中华书局，1979年，第559－561页。

③（清）仇兆鳌：《杜诗详注》，北京：中华书局，1979年，第645－654页。

二、鸥鸟意象与饮酒主题

被贬后，杜甫经历过心灵的痛苦挣扎，这能从他的几首鸥鸟意象的诗歌当中反映出来。这之后，杜甫决定退出朝堂上的政治生活，从而来到四川开始了后半生的隐居。随着生活重心由庙堂转向乡野，杜甫在成都时期的诗歌更加关注自己的内心世界。他在四川过了六年相对安定的生活。这时期他写了许多含有鸥鸟意象的诗歌。与前一时期不同的是，这一意象不再只具有简单的符号象征意义，而是作为诗人生活场景的一部分出现在了诗歌当中。而且，在成都草堂时期，杜甫诗中经常出现鸥鸟意象与饮酒主题的结合，通过这种结合杜甫更形象具体地描摹出了他的内心世界。

饮酒在古代中国文人的生活里是不可或缺的一项活动。对于某些人来说饮酒是建立和加强仕途基础的一种手段，对另一些人来说饮酒是丰富社会生活的一项娱乐。除此之外，对于大多数文人来说饮酒最重要的功能可能就是表达他们人生中的悲喜情怀。饮酒主题在古典诗歌中最早出现于《诗经》，至今我们可以追溯到的最早的文人饮酒诗要数曹操的《短歌行》，在这首诗里诗人通过饮酒后的感受展现了他作为一个深谋远虑的政治家的胸怀和抱负。在其后的魏晋诗歌中，饮酒的主题频繁出现在以“竹林七贤”为代表的文人诗歌中，以表达他们对现实的不满和对自由生命状态的渴望。最终在陶渊明的诗歌里，饮酒作为一个固定的诗歌主题被确立了下来。他的《饮酒》诗二十首集中体现了其田园隐居的情怀。从此以后，饮酒主题多出现在隐士的诗歌中。

杜甫的蜀中鸥鸟诗有很多饮酒的反映。在这些诗中杜甫利用典故把自己与历史上那些有名的饮者联系起来。比起在四川以前的带有鸥鸟意象的诗歌，这部分诗作不仅显示出很强的抒情性，而且体现了组合意象产生的强大联想效果。杜甫在成都西郊草堂定居的首个春天里，迎来了一位造访者。据此杜甫写下了脍炙人口的名篇《客至》：

舍南舍北皆春水，但见群鸥日日来。花径不曾缘客扫，蓬门今始为君开。
盘飧市远无兼味，樽酒家贫只旧醅。肯与邻翁相对饮，隔篱呼取尽余杯。[①]

清初学者朱瀚指出这首诗，“首句用‘在水一方’诗意，次句用海翁狎鸥故事”，[②]正是切中了杜甫作此诗的要害。这两个典故都揭示出杜甫在公元758年的颠沛流离之后正在享受他在草堂的安宁的隐居生活。然而，“但见”一词的出现却展示出诗人内心世界的孤独：相比起日日与群鸥为伴，他更渴望与人的交往。一方面“群鸥”这一复合意象的出现比之单独的有抽象意义的“鸥”更能增添这一场景的真实性；另一方面，这一意象的出现还唤起了对于张九龄的诗《溪行寄王震》中在林间欢迎诗人的“群鸥”的共鸣。在张九龄的诗中“丛桂林间待，群鸥水上迎”[③]反映了其在被贬谪时期的一次纪行中的见闻。那相待的丛间桂树和水上欢迎诗

①（清）仇兆鳌：《杜诗详注》，北京：中华书局，1979年，第793页。

②（清）仇兆鳌：《杜诗详注》，北京：中华书局，1979年，第793页。

③熊飞，校：《溪行寄王震》，《张九龄集校注》，北京：中华书局，2008年，第219页。

人的群鸥都隐喻着当时诗人的贬谪以及在不得志的景况中的自我慰籍。因此通过运用这个意象杜甫表明了自己被放逐的灵魂，同时这个意象也暗示了诗人在草堂享受的田园生活的欢愉多多少少带有点自我欺骗的意味。

正是因为这样，诗人亲自打扫干净了屋前的小路，对新来的客人表现出前所未有的热情。诗的颈联和尾联接着描写了杜甫怎样款待这位造访者，诗人不仅用家酿的酒招待客人，而且还请来了邻居陪饮。这两联诗让人自然地联想起陶渊明《移居》其二中描写他与邻人交往的名句："过门更相呼，有酒斟酌之。"[①]杜甫这样的写法不仅反映出他毫不介怀与农夫野老交往，而且还通过以陶渊明自比而折射出诗人对那种自适田园的情怀的向往。

除了陶渊明以外，杜甫在诗歌里还以初唐著名的隐士王绩自比。王绩自号"五斗先生"，据说他在东皋村隐居时自己开垦田地种黍而且每年春秋都要各酿一次酒。但是与历史上其他有名的饮者不同的是，王绩既没有像"竹林七贤"那样把饮酒当成逃避现实和政治迫害的手段，也没有像陶渊明那样偶然在诗歌中通过饮酒表达他对生命易逝的无限感慨。正如美国学者华纳丁香指出的："王绩的饮酒是一种宣扬老庄哲学的方式，也就是宣扬凡事都处于不断变化之中的道。"[②]在《谴意》一诗中，杜甫试图塑造一个与这两个人的性格都有关联的自我形象。

啭枝黄鸟近，泛渚白鸥轻。一径野花落，孤村春水生。
衰年催酿黍，细雨更移橙。渐喜交游绝，幽居不用名。[③]

在这首诗中，杜甫在诗的开头描绘出了枝头黄鸟婉转歌唱和白鸥漂浮于水上的春天的景象。然而这一派春意却没有蕴含多少欣喜之意，入目而来的是"野花"和"孤村"，充斥着孤寂之感。诗的开头杜甫即借用了黄鸟意象来表达自己被放逐的状态，《诗经》中的黄鸟意象往往与流寓主题联系在一起，[④]杜甫正是隐晦地运用这样的联想反映出了自身的处境。诗中与黄鸟并举的是春水中浮游的白鸥。这里，白鸥的深层意义同样含蓄，这个意象被完全融入了景物描写之中，只有最仔细的读者才能分辨出其中隐含的象征意义。白鸥所代表的无为忘机的自适情怀正和诗人的孤寂的心情形成鲜明的对比。诗的颈联明白地化用了王绩的典故，证明杜甫试图表达自己也能像王绩那样实现对"道"的领悟，但遗憾的是颈联"衰年催酿黍"中的"催"字透露出诗人的隐居并非情愿，而是带有了某种不得不为的无可奈何。尾联杜甫用"渐喜"化用陶渊明《归去来辞》中的名句"喜息交以绝游"，同样暗示出诗人在初到草堂时对于退隐并不像陶、王二人那样释然。

由于不能学陶渊明和王绩那样自适田园，杜甫只好像魏晋士人那样借饮酒以逃避对现

---

①逯钦立校注：《陶渊明集》，北京：中华书局，1979年，第57页。

②Warner, Ding Xiang, *Mr. Five Dippers of Drunkenville: The Representation of Enlightenment in Wang Ji's Drinking Poems. Journal of the American Oriental Society*, 1998(3): 347－355.

③(清)仇兆鳌：《杜诗详注》，北京：中华书局，1979年，第794页。

④关于"黄鸟"意象与流寓主题的关系，详见郑志强：《〈诗经〉中的"黄鸟"意象与流寓群体》，《江海学刊》，2012年第5期，第185－194页。

实的不满。在《春归》一诗中，诗人表达了他对由地方藩镇势力引起的西南动荡局势的忧虑，并且诉说了自己对于现实的无可奈何。

苔径临江竹，茅檐覆地花。别来频甲子，归到忽春华。倚杖看孤石，倾壶就浅沙。远鸥浮水静，轻燕受风斜。世路虽多梗，吾生亦有涯。此身醒复醉，乘兴即为家。①

宝应二年(763)，杜甫刚刚在草堂安家后不久，四川就爆发了动乱。诗人不得已徙居梓州和阆州。次年春天严武再次受命镇守东西川并拜为剑南节度使，他邀请杜甫回成都入幕府协助他。诗人回到草堂，触景伤怀，一挥而就写下了这首诗。诗中杜甫首先看到的是草堂无人打扫的景象，回忆去年，感慨时光易逝。诗人此时看到的石头是“孤”的，这未必是客观的景物描写，相反折射出诗人心境的凄凉孤寂，因而他就借酒以消愁。入目而来的不是早春的生机勃勃，相反却是燕子在风中艰难的飞行以及远处鸥鸟悄无声息地浮游。这里的“静”和“斜”同样隐含着诗人对生命的感受，是那样的孤寂和艰难。面对多梗的世事和有限的生命，诗人最后选择了用饮酒麻痹自己。杜甫在最后一句用王子猷乘兴而行的典故，不仅没有写出洒脱放诞的名士风流，相反却让人生出一种对人生和现实的无奈感，正如叶梦得在《石林诗话》中所说的“晋人多言饮酒有至于沉醉者，此未必意真在于酒。盖时方艰难，人各惧祸，惟讬(托)于醉，可以粗远世故”②，杜甫的饮酒也多少带有这种逃避现实的意味。

魏晋士人不但借饮酒逃避社会现实，还将饮酒作为他们躲避政治责任的一种手段。那些名士整日酩酊大醉，在一个乱世中为了维持自己的道德信仰而不参与政治。杜甫在《正月三日归溪上有作简院内诸公》一诗中秉承了这样的精神。

野外堂依竹，篱边水向城。蚁浮仍腊味，鸥泛已春声。药许邻人劚，书从稚子擎。白头趋幕府，深觉负平生。③

杜甫虽受严武之邀进入其幕府，并且还得到了获赐绯鱼袋的殊荣，但是他却并没有从这人生最后一次的仕途经历中获得多少快乐。在一些陪伴严武宴饮行游的诗中杜甫表达了他与周围同僚的格格不入。在此诗中杜甫则直接表达了他对于官场生活的厌倦以及对于田园生活的向往。在篱笆外的竹林旁边诗人想到的是饮自己酿的酒和像鸥鸟一样平静地悠游以享受生活。鸥鸟泛水显示出春天的生机，同时也唤起了诗人对于有酒饮、有邻里交往和有家人相伴的平静的隐居生活的向往。

从初建草堂时的“渐喜交游绝”到“白头趋幕府，深觉负平生”，杜甫借鸥鸟意象和饮酒主题的结合完成了他从一个热衷于政治的忠义之士到安于田园生活的儒者的心路历程。杜甫在四川时期笔下的鸥鸟，相比起入蜀前，少了在复杂政治斗争中产生的焦虑和彷徨，多了份

①(清)仇兆鳌:《杜诗详注》，北京：中华书局，1979年，第1110—1111页。

②(北宋)叶梦得撰、逯铭昕校注:《石林诗话校注》，北京：人民文学出版社，2011年，第192页。

③(清)仇兆鳌:《杜诗详注》，北京：中华书局，1979年，第1201—1202页。

安逸与闲适。并且在这一时期，鸥鸟意象已经融入景物描写之中，可以说既是写实，又具有深层的象征意义，而不再是简单的符号式的意象。

三、鸥鸟意象与悲秋意识

在严武去世后，杜甫结束了他在四川将近六年的生活，他扁舟下峡，来到了夔州白帝城。他在夔州度过了不到两年的岁月，这是杜甫生命中最后一段相对稳定的时期。他在此期间创作了四百余首诗歌，是继四川之后的又一创作高峰。在这诸多的诗歌中，有十三首带有鸥鸟意象的诗，占鸥鸟意象诗歌总数的三分之一。在这十三首诗歌中，有五首之多是创作于秋天萧瑟的背景下的。在这五首诗中杜甫运用了大量描写萧条、寒瑟景象的字眼和意象烘托出了秋天所代表的悲剧意识。

这种悲剧意识不仅是杜甫对自身命运的感慨，也蕴含和寄寓了诗人对国家安危的挂怀。在《秋兴八首》之六中，杜甫就回忆了昔日长安的歌舞盛况，抚今追昔，发出盛世不再的慨叹。

瞿唐峡口曲江头，万里风烟接素秋。花萼夹城通御气，芙蓉小苑入边愁。
珠帘绣柱围黄鹄，锦缆牙樯起白鸥。回首可怜歌舞地，秦中自古帝王州。[①]

诗以秋兴为题，首联即扣题描写当时瞿唐（塘）峡的肃杀秋景。然而虽是实写秋景，杜甫却并没有把思路局限在一时一地上。“万里”一词道出了诗人心中所思的故国。这“万里”已经不仅仅指空间上的距离，还表明了时间上的距离。诗人的着眼点随着“万里”秋思回到了当年天宝末年的动荡危机。颈联诗人的思绪回到了危机之前，想象着长安的升平景象。王嗣奭谓此诗后半：“当边愁未入之先，江上离宫，珠帘围鹄，江间画舫，锦缆惊鸥，曲江诚歌舞之地也！一回首而失之，殊为可怜！”[②]诗人虽然在尾联说都城王气犹存，但此诗通篇透露出的是一种深沉的无奈和慨叹。

杜甫对国家实事的关注同样体现在他这一时期的另外一首诗作中。在《覆舟二首》其一中诗人写道：

巫峡盘涡晓，黔阳贡物秋。丹砂同陨石，翠羽共沉舟。羁使空斜影，龙居闷积流。
篙工幸不溺，俄顷逐轻鸥。[③]

唐代皇帝多好神仙，因此炼丹之术不绝于禁内。这首诗讽刺了唐朝当政者在国家动荡不安的时候依然醉心于神仙方术，过着醉生梦死的生活。秋天刚好是上贡的季节，诗人站在江边看到了舟船载着贡物慢慢驶出巫峡，然而正是湍急的江水使得舟倾药毁，仿佛上天也有意阻拦唐朝统治者的荒唐行径。杜甫心里关心的自然不是统治者的荒淫需求和使臣的安

①（清）仇兆鳌：《杜诗详注》，北京：中华书局，1979 年，第 1493 页。
②（明）王嗣奭：《杜臆》，上海：上海古籍出版社，1983 年，第 276 页。
③（清）仇兆鳌：《杜诗详注》，北京：中华书局，1979 年，第 1592 页。

危，而是驾船者的生死。这里的轻鸥虽然只是一个点缀，却反映出诗人为篙工的生还暗自庆幸的心情，可以说是诗整体悲剧笼罩下的唯一一抹亮色。然而，这鸥鸟也不再是勇敢无畏没浩荡的白鸥，而是船边飞舞的“轻鸥”，显得那么无足轻重，这抹亮色因而也就显得那么微弱和渺茫。这种对鸥鸟意象的描绘正体现了秋天肃杀背景下生机的暗淡和微眇，反映了杜甫内心世界的悲凉。

这种老病思乡的孤寂之感还通过对秋雨的描写而出现在了杜甫的《雨四首》中。鸥鸟意象在夔州诗中经常与受江峡影响下的多变天气一同出现。由于杜甫在夔州亲自躬耕，他对天气有着特别的关注。这当然首先出于气候会极大地影响农作物的收成的原因，但是从另一方面来说这种对多变天气的描写也契合了诗人心中由老病、战乱而不能归乡的烦乱心情。在所有的天气中，杜甫写雨最多。有十二首诗单独写雨，另外还有几十首诗中雨是不可或缺的一个意象。[①] 在大历二年(767)的深秋，杜甫写了《雨四首》，通过描写从早到晚的雨景，刻画了一个老病羁旅的自己，深深地忧虑着吐蕃军队对唐王朝的入侵。

> 楚雨石苔滋，京华消息迟。山寒青兕叫，江晚白鸥饥。神女花钿落，鲛人织杼悲。
> 繁忧不自整，终日洒如丝。

大历二年(767)的九月，吐蕃军队包围了离长安西北四百多公里的灵武。在没有多少抵抗的情况下，吐蕃军队只需要一个半月的时间就能到达长安。更为严重的是，他们的骑兵这时已经包围了离长安西北只有一百公里的宜禄。长安沦陷迫在眉睫。郭子仪临危受命保护长安。[②] 这首诗的开头“楚雨石苔滋，京华消息迟”写出了诗人在深秋雨中等待消息的辛苦和焦急。诗中号叫不止的青兕象征着唐王朝面对的武力威胁，而饥叫的白鸥一改一贯的冷静睿智的鸥鸟形象，代表了被国家危亡和连日多雨搅得心神不宁的诗人困顿的自我形象。[③] 诗人通过“寒”“晚”“饥”“悲”这样的字眼烘托出了全诗的悲剧氛围。

在夔州诗中，悲秋意识和鸥鸟意象的结合烘托出的是冷凝哀危的氛围。诗人通过描写秋天的景色和活动反映了对自身老病困苦的忧虑，其中还隐隐透露出对故园的思恋和因战乱老病不得而归的遗憾。最为重要的也是最有杜甫悲秋特色的，便是对家国安危的思虑。这一时期的鸥鸟不再是春水边来访的群鸥和溪边泛渚的春鸥，而是与高叫的青兕和避雨休出的马并举的鸥鸟。这样的描写突出了哀危的意象感受，也可说是杜甫这一时期独特的生命体验。

四、鸥鸟意象与漂泊的扁舟

杜甫出蜀以后，除了夔州时期一段较为稳定的时光，其余的时间都是在舟船上度过的。

---

①陈贻焮注意到了雨意象在夔州诗中的重要性，并专章讨论了杜甫对于秋雨折射出的老病羁旅生活和忧国忧民的心境，见《杜甫评传》，北京：北京大学出版社，2003年，第898—903页。

②陈贻焮：《杜甫评传》，北京：北京大学出版社，2003年，第968页。

③王嗣奭说：“中四句比凶人得志，负士坎壈，寡妇穷民，苦于兵凶赋急，忧端甚多，不能自理，所以对雨丝而兴怆也。”见《杜臆》，上海：上海古籍出版社，1983年，第335页。

他乘扁舟下峡，辗转到了夔州，又在一年多后乘舟顺长江东下，最后飘零到了湘潭一带。可以说在这一段时期内，杜甫的生活基本上是离不开舟船的，因此舟船成为杜甫这一时期诗歌中反复出现的主要意象，有时代表诗人自己，有时是景物描写的一部分。与舟船同时出现在其诗歌中的还有鸥鸟意象，因为舟船上的生活使鸥鸟非常自然地出现在诗人的视线内，成为其漂泊羁旅的一个重要的标志。同时，由于这两个意象都可以代表诗人的自我形象，它们在诗歌中的结合更体现了杜甫对于诗歌意象和肌理的完美把握。有三首诗可以很好地说明这种自我指示。其中的一个例子就是在杜甫即将离开蜀地时作的《去蜀》一诗：

> 五载客蜀郡，一年居梓州。如何关塞阻，转作潇湘游。万事已黄发，残生随白鸥。
> 安危大臣在，何必泪长流。①

通过“万事已黄发，残生随白鸥”，杜甫传达了两个重要的信息：一是他会继续像白鸥一样保持自己高洁的人格，二是他余生都会在舟船漂泊中度过。因为鸥鸟常常出现在舟船周围，所以这联诗暗示了作者会像漂泊的鸥鸟一样在羁旅中了此残生。

杜甫笔下的舟船意象可以说没有脱离世俗的潇洒自得，更多的则是羁旅漂泊的凄凉和无奈。杜甫这种心境同样反映在《旅夜书怀》一诗中。此诗写了杜甫刚刚离开四川扁舟下峡的经历。

> 细草微风岸，危樯独夜舟。星垂平野阔，月涌大江流。名岂文章著，官应老病休。
> 飘飘何所似，天地一沙鸥。②

杜甫此诗中把自己乘坐的舟船置身在了广袤的天地之间。“危樯”和“独夜舟”那漂泊微弱的形象与广阔的平野、滔滔不绝的江水、由繁星和月亮点缀的明朗的夜空形成了鲜明的对比。面对江山无限、夜色无边，杜甫反观自己的现状，发出了自己如同天地间孤独漂泊的沙鸥的慨叹。沙鸥和独夜舟，一孤独、一疲弱，完美地结合于一首诗中，都是诗人自我形象的恰当代表。

然而并不是在每首诗中鸥鸟和舟船的动作都那么悄无声息。在《寄韦有夏郎中》一诗中，杜甫笔下的春鸥就在桨边活跃地洗翅而呼。

> 省郎忧病士，书信有柴胡。饮子频通汗，怀君想报珠。亲知天畔少，药味峡中无。
> 归楫生衣卧，春鸥洗翅呼。犹闻上急水，早作取平途。万里皇华使，为僚记腐儒。③

这首诗是一封写给韦有夏的感谢信。好友在得知杜甫生病时寄给了他一些草药。柴胡

---

①(清)仇兆鳌：《杜诗详注》，北京：中华书局，1979 年，第 1217 页。

②(清)仇兆鳌：《杜诗详注》，北京：中华书局，1979 年，第 1228—1230 页。

③(清)仇兆鳌：《杜诗详注》，北京：中华书局，1979 年，第 1287—1288 页。

这种草药是中医常用的,并不很名贵,而且在任何一间药铺都能抓到。但是,即使这样平常的药物,在羁旅中杜甫也不可得。船桨上的水藻暗示出杜甫此时的贫困:他只能驾着这样一艘老破的船顺流而下。在这种情况下,鸥鸟也不能保持平静。"春鸥"赋予了鸥鸟意象无边的活力,这种活力被接下来鸥鸟的动作强化了。鸥鸟通过"洗翅而呼"出现在了读者的视线中。在此联中,舟船和鸥鸟两个意象都可以解读成诗人自我形象的表达。一方面,如同一艘破船,杜甫在羁旅中贫病交加。另一方面,诗人为了生存又像鸥鸟一样对韦有夏发出了求救的信号。这种象征意味虽然不如《旅夜书怀》和《泊松滋江亭》一般鲜明,但多少都暗示了杜甫在羁旅中的困顿无依和求助心切。

羁旅的困顿不可避免地会触发诗人对故土的思恋。在770年,杜甫生命的最后一年中,除了边患和地方政权的僭越外,唐王朝还经历了政权中心内部的一场大动乱。首先,元载用阴谋除掉了大权在握的鱼朝恩。接着,掌权后的元载表现得跟鱼朝恩一样傲慢和专断。[①] 尽管在千里之外,杜甫对这些国家大事仍然有所耳闻,并且通过这些事件预见到了唐王朝的进一步衰落。然而,作为一介布衣,杜甫除了在诗中写出他的关切外,对国家大事却无能为力。《小寒食舟中作》正是在这样的背景中写出的。

佳辰强饮食犹寒,隐几萧条戴鹖冠。春水船如天上坐,老年花似雾中看。
娟娟戏蝶过闲幔,片片轻鸥下急湍。云白山青万余里,愁看直北是长安。[②]

此诗的第一句就道出了诗人对庆祝寒食节的勉强,从而预示了整首诗的悲痛和绝望的基调。诗人在一片宽阔的水域中乘船而行。在船上诗人看到穿梭于他的船舱内外的蝴蝶和飞舞在他船头的鸥鸟。"片片"和"轻"展示出鸥鸟的无足轻重。这些鸥鸟只能顺着湍急的江水飞舞,毫无抵抗的能力。湍急的江水暗示出的多难的局势非常自然地联系到尾联。在尾联中杜甫化用了沈佺期的诗句"雪白山青千万里,几时重谒圣明君",鲜明地表达了他对朝廷的忠诚和对长安发生的政治斗争的担忧。[③]

在这一时期的诗作中,鸥鸟的形象总体上是孤独的、无助的。结合舟船意象乘载的漂泊意识,这些诗中反映出的是杜甫晚年肉体上的贫病和心灵上的孤寂与痛苦。他时刻思念着故土故国,却在内心深处明白自己已无力回到长安。而即使能回去,此时的长安也早已今非昔比。面对身体和国家的每况愈下,杜甫都显得那么无能为力,因此只能在贫病交加中乘着一叶扁舟追随鸥鸟以了此残生。

五、结论

袁行霈在《李杜诗歌的风格与意象》一文中有一精辟论断:"一个意象成功地创造出来后,虽然可以被别的诗人沿用,但往往只在一个或几个诗人笔下才最有生命力。以致这种意

①陈贻焮:《杜甫评传》,北京:北京大学出版社,2003年,第1142页。
②(清)仇兆鳌:《杜诗详注》,北京:中华书局,1979年,第2061—2063页。
③陈贻焮:《杜甫评传》,北京:北京大学出版社,2003年,第1147页。

象便和这一个或几个诗人联系在一起，甚至成为诗人的化身。”[①]鸥鸟之于杜甫就有这种密切的联系。杜甫创造性地频繁地在诗歌中把鸥鸟当作自我的化身。他笔下的鸥鸟形象反映了不同人生阶段中诗人对生命的独特体验。从雄心勃勃、不甘平庸的难驯白鸥，到鸷鸟控制下受压抑迫害的鸥鸟，到成都草堂时期暂度平静生活的相亲相近的水中鸥，再到出蜀后漂泊天地间孤独的沙鸥。

杜甫对于鸥鸟意象的运用存在一个发展过程，开始的时候杜甫并没有继承盛唐以来山水田园诗歌中鸥鸟意象逐渐融入景物描写的手法，他只是运用了这一意象的符号象征意义，鸥鸟意象成为其在叙事过程中的一种自我表达。在最初的四首诗里，鸥鸟所代表的喻体十分分明，讽喻意味也相当明显。比如，在《奉赠韦左丞丈二十二韵》一诗中，鸥鸟代表了杜甫高洁、无畏、勇敢的自我形象。这种讽喻式的表现在《独立》一诗中达到顶峰，双白鸥所象征的倍受迫害的无辜正直士大夫和空中伺机而动的象征有权位者的鸷鸟在一句诗中互为呼应，交织体现了诗人对自身命运的忧虑。

诗人入蜀以后，随着他的生活重心从入仕转向隐居，他的写作也更多转向抒情性诗歌，鸥鸟这一意象的象征意味随之变得更为复杂化。首先，杜甫把鸥鸟意象更多地融入到了景物描写之中，使鸥鸟意象从表面看起来只是客观环境的一部分，而只有那些细心和熟于典故的读者才能分辨出鸥鸟所代表的深层的象征性。在这些诗歌里，鸥鸟意象的喻体已经不十分明显。

其次，杜甫笔下的鸥鸟不再只局限于象征志洁行廉的士大夫这一传统意义。杜甫通过用其他形容词来修饰鸥鸟的方法把鸥鸟转化为在特定环境中带有诗人独特生命体验的复合意象。耿建华认为：“意象是唤起人们生活体验的有效手段，诗人用以传达感情、暗示思想。它要求意象的外在形式越具体越好，越锋利越好，越生动越好。”[②]杜甫笔下就创造了许多这类脍炙人口的鸥鸟意象，比如天地间漂泊的孤独的“沙鸥”，在船头洗翅而呼的“春鸥”，春天里日日来访诗人的“群鸥”，离别时在船边飞舞的“轻鸥”，耕作时稻田里陪伴诗人的“狎鸥”，等等。

最后，杜甫把鸥鸟与其他诗歌主题结合起来表现内心的独特感受。在不同的生命阶段，杜甫通过不同的主题与鸥鸟的结合来展现他的生命历程。这些主题带着本身所有的一些意象和鸥鸟意象交织在一起反映出诗人主观的生命体验，折射出在不同时期杜甫心理的特定状态。

---

①袁行霈：《中国诗歌艺术研究》，北京：北京大学出版社，2009年，第263页。

②耿建华：《诗歌的意象艺术与批评》，济南：山东大学出版社，2010年，第59页。

从杜诗研究谈强制阐释

陈梦熊

（湖北民族学院文学与传媒学院　湖北恩施　400500）

“杜诗学”是中国古典文学研究的重镇，吸引了一大批学者为其呕心沥血。传统的“杜诗学”研究围绕着杜诗辑佚、笺注注释、品藻圈点、本事考订、述事论说展开，自宋人开启“千家注杜”的传统，代不乏人。通过对杜甫生平的考订以及杜诗文本的阐释，形成了多层次、全方位的杜诗学阐释体系，不仅造就了杜甫本人的“诗圣”地位，更在历史传承和世代累积中凝聚为专门之学——杜诗学。杜诗学的发展建立在杜诗研究的基础上，其物质载体则是形态各异，如：刊刻年代不同的杜甫作品集。它们作为杜诗文本演变的直接表现形式在杜诗学的发展中扮演了重要的角色。

随着西方文论思想的传入，部分学者尝试着从全新的角度去解读杜甫及杜诗，从而开创了“杜诗学”发展的新篇章。在西方文论的启示下，“杜诗学”研究的确有了进一步的发展，但我们也注意到某些观点的表述有“强制阐释”①的嫌疑，某些学者的研究完全陷入了“场外征用”的误区。

一

2014年的文学理论界十分火热，张江先生提出的“强制阐释”使得研究者再次将关注的目光投向中国当代文论的建构方式。他在《强制阐释论》一文中明确指出：强制阐释是指，背离文本话语，消解文学指征，以前在立场和模式，对文本和文学作符合论者主观意图和结论的阐释。其基本特征有四：第一，场外征用。广泛征用文学领域之外的其他学科理论，将之强制移植文论场内，抹杀文学理论及批评的本体特征，引导文论偏离文学。第二，主观预设。论者主观意向在前，前置明确立场，无视文本原生含义，强制裁定文本意义和价值。第三，非逻辑证明。在具体批评过程中，一些论证和推理违背基本逻辑规则，有的甚至是逻辑谬误，所得结论失去依据。第四，混乱的认识路径。理论构建和批评不是从实际出发，从文本的具体分析出发，而是从既定理论出发，从主观结论出发，颠倒了认识和实践的关系。[1]p7－19 张江

①张江：《强制阐释论》，《文艺争鸣》，2014年第12期。

先生的观点切中肯綮地点出了中国文论研究中长期以来存在的问题——以西释中，他并非针对某一位学者的研究工作或就某一个观点提出批评，而是就当下的中国文学批评原则和中国文论的话语建构方式提出质疑。试图解答这一问题，需要我们从个案研究入手，就同一研究对象在不同历史阶段的研究做对比分析有助于分辨不同观点的构建过程是否有“强制阐释”之嫌。

我们并不反对借用西方文论的话语和研究模式去审视中国文学。事实上，正是由于积极吸纳和借鉴了西方文论的思想成果，我们才创造了今日今时的成就。正如王国维先生所言：“取外来之观念，与固有之材料互相参证。”回顾20世纪的杜诗研究，我们可以将其划分为三个阶段。第一个阶段是现代学术思想在杜甫研究领域的建立，王国维、陈寅恪、闻一多、梁启超为代表的一批学者，已经可以很娴熟地运用现代学术观念和方法在古代文学研究中表现出新的思维方式和表达新的意见。[2]p156 第二个阶段则是杜甫研究的过渡期，“世界观、人民性、爱国主义”等话题被重点讨论；同时还出现了“文革”时期“评法批儒”和郭沫若的《李白与杜甫》。第三阶段是“杜甫研究的活跃期”，“现代学术意识，在这一批学者身上表现相当明显”。[2]p158－159 早年的杜诗研究延续了传统学术的研究模式，将重点放在杜甫诗集的搜集、整理、校订工作上，为后来的研究工作奠定了文献基础。

受“西学东渐”之风的影响，杜诗研究在20世纪30年代开始出现现代转型的迹象，这是杜诗研究领域中出现“以西释中”的开始。“梁启超1922年在诗学研究会的演讲“情圣杜甫”，首开以西方‘真善美’为标准评杜诗的风气，针对传统道德标准第一的‘诗圣’的提法，称杜为‘情圣’，认为是杜诗感情的丰富、真实、深刻，手法的熟练、鞭辟入里，使杜甫在文学史上有着崇高的地位。”[3]p5 梁启超的观点颇具新意，被一部分人所接受。他的观点符合“以西释中”的契合性原则，因此不能被认定为“强制阐释”。杜诗的伟大不仅源于“一饭不曾忘君恩”的忠君品质，更是源于杜甫走进人民、体察民生疾苦展现的人格魅力。当我们吟诵“老妻画纸为棋局，稚子敲针作钓钩”时，浮现在眼前的绝不是一位高高在上的士大夫，而是享受生活闲趣的老翁。杜甫用自己的真情为我们留下了杜诗，梁启超用“情圣”的赞誉肯定了杜诗的成就，虽跨越千年却保持了精神世界的高度契合。虽是主观预设，却由于批评者预设的批评原则符合杜诗的情感特质，没有产生强大的疏离感。

在同一时期的研究中，胡适所做的杜甫研究成就颇大。他在《白话文学史》中曾就杜甫展开了专章讨论，取得的成果可谓喜忧参半。一方面，胡适率先以“写实派”点评杜诗开后世“现实主义”的先河，他从社会学的角度来考察杜诗，使得“流离陇蜀，毕陈于诗”的内涵中融入了文学创作与社会变迁的因素，符合传统诗学的基本价值取向。胡适研究杜诗的最大贡献是将“问题诗”作为杜甫的贡献，认为“其乱离中诗歌的艺术风格是：观察细密，艺术愈真实，见解愈深沉，意境愈平实忠厚”[4]p6。另一方面，胡适的杜诗研究也存在着“强制阐释”的情况，即他的观点不具备针对杜诗的言说能力。胡适认为杜诗中大量出现俗语是宋诗以议论入诗的先导，并认为杜诗的审美特征之一是风趣。胡适的观点印证了张江先生提出的导致“强制阐释”的原因之一——主观预设，这与胡适大力提倡白话文有关系。他将杜诗作为提倡白话文的佐证材料，这就严重地偏离了解读杜诗的价值取向，无法实现杜诗文本与现代研究之间的精神契合，应认定为“强制阐释”。

20 世纪 50 年代后是杜诗研究的新阶段，中国学术界尝试运用马列文论和毛泽东思想来解读杜诗，其成果中不乏“强制阐释”的观点。傅庚生先生所著《杜甫诗论》和萧涤非先生所著《杜甫研究》“都以‘现实主义与人民性作为分析评价杜甫的新标准’”①。两种标准都是以杜甫遭逢“安史之乱”的历史契机作为切入点，将杜甫在社会动荡中逐步走进民众、了解民众的心路历程做了细致分析，使得我们对于杜诗的理解有了提升。需要强调的是“现实主义”“人民性”在被用以评价杜甫之后，其作为学术概念的内涵就发生了转移，人们更多地是从中国传统文化语境的层面去理解，而不是站在西方文论的角度上。因此，我们在 20 世纪 50 年代以“现实主义”“人民性”概括杜诗是不能被认定为“强制阐释”的。虽然是借自西方文化语境的理论，但仍具有针对当时文学研究的言说能力，并能对杜诗研究产生推动作用。而 1971 年问世的《李白与杜甫》在打破学术界长久以来的压抑和沉寂的同时，却将杜甫研究引入了“误区”。全书最为夸张的错误是郭沫若将杜诗中“恶竹应需斩万竿”“卷我屋上三重茅”的虚指作为实证，然后经过详细计算得出了万竿竹的面积和三重茅的奢侈，最终认定杜甫是地主阶级。郭氏的观点可算是“强制阐释”的极端个例，根源在于他以某种先入为主的价值判断取代了严肃、客观的学术研究，不仅彰显了立论者“主观预设”的研究思路，也不符合论述者本人作为古文字学家的身份，具有鲜明的“非逻辑证明”色彩。吴中胜先生曾针对郭沫若的《李白与杜甫》发表过这样的评价：他的指向是现实，凭着他敏锐的政治嗅觉，他已预感到即将发生又一场暴风骤雨式的政治运动。他要批判的是现在学术界的“歪风”，在这场政治运动来临之前他要赶紧与这些老学究划清界限。[5]p47 正是由于郭沫若是怀揣着这样的目的去研究杜甫，他所得出的结论必然是不具备言说能力的，也就暴露了他试图以“强制阐释”的方式去界定杜甫的真实动机。

进入到 20 世纪 80 年代，中国学术界迎来了发展的黄金时期，杜诗学研究也是如此，突出特征就是兼具中国古代文论精神特色和民族性，又符合当代社会价值取向的成果大量涌现。有学者尝试运用西方知识分子视角重新审视杜甫和杜诗，认为“忧患意识”“批评意识”“重建意识”是杜诗价值所在。这一观点没有成为西方知识分子学说的图解，而是始终将杜甫定位在中国传统文化的语境中，继而提炼出杜甫的人道主义精神。刘明华先生认为杜甫身上就具有“民胞物与”的情怀，杜甫那些描写亲情的诗篇固然充满情韵，显示了诗人亲切的一面，但杜甫那些同情不幸者，关心弱小者，帮助受难者的诗篇更显示出人性的辉煌。这是杜甫迥异于时人并在历史独具风采的原因。[6]p54 由此我们就能够理解杜甫为何能在危难时刻营救房琯，这不是私人友情所致，而是杜甫以“民胞物与”情怀烛照众生的结果。同样的情怀还表现在“三吏三别”的诗篇中，杜甫始终是以悲天悯人的博大胸襟去审视众生，才塑造了后世人眼中的“诗圣”。从“情圣”到“现实主义”“人民性”，再到“社会良心”“民胞物与”，每一个概念或是借鉴自西方文论，或是从中国传统中采撷而来，它们被一代代的研究者赋予新的内涵，成为不同历史语境下能够言说的文论话语资源。

---

①刘明华：《现代学术视野下的杜甫研究——杜甫研究百年回顾与前瞻》，《文学评论》，2004 年第 5 期。

二

清人谭献在《复堂词录序》中曾写道："作者之用心未必然，而读者之用心未必不然"，接受美学则强调读者与作者的"视域融合"。他们都试图在作者与读者之间搭建阐释的路径，这种努力的有效性和适应性必须在实践中才能得到验证。我们必须承认文学文本的涵义原本就是复杂的，并不存在着唯一的答案。这一点正是人文社会科学研究与自然科学研究之间最大的区别。当西方文论以"场外征用"的方式试图建构放诸四海而皆准的理论模式时，就意味着他们已经走入了"强制阐释"的误区。我们要在借鉴西方文论的同时，避免"强制阐释"给我们的研究工作带来的负面影响。然而做到这一点并不容易，很多学者在研究时难免会受到外界因素的干扰，下面将通过个案分析，就相关问题进行探讨。

20世纪的杜诗研究是古典文学研究的重要构成要素之一，随着中国人逐渐接受了西方文艺理论对文学的界定方式，我们对文学的认知也发生了转移。以"文学"一词为例，最早出处是《论语・先进》，与现今通行的涵义有较大差别。"文学"在发展中逐渐形成了三种涵义。一是指学识渊博。如桓宽的《盐铁论》中的"文学"，就是指博学之士。二是指官名。汉代州、郡和王国皆设置文学官职，类似于后世的教官。这一官职一直延续到唐代。三是指文章，包括诗、文等。[7]p167 其后，"文学"的概念融入了"纯文学"①的成分，并在唐代时有了较"文笔说"更进一步的发展。古风先生指出：汉语"文学"一词的现代化，是通过两条线进行的，一条是传统"文学"观念的现代转化，即由《诗》→诗→诗文等转化；另一条是通过翻译英语"Literature"来进行内涵的转换。[8]p169 中国人现在所理解的"文学"已经极大地偏离了传统话语环境中塑造的"文学"概念，而且可被从西方译介的Literature一词所取代。当然这并不意味说，我国传统文化语境中塑造的"文学"一词就与"Literature"无涉。事实上，正是因为传统意义层面的"文学"中蕴含着"Literature"的基因，才为二者的融合创造了可能性。可见中国现代文论体系中的许多概念往往是承继了传统诗学的某些基因，在西方论文的话语资源的启示下被注入了新的内涵，从而塑造了中国文论的现代面貌。

上文曾提及胡适的杜甫研究，他作为新文化运动旗手大力提倡白话文。胡适在《白话文学史》中明确指出：白话文学史就是中国文学史的中心部分……1000多年的中国文学史是古文文学的"末路史"，是白话文学的"发达史"。[9]p12 他在《建设的文学革命论》中进一步阐述了自己的观点，将"都是白话的，或是近于白话的"文学作品视为有生命力的，也就否定了以文言文为载体的古典文学。当胡适以倡导白话文的"主观预设"去审视杜甫诗歌创作时，就不可避免地陷入到矛盾中：一方面要提倡白话，另一方面不能否认古典文学确有好作品。胡适的处理方式是，主张古典文学也有白话，而且好的作品都是用白话写的。在他看来，杜甫也有白话诗，如部分律诗、乐府诗、打油诗和小诗。律诗如《闻官军收河南河北》，"能用白话

---

①"纯文学"是与"杂文学"相对的概念，这一概念主要形成于"五四"新文化运动中，认为中国传统的文学观是以"杂文学"为主。

文写出当时高兴得很”；乐府诗如《石壕吏》《兵车行》等，之所以为人喜爱，是因为“用的白话”。此外，胡适认为杜甫的打油诗“体裁上自然走上白话诗的大路”，不赏识老杜的打油诗，就不能真正了解老杜的真好处，“这种打油诗里的老杜乃是真老杜呵”。[10]p47 胡适受限于肯定“白话文”的“主观预设”，将杜诗作了切割，使得完整的杜诗体系被分割成为“白话文”和“文言文”两大部分。看似合理的划分实则是“非逻辑证明”的思维方式在作祟。胡适的“白话文”文学观与他对杜甫的肯定之间产生了矛盾，为解救这一矛盾，胡适不惜用“白话文”的优越性强制要求杜诗文本，属于典型的“强制阐释”。

同样的情况在“五四”时期新文学的提倡者中并不罕见，所谓“诗有格律，是诗人的不幸”“问题诗”都是当时新文化干将们否定杜诗的代表性观点。尽管他们的观念各有不同，但无一例外地是从“主观预设”出发或是对杜诗文本进行切割，或是以“非逻辑证明”的方式进行解析，最终得出的结论绝非经由严密论证而得出，只是用以印证自己的理论设想。同一时期的旧派文人反对新文学的崛起，同时对古典诗学怀有特别的好感，集中表现为“整理国故”之风的盛行。与新派知识分子注重诗词的传播效果和社会价值不同，旧派文人评判文学的视角和观点，主要是从艺术入手来评判诗词的审美效果。[10]p29 但“五四”时期的旧派文人在杜诗研究中并没有产生具有影响力的观点，无法与迎合了时代潮流和社会大众的新文学旗手们对抗，也就无从谈及推进杜诗研究。

“五四”时期的文化冲突极为激烈，促成了中国文人阶层的分化。一部分人从旧文化的体系中成长起来，他们对古典诗词、古典文学怀有别样的好感，面对诸如杜诗一类的经典著作，他们的思想是复杂而矛盾的。另外一部分文人沐浴在“欧风美雨”中，他们立足革新，以颠覆性的思维审视传统，试图在传统文学的基础上建构新的文学体系。同样的情况发生在学术研究中，一部分学者坚持传统的研究方式，另一部分人则大胆借鉴西方文学的研究成果。后者在研究中不免有削足适履之举，也就难以避免“强制阐释”的情况。西方文论思想大批被引入到文学研究是在 20 世纪 80 年代，而“强制阐释”的成果也在此后不断涌现。

就 20 世纪 80 年代之后的杜诗研究而言，“强制阐释”集中体现在两个方面：其一，运用弗洛伊德精神分析阐释杜诗；其二，以比较文学的研究范式研究杜诗。

弗洛伊德倡导精神分析学说，将“力比多”作为人类一切行为的动力元素，而自然世界的花朵正是欲望升华的载体。因此，当诗人或作家在文学作品中描绘花时，他就是在表达自己内心深处被压抑的欲望。这一理论很早就受到了荣格的批判，却被我国的研究者所借用。当他们将“力比多”的理论应用到杜诗研究中，就会发现杜甫笔下的花是如此之多，而杜甫本人大力创作咏物诗正是在入蜀之后。因此，他们就认定杜甫咏物诗中的“花”意象是杜甫内心深处无法满足的欲望的表达。我们还以从另一个关于杜甫的研究个案中，印证当前杜诗研究中存在的“强制阐释”倾向。张思齐先生发表的《从咏鹅诗看基督精神对杜甫潜移默化的影响》一文指出，作为唐朝国教之一的基督宗教对杜甫有着潜移作用，以至于他无须变更自己的话语体系就接纳了基督精神。杜甫长期面临的生存压力使得他的思维异常地敏感，以至于在基督精神的推动下他关注到了自身、周边生存物以及宇宙中的其他生命个体。杜甫诗歌这一基本品格使得杜诗具有恒久的认识价值与审美价值。杜诗的认识价值使人们认为它值得一读且百读不厌。[11]p1 张先生在这篇论文中根据《景教流行中国碑》和海德格尔在《林中路》中对作品构成方式的论述，就认定杜甫接受了基督教，并认为杜甫创作的五首咏鹅诗集中体现了关注生命主体本真存在的精神寄托。最终的结论是："在创作咏鹅诗篇的时候，杜甫关注到了宇宙间生命个体的本真存在。当杜甫投入到他的诗歌创作中的时候，他所直接面对的只有一个唯一的存在，那就是上帝。他的心理依归是什么？杜甫的心理依归不是别的，正是基督宗教。白居易的闲适诗得益于基督宗教的侵染，杜甫的闲适诗也得益于基督宗教的浸染，从根本上说，还是基督宗教的精神对杜甫产生了潜移作用。"[12]p7 作为比较文学研究的专家，张先生的观点可谓是耸人听闻。且不论杜甫是否接受了基督教的影响，仅就景教而言，也从未在中国古代社会被定为国教。而基督教的精神与杜诗构成方式之间的联系仅属臆测，没有任何既有的文献资料可以支撑其观点。

上述两种研究属于典型的"混乱的研究路径"，他们"以预订的概念、范畴为起点，在文学场内作形而上的纠缠，从理论到理论，以理论证明理论。开展批评从既定的理论切入，用理论切割文本，在文本中找到合意的材料，反向证实前在的理论"。足可见"强制阐释"的情况在当下的文学研究中流毒甚广，不仅是文论研究，更多地体现在借用西方文论的成果去解读中国文学文本。

结语

有学者提出"把中国的还给中国"①，这是对简单套用西方文论思想成果解读中国文学文本，尤其是解读中国古典文学造成"误读"的反思，也是呼唤走出"强制阐释"的误区和回归"本位阐释"的呼喊。本文从 20 世纪以来杜诗研究中暴露出的问题作为切入点，对"强制阐释"的具体表现做了分析，这是建构中国文论的基本定位。只有我们能够理性、审慎、自信地面对西方文论的成果，才能在世界文论中发出中国的声音。

参考文献：

[1][13]张江：《强制阐释论》，《文艺争鸣》，2014 年第 12 期，第 7—19 页、第 16 页。

[2]刘明华：《现代学术视野下的杜甫研究》，《文学评论》，2004 年第 5 期，第 156 页。

[3][4]林继中：《百年杜甫研究回眸》，《河北大学学报（哲学社会科学版）》，1999 年第 2 期，第 5、6 页。

[5]吴中胜：《学术怪胎：郭沫若〈李白与杜甫〉》，《粤海风》，2010 年第 3 期，第 47 页。

[6]刘明华：《论杜甫的"民胞物与"情怀》，《文学遗产》，1994 年第 5 期，第 54 页。

① 罗钢：《"把中国的还给中国"——"隔与不隔"与"赋、比、兴"的一种对位阅读》，《文艺理论研究》，2013 年第 2 期，57—66.

[7][8]古风:《中国传统文论话语存活论》,北京:社会科学文献出版社,2013 年,第 167 页、第 169 页。

[9]胡适:《白话文学史》,天津:百花文艺出版社,2002 年,第 12 页。

[10]吴中胜:《五四文人的杜诗批评:在古今之间抉择》,《中国社会科学报》,2014 年 9 月 5 日。

[11]吴中胜:《杜甫诗歌在五四前后的命运》,《中国现代文学研究丛刊》,2010 年第 6 期,第 29 页。

[12]张思齐:《从咏鹅诗看基督精神对杜甫潜移默化的影响》,《大连大学学报》,2013 年第 2 期,第 7 页。

杜诗语典的审美效果

郑玲

（西南大学文学院　2015级中国古代文学博士）

（北京师范大学—香港浸会大学联合国际学院　中国语言文化中心）

“读书破万卷，下笔如有神”（《奉赠韦左丞丈二十二韵》）是杜甫的自负之言，“群书万卷常暗诵”（《可叹》）虽是对友人的赞美，也可看作是他的夫子自道。读万卷书体现在杜诗中最直接的结果是成语典故的熟练运用。宋人谓杜诗的用典令人叹为观止。孙觉说：“杜子美诗无两字无来处。”[①]（林希逸《竹溪鬳斋十一稿续集》卷三）黄庭坚进而说：“老杜作诗，退之作文，无一字无来处。”[②]（《答洪驹父书》）王琪则叹息说：“子美博闻稽古，其用事，非老儒博士罕知其自出。”[③]（《杜集后记》）这些说法虽然稍显夸张，但确实说出了人们读杜诗时的一种感受。

舒芜先生曾经说：“作为一种文学史现象，用典的产生，是由于文学语言特别是诗词语言有力求精粹的必要，有以尽量少的语言来表达尽量多的意义和情感，来引起尽量丰富的审美联想的必要。而历史文化的积累，形成许多众所熟知的譬喻、成语、名言、名人、事件、故事……又使上述必要的实现，通过用典而成为可能，它的产生是必然的。”[④]范宁先生则说：“一般来说，诗文中的典故能够起到含蓄、洗炼、委婉和联想翩翩的作用。”[⑤]那么，杜甫诗歌中的语典在诗歌中有着什么样的审美效果呢？这是本文要讨论的话题。

一、言简意赅

所谓“言简意赅”，是指杜甫诗歌中运用具有丰厚历史文化沉淀的典故，使得言语简单、精练，而所表达的意思却都概括无遗。

首先，语典在诗人频繁的征引中，一些词语所代表的意象趋于定型。比如“秋天”，战国

①华文轩：《古典文学研究资料汇编·杜甫卷·上卷·唐宋之部第三册》，北京：中华书局，1964，第883页。

②郭绍虞、王文生：《中国历代文论选·一卷本》，上海：上海古籍出版社，2001，第185页。

③（清）仇兆鳌：《杜诗详注》，北京：中华书局，1979年，第2241页。

④陈致：《中国古代诗词典故辞典·序》，北京：燕山出版社，1991年，第3页

⑤吕薇芬：《金元散曲典故辞典》，武汉：湖北辞书出版社，1985年，第1页。

时期楚国诗人屈原《九歌·湘夫人》是这样描写的:“袅袅兮秋风,洞庭波兮木叶下。”宋玉《九辩》则云:“悲哉秋之为气也,萧瑟兮草木摇落而变衰,憭栗兮若在远行,登山临水兮送将归。”其被论者称为“皆千古言秋之祖”,所写秋天带有淡淡的悲凉。到唐代诗人的手里,对秋天的整体感受是“加大剂量”的凄惨悲凉。如骆宾王《在狱咏蝉》:“西陆(秋天)蝉声唱,南冠客思侵。”杜甫的《登高》:“万里悲秋常作客,百年多病独登台。”这样秋天就慢慢发展成与悲凉的心情、落魄的人生、谪迁的惆怅紧密相连的季节。再如“鹿鸣”,《诗经·小雅·鹿鸣》中是这样描写的:“呦呦鹿鸣,食野之苹。我有嘉宾,鼓瑟吹笙。”到汉代苏武手中,对鹿鸣的感受趋向定型:“鹿鸣思野草,可以喻嘉宾。”“鹿鸣”成为宴乐嘉宾的象征。杜甫诗歌中的“鹿鸣”,也是这一象征意义的沿用。如《题张氏隐居二首》(其二):“霁潭鳣发发,春草鹿呦呦。”用“鹿呦呦”来暗示张氏设宴款待杜甫。这种趋于定型的典故意象,被称为“半典故”。在古典诗歌中“半典故”有很多,如杜鹃(子规)、老骥、苍鹰、杨柳、松、竹、梅等等,它们分别有不同的象征意义。诗歌创作中运用“半典故”,往往会事半功倍,使诗歌达到言简意赅的审美效果。这种审美效果,在杜甫诗歌中俯拾即是。例如《九日蓝田崔氏庄》:“老去悲秋强自宽,兴来今日尽君欢。”《送杨六判官使西蕃》:“送远秋风落,西征海气寒。”《送裴五赴东川》:“凛凛悲秋意,非君谁与论。”典故的运用,将诗人的迟暮之感以及深沉的悲凉表现得异常通透,使有限的篇幅包孕了丰富的内容和感情,达到以少胜多,以约总博,寓万里于尺幅的艺术效果。

再如,《赠韦左丞丈济》:“老骥思千里,饥鹰待一呼。”典故的运用,融入了诗人仕途的坎坷,将诗人壮志难酬的苦闷表达得淋漓尽致,同时也表达了希望韦济能够援引、提携的愿望。这些丰富的内容,在语典中得到充分展示,显示了典故表达言简意赅的审美特征。

其次,语典蕴含着丰富的内容,在描写复杂的情况时,语典往往能使语言更简单、精练。如《草堂》:“一国实三公,万人欲为鱼。”“一国三公”,典出《春秋左氏传·僖公五年》:“一国三公,吾谁适从。”“一国三公,吾谁适从”刻画的是春秋战国混乱的景象,杜甫用来比喻当时成都军阀相互之间的争夺,政令不一,百姓无所适从。“万人欲为鱼”典出司马迁《史记·项羽本纪》“如今人方为刀俎,我为鱼肉”,是鸿门宴中樊哙形容刘邦与项羽势力对比的话,其意思是:“如今项羽他们好比是刀子砧板,而我们好比是鱼是肉,处于被宰割的地位。”杜甫用来刻画成都百姓被军阀宰割的悲惨命运,贴切而又形象。语典的运用,简洁而准确地勾勒了当时祸象环生的情景,鞭挞了军阀割据的现状。

再如,《奉赠李八丈曛判官》:“真成穷辙鲋,或似丧家狗。”“真成穷辙鲋”典出《庄子·外物篇》“……周昨来,有中道而呼者。周顾视车辙中,有鲋鱼焉。周问之曰:‘鲋鱼来,子何为者邪?’对曰:‘我,东海之波臣也。君岂有斗升之水而活我哉?’周曰:‘诺!我且南游吴越之王,激西江之水而迎子,可乎?’鲋鱼忿然作色曰:‘吾失我常与,我无所处。吾得斗升之水然活耳。君乃言此,曾不如早索我于枯鱼之肆。’”借助语典,诗人形象地描绘了穷途末路的困苦。“或似丧家狗”,化用《史记·孔子世家》“累累如丧家狗”,生动地刻画了诗人无依无靠的处境。语典的运用,把杜甫的生命体验表达得淋漓尽致。而且,我们还可以窥探到诗人内心世界中一种深刻的“道之不行”的悲哀,其蕴含着深沉的幽怨。寥寥几个语典,蕴藉丰厚,使诗歌达到了言简意赅的审美效果。

二、典雅精致

所谓"典雅精致"，是指杜诗中所用的语典，使诗歌的语言呈现出一种优美不俗和精巧细致的风格，充满浓浓的文雅之气。如《过津口》："南岳自兹近，湘流东逝深。和风引桂楫，春日涨云岑。回首过津口，而多枫树林。白鱼困密网，黄鸟喧嘉音。物微限通塞，恻隐仁者心。瓮余不尽酒，膝有无声琴。圣贤两寂寞，眇眇独开襟。"诗人在描写行舟途中的优美景物时，运用了一系列语典。"和风引桂楫"典出《诗经·卫风·竹竿》"淇水悠悠，桂楫松舟"，"春日涨云岑"典出陶渊明《归鸟四首》(其一)"远之八表，近憩云岑"，以语典写春气融和之象。"回首过津口，而多枫树林"，源于阮籍《咏怀·湛湛长江水》"湛湛长江水，上有枫树林"，刻画津口四周的优美环境。"黄鸟喧嘉音"源于《诗经·邶风·凯风》"睍睆黄鸟，载好其音"，描绘津口附近悦耳的鸟鸣声。"瓮余不尽酒，膝有无声琴"，出于陆机诗"瓮余残酒，膝有横琴"，而且与《晋书》"陶潜常蓄无弦琴一张"及庾信《卧疾穷愁》"有菊翻无酒，无弦则有琴"息息相关。"酒"和"琴"，是高人雅士的象征，蓄"无弦琴"，是魏晋风流的一种，杜甫在舟中酌酒对琴，自得其乐。王嗣奭《杜臆》云："公在穷途而风平舟利，便自怡神，知胸中无宿物。"[①]杜甫用一系列语典来写景抒怀，为行舟途中的所见所感平添了一股浓浓的典雅之气。

再如，《五盘》："五盘虽云险，山色佳有余。仰凌栈道细，俯映江木疏。地僻无网罟，水清反多鱼。好鸟不妄飞，野人半巢居。"杜甫描写风景秀丽的五盘时，运用了一连串的语典，为五盘的自然环境增添了一份典雅精致的气息。"山色佳有余"，典出陶渊明《饮酒二十首》(其五)"山气日夕佳，飞鸟相与还"。"地僻无网罟"，典出《庄子》"钩饵网罟罾笱之知多，则鱼乱于水矣"。"水清反多鱼"，反用东方朔《答客难》"水至清则无鱼，人至察则无徒"，且与《诗经·周颂·潜》"猗与漆沮，潜有多鱼"相关联。"好鸟不妄飞"，典出曹植《公宴》"好鸟鸣高枝"。语典的运用，使描写自然山水的诗歌呈现出一种典雅精致的审美效果。

又如，《陪郑广文游何将军山林十首》(其七)："棘树寒云色，茵蔯春藕香。脆添生菜美，阴益食单凉。野鹤清晨出，山精白日藏。石林蟠水府，百里独苍苍。"这首诗记山林物产，赞美何将军山林的幽静美。王嗣奭评价曰："公恣意冥搜，触目成趣，粗亦成精，近不遗远，随意命笔，变幻生动如此。""棘树寒云色"，典出陶渊明《岁暮和张常侍》"向夕长风起，寒云没西山。""野鹤清晨出"，典出《世说新语》"昂昂如野鹤之在鸡群"以及秦嘉诗"清晨当引迈"，刻画出山林中野鹤的超迈。"山精白日藏"，典出《玄中记》"山精，如人，一足，长三四尺，食山蟹，夜出昼藏"，庾信《侍从徐国公殿下军行》"山精镂宝刀"，描写出山精的深邃。"百里独苍苍"，化用江淹诗"山气亘百里"和梁萧统诗"渐见岫苍苍"，百里之内，独见苍苍，形容石林的高耸。语典的运用，让人感到何将军山林浓郁的幽静气息，使诗歌达到了典雅精致的审美效果。

这种审美效果不仅反映在上述描写自然景物的田园山水诗歌中，也表现在反映日常生活的诗歌里。例如《水槛》："苍江多风飙，云雨昼夜飞。茅轩驾巨浪，焉得不低垂。游子久在外，门户无人持。高岸尚如谷，何伤浮柱欹。扶颠有劝诫，恐贻识者嗤。既殊大厦倾，可以一

---

①(明)王嗣奭：《杜臆》，上海：上海古籍出版社，1983年，第368页。

木支。临川视万里，何必栏槛为。人生感故物，慷慨有余悲。”杜甫将修水槛这一日常生活中的小事敷衍为蕴含人情世故的诗歌，运用了一连串语典，达到了典雅精致的审美效果。“焉得不低垂”，典出庾信《枯树赋》“或低垂于霜露”，刻画水槛风雨飘零的境况。“门户无人持”，化用古乐府《陇西行》“健妇持门户，亦胜一丈夫”。“高岸尚为谷，何伤浮柱欹”，化用《诗经·小雅·十月之交》“高岸为谷，深谷为陵”，浮柱，指水槛，这里虽然是描写遭到风雨破坏的水槛，但融入了诗人人生沉浮、颠沛流离的感喟。“扶颠有劝诫”，扶颠，典出《论语·季氏篇》：“孔子曰：‘求，周任有言曰：‘陈力就列，不能者止。’危而不持，颠而不扶，则将焉用彼相矣？且尔言过矣，虎兕出于柙，龟玉毁于椟中，是谁之过与？”把修水槛看成是扶颠，可见杜甫对此事的认真，同时化用《论语》中的语典入诗，增添了诗歌的典雅气息。“既殊大厦倾，可以一木支”，化用《文中子》“大厦之倾，非一木所支”，语典原意是说，倾倒的大厦，并非一块木头所能支撑修好的，杜甫的诗歌则是说，既然修建这坍塌的水槛不同于修复倾倒的大厦，那么用块木头支撑应该可以修复。“人生感故物，慷慨有余悲”，典出《韩诗外传》：“孔子出游少原之野，有妇人哭甚哀，问之，妇人曰：‘向刈薪，亡吾蓍簪，是以哀。非伤亡簪，不忘故也。’”诗人之前说，“临川视万里，何必栏槛为”，即临川得以远眺，此水槛也可以不修，但是故物堪怜，不忍心坐视其剥落，所以还是决定修复水槛，化用典故来表达这一层意思，充满了浓厚的文人气息。

再如，《园官送菜》：“清晨蒙菜把，常荷地主恩。守者愆实数，略有其名存。苦苣刺如针，马齿叶亦繁。青青嘉蔬色，埋没在中园。园吏未足怪，世事固堪论。呜呼战伐久，荆棘暗长原。乃知苦苣辈，倾夺蕙草根。小人塞道路，为态何喧喧。又如马齿盛，气拥葵荏昏。点染不易虞，丝麻杂罗纨。一经器物内，永挂粗刺痕。志士采紫芝，放歌避戎轩。畦丁负笼至，感动百虑端。”杜甫将园官送菜这件小事敷衍为蕴含丰富人生哲理的诗歌，运用了一系列典故，使诗歌达到了典雅精致的审美效果。“常荷地主恩”，典出《国语》：“越王曰：‘后世，有敢侵蠡之地者，皇天后土，四乡地主正之。’”“青青嘉蔬色”，典出《古诗十九首·青青河畔草》“青青河畔草”，充满了典雅气息。“呜呼战伐久，荆棘暗长原”，典出《道德经》“荆棘生焉，大军之后，必有凶年”，乱后荆棘丛生，所以不植嘉蔬，而唯存莴苣、马齿苋等蔬菜。“小人塞道路，为态何喧喧”，化用何逊《学古赠丘永嘉征还》“喧喧动四邻”，批判小人嚣张的气焰。“志士采紫芝”，用商山四皓的典故，表达志士隐逸山林的志向。这些典故的运用，使原本平淡的小事呈现出浓郁的典雅气息。杜甫《园人送瓜》《课伐木》等诗歌也具有这种典雅精致的特点。

又如，《春日江村五首》(其一)：“农务村村急，春流岸岸深。乾坤万里眼，时序百年心。茅屋还堪赋，桃源自可寻。艰难昧生理，飘泊到如今。”此诗是作于永泰元年(765)春，辞掉幕府里的官职，回到浣花溪边的草堂时。这首诗写的是农村的生活。“茅屋还堪赋”，源于晋陶渊明《归园田居》：“方宅十余亩，草屋八九间。”“桃源自可寻”，用陶渊明《桃花源记》典，言江村是一个适合隐居的地方。语典的运用，使诗人的村居生活变得诗意盎然，散发出浓郁的典雅之气。

三、含蓄蕴藉

所谓“含蓄蕴藉”，就是指杜甫的诗歌在表达自己的思想感情时，常常不是直接无余流露，而是通过运用典故，含而不露地表达，使诗歌带上一种耐人寻味的色彩，初嚼感觉不深，越嚼越有味道。杜甫就是通过用典，使自己的诗歌具有这样一种含蓄蕴藉的审美效果。

首先，在对社会、人生的事理进行议论时，直言容易遭罹祸或者得罪人，借助语典，情感含而不露，既宣泄了不满情绪，又让对方能够接受，诗歌呈现出含蓄蕴藉的审美效果。例如：《秦州杂诗》其二十："唐尧真自圣，野老复何知。晒药能无妇，应门幸有儿。藏书闻禹穴，读记忆仇池。为报鸳行旧，鷦鹩在一枝。"这首诗是慨叹世不见用而羁栖异地。"唐尧真自圣，野老复何知"，化用《列子・仲尼》中典故："尧治天下五十年，不知天下治欤与不治欤。……顾问左右，左右不知。问外朝，外朝不知。问在野，在野不知。"其说的是当今圣上真是英明，我这乡下老头儿对朝政又懂得什么呢。表面上是说自己什么都不懂，实际上是抒发怀才不遇的苦闷和牢骚，借语典婉转道出了诗人的心声，情感的表达呈现出含蓄蕴藉的审美特点。

再如，《客亭》："圣朝无弃物，老病已成翁"，化用《老子・二十七章》："是以圣人常善救人，故无弃人……常善救物，故无弃物"。诗人将这一语典移入诗中，不仅增添了诗歌的艺术情趣，而且把诗人愤愤不平的情感巧妙地隐藏其间，抒发自己对君主不满的情绪。

又如，《赠花卿》："锦城丝管日纷纷，半入江风半入云。此曲只应天上有，人间能得几回闻。""此曲只应天上有，人间能得几回闻"，典出《列子》："耳目所观听，皆非人间之有。"这音乐本来是天子才能用的，你花卿能演奏多久呢？言外之意是说花卿的势力不会长久。对这首诗的旨意，焦竑也曾经说过："花卿恃功骄恣，杜公讥之，而含蓄不露，有风人言之无罪，闻者足戒之旨。公之绝句百余首，此为之冠。"[①]杨慎亦曰："花卿在蜀，颇用天子礼乐，子美作此讽之，而意在言外，最得诗人之旨。当时锦城妓女，独以此诗入歌，亦有见哉。"[②]

其次，有些情感比较曲折、复杂，借助语典来暗示能更好地表情达意，诗歌因此呈现出含蓄蕴藉的审美效果。例如，《示从孙济》："平明跨驴出，未知适谁门。权门多噂沓，且复寻诸孙。诸孙贫无事，宅舍如荒村。堂前自生竹，堂后自生萱。萱草秋已死，竹枝霜不蕃。淘米少汲水，汲多井水浑。刈葵莫放手，放手伤葵根。阿翁懒惰久，觉儿行步奔。所来为宗族，亦不为盘飧。小人利口实，薄俗难具论。勿受外嫌猜，同姓古所敦。"杜甫困守长安，从孙杜济却是仕途中人。杜甫在处处碰壁、"未知适谁门"的当儿，自觉不自觉地来叩杜济之门。然而杜济在小人的挑拨下，对他这位叔爷爷露出不悦之色，所以杜甫写这首诗给杜济，声言"所来为宗族，亦不为盘飧"，并希望杜济不要听信于外人。"同姓古所敦"，化用曹植《求通亲亲表》："骨肉之恩，爽而不离，亲亲之义，实在敦固。"据史载，魏文帝曹丕即位后心存猜忌，排斥诸王，强制兄弟出居藩国，不得往来、通信，不许归京朝觐。明帝继位后，这种状况并无改变。曹植于太和五年(231)，向明帝进呈《求通亲亲表》。此表首先称扬天地之德，接下来盛赞"帝唐钦明之德"，颂美"文王翼翼之仁"，阐明皇帝与诸王之间应有的"骨肉之恩"及"亲亲之义"。表中还指出"兄弟永绝"及"禁锢明时"所造成的极不正常的状况，表述自己身在藩国、块然独处的境况及内心的惆怅和痛苦。此表的主旨是请求解除禁令，准许诸王与皇帝得以"叙骨肉之欢恩，全怡怡之笃义"，能正常地通亲往来。从这一蕴藉丰富的语典中，我们可以窥见杜甫

①(清)仇兆鳌：《杜诗详注》，北京：中华书局，1979年，第847页。

②(清)仇兆鳌：《杜诗详注》，北京：中华书局，1979年，第847页。

处境的艰难与尴尬。

再如，《谒文公上方》"甫也南北人，芜蔓少耘锄"，化用孔子的语言。《礼记·檀弓上》记载孔子为其父母立坟的事，按古代的习俗，是应该"墓而不坟"的，但孔子说："今丘也，东西南北之人也，不可以弗识也。"考虑到自己四处奔波的情况，孔子在父母墓地立了个坟头作为标记。为了推行儒家学说，孔子曾经周游列国，确实是个东西南北之人。杜甫一生只在儒家界内。他使用这个语典，表明对儒家创始人的认同，每当他上路奔波，眼前就会浮现孔子的形象："贤有不黔突，圣有不暖席。况我饥愚人，焉能尚安宅？"（《发同谷县》）想到孔子坐不暖席，那么自己漂泊流离也就没有抱怨了。可见，"甫也南北人"是蕴含着丰富的思想感情的。

又如，《归燕》"故巢倘未毁，会傍主人飞"，化用陶渊明《拟古九首》（其三）"先巢故尚在，相将还旧居"。表面上是写燕子不背弃主人，实际上是表达自己对国君的眷恋。《杜臆》："此公自发己意，虽弃官而去，非果于忘世也。"[①]卢元昌也说："尝读《谷风》，弃妇始曰'无逝我梁，无发我笱'，何其厚也。至曰：'我躬不阅，遑恤我后'，又叹其决绝之甚。公曰：'故巢倘未毁，会傍主人飞'，明知故巢已毁，犹拳拳冀主人勿弃，身虽弃官，心还恋主也。"[②]语典的运用，曲折地表达了诗人的拳拳爱主之心，也使诗歌呈现出含蓄蕴藉的审美效果。

最后，杜甫选用典故时，注重其蕴含深厚，使有限的文学符号包含更多的信息，使得句中有余意，弦外有余音，收到事半功倍的艺术效果。例如《遣兴五首》（其二）："昔者庞德公，未曾入州府。襄阳耆旧间，处士节独苦。岂无济时策，终竟畏罗罟。林茂鸟有归，水深鱼知聚。举家依鹿门，刘表焉得取。"这首诗用庞德公隐居不仕之事，抒发诗人对有才之士不为时用的不满。《后汉书·庞公传》载："庞德公居岘山南，未尝入城府。荆州刺史刘表就候之，谓曰：'夫保全一身，孰若保全天下乎？'庞公笑曰：'鸿鹄巢于高林，暮而得所栖。鼋鼍穴于深渊，夕而得所宿。夫趣舍行止，亦人之巢穴也，且各得其栖而已。'因释耕陇上。表叹息而去。后遂携妻子，登鹿门山，采药不返。"王嗣奭《杜臆》曾云："庞德公最清高，此公所愿学而未能者。'岂无济时策'，公自寓也。'鱼''鸟'一联，用其本色语。庞德公称孔明卧龙者。孔明每造之，独拜床下，德公初不令止，则德公之抱负可知。诗云：'岂无济时策？'信矣。非想象语。"[③]"林茂"二句不仅是用庞公的"本色语"，即庞公答语中的"鸿鹄"四句，而且语词上与《淮南子》"水积而鱼聚，木茂而鸟集"、曹植《离思赋》"水重深而鱼悦，林修茂而鸟喜"相近，思想感情上与陶渊明"望云惭高鸟，临水愧游鱼"（《始作镇军参军经曲阿作》）、"羁鸟恋旧林，池鱼思故渊"（《归园田居》其一）、"飞鸟相与还"（《饮酒》其五）、"归鸟趋林鸣"（《饮酒》其七）、"众鸟欣有托"（《读山海经》其一）诸句息息相关。两句含典诗中包含有如此丰富的内容，且极富理趣，唤起读者许多言说之外的联想和无穷的回味，使读者的阅读过程变成了参与创作的过程。

又如，《营屋》"度堂匪华丽，养拙异《考槃》"，化用《诗经·卫风·考槃》篇名入诗。考，建筑。槃，木屋。考槃，即修建木屋。《毛诗序》云"《考槃》……贤者退而穷处"，可见，《考槃》是

---

①（明）王嗣奭：《杜臆》，上海：上海古籍出版社，1983年，第92页。

②（清）仇兆鳌：《杜诗详注》，北京：中华书局，1979年，第610页。

③（明）王嗣奭：《杜臆》，上海：上海古籍出版社，1983年，第85页。

一首赞美贤人隐居的诗歌。杜诗则是说,房子营造得不算华丽,只能用来养拙而已,不同于《考槃》诗里颂美的贤人。语典的运用,使诗歌的内涵余味无穷,达到了含蓄蕴藉的审美效果。

综上,杜甫诗歌中的语典,使诗歌呈现出言简意赅、典雅精致和含蓄蕴藉的审美效果。不过,语典的审美效果往往交织在一起,与整首诗歌的风格密不可分。

读杜甫《四松》:兼论诗圣的存在意识

张仲裁
(西南民族大学文新学院　四川成都　610041)

陈贻焮《杜甫评传》云:"杜甫携家入蜀,是大逃难,避徐知道之乱,是小逃难。"[①]逃难之后,飞鸟暂止,诗情喷薄。广德二年(764)严武镇蜀,杜甫自东川复归成都。其《春归》《归来》《草堂》《题桃树》《四松》《水槛》《破船》诸作,一气呵成,一如其上元元年(760)春草堂初成之际。这其中,《四松》一诗尤可深加注意。杜甫营建草堂之时,即向韦班求取四棵松树幼苗栽植庭中。此后漂泊东川,念念不忘,其《寄题江外草堂》诗云:"尚念四小松,蔓草易拘缠。"自阆州归成都途中,又对幼松深致期待:"新松恨不高千尺。"既归草堂,三径就荒而四松犹存,不免洋洋喜气盈腮,一片浪漫天真的情怀(《草堂》)。其于所植松树,再三致意,一往情深,这篇《四松》就应运而生。各本文字略有差异,本文据萧涤非主编《杜甫全集校注》卷十一。

一

"四松初移时,大抵三尺强。别来忽三岁,离立如人长。会看根不拔,莫计枝凋伤。幽色幸秀发,疏柯亦昂藏。"首二句回忆初至成都时亲手栽植四松幼苗的情形。继后避乱东川,一别三载,如今再见,四棵松树两两相对,已同人高。"会看"四句,须留意"会看""莫计""幸""亦"等字眼。此写将归草堂之际,不知四松如何,未免忐忑,心想只要本根牢固就好,即使枝叶有所损伤也无大的妨碍;及至相见,满目秀色,枝干挺拔,玉树临风,真是欣喜过望!萧涤非《杜甫诗选注》(以下简称萧注本)云前二为"未归时心事",后二为"既归后所见"[②],极是妥帖。

"所插小藩篱,本亦有隄防。终然枨拨损,得吝千叶黄?""所插"二句,忆初植时为其不被伤害,特意编成篱栅加以保护。"终然枨拨损,得吝千叶黄","吝"或作"愧"。《杜诗详注》卷十三:"篱间植树,自篱经触损,故树亦怯于黄落。"[③]《杜诗镜铨》卷十一:"谓人触损藩篱,有伤

①陈贻焮:《杜甫评传》,北京:北京大学出版社,2011年,第711页。

②萧涤非:《杜甫诗选注》,北京:人民文学出版社,1979年,第214页。

③(清)仇兆鳌:《杜诗详注》,北京:中华书局,1979年,第1117页。

松枝，致其叶萎黄。得愧，言得不愧也。”[①]《杜甫全集校注》卷十一：“谓藩篱遭碰撞，松枝干尚且损伤，千叶枯黄岂能爱惜。”[②]此三说小异而大同，皆谓篱栅受损，松树受到伤害。可商榷。前“幽色”二句既已云针叶翠绿，枝干挺拔，这里又说篱损伤松，明显前后枘凿，诗意扞格。“千叶黄”者，非谓松树受到操作因而其叶枯黄，而是指自然枯萎的针叶，复归尘土，满地枯黄，与一树生机勃勃的碧绿苍翠适成对照，色彩分明，足惊老眼。联系前文，可作如是理解：诗人先写松姿，再写篱栅，再及落叶；原本心怀担忧，而松树自然长成，枝叶昂藏秀发，一地黄色枯叶，倒是人为所插藩篱已经损坏，无甚用处；松之为松，自有其顽强的生命力，无须刻意保护，人之于松，得无愧乎？

“敢为故林主，黎庶犹未康。避贼今始归，春草满空堂。览物叹衰谢，及兹慰凄凉。清风为我起，洒面若微霜。”“敢为”以下四句，《读杜心解》谓“借松入己，叙身之去来”，并自此将诗分前后两截，可从。[③] 前二句承上，意谓众生未安，即对藩篱有所损坏，我又岂敢以草堂主人自居而加以苛责？后二句连下，陋室空堂，春草丰茂，但觉满目荒芜耳！故起“览物”之叹。“览物”之“物”，《杜甫全集校注》认为指四松[④]，显误。所览者，应即空堂、春草等草堂风物，兼及杜甫同时所咏之水槛、破船之属；所叹之衰谢，不独众物之衰谢，兼有己身之衰谢，此不胜物是人非之慨；及兹者，欣见自己深有寄托的四松之茁壮成长，与周遭衰谢之风物形成反照，又足可慰藉“我”衰年的孤寂。正因松与“我”心意相通，故愿起林间清风，拂面生寒，使“我”泠然心神两清。

“足以送老姿，聊待偃盖张。我生无根蒂，配尔亦茫茫。”自此以下至篇末，既是咏松，亦是咏己，松与己相看两不厌，浑然而不可分。“足以送老姿”，本自现存最早版本《宋本杜工部集》。老姿，诗人自谓，意谓与松相伴，偕松共老。他本或作“足为送老资”，何谓送老资，解说多歧，甚或有谓“送老资”为藉松作棺者[⑤]，反不如此处“老姿”来得醒豁和富有诗意。“聊待偃盖张”，所谓“偃盖”者，《抱朴子》：“千岁松树，四边披越，上杪不长，望而视之，有如偃盖。”[⑥]着“聊待”二字，正见诗人寄情闲雅从容，与“送老姿”正相应和。下文“我生无根蒂”二句，则不复有从容之致，而生出无限感慨。诗人自感乱世漂泊，人生无有定根，不如此松植根大地，牢不可拔，故云“配尔亦茫茫”，“尔”即指松树言，“茫茫”，渺茫而不可知，情绪变得十分压抑。关于此句的解说，或曰“但恐行踪无定，不能常对此松耳”[⑦]，或曰“松有根而己无定，故不足相配”[⑧]。“配”字何义？相配，配得上；释为“陪伴”之义，无据不足取。联系末四句的理解，更以萧注本为优。

“有情且赋诗，事迹可两忘。勿矜千载后，惨澹蟠穹苍！”“有情且赋诗”，“有情”二字，见

---

①（清）杨伦：《杜诗镜铨》，上海：上海古籍出版社，1998年，第517—518页

②萧涤非：《杜甫全集校注》，北京：人民文学出版社，2014年，第3153页。

③（清）浦起龙：《读杜心解》，北京：中华书局，2010年重印，第113页。

④萧涤非：《杜甫全集校注》，北京：人民文学出版社，2014年，第3153页。

⑤（清）仇兆鳌：《杜诗详注》，北京：中华书局，1979年，第1118页。

⑥张松辉校注：《抱朴子内篇》，北京：中华书局，2011年，第80页。

⑦（清）仇兆鳌：《杜诗详注》，北京：中华书局，1979年，第1118页。

⑧萧涤非：《杜甫诗选注》，北京：人民文学出版社，1979年，第215页。

得此诗为钟情之作，试问诗人落笔之际对四松之情究竟为何？值得细察。“事迹可两忘”，关于“事迹”具体所指，张溍曰：“即指上已无根蒂，松有根蒂言。”着一“且”字，又云“可两忘”，可以感知诗人有所郁结。陆游《东屯高斋记》言杜甫“落魄巴蜀……如九尺丈夫，俯首居小屋下，思一吐气而不可得”①。借用以形容诗人此际心境，最是妥帖。正因情郁于中，必得发之于外，于是就顺理成章地逼出最后两句：“勿矜千载后，惨澹蟠穹苍！”陶渊明《饮酒》：“劲风无荣木，此荫独不衰。托身已得所，千载不相违。”②杜诗从此化出，寄意则全然不同。“矜”者，夸耀，矜夸之意。《杜诗详注》：“至于千载摩苍，亦何容预为矜羡乎？寓意于物，而弗留意于物，可见公之旷怀矣。”③萧注本则云：“不要去矜羡千载之后四松高盖蟠空的雄姿，如今暂时相赏，便足为送老之资了。”④释“矜”为“矜羡”，不知何据，似为强说。今读此二句，细揣“勿矜”二字，明是对松树说话的口吻，而非杜甫自言自语。以笔者理解，这两句甚至可以说是诗人颇不客气地对他亲植的四松发了点狂气：任你千载后偃盖蟠空，负霜笼云，也不必自负自夸，目中无人；剩下半句没说出来：别忘了还有一个一样可以名垂千载的我呢！萧注本的句末标点是一个重重的感叹号，提示在这里诗人的情感并不克制，甚至可以说有些激烈了，此一感叹号，实是深契诗心。

二

关于全诗的把握，萧注本云：“（四松）是他自己亲手栽培的，花过一番心血，所以对之特别有情。……现在四松别来无恙，他的欣喜是可想见的。但杜甫并没有因此而感到飘飘然，一想到苦难的人民，他的喜悦便变为慨叹了。”⑤这一解说，前半甚有情感和艺术的想像力，而所谓“想到苦难的人民”云云，明显是从“敢为故林主，黎庶犹未康”两句演绎而来。如果仅是对于这两句的解说，当然并无不当，以括全诗就未免偏颇。如前所论，“敢为”二句，意在承上过渡，自作宽解，解释自己不忍追究篱栅被损之责，话语虽涉黎庶，但此仁心发露有如蜻蜓点水，飘然而过即已，诗意关键别有所在。从字面可以明白看出，涉及民间疾苦内容的，仅“黎庶犹未康”一句而已；若是径以为杜甫真的一饭未尝忘家国，每诗必欲念黎元，未免失之疏阔。《杜臆》：“‘敢为故林主，黎庶犹未康’，非以自己得安而念人之不安也；谓黎庶未康，我犹恐未得安居于此，唤起下文‘无根蒂’之语。”⑥如果以忧国忧民的情感置于《四松》诗旨的中心位置，便入了忠君爱国每饭不忘的窠臼，这种道德化的解说，实则降低了本诗的境界。

《读杜心解》谓全诗前段“叙松始末，移松、别松、见松……所插四句是护松，乃追叙而来”⑦。甚为明了。“敢为故林主”二句，聂石樵注较为顺畅：“言人民还未安生之时，那敢以草

---

①《陆游集》，北京：中华书局，1976年，第2134—2135页。

②袁行霈：《陶渊明集笺注》，北京：中华书局，2003年，第245页。

③（清）仇兆鳌：《杜诗详注》，北京：中华书局，1979年，第1118页。

④萧涤非：《杜甫诗选注》，北京：人民文学出版社，1979年，第215页。

⑤萧涤非：《杜甫诗选注》，北京：人民文学出版社，1979年，第214页。

⑥（明）王嗣奭：《杜臆》，上海：上海古籍出版社，1983年，第191页。

⑦（清）浦起龙：《读杜心解》，北京：中华书局，2010年重印，第113页。

堂主人自居？言外之意为不能追究他人对松树之伤害。”[①]如此一来，诗人之心仍是归结在松，而不在黎庶。自此往下，从字面即可明白看出，诗人落笔反反复复只是在“松”，在“我”而已，与黎庶、家国、天下等宏大主题已毫无关涉。

杜甫一生爱松敬松，咏松之作不少。他的咏松固然不能自外于前代文学的大传统，而他也为自己亲手所植的“四松”建立了一个“小传统”：上元元年（760）初到成都时作《凭韦少府班觅松树子栽》、广德元年（763）秋于梓州作《寄题江外草堂》、次年春自阆州归成都途中作《将赴成都五首》（其四）、以及重返草堂之后作《草堂》和《四松》二诗。将此诸作联系排比来看，可知诗人所建立之传统为何。于杜甫而言，此四松者，是儿女，是故旧，是友朋，是益友，甚或就是他自己的人格化身。请看《凭韦少府班觅松树子栽》一诗：“落落出群非榉柳，青青不朽岂杨梅。欲存老盖千年意，为觅霜根数寸栽。”初营草堂之际，杜甫以诗代札，四处求告，语多戏笔，轻松随意，唯此觅松一诗，不可与觅桃、觅竹、觅桤木、觅绿李、觅黄梅诸作一例相看，《杜诗详注》谓其“较之他章，独有蕴藉”[②]。“欲存老盖千年意”一句，实不可轻轻放过，所谓“蕴藉”全在其中。此处所存“千年”之意，除《四松》诗中郑重表出，在另几首诗中也以微意一再呈现。《寄题江外草堂》在寄怀故居时，于桃、桤、李皆无所涉，而对四松尤致怀想，诗末云：“尚念四小松，蔓草易拘缠。霜骨不堪长，永为邻里怜。”担心其“不堪长”，实是深切期望其长成偃盖长松，此非千年之意而何？《将赴成都》诗云：“新松恨不高千尺。”也应作如是观。唐前关于松树的题咏，其立意大多不出“岁寒后凋”之范围，杜甫在此基础上加以发展提炼，铸成更高之精神境界——老盖长存千年意。此意虽在《凭韦少府班觅松树子栽》一诗中首先提出，而在《四松》诗中才算有淋漓的表达。然则此“千年意”的内涵究竟是什么？

这首诗前半咏物，后半咏怀，诗人的真实意图，在“勿矜”二字上完全泄露。既然此诗主要在于咏松、咏“我”，则“我”与松究竟有何联系？《读杜心解》：“松与身胶粘融化而出，而以‘我生无根’与前‘会看不拔’作照应。”[③]此二注实具慧眼。细看全诗，“我”与松之联系，实在只在一个“根”字。而这种联系，实际上又是根本的差别：松曰“会看根不拔”，是为有根；人曰“我生无根蒂”，是为无根。松之有根，故能“幽色幸秀发，疏柯亦昂藏”，玉立亭亭，寄形大地而拟心云端。相较之下，“我”虽为松之知己，然而飘若浮云，浪迹萍踪，实不知此生将归何处！按陶渊明《杂诗》八首其一云：“人生无根蒂，飘如陌上尘。分散逐风转，此已非常身。”[④]人寄蜉蝣于天地间，一似随风飘絮，转眼间面目已非，世上实无永恒不变的生命。“我生无根蒂，配尔亦茫茫”两句，从陶诗化出，而不同于陶诗之平淡。盖因杜甫一生，天涯旅食，拣尽寒枝，自骑驴京华始，便不曾有得闲消时日，国破之后更是碌碌风尘，实实为一东西南北之人：自奉先往白水，又自白水至鄜州，继后陷贼，赴凤翔行在，扈从还西京。此后真是王安石《杜甫画像》所说的“青衫老更斥，饿走半九州”，出华州司功，弃官度陇客秦州，往同谷，为生计所迫被逼入蜀，卜居浣花溪，作了一回暂止飞乌，岂知寓蜀期间也不得安宁：“三年奔走空皮骨，信有人间行路难！”（《将赴成都五首》其四）如今故地重回，怎不感慨良深，故有茫茫无根之

---

①邓魁英、聂石樵：《杜甫选集》，上海：上海古籍出版社，1983年，第243页。

②（清）仇兆鳌：《杜诗详注》，北京：中华书局，1979年，第733页。

③（清）浦起龙：《读杜心解》，北京：中华书局，2010年重印，第114页。

④袁行霈：《陶渊明集笺注》，北京：中华书局，2003年，第338页。

叹！此二句用情至深，语意悲痛，撼动人心，极具兴发感动的艺术力量。钱锺书《谈艺录·序》："余身丁劫乱，赋命不辰。国破堪依，家亡靡托。迷方著处，赁屋以居。先人敝庐，故家乔木，皆如意园神楼，望而莫接。少陵所谓：'我生无根蒂，配尔亦茫茫'，每为感怆。……化鹤空归，瞻乌爰止，兰真无土，桂不留人。立锥之地，盖头之茅，皆非吾有。知者识言外有哀江南在。"[①]此数语，可谓深知少陵诗心者矣。

因此，与四松深情相见的喜悦，因这种漂泊无根倍觉凄惶的感慨，一变而为悲怆。"有情且赋诗，事迹可两忘"二句，从意脉而言，看似稍缓，正是诗人在深思，在沉吟，从对松的咏叹转到对生命存在的哲学思考。无根漂泊的杜甫，从京城一步步播迁入蜀。"剑外官人冷，关中驿骑疏"（《逢唐兴刘主簿弟》）、"乡关胡骑满，宇宙蜀城偏"（《得广州张判官叔卿书使还以诗代意》）、"厌蜀交游冷，思吴胜事繁"（《春日梓州登楼》），无论是政治前途，还是存身空间，都处在一个不断边缘化的过程，但是杜甫甘心这种边缘化的寂寞与空虚吗？换言之，当其"驻马望千门"（《从左拾遗移华州掾》）的时候，自不免仕途之落寞，进而产生深刻的身份焦虑。流寓两川又过数载，更觉存身无地，漂泊无依，倍觉人间行路难。值此漂泊西南的生存困境之中，杜甫在深刻地思考自身的存在价值。杜甫羡慕四松深根不拔，感叹自己生无根蒂，实际他是在为自己的人生存在"寻根"。这种寻根意识的结果，即是诗末两句："勿矜千载后，惨澹蟠穹苍！"此即杜甫为自己所存千年之意是也。

末二句，历来注家多作皮相之解，唯《杜臆》独具慧眼，可堪细玩："公于草堂，往来不异传舍，而钟情四松，盖以后凋之节自厉，而托物以见志也。……余初谓末四句可汰，不知更有微意在：言人顾用情何如耳，情之所钟，不在事迹，吾之所以配此四松者，别自有在，请松勿'自矜千载后'，惨澹无配，而自蟠穹苍也。何等自负，令人自思。"[②]原来杜甫先云"配尔亦茫茫"，不过是故作低调，虚晃一枪，试想以其少负登临绝顶之志，常怀葵藿倾阳之思，一贯自视极高，又岂甘落松之后？王嗣奭读出"所以配此四松者，别自有在"，且誉其"何等自负，令人自思"，实是真知卓见。尝自陈"诗是吾家事"的杜甫，其"别自有在"或者说"自负"究竟是什么？毋庸辞费，就是他的诗歌伟业。对于杜甫来说，年寿有时而尽，漂泊之苦亦止乎其身，二者皆未若诗歌流传之无穷。在后世看来，杜甫综源流，集大成，壁立千仞，君临天下，仅凭松的形象，已不足以喻其诗坛位望之尊。以此观之，杜甫正告四松"勿矜千载后"，实为一种伟大的自知之明，因为他先于时代知晓了自己的未来。

或云："杜甫当年在写诗的时候，不过是在想着写诗而已，他没有意识到自己是一位伟大的'中国诗人'，更不觉得自己在写作的是伟大的中国诗。"[③]如果就"伟大"二字而论，此语移之陶渊明似尚可，以评杜甫则深为不可。"文学家对于自己的才华总有一种自觉，而不愿意随便埋没……天才总是自知的，也没有不爱表现的。"[④]杜甫在写诗方面具有伟大的自觉意识，从早年的"会当凌绝顶，一览众山小"（《望岳》），到这里的"勿矜千载后，惨澹蟠穹苍"，再到晚年的"百年歌自苦，未见有知音"（《南征》），可以见出强烈的存在意识是一以贯之的，他

①钱锺书：《谈艺录》，上海：商务印书馆，2011年。

②（明）王嗣奭：《杜臆》，上海：上海古籍出版社，1983年，第190—191页。

③田晓菲：《留白：秋水堂论中西文学》，天津：天津人民出版社，2014年，第83页。

④李长之：《司马迁之人格与风格》，北京：生活·读书·新知三联书店，1984年，第308页。

始终在有意识地标示出高大的自我和顶天立地的孤独形象。他告诉自己也告诉历史：我是一个伟大的诗人。

或曰："杜甫的诗是典型的儒家诗，因此，总有致君尧舜上的儒味。……折射到诗中，便是脱不了家国境界。"[①]何谓"儒家诗"？这个概念应不同于"儒家诗教"，本身就很费斟酌，如果由此进一步断言杜诗"总有致君尧舜上的儒味""脱不了家国境界"，更是把"儒家"的内涵过于简单化了。"当今之世，舍我其谁"(《孟子·公孙丑下》)，儒家经典中这种强烈的存在意识，既可以具体表现为"许身一何愚，窃比稷与契"，也可以是志存老盖千年意，荒江野老一长松。在这首诗中，许身稷契饥溺同怀的情感几近于无，杜甫是在有意识地关注自身存在，自我的价值。通观杜甫入蜀以后的诗，他开始从较为单一的家国天下的境界大幅度地转向自我存在与心灵世界。这一转向，应与他在政治上和地理空间上的双重边缘化状态有关。

杜甫在一个近乎于被世界遗忘的时段里，仍然苦苦追求和寻觅存在的意义，他用诗篇不断地唤起内心对于立言的渴望和追求。告诫四松"勿矜"者，即对于自己诗歌伟业传承千载的深信不疑。杜甫自信亦会树高千尺，自有异代知音相赏。但是这还是稍微悲观了些，因为完全用不着遥待千年。如果说杜甫身后数十年元稹所作的墓系铭尚不能算作时人的共识，那么，三百余年后他昂昂然超凡入圣，其诗的伟大价值得以彰显，正如古松苍翠凌云，亭亭如盖，枝叶扶疏为诗国伟观。

通观全诗，自喜悦而浩叹，由浩叹而沉思，而悲怜，而慷慨，别有一种悲欣交集的深意在。诗旨非关家国黎庶之思，实存老盖千年之意。作为个体的杜甫，本来只与他所生活的当时生活相关，由于有了传世的诗篇，便与遥远的未来世界发生联系。仇兆鳌《杜诗详注》凡例："秦少游则推为孔子大成，郑尚明则推为周公制作，黄鲁直则推为诗中之史，罗景纶则推为诗中之经，杨诚斋则推为诗中之圣，王元美则推为诗中之神。"大历四年二月，杜甫由岳阳至潭州，有《南征》诗云："百年歌自苦，未见有知音。"既然你是如此的与众不同，那么你也得付出这种与众不同的代价，暂时忍受由此带来的孤独。但是读《四松》诗可知，人的存在价值就在于持续不断地有梦想，有憧憬，并努力实现梦想和憧憬的一部分：诗圣杜甫，经受百年孤独，赢得千载盛名，到今天依然精神抖擞地活在他的诗里，展阅诗卷，欣如晤面。这真应了辛弃疾《水龙吟》词中的一句话："须信此翁未死，到如今，凛然生气！"

① 刘再复：《红楼梦悟》，北京：生活·读书·新知三联书店，2009年，第155页。

会议综述

中国杜甫研究会第七届年会暨杜甫与重庆学术研讨会综述

赵天一

（西南大学文学院　重庆国学院　重庆北碚　400715）

2015年10月15日至18日，“中国杜甫研究会第七届年会暨杜甫与重庆学术研讨会”在西南大学隆重举行。会议由中国杜甫研究会、重庆市文化委员会、西南大学联合主办，重庆国学院和西南大学文学院承办。此次学术研讨会旨在发布中国杜甫研究的最新成果，探讨杜甫在重庆的诗歌创作和文学成就。有来自中国社科院、复旦大学、南京大学、中国人民大学、四川大学、山东大学、中山大学、重庆大学、安徽大学、人民文学出版社、《杜甫研究学刊》等44个学术单位和研究机构的近百位专家参会。

大会开幕式由重庆市文化委员会副主任、重庆国学院院长、西南大学文学院刘明华教授主持，西南大学党委书记黄蓉生教授、重庆市文化委员会汪俊主任致欢迎辞。中国杜甫研究会顾问、中国唐代文学学会学长、复旦大学陈尚君教授，中国杜甫研究会会长、山东大学张忠纲教授，中国杜甫研究会副会长、宋代文学学会会长、南京大学莫砺锋教授，中国杜甫研究会副会长、四川杜甫研究会会长、中国苏轼研究会会长、四川大学张志烈教授，中国社会科学院文学所研究员、《文学遗产》原主编徐公持教授，耶鲁大学东亚语言文学系车淑珊博士等多位专家进行大会学术交流。

大会收到58篇论文，涵盖了杜诗文献研究、杜甫思想研究、杜诗接受研究、杜诗艺术研究、杜诗比较研究、杜甫与地域文化等专题，与会专家在分会场交流和探讨，气氛热烈。

在杜甫文献研究的讨论中，对杜甫研究具有基础性意义的《杜甫全集校注》和《杜甫卷全编》的编撰工作成为大会的亮点。张忠纲《〈杜甫全集校注〉编纂琐记》详细地记载了《杜甫全集校注》编纂过程中的许多具体情节，让与会专家对此书的编纂有了更多和更为亲切地认识。刘明华汇报了《杜甫卷全编》的工作方法和工作进度，以及在工作中出现的问题，此书旨在提供历代杜甫研究的资料，是自《杜甫卷》（唐宋之部）之后全面系统地整理历代杜甫研究的文献材料，与会专家对此书的出版非常期待。

在文献研究中，曾绍皇、曾祥波、郝润华、綦维、王朝华的论文还涉及对《杜诗集评》《草堂诗笺》《杜诗附记》《批点杜诗》的研究，以及杜诗注解的辨误。

在杜甫思想研究中，莫砺锋《论杜甫是文以载道的典范》，以杜诗为重点分析对象，指出杜甫所服膺的儒学的核心精神就是孔孟之道，这种思想自身具有巨大的价值。杜甫在其诗歌中对孔孟之道不但有深刻、生动的体现，而且有所扩充、发展，从而使杜诗具有感动人心的丰盈力量，论证杜甫是“文以载道”的典范，指出了杜甫对儒学的继承和发展。毛妍君《论杜甫巴蜀时期诗歌的闲适意趣》、胡永杰《盛世经历对杜甫“致君尧舜”政治理想的影响》论及杜甫意趣和政治理想；李小成、刘越峰、康清莲分别论述了《易经》《春秋左氏传》《史记》等经典对杜甫思想和创作的影响。张志烈紧密联系现实生活，从杜甫思想中发掘出有益于当代文化建设的思想精华，多发人启迪。

在杜甫接受研究中，既有个案解剖，如张海《简论李调元对杜甫的接受》，王伟《韦庄在杜诗接收史上的位置——以〈又玄集〉为中心》；又有宏观的把握，如徐希平《杜诗在西夏的传播与影响》、张洁弘《杜诗在东南亚的传播概论》；也有纵向考察杜甫、杜诗的接受情况，如潘玥《宋代“诗史”说举隅》分析“诗史”与宋人理性精神、政治斗争以及学习杜甫等因素的复杂关系。邱睿《南社诗人学杜论》论述了清末民初的南社对杜甫的特殊接受情况，即将“诗史”的性质与报章体诗歌结合，呈现一种尖锐直接的揭示性和导民的启蒙性。

刘明华《中国现代学制文学教育中的杜甫形象》、吴中胜《抗战时期的杜甫形象及杜诗评论》、孙浩宇《民国时期之选杜与罗振玉〈杜诗授读〉》三文研究近现代以来的杜甫接受和杜甫形象的演变问题。刘明华从新学制以来的文学史教材和语文课本选文探讨杜甫从“诗圣”到“伟大诗人”的定位过程。吴淑玲《从杜诗看初盛唐诗人的诗歌传播情况》从杜诗个案出发研究初盛唐诗人的传播情况。左汉林《两宋各期学杜最有成就的诗人论略》论述了两宋时期杜诗的接受和被模仿的情况。

杜甫与地域文化是本次大会的亮点，有十余篇文章集中讨论杜甫与地域文化，主要集中在杜甫与重庆文化、河洛文化、关中文化、陇山文化和巴蜀文化的关系。鲜于煌《杜甫“三峡诗”在中国诗歌史上的重要贡献及影响》和刘厚政《杜甫歌咏“八阵图”具有强烈政治期待》讨论杜甫在重庆的创作及其影响。党天正、聂大受、李霞锋、赵长松的文章分别论述了杜甫的“关中”诗、杜甫与陇山、成都杜甫草堂、和杜甫梓州诗的相关情况。宋开玉详细地考订了“翠微寺”，彭燕阐述宋代巴蜀杜诗学的意义和价值。

在比较研究中，陈尚君《李杜齐名之形成》从大量文献入手，厘清了李杜齐名的相关问题，提出了李杜齐名在杜甫生前已为部分人认可，最终获得举世公认，则在杜甫生后的三五十年间完成，资料详实、论证有力，显示了陈先生一贯的、深厚的考证功夫。吴增辉《陶渊明杜甫田园诗比较研究》比较了陶渊明和杜甫的田园诗，并在同中寻异，分析了陶、杜二人的田园诗在选材、主题、审美风格上的差异。

杜诗艺术性一直是杜甫研究的重点。徐公持通过杜甫与汉魏六朝文人的关系，具体地分析了杜甫所言的“转益多师”，并通过杜甫对曹植、陶渊明、谢灵运、庾信等人的歌咏，分析了杜甫的文学观念、人生态度和人格精神。吴怀东、周金标、刘重喜、张东艳、周静分别论述了王得臣、朱鹤龄、黄生、王夫之、魏庆之论杜的相关问题。魏耕原《杜甫白话七律的变革与发展》从“白话”的角度切入，研究杜甫的七言律诗，认为杜甫七言律诗对口语俗词、民歌句式的吸纳，对于七律的变革创新具有重要作用。王艳军《“当时体”影响下的杜甫草堂律诗》强调了杜甫草堂律诗实践了杜甫的“当时体”理论，体现着“当时体”的特性。孙微《名岂文章著：论杜甫生前诗名为赋名所掩》认为杜甫生前的诗名与赋名其实并不一致。杜甫因天宝九载(780)冬献《三大礼赋》而骤得赋名,此后其诗名一直为赋名所掩,这才是唐人选唐诗时不选杜诗的根本原因,也是李杜生前文名的主要差异。胡俊林、张仲裁、赵化分别讨论了杜甫的题画诗、《四松》和"鸥鸟"意象,以小见大,多有新意。陈梦熊和郑玲从文艺理论的角度分别讨论了杜诗的强制阐释和杜诗语典的审美效果。

大会闭幕式由中国杜甫研究会副会长刘锋焘主持,中国杜甫研究会副会长刘明华作大会总结。莫砺锋宣布了本届年会新增理事,并发表了大会感言,鼓励青年学者秉持杜甫精神、研究杜甫。张忠纲充分肯定了此次会议所取得的成绩并通告了下一届中国杜甫研究会年会的主办单位。

中国杜甫研究会第二届理事会名单

首席顾问：韩劲草

顾　　问：孙轶青　龚依群　廖仲安　邓绍基　钟树梁　侯志英　叶玉超　罗宗强　陈尚君

名誉会长：霍松林

会　　长：张忠纲

副 会 长：周鸿俊　莫砺锋　张志烈　林继中　韩成武　林从龙　葛景春　刘明华　刘锋焘

秘 书 长：刘锋焘（兼）

副秘书长：张进义　张松文　牛书友　胡可先　宋开玉　孙　微

常务理事：周鸿俊　邓小军　朱明伦　刘明华　祁和晖　张忠纲　张志烈　李　浩　林从龙　林继中　莫砺锋　陶新民　韩成武　葛晓音　葛景春　蒋长栋　聂大受　王辉斌

理　　事：周鸿俊　钟来茵　陈冠英　张进义　丁　浩　王学太　王国钦　王辉斌　王中华　牛书友　邓小军　朱易安　朱明伦　孙宪周　华　锋　刘崇德　许　总　刘庆云　张志烈　张忠纲　陈冠明　陈尚君　吴明贤　祁和晖　佟培基　宋恪震　林从龙　林家英　林继中　侯孝琼　莫砺锋　周笃文　周维扬　姜海宽　韩成武　葛晓音　葛景春　葛培岭　蔡厚示　蔡镇楚　冯建国　朱宝清　刘明华　刘锋焘　李　浩　吴怀东　宋开玉　张松文　胡可先　徐希平　陶新民　崔海正　聂大受　蒋长栋　谢思炜　成松柳　孙　微　吴淑玲　左汉林　童　强　赵睿才　綦　维　梁桂芳　吴中胜　杨理论　周　睿　傅绍良　魏景波　梁瑜霞　郝润华　胡永杰　周金标